Frederick Forsyth
Die Akte ODESSA
Das vierte Protokoll

Zu diesem Buch

Mit seinem Roman »Der Schakal« wurde Frederick Forsyth weltberühmt. Seitdem erreichten alle seine Bücher die Spitzen der Bestsellerlisten. In diesem Doppelband sind zwei von Forsyths bekanntesten Thrillern versammelt. Per Zufall fällt dem Journalisten Miller in »Die Akte ODESSA« ein vergilbtes Tagebuch in die Hände, das in ihm einen schrecklichen Verdacht weckt: Der einstige SS-Lagerkommandant Roschmann ist möglicherweise noch am Leben. Miller beginnt zu recherchieren, und er ahnt nicht, worauf er sich einläßt ... In »Das vierte Protokoll« wird bei einem Einbruch in London geheimes NATO-Material gestohlen. Als Topagent John Preston sich ans Werk macht, scheint sich das Geheimnis zu enthüllen – aber findet er wirklich des Rätsels Lösung? Kim Philby, ehemals britischer Meisterspion, hat eine ganz andere Idee.

Frederick Forsyth, geboren 1938 in Ashford/Kent, war mit neunzehn Jahren der jüngste Jetpilot der Royal Air Force. Nach seinem Ausscheiden wurde er Journalist und war als Auslandskorrespondent in verschiedenen europäischen Ländern tätig. Ab 1965 arbeitete er als Fernsehreporter der BBC unter anderem in Westafrika. Er lebt heute in London.

Frederick Forsyth
Die Akte ODESSA
Das vierte Protokoll
Zwei Thriller in einem Band

Aus dem Englischen von
Tom Knoth und
Rolf und Hedda Soellner

Piper München Zürich

»Die Akte ODESSA« übersetzte Tom Knoth, »Das vierte Protokoll« übersetzten Rolf und Hedda Soellner

Von Frederick Forsyth liegen in der Serie Piper außerdem vor:
Die Akte ODESSA (3126)
Des Teufels Alternative (3129)
Das vierte Protokoll (3131)
Der Unterhändler (3132)
McCreadys Doppelspiel (3133)
Der Lotse (5503)
Der Schakal (5511)
Die Hunde des Krieges (5529)
In Irland gibt es keine Schlangen (5637)

Taschenbuchsonderausgabe
April 2000
© 1972 Danesbrook Production Ltd.
© 1984 Frederick Forsyth
Titel der englischen Originalausgaben:
»The ODESSA File«, Hutchinson & Co. Ltd., London 1972
»The Fourth Protocol«, Hutchinson & Co. Ltd., London 1984
© der deutschsprachigen Ausgaben:
1973 und 1984 Piper Verlag GmbH, München
Umschlag: Büro Hamburg
Stefanie Oberbeck, Katrin Hoffmann
Umschlagabbildung: photonica
Foto Umschlagrückseite: Tracey Rowe
Satz: IBV Lichtsatz KG, Berlin, und Ueberreuter, Wien
Druck und Bindung: Clausen & Bosse, Leck
Printed in Germany   ISBN 3-492-23046-6

Die Akte ODESSA

Für alle Reporter

1

Fast jeder weiß noch, was er gerade in dem Augenblick tat, als ihn die Nachricht von Präsident Kennedys Ermordung erreichte. Das tödliche Geschoß hatte den Präsidenten um 12 Uhr 22 (Dallas Ortszeit) getroffen. Die Meldung von seinem Tode wurde um 13 Uhr 30 veröffentlicht. Das war 14 Uhr 30 in New York, 19 Uhr 30 in London und 20 Uhr 30 in Hamburg.
Peter Miller hatte seine Mutter in Osdorf, einem Vorort von Hamburg besucht, und fuhr durch den von Böen gepeitschten Regen in die Stadt zurück. Er besuchte sie immer Freitag abends, um sich zu vergewissern, ob sie auch mit allem versorgt war, was sie über das Wochenende brauchte, und weil er sich ohnehin verpflichtet fühlte, sie einmal die Woche zu sehen. Er hätte sie lieber angerufen, aber sie hatte kein Telefon; also mußte er zu ihr hinausfahren. Und genau das war natürlich der Grund, weswegen seine Mutter kein Telefon haben wollte.
Wie üblich hatte Miller das Radio eingeschaltet und hörte Musik vom NDR. Um 20 Uhr 30 befand er sich in Osdorf, zehn Minuten von der Wohnung seiner Mutter entfernt, als die Musik mitten im Takt abbrach und die Stimme des Ansagers sich meldete:
»Achtung, Achtung! Soeben erreicht uns eine Meldung. Präsident Kennedy ist tot. Ich wiederhole: Präsident Kennedy ist tot.«
Miller nahm den Blick von der Straße und sah auf die schwacherleuchtete Skala des Autoradios, als könnten seine Augen widerlegen, was seine Ohren gehört hatten, einen Sender, der Unsinn verbreitete.
»Mein Gott«, murmelte er, bremste und steuerte an den Straßenrand. Er blickte die breite, gerade Schnellstraße entlang, die durch Altona zur Hamburger Innenstadt führte. Andere Fahrer hatten dieselbe Meldung gehört und hielten ebenfalls am Straßenrand, als seien Autofahren und Radiohören auf einmal Dinge, die einander ausschlossen. Und genauso war es.
Vor sich sah er die Bremslichter der stadteinwärts fahrenden Wagen aufleuchten. Die Fahrer fuhren an die Bordsteinkante, um weitere Nachrichten nicht zu versäumen. Auf der Gegenfahrbahn strichen die Scheinwerfer stadtauswärts fahrender Wagen unruhig über den Asphalt, auch dort steuerten die Fahrer an den Straßenrand. Zwei Wagen überholten Miller, der Fahrer des ersten hupte wütend und tippte sich demonstrativ mit dem Zeigefinger an die Stirn.
Er wird es schon noch früh genug erfahren, dachte Miller.
Die Unterhaltungsmusik hatte aufgehört. Aus dem Radio kam der erstbeste Trauermarsch, den man zur Hand hatte. In gewissen Abständen verlas der Sprecher Bruchstücke weiterer Informationen, die ihm aus dem Nachrichtenraum überbracht wurden, so wie sie aus dem Fernschreiber kamen. Aus

den Einzelheiten wurde langsam ein Bild: die Fahrt im offenen Wagen durch die Straßen von Dallas, der Scharfschütze im Fenster des Schulbuchlagers. Von der Festnahme verdächtiger Personen war vorerst noch nicht die Rede.

Vor Miller hatte ein anderes Auto gehalten. Der Fahrer stieg aus und ging auf Millers Wagen zu. Er trat an das linke Wagenfenster, stellte fest, daß sich der Fahrersitz auf der rechten Seite befand, und ging um den Wagen herum. Er trug eine Joppe mit einem Kragen aus Nylonpelz. Miller drehte das Wagenfenster hinunter.

»Haben Sie das gehört?« fragte der Mann und beugte sich zum Fenster herab.

»Ja«, sagte Miller.

»Entsetzlich«, sagte der Mann. Überall in Hamburg, in Europa, in der ganzen Welt sprechen fremde Menschen einander an, um über das Ereignis zu reden.

»Glauben Sie, daß es die Kommunisten waren?« fragte der Mann.

»Weiß ich nicht.«

»Wenn sie es waren, kann das Krieg bedeuten«, sagte der Mann.

»Schon möglich«, sagte Miller. Als Reporter konnte er sich unschwer das Chaos vorstellen, das jetzt überall in den Zeitungsredaktionen der Bundesrepublik ausbrach. Alle verfügbaren Leute würde man zusammentrommeln, um den Lesern die auf den allerletzten Stand gebrachte Morgenausgabe rechtzeitig zum Frühstück zu liefern. Man mußte Nachrufe verfassen, aus den laufend eingehenden Informationen zusammenhängende Berichte schreiben und in die Setzmaschine geben. Schreiende, schwitzende Männer würden auf der Jagd nach immer mehr Einzelheiten sämtliche Telefonleitungen blockieren, weil in einer Stadt in Texas ein Mann mit durchschossener Kehle auf einer Bahre lag.

In mancher Hinsicht wünschte sich Miller wieder in die Redaktion einer Tageszeitung zurück, aber in den drei Jahren, in denen er inzwischen als freier Journalist sein Geld verdiente, hatte er sich auf Inlandsberichte über die Unterwelt in der Bundesrepublik und die Arbeit der Polizei spezialisiert. Seiner Mutter gefiel das ganz und gar nicht, und sie warf ihm seinen »Umgang mit schlechten Menschen« vor. Sein Einwand, daß er bald einer der gefragtesten Reporter Westdeutschlands sein werde, vermochte sie nicht von der Meinung abzubringen, die Tätigkeit eines Sensationsreporters sei ihres einzigen Sohnes unwürdig.

Der Rundfunk brachte weitere Meldungen. Peter Miller überlegte fieberhaft, ob sich aus dem sensationellen Ereignis für ihn die Möglichkeit zu einer speziell innerdeutschen Story ergab. Die Berichterstattung über die Redaktion der Bundesregierung war Sache der Bonner Korrespondenten, und die obligaten Rückblicke auf Kennedys Besuch in West-Berlin würden die dortigen Journalisten liefern. Eine brauchbare Bildreportage aber für eine der zahlreichen westdeutschen Illustrierten, die zu den besten Kunden seiner Schreibe gehörten, schien auch nicht drin zu sein.

Der Mann am Wagenfenster merkte, daß Miller mit den Gedanken woanders war. Er setzte ebenfalls eine nachdenkliche Miene auf.

»Ja, ja«, murmelte er wie jemand, der das alles hatte kommen sehen, »gewalttätige Menschen sind das, diese Amis. Denken Sie an meine Worte – gewalttätige Menschen. Die haben alle eine gewalttätige Ader, und das wird unsereinem hier immer unbegreiflich bleiben.«

»Sicher«, sagte Miller abwesend.

Der Mann begriff endlich.

»Tja, dann werde ich mich mal wieder auf die Socken machen«, sagte er. »Ich muß nach Hause. Guten Abend!« Und er ging zu seinem Wagen zurück.

»Guten Abend«, rief Miller ihm aus dem geöffneten Wagenfenster nach und kurbelte die Scheibe rasch wieder hoch, denn der Wind peitschte vom Fluß her Schneeregen landeinwärts. Immer noch kamen die getragenen Klänge des »marche funèbre« aus dem Radio. Der Ansager erklärte, das für diesen Abend ursprünglich vorgesehene Unterhaltungsprogramm sei abgesetzt worden; es werde ausschließlich Musik gesendet, die dem Ernst des Ereignisses angemessen sei, nur unterbrochen von den neuesten Meldungen aus Dallas.

Miller lehnte sich in die bequemen Ledersessel seines Jaguars zurück und steckte sich eine filterlose Roth-Händle an. Seine Vorliebe für diese Zigarette gehörte ebenfalls zu den Dingen, die seine Mutter an ihrem einzigen Sohn auszusetzen fand.

Nur allzu gerne versuchte man sich auszumalen, was geschehen wäre, wenn... Gewöhnlich sind solche Denkspiele müßig, denn was hätte sein können, wird man nie wissen. Dennoch: Peter Miller hätte seinen Wagen mit Sicherheit nicht an den Straßenrand gesteuert und dort eine halbe Stunde lang geparkt, wenn an jenem Abend sein Radio nicht eingeschaltet gewesen wäre. Weder hätte er den Unfallwagen gesehen noch jemals von Salomon Tauber und Eduard Roschmann etwas gehört, und aller Wahrscheinlichkeit nach hätte der Staat Israel vierzig Monate später nicht mehr existiert.

Miller rauchte seine Zigarette zu Ende, drehte das Wagenfenster wieder hinunter und warf den Stummel fort. Ein leichter Druck auf den Gashebel ließ den 3,8-l-Motor unter der langgestreckten, flach gewölbten Kühlerhaube des Jaguar XK 150 S einmal aufheulen, dann fiel die Maschine in ihr gewohntes Brummen. Es klang wie das Knurren eines gefesselten Raubtie-

res. Miller schaltete die beiden Scheinwerfer an, blickte zurück und reihte sich in den dichter werdenden Verkehr auf dem Osdorfer Weg ein.
Die Ampel an der Ecke Stresemann-Daimlerstraße zeigte Rot, als er hinter sich das Signal des Unfallwagens hörte. Mit an- und abschwellendem Sirenengeheul raste der Wagen links an ihm vorbei, bremste leicht ab, bevor er bei Rot auf die Kreuzung fuhr, und bog unmittelbar vor Miller nach rechts in die Daimlerstraße ein. Miller reagierte reflexhaft. Er legte den Gang ein, der Jaguar schoß mit einem Satz nach vorn, bog kreischend um die Ecke und folgte dem Unfallwagen im Abstand von zwanzig Metern.
Schon im nächsten Augenblick wünschte sich Miller, er wäre geradeaus, auf dem direkten Weg, heimgefahren. Vermutlich kam bei der Verfolgung des Unfallwagens nichts heraus, aber man konnte nie wissen. Wo ein Unfallwagen hinfuhr, da waren immer Menschen in Not, und wo Menschen in Not waren, da gab's vielleicht Stoff für eine Reportage, besonders, wenn man als erster an Ort und Stelle war und die von den Redaktionen geschickten Kollegen erst eintrafen, wenn schon alles gelaufen war. Es konnte sich um einen schweren Verkehrsunfall, ein Großfeuer in einem Hafensilo oder ein brennendes Mietshaus handeln, in dem Kinder von den Flammen eingeschlossen waren. Es konnte sich um alles mögliche handeln. Miller hatte stets eine kleine Yashica mit Blitzlicht im Handschuhfach seines Wagens, weil man nie wußte, was sich im nächsten Augenblick vor der eigenen Nase abspielen mochte. Er kannte einen Mann, einen Engländer, der am 6. Februar 1958 durch München ging, als nur wenige hundert Meter vor ihm das Flugzeug mit der Mannschaft von Manchester United abstürzte. Sofort hatte der Mann, der beileibe kein Berufsphotograph war, die Kamera, die er immer auf seine Reise mitnahm, vors Auge gerissen und die ersten Bilder der brennenden Maschine geschosen. Einer Illustrierten hatte er sie dann exklusiv für 50 000 DM verkauft.
Der Unfallwagen ließ den Altonaer Hauptbahnhof links liegen und raste durch das Gewirr der engen und düsteren Straßen, das sich bis zur Elbe erstreckte. Der Mann am Steuer des Ambulanz-Mercedes mußte sich in dem Viertel gut auskennen und verstand etwas vom Fahren. Miller spürte, wie die hartgefederten Hinterräder des Jaguars über das regennasse Kopfsteinpflaster rutschten, wenn er in den Kurven beschleunigte.
Miller hetzte an Mencks Auto-Ersatzteillager vorüber. Zwei Straßenecken weiter wurde seine Neugier gestillt. Der Unfallwagen bog in eine schlecht beleuchtete, von abbruchreifen Mietskasernen und schäbigen Stundenhotels gesäumte Straße ein, die in dem vom Wind gepeitschten, mit Schnee vermischten Regen um diese Zeit noch trostloser wirkte als bei Tageslicht. Der Unfallwagen hielt vor einem Haus, vor dem bereits ein Polizeiwagen stand, dessen kreisendes Blaulicht geisterhaft über die Gesichter der Zuschauer am Hauseingang strich.

Ein stämmiger Polizeimeister in einem Regenumhang befahl der Menge in barschem Ton, zur Seite zu treten und dem Unfallwagen Platz zu machen. Der Fahrer und ein Sanitäter stiegen aus, liefen zur hinteren Tür des Wagens und zogen eine Bahre heraus. Sie wechselten ein paar Worte mit dem Polizeibeamten und eilten in das Mietshaus.

Miller parkte den Jaguar zwanzig Meter weiter auf der gegenüberliegenden Straßenseite und hob die Brauen. Kein Zusammenstoß, kein Feuer, kein von Flammen eingeschlossenes Kind. Vermutlich nur ein Herzanfall. Er stieg aus und schlenderte zu den Leuten, die auf Weisung des Polizisten zurückgewichen waren. Sie standen da in einem Halbkreis, der einen Durchgang von der Haustür zum Unfallwagen freiließ.

»Haben Sie was dagegen, wenn ich hinaufgehe?« fragte Miller.

»Allerdings. Sie haben da nichts zu suchen.«

»Ich bin von der Presse«, sagte Miller und zog seinen Presseausweis hervor.

»Und ich bin von der Polizei«, entgegnete der Beamte. »Hier kommt niemand durch. Die Treppen sind viel zu schmal und außerdem baufällig. Die Krankenträger werden sowieso gleich wieder hier sein.«

Er war ein Hüne von einem Mann, wie sich das für einen Polizeimeister gehörte, der in einem der verkommensten Viertel Hamburg-Altonas Dienst tat. Annähernd zwei Meter groß, wirkte er mit seinen ausgestreckten Armen, mit denen er die Menge zurückhielt, und in seinem weiten Regenumhang unbeweglich wie ein verriegeltes Scheunentor.

»Was ist denn überhaupt los?« fragte Miller.

»Ich darf keine Erklärungen abgeben. Am besten erkundigen Sie sich auf dem Revier.«

Ein Mann in Zivil kam die Treppe hinunter und trat auf die Straße. Das rotierende Blaulicht auf dem Dach des VW-Streifenwagens huschte über sein Gesicht, und Miller erkannte ihn. Sie hatten zusammen die Oberschule in Altona besucht. Der Mann war kürzlich zum Kriminalinspektor bei der Hamburger Polizei befördert und der Altonaer Hauptwache zugeteilt worden.

»Guten Abend, Karl.«

Der junge Inspektor drehte sich um und blickte suchend in die Menge hinter dem Polizisten. Im aufblitzenden Blaulicht erkannte er Miller, der die rechte Hand erhoben hatte. Sein Gesicht verzog sich zu einem Grinsen, das zugleich freudiges Wiedererkennen und schicksalsergebene Resignation verriet. Er nickte dem Polizeimeister zu.

»In Ordnung, Wachtmeister. Er ist mehr oder weniger harmlos.«

Der Beamte senkte den Arm, und Miller drängte sich an ihm vorbei. Sie gaben sich die Hand.

»Was tust du hier?« fragte Brandt.

»Bin dem Unfallwagen nachgefahren.«

»Alter Geier... Gibt's was Neues bei dir?«
»Immer noch das gleiche. Wurstele mich nach wie vor als freier Journalist durch.«
»Scheinst aber ganz gut zurechtzukommen dabei. Ich sehe deinen Namen alle naselang in den Illustrierten.«
»Na ja, der Schornstein muß schließlich rauchen. Hast du schon gehört – das mit Kennedy?«
»Ja. Scheußliche Sache. Die werden ganz Dallas durchkämmen müssen. Bin bloß froh, daß es nicht bei uns passiert ist.«
Miller deutete mit einem Kopfnicken auf den trüb beleuchteten Treppenflur des Mietshauses. Eine schwache nackte Glühbirne warf einen gelblichen Schein auf den bröckelnden Wandverputz.
»Selbstmord«, sagte der Inspektor. »Gas. Die Nachbarn haben den Geruch bemerkt, als es durch die Türritze drang, und die Polizei verständigt. Nur gut, daß niemand ein Streichholz angezündet hat, das ganze Haus stank nach Gas.«
»Nicht zufällig ein Filmstar oder sonst was Berühmtes?«
»Na, hör mal, wenn die so etwas machen, suchen sie sich eine andere Adresse aus. Nein, es war ein alter Mann. Sah ohnehin aus, als sei er schon seit Jahren tot. Passiert jeden Tag, daß jemand Schluß macht.«
»Na, wo immer der sich jetzt auch wiederfindet, schlimmer als hier kann's kaum sein.«
Der Inspektor lächelte flüchtig und drehte sich um, als die Krankenträger mit ihrer Last die letzten Stufen der knarrenden engen Treppen zum Hausflur hinabkamen. Brandt wandte sich dem Polizeibeamten zu.
»Lassen Sie mal ein bißchen Platz machen, damit die Männer da durchkönnen.«
Der Polizeimeister drängte die Menge noch weiter zurück. Die beiden Krankenträger traten auf den Gehsteig hinaus und gingen um den Unfallwagen herum zu der offenen Hintertür. Brandt folgte ihnen mit Miller, der sich ihm an die Fersen geheftet hatte. Nicht, daß Miller unbedingt den Toten sehen wollte; er ging nur ganz einfach dorthin mit, wohin Brandt ging. Der eine der beiden Krankenträger setzte das Kopfende der Trage auf die Gleitschiene im Wagen. Der zweite wollte die Bahre gerade hineinschieben, als Brandt sagte: »Augenblick mal.« Er schlug einen Zipfel der Decke zurück, die über den Toten gebreitet war. Über die Schulter bemerkte er zu Miller: »Nur eine Formsache. Ich muß in meinem Bericht erwähnen, daß der Tote unter meiner Aufsicht zum Abtransport in die Leichenhalle in den Wagen geschafft wurde.«
Die Innenbeleuchtung des Unfallwagens war sehr hell. Für zwei Sekunden konnte Miller das Gesicht des Selbstmörders sehen. Sein erster und einziger Eindruck war, noch nie einen so alten und so häßlichen Menschen gesehen

zu haben. Selbst wenn man von den Auswirkungen der Gasvergiftung – der fleckigen Verfärbung der Haut und der bläulichen Tönung der Lippen – absah, konnte der Mann zu Lebzeiten wahrlich keine Schönheit gewesen sein. Ein paar schüttere Haarsträhnen klebten quer über dem ansonsten kahlen Schädel. Die Augen waren geschlossen. Das Gesicht war erschreckend ausgezehrt, und da dem Toten das falsche Gebiß fehlte, waren die Wangen so tief eingefallen, daß sie sich innen fast berühren mußten, was ihm das Aussehen eines Ghuls aus einem Horrorfilm verlieh. Lippen waren kaum zu erkennen, und die Partie über und unter dem Mund war von vertikalen Falten durchzogen. Miller dachte an die zusammengenähten Lippen eines Schrumpfkopfes, den er einmal bei Eingeborenen im Amazonasbecken gesehen hatte. Die beiden gezackten blassen Narben, die von den Schläfen bis zu den Mundwinkeln liefen, verstärkten diesen Eindruck noch.
Nachdem er einen raschen Blick auf das Gesicht des Toten geworfen hatte, legte Brandt die Decke wieder zurück und nickte dem Krankenträger hinter ihm zu. Der Mann trat zurück, als sein Kollege die Bahre in den Wagen schob, verschloß die Tür, ging um den Wagen herum und setzte sich auf den Beifahrersitz. Der Unfallwagen schoß davon, und die Menge zerstreute sich.
Miller sah Brandt an und hob die Brauen.
»Trostlos.«
»Ja. Armes Luder, der Alte. Wohl nichts drin für dich, oder?«
Miller sah gequält drein.
»Nichts zu machen. Wie du sagst, es passiert jeden Tag, daß einer Schluß macht. Überall in der ganzen Welt begehen in diesem Augenblick Menschen Selbstmord, und niemand nimmt auch nur die geringste Notiz davon. Schon gar nicht jetzt, wo sie gerade Kennedy umgebracht haben.«
Inspektor Brandt lachte bitter.
»Ihr verdammten Journalisten.«
»Seien wir doch ehrlich. Was die Leute lesen wollen, das sind Berichte über Kennedys Ermordung. Und auf die Leute kommt es schließlich an, denn sie kaufen die Zeitungen.«
»Damit wirst du wohl recht haben. Tja, ich muß wieder zur Wache. Bis bald, Peter.«
Sie trennten sich, und Miller fuhr zum Altonaer Hauptbahnhof zurück. Er bog in die zur Stadtmitte führende Hauptstraße ein und stellte seinen Jaguar zwanzig Minuten später in der großen unterirdischen Garage beim Hansaplatz ab. Von hier aus waren es keine zweihundert Meter bis zu dem Haus, in dem er ein Dachgartenapartment bewohnte.
Den Wagen während der Wintermonate in der Kellergarage unterzubringen, war kostspielig und gehörte zu den wenigen Extravaganzen, die Miller sich leistete. Seine ziemlich teure Wohnung gefiel ihm, weil sie so hochge-

legen war. Er konnte auf den geschäftigen Steindamm und über einen weiten Teil der Stadt blicken. Für Kleidung und Essen gab er nicht viel aus. Mit seinen neunundzwanzig Jahren, seiner Länge von fast zwei Metern, seinem unbändigen braunen Haar und seinen braunen Augen, die den Frauen so gut gefielen, hatte er es nicht nötig, sich teure Anzüge zu kaufen. Ein Freund hatte ihm einmal, nicht ohne Neid, gesagt: »Dir würden die Mädchen noch in eine Mönchszelle nachlaufen.« Miller hatte nur gelacht, sich aber doch geschmeichelt gefühlt, weil er wußte, daß es die Wahrheit war.

Seine wirkliche Leidenschaft waren Sportwagen, sein Beruf und Sigrid, obschon er sich gelegentlich eingestand, daß Sigi, wenn er jemals zwischen ihr und dem Jaguar zu wählen hätte, sich anderweitig würde trösten müssen.

Er blieb noch eine Weile vor dem Jaguar stehen, nachdem er ihn auf seinem Garagenplatz abgestellt hatte, ganz in den Anblick des Wagens versunken. Er konnte sich nicht daran satt sehen. Wenn er ihn in irgendeiner Straße geparkt hatte und zurückkam, verharrte er oft einen Augenblick lang in andächtiger Bewunderung, bevor er einstieg. Häufig blieben Passanten stehen und bemerkten, ohne zu wissen, daß der Wagen ihm gehörte, anerkennend: »Toller Schlitten!«

Normalerweise fährt kein freier Reporter seines Alters einen Jaguar XK 150 S. Ersatzteile waren in Hamburg schon deswegen nur unter allergrößten Schwierigkeiten zu bekommen, weil die XK-Serie, deren letztes Modell der Typ S gewesen war, seit 1960 nicht mehr produziert wurde. Miller hielt den Wagen selbst in Schuß, verbrachte jeden Sonntag viele Stunden im Overall unter dem Chassis oder der Motorhaube. Das Benzin, das der Wagen mit seinen drei Vergasern schluckte, ging ganz schön ins Geld, aber das nahm Miller gern in Kauf. Das berserkerhafte Röhren zu hören, wenn er auf der Autobahn das Gaspedal durchtrat, oder den Druck zu spüren, der ihn gegen die Polsterung preßte, wenn der Wagen auf einer Bergstraße aus der Kurve in die Gerade schoß – das ließ er sich gerne etwas kosten. Er hatte die Federung der beiden Vorderräder noch härter machen lassen, und da die Hinterräder mit Einzelradaufhängung versehen waren, blieb der Jaguar auch in Kurven, in denen andere Wagen, die sich nicht überholen lassen wollten, unweigerlich ins Schleudern gerieten, eisern in der Spur. Miller hatte ihn schwarz spritzen und an den Seiten der Länge nach mit einem wespengelben Streifen versehen lassen. Da der Wagen nicht für den Export, sondern für den innerenglischen Verkehr hergestellt war, befand sich das Lenkrad auf der rechten Seite; das erwies sich wegen der Sicht beim Überholen zuweilen als hinderlich, andererseits konnte er jedoch so mit der linken Hand schalten und mit der rechten steuern, was er als sehr vorteilhaft empfand. Immer noch vermochte er, wenn er daran dachte, wie er an den Jaguar gekommen

war, sein Glück kaum zu fassen. Irgendwann im Frühsommer hatte er beim Friseur ein Schlagermagazin aufgeschlagen und müßig durchgeblättert. Normalerweise interessierte er sich nicht für die Klatschgeschichten von Schlagersängern, aber es gab nichts anderes zu lesen. Ein langer Artikel berichtete von dem kometenhaften Aufstieg, mit dem vier pilzköpfige junge Engländer internationalen Ruhm errungen hatten. Das Gesicht ganz rechts außen auf dem doppelseitigen Photo – das mit der großen Nase – sagte Miller nichts, aber die anderen drei Gesichter kamen ihm bekannt vor.
Die Titel der beiden Schallplatten, mit denen das Quartett den entscheidenden Erfolg erzielt hatten – »Please, Please Me« und »Love Me Do« –, sagten ihm ebenfalls nichts, aber über die drei Gesichter zerbrach er sich zwei Tage lang den Kopf. Dann fiel ihm ein, daß die drei vor zwei Jahren in irgendeinem Beatschuppen an der Reeperbahn gespielt hatten. Es dauerte einen weiteren Tag, bis er sich an den Namen des Lokals erinnerte. Er war nur einmal auf einen Drink dort gewesen, um einen Gewährsmann aus der Unterwelt zu treffen, von dem er Informationen über die St.-Pauli-Bande zu erhalten hoffte. Der Schuppen hieß »Star-Club«. Er fuhr hin, ließ sich die Programme aus dem Jahr 1961 zeigen und fand die Gruppe, die er suchte. Damals waren es fünf Musiker gewesen, die drei, die er kannte, und noch zwei andere, Pete Best und Stuart Sutcliffe.
Von dort fuhr er zu der Photographin, die im Auftrag des Impresarios Bert Kämpferts die Werbephotos gemacht hatte. Von ihr erwarb er die Exklusivrechte an sämtlichen Bildern, die sie noch besaß. Seine Reportage »Wie Hamburg die Beatles entdeckte« erschien in fast allen westdeutschen Schlagermagazinen und Illustrierten und in vielen ausländischen Blättern. Mit dem Honorar kaufte er den Jaguar, den er bei einem Gebrauchtwagenhändler gesehen hatte. Der hatte ihn von einem britischen Armeeoffizier übernommen, dessen hochschwangere Ehefrau nicht mehr in den Wagen paßte. Miller hatte aus Dankbarkeit sogar ein paar Beatles-Platten gekauft, aber der einzige Mensch, der sie manchmal spielte, war Sigi.
Er riß sich vom Anblick des Wagens los, schlenderte über die Rampe zur Straße und fuhr in seine Wohnung hinauf. Es war fast Mitternacht, und obwohl ihm seine Mutter um sieben Uhr, wie immer am Freitag, ein reichhaltiges Abendessen vorgesetzt hatte, spürte er schon wieder Hunger. Er machte sich ein paar Rühreier und hörte die Spätnachrichten. Sie bezogen sich nahezu ausschließlich auf Kennedy, und da aus Dallas selbst nur sehr spärliche Meldungen kamen, war hauptsächlich von der offiziellen Reaktion in der Bundesrepublik die Rede. Die Polizei suchte noch immer nach dem Täter. Kommentatoren und Nachrichtensprecher verbreiteten sich wortreich über Kennedys Liebe zu Deutschland, seinen Besuch in der ehemaligen Reichshauptstadt im Sommer zuvor, als er auf deutsch gesagt hatte: »Ich bin ein Berliner!«

Es folgte ein auf Band gesprochener Nachruf des Regierenden Bürgermeisters von Berlin, Willy Brandt, dessen Stimme die innere Bewegung anzumerken war. Weitere Würdigungen schlossen sich an, so von Bundeskanzler Erhard und Altkanzler Konrad Adenauer, der am 15. Oktober zurückgetreten war.

Peter Miller stellte das Radio ab und ging zu Bett. Er wünschte, Sigi wäre zu Hause, weil er immer, wenn er deprimiert war und nicht einschlafen konnte, das Bedürfnis hatte, sich wie ein Kind ganz eng an sie zu kuscheln – worauf er sie jedesmal heftig begehrte. Sie liebten sich dann, und er konnte endlich einschlafen – sehr zu Sigis Enttäuschung, denn hinterher wollte sie immer vom Heiraten und Kinderkriegen reden. Der Nachtklub, in dem sie tanzte, machte erst um vier Uhr morgens zu, und samstags und sonntags häufig sogar noch später, weil die Reeperbahn an Wochenenden von Provinzlern und Touristen wimmelte, die bereit waren, einem Mädchen mit großem Busen und hübschem Hintern Champagner zu bestellen, der das Zehnfache des Ladenpreises kostete. Und Sigi hatte den größten Busen und hübschesten Hintern von allen.

Miller rauchte also noch eine weitere Zigarette, schlief um Viertel nach eins ein und träumte von dem grauenhaften Gesicht des alten Mannes, der sich in den Elendsvierteln von Altona das Leben genommen hatte.

Während sich Peter Miller um Mitternacht in Hamburg Rühreier bereitete, saßen in dem komfortablen Rauchsalon eines Hauses bei Kairo fünf Männer beim Drink zusammen. Das Haus gehörte zum Wohnkomplex einer Reitschule in der Nähe der Pyramiden. Die Männer hatten ausgezeichnet zu Abend gespeist und waren in bester Stimmung, seit sie vier Stunden zuvor – in Kairo war es jetzt ein Uhr morgens – die Nachricht aus Dallas gehört hatten.

Drei Männer waren Deutsche, die anderen beiden Ägypter. Die Frau des Gastgebers war zu Bett gegangen und hatte ihren Mann seinem bis in die frühen Morgenstunden währenden Gespräch mit den vier Besuchern überlassen. Er war der Inhaber der Reitschule, die ein beliebter Treffpunkt der Kairoer Gesellschaft und der deutschen Kolonie war.

In dem bequemen Ledersessel beim Fenster, dessen Jalousien geschlossen waren, saß Peter Bodden – El Gumrah. Er war unmittelbar nach dem Krieg nach Ägypten übergesiedelt, hatte den ägyptischen Namen El Gumrah angenommen und war jetzt im Kairoer Informationsministerium als Sachverständiger für außenpolitische Fragen tätig. Er hielt ein Glas Whisky in der Hand, während sein Nachbar zur Linken, Georg Reiche, ein Nahost-Experte der ehemaligen deutschen Reichsregierung und heute ebenfalls im ägyptischen Informationsministerium tätig, nur Orangensaft trank. Reiche war inzwischen zum moslemischen Glauben übergetreten, hatte eine Pilgerreise nach Mekka gemacht und nannte sich seither El Hadj. Seinem neuen Glauben getreu, verschmähte er jeglichen Alkohol. Beide Männer waren fanatische Nationalsozialisten.

Der eine der beiden Ägypter war Oberst Chams Edine Badrane, der persönliche Adjutant Marschall Abdel Hakim Amers, der zum ägyptischen Verteidigungsminister avancierte, bevor er nach dem Sechstagekrieg von 1967 wegen Landesverrats zum Tode verurteilt wurde. Oberst Badrane sollte gleich seinem Herrn und Meister ebenfalls in Ungnade fallen. Der andere Ägypter war Oberst Ali Samir, der Chef des Mukhabarat, des ägyptischen Geheimdienstes.

An dem Essen hatte noch ein weiterer Mann teilgenommen, der Ehrengast, der um 21 Uhr 30, als die Nachricht von Präsident Kennedys Tod gemeldet wurde, nach Kairo zurückgeeilt war: Anwar Sadat, der Vorsitzende der ägyptischen Nationalversammlung, ein enger Mitarbeiter Präsident Nassers, der später sein Nachfolger wurde.

Peter Bodden hob sein Glas.

»Die Politik der Vereinigten Staaten wird sich ändern müssen. Meine Herren, trinken wir auf die gemeinsame Sache.«

»Aber unsere Gläser sind leer«, bemerkte Oberst Samir.

Der Gastgeber beeilte sich, diesem Übelstand abzuhelfen, und schenkte Scotch nach.

Die Anspielung auf die Politik der Vereinigten Staaten hatte keinen der vier Männer überrascht oder gar befremdet. Am 14. März 1960, als Eisenhower noch Präsident der Vereinigten Staaten war, hatten sich der israelische Premierminister David Ben-Gurion und Bundeskanzler Konrad Adenauer im New Yorker Hotel Waldorf-Astoria zu einer Geheimbesprechung unter vier Augen getroffen, die zehn Jahre zuvor noch für undenkbar gehalten worden wäre. Was bei jener Zusammenkunft vereinbart worden war, galt auch noch 1960 als undenkbar, und das war auch der Grund, warum es Jahre dauern sollte, bis Einzelheiten davon an die Öffentlichkeit drangen, und warum Präsident Nasser sich weigerte, die Informationen ernst zu nehmen, die ihm die ODESSA, die Organisation der ehemaligen SS-Angehörigen, und Oberst Samirs Mukhabarat auf den Tisch legten.

Die beiden Staatsmänner hatten ein Abkommen getroffen, demzufolge Westdeutschland dem Staat Israel einen jährlichen Kredit in Höhe von 50 Millionen Dollar gewährte, ohne irgendwelche Bedingungen daran zu knüpfen. Ben-Gurion stellte jedoch sehr bald fest, daß es zwar gut und schön war, Geld zu haben, aber wenig half, wenn es einem an sicheren und verläßlichen Waffenlieferanten mangelte.

Ein halbes Jahr darauf wurde das Waldorf-Astoria-Abkommen durch eine weitere Vereinbarung ergänzt, die von Franz Josef Strauß und Shimon Pe-

res unterzeichnet war, den Verteidigungsministern der Bundesrepublik Deutschland und des Staates Israel. Israel konnte jetzt den deutschen Kredit zum Ankaufen von Waffen in der Bundesrepublik verwenden.
Adenauer, der sich der weitaus heikleren Natur dieses zweiten Abkommens durchaus bewußt war, zögerte die Ratifizierung monatelang hinaus, bis er im November 1961 in New York mit dem neuen Präsidenten der Vereinigten Staaten, John Fitzgerald Kennedy, zusammentraf. Kennedy setzte ihn unter Druck. Er wünschte zwar nicht, daß Waffen aus den USA direkt an Israel geliefert wurden, war aber doch sehr stark daran interessiert, daß Israel auf anderen Wegen mit amerikanischen Waffen versorgt wurde. Israel benötigte Jagdflugzeuge, Transportflugzeuge, 10,5-cm-Geschütze, gepanzerte Mannschaftstransportwagen und vor allem Kampf- und Schützenpanzerwagen. Die Bundesrepublik verfügte über alle diese Waffen, vornehmlich amerikanische Fabrikate, die sie entweder zum Ausgleich für die Stationierungskosten der US-Truppen den Amerikanern abkaufte oder aber in Lizenz selbst herstellte. Unter dem Druck Kennedys trat das Strauß-Peres-Abkommen in Kraft. Die ersten deutschen Panzer trafen Ende Juni 1963 in Haifa ein. Es erwies sich allerdings als schwierig, das Übereinkommen auf die Dauer geheimzuhalten; allzu viele Menschen waren daran beteiligt. Die ODESSA erfuhr bereits gegen Ende des Jahres 1962 davon und informierte umgehend die Ägypter, mit denen ihre Agenten in Kairo aufs engste zusammenarbeiteten.
Im Herbst 1963 änderte sich die Situation. Konrad Adenauer trat am 15. Oktober zurück und ging in den Ruhestand. Sein Nachfolger wurde Ludwig Erhard, als »Vater des Wirtschaftswunders« eine erstklassige Wahllokomotive, in Fragen der Außenpolitik jedoch schwach und wankelmütig. Selbst zu Adenauers Zeiten hatte es eine lautstarke Gruppe innerhalb des Kabinetts gegeben, die für einen Aufschub des Waffenabkommens mit Israel war und es lieber gesehen hätte, wenn die Lieferungen gestoppt worden wären, noch bevor sie begonnen hatten. Der alte Kanzler hatte sie mit ein paar scharfen Sätzen zum Schweigen gebracht, und seine Macht erwies sich als so groß, daß sie stumm blieben.
Nach Erhards Amtsübernahme gewannen die Gegner des Waffenabkommens, die vor allem von dem an guten Beziehungen zur arabischen Welt interessierten Auswärtigen Amt unterstützt wurden, neuerlich an Einfluß. Erhard, der sich bereits den Spitznamen »Gummilöwe« zugezogen hatte, zögerte. Aber der amerikanische Präsident war nach wie vor entschlossen, Israel über Westdeutschland Waffen zukommen zu lassen.
Und dann wurde Kennedy ermordet. In den Morgenstunden des 23. November lautete die große Frage für die Gegner des Waffenabkommens daher ganz einfach: Würde auch Kennedys Amtsnachfolger den amerikanischen Druck auf Bonn weiterhin ausüben, oder würde er dem zaudernden

Kanzler Erhard gestatten, von dem Abkommen zurückzutreten? Wie sich zeigen sollte, wich Präsident Lyndon Johnson in dieser Hinsicht um keinen Deut von der Politik seines Vorgängers ab; aber zu jenem Zeitpunkt setzte man in Kairo noch große Hoffnungen darauf, daß er es tat.

Der Gastgeber jener geselligen Zusammenkunft im Rauchsalon der Villa vor den Toren Kairos goß sich einen weiteren Whisky ein, nachdem er die Gläser seiner Gäste nachgefüllt hatte. Er hieß Wolfgang Lutz, war 1921 in Mannheim geboren, hatte in der deutschen Wehrmacht zuletzt den Rang eines Majors bekleidet und war 1961 nach Kairo emigriert, wo er eine Reitschule eröffnete. Blond, blauäugig, mit kühner Adlernase, war er fanatischer Judenhasser und wurde von den politisch einflußreichen Gesellschaftskreisen Kairos und der vielfach aus Nazis bestehenden deutschen Kolonie hofiert.

Er stellte die Whiskyflasche wieder zu den anderen Flaschen auf dem Getränketisch und wandte sich mit einem breiten Lächeln seinen Gästen zu. Der Gedanke, daß dieses Lächeln falsch sein könnte, wäre seinen Gästen absurd erschienen. Und doch war es ein falsches Lächeln.

Lutz war zwar in Mannheim geboren, jedoch 1933 im Alter von zwölf Jahren mit seinen Eltern nach Israel emigriert. Er hieß Ze'ev, war Rav-Seren (Major) der israelischen Armee und zu jenem Zeitpunkt der führende Agent des israelischen Geheimdienstes in Ägypten. Am 28. Januar 1965 wurde er verhaftet. Bei einer Hausdurchsuchung hatte man im Badezimmer einen versteckten Geheimsender gefunden. Am 26. Juni des gleichen Jahres wurde er zu lebenslänglicher Zwangsarbeit verurteilt. Nach Beendigung des Sechstagekrieges von 1967 ließ man ihn im Rahmen eines Austauschverfahrens, bei dem Tausende von ägyptischen Kriegsgefangenen repatriiert wurden, frei. Am 4. Februar 1968 betrat er dann gemeinsam mit seiner Frau auf dem israelischen Flugplatz Lod erstmals wieder heimatlichen Boden. Aber alles das – die Verhaftung, die Folterungen, die wiederholten Vergewaltigungen seiner Frau – lag in der Nacht nach Kennedys Tod noch in ferner Zukunft. Lutz hob sein Glas und prostete den vier lächelnden Gesichtern vor ihm zu. Er konnte es kaum erwarten, daß seine Gäste sich endlich verabschiedeten, denn eine Bemerkung, die einer von ihnen während des Essens gemacht hatte, war von allergrößter Bedeutung für sein Land, und er wünschte verzweifelt, allein zu sein, ins Badezimmer hinaufzugehen, den Geheimsender aus einem Versteck zu holen und eine Meldung nach Tel Aviv zu übermitteln. Aber er zwang sich zu einem Lächeln.

»Tod allen Judenfreunden«, sagte er und leerte sein Glas.

Peter Miller wachte kurz vor 9 Uhr auf und räkelte sich genießerisch unter der gewaltigen Daunendecke, die über das Doppelbett gebreitet war. Sigi schlief. Er spürte die Wärme ihres Körpers und drängte sich eng an sie. Der feste Druck ihres Gesäßes gegen seinen Bauch erregte ihn.

Sigi, die erst gegen 5 Uhr morgens heimgekommen war, maunzte schlaftrunken und rückte unwillig von ihm ab.

»Laß mich in Ruhe«, murmelte sie, ohne aufzuwachen.

Miller seufzte, drehte sich auf den Rücken, hob den Arm vor die Augen und schaute im Zwielicht auf das Zifferblatt seiner Armbanduhr. Dann schwang er sich aus dem Bett, warf sich den Bademantel über, ging barfuß ins Wohnzimmer und zog die Vorhänge auf. Kaltes, graues Novemberlicht fiel in den Raum, und Miller kniff die Augen zusammen. Schläfrig blickte er auf den Steindamm hinunter. Es war Sonntag vormittag und der Verkehr auf dem regennassen Asphalt nur schwach. Miller gähnte und ging in die Küche, um sich die erste Tasse Kaffee zu machen, der im Lauf des Tages noch viele andere folgen würden. Seine Mutter und Sigi hielten ihm vor, ausschließlich von Kaffee und Zigaretten zu leben.

Während er in der Küche seinen Kaffee trank und die erste Zigarette rauchte, überlegte er, ob an diesem Tag irgendwelche unaufschiebbaren Dinge zu erledigen waren. Es fiel ihm nichts Wichtiges ein. Die Zeitungen und Illustrierten würden auf Tage oder gar Wochen nur an Kennedy-Berichten und Kennedy-Reportagen interessiert sein, und eine irgendwie interessante Story, hinter der er hätte herjagen müssen, gab es auch nicht. Im übrigen waren am Wochenende kaum Leute in den Redaktionen anzutreffen, und zu Hause ließen sie sich nur ungern stören. Er hatte kürzlich eine Serie über die Unterwanderung des Vergnügungsgewerbes auf St. Pauli durch französische, österreichische und italienische Gangster und Zuhälter abgeschlossen, die gut angekommen, aber noch nicht bezahlt worden war. Einen Augenblick lang erwog er, ob er sich das Honorar abholen sollte, überlegte es sich dann jedoch anders. Sie würden schon rechtzeitig zahlen, und einstweilen hatte er noch genügend Geld. Der letzte Kontoauszug, der ihm vor drei Tagen zugeschickt worden war, besagte, daß er noch 5000 DM auf der Bank hatte. Damit konnte er eine Weile auskommen.

»Das Schlimme mit dir, Freundchen«, sagte er zu seinem Spiegelbild, das ihm aus der von Sigi blitzblank geputzten Bratpfanne entgegensah, »ist nur, daß du faul bist.« Er ging zum Spülbecken und wusch seine Kaffeetasse mit dem Zeigefinger aus.

Als er vor zehn Jahren die Schule mit dem Abitur verließ, hatte ihn ein Lehrer nach seinen Plänen gefragt.

»Ich will ein reicher Nichtstuer werden«, hatte er geantwortet, und mit neunundzwanzig Jahren hielt er dieses Ziel, obschon er es nicht erreicht hatte und vermutlich auch niemals erreichen würde, noch immer für erstrebenswert.

Er trug das Transistorradio ins Badezimmer, schloß die Tür, damit Sigi

nicht aufwachte, und hörte die Nachrichten, während er duschte und sich rasierte. Die wichtigste Meldung besagte, daß man in Dallas inzwischen einen Verdächtigen festgenommen hatte. Die Nachrichten handelten fast nur von dem Attentat.
Miller trocknete sich ab, ging in die Küche zurück und machte weiteren Kaffee, diesmal zwei Tassen. Er trug sie ins Schlafzimmer, stellte sie auf das Tischchen neben dem Bett, warf den Bademantel ab und schlüpfte nochmals unter die Decke, unter der nur Sigis Haarschopf hervorschaute.
Sigi war als Schülerin eine glänzende Leichtathletin gewesen; sie hätte, so erzählte sie, alle Chancen gehabt, in die Olympiamannschaft zu kommen, wenn ihr Busen sich nicht in einer Weise entwickelt hätte, die sich beim Training als hinderlich erwies und eine gesicherte Unterbringung in einem Sportdreß nicht mehr gewährleistete. Sie machte Abitur, studierte und war dann zunächst Sportlehrerin an einer Hamburger Mädchenschule. Der Berufswechsel ein Jahr später hatte ebenso simple wie einleuchtende wirtschaftliche Gründe: Als Striptease-Tänzerin verdiente sie das Fünffache ihres Lehrerinnengehalts.
Es machte ihr nichts aus, sich in Nachtklubs splitternackt auszuziehen, aber lüsterne Bemerkungen über ihren Körper waren ihr außerordentlich unangenehm, wenn sie von einem Gast gemacht wurden, den sie dabei sehen konnte.
»Die Sache ist die«, hatte sie dem amüsierten Miller zu Beginn ihrer Bekanntschaft mit größter Ernsthaftigkeit klarzumachen versucht, »daß ich die Zuschauer nicht erkennen kann, wenn ich auf der Bühne im Scheinwerferlicht stehe, und deswegen macht es mir nichts aus. Ich glaube, ich würde sofort von der Bühne rennen, wenn ich sie sehen könnte.«
Das hielt sie jedoch nicht davon ab, sich an einen der Tische im Zuschauerraum zu setzen, sobald sie wieder angezogen war, um sich von einem Gast zum Champagner einladen zu lassen. Ein anderes Getränk gab es nicht, und der Champagner wurde in halben oder ganzen Flaschen (meist in ganzen) serviert. Sigi war an dem Erlös jeder Flasche, zu deren Konsum sie die Gäste animierte, mit 15 Prozent beteiligt. Zwar versprachen sich die Gäste in der Regel mehr davon als bloß eine Stunde lang in andächtiger Bewunderung in das tiefe Tal zwischen ihren Brüsten starren zu dürfen. Aber alle Hoffnungen erwiesen sich als trügerisch. Sigi war ein freundliches und verständnisvolles Mädchen und reagierte auf die plumpen Aufmerksamkeiten der Gäste mit nachsichtigem Bedauern.
»Arme Kerle sind das«, bemerkte sie einmal zu Miller, »was denen fehlt, ist eine nette Frau, die zu Hause auf sie wartet.«
»Was soll denn das heißen – arme Kerle?« protestierte Miller. »Das sind geile Böcke, die die Taschen voller Geld haben, mit dem sie um sich werfen können.«

»Aber das brauchten sie bestimmt nicht, wenn sie jemanden hätten, der sich um sie kümmert«, entgegnete Sigi, und was das betraf, war ihre weibliche Logik unwiderlegbar.

Miller hatte sie ganz zufällig entdeckt, als er Madame Koketts Bar neben dem Café Keese an der Reeperbahn aufsuchte, um mit dem Eigentümer, einem seiner alten Bekannten und bewährten Kontaktleute auf St. Pauli, ein paar Gläschen zu kippen und ein wenig zu schwätzen. Sie war ein großes Mädchen, annähernd einsachtzig, und hatte eine Figur, die für eine kleinere Person allzu kurvenreich gewesen wäre. Sie strippte mit den üblichen Gesten, die sinnlich wirken sollten, und zog dabei den obligaten Schmollmund und machte Schlafzimmeraugen. Miller kannte alles das zur Genüge und schlürfte ungerührt seinen Drink. Als aber dann der Büstenhalter fiel, vergaß er, das schon halb erhobene Glas zum Mund zu führen, und konnte nur noch starren und staunen. Sein Gastgeber blickte ihn lächelnd an.

»Die ist vielleicht gebaut, was?« meinte er.

Die doppelseitigen, ausklappbaren Damen im *Playboy* waren dagegen Fälle besorgniserregender Unterentwicklung. Wo andere einen Büstenhalter brauchten, hatte dieses Mädchen da seine Muskeln, die alles hübsch hoch und straff hielten.

Als der Auftritt beendet war und der Applaus einsetzte, gab das Mädchen die unpersönliche Pose der professionellen Tänzerin auf und machte eine scheue, verschämte Verbeugung vor dem Publikum. Im nächsten Augenblick verzog sich ihr Mund zu einem entwaffnenden breiten Grinsen, das an den Gesichtsausdruck eines noch nicht gänzlich abgerichteten jungen Jagdhundes denken ließ, der entgegen allen Wetten einen soeben geschossenen Fasan apportiert hat. Es war dieses Grinsen, das es Miller angetan hatte, und nicht ihr Strip oder ihre Figur. Er fragte den Besitzer, ob er sie wohl zu einem Drink einladen könne, und der ließ sie rufen.

Da Miller in Gesellschaft des Chefs war, bestellte sie nicht Champagner, sondern bat um einen Gin-Fizz. Miller ertappte sich bei der Vorstellung, wie angenehm es sein müßte, sie ständig um sich zu haben, und fragte sie, ob er sie später heimfahren dürfe. Sichtlich zögernd stimmte sie zu. Miller ging sehr überlegt vor und machte an jenem Abend sonst keinerlei Annäherungsversuche. Es war Frühlingsanfang, und als die Bar schloß, erschien das Mädchen in einem alles andere als modischen Dufflecoat, was er für eine vorsätzliche Demonstration hielt.

Sie tranken einen Kaffee miteinander und unterhielten sich über alles mögliche, wobei sie zusehends gelöster wurde und munter drauflos plauderte. Er erfuhr, daß sie Schlagermusik und Kunst liebte, gern an der Alster spazierenging und viel für Hausarbeit und Kinder übrig hatte. Von da an gingen sie regelmäßig an ihrem einzigen freien Abend in der Woche zusammen aus, aßen miteinander zu Abend oder gingen ins Kino.

Nach drei Monaten ging Miller mit ihr ins Bett, und bald darauf schlug er ihr vor, zu ihm zu ziehen, wenn sie Lust dazu habe. Mit der Zielstrebigkeit, die sie den wenigen Dingen gegenüber an den Tag legte, auf die es im Leben ankam, war sie sich bereits darüber klargeworden, daß sie Peter heiraten wollte. Das Problem war lediglich, ob sie am sichersten zum Ziel kam, wenn sie nicht mit ihm schlief, oder gerade dadurch, daß sie es tat. Da ihr jedoch nicht entging, daß er sich um eine ausreichende Belegung der zweiten Hälfte seiner Matratze nicht zu sorgen brauchte, wenn er nur wollte, zog sie zu ihm. Wenn sie ihm das Leben so angenehm wie möglich machte, würde er schon bald von selbst darauf kommen, sie zu heiraten. Ende November waren es sechs Monate, daß sie miteinander lebten.

Miller hatte zwar keinen sonderlichen Sinn für Heim und Herd, aber ihm entging nicht, daß sie ihm auf sehr angenehme Weise den Haushalt führte, und im Bett war sie mit Vergnügen bei der Sache. Sie sprach nie direkt vom Heiraten, versuchte aber, ihm ihren Herzenswunsch auf andere Weise zu signalisieren. Wenn sie an sonnigen Tagen durch die Grünanlagen an der Alster schlenderten, schloß sie, unter wohlwollenden elterlichen Blicken, zuweilen auch einmal Freundschaft mit einem der dort spielenden kleinen Jungen.

»O Peter, ist der nicht süß?«

Miller murmelte dann: »Ja, ja, wirklich, das ist er.«

Danach redete sie zur Strafe etwa eine Stunde lang nicht mit ihm, weil er den Wink nicht zur Kenntnis genommen hatte. Aber sie waren sehr glücklich miteinander, besonders Peter Miller, dem das Arrangement ausnehmend gut gefiel. Es bot ihm die Vorzüge der Ehe und insbesondere die Freuden regelmäßiger Liebe ohne die lästigen Bindungen der Ehe.

Er trank seine Tasse Kaffee halb aus und kroch ganz unter die Decke. Sigi schlief immer noch. Der Rücken war ihm zugekehrt.

Er legte die Arme um sie und liebkoste sanft ihre Scham. Davon würde sie langsam aufwachen. Nach einer Weile begann sie leise vor Behagen zu stöhnen und drehte sich auf den Rücken. Er beugte sich über sie und küßte ihre Brüste. Sie seufzte, noch immer schlaftrunken. Langsam tasteten ihre Hände über seinen Rücken, und zehn Minuten später liebten sie sich, stöhnend vor Lust und erschauernd.

»Das ist ja eine niederträchtige Art, mich aufzuwecken«, beschwerte sich Sigi hinterher.

»Es gibt schlimmere Arten«, meinte Miller.

»Wie spät ist es?«

»Fast zwölf«, log Miller, der wußte, daß sie den nächstbesten Gegenstand nach ihm werfen würde, wenn sie erfuhr, daß es erst halb elf war und er sie nur fünf Stunden hatte schlafen lassen. »Schlaf ruhig weiter, wenn du willst.«

»Mmmm. Danke, Lieber. Du bist so gut zu mir«, murmelte Sigi und war im nächsten Augenblick schon wieder eingeschlafen.
Miller hatte den restlichen Kaffee ausgetrunken und wollte gerade ins Badezimmer gehen, als das Telefon klingelte. Er eilte ins Wohnzimmer und nahm den Hörer ab.
»Miller.«
»Peter?«
»Ja, wer ist da?«
»Karl.«
Er war noch ein wenig benommen und erkannte die Stimme nicht gleich.
»Karl?«
»Karl Brandt«, wiederholte die Simme. »Was ist los mit dir, schläfst du etwa noch?«
Miller riß sich zusammen.
»Ah ja. Entschuldige, Karl, aber ich bin eben erst aufgestanden. Was gibt's?«
»Hör mal, es ist wegen des toten Juden. Ich muß mit dir sprechen.«
Miller war perplex.
»Welcher tote Jude?«
»Der in Altona, der sich gestern abend mit Gas vergiftet hat. Kannst du dich noch so weit zurückerinnern?«
»Ja, selbstverständlich erinnere ich mich an gestern abend«, sagte Miller.
»Ich wußte nur nicht, daß es ein Jude war. Hast du irgend etwas über ihn herausgekriegt?«
»Ich muß mit dir sprechen«, sagte der Kriminalinspektor. »Aber nicht am Telefon. Können wir uns irgendwo treffen?«
Millers Reportergehirn schaltete jetzt blitzschnell. Wer etwas mitzuteilen hat, dies aber nicht am Telefon tun will, hält seine Information meist für sehr wichtig. Und wenn schon ein Kriminalinspektor sich so übervorsichtig verhielt, konnte es sich kaum um eine Bagatelle handeln.
»Selbstverständlich«, erklärte Miller. »Bist du über Mittag frei?«
»Das ließe sich einrichten«, sagte Brandt.
»Gut«, sagte Miller. »Ich gebe auch einen aus, wenn du meinst, daß da was Lohnendes drin ist für mich.« Er nannte ein kleines Restaurant am Gänsemarkt, und sie verabredeten sich für ein Uhr. Miller konnte sich nicht vorstellen, daß der Selbstmord eines alten Mannes in einer schäbigen Mietswohnung in Altona – ob es nun ein Jude war oder nicht – eine brauchbare Story abgeben sollte.
Während des Mittagessens schien der junge Kriminalinspektor nicht davon sprechen zu wollen, erst beim Kaffee sagte er unvermittelt: »Der Mann gestern abend.«
»Ja«, sagte Miller. »Was ist mit ihm?«

»Du weißt, was die Nazis während des Krieges und auch schon vor dem Krieg mit den Juden gemacht haben.«
»Allerdings«, sagte Miller. »Das haben sie uns auf der Schule ja ausführlich erzählt.«
Er war verwirrt und peinlich berührt. Wie die meisten jungen Deutschen seiner Generation hatte er mit vierzehn oder fünfzehn Jahren in der Schule gelernt, daß er zusammen mit allen seinen Landsleuten auf ewig von den entsetzlichen Kriegsverbrechen gebrandmarkt sei, die Deutsche begangen hatten. Damals hatte er das akzeptiert, ohne überhaupt zu begreifen, wovon die Rede war.
Lange Zeit war er nicht dahintergekommen, was die Lehrer in der ersten Zeit nach dem Krieg damit eigentlich gemeint hatten. Natürlich konnte man Lehrer und Eltern danach fragen, aber die schienen nie eine Antwort zu wissen. Erst Jahre später, als er zum jungen Mann heranwuchs, hatte er das eine oder andere darüber gelesen, und obschon er das, was er dabei erfuhr, abscheulich fand, vermochte er sich nicht persönlich betroffen zu fühlen. Das alles war in einer ganz anderen Zeit und in einer ganz anderen Welt geschehen und lag lange, sehr lange zurück.
Er war nicht dabei gewesen, als es geschah, sein Vater war nicht dabei gewesen und auch seine Mutter nicht. Irgendeine innere Stimme hatte ihm gesagt, daß Peter Miller mit alldem nichts zu schaffen habe, und so waren die Namen, die Daten und alle Einzelheiten für ihn immer abstrakt geblieben. Er wußte nicht, warum Karl Brandt das Thema zur Sprache brachte.
Brandt rührte in seinem Kaffee. Offenkundig war er ebenfalls um Worte verlegen und schien nicht zu wissen, wie er beginnen sollte.
»Der alte Mann gestern abend«, sagte er schließlich, »das war ein deutscher Jude. Er hat viele Jahre im Konzentrationslager verbracht.«
Miller rief sich die Züge des Toten auf der Bahre von gestern abend ins Gedächtnis zurück. Hatten sie alle so ausgesehen, als sie starben? Aber das war absurd. Der Mann mußte vor nunmehr achtzehn Jahren von den Alliierten befreit worden sein; er hatte überlebt und ein ansehnliches Alter erreicht. Aber die Erinnerung an das Gesicht ließ sich nicht einfach fortwischen, und plötzlich wußte Miller, daß es ihn gestern nacht im Traum verfolgt hatte.
Er war, zumindest bewußt, nie jemandem begegnet, der im Konzentrationslager gesessen hatte. Und selbstverständlich war er auch niemals einem dieser SS-Massenmörder begegnet, das stand fest. Das hätte er gespürt. Einen solchen Mann würde man schließlich noch von seinen Mitmenschen unterscheiden können.
Er dachte an den Eichmann-Prozeß in Jerusalem, der soviel Aufsehen erregt hatte. Wochenlang waren die Zeitungen voll davon. Ihm fiel das Gesicht hinter der schußsicheren Glasscheibe ein, und er erinnerte sich, daß es die Alltäglichkeit, die deprimierende Alltäglichkeit dieses Gesichts gewesen

war, was ihn damals am meisten beschäftigt hatte. Erst die Prozeßberichte hatten ihm eine vage Vorstellung davon vermittelt, wie die SS vorgegangen war und wie es überhaupt zu all dem hatte kommen können. Aber es war ausschließlich um Dinge gegangen, die sich in Polen, in Rußland, Ungarn und der Tschechoslowakei abgespielt hatten und weit zurücklagen. Er selbst hatte nichts damit zu tun.
Das Gespräch war ihm unbehaglich.
»Na, und?« fragte er.
Statt zu antworten, holte Brandt aus seinem Attachékoffer ein in braunes Packpapier eingewickeltes Päckchen hervor und schob es Miller über den Tisch zu.
»Der alte Mann hat ein Tagebuch hinterlassen. So alt war er übrigens gar nicht. Sechsundfünfzig. Offenbar hat er die Aufzeichnungen, die er im KZ machte, in seinen Fußlappen versteckt. Nach dem Krieg hat er sie dann alle übertragen. Sie bilden den Kern des Tagebuchs.«
Miller betrachtete das Paket mit mäßigem Interesse.
»Wo hast du es gefunden?«
»Es lag neben seiner Leiche. Ich habe es an mich genommen und gestern nacht durchgelesen.«
»Schlimm?«
»Grauenhaft. Ich habe nicht geahnt, daß es so entsetzlich war. Was die mit denen gemacht haben, meine ich.«
»Und was soll ich damit anfangen?«
Brandt zuckte mit den Achseln.
»Ich dachte, du könntest vielleicht irgendwas draus machen«, sagte er. »Etwas für die Zeitung oder so.«
»Wem gehört das Tagebuch?«
»Streng genommen Taubers Erben. Aber die sind wohl kaum ausfindig zu machen. Also bleibt es bei der Polizei und kommt zu den Akten. Du kannst es haben, wenn du willst. Sag nur keinem, daß du es von mir hast. Ich will keinen Ärger haben.«
Miller zahlte, und sie traten auf die Straße hinaus.
»Also gut, ich werde es lesen. Aber ich kann dir nicht versprechen, daß da eine große Sache draus wird. Vielleicht reicht es für einen Illustriertenartikel.
»Du bist doch ein zynischer Hund«, sagte Brandt mit einem schwachen Lächeln.
»Nein«, sagte Miller. »Aber ich interessiere mich wie die Mehrzahl meiner Zeitgenossen nun einmal hauptsächlich für das, was hier und heute passiert. Was ist los mit dir? Ich hätte eigentlich angenommen, daß zehn Jahre bei der Kripo ausreichen müßten, um einen sturen, abgebrühten Bullen aus dir zu machen. Diese Geschichte hat dir wohl echt zugesetzt, was?«

Brandt lächelte nicht mehr. Er blickte auf das Päckchen unter Millers Arm und nickte zögernd.
»Ja. Ja, das hat sie. Daß es so war, wie Tauber schreibt, habe ich nie wahrhaben wollen. Außerdem ist es eben nicht so, daß das alles längst der Geschichte angehört und damit vorbei und erledigt ist. Diese Story da endete gestern abend hier in Hamburg. Wiedersehen, Peter.«
Er nickte Miller zu, wandte sich um und ging rasch fort. Wie sehr er sich, was das Ende der Geschichte betraf, getäuscht hatte, konnte er nicht ahnen.

2

Kurz nach 15 Uhr war Peter Miller wieder in seiner Wohnung. Er warf das in braunes Packpapier eingeschlagene Manuskript auf den Wohnzimmertisch und ging in die Küche, um sich eine große Kanne Kaffee zu machen, bevor er mit der Lektüre des Tagebuchs begann.
Dann machte er es sich in seinem Lieblingssessel bequem, stellte sich eine Tasse Kaffee in Reichweite, zündete eine Zigarette an und öffnete das Päckchen. Das Tagebuch steckte in einem Lose-Blatt-Hefter, dessen Pappumschlag mit einem mattschwarzen Kunststoff überzogen war. Die ringförmigen Klammern im Heftrücken konnte man öffnen und schließen und so die Blätter des Tagebuchs herausnehmen oder auch, falls erforderlich, weitere einfügen. Der Hefter enthielt einhundertfünfzig engbeschriebene Blätter. Die Schreibmaschine mußte recht altersschwach gewesen sein, denn einige Buchstaben tanzten teils ober-, teils unterhalb der Zeile aus der Reihe und andere waren beschädigt oder bis zur Unkenntlichkeit abgenutzt. Die Seiten mußten größtenteils schon vor Jahren geschrieben worden sein, denn sie waren zwar säuberlich und glatt, aber doch zu einem großen Teil sehr vergilbt. Die ersten und die letzten Seiten waren jedoch neu und offenbar erst vor wenigen Tagen beschrieben worden: es war das Vorwort und ein Epilog. Aus der Datierung ging hervor, daß beides am 21. November – also erst vor zwei Tagen – verfaßt worden war. Der Mann, nahm Miller an, hatte diese Seiten wohl geschrieben, als er bereits entschlossen war, sich das Leben zu nehmen.
Miller überflog ein paar Sätze auf der ersten Seite und stellte fest, daß sie in klarem, präzisem Deutsch geschrieben waren und den Stil eines gebildeten, kultivierten Mannes verrieten. Auf dem vorderen Buchdeckel war ein weißes viereckiges Stück Papier aufgeklebt und darüber, um es sauberzuhalten, ein ebenfalls viereckiges, aber etwas größeres Stück Zellophanpapier. Auf dem weißen Papier stand in großen, mit schwarzer Tinte geschriebenen Blockbuchstaben: »Tagebuch von Salomon Tauber«. Miller setzte sich in seinem Sessel zurecht, schlug die erste Seite auf und begann zu lesen.

TAGEBUCH VON SALOMON TAUBER

Vorwort

Mein Name ist Salomon Tauber, ich bin Jude und im Begriff zu sterben. Ich habe beschlossen, meinem Leben ein Ende zu setzen, weil es wertlos geworden ist und mir nichts mehr zu tun bleibt. Was ich aus meinem Leben zu machen versucht habe, ist mir nicht gelungen: Meine Anstrengungen sind vergebens geblieben. Denn das Böse, das ich gesehen habe, hat nicht nur überlebt, es blüht und gedeiht – einzig das Gute ist dahingesunken in Staub und Spott. Die Freunde, die ich gekannt habe, die Dulder und Opfer, sind tot, und ihre Peiniger leben überall um mich herum. Bei Tage sehe ich ihre Gesichter in den Straßen, und in der Nacht sehe ich das Gesicht meiner Frau Esther, die auch schon lange tot ist. Ich bin nur deswegen so lange am Leben geblieben, weil es etwas gab, was ich tun wollte, etwas, was ich noch sehen wollte, und jetzt weiß ich, daß mir das nie vergönnt sein wird.
Ich hege keinen Haß und keine Bitterkeit gegen das deutsche Volk, denn es ist ein gutes Volk. Völker sind nicht böse; nur einzelne Menschen sind es. Der englische Philosoph Burke hatte recht, als er schrieb: »Ich sehe keine Möglichkeit, einen Schuldspruch für eine ganze Nation zu fällen.« Es gibt keine Kollektivschuld. Schon die Bibel berichtet, daß der Herr Sodom und Gomorrha wegen der Lasterhaftigkeit der Männer, die darin lebten, zerstören und auch ihre Frauen und Kinder nicht verschonen wollte, daß aber ein gerechter Mann unter ihnen lebte, der wegen seiner Rechtschaffenheit vor dem Zorn des Herrn bewahrt blieb. Das beweist, daß Schuld ebenso wie Erlösung an den einzelnen gebunden ist.
Als ich die Konzentrationslager von Riga und Stutthof und den Todesmarsch nach Magdeburg überlebt hatte und die alliierten Truppen im April 1945 meinen Körper – einen lebenden Leichnam – befreiten und nur meine Seele in Ketten ließen, da gab es in mir nur Haß auf die Welt. Ich haßte die Menschen und die Bäume und die Steine, denn sie hatten sich gegen mich verschworen und mich leiden gemacht. Vor allem aber haßte ich die Deutschen. Ich fragte mich damals, wie ich mich schon in den vier Jahren zuvor immer wieder gefragt hatte, warum der Herr sie nicht strafte, sie nicht – bis zum letzten Mann, Weib und Kind – niedermachte und ihre Städte und Häuser für immer vom Angesicht der Erde tilgte. Und weil Er es nicht tat, haßte ich auch Ihn, haderte mit Ihm, weil Er mich und mein Volk, das Er zu dem Glauben verleitet hatte, auserwählt zu sein, verlassen hatte, ja, ich erklärte, es gibt Ihn nicht.
Aber in den Jahren, die seither vergangen sind, habe ich wieder gelernt zu lieben; die Steine und die Bäume zu lieben, den Himmel über ihnen und den Strom, an dem diese Stadt liegt; ich liebe die herrenlosen Hunde und

Katzen, das Gras, das aus den Fugen des Kopfsteinpflasters sprießt, und die Kinder, die auf der Straße vor mir weglaufen, weil ich so häßlich bin. Ich kann es ihnen nicht verdenken. Es gibt ein französisches Sprichwort: »Alles verstehen heißt alles vergeben.« Wenn man die Menschen versteht, ihre Leichtgläubigkeit und ihre Ängste, ihre Gelüste und ihre Gier nach Macht, ihre Unwissenheit und ihre Unterwürfigkeit gegenüber dem Mann, der am lautesten schreit, wenn man das alles begreift, kann man ihnen vergeben. Ja, man kann ihnen selbst das vergeben, was sie getan haben. Aber vergessen kann man es nicht.

Es gibt einige Männer, deren Schuld über jedes begreifliche Maß hinausgeht und daher auch nicht vergeben werden kann. Und hier ist unser Versagen zu suchen. Denn sie sind noch unter uns, sie leben in den Städten mit uns, sie arbeiten in den Büros mit uns, essen mit uns in den Kantinen, sie lächeln uns an und schütteln uns die Hand und reden anständige Männer mit »Kamerad« an. Daß sie – beileibe nicht als Ausgestoßene, sondern als geachtete Mitbürger – weiterleben und mit ihrer ungesühnten Schuld ein ganzes Volk weiterhin in Verruf bringen dürfen, das ist unsere wahre Niederlage. Und diese Niederlage haben wir selbst verschuldet, du und ich, weil wir versagt haben, jämmerlich versagt.

Im Lauf der Zeit fand ich zu meiner Liebe zum Herrn zurück, und ich bat ihn um Vergebung für die Sünden wider seine Gebote. Ich habe mich vieler Sünden schuldig gemacht.

Shema Israel, Adonai elohenu, Adonai ehod...

Die ersten zwanzig Seiten des Tagebuches schilderten Taubers Kindheit und seine frühe Jugend in Hamburg. Es berichtet von seinem Vater, der aus der Arbeiterklasse stammte und im Ersten Weltkrieg mit höchsten Auszeichnungen dekoriert wurde, sowie vom Tod seiner Eltern im Jahre 1933, kurz nach der Machtergreifung Hitlers. Ende der dreißiger Jahre hatte er ein Mädchen namens Esther geheiratet, arbeitete in einem Architekturbüro und blieb dank der Intervention seines Arbeitgebers bis 1941 von rassischer Verfolgung verschont. In Berlin, wohin er zu einer Besprechung mit einem Bauherrn gereist war, wurde er festgenommen. Nach einem Aufenthalt in einem Durchgangslager wurde er in einem verplombten Viehwagen mit anderen jüdischen Leidensgenossen in den Osten abtransportiert.

Ich erinnere mich nicht genau daran, nach wie vielen Tagen und Nächten der Zug schließlich am Ziel war. Vielleicht sechs Tage und sieben Nächte, seit wir in Berlin verladen worden waren und man die Waggons verriegelt hatte. Plötzlich stand der Zug. Das Licht, das durch die Ritzen drang, verriet

mir, daß es draußen Tag sein mußte. Mir war übel vor Erschöpfung und dem Gestank im Waggon; in meinem Kopf drehte sich alles.
Von draußen hörte ich Rufe; die Riegel wurden zurückgelegt und die Türen aufgeschoben. Es war gut, daß ich, der einmal ein weißes Hemd und gebügelte Hosen getragen hatte, mich nicht selbst sehen konnte. (Krawatte und Jackett, die ich in dem stickigen Viehwagen ausgezogen hatte, waren mir längst abhanden gekommen.) Der Anblick, den meine Leidensgenossen boten, war schlimm genug.
Als das gleißendhelle Tageslicht in den Waggon fiel, schlugen sie die Arme vor die Augen und schrien vor Schmerz. Beim Öffnen der Türen hatte ich sofort die Augen zugekniffen, um sie zu schützen. Bei dem Gedränge der Körper leerte sich der Waggon zur Hälfte wie von selbst; die Menschen stürzten in einer stinkenden, taumelnden Masse auf den Bahnsteig. Ich hatte neben den Türen im hinteren Teil des Waggons gestanden und trat, vorsichtig durch halbgeschlossene Lider in das blendende Tageslicht blinzelnd, aufrecht auf den Bahnsteig hinunter.
Die SS-Wachen, die die Schiebetüren geöffnet hatten – verrohte Männer mit kriminellen Physiognomien, die in einer Sprache fluchten und brüllten, die ich nicht verstand –, wichen mit angewiderten Gesichtern ein paar Schritte zurück. Im Viehwaggon waren etwa dreißig niedergetrampelte Männer liegengeblieben. Sie würden sich nie wieder erheben. Die auf dem Bahnsteig kauernden restlichen Deportierten, ausgehungerte und halbgeblendete Gestalten in stinkenden, dampfenden Lumpen, versuchten taumelnd und strauchelnd auf den Beinen zu bleiben. Die geschwollene, schwarze Zunge klebte uns vor Durst am Gaumen, und unsere Lippen waren ausgetrocknet und aufgesprungen. Den Bahnsteig entlang leerten sich etwa vierzig weitere Waggons aus Berlin und achtzehn aus Wien. Ihre Fracht bestand etwa zur Hälfte aus Frauen und Kindern. Viele Frauen und die meisten Kinder waren nackt, kotbeschmiert und in einem genauso erbarmungswürdigen Zustand wie wir. Einige der Frauen, die aus den Waggons in das Licht hinaustaumelten, trugen ihr totes Kind in den Armen. Die Wachen rannten den Bahnsteig hinauf und hinunter und knüppelten die Deportierten mit Stöcken zu einer Art Marschkolonne zusammen, die sich unter ihrer Bewachung auf den Weg zur nächsten Stadt machte. Aber was für eine Stadt war das? Und in welcher Sprache brüllten diese Männer auf uns ein? Später erfuhr ich es, es war Riga und die SS-Leute waren örtlich rekrutierte Letten – ebenso fanatische Judenhasser wie ihre Spießgesellen aus Deutschland. Tiere in Menschengestalt. Hinter den Wachen duckten sich Männer in fleckigen Hemden und Hosen; jeder trug auf Brust und Rücken ein großes J. Sie bildeten das vom Ghetto herbeibeorderte Spezialkommando, das die Toten aus den Viehwaggons herausschleifen und außerhalb der Stadt verscharren mußte. Das Spezialkommando wurde von ei-

nem halben Dutzend Männer bewacht, die auf Brust und Rücken ebenfalls das J trugen; sie waren jedoch mit Axtstielen bewaffnet und durch Armbinden gekennzeichnet – jüdische Kapos, die dafür, daß sie sich für diese Aufgabe hergaben, besseres Essen und andere Vergünstigungen erhielten.
Als sich meine Augen an die Helligkeit gewöhnt hatten, sah ich im Schatten des Bahnhofsdachs ein paar deutsche SS-Leute stehen. Einer stand auf einer Transportkiste; die vielen tausend menschlichen Elendsgestalten, die aus den Waggons quollen und den Bahnsteig überfluteten, betrachtete er mit verkniffenem, aber wohlgefälligem Lächeln. Er klopfte mit einer geflochtenen Lederpeitsche auf seinen rechten Reitstiefel. Die graugrüne Uniform mit dem zweifachen silbernen Blitz der Siegrune auf dem schwarzen Grund des rechten Kragenspiegels saß ihm wie angegossen. Die Rangabzeichen auf dem linken Kragenspiegel wiesen ihn als Hauptsturmführer aus. Er war hochgewachsen und schlank, hatte hellblondes Haar und blaßblaue Augen. Sehr bald sollte ich erfahren, daß er ein eiskalter Sadist und schon damals unter dem Namen »der Schlächter von Riga« bekannt war; die Alliierten übernahmen später diese Bezeichnung, als sie nach ihm fahndeten. Das war der erste Eindruck, den ich von SS-Hauptsturmführer Eduard Roschmann erhielt...

Am 22. Juni 1941 hatte die Wehrmacht, gegliedert in drei Heeresgruppen, um 5 Uhr morgens mit 140 Divisionen die russische Grenze überschritten. Der größte aller bis dahin von Hitler unternommenen Eroberungszüge begann. Jeder Heeresgruppe folgten die SS-Sonderkommandos. Sie waren von Hitler, Himmler und Heydrich mit der Ermordung der gefangengenommenen russischen Kommissare sowie der Mitglieder ländlicher jüdischer Gemeinden beauftragt, soweit sie in den von den deutschen Armeen überrannten weiten Gebieten angesiedelt waren. Ihr Auftrag schloß die Zernierung der städtischen jüdischen Gemeinden in den Ghettos jeder größeren Stadt zwecks späterer »Sonderbehandlung« mit ein.
Am 1. Juli 1941 eroberte die Wehrmacht Riga, die Hauptstadt von Lettland, und vierzehn Tage später rückten die ersten SS-Vorauskommandos ein. Die erste SD- und SP-Standorteinheit der SS etablierte sich am 1. August 1941 und begann unverzüglich mit dem Vernichtungsprogramm, das die in »Kurland« umbenannten drei baltischen Staaten »judenfrei« machen sollte.
Dann wurde in Berlin entschieden, Riga zum Durchgangslager zu machen, durch das die deutschen und österreichischen Juden auf ihrem Weg in den Tod geschleust wurden. 1938 lebten in Deutschland 320 000 und in Österreich 180 000 Juden, insgesamt also eine halbe Million. Bis zum Juli 1941 waren sie bereits zu Zehntausenden interniert, in innerdeutschen und österreichischen Konzentrationslagern – Sachsenhausen, Mauthausen,

Ravensbrück, Dachau, Buchenwald, Bergen-Belsen und Theresienstadt in Böhmen. Aber die Lager waren überfüllt, und die weiten Gebiete des eroberten Ostens schienen den SS-Mördern der geeignete Ort zur Beseitigung der restlichen Juden zu sein. Mit dem Ausbau beziehungsweise der Errichtung der fünf Vernichtungslager Auschwitz, Treblinka, Belzec, Sobibor und Chelmno wurde bald begonnen; bis zu ihrer Fertigstellung mußte ein Ort gefunden werden, wo in der Zwischenzeit so viele Juden wie möglich beseitigt und die Überlebenden »verwahrt« werden konnten bis zur »Endlösung«. Dazu war Riga ausersehen.
Zwischen dem 1. August 1941 und dem 14. Oktober 1944 wurden allein 200000 deutsche und österreichische Juden nach Riga abtransportiert. 80000 fanden dort den Tod, und 120000 wurden in die bereits erwähnten Vernichtungslager im südlichen Polen weitertransportiert. Von den vierhundert Häftlingen, die diese Lager lebend verließen, starb die Hälfte in Stutthof oder auf dem Todesmarsch nach Magdeburg. Taubers Transport war der erste, der das Reichsgebiet verließ; er traf am 18. August 1941 um 15 Uhr 45 in Riga ein.

Das Ghetto in Riga bildete einen in sich abgeschlossenen Teil der Stadt; vorher war es das Wohnviertel der Rigaer Juden gewesen. Als ich dorthin kam, lebten nur noch wenige Hundert. In weniger als drei Wochen waren unter Leitung Roschmanns und seines Stellvertreters Krause weisungsgemäß die meisten von ihnen ermordet worden.
Das Ghetto lag am Nordrand der Stadt und grenzte im Norden an das offene Land. Eine Mauer bildete seine Südgrenze, die anderen drei Grenzen waren durch mehrere Stacheldrahtzäune abgeriegelt. Es gab nur ein einziges Tor in der Nordgrenze zum Betreten oder Verlassen des Ghettos. Es wurde von zwei Wachtürmen mit lettischer SS flankiert. Von hier aus verlief die Mase Kalnu Iela – die »Straße zum Kleinen Hügel« – in gerader südlicher Richtung mitten durch das Ghetto zu dessen Südgrenze. Rechts neben der Straße (von Süden aus nach Norden, d. h. zum Haupttor gesehen) war der Blechplatz, wo die Auswahl für die Exekutionen vorgenommen wurden. Auch die Vollzähligkeitsappelle, bei denen die Zwangsarbeitskommandos zusammengestellt und die Auspeitschungen und Erhängungen vollzogen wurden, fanden dort statt. Der Galgen mit seinen acht Stahlhaken und den im Wind schwingenden Schlingen stand mitten auf dem Platz. Abend für Abend wurden mindestens sechs Unglückliche gehenkt, und häufig mußte die Last aller acht Haken mehrfach erneuert werden, bevor Roschmann mit seinem Tagewerk zufrieden war.
Die Gesamtausdehnung des Ghettos betrug annähernd fünf Quadratkilometer; in normalen Zeiten lebten zwölf- bis fünfzehntausend Menschen in diesem Stadtviertel. Vor unserer Ankunft waren von den Rigaer Juden –

vielmehr von den zweitausend Überlebenden und Zurückgebliebenen – umfangreiche Abbrucharbeiten verrichtet worden, so daß die fünftausend Männer, Frauen und Kinder unseres Transports ein geräumiges Gebiet vorfanden. Aber nach uns trafen Tag für Tag weitere Transporte ein, bis die Bevölkerung unseres Teils des Ghettos auf dreißig- bis vierzigtausend Einwohner anstieg. Sobald daher ein neuer Transport gemeldet war, exekutierte die SS jeweils ebenso viele Bewohner, wie sie Neuankömmlinge erwartete – auf diese Weise schaffte die SS Platz. Sonst wäre wegen der Überbelegung des Ghettos die Gesundheit der noch Arbeitsfähigen unter uns bedroht worden – und das ließ Roschmann nicht zu.
An jenem ersten Abend richteten wir uns daher in den besten Häusern ein; jeder suchte sich ein eigenes Zimmer aus, schlief in einem richtigen Bett und benutzte Vorhänge und Mäntel zum Zudecken. Als mein Zimmernachbar seinen Durst mit Leitungswasser gestillt hatte, meinte er, vielleicht würde es am Ende doch nicht gar so schlimm werden, wie man zunächst befürchtet hatte. Aber wir hatten Roschmann noch nicht erlebt...

Als der Herbst den Sommer und der Winter den Herbst ablöste, verschlechterten sich die Lebensbedingungen im Ghetto immer mehr. Jeden Morgen wurde die gesamte Bevölkerung – ein weit höherer Prozentsatz von Frauen und Kindern als von uns arbeitsfähigen Männern war bereits unmittelbar nach der Ankunft umgebracht worden – zum Appell auf dem Blechplatz zusammengetrieben. Namen wurden nicht aufgerufen, wir wurden nur gezählt und in Arbeitsgruppen eingeteilt. Tag für Tag verließ nahezu die gesamte Bevölkerung – Männer, Frauen und Kinder – in Marschkolonnen das Ghetto, um zwölf Stunden lang in den Handwerksbetrieben, die in wachsender Zahl in der näheren Umgebung des Ghettos entstanden, Zwangsarbeit zu leisten.
Ich hatte behauptet, Tischler zu sein, was nicht der Wahrheit entsprach; aber als Architekt hatte ich oft genug Schreinern bei der Arbeit zugesehen, ich kannte mich daher genügend aus, um mich durchzumogeln. Ich war von der Überlegung ausgegangen, daß Schreiner immer gebraucht wurden, und war einem nahen Sägewerk zugeteilt worden. Dort wurden die Stämme aus den Kiefernwäldern zersägt und zu Fertigteilen verarbeitet für Einheitsbaracken zur Unterbringung der Truppen.
Diese Knochenarbeit hätte auch die Gesundheit robuster Männer ruiniert, denn sie mußte sommers wie winters im Freien, in der Kälte und Feuchtigkeit der Tiefebene vor der lettischen Küste verrichtet werden...
Unsere tägliche Verpflegungsration vor dem morgendlichen Abmarsch zur Arbeit bestand aus einem halben Liter sogenannter Suppe, die man zutreffender als schwach getrübtes Wasser hätte bezeichnen können; gelegentlich schwamm ein Stückchen Kartoffel darin. Am Abend, nach der Rückkehr ins

Ghetto, gab es einen weiteren halben Liter mit einer Scheibe Schwarzbrot und einer schimmeligen Kartoffel.
Lebensmittel ins Ghetto zu schmuggeln war ein Vergehen, auf das die Todesstrafe stand. Sie wurde noch am gleichen Tag beim Abendappell auf dem Blechplatz vor der versammelten Ghettobevölkerung durch Erhängen vollstreckt. Trotzdem mußte man dieses Risiko in Kauf nehmen. Es war die einzige Chance, am Leben zu bleiben.
Jeden Abend standen Roschmann und einige seiner Schergen am Haupttor und machten Stichproben bei den Kolonnen, die ins Lager zurückkehrten. Sie riefen willkürlich einen Mann, eine Frau oder ein Kind aus der Kolonne heraus und befahlen ihnen, sich neben dem Tor auszuziehen. Wurde eine Kartoffel oder ein Stück Brot gefunden, so mußte die betreffende Person zurückbleiben, während die anderen zum Abendappell auf den Blechplatz weitermarschierten.
Wenn alle dort versammelt waren, kam Roschmann mit den SS-Wachen und den zumeist etwa zehn bis fünfzehn des Lebensmittelschmuggels überführten Häftlingen die Straße zum Appellplatz entlangstolziert. Als erste bestiegen die männlichen Delinquenten das Galgengerüst; mit der Schlinge um den Hals mußten sie das Ende des Appells abwarten. Dann schritt Roschmann ihre Front ab. Er grinste den Todeskandidaten ins Gesicht und trat einem nach dem anderen den Stuhl unter den Füßen weg. Er hatte seinen Spaß daran, dies von vorn zu tun, damit der betreffende Häftling dabei sein Gesicht sehen konnte. Gelegentlich tat er auch nur so, als trete er den Stuhl weg, und zog überraschend seinen Fuß zurück. Er lachte schallend, wenn seinem Opfer, das sich schon am Strick zu hängen glaubte, klar wurde, daß es noch immer auf dem Stuhl stand, und heftig zu zittern begann.
Manchmal beteten die Todeskandidaten zum Herrn, manchmal flehten sie auch um Gnade. Roschmann schätzte das. Er gab dann vor, schwerhörig zu sein, hielt die Hand ans Ohr und fragte: »Kannst du nicht etwas lauter sprechen? Was hast du gesagt?«
Wenn er dann den Stuhl fortgestoßen hatte, wandte er sich an sein Gefolge und bemerkte launig: »Leute, ich werde mir wohl doch noch ein Hörgerät anschaffen müssen...!«

Innerhalb weniger Monate war Eduard Roschmann für uns Häftlinge zum Inbegriff des Teuflischen geworden. Es gab kaum einen diabolischen Trick, den er nicht anwandte.
Wenn eine Frau beim Lebensmittelschmuggel ertappt wurde, zwang Roschmann sie, zunächst die Erhängung der Männer mit anzusehen – besonders wenn sich ihr eigener Mann oder Bruder darunter befand. Dann befahl er ihr, vor uns, die an drei Seiten des Platzes angetreten waren, niederzuknien, während der Lagerfriseur ihr den Kopf kahl rasierte.

Nach dem Appell wurde sie zum Friedhof außerhalb des Stacheldrahtzauns eskortiert, wo sie ein Grab ausheben und sich daneben knien mußte. Roschmann lud seine Luger durch oder einer seiner Henkersknechte die Armeepistole, um die Frau aus nächster Nähe durch einen Genickschuß zu ermorden. Zeugen waren bei diesen Exekutionen unerwünscht, aber über die lettischen SS-Wachen sickerte durch, daß Roschmann nicht selten absichtlich haarscharf am Ohr seines Opfers vorbeischoß, damit es im Schock in das Grab fiel, aus dem es dann wieder herausklettern mußte, um sich abermals hinzuknien und auf den tödlichen Schuß zu warten. Manchmal drückte er den Abzug durch, wenn gar keine Kugel in der Kammer war, und es machte nur »klick«. Das verstärkte das Entsetzen des Opfers und erhöhte sein Vergnügen. Die lettischen Wachen waren entmenschte Sadisten, aber Roschmann brachte selbst sie zum Staunen...

Es gab ein Mädchen in Riga, das half den Häftlingen auf eigene Gefahr. Sie hieß Olli Adler und stammte vermutlich aus München. Ihre Schwester Gerda war bereits auf dem Friedhof erschossen worden, weil sie Lebensmittel in das Lager geschmuggelt hatte. Olli war ein Mädchen von außerordentlicher Schönheit; sie beschäftigte Roschmanns Phantasie. Er machte sie zu seiner Konkubine – »Hausmädchen« lautete die offizielle Bezeichnung dafür, weil Beziehungen zwischen SS-Leuten und Jüdinnen verboten waren. Sie schmuggelte Medikamente aus SS-Beständen ins Ghetto, wann immer man ihr gestattete, es zu betreten. Auch darauf stand selbstverständlich die Todesstrafe. Ich sah sie zuletzt, als wir in Riga eingeschifft wurden...

Gegen Ende jenes Winters war ich überzeugt, nicht mehr sehr viel länger überleben zu können. Der Hunger, die Kälte, die Nässe, die schwere Arbeit und die ständigen brutalen Schikanen hatten aus mir, der ich vorher von robuster Gesundheit gewesen war, ein armseliges Bündel aus Haut und Knochen gemacht. Wenn ich in den Spiegel blickte, sah mich ein ausgemergelter uralter Mann mit rotgeränderten Augen und eingefallenen Wangen an. Ich war gerade fünfunddreißig geworden und sah doppelt so alt aus. Jedem anderen Häftling ging es genauso.
Ich war Zeuge des Abmarschs Zehntausender zum Wald der Massengräber gewesen; ich hatte Hunderte an Kälte, Krankheit und Überarbeitung sterben sehen; ich hatte miterlebt, wie Ungezählte durch Erhängen, Auspeitschen und Knüppelhiebe ermordet wurden. Nachdem ich das alles fünf Monate lang überlebt hatte, war auch meine Zeit abgelaufen. Mein Lebenswille, der sich noch beim Transport geregt hatte, war erloschen. Geblieben waren nur noch Reaktionen, die noch eine Zeitlang gewohnheitsmäßig weiterfunktionierten. Früher oder später mußten auch sie zum Er-

liegen kommen. Aber dann geschah etwas, was mir wieder für ein ganzes Jahr Willenskraft gab.

Ich erinnere mich noch heute an das genaue Datum. Es war der 3. März 1942, der Tag des zweiten Dünamünde-Konvois. Einen Monat zuvor hatten wir zum erstenmal die Ankunft eines seltsamen Lastwagens beobachtet. Er war stahlgrau angestrichen und hatte etwa die Größe eines langen, einstöckigen Busses, jedoch keine Fenster. Er parkte unmittelbar außerhalb des Ghettos, und beim Morgenappell erklärte Roschmann, er habe eine interessante Neuigkeit zu verkünden. In der nahen Stadt Dünamünde sei eine Fischkonservenfabrik in Betrieb genommen worden, die Arbeitskräfte brauche. Die Arbeit, so sagte er, sei leicht, die Verpflegung gut und die Lebensbedingungen denkbar günstig. Diese Gelegenheit sei den alten Männern und Frauen, den Gebrechlichen, den Kranken und den kleineren Kindern vorbehalten.

Natürlich wollten viele zu so einer bequemen Arbeit eingeteilt werden. Roschmann ging die Reihen entlang, um seine Wahl zu treffen. Diesmal versteckten sich die Alten und Kranken nicht im dritten oder vierten Glied wie vor dem Marsch zum Exekutionshügel, wo sie schreiend und protestierend vor die Front gezerrt wurden. Diesmal wollten sie gesehen werden. Schließlich waren über hundert für den Bus ausgesucht. Sie stiegen ein, die Türen wurden zugeworfen, und der Wagen fuhr davon. Ich weiß nicht, ob es schon beim ersten Mal vielen auffiel, daß er keine Abgase ausstieß. Später sprach sich herum, was es mit dem Wagen auf sich hatte. Es gab keine Fischkonservenfabrik in Dünamünde; der Bus war eine fahrbare Gaskammer. In der Umgangssprache des Ghettos bedeutete »Dünamünde-Konvoi« den Gastod.

Am 3. März flüsterte man sich im Ghetto zu, daß noch ein Dünamünde-Konvoi abgehen sollte, und tatsächlich kündigte ihn Roschmann beim Morgenappell an. Aber diesmal drängte sich niemand um den Vorzug, einsteigen zu dürfen. Grinsend begann Roschmann die Front abzugehen. Denen, die vortreten sollten, tippte er lässig mit der Reitpeitsche auf die Brust. Hinterlistig fing er mit der vierten, der hintersten Reihe an, wo die meisten Schwachen, Gebrechlichen, Alten und zur Arbeit Untauglichen standen. Eine alte Frau hatte damit gerechnet und sich in die erste Reihe gestellt. Sie war vielleicht fünfundsechzig Jahre alt. In der verzweifelten Hoffnung, durch diesen Trick am Leben zu bleiben, hatte sie Schuhe mit hohen Absätzen und schwarze Seidenstrümpfe angezogen, einen Rock, der so kurz war, daß er nicht einmal ihre Knie bedeckte, und obendrein trug sie noch einen ausgefallenen Hut. Sie hatte sich die Wangen mit Rouge geschminkt und die Lippen karminrot bemalt. Sie wäre in jeder Häftlingsgruppe aufgefallen, aber sie gab sich der Illusion hin, durch ihre Aufmachung für ein junges Mädchen gehalten zu werden.

Als Roschmann sie sah, blieb er stehen und starrte sie ungläubig an. Dann breitete sich ein freudiges Lächeln auf seinem Gesicht aus.
»Na, wen haben wir denn hier?« rief er. Er deutete mit seiner Reitpeitsche auf sie, um die Aufmerksamkeit seiner Spießgesellen auf sie zu lenken, die in der Mitte des Platzes standen und die bereits ausgesuchten Häftlinge bewachten. »Hätten Sie denn gar keine Lust auf eine hübsche kleine Fahrt nach Dünamünde, meine Gnädigste?«
»Nein, mein Herr«, erwiderte die alte Frau, zitternd vor Angst.
»Und wie alt sind wir denn?« fragte Roschmann höhnisch. Seine SS-Kumpane brachen in schallendes Gelächter aus.
»Siebzehn? Achtzehn? Oder schon Zwanzig?«
Die knochigen Knie der alten Frau begannen zu zittern.
»Ja, mein Herr«, flüsterte sie.
»Wunderbar«, rief Roschmann aus. »Ich mag hübsche Mädchen. Na, dann gehen Sie mal zur Mitte des Platzes, damit wir auch alle sehen können, wie jung und schön Sie sind.«
Er packte sie beim Arm und zerrte sie zur Mitte des Platzes. Dann ließ er sie los und sagte: »Nun, Gnädigste, da Sie so jung und so hübsch sind, wäre es doch nett, wenn Sie uns ein bißchen was vortanzen, wie?«
Sie stand da, bebend vor Kälte und vor Angst und flüsterte etwas, was wir nicht verstanden.
»Wie bitte?« brüllte Roschmann. »Sie können nicht tanzen? Oh, ich bin ganz sicher, daß ein so hübsches junges Ding wie Sie tanzen kann. Das wäre ja noch schöner!«
Seine Spießgesellen von der deutschen SS klatschten sich vor Vergnügen auf die Schenkel. Die Letten verstanden zwar kein Deutsch, fingen aber auch an zu grinsen. Die alte Frau schüttelte den Kopf. Roschmanns Lächeln verschwand.
»Los, tanzen!« kommandierte er.
Sie machte ein paar zaghafte Bewegungen und blieb wieder stehen. Roschmann zog die Luger, spannte und entsicherte sie, und dann schoß er wenige Zentimeter vor ihre Füße in den Sandboden. Sie sprang vor Schreck mit einem Satz in die Höhe.
»Tanz gefälligst für uns, du häßliche, alte jüdische Hexe. Los, tanz jetzt, tanz, tanz!« schrie er und feuerte jedesmal, wenn er »tanz!« schrie, dicht vor ihre Füße in den Sandboden.
Er schoß alle drei Reservemagazine aus seiner Pistolentasche leer und ließ sie eine halbe Stunde lang tanzen und immer höher springen, und ihr kurzer Rock schlug ihr bei jedem Satz bis zur Hüfte hoch. Schließlich sank sie zu Boden und blieb erschöpft liegen. Sie konnte nicht mehr aufstehen, ob er sie nun erschoß oder nicht. Roschmann feuerte seine drei letzten Patronen so nahe vor ihrem Gesicht ab, daß ihr der Sand in die Augen spritzte.

In der Stille, die zwischen den Schüssen herrschte, war über den ganzen Appellplatz nur der rasselnde, pfeifende Atem der alten Frau zu hören. Als er keine Munition mehr hatte, schrie er weiter »tanz!« und trat ihr mit seinem Stiefel in den Bauch. Das alles spielte sich in absolutem Schweigen vor unseren Augen ab, bis mein Nebenmann zu beten begann. Er war ein kleiner bärtiger Chassid und trug noch immer seinen längst zerlumpten langen schwarzen Mantel. Die meisten von uns trugen Mützen mit Ohrenschützern wegen der Kälte; er aber hatte nur den breitkrempigen schwarzen Hut seiner Sekte auf. Mit zitternder, aber von Mal zu mal lauter werdender Stimme rezitierte er immer wieder die Shema Israel. Mir war klar, daß sich Roschmann in seiner gefährlichsten Stimmung befand; ich betete schweigend und hoffte, daß der Chassid verstummen würde. Aber er tat es nicht.
»Höre, o Israel...«
»Halt den Mund!« zischte ich.
»*Adonai elohenu*... Der Herr ist unser Gott...«
»Sei still! Du bringst uns noch alle um damit.«
»Der Her ist allmächtig... *Adonai Eha-a-ad.*«
Wie ein Vorsänger in der Synagoge dehnte er die letzte Silbe in der überlieferten Weise – wie Rabbi Akiba, als er im Amphitheater zu Caesarea auf Befehl von Tinius Rufus hingerichtet wurde. In diesem Augenblick hörte Roschmann auf, die alte Frau anzuschreien. Er hob witternd den Kopf und wandte sich um. Da ich den Chassid um Haupteslänge überragte, sah er mich an.
»Wer hat da geredet?« schrie er und kam mit langen Schritten rasch auf mich zu.
»Du da – raustreten!« Es bestand kein Zweifel, daß er auf mich deutete. Ich dachte: Das ist also das Ende. Und wenn schon, es spielt keine Rolle. Es mußte ja geschehen, ob jetzt oder ein andermal. Ich trat aus der Reihe, als er vor mir stand.
Er sagte nichts, aber sein Gesicht zuckte wie das eines Tobsüchtigen. Dann verwandelte sich seine Miene zu dem wölfischen Lächeln, das jeder im Ghetto fürchtete; es jagte selbst den lettischen SS-Männern Furcht und Schrecken ein.
Seine Hand fuhr blitzschnell durch die Luft; niemand hatte die Bewegung wahrgenommen. Ich fühlte nur einen dumpfen Schlag gegen meine linke Gesichtshälfte und hörte gleichzeitig einen ungeheuren Knall, als sei in unmittelbarer Nähe meines Trommelfells eine Bombe explodiert. Ich spürte es ganz deutlich, und doch war es so, als sei ich nicht wirklich davon betroffen –: Meine Haut riß von der Schläfe bis zum Mund wie modriges Pergament. Noch bevor das Blut floß, hatte Roschmann schon wieder die Hand gehoben, und diesmal riß mir seine Peitsche mit dem gleichen ohrenbetäubenden Knall die andere Gesichtshälfte auf. Roschmann hatte eine 50 cm

lange Reitpeitsche; der Griff war eine mit Leder umwickelte federnde Stahlspirale, am anderen Ende befand sich der aus dünnen Lederstreifen geflochtene Riemen. Er schlug sie von oben nach unten und zog den Riemen durch. Bei diesen Hieben zerriß Menschenhaut wie Seidenpapier. Wie das aussah, hatte ich oft mit ansehen müssen.
Innerhalb von Sekunden tropfte mir das warme Blut vom Kinn auf die Jacke. Roschmann wandte sich von mir ab und deutete auf die alte Frau, die noch immer schluchzend mitten auf dem Platz kauerte:
»Los, lade dir die alte Hexe auf und schaff sie zum Wagen«, bellte er.
Und so hob ich die alte Frau auf und trug sie, während das Blut von meinem Kinn auf sie herabtropfte, die »Straße zum kleinen Hügel« hinunter zum Tor, wo der Gaskammerwagen stand. Wenige Minuten, bevor hundert weitere Opfer eintrafen, setzte ich sie im Inneren des Wagens ab und wollte mich wieder von ihr abwenden. Aber ihre knotigen Finger packten mein Handgelenk mit erstaunlicher Kraft und hielten mich fest. Sie kauerte auf dem Boden der fahrbaren Gaskammer und zog mich zu sich herab; dann tupfte sie mir mit einem kleinen Spitzentaschentuch, einem Überbleibsel aus besseren Tagen, das Blut aus dem Gesicht.
Ihr Gesicht war mit Rouge, Wimperntusche, Tränen und Sand verschmiert, aber ihre dunklen Augen strahlten mich an wie Sterne.
»Mein Sohn«, keuchte sie. »Du mußt leben. Schwöre mir, daß du leben wirst. Schwöre mir, daß du hier lebend herauskommst. Du mußt leben, damit du denen draußen in der Welt sagen kannst, was mit unserem Volk hier geschieht. Versprich es mir, schwöre es mir bei der Sefer Torah.«
Und so schwor ich ihr, daß ich überleben würde, irgendwie, gleichgültig um welchen Preis. Danach ließ sie mich gehen. Taumelnd stolperte ich die Straße entlang in das Ghetto zurück, und auf halbem Wege verlor ich das Bewußtsein.

Kurz nachdem ich die Arbeit wiederaufgenommen hatte, faßte ich zwei Entschlüsse. Der eine war, ein geheimes Tagebuch zu führen. Allnächtlich tätowierte ich mir mit einer Nadel und schwarzer Tinte Stichwörter und Daten in die Haut an Beinen und Füßen, damit ich sie eines Tages säuberlich auf Schreibpapier übertragen und damit über alles das, was in Riga geschehen war, Zeugnis ablegen konnte gegen die Verantwortlichen. Der zweite Entschluß war, Kapo zu werden – Mitglied der jüdischen Polizei.
Dieser Entschluß fiel mir schwer; Kapos waren die Männer, die ihre jüdischen Mitmenschen zum Arbeitsplatz und zurück und oft genug auch zur Hinrichtung zusammentrieben. Sie waren mit Axtstielen ausgerüstet, und gelegentlich, wenn ein deutscher SS-Führer sie beobachtete, schlugen sie auf ihre jüdischen Brüder ein, um sie zu schärferem Arbeitstempo anzutreiben. Dennoch suchte ich am 1. April 1942 den Chef der jüdischen Kapos

auf und meldete mich freiwilig. In den Augen meiner jüdischen Leidensgenossen war ich damit zum Ausgestoßenen geworden. Kapos konnte die Lagerleitung immer gebrauchen, denn trotz der reichlicheren Essensrationen, besseren Lebensbedingungen und der Befreiung von der Zwangsarbeit gaben sich nur sehr wenige dazu her...

Ich sollte an dieser Stelle die Methode schildern, nach der die Arbeitsunfähigen exekutiert wurden, denn auf diese Weise ließ Eduard Roschmann siebzig- bis achtzigtausend Juden in Riga ermorden. Wenn der Güterzug mit einem neuen Häftlingstransport, der gewöhnlich etwa fünftausend Menschen umfaßte, in den Bahnhof einlief, waren meistens schon annähernd eintausend Insassen während der Fahrt gestorben. Ein Zug bestand aus fünfzig Viehwaggons, und ganz selten gab es bei einem Transport nur ein paar hundert Tote.
Sobald die neuen Opfer auf dem Blechplatz angetreten waren, wurde wieder eine Auswahl für die Vernichtung getroffen, und zwar nicht nur aus den neu Angekommenen – alle mußten antreten, und jeden konnte es treffen. Das war der Zweck des Abzählens, morgens und abends. Bei den neuen Opfern wurden die schwachen, alten oder gebrechlichen, darunter die meisten Frauen und fast alle Kinder, als arbeitsunfähig abgesondert und der Rest gezählt. Waren es insgesamt zweitausend, wurden aus den Insassen des Ghettos zweitausend ausgesucht; wenn fünftausend hinzukamen, marschierten fünftausend zum Exekutionshügel. Auf diese Weise gab es keine Überbevölkerung. Ein Mann überlebte vielleicht sechs Monate Sklavenarbeit, selten länger, dann war seine Gesundheit ruiniert, und Roschmann tippte ihm mit seiner Reitpeitsche auf die Brust, und der Tag, an dem er seinen toten Leidensgenossen in das Massengrab folgte, war gekommen...

Zuerst marschierten die Opfer unter Bewachung zur Exekution in ein Gehölz in der Nähe der Stadt. Die Letten nannten das Gehölz den Bickernicker Forst, und die Deutschen tauften es in Hochwald um. Auf den Lichtungen zwischen den Kiefern hatten die Rigaer Juden riesige Gräber ausheben müssen, bevor sie starben. Nach getaner Arbeit wurden sie auf Befehl und unter Aufsicht Eduard Roschmanns von lettischen SS-Wachen niedergemäht. Die restlichen Rigaer Juden schütteten dann die zum Bedecken der Toten jeweils benötigte Menge Erde darüber; auf diese Weise kam eine weitere Schicht von Leichen auf die bereits darunter liegende, bis der Graben voll war. Der Vorgang wiederholte sich beim nächsten Graben.
Vom Ghetto aus konnten wir jedesmal das Knattern der Maschinengewehrsalven hören, wenn eine neue »Sendung« liquidiert wurde. Wenn alles vorüber war, sahen wir Roschmann in seinem offenen Wagen den Hügel hinunterfahren und durch das Ghettotor kommen...

Nachdem ich Kapo geworden war, hörte jeder Kontakt zwischen mir und meinen Mithäftlingen auf. Es wäre sinnlos gewesen, ihnen zu erklären, was mich zu diesem Schritt bewogen hatte; sinnlos, darauf hinzuweisen, daß ein weiterer Kapo die Zahl der Opfer nicht um ein einziges erhöhte; sinnlos, ihnen erklären zu wollen, daß ein einziger überlebender Zeuge von entscheidender Bedeutung sein konnte – nicht zur Rettung der Juden, sondern um sie zu rächen. Dieses Argument hämmerte ich mir immer wieder selbst ein. Aber war das auch der wahre Grund? Oder hatte ich nur Angst vorm Sterben? Was auch immer es gewesen sein mochte – die Angst hörte bald auf, mein Verhalten zu bestimmen, denn im August jenes Jahres geschah etwas, was meine Seele abtötete. Der Kampf ums Überleben war von da an nur noch eine Angelegenheit meiner leiblichen Hülle...

Im Juli 1942 traf ein neuer großer Transport österreichischer Juden aus Wien ein. Sie mußten ausnahmslos zur »Sonderbehandlung« vorgemerkt worden sein; kein einziger von ihnen hat das Ghetto jemals betreten. Wir sahen sie nicht mal; sie wurden unmittelbar vom Bahnhof aus zum Hochwald in Marsch gesetzt und dort exekutiert. An jenem Abend kamen vier Lastwagen den Hügel hinunter. Ihre Ladungen bestand aus Bekleidungsstücken und persönlichen Habseligkeiten, die auf dem Blechplatz sortiert werden sollten. Ein Berg aus Schuhen, Socken, Unterhosen, Hosen, Kleidern, Jacken, Rasierpinseln, Brillen, Zahnprothesen, Eheringen, Siegelringen, Mützen und so weiter.
Das war das übliche Verfahren bei exekutierten Transporten. Jeder, der ermordet werden sollte, mußte sich neben dem Massengrab ausziehen. Die Kleidungsstücke und Wertsachen wurden dann in das Ghetto geschafft, sortiert und ins Reich abtransportiert. Gold, Silber und Schmucksachen nahm Roschmann in seine persönliche Obhut...

Im August 1942 war ein Transport aus Theresienstadt eingetroffen – auch aus diesem Lager in Böhmen traten Zehntausende deutscher und österreichischer Juden die Reise in die Vernichtungslager an. Ich stand auf der einen Seite des Blechplatzes und beobachtete Roschmann, der die Front abging und die Todesauswahl traf. Die neuen Opfer waren schon in Theresienstadt kahlgeschoren worden, und das hätte es erschwert, die Frauen von den Männern zu unterscheiden, aber sie trugen ihre Kittelkleider. Mir genau gegenüber, auf der anderen Seite des Platzes, stand eine Frau, die mir auffiel. Ihre Gesichtszüge kamen mir irgendwie bekannt vor, obwohl sie bis zur Unkenntlichkeit ausgezehrt und abgemagert war und ständig hustete. Als Roschmann bei ihr angekommen war, tippte er ihr mit seiner Reitpeitsche auf die Brust und ging weiter. Die Letten in seinem Gefolge packten die Frau sofort bei den Armen, zerrten sie aus der Reihe heraus und stießen sie zur Mitte des Platzes zu den Todgeweihten. In diesem Transport gab es viele, die nicht arbeitsfähig waren, und die Liste der Todgeweihten war sehr lang. Das bedeutete, daß von uns weniger Todeskandidaten ausgesucht wurden, um die Zahlen auszugleichen; aber für mich war das ohnehin eine akademische Frage. Als Kapo trug ich eine Armbinde und einen Knüppel, und durch die zusätzliche Verpflegung war ich sogar wieder etwas zu Kräften gekommen.

Roschmann hatte mein Gesuch zwar gesehen, sich aber offenbar nicht an den Vorfall erinnert. Er schlug Häftlinge so häufig mit der Peitsche, daß er sich nicht jeden einzelnen Fall merken konnte.

Die meisten der an jenem Sommerabend Ausgewählten wurden zu einer Marschkolonne zusammengetrieben und von den Kapos zum Ghettotor eskortiert. Dort übernahm die lettische SS die Überwachung und trieb sie die letzten fünf Kilometer zum Hochwald ins Massengrab.

Da aber auch eine fahrbare Gaskammer vor dem Tor stand, wurde eine Gruppe von etwa hundert der Gebrechlichsten abgesondert. SS-Untersturmführer Krause deutete auf mich und vier oder fünf andere Kapos. »Ihr da«, brüllte er, »schafft die hier zum Dünamünde-Konvoi.«

Als die anderen abmarschiert waren, brachten wir die letzten hundert zumeist Gehbehinderten, Entkräfteten und Lungenkranken zum Tor, wo der Lastwagen stand. Die magere Frau, die vom TBC-Husten geschüttelt wurde, war auch darunter. Sie wußte, wohin der Weg führte; alle wußten es. Aber sie stolperte mit derselben resignierten Schicksalsergebenheit zum hinteren Ende des Lastwagens wie die anderen auch. Sie war zu schwach, um sich hinaufzuschwingen, denn die Wagenklappe war etwa eineinhalb Meter über dem Boden, und so wandte sie sich hilfesuchend an mich. Wir standen da und starrten einander in sprachlosem Staunen an.

Ich hörte, daß hinter mir jemand hinzutrat und die beiden anderen Kapos an der Wagenklappe Haltung annahmen und sich die Mütze vom Kopf rissen. Mir war klar, daß es ein SS-Führer sein mußte, und ich beeilte mich, das gleiche zu tun. Die Frau sah mich weiter unverwandt an. Der SS-Führer stand jetzt vor mir. Es war Hauptsturmführer Roschmann. Mit einem Kopfnicken befahl er den beiden anderen Kapos weiterzumachen und starrte mich mit seinen blaßblauen Augen durchdringend an. Ich wußte, was das bedeutete; ich würde ausgepeitscht an diesem Abend, weil ich meine Mütze zu langsam abgenommen hatte.

»Wie heißt du?« fragte er sanft.

»Tauber, Herr Hauptsturmführer«, sagte ich in Habtachtstellung.

»Na, Tauber, du scheinst mir reichlich müde zu sein. Was meinst du, sollten wir dich heute abend ein bißchen munter machen?«

Es hatte keinen Sinn, irgend etwas zu sagen. Die Strafe war beschlossen. Roschmanns Blick wanderte zu der Frau, und seine Lider verengten sich,

als argwöhne er irgend etwas. Dann breitete sich das breite wölfische Lächeln auf seinem Gesicht aus.
»Kennst du diese Frau?« fragte er.
»Jawohl, Herr Hauptsturmführer«, entgegnete ich.
»Wer ist sie?« fragte er. Ich konnte nicht antworten. Meine Lippen waren wie mit Kleister zusammengeklebt.
»Ist sie deine Frau?« fragte er weiter. Ich nickte benommen. Sein Grinsen wurde noch breiter.
»Aber mein lieber Tauber, wo bleiben denn deine Manieren? Hilf der Dame gefälligst in den Wagen«.
Ich stand noch immer wie gelähmt da, unfähig, mich zu rühren. Er trat dichter an mich heran und flüsterte: »Du hast zehn Sekunden, sie da hinaufzuheben. Sonst gehst du selbst rein!«
Zögernd streckte ich meinen Arm aus. Esther stützte sich darauf und kletterte in den Wagen. Die anderen beiden Kapos warteten schon darauf, die Türen zuwerfen zu können. Als Esther oben war, blickte sie zu mir hinunter, und zwei Tränen – aus jedem Auge eine – rollten ihr über die Wangen. Sie sagte nichts zu mir, und wir hatten auch vorher kein einziges Wort miteinander gesprochen. Dann wurden die Türen zugeworfen, und der Wagen fuhr fort. Das letzte, was ich von ihr sah, waren ihre Augen. Sie blickten mich unverwandt an.
Ich habe mich zwanzig Jahre lang gefragt, was sie mit diesem Blick ausdrücken wollte. War es Liebe oder Haß, Verachtung oder Mitleid, Verwirrung oder Verständnis? Ich werde es niemals erfahren.
Als der Wagen abgefahren war, drehte sich Roschmann zu mir um. Er grinste noch immer. »Du kannst weiterleben, bis es uns paßt, dich zu liquidieren, Tauber«, sagte er. »Von jetzt an bist du sowieso schon tot.«
Und damit hatte er recht. An jenem Tag starb meine Seele bei lebendigem Leib. Es war der 29. August 1942.

Seit jenem Tag war ich nur noch ein Roboter. Für mich zählte nichts mehr. Ich empfand weder Kälte noch Schmerz – ich empfand überhaupt nichts mehr. Ich beobachtete die Grausamkeiten von Roschmann und seinen SS-Kumpanen, ohne mit der Wimper zu zucken. Ich war gefühllos für alles, was den menschlichen Geist anrühren, und gefühllos für das meiste, was den Leib berühren kann. Aber ich nahm alles zur Kenntnis, jede winzige Einzelheit; ich versenkte sie in meinem Gedächtnis oder ritzte mir die Daten in die Haut an meinen Beinen. Die Menschentransporte kamen, marschierten zum Exekutionshügel oder zu den fahrbaren Gaskammern; sie starben und wurden verscharrt. Manchmal sah ich ihnen in die Augen, ihnen, die ich, ausgerüstet mit Armbinde und Knüppel, zum Ghettotor eskortierte. Dann fühlte ich mich an die Verse eines englischen Dichters erinnert, die ich einmal gelesen hatte. Sie handelten von einem alten Seefahrer, der dazu verurteilt war, mit der Erinnerung an den Fluch weiterzuleben, den er in den Augen seiner todgeweihten schiffbrüchigen Mannschaft gelesen hatte. Aber für mich gab es keinen Fluch, denn ich war immun gegen Schuldgefühle. Die sollten sich erst Jahre später einstellen. In mir gab es nur die Leere eines toten Mannes, der noch aufrecht gehen konnte...

Peter Miller las bis spät in die Nacht weiter. Mehrmals lehnte er sich in seinem Sessel zurück und atmete ein paar Minuten lang tief durch, um seinen rasenden Puls zu beruhigen. Dann las er weiter.
Einmal, es war kurz vor Mitternacht, legte er das Tagebuch aus der Hand und stand auf, um sich einen Kaffee zu machen. Er blieb am Fenster stehen und zog die Vorhänge zurück. Ein Stück weiter die Straße hinunter war das Café Chérie. Das helle Neonlicht erleuchtete den Steindamm, und er sah eins der Teilzeitmädchen, die da stehen, um ihr Einkommen aufzubessern. Sie trat am Arm eines Geschäftsmanns auf die Straße. Die beiden verschwanden in der Fremdenpension gegenüber, wo der Geschäftsmann um hundert Mark ärmer wurde, für eine kurze, hastige Erleichterung.
Miller zog die Vorhänge wieder zu und kehrte in seinen Sessel zurück. Er trank seinen Kaffee aus und las weiter in Salomon Taubers Tagebuch.

Im Herbst 1943 kam die Anweisung aus Berlin, die Zehntausende von Leichen im Hochwald wieder auszugraben und sie, entweder durch Verbrennen oder durch Bestreuen mit ungelöschtem Kalk, gründlicher zu vernichten. Das war leichter gesagt als getan; der Winter stand vor der Tür, und der Boden fror bald hart. Roschmann war tagelang in bösester Stimmung; aber die verwaltungstechnischen Einzelheiten machten ihm genügend zu schaffen, um ihn uns vom Leibe zu halten.
Tag für Tag konnte man die neuaufgestellten Arbeitskommandos mit geschulterten Äxten und Spaten den Hügel zum Hochwald hinaufmarschieren sehen, und Tag für Tag stiegen schwarze Rauchsäulen über dem Wald auf. Als Brennstoff benutzten sie Kiefernharz, aber normalerweise brennen bereits verwesende Leichen nicht ohne weiteres, und so ging die Arbeit nur langsam vonstatten. Schließlich gingen sie zu ungelöschtem Kalk über, bedeckten jede Leichenschicht damit und schaufelten sie im Frühjahr 1944, als der Boden aufzutauen begann, in die Gräben zurück.
Die Kommandos, die diese Arbeit leisteten, stammten nicht aus dem Ghetto. Es waren Juden aus Salas Pills, einem der schlimmsten Lager der Umgebung. Sie waren dort unter strengster Isolierung von jeglichem menschlichen Kontakt inhaftiert; später ließ man sie einfach verhungern: Man verweigerte ihnen so lange jede Nahrung, bis trotz der zahlreichen Fälle von Kannibalismus alle vor Hunger gestorben waren...

Im Frühjahr 1944 war diese Arbeit mehr oder weniger beendet, und schließlich wurde das Ghetto aufgelöst. Die meisten seiner dreißigtausend Bewohner wurden in den Hochwald getrieben; sie folgten den Hunderttausenden, deren Gebeine hier moderten, als letzte in den Tod. Etwa fünftausend von uns wurden in das Lager Kaiserwald überführt, während hinter uns das Ghetto in Flammen aufging und anschließend Planierraupen die Überreste dem Erdboden gleichmachten. Von dem, was einst hier gestanden hatte, blieb nichts übrig. Nichts außer einer Fläche mit Asche vermischten plattgewalzten Erdbodens, die sich Hunderte von Morgen weit ausdehnte...

Auf den folgenden zwanzig Seiten seines Tagebuchs beschrieb Tauber den Kampf ums Überleben, den er im Konzentrationslager Kaiserwald gegen Hunger, Krankheit, Erschöpfung und die Brutalität der Lagerwachen zu bestehen hatte. In dieser Zeit trat SS-Hauptsturmführer Eduard Roschmann nicht in Erscheinung. Er hielt sich jedoch offenbar nach wie vor in Riga auf. Tauber schildert, wie die SS, von panischer Angst erfaßt, den Russen in die Hände zu fallen, fieberhafte Vorbereitungen traf, Riga auf dem Seeweg zu verlassen; sie nahmen die letzten überlebenden Häftlinge als Freibillett für die Rückreise ins Reich mit.

Am Nachmittag des 11. Oktober 1944 erreichten wir mit insgesamt noch knapp viertausend Häftlingen Riga. Unsere Marschkolonne wurde sofort zum Hafen weitergeleitet. Aus der Ferne hörten wir ein merkwürdiges dumpfes Dröhnen; es klang wie der rollende Donner eines entfernten schweren Gewitters. Zunächst kamen wir nicht darauf, was es bedeutete – wir hatten noch nie Granaten oder Bomben detonieren gehört. Dann dämmerte in unseren von Kälte und Hunger benommenen Köpfen die Erkenntnis, daß es russische Artilleriegeschosse waren, die in den Vororten von Riga einschlugen.
Als wir bei den Hafenanlagen ankamen, wimmelte es dort schon von SS-Führern und -Mannschaften. Ich hatte nie so viele von ihnen zur selben Zeit am selben Ort gesehen; es müssen weit mehr SS-Leute als Häftlinge dort gewesen sein. Wir mußten uns in Reihen vor einem der Speicher aufstellen. Wieder glaubten die meisten von uns, wir sollten hier erschossen werden. Aber dem war nicht so.
Offenbar beabsichtigte die SS, uns, die letzten fünftausend der Hunderttausende von Juden, die durch Riga geschleust worden waren, als Alibi für ihre Flucht vor dem russischen Vormarsch zu benutzen. Das Schiff, das sie ins Reich zurückbringen sollte – ein Frachter, der am Kai 6 festgemacht hatte –, war das letzte, das aus der eingeschlossenen Stadt auslief. Die verwundeten deutschen Soldaten lagen zu Hunderten auf Tragbahren in zwei

Hafenschuppen. Nach einiger Zeit wurden die ersten an Bord getragen...
Es war schon fast dunkel, als SS-Hauptsturmführer Roschmann erschien.
Als er sah, welche Ladung das Schiff übernahm, erstarrte er. Nachdem er
sich davon überzeugt hatte, daß es Verwundete der Wehrmacht waren, die
an Bord geschafft wurden, drehte er sich um und befahl den Sanitätssoldaten, die die Bahren schleppten: »Schluß! Einladen sofort abbrechen!«
Er lief quer über den Kai auf sie zu und schlug einem von ihnen mit der
flachen Hand ins Gesicht. Dann fuhr er herum und brüllte uns Häftlinge
an: »Ihr Scheißkerle! Los, macht, daß ihr auf das Schiff raufkommt! Holt
sie wieder runter! Bringt sie wieder in den Schuppen zurück. Das ist unser
Schiff.«
Angetrieben von den Gewehrläufen der SS-Männer, die uns zum Hafen eskortiert hatten, setzten wir uns in Richtung Gangway in Bewegung. Hunderte von anderen SS-Männern, einfachen Soldaten und Reserveoffizieren,
die auf dem Kai gestanden und zugesehen hatten, wie die Verwundeten an
Bord getragen wurden, stürmten jetzt vor und folgten den Häftlingen aufs
Schiff.
Ich hatte bereits die Gangway erreicht und wollte gerade hinaufsteigen, als
ich einen Ruf hörte. Ich wandte den Kopf, um zu sehen, was es gab.
Ein Hauptmann der Wehrmacht kam den Kai hinuntergerannt und blieb
in meiner unmittelbaren Nähe am Fuß der Gangway stehen. Er starrte zu
den Männern auf dem Schiff hinauf. Die waren gerade dabei, die ersten
Verwundeten wieder vom Schiff hinunter auf den Kai zurückzutragen.
»Wer hat befohlen, diese Männer auszuladen?« rief der Hauptmann. Roschmann trat von hinten auf ihn zu und sagte: »Ich. Das ist unser Schiff.«
Der Hauptmann fuhr herum. Er zog ein Papier aus der Tasche. »Dieses
Schiff ist hier, um Verwundete der Wehrmacht an Bord zu nehmen«, sagte
er, »und genau das wird geschehen.«
Damit wandte er sich um und befahl den Sanitätssoldaten, mit dem Einladen der Verwundeten fortzufahren. Ich sah zu Roschmann hinüber. Er war
wie angewurzelt stehengeblieben, und ich glaube, er zitterte vor Wut. Dann
begriff ich, daß er Angst hatte. Er hatte Angst, zurückzubleiben und den
Russen in die Hände zu fallen. Im Gegensatz zu uns waren die Russen nämlich bewaffnet.
Er brüllte die Sanitäter an: »Sofort ausladen, sage ich! Ich habe dieses Schiff
im Namen des Reichs beschlagnahmt.«
Die Krankenträger kümmerten sich nicht um sein Geschrei; sie gehorchten
dem Hauptmann, der keine zwei Meter von mir entfernt stand. Sein Gesicht
war grau vor Erschöpfung, und dunkle Schatten lagen unter seinen Augen.
Von den Nasenflügeln liefen zwei scharfe Falten zu den Mundwinkeln hinunter, und auf Kinn und Wangen sproß ein mehrere Tage alter Stoppelbart.
Als er sah, daß die Verladung der Verwundeten weiterging, wollte er an

Roschmann vorbeigehen, um seine Sanitätssoldaten zu beaufsichtigen. Am Kai lagen die Verwundeten auf Bahren in der Kälte; der Boden war schneebedeckt, und die Verwundeten warteten darauf, an Bord getragen zu werden. Einer der Verwundeten bemerkte in unverkennbar hamburgischem Tonfall: »Prima, der Hauptmann! Wird auch Zeit, daß einer den Schweinen endlich mal sagt, wo's lang geht!«
Als der Hauptmann an Roschmann vorüberging, packte Roschmann ihn beim Arm, riß ihn zu sich herum und schlug ihn mit seiner behandschuhten Rechten ins Gesicht. Ich hatte tausendmal gesehen, wie er Männern ins Gesicht schlug, aber nie eine solche Reaktion erlebt. Der Hauptmann schüttelte kurz den Kopf. Dann ballte er die Fäuste und landete einen wuchtigen rechten Schwinger auf Roschmanns Kiefer. Roschmann wurde mehrere Meter zurückgeschleudert und fiel mit dem Rücken in den Schnee. Ein dünner Blutfaden lief ihm aus dem Mundwinkel. Der Hauptmann drehte sich um und ging weiter.
Während ich ihm nachblickte, zog Roschmann seine Luger aus der Pistolentasche, zielte sorgfältig und schoß dem Hauptmann zwischen die Schulterblätter. Das Krachen des abgefeuerten Schusses ließ alles erstarren. Der Hauptmann strauchelte und fing sich wieder. Roschmann feuerte noch mal, und das Geschoß drang dem Hauptmann ins Genick und trat vorn durch die Kehle aus. Er fiel hin. Er war schon tot, bevor er auf dem Boden aufschlug. Irgend etwas, was er um den Hals getragen hatte, war von der Kugel weggerissen worden. Mir wurde befohlen, den Leichnam fortzuschleifen und in das Hafenbecken zu werfen. Der Gegenstand, den der Hauptmann um den Hals getragen hatte, war ein Orden, der an einem Band hing. Den Namen des Hauptmanns habe ich nie erfahren, aber der Orden war das Ritterkreuz mit Eichenlaub.

Miller las diese Seite des Tagebuchs mit wachsendem Staunen, das sich allmählich in Unglauben, Zweifel und dann in abgründige Wut verwandelte. Er las die Bemerkungen über den Rang und die Auszeichnungen des Offiziers sowie über Ort und Datum seines Todes ein paarmal, um ganz sicher zu sein. Dann las er weiter.

Danach wurde uns befohlen, die verwundeten Soldaten wieder auszuladen und die Bahren auf dem verschneiten Kai abzustellen. Ich führte einen jungen Soldaten die Gangway hinunter. Er hatte das Augenlicht verloren und trug eine schmutzige Bandage aus einem abgerissenen Hemdsärmel um den Kopf. Er delirierte im Fieberwahn und fragte immerzu nach seiner Mutter. Wahrscheinlich war er höchstens achtzehn Jahre alt.
Schließlich waren wieder alle Verwundeten an Land geschafft, und wir Häftlinge wurden an Bord getrieben. Man sperrte uns in die beiden Fracht-

räume vorn und achtern unter Deck. Wir waren so eng zusammengepfercht, daß wir uns kaum rühren konnten. Dann wurden die Luken dicht gemacht und die SS kam an Bord. Kurz vor Mitternacht lief das Schiff aus. Der Kapitän wollte anscheinend vor Anbruch der Dämmerung außerhalb des Rigaer Meerbusens sein, um nicht von patrouillierenden russischen Stormoviks gesichtet und bombardiert zu werden...

Es dauerte drei Tage, bis wir Danzig erreichten, das zu der Zeit noch weit hinter den deutschen Linien lag. Drei Tage verbrachten wir in einer schlingernden Hölle unter Deck, ohne Verpflegung und ohne Wasser. In diesen drei Tagen starb jeder vierte der viertausend Häftlinge. Zu essen gab es nichts, deswegen konnten wir uns auch nicht erbrechen; trotzdem drehte sich allen vor Seekrankheit der Magen um. Viele starben an Erschöpfung durch das ständige Würgen; andere vor Hunger, Kälte oder Sauerstoffmangel; einige auch, weil sie ganz einfach den Willen zum Leben verloren – sie streckten sich aus und ergaben sich dem Tod.
Und dann standen die Schiffsmaschinen still, die Ladeluken wurden geöffnet, und eisige Winterluft strömte in die stinkenden Laderäume. Als wir in Danzig auf den Kai hinausgetrieben wurden, mußten wir die Toten neben uns auf den Boden legen. Die Gesamtzahl der Häftlinge mußte mit der von Riga bei der Einschiffung übereinstimmen. Mit dem Zählen nahm es die SS immer sehr genau.
Später erfuhren wir, daß die Russen Riga am 14. Oktober eingenommen hatten, als wir uns noch auf See befanden...

Taubers qualvolle Odyssee ging ihrem Ende zu. Von Danzig aus wurden die überlebenden Häftlinge in Schuten zum nahen Konzentrationslager Stutthof gebracht, und bis Anfang Januar 1945 war Tauber nachts im Lager, und am Tage arbeitete er in der U-Boot-Werft von Burggraben. Weitere Tausende von Häftlingen starben in Stutthof an Unterernährung. Als die Russen im Januar 1945 auf Danzig vorrückten, traten die Überlebenden von Stutthof den berüchtigten Todesmarsch nach Westen an. Überall in den östlichen Provinzen Deutschlands wurden diese Gespensterkolonnen über winterliche Landstraßen in Richtung Berlin getrieben. Sie waren von der SS bewacht und dienten der SS als Freibrief für ihre Flucht nach Westen. Der Weg dieser Kolonnen war von Leichen gesäumt, denn in Frost und Schneetreiben starben die Häftlinge wie die Fliegen.
Tauber überlebte auch das, und die Reste seiner Marschkolonne erreichten schließlich Magdeburg, wo ihre SS-Wachen das Weite suchten. Sie brachten sich in Sicherheit. Taubers Gruppe wurde in das Magdeburger Stadtgefängnis eingeliefert und ratlosen alten Wärtern übergeben. Sie wußten nicht, womit sie ihre Gefangenen verpflegen sollten, und hatten panische

Angst vor dem Gedanken, wie die Alliierten reagierten, wenn sie die Gefangenen in diesem Zustand vorfanden. Deswegen erlaubten die Aufseher den Häftlingen, die noch einigermaßen bei Kräften waren, in der näheren Umgebung der Stadt Lebensmittel zu »organisieren«.

Zuletzt hatte ich Eduard Roschmann in Danzig gesehen, als wir auf dem Kai abgezählt wurden. Er trug einen warmen Offiziersmantel mit Pelzkragen und bestieg einen Kraftwagen. Ich dachte, ich würde ihn nie wiedersehen, aber ich sollte ihm noch ein allerletztes Mal begegnen. Das war am 3. April 1945.
An jenem Tag hatte ich mit drei anderen Häftlingen in der Gegend von Gardelegen, einer Kleinstadt in der Nähe von Magdeburg, einen Sack voll Kartoffeln zusammengebettelt. Wir waren auf dem Rückweg zur Stadt, als sich uns aus Richtung Gardelegen ein Wagen näherte. Ich trat an den Straßenrand, um ihn vorbeizulassen, und blickte dem Wagen ohne sonderliches Interesse entgegen. Im Wagen saßen vier SS-Führer; sie waren auf der Flucht vor dem Feind. Neben dem Fahrer zog sich ein Mann die Uniformjacke eines Unteroffiziers der Wehrmacht an. Das war Eduard Roschmann. Er erkannte mich nicht, denn ich trug eine Kapuze aus einem alten Kartoffelsack gegen den kalten Frühjahrswind. Aber ich, ich hatte ihn erkannt. Da gab es nicht den leisesten Zweifel.
Und zweifellos wechselten alle vier Männer in dem Wagen auf der Fahrt in den Westen ihre Uniformen. Der Wagen fuhr schnell. Etwas flatterte aus dem Fenster und flog in den Staub der Straße. Ein Kleidungsstück. Wir kamen zu der Stelle, wo es lag, und bückten uns, um es genauer anzusehen. Es war die Uniformjacke eines SS-Führers mit dem zweifachen silbernen Runenzeichen und den Rangabzeichen auf den Kragenspiegeln. Sie hatte einem SS-Hauptsturmführer gehört. Eduard Roschmann, der Schlächter von Riga, war untergetaucht...

Vierundzwanzig Tage danach kam die Befreiung. Wir wagten uns nicht mehr hinaus und blieben lieber hungrig im Gefängnis; denn auf den Straßen herrschte die totale Anarchie. Am Vormittag des 27. April lag plötzlich Grabesstille über der ganzen Stadt. Gegen Mittag war ich im Gefängnishof und sprach mit einem der verängstigten alten Aufseher; er beteuerte mir nahezu eine Stunde lang, daß er und seine Kollegen mit Adolf Hitler nichts zu tun gehabt hätten und mit den Judenverfolgungen schon gar nichts.
Ich hörte das Motorengeräusch eines Fahrzeugs, das draußen vor dem verschlossenen Gefängnistor vorfuhr. Kurz darauf hämmerte jemand gegen das Tor. Der alte Aufseher ging zum Tor und machte es auf. Ein Mann trat zögernd, mit entsichertem Revolver in der Rechten, durch den geöffneten Spalt. Er trug eine Felduniform, die ich noch nie gesehen hatte.

Er mußte ein Offizier sein. Bei ihm war ein Soldat mit flachem, rundem Stahlhelm und einem schußbereiten Karabiner. Die beiden blieben schweigend stehen und blickten sich in dem Gefängnishof um. In einer Ecke lagen etwa fünfzig Leichen von Häftlingen, die in den letzten vierzehn Tagen gestorben waren. Niemand hatte mehr die Kraft gehabt, sie zu beerdigen. An der Hofmauer lagen geschwächte, zu Skeletten abgemagerte Häftlinge, die sich dorthin geschleppt hatte, um ihre eiternden, stinkenden Wunden von der warmen Frühjahrssonne bescheinen zu lassen.
Die beiden Männer wechselten einen Blick und sahen dann den siebzigjährigen Gefängniswärter an. Er wich ihrem Blick nicht aus, obwohl ihm nicht wohl in seiner Haut war. Und dann sagte er etwas, was er im Ersten Weltkrieg gelernt haben mußte. Er sagte: »Hallo, Tommy.«
Der Offizier sah ihn an, schaute ein zweites Mal in die Runde und starrte wieder den Wärter an. Er sagte ganz deutlich auf englisch: »Du verdammtes Kraut-Schwein.«
Und plötzlich mußte ich weinen...

Die Engländer brachten mich zeitweilig in einem Magdeburger Krankenhaus unter, aber ich verließ es auf eigenen Wunsch und machte mich per Anhalter auf den Weg nach Hause. Die Straßen des Stadtviertels, in dem ich geboren und aufgewachsen war, hatten die Feuerstürme der alliierten Bombenangriffe nicht überdauert, auch das Büro nicht, wo ich einmal gearbeitet hatte, meine Wohnung – es war nichts mehr da. Erst als ich sah, daß gar nichts mehr übriggeblieben war, da brach ich vollkommen zusammen. Ich verbrachte ein Jahr als Patient mit Leidensgenossen aus Bergen-Belsen in einem Krankenhaus und blieb dort noch ein weiteres Jahr. Ich arbeitete als Krankenpfleger und kümmerte mich um die, denen es noch schlechter ging als mir.
Als ich dort kündigte, suchte ich mir in Hamburg ein Zimmer, um hier den Rest meiner Erdentage zu verbringen.

Das Tagebuch endete mit zwei weiteren sauberen weißen Seiten. Sie waren erst kürzlich beschrieben worden und bildeten den Epilog.

Ich habe seit 1947 in diesem kleinen Zimmer in Altona gewohnt. Kurz nachdem ich die Arbeit in dem Krankenhaus aufgegeben hatte, begann ich mit der Niederschrift dessen, was mit mir und den anderen in Riga geschehen ist. Aber lange bevor ich damit fertig war, wurde mir nur allzu deutlich bewußt, daß andere ebenfalls überlebt hatten – andere, die besser informiert und die auch sonst geeigneter waren als ich, Zeugnis abzulegen von dem, was geschehen war. Hunderte von Büchern sind bereits erschienen, die den

Massenmord beschreiben; für meins interessierte sich sicher niemand mehr. Ich habe es nie jemandem zum Lesen gegeben.
Wenn ich zurückschaue, wird mir klar, daß alles eine Zeit- und Energieverschwendung gewesen ist, der Kampf ums Überleben und mein schriftliches Zeugnis – andere haben das schon viel besser gemacht. Jetzt wünsche ich mir, ich wäre in Riga mit Esther gestorben.
Selbst mein letzter Wunsch, Eduard Roschmann vor Gericht zu sehen und seine Untaten zu bezeugen – er wird sich nie erfüllen. Das weiß ich jetzt.
Ich gehe manchmal durch die Straßen und denke an die Jahre, die ich hier verbracht habe, aber es ist nicht mehr so wie früher. Die Kinder lachen mich aus, und wenn ich versuche, ihre Freundschaft zu gewinnen, laufen sie weg. Einmal kam ich mit einem kleinen Mädchen ins Gespräch, das keine Angst hatte, aber dann kam seine Mutter und zerrte es schimpfend fort. Ich rede nicht viel mit anderen Menschen.
Einmal war eine Frau da, die mich sprechen wollte. Sie war vom Wiedergutmachungsamt und erklärte mir, ich hätte Geld zu bekommen. Ich sagte ihr, daß ich kein Geld haben wollte. Sie war ganz ratlos und meinte, es wäre mein gutes Recht, mich für die Vergangenheit entschädigen zu lassen. Ich beharrte auf meiner Weigerung. Sie schickte dann jemand anders, und ich weigerte mich wieder. Er sagte, es sei regelwidrig, die Entschädigung zu verweigern. Ich begriff, was er damit sagen wollte: es brachte ihre Buchführung durcheinander. Aber ich nehme von ihnen, was sie mir schuldig sind. Kein Geld.
Als ich in dem britischen Lazarett lag, fragte mich einer der dortigen Ärzte, warum ich nicht nach Israel emigrieren wolle; damals war das Land gerade dabei, unabhängig zu werden. Wie hätte ich es ihm erklären sollen? Ich konnte ihm nicht sagen, daß ich das Gelobte Land niemals betreten würde – nicht nach dem, was ich Esther, meiner eigenen Frau, angetan hatte. Ich denke oft daran, ich träume oft davon, wie es wohl sein mag, in Israel zu leben. Aber ich bin dieses Land nicht wert.
Wenn jedoch irgendwann einmal diese Zeilen im Lande Israel, das ich niemals sehen werde, gelesen werden sollten – würde dann bitte jemand ein *khaddish* für mich sprechen?

SALOMON TAUBER,
Hamburg-Altona,
den 21. November 1963

Peter Miller legte das Tagebuch aus der Hand und streckte sich in seinem Sessel aus. Er zündete sich noch eine Zigarette an und starrte an die Zimmerdecke. Kurz vor fünf Uhr morgens hörte er, wie die Wohnungstür geöffnet wurde. Sigi trat ins Zimmer. Sie war überrascht, daß er noch wach und angezogen war.
»Warum bist du so spät noch auf?« fragte sie.
»Ich hab gelesen«, sagte Miller.
Später, als die kupferbeschlagene Kuppel der Michaelis-Kirche blaßgrün in der Dämmerung leuchtete, lagen sie zusammen im Bett, Sigi war zufrieden und noch ein wenig benommen wie eine junge Frau, die soeben geliebt worden war. Miller starrte schweigend an die Zimmerdecke.
»Ein Königreich für deine Gedanken«, sagte Sigi nach einer Weile.
»Ich denk bloß nach.«
»Ich weiß. Ich spür's doch. Und worüber?«
»Die nächste Story, die ich schreiben will.«
Sigi drehte sich zu ihm um und sah ihn an.
»Was hast du vor?« fragte sie. Miller beugte sich aus dem Bett und drückte seine Zigarette aus. »Ich werde einen Mann aufspüren, der 1945 untergetaucht ist«, sagte er.

3

Während Peter Miller und Sigi in Hamburg wieder zusammen einschliefen, schwebte eine riesige Coronado der Argentine Airlines über den dunklen Bergen Kastiliens und setzte zur Landung auf dem Madrider Flughafen Barajas an.
Auf einem Fensterplatz in der dritten Reihe der Ersten Klasse saß ein Mann von Anfang Sechzig mit eisengrauem Haar und kurzgestutztem Schnauzbart.
Es existierte nur ein einziges Photo von diesem Mann, das ihn zeigte, wie er früher ausgesehen hatte – Anfang Vierzig, mit militärisch kurzem, linksgescheiteltem Haar und ohne den Schnauzbart, der jetzt das Rattenartige seiner Mundpartie kaschierte. Kaum jemand aus dem kleinen Kreis der Männer, die dieses Photo jemals gesehen hatten, hätte den Mann im Flugzeug, der das dichte Haar nun ohne Scheitel zurückgekämmt trug, wiedererkannt. Das Photo in seinem Paß stimmte mit seinem veränderten Aussehen überein.
Der Name in seinem Paß lautete Señor Ricardo Suertes, argentinischer Staatsbürger. Seinen neuen Namen empfand er als besonders gelungenen Scherz, denn Glück heißt auf spanisch *suerte*, und der richtige Name dieses Erster-Klasse-Fluggastes war Richard Glücks, vormals SS-Gruppenführer,

Chef des Reichswirtschaftshauptamtes und Generalinspekteur der Konzentrationslager. Auf den Fahndungslisten der Bundesrepublik Deutschland und des Staates Israel stand er an dritter Stelle nach Martin Bormann und dem ehemaligen Gestapochef Heinrich Müller – er war noch gesuchter als Dr. Josef Mengele, der satanische Lagerarzt von Auschwitz. Richard Glücks war der unmittelbare Stellvertreter Martin Bormanns, der 1945 die Nachfolge des »Führers« angetreten hatte, und damit der zweite Mann an der Spitze der ODESSA.

Glück's Rolle bei den Massenverbrechen der SS war einzigartig; die Art und Weise seines spurlosen Verschwindens im Mai 1945 war entsprechend. Glücks war mehr noch als Adolf Eichmann einer der maßgeblichen Drahtzieher der Massenvernichtung gewesen; selbst hatte auch er nie eine Mordwaffe in die Hand genommen. Wenn man einen nichtsahnenden Fluggast auf die Idendität seines Nachbarn hingewiesen hätte, er wäre zweifellos erstaunt gewesen über die Tatsache, daß der ehemalige Leiter eines Wirtschaftsverwaltungsamts ganz obenauf auf der Fahndungsliste rangierte. Denn dazu mußte man wissen: Von den deutschen Verbrechen gegen die Menschlichkeit zwischen 1933 und 1945 gehen etwa 95 Prozent auf das Konto der SS; davon werden wiederum etwa 80 bis 90 Prozent zwei SS-Dienststellen zugeschrieben, dem Reichssicherheits-Hauptamt und dem Reichswirtschaftsverwaltungs-Hauptamt. Wem die Vorstellung eines Wirtschaftsamtes, das mit Massenmord zu tun haben soll, abwegig erscheint, der muß sich die Konzeption vergegenwärtigen, die der »Endlösung der Judenfrage« zugrunde lag. Man wollte nicht nur alle Juden in Europa umbringen (und die slawischen Völker zu Sklaven der »Herrenrasse« degradieren), man wollte sie für dieses Privileg auch noch zahlen lassen. Bevor sich die Gaskammern öffneten, hatte die SS bereits den größten planmäßig organisierten Raub aller Zeiten durchgeführt.

Bei den Juden erfolgte die Zahlung in drei Phasen. Zunächst wurden ihre Geschäfte, Häuser und Bankkonten enteignet und ihre Möbel, Autos und Kleidungsstücke beschlagnahmt. Sie selbst wurden in die Zwangsarbeits- und Vernichtungslager nach Polen abtransportiert, dabei ließ man sie in dem Glauben, sie würden in den Osten umgesiedelt. Es war ihnen gestattet, bei dieser »Umsiedlungsaktion« so viel an Hausrat und Habseligkeiten mitzuführen, wie sie tragen konnten – gewöhnlich waren das zwei Koffer. Auf dem Lagerplatz wurden sie ihnen dann abgenommen, und schließlich – vor ihrer Exekution – auch noch die Kleidung, die sie am Leibe trugen.

Der Inhalt des Handgepäcks von sechs Millionen Menschen war eine Beute im Gesamtwert von mehreren Milliarden Dollar. Damals nahmen die europäischen und besonders die osteuropäischen Juden ihre sämtlichen Wertsachen auf Reisen mit. Aus den Lagern rollten ganze Güterzüge mit Schmucksachen, Brillanten, Gold- und Silbermünzen sowie alle Sorten von

Banknoten in die SS-Hauptquartiere ins Reich zurück. Die SS sicherte sich bei diesen Operationen einen beträchtlichen Profit. Das Gold wurde in Barren gegossen und mit dem sogenannten Hoheitsadler des Reichs und der zweifachen Siegrune, dem Zeichen der SS, gestempelt. Gegen Kriegsende deponierte man es auf Banken in der Schweiz, in Liechtenstein und Tanger. Diese Goldbarren bildeten den Grundstock des Betriebskapitals, mit dem dann später die ODESSA arbeitete. Erhebliche Mengen dieses Goldes lagen in Obhut selbstzufriedener, rechtschaffener, meist ahnungsloser schweizerischer Bankiers in unterirdischen Depots unter den Straßen Zürichs.

Die zweite Phase der Verwertung bestand in der Ausbeutung der Arbeitskraft der Opfer. Ihre Körper waren ein Energiepotential, das gewinnbringend genutzt werden konnte. In dieser Phase waren die Juden den kriegsgefangenen oder verschleppten Russen und Polen gleichgestellt, die nie über Vermögenswerte verfügt hatten, welche man ihnen jetzt hätte abnehmen können. Wer arbeitsunfähig war, wurde als unbrauchbar ausgemerzt. Die Arbeitsfähigen wurden entweder an SS-eigene Fabriken vermietet oder an deutsche Rüstungsbetriebe, wie Krupp, Thyssen, Opel und andere, zu einem Tagessatz von drei Reichsmark für ungelernte Arbeiter und vier Reichsmark für Facharbeiter. Der »Tagessatz« war der Gegenwert einer maximalen Arbeitsleistung, die einem mit einem Minimum an Ernährung funktionsfähig erhaltenen Körper innerhalb von vierundzwanzig Stunden abgepreßt werden konnte. Hunderttausende starben durch diese Methode an ihren Arbeitsplätzen.

Die SS bildete einen Staat im Staate. Sie verfügte über ihre eigenen Fabriken und Handwerksbetriebe, ein eigenes Ingenieurwesen, eigene Konstruktionsbüros, Reparaturbetriebe und Reparaturwerkstätten sowie Schneidereien. Sie produzierte in eigener Regie alles mögliche, was sie selbst jemals benötigen könnte; dafür hatte sie die Zwangsarbeiter – sie waren durch Hitlers Erlaß Eigentum der SS.

Die dritte Phase der Ausbeutung bestand in der Verwertung der Leichen. Die Opfer gingen nackt in den Tod; sie hinterließen Wagenladungen von Schuhen, Socken, Rasierpinseln, Brillen, Jacken und Hosen. Sie hinterließen auch ihr Haupthaar; es wurde ins Reich geschafft und dort zu Filzstiefeln für die Wehrmacht verarbeitet. Goldzähne und -plomben brach man mit Zangen aus den Gebissen der Toten, schmolz das Gold später ein und deponierte es ebenfalls in Form von Goldbarren bei der Reichsbank. Versuche, die Knochen zu Düngemittel und das Körperfett zu Seife zu verarbeiten, erwiesen sich als unwirtschaftlich.

Zuständig für alle gewinnbringenden wirtschaftlichen Aspekte der Vernichtung mehrerer Millionen Menschen war das Reichswirtschaftsverwaltungs-Hauptamt der SS gewesen. Señor Ricardo Suertes, der Mann, der auf dem Fensterplatz 3 B des Flugzeugs saß, hatte dieses Amt geleitet.

Glücks wollte seine Freiheit durch eine Rückkehr nach Deutschland nicht aufs Spiel setzen. Das hatte er auch gar nicht nötig. Er hatte genug Geld aus den geheimen Fonds für den Rest seines Lebens; er konnte seine Tage aufs angenehmste in Südamerika verbringen und tut dies auch heute noch. Seine nationalsozialistische Gesinnung blieb von den Ereignissen des Jahres 1945 unerschüttert; seine vormalige hohe Dienststellung sicherte ihm eine einflußreiche Position unter den flüchtigen Nazis in Argentinien, der Zentrale von ODESSA.

Die Maschine landete planmäßig, und die Zollabfertigung der Fluggäste verlief ohne Zwischenfälle. Das Spanisch, das der Passagier aus der dritten Reihe der Ersten Klasse sprach, war fließend; es veranlaßte die Beamten keineswegs, die Brauen hochzuziehen. Señor Suertes galt schon seit langen Jahren als Südamerikaner.

Vor dem Flughafengebäude stieg er in ein Taxi und nannte dem Fahrer in alter Gewohnheit eine nur einen Häuserblock vom Zurbarán-Hotel entfernte Adresse. Er zahlte den Taxifahrer, nahm seine Reisetasche und ging die letzten zweihundert Meter zu Fuß zum Hotel.

Schon nach wenigen Augenblicken bekam der den Schlüssel ausgehändigt, denn er hatte sein Zimmer per Fernschreiber reservieren lassen. Er ging nach oben, um sich zu rasieren und zu duschen. Punkt neun Uhr klopfte jemand dreimal leise und nach einer Pause noch zweimal. Er öffnete selbst und trat ins Zimmer zurück, als er seinen Besucher erkannte.

Der Gast schloß die Tür hinter sich, nahm eine stramme Haltung an und hob den rechten Arm zum alten Gruß.

Glücks nickte dem jüngeren Mann wohlwollend zu; er hob seinerseits die Rechte zum Gruß.

Er bat seinen Gast, Platz zu nehmen. Der Mann, der dieser Aufforderung erst Folge leistete, nachdem sich Richard Glücks hingesetzt hatte, war ebenfalls Deutscher, ehemaliger SS-Führer und derzeit Chef des innerdeutschen Organisationsnetzes der ODESSA. Er war sich der Ehre bewußt, zu einer persönlichen Unterredung mit einem so hochgestellten Vorgesetzten nach Madrid gerufen zu werden. Er nahm an, der Anlaß müsse mit der Ermordung Präsident Kennedys vor sechsunddreißig Stunden zusammenhängen. Und damit hatte er nicht unrecht.

Glücks goß sich aus einer Kanne vom Frühstückstablett eine Tasse Kaffee ein und zündete sich in aller Ruhe eine lange Corona an.

»Sie werden den Grund erraten haben, der mich zu diesem kurzfristig angesetzten und einigermaßen riskanten Europabesuch bewogen hat«, sagte er. »Da ich nicht beabsichtigte, auch nur eine Stunde länger als unbedingt erforderlich auf diesem Kontinent zu bleiben, will ich mich kurz fassen und ohne Umschweife zur Sache kommen.«

Der Untergebene aus Deutschland beugte sich erwartungsvoll vor.

»Daß es Kennedy erwischt hat, ist ein unschätzbarer Glücksfall für uns«, fuhr Glücks fort. »Wir dürfen nichts unversucht lassen, diesem Ereignis unsererseits ein Optimum an Vorteilen abzugewinnen. Können Sie mir folgen?«

»Jawohl, Gruppenführer – im grundsätzlichen schon«, sagte der jüngere Mann eilig. »Was meinen Sie im einzelnen damit?«

»Ich denke an das geheime Waffenlieferungsabkommen, das die Verräterbande in Bonn mit den Juden in Tel Aviv getroffen hat. Sie sind über das Abkommen im Bilde? Sie wissen, daß Westdeutschland fortlaufend Panzer, Geschütze und andere Waffen in großen Mengen an Israel liefert?«

»Jawohl, das weiß ich.«

»Und Sie wissen auch, daß unsere Organisation alles daransetzt, was in ihrer Macht steht, um den Ägyptern beizustehen, damit sie in dem kommenden Kampf den Sieg davontragen?«

»Selbstverständlich. Wir haben zu diesem Zweck bereits die Anwerbung zahlreicher deutscher Wissenschaftler organisiert.«

Glücks nickte.

»Ich komme noch auf diesen Punkt zurück. Worauf ich hinauswollte, das ist unsere Politik, unsere arabischen Freunde laufend so vollständig wie nur irgend möglich über alle Einzelheiten dieses verräterischen Abkommens zu informieren, damit sie ihrerseits mit dem erforderlichen Nachdruck auf diplomatischem Wege in Bonn vorstellig werden können. Die arabischen Proteste haben bereits die Bildung einer Gruppe in Westdeutschland zur Folge gehabt, die das Abkommen aus außenpolitischen Gründen ablehnt, weil es die Araber nachhaltig verstimmt hat. Diese Kreise sind unseren Interessen förderlich – wenn auch größtenteils unwissentlich –, weil sie sogar auf Kabinettsebene auf den Trottel Erhard Druck ausüben können, das Waffenabkommen zu widerrufen.«

»Jawohl. Ich verstehe, Gruppenführer.«

»Gut. Bis jetzt hat Erhard die Waffenlieferungen noch nicht eingestellt, aber er hat schon mehrmals geschwankt, ob er es nicht doch tun sollte. Kennedy wollte dieses deutsch-israelische Waffenabkommen, das war das Hauptargument der Kräfte, die ein Interesse daran hatten, es in Kraft zu setzen. Denn was Kennedy gewollt hat, hat er immer von Erhard bekommen.«

»Ja, das stimmt.«

»Aber Kennedy ist tot.«

Der jüngere Mann aus Deutschland lehnte sich im Sessel zurück. Glücks klopfte die Asche seiner Zigarre auf die Untertasse und skandierte seine weiteren Ausführungen mit der Corona zwischen Daumen und Zeigefinger; das glühende Ende war auf seinen Untergebenen gerichtet.

»Für den Rest dieses Jahres werden sich die politischen Anstrengungen unserer Freunde und Gönner in Deutschland darauf zu konzentrieren haben, die öffentliche Meinung in größtmöglichem Umfang gegen dieses Abkommen zu mobilisieren und für unsere wahren und traditionellen Freunde, die Araber.«

»Jawohl, das kann und muß geschehen.« Der jüngere Mann lächelte breit.

»Bestimmte Kontaktleute, die wir in der Kairoer Regierung sitzen haben, werden dafür Sorge tragen, daß eine ganze Serie diplomatischer Proteste sowohl über ihre eigenen Botschaften als auch über die diplomatischen Vertretungen anderer Staaten erfolgt«, fuhr Glücks fort. »Andere arabische Freunde werden veranlassen, daß Demonstrationen arabischer Studenten und ihrer deutschen Freunde stattfinden. Ihre Aufgabe wird es sein, die Pressekampagne durch die Blätter und Zeitschriften, die wir heimlich finanzieren, sowie durch geeignete ›Betreuung‹ solcher Staatsbeamten zu koordinieren, die ihrerseits Regierungsmitgliedern und Politikern nahestehen. Sie müssen wir unbedingt dazu bewegen, sich dem wachsenden Trend der öffentlichen Meinung anzuschließen. Sie müssen gegen das Waffenabkommen votieren.«

Der jüngere Mann runzelte die Brauen.

»Es ist heutzutage außerordentlich schwer, in Westdeutschland gegen Israel Stimmung zu machen«, bemerkte er.

»Das ist auch gar nicht erforderlich.« Glücks schnitt ihm das Wort ab. »Der Aufhänger ist ganz einfach: Aus praktischen Erwägungen darf Westdeutschland nicht achtzig Millionen Araber durch diese vermeintlich geheimen und törichten Waffenlieferungen verstimmen. Diesem Argument werden sich viele Leute – und besonders Diplomaten – nicht verschließen können. Auf unsere Freunde im Auswärtigen Amt können wir uns verlassen. Ein solcher pragmatischer Gesichtspunkt ist durchaus erlaubt. Selbstverständlich werden die nötigen Mittel bereitgestellt werden. Die Hauptsache ist jetzt, wo Kennedy tot ist und Johnson nicht der Mann zu sein scheint, der Kennedys projüdischen Standpunkt zu übernehmen gedenkt, daß auf Erhard bei jeder Gelegenheit und auf allen Ebenen – auch und gerade auf Kabinettsebene – Druck ausgeübt wird, von dem Abkommen zurückzutreten. Wenn wir den Ägyptern beweisen können, daß wir in der Lage sind, eine Kursänderung in der Bonner Außenpolitik herbeizuführen, werden unsere Aktien in Kairo beträchtlich steigen.«

Der Mann aus Deutschland, der seinen Schlachtplan bereits in großen Zügen vor sich sah, nickte mehrmals.

»Das schaffen wir schon«, sagte er.

»Ausgezeichnet«, bemerkte Glücks. Sein Besucher blickte auf.

»Gruppenführer, Sie erwähnten vorhin die deutschen Wissenschaftler, die in Kairo arbeiten...«

»Ach ja, ich sagte, daß ich auf dieses Thema noch zurückkommen wollte.

Sie leisten die Gewähr für das Gelingen unseres Plans, die Juden endgültig zu vernichten. Ich nehme an, Sie sind über die Raketen von Helwan informiert?«

»Jawohl, Gruppenführer. Zumindest in groben Zügen.«

»Aber Sie wissen nicht, zu welchem Zweck sie in Wirklichkeit bestimmt sind?«

»Nun, ich nehme natürlich an...«

»...daß sie dazu verwendet werden sollen, ein paar tausend Tonnen hochbrisanten Sprengstoffs über Israel abzuladen?« Glücks lächelte breit. »Weit gefehlt. Aber ich glaube, es ist an der Zeit, Sie wissen zu lassen, warum diese Raketen und die Männer, die sie bauen, in Wahrheit von so entscheidender Bedeutung sind.«

Glücks lehnte sich zurück, blickte zur Zimmerdecke und berichtete seinem Untergebenen die *wahre* Geschichte der ägyptischen Raketen.

In den ersten Nachkriegsjahren, als König Faruk noch in Ägypten herrschte, waren Tausende von Nazis und ehemaligen SS-Angehörigen aus Europa geflohen; an den Ufern des Nil hatten sie ein sicheres Refugium gefunden.

Lange bevor der Staatsstreich Faruk vom Thron jagte, hatte er zwei deutsche Wissenschaftler beauftragt, für eine Fabrik zur Herstellung von Raketen Pläne zu entwerfen. Das war im Jahre 1952; die beiden deutschen Spezialisten hießen Paul Goerke und Rolf Engel. Das Projekt war zunächst auf Klein- und Feststoffraketen begrenzt.

In den ersten Jahren nach Gamal Abdel Nassers Machtergreifung war das Projekt in Vergessenheit geraten, aber nach der militärischen Niederlage der ägyptischen Truppen im Sinai-Feldzug von 1956 legte der neue Diktator einen Eid ab. Er schwor, daß Israel eines Tages dem Erdboden gleichgemacht werden würde.

Als Moskau 1961 Nassers Forderungen nach schweren Raketen endgültig ablehnte, wurde das Projekt einer ägyptischen Raketenfabrik wiederaufgenommen und mit größter Energie vorangetrieben. Noch im gleichen Jahr bauten und eröffneten die Ägypter, die unter der Leitung der beiden deutschen Professoren Tag und Nacht gearbeitet und von der Regierung unbegrenzte finanzielle Unterstützung erhalten hatten, die Fabrik 333 in Heliopolis.

Eine Fabrik zu bauen und in Betrieb zu nehmen, ist eines; Raketen zu entwerfen und zu bauen etwas anderes. Seit langem hatten die frühesten Nasser-Parteigänger, zumeist Leute mit profaschistischer Vergangenheit, die bis in die Tage des Zweiten Weltkriegs zurückreichte, enge Kontakte mit den ODESSA-Vertretern in Ägypten unterhalten. Sie waren es, die Ägypten die Lösung seines größten Problems offerierten – nämlich Wissenschaftler zu gewinnen für die Herstellung von Raketen.

Weder Rußland noch Amerika, England oder Frankreich waren bereit, auch nur einen einzigen qualifizierten Mann zu stellen. Die ODESSA wies jedoch darauf hin, daß Nasser Raketen von der Größe und Reichweite der V-2-Raketen brauchte, die Wernher von Braun während des Krieges mit seinem Team in Peenemünde gebaut hatte. Und eine ganze Anzahl seiner ehemaligen Mitarbeiter war noch immer verfügbar.

Gegen Ende 1961 begann die Anwerbung deutscher Wissenschaftler. Viele von ihnen waren im Forschungsinstitut für Physik der Strahlantriebe in Stuttgart tätig. Da die Pariser Verträge von 1954 den Deutschen Forschungs- und Produktionsvorhaben auf Gebieten der Kernphysik und des Raketenwesens untersagten, fühlten sich viele Wissenschaftler ohne befriedigende Aufgabe. Außerdem litt die Forschungsarbeit des Institutes unter ständigem Geldmangel. Für viele Wissenschaftler war daher die Aussicht auf einen Platz an der Sonne allzu bestechend, zumal das auch reichliche Forschungsmöglichkeiten bedeutete.

Die ODESSA beauftragte einen Mann ihres Vertrauens mit der Rekrutierung von Wissenschaftlern in Deutschland, und dieser seinerseits ernannte einen Mann namens Heinz Krug zu seinem Gehilfen. Gemeinsam durchkämmten sie Westdeutschland auf der Suche nach Männern, die bereit waren, nach Ägypten zu gehen, um für Nasser Raketen zu bauen.

Dank ihrer großzügigen Gehaltsangebote brauchten sie sich über Mangel an Zulauf von hochqualifizierten Spezialisten nicht zu beklagen. Unter den Angeworbenen war unter anderen Professor Wolfgang Pilz, der nach dem Krieg bereits von den Franzosen angeworben worden war und später der Vater der französischen Veronique-Rakete wurde, der Grundlage des Weltraumprogramms de Gaulles. Professor Pilz ging Anfang 1962 nach Ägypten. Zu den angeworbenen Wissenschaftlern gehörten auch der Spezialist für Steuerungssysteme Dr. Heinz Kleinwächter, Dr. Endle und Dr. Kernberger, ebenfalls Spezialisten auf dem Gebiet der Schubkraft- und Treibstoffforschung und -technik.

Die ersten Ergebnisse ihres Wirkens bekam die Welt am achten Jahrestag von Faruks Sturz am 23. Juli 1962 während der Militärparade auf den Straßen Kairos zu sehen. Die *El Kahira* und die *El Zafira*, zwei Raketen mit Reichweiten von 500 beziehungsweise 300 Kilometer, wurden von Zugmaschinen an der jubelnden Menge vorbeigeschleppt. Obwohl es sich bei diesen beiden Raketen lediglich um Raketenmäntel ohne Sprengköpfe und Treibstoff handelte, waren sie als die ersten der insgesamt vierhundert Raketen dazu auserwesen, eines Tages gegen Israel abgeschossen zu werden.

Glücks schwieg einen Augenblick lang, zog an seiner Zigarre und kam dann auf die Gegenwart zu sprechen.

»Das Problem besteht darin, daß wir zwar die Frage der Raketenmäntel, der Sprengköpfe und des Treibstoffs gelöst haben, daß aber der Schlüssel zur Herstellung von ferngelenkten Raketen im elektronischen Fernsteuersystem liegt.«
Er drückte seine Zigarre im Aschenbecher aus. »Und das haben wir den Ägytern nicht beschaffen können«, fuhr er fort. »Obwohl in Stuttgart und andernorts hochqualifizierte Spezialisten für Fernsteuerungssysteme arbeiten, ist es uns bedauerlicherweise nicht gelungen, auch nur einen einzigen von ihnen zur Auswanderung nach Ägypten zu bewegen. Die von uns vermittelten Experten sind allesamt Spezialisten für Aerodynamik, Schubkraft und Sprengkopfsysteme.
Aber wir haben den Ägyptern zugesagt, daß sie ihre Raketen bekommen, und sie werden sie bekommen. Präsident Nasser ist überzeugt, daß es eines Tages zum Krieg gegen Israel kommen wird, und es wird zum Krieg kommen. Er glaubt, er könnte ihn nur mit seinen Panzern und Soldaten gewinnen. Unsere Informationen lauten nicht so optimistisch. Ihnen zufolge ist es ungeachtet der zahlenmäßigen Überlegenheit der Ägypter keineswegs so sicher, daß sie es schaffen werden. Aber stellen Sie sich vor, wie wir daständen, wenn die russischen Waffen, deren Anschaffung Milliarden von Dollar verschlungen hat, sich als nutzlos erweisen würden; stellen Sie sich vor, wie wir dastünden, wenn sich herausstellte, daß unsere Raketen, die von den durch uns vermittelten Spezialisten gebaut wurden, den Krieg entschieden haben. Unsere Position wäre unanfechtbar. Wir hätten zwei Fliegen mit einer Klappe geschlagen. Der Mittlere Osten verdankte uns dauernden Frieden und böte uns eine sichere Heimat. Und wir hätten im Sinne des Führers gehandelt, der die endgültige und vollständige Vernichtung der Juden wünschte. Es ist eine gewaltige Aufgabe; eine Aufgabe, die wir erfolgreich meistern müssen und meistern werden.«
Glücks ging im Zimmer auf und ab, und der Untergebene sah ihn mit Ehrerbietung und einer gewissen Verwunderung an.
»Verzeihen Sie, Gruppenführer, aber reichen vierhundert Sprengköpfe tatsächlich aus, um die Juden ein für allemal zu vernichten? Das würde schwere Verwüstungen zur Folge haben, aber die restliche Vernichtung?«
Glücks drehte sich um und blickte den jüngeren Mann mit triumphierendem Lächeln an.
»Aber was für Sprengköpfe!« rief er. »Sie glauben doch nicht, daß wir für die Juden bloß hochexplosiven Sprengstoff nehmen? Wir haben Präsident Nasser vorgeschlagen – und er hat die Anregung spontan aufgegriffen –, daß die Sprengköpfe der Nabiras und Zafiras von der traditionellen Art abweichen. Einige Sprengköpfe werden konzentrierte Kulturen von Beulenpest-Erregern enthalten; andere werden so hoch über dem Erdboden explodieren, daß sie das gesamte israelische Territorium mit Strontium-Strahlen

verseuchen. Innerhalb von Stunden werden sie ausnahmslos alle entweder an der Beulenpest oder der Gamma-Strahlung verenden. *Das* ist es, was wir auf Lager haben. Aber das ist streng geheim. Das wissen nicht einmal die Wissenschaftler, die an den Raketen arbeiten.«

Sein Besucher starrte ihn mit offenem Mund an.

»Das ist ja unglaublich«, flüsterte er. »Jetzt fällt mir wieder ein, daß ich irgendwann etwas über einen Prozeß gelesen habe, der im letzten Sommer in der Schweiz stattgefunden hat. Nur stichwortartige Zusammenfassungen, das Beweismaterial war größtenteils geheim. Dann ist es also wahr, Gruppenführer?«

»Jawohl, und unausweichlich – vorausgesetzt, wir von der ODESSA schaffen es, die Raketen mit einem Steuerungssystem auszustatten, das sie nicht nur in die beabsichtigte Richtung, sondern genau an den Ort lenken, an dem sie detonieren sollen. Der Mann, der die gesamten Forschungsarbeiten leitet, die gegenwärtig mit dem Ziel der Entwicklung eines solchen Fernsteuerungssystems für die Raketen betrieben werden, befindet sich zur Zeit in Westdeutschland. Sein Deckname ist Vulkan. Sie erinnern sich: der Waffenschmied, der die Blitze der Götter schmiedete – in der antiken Mythologie heißt er Vulkan.«

»Ist er Wissenschaftler?« fragte der Westdeutsche verblüfft.

»Nein, natürlich nicht. Als er sich 1955 zum Untertauchen gezwungen sah, wäre er normalerweise nach Argentinien zurückgekehrt. Aber Ihr Vorgänger wurde von uns angewiesen, ihn sofort mit einem falschen Paß zu versehen, damit er weiterhin in Westdeutschland bleiben konnte. Er wurde mit einer Million US-Dollar aus unseren Züricher Beständen ausgestattet; das war das Gründungskapital für eine Fabrik in Deutschland. Ursprünglich war vorgesehen, die Fabrik als Fassade für Forschungsarbeiten anderer Art zu benutzen, an denen wir seinerzeit interessiert waren, aber inzwischen wurde sie zugunsten des Fernlenksystems für die Raketen von Helwan eingestellt.

Die Fabrik, die Vulkan jetzt leitet, stellt Transistorradios her, aber das ist natürlich nur eine Tarnung. In der Forschungsabteilung ist eine Gruppe von Wissenschaftlern bereits mit der Entwicklung des Fernsteuerungssystems befaßt, die eines Tages in die Raketen von Helwan eingebaut werden.«

»Und warum gehen sie nicht einfach nach Ägypten?«

Glücks lächelte wieder und setzte seine ruhelose Wanderung durch das Zimmer fort.

»Das ist ja das Geniale an der ganzen Operation! Ich sagte Ihnen schon, daß es in Deutschland genügend Männer gibt, die fähig sind, Raketensteuerungssysteme zu entwickeln, daß aber keiner von ihnen zur Auswanderung bereit war. Die Gruppe von Experten, die jetzt in Vulkans Forschungsabteilung arbeitet, ist überzeugt, dies im Auftrag und auf Weisung des Bonner

Verteidigungsministeriums zu tun – unter striktester Geheimhaltung, versteht sich.«
Der Untergebene sprang erregt auf und verschüttete dabei Kaffee auf den Teppich.
»Mein Gott, wie in aller Welt hat man das denn nur fertigbekommen?«
»Im Prinzip war es ganz einfach. Die Pariser Verträge verbieten Deutschland, Raketenforschung zu betreiben. Die Männer, die unter Vulkan arbeiten, wurden durch einen waschechten Beamten des Bonner Verteidigungsministeriums, der zufällig einer der Unseren ist, zu absoluter Geheimhaltung verpflichtet. Der Mann aus Bonn erschien in Begleitung eines Generals, der den Wissenschaftlern noch aus dem letzten Weltkrieg ein Begriff war. Alle diese Männer sind bereit und willens, für Deutschland zu arbeiten, auch wenn dies gegen die Bestimmungen der Pariser Verträge verstößt. Deswegen sind sie aber nicht notwendigerweise auch bereit, für Ägypten zu arbeiten.
Natürlich sind die Kosten enorm. Normalerweise können Forschungsprojekte von diesem Ausmaß nur von Großmächten realisiert werden. Dieses ganze Entwicklungsprogramm hat bereits einen erheblichen Teil unserer geheimen Reserven geschluckt. Begreifen Sie jetzt, wie wichtig Vulkan für uns ist und welch entscheidende Bedeutung sein Beitrag für uns hat?«
»Selbstverständlich«, entgegnete der ODESSA-Chef aus Deutschland. »Läuft das Programm weiter, wenn ihm etwas zustoßen sollte?«
»Nein. Er ist Alleininhaber des Unternehmens, technischer und kaufmännischer Leiter in einer Person. Er allein kann die Gehälter der von ihm beschäftigten Wissenschaftler auszahlen und für die enormen laufenden Kosten der Entwicklung aufkommen. Keiner der Wissenschaftler hat innerhalb der Firma jemals mit irgend jemand anderem als ihm zu tun gehabt; und niemand sonst innerhalb der Firma ist über den wahren Zweck der überdimensionalen Forschungsabteilung orientiert. Die Angestellten in den anderen Abteilungen glauben, daß die Leute in der hermetisch abgeschlossenen Forschungsabteilung an der Entwicklung von Mikrowellenkreisen arbeiten, die den Transistormarkt revolutionieren werden. Die Geheimhaltung wird als Vorsorgemaßnahme gegen die Industriespionage hingestellt. Vulkan ist das einzige Verbindungsglied, das zwischen den beiden Abteilungen des Werks existiert. Wenn er ausfällt, bricht das gesamte Projekt zusammen.«
»Können Sie mir den Namen der Fabrik verraten?«
Glücks zögerte einen Augenblick lang und nannte dann den Namen. Der Besucher aus Westdeutschland starrte ihn ungläubig an.
»Aber ich kenne doch deren Rundfunkgeräte«, protestierte er.
»Natürlich. Es ist ein unverdächtiges Unternehmen, und es produziert unverdächtige Geräte.«

»Und der Generaldirektor ist...«
«Ja. Der Generaldirektor ist Vulkan. Jetzt verstehen Sie, wie wichtig dieser Mann und seine Tätigkeit für uns ist. Aus eben diesem Grund habe ich noch eine weitere Instruktion für Sie. Hier...«
Glücks zog eine Photographie aus seiner Brusttasche und gab sie dem Mann aus Westdeutschland. Der betrachtete sie lange und mit wachsendem Erstaunen, als könne er seinen Augen nicht trauen. Schließlich drehte er das Photo um und las den Namen auf der Rückseite.
»Donnerwetter, und ich hatte gedacht, er sei in Südamerika.«
»Keineswegs. Das ist Vulkan. Seine Arbeit hat gegenwärtig ein entscheidendes Stadium erreicht. Falls Ihnen daher zu Ohren kommen sollte, daß irgend jemand unliebsame Fragen nach diesem Mann stellt oder sonstwie eine ungebührliche Neugier an den Tag legt, muß der Betreffende – nachhaltig – entmutigt werden. Eine Warnung, und wenn die nichts fruchtet, kurzen Prozeß. Haben Sie verstanden, Kamerad? Niemand, ich wiederhole, absolut niemand darf auch nur im entferntesten die Möglichkeit haben, Vulkans wahre Identität aufzudecken.«
Der Gruppenführer erhob sich. Sein Besucher beeilte sich, ebenfalls aufzustehen.
»Das wäre alles«, sagte Glücks. »Sie haben Ihre Weisungen.«

4

»Aber du weißt ja nicht mal, ob er überhaupt noch lebt.«
Peter Miller und Karl Brandt saßen in Millers Jaguar vor dem Haus des Kriminalinspektors. Miller hatte seinen Freund an dessen dienstfreiem Sonntag beim Mittagessen zu Hause angetroffen.
»Nein, das weiß ich nicht. Das ist logischerweise das erste, was ich herausfinden muß. Kannst du mir dabei helfen?«
Brandt überlegte einen Augenblick und schüttelte dann den Kopf.
»Nein. Tut mir leid, das kann ich nicht.«
»Und warum nicht?«
»Hör mal, ich habe dir das Tagebuch gegeben, um dir einen Gefallen zu tun. Ganz unter uns, sozusagen. Weil es mir einen Schock versetzt hat und weil ich dachte, da könnte eine Story für dich drin sein. Aber ich wäre nie auf die Idee gekommen, daß du versuchen könntest, Roschmann aufzuspüren. Warum kannst du nicht einfach eine Story daraus machen, wie du auf das Tagebuch gestoßen bist?«
»Weil sich daraus keine machen läßt«, sagte Miller. »Da fehlt ganz einfach der Aufhänger. ›Seht doch, was ich da gefunden habe – ein Tagebuch, das aus losen Blättern besteht, auf denen ein alter Mann, der unlängst den Gas-

hahn aufgedreht hat, um mit seinem Leben Schluß zu machen, ausführlich beschreibt, was ihm im letzten Krieg an Schrecklichem widerfahren ist.‹ Glaubst du vielleicht, das kauft mir irgendeine Illustrierte ab? Ich halte es für ein grauenerregendes, ein erschütterndes Dokument, aber das ist bloß meine persönliche Meinung. Es sind Hunderte von Tagebüchern aus der Kriegszeit erschienen. Die Leute wollen so etwas nicht mehr lesen. Mit dem Tagebuch allein ist bei keiner Illustrierten was zu machen.«

»Was willst du also damit anfangen?« fragte Brandt.

»Ganz einfach. Dafür sorgen, daß auf Grund der in dem Tagebuch erhobenen Anklagen eine großangelegte Fahndung nach Roschmann in Gang kommt. Dann habe ich meine Geschichte.«

Brandt klopfte seine Zigarettenasche im Aschenbecher am Armaturenbrett ab.

»Es wird keine großangelegte Fahndung geben«, sagte er dann. »Hör mal, Peter, vom Journalismus magst du einiges verstehen, aber was bei der Hamburger Polizei läuft und was nicht, das weiß ich doch wohl besser. Unser Job ist es, Verbrechen zu bekämpfen, die jetzt, im Jahre 1963, in Hamburg begangen werden. Kein vernünftiger Mensch wird ohnehin schon überforderte Kriminalbeamte von dieser Arbeit abziehen, damit sie nach einem Mann fahnden, dessen Verbrechen zwanzig Jahre zurückliegen und in Riga verübt worden sind. Das ist einfach nicht drin.«

»Aber könntest du die Sache nicht wenigstens zur Sprache bringen?« fragte Miller.

Brandt schüttelte den Kopf. »Nein. Ich nicht.«

»Warum denn nicht? Was ist denn los?«

»Weil ich mich auf so etwas nicht einlassen will. Bei dir ist das etwas anderes. Du bist alleinstehend und unabhängig. Du kannst irgendwelchen Schimären nachjagen, wenn du unbedingt willst, aber ich nicht. Ich habe Frau und Kinder, und ich denke gar nicht daran, womöglich meine Laufbahn aufs Spiel zu setzen.«

»Warum sollte deine Polizistenlaufbahn dadurch gefährdet werden? Roschmann ist doch ein Verbrecher, oder etwa nicht? Die Kriminalpolizei ist dazu da, Verbrecher zu jagen. Wo ist also das Problem?«

Brandt drückte seine Zigarette aus.

»Das kann ich dir nicht in drei Worten erklären. Es gibt bei der Polizei eine Art stillschweigender – na ja, Übereinkunft wäre zuviel gesagt. Es ist eher so eine generelle Einstellung, nichts Konkretes, eigentlich nur so ein Gefühl. Und dieses Gefühl besagt eben, daß es der Karriere eines jungen Polizeibeamten nicht förderlich sein kann, wenn er für die Kriegsverbrechen der SS ein allzu eifriges kriminalistisches Interesse an den Tag legt. Ganz abgesehen von der Tatsache, daß sowieso nichts dabei herauskommt. Der Antrag würde in jedem Fall abschlägig beschieden werden. Aber die Tatsache, daß er gestellt wurde, wird aktenkundig gemacht. Und damit hast du jede Aussicht auf Beförderung verloren. Niemand spricht davon, aber jeder weiß es. Wenn du also eine große Sache daraus machen willst, zähle bitte nicht auf mich.«

Miller saß reglos da und starrte durch die Windschutzscheibe.

»Also gut«, sagte er schließlich. »Wenn das so ist... Aber irgendwo muß ich schließlich anfangen. Hat Tauber sonst noch etwas hinterlassen, als er starb?«

»Nur ein paar kurze Zeilen. Ich mußte sie sicherstellen und meinem Bericht über den Selbstmordfall beilegen. Inzwischen werden sie bei den Akten liegen, und der Fall ist abgeschlossen.«

»Was hat er denn geschrieben?« fragte Miller.

»Nicht viel«, sagte Brandt. »Er schrieb nur, daß er Selbstmord begehen wolle. Und – ja, da war noch etwas. Er schrieb, daß er seine persönlichen Wertsachen einem Freund vermachen wollte, einem gewissen Herrn Marx.«

»Na, das ist doch wenigstens etwas. Wo erreiche ich diesen Marx?«

»Woher, zum Teufel, soll ich das wissen?« rief Brandt aus.

»Soll das heißen, daß das alles war, was er aufgeschrieben hat? Nur den Namen, keine Adresse?«

»Nichts«, sagte Brandt. »Nur den Namen. Keinerlei Hinweis, wo er wohnt.«

»Na, irgendwo dort in der Gegend muß er ja wohl aufzufinden sein. Hast du nicht nach ihm suchen lassen?«

Brandt seufzte.

»Wenn das doch nur endlich einmal in deinen Kopf hineinginge! Wir von der Hamburger Polizei haben wirklich alle Hände voll zu tun. Weißt du, wieviel Leute es in Hamburg gibt, die Marx heißen? Allein im Telefonbuch sind es eine Menge. Wir können nicht unsere Zeit damit verbringen, nach diesem einen Marx zu suchen. Was der alte Mann hinterlassen hat, war ohnehin keinen Pfennig wert.«

»Das war also wirklich alles?« fragte Miller. »Sonst gar nichts?«

»Kein Stück. Wenn du Marx suchen willst – viel Glück!«

»Danke. Das werde ich tun«, erklärte Miller. Die beiden Männer trennten sich, und Miller fuhr in seine Wohnung zurück, wo Sigi mit dem Sonntagsessen auf ihn wartete.

Am folgenden Morgen fuhr Miller zu dem Haus, in dem Tauber gewohnt hatte. Die Tür wurde von einem Mann geöffnet. Er trug eine fleckige Hose mit Bindfaden als Gürtel, ein kragenloses, offenes Hemd, und am Kinn stand ihm ein Dreitagebart.

»Morgen. Sind Sie der Hausmeister?«
Der Mann blickte Miller von oben bis unten an und nickte. Er roch nach Kohl.
»Vor ein paar Tagen hat sich hier ein alter Mann mit Gas umgebracht«, sagte Miller.
»Sind Sie von der Polizei?«
»Nein. Von der Presse.« Miller wies seinen Presseausweis vor.
»Ich habe nichts dazu zu sagen.«
Miller drückte ihm ohne allzu große Schwierigkeiten einen Zehnmarkschein in die Hand.
»Ich will nur einen Blick in sein Zimmer werfen.«
»Es ist schon wieder vermietet.«
»Was haben Sie mit seinen Sachen gemacht?«
»Die liegen hinten im Hof. Wo hätte ich sie sonst hinschaffen sollen?«
In einer Ecke war Taubers Hinterlassenschaft achtlos auf einandergeschichtet worden; dünner Nieselregen fiel darauf. Eine uralte Schreibmaschine, zwei abgetretene Paar Schuhe, diverse Kleidungsstücke, ein Stapel Bücher und ein zerschlissenes weißseidenes Halstuch, von dem Miller vermutete, daß es irgend etwas mit Taubers jüdischer Religion zu tun haben müsse. Er sah sich die Siebensachen genau an; ein Notizbuch mit Adressen oder sonst irgend etwas, woraus man die Anschrift eines Herrn Marx hätte entnehmen können, war nicht dabei.
»Ist das alles?« fragte Miller.
»Das ist alles«, entgegnete der Mann. Er hatte ihn von der Hinterhoftür her mißtrauisch im Auge behalten.
»Haben Sie einen Mieter, der Marx heißt?«
»Nein.«
»Kennen Sie jemanden namens Marx?«
»Nein.«
»Hatte der alte Tauber irgendwelche Freunde?«
»Nicht, daß ich wüßte. Hat ziemlich zurückgezogen gelebt. War eigentlich immer so mit sich allein, will ich mal sagen. Kam und ging, wie es ihm paßte, rumorte da oben so für sich rum. Hatte nicht alle Tassen im Schrank, wenn Sie mich fragen. Aber die Miete hat er immer pünktlich gezahlt. Gab nie irgendwelchen Ärger deswegen.«
»Haben Sie ihn mal mit irgend jemand anderem zusammen gesehen? Auf der Straße, meine ich?«
»Nein, nie. Hatte wohl keine Freunde. Kein Wunder, wo er doch dauernd so vor sich hinmurmelte. Wie gesagt, hat 'ne Meise gehabt, der.«
Miller ging, um sich in der Nachbarschaft umzuhören. Wie sich herausstellte, erinnerten sich die meisten Leute an den alten Mann. Sie hatten ihn tagtäglich auf der Straße gesehen, mit gesenktem Kopf, darauf eine Woll-

mütze, die Hände in Wollhandschuhen, aus denen die Fingerspitzen hervorschauten.
Drei Tage lang durchforschte Miller die Gegend, in der Tauber gelebt hatte; er fragte im Milchladen, im Gemüsegeschäft, im Fleischerladen, in der Bierkneipe und im Tabakgeschäft nach und fing den Briefträger und den Milchmann ab. Es war Mittwochnachmittag, als er mit den Straßenjungen ins Gespräch kam, die vor der Mauer des Lagerhauses Fußball spielten.
»Was, den Mann, den mein Alter den bekloppten Itzig nennt?« entgegnete der Anführer der Gruppe auf Millers Frage. Die anderen Jungen scharten sich um ihn.
»Ja, der«, sagte Miller. »Der verrückte Itzig.«
»Der hatte sie nicht alle«, erklärte einer der Jungen. »Wie der immer so komisch durch die Gegend latschte.« Der Junge zog den Kopf zwischen die Schultern, schlug den Jackenkragen hoch und machte ein paar schlurfende Schritte, wobei er halblaut vor sich hinmurmelte und verstohlene Blicke in die Runde warf. Die anderen Jungen lachten wie verrückt, und einer schubste den Jungen, der Tauber nachahmte, im Spaß zu Boden.
»Hat einer von euch ihn mal mit irgend jemand anderem zusammen gesehen? Mit einem Mann?«
»Warum wollen Sie denn das wissen?« fragte der Anführer argwöhnisch. »Wir haben ihm doch nichts getan.«
Miller zog ein Fünfmarkstück aus der Hosentasche, warf es spielerisch in die Luft und fing es wieder auf. Acht Augenpaare richteten sich auf die blinkende Münze in seiner flachen Hand. Acht Jungen schüttelten zögernd die Köpfe. Miller drehte sich um und ging.
»Hallo!«
Er blieb stehen und sah sich um.
Der kleinste Junge der Gruppe hatte ihn eingeholt. »Ich habe ihn einmal mit einem Mann gesehen. Sie haben geredet. Sie haben dagesessen und geredet.«
»Wo war das?«
»Unten an der Elbe. In den Grünanlagen. Da sind Bänke. Sie haben auf einer Bank gesessen und sich unterhalten.«
»Wie alt war er, ich meine, der andere?«
»Sehr alt. So mit ganz viel weißem Haar.«
Miller warf ihm die Münze zu; er war überzeugt, daß er sie verschwendet hatte. Aber er ging dennoch zur Elbe hinunter und blickte aufmerksam flußauf- und flußabwärts über die Grünanlagen in beiden Richtungen. Er sah ungefähr ein Dutzend Bänke, auf denen im Sommer meistens Rentner und alte Frauen saßen und den ein- und auslaufenden Schiffen zusahen; aber jetzt, Ende November, waren die Bänke leer.
Am diesseitigen Elbufer im Fischereihafen hatte ein halbes Dutzend Nord-

seekutter festgemacht und löschte die Fracht, frische Heringe und Makrelen.
Miller kannte die Gegend hier gut. Während der Bombenangriffe auf Hamburg war er, noch ein Junge, auf einen Bauernhof evakuiert worden. Zurück in der zerstörten Stadt, wuchs er zwischen den Trümmern und Ruinen auf. Sein liebster Spielplatz war das Gelände dieses Fischereihafens am Altonaer Ufer gewesen.
Er hatte die Fischer, rauhe, freundliche Männer, die nach Teer und Salz und Pfeifentabak rochen, sehr geschätzt. Er fragte sich bestürzt, wie es möglich war, daß ein und dasselbe Land Männer vom Schlag Eduard Roschmanns und Männer wie diese Fischer hervorbringen konnte.
Dann konzentrierte er seine Gedanken wieder auf Tauber. Wie und wo konnte der alte Mann seinen Freund Marx kennengelernt haben? Erst als er wieder in seinem Wagen saß und an einer Tankstelle in der Nähe des Altonaer Bahnhofs hielt, kam er auf die Lösung. Es war eine zufällige Bemerkung, die ihn auf die richtige Fährte brachte, wie so oft. Der Tankwart wies ihn darauf hin, daß der Preis für Superkraftstoff schon wieder erhöht worden war, und er fügte leutselig hinzu, daß das Geld von Tag zu Tag weniger wert sei. Damit ging er in sein Büro, um Millers Schein zu wechseln. Und Miller starrte auf die geöffnete Brieftasche in seiner Hand, als sähe er sie zum erstenmal. Miller dachte nach.
Geld. Woher hatte Tauber sein Geld bezogen? Gearbeitet hatte er nicht. Die Wiedergutmachungszahlungen der Bundesrepublik, die ihm zustand, wollte er nicht annehmen. Trotzdem hatte er immer seine Miete pünktlich bezahlt. Und Geld zum Leben mußte er auch gehabt haben. Er war nur sechsundfünfzig Jahre alt geworden, also konnte er keine Altersrente bezogen haben – vermutlich aber wohl eine Invalidenrente.
Miller steckte das Wechselgeld ein, ließ den Jaguar aufheulen und fuhr zum Altonaer Hauptpostamt. Er trat an den Schalter mit dem Schild »Rentenauszahlung«.
»Können Sie mir bitte sagen, wann die Rentner ihr Geld abholen?« fragte er die Dame hinter dem Schalter.
»Am Monatsletzten natürlich«, sagte sie. »Das wäre also Sonnabend?«
»Wenn der Monatsletzte auf das Wochenende fällt, erfolgt die Auszahlung einen Tag früher. In diesem Monat also am Freitag – übermorgen.«
»Betrifft das auch die Invalidenrenten?« fragte er.
»Alle Rentenempfänger holen ihr Geld am Monatsende ab.«
»Hier an diesem Schalter?«
»Ja, wenn sie in diesem Viertel wohnen«, entgegnete die Postangestellte.
»Um welche Zeit?«
»Ab neun Uhr früh, wenn wir aufmachen.«
»Vielen Dank«, sagte Miller.

Zwei Tage später, am Freitag, war Miller gegen neun Uhr vor der Post. Er sah den alten Männern und Frauen zu, die auf der Straße Schlange standen und sich durch die engen Türen des Postamts drängten, als es geöffnet wurde. Miller stand auf der gegenüberliegenden Straßenseite und beobachtete die alten Leute, die wieder aus dem Postamt herauskamen. Viele waren weißhaarig, aber weil es kalt war, trugen die meisten Hüte. Das Wetter war nicht mehr regnerisch; es war sonnig und kalt. Kurz vor 11 Uhr verließ ein alter Mann mit dichter weißer Haarmähne das Postamt; er zählte sein Geld nach und steckte es in die linke Brusttasche. Er sah sich um, als halte er Ausschau nach jemandem. Nach ein paar Minuten wandte er sich zögernd zum Gehen. An der Ecke blickte er noch einmal die Straße hinauf und hinunter und bog dann in die Museumstraße zur Elbe ein. Miller verließ seinen Beobachtungsposten und folgte ihm.

Der alte Mann brauchte zwanzig Minuten für die achthundert Meter bis zur Elbchaussee, dann ging er zu den Uferanlagen, überquerte einen Rasenstreifen und setzte sich auf eine Parkbank. Miller trat zögernd näher.

»Herr Marx?«

Der alte Mann wandte Miller, der um die Bank herum auf ihn zuging, den Kopf zu. Er wirkte keineswegs überrascht. Miller hatte den Eindruck, er sei es gewohnt, von fremden Passanten erkannt und angesprochen zu werden.

»Ja«, sagte er. »Ich bin Marx.«

»Mein Name ist Miller.«

Marx nickte ernst; er verzog keine Miene.

»Warten Sie – warten Sie vielleicht auf Herrn Tauber?«

»Ja, das tue ich«, sagte der alte Mann.

»Darf ich mich setzen?«

»Bitte.«

Miller setzte sich neben ihn, und beide blickten sie auf den Fluß, auf dem jetzt ein riesiger Frachter, die *Kota Maru* aus Yokohama, in Richtung Elbemündung an ihnen vorüberglitt.

»Herr Tauber lebt nicht mehr.«

Der alte Mann starrte auf das vorbeifahrende Schiff. Er ließ sich weder Betroffenheit noch Trauer anmerken, als sei er derlei Mitteilungen gewöhnt.

»Ich verstehe«, sagte er nur.

Miller berichtete ihm kurz, was am Freitagabend letzter Woche geschehen war.

»Es scheint Sie nicht zu überraschen, daß er sich umgebracht hat.«

»Nein«, sagte Marx. »Er war ein sehr unglücklicher Mann.«

»Er hat ein Tagebuch hinterlassen. Wußten Sie von seinen Aufzeichnungen?«

»Ja, er hat mir einmal davon erzählt.«

»Haben Sie sie jemals gelesen?« fragte Miller.

»Nein. Er hat das Tagebuch niemandem gezeigt. Aber erzählt hat er mir davon.«
»Es handelt von der Zeit, die er während des Krieges in Riga verbracht hat.«
»Ja, er hat mir gesagt, daß er in Riga war.«
»Waren Sie auch in Riga?«
Der Mann wandte sich ihm zu und blickte ihn aus traurigen alten Augen an.
»Nein. Ich war in Dachau.«
»Hören Sie, Herr Marx. Ich brauche Ihre Hilfe. In seinem Tagebuch erwähnt Ihr Freund einen Mann, einen SS-Führer namens Roschmann. Hauptsturmführer Eduard Roschmann. Hat er den Namen Ihnen gegenüber je erwähnt?«
»O ja. Er hat mir von Roschmann erzählt. Das war es, was ihn überhaupt am Leben gehalten hat – die Hoffnung, eines Tages gegen Roschmann aussagen zu können.«
»Das hat er auch in dem Tagebuch geschrieben. Ich habe es nach seinem Tod gelesen. Ich bin Reporter. Ich will versuchen, Roschmann ausfindig zu machen. Ich will ihn vor Gericht bringen, verstehen Sie?«
»Ja.«
»Aber wenn Roschmann tot ist, erübrigt sich die ganze Sache. Können Sie sich erinnern, ob Herr Tauber jemals erfahren hat, daß Roschmann lebt oder tot ist?«
Marx starrte minutenlang dem Heck der *Kota Maru* nach.
»Hauptsturmführer Roschmann lebt«, sagte er schließlich. »Und er ist ein freier Mann.«
Miller beugte sich vor.
»Woher wissen Sie das?«
»Von Tauber. Er hat ihn gesehen.«
»Ja, ich habe es gelesen. Das war Anfang April 1945.«
Marx schüttelte den Kopf.
»Nein, es war vor einem Monat.«
Minutenlang herrschte Schweigen, während Miller den alten Mann anstarrte. Marx blickte scheinbar unbewegt weiter auf den Fluß.
»Vor einem Monat?« wiederholte Miller schließlich ungläubig. »Hat er gesagt, wo er ihn gesehen hat?«
Marx seufzte und wandte sich Miller zu.
»Ja. Es war spät abends, und er ging spazieren. Er machte das oft, wenn er nicht schlafen konnte. Auf dem Heimweg kam er an der Staatsoper vorbei, als die Vorstellung gerade zu Ende war und eine Menge Leute auf die Straße hinausströmten. Er sagte, es waren lauter reiche Leute, die Männer im Smoking und Abendmantel und die Frauen in Pelzen und mit Schmuck behängt. Einige Taxis waren vorgefahren, und mehrere Passanten schauten

zu, wie die Herrschaften einstiegen. In diesem Augenblick sah er Roschmann.«
»Unter den Opernbesuchern?«
»Ja. Er stieg mit zwei anderen Leuten in eine der wartenden Taxen und fuhr weg.«
»Hören Sie, Herr Marx, das ist sehr wichtig. War er auch ganz sicher, daß er sich nicht getäuscht hatte?«
»Ja, er sagte, er sei ganz sicher. Es war Roschmann.«
»Aber er hatte ihn vor neunzehn Jahren zuletzt gesehen. Roschmann muß sich doch verändert haben. Wie konnte er sich seiner Sache so sicher sein?«
»Er sagte, er habe gelächelt.«
»Er habe *was* getan?«
»Gelächelt. Roschmann habe gelächelt.«
»Ist denn das so bezeichnend?«
Marx nickte mehrmals.
»Er sagt, wer Roschmann einmal so lächeln gesehen hat, vergißt dieses Lächeln nie mehr. Beschreiben konnte er es nicht, aber er hat gesagt, daß er dieses Lächeln unter Millionen überall auf der ganzen Welt wiedererkennen würde.«
»Ich verstehe. Halten Sie das für möglich?«
»O ja. Ja, ich bin überzeugt, daß er Roschmann gesehen hat.«
»Gut. Gehen wir einmal davon aus, daß auch ich davon überzeugt bin. Hat er sich das polizeiliche Kennzeichen des Taxis gemerkt?«
»Nein. Er sagte, er sei so durcheinander gewesen, daß er nur zugeschaut hat, wie es davonfuhr.«
»Verdammt«, sagte Miller. »Es wird wahrscheinlich zu einem Hotel gefahren sein. Wenn ich die Nummer hätte, könnte ich den Taxifahrer fragen, wohin er seine Fahrgäste gebracht hat. Wann hat Herr Tauber Ihnen das erzählt?«
»Das war vor einem Monat, als wir unsere Rente abholten. Hier auf dieser Bank.«
Miller seufzte und stand auf.
»Sind Sie sich darüber im klaren, daß niemand diese Geschichte glauben würde?«
Marx löste den Blick vom Fluß und richtete ihn auf den jungen Reporter.
»O ja«, sagte er leise. »Das wußte er. Deswegen hat er sich ja umgebracht.«

An jenem Abend stattete Miller seiner Mutter den allwöchentlichen Besuch ab, und wie jede Woche klagte sie, daß er nicht genügend esse, zuviel rauche, seine Hemden zu lange trage und überhaupt seine Garderobe verwahrlosen lasse.

Sie war eine kleine, dickliche, matronenhafte Frau von Anfang Fünfzig. Sie hatte sich nie damit abgefunden, daß ihrem einzigen Sohn nichts Besseres eingefallen war, als Illustriertenreporter zu werden.
Im Verlauf des Abends erkundigte sie sich danach, welcher Räuberpistole er denn im Augenblick gerade nachjage.
Miller berichtete ihr kurz von den Ereignissen der letzten Tage und erwähnte seine Absicht, den untergetauchten Eduard Roschmann aufzuspüren. Seine Mutter war entsetzt.
Peter aß mit unvermindertem Appetit weiter und ließ die Flut ihrer Vorwürfe und Ermahnungen ungerührt über sich ergehen.
»Es ist schon schlimm genug, daß du ständig über diese abscheulichen Dinge berichten mußt, die all diese kriminellen Leute immerfort anstellen«, sagte sie. »Aber was dein armer Vater gesagt hätte, wenn er wüßte, daß du dich jetzt auch noch auf diese alten Nazigeschichten einlassen willst – das weiß ich nicht. Ich weiß es wirklich nicht...«
Miller kam ein Gedanke.
»Mutter.«
»Ja, mein Junge?«
»Krieg... Die Dinge, die den Menschen von der SS angetan wurden – in den Lagern, meine ich... Hast du jemals geahnt... Ich meine, hast du vermutet, daß diese Dinge geschahen?«
Sie begann mit geschäftigem Eifer den Tisch abzuräumen. Nach ein paar Sekunden sagte sie:
»Schreckliche Dinge. Ganz schreckliche Dinge. Die Engländer zwangen uns nach dem Krieg, die Filme anzusehen. Ich will davon nichts mehr hören.«
Sie verließ das Zimmer. Peter stand auf und folgte ihr in die Küche.
»Weißt du noch, wie ich 1952 mit der Schulklasse nach Paris fuhr? Da war ich achtzehn.«
Sie stand am Spülbecken und ließ das Wasser zum Geschirrwaschen einlaufen.
»Ja, ich erinnere mich.«
»Wir wurden damals zu einer Kirche geführt, die Sacre Cœur heißt. Als wir ankamen, war gerade ein Gottesdienst zu Ende gegangen, ein Gedenkgottesdienst für einen Mann namens Jean Moulin. Eine Gruppe von Leuten kam aus der Kirche heraus, und als sie hörten, daß ich mich mit einem Schulkameraden auf deutsch unterhielt, trat ein Franzose auf mich zu und spuckte mich an. Ich weiß noch, daß ich dir die Geschichte bei meiner Rückkehr erzählt habe. Weißt du noch, was du damals gesagt hast?«
Frau Miller spülte mit wütender Entschlossenheit das Abendbrotgeschirr ab.
»Du hast gesagt, das sei typisch für die Franzosen. Üble Eigenschaften haben die, hast du gesagt.«

»Stimmt. Die haben sie auch. Ich habe sie nie gemocht.«
»Hör mal, Mutter. Weißt du, was wir mit Jean Moulin gemacht haben? Du nicht, Vater nicht, ich nicht. Aber wir, die Deutschen – oder vielmehr die Gestapo, die Millionen Ausländer mit uns in einen Topf werfen?«
»Ich will nichts mehr davon hören. Das genügt jetzt aber wirklich.«
»Also, ich kann es dir nicht sagen, was die alles mit dem gemacht haben, bevor er starb, weil ich es nicht weiß. Das ist sicher irgendwo aufgeschrieben worden. Aber das Entscheidende ist, daß ich nicht angespuckt worden bin, weil man mich Schuljungen zur Gestapo rechnete, sondern weil ich ein Deutscher war.«
»Und darauf solltest du stolz sein.«
»Vielleicht bin ich das auch. Aber in diesem Fall muß ich dann auch auf die Nazis, auf die SS und die Gestapo stolz sein.«
»Das ist wohl niemand. Aber dadurch, daß man dauernd davon redet, wird auch nichts besser.«
Sie war erregt und verwirrt wie immer, wenn er mit ihr diskutierte. Sie trocknete sich die Hände mit dem Geschirrtuch ab, bevor sie wieder ins Wohnzimmer ging. Er folgte ihr.
»Hör doch mal zu, Mutter. Versuch das bitte zu begreifen. Bevor ich das Tagebuch gelesen hatte, habe ich auch nicht danach gefragt, was genau es nun eigentlich gewesen ist, was wir angeblich alle getan haben. Jetzt endlich fange ich doch wenigstens an zu begreifen. Deswegen will ich diesen Mann ausfindig machen, wenn es ihn noch gibt und er immer noch frei herumläuft. Dieses Ungeheuer muß vor Gericht gebracht werden.«
Den Tränen nahe setzte sie sich auf das kleine Sofa und sah ihn flehentlich an.
»Bitte, Peterchen, laß die Finger davon. Wühle nicht in der Vergangenheit herum. Es kommt doch nichts Gutes dabei heraus. Das alles ist jetzt lange vorbei, und man sollte es endlich ruhen lassen.«
Peter Millers Blick fiel auf den Kaminsims, auf dem die Uhr unter dem Glassturz und die Photographie seines toten Vaters standen. Der Vater trug die Uniform eines Hauptmanns der Wehrmacht und sah ihn aus dem Rahmen heraus mit jenem gütigen und ein wenig traurigen Lächeln an, das Miller so vertraut war. Das Photo war während des letzten Heimaturlaubs kurz vor der Rückkehr an die Front aufgenommen worden.
Die Erinnerung an seinen Vater war in Peter auch nach neunzehn Jahren erstaunlich lebendig geblieben. Er hatte nicht vergessen, daß sein Vater vor dem Krieg mit ihm zu Hagenbecks Tierpark hinausgefahren war, ihm alle Tiere gezeigt und laut vorgelesen hatte, was auf den kleinen Schildern an jedem Käfig stand, um die unermüdliche Wißbegier seines damals fünfjährigen Sohnes zu stillen.
Er konnte sich noch erinnern, wie sein Vater 1940 heimkam, nachdem er

sich zum Kriegsdienst gemeldet hatte. Seine Mutter weinte, und er hatte sich als Junge darüber gewundert, wieso erwachsene Frauen so töricht sein konnten, Tränen zu vergießen wegen etwas so Fabelhaftem wie der Tatsache, daß der Vater Uniform trug. Und er entsann sich jenes Tages – das war 1944 und er war damals elf Jahre alt gewesen –, als ein Offizier der Wehrmacht seine Mutter aufsuchte, um ihr mitzuteilen, daß ihr heldenhafter Mann an der Ostfront gefallen sei.

»Abgesehen davon will niemand mehr von diesen schrecklichen Enthüllungen etwas wissen, und von den ewigen Prozessen auch nicht, bei denen alles wieder ausgegraben wird. Niemand wird dir dafür danken, selbst wenn du ihn finden solltest. Sie werden auf der Straße mit dem Finger auf dich zeigen. Ich meine, die Menschen haben die ewigen Prozesse einfach satt. Niemand will sie mehr, dazu ist es jetzt einfach zu spät. Laß die Finger davon, Peter. Bitte, gib diese unsinnige Idee auf – um meinetwillen.«

Er erinnerte sich an die schwarzumrandete Zeitungsspalte voller Namen, die an jenem Tag Ende Oktober 1944 nicht länger war als sonst und doch so völlig anders, denn in der unteren Hälfte der Spalte fand sich der Eintrag:

Gefallen für Führer und Vaterland:

Miller, Erwin, Hauptmann, am 11. Oktober in Kurland.

Das war alles. Kein weiteres Wort. Kein Hinweis, wo und wie und warum. Nur einer von Zehntausenden von Namen im Osten Gefallener, die die immer länger werdenden schwarzumrandeten Spalten füllten, bis die Regierung beschloß, ihre Veröffentlichung zu untersagen, weil sie der Durchhaltemoral abträglich waren.

»Ich finde«, sagte seine Mutter hinter ihm, »du solltest wenigstens Rücksicht auf das Andenken deines toten Vaters nehmen. Meinst du, er hätte gewollt, daß sein eigener Sohn in der Vergangenheit herumwühlt und womöglich einen weiteren Prozeß ins Rollen bringt? Glaubst du wirklich, daß das in seinem Sinn ist?«

Miller drehte sich um, ging quer durch das Wohnzimmer zu seiner Mutter hinüber, die noch immer auf dem kleinen Sofa saß, legte ihr seine Hände auf die Schultern und schaute ihr in die verängstigten veilchenblauen Augen. Er beugte sich zu ihr hinunter und gab ihr einen flüchtigen Kuß auf die Stirn.

»Ja, Mutter«, sagte er, »genau das glaube ich. Mein Vater ist als Soldat gefallen, aber der Mann, den ich suche, hatte es nicht mit bewaffneten Männern zu tun, sondern mit wehrlosen Menschen. Vater, ein Soldat, der für seine Tapferkeit ausgezeichnet wurde, hätte nie zugelassen, daß jemand wie dieser Mann...«

»Ich weiß, was du meinst, Peter, dein Vater hat...«

»Was hat mein Vater?«

»Ach, nichts, mein Junge! Laß die Dinge ruhen.«

Miller schloß leise die Haustür hinter sich, kletterte in seinen Wagen und fuhr in die Hamburger Innenstadt zurück. Er kochte vor Erregung und Wut.

Alle, die ihn gut kannten, aber auch viele, die ihn weniger gut kannten, stimmten darin überein, daß er genauso aussah, wie phantasiebegabte Laien sich einen erfolgreichen Illustrierten-Boß vorstellen. Er war Mitte Vierzig, wirkte jungenhaft unbekümmert, hatte dichtes, bereits ergrauendes Haar, das sorgfältig gepflegt und modisch geschnitten war, und manikürte Fingernägel. Sein mittelgrauer Anzug stammte aus der Savile Row, seine schwere Seidenkrawatte von Cardin. Ein Air ausgesprochen teuren guten Geschmacks umgab ihn, wie man ihn sich nur für sehr viel Geld leisten kann.

Hätte er außer seiner glänzenden äußeren Erscheinung keine weiteren Vorzüge gehabt, wäre er kaum einer der erfolgreichsten – und vermögendsten – Illustrierten-Herausgeber Westdeutschlands geworden. Kurz nach dem Kriegsende hatte er mit einer Handpresse angefangen, Flugblätter mit Verlautbarungen der Militärregierung für die britische Besatzungsmacht gedruckt und 1949 eine der ersten Illustrierten Westdeutschlands gegründet. Sein Erfolgsrezept war simpel: »Sag's den Leuten in Worten und sorge dafür, daß es so schockierend wie nur irgend möglich wirkt. Heize das Ganze mit Bildern an, gegen die jedes von der Konkurrenz veröffentlichte Photo aussieht, als sei es von einem Anfänger mit einer Box aufgenommen worden.« Das Rezept erwies sich als wirksam. Seine acht Magazine, die von Heften mit Liebesgeschichten für Teenager bis zu den geleckten Chroniken der Skandale und Affären des Jet-Set reichten, hatten ihn zum Multimillionär gemacht. Aber der *Komet*, die aktuelle Illustrierte, war noch immer sein liebstes Kind.

Mit seinem Geld hatte er sich ein Haus im Ranch-Stil im Hamburger Elbvorort Othmarschen, ein Chalet in den Bergen, ein Haus an der Nordsee, einen Rolls-Royce und einen Ferrari gekauft. Irgendwann hatte er eine sehr schöne Frau geehelicht, die ihm zwei Kinder schenkte, für die er nur selten Zeit hatte. Der einzige westdeutsche Millionär, von dessen diskret ausgehaltenen und häufig ausgewechselten jungen Freundinnen in seinem Klatschmagazin niemals Photos erschienen, war Hans Hoffmann selbst. Er war nämlich auch noch ungemein gerissen.

An jenem Mittwoch klappte er Salomon Taubers Tagebuch zu, nachdem er das Vorwort gelesen hatte, lehnte sich in seinem Sessel zurück und sah den jungen Reporter an, der ihm gegenübersaß.

»Okay. Den Rest kann ich mir denken. Was wollen Sie?«

»Ich halte das für ein beispielloses Dokument«, sagte Miller. »Da gibt es

einen Mann, der in dem Tagebuch immer wieder erwähnt wird. Einen SS-Hauptsturmführer Eduard Roschmann, der Kommandant des Ghettos von Riga war, und zwar von dessen Einrichtung bis zur Auflösung. Dieser Mann hat 80 000 Männer, Frauen und Kinder umgebracht. Ich glaube, er lebt und hält sich hier irgendwo in Westdeutschland auf. Ich will ihn ausfindig machen.«
»Woher wissen Sie, daß er lebt?«
Miller berichtete ihm kurz, was er in Erfahrung gebracht hatte. Hoffmann verzog den Mund.
»Ziemlich mager, Ihre Anhaltspunkte.«
»Stimmt. Aber es lohnt sich, nachzufassen. Ich habe schon manche Story an Land gezogen, bei der ich mit weit weniger konkreten Informationen anfangen mußte.«
Hoffmann grinste anerkennend. Er kannte und schätzte Millers Talent, Geschichten aufzuspüren, die dem Establishment nicht zur Ehre gereichten. Er hatte nie gezögert, Millers Stories zu veröffentlichen, sobald sie sich als hieb- und stichfest recherchiert erwiesen. Sie erzielten nachweislich beträchtliche Auflagensteigerungen.
»Dann dürfte dieser Mann – wie hieß er doch? Roschmann? –, also dieser Roschmann dürfte vermutlich längst auf der Fahndungsliste stehen. Und wenn die Polizei ihn nicht finden kann – was veranlaßt Sie zu dem Glauben, daß Sie es könnten?«
»Ist die Polizei denn tatsächlich hinter ihm her?«
Hoffmann zuckte mit den Achseln.
»Das ist immerhin anzunehmen. Schließlich wird sie dafür bezahlt.«
»Es kann doch nicht schaden, ein bißchen nachzuhelfen, oder? Bloß nachzuprüfen, ob er wirklich noch lebt, ob er jemals festgenommen wurde, und wenn, was dann mit ihm geschehen ist.«
»Und was soll ich dabei tun?« fragte Hoffmann.
»Mir grünes Licht geben, mein Glück zu versuchen. Wenn nichts dabei herauskommt, gebe ich die Sache auf.«
Hoffmann wandte sich auf seinem Drehstuhl der Fensterfront zu, die den Blick vom zwölften Stockwerk freigab auf die ein Kilometer entfernten Hafenanlagen mit ihren Kränen, Kais und Werften, die sich kilometerweit hinzogen.
»Das liegt eigentlich gar nicht auf Ihrer Linie, Miller. Woher kommt dieses plötzliche Interesse?«
Miller überlegte scharf. Eine Idee zu verkaufen war immer das erste und schwierigste. Als freier Reporter mußte man seine Story oder Idee zuerst dem Herausgeber oder Redakteur verkaufen. Auf die Leser kam es erst in zweiter Linie an.
»Es ist eine gute Human-Interest-Story. Wenn *Komet* den Mann fände,

den die Polizeibehörden in all den Jahren nicht gefaßt haben, dann wäre das ein Mordsknüller. So etwas wollen die Leute doch wissen.«

Hoffmann starrte zum Fenster hinaus in den Dezemberhimmel und schüttelte den Kopf.

»Sie irren sich. Ich würde vielmehr sagen, daß es das letzte ist, was die Leute wissen wollen. Und deswegen gebe ich Ihnen den Auftrag auch nicht.«

»Aber hören Sie, Herr Hoffmann, hier liegen die Dinge doch ganz anders. Die Menschen, die Roschmann umgebracht hat, das sind keine Polen oder Russen gewesen. Das waren Deutsche, meinetwegen deutsche Juden, aber sie waren doch *Deutsche*. Warum sollten die Leute nichts davon wissen wollen?«

Hoffmann wandte sich vom Fenster ab, stützte die Ellenbogen auf die Tischplatte und das Kinn auf die Handgelenke.

»Miller, Sie sind ein ausgezeichneter Reporter«, sagte er. »Ich schätze Ihre Art, Reportagen aufzuziehen. Sie haben Stil, und Sie haben auch eine gute Spürnase. Ich kann in dieser Stadt jederzeit zwanzig, fünfzig oder hundert Leute herbeizitieren. Ein Anruf genügt, und die tun genau das, was sie gesagt bekommen. Sie liefern die Stories ab, auf die sie angesetzt werden, aber sie kommen nicht selbst auf ein Thema. Sie dagegen tun das, und das ist der Grund, weswegen wir so gut miteinander ins Geschäft gekommen sind und in Zukunft zweifellos noch viel besser miteinander ins Geschäft kommen werden. Aber nicht mit dieser Sache.«

»Warum nicht? Es ist eine gute Story.«

»Hören Sie, Miller. Sie sind jung. Ich werde Ihnen mal etwas sagen, was Sie sich offenbar noch nicht klargemacht haben. Journalismus besteht zur einen Hälfte darin, gute Reportagen zu schreiben, und zur anderen darin, sie zu verkaufen. Sie können gut schreiben, und zwar ganz ausgezeichnet, und ich kann besser verkaufen. Deswegen sitze ich hier auf diesem Stuhl, und Sie sitzen auf Ihrem. Sie glauben, Sie haben da eine Geschichte, die bei uns alle Welt lesen will, weil die Opfer von Riga deutsche Juden waren. Und ich sage Ihnen, aus eben diesem Grund wird *niemand* diese Geschichte lesen wollen. Es ist genau die Geschichte, die die Leute am allerwenigsten haben wollen. Und solange es in diesem Land kein Gesetz gibt, das den Leuten vorschreibt, was sie zu lesen und welche Illustrierte sie zu kaufen haben, werden sie weiterhin die Illustrierten kaufen, die sie kaufen wollen, und das lesen, wozu sie Lust haben. Und das bekommen sie von mir: Genau das, was sie lesen wollen.«

»Und warum dann nichts über Roschmann?«

»Sie scheinen es noch immer nicht begriffen zu haben. Ich will es Ihnen sagen. Vor dem Krieg kannte nahezu jedermann in Deutschland einen Juden. Tatsache ist, daß in Deutschland kaum jemand etwas gegen die Juden hatte, bevor Hitler kam. Die jüdische Minderheit hatte bei uns in Deutschland nachweislich einen weit besseren Stand als in jedem anderen europäischen Staat. Es ging ihr besser als in Frankreich, besser als in Spanien, unendlich viel besser als in Polen und Rußland, wo die schrecklichsten Pogrome stattgefunden hatten.

Dann fing Hitler an, den Leuten zu erzählen, daß die Juden am Ersten Weltkrieg, an der Arbeitslosigkeit und an allen Mißständen überhaupt schuld seien. Die Leute wußten bald nicht mehr, was sie glauben sollten. Nahezu jeder kannte einen Juden, der ein anständiger und netter Mensch war. Oder doch zumindest harmlos. Die Leute hatten jüdische Freunde, gute Freunde; jüdische Arbeitgeber, gute Arbeitgeber; jüdische Angestellte, fleißige Angestellte; die Juden hielten sich an die Gesetze und taten niemandem etwas Böses. Und da kam Hitler und behauptete, die Juden seien an allem schuld.

Als dann die Lastwagen kamen und die Juden abholten, taten die Leute nichts. Sie hielten sich aus allem heraus und schwiegen. Und sie fingen an, der Stimme, die am lautesten schrie, Glauben zu schenken. So sind die Menschen nun einmal, und insbesondere wir Deutschen. Wir sind ein sehr gehorsames Volk. Darin liegt unsere größte Stärke und zugleich unsere größte Schwäche. Das hat uns mit das Wirtschaftswunder ermöglicht, während die Engländer lieber streiken – und andererseits sind wir aus Gehorsamkeit einem Mann wie Hitler verzückt in ein einziges großes Massengrab gefolgt.

Jahrelang haben die Menschen nicht danach gefragt, was mit den Juden in Deutschland geschah. Sie verschwanden, punktum. Es ist schlimm genug, bei jedem Kriegsverbrecherprozeß in den Zeitungen lesen zu müssen, was mit den gesichts- und namenlosen Juden aus Warschau, Lublin, Bialystok, den unbekannten, anonymen Juden aus Polen und Rußland geschah. Und da wollen Sie den Leuten obendrein noch haarklein erzählen, was mit ihren eigenen Nachbarn geschah? Begreifen Sie jetzt? Diese Juden« – er wies auf das vor ihm liegende Tagebuch Salomon Taubers –, »diese Menschen hatten sie gekannt, sie hatten sie auf der Straße gegrüßt, sie hatten in ihren Läden gekauft, und sie hatten keinen Finger gerührt, als sie abgeholt und den Roschmanns ausgeliefert wurden. Glauben Sie wirklich, die Leute wollen das lesen? Sie hätten sich kein Thema aussuchen können, das ihnen weniger zusagte.«

Hoffmann lehnte sich zurück. Er wählte eine aromatische Panatella aus der Zigarrenschachtel auf seinem Schreibtisch und steckte sie sich mit seinem goldenen Dupont-Feuerzeug an. Miller saß reglos da und verdaute, was er sich selbst nicht hatte klarmachen können.

»Das muß es gewesen sein, was meine Mutter gemeint hat«, sagte er abschließend.

Hoffmann brummte.

»Vermutlich.«

»Ich will das Schwein aber trotzdem ausfindig machen.«
»Lassen Sie die Finger davon, Miller. Schlagen Sie sich das aus dem Kopf. Niemand würde Ihnen dafür danken.«
»Das ist doch nicht der einzige Grund – die Reaktion der Öffentlichkeit. Da steckt doch noch etwas dahinter, oder?«
»Ja«, sagte er nur.
»Haben Sie Angst vor denen – noch immer?« fragte Miller.
Hoffmann schüttelte den Kopf.
»Nein. Ich bin nur nicht darauf versessen, mir vermeidbaren Ärger einzuhandeln. Das ist alles.«
»Was für Ärger?«
»Haben Sie je von einem Mann namens Hans Habe gehört?« fragte Hoffmann.
»Von dem Romanautor? Ja. Was ist mit dem?«
»Er hat mal eine Wochenzeitung in München herausgegeben. Das war Anfang der fünfziger Jahre. Sie war übrigens ausgezeichnet gemacht. Habe war ein begabter Journalist. *Echo der Woche* hieß das Blatt. Habe haßte die Nazis und brachte eine Artikelserie, in der eine Anzahl ehemaliger SS-Führer bloßgestellt wurde, die unbehelligt und auf freiem Fuß in München lebten.«
»Und was passierte?«
»Habe selbst passierte nichts. Eines Tages bekam er etwas mehr Post als üblich. Fünfzig Prozent der Briefe stammten von seinen Anzeigenkunden, die ihre Aufträge zurückzogen. Ein weiteres Schreiben war von seiner Bank, die zwecks Rücksprache um seinen Besuch bat. Habe ging hin, und man eröffnete ihm, daß er seinen Kredit beträchtlich überzogen und sein Konto daher umgehend auszugleichen habe. Innerhalb einer Woche war dem Blatt die Luft ausgegangen. Seither schreibt Habe Bücher, und nicht die schlechtesten. Aber ein Blatt hat er seitdem nicht mehr gemacht.«
»Na und? Sollen wir deswegen heute noch die Hosen voll haben?«
Hoffmann riß sich die Zigarre aus dem Mund.
»So was brauche ich mir von Ihnen nicht sagen zu lassen, Miller.« Seine Augen blitzten. »Ich habe die Schweine damals gehaßt, und ich hasse sie auch heute. Aber ich kenne meine Leser. Und die wollen keine Eduard-Roschmann-Story.«
»Okay, schon gut. Aber ich werde sie trotzdem machen.«
»Wissen Sie, Miller, wenn ich Sie nicht kennen würde, wäre ich überzeugt, daß bei Ihnen irgendein persönliches Motiv dahintersteckt. Journalismus darf nie zu persönlich werden. Das ist nicht gut für die Reportagen, und es ist nicht gut für den Reporter. Übrigens, wie wollen Sie sich finanziell über Wasser halten?«
»Ich habe noch etwas auf dem Konto.« Miller stand auf.

»Viel Glück«, sagte Hoffmann, erhob sich und ging um den Arbeitstisch herum auf seinen Besucher zu. »Ich will Ihnen sagen, was ich tun werde. An dem Tag, an dem Roschmann von der bundesdeutschen Polizei gefaßt und in Haft genommen wird, gebe ich Ihnen den Auftrag, über den Fall Roschmann zu berichten. Das ist dann eine ganz reguläre Berichterstattung über ein Ereignis, von dem die Öffentlichkeit informiert werden muß. Falls ich mich entschließen sollte, nichts darüber zu veröffentlichen, zahle ich das Honorar aus meiner eigenen Tasche. Das ist das Äußerste, was ich in der Sache tun kann. Aber solange Sie in der Weltgeschichte umherreisen und ihn aufzuspüren versuchen, wünsche ich nicht, daß Sie den Briefkopf meiner Illustrierten irgendwo als Entrée vorweisen.«
Miller nickte.
»Sie hören wieder von mir«, sagte er.

5

Wie immer am Mittwochvormittag traten die Leiter der fünf Abteilungen des israelischen Geheimdienstes zu ihrer allwöchentlichen informellen Besprechung zusammen. In den meisten Ländern ist die Rivalität zwischen den einzelnen Sicherheitsdiensten sprichwörtlich. In Rußland ist der KGB auf die GRU schlecht zu sprechen; in den Vereinigten Staaten kann von einer Zusammenarbeit zwischen FBI und CIA keine Rede sein. In den Augen des britischen Sicherheitsdienstes sind die Beamten von Scotland Yard Special Branch eine Horde plattfüßiger Gendarmen, und im französischen SDECE gibt es so viele Gangster, daß sich die Experten ernsthaft fragen, ob der französische Geheimdienst den Regierungsorganen oder der Unterwelt zuzurechnen ist.
Israel dagegen kann sich in dieser Hinsicht glücklich schätzen. Jede Woche einmal treffen die Chefs der fünf Abteilungen zu einem zwanglosen Informationsaustausch ohne jede Rivalität zusammen. Das ist einer der Vorteile, die eine von Feinden umgebene Nation für sich hat. Bei diesem Zusammenkünften werden Kaffee und eisgekühlte alkoholfreie Getränke herumgereicht, die Teilnehmer reden sich beim Vornamen an, die Atmosphäre ist gelöst, und es wird auf diese Weise zweifellos weit mehr Arbeit erledigt als bei dem üblichen bürokratischen Austausch von Memoranden.
Zu der Besprechung am Morgen des 4. Dezember fuhr General Meir Amit; er war der Chef der Mossad und damit verantwortlich für die vereinigten fünf Abteilungen des israelischen Geheimdienstes. Die ersten Sonnenstrahlen trafen das blendend weiße Häusermeer von Tel Aviv, als die von einem uniformierten Chauffeur gelenkte langgestreckte schwarze Limousine des Generals die Außenbezirke der Stadt erreichte.

Aber der General hatte für seine Umgebung keinen Blick übrig; er machte sich Sorgen. Anlaß war eine Nachricht, die ihn in den frühen Morgenstunden erreicht hatte. Sie war nur ein winziges Fragment und würde dem immensen Aktenmaterial des Geheimdienstes ordnungsgemäß beigefügt werden; aber sie war von lebenswichtiger Bedeutung, denn die Information von einem seiner Agenten in Kairo war zum Abheften in einem Ordner mit der Aufschrift »Raketen von Fabrik 333« bestimmt.

Das unbewegte Pokergesicht des zweiundvierzigjährigen Generals verriet nicht die leiseste Gefühlsregung, als sein Wagen den Zina Circus umrundete und seinen Weg in Richtung auf die nördlichen Vororte der Stadt fortsetzte. Er lehnte sich in die Lederpolster zurück und ließ die lange Vorgeschichte dieser bei Kairo produzierten Raketen in Gedanken nochmals Revue passieren. Isser Harel, seinen Vorgänger, hatte sie den Posten gekostet – und einigen Männern das Leben.

Schon im Verlauf des Jahres 1961, lange bevor Nasser die beiden Raketen in den Straßen Kairos der staunenden Öffentlichkeit vorführen ließ, wußte die israelische Mossad von ihrer Existenz. Von dem Augenblick an, als die erste Meldung aus Kairo eintraf, war die Fabrik 333 ständig eingehend beobachtet worden.

Der israelische Geheimdienst wußte auch, daß die ODESSA deutsche Wissenschaftler in großem Umfang für die Arbeit an der Entwicklung der Raketen von Heliopolis angeworben hatte. Schon damals war diese Entwicklung besorgniserregend; im Frühjahr 1962 war sie bedrohlich.

Im Mai 1962 nahm Heinz Krug, der deutsche Anwerber der Wissenschaftler, mit Dr. Otto Joklik, einem österreichischem Physiker, in Wien Kontakt auf. Statt sich jedoch von Krug anwerben zu lassen, setzte sich der österreichische Professor mit dem israelischen Geheimdienst in Verbindung. Er berichtete dem Agenten der Mossad, der nach Wien entsandt worden war, daß die Ägypter beabsichtigten, ihre Raketen mit Sprengköpfen aus strahlenverseuchtem Atommüll und Beulenpest-Bazillen auszurüsten. Die Israelis maßen dieser Nachricht große Bedeutung bei. General Isser Harel, damaliger Chef der Mossad, der den entführten Adolf Eichmann persönlich von Buenos Aires nach Tel Aviv eskortiert hatte, flog selbst nach Wien, um mit Joklik zu sprechen. Er war überzeugt, daß die Information des Professors der Wahrheit entsprach. Verstärkt wurde diese Überzeugung noch durch die Nachricht, die Kairoer Regierung habe ein Quantum radioaktiven Kobalts bei einer Züricher Firma bestellt, das dem Fünfundzwanzigfachen der Menge entsprach, die Ägypten zu medizinischen Zwecken verwenden konnte.

Aus Wien zurückgekehrt, ließ sich Isser Harel bei Ministerpräsident Ben-

Gurion melden. Er bat den Ministerpräsidenten dringend um die Genehmigung, gegen die deutschen Wissenschaftler, die entweder bereits in Ägypten arbeiteten oder im Begriff waren, nach dort auszuwandern, mit geeigneten Repressalien vorgehen zu dürfen. Der alte Mann stand vor einer schwierigen Entscheidung. Einerseits war er sich der entsetzlichen Gefahr für Israel durch die neuen Raketen mit ihren völkervernichtenden Sprengköpfen durchaus bewußt; andererseits war ihm an den westdeutschen Panzern und Geschützen gelegen, deren Anlieferung in Kürze beginnen sollte. Israelische Vergeltungsaktionen auf deutschem Boden konnten womöglich zur Folge haben, daß Bundeskanzler Adenauer dem Drängen jener Kreise im Auswärtigen Amt schließlich doch nachgab, die das geheime Waffenlieferungsabkommen ablehnten, und die Vereinbarung widerrief.
Innerhalb der israelischen Regierung zeichnete sich eine Spaltung ab; sie entsprach in etwa der des Bonner Kabinetts in dieser Frage. Isser Harel und Frau Golda Meir, ihres Zeichens Außenminister, befürworteten eine harte Politik gegenüber den deutschen Wissenschaftlern. Shimon Peres und der Armee dagegen erschien das Risiko unvertretbar, die kostbaren deutschen Panzer nicht zu bekommen. Ben-Gurion wurde zwischen beiden Lagern hin und her gerissen.
Er entschied sich für eine Kompromißlösung: Harel wurde autorisiert, eine unauffällige Kampagne zu unternehmen. Das Ziel war, auf die deutschen Wissenschaftler diskret einzuwirken und sie von dem Vorsatz abzubringen, nach Kairo zu gehen und Nasser beim Bau seiner Raketen zu helfen. Aber Harel, der Deutschland und alle Deutschen haßte, hielt sich nicht an seine Weisungen.
Die Kampagne richtete sich in ihrem weiteren Verlauf vor allem gegen die deutschen Wissenschaftler, die bereits in Ägypten waren. Am 27. November traf ein in Hamburg aufgegebenes Paket in Kairo ein, adressiert an den Raketenspezialisten Professor Wolfgang Pilz. Es wurde von seiner Sekretärin, Fräulein Hannelore Wende, geöffnet. Die Explosion kostete sie das Augenlicht und verkrüppelte sie lebenslang.
Am 28. November kam noch ein Paket aus Hamburg in der Fabrik 333 an. Zu diesem Zeitpunkt hatten die Ägypter bereits Sicherheitsvorkehrungen zum Schutz der deutschen Wissenschaftler getroffen. Diesmal schnitt ein ägyptischer Beamter in der Poststelle die Paketschnur durch. Fünf Tote und zehn Verwundete. Ein drittes Paket wurde am 29. November ohne Zwischenfall entschärft. Am 20. Februar 1963 wurden Harels Agenten erneut in Westdeutschland tätig. Dr. Kleinwächter, der bereits eine Weile in Ägypten gearbeitet hatte, befand sich auf der Heimfahrt von seinem Laboratorium in Lörrach, und plötzlich blockierte, in der Nähe der schweizerischen Grenze, ein schwarzer Mercedes seinen Weg. Er warf sich auf den Boden seines Wagens, als ein Mann seine Automatic durch die Wind-

schutzscheibe von Kleinwächters Wagen leerschoß. Seine eigene Waffe hatte Ladehemmung. Die Polizei fand den schwarzen Mercedes kurz darauf verlassen vor – er war ein paar Stunden vorher gestohlen worden. Im Handschuhfach lag eine auf den Namen Oberst Ali Samir ausgestellte Identitätskarte. Nachforschungen ergaben, daß Samir Chef des ägyptischen Geheimdienstes war. Isser Harels Agenten hatten ihre Botschaft deutlich ausfallen lassen – mit einem Schuß schwarzen Humors sozusagen.
Die Vergeltungskampagne machte Schlagzeilen in Westdeutschland. Durch die Ben-Gal-Affäre weitete sie sich zum Skandal aus. Am 2. März erhielt Heidi Goerke, die junge Tochter von Professor Paul Goerke, in ihrer Wohnung in Freiburg im Breisgau einen anonymen Anruf. Eine Stimme forderte sie auf, den Anrufer im Hotel zu den Drei Königen in Basel zu treffen.
Heidi informierte die Polizei, die ihrerseits die eidgenössischen Polizeibehörden ins Bild setzte. Die Schweizer installierten eine Abhöranlage in dem für das Treffen reservierten Hotelzimmer. Im Verlauf der Unterredung wurde Heidi und ihrem jüngeren Bruder von zwei Männern mit dunklen Sonnenbrillen nachdrücklich klargemacht, daß sie ihren Vater dazu bewegen sollten, Ägypten zu verlassen – sofern ihnen an seinem Leben gelegen sei. Das Verfahren gegen die beiden Männer, die noch am gleichen Abend von der schweizerischen Polizei bis nach Zürich verfolgt und festgenommen worden waren, wurde am 10. Juni 1963 eröffnet.
Es entwickelte sich zu einem internationalen Skandal. Der Auftraggeber der beiden Agenten war Yossef Ben Gal, ein israelischer Staatsbürger.
Der Prozeß verlief ohne Zwischenfälle. Professor Joklik bezeugte das Bestehen des ägyptischen Plans, die Sprengköpfe der Raketen mit Atommüll und Beulenpest-Erregern zu füllen, und die Richter waren entsetzt. Die israelische Regierung versuchte aus der fahrlässigen Arbeit ihrer Geheimagenten das Beste zu machen und benutzte den Prozeß zur Aufdeckung des von Ägypten beabsichtigten Völkermordes. Die schockierten Richter sprachen die beiden Angeklagten frei.
Aber in Israel gab es ein Nachspiel. Obwohl Bundeskanzler Adenauer Ben-Gurion die persönliche Zusage gegeben hatte, alles daranzusetzen, um die deutschen Wissenschaftler von jeglicher Beteiligung am Bau der Raketen in Heliopolis abzubringen, sah sich der israelische Premierminister durch den Skandal gedemütigt. Zornentbrannt machte er General Isser Harel schwerste Vorhaltungen wegen der Übergriffe, die er sich bei seiner Einschüchterungskampagne hatte zuschulden kommen lassen. Harel verwahrte sich seinerseits auf das entschiedenste gegen die Anwürfe und bat um seinen Abschied. Zu Harels Überraschung nahm Ben-Gurion das Entlassungsgesuch an und stellte damit unter Beweis, daß in Israel niemand unentbehrlich sei – nicht einmal der Chef des Geheimdienstes.
An jenem Abend des 20. Juni 1963 hatte Isser Harel eine lange Unterhal-

tung mit seinem engsten Freund, General Meir Amit, dem damaligen Chef des militärischen Abwehrdienstes. General Amit war die Unterredung noch lebhaft in Erinnerung.

»Du mußt wissen, mein lieber Meir, daß Israel mit sofortiger Wirkung aus dem Vergeltungsgeschäft ausgestiegen ist«, hatte ihm der in Rußland geborene kämpferische Harel, der »Isser der Schreckliche« genannt wurde, wütend mitgeteilt. »Die Politiker haben sich eingeschaltet. Ich sah mich veranlaßt, meinen Abschied zu nehmen, und habe darum gebeten, dich als meinen Nachfolger zu benennen. Ich glaube, daß meinem Wunsch entsprochen wird.«

Das aus Kabinettsmitgliedern zusammengesetzte Komitee, das in Israel für Abwehr- und Geheimdienstbelange zuständig ist, trug dem Wunsch des ausscheidenden Mossad-Chefs Rechnung. Ende Juni wurde General Meir Amit zum verantwortlichen Leiter des Geheimdienstes ernannt.

Aber auch für Ben-Gurion selbst war die Uhr abgelaufen. Die »Habichte« seines Kabinetts, angeführt von Levi Eshkol und Außenminister Golda Meir, erzwangen seinen Rücktritt, und am 26. Juni 1963 wurde Levi Eshkol Premierminister. Grollend zog sich Ben-Gurion auf seinen Kibbuz im Negev zurück; er blieb jedoch Mitglied der Knesset. Das neue Kabinett hatte zwar Ben-Gurion aus dem Amt gedrängt, aber es holte Isser Harel nicht auf seinen Posten zurück. Möglicherweise deswegen nicht, weil es Meir Amit für einen General hielt, der Weisungen eher zu befolgen geneigt war als der cholerische Harel, der schon zu Lebzeiten für das israelische Volk zu einer legendären Gestalt geworden war und diese Rolle uneingeschränkt genoß. Auch Ben-Gurions letzte Anordnungen wurden nicht widerrufen. General Amits Instruktion, weitere Skandale in Verbindung mit den Raketenspezialisten in Westdeutschland zu vermeiden, blieb bestehen.

In Ermangelung einer Alternative beschränkte er die Fortsetzung der Terrorkampagne auf die Wissenschaftler, die schon in Ägypten waren.

Diese Deutschen wohnten im Vorort Meadi, zehn Kilometer südlich von Kairo am Ostufer des Nils. Ein fraglos ungemein angenehmer Aufenthaltsort, nur daß er von Sicherheitstruppen abgeriegelt war und die Wissenschaftler in einem goldenen Käfig lebten. Um an sie heranzukommen, bediente sich Meir Amit seines Spitzenagenten in Ägypten, des Reitschulbesitzers Wolfgang Lutz, der ab September 1963 jene selbstmörderischen Risiken auf sich nahm, die sechzehn Monate später zu seiner Entlarvung führten.

Die deutschen Wissenschaftler waren schon von der Serie der in der Bundesrepublik aufgegebenen Bombenpakete entnervt. Der Herbst 1963 wurde für sie zu einem wahren Alptraum. Mitten in dem von ägyptischen Sicherheitsbeamten abgeriegelten Meadi erhielten sie Drohbriefe, die in Kairo aufgegeben waren und ihnen einen baldigen Tod prophezeiten.

Dr. Josef Endle empfing einen solchen Brief. Der anonyme Verfasser schildert darin Endles Frau, seine beiden Kinder und die Art der Arbeit, mit der Endle befaßt war, mit bemerkenswerter Präzision und riet ihm dringend Ägypten zu verlassen und nach Deutschland zurückzugehen. Alle anderen Wissenschaftler erhielten entsprechende Drohbriefe. Am 27. September explodierte ein solcher Brief in den Händen seines Adressaten, Dr. Kernberger.

Für einige Wissenschaftler gab das den Ausschlag. Ende September verließ Dr. Pilz Kairo mit seiner erblindeten Sekretärin, Fräulein Wende.

Andere folgten seinem Beispiel, und die wutschäumenden Ägypter konnten sie nicht zurückhalten. Sie waren nicht in der Lage, die Wissenschaftler vor den Drohungen zu beschützen.

Dem Mann, der an jenem strahlenden Wintermorgen in der schwarzen Limousine saß, war bekannt, daß der Schreiber und Absender der Drohbriefe und Bomben sein eigener Agent war, nämlich der vermeintliche pronazistische Deutsche Lutz. Aber er wußte auch, daß das Raketenprogramm weiterlief. Das bewies die Information, die er wenige Stunden vorher erhalten hatte. Noch einmal überflog er die entschlüsselte Meldung. Sie besagte, daß eine virulente Kultur von Beulenpest-Erregern im Kairoer Laboratorium für Infektionskrankheiten isoliert und das Budget der einschlägigen Forschungsabteilung um das Zehnfache erhöht worden war. Die Information war deutlich und unbezweifelbar. Ungeachtet der abträglichen weltweiten Publicity, die der Baseler Prozeß gegen Ben Gal im vorangegangenen Sommer gebracht hatte, setzte Ägypten die Entwicklung der Sprengköpfe mit unverminderter Entschlossenheit fort.

Wenn Hoffmann Millers nächsten Schritt verfolgt hätte, Miller hätte von ihm einen Pluspunkt bekommen wegen journalistischer Sorgfalt und besonderer Umsicht. Nachdem Miller das Penthouse-Büro verlassen hatte, fuhr er im Fahrstuhl in den fünften Stock hinunter und stattete Max Dorn, dem Justitiar der Illustrierten, einen Besuch ab.

»Ich komme gerade von Herrn Hoffmann«, sagte er und ließ sich in den Sessel vor Dorns Schreibtisch fallen. »Ich brauche jetzt noch ein paar Auskünfte. Haben Sie etwas dagegen, wenn ich Ihre einschlägigen Kenntnisse in dieser Hinsicht etwas anzapfe?«

»Aber bitte sehr«, sagte Dorn in der Annahme, Miller sei beauftragt, für *Komet* eine Reportage zu schreiben.

»Wer ermittelt Kriegsverbrechen in Westdeutschland?«

Die Frage befremdete Dorn.

»Kriegsverbrechen?«
»Ja, Kriegsverbrechen. Welche Behörde ist zuständig für die Ermittlung von Kriegsverbrechen in den Ländern, die wir im Krieg überrannt haben? Wer erhebt Anklage gegen diejenigen, die Massenmorde begangen haben?«
»Oh, jetzt verstehe ich, was Sie meinen. Nun ja, grundsätzlich sind es die Generalstaatsanwaltschaften der Länder.«
»Heißt das, daß sie alle damit befaßt sind?«
Dorn lehnte sich behaglich im Sessel zurück. Er dozierte gern über sein ureigenes Wissensgebiet.
»Wir haben bekanntlich – Berlin nicht mitgezählt – zehn Länder in der Bundesrepublik. Jedes dieser Länder hat seine Landeshauptstadt und seinen Generalstaatsanwalt. Jede Generalstaatsanwaltschaft verfügt über ein Dezernat, das für die Ermittlung von Verbrechen während der nationalsozialistischen Gewaltherrschaft zuständig ist. Jeder Landeshauptstadt ist in dieser Sache ein Teil des ehemaligen Reichsgebiets beziehungsweise der vormals besetzten Gebiete zugeordnet, für das die betreffende Generalstaatsanwaltschaft als Strafverfolgungsbehörde zuständig ist.«
»Zum Beispiel?« sagte Miller.
»Beispielsweise werden alle von den Nationalsozialisten und insbesondere der SS in Italien, Griechenland und Polnisch-Galizien verübten Verbrechen von Stuttgart ermittelt. Auschwitz, das größte aller Vernichtungslager, fällt in den Zuständigkeitsbereich der Frankfurter Generalstaatsanwaltschaft. Die Vorgänge in den Vernichtungslagern Treblinka, Chelmo oder Kulmhof, Sobibor und Maidanek werden in Düsseldorf und Köln ermittelt. Daß im Mai das Verfahren gegen zweiundzwanzig ehemalige SS-Angehörige des Lagerpersonals von Auschwitz in Frankfurt anhängig wird, werden Sie schon gehört haben. Anschließend wird den Lagerwachen von Treblinka, Chelmo, Sobibor und Maidanek in Köln beziehungsweise Düsseldorf der Prozeß gemacht. München ist für Belzec, Dachau, Buchenwald und Flossenbürg zuständig. Die meisten der in der Sowjetunion verübten Verbrechen fallen unter die Jurisdiktion von Hannover. Und so weiter.«
Miller, der sich die Auskünfte notiert hatte, nickte.
»Und wer ermittelt gegen die Schuldigen der in den drei baltischen Staaten begangenen Verbrechen?« fragte er.
»Hamburg«, sagte Dorn. »Die Hamburger Generalstaatsanwaltschaft ist darüber hinaus zuständig für alles, was im Bereich von Danzig und im ehemaligen Verwaltungsbezirk Warschau geschehen ist.«
»Hamburg«, rief Miller überrascht aus. »Das heißt also die hiesige Staatsanwaltschaft?«
»Ja. Warum?«
»Weil mich Riga interessiert.«
Dorn verzog den Mund.

»Ich verstehe. Die deutschen Juden. Ja, das ist allerdings Sache der hiesigen Staatsanwaltschaft.«

»Falls demnach jemals eine Verhandlung gegen jemanden stattgefunden hat, der der Teilnahme an den in Riga begangenen Verbrechen verdächtigt war, oder eine Festnahme erfolgt ist – dann muß das in Hamburg gewesen sein?«

»Die Verhandlung allerdings«, entgegnete Dorn. »Die Festnahme nicht notwendigerweise, sie kann auch andernorts erfolgt sein.«

»Wie wird denn bei den Festnahmen vorgegangen?«

»Also, da gibt es das Fahndungsbuch. Darin ist jeder wegen Kriegsverbrechen Gesuchte mit Namen, Vornamen und Geburtsdatum aufgeführt. Gewöhnlich hat die ermittelnde Behörde mit der Vorbereitung der Anklage gegen den Betreffenden Jahre verbracht, bevor sie seine Festnahme veranlaßt. Wenn ihre Arbeit weit genug gediehen ist, ersucht sie die Polizeibehörden des Bundeslandes, in dem der Mann lebt, ihn zu verhaften, und entsendet ein paar Kriminalbeamte, um ihn abzuholen. Ein dringend gesuchter Mann kann festgenommen werden, wo immer er angetroffen wird, und die zuständige Strafverfolgungsbehörde erhält umgehend Nachricht von seiner Festnahme. Sie schickt dann ihre Beamten dorthin, und die bringen ihn an Ort und Stelle, das heißt zum Sitz der anklagenden Behörde. Die Schwierigkeit liegt darin, daß die Mehrzahl der verantwortlichen ehemaligen SS-Führer unter falschem Namen lebt.«

»Offenbar«, sagte Miller. »Hat in Hamburg jemals eine Verhandlung gegen einen der Schuldigen an den Verbrechen von Riga stattgefunden?«

»Nicht, daß ich wüßte«, sagte Dorn.

»Im Archiv müßten doch einschlägige Zeitungsausschnitte zu finden sein, sofern es eine Gerichtsverhandlung gegeben hat.«

»Selbstverständlich sind sie da. Falls sie nicht schon vor 1950 stattgefunden hat. Das war das Jahr, in dem das Archiv eingerichtet wurde.«

»Vielleicht könnten wir mal nachschauen?«

»Kein Problem.«

Das Archiv war im Keller. Es wurde von fünf Angestellten in grauen Kitteln betreut. Es war nahezu einen halben Morgen groß und voller endloser Reihen grau angestrichener Stahlregale mit Nachschlagewerken in jeder Sparte und Sprache. Die Wände entlang standen stählerne Aktenschränke vom Fußboden bis zur Decke, und auf jeder Schublade klebte ein Schild, das den jeweiligen Inhalt angab.

»Welches Stichwort?« fragte Dorn, als der leitende Archivangestellte herbeikam.

»Roschmann, Eduard«, sagte Miller.

»Zur Personalkartei bitte hier entlang«, sagte der Archivangestellte und führte sie längs der Wand zu einem Stahlschrank mit vielen Schubfächern.

Er öffnete das Fach mit den Buchstabengruppen ROA–ROZ und blätterte die Karteikarten durch.
»Kein Eintrag unter Roschmann, Eduard«, sagte er. Miller dachte nach.
»Haben Sie irgendwelches Pressematerial über Kriegsverbrechen archiviert?« fragte er.
»Ja«, sagte der Archivangestellte. »Kriegsverbrechen und Prozesse gegen Kriegsverbrecher – bitte hier entlang.«
Sie wanderten noch mal fünfzig Meter an Reihen von Aktenschränken entlang.
»Sehen Sie bitte unter Riga nach«, sagte Miller.
Der Archivangestellte bestieg eine Trittleiter und kam bald mit einem roten Aktenordner, Aufschrift: »Riga – Kriegsverbrecherprozeß«, wieder herunter. Miller nahm den Ordner in die Hand. Als er ihn öffnete, fielen zwei Zeitungsausschnitte heraus; sie hatten ungefähr die Größe von Sonderbriefmarken. Miller hob sie auf. Sie datierten beide vom Sommer 1950. Aus dem einen ging hervor, daß gegen drei SS-Männer wegen in den Jahren 1941 bis 1943 verübter Gewalttaten ein Verfahren eröffnet worden war. In dem anderen war nachzulesen, daß alle drei zu langjährigen Haftstrafen verurteilt wurden. So langjährig, daß sie sich jetzt, Ende 1963, nicht wieder auf freiem Fuß befanden, war der Freiheitsentzug allerdings auch wieder nicht gewesen.
»Ist das etwa alles?« fragte Miller.
»Ja, das wär's«, antwortete der Archivangestellte.
»Soll das heißen«, sagte Miller zu Dorn, »daß ein ganzes Dezernat der Staatsanwaltschaft fünfzehn Jahre lang für meine Steuergelder geschuftet und doch nichts weiter vorzuzeigen hat als diese beiden Briefmarken?«
Dorn fühlte sich aufgerufen, das Establishment in Schutz zu nehmen.
»Bestimmt tun sie ihr Bestes«, erklärte er.
»Das frag ich mich gerade«, sagte Miller.
Sie trennten sich in der Haupthalle im Erdgeschoß, und Miller trat in den Regen hinaus.

Das Haus in dem nördlichen Vorort von Tel Aviv ist so unauffällig, daß es keinerlei Aufmerksamkeit auf sich zieht. Es ist das Hauptquartier des Mossad. Die Einfahrt zur unterirdischen Garage des Büroblocks wird von zwei Ladengeschäften flankiert. Im Erdgeschoß ist eine Bankfiliale. In deren Eingangshalle, gegenüber den Glastüren, die zum Schalterraum der Bank führen, befindet sich die Pförtnerloge. Dann gibt es noch einen Aufzug und eine große Tafel mit den Namen der Firmen im oberen Stockwerk.
Der großen Tafel ist zu entnehmen, daß mehrere Handelsfirmen, zwei Versicherungsgesellschaften, ein Architekturbüro, eine Unternehmensbera-

tung und eine Import- und Exportfirma in diesem Gebäude ihren Sitz haben. Anfragen, die eine der Firmen in den darunterliegenden Stockwerken betreffen, werden höflich beantwortet, Auskünfte über die im oberen Stockwerk dagegen höflich verweigert. Denn die Import- und Exportfirma im obersten Stockwerk ist die Fassade für die Mossad.

Der Raum, in dem die Abteilungschefs des israelischen Geheimdienstes ihre Besprechungen abhalten, ist kahl und hat weißgetünchte Wände. In der Mitte steht ein langer Tisch mit Sesseln und einer Anzahl von Stühlen die Wände entlang. An dem Tisch sitzen fünf Männer, die fünf Leiter der einzelnen Abteilungen des Geheimdienstes. Hinter ihnen auf den Stühlen die Sachbearbeiter und Stenographen. Andere Nichtmitglieder können, sofern das erforderlich erscheint, zu Anhörungen herbeizitiert werden; aber das kommt nur selten vor. Die Besprechungen unterliegen der höchsten Geheimhaltungsstufe, denn hier dürfen alle Staatsgeheimnisse zur Sprache gebracht werden.

An der Stirnseite des Tisches sitzt der Chef der Mossad. Der volle Name dieser 1937 gegründeten Organisation, die bereits zu jener Zeit Sicherheits- und geheimdienstliche Funktionen erfüllte, lautet Mossad Aliyah Beth oder Organisation für die Zweite Einwanderung. Ihre erste Aufgabe war die Überführung europäischer Juden in das Gelobte Land Palästina gewesen. Nach der Gründung des Staates Israel im Jahre 1948 wurde die Organisation zum traditionsreichsten sämtlicher israelischer Sicherheitsorgane und ihr Leiter automatisch Chef aller fünf Abteilungen.

Zu seiner Rechten sitzt der Chef der Aman, des militärischen Geheimdienstes, dessen Aufgabe es ist, Israel über den jeweiligen Stand der Kriegsvorbereitungen seiner Gegner auf dem laufenden zu halten. Der Mann, der zu jenem Zeitpunkt diesen Posten innehatte, war General Aharon Yaariv.

Zur Linken des obersten Geheimdienstchefs sitzt der Chef der Shabak, die häufig unzutreffend als Shin Beth bezeichnet wird. Diese Initialen stehen für Sherut Bitachon, was Sicherheitsdienst bedeutet. Der volle Name der Organisation, die für Israels innere Sicherheit – und nur für sie – verantwortlich ist, lautet Sherut Bitachon Klali, und aus diesen drei Wörtern ist die Abkürzung Shabak gebildet worden. Neben diesen beiden Männern sitzen die letzten beiden der fünf. Einer ist der Leiter der Nachrichtenstelle des Außenministeriums, der insbesondere die Auswertung der politischen Lage in den arabischen Hauptstädten obliegt, eine Aufgabe, die für die Sicherheit Israels von entscheidender Bedeutung ist. Der andere ist Direktor einer Dienststelle, die sich ausschließlich mit dem Schicksal der Juden in solchen Ländern befaßt, in denen jüdische Minderheiten Verfolgungen ausgesetzt sind. Zu diesen Ländern zählen neben allen arabischen Ländern auch alle kommunistischen. Da die wöchentlichen Besprechungen es jedem der fünf Chefs ermöglichen, sich über die Tätigkeit der anderen Abteilun-

gen zu informieren, können Überschneidungen weitgehend vermieden werden.
Die beiden Männer, die der Sitzung als Beobachter beiwohnen, sind der Generalinspektor der Polizei und der Leiter des Spezialdienstes, der als Exekutivorgan der Shabak den Terrorismus innerhalb des Landes bekämpft.
Die Sitzung verlief zunächst wie üblich. Meir Amit nahm seinen Platz an der Stirnseite des Tisches ein, und die Diskussionen begannen. Er wartete mit der Bekanntgabe der brisanten Information, die er in den frühen Morgenstunden erhalten hatte, bis zu dem Augenblick; zu dem er sonst die Sitzung geschlossen hätte. Als er seine Erklärung abgegeben hatte, herrschte Schweigen. Es gab wohl niemanden in dem Raum, den in diesen Minuten nicht die Schreckensvision von einem sterbenden Israel heimgesucht hätte, das sich unter den Einschlägen von Raketen, die Radioaktivität und Pestilenz verbreiten, in Todeskrämpfen windet.
Der Chef der Shabak brach schließlich das Schweigen: »Worauf es ankommt ist, daß diese Raketen niemals abgeschossen werden. Wenn wir sie nicht daran hindern können, die Sprengköpfe zu produzieren, müssen wir eben verhindern, daß diese Sprengköpfe jemals auf ihre Flugbahn geschickt werden.«
»Stimmt«, sagte Amit, wortkarg wie immer. »Aber wie?«
»Draufschlagen«, knurrte Yaariv. »Draufschlagen mit allem, was wir haben. Ezer Weizmanns Düsenbomber können die Fabrik 333 in einem einzigen Angriff dem Erdboden gleichmachen.«
»Und einen Krieg vom Zaun brechen, für den wir nicht gerüstet sind«, entgegnete Amit. »Wir brauchen mehr Flugzeuge, mehr Panzer, mehr Geschütze, bevor wir es mit Ägypten aufnehmen können. Ich glaube, wir sind uns alle darüber im klaren, daß der Krieg unvermeidlich ist. Nasser ist entschlossen, ihn herbeizuführen. Aber er wird ihn erst beginnen, wenn er seine Vorbereitungen abgeschlossen hat. Zwingen wir ihm den Krieg jedoch jetzt auf, so ist er dank seiner russischen Waffen immer noch besser gerüstet als wir.«
Erneut herrschte Schweigen. Der Chef des arabischen Referats im Außenministerium meldete sich zu Wort.
»Unsere Informationen aus Kairo lauten dahingehend, daß die Ägypter glauben, Anfang 1967 soweit zu sein. Das bezieht sich auch und insbesondere auf die Raketen.«
»Zu dem Zeitpunkt werden wir unsere Panzer und Geschütze haben und auch unsere neuen französischen Düsenjäger«, bemerkte Yaariv.
»Ja, und die Ägypter werden über ihre Raketen verfügen – vierhundert Stück. Meine Herren, es gibt nur eine einzige Lösung. Bis wir genügend gerüstet sind, werden diese Raketen überall in Ägypten in unterirdischen Silos lagern und damit jeglichem Zugriff entzogen sein. Denn sobald sie ab-

schußbereit in ihren Silos lagern, genügt es nicht mehr, wenn wir 95 Prozent des Bestandes vernichten – wir müssen sie alle ohne Ausnahme vernichten. Und dazu sind nicht einmal Ezer Weizmanns Bomberpiloten imstande.«
»Dann müssen wir sie also schon in der Fabrik in Heliopolis unbrauchbar machen«, sagte Yaariv.
»Richtig«, pflichtete ihm Amit bei. »Aber ohne militärischen Angriff. Wir werden versuchen müssen, die deutschen Wissenschaftler zur Einstellung ihrer Tätigkeit zu zwingen, bevor sie ihren Auftrag ausgeführt haben. Bedenken Sie, daß die Planungs- und Forschungsphase nahezu abgeschlossen ist. Uns bleiben noch genau sechs Monate. Danach spielt die Mitwirkung der Deutschen keine Rolle mehr. Produzieren können die Ägypter ihre Raketen selbst, sobald einmal die Konstruktionszeichnungen fertig vorliegen, auf denen auch die letzte Niete und die kleinste Schraube eingetragen ist. Ich werde die Terrorkampagne gegen die Wissenschaftler in Ägypten daher verstärken und Sie über alles weitere auf dem laufenden halten.«
Wiederum herrschte einige Sekunden lang Schweigen, als die stumme Frage im Raum stand, die in diesem Augenblick alle Anwesenden beschäftigte. Es war einer der Beamten des Außenministeriums, der sie schließlich aussprach:
»Könnten wir sie nicht wieder in Westdeutschland selbst unter Druck setzen?«
General Amin schüttelte den Kopf.
»Nein. Das kommt angesichts des derzeitigen politischen Klimas nicht in Frage. Die Weisungen unserer Vorgesetzten bleiben unverändert bestehen: keine weiteren Gewaltakte auf westdeutschem Hoheitsgebiet. Für uns liegt der Schlüssel zu den Raketen von Heliopolis von jetzt ab in Ägypten.«
Es geschah nicht allzu oft, daß General Meir Amit, Chef der Mossad, sich täuschte. In diesem Fall allerdings täuschte er sich in der Tat. Der Schlüssel zu den Raketen von Heliopolis befand sich nämlich in einer Fabrik in Westdeutschland und nicht in Ägypten.

6

Es dauerte eine Woche, bis der Oberstaatsanwalt des für die Ermittlung von Kriegsverbrechen zuständigen Dezernats in der Dienststelle des Hamburger Generalstaatsanwalts für Miller zu sprechen war. Miller hegte den Verdacht, Dorn könne dahintergekommen sein, daß er gar nicht in Hoffmanns Auftrag recherchiere – vielleicht hatte Dorn entsprechend darauf reagiert. Der Mann ihm gegenüber war nervös und gereizt.
»Nehmen Sie bitte zur Kenntnis, daß ich mich lediglich auf Ihr hartnäckiges

Drängen hin bereit erklärt habe, Sie zu empfangen«, ließ er Miller wissen.
»Ich finde es trotzdem sehr nett von Ihnen«, sagte Miller liebenswürdig.
»Ich möchte Näheres über einen Mann erfahren, nach dem Ihre Abteilung vermutlich schon seit langem fahndet. Der Name ist Eduard Roschmann.«
»Roschmann?« fragte der Justizbeamte.
»Roschmann«, wiederholte Miller. »SS-Hauptsturmführer, war von 1941 bis 1944 Kommandant des Rigaer Ghettos. Ich möchte wissen, ob er lebt; wenn nicht, wo er begraben ist. Ob Sie ihn gefunden haben, ob er jemals in Haft genommen und vor Gericht gestellt worden ist. Falls nicht, wo er sich heute aufhält.«
Der Justizbeamte war fassungslos.
»Das kann ich Ihnen beim besten Willen nicht sagen«, erklärte er.
»Und warum nicht? Immerhin geht es hier um eine Angelegenheit, die für die Öffentlichkeit von Interesse ist. Von enormem Interesse sogar.«
Der Justizbeamte hatte sich wieder gefaßt.
»Das glaube ich kaum«, sagte er. »Sonst müßten wir ständig Anfragen dieser Art erhalten. Das ist aber keineswegs der Fall. Soweit ich mich erinnere, ist Ihre Anfrage die erste, die wir jemals von seiten der Öffentlichkeit erhielten.«
»Ich bin von der Presse«, bemerkte Miller.
»Ja, das mag schon sein. Aber das berechtigt Sie leider auch nur dazu, über diese Dinge lediglich insoweit informiert zu werden, wie gegebenenfalls jeder andere Bürger auf Wunsch informiert werden würde.«
»Und wie weit würde er gegebenenfalls informiert werden?« fragte Miller mit Nachdruck.
»Ich bedaure, aber wir sind nicht ermächtigt, über den jeweiligen Stand unserer Ermittlungen Auskünfte zu geben.«
»Das scheint mir aber doch eine ziemlich merkwürdige Einstellung zu sein«, sagte Miller.
»Aber erlauben Sie mal, Herr Miller«, verwahrte sich der Justizbeamte, »Sie erwarten ja auch nicht von der Kripo, daß sie Ihnen über den Fortgang ihrer Ermittlungsarbeit bei einem Kriminalfall Auskunft gibt.«
»Und ob ich das erwarte. Die Polizei ist sogar meist außerordentlich entgegenkommend, wenn es darum geht zu erfahren, ob mit einer baldigen Festnahme gerechnet werden kann oder nicht. Und selbstverständlich würde sie der Presse auf Anfrage mitteilen, ob der Hauptverdächtige noch lebt oder nicht. Das kommt ihrem Verhältnis zur Öffentlichkeit zugute.«
Der Justizbeamte lächelte säuerlich.
»Ich bezweifle nicht, daß Sie in dieser Hinsicht eine wertvolle Funktion erfüllen«, sagte er. »Aber diese Abteilung darf keine Auskünfte über den Stand ihrer Ermittlungen erteilen.« Ihm schien ein einleuchtendes Argument eingefallen zu sein. »Machen wir uns doch nichts vor – wenn steck-

brieflich gesuchte Kriminelle davon erführen, daß wir vor dem Abschluß der Anklagevorbereitung stehen, dann würden sie doch das Weite suchen.«
»Da haben Sie allerdings recht«, entgegnete Miller. »Aber den Zeitungsberichten zufolge hat Ihre Abteilung bisher lediglich gegen drei einfache SS-Männer, die zum Lagerpersonal von Riga gehörten, Anklage erhoben. Und das war 1950, die Männer werden also vermutlich bereits in Untersuchungshaft gewesen sein, als die Engländer sie den deutschen Behörden übergaben. Ihre steckbrieflich gesuchten Kriminellen scheinen demnach schwerlich Gefahr zu laufen, in absehbarer Zeit das Weite suchen zu müssen.«
»Hören Sie, ich verbitte mir...«
»Schon gut. Ihre Ermittlungen sind also in vollem Gange. Es würde Ihrem Fall aber dennoch in keiner Weise abträglich sein, wenn Sie mir ganz einfach sagten, ob überhaupt gegen Eduard Roschmann ermittelt wird und wo er sich jetzt aufhält.«
»In den Sachen, die in den Zuständigkeitsbereich meiner Abteilung fallen, wird laufend ermittelt. Mehr kann ich Ihnen nicht sagen. Ich wiederhole: es wird laufend ermittelt. Und jetzt, Herr Miller, wüßte ich nicht, womit ich Ihnen noch dienen könnte.«
Er stand auf, und Miller blieb nichts andres übrig, als dasselbe zu tun.
»Übernehmen Sie sich nur nicht«, sagte er im Hinausgehen.

Es verging eine Woche, bis Miller reisefertig war. Die meiste Zeit verbrachte er zu Hause; er las mehrere Bücher, die ausschließlich oder teilweise vom Krieg im Osten und von den Dingen handelten, die sich in den Lagern der eroberten Gebiete im Osten abgespielt hatten. Der Bibliotheksangestellte in der öffentlichen Bibliothek seines Stadtviertels schließlich erwähnte die »Zentralstelle«. Miller hatte schon davon gehört, wußte aber nichts Genaues darüber.
»Sie ist in Ludwigsburg«, sagte der Bibliothekar. »Ich habe kürzlich in der Zeitung darüber gelesen. Die amtliche Bezeichnung lautet ›Zentrale Stelle der Landesjustizverwaltungen‹. Man nennt sie kurz die ›Zentralstelle‹. Es ist die einzige Behörde in der Bundesrepublik, die auf bundesweiter, ja sogar internationaler Ebene Jagd auf Nazis macht.«
»Danke«, sagte Miller, als er ging. »Mal sehen, ob die mir weiterhelfen können.«
Am anderen Morgen suchte er seine Bank auf, stellte seinem Vermieter einen Scheck über drei Monatsmieten aus – Januar bis März – und hob den Rest des Geldes vom Konto ab. Zehn Mark ließ er drauf, um das Konto aufrechtzuerhalten. Er küßte Sigi, als sie zur Arbeit in den Klub ging, und sagte ihr, er werde für acht, möglicherweise auch vierzehn Tage verreisen. Dann

holte er den Jaguar aus der Tiefgarage und fuhr nach Südwesten in Richtung Rheinland.
Die ersten Schneefälle hatten eingesetzt und trieben in dichtem Gestöber über die Autobahn.
Nach zwei Stunden legte er eine Pause ein, um Kaffee zu trinken. Dann fuhr er weiter in Richtung Nordrhein-Westfalen. Der Wind war stark, aber Miller genoß es, auch bei schlechtem Wetter auf der Autobahn zu fahren. Der gedämpfte Lichtschein der Armaturenbeleuchtung, ringsum die einbrechende Dunkelheit des Winterabends, das windgepeitschte Schneegestöber, die sekundenlang im grellen Scheinwerferlicht aufleuchtenden und wieder ins Nichts zurückfallenden Flocken, die diagonal an der Windschutzscheibe vorüberstrichen – alles das gab ihm das Gefühl, im Cockpit eines schnellen Flugzeugs zu sitzen statt in seinem XK 150 S.
Er blieb wie immer auf der Überholspur und fuhr fast 160 Stundenkilometer; die dröhnenden Lastwagenungetüme auf der rechten Fahrbahn behielt er wachsam im Auge, wenn er an ihnen vorbeizog.
Gegen 18 Uhr hatte er das Autobahnkreuz von Hamm bereits hinter sich gelassen. In der Ferne zu seiner Rechten flackerten schon die Hochofenfeuer des Ruhrgebiets. Er war jedesmal fasziniert, wenn er durch das Ruhrgebiet kam, wo sich Kilometer um Kilometer Fabrik an Fabrik, Schlot an Schlot, Ortschaft an Ortschaft reihte zu einer gigantischen Superstadt scheinbar ohne Ende. Die Autobahn führte jetzt über eine Anhöhe, und Miller sah, wie sich die Fabriken, Schlote und Orte zu seiner Rechten weit in die Dezembernacht erstreckten und im Feuerschein vieler Hundert Hochöfen aufglühten, die Tag und Nacht den Reichtum des Wirtschaftswunders mehrten. Vor zwölf Jahren war er einmal auf einer Klassenfahrt nach Paris mit der Eisenbahn hier durchgekommen, da hatte noch alles in Trümmern gelegen. Das industrielle Herz Westdeutschlands hatte erst ganz schwach wieder angefangen zu schlagen. Beim Anblick dessen, was seither hier geleistet worden war, konnte man nur stolz sein.
...solange ich da nicht leben muß, dachte Miller, als vor ihm die großen Tafeln der Kölner Autobahnausfahrten im Scheinwerferlicht auftauchten. Von Köln aus fuhr er in südlicher Richtung weiter, vorbei an Wiesbaden und Frankfurt, Mannheim und Pforzheim. Spätnachts schließlich hielt er vor einem Hotel in Stuttgart, wo er übernachtete.
Die friedliche kleine Marktstadt Ludwigsburg liegt etwa 15 Kilometer nördlich von Stuttgart inmitten der sanften Hügellandschaft Württembergs. Abseits der Hauptstraße hat hier die Zentralstelle zum Leidwesen der national gesinnten Einwohner Ludwigsburgs ihren Dienstsitz aufgeschlagen. Die Zentralstelle ist eine personell unterbesetzte, überarbeitete Gruppe von Männern, die nach Nazis und SS-Angehörigen fahndet, welche sich während des Krieges an Massenmorden beteiligt haben. Bevor durch die

Verjährung alle SS-Verbrechen mit Ausnahme von Mord und Beihilfe zum Mord – deren Verjährung durch ein besonderes Gesetz aufgehoben wurde – außer Verfolgung gesetzt wurden, standen auch auf bundesdeutschen und internationalen Fahndungslisten die Namen derer, die lediglich des Totschlages, des Raubes, der schweren Körperverletzung einschließlich Folterung und einer Vielzahl sonstiger Formen menschlicher Verrohung verdächtig waren. Aber selbst nachdem Mord und Massenmord als einzige Tatbestände übriggeblieben waren, gegen die Anklage erhoben werden durfte, verblieben noch immer 170000 Namen in der Ludwigsburger Kartei. Es liegt nahe, daß sich die Zentralstelle unter diesen Umständen darauf beschränkte und heute noch beschränkt, ihre Anstrengungen vorwiegend auf die Ermittlung der schlimmsten Massenmörder zu konzentrieren.
Die Stelle ordnet selbst keine Festnahmen an. Das Material, das zu späteren Verhaftungen und Anklagen führt, leitet sie an die zuständigen Staatsanwaltschaften weiter. Die Männer in Ludwigsburg arbeiten mit begrenzten Mitteln, sie tun es, weil sie ihre Aufgabe ernst nehmen.
Der Stab umfaßte achtzig Kriminalbeamte und fünfzig ermittelnde Staatsanwälte. Die Kriminalbeamten waren zumeist junge Leute – kein einziger konnte in einer der untersuchten Fälle verwickelt gewesen sein. Die meisten Juristen waren älter, jedoch war jeder einzelne eingehend überprüft worden, damit gewährleistet wurde, daß nicht etwa einer von ihnen an den Ereignissen vor 1945 beteiligt gewesen war. Die Juristen kamen zumeist aus anderen Stellen der deutschen Justiz, und eines Tages kehrten sie auch sicher wieder dahin zurück. Die Kriminalbeamten wußten, daß ihre Laufbahn vorzeitig an einem Endpunkt angelangt war. So manche bundesdeutsche Polizeibehörde legte keinen Wert darauf, einen Kriminalbeamten von der Ludwigsburger Zentralstelle in ihren Reihen zu wissen. Die Aussichten auf Beförderung bei einer anderen Polizeidienststelle des Landes waren für Kriminalbeamte, die nach ehemaligen SS-Angehörigen in Westdeutschland gefahndet hatten, gering. Die Männer der Zentralstelle hatten nicht selten erleben müssen, daß ihre Ersuchen um Amtshilfe gelegentlich ignoriert wurden, ausgeliehene Akten auf unerklärliche Weise verschwanden und Verdächtige unmittelbar vor dem geplanten Zugriff auf eine anonyme Warnung hin untertauchten. Um diesem »Sand im Getriebe« zu begegnen, waren bei vielen Oberstaatsanwaltschaften Sonderkommissionen jüngerer Beamter gebildet worden, die für die Naziverbrechen zuständig waren.
Peter Miller fuhr zum Dienstsitz der Kommission in der Schorndorfer Straße 58. Es war eine große ehemalige Privatvilla, umgeben von einer zweieinhalb Meter hohen Mauer. Zwei massive Stahltore versperrten den Zugang zur Auffahrt. Rechter Hand befand sich ein Klingelzug. Miller betätigte ihn. Eine Stahlklappe wurde zurückgeschoben, und ein Gesicht erschien – der unvermeidliche Pförtner.

»Sie wünschen bitte?«
»Ich möchte einen der ermittelnden Staatsanwälte sprechen«, sagte Miller.
»Welchen?« fragte der Pförtner.
»Da mir keiner der Herren namentlich bekannt ist, soll mir jeder recht sein«, sagte Miller. »Hier ist meine Karte.« Er steckte seinen Presseausweis durch die Öffnung und zwang den Mann auf diese Weise förmlich, ihn entgegenzunehmen. So war er wenigstens sicher, daß der Ausweis auch ins Haus kam und begutachtet wurde. Der Pförtner schloß die Klappe und ging fort. Als er zurückkam, öffnete er das Tor und brachte Miller über die Auffahrt und fünf Stufen zum Haupteingang. Überhitzte Zentralheizungsluft schlug Miller entgegen, als er aus der winterlichen Kälte in die Halle trat. Ein zweiter Pförtner kam aus einer verglasten Portiersloge rechts neben dem Eingang und führte ihn in einen kleinen Warteraum.
»Es wird gleich jemand kommen, der sich um Sie kümmert«, sagte er und schloß die Tür.
Der Mann, der drei Minuten später erschien, war Anfang Fünfzig, korrekt und von verbindlicher Höflichkeit. Er gab Miller den Presseausweis zurück und fragte ihn: »Was kann ich für Sie tun?«
Miller berichtete rasch von Taubers Selbstmord, dem hinterlassenen Tagebuch und seinen Nachforschungen nach dem Verbleib von Eduard Roschmann. Der Jurist hörte ihm aufmerksam zu.
»Hochinteressant«, sagte er, als Miller fertig war.
»Was ich von Ihnen wissen möchte: Können Sie mir behilflich sein?«
»Ich wünschte, ich könnte es«, sagte der Mann, und zum erstenmal, seit er vor Wochen in Hamburg mit seinen Nachforschungen angefangen hatte, hatte Miller das Gefühl, es mit einem Beamten zu tun zu haben, der ihm wirklich gern geholfen hätte. »Ich halte Ihr Ersuchen für durchaus begründet und verständlich, aber mir sind Hände und Füße durch Weisungen gebunden, die den Fortbestand unserer Dienststelle regeln. Sie bedeuten praktisch, daß wir Auskünfte über eine gesuchte Person nur befugten amtlichen Stellen erteilen können. Es kommen nur ganz bestimmte Behörden in Frage.«
»Mit anderen Worten, Sie können mir nichts sagen«, bemerkte Miller.
»Bitte verstehen Sie doch«, sagte der Staatsanwalt. »Diese Dienststelle ist nicht sehr beliebt. Wenn es nach mir persönlich ginge, würde ich nur zu gern den Beistand der deutschen Presse in Anspruch nehmen.«
»Ich verstehe«, sagte Miller. »Haben Sie denn hier ein Archiv mit Zeitungsausschnitten, wo ich Einsicht nehmen könnte?«
»Nein, so etwas haben wir nicht.«
»Gibt es in Westdeutschland überhaupt eine Nachschlagebibliothek mit archivierten Zeitungsausschnitten, die interessierten Staatsbürgern zugänglich ist?«

»Nein. Die einzigen Archive dieser Art sind von diversen Presseorganen angelegt worden. Das umfangreichste soll das vom *Spiegel* sein. Aber auch *Komet* hat ein sehr gutes Archiv.«

»Ich finde das doch recht merkwürdig«, sagte Miller. »Wo in Westdeutschland kann man sich denn heute über den Fortgang der Ermittlungen gegen Kriegsverbrecher informieren? Wo kann man sich Informationen über polizeilich gesuchte SS-Angehörige besorgen?«

Der Staatsanwalt sah etwas verlegen aus. »Ich fürchte, für den Durchschnittsbürger besteht dazu keine Möglichkeit«, sagte er.

»Also gut«, sagte Miller. »Wo sind die Archive mit den Personalien oder zumindest den Namen der SS-Männer?«

»Wir haben ein solches Archiv hier bei uns im Keller«, sagte der Staatsanwalt. »Es besteht auschließlich aus Photokopien. Die Originale der gesamten Personalkartei der SS wurden 1945 von einer amerikanischen Einheit erbeutet. In letzter Minute versuchte eine kleine Gruppe von SS-Angehörigen in einem Schloß in Bayern die ausgelagerte Kartei mit allen Unterlagen zu vernichten. Sie hatten bereits etwa zehn Prozent des gesamten Materials verbrannt, da stürmten amerikanische Soldaten das Schloß und hinderten sie an der Vernichtung weiterer Unterlagen. Das erhaltengebliebene Material war in einem chaotischen Zustand. Die Amerikaner brauchten zwei Jahre, um es mit deutscher Hilfe zu ordnen. In diesen zwei Jahren entkamen einige der schlimmsten SS-Gewalttäter, die zeitweilig in alliiertem Gewahrsam gewesen waren, und zwar unerkannt. Ihre Dossiers waren in dem Durcheinander nicht aufzufinden. Seit Abschluß der endgültigen Klassifizierung ist die gesamte SS-Kartei in Berlin verblieben, in amerikanischer Treuhänderschaft und Verwahrung. Wenn wir ergänzende Informationen brauchen, müssen auch wir uns an sie wenden. Das funktioniert übrigens ausgezeichnet. Wir können uns über mangelnde Zusammenarbeit mit den Amerikanern nicht beklagen.«

»Und das ist alles?« fragte Miller. »Nur zwei Archive in der ganzen Bundesrepublik?«

»Allerdings«, entgegnete der Staatsanwalt. »Ich sagte bereits, daß ich Ihnen gern geholfen hätte. Falls sich übrigens in der Sache Roschmann irgendwelche konkreten Anhaltspunkte für Sie ergeben sollten, würden wir es begrüßen, wenn Sie uns davon in Kenntnis setzen würden.«

Miller überlegte.

»Wenn ich etwas finden sollte«, sagte er, »kommen nur zwei Behörden in Betracht, die etwas damit anfangen können. Die Generalstaatsanwaltschaft in Hamburg und Sie. Ist das richtig?«

»Ja, das stimmt«, sagte der Staatsanwalt.

»Und Sie werden gegebenenfalls sicher eher geneigt sein, in dieser Sache tätig zu werden, als Hamburg.«

Miller hatte keine Frage gestellt; es war eine Feststellung. Der Staatsanwalt lächelte.

»Was sich als fundiert erweist, setzt bei uns keinen Staub an«, sagte er.

»Okay, verstanden«, sagte Miller und stand auf. »Sagen Sie mir nur noch eines, ganz unter uns, versteht sich: Fahnden Sie noch immer nach Eduard Roschmann?«

»Selbstverständlich.«

»Und wenn er gefaßt würde, stände seiner Aburteilung nichts entgegen?«

»Absolut nichts«, sagte der Staatsanwalt. »Das Beweismaterial gegen ihn ist lückenlos. Lebenslängliches Zuchthaus ist ihm sicher.«

»Kann ich Ihre Telefonnummer haben?« sagte Miller.

Der Staatsanwalt schrieb sie auf einen Zettel. Miller steckte ihn ein.

»Da haben Sie meinen Namen und zwei Telefonnummern – meinen Privatanschluß und die Nummer, unter der ich hier bei der Zentralstelle zu erreichen bin. Sie können mich jederzeit in den Dienststunden anrufen, aber auch abends. Wenn Sie irgend etwas Neues herausfinden, verständigen Sie mich telefonisch. Ich kenne in jeder Landespolizeibehörde Beamte, die ich anrufen kann, weil ich weiß, daß sie handeln, wenn es darauf ankommt. Ich kann Sie gegebenenfalls mit dem zuständigen Mann verbinden. Rufen Sie mich auf jeden Fall vorher an, abgemacht?«

»Ich werd dran denken«, sagte Miller.

»Viel Glück«, sagte der Staatsanwalt.

Es ist eine lange Fahrt von Stuttgart nach Berlin, und Miller brauchte fast den ganzen nächsten Tag dazu. Glücklicherweise war das Wetter trocken und klar, und auf der Fahrt nach Norden, an Frankfurt vorbei über Kassel und Göttingen nach Hannover, fraß der hochgetrimmte Jaguar unersättlich Kilometer um Kilometer. In Hannover verließ er die Autobahn E 4 und fuhr auf der rechter Hand abzweigenden E 8 bis zur DDR-Grenze weiter.

Am Kontrollpunkt Marienborn dauerte es eine gute Stunde, bis er den mitgeführten D-Mark-Betrag deklariert hatte, die anderen Formalitäten erledigt waren und die Vopos mit ihren Pelzmützen und langen Mänteln den Jaguar auch von unten eingehend untersucht hatten. Den jungen Beamten schien es nicht ganz leichtzufallen, die kühl-reservierte Höflichkeit zu wahren, die sie als Diener des Arbeiter- und Bauernstaates einem Staatsbürger der revanchistischen Bundesrepublik gegenüber an den Tag zu legen hatten; sie bemühten sich, ihr fachmännisches Interesse für Sportwagen, das sie mit Altersgenossen in allen Ländern teilen, nicht allzu deutlich werden zu lassen.

Vierzig Kilometer hinter der Grenze erreichte Miller die Auffahrt zur großen Brücke über die Elbe, an der die westalliierten Truppen 1945 in korrekter Befolgung der in Jalta niedergelegten Beschlüsse ihren Vormarsch auf Berlin abgebrochen hatten. Zu seiner Rechten sah Miller die Silhouette von Magdeburg; er fragte sich, ob das alte Stadtgefängnis wohl noch stand. An der Grenze nach West-Berlin gab es noch mal einen Aufenthalt. Wieder wurde sein Wagen durchsucht, und Koffer und Brieftasche wurden in der Zollbaracke kontrolliert. Schließlich aber war auch das überstanden, und der Jaguar donnerte am Avuskreisel vorbei dem weihnachtlich illuminierten Kurfürstendamm entgegen. Es war der Abend des 17. Dezember.

Er beschloß, bei seinem Besuch des amerikanischen Document Center anders vorzugehen als bei der Hamburger Generalstaatsanwaltschaft und der Ludwigsburger Zentralstelle. Ohne amtliche Fürsprache, das war ihm klargeworden, kam er nicht an die Nazikarteien.
Am anderen Morgen rief er Karl Brandt vom Hauptpostamt aus an. Brandt war entsetzt von seinem Ansinnen.
»Ausgeschlossen«, erklärte er. »Ich kenne niemanden in Berlin.«
»Na, überleg doch mal. Bei deinen Kripo-Lehrgängen muß dir doch irgendwann mal ein Kollege von der Berliner Polizei über den Weg gelaufen sein. Auf den könnte ich mich doch berufen, wenn ich zum Document Center gehe.«
»Aber ich habe dir doch gesagt, daß du mich bei dieser ganzen Sache aus dem Spiel lassen sollst.«
»Also mit drin bist du in jedem Fall«, sagte Miller. Er wartete ein paar Sekunden, bevor er den entscheidenden Schlag landete. »Entweder bekomme ich die offizielle Genehmigung, Einblick in das Archiv zu nehmen, oder ich gehe einfach hin und behaupte, daß du mich geschickt hast.«
»Das kriegst du doch wohl nicht fertig«, sagte Brandt.
»Und ob! Mir hängt es langsam zum Hals heraus, kreuz und quer durch unsere schöne Republik geschickt zu werden. Also finde jemanden, der mir offiziellen Zugang zum Document Center verschafft. Du kannst es ruhig zugeben – spätestens eine Stunde, nachdem ich mir die Unterlagen angesehen habe, kräht doch kein Hahn mehr danach, von wem der Antrag gestellt wurde.«
»Ich muß nachdenken«, sagte Brandt ausweichend. Er versuchte, Zeit zu gewinnen.
»Tu das«, sagte Miller. »Ich geb dir eine Stunde dafür. Dann rufe ich zurück.« Er schmetterte den Hörer auf die Gabel.
Eine Stunde später war Brandt genauso wütend wie vorher. Er wünschte von Herzen, er hätte dieses verdammte Tagebuch behalten oder einfach weggeworfen.
»Da gibt es in der Tat einen Mann, mit dem ich auf der Kripo-Schule war«,

sagte er. »Nicht daß ich ihn besonders gut gekannt habe, aber der sitzt jetzt im Dezernat I der Berliner Polizeibehörde. Das ist übrigens mit diesen Dingen befaßt.«
»Wie heißt er?«
»Schiller. Volkmar Schiller, Kriminalinspektor.«
»Ich werde mich mit ihm in Verbindung setzen«, sagte Miller.
»Nein, überlaß das mir. Ich rufe ihn noch heute an und erkläre ihm, wer du bist. Danach kannst du dich mit ihm verabreden. Wenn er nicht bereit ist, dir das gewünschte Entree zu verschaffen, gib also bitte nicht mir die Schuld. Er ist der einzige, den ich in Berlin kenne.«
Zwei Stunden später rief Miller Brandt noch mal an. Brandts Stimme klang merklich erleichtert.
»Er ist in Urlaub«, berichtete er. »Die Kollegen in Berlin haben mir aber gesagt, er muß über Weihnachten Dienst machen. Dann ist er also am Montag wieder da.«
»Aber heute ist doch erst Mittwoch«, sagte Miller. »Das heißt also, daß ich vier Tage hier herumhängen muß.«
»Tut mir leid, ich kann's nicht ändern. Montag morgen wird er zurückerwartet. Dann rufe ich ihn gleich an.«
Miller verbrachte vier langweilige Tage in West-Berlin und wartete auf Schillers Rückkehr aus dem Urlaub. In den vorweihnachtlichen Tagen des Jahres 1963 schien Berlin nur von einem einzigen Thema beherrscht zu sein. Erstmals seit Errichtung der Mauer im August 1961 gaben die DDR-Behörden Tagesaufenthaltsgenehmigungen für Verwandtenbesuche in Ost-Berlin an West-Berliner Bürger aus. Der Fortgang der Verhandlungen zwischen den beiden Seiten beherrschte seit Tagen die Schlagzeilen. Am Wochenende fuhr Miller, der als Westdeutscher nur seinen Reisepaß vorweisen mußte, zum Grenzübergang an der Heinrich-Heine-Straße. Er besuchte einen flüchtigen Bekannten in Ost-Berlin, der dort als Reuter-Korrespondent arbeitete. Aber der Mann steckte bis über beide Ohren in einer Mauer-Story, und nach einer Tasse Kaffee verabschiedete sich Miller und fuhr zurück nach West-Berlin.
Am Montagmorgen suchte er Kriminalinspektor Schiller auf. Zu seiner Erleichterung war das ein Mann etwa seines Alters. Außerdem schien er einer eher flexiblen Auslegung bürokratischer Vorschriften nicht abgeneigt zu sein. Zweifellos würde er es mit dieser Einstellung nicht weit bringen, aber das war nicht Millers Problem. Er erklärte ihm rasch, was er wollte.
»Ich sehe keinen Grund, warum das nicht möglich sein sollte«, sagte Schiller. »Uns Beamten vom Dezernat I gegenüber sind die Amerikaner sehr hilfsbereit. Weil Willy Brandt uns mit der Aufklärung von Naziverbrechen beauftragt hat, haben wir fast jeden Tag im Document Center zu tun.«
In Millers Jaguar fuhren sie zum Wasserkäfersteig 1 nach Zehlendorf. Sie

hielten vor einem baumbestandenen Grundstück mit einem einstöckigen, langgestreckten niedrigen Gebäude.
»Das ist alles?« fragte Miller ungläubig.
»Nicht sehr eindrucksvoll, was?« sagte Schiller. »Aber es ist mehrere Stockwerke tief unterkellert. Da ist das Archiv. Das Material der Personalkartei wird in feuersicheren Gewölben verwahrt.«
Sie betraten das Gebäude durch den Haupteingang. In dem kleinen Vorraum trat Schiller an die Pförtnerloge und wies seinen Polizeiausweis vor. Daraufhin wurde ihm ein Formular ausgehändigt. Sie setzten sich beide an einen Tisch und füllten es aus. Der Kriminalinspektor trug seinen Namen und Dienstrang ein. Er fragte Miller:
»Wie hieß der Mann noch?«
»Roschmann«, sagte Miller. »Eduard Roschmann.«
»Geburtsdatum und Geburtsort?«
Miller machte die gewünschten Angaben. Der Inspektor setzte Namen und Daten ein und gab das ausgefüllte Formular einem Archivangestellten.
»Jetzt dauert's ungefähr zehn Minuten«, sagte Schiller. Sie gingen in einen größeren Raum mit mehreren Reihen von Tischen und Stühlen. Nach einer Viertelstunde erschien ein anderer Archivangestellter und legte schweigend einen Aktenordner auf den Tisch. Der Ordner war etwa zweieinhalb Zentimeter dick. Auf dem Deckel stand die Aufschrift »Roschmann, Eduard«.
Es waren noch drei oder vier andere Besucher über Akten gebeugt an Tischen. Miller stützte den Kopf in die Hände und vertiefte sich in die SS-Personalakte Eduard Roschmann.
Es war alles lückenlos vorhanden – Parteimitgliedsnummer, SS-Mitgliedsnummer, Antragsformulare zur Aufnahme in beide Organisationen, ausgefüllt und unterschrieben von Roschmann selbst, Ergebnis der ärztlichen Untersuchung, Beurteilung seiner Eignung nach Abschluß der Ausbildungszeit, handschriftlicher Lebenslauf, Überstellungspapiere, Beförderungsurkunden – bis zum April 1945. Außerdem zwei Photos für die SS-Personalakte; eins im Profil, das andere en face. Sie zeigten einen Mann mit kurzem, linksgescheiteltem Haar und einem lippenlosen Schlitz von einem Mund; auf einer Aufnahme starrte er mit grimmigem Gesichtsausdruck in die Kamera, das andre war die Seitenansicht mit seiner scharfen Habichtsnase. Miller fing an zu lesen...
Eduard Roschmann war am 25. August 1908 in Graz als Sohn eines achtbaren Brauereimeisters geboren. Er besuchte Kindergarten, Volksschule und Höhere Schule in Graz und begann Jura zu studieren, um Rechtsanwalt zu werden. Nachdem er 1931 durch das Referendarexamen gefallen war, gab er das Studium im Alter von fünfundzwanzig Jahren auf. Er arbeitete in der Brauerei, in der sein Vater beschäftigt war. 1937 wurde er aus dem eigentlichen Braubetrieb in die Brauereiverwaltung versetzt. Im selben Jahr

trat er der NSDAP und der SS bei – zu der Zeit in Österreich illegale Organisationen. Ein Jahr darauf annektierte Hitler Österreich und belohnte die österreichischen Parteimitglieder mit rascher Beförderung. 1939, bei Kriegsausbruch, meldete er sich freiwillig zur Waffen-SS, wurde nach Deutschland versetzt, im Winter 1939/40 ausgebildet und nahm als Angehöriger einer Einheit der Waffen-SS am Feldzug gegen Frankreich teil. Im Dezember 1940 wurde er von Frankreich aus nach Berlin versetzt – hier hatte jemand handschriftlich an den Rand der Akte »Feigheit?« vermerkt – und im Januar 1941 dem SD, Amt III des Reichssicherheits-Hauptamts, überstellt.

Im Juli 1941 richtete er die erste SD-Dienststelle in Riga ein. Einen Monat später wurde er zum Kommandanten des dortigen Ghettos ernannt. Er setzte sich im Oktober 1944 per Schiff nach Deutschland ab und meldete sich, nachdem er die überlebenden Juden aus Riga dem SD in Danzig »übergeben« hatte, beim Reichssicherheits-Hauptamt der SS in Berlin zurück. Dort wollte er wohl seine weitere Verwendung abwarten. Das letzte SS-Dokument der Personalakte war anscheinend nicht mehr ausgefertigt worden. Vermutlich hatte sich im April 1945 der gewissenhafte kleine SS-Schreiber im Berliner Hauptquartier lieber um sich selbst gekümmert und davongemacht. Angeheftet an das Konvolut von Dokumenten war ein offenbar von einem Amerikaner stammender Aktenvermerk. Es war ein einzelner Bogen weißes Papier, auf dem in Schreibmaschinenschrift stand: »Kopie dieser Personalakte wurde der britischen Besatzungsbehörde im Dezember 1947 übersandt.«

Darunter die unleserliche Unterschrift irgendeines Schreibstuben-GI. Als Datum war der 21. Dezember 1947 angegeben.

Miller blätterte die gesamte Akte noch mal durch, nahm den handschriftlichen Lebenslauf, die beiden Photos und das letzte Blatt heraus und ging zu dem Archivangestellten am anderen Ende des Lesesaals.

»Könnten Sie mir von diesen Dokumenten Photokopien anfertigen?«
»Gewiß.« Der Mann holte die Akte herbei und legte sie auf seinen Tisch, um die Originale sofort nach der Photokopie wieder in die Akte einzuheften. Ein anderer Besucher wollte zwei Dokumente aus einer Akte photokopieren lassen. Der Archivangestellte nahm sie entgegen, trat an einen Mauerdurchlaß in der Wand und legte sie zu den anderen auf ein Tablett. Eine Hand, die unsichtbar blieb, beförderte sie weiter zum Photokopieren.
»Es dauert etwa zehn Minuten«, sagte der Archivangestellte zu Miller und dem anderen Mann. Die beiden setzten sich, und Miller spürte unvermittelt heftiges Verlangen nach einer Zigarette. Aber hier war rauchen verboten. Der andere Besucher machte einen ungemein korrekten und peniblen Eindruck in seinem dunkelgrauen Wintermantel. Er hatte die Hände im Schoß gefaltet und saß reglos und mit undurchdringlicher Miene da.

Zehn Minuten später wurde ein Rascheln hörbar, und zwei Umschläge erschienen in der Wandöffnung. Der Archivangestellte nahm sie entgegen und hielt sie hoch. Miller und der korrekt gekleidete andere Besucher standen auf, um die Photokopien in Empfang zu nehmen. Der Archivangestellte warf einen raschen Blick in einen der beiden Umschläge.
»Personalakte Eduard Roschmann?« fragte er.
»Für mich«, sagte Miller und streckte die Hand aus.
»Dann ist dies für Sie«, sagte der Angestellte zu dem andern Mann, der Miller von der Seite her ansah. Der Mann im grauen Wintermantel nahm seinen Umschlag und ging mit Miller zum Ausgang. Miller eilte die Stufen hinunter, kletterte in seinen Jaguar, wendete und fuhr ins Stadtzentrum zurück. Eine Stunde später rief er Sigi an.
»Ich bin Weihnachten zu Hause«, sagte er ihr.
Zwei Stunden später war er schon auf der Rückfahrt. Als sich der Jaguar dem Kontrollpunkt näherte, saß der korrekt gekleidete Herr aus dem Document Center in seiner aufgeräumten hübschen Wohnung in der Nähe des Savignyplatzes und rief eine Nummer in Westdeutschland an. Er gab sich dem Mann am anderen Ende der Leitung zu erkennen und berichtete:
»Ich war heute wieder im Document Center. Die übliche Routinearbeit. Da war noch ein anderer Mann. Er las die Personalakte eines Eduard Roschmann und ließ drei Photokopien anfertigen. In Anbetracht der Weisung über Aktenanforderungen, die mir kürzlich erteilt wurde, setze ich Sie davon in Kenntnis.
Ein ganzer Schwall von Fragen brach über den Anrufer herein.
»Nein«, sagte er, »den Namen habe ich nicht feststellen können. Er fuhr in einem langgestreckten schwarzen Sportwagen weg. Ja, habe ich. Es war eine Hamburger Nummer.«
Er nannte sie. Der Mann am anderen Ende der Leitung notierte.
»Na ja, ich dachte, ich melde es lieber. Ich meine, bei diesen Schnüfflern weiß man nie... Besser ist besser. Ja, danke, sehr freundlich von Ihnen. Sehr freundlich von Ihnen. Sehr gut, ich überlasse alles Weitere Ihnen. Fröhliche Weihnachten, Kamerad.«

7

Heiligabend fiel auf den Dienstag, und der Mann in Westdeutschland, der die telefonische Nachricht von Millers Besuch im Document Center aus West-Berlin erhalten hatte, gab sie erst nach den Weihnachtsfeiertagen weiter. Er rief seinen höchsten Vorgesetzten an.
Der Empfänger des Anrufs dankte seinem Informanten und legte dann den Hörer wieder auf. Er lehnte sich in seinem bequemen ledergepolsterten

Chefsessel zurück und starrte aus dem Fenster auf die schneebedeckten Dächer der Altstadt.

»Verdammt und nochmals verdammt!« zischte er. »Warum ausgerechnet jetzt? Warum jetzt?«

Für alle Bürger seiner Stadt, die ihn kannten, war er ein beispiellos gerissener und erfolgreicher Anwalt. Für seine über die ganze Bundesrepublik verteilten Statthalter war er der Chef der innerdeutschen ODESSA. Seine Fernsprechnummer hätte man vergeblich im Telefonbuch gesucht. Sein Deckname war »Werwolf«.

Bei Kriegsende leitete er eine Gruppe von SS-Führern, die überzeugt war, daß das Bündnis der Alliierten innerhalb weniger Monate zerbrechen würde. Diese SS-Leute bildeten eine Anzahl fanatisierter halbwüchsiger Jungen zum Widerstand gegen die verhaßten Besatzer aus. Diese seinerzeit in Bayern aufgestellte illegale Truppe, die kurz darauf von den Amerikanern überrannt wurde, war die ursprüngliche Werwolf-Organisation. Glücklicherweise bekamen die Jungen nie Gelegenheit, ihre in der Technik der Sabotage erworbenen Kenntnisse in die Praxis umzusetzen. Die Amerikaner standen damals noch ganz unter dem Eindruck der Greuel von Dachau, die sie auf ihrem Vormarsch gesehen hatten – sie waren mit Sicherheit weder milde noch nachsichtig gestimmt.

Der erste Chef der ODESSA, die bald nach dem Kriege anfing, Westdeutschland zu unterwandern, hatte zu denen gehört, die 1945 die halbwüchsigen Werwölfe in der Technik des Widerstands unterwiesen. Er übernahm den Titel als Decknamen. Die Bezeichnung war so melodramatisch, wie man es liebte, aber die Bedenkenlosigkeit, mit der die ODESSA gegen jeden vorging, der ihren Plänen im Weg stand, war alles andere als bloß theatralisch.

Ende 1963 amtierte der dritte Werwolf. Er war ein ungemein fanatischer und verschlagener Mann und stand in ständigem Kontakt mit seinen Vorgesetzten in Argentinien. Er kümmerte sich um ehemalige SS-Angehörige in der Bundesrepublik, besonders aber um Ranghöhere und die Männer auf den ersten Plätzen der Fahndungsliste.

Der Werwolf starrte aus dem Fenster seiner Anwaltskanzlei und dachte an seine fünfunddreißig Tage zurückliegende Begegnung mit Gruppenführer Glücks in Madrid. Der Gruppenführer hatte ihn eindringlich auf die überragende Bedeutung des Mannes unter dem Decknamen Vulkan hingewiesen. Seine Anonymität und Sicherheit als Besitzer einer Fabrik für Rundfunkgeräte mußte unter allen Umständen gewahrt bleiben, denn Vulkan bereitete die Entwicklung des Fernlenksystems für die ägyptischen Raketen vor. Außer ihm wußte niemand in Deutschland, daß Vulkan in einer früheren Phase seines Lebens unter seinem richtigen Namen Eduard Roschmann bekannt gewesen war.

Er warf einen Blick auf den Notizzettel mit Millers Autonummer und drückte einen Klingelknopf auf seinem Tisch. Von nebenan meldete sich die Stimme seiner Sekretärin.

»Sagen Sie, Hilda, wie hieß der Privatdetektiv, den wir vor einem Monat in dem Scheidungsfall beschäftigt haben?«

»Einen Augenblick – « das Geräusch von raschelndem Papier kam durch den Sprechapparat, als sie im Verzeichnis nachschaute, »er hieß Memmers, Heinz Memmers.«

»Geben Sie mir doch bitte seine Telefonnummer, ja? Nein, rufen Sie ihn nicht an, sagen Sie mir nur seine Nummer durch.«

Er schrieb sie unter Millers Autonummer und nahm den Finger von der Taste der Sprechanlage.

Dann stand er auf und ging zu dem Safe, der in einen Betonblock in der Wand eingelassen war. Er nahm ein dickes, schweres Buch aus dem Tresor und setzte sich wieder an den Schreibtisch. Er brauchte nicht lange zu blättern, bis er den gesuchten Eintrag fand. Es waren nur zwei Memmers aufgeführt, Heinrich, genannt Heinz – und Walter. Er ließ seinen Finger auf der dem Eintrag »Memmers, Heinrich« gegenüberliegenden Seite hinunterwandern, fand das Geburtsdatum, rechnete aus, wie alt der Mann jetzt war, und rief sich das Gesicht des Privatdetektivs in Erinnerung. Sein Alter stimmte mit dem Geburtsdatum im Buch überein. Er notierte sich zwei Nummern, die unter dem Namen Heinz Memmers aufgeführt waren, nahm den Hörer auf und bat Hilda, ihm eine freie Leitung zu geben.

Als das Freizeichen hörbar wurde, wählte er die Nummer, die sie ihm genannt hatte. Nachdem das Rufzeichen ein dutzendmal ertönt war, wurde am anderen Ende der Leitung der Hörer abgenommen. Eine weibliche Stimme meldete sich.

»Privatauskunft Memmers.«

»Verbinden Sie mich mit Herrn Memmers persönlich.«

»Darf ich fragen, wer spricht?« fragte die Sekretärin.

»Nein. Verbinden Sie mich mit ihm. Und zwar schnell.«

Ein kurzes Schweigen folgte. Der barsche Tonfall wirkte.

»Ja, mein Herr, sofort.«

Eine Minute später sagte eine rauhe Stimme: »Memmers.«

»Bin ich mit Herrn Heinz Memmers verbunden?«

»Am Apparat. Wer spricht da?«

»Mein Name tut nichts zur Sache. Ist unwichtig. Ich möchte nur hören, ob Ihnen die Nummer 245.718 etwas sagt?«

In der Leitung herrschte tödliche Stille. Memmers unterbrach sie mit einem gepreßten Seufzer. Er hatte begriffen – das war seine SS-Nummer. Das Buch, das aufgeschlagen auf dem Tisch des Werwolfs lag, enthielt eine Liste aller ehemaligen SS-Angehörigen. Memmers hatte die Sprache wiedergefunden. Seine Stimme klang argwöhnisch.

»Sollte sie das?«
»Bedeutet es Ihnen etwas, wenn ich Ihnen sage, daß meine eigene Nummer nur fünfstellig ist, Kamerad?«
Das hatte seine Wirkung. Fünf Ziffern – das bedeutete einen hohen Dienstrang.
»Das allerdings, jawohl«, beeilte sich Memmers zu versichern.
»Gut«, sagte der Werwolf. »Ich habe da eine kleine Aufgabe für Sie. Irgend so ein Schnüffler hat seine Nase in die Personalakte eines unserer Kameraden gesteckt. Ich muß herausfinden, wer der Kerl ist.«
»Ich werde alles tun, Sturmbann...«
»Ausgezeichnet. Aber unter uns könnten wir es ruhig bei ›Kamerad‹ belassen. Schließlich sind wir ja inzwischen alle ein bißchen in die Jahre gekommen.«
»Jawohl, Kamerad«, sagte Memmers offensichtlich geschmeichelt.
»Alles, was ich von dem Burschen weiß, ist seine Autonummer. Eine Hamburger Nummer.« Der Werwolf las sie langsam zum Mitschreiben vor. »Haben Sie das?«
»Jawohl, Kamerad.«
»Ich möchte, daß Sie selbst nach Hamburg fahren. Ich will den Namen und die Anschrift dieses Burschen erfahren. Ich will wissen, welchen Beruf er ausübt, ob er Familie hat und wenn, ob es außerdem noch weitere Personen gibt, die von ihm abhängen. Dann, was für einen Umgang, welche gesellschaftliche Stellung und so weiter... Sie wissen schon, das Übliche, Personalbeschreibung, Hintergrund, Motivation. Wie lange brauchen Sie dazu?«
»Etwa achtundvierzig Stunden«, sagte Memmers.
»Gut, dann rufe ich Sie in achtundvierzig Stunden wieder an. Noch etwas – unter gar keinen Umständen darf der Betreffende etwa direkt kontaktiert oder angesprochen werden. Wenn irgend möglich, sind die Nachforschungen so anzustellen, daß er davon nichts ahnt. Ist das klar?«
»Völlig klar, Kamerad. Kein Problem.«
»Sobald Sie die Aufgabe durchgeführt haben, machen Sie Ihre Aufstellung. Wenn ich Sie anrufe, können Sie mir gleich sagen, welche Kosten Sie gehabt haben.«
Memmers wies dies Ansinnen weit von sich.
»Daß ich eine Rechnung aufmache, kommt gar nicht in Frage. Nicht für eine Sache, die unsere Kameradschaft betrifft.«
»Verstehe. In zwei Tagen rufe ich Sie wieder an.« Der Werwolf legte auf.

Am gleichen Nachmittag fuhr Miller von Hamburg aus über die Autobahn wieder in Richtung Rheinland wie vierzehn Tage zuvor. Diesmal war Bonn sein Ziel, die langweilige kleine Stadt, die die unverhoffte Ehre, Bundes-

hauptstadt geworden zu sein, Konrad Adenauer zu verdanken hatte – oder vielmehr dem Umstand, daß sie von dessen Haus in Rhöndorf nicht allzu weit entfernt lag.
Auf der Gegenfahrbahn fuhr Memmers Opel kurz hinter Bremen an Millers Jaguar vorüber und in Richtung Hamburg. Keiner der beiden Männer wußte vom anderen.
Es war schon dunkel geworden, als Miller Bonn erreichte. An der ersten Kreuzung stoppte er bei dem weißbemützten Verkehrsschutzmann und fragte ihn nach dem Weg zur britischen Botschaft.
»Die machen schon in einer Stunde zu«, sagte der Polizist in rheinischem Tonfall.
»Dann muß ich mich wohl beeilen«, sagte Miller. »Wie komme ich also auf dem schnellsten Weg hin?«
Der Polizist deutete die Straße hinunter nach Süden.
»Fahren Sie immer geradeaus und folgen Sie den Straßenbahnschienen. Ein paar Kilometer weiter heißt diese Straße dann Friedrich-Ebert-Allee. Fahren Sie nur immer den Schienen nach. Wenn Sie praktisch aus Bonn heraus und fast schon in Bad Godesberg sind, sehen Sie das Botschaftsgebäude auf der linken Straßenseite. Es ist erleuchtet, und davor steht ein Flaggenmast mit der britischen Fahne.«
Miller dankte ihm und fuhr weiter. Die britische Botschaft lag zwischen einem Bauplatz auf der Bonner Seite und einem Fußballplatz auf der anderen. Dezembernebel stieg hinter der Botschaft vom Strom her auf. Die Umgebung der Botschaft war eine einzige Schlammwüste. Das Botschaftsgebäude war ein von der Straße zurückgesetzter langgestreckter, niedriger Betonbau, den die britischen Zeitungskorrespondenten in Bonn die »Hoover-(Staubsauger-)Fabrik« nannten. Miller bog von der Straße in die Auffahrt ein und stellte den Wagen auf dem Besucherparkplatz ab.
Er ging durch eine holzgerahmte Glastür in die kleine Halle. Zu seiner Linken saß eine Empfangsdame mittleren Alters an einem Tisch. Hinter ihr war ein kleiner Raum mit zwei Männern in blauen Sergeanzügen; Miller erkannte sie auf den ersten Blick als ehemalige Armeesergeants.
»Ich möchte den Presseattaché sprechen«, sagte Miller in stockendem Schulenglisch. Die Empfangsdame machte ein besorgtes Gesicht.
»Ich weiß nicht, ob er noch im Haus ist. Freitag nachmittag gehen die Herren meist etwas zeitiger.«
»Versuchen Sie doch bitte, ihn noch zu erreichen«, sagte Miller und zückte seinen Presseausweis.
Die Empfangsdame warf einen Blick darauf, griff nach dem Hörer ihres Hausapparats und wählte eine Nummer. Miller hatte Glück. Der Presseattaché war gerade im Begriff, das Haus zu verlassen. Anscheinend erbat er sich ein paar Minuten Zeit, um Hut und Mantel wieder abzulegen. Miller

wurde in ein Wartezimmer geführt, dessen Wände Rowland-Hilder-Drucke von herbstlichen Ansichten der Cotswold Hills schmückten. Auf einem Tisch lagen ein paar alte Nummern des *Tatler* sowie einige Prospekte, die den Aufschwung der britischen Industrie illustrierten. Schon nach wenigen Sekunden erschien einer der beiden Ex-Sergeants und führte ihn in ein kleines Bürozimmer am Ende eines langen Gangs im oberen Stockwerk. Der Presseattaché war ein Mann von Mitte Dreißig; zu Millers Erleichterung war er sehr entgegenkommend.
»Was kann ich für Sie tun?« fragte er.
»Ich recherchiere eine Story für eine Illustrierte«, schwindelte Miller. »Es geht um einen ehemaligen SS-Hauptsturmführer, einen von der allerübelsten Sorte. Ein Mann, nach dem unsere Behörden noch immer vergeblich fahnden. Ich glaube, er stand auch auf der britischen Fahndungsliste, als es noch eine britische Besatzungszone gab. Können Sie mir sagen, wie ich feststellen könnte, ob er jemals von den Engländern gefaßt wurde? Und wenn es der Fall gewesen sein sollte, was dann danach mit ihm geschah?«
Der junge Diplomat war eingermaßen ratlos.
»*Good Lord*«, sagte er. »Ich fürchte, da habe ich keine Ahnung. Wir haben Ihren Behörden schon 1949 sämtliche Unterlagen und Akten aus unserer Verwahrung übergeben. Die Deutschen haben die Ermittlungen dann dort fortgesetzt, wo unsere Leute sie seinerzeit eingestellt hatten. Ich nehme doch an, daß Sie alle diese Dinge haben müssen.«
Miller versuchte das Eingeständnis, daß die deutschen Behörden ihm jede Hilfe verweigert hatten, zu umgehen.
»Das stimmt«, sagte er. »Aber alle meine bisherigen Nachforschungen lassen vermuten, daß er in der Bundesrepublik nach 1949 nie vor Gericht gestanden hat. Das würde bedeuten, daß er seit 1949 nicht gefaßt worden ist. Im amerikanischen Document Center in Berlin bin ich jedoch auf eine Aktennotiz gestoßen, die besagt, daß die Engländer 1947 eine Kopie seiner Personalakte anforderten. Dafür werden sie sicher ihre Gründe gehabt haben.«
»Ja, das sollte man meinen«, sagte der Attaché. Auf seiner Stirn erschien eine nachdenkliche Falte. Offenbar hatte er aus dem Hinweis auf das Document Center in Berlin den Schluß gezogen, Miller habe sich der Kooperation amerikanischer Behörden versichern können.
»Welche Stelle wäre denn auf britischer Seite während der Besatzungszeit als Anklagebehörde aufgetreten?«
»Nun, das wäre damals die Dienststelle des Chefs der Militärpolizei gewesen. Unabhängig von den Nürnberger Prozessen, die ja die Hauptkriegsverbrecherprozesse waren, ermittelten die Alliierten jeder für sich auf eigene Faust – obwohl sie natürlich auch zusammenarbeiteten. Das heißt: mit Ausnahme der Russen. Diese Ermittlungen führten zu einer Reihe von

Kriegsverbrecherprozessen, die jeweils in einer der drei westlichen Besatzungszonen stattfanden. Können Sie mir folgen?«
»Ja.«
»Die Ermittlungen wurden englischerseits von der Dienststelle des Provost-Marschalls – des Chefs der Militärpolizei – durchgeführt und die Prozesse von der Gerichtsabteilung vorbereitet. Aber beide Instanzen haben ihre Akten 1949 den deutschen Behörden übergeben. Verstehen Sie?«
»Doch, durchaus«, sagte Miller. »Aber es muß doch sicher Kopien geben, die in englischer Verwahrung geblieben sind.«
»Das nehme ich an«, räumte der junge Diplomat ein. »Aber Sie werden längst in den Archiven der Armee liegen.«
»Wäre es möglich, sie einzusehen?«
Die Frage versetzte dem Attaché offensichtlich einen gelinden Schock.
»Oh, das möchte ich doch sehr bezweifeln. Anerkannte Wissenschaftler werden vielleicht die Möglichkeit haben, einen entsprechenden Antrag zu stellen, aber bestimmt ist das eine langwierige Angelegenheit. Ich glaube jedoch nicht, daß ein Journalist die Genehmigung erhalten würde, Einblick zu nehmen – womit natürlich nichts gegen Journalisten gesagt sein soll. Sie verstehen schon.«
»Ja, ich verstehe schon«, sagte Miller.
»Die Schwierigkeit liegt darin«, fuhr der Diplomat fort, »daß Sie – nun, daß Sie nicht in *amtlichem* Auftrag tätig sind, nicht wahr? Und wir wollen doch die deutschen Behörden nicht verstimmen. Das werden Sie begreifen?«
»Selbstverständlich.«
Der Attaché erhob sich.
»Ich glaube wirklich nicht, daß die Botschaft viel tun kann, um Ihnen zu helfen.«
»Offenbar nicht. Eine letzte Frage – ist heute noch jemand an der Botschaft, der schon damals hier tätig war?«
»Jemand vom Botschaftspersonal? Du meine Güte, nein, nein, die haben alle mehrfach gewechselt seit damals.« Er brachte Miller zur Tür. »Warten Sie mal, Cadbury natürlich. Ich glaube, der war damals schon hier. Jedenfalls ist er seit ewigen Zeiten in Bonn, das steht fest.«
»Cadbury?« fragte Miller.
»Anthony Cadbury. Der Auslandskorrespondent. Er ist etwas wie der dienstälteste hiesige britische Pressevertreter. Hat eine Deutsche geheiratet. Kam gleich nach dem Krieg hierher, soviel ich weiß. Den könnten Sie fragen.«
»Werde ich machen«, erklärte Miller. »Wo finde ich ihn?«
»Heute ist Freitag«, sagte der Attaché. »Da sitzt er am späten Abend bestimmt auf seinem Stammplatz im Cercle Français. Kennen Sie sich hier gut aus?«

»Nicht besonders gut.«
»Also, passen Sie auf, der Cercle Français ist ein Restaurant in Bad Godesberg. Man ißt dort sehr gut. Die Besitzer sind Franzosen, wissen Sie. Es ist nicht weit von hier, nur ein Stück die Straße hinunter.«

Miller fand das Restaurant hundert Meter vom Rheinufer entfernt in der Straße Am Schwimmbad. Der Barkeeper kannte Cadbury gut, hatte ihn an diesem Abend aber noch nicht gesehen. Wenn Cadbury an diesem Abend nicht mehr hereinschaue, käme er gewiß am Samstagvormittag, um vor dem Lunch einen Drink zu nehmen.
Miller stieg im Hotel Dreesen ab, einem Bau aus der Zeit der Jahrhundertwende, das sich Adolf Hitlers besonderer Wertschätzung erfreut hatte; er hatte es 1939 zum Schauplatz seiner ersten Begegnung mit dem britischen Premierminister Neville Chamberlain gemacht. Miller aß im Cercle Français zu Abend und saß dann in der Hoffnung auf Cadbury noch längere Zeit vor seinem Kaffee.
Aber als der Engländer um dreiundzwanzig Uhr noch nicht erschienen war, ging er ins Hotel zurück, um sich schlafen zu legen.
Am nächsten Vormittag war es dann soweit. Cadbury betrat wenige Minuten vor zwölf die Bar des Cercle Français, grüßte ein paar Bekannte und setzte sich auf seinen Stammhocker an der Barecke. Als er den ersten Schluck von seinem Ricardi getrunken hatte, stand Miller von seinem Fenstertisch auf und ging an die Bar.
»Mister Cadbury?«
Der Engländer wandte sich um und sah ihn prüfend an. Er hatte straff zurückgebürstetes weißes Haar und mußte einmal das gewesen sein, was man einen »schönen Mann« nennt. Seine Gesichtsfarbe war gesund und die Haut auf den Wangen von einem feinverästelten Geäder durchzogen. Das Blau der Augen unter den buschigen Brauen war sehr hell, der Blick, mit dem er Miller musterte, verriet Wachsamkeit.
»Ja.«
»Mein Name ist Miller, Peter Miller. Ich bin Reporter und komme aus Hamburg. Könnte ich Sie bitte einen Augenblick sprechen?«
Anthony Cadbury wies auf den Hocker neben sich.
»Ich glaube, wir reden besser deutsch, was meinen Sie?« sagte er.
Miller war erleichtert, und das mußte ihm anzumerken gewesen sein, denn Cadbury grinste.
»Was kann ich für Sie tun?«
Miller begegnete dem forschenden Blick der hellen Augen und folgte einer plötzlichen Eingebung, Cadbury die ganze Geschichte zu erzählen – angefangen mit Taubers Tod bis zu seinem Besuch in der britischen Botschaft.

Der Mann aus London war ein guter Zuhörer. Er unterbrach Miller kein einziges Mal. Als Miller fertig war, gab er dem Barkeeper einen Wink, seinen Ricardi nachzuschenken. Miller bekam noch ein Bier.
»Spatenbräu, oder?« fragte er.
Miller nickte und füllte sein Glas aus der vollen Flasche genau bis zu dem Punkt, wo die Schaumkrone überzulaufen droht.
»Prost«, sagte Cadbury. »Na, da haben Sie sich ja auf etwas eingelassen. Ich bewundere Ihren Mut, das muß ich schon sagen.«
»Mut?« fragte Miller.
»Nun ja, angesichts der derzeitigen Geistesverfassung Ihrer Landsleute. Eine undankbarere Geschichte hätten Sie sich schwerlich aussuchen können«, sagte Cadbury. »Aber das werden Sie schon noch selbst feststellen.«
»Hab ich schon«, sagte Miller.
»Hm. Das dachte ich mir«, sagte der Engländer und grinste plötzlich. »Wie ist es – essen wir hier einen Happen zum Lunch zusammen? Meine Frau ist heute nicht zu Hause.«
Beim Lunch fragte Miller, ob Cadbury bei Kriegsende in Deutschland gewesen sei.
»Ja, ich war Kriegsberichterstatter und natürlich noch sehr jung damals. Etwa in Ihrem Alter. Ich kam mit Montgomerys Armee nach Deutschland – aber nicht nach Bonn, versteht sich. Zu der Zeit hatte niemand je von dieser Stadt gehört. Montgomerys Hauptquartier war damals in Lüneburg. Na ja, irgendwie ergab es sich dann, daß ich blieb. Ich berichtete über das Ende des Krieges, die Kapitulationsverhandlungen und all diese Dinge, und so wurde ich Deutschlandkorrespondent für meine Zeitung.«
»Haben Sie damals auch über Kriegsverbrecherprozesse in den Besatzungszonen berichtet?«
Cadbury, der gerade ein Filetstück zum Mund geführt hatte, nickte kauend.
»Ja. Über alle, die in der britischen Zone stattfanden. Zu den Nürnberger Prozessen entsandten wir allerdings einen speziellen Gerichtsberichterstatter. Nürnberg lag ja in der amerikanischen Zone. Die berüchtigten Verbrecher gegen die Menschlichkeit, denen wir damals den Prozeß machten, waren Josef Kramer und Irma Grese. Haben Sie je von denen gehört?«
»Nein, nie.«
»Man nannte sie die Bestien von Bergen-Belsen. Den Namen habe ich übrigens damals erfunden, und er wurde dann von allen Korrespondenten aufgegriffen. Haben Sie von Bergen-Belsen gehört?«
»Ja«, sagte Miller, und nach einer Weile: »Darf ich Sie etwas fragen? Hassen Sie die Deutschen?«
Cadbury schien ein wenig länger zu kauen, als es das zarte Filetfleisch erfordert hätte; er dachte ernsthaft über die Frage nach.
»Unmittelbar nach der Einnahme des Lagers Bergen-Belsen fuhr eine

Gruppe Journalisten dorthin, die der britischen Armee zugeteilt war. Sie wollten sich aus erster Hand ein Bild machen. In meinem ganzen Leben hat mich nichts so elend gemacht wie das, was ich in dem Lager zu sehen bekam – und im Krieg sieht man bekanntlich eine Menge scheußlicher Dinge. Aber nichts, was sich auch nur im entferntesten mit Bergen-Belsen vergleichen ließ. Ich glaube, in dem Augenblick – ja, in dem Augenblick habe ich die Deutschen gehaßt.«
»Und heute?«
»Nein. Schon lange nicht mehr. Ich bitte Sie – schließlich bin ich seit 1949 mit einer Deutschen verheiratet. Ich lebe noch immer hier. Ich täte das nicht, wenn ich noch immer genauso empfände wie 1945. Ich wäre längst nach England zurückgegangen.«
»Was hat den Wandel bewirkt?«
»Die Zeit. Die Zeit, die seither vergangen ist. Und die Einsicht, daß nicht alle Deutschen Josef Kramers waren. Oder – wie hieß er doch? – Roschmanns. Gegenüber den Deutschen meiner Generation habe ich ein gewisses Mißtrauen allerdings nie ganz überwinden können.«
»Und wie ist es mit den Deutschen meiner Generation?« Miller drehte sein Glas zwischen den Fingern und starrte auf die Lichtreflexe im Rotwein.
»Die sind zum Glück ganz anders«, sagte Cadbury. »Aber ich fänd's auch schlimm, wenn's nicht so wäre.«
»Werden Sie mir bei der Roschmann-Ermittlung behilflich sein? Niemand sonst ist dazu bereit.«
»Wenn ich das kann«, sagte Cadbury. »Was wollen Sie wissen?«
»Können Sie sich noch entsinnen, ob er in der britischen Zone jemals vor Gericht gestellt wurde?«
Cadbury schüttelte den Kopf.
»Nein. Im übrigen sagten Sie, er sei Österreicher von Geburt. Österreich war damals auch unter Viermächteverwaltung. Aber ich bin ganz sicher, daß in der britischen Besatzungszone keine Verhandlung gegen Roschmann stattgefunden hat. Ich würde mich an den Namen erinnern, wenn das der Fall gewesen wäre.«
»Aber warum haben dann die britischen Behörden von den Amerikanern in Berlin eine Photokopie seiner Personalakte angefordert?«
Cadbury überlegte kurz.
»Die Engländer müssen auf irgendeine Weise auf Roschmann aufmerksam geworden sein. Von Riga wußte man damals noch nichts. Die feindselige Haltung der Russen hatte in den späten vierziger Jahren ihren Höhepunkt erreicht. Sie verweigerten uns jegliche Information aus dem Osten, obwohl gerade dort die Mehrzahl der Massenmorde verübt worden war. Etwa achtzig Prozent aller Verbrechen gegen die Menschlichkeit waren östlich des späteren Eisernen Vorhangs begangen worden, und die dafür Verantwort-

lichen hielten sich zu rund neunzig Prozent in den drei westlichen Besatzungszonen auf. Hunderte von Kriegsverbrechern sind uns unerkannt entkommen, weil wir von dem, was sie zweitausend Kilometer weiter östlich verbrochen hatten, nichts wußten. Das war die Situation. Aber wenn 1947 gegen Roschmann ermittelt wurde, dann müssen wir auf irgendeine Weise auf ihn aufmerksam geworden sein.«
»Das hatte ich vermutet«, sagte Miller. »In welchen britischen Archiven würde man denn zuerst nachschauen?«
»Nun, wir könnten mit meinem anfangen. Es ist bei mir zu Hause. Kommen Sie, es ist nicht weit.«
Zum Glück war Cadbury ein Mann von ungemein methodischer Arbeitsweise; er hatte alle seine Artikel aufbewahrt. Zwei Wände seines Arbeitszimmers waren voll mit Karteikästen in Regalen, und in einer Ecke standen zwei grau angestrichene Aktenschränke.
»Ich leite unser Bonner Büro von zu Hause aus«, bemerkte er lächelnd, als sie das Arbeitszimmer betraten. »...Das hier ist mein eigenes Archiv, und ich bin vermutlich der eizige, der sich darin zurechtfindet. Kommen Sie, ich zeige es Ihnen.«
Er wies auf die beiden Archivschränke.
»Der eine davon ist mit alphabetisch geordneten Karteikarten über Personen vollgestopft, der andere mit einer Kartei, in der alle relevanten Sachgebiete alphabetisch erfaßt sind. Wir fangen am besten mit der Personenkartei an. Sehen Sie unter Roschmann nach.«
Es war eine kurze Suche. Einen Ordner mit dem Namen Roschmann gab es nicht.
»Na schön«, meinte Cadbury. »Dann versuchen wir es eben mit der anderen Kartei. Da kämen vier Stichwörter in Frage. Eines heißt ›Nazis‹, ein anderes ›SS‹. Dann gibt es eine ziemlich umfangreiche Abteilung mit der Überschrift ›Justiz‹. Sie ist in Unterabteilungen gegliedert; eine enthält Zeitungsausschnitte mit Berichten über Kriegsverbrecherprozesse. Aber das sind zumeist Prozesse, die seit 1949 in Westdeutschland stattgefunden haben. Das vierte Stichwort, unter dem wir etwas finden können, ist ›Kriegsverbrechen‹. Fangen wir damit an.«
Cadbury las schneller als Miller, aber es wurde Abend, bevor sie sich durch die Hunderte und aber Hunderte von Zeitungsausschnitten, die unter den vier Stichwörtern erfaßt waren, durchgearbeitet hatten. Schließlich stand Cadbury mit einem Seufzer auf, schloß die Kriegsverbrecher-Kartei und stellte sie zurück in den Aktenschrank.
»Ich bin heute abend leider zu einem Essen eingeladen«, sagte er. »Was uns noch durchzusehen bleibt, ist das hier.« Er wies auf die Karteikästen in den Regalen.
Miller schloß den Aktenordner, den er gerade durchgesehen hatte.

»Was ist da drin?«
»Sämtliche Berichte, die ich meinem Blatt im Verlauf von neunzehn Jahren geschickt habe«, sagte Cadbury. »Das ist die oberste Reihe. Darunter kommen Zeitungsausschnitte mit Reportagen und Artikeln über Deutschland und Österreich, die in den neunzehn Jahren erschienen sind. Natürlich sind eine Menge davon auch in der obersten Reihe enthalten. Das sind meine eigenen Berichte. Aber es gibt ja auch viele Artikel in der zweiten Reihe, die nicht von mir stammen. Schließlich haben auch andere Korrespondenten mal was in dem Blatt untergebracht. Und nicht alles, was ich schrieb, ist auch erschienen. Es sind etwa sechs Kästen pro Jahr, wir haben also noch eine Menge Arbeit vor uns. Zum Glück ist morgen Sonntag, und wenn Sie wollen, können wir den ganzen Tag weitermachen.«
»Sehr freundlich von Ihnen, sich solche Umstände zu machen.«
Cadbury zuckte mit den Achseln.
»Ich hatte ohnehin nichts vor an diesem Wochenende. Außerdem sind die Bonner Wochenenden zwischen Weihnachten und Neujahr alles andere als lustig. Meine Frau kommt nicht vor morgen abend zurück. Treffen wir uns doch gegen halb zwölf zu einem Drink im Cercle Français.«
Am Sonntagnachmittag stießen sie dann auf die Meldung. Anthony Cadbury war fast fertig mit der Durchsicht des Kastens »November/Dezember 1947« und seinen eigenen Artikeln in der obersten Reihe. Plötzlich schrie er: »Ich hab's!«, löste eine Klemme und zog ein vergilbtes einzelnes Blatt heraus. Es war mit Schreibmaschine beschrieben und vom 23. Dezember 1947 datiert.
»Kein Wunder, daß die Zeitung es nicht gebracht hat«, sagte er. »So kurz vor Weihnachten hätte sich auch niemand für einen festgenommenen SS-Verbrecher interessiert. Bei der Papierknappheit, die damals herrschte, wird die Weihnachtsausgabe ohnehin recht dünn gewesen sein.«
Er legte das Blatt auf den Schreibtisch und richtete den Schein der Arbeitslampe darauf. Miller beugte sich über das Blatt und las:
»Britische Militärregierung, Hannover, 23. Dezember. – Ein ehemaliger SS-Hauptsturmführer wurde kürzlich von britischen Militärbehörden in Graz, Österreich, festgenommen und befindet sich bis zum Abschluß weiterer Ermittlungen in militärpolizeilichem Gewahrsam. Das gab heute ein Sprecher der britischen Militärregierung im hiesigen Hauptquartier bekannt.
Der Mann, Eduard Roschmann, war von einem ehemaligen Konzentrationslagerinsassen in Graz auf der Straße erkannt worden, der Roschmann beschuldigt, Kommandant eines Lagers in Lettland gewesen zu sein. Nach der Identifikation, die in dem Haus vorgenommen wurde, in das der vormalige Lagerinsasse ihn hatte hineingehen sehen, nahmen Mitglieder des britischen Feldsicherheitsdienstes in Graz Roschmann fest.

Die britischen Behörden beabsichtigen, an das Hauptquartier in der sowjetischen Besatzungszone in Potsdam einen Antrag um Übermittlung weiterer Informationen über das Konzentrationslager in Riga, Lettland, zu stellen. Die Suche nach weiteren Zeugen wurde in die Wege geleitet. Inzwischen konnte der Festgenommene an Hand seiner Personalakte, die von den amerikanischen Militärbehörden in Berlin verwahrt wird, zweifelsfrei als Eduard Roschmann identifiziert werden. Ende. Cadbury.«

Miller las den kurzen Bericht vier- oder fünfmal.

»Donnerwetter«, sagte er. »Wir haben ihn.«

»Darauf müssen wir einen trinken«, sagte Cadbury.

Als der Werwolf am Freitagmorgen mit Memmers telefonierte, hatte er nicht bedacht, daß achtundvierzig Stunden später Sonntag war. Trotzdem versuchte er es am Sonntagnachmittag, zu dem Zeitpunkt, als die beiden Männer in Bad Godesberg ihre Entdeckung machten. Er rief von zu Hause aus Memmers Büro an. Niemand nahm ab.

Aber am Montagmorgen war Memmers um Punkt 9 Uhr in seinem Büro. Eine halbe Stunde später stellte ihm seine Sekretärin ein Gespräch durch. Es war der Werwolf.

»Gut, daß Sie anrufen, Kamerad«, sagte Memmers. »Ich bin erst gestern nacht aus Hamburg zurückgekommen.«

»Haben Sie die Informationen?«

»Jawohl. Wollen Sie sich Notizen machen?«

»Schießen Sie los«, sagte die Stimme des Werwolfs.

Memmers räusperte sich und begann aus seinen Aufzeichnungen vorzulesen:

»Der Inhaber des Wagens ist ein gewisser Peter Miller, ein freiberuflich tätiger Reporter. Personenbeschreibung: Alter neunundzwanzig Jahre, Größe etwa einsneunzig, Haar braun, Augenfarbe braun. Seine Mutter ist verwitwet und wohnt in Osdorf bei Hamburg-Blankenese. Er selbst bewohnt ein Apartment nahe dem Steindamm in der Hamburger Innenstadt.«

Memmers nannte dem Werwolf Millers Anschrift und Telefonnummer.

»Er lebt da mit einem Mädchen zusammen, einer Striptease-Tänzerin, Fräulein Sigrid Rahn. Er arbeitet hauptsächlich für die großen Illustrierten und scheint recht erfolgreich zu sein. Ist spezialisiert auf Enthüllungsberichte. Wie Sie schon sagten, Kamerad – ein Schnüffler.«

»Haben Sie eine Ahnung, wer ihm den Auftrag zu seinen jüngsten Erkundungen erteilt hat?«

»Nein, das ist ja das Merkwürdige an der ganzen Sache. Niemand scheint zu wissen, was er im Augenblick tut und für wen er arbeitet. Ich habe das Mädchen kontaktiert – natürlich nur telefonisch – und mich als Redak-

tionsmitglied einer Illustrierten ausgegeben. Sie sagte, sie wisse nicht, wo er sei, erwarte aber am Nachmittag, bevor sie zur Arbeit gehe, einen Anruf von ihm.«
»Noch weitere Auskünfte?«
»Nur noch den Wagen betreffend. Er ist sehr auffällig. Ein schwarzer Jaguar, mit gelben Streifen an den Seiten. Ein Sportwagen, Zweisitzer, Hardtop-Coupé, Typenbezeichnung XK 150 S. Ich habe den Garagenaufseher ein bißchen ausgehorcht.«
Der Werwolf registrierte die Informationen und versuchte, sich ein Bild zu machen.
»Ich muß herausfinden, wo er sich jetzt aufhält«, sagte er schließlich.
»In Hamburg ist er nicht«, meldete Memmers beflissen. »Er ist am Freitag um die Mittagszeit weggefahren, als ich gerade in Hamburg ankam. Er hatte dort die Weihnachtstage verbracht. Vorher war er ebenfalls verreist.«
»Ich weiß«, sagte der Werwolf.
»Ich könnte ja herausfinden, was das für eine Reportage ist, an der er arbeitet«, erklärte Memmers. »Ich habe absichtlich nicht allzu eingehend nachgeforscht, weil Sie ausdrücklich sagten, Sie wollten nicht, daß er von unseren Erkundungen Wind bekommt.«
»Ich weiß, was für eine Story das ist, die er bringen will. Es ist eine Enthüllungsgeschichte über einen unserer Kameraden.«
Der Werwolf dachte einen Augenblick nach.
»Könnten Sie herausfinden, wo er sich jetzt aufhält?« fragte er.
»Ich glaube schon«, sagte Memmers. »Ich würde das Mädchen heute nachmittag noch mal anrufen und vorgeben, daß ich von einer großen Illustrierten sei und Miller dringend sprechen müsse. Ich hatte am Telefon den Eindruck, daß sie ein ziemlich unkompliziertes Mädchen ist.«
»Ja, tun Sie das«, sagte der Werwolf. »Ich rufe Sie dann heute nachmittag um 4 Uhr zurück.«

Cadbury war an diesem Montagvormittag nach Bonn zu einer Pressekonferenz gefahren. Um 10 Uhr 30 rief er Miller im Hotel Dreesen an.
»Gut, daß ich Sie noch vor Ihrer Abreise erwische«, sagte er. »Ich habe eine Idee, die Ihnen vielleicht weiterhilft. Treffen Sie mich heute nachmittag gegen 4 Uhr im Cercle Français.«
Kurz vor dem Mittagessen rief Miller Sigi an und sagte ihr, daß er im Dreesen abgestiegen sei.
Cadbury bestellte Tee, als Miller sich zu ihm gesetzt hatte.
»Mir ist da eine Idee gekommen, als ich heute vormittag auf dieser langweiligen Pressekonferenz zwischendurch abschaltete, weil ich einfach nicht mehr hinhören konnte«, erzählte er Miller. »Da Roschmann seinerzeit ge-

faßt und als gesuchter Kriegsverbrecher identifiziert wurde, muß sein Fall den Militärbehörden in der britischen Zone bekanntgeworden sein. Die drei westlichen Besatzungsmächte in Deutschland und in Österreich tauschten damals Kopien aller diesbezüglichen Akten aus. Haben Sie jemals von einem Mann namens Lord Russell of Liverpool gehört?«
»Nein, nie«, sagte Miller.
»Er war während der Besatzungszeit Rechtsberater des britischen Militärgouverneurs bei allen von uns durchgeführten Kriegsverbrecherprozessen. Später schrieb er ein Buch mit dem Titel *The Scourge of the Swastika*. Sie können sich denken, wovon es handelte. Hat in Deutschland nicht gerade zu seiner Beliebtheit beigetragen, denn was in dem Buch stand, stimmt nur zu genau.«
»Ist er Anwalt?« fragte Miller.
»Das war er«, sagte Cadbury. »Und zwar ein brillanter. Deswegen wurde er zum Rechtsberater des Militärgouverneurs ernannt. Er ist jetzt im Ruhestand und lebt in Wimbledon. Ich weiß nicht, ob er sich meiner noch entsinnt, aber ich kann Ihnen auf jeden Fall ein Einführungsschreiben mitgeben.«
»Würde er sich denn an so weit zurückliegende Dinge erinnern können?«
»Möglicherweise ja. Er ist kein junger Mann mehr, aber er stand damals in dem Ruf, ein wahres Archiv als Gedächtnis zu haben. Wenn ihm der Fall Roschmann jemals zur Anklagevorbereitung übertragen wurde, dann erinnert er sich noch bis in die letzte Einzelheit. Da bin ich ganz sicher.«
Miller nickte und schlürfte seinen Tee.
»Ich könnte nach London fliegen und ihn aufsuchen.«
Cadbury zog einen Umschlag aus der Tasche.
»Hier ist der Brief für ihn.« Er gab Miller das Schreiben und stand auf. »Viel Glück.«

Memmers hatte schon die Informationen für den Werwolf, als dieser kurz nach 4 Uhr anrief.
»Er hat seine Freundin angerufen«, sagte Memmers. »Zur Zeit ist er in Bad Godesberg im Hotel Dreesen.«
Der Werwolf legte den Hörer auf und blätterte in einem Adressenbuch. Nach kurzer Suche entschied er sich für einen Namen, nahm den Telefonhörer wieder auf und wählte eine Nummer im Raum Bonn/Bad Godesberg.

Miller kehrte ins Hotel zurück, um den Flughafen Köln-Wahn anzurufen und für den nächsten Tag – Dienstag, den 31. Dezember – einen Flug nach London zu buchen. Als er an die Rezeption trat, lächelte ihm das Mädchen hinter dem Tresen strahlend zu und deutete auf die Sitzecke vor dem Erkerfenster, das auf den Rhein hinausging.

»Da ist ein Herr, der Sie sprechen möchte, Herr Miller.«

Miller blickte zur Fensternische, wo ein paar Tische mit Gobelinsesseln standen. In einem Sessel saß ein Mann mittleren Alters. Er trug einen schwarzen Wintermantel; die Hände stützte er auf den Stoff seines zusammengerollten Regenschirms, sein schwarzer Homburg lag vor ihm auf dem Tisch.

Miller schlenderte zu dem Mann hinüber. Er fragte sich, wer von seiner Anwesenheit in Bad Godesberg erfahren haben konnte.

»Sie wollten mich sprechen?«

Der Mann sprang auf.

»Herr Miller?«

»Ja.«

»Herr Peter Miller?«

»Ja.«

Der Mann machte eine knappe Verbeugung.

»Mein Name ist Schmidt. Doktor Schmidt.«

»Was kann ich für Sie tun?«

Dr. Schmidt lächelte bescheiden und starrte durchs Fenster auf den Rhein hinaus. Die schwarzen Wassermassen trieben im Lichtschein der Terrassenbeleuchtung vorbei.

»Ich habe mir sagen lassen, daß Sie Journalist sind. Freiberuflicher Journalist, nicht wahr, und zwar ein sehr guter.« Er lächelte strahlend. »Sie haben den Ruf, sehr gründlich und ausdauernd zu sein.«

Miller schwieg und wartete darauf, daß der Mann zur Sache kam.

»Einigen Freunden von mir ist zu Ohren gekommen, daß Sie gegenwärtig Recherchen anstellen, die gewisse – nun, sagen wir – weit zurückliegende Ereignisse betreffen. Sehr weit zurückliegende Ereignisse.«

Miller erstarrte, während er sich vergeblich fragte, wer die »Freunde« sein konnten und woher sie das wußten. Dann wurde ihm klar, daß seine Versuche, Nachforschungen nach Roschmann anzustellen, offenbar nicht unbemerkt geblieben waren.

»Recherchen nach einem gewissen Eduard Roschmann«, sagte er rundheraus. »Und?«

»Ja, Hauptsturmführer Roschmann. Ich dachte, ich könnte Ihnen vielleicht behilflich sein.« Der Mann hatte unverwandt auf den Strom hinausgeschaut. Jetzt sah er Miller an. »Hauptsturmführer Roschmann ist tot.«

»Tatsächlich?« sagte Miller. »Das wußte ich nicht.«

Dr. Schmidt schien erfreut zu sein.

»Natürlich nicht – wie sollten Sie auch. Aber es ist dennoch die Wahrheit. Sie vergeuden wirklich Ihre Zeit.«

Miller sah enttäuscht aus.
»Können Sie mir sagen, wann er starb?« fragte er Herrn Dr. Schmidt.
»Sie haben die näheren Umstände seines Todes nicht in Erfahrung gebracht?« fragte der Mann.
»Nein. Nur daß er Ende April 1945 zuletzt lebend gesehen wurde.«
»Ah, ja, selbstverständlich«, sagte Dr. Schmidt, beglückt, das bestätigen zu können. »Kurz darauf ist er dann gefallen, wissen Sie. Er ist in seine österreichische Heimat zurückgekehrt und dort im Frühjahr 1945 bei den Kämpfen gegen die Amerikaner gefallen. Sein Leichnam wurde von Leuten, die ihn zu Lebzeiten gut gekannt haben, zweifelsfrei identifiziert.«
»Er muß ein bemerkenswerter Mann gewesen sein«, sagte Miller.
Dr. Schmidt nickte zustimmend. »Nun, ähm, ja, es gab eine ganze Reihe von Leuten, die davon überzeugt waren. Ja, in der Tat waren nicht wenige von uns davon überzeugt.«
»Ich meine«, fuhr Miller unbeirrt fort, als sei er gar nicht unterbrochen worden, »bemerkenswert muß er schon deswegen gewesen sein, weil er außer Christus wohl der einzige Mensch ist, der wiederauferstanden ist von den Toten. Roschmann wurde am 20. Dezember 1947 von den Engländern in Graz festgenommen. Lebend, versteht sich.«
In Dr. Schmidts Augen spiegelte sich der glitzernde Schnee von der Balustrade vor dem Fenster wider.
»Miller, Sie sind sehr töricht. Wirklich, sehr, sehr töricht. Erlauben Sie mir, Ihnen einen guten Rat zu geben – den Rat eines älteren Mannes an einen sehr viel jüngeren. Stellen Sie Ihre Nachforschungen ein!«
Miller sah ihn von der Seite her an.
»Ich glaube, ich sollte Ihnen eigentlich dankbar sein«, sagte er.
»Sie hätten allen Grund dazu – sofern Sie meinem Rat folgen«, entgegnete Dr. Schmidt.
»Sie haben mich schon wieder mißverstanden«, sagte Miller. »Roschmann ist noch Mitte Oktober dieses Jahres in Hamburg gesehen worden. Die letztgenannte Zeugenaussage wurde bisher allerdings noch nicht bestätigt. Jetzt ist sie bestätigt worden. Sie haben sie eben bestätigt.«
»Ich kann nur nochmals sagen, Sie handeln töricht, wenn Sie diese Nachforschungen nicht sofort einstellen.« Dr. Schmidts Blick war so kalt wie zuvor; aber jetzt war auch aufkeimende Angst dabei. Es hatte einmal Zeiten gegeben, in denen sich die Leute seinen Befehlen nicht zu widersetzen wagten – er hatte sich noch immer nicht damit abfinden können, daß dem nicht mehr so war.
Miller wurde langsam wütend. Sein Kragen wurde ihm plötzlich zu eng, und das Blut schoß ihm ins Gesicht.
»Sie verursachen mir Übelkeit, Herr Doktor Schmidt«, sagte er zu dem älteren Mann. »Sie und Ihresgleichen. Sie halten Ihre ehrbare Fassade auf-

recht, aber Sie sind nichts als dreckiger Abschaum. Ich werde nicht aufhören, Fragen zu stellen, bis ich ihn gefunden habe.«
Er wandte sich zum Gehen, aber der Mann packte ihn beim Arm. Aus einem Abstand von wenigen Zentimetern starrten sie sich wütend an.
»Sie sind kein Jude, Miller. Sie sind arisch. Sie gehören zu uns. Was haben wir Ihnen denn getan, Menschenskind, was haben wir Ihnen denn nur getan?«
Miller riß sich los.
»Wenn Sie das noch immer nicht wissen, Herr Doktor Schmidt, dann werden Sie es nie begreifen.«
»Ach, ihr jungen Leute seid doch alle gleich. Warum könnt Ihr nie tun, was man euch sagt?«
»Weil wir nun einmal so sind. Ich jedenfalls bin so.«
Der ältere Mann starrte ihn aus zusammengekniffenen Augen an. »Sie sind doch nicht dumm, Miller. Aber Sie betragen sich, als seien Sie es. Als gehörten Sie zu diesen lächerlichen Kreaturen, die dauernd von ihrem sogenannten Gewissen gesteuert werden. Aber ich fange an, das zu bezweifeln. Mir scheint fast, als stecke bei Ihnen ein persönliches Motiv dahinter.«
Miller wandte sich zum Gehen.
»Vielleicht habe ich ja eins«, sagte er und ließ den Mann stehen.

8

Miller fand das Haus ohne Schwierigkeiten. Es lag abseits der Hauptstraße in einer stillen Villengegend des Londoner Vororts Wimbledon. Lord Russell war ein Mann von Ende Sechzig, der zum wollenen Cardigan einen Querbinder trug; er öffnete auf Millers Läuten selbst.
»Ich komme aus Bonn«, erklärte Miller dem englischen Aristokraten, »wo ich gestern mit Mister Anthony Cadbury zu Mittag gegessen habe. Er riet mir, Sie aufzusuchen, und gab mir ein Empfehlungsschreiben an Sie mit. Ich wäre glücklich, Sir, wenn ich Sie sprechen könnte.«
Lord Russell sah ihn ein wenig ratlos an.
»Cadbury? Anthony Cadbury? Ich kann mich nicht entsinnen...«
»Ein britischer Zeitungskorrespondent«, sagte Miller. »Er war gleich nach dem Kriege in Deutschland und berichtete über die Kriegsverbrecherprozesse, bei denen Sie Stellvertretender Ankläger waren. Josef Kramer und die anderen SS-Dienstgrade aus Bergen-Belsen. Sie erinnern sich sicher an diese Prozesse...«
»Aber selbstverständlich. Ja, Cadbury, ja, Journalist. Jetzt entsinne ich mich. Habe ihn seit Jahren nicht gesehen. Stehen Sie doch nicht so in der Kälte herum. Kommen Sie herein, kommen Sie.«

Er drehte sich um, ohne eine Antwort abzuwarten, und ging in die Halle zurück. Miller folgte ihm und schloß die Tür. Es ging ein eisiger Wind an diesem ersten Tag des Jahres 1964. Auf Lord Russells Aufforderung hin hängte er seinen Mantel in der Halle an einen Garderobenhaken. Dann folgte er dem Lord in den hinteren Teil des Hauses ins Wohnzimmer, wo ein Kaminfeuer Wärme und Behaglichkeit verbreitete.
Miller überreichte dem Hausherrn das Einführungsschreiben von Cadbury. Lord Russell las es rasch und hob die Brauen.
»Hm. Ihnen helfen, einen Nazi aufzuspüren? Ist es das, was Sie von mir wollen?« Er schaute Miller unter seinen buschigen Augenbrauen hervor prüfend an. Bevor der Deutsche ihm antworten konnte, fuhr Lord Russell fort:
»Setzen Sie sich erst mal, setzen Sie sich.«
Sie setzten sich in die beiden Blümchensessel vorm Kamin.
»Wie kommt es, daß ein junger deutscher Reporter Nazis jagt?« fragte Lord Russell unumwunden. Miller war auf seine direkte Art nicht gefaßt gewesen.
»Das erzähle ich Ihnen am besten von Anfang an«, sagte Miller.
»Das sollten Sie wohl.« Lord Russell beugte sich vor und klopfte seine Pfeife am Kamingitter aus. Während Miller berichtete, stopfte er sie, steckte sie an, und als Miller fertig war, schmauchte er schon wieder behaglich.
»Ich hoffe, mein Englisch ist nicht allzu schlecht«, bemerkte er schließlich, weil der pensionierte Ankläger keine Reaktion zeigte.
Lord Russell schien aus seiner Grübelei aufzutauchen.
»Oh, ja, ja. Besser jedenfalls als mein Deutsch nach all diesen Jahren. Man vergißt, wissen Sie.«
»Diese Roschmann-Geschichte –« begann Miller.
»Ja, interessant, sehr interessant. Und Sie wollen also versuchen, den Mann aufzuspüren. Warum?«
Die Frage hatte er ganz unvermittelt abgeschossen, aber Miller erwiderte ungerührt seinen forschenden Blick.
»Ich habe meine Gründe«, sagte er sehr förmlich. »Ich bin der Meinung, daß der Mann ausfindig gemacht und vor Gericht gestellt werden muß.«
»Hm. Der Meinung sind wir wohl alle. Die Frage ist nur, ob es jemals dazu kommen wird.«
Miller bot ihm Paroli: »Wenn es mir gelingt, ihn ausfindig zu machen, ganz gewiß. Darauf gebe ich Ihnen mein Wort.«
Der britische Aristokrat schien unbeeindruckt. Kleine Rauchzeichen stiegen aus seiner Pfeife und schwebten in gleichmäßigem Abstand zur Decke. Die Gesprächspause hielt an.
»Erinnern Sie sich denn an ihn, Sir?«
Lord Russell fuhr zusammen.

»Ob ich mich an ihn erinnere? Oh, ja, ich entsinne mich. Zumindest ist mir der Name erinnerlich geblieben. Ich wünschte, mir fiele das dazugehörige Gesicht wieder ein. Mit den Jahren läßt das Gedächtnis eines alten Mannes nach, wissen Sie. Und es gab damals so viele von Roschmanns Sorte.«
»Die britische Militärpolizei nahm ihn am 20. Dezember 1947 in Graz fest«, sagte Miller.
Er zog die Photokopien der beiden Photos von Roschmann aus der Brusttasche und reichte sie Lord Russell. Der britische Aristokrat betrachtete die Aufnahmen, die Roschmann im Profil und en face zeigten. Dann stand er auf und ging nachdenklich im Wohnzimmer auf und ab.
»Ja«, sagte er schließlich. »Jetzt erkenne ich die Photos wieder. Ja, die Unterlagen sind mir wenige Tage später von der Grazer Feldpolizei nach Hannover übersandt worden. Das wird auch die Quelle gewesen sein, auf der Cadburys Bericht basiert. Unsere Dienststelle in Hannover.«
Er schwieg einen Augenblick lang, machte kehrt und sah Miller an.
»Sie sagen, Ihr Tagebuchschreiber Tauber hat ihn zuletzt am 3. April 1945 gesehen, als er zusammen mit anderen in einem Wagen in Richtung Magdeburg fuhr?«
»Ja, das steht in Taubers Tagebuch.«
»Hmmm. Zweieinhalb Jahre bevor wir ihn faßten. Und wissen Sie, wo er vorher gewesen ist?«
»Nein«, sagte Miller.
»In einem britischen Kriegsgefangenenlager. Unverfroren. Also gut, junger Mann, ich will ergänzen, was mir an Einzelheiten bekannt ist...«

Der Wagen, in dem Roschmann und seine SS-Kumpane flohen, passierte Magdeburg; dann ging die Flucht weiter nach Süden in Richtung Bayern und Österreich. Sie kamen noch vor Ende April bis nach München. Da trennten sie sich. Roschmann trug zu diesem Zeitpunkt die Uniform eines Unteroffiziers der Wehrmacht; sein Soldbuch war auf seinen Namen ausgestellt, wies ihn jedoch als Wehrmachtsangehörigen aus.
Südlich von München hatten die Amerikaner starke Truppenverbände massiert, und das nicht wegen möglicher Unruhen unter der Zivilbevölkerung – die war nur in verwaltungstechnischer Hinsicht ein Problem –, sondern wegen eines Gerüchts. Dieses Gerücht besagte, die Nazihierarchie beabsichtige, sich in Hitlers zur »Alpenfestung« ausgebauten Berghof zurückzuziehen, um dort bis zum letzten Mann Widerstand zu leisten. Die Hunderttausende unbewaffnet umherirrenden deutschen Soldaten wurden von Pattons in Bayern operierenden Kampfverbänden nur wenig beachtet. Roschmann, der nachts marschierte und sich bei Tage in Scheunen und Holzfällerhütten versteckte, überschritt die seit 1938 ohnehin nicht mehr

bestehende österreichische Grenze und schlug sich durch nach Graz, seiner Heimatstadt. In und um Graz kannte er Leute, die ihn verbergen würden. Er umging Wien, und am 6. Mai, schon fast am Ziel, stellte ihn eine britische Patrouille. Er schlug sich in die Büsche an der Straße, und in dem Kugelhagel, der das Unterholz durchsiebte, erhielt er einen Lungendurchschuß. Die Engländer suchten ihn vergeblich. Sie ließen ihn verwundet im Unterholz zurück. Als sie weg waren, schleppte er sich zu einem etwa einen Kilometer entfernten Bauernhof.

Er blieb bei Bewußtsein und nannte dem Bauern den Namen eines ihm bekannten Arztes in Graz. Trotz des Ausgehverbots radelte der Mann mitten in der Nacht los, um den Arzt zu holen. Drei Monate lang wurde Roschmann von seinen Freunden gepflegt – zunächst auf dem Bauernhof, später in einem Haus in Graz. Als er soweit wiederhergestellt war, daß er aufstehen und umhergehen konnte, war der Krieg seit drei Monaten beendet und Österreich von den vier Siegermächten besetzt. Graz lag im Zentrum der britischen Zone.

Alle deutschen Soldaten mußten zwei Jahre in Kriegsgefangenschaft. Roschmann, für den das Kriegsgefangenenlager noch der sicherste Aufenthaltsort war, stellte sich freiwillig. Zwei Jahre lang, vom August 1945 bis zum August 1947, während die Jagd nach den SS-Verbrechern in vollem Gange war, saß er unerkannt und unangefochten im Kriegsgefangenenlager. Er hatte sich nämlich nicht unter seinem eigenen Namen in Gefangenschaft begeben, sondern unter dem eines Freundes, der in Nordafrika gefallen war.

In jener Zeit gab es so viele deutsche Soldaten ohne Ausweispapiere, daß die Alliierten den von Roschmann angegebenen Namen als echt akzeptierten. Sie hatten weder die Zeit noch die technischen Möglichkeiten, ehemalige Unteroffiziere der Wehrmacht eingehender zu überprüfen. Im Sommer 1947 wurde Roschmann entlassen. Er glaubte, er käme ohne den Schutz des Gefangenenlagers aus. Er hatte sich getäuscht.

Ein aus Wien gebürtiger Überlebender des Rigaer Ghettos hatte sich geschworen, an Roschmann Rache zu nehmen. Dieser Mann patrouillierte in den Straßen von Graz, Roschmanns Vaterstadt. Er wußte, Roschmanns Frau Hella und seine Eltern lebten hier, und er wußte auch genau in welcher Straße. Der alte Mann streifte unablässig zwischen dem Haus der Eltern und Roschmanns eigenem hin und her, wo seine Frau wohnte. Er wollte Roschmann festnehmen lassen, sobald er auftauchte.

Nach seiner Entlassung aus dem Kriegsgefangenenlager hatte Roschmann es vorgezogen, auf dem Lande zu bleiben, wo er bei den Bauern auf dem Feld arbeitete. Am 17. Dezember ging er nach Graz, um mit seiner Familie Weihnachten zu feiern. Der alte Mann wartete immer noch auf ihn. Er erkannte die schlanke, hochaufgeschossene Gestalt mit dem blonden Haar und den kalten blauen Augen, die auf das Haus seiner Frau zuging. Der alte Mann versteckte sich hinter einer Litfaßsäule und beobachtete. Roschmann sah sich ein paarmal prüfend um, dann klopfte er an die Tür und wurde hereingelassen.

Innerhalb einer Stunde erschienen zwei Sergeants der britischen Feldpolizei an Roschmanns Haustür. Begleitet wurden sie von dem ehemaligen Insassen des Rigaer Ghettos, der so lange auf Roschmann gewartet hatte. Nach kurzer Suche wurde er unter dem Ehebett entdeckt. Wäre er kaltblütig geblieben, hätte er sich auf eine Verwechslung hinausgeredet – vielleicht wäre er damit durchgekommen. Die beiden Sergeants waren dem Hinweis des alten Mannes nicht ohne skeptischen Vorbehalt nachgekommen; wahrscheinlich hätte es gar nicht viel bedurft, sie glauben zu machen, er habe sich geirrt. Aber Roschmanns Beine schauten unter dem Bett hervor, und das zerstreute ihre Zweifel. Er wurde abgeführt und vom Major der Feldpolizei Hardy verhört. Der ließ ihn in eine Zelle sperren und forderte umgehend über das britische Hauptquartier in Deutschland vom amerikanischen Document Center in Berlin Photokopien von Roschmanns Personalakte an. Die Bestätigung traf nach einigen Tagen ein, und die Ermittlungen liefen an. Das weckte das Interesse des amerikanischen Militärgerichts in Dachau, das um die zeitweilige Überführung Roschmanns nach München bat. Er sollte in Dachau als Zeuge vorgeführt werden. Dort hatte man bereits einige SS-Männer, die in Riga waren und die in den Konzentrationslagern eine kriminelle Rolle gespielt hatten, und man wollte ihnen den Prozeß machen. Die Engländer erklärten sich zur Überstellung Roschmanns bereit.

Am 8. Januar 1948 bestieg Roschmann unter Bewachung von je einem Sergeant der Militär- und der Feldpolizei in Graz den Zug nach München.

Lord Russell trat an den Kamin und klopfte seine Pfeife aus.
»Und was geschah dann?« fragte Miller.
»Er flüchtete.«
»Wie bitte?«
»Er flüchtete. Er behauptete, er habe Durchfall von der Gefängniskost und sprang aus dem Toilettenfenster des fahrenden Zuges. Als seine beiden Bewacher die Toilettentür endlich aufgebrochen hatten, war er längst im Schneetreiben entkommen. Selbstverständlich wurde sofort eine Großfahndung eingeleitet. Inzwischen aber war es ihm gelungen, mit einer der Organisationen Verbindung aufzunehmen, die den Ex-Nazis zur Flucht verhalfen. Sechzehn Monate später, im Mai 1949, wurde Ihre Bundesrepublik gegründet, und wir übergaben unsere sämtlichen Unterlagen den Bonner Behörden.«
Miller legte den Schreibblock mit seinen Notizen aus der Hand.

»An wen wende ich mich jetzt am besten?« fragte er.
»Nun, an Ihre eigenen Leute, würde ich meinen«, erklärte Lord Russel. »Roschmanns Lebenslauf ist Ihnen jetzt in allen Einzelheiten von seiner Geburt bis zum 8. Januar 1948 bekannt. Alles Weitere ist Sache der deutschen Behörden.«
»Welcher Behörden?« fragte Miller, in der vagen Hoffnung auf eine Auskunft, die anders lautete als erwartet.
»Am besten wenden Sie sich an die zuständige Generalstaatsanwaltschaft«, sagte Lord Russell.
»Da bin ich schon gewesen, nämlich in Hamburg.«
»Na, und was haben Sie erreicht?«
»Eigentlich nichts.«
Lord Russell grinste. »Das überrascht mich nicht. Haben Sie Ihr Heil mal in Ludwigsburg versucht?«
»Ja. Dort war man im Unterschied zu Hamburg zwar sehr freundlich, konnte mir ab aus bürokratischen Gründen auch nicht weiterhelfen«, sagte Miller.
»Nun, damit sind die Möglichkeiten zur Einschaltung offizieller Ermittlungsorgane erschöpft. Jetzt bleibt nur noch ein einziger Mann. Haben Sie jemals von Simon Wiesenthal gehört?«
»Wiesenthal? Ja, der Name kommt mir irgendwie bekannt vor, aber ich kann ihn nicht unterbringen.«
»Er lebt in Wien. Stammt ursprünglich aus Galizien. Verbrachte vier Jahre in zwölf verschiedenen Konzentrationslagern. Beschloß, den Rest seines Lebens der Jagd auf Nazis zu widmen. Natürlich nicht etwa in dem Sinn, daß er sich persönlich an ihrer Verfolgung beteiligt. Er wertet lediglich alle Informationen aus, die er über sie erhalten kann, und sobald er einen Naziverbrecher entdeckt zu haben glaubt – meist, aber durchaus nicht immer, leben die Betreffenden unter falschem Namen –, verständigt er die Polizei. Wenn sie nichts unternimmt, mobilisiert er die öffentliche Meinung, und das ist dann sehr peinlich für Justiz und Polizei. Es versteht sich, daß er weder bei den österreichischen noch bei den westdeutschen Behörden sonderlich beliebt ist. Er steht auf dem Standpunkt, daß sie nicht genug tun, um namentlich bekannte Verbrecher zur Strecke zu bringen, geschweige denn die Untergetauchten aufzuspüren. Den ehemaligen SS-Angehörigen ist er natürlich ein Dorn im Auge, und es sind schon wiederholt Mordanschläge auf ihn verübt worden. Die Bürokraten wünschten, er würde sie nicht ewig behelligen. Aber es gibt eine Menge Leute, die ihn für einen großartigen Kerl halten und ihm helfen, wann immer sie können.«
»Ja, jetzt fällt es mir wieder ein. Das war doch der Mann, der Eichmann aufgespürt hat«, sagte Miller.
Lord Russell nickte.

»Er identifizierte ihn als den in Buenos Aires lebenden Ricardo Klement. Das Weitere übernahmen dann die Israelis. Er hat noch ein paar hundert andere Naziverbrecher ausfindig gemacht. Falls über Ihren Eduard Roschmann sonst nirgends etwas bekanntgeworden sein sollte, wird nur er es Ihnen sagen können.«
»Kennen Sie ihn persönlich?« fragte Miller.
Lord Russell nickte.
»Ich gebe Ihnen am besten ein Schreiben mit. Es kommen dauernd Leute zu ihm, die Informationen von ihm haben wollen, da dürfte eine Referenz ganz nützlich sein.«
Er ging zum Schreibtisch, warf rasch ein paar Zeilen auf ein Blatt mit seinem Briefkopf, faltete es und steckte es in einen Umschlag. Er gab Miller den geschlossenen Umschlag.
»Viel Glück. Sie werden es brauchen können«, sagte er, als er Miller zur Tür begleitete.

Am nächsten Morgen flog Miller mit der BEA nach Köln zurück. Er setzte sich in seinen Wagen, den er am Flughafen abgestellt hatte, und startete zu einer zweitägigen Fahrt über Stuttgart, München, Salzburg, Linz nach Wien.
Er übernachtete in München. Auf der verschneiten Autobahn war er nur langsam vorangekommen. Sie war streckenweise nur auf einer Bahn befahrbar; Schneepflüge und Lastwagen mit Streusand versuchten, Schnee und Glätte zu beseitigen, während auf der anderen Fahrbahn der Verkehr dahinschlich.
Am nächsten Tag brach er zeitig auf und hätte mittags in Wien sein können, wäre nicht kurz hinter München bei der Ausfahrt Holzkirchen der Stau gewesen. Auf einem Streckenabschnitt, der durch dichte Kiefernwaldungen führte, kam der Verkehr zum Stillstand. Am Straßenrand parkte ein Polizeiwagen mit kreisendem Blaulicht, und zwei Polizeibeamte in weißen Übermänteln sperrten die Weiterfahrt. Auf der Gegenfahrbahn spielte sich das gleiche ab. In die Kiefernwaldungen neben der Autobahn führte ein Waldweg; an beiden Einmündungen standen zwei Soldaten in Winterkleidung mit batteriegespeisten erleuchteten Signalkellen. Offenbar wollten sie irgend etwas aus dem Wald über die Autobahn geleiten.
Miller kochte vor Ungeduld; er kurbelte die Wagenscheibe hinunter und rief einem der beiden Polizeibeamten zu: »Was ist denn los hier? Ist da irgendwas im Busch?«
Der Polizeibeamte grinste und kam langsam näher.
»Bundeswehrmanöver«, sagte er. »Hier kommt gleich eine Panzerkolonne durch.«

Wie ein Dickhäuter, der erst Witterung nimmt, erschien fünfzehn Minuten später der erste Panzer. Zunächst ragte nur ein langes Geschützrohr zwischen den Kiefernstämmen hervor, dann schob sich der gepanzerte Aufbau nach, und das ganze Ungetüm kreuzte mit rasselnden Ketten die Fahrbahn.
Stabsfeldwebel Ulrich Frank war ein zufriedener Mann. Er war dreißig Jahre alt und hatte sein Lebensziel, selbst einen Panzer zu befehligen, bereits erreicht. Er konnte sich noch genau an den Tag erinnern, an dem er sich dieses Ziel gesteckt hatte. Es war der 10. Januar 1945 gewesen. Er war damals noch ein kleiner Junge gewesen und lebte mit seiner Mutter in Mannheim; sie hatte ihn ins Kino mitgenommen. Die Wochenschau zeigte General von Manteuffels Tiger-Panzer, die an die Front rollten, um amerikanische und britische Streitkräfte zu binden.
Er hatte ehrfürchtig zu den vermummten Gestalten der Kommandanten auf die Kinoleinwand hinaufgestarrt, die mit Helmen und Schutzbrillen aus der Turmluke spähten. Für den zehnjährigen Ulrich Frank war dieser Eindruck ein Wendepunkt. Er schwor sich, eines Tages selbst einen Panzer zu befehligen. Es dauerte neunzehn Jahre, aber er schaffte es. In diesem Wintermanöver in den Wäldern südlich von München kommandierte er seinen ersten Panzer; es war ein amerikanischer M-48 Patton.
Es war zugleich sein letztes Manöver in einem Patton. In der Garnison war bereits eine Reihe fabrikneuer französischer AMX-138, auf die die Truppe umgerüstet werden sollte. Schon in einer Woche würde er einen AMX befehligen, und der war schneller und stärker bewaffnet als der Patton.
Sein Blick streifte das Eiserne Kreuz auf der Seitenwand des Geschützturms und den darunter gemalten Namen seines Panzers, und er empfand ein leises Bedauern. Er hatte ihn nur sechs Monate lang kommandiert, aber der Patton war und blieb sein erster Panzer, und das würde ihn für Frank immer über jeden anderen Panzer hinausheben. Er hatte ihn auf den Namen »Drachenfels« getauft. Frank nahm an, daß der Panzer nach der Umrüstung abgewrackt werden würde. Nach einem letzten kurzen Halt auf der Gegenfahrbahn erklomm der Patton den Straßenrand und verschwand im Wald.

An jenem Tag – dem 3. Januar 1964 – kam Miller gegen 4 Uhr nachmittags endlich in Wien an. Er suchte sich nicht erst ein Hotel – er fuhr sofort in die Innenstadt und fragte sich zum Rudolfsplatz durch.
Er fand das Haus Nummer 7 ohne Schwierigkeiten und warf einen Blick auf die Namensschilder der Hausbewohner. Eine Karte mit der Aufschrift »Dokumentationszentrum« besagte, daß sich Wiesenthals Büro im dritten Stockwerk befand. Miller ging die Treppen hoch und klopfte an die cremefarben gestrichene Tür. Jemand schaute durch das Guckloch und schob dann den Riegel zurück. Ein hübsches blondes Mädchen stand in der Tür.

»Bitte?«
»Mein Name ist Miller, Peter Miller. Ich möchte gern Herrn Wiesenthal sprechen. Hier ist ein Empfehlungsschreiben.«
Er zog seinen Brief aus der Brusttasche und gab ihn dem Mädchen. Sie betrachtete ihn unschlüssig, lächelte flüchtig und bat ihn, einen Augenblick zu warten.
Wenige Minuten später erschien sie wieder und bat ihn einzutreten.
»Wenn Sie bitte mitkommen wollen.«
Miller folgte ihr den Gang hinunter um die Ecke bis ans Ende des Büros. Rechts stand eine Tür offen. Als er zögerte, in das Zimmer einzutreten, stand ein Mann auf, um ihn zu begrüßen.
»Bitte, kommen Sie herein«, sagte Simon Wiesenthal.
Er war größer, als Miller erwartet hatte; ein stämmiger Mann von über einsachtzig, der eine dicke Tweedjacke trug und sich leicht gebeugt hielt, als suche er ständig nach irgendwelchen verlegten Papieren. Lord Russells Brief hielt er in der Hand.
Das Büro war sehr klein; seine Enge wirkte fast schon beklemmend. Eine Wand wurde vollkommen von einem übervollen Bücherregal eingenommen, an der gegenüberliegenden Wand hingen Zeugnisse diverser Vereinigungen ehemaliger Naziverfolgter. Auf dem langen Sofa vor der hinteren Wand stapelten sich auch Bücher und Manuskripte. Links neben der Tür blickte man durch ein kleines Fenster auf den Hinterhof. Der Tisch stand quer zum Fenster, und Miller setzte sich auf den Stuhl davor. Der Nazijäger von Wien setzte sich hinter den Tisch und überflog noch einmal Lord Russels Brief.
»Lord Russell schreibt mir, daß Sie sich vorgenommen haben, einen ehemaligen SS-Mörder dingfest zu machen«, sagte er ohne Umschweife.
»Ja, das stimmt.«
»Kann ich seinen Namen erfahren?«
»Roschmann, Hauptsturmführer Eduard Roschmann.«
Simon Wiesenthal zog die Brauen hoch und stieß einen leisen Pfiff aus.
»Ist er Ihnen ein Begriff?« fragte Miller.
»Der Schlächter von Riga? Einer der fünfzig Männer, deren Namen auf meiner Liste ganz obenan stehen. Darf ich fragen, weshalb Sie sich für ihn interessieren?«
Miller versuchte es rasch zu erklären.
»Am besten, Sie erzählen mir alles von Anfang an«, sagte Wiesenthal.
»Was ist das für ein Tagebuch, von dem Sie da reden?«
Nach dem Staatsanwalt in Ludwigsburg, nach Cadbury und Lord Russell war Wiesenthal der vierte, dem er die ganze Geschichte erzählen mußte. Sie wurde von Mal zu Mal länger, weil sich seine Kenntnis von Roschmanns Lebensgeschichte jedesmal um ein weiteres Kapitel vermehrt hatte. Miller

fing wieder von vorn an und endete mit der Schilderung seines Besuchs bei Lord Russell.
»Als nächstes«, sagte er, »muß ich herausbekommen, wohin er geflüchtet ist, nachdem er aus dem Zug sprang.«
Simon Wiesenthal sah durch das Fenster in den Hof den Schneeflocken zu, die in dem engen Schacht drei Stockwerke tief zu Boden schwebten.
»Haben Sie das Tagebuch?« fragte er schließlich.
Miller griff in seinen Aktenkoffer, holte es heraus und legte es auf den Tisch. Wiesenthal blätterte es sehr aufmerksam durch.
»Faszinierend«, sagte er. Er blickte auf und lächelte.
»In Ordnung. Ich akzeptiere Ihre Story.«
Miller zog die Brauen hoch.
»Hatten Sie irgendwelche Zweifel?«
Simon Wiesenthal sah ihn scharf an.
»Es bestehen immer gewisse Zweifel, Herr Miller. Ihre Geschichte ist sehr ungewöhnlich. Und ein Motiv, warum Sie Roschmann aufspüren wollen, sehe ich bei Ihnen noch immer nicht.«
Miller zuckte mit den Achseln.
»Ich bin Reporter. Es ist eine gute Story.«
»Aber keine, die Sie jemals in der Presse unterbringen werden. Sie können sie niemandem verkaufen, sie ist es nicht wert, daß Sie Zeit und Geld darauf verschwenden. Sind Sie sicher, daß nichts Persönliches dahintersteckt?«
Miller antwortete ausweichend. »Sie sind der zweite, der diese Vermutung ausspricht«, sagte er. »Hoffmann vom *Komet* hat das auch gedacht. Welche persönlichen Gründe sollte ich wohl haben? Ich bin neunundzwanzig Jahre alt. Das alles hat sich vor meiner Zeit abgespielt.«
»Natürlich.« Wiesenthal warf einen Blick auf seine Uhr und stand auf. »Es ist 5 Uhr, und ich gehe an diesen langen Winterabenden gern zeitig nach Hause zu meiner Frau. Lassen Sie mir das Tagebuch da, damit ich es heute abend lesen kann?«
»Ja. Selbstverständlich«, sagte Miller.
»Gut. Dann kommen Sie doch bitte am Montagvormittag vorbei, damit ich Ihnen die fehlenden Details der Roschmann-Story erzählen kann.«

Miller war am Montagvormittag um 10 Uhr in Wiesenthals Büro. Wiesenthal öffnete die eingegangene Post und bat ihn mit einer Handbewegung, Platz zu nehmen. Dann herrschte eine Weile Schweigen. Wiesenthal schnitt jedesmal sorgsam die seitlichen Falzkanten der Briefumschläge auf, bevor er den Inhalt herauszog.
»Ich sammle die Marken«, sagte er. »Deswegen beschädige ich ungern die Umschläge.«

Er setzte seine Tätigkeit ein paar Minuten lang schweigend fort.
»Ich habe das Tagebuch noch gestern nacht zu Hause durchgelesen. Ein bemerkenswertes Dokument.«
»Waren Sie überrascht?« fragte Miller.
»Überrascht? Nein. Nicht, was den Inhalt anbetrifft. Wir alle haben mehr oder weniger das gleiche durchgemacht. Mit Variationen natürlich. Aber diese Details! Tauber hätte einen hervorragenden Zeugen abgegeben. Er bemerkte und behielt alles, selbst die kleinsten Einzelheiten. Und notierte sie – damals. Er würde heute einen sehr wichtigen Zeugen abgeben. Aber leider lebt er nicht mehr.«
Miller überlegte. Dann blickte er auf.
»Herr Wiesenthal, soweit ich weiß, sind Sie der einzige Jude, mit dem ich gesprochen habe, der all das durchgemacht hat und der sagt, so etwas wie eine Kollektivschuld gebe es nicht. Aber uns Deutschen hat man zwanzig Jahre lang erzählt, wir seien ausnahmslos alle schuldig. Ist das auch Ihre Meinung?«
»Nein«, sagte der Nazijäger rundheraus. »Tauber hatte recht.«
»Wie können Sie das sagen, wo wir doch Millionen Ihres Volkes umgebracht haben?«
»Weil Sie persönlich nicht dabei waren. Sie haben niemanden umgebracht. Wie Tauber sagt, besteht die Tragödie darin, daß die wahren Mörder sich vor der Gerechtigkeit drücken konnten.«
»Aber wer ist denn dann für den Tod all dieser Menschen verantwortlich?« fragte Miller.
Simon Wiesenthal blickte ihn lange und eindringlich an.
»Sind Ihnen die verschiedenen Organe der SS ein Begriff? Wußten Sie etwas von den Ämtern der SS, die bei der Tötung dieser Millionen federführend waren?« fragte er.
»Nein«, sagte Miller.
»Dann will ich Sie rasch ins Bild setzen. Sie werden vom Reichswirtschaftsverwaltungs-Hauptamt gehört haben – das war zuständig für die wirtschaftliche Ausbeutung der Opfer, solange diese noch lebten.«
»Ja, darüber habe ich irgend etwas gelesen.«
»Die Funktion dieses Amtes stellte gewissermaßen den Mittelteil der Gesamtoperation dar«, sagte Wiesenthal. »Blieb noch die Aufgabe, die Opfer in der Masse der Bevölkerung auszumachen, abzutransportieren und zu liquidieren, sobald ihre wirtschaftliche Ausbeutung abgeschlossen war. Das war Sache des RSHA, des Reichssicherheits-Hauptamtes, das nun in der Tat die Ermordung der besagten Millionen veranlaßte und besorgte. Die in diesem Zusammenhang absurd anmutende Verwendung des Begriffs ›Sicherheit‹ erklärt sich aus der Tatsache, daß die Opfer aus der verzerrten Sicht der Nazi-Ideologie heraus eine Gefahr für das Reich darstellten – daraus

folgerten sie, das Reich müsse gegen die Juden gesichert werden. Zu den Aufgaben des RSHA gehörte es außerdem, vermeintliche andere Feinde des Reiches aufzuspüren und in Konzentrationslager zu sperren. Zu diesen ›Reichsfeinden‹ zählten neben Kommunisten, Sozialdemokraten und Liberalen auch Anhänger bestimmter christlicher Sekten, Journalisten und Geistliche, die sich nicht gescheut hatten, unerwünschte Wahrheiten auszusprechen; auch Widerstandskämpfer in den besetzten Gebieten. Später kamen kritische hohe Militärs, natürlich die Männer des 20. Juli und sogar der Chef des Geheimdienstes, Admiral Wilhelm Canaris, dran. Sie mußten wegen ihrer Gegnerschaft zum Regime sterben.
Das RSHA bestand aus sechs Abteilungen, und die wurden als ›Ämter‹ bezeichnet. Amt I war für die Verwaltung und Personal zuständig; Amt II für Ausrüstung und Finanzen. Amt III war die vorgesetzte Behörde des inländischen Sicherheitsdienstes und der Sicherheitspolizei. Das RSHA wurde zunächst von Reinhard Heydrich geleitet und nach dessen Ermordung 1942 in Prag von Ernst Kaltenbrunner, den die Alliierten nach dem Krieg hinrichten ließen. Dem Chef des RSHA waren die Spezialisten für Folterungstechniken unterstellt; Fachleute, die Verdächtige im Reichsgebiet und in den besetzten Ländern zum Reden bringen sollten.
Amt IV war die Gestapo, die Heinrich Müller (dessen Verbleib bis heute unaufgeklärt geblieben ist) leitete; dazu gehörte auch das als Abteilung b4 geführte ›Judenreferat‹, Chef Adolf Eichmann. Er wurde von den Israelis aus Argentinien entführt und in Jerusalem hingerichtet. Amt V war die Kriminalpolizei, Amt VI der Auslandsnachrichtendienst. Später kam ein Amt VII für ›Gegnerforschung‹ hinzu.
Während der Amtszeit von Kaltenbrunner und Heydrich fungierte der Leiter von Amt I in personellen Fragen als ihr Stellvertreter. Das war SS-General Bruno Streckenbach; er lebt heute in Hamburg und hat eine gutbezahlte Stellung bei einer großen Firma.
Wenn man nach Verantwortung fragt, so wird man sie überwiegend bei den Ämtern des RSHA zu suchen haben. Der Täterkreis umfaßt Tausende, aber nicht die Millionen und aber Millionen Bürger der heutigen Bundesrepublik. Die These von der Kollektivschuld der Deutschen, die sechzig Millionen Menschen betrifft und Millionen von Kindern, Müttern, Rentnern, Soldaten, Seeleuten und Fliegern nicht ausnimmt, die an den Greueln unbeteiligt waren – diese These ist ursprünglich von den Alliierten aufgestellt worden. Und sie paßte den ehemaligen SS-Angehörigen nur allzu gut ins Konzept. Diese Theorie hat sich als ihr bester Verbündeter erwiesen. Denn im Gegensatz zu den meisten Deutschen ist diesen Männern eines durchaus klar: Solange die These von der Kollektivschuld unangefochten bleibt, wird man nicht so gründlich nach den einzelnen Tätern suchen. Die SS-Mörder verstecken sich daher noch heute hinter der Kollektivschuld-Theorie.«

Miller dachte nach. Mit den Zahlen, um die es dabei ging, konnte er nichts anfangen; sie überstiegen sein Vorstellungsvermögen. Sich bei jedem dieser vielen Millionen Opfer einen einzelnen Menschen vorzustellen war unmöglich. Da konnte man schon eher an einen einzigen Toten denken, einen alten Mann, den man in Hamburg aus einem Haus in einer häßlichen Straße auf einer Bahre in den Regen hinausgetragen hatte.
»Der Grund, weswegen Tauber sich umgebracht hat – ich meine, glauben Sie daran?« fragte Miller.
Simon Wiesenthal betrachtete angelegentlich zwei wunderschöne afrikanische Briefmarken auf einem der Umschläge. Es war der Blick eines passionierten Sammlers.
»Ich glaube, er hat sich nicht getäuscht in der Annahme, niemand würde ihm glauben, daß er Roschmann aus der Hamburger Staatsoper hatte herauskommen sehen. Wenn er das glaubte, dann hat er damit allerdings recht gehabt.«
»Aber er ist ja doch nicht einmal zur Polizei gegangen«, warf Miller ein.
Simon Wiesenthal schnitt ein weiteres Kuvert entlang der Falzkante auf, zog das Papier heraus und überflog das Schreiben.
»Nein«, sagte er dann. »Technisch gesehen, hätte er das freilich tun sollen. Ich bin nicht sicher, daß daraufhin irgend etwas Konkretes erfolgt wäre. In Hamburg jedenfalls wäre keine Überraschung möglich.«
»Wieso? Was stimmt denn in Hamburg nicht?«
»Sie haben doch die dortige Staatsanwaltschaft aufgesucht, nicht wahr?« fragte Wiesenthal sanft.
»Ja, das habe ich. Daß man besonders entgegenkommend gewesen wäre, kann ich allerdings nicht behaupten.«
Wiesenthal blickte auf.
»Das betreffende Referat der Hamburger Justiz steht hier in diesem Büro in einem ganz speziellen Ruf«, sagte er. »Nehmen Sie zum Beispiel einen Mann, den Tauber in seinem Tagebuch erwähnt und dessen Name ich Ihnen gerade genannt habe, den Gestapo-Chef und SS-General Bruno Streckenbach.«
»Ja«, sagte Miller. »Was ist mit ihm?«
Statt zu antworten, drückte Wiesenthal auf die Taste seiner Sprechanlage und verlangte den Hamburg-Akt. Das hübsche Mädchen kam mit einem Ordner herein.
»Hier haben wir es«, sagte Wiesenthal. »Der westdeutschen Justiz als Dokument 141 JS 747/61 bekannt. Wollen Sie etwas über ihn wissen?«
»Bitte«, sagte Miller. »Ich habe Zeit.«
»Gut. Dann hören Sie sich das mal an: Vor dem Krieg Gestapo-Chef in Hamburg. Stieg dann sehr rasch in eine Spitzenposition im SD und in der SP auf, dem Sicherheitsdienst und der Sicherheitspolizei, die beide Organe

des RSHA waren. Stellte im Jahre 1939 sogenannte Einsatzgruppen für das besetzte Polen zusammen. Ende 1940 Leiter sämtlicher SD- und SP-Verbände im besetzten Polen, dem sogenannten Generalgouvernement, mit Sitz in Krakau. Diese Einheiten brachten in dem betreffenden Zeitraum Tausende von Menschen um, vor allem im Zug der Operation AB.

Anfang 1941 wurde er zum Chef des Personalwesens des SD ernannt und übernahm damit auch die Leitung von Amt III des RSHA. Sein unmittelbarer Vorgesetzter war Reinhard Heydrich, später dann Kaltenbrunner. Kurz vor dem Überfall auf Rußland war er an der Aufstellung der Vernichtungskommandos beteiligt, die der Armee auf dem Fuß folgten. Als Chef des SD-Personalwesens war er für deren personelle Zusammensetzung verantwortlich, da die »Einsatzgruppen« samt und sonders dem SD beziehungsweise der SP angehörten. Bald darauf wurde er noch mal befördert, diesmal zum Personalchef aller sechs Organe des RSHA, wobei er weiterhin stellvertretender Chef des Hauptamts blieb – zunächst unter Heydrich und nach dessen Ermordung durch tschechische Partisanen unter dessen Nachfolger Kaltenbrunner. Kaltenbrunner rächte Heydrichs Tod; das Dorf Lidice wurde dem Erdboden gleichgemacht und seine männlichen Bewohner ausnahmslos ermordet. Streckenbach war bis zum Ende des Krieges für die personelle Zusammensetzung der Einsatzgruppen und SD-Dienststellen verantwortlich.«

»Und wo ist dieser Mann jetzt?« fragte Miller.

»Er geht in Hamburg spazieren, frei wie ein Vogel in der Luft«, sagte Wiesenthal.

Miller war fassungslos.

»Hat man ihn denn nicht festgenommen?«

»Wer denn?«

»Die Hamburger Polizei natürlich.«

»Die müßte eine Weisung der Staatsanwaltschaft bekommen«, sagte Wiesenthal.

Er nahm ein einzelnes Papier heraus. Dann faltete er es säuberlich in der Mitte von oben bis unten und legte es vor Miller auf den Tisch, so daß nur die Namen auf der linken Hälfte des Blattes sichtbar waren.

»Sind Ihnen diese Herrschaften vielleicht bekannt?« fragte er.

Miller überflog die Liste mit gerunzelten Brauen.

»Natürlich, viele von ihnen. Ich war jahrelang Gerichtsreporter in Hamburg. Das hier sind alles Hamburger Polizeibeamte. Warum?«

»Falten Sie das Papier auseinander«, sagte Wiesenthal.

Miller tat es und las:

Name	Partei- mitglied- Nr.	SS-Nr.	Dienstrang	Datum der Beför- derung
A	–	455 336	Hauptsturmführer	1. 3. 43
B	5 451 195	429 339	Sturmführer	9. 11. 41
C	–	353 004	Sturmführer	1. 11. 42
D	7 039 564	421 176	Hauptsturmführer	21. 6. 44
E	–	421 445	Sturmführer	9. 11. 42
F	7 040 308	174 902	Sturmbannführer	21. 6. 44
G	–	426 553	Hauptsturmführer	1. 9. 42
H	3 138 798	311 870	Hauptsturmführer	30. 1. 42
I	1 867 976	424 361	Sturmführer	20. 4. 44
J	5 063 331	309 825	Sturmbannführer	9. 11. 43

Miller blickte auf.
»Donnerwetter!« sagte er.
»Na, jetzt werden Sie wohl begreifen, warum ein SS-Gruppenführer heute in Hamburg unbehelligt spazierengehen kann?«
Miller sah die Liste ungläubig an.
»Das muß Brandt gemeint haben, als er sagte, daß Recherchen nach ehemaligen SS-Mitgliedern von den Hamburger Justizbehörden nicht übermäßig geschätzt werden.«
»Wahrscheinlich«, sagte Wiesenthal. »Zwar wurde das Polizeikorps geschlossen von der SS übernommen, und mancher mag mit einem gewissen Widerwillen den neuen Rang übernommen haben – aber immerhin haben diese Herren manche Säuberung überlebt, vor und nach der Übernahme. Jedenfalls fällt auf, daß bei der Ermittlung von Naziverbrechen die Hamburger Justiz nicht zu den besonders aktiven in der Bundesrepublik zählt. Es gibt dort zwar einige Anwälte, die sehr ordentlich arbeiten, aber interessierte Kreise haben schon wiederholt versucht, ihnen Schwierigkeiten zu machen.«
Die hübsche Sekretärin steckte ihren Kopf zur Tür herein.
»Tee oder Kaffee?« fragte sie.

Nach der Mittagspause kehrte Miller ins Dokumentationszentrum zurück. Wiesenthal hatte eine Anzahl Papiere vor sich ausgebreitet, vorwiegend Auszüge aus seiner eigenen Roschmann-Akte. Miller setzte sich auf den Besucherstuhl vor dem Tisch, holte seinen Notizblock heraus und wartete. Simon Wiesenthal rekonstruierte den weiteren Verlauf der Roschmann-Story ab 8. Januar 1948.
Die britischen und amerikanischen Militärbehörden waren übereingekom-

men, Roschmann nach Beendigung seiner Zeugenaussagen in Dachau in die britische Besatzungszone Deutschlands – vermutlich nach Hannover – zu überbringen. Dort sollte er bis zu seinem eigenen Prozeß in Gewahrsam bleiben; man hätte mit der Todesstrafe rechnen können. Aber Roschmann hatte schon im Grazer Gefängnis Fluchtpläne geschmiedet.

Er hatte Verbindung mit einer in Österreich tätigen Nazi-Fluchthilfe-Organisation aufnehmen können, die sich »Sechsgestirn« nannte. Der Name hatte mit dem Davidstern nichts zu tun; er bezog sich nur auf die Tatsache, daß diese Naziorganisation Anlaufstellen in sechs größeren österreichischen Bundesländern unterhielt.

Am 8. Januar wurde Roschmann um 6 Uhr morgens geweckt und zum Grazer Bahnhof gebracht, wo der Zug bereits wartete. Im Abteil entwickelte sich zwischen den beiden Sergeants – einer Militärpolizei, der andere Feldsicherheitspolizei – eine Diskussion darüber, ob sie ihrem Gefangenen die Handschellen für die Dauer der Eisenbahnfahrt abnehmen sollten oder nicht. Roschmanns Behauptung, daß er von der Gefängniskost Durchfall bekommen habe und dringend die Toilette aufsuchen müsse, entschied den Ausgang der Diskussion. Einer der beiden Sergeants eskortierte ihn zum Klosett, löste seine Handschellen und bezog vor der Klosettür Posten. Während der Zug durch die verschneite Landschaft keuchte, verlangte Roschmann noch dreimal, zur Toilette gebracht zu werden. Wahrscheinlich benutzte er die dort verbrachte Zeit, um das Toilettenfenster aufzustemmen, damit es sich leicht hinauf- und hinunterschieben ließ.

Roschmann war sich darüber im klaren, daß er vor Salzburg aus dem Zug springen mußte, denn da übernahmen ihn die Amerikaner und transportierten ihn mit dem Wagen nach Dachau ins Gefängnis. Aber der Zug durchfuhr einen Bahnhof nach dem anderen, und seine Geschwindigkeit war noch immer zu hoch. Er hielt in Hallein, und einer der Sergeants stieg aus, um auf dem Bahnsteig etwas Trinkbares zu kaufen. Roschmann wollte wieder zur Toilette. Der gemütlichere der beiden Sergeants eskortierte ihn; er ermahnte ihn noch, die Spülung erst zu betätigen, wenn der Zug weiterfuhr. Bevor er jedoch volles Tempo gewonnen hatte, zwängte sich Roschmann durch das Toilettenfenster und sprang ab. Es dauerte zehn Minuten, bis der Sergeant die Toilettentür aufgebrochen hatte, und da war der Zug schon auf der abschüssigen Strecke vor Salzburg.

Nachforschungen der Polizei ergaben, daß Roschmann im Schneetreiben bis zu einem Bauernhof kam, wo er Unterschlupf fand. Am nächsten Tag überschritt er die Grenze zwischen Oberösterreich und dem Land Salzburg und nahm dort Verbindung mit Angehörigen des »Sechsgestirns« auf. Sie brachten ihn als einfachen Arbeiter in einer Ziegelei unter und kontaktierten die ODESSA. Die wiederum sollte Roschmann zur Flucht über die italienische Grenze verhelfen. Zu jenem Zeitpunkt bestanden enge Kontakte zwischen der ODESSA und den Rekrutierungsorganen der französischen Fremdenlegion, bei der viele ehemalige SS-Angehörige Zuflucht fanden. Vier Tage nachdem die Verbindung aufgenommen worden war, wartete ein Wagen mit französischem Nummernschild am Ortsausgang des Fleckens Ostermiething, um Roschmann und fünf andere flüchtige Nazis abzuholen. Der Fahrer, ein Fremdenlegionär, hatte hervorragend gefälschte Papiere, mit denen er die sechs SS-Männer unkontrolliert und unbehelligt über die italienische Grenze nach Meran brachte. Dort bekam er von dem dortigen ODESSA-Beauftragten das vereinbarte Honorar für die Fluchthilfe in bar – eine schöne Summe.

Von Meran aus brachte man Roschmann in ein Internierungslager nach Rimini, wo man ihm am rechten Fuß alle fünf Zehen amputierte. Sie waren ihm nach dem Sprung aus dem Zug auf seiner Flucht im Schneesturm erfroren und drohten schon in Verwesung überzugehen. Seit damals mußte er einen orthopädischen Schuh tragen.

Im Oktober 1948 erhielt seine Frau in Graz aus dem Internierungslager Rimini einen Brief von ihm. Bei dieser Gelegenheit benutzte er zum erstenmal seinen neuen Namen: Fritz Bernd Wegener.

Kurze Zeit später wurde er in das Franziskanerkloster in Rom überführt, und als seine Papiere fertiggestellt waren, schiffte er sich in Neapel nach Buenos Aires ein. Während seines Aufenthalts im Mönchskloster in der Via Sicilia war er unter der persönlichen Obhut von Bischof Alois Hudal und in Gesellschaft zahlreicher SS-Kameraden und Parteigenossen. Bischof Alois Hudal sorgte dafür, daß seine Schützlinge keinen Mangel litten. In der argentinischen Hauptstadt wurde er von der ODESSA empfangen und bei einer deutschen Familie namens Vidmar in der Calle Hippolito Irigoyen untergebracht. Dort lebte er monatelang in einem möblierten Zimmer. Anfang 1949 erhielt er aus dem Bormann-Fonds eine Subvention in Höhe von 50000 US-Dollar. Damit machte er sich als Exporteur von südamerikanischem Hartholz nach Westeuropa selbständig. Die von ihm gegründete Firma hieß Stemmler und Wegener. Seine falschen Papiere, die man ihm in Rom beschafft hatte, wiesen ihn glaubhaft als den in der italienischen Provinz Südtirol geborenen Fritz Bernd Wegener aus. Als seine Sekretärin engagierte er eine junge Deutsche namens Irmtraut Sigrid Müller. Anfang 1955 heiratete er sie; seine Frau lebte noch in Graz und war nicht von ihm geschieden. Im Frühjahr 1955 starb Evita Peron, die Frau des argentinischen Diktators und treibende Kraft des Regimes, an Krebs. Das war das Menetekel, das den Anfang vom Ende der peronistischen Herrschaft signalisierte, und Roschmann wußte die Zeichen richtig zu deuten. Wenn Peron gestürzt wurde, dann war es möglicherweise auch mit der Protektion vorbei, die der Diktator den Ex-Nazis gewährt hatte. Mit seiner neuen Frau reiste er per Schiff nach Ägypten.

Im Sommer 1955 verbrachte er drei Monate dort, und im Herbst ging er nach Westdeutschland. Niemand hätte je etwas davon erfahren, wenn nicht seine betrogene Frau gewesen wäre. Sie machte ihm einen Strich durch die Rechnung. Hella Roschmann hatte ihm im Sommer jenes Jahres von Graz aus an seine Adresse bei der Familie Vidmar geschrieben. Da den Vidmars die neue Anschrift ihres ehemaligen Untermieters nicht bekannt war, öffneten sie den Brief und antworteten seiner Frau nach Graz, daß Roschmann in Begleitung seiner inzwischen mit ihm verehelichten Sekretärin nach Deutschland abgereist sei.

Daraufhin setzte Hella Roschmann, die mit den Verbrechen ihres Mannes nichts gemein hatte, die Polizei von seiner neuen Identität in Kenntnis, und die Fahndung nach Roschmann wurde in Gang gesetzt – diesmal wegen Bigamie. In Westdeutschland erging eine Suchmeldung nach einem Mann namens Fritz Bernd Wegener an alle Polizeidienststellen.«

»Haben sie ihn gefaßt?« fragte Miller.

Wiesenthal blickte auf und schüttelte den Kopf.

»Nein, er tauchte erneut unter, sehr wahrscheinlich mit Hilfe falscher Papiere und sehr wahrscheinlich in Westdeutschland. Sehen Sie, deswegen glaube ich auch, daß Tauber ihn durchaus gesehen haben kann. Das stünde keineswegs im Widerspruch zu den bekannten Fakten.«

»Wo ist seine erste Frau, Hella Roschmann?« fragte Miller.

»Sie lebt möglicherweise noch in Graz.«

»Hat es Sinn, sie aufzusuchen?«

Wiesenthal schüttelte den Kopf.

»Das möchte ich bezweifeln. Nachdem sie seine Identität preisgegeben hat, wird er ihr seinen neuen Namen und Aufenthaltsort kaum wieder verraten. Für ihn dürfte die Situation ziemlich brenzlig gewesen sein, als seine Identität als Wegener aufgedeckt war. Er muß seine neuen Papiere innerhalb allerkürzester Zeit bekommen haben.«

»Wer wird sie ihm beschafft haben?« fragte Miller.

»Die ODESSA natürlich.«

»Wer oder was ist denn eigentlich – die ODESSA? Sie haben dieses Wort bei der Roschmann-Story mehrfach erwähnt.«

»Haben Sie wirklich nie davon gehört?« fragte Wiesenthal.

»Nein. Bis jetzt nicht.«

Simon Wiesenthal warf einen Blick auf die Uhr.

»Kommen Sie lieber morgen früh wieder. Ich erzähle Ihnen dann alles, was Sie darüber wissen müssen.«

9

Am nächsten Morgen war Peter Miller wieder in Wiesenthals Büro.
»Sie wollten mich noch über die ODESSA aufklären«, sagte er. »Übrigens ist mir über Nacht etwas eingefallen, was ich Ihnen gestern zu erzählen vergaß.«
Er schilderte den Vorfall mit Dr. Schmidt, der ihn im Hotel Dreesen angesprochen und davor gewarnt hatte, seine Roschmann-Nachforschungen fortzusetzen.
Wiesenthal schob die Unterlippe vor und nickte.
»Sie können sich auf einiges gefaßt machen«, sagte er. »Es ist höchst ungewöhnlich, daß die ODESSA-Leute sich zu einem solchen Schritt entschließen, um einen Reporter zu warnen, und noch dazu zu einem so frühen Zeitpunkt. Ich frage mich, was für eine Aufgabe Roschmann übernommen hat, die ihn so wichtig macht.«
Dann erzählte Wiesenthal Miller zwei Stunden von der ODESSA, von ihren Anfängen als Organisation, die gesuchten SS-Verbrechern zur Flucht ins Ausland verhalf, bis zu ihrer Entwicklung zu einer allumfassenden Bruderschaft all derer, die einst die schwarzsilbernen Kragenspiegel getragen hatten. Und über deren Freunde und Helfershelfer.

1945 stießen die Alliierten auf ihrem stürmischen Vormarsch in das Reichsgebiet auf die Konzentrationslager und wollten begreiflicherweise von den Deutschen wissen, wer diese Greueltaten verübt hatte. Die Antwort lautete stets: »Die SS«, aber von der SS war nicht viel zu entdecken. Wo war sie geblieben? Ihre Führer waren entweder in Deutschland oder in Österreich in den Untergrund gegangen, oder sie waren nach Südamerika entkommen. Weder in dem einen noch in dem anderen Fall handelte es sich um eine improvisierte Flucht. Erst zu einem sehr viel späteren Zeitpunkt begriffen die Alliierten, daß jeder dieser Männer sein Verschwinden sorgfältig vorbereitet hatte.
Es wirft ein bezeichnendes Licht auf den sogenannten Patriotismus der SS-Führer, daß sie ausnahmslos alle ihre eigene Haut retten wollten, von Heinrich Himmler angefangen – auf Kosten des deutschen Volkes, das ihretwegen einen hohen Blutzoll entrichten mußte. Bereits im November 1944 versuchte Heinrich Himmler über die Dienststelle Graf Bernadottes vom Schwedischen Roten Kreuz für sich selbst freies Geleit auszuhandeln, aber die Alliierten weigerten sich, auf ein derartiges Ansinnen einzugehen. Während die Nazis und die SS-Führung das deutsche Volk mit allen Mitteln zum Durchhalten zwangen – unter ständigem Hinweis auf die neuen »Wunderwaffen«, deren unmittelbar bevorstehender Einsatz die große

Wende herbeiführen sollte –, bereiteten sie selbst längst ihre Abreise in ein komfortables Exil auf einem anderen Kontinent vor. Sie wußten nur allzu gut, daß die Wunderwaffen ein Mythos waren und die totale Verwüstung des Reichs unausweichlich. Und für Hitler war die Vernichtung der ganzen deutschen Nation beschlossene Sache.

An der Ostfront wurde die Wehrmacht zur Fortsetzung des Kampfes gegen die Russen gezwungen; dieser Kampf brachte nur noch unerhörte Verluste und keine Siege mehr. Er zögerte das Ende nur noch hinaus. Während dieser Zeit schloß die SS-Führung ihre Fluchtvorbereitungen ab. Hinter der Armee stand die SS und erschoß oder erhängte viele Soldaten, die es gewagt hatten, einen Schritt zurückzuweichen. Vorher hatten die Soldaten dem übermächtigen Druck des Gegners länger standgehalten, als unter dem gegebenen Kräfteverhältnis von irgendeiner Armee der Welt hätte erwartet werden können. Viele Offiziere und Soldaten der Wehrmacht endeten am Strick der SS-Henker an den Chausseebäumen.

Unmittelbar vor dem endgültigen Zusammenbruch, den sie auf diese Weise um einige Monate hinausgeschoben hatten, verschwanden die SS-Führer von der Bildfläche. Überall in dem noch nicht vom Feind besetzten restlichen Reichsgebiet verließen sie ihren Posten, zogen sich Zivilkleider an, steckten ihre hervorragend gefälschten Papiere ein und tauchten in den endlosen Flüchtlingskolonnen unter, die im Mai 1945 in ganz Deutschland umherirrten. Sie überließen es den Greisen des Volkssturms, die Engländer und Amerikaner an den Toren der Konzentrationslager zu empfangen. Die ausgepumpten Soldaten der Wehrmacht ließen sie in die Kriegsgefangenenlager marschieren, und den Frauen und Kindern blieb es selbst überlassen, unter alliierter Herrschaft den strengen Winter 1945/46 zu überleben oder zu sterben.

Die SS-Führer, die allzu bekannt waren, um längere Zeit unerkannt zu bleiben, flohen nach Südamerika. Hier trat die ODESSA in Aktion. Sie war unmittelbar vor Kriegsende gegründet worden und hatte die Aufgabe, SS-Angehörige aus Deutschland herauszuschmuggeln und in Sicherheit zu bringen. Mit Juan Perons Argentinien bestanden bereits engste freundschaftliche Bande; der Diktator hatte siebentausend argentinische Identitätsausweise blanko für sie ausstellen lassen. Die Flüchtlinge brauchten sie nur noch um einen falschen Namen mit eigenem Photo zu ergänzen. Den Rest besorgte der Mann der ODESSA. Die Flüchtlinge blieben in Argentinien oder reisten in andere südamerikanische Länder oder auch in den Mittleren Osten.

Zu Tausenden wurden SS-Leute durch Österreich und die italienische Provinz Südtirol geschleust. Von dort aus ließen sie sich auf ihrem Weg nach Genua, Rimini oder Rom von Unterschlupf zu Unterschlupf weiterreichen. Eine Anzahl privater Organisationen, von denen einige vorgaben, sich karitativer Arbeit zu widmen, kam aus Gründen, die nur ihnen selbst bekannt sein dürften, zu der Überzeugung, daß die Alliierten mit den SS-Flüchtlingen allzu unnachsichtig ins Gericht gingen.

Zu den prominentesten Fluchthelfern von Rom, die Tausende von flüchtigen SS-Führern in Sicherheit schmuggelten, zählte Alois Hudal, der deutsche Bischof in Rom. Das Hauptversteck war das riesige Franziskanerkloster in Rom; dort wurden sie beherbergt und verpflegt, bis falsche Papiere und eine Schiffspassage nach Südamerika besorgt waren. In einigen Fällen reisten die SS-Angehörigen mit Rot-Kreuz-Reisepapieren, die durch die Vermittlung kirchlicher Stellen ausgestellt worden waren; oft bezahlten Wohlfahrtsorganisationen, wie zum Beispiel die Caritas, die entsprechend getäuscht wurden, die Kosten der Überfahrt.

Dies war die erste Aufgabe der ODESSA, und sie löste sie weitgehend erfolgreich. Wie viele tausend SS-Männer auf diese Weise den Alliierten und dem Henker entkommen sind, wird nie zu erfahren sein. Jedenfalls waren es mehr als 80 Prozent derjenigen, die die Todesstrafe verdient hatten.

Nachdem sich die ODESSA mit den Reinerträgen aus den Massenmorden von ihren Safes in Schweizer Banken finanziell konsolidiert hatte, wartete sie erst mal ab und beobachtete ab 1947 wohlwollend die Verschlechterung der Beziehungen zwischen den Alliierten. Die rasch aufgelebten Hoffnungen auf die Errichtung eines Vierten Reiches wurden von den Führern der ODESSA in Südamerika im Lauf der Zeit als unrealistisch ad acta gelegt. Im Mai 1949 wurde die Bundesrepublik Deutschland gegründet, und die ODESSA steckte sich neue Ziele.

Das erste war die Unterwanderung jeder Stelle des öffentlichen Lebens der jungen Republik. In den späten vierziger und den fünfziger Jahren infiltrierten ehemalige Parteimitglieder den Behördenapparat auf vielen Ebenen. Sie saßen wieder auf Richterstühlen, in Polizeipräsidien und in den Rathäusern. Diese Amtsstellungen, wie subaltern sie in manchen Fällen auch sein mochten, ermöglichten es ihnen, einander gegenseitig vor Ermittlungen und Verhaftungen zu schützen. Wechselseitig nahmen sie ihre Interessen wahr und sorgten dafür, daß die Ermittlung und Strafverfolgung von Verbrechen ehemaliger Kameraden so schleppend wie nur möglich betrieben wurde.

Die zweite Aufgabe der ODESSA bestand in der Infiltration des politischen Machtapparats. Unter Aussparung der höheren Parteiämter sickerten ehemalige Mitglieder der NSDAP auf Wahlkreis- und Unterbezirksebene in die Basisorganisationen der herrschenden Parteien ein. Ein Gesetz, das ehemaligen Nazis verbot, einer politischen Partei beizutreten, gab es nicht. In der Wahlarithmetik wurden die Nazis für die Parteimanager zu einem wichtigen Faktor. Wie ein Politiker mit schöner Offenheit darlegte, liegt dem eine verblüffend einfache Rechnung zugrunde:

»Die toten Opfer des Nationalsozialismus wählen nicht. Fünf Millionen ehemalige Nazis sind wahlberechtigt und machen von diesem Recht Gebrauch.«

Das Hauptziel der beiden ODESSA-Programme war ebenso simpel wie einleuchtend: Es bestand und besteht darin, die Ermittlung und Strafverfolgung von Naziverbrechern zu stören oder wenigstens zu verschleppen. Dabei hatte die ODESSA einen mächtigen Verbündeten – die geheime Mitwisserschaft Hunderttausender Deutscher. Sie hatten dem, was geschehen war, entweder – und sei es auch nur in geringfügiger Weise – Vorschub geleistet, oder sie hatten geschwiegen, obwohl ihnen die Vorgänge bekannt gewesen waren. Nach nahezu zwanzig Jahren konnte ihnen als angesehenen Bürgern an einer mit größerer Energie betriebenen Durchleuchtung längst vergangener Ereignisse, geschweige denn an der Nennung des eigenen Namens in irgendeinem Gerichtssaal, in dem gegen einen ehemaligen Nazi verhandelt wurde, schwerlich gelegen sein.

Die dritte Aufgabe, die sich die ODESSA im Nachkriegsdeutschland stellte, war die Unterwanderung von Industrie und Handel. Zu diesem Zweck wurden in den fünfziger Jahren ehemalige Nazis mit den Fluchtgeldern aus ausländischen Depots versehen. Mit diesem Geld gründeten viele von ihnen eigene Firmen. Nahezu jedes einigermaßen sachgerecht verwaltete Unternehmen, das Anfang der fünfziger Jahre mit reichlich Betriebskapital gegründet worden war, profitierte ungeschmälert von dem Wirtschaftswunder der fünfziger und sechziger Jahre und entwickelte sich dabei selbst zu einem ertragreichen Geschäft. Die Zwecke dieser kommerziellen Aktivität waren vielfältig. Ein gewisser Teil der von manchen Firmen erzielten Gewinne wurde zur Beeinflussung der Berichterstattung über Naziverbrechen auf dem Weg der Anzeigenvergabe verwandt. Neonazistische Propagandablätter, die in bunter Folge im Nachkriegsdeutschland herausgekommen und wieder eingegangen sind, wurden finanziell unterstützt; einige ultrarechte Verlagshäuser wurden über Wasser gehalten, und ehemaligen Kameraden, die in wirtschaftlicher Not waren, verschaffte man Stellungen.

Die vierte Aufgabe war und ist es, jedem Nazi, gegen den ein Verfahren eröffnet wurde, den denkbar besten Rechtsbeistand zu sichern. In späteren Jahren entwickelten die Angeklagten eine besondere Taktik. Sie engagierten einen brillanten und teuren Strafverteidiger und erklärten sich nach wenigen Konsultationen außerstande, die hohen Honorarkosten bezahlen zu können. Der bereits engagierte Anwalt konnte in solchen Fällen auf Grund der Bestimmung des Armenrechts vom Gericht zum Pflichtverteidiger bestellt werden. Als Anfang und Mitte der fünfziger Jahre Hunderttausende deutscher Kriegsgefangener aus Rußland heimkehrten, kamen mit ihnen die in der Sowjetunion verurteilten und nichtamnestierten SS-Leute zurück. Die Bundesregierung hatte sich verpflichtet, sie vor Gericht zu stellen. Im Durchgangslager Friedland gaben junge Mädchen jedem eine Karte mit dem Namen des Strafverteidigers.

Die fünfte Aufgabe ist die Propaganda. Ihre Erscheinungsformen sind mannigfaltig und reichen von der Anregung zur Verbreitung rechtsradikaler Pamphlete bis hin zur lobbyistischen Einflußnahme zugunsten einer baldigen endgültigen Verabschiedung des Verjährungsgesetzes, das der Strafbarkeit und Strafverfolgung jeglicher Naziverbrechen ein Ende setzen würde. Nach wie vor sind ferner Bestrebungen im Gange, die Deutschen von heute glauben zu machen, daß die von den Alliierten genannte Zahl ermordeter Juden, Russen, Polen und anderer ein Vielfaches der tatsächlichen Anzahl darstellt. Sie wird gewöhnlich mit wenigen Hunderttausend beziffert. Ferner darauf hinzuweisen, daß der Kalte Krieg zwischen dem Westen und der Sowjetunion Hitlers Auffassungen in mancher Hinsicht bestätigt habe.

Die Hauptaufgabe der ODESSA-Propaganda besteht jedoch darin, den Westdeutschen von heute einzureden, die SS-Angehörigen seien Soldaten gewesen, die genauso für ihr Vaterland gekämpft hätten wie die Wehrmacht auch – und deswegen gelte es, die Solidarität ehemaliger Kameraden zu bewahren. Dies ist das wichtigste – und zugleich wohl infamste – ihrer Ziele. Während des Krieges hielt die Wehrmacht Abstand von der SS, vor der sie Abscheu empfand und die sie weitgehend mit Verachtung strafte. Gegen Ende des Krieges wurden Millionen junge deutsche Soldaten ins Feuer getrieben oder in russische Kriegsgefangenschaft – aus der viele nicht zurückkehrten. Die SS-Führer bereiteten derweil ihre Flucht ins Exil und in die Sicherheit gründlich vor. Darüber hinaus wurden zahllose Wehrmachtsangehörige von der SS exekutiert, darunter allein Tausende im Zusammenhang mit dem Offiziersaufstand vom 20. Juli 1944, an dem weniger als fünfzig Männer unmittelbar beteiligt waren.

Es ist ein Rätsel, wieso ehemalige Angehörige der Marine und Luftwaffe für frühere SS-Mitglieder die Anrede »Kamerad« gelten lassen; ein Rätsel, warum Wehrmachtsangehörige für ehemalige SS-Mitglieder Solidarität empfinden und ihnen Protektion in Sachen Strafverfolgung zukommen lassen. Und doch hat die ODESSA gerade in dieser Hinsicht ihre größten Erfolge zu verbuchen.

Im großen und ganzen ist es ihr gelungen, westdeutsche Bestrebungen, Nazimörder aufzuspüren und vor Gericht zu stellen, zu durchkreuzen oder doch zu behindern. Erreichen konnte sie das nur dank ihrer beispiellosen Unbarmherzigkeit, mit der sie gegebenenfalls auch gegen Leute aus den eigenen Reihen vorgeht, falls jemand Neigung verrät, den Behörden ein umfassendes Geständnis abzulegen; dank der Fehler, die den Alliierten zwischen 1945 und 1949 unterliefen; dank des Kalten Krieges und dank der Feigheit, die so vielen Deutschen eigen ist, sobald sie sich einem moralischen Problem gegenübersehen – und die in so krassem Gegensatz zu der Tapferkeit steht, mit der sie militärische Probleme oder technische Fragen wie den Wiederaufbau Deutschlands nach dem Kriege angepackt haben.

Als Simon Wiesenthal fertig war, legte Miller den Drehbleistift aus der Hand und lehnte sich im Sessel zurück. Er hatte sich Notizen gemacht.
»Davon hatte ich nicht die blasseste Ahnung«, sagte er.
»Die haben die wenigsten Deutschen«, sagte Wiesenthal. »Tatsächlich weiß kaum jemand in Deutschland Genaueres über die ODESSA. Die Bezeichnung wird in Deutschland so gut wie gar nicht benutzt, und so wie gewisse Figuren der amerikanischen Unterwelt die Existenz der Mafia rundweg leugnen, wird jeder ehemalige SS-Angehörige die Existenz der ODESSA hartnäckig abstreiten. Heutzutage wird die Bezeichnung ODESSA auch viel seltener gebraucht als früher. Heute heißt sie ganz allgemein ›Kameradenwerk‹ – so wie die Mafia in Amerika ›Cosa Nostra‹ genannt wird. Aber was ist schon ein Name? Die ODESSA existiert noch immer, und sie wird so lange existieren, wie es Verbrecher gibt, die sie schützen kann.«
»Und Sie glauben, das sind die Männer, mit denen ich es zu tun kriege?« fragte Miller.
»Da bin ich ganz sicher. Die Warnung, die man Ihnen in Bad Godesberg zukommen ließ, kann nur aus dieser Ecke stammen. Seien Sie vorsichtig, diese Männer sind gefährlich.«
Miller war mit den Gedanken ganz woanders.
»Sie sagten, daß Roschmann einen neuen Paß brauchte, als er 1955 untertauchte?«
»Allerdings.«
»Warum gerade einen Paß?«
Simon Wiesenthal setzte sich in seinem Sessel zurecht und nickte.
»Ich verstehe, daß Sie das erstaunt. Lassen Sie mich Ihnen das kurz erklären. Nach dem Krieg gab es in Deutschland und auch hier in Österreich Zehntausende von Menschen, die keine Papiere mehr besaßen. Manchen waren sie tatsächlich abhanden gekommen, andere wieder hatten sie aus guten Gründen weggeworfen.
Um neue Papiere zu erhalten, mußte man in normalen Zeiten eine Geburtsurkunde vorweisen. Aber Millionen hatten die von den Russen besetzten, vormals deutschen Gebiete fluchtartig verlassen müssen. Wer sollte nachprüfen, ob ein Mann tatsächlich in einem kleinen Dorf in Ostpreußen, das jetzt Hunderte von Kilometern hinter dem Eisernen Vorhang lag, geboren war oder nicht? Bei Einheimischen in den alliierten Zonen waren die Häuser und Wohnungen, in denen die Leute ihre Papiere verwahrt hatten, ausgebombt oder zusammengeschossen worden.

Der Vorgang wurde daher weitgehend vereinfacht. Alles, was man brauchte, um einen neuen Personalausweis zu erhalten, waren zwei Zeugen, die bestätigten, daß man tatsächlich derjenige war, der man zu sein behauptete. Auch die Kriegsgefangenen hatten häufig keine Personalpapiere. Bei ihrer Entlassung aus dem Lager unterzeichneten die Beauftragten der amerikanischen und englischen Militärbehörden einen Entlassungsschein, der etwa besagte, daß dem Unteroffizier Soundso hierdurch die Entlassung aus dem alliierten Kriegsgefangenenlager bescheinigt werde. Diesen Zettel legte der Heimkehrer dann den zivilen Behörden vor, die ihm einen Personalausweis auf den gleichen Namen ausstellten. Aber häufig hatte der Mann den Alliierten gegenüber einen falschen Namen angegeben. Niemand prüfte das nach. So kam man zu einer neuen Identität.

Das war also in der ersten Nachkriegszeit kein Problem, und damals besorgte sich die Mehrzahl der SS-Verbrecher eine neue Identität. Aber was macht ein Mann, der im Jahre 1955 hochgeht, wie das Roschmann passierte? Zur Behörde gehen und sagen, er habe seine Papiere im Krieg verloren, kann er nicht. Man würde ihn fragen, wie er in den letzten zehn Jahren ohne Ausweis zurechtgekommen sei. Er braucht also einen Paß.«

»Das leuchtet mir soweit ein«, sagte Miller. »Aber warum einen Paß? Warum nicht einen Führerschein oder einen Personalausweis?«

»Weil sich die deutschen Behörden schon sehr bald nach der Gründung der Bundesrepublik darüber im klaren waren, daß die Dunkelzahl derjenigen, die unter falschem Namen lebten, sehr hoch sein mußte. Es bestand dringender Bedarf an einem Dokument, das so gründlich überprüfbar war, daß es als maßgebliche Grundlage für alle anderen Dokumente dienen konnte. Sie entschieden sich für den Paß. Um in Westdeutschland einen Paß zu bekommen, müssen Sie Ihre Geburtsurkunde, polizeiliche Führungszeugnisse und eine Menge anderer Papiere vorweisen. Alles wird sorgfältig überprüft, bevor man Ihnen einen Paß ausstellt.

Wenn Sie ihn aber erst mal haben, dann können Sie damit jedes beliebige andere Dokument bekommen. So ist die Bürokratie nun mal. Das Vorweisen des Passes überzeugt den Beamten, daß der Antragsteller, da er als Paßinhaber bereits von anderen Beamten gründlich überprüft worden sein muß, keiner weiteren Überprüfung mehr bedarf. Wenn er erstmal einen Paß hatte, konnte sich Roschmann die restlichen Papiere zur Etablierung seiner neuen Identität schnell und ohne große Schwierigkeiten beschaffen – Führerschein, Scheckbuch, Kreditkarten und so weiter.«

»Und von wem bekam er seinen Paß?«

»Wenn er unter dem Schutz der ODESSA blieb, dann von der ODESSA. Sie muß einen hervorragenden Paßfälscher an der Hand haben«, sagte Wiesenthal.

Miller überlegte.

»Wenn man den Paßfälscher ausfindig machte – dann hätte man doch möglicherweise auch den Mann, der Roschmann heute noch identifizieren kann?« meinte er fragend.
Wiesenthal zuckte mit den Achseln.
»Schon möglich. Aber wie sollte man das anfangen? Dazu müßte man in die ODESSA aufgenommen werden. Und das gelingt nur einem ehemaligen SS-Mann.«
»Zu welchem Schritt würden Sie mir also jetzt raten?« fragte Miller.
»Ich würde sagen, daß Sie als nächstes versuchen sollten, sich mit einigen der Überlebenden von Riga in Verbindung zu setzen, denn Sie müssen doch mehr erfahren als das, was im Tagebuch steht. Tauber ist ja nun tot. Ob die Ihnen tatsächlich weiterhelfen können, weiß ich zwar nicht, aber an ihrer Bereitschaft dazu wird es jedenfalls nicht mangeln. Wir alle versuchen ja, Roschmann zu finden.«
»Wie komme ich an Überlebende?« fragte Miller.
»In meinem Akt habe ich Zeugenaussagen aus Israel und Amerika. Aber bleiben wir doch beim Tauber-Tagebuch. Sehen Sie.« Er schlug das Tagebuch auf, das vor ihm auf dem Tisch lag. »Hier ist von einer gewisen Olli Adler aus München die Rede, die während des Krieges Roschmann aus nächster Nähe kennengelernt hat. Vielleicht zählt sie zu den Überlebenden und ist nach München zurückgekehrt.«
Miller nickte.
»Wo wäre sie in diesem Falle registriert?«
»Im jüdischen Gemeindehaus. Das steht noch. Da sind die Archive der Jüdischen Gemeinde Münchens – das heißt natürlich nur Dokumente aus der Nachkriegszeit. Alles andere wurde zerstört. Dahin würde ich mich wenden an Ihrer Stelle.«
»Haben Sie die Adresse?«
Simon Wiesenthal blätterte in einem Adreßbuch.
»Reichenbachstraße 27, München«, sagte er. »Ich nehme an, Sie wollen Salomon Taubers Tagebuch zurückhaben?«
»Ja.«
»Schade. Ich hätte es gern behalten. Ein bemerkenswertes Dokument.«
Er stand auf und brachte Miller zur Tür.
»Viel Glück«, sagte er. »Und lassen Sie mich wissen, wie Sie vorankommen.«
In der »Bierklinik« im Haus des Güldenen Drachen, einem vierhundert Jahre alten Bierhaus und Restaurant in der Steindlgasse, aß Miller zu Abend und erwog Wiesenthals Ratschlag. Er hatte wenig Hoffnung, in Deutschland oder Österreich mehr als eine Handvoll Überlebender von Riga zu finden. Und die Chance, daß sie ihm bei seinen Nachforschungen nach Roschmann über den November 1955 hinaus behilflich sein könnten, war noch

kleiner. Aber dieses bißchen Hoffnung und die kleine Chance waren alles, was er in der Hand hatte.
Am nächsten Morgen fuhr er nach München.

Miller war gegen 11 Uhr in München. Die von Wiesenthal angegebene Adresse – Reichenbachstraße 27 – fand er auf einem Stadtplan, den er an einem Zeitungskiosk in einem Außenbezirk der Stadt gekauft hatte. Er parkte seinen Wagen fünfzig Meter von dem Gemeindehaus entfernt auf der gegenüberliegenden Straßenseite. Er betrachtete das Gebäude, bevor er eintrat. Es war ein fünfstöckiges Haus mit schmuckloser Fassade. Im Erdgeschoß bestand die Vorderfront aus ungetünchten Steinquadern; darüber Ziegelsteine mit grauem Zement verputzt. Das fünfte und oberste Stockwerk hatte eine Reihe von Mansardenfenstern im ziegelgedeckten Dach. Der Eingang – eine schmucklose Glastür – war zu ebener Erde ganz links am Ende des Gebäudes.
Das Gemeindehaus beherbergte ein koscheres Restaurant (das einzige in München) im Erdgeschoß und im ersten Stock die Aufenthaltsräume des Altersheims. Im dritten Stockwerk waren die Verwaltung und die Archivabteilung untergebracht und in den beiden oberen Etagen Gästeräume und die Schlafzimmer der Bewohner des Altersheims. Die Synagoge befand sich hinter dem Gemeindehaus.
Miller ging in das dritte Stockwerk hinauf, und da niemand am Empfangstisch saß, hatte er Zeit, sich in dem Raum umzusehen. Die Bücher in den Regalen waren allesamt neu, denn die Nazis hatten die Bibliothek der Gemeinde verbrannt. Zwischen den Regalen der Leihbücherei hingen die Bildnisse führender Männer aus der Geschichte der jüdischen Gemeinde – Lehrer und Rabbis, die aus den Bilderrahmen heraus sehr ernst in die Welt blickten. Sie erinnerten Miller mit ihren üppigen Vollbärten an die Gestalten der Propheten aus den Religionsbüchern seiner Schulzeit.
Auf einem Regal lagen Zeitungen, deutsche und auch Blätter in hebräischer Schrift. Ein kleiner Mann studierte die erste Seite eines hebräischen Blattes.
»Kann ich Ihnen behilflich sein?«
Miller drehte sich um. Eine dunkeläugige Frau von Mitte Vierzig saß inzwischen auf dem Stuhl hinter dem Empfangstisch. Eine Haarsträhne, die sie mit nervöser Geste zurückstrich, fiel ihr immer wieder ins Gesicht.
Miller trug sein Anliegen vor: Würde sich an Hand der Unterlagen des Archivs der Jüdischen Gemeinde feststellen lassen, ob Olli Adler nach Kriegsende nach München zurückgekehrt sei?
»Und von wo sollte sie zurückgekehrt sein?« fragte die Frau.
»Aus Magdeburg. Davor war sie im Konzentrationslager Stutthof. Und davor in Riga.«

»Großer Gott, Riga«, sagte die Frau. »Ich glaube nicht, daß es in unseren Listen jemanden gibt, der aus Riga zurückgekommen ist. Die sind alle spurlos verschwunden, wissen Sie. Aber ich schau mal nach.«

Sie ging in einen angrenzenden Raum, und Miller sah, daß sie eine Kartei durchblätterte. Das Verzeichnis war nicht sehr umfangreich. Nach wenigen Minuten kam sie zurück.

»Tut mir leid. Eine Person dieses Namens ist hier bei uns nach dem Krieg nicht registriert worden.«

Miller nickte.

»Ich verstehe. Da kann man nichts ändern. Entschuldigen Sie, daß ich Ihnen die Mühe gemacht habe.«

»Sie könnten sich an den Internationalen Suchdienst vom Roten Kreuz wenden«, sagte die Frau. »Es ist ja dessen Aufgabe, vermißte Personen ausfindig zu machen. Der Suchdienst führt Listen mit Namen aus ganz Deutschland, während in unseren Verzeichnissen nur Personen aufgeführt sind, die aus München stammen und hierher zurückgekehrt sind.«

»Wo ist der Suchdienst?« fragte Miller.

»In Arolsen. Das liegt in Nordhessen, in der Nähe von Kassel.«

Miller überlegte kurz.

»Könnte es in München sonst noch jemanden geben, der in Riga gewesen ist? Die Sache ist mir sehr wichtig, denn ich bin auf der Spur des Ghettokommandanten!«

In dem Raum herrschte Schweigen. Miller spürte, daß der Mann, der eben ans Zeitungsregal getreten war, sich umwandte und zu ihm herübersah. Die Frau schien betroffen zu sein.

»Es könnte sein, daß noch ein paar Menschen am Leben sind, die in Riga waren und jetzt in München wohnen. Vor dem Krieg gab es 25 000 Juden in München. Nur jeder zehnte ist zurückgekehrt. Heute sind wir wieder 4000 – ein Teil davon sind Kinder, die nach 1945 geboren wurden. Vielleicht finde ich jemanden, der in Riga war. Aber dazu müßte ich die gesamte Liste der Überlebenden durchgehen. Neben den Namen sind die Lager verzeichnet, in denen die Betreffenden waren. Können Sie morgen wiederkommen?«

»Ja«, sagte er schließlich. »Ich komme morgen wieder. Vielen Dank.«

Schritte hörte, die ihm folgten.

»Entschuldigen Sie«, sagte hinter ihm eine Stimme. Miller drehte sich um. Es war der Mann, der die hebräische Zeitung gelesen hatte.

»Sie stellen Nachforschungen nach Personen an, die in Riga waren?« fragte der Mann. »Sie haben eine Spur des Kommandanten von Riga? Des Hauptsturmführers Roschmann?«

»Ja, die habe ich«, sagte Miller. »Warum?«

»Ich war in Riga«, sagte der Mann. »Ich kenne Roschmann. Vielleicht kann ich Ihnen behilflich sein.«
Der Mann war klein und drahtig und etwa Mitte Vierzig. Er hatte glänzend braune Knopfaugen und sah zerzaust aus wie ein nasser Spatz.
»Ich heiße Mordechai«, sagte er. »Aber man nennt mich Motti. Wollen wir zusammen einen Kaffee trinken und uns unterhalten?«
»Sie gingen in ein Café in der Nähe, und Miller, dem die unbekümmerte Direktheit seines Begleiters gefiel, berichtete von dem bisherigen Verlauf seiner Suche, die in einer düsteren Straße in Hamburg-Altona begonnen und ihn über eine Reihe von Umwegen bis ins jüdische Gemeindehaus nach München geführt hatte. Der Mann hörte ihm wortlos zu und nickte nur gelegentlich.
»Hmm. Ganz beachtliche Irrfahrt. Warum wollen Sie, als Deutscher, Roschmann unbedingt aufspüren?«
»Spielt das eine Rolle? Das bin ich schon so oft gefragt worden, daß es mir allmählich zum Hals heraushängt. Was ist denn so seltsam daran, wenn ein Deutscher sich aufregt über das, was damals geschehen ist?«
Motti zuckte mit den Achseln. »Es ist ungewöhnlich für einen Mann wie Sie, so eine Sache mit solcher Hartnäckigkeit zu verfolgen – das ist alles. Roschmanns Untertauchen im Jahre 1955 übrigens – meinen Sie wirklich, daß ihm die ODESSA den neuen Paß besorgt hat?«
»Das habe ich mir jedenfalls erzählen lassen«, entgegnete Miller. »Und die einzige Chance, den Mann zu finden, der ihn gefälscht hat, besteht offenbar darin, in den Kreis der ODESSA-Leute einzudringen.«
Motti sah den jungen Deutschen eine Weile lang nachdenklich an.
»In welchem Hotel sind Sie abgestiegen?« fragte er schließlich.
Miller hatte noch kein Hotelzimmer; es war ja auch erst früher Nachmittag. Aber Miller kannte ein Hotel von einem früheren Aufenthalt in München; da wollte er auch diesmal wieder übernachten. Auf Mottis Drängen rief er es von dem Apparat des Cafés aus an und bestellte sich ein Zimmer. Als er an den Tisch zurückkehrte, war Motti schon gegangen. Er hatte einen Zettel unter der Kaffeetasse zurückgelassen. Miller las:
»Ob Sie dort ein Zimmer bekommen oder nicht – seien Sie in jedem Fall heute abend um 8 Uhr in der Hotelhalle.«
Miller zahlte für die beiden Tassen Kaffee und ging.

Am gleichen Nachmittag las der Werwolf in seiner Anwaltskanzlei noch einmal den schriftlichen Bericht von seinem Bonner Kollegen, dem Mann, der sich Miller vor einer Woche als Dr. Schmidt vorgestellt hatte.
Der Bericht war bereits vor fünf Tagen eingetroffen, aber der Werwolf hatte mit der ihm eigenen Vorsicht gezögert. Er wollte sich die Sache noch einmal

durch den Kopf gehen lassen, bevor er die erforderlichen Maßnahmen traf. Die Instruktionen, die ihm sein Vorgesetzter, SS-Gruppenführer Glücks, in Madrid persönlich erteilt hatte, beraubten ihn praktisch jeder Handlungsfreiheit, aber wie so viele Schreibtischarbeiter neigte er dazu, das Unausweichliche aufzuschieben. »Kurzen Prozeß machen« - so hatte die Order gelautet, und was das hieß, wußte er. Auch Dr. Schmidts Bericht erweiterte seinen Handlungsspielraum nicht – ganz im Gegenteil:
»Ein halsstarriger junger Mann, hochfahrend und eigensinnig. Offenbar von unterschwelligem Haß auf den betreffenden Kameraden erfüllt. Obwohl sich dafür keine Erklärung finden läßt, scheint er persönliche Motive zu haben. Dürfte sich allen noch so eindringlichen Aufforderungen, Vernunft anzunehmen, verschließen und auch angesichts persönlicher Drohungen jegliche Einsicht vermissen lassen...«
Der Werwolf las die Zusammenfassung am Schluß des Berichts noch einmal und seufzte. Er griff nach dem Telefonhörer, bat seine Sekretärin, ihm eine Amtsleitung zu geben, und wählte eine Düsseldorfer Nummer.
Nach mehrfachem Läuten wurde abgenommen, und eine Stimme sagte: »Ja«.
»Anruf für Herrn Mackensen«, sagte der Werwolf.
»Die Stimme am anderen Ende der Leitung fragte:
»Wer will ihn sprechen?«
Statt einer Antwort nannte der Werwolf den ersten Teil der Erkennungsparole:
»Wer war größer als Friedrich der Große?«
Die Stimme am anderen Ende der Leitung antwortete:
»Barbarossa.« Einen Augenblick herrschte Stille, dann die Stimme:
»Hier Mackensen.«
»Werwolf«, antwortete der Chef der ODESSA. »Die Feiertage sind leider vorüber. Es gibt Arbeit. Kommen Sie morgen vormittag herüber.«
»Um wieviel Uhr?« fragte Mackensen.
»Seien Sie um zehn hier«, befahl der Werwolf. »Sagen Sie meiner Sekretärin, Ihr Name sei Keller. Ich werde dafür sorgen, daß Sie unter diesem Namen für eine Besprechung mit mir vorgemerkt werden.«
Er legte auf. In Düsseldorf stand Mackensen auf und ging ins Badezimmer, um sich zu duschen und zu rasieren. Er war ein großer, muskulöser Mann, der sein Mörderhandwerk als Unterscharführer in der SS-Division »Das Reich« von der Pike auf erlernt hatte, als er 1944 in Tulle und Limoges französische Geiseln henkte.
Nach dem Krieg war er Lastwagenfahrer für die ODESSA gewesen und hatte menschliche Konterbande durch Deutschland und Österreich in die italienische Provinz Südtirol befördert. Als er 1946 von einer amerikanischen Patrouille gestoppt wurde, hatte er alle vier Insassen des Jeeps umgebracht

– zwei davon mit seinen bloßen Händen. Seither war auch er untergetaucht und auf der Flucht.

Später diente er unter dem Spitznamen »Mack the Knife« als Leibwächter höherer ODESSA-Chargen, obwohl er nie ein Messer benutzte. Er verließ sich auf die Kraft seiner Schlächterhände und erwürgte seine Opfer lieber oder brach ihnen das Genick.

Von seinen Vorgesetzten wurde er hochgeschätzt. Er war Mitte der fünfziger Jahre zum Henker der ODESSA avanciert und hatte sich bewährt. Bei ihm konnte man sich hundertprozentig darauf verlassen, daß er Außenstehende, die den Männern der Führungsspitze gefährlich wurden, oder auch Verräter aus den eigenen Reihen, die ihre Kameraden verpfiffen hatten, ebenso diskret wie gründlich erledigte. Bis Januar 1964 hatte er schon zwölf Aufträge dieser Art ausgeführt – allesamt zur vollsten Zufriedenheit seiner Vorgesetzten.

Der Anruf kam Punkt 8 Uhr. Er wurde von dem Angestellten in der Rezeption entgegengenommen. Er holte Miller aus dem kleinen Fernsehsalon ans Telefon.

»Herr Miller? Ich bin es, Motti. Ich glaube, ich kann Ihnen weiterhelfen. Oder vielmehr, ein paar Freunde von mir können es vielleicht. Hätten Sie Lust, sich mit ihnen zu treffen?«

»Ich treffe mich mit jedem, der mir irgendwie weiterhelfen kann«, sagte Miller.

»Gut«, sagte Motti. »Wenn Sie aus Ihrem Hotel kommen, wenden Sie sich nach links und gehen die Schillerstraße hinunter. Zwei Ecken weiter auf der gleichen Straßenseite finden Sie die Konditorei Lindemann. Da treffen Sie mich.«

»Wann, jetzt?« fragte Miller.

»Ja, jetzt gleich. Ich wäre zu Ihnen ins Hotel gekommen, aber ich habe meine Freunde hier.«

Er legte auf. Miller nahm seinen Mantel und verließ das Hotel. Er wandte sich nach links und machte sich auf den Weg zum Café Lindemann. Er hatte einen halben Block vom Hotel zurückgelegt, als ihm etwas von hinten gegen die Rippen gedrückt wurde. Ein Wagen hielt neben ihm am Bordstein.

»Setzen Sie sich auf den Rücksitz«, sagte eine Stimme nahe an seinem Ohr. Die Autotür sprang auf. Der Druck des Gegenstandes in seinem Rücken verstärkte sich. Miller zog den Kopf ein und stieg in den Wagen. Außer dem Fahrer war noch ein Mann darin; er saß im Fond und rückte zur Seite, um Miller Platz zu machen. Der Mann hinter Miller stieg ebenfalls ein. Dann wurde die Tür zugeschlagen, und der Wagen fuhr an.

Miller spürte ein heftiges Herzklopfen. Er hatte die drei Männer, die mit

ihm im Wagen saßen, nie gesehen. Der Mann, der ihm die Tür aufgehalten hatte, redete als erster.
»Ich verbinde Ihnen jetzt die Augen«, sagte er. »Sie brauchen nicht unbedingt zu wissen, wohin wir fahren.«
Miller fühlte, wie ihm eine Art Socke über den Kopf gezogen wurde, bis sie seine Nase bedeckte. Rechts und links packten ihn Arme mit hartem Griff und drückten ihn tief hinunter in den Sitz, offenbar damit kein Passant Verdacht schöpfen sollte. Er mußte an die eiskalten blauen Augen von Dr. Schmidt denken, der ihn im Hotel Dreesen angesprochen hatte. Ihm fiel wieder ein, was ihm Wiesenthal in Wien gesagt hatte: »Seien Sie vorsichtig, die Männer von der ODESSA sind gefährlich.« Dann dachte er wieder an Motti und fragte sich, wie ein Mann von der ODESSA wohl dazu kam, in einem jüdischen Gemeindehaus hebräische Zeitungen zu lesen.
Nach fünfundzwanzig Minuten fuhr der Wagen langsamer, und kurz darauf hielt er mit laufendem Motor. Miller hörte, wie ein Tor geöffnet wurde. Der Wagen fuhr wieder an und hielt dann. Gleich darauf wurde der Motor ausgeschaltet. Man half ihm aus dem Wagen und begleitete ihn über einen Hof. Ein paar Augenblicke lang spürte er die kalte Nachtluft an der unbedeckten Gesichtshälfte, dann war er in einem Haus. Eine Tür schlug hinter ihm zu, und er wurde eine Treppe hinuntergeleitet – offenbar in einen Kellerraum. Es war warm. Er wurde zu einem bequemen Sessel geführt.
Er hörte jemanden sagen: »Nehmen Sie ihm die Binde ab«, und die Socke wurde ihm vom Kopf gestreift. Er blinzelte, bis sich seine Augen an das Licht gewöhnt hatten.
Der Raum lag unter der Erdoberfläche, denn er hatte kein Fenster. Hoch oben an einer der Wände summte ein Ventilator. Der Raum war sorgfältig eingerichtet. Offenbar eine Art Beratungszimmer, denn es befand sich auf der einen Seite ein langer Tisch mit acht Stühlen. In dem freien Raum davor standen noch acht zu einem Kreis gruppierte bequeme Sessel. In der Mitte lag ein dicker runder Teppich, und darauf stand ein niedriger Kaffeetisch.
Motti stand neben dem Konferenztisch und lächelte ein wenig verlegen. Die beiden Männer, die Miller hierher verschleppt hatten, waren vielleicht Mitte Vierzig und von kräftigem Körperbau. Sie hockten auf Millers Sessellehnen. Ihm gegenüber, auf der anderen Seite des niedrigen Tisches, saß ein vierter Mann. Miller nahm an, daß der Fahrer oben geblieben war, um das Haus abzuschließen.
Der vierte Mann war anscheinend der Boß. Er saß bequem in seinem Sessel. Einer seiner drei Untergebenen stand, die anderen beiden saßen rechts und links neben Miller.
Der Boß war etwa sechzig Jahre alt. Er war mager und knochig; eine mächtige Hakennase beherrschte sein hohlwangiges Gesicht. Seine Augen beun-

ruhigten Miller. Sie waren glänzend braun und tiefliegend mit einem stechenden Blick. Die Augen eines Fanatikers.

»Willkommen, Herr Miller. Ich muß mich bei Ihnen für die etwas ungewöhnlichen Umstände entschuldigen, unter denen Sie zu mir gefunden haben. Aber auf diese Weise können Sie jederzeit in Ihr Hotel zurückgebracht werden, falls Sie mein Angebot ablehnen sollten, und brauchen keinem von uns je wieder zu begegnen.

Mein Freund hier«, er wies auf Motti, »teilte mir mir, daß Sie aus Gründen, die wir nicht zu erörtern brauchen, nach einem gewissen Eduard Roschmann suchen. Und daß Sie, um an diesen Mann heranzukommen, gegebenenfalls bereit wären, zum Schein in die ODESSA einzutreten. Wie die Dinge nun aber liegen, würde es mit unseren Interessen übereinstimmen, Sie in der ODESSA zu haben. Wir wären daher unter Umständen bereit, Ihnen zu helfen. Können Sie mir folgen?«

Miller starrte ihn verblüfft an.

»Wollen Sie damit sagen, daß Sie *nicht* von der ODESSA sind?«

Der Mann zog die Brauen hoch.

»Großer Gott, da liegen Sie aber wirklich falsch.«

Er beugte sich vor und krempelte seinen linken Hemdsärmel bis zum Ellenbogen auf. In die Haut des Unterarms war mit blauer Tinte eine Nummer tätowiert.

»Auschwitz«, sagte der Mann. Er deutete auf die beiden Männer neben Miller. »Buchenwald und Dachau.« Er wies auf Motti: »Riga und Treblinka.« Er krempelte seinen Hemdsärmel wieder herunter.

»Herr Miller, es gibt Leute, die meinen, die Mörder unseres Volkes sollten vor Gericht gestellt werden. Wir sind nicht dieser Auffassung. Unmittelbar nach Kriegsende kam ich mit einem englischen Offizier ins Gespräch, und er sagte mir etwas, was seither für mein Leben bestimmend geworden ist. Er sagte: ›Wenn die sechs Millionen meiner Landsleute umgebracht hätten, würde auch ich ein Monument aus Totenschädeln errichten. Nicht aus den Totenschädeln derer, die in den Konzentrationslagern sterben mußten – ich würde die nehmen, die sie dorthin verschleppt haben.‹ Simple Logik, Herr Miller, aber einleuchtend. Ich und meine Gruppe von Männern hier, wir beschlossen 1945, in Deutschland zu bleiben, mit einem einzigen Ziel vor Augen: Rache zu üben. Sonst nichts. Wir lassen sie nicht festnehmen, Herr Miller, wir stechen sie ab, wo wir sie kriegen können. Mein Name ist Leon.«

Leon verhörte Miller vier Stunden lang, dann erst war er von der Integrität des Reporters hinreichend überzeugt. Wie anderen vor ihm blieb auch Leon Millers Motivation verborgen. Aber er mußte einräumen, daß der Grund, den Miller nannte – Empörung über die von der SS im Krieg begangenen

Verbrechen –, möglicherweise der Wahrheit entsprach. Als er das Verhör beendet hatte, lehnte sich Leon im Sessel zurück und sah den jungen Reporter lange Zeit nachdenklich an.

»Sind Sie sich darüber im klaren, Herr Miller, wie riskant der Versuch für Sie ist, sich in die ODESSA einzuschmuggeln?« fragte er schließlich.

»Ich kann es mir denken«, sagte Miller. »Außerdem bin ich zu jung.«

Leon schüttelte den Kopf.

»Es wäre völlig sinnlos, wenn Sie ehemalige SS-Angehörige unter ihrem eigenen Namen davon zu überzeugen versuchten, daß Sie zu den Kameraden zählen. Erstens haben sie Listen mit den Namen aller ehemaligen SS-Männer, und auf keiner davon ist Peter Miller verzeichnet. Zweitens müßten Sie mindestens um zehn Jahre älter erscheinen. Das ist zu machen, aber dazu müßten wir Ihnen zu einer völlig neuen Identität verhelfen – einer echten Identität versteht sich. Es muß die Identität eines Mannes sein, den es wirklich gegeben hat und der Mitglied der SS gewesen ist. Das allein würde unsererseits umfangreiche Nachforschungen voraussetzen und viel, viel Zeit und Mühe kosten.«

»Glauben Sie, daß Sie einen solchen Mann finden können?« fragte Miller.

Leon zuckte mit den Achseln.

»Es müßte ein Mann sein, dessen Tod nicht aktenkundig geworden sein darf«, sagte er. »Bevor die ODESSA einen Mann aufnimmt, wird er auf Herz und Nieren überprüft. Sie müßten alle Proben bestehen. Das wiederum setzt voraus, daß Sie fünf bis sechs Wochen lang bei einem ehemaligen SS-Mitglied in die Schule gehen, der Sie in den Bräuchen, der Weltanschauung, der Ausdrucksweise und der Umgangsformen der SS unterweist. Glücklicherweise kennen wir einen solchen Mann.«

Miller traute seinen Ohren nicht.

»Warum sollte ein ehemaliger SS-Mann dazu bereit sein?« fragte er ungläubig.

»Der Mann, von dem ich spreche, ist ein ungewöhnlicher Mensch. Er war SS-Hauptsturmführer und bereut aufrichtig, was geschehen ist. Er ist später in die ODESSA eingetreten, um den Justizbehörden Informationen über gesuchte Kriegsverbrecher zu vermitteln. Das würde er noch heute tun, wenn er nicht aufgeflogen wäre. Er kann von Glück sagen, daß er mit dem Leben davongekommen ist. Heute lebt er unter falschem Namen in der Nähe von Bayreuth.«

»Was müßte ich sonst noch lernen?«

»Alles, was Ihre neue Identität betrifft. Wann und wo der Mann geboren ist, wie er zur SS kam, wo er ausgebildet wurde, in welcher Einheit er diente und welche Einsätze er mitgemacht hat. Wer seine Vorgesetzten waren – und seine vollständige Lebensgeschichte vom Ende des Krieges bis zum heutigen Tag. Sie werden außerdem jemanden benennen müssen, der für

sie bürgt. Das dürfte uns noch einiges Kopfzerbrechen verursachen. Wir werden eine Menge Zeit und Mühe für Sie aufwenden müssen, Herr Miller. Wenn Sie sich einmal auf die Sache eingelassen haben, dann gibt es kein Zurück mehr.«
»Was springt für Sie dabei heraus?« fragte Miller mißtrauisch.
Leon stand auf und ging langsam im Raum auf und ab.
»Rache«, sagte er unumwunden. »Wir sind genauso hinter Roschmann her. Aber wir wollen mehr. Die schlimmsten SS-Mörder leben unter falschem Namen. Wir wollen diese Namen wissen. Das ist es, was für uns bei der Sache herausspringt. Und noch etwas. Wir müssen herausbekommen, wer der neue Mann ist, der im Auftrag der ODESSA die deutschen Wissenschaftler anwirbt, die jetzt nach Ägypten gehen, um dort Nassers Raketen zu entwickeln. Sein Vorgänger hat den Posten aufgegeben und ist verschwunden, nachdem wir Heinz Krug, seine rechte Hand, im letzten Jahr ausgeschaltet haben. Jetzt macht das ein neuer Mann.«
»Diese Information müßte doch eher für den israelischen Geheimdienst von Interesse sein«, sagte Miller.
Leon sah ihn scharf an.
»Stimmt«, sagte er. »Wir arbeiten gelegentlich mit ihm zusammen, aber wir lassen uns nicht von ihm vereinnahmen.«
»Haben Sie jemals versucht, einen von Ihren eigenen Männern in die ODESSA einzuschmuggeln?« fragte Miller.
Leon nickte.
»Zweimal«, sagte er.
»Und?«
»Den ersten hat man als Leiche ohne Fingernägel aus einem Kanal gezogen. Der zweite ist spurlos verschwunden. Wollen wir fortfahren?«
Miller überhörte die Frage.
»Wenn Ihre Methoden so umsichtig sind, wie konnten die beiden dann gefaßt werden?«
»Sie waren beide Juden«, sagte Leon. »Wir versuchten, die eintätowierten Häftlingsnummern an ihren Unterarmen zu entfernen, aber es blieben Narben zurück. Außerdem waren beide beschnitten. Das ist auch der Grund, warum ich sofort interessiert war, als Motti mir von einem waschechten Nichtjuden berichtete, der nicht gut auf die SS zu sprechen sei. Übrigens, sind Sie beschnitten?«
»Nein«, sagte Miller.
Leon atmete hörbar erleichtert auf.
»Diesmal könnten wir es schaffen«, sagte er. Er sah auf seine Uhr.
Es war lange nach Mitternacht.
»Haben Sie schon gegessen?« fragte er Miller. Der Reporter schüttelte den Kopf.

»Motti, etwas Eßbares für unseren Gast.«
Motti nickte grinsend. Er verschwand durch die Kellertür und ging in die Küche hinauf.
»Sie werden hier unten übernachten müssen«, sagte Leon zu Miller. »Ich lasse Ihnen Bettzeug herunterbringen. Versuchen Sie nicht, sich davonzumachen. Die Tür hat drei Schlösser, und alle drei sind verschlossen. Geben Sie mir Ihre Autoschlüssel, damit ich Ihnen Ihren Wagen herbringen lassen kann. Es ist besser, wenn er für ein paar Wochen aus dem Verkehr gezogen wird. Ihre Hotelrechnung wird bezahlt, und Ihr Gepäck wird auch hierher gebracht. Morgen vormittag werden Sie Ihrer Mutter und Ihrer Freundin schreiben, daß Sie in den nächsten Wochen – vielleicht auch Monaten – nicht erreichbar sein werden. Klar?«
Miller nickte und gab Leon die Wagenschlüssel. Leon reichte sie an einen der beiden anderen Männer weiter, und der steckte sie ein und verließ wortlos den Kellerraum.
»Morgen vormittag fahren wir Sie nach Bayreuth, wo Sie den SS-Führer treffen werden. Sein Name ist Alfred Oster. Sie werden eine Zeitlang bei ihm wohnen, das läßt sich einrichten. Jetzt müssen Sie mich entschuldigen. Es wird Zeit, daß ich mir Gedanken darüber mache, wo wir eine neue Identität für Sie hernehmen.«
Er stand auf und ging. Bald darauf kehrte Motti mit einem halben Dutzend warmer Decken und einem voll beladenen Teller zurück. Miller aß kaltes Huhn und Kartoffelsalat und fragte sich, worauf er sich da eingelassen hatte.

Weit weg im Norden, im Bremer Zentralkrankenhaus, machte ein Krankenpfleger in den frühen Morgenstunden den üblichen Kontrollgang durch seine Station. Das letzte Bett am äußersten Ende des Krankensaals war durch einen Wandschirm von den übrigen Betten abgeschirmt.
Der Krankenpfleger, ein Mann mittleren Alters namens Hartstein, trat hinter den Wandschirm und schaute nach dem Patienten. Er lag ganz ruhig da, über seinem Kopf brannte das schwache Nachtlicht, das bei allen Schwerkranken bis zum Anbruch des Tages eingeschaltet blieb. Der Krankenpfleger tastete nach dem Puls des Patienten. Es war kein Puls mehr da. Er blickte auf das ausgezehrte Gesicht des an Krebs verstorbenen Patienten hinunter, und etwas, was der vor drei Tagen im Delirium gesagt hatte, veranlaßte ihn, den Arm des Toten unter der Decke hervorzuziehen. In der Achselhöhle war eine Nummer in die Haut tätowiert. Es war die Blutgruppenbezeichnung des Toten – ein sicherer Beweis dafür, daß er der SS angehört hatte.
Krankenpfleger Hartstein zog dem Toten die Decke über das Gesicht und

warf einen Blick in die Nachttischschublade. Dort lagen seit seiner Einlieferung die persönlichen Habseligkeiten des Patienten, der auf der Straße zusammengebrochen war. Hartstein nahm den Führerschein heraus. Innen war das Photo eines fast 39jährigen Mannes, der am 18. Juni 1925 geboren war. Er hieß Rolf Günther Kolb.
Der Krankenpfleger steckte den Führerschein in seine Kitteltasche und ging zum diensttuenden Arzt, um den Tod seines Patienten zu melden.

10

Peter Miller schrieb die Briefe an seine Mutter und an Sigi unter Mottis wachsamen Augen. Gegen halb elf hatte er auch den zweiten beendet. Sein Gepäck war aus dem Hotel abgeholt worden, die Rechnung hatte man beglichen, und kurz vor zwölf starteten Motti und er mit dem gleichen Fahrer, der am Abend zuvor am Steuer gesessen hatte, in Richtung Bayreuth.
Der Instinkt des Reporters ließ ihn einen Blick auf das Nummernschild des blauen Opels werfen. Am vorangegangenen Abend war es ein Mercedes gewesen. Motti hatte seinen Blick bemerkt und gelächelt.
»Keine Sorge«, sagte er. »Es ist ein Leihwagen, und wir haben ihn unter falschem Namen gemietet.«
»Immerhin ganz tröstlich zu wissen, daß man unter Fachleuten ist«, bemerkte Miller.
Motti zuckte mit den Achseln.
»Das müssen wir schon sein. Es ist die einzige Möglichkeit, am Leben zu bleiben, wenn man es gegen die ODESSA aufnimmt.«
In der Garage war Platz für zwei Wagen; Millers Jaguar stand auf dem zweiten Platz. Der Schnee der vorangegangenen Nacht war unter den Rädern zu Pfützen geschmolzen, und die schlanke schwarze Karosserie glänzte im elektrischen Licht.
Miller setzte sich hinten in den Opel und bekam sofort wieder die Socke über den Kopf gestreift. Als der Wagen die Garage verließ, drückte man ihn auf den Boden. Er blieb unten, bis sie eine Reihe von Straßenzügen hinter sich gebracht hatten. Motti befreite ihn erst auf der Autobahn nach Nürnberg von der Socke.
Miller registrierte jetzt, daß über Nacht noch mehr Schnee gefallen war; er überzog die bayerisch-fränkische Hügellandschaft mit einer dicken, makellos weißen Decke, und üppige Schneepolster beschwerten die blattlosen Äste der Birken am Straßenrand. Der Fahrer schien ein vernünftiger Mann zu sein. Er fuhr sehr vorsichtig und hielt ein gemäßigtes, gleichbleibendes Tempo durch. Die Scheibenwischer fegten unermüdlich die wirbelnden Flocken und den Schneematsch von der Windschutzscheibe.

Sie aßen in einer Raststätte bei Ingolstadt zu Mittag, fuhren an Nürnberg vorbei und waren eine Stunde später in Bayreuth.
Alfred Osters Haus lag einen Kilometer außerhalb der Stadt in einer stillen Nebenstraße. Weit und breit war kein anderes Auto zu sehen, als die drei Männer aus dem Wagen stiegen und auf das Haus zugingen.
Der ehemalige SS-Offizier erwartete sie bereits. Er war ein großer, breitschultriger, blauäugiger Mann mit einem Büschel struppigen rötlichen Haars auf dem Schädel. Trotz der Jahreszeit hatte er die gesunde, rötlichbraune Hautfarbe eines Mannes, der sein Leben in den Bergen, in Wind, Sonne und reiner Luft verbringt.
Motti stellte Miller vor und übergab Oster ein Schreiben von Leon. Der Bayer las es, sah Miller scharf an und nickte.
»Versuchen können wir es ja«, sagte er. »Wie lange kann ich ihn haben?«
»Das wissen wir noch nicht«, sagte Motti. »Aber bis er fit ist auf jeden Fall. Außerdem müssen wir ihm eine neue Identität besorgen. Sie hören von uns.«
Wenige Minuten später war er gegangen.
Oster führte Miller ins Wohnzimmer und zog in der sinkenden Dämmerung die Vorhänge zu, bevor er das Licht einschaltete.
»So, Sie wollen also als ehemaliger SS-Mann durchgehen, wie?«
Miller nickte.
»Stimmt«, sagte er.
Oster verlor keine Zeit.
»Also, damit Sie klarsehen, wollen wir hier gleich zu Anfang ein paar Dinge festhalten. Ich weiß nicht, wo Sie Ihren Militärdienst abgeleistet haben – wenn überhaupt. Aber vermutlich in dem undisziplinierten, demokratischen Sauhaufen von Hosenscheißern, der sich Bundeswehr nennt. Als erstes schreiben Sie sich mal hinter die Ohren, daß Ihre Bundeswehr einem britischen, amerikanischen oder russischen Eliteregiment genau zehn Sekunden standgehalten hätte. Die SS dagegen hat dem Feind, auch wenn der in fünffacher Überzahl war, im letzten Krieg den Arsch noch allemal zum Blumenstrauß gedreht. Weiter: Die SS war die härteste, bestausgebildete, diszipliniertste, treueste und tapferste Truppe, die jemals im Lauf der Geschichte dieses Planeten in die Schlacht zog. Was immer sie sich hat zuschulden kommen lassen – es ändert nichts daran. Also reißen Sie sich am Riemen, Miller. Solange Sie sich unter meinem Dach befinden, gilt folgende Regelung:
Wenn ich das Zimmer betrete, springen Sie auf und nehmen Haltung an. Wenn ich an Ihnen vorbeigehe, reißen Sie die Knochen zusammen und rühren erst wieder, wenn ich fünf Schritte weitergegangen bin, verstanden? Wenn ich das Wort an Sie richte, antworten Sie:
›Jawoll, Hauptsturmführer.‹

Und wenn ich Ihnen einen Befehl gebe, sagen Sie:
›Zu Befehl, Hauptsturmführer.‹
Ist das klar?«
Miller nickte.
»Reißen Sie die Knochen zusammen, Mann!« brüllte Oster. »Ich will hören, wie die Hacken aneinanderschlagen! In Ordnung, gut so. Da wir wenig Zeit haben, fangen wir am besten gleich heute abend an. Vor dem Essen werden wir die Dienstgrade und -ränge vom einfachen SS-Schützen bis hinauf zum SS-Gruppenführer durchnehmen. Sie werden sie auswendig lernen, sich sowohl die verschiedenen Rangabzeichen auf Kragenspiegeln und Schulterstücken einprägen als auch die Titel und die korrekten Anredeformen genau merken. Alsdann werden Sie die Uniformen kennenlernen, die von der SS getragen wurden, und lernen, bei welchen Gelegenheiten Gala- und Ausgehuniform, Dienst- oder Kampfanzug, feldmarschmäßige Ausrüstung oder Drillichzeug vorgeschrieben waren.
Anschließend werde ich Ihnen eine politisch-ideologische Schulung verpassen, wie Sie sie in einem entsprechenden Lehrgang im Ausbildungslager Dachau durchlaufen hätten, wenn Sie in der SS gewesen wären. Ferner werden Sie die Marschlieder, die Sauflieder und alle Lieder auswendig lernen, die speziell von bestimmten Einheiten bevorzugt wurden.
Ich kann Sie auf den Ausbildungsstand bringen, den Sie erreicht hätten, wenn Sie nach Abschluß Ihrer Grundausbildung zum Einsatz gekommen wären. Alles weitere hängt von Leon ab. Er muß mir sagen, in welcher Einheit und an welchen Orten Sie gewesen sein sollen, wer Ihre kommandierenden Offiziere waren, wie es Ihnen bei Kriegsende ergangen ist und was Sie seit 1945 gemacht haben. Aber schon der erste Teil der Ausbildung wird gute zwei bis drei Wochen dauern – und trotzdem ist das noch immer ein Schnellkurs.
Glauben Sie nur ja nicht, daß das ein Scherz ist. Wenn Sie erst einmal in der ODESSA sind und über die Männer an der Spitze Bescheid wissen, braucht Ihnen nur der geringste Fehler zu unterlaufen – und Sie sind dran. Ich weiß, wovon ich rede, denn vor denen geht selbst mir der Arsch ganz schön auf Grundeis, seit ich sie hereingelegt habe. Deswegen lebe ich hier unter einem anderen Namen.«
Zum erstenmal, seit Miller zu seiner privaten Jagd auf Eduard Roschmann aufgebrochen war, fragte er sich, ob er sich nicht zu weit vorgewagt hatte.

Punkt 10 Uhr meldete sich Mackensen beim Werwolf. Als die Tür zum Vorzimmer, in dem Hilda arbeitete, geschlossen war, forderte ihn der Werwolf auf, sich in den Klientensessel gegenüber dem Schreibtisch zu setzen, und steckte sich eine Zigarre an.

»Es gibt da jemanden, so einen Illustrierten-Reporter, wissen Sie, der für den Verbleib und die neue Identität eines unserer Kameraden ein nachgerade ärgerliches Interesse an den Tag legt«, begann er. Der Killer nickte verständnisvoll. Einleitende Sätze dieser Art hatte er schon wiederholt bei seinen Einweisungen in frühere Aufträge gehört.
»Normalerweise«, fuhr der Werwolf fort, »würden wir eine solche Angelegenheit auf sich beruhen lassen können. Entweder müßte der Reporter sein Vorhaben früher oder später ohnehin aufgeben, weil er nicht weiterkommt, oder der gesuchte Mann wäre uns nicht wichtig genug, um kostspielige und riskante Anstrengungen zu seinem Schutz zu rechtfertigen.«
»Aber diesmal liegen die Dinge wohl anders?« erkundigte sich Mackensen. Der Werwolf nickte.
»Allerdings. Durch eine Verkettung unglücklicher Umstände – unglücklich für uns wegen der Mühen, die uns diese Geschichte bereitet, unglücklich für ihn, weil sie sein Leben verwirkten – hat der Reporter unwissentlich unseren Lebensnerv getroffen. Denn zum einen ist der Mann, dem er nachjagt, für uns im Hinblick auf unsere langfristigen Projekte von entscheidender Bedeutung. Zum anderen scheint der Reporter ein recht ungewöhnlicher Bursche zu sein – intelligent, hartnäckig, einfallsreich und zu meinem ehrlichen Bedauern offenbar halsstarrig entschlossen, an einem unserer Kameraden persönliche Rache zu nehmen.«
»Irgendein Motiv?« fragte Mackensen. Der Werwolf runzelte die Stirn. Er streifte die Aschenkrone von der Zigarre, bevor er antwortete.
»Wir begreifen nicht, wie er dazu kommt, aber offenbar hat er eines«, murmelte er. »Der Mann, nach dem er sucht, mag Juden und deren Freunden noch heute ein Dorn im Auge sein wegen seiner in früheren Dienststellungen bewiesenen Pflichterfüllung. Er war Kommandant eines Ghettos in Ostland. Gewisse Leute und vor allem Ausländer weigern sich ja bekanntlich noch immer, die Rechtmäßigkeit unserer damaligen Maßnahmen anzuerkennen. Das Merkwürdige bei diesem Reporter ist nun aber, daß er weder Ausländer noch Jude ist. Angeblich gehört er auch nicht zu den Linken oder den sattsam bekannten Typen, die ständig auf ihrem sogenannten ›Gewissen‹ herumreiten. Die machen eine Menge Wind, sonst nichts.
Dieser Bursche ist aus anderem Holz geschnitzt. Er ist arisch und Sohn eines hochdekorierten Frontoffiziers. Weder aus seiner Vergangenheit noch aus seinem persönlichen und sozialen Hintergrund läßt sich ein solcher Haß auf uns erklären. Dieser Mann ist besessen von der fixen Idee, er müsse einen unserer Kameraden aufspüren. Ich gestehe, daß ich seine Exekution mit einem gewissen Bedauern verfüge. Aber er läßt mir keine Wahl.«
»Derzeitiger Aufenthaltsort?«
»Nicht bekannt.« Der Werwolf schob Mackensen zwei mit Schreibmaschine beschriebene Bogen Kanzleipapier über den Schreibtisch zu.

»Das ist der Mann. Peter Miller, Reporter und Enthüllungsjournalist. Er wurde zuletzt im Hotel Dreesen in Bad Godesberg gesehen. Inzwischen ist er bestimmt abgereist, aber es ist trotzdem kein schlechter Ausgangspunkt. Als weitere Anlaufadresse kommt seine Wohnung in Frage. Er lebt dort mit einem Mädchen zusammen. Sie müßten vorgeben, von einer der großen Illustrierten geschickt zu sein, für die er arbeitet. Auf diese Weise werden Sie vermutlich von dem Mädchen erfahren, wo er steckt – sofern sie es weiß. Er fährt einen auffälligen Wagen. Aber das steht alles in dem Bericht.«

»Ich brauche Geld«, sagte Mackensen. Der Werwolf hatte mit diesem Hinweis gerechnet. Er schob ein Bündel Banknoten über den Schreibtisch.

»Zehntausend werden wohl reichen.«

»Und die Weisung?«

»Aufspüren und liquidieren«, sagte der Werwolf.

Am Freitag, dem 13. Januar, erhielt Leon in München die Nachricht vom Tod Rolf Günther Kolbs fünf Tage vorher in Bremen. Der Brief von Leons norddeutschem Beauftragten enthielt den Führerschein des Toten.
Leon überprüfte an Hand seiner Liste ehemaliger SS-Angehöriger Dienstgrad und -nummer des Mannes, ging die bundesdeutsche Fahndungsliste durch und stellte fest, daß Kolbs Name darauf nicht verzeichnet war. Er starrte einige Zeit das Photo auf dem Führerschein an. Dann traf er seine Entscheidung.
Er rief Motti an, der an seinem Arbeitsplatz Telefondienst hatte, und sein Assistent meldete sich bei ihm, als seine Schicht beendet war. Leon legte ihm den Führerschein des Toten vor.

»Das ist genau der Mann, den wir brauchen«, sagte er. »Er ist mit neunzehn unmittelbar vor Kriegsende noch zum SS-Unterscharführer befördert worden. Die müssen kaum noch Leute gehabt haben. Kolbs und Millers Gesicht sind zu verschieden, als daß sich da was machen ließe – selbst wenn wir Miller kosmetisch entsprechend hinzukriegen versuchten, was ich als Methode sowieso nicht schätze. Aus der Nähe bleibt das immer erkennbar.
Aber Körperbau und Größe stimmen mit Miller überein. Wir müssen also ein neues Photo anfertigen. Aber das hat noch Zeit. Was wir zuerst brauchen, ist ein Stempel der Bremer Verkehrspolizeibehörde. Bitte, kümmern Sie sich darum.«

Als Motti gegangen war, rief Leon eine Nummer in Bremen an und erteilte weitere Anweisungen.

»In Ordnung.« Alfred Oster lobte seinen Schüler. »Jetzt fangen wir mit den Liedern an. Das Horst-Wessel-Lied kennen Sie doch wohl?«

Oster brummte ein paar Takte.
»Ja, natürlich«, sagte Miller. »Aber ich kenne den Text nicht.«
»Den bringe ich Ihnen bei. Sie müssen noch ein halbes Dutzend anderer Lieder können. Aber das Horst-Wessel-Lied ist das wichtigste. Vielleicht werden Sie das Lied mit anstimmen müssen, wenn Sie unter den Kameraden sind. Es nicht zu kennen, wäre Ihr Todesurteil. Also los, zwei, drei –:

> Die Fahne hoch,
> Die Reihen fest geschlossen...«

Das war der 18. Januar.

Mackensen saß in der Bar des Hotels Schweizerhof in München, trank einen Cocktail und dachte über den Urheber seiner Verwirrung nach: über Miller, den Reporter, dessen Gesichtszüge, persönliche Eigenschaften und Angewohnheiten er sich eingeprägt hatte. Er war gründlich. Bei diversen Jaguar-Vertretungen in Westdeutschland hatte er sich Werbephotos vom Modell XK 150 SPORT beschafft. Er wollte genau wissen, wie der Wagen aussah, nach dem er suchte. Aber er konnte ihn nirgendwo finden.
Die in Bad Godesberg aufgenommene Spur hatte ihn rasch zum Flughafen Köln-Wahn geführt. Dort bekam er die Auskunft, daß Miller nach London geflogen und innerhalb von sechsunddreißig Stunden zurückgekehrt sei. Seither waren er und sein Wagen verschwunden.
Nachfragen bei seiner Hamburger Adresse hatten nur zu einer Unterhaltung mit seiner hübschen und hilfsbereiten Freundin geführt. Sie konnte auch nur einen in München abgestempelten Brief vorweisen und meinte, Miller würde wohl eine Weile dort bleiben.
Eine Woche lang hatte Mackensen in München jedes Hotel, jeden öffentlichen und privaten Parkplatz, jede Garage, Werkstatt und Tankstelle abgeklappert. Vergeblich. Der Mann, den er suchte, war spurlos verschwunden. Er war wie vom Erdboden verschluckt.
Mackensen trank seinen Cocktail aus, kletterte vom Barhocker und ging zum Telefon, um dem Werwolf Bericht zu erstatten.
Genau zwölfhundert Meter von ihm entfernt stand der Jaguar mit den gelben Streifen an den Flanken auf dem ummauerten Hof der Villa, in der sich nicht nur Leons elegantes Antiquitätengeschäft befand, sondern auch das Hauptquartier seiner Geheimorganisation fanatischer Männer.

Im Bremer Zentralkrankenhaus betrat ein Mann im weißen Ärztekittel das Geschäftszimmer der Aufnahme. Er hatte ein Stethoskop umhängen – unverkennbares Berufszeichen eines neuen Internisten.

»Ich muß rasch einen Blick in die Krankengeschichte eines unserer Patienten werfen«, erklärte er. »Der Mann heißt Rolf Günther Kolb.«
Die Registraturangestellte kannte den Internisten zwar nicht, aber das hatte nichts zu bedeuten. Jüngere Internisten gab es dutzendweise in jedem Krankenhaus. Sie sah rasch in der Kartei nach, entdeckte den Namen Kolb an Hand eines Heftordners und gab ihn dem Internisten. Das Telefon klingelte, und sie eilte an den Apparat.
Der Internist setzte sich und blätterte in dem Krankendossier. Es besagte, daß Kolb auf der Straße kollabiert war und im Krankenwagen eingeliefert wurde. Schon die erste Untersuchung hatte einen eindeutigen Befund ergeben – Magenkarzinom in weit fortgeschrittenem Stadium mit mutmaßlicher Metastasenbildung. Man war übereingekommen, von einer Operation abzusehen. Der Patient wurde zunächst noch mit Medikamenten behandelt, die man aber bald durch schmerzlindernde Mittel ersetzte. Das letzte Blatt der Krankengeschichte vermerkte lediglich:
»Patient in der Nacht vom 8. auf den 9. Januar verstorben. Todesursache: Magenkarzinom. Keine Angehörigen. Überführung des Toten in die Städtische Leichenhalle erfolgte am 10. Januar.«
Unterzeichnet vom zuständigen Stationsarzt.
Der neue Internist löste das letzte Blatt aus dem Heftordner und fügte an seiner Stelle ein neues ein, und zwar mit neuem Text. Es lautete:
»Trotz des bedenklichen Zustandes, in dem Patient eingeliefert wurde, sprach das Karzinom auf die verabfolgten Medikamente überraschend gut an. Da hinsichtlich der Transportfähigkeit des Patienten keine gravierenden Bedenken bestanden, wurde er am 16. Januar auf eigenen Wunsch zu weiterer Genesung in die Arcadia-Klinik Delmenhorst verlegt.«
Die Unterschrift: ein unleserlicher Schnörkel.
Der Internist gab der Registraturangestellten den Heftordner zurück, dankte ihr mit einem freundlichen Lächeln und ging. Es war der 22. Januar.

Drei Tage später erhielt Leon eine Information. Es war das letzte noch fehlende Mosaiksteinchen in seinem privaten Geduldsspiel. Ein Angestellter eines Reisebüros in Norddeutschland benachrichtigte ihn, daß ein gewisser Bäckereibesitzer in Bremerhaven soeben Tickets für sich und seine Frau gebucht habe für eine Winterkreuzfahrt im Karibischen Meer. Am 16. Februar wollte das Ehepaar in Bremerhaven an Bord gehen und vier Wochen lang in westindischen Gewässern umherkreuzen. Leon wußte, daß der Mann im Krieg SS-Standartenführer gewesen war. In der Nachkriegszeit wurde er Mitglied der ODESSA. Er befahl Motti, die Buchhandlungen abzuklappern. Er mußte ein Standardwerk über die Kunst der Brotbäckerei auftreiben.

Der Werwolf war ratlos. Seit nahezu drei Wochen hielten seine Beauftragten in allen größeren Städten Westdeutschlands Ausschau nach einem Mann namens Miller und dessen schwarzem Jaguar-Sportwagen. In Hamburg wurden Millers Wohnung und seine Garage ständig beobachtet. Der in Osdorf wohnhaften Frau mittleren Alters hatte man einen Besuch abgestattet. Aber sie hatte erklärt, daß sie nicht wisse, wo ihr Sohn sei. Wiederholt war – angeblich im Auftrag des Chefredakteurs einer großen Illustrierten, der Miller einen einträglichen Auftrag zu erteilen wünschte – bei einem Mädchen namens Sigi angerufen worden. Aber auch sie hatte gesagt, sie wisse nicht, wo ihr Freund sei.
Miller blieb unauffindbar. Es war schon der 28. Januar. Der Werwolf sah sich widerstrebend zu einem Anruf genötigt. Schweren Herzens nahm er den Hörer zur Hand, um das Gespräch zu führen.

Weit weg in den Bergen des Taunus legte eine halbe Stunde später ein Mann den Hörer auf die Gabel und fluchte minutenlang vor sich hin. Es war Freitagabend, und er war gerade eben erst zu einem zweitägigen Wochenendbesuch auf seinem Landsitz angekommen.
Er ging an das Fenster seines elegant eingerichteten Arbeitszimmers und blickte hinaus. Der Lichtschein des Fensters fiel auf das dicke Schneepolster auf dem Rasen und reichte bis an die Kiefern heran. Es standen fast ausschließlich Kiefern auf seinem Grundstück.
Er hatte sich schon immer gewünscht, so zu leben. In einem schönen Haus auf einem Privatgrundstück in den Bergen. Er hatte diesen Wunsch, seit er als Knabe in den Weihnachtsferien die Häuser der Reichen in den Bergen um Graz gesehen hatte. Jetzt gehörte ihm selbst ein solches Haus, und das gefiel ihm.
Es war besser als das Reihenhaus eines Brauereimeisters, in dem er aufgewachsen war; besser als das Haus in Riga, in dem er fast vier Jahre lang gewohnt hatte; besser auch als ein möbliertes Zimmer in Buenos Aires oder ein stickiges Hotelzimmer in Kairo. Es war genau das, was er sich immer gewünscht hatte.
Das Telefongespräch hatte ihn beunruhigt. Er hatte dem Anrufer erklärt, in der Nähe seines Hauses sei niemand gesehen worden, niemand schleiche um die Fabrik herum, und niemand habe Fragen nach ihm gestellt. Aber er war beunruhigt. Miller? Wer, zum Teufel, war Miller? Die telefonisch abgegebenen Versicherungen, man werde mit dem Reporter schon fertig werden, räumten seine Befürchtungen nur teilweise aus. Der Anrufer und seine Hintermänner nahmen die Bedrohung, die von Miller ausging, ernst. Der Mann bekam sofort am nächsten Tag einen Leibwächter, der bis auf weiteres als sein Fahrer fungieren sollte.

Die winterlich verschneite Landschaft hatte sich nicht im geringsten verändert, aber plötzlich mochte er nicht mehr hinausblicken. Mit einem Ruck zog er die Vorhänge zu. Die dick gepolsterte Tür ließ nicht den geringsten Laut aus den anderen Räumen in das Arbeitszimmer dringen. Er hörte nur das Knistern der frischen Kiefernholzscheite im Kamin, dessen anheimelnder Feuerschein von dem gußeisernen Rankenwerk des Kamingitters eingefaßt wurde. Das zählte zu den wenigen Dingen, die er unverändert gelassen hatte, als er das Haus kaufte und renovieren ließ.

Die Tür öffnete sich einen Spalt breit, und eine Frau steckte den Kopf herein.

»Das Essen ist fertig«, rief sie.

»Ich komme, Liebes«, sagte Eduard Roschmann.

Am darauffolgenden Morgen erhielten Oster und Miller Besuch aus München. Leon, Motti und noch ein Mann mit einer schwarzen Reisetasche stiegen aus dem Wagen.

Als sie ins Wohnzimmer traten, sagte Leon zu dem Mann mit der Tasche: »Sie gehen am besten schon einmal ins Badezimmer und legen Ihr Handwerkszeug zurecht.«

Der Mann nickte und ging nach oben. Der Fahrer war im Wagen geblieben. Leon setzte sich an den Tisch und bat Oster und Miller, sich dazuzusetzen. Motti, der eine Kamera mit aufgeschraubtem Blitzlicht in der Hand hielt, blieb an der Tür stehen.

Leon gab Miller einen Führerschein. Wo das Photo des Inhabers gewesen war, war ein freier Raum.

»Da kommen Sie hinein«, sagte Leon. »Rolf Günther Kolb, geboren am 18. Januar 1925. Demnach wären Sie bei Kriegsende neunzehn Jahre alt gewesen, genaugenommen fast zwanzig. Und sind jetzt achtunddreißig. Sie sind in Bremen geboren und aufgewachsen. 1935, im Alter von zehn Jahren, traten Sie der Hitlerjugend bei. Der SS im Januar 1944 mit achtzehn. Ihre Eltern sind beide tot, sie kamen 1944 bei einem Luftangriff auf Bremerhaven ums Leben.«

Miller starrte auf den Führerschein in seiner Hand.

»Was ist mit seiner Laufbahn bei der SS?« fragte Oster. »Im Augenblick sind wir an einem toten Punkt angekommen.«

»Wie macht er sich denn eigentlich bisher?« fragte Leon, als wäre Miller gar nicht da.

»Recht gut«, sagte Oster. »Ich habe ihn gestern einer zweistündigen Prüfung unterzogen, und er hat sie bestanden. Er kann als SS-Mann durchgehen, solange er nicht nach Einzelheiten seiner Laufbahn gefragt wird. Da weiß er nichts.«

Leon nickte ein paarmal, während er einige Papiere aus seinem Attachékoffer überflog.

»Wir kennen Kolbs SS-Laufbahn nicht«, sagte er. »Sehr bedeutend kann sie nicht gewesen sein, denn er steht auf keiner Fahndungsliste. Anscheinend hat niemand je von ihm gehört. In gewisser Weise kann uns das nur recht sein, denn das spricht dafür, daß auch die ODESSA nichts von ihm weiß. Aber der Nachteil ist, daß er keinen Grund hat, bei der ODESSA Zuflucht und Hilfe zu suchen, solange er nicht verfolgt wird. Wir müssen also eine Laufbahn für ihn erfinden. Hier ist sie.«

Er gab Oster die Blätter, der gleich anfing zu lesen. Als er fertig war, nickte er.

»Das ist gut«, sagte er. »Alles stimmt mit den bekannten Tatsachen überein. Und es würde ausreichen, ihn verhaften zu lassen, wenn man ihn entdeckte.«

Leon lächelte zufrieden.

»Das wär's also, was Sie ihm noch beibringen müßten. Übrigens haben wir einen Bürgen für ihn gefunden. Einen Mann in Bremerhaven, einen ehemaligen SS-Standartenführer, der am 16. Februar auf eine Kreuzfahrt geht. Der Mann hat heute eine Bäckerei. Wenn Miller sich präsentiert, was nicht vor dem 16. Februar geschehen darf, wird er einen Brief vorlegen können, in dem dieser Mann der ODESSA bestätigt, daß sein Angestellter, Rolf Günther Kolb, tatsächlich ein ehemaliger SS-Angehöriger ist und sich gegenwärtig in Schwierigkeiten befindet. Zu diesem Zeitpunkt wird der Bäckereibesitzer auf hoher See und daher unerreichbar sein. Was ich noch sagen wollte« – er wandte sich an Miller und gab ihm noch ein Buch –, »Sie können auch gleich das Bäckerhandwerk erlernen. Das ist nämlich seit 1945 Ihr Beruf – Angestellter in einer Bäckerei.«

Er erwähnte nicht, daß der Bäckereibesitzer nur vier Wochen abwesend war – danach hing Millers Leben an einem seidenen Faden.

»Und jetzt, mein Freund«, sagte er zu Miller, »wird der Friseur Ihr Äußeres ein wenig verändern, und danach machen wir ein Photo von Ihnen für den Führerschein.«

Im Badezimmer wurde Miller der kürzeste Haarschnitt seines Lebens verpaßt. Als der Friseur sein Werk vollendet hatte, schimmerte die weiße Kopfhaut durch die millimeterkurzen Borsten. Das leicht zerzauste Aussehen, das ihm seine Haartracht verliehen hatte, war verschwunden; dafür sah er jetzt viel älter aus. Ein messerscharfer Scheitel teilte das kurze Haar links. Seine Augenbrauen wurden gezupft, bis sie kaum noch vorhanden waren.

»Nackte Augenbrauen machen zwar nicht älter«, sagte der Friseur, »aber sie erschweren es, das Alter eines Mannes genauer zu schätzen. Und noch etwas. Sie lassen sich ein Bärtchen wachsen. Ein dünnes Bärtchen auf der

Oberlippe, scharf ausrasiert. Das gibt Ihnen noch ein paar Jahre dazu, wissen Sie. Können Sie sich das Bärtchen in drei Wochen wachsen lassen?«
»Kann ich«, sagte Miller. Er starrte in den Spiegel. Ein Mann von Mitte Dreißig sah ihn an. Das Bärtchen auf der Oberlippe würde ihn um weitere vier Jahre älter aussehen lassen.

Als sie nach unten kamen, mußte sich Miller vor einen großen weißen Bogen Papier stellen, den Oster und Leon an die Wand hielten, während Motti mehrere En-face-Aufnahmen von ihm machte.

»Das genügt«, sagte er. »In drei Tagen ist der Führerschein fertig.«

Die Gesellschaft brach auf, und Oster wandte sich wieder seinem Schüler zu.

»Kolb«, sagte er – bei seinem richtigen Namen nannte er Miller schon lange nicht mehr –, »Sie haben Ihre Grundausbildung im SS-Ausbildungslager Dachau erhalten, wurden im Juli 1944 zum Konzentrationslager Flossenbürg überstellt und befehligten im April 1945 das Exekutionskommando, das Admiral Canaris henkte. Darüber hinaus waren Sie an der Hinrichtung einer Anzahl weiterer Wehrmachtsoffiziere beteiligt, die von der SS wegen der Verschwörung vom 20. Juli 1944 der Mittäterschaft am Anschlag auf das Leben des Führers verdächtigt wurden. Kein Wunder, daß die Justiz es auf Sie abgesehen hat. Admiral Canaris und seine Männer waren schließlich keine Juden, das sollte man nicht vergessen. Wo waren wir stehengeblieben, Unterscharführer?«

Die wöchentliche Zusammenkunft der Mossad-Chefs war praktisch bereits beendet, als General Amit noch mal die Hand hob. »Eines sollte ich hier vielleicht doch erwähnen, obwohl ich der Angelegenheit keine allzu große Bedeutung beimesse. Leon berichtet aus München, daß er seit einiger Zeit einen jungen Deutschen schulen läßt, der aus persönlichen Gründen einen Groll gegen die SS hegt und bereit ist, sich in die ODESSA einschmuggeln zu lassen.«

»Sein Motiv?« fragte einer der Männer mißtrauisch.

General Amit zuckte mit den Achseln.

»Aus persönlichen Gründen ist er entschlossen, einen ehemaligen SS-Hauptsturmführer namens Roschmann aufzuspüren.«

Der Leiter des Referats, das für diejenigen Länder zuständig war, in denen Judenverfolgungen stattfanden, riß den Kopf herum.

»Eduard Roschmann? Den Schlächter von Riga?«

»Ja. Das ist der Mann.«

»Wenn es gelänge, den zu fassen, könnten wir eine alte Rechnung begleichen.«

General Amit schüttelte den Kopf.

»Ich habe bereits erklärt, daß wir aus dem Vergeltungsgeschäft ausgestiegen sind. Meine Instruktionen lassen keinerlei Ausnahmen zu. Selbst wenn Roschmann gefaßt wird, darf es keinen Racheakt geben. Nach der Ben-Gal-Affäre würde ein weiterer Zwischenfall dieser Art für Adenauer verhängnisvolle Folgen haben und ihn möglicherweise zur Kündigung des Waffenlieferungsabkommens veranlassen. Das eigentlich Fatale an der Situation ist, daß es unweigerlich israelischen Agenten in die Schuhe geschoben werden wird, wenn in Deutschland jetzt irgendein x-beliebiger Exnazi stirbt.«

»Wie soll also im Fall des jungen Deutschen verfahren werden?« fragte der Shabak-Chef.

»Ich will versuchen, ihn auf die Identifizierung weiterer Naziwissenschaftler anzusetzen, die im Lauf dieses Jahres vorhaben, nach Kairo zu gehen. Für uns hat das absolute Priorität. Ich schlage vor, wir schicken einen Agenten nach Westdeutschland, der den jungen Mann im Auge behält – und nur im Auge behält.«

»Haben Sie sich schon für einen bestimmten Mann entschieden?«

»Ja«, sagte General Amit. »Ich habe einen ausgezeichneten Mann für diese Aufgabe vorgesehen. Einen, der absolut verläßlich ist. Er wird den jungen Deutschen lediglich beschatten und mir laufend persönlich Bericht erstatten. Er stammt aus Karlsruhe und kann ohne weiteres als Deutscher gehen.«

»Und was ist mit Leon?« fragte jemand. »Wird er es sich nehmen lassen, auf seine Art für Gerechtigkeit zu sorgen?«

»Leon wird tun, was man ihm sagt«, erklärte General Amit gereizt. »Seine Extratouren werden nicht mehr geduldet.«

In Bayreuth wurde Miller an jenem Morgen von Oster noch mal auf Herz und Nieren geprüft.

»In Ordnung«, sagte Oster. »Welcher Sinnspruch ist auf dem Griff des SS-Dolchs eingraviert?«

»Blut und Ehre«, antwortete Miller.

»Richtig. Wann erhält der SS-Mann seinen Dolch?«

»Am Ende seiner Grundausbildung«, antwortete Miller.

»Richtig. Nennen Sie mir den Wortlaut des Treue-Eids auf die Person des Führers.«

Miller zitierte ihn Wort für Wort.

»Wiederholen Sie den Blutschwur der SS.«

Miller wiederholte ihn.

»Was bedeutet der Totenkopf mit den gekreuzten Gebeinen?«

Miller schloß die Augen und wiederholte, was man ihn gelehrt hatte.

»Das Symbol des Totenkopfs stammt aus der germanischen Sage. Es ist das Wahrzeichen der germanischen Krieger, die ihrem Führer und einander wechselseitig unverbrüchliche Treue bis in den Tod und über den Tod hinaus geschworen haben. Daher der Totenkopf und die gekreuzten Gebeine. Sie versinnbildlichen die Welt jenseits des Grabes.«
»Richtig. Waren alle SS-Männer automatisch Mitglieder der Totenkopfverbände?«
»Nein. Das waren die Bewachungsmannschaften der Konzentrationslager. Aber der Eid war der gleiche.«
Oster stand auf und reckte sich.
»Nicht schlecht«, sagte er. »Ich wüßte nicht, welche allgemeinen Fragen sonst noch an Sie gestellt werden könnten. Nehmen wir uns also jetzt die Einzelheiten vor. Was Sie über das Konzentrationslager Flossenbürg, den Ort ihrer ersten und einzigen dienstlichen Abkommandierung, wissen müssen, ist vor allem folgendes...«

Der Mann auf dem Fensterplatz der Olympic-Airways-Maschine von Athen nach München wirkte still und in sich gekehrt.
Nach mehrfachen Versuchen, mit ihm ins Gespräch zu kommen, schien der deutsche Geschäftsmann die Vergeblichkeit dieses Bemühens endlich eingesehen zu haben. Er wandte sich wieder seinem *Playboy*-Magazin zu. Sein Nachbar starrte unverwandt aus dem Fenster, während unten das Ägäische Meer zurückblieb und die Maschine den sonnigen Frühling des südöstlichen Mittelmeerraums hinter sich ließ, um Kurs auf die schneebedeckten Dolomiten und die Bayerischen Alpen zu nehmen.
Daß der Mann auf dem Fensterplatz Deutscher war, hatte sich der Geschäftsmann immerhin zusammenreimen können. Seine Aussprache war akzentfrei, seine Kenntnis des Landes offenbar umfassend. Der Kaufmann, der sich auf dem Heimflug von einer Geschäftsreise in die israelische Hauptstadt befand, hatte nicht den leisesten Zweifel, neben einem Landsmann zu sitzen.
Gröber hätte er sich schwerlich verschätzen können. Sein Nachbar auf dem Fensterplatz war vor neununddreißig Jahren unter dem Namen Josef Kaplan als Sohn eines jüdischen Schneiders in Karlsruhe geboren. Er war drei Jahre alt gewesen, als Hitler an die Macht kam, und sieben, als seine Eltern in einem schwarzen Lastwagen abgeholt wurden. Drei Jahre lang war er auf einem Dachboden versteckt worden, bis er 1940, im Alter von zehn Jahren, entdeckt und ebenfalls in einem Lastwagen abgeholt wurde. Seine Pubertätsjahre verbrachte er bis 1945 in einer Reihe von Konzentrationslagern, die er dank der geistigen und körperlichen Beweglichkeit seiner Jugend überlebte. 1945 hatte er, aus dessen Augen die mißtrauische Scheu eines

ungezähmten Tieres flackerte, der ausgestreckten Hand eines Mannes, der in einer fremden, nasalen Sprache auf ihn einredete, etwas entrissen, was »Hershey bar« hieß, und war damit weggerannt, um es in einer entlegenen Ecke des Lagers zu verzehren.

Zwei Jahre später verfrachtete man ihn auf ein Schiff namens *President Warfield* alias *Exodus*. Er hatte jetzt ein paar Pfund zugenommen, war siebzehn Jahre alt und immer noch hungrig wie eine Ratte. Das Schiff war an einer Küste gelandet, die Tausende von Kilometern von Karlsruhe und Dachau entfernt war. Die folgenden Jahre machten ihn reifer und ruhiger; er hatte nun eine Frau und zwei Kinder und war zum Offizier der Armee befördert worden. Aber den Haß gegen das Land, in das er jetzt reiste, hatten die Jahre nicht gemildert. Er hatte sich bereit erklärt, nach Deutschland zu fliegen, seine Gefühle hinunterzuschlucken und, wie er das in den vergangenen zehn Jahren bereits zweimal hatte tun müssen, die Maske argloser Liebenswürdigkeit und Harmlosigkeit aufzusetzen – die war nun einmal nötig für seine Rückverwandlung in einen Deutschen.

Was sonst noch erforderlich war, hatte die Armee gestellt: den Paß in seiner Brusttasche, die Briefe, Visitenkarten und alle anderen Dokumente, die ihren Inhaber als Staatsbürger eines westeuropäischen Landes auswiesen. Auch die Unterwäsche gehörte dazu und Schuhe, Anzüge und Gepäckstücke eines deutschen Handelsreisenden in Textilien.

Die Maschine tauchte in dichter werdende Wolkendecken über Zentraleuropa ein. Er ließ sein Programm noch einmal vor sich ablaufen; noch einmal hörte er die ruhige, leise Stimme des Obersten in dem Kibbuz-Camp, wo so wenige Früchte und so viele Agenten produziert wurden. Er sollte einen Mann beschatten, einen Deutschen, der vier Jahre jünger war als er. Er sollte ihn im Auge behalten bei seinen Versuchen, in die ODESSA zu kommen. Er sollte den Mann beobachten und seinen Erfolg abschätzen. Er sollte sich die Personen notieren, mit denen er Verbindung aufnahm oder an die er verwiesen wurde. Er sollte die Beobachtungen des jungen Deutschen überprüfen und feststellen, ob es ihm gelang, den Anwerber der deutschen Wissenschaftler aufzuspüren, die zur Mitarbeit an der Entwicklung von Nassers Raketen vorgesehen waren. Unter keinen Umständen sollte er sich exponieren und die Dinge in die eigene Hand nehmen. Bevor der junge Deutsche auffliegen oder durch Verrat hochgehen würde – daß eines von beiden geschah, war unausweichlich –, sollte er Tel Aviv alles berichten, was er herausgefunden hatte. Und genau das würde er tun. Es war nicht erforderlich, daß er seiner Aufgabe mit besonderer Freude nachging. Niemand erwartete von ihm, an seiner zeitweiligen Rückverwandlung in einen Deutschen sonderliches Vergnügen zu empfinden. Niemand verlangte von ihm, sich mit Begeisterung unter seine vormaligen Landsleute zu mischen, ihre Sprache zu sprechen und mit ihnen zu lachen und zu scherzen. Wäre er gefragt worden, er hätte den Auftrag abgelehnt. Denn er haßte sie. Auch den jungen Reporter. Er haßte sie alle und ausnahmslos. Und nichts, dessen war er ganz sicher, würde jemals daran etwas ändern.

Am nächsten Tag kam Leon zum letztenmal zu Oster und Miller. Außer Motti war noch ein Mann dabei. Er war gebräunt und fit und offenbar weit jünger als die anderen beiden Männer. Er wurde Oster und Miller schlicht als »Josef« vorgestellt und verhielt sich während der ganzen Dauer der Zusammenkunft stumm.
»Übrigens habe ich Ihnen heute Ihren Wagen heraufgebracht«, sagte Motti zu Miller. »Er steht auf einem öffentlichen Parkplatz am Markt.«
Er warf Miller den Autoschlüssel zu und bemerkte: »Benutzen Sie ihn aber nicht, wenn Sie zu einem Treffen mit ODESSA-Leuten fahren. Zum einen ist der Wagen viel zu auffällig, und zum anderen gelten Sie als flüchtiger Bäckereiangestellter, der als ehemaliger KZ-Bewacher erkannt wurde. Ein solcher Mann fährt keinen Jaguar. Wenn Sie also fahren, fahren Sie mit der Bahn.«
Miller nickte, bedauerte jedoch insgeheim, auf seinen geliebten Jaguar verzichten zu müssen. Schließlich – so sagte er sich – gibt es Situationen, in denen ein schneller Wagen nützlich sein kann – zum Beispiel, um sich rasch aus dem Staub zu machen.
»Gut. Hier ist Ihr Führerschein. Machen Sie eins von den neuen Photos rein. Wenn Sie jemand danach fragt, können Sie seelenruhig sagen, Sie hätten Ihren Volkswagen in Bremen gelassen, weil die Polizei Sie an Hand der Nummer identifizieren könnte.«
Miller sah sich den Führerschein eingehend an. Auf dem Photo hatte er kurzes Haar, aber kein Bärtchen. Daß er jetzt eines trug, ließ sich schon als Tarnung erklären; das hätte er sich wachsen lassen, seit er identifiziert worden war.
»Der Mann, der, ohne selbst etwas davon zu ahnen, als Ihr Bürge fungiert, hat Bremerhaven heute morgen auf einem Luxusdampfer zu einer Kreuzfahrt verlassen. Dieser Mann ist der ehemalige SS-Standartenführer Joachim Eberhardt, jetzt Bäckereibesitzer und Ihr Arbeitgeber. Hier ist sein Brief an den Mann, den Sie aufsuchen werden. Der Briefbogen ist echt und stammt aus seinem Büro. Die Unterschrift ist perfekt gefälscht. In dem Brief wird versichert, daß Sie ein ehemaliger SS-Angehöriger sind, ein tüchtiger und verläßlicher Mann, der das Pech hatte, erkannt zu werden, und daher jetzt in Schwierigkeiten ist. Der Adressat wird gebeten, Ihnen zu neuen Papieren und zu einer neuen Identität zu verhelfen.«
Leon gab Miller den Brief. Der las ihn und steckte ihn wieder in den Umschlag.

»Kleben Sie ihn jetzt zu«, sagte Leon, und Miller klebte den Brief zu.
»Wer ist der Mann, den ich aufsuche?« fragte er.
Leon suchte ein Blatt Papier mit einem Namen und einer Anschrift heraus.
»Das ist der Mann«, sagte er. »Er wohnt in Nürnberg. Wir sind uns darüber nicht im klaren, was er im Krieg war, denn er lebt mit ziemlicher Sicherheit unter falschem Namen. Eines allerdings wissen wir mit Sicherheit. Er gehört zur Führungsspitze der ODESSA. Möglicherweise ist er Eberhardt, der in der ODESSA in Norddeutschland eine wichtige Rolle spielt, persönlich begegnet. Hier ist ein Photo von Eberhardt, dem Bäcker. Schauen Sie es sich also genau an für den Fall, daß der Mann von Ihnen eine Personenbeschreibung Eberhardts verlangt. Klar?«
Miller betrachtete Eberhardts Photo und nickte.
»Wenn Sie bereit sind, warten Sie am besten noch ein paar Tage ab, bis Eberhardts Schiff auf hoher See ist, damit er nicht mehr mit der Küste telefonieren kann. Wir müssen vermeiden, daß es dem Mann, den Sie aufsuchen, gelingt, Eberhardt telefonisch zu erreichen, wenn das Schiff noch in küstennahen deutschen Gewässern ist. Warten Sie, bis es mitten im Atlantik ist. Ich würde sagen, Sie sollten sich am kommenden Donnerstagvormittag präsentieren.«
Miller nickte.
»Gut. Donnerstag also.«
»Nur noch zwei Dinge«, sagte Leon. »Wir möchten, daß Sie uns über Ihr eigentliches Anliegen hinaus – die Suche nach Roschmann – Informationen beschaffen. Wir wollen wissen, wer jetzt die Wissenschaftler anwirbt, die nach Kairo gehen und für Ägypten Raketen entwickeln sollen. Die Anwerbung wird von der ODESSA betrieben, und zwar hier in Deutschland. Wir müssen besonders dringend erfahren, wer der verantwortliche Leiter der Rekrutierungsaktion ist. Und zweitens – bleiben Sie mit uns in Verbindung. Benutzen Sie öffentliche Fernsprecher und rufen Sie diese Nummer an.«
Er reichte Miller einen Zettel.
»Der Apparat wird Tag und Nacht bedient werden, selbst wenn ich nicht da bin. Wann immer Sie etwas erfahren – melden Sie es uns.«
Zwanzig Minuten später fuhr Leon mit seinen Leuten nach München zurück.
Auf der Rückfahrt nach München saßen Leon und Josef nebeneinander auf dem Rücksitz. Der israelische Agent hatte sich in seine Ecke verkrochen und schwieg beharrlich. Als die blinkenden Lichter von Bayreuth hinter ihnen in der Dunkelheit verschwanden, stieß Leon ihn mit dem Ellenbogen an.
»Warum so bedrückt?« fragte er. »Es läuft doch alles ausgezeichnet.«
Josef sah ihn an.
»Für wie verläßlich halten Sie diesen Miller?« fragte er.
»Verläßlich? Eine bessere Chance, die ODESSA zu infiltrieren, haben wir nie

gehabt. Sie haben gehört, was Oster sagte. Er kann in jeder Gesellschaft als ehemaliger SS-Angehöriger bestehen, wenn er nicht den Kopf verliert.«
Josef behielt seine Zweifel.
»Mein Auftrag war, ihn ständig zu beschatten«, sagte er. »Ich sollte ihm auf den Fersen bleiben, wenn er den Ort wechselt. Ich sollte ihn im Auge behalten und Tel Aviv über die Männer und ihre Funktionen unterrichten, mit denen er zusammentrifft. Ich wünschte, ich hätte nicht meine Zustimmung dazu gegeben, daß er auf eigene Faust loszieht und sich nur telefonisch meldet, wenn er es für angebracht hält. Angenommen, er meldet sich nicht – was machen wir dann?«
Leon unterdrückte seinen Unwillen nur mühsam. Sie diskutierten nicht zum erstenmal über diesen Punkt.
»Jetzt hören Sie mir ein letztes Mal zu. Dieser Mann ist meine Entdeckung. Daß er sich in die ODESSA einschmuggeln soll, ist meine Idee. Er ist mein Agent. Ich habe Jahre darauf gewartet, jemanden so weit zu bekommen, wie er jetzt ist – einen Nichtjuden. Ich dulde nicht, daß er hochgeht, bloß weil jemand ständig hinter ihm her latscht.«
»Er ist ein Amateur«, knurrte der Agent. »Ich bin Fachmann.«
»Außerdem ist er kein Jude«, erwiderte Leon. »Bevor er dran ist, wird er uns hoffentlich die zehn ranghöchsten ODESSA-Führer in Deutschland namhaft gemacht haben. Dann können wir sie uns Mann für Mann einzeln vornehmen. Unter ihnen muß sich auch der Anwerber der Raketenspezialisten befinden. Seien Sie unbesorgt, den kriegen wir schon – und die Namen der Wissenschaftler, die er nach Kairo schicken will, auch.«
In Bayreuth starrte Miller aus dem Fenster in das Schneetreiben. Er hatte nicht vor, sich telefonisch zu melden, denn er fühlte sich nicht getrieben, nach angeworbenen Raketenspezialisten zu fahnden. Er hatte nur ein Ziel – er wollte Eduard Roschmann jagen und zur Strecke bringen.

11

Am Mittwoch, dem 19. Februar, verabschiedete sich Peter Miller abends von Alfred Oster in dessen Haus in Bayreuth und machte sich auf den Weg nach Nürnberg. Der ehemalige SS-Führer schüttelte ihm lange die Hand. »Viel Glück, Kolb«, sagte er. »Ich habe Ihnen alles beigebracht, was ich konnte. Lassen Sie mich Ihnen jetzt noch einen allerletzten Ratschlag mit auf den Weg geben. Ich weiß nicht, wie lange Ihre Tarnung vorhalten wird. Vermutlich nicht sehr lange. Wenn Sie an irgend jemanden geraten, von dem Sie sich durchschaut fühlen, lassen Sie sich auf keine Diskussionen ein. Machen Sie sich so schnell Sie können aus dem Staub, und schalten Sie sofort wieder auf Ihren echten Namen um.«

Als der junge Reporter die stille Straße hinunterging, murmelte Oster kopfschüttelnd: »Verrückteste Idee, die mir je im Leben begegnet ist.« Dann schloß er die Haustür ab und ging wieder ins Wohnzimmer.

Miller ging die anderthalb Kilometer bis zum Bahnhof zu Fuß. Der Weg war abschüssig und führte an dem öffentlichen Parkplatz vorüber. In dem kleinen Bahnhofsgebäude kaufte er sich eine Fahrkarte nach Nürnberg. Als er durch die Sperre gehen wollte, bemerkte der Beamte am Schalter: »Nürnberg? Da werden Sie sich aber noch einige Zeit gedulden müssen. Der Zug verspätet sich heute abend.«

»Was ist denn los?« Der Schalterbeamte deutete mit einer Kopfbewegung zu den Bahnsteigen hinaus. Am Ende der Bahnsteige verloren sich die Gleise im dichten Schneetreiben.

»Schneeverwehungen. Gerade eben kam die Meldung durch, daß der eingesetzte Schneepflug ausgefallen ist.«

Miller hatte eine tiefsitzende Abneigung gegen Wartesäle. Allzuoft hatte er sich, als junger Reporter, müde, fröstelnd und unbehaglich, darin aufhalten müssen. An dem kleinen Büfett schlürfte er einen heißen Kaffee und sah unschlüssig auf seine Fahrkarte. Sie war schon geknipst. Er dachte an seinen Wagen, der ein Stück weiter den Hügel hinauf auf dem Parkplatz stand.

Wenn er ihn nun am anderen Ende von Nürnberg parkte, etliche Kilometer von der Adresse entfernt, die man ihm genannt hatte? Wenn man ihn nach beendeter Unterredung mit irgendeinem anderen Beförderungsmittel woandershin schickte, konnte er den Jaguar in München abstellen. Er konnte ihn sogar in einer Parkgarage lassen, außer Sicht. Kein Mensch würde ihn dort entdecken. Jedenfalls nicht, bevor alles erledigt und überstanden war. Abgesehen davon, wäre es vielleicht gar nicht schlecht, einen schnellen Wagen für eine eventuelle Flucht zu haben. Zu der Annahme, irgend jemand in Bayern könne jemals von ihm oder seinem Wagen gehört haben, lag seiner Meinung nach kein Grund vor.

Er dachte an Motti, der ihn ausdrücklich davor gewarnt hatte, den Wagen zu benutzen, weil er zu auffällig sei; aber dann fiel ihm wieder Osters Ratschlag ein. Er mußte in der Lage sein, sich so schnell wie möglich davonzumachen, wenn es brenzlig wurde. Den Wagen zu benutzen war natürlich riskant; aber ohne ihn dazustehen, konnte genauso gefährlich werden. Fünf Minuten lang erwog er das Für und Wider, dann zahlte er seinen Kaffee, verließ den Bahnhof und machte sich auf den Weg. Innerhalb von zehn Minuten saß er hinter dem Steuerrad des Jaguar und lenkte ihn aus der Stadt hinaus.

Die Fahrt nach Nürnberg war kurz. Miller nahm sich in einem kleinen Hotel in unmittelbarer Nähe des Bahnhofs ein Zimmer, stellte den Wagen zwei Ecken weiter in einer Seitenstraße ab und schlenderte durch das Königstor in die Altstadt. Die Dunkelheit war schon lange hereingebrochen, aber der Lichtschein aus den Läden und Fenstern erleuchtete die schmalen Fronten der Häuser bis hinauf zu den hohen, spitzen Giebeln.

Miller fand das Haus, das er suchte, zwei Straßen vom Hauptmarkt entfernt in der Nachbarschaft der Doppeltürme der St.-Sebalds-Kirche. Der Name auf dem Türschild war derselbe wie in der Anschrift auf dem Brief. Der Brief war das gefälschte Empfehlungsschreiben des ehemaligen SS-Standartenführers Eberhardt, der selbst nichts davon ahnte. Da Miller Eberhardt nie begegnet war, konnte er nur hoffen, daß der Mann in dem Haus in Nürnberg ihn ebensowenig kannte.

Er schlenderte zum Marktplatz zurück und sah sich nach einem Restaurant um, wo er zu Abend essen konnte. Nachdem er an zwei oder drei traditionellen fränkischen Gasthäusern vorübergekommen war, sah er aus dem Schornstein auf dem roten Ziegeldach des kleinen Würstchenhauses Rauchwolken in die frostklare Nacht aufsteigen. Es lag gegenüber dem Portal der St.-Sebalds-Kirche in einer Ecke des Marktplatzes. Ein hübsches kleines Lokal, mit einer Terrasse davor. Um die Blumenkästen war purpurnes Heidekraut gepflanzt; den Schnee hatte der Wirt sorgfältig entfernt. Wärme und Fröhlichkeit herrschten in der Gaststube. Die blankgescheuerten Holztische waren fast alle besetzt, aber ein Paar in einer Ecke war gerade beim Aufbruch. Miller trat an den Tisch und nickte den beiden lächelnd zu. Sie wünschten ihm guten Appetit beim Weggehen. Er entschied sich für die Spezialität des Hauses, die kleinen gewürzten Nürnberger Bratwürstchen, und dazu bestellte er sich eine Flasche Frankenwein.

Nach dem Essen blieb er noch eine Weile beim Kaffee sitzen und schickte zwei Asbach-Uralt hinterher. Er hatte noch keine Lust, sich schlafen zu legen. Es war angenehm, nur so dazusitzen und in das offene Kaminfeuer mit den dicken flimmernden Holzscheiten zu starren. Eine Gruppe von Gästen hatte sich zum Schunkeln untergehakt. Sie sangen ein fränkisches Trinklied, und am Ende jeder Strophe hoben sich ihre Stimmen und Gläser gleichzeitig.

Lange Zeit fragte sich Miller, warum er sein Leben aufs Spiel setzte bei der Suche nach einem Mann, dessen Verbrechen zwanzig Jahre zurücklagen. Es fehlte nicht viel und er hätte sich entschlossen, seinen Vorsatz aufzugeben. Auf seinen Wink trat der Kellner an seinen Tisch und überreichte ihm mit einer kleinen Verbeugung und einem freundlichen »Bitteschön« die Rechnung.

Als Miller nach seiner Brieftasche griff, berührte er ein Photo in seiner Brusttasche. Er zog es hervor und starrte eine Weile auf das frontal aufgenommene Bild; blutunterlaufene helle Augen blickten ihn stechend an. Darunter der Rattenmund und am Hals der Kragen mit der zweifachen silbernen Siegrune auf schwarzem Grund. Lange betrachtete er das Bild, dann hielt er eine Ecke des Photos über die brennende Kerze auf seinem Tisch. Als das Bild zu Asche verbrannt war, zerkrümelte er sie auf der Kupferschale. Er brauchte es nicht mehr. Dieses Gesicht würde er jederzeit wiedererkennen.

Peter Miller zahlte seine Rechnung, knöpfte sich den Mantel zu und ging in sein Hotel zurück.

Um die gleiche Zeit saß Mackensen dem Werwolf gegenüber.
»Wie, zum Teufel, kann er denn verschwunden sein?« erregte sich der ODESSA-Chef. »In Luft aufgelöst! Vom Erdboden verschluckt! So was gibt's doch nicht. In ganz Deutschland gibt es keinen auffälligeren Wagen als seinen – den sieht man doch schon aus einem Kilometer Entfernung! Sechs Wochen suchen Sie nun schon nach ihm! Und niemand soll ihn gesehen haben!«
Mackensen wartete ab, bis sich der Wutausbruch des Werwolfs gelegt hatte.
»Trotzdem stimmt es«, sagte er schließlich. »Ich habe in seiner Hamburger Wohnung nachgefragt; ich habe seine Freundin, seine Mutter und seine Kollegen durch angebliche Freunde Millers aushorchen lassen. Keiner weiß etwas, keiner hat auch nur das geringste von ihm gehört. Sein Wagen muß die ganze Zeit über in irgendeiner Garage gestanden haben. Er muß untergetaucht sein. Seit er nach seiner Rückkehr aus London den Flughafen Köln-Wahn verließ, ist er wie vom Erdboden verschluckt.«
»Wir müssen ihn finden«, wiederholte der Werwolf. »Er darf unter gar keinen Umständen in die Nähe dieses Kameraden vordringen. Das wäre eine Katastrophe.«
»Er wird schon auftauchen«, erklärte Mackensen zuversichtlich. »Früher oder später muß er raus aus seinem Mauseloch. Und dann kriegen wir ihn.«
Der Werwolf ließ sich von der Geduld und der Logik des professionellen Mörders überzeugen. Er nickte nachdenklich. »Also gut. Unter diesen Umständen bleiben Sie am besten in meiner Nähe. Nehmen Sie sich inzwischen ein Zimmer in irgendeinem Hotel hier in der Stadt, und dann warten wir erst mal ab. Wenn Sie in meiner Nähe sind, kann ich Sie rascher benachrichtigen.«
»Jawohl, Chef. Ich suche mir ein Hotel in der Innenstadt und rufe Sie dann gleich an, damit Sie Bescheid wissen. Dort können Sie mich jederzeit erreichen.«
Er verabschiedete sich von seinem Vorgesetzten und ging.

Am anderen Morgen stand Miller kurz vor neun Uhr vor dem Haus und drückte auf die blankgeputzte Klingel. Er wollte den Mann erreichen, bevor er zur Arbeit in sein Büro fortging. Die Tür wurde von einem Hausmädchen geöffnet. Sie führte ihn in ein Wohnzimmer und entfernte sich dann, um den Hausherrn zu holen.

Der Mann, der zehn Minuten später in das Wohnzimmer trat, war Mitte Fünfzig, hatte krauses Haar mit silbernen Schläfen und wirkte selbstbewußt und elegant. Auf ein nicht unbeträchtliches Einkommen ließen auch das Mobiliar und die Ausstattung des Wohnzimmers schließen.

Er betrachtete seinen unangemeldeten Besucher ohne Neugier, hatte aber auf den ersten Blick die billige Kleidung eines Angehörigen der werktätigen Klasse wahrgenommen.

»Und was kann ich für Sie tun?« fragte er.

Der Besucher war verlegen: die luxuriöse Einrichtung des Wohnzimmers machte ihn offenkundig befangen.

»Tja, Herr Doktor, ich dachte, Sie könnten mir vielleicht helfen.«

»Hören Sie mal«, sagte der ODESSA-Mann, »Sie werden doch sicher wissen, daß ich hier gleich um die Ecke mein Büro habe. Vielleicht sollten Sie dorthin gehen und sich von meiner Sekretärin einen Termin geben lassen.«

»Ja, also um eine Rechtsauskunft wollte ich Sie eigentlich nicht direkt gebeten haben«, sagte Miller. Er sprach bewußt mit norddeutschem Akzent. Offensichtlich war er verlegen und wußte nicht, wie er sich ausdrücken sollte. Kurzentschlossen zog er einen Brief aus der Brusttasche und hielt ihn seinem Gegenüber hin.

»Ich habe einen Empfehlungsbrief von dem Herrn mitbekommen, der mir sagte, daß ich mich an Sie wenden soll.«

Der ODESSA-Mann nahm den Brief wortlos entgegen, öffnete und las ihn. Er zuckte leicht zusammen und sah Miller über den Briefbogen hinweg prüfend an.

»Ich verstehe, Herr Kolb. Vielleicht setzen wir uns einen Augenblick.«

Er forderte Miller auf, sich auf einen Stuhl ohne Armlehne zu setzen, und nahm selbst in einem Sessel Platz. Minutenlang sah er seinen Gast mit nachdenklich gerunzelten Brauen unverwandt an. Plötzlich fragte er:

»Wie war doch gleich Ihr Name?«

»Kolb, Herr Doktor.«

»Vorname?«

»Rolf Günther.«

»Haben Sie irgendwelche Ausweise bei sich?«

Miller sah verdutzt drein.

»Nur meinen Führerschein, Herr Doktor.«

»Zeigen Sie mal her.«

Der Anwalt streckte die Hand aus und überließ es Miller, aufzustehen und ihm den Führerschein zu reichen. Der Mann nahm ihn an sich, schlug ihn auf und las die dort vermerkten Angaben. Zwischendurch schaute er prü-

fend zu Miller hinüber und verglich sein Gesicht mit der Photographie. Sie stimmten miteinander überein.
»Wann geboren?« fragte er plötzlich.
»Geboren? ...am 18. Juni, Herr Doktor.«
»In welchem Jahr, Kolb?«
»1925, Herr Doktor.«
Der Anwalt befaßte sich noch ein paar weitere Minuten lang mit dem Führerschein.
»Warten Sie hier«, sagte er dann unvermittelt, stand auf und verließ das Zimmer. Er ging quer durch das Haus in den hinteren Trakt, wo seine Anwaltskanzlei war. Sie grenzte an eine zweite Straße, von der aus die Klienten die Praxis betraten. Er nahm ein dickes Buch heraus und schlug es auf.
Zufällig kannte er den Namen Joachim Eberhardt; aber er war mit dem Mann nie zusammengetroffen, und er war sich auch nicht absolut sicher, welchen Rang er zuletzt innegehabt hatte. Das Buch bestätigte, daß er am 10. Januar 1945 zum Standartenführer der Waffen-SS befördert worden war. Er blätterte weiter und schlug unter »Kolb« nach. Es gab sieben Leute dieses Namens, aber nur einen Rolf Günther Kolb. Im April 1945 zum Unterscharführer befördert. Geburtsdatum: 18. 6. 25. Er klappte das Buch zu, stellte es an seinen Platz zurück und verschloß den Safe. Dann kehrte er auf demselben Weg in das Wohnzimmer zurück. Sein Gast hatte sich nicht vom Fleck gerührt. Er saß noch in der gleichen steifen Haltung auf seinem Stuhl.
Der Anwalt setzte sich wieder in den Sessel.
»Es ist Ihnen doch wohl klar, daß ich Ihnen möglicherweise nicht helfen kann, oder?«
Miller biß sich auf die Lippen und nickte.
»Ich weiß nicht, wohin ich gehen soll, Herr Doktor. Ich habe Herrn Eberhardt um Hilfe gebeten, als die anfingen, nach mir zu suchen, und er gab mir den Brief und sagte, ich soll mich an Sie wenden. Er sagte, wenn Sie mir nicht helfen können, kann es niemand.«
Der Anwalt lehnte sich in seinem Sessel zurück und starrte zur Decke hinauf.
»Ich frage mich, warum er mich nicht angerufen hat, wenn er etwas von mir wollte«, sagte er wie zu sich selbst. Aber offensichtlich wartete er auf eine Antwort.
»Vielleicht wollte er nicht das Telefon benutzen – bei einer solchen Sache«, gab Miller zu bedenken.
Der Anwalt warf ihm einen ärgerlichen Blick zu.
»Möglich«, sagte er kurz. »Jetzt erzählen Sie mir mal von Anfang an, wie Sie überhaupt in diese Schweinerei hineingeraten sind.«
»O ja, Herr Doktor. Das war nämlich so – dieser Mann hat mich erkannt,

wissen Sie, und dann hieß es, sie werden kommen und mich abholen. Und da bin ich dann raus, nicht? Ich meine, was hätte ich sonst machen sollen?«
Der Anwalt seufzte.
»Also nun. Erzählen Sie mal hübsch der Reihe nach«, sagte er gereizt. »Wer hat Sie erkannt – und als was?«
Miller holte tief Atem.
»Also, Herr Doktor, das war in Bremen. Da wohne ich nämlich und da arbeite ich – das heißt arbeitete ich, bis diese Sache eben passierte – bei Herrn Eberhardt. In der Bäckerei. Also, ich ging auf der Straße, das war vor vier Monaten, und da wurde mir auf einmal ganz komisch. Ich fühlte mich furchtbar schlecht, mit schlimmen Magenschmerzen und so. Also, ich muß wohl umgekippt sein, und die haben mich dann von der Straße weg ins Krankenhaus geschafft.«
»In welches Krankenhaus?«
»Ins Bremer Zentralkrankenhaus, Herr Doktor. Sie haben ein paar Tests gemacht, und dann hieß es, ich habe Krebs. Im Magen. Ich dachte, ich bin dran, verstehen Sie?«
»Mit Magenkrebs ist man meistens dran«, bemerkte der Anwalt trocken.
»Ja, das habe ich ja auch gedacht, Herr Doktor. Aber er ist wohl frühzeitig entdeckt worden. Jedenfalls haben sie mich auf Medikamente gesetzt und nicht operiert. Und nach einer Weile ging der Krebs zurück.«
»Da haben Sie aber wirklich Glück gehabt, Mann. Aber was war denn das nun mit dem Mann, der Sie erkannt hat?«
»Ja, also, das war dieser Krankenpfleger, wissen Sie. Der war Jude, und er starrte mich dauernd so an. Jedesmal wenn er Dienst hatte, starrte der mich so an. Mit diesem komischen Blick, wissen Sie. Und das hat mich langsam nervös gemacht. Die Art, wie der mich ansah – als wollte er sagen: ›Ich kenne dich.‹ Ich habe ihn nicht gekannt, aber den Eindruck gehabt, daß er mich kennt.«
»Und was passierte dann?« Der Anwalt zeigte wachsendes Interesse.
»Vor so ungefähr einem Monat sagten sie, ich sei transportfähig, und verlegten mich in eine andere Klinik. Die Krankenkasse hat alles bezahlt. Also, bevor sie mich da wegbrachten, aus dem Zentralkrankenhaus, meine ich, fiel es mir wieder ein. Wer er war, der Judenjunge, meine ich. Ich brauchte Wochen dazu, aber dann wußte ich es wieder. Er war Häftling in Flossenbürg.«
Der Anwalt richtete sich kerzengerade auf.
»Was, Sie waren in Flossenbürg?«
»Jawohl, ich bin dahin abkommandiert worden. Und diesen Krankenpfleger im Bremer Zentralkrankenhaus, also den kannte ich von daher. In Flossenbürg war er in der Gruppe Juden gewesen, die wir zum Verbrennen der Leichen von Admiral Canaris und den anderen Offizieren abgestellt hatten, die

wir liquidiert haben, weil sie am Anschlag auf das Leben des Führers beteiligt gewesen waren.«
Der Anwalt starrte ihn an.
»Sie waren einer von denen, die Canaris und Konsorten aufgehängt haben?«
Miller hob die Schultern.
»Ich habe das Hinrichtungskommando befehligt«, sagte er. »Das waren doch Verräter, oder? Sie haben den Führer umbringen wollen.«
Der Anwalt lächelte.
»Ich mache Ihnen gar keine Vorwürfe, mein Guter. Selbstverständlich waren das Verräter. Canaris hat den Alliierten sogar geheime Informationen geliefert. Das waren alles Verräter, diese feinen Herren von der Wehrmachtsführung. Ich hätte es nur nie gedacht, dem Mann zu begegnen, der sie aufgehängt hat.«
Miller grinste schwach.
»Aber dafür wollen die mich jetzt drankriegen«, sagte er. »Ich meine, das mit Canaris ist noch was anderes als Juden totschlagen, nicht wahr? Denn heute sagen viele, Canaris und die ganze Bande, also daß das Helden gewesen sind.«
Der Rechtsanwalt nickte.
»Ja, das kann Sie natürlich in ernste Schwierigkeiten bringen. Erzählen Sie weiter.«
»Ich wurde in diese Klinik da verlegt und sah den Krankenpfleger nicht wieder. Aber letzten Freitag kam auf einmal ein Anruf für mich in die Klinik. Ich dachte, es wäre die Bäckerei, aber der Mann wollte seinen Namen nicht nennen. Er sagte nur, daß er in seiner Stellung über alles Bescheid weiß, was im Gang ist, und daß jemand diesen Schweinen in Ludwigsburg gesteckt hat, wer ich bin, und daß ein Haftbefehl auf meinen Namen ausgestellt worden ist. Ich wußte nicht, wer der Mann war, aber seine Stimme klang so, als ob er wußte, wovon er redete. So eine Art amtliche Stimme, wenn Sie wissen, was ich meine.«
Der Anwalt nickte.
»Wahrscheinlich einer unserer Freunde in der Bremer Polizeibehörde. Und was haben Sie daraufhin getan?«
Miller sah überrascht aus.
»Na, ich habe gemacht, daß ich wegkam. Ich habe mich selber entlassen. Nach Hause bin ich nicht gegangen, weil die ja dort womöglich schon auf mich warteten. Ich bin nicht mal hin, um mir meinen Volkswagen zu holen, der noch immer vor meiner Tür geparkt war. Freitag nachts habe ich schlecht geschlafen, aber am Sonnabend kam mir dann eine Idee. Ich bin zum Chef gegangen, zum Herrn Eberhardt in die Wohnung. Er war wirklich sehr nett zu mir und hat gesagt, daß er zwar mit seiner Frau am anderen

Morgen in aller Frühe aufs Schiff geht und diese Kreuzfahrt da macht, mich aber trotzdem vorher sehen wollte. Er hat mir dann diesen Brief mitgegeben und gesagt, daß ich zu Ihnen gehen soll.«
»Wie kamen Sie darauf, daß Herr Eberhardt Ihnen helfen würde?«
»Ah, ja, nun, sehen Sie, ich wußte nicht, was er im Krieg gewesen war. Aber er war immer sehr anständig mir gegenüber in der Bäckerei. Dann hatten wir vor vielleicht zwei Jahren das Betriebsfest. Wir haben uns alle mächtig betrunken, wissen Sie. Und ich bin mal auf die Herrentoilette gegangen, und da stand Herr Eberhardt und wusch sich die Hände und sang. Das Horst-Wessel-Lied. Da habe ich dann kräftig mitgesungen. Dann hat er mir auf die Schulter geklopft und gesagt: ›Kein Wort zu den anderen, Kolb‹, und ist wieder rausgegangen. Ich habe nicht weiter darüber nachgedacht, bis ich dann diese Schwierigkeiten kriegte. Da dachte ich, vielleicht ist er ja auch in der SS gewesen, und bin zu ihm hingegangen.«
»Und er hat Sie zu mir geschickt?«
Miller nickte.
»Wie hieß der jüdische Krankenpfleger?«
»Hartstein, Herr Doktor.«
»Und das Sanatorium, in das Sie verlegt wurden?«
»Arcadia, Sanatorium und Klinik, in Delmenhorst bei Bremen.«
Der Anwalt notierte sich etwas auf ein Blatt Papier. Dann stand er auf.
»Warten Sie«, sagte er und verließ das Wohnzimmer. Er ging über den Korridor in sein Arbeitszimmer und ließ sich von der Auskunft die Telefonnummer der Bäckerei Eberhardt und des Zentralkrankenhauses in Bremen sowie der Arcadia-Klinik in Delmenhorst geben. Er rief die Bäckerei zuerst an.
Eberhardts Sekretärin war sehr entgegenkommend.
»Herr Eberhardt ist leider im Urlaub. Nein, erreichen kann man ihn nicht, er ist mit Frau Eberhardt wie jeden Winter auf der Kreuzfahrt im Karibischen Meer. In vier Wochen wird er zurück sein.«
Der Anwalt dankte ihr und legte auf.
Als nächstes rief er das Zentralkrankenhaus an und ließ sich mit der Personalabteilung verbinden.
»Hier ist das Arbeitsamt, Abteilung Sozialversicherungen«, sagte er geschäftsmäßig. »Ich wollte nur die Bestätigung einholen, daß Sie einen Krankenpfleger namens Hartstein in Ihrem Personal haben.«
Einen Augenblick lang herrschte Stille, während das Mädchen am anderen Ende der Leitung in der Personalkartei nachsah.
»Ja, haben wir«, sagte sie dann. »David Hartstein.«
»Danke«, sagte der Anwalt in Nürnberg und legte den Hörer auf. Er wählte noch mal dieselbe Nummer und verlangte diesmal, mit dem Geschäftszimmer der Registratur verbunden zu werden.

»Hier spricht die Bäckerei Eberhardt«, sagte er. »Ich möchte mich nach dem Befinden eines unserer Angestellten erkundigen, der in Ihrem Krankenhaus mit Magentumor gelegen hat. Können Sie mir wohl sagen, wie es ihm geht? Der Name ist Kolb, Rolf Günther. Danke.«
Wieder herrschte Stille. Das Mädchen suchte die Krankenblätter von Rolf Günther Kolb hervor und warf einen Blick auf die letzte Seite.
»Er ist entlassen«, erklärte sie dem Anrufer. »Seine Verfassung hat sich so weit gebessert, daß er in ein Sanatorium verlegt werden konnte.«
»Ausgezeichnet«, sagte der Anwalt. »Ich bin gerade aus dem Schiurlaub zurück und muß mich erst mal wieder zurechtfinden und die Personalsachen aufarbeiten. Können Sie mir sagen, in welche Klinik er überwiesen wurde?«
»In die Arcadia-Klinik in Delmenhorst«, sagte das Mädchen.
Der Anwalt legte auf und rief die Arcadia-Klinik an. Ein Mädchen meldete sich. Als es hörte, was der Anrufer zu erfahren wünschte, wandte es sich leise an den Arzt, der neben ihr stand.
»Da ist eine Anfrage wegen des Mannes, den Sie erwähnten – Kolb«, sagte sie. Der Arzt nahm den Hörer zur Hand.
»Ja«, sagte er. »Chefarzt Doktor Braun – kann ich Ihnen behilflich sein?«
Als ihr Arbeitgeber sich mit »Braun« meldete, warf ihm das Mädchen einen überraschten Blick zu. Ohne mit der Wimper zu zucken, hörte er der Stimme aus Nürnberg zu und gab ihr geläufig Auskunft.
»Herr Kolb hat unser Sanatorium am Freitagnachmittag leider eigenmächtig verlassen. Höchst ungewöhnlich, sein Verhalten, aber ich konnte ihn nicht daran hindern. Ja, das stimmt, er ist uns vom Zentralkrankenhaus in Bremen überwiesen worden. Mit einem Magentumor, der bereits in Zurückbildung begriffen war.«
Er hörte wieder einen Augenblick lang zu und sagte dann: »Aber keineswegs. Freue mich, daß ich Ihnen behilflich sein konnte.«

Der Arzt, dessen richtiger Name Rosemeyer war, legte auf und wählte gleich darauf eine Münchner Nummer. Ohne sich erst mit einer langatmigen Einleitung aufzuhalten, sagte er:
»Jemand hat wegen Kolb angerufen. Die Nachforschungen haben eingesetzt.«

In Nürnberg legte der Anwalt den Hörer auf die Gabel und kehrte ins Wohnzimmer zurück.
»In Ordnung, Kolb. Offenbar sind Sie wirklich der Mann, der Sie zu sein behaupten.«

Miller sah ihn verwundert an.
»Trotzdem möchte ich Ihnen noch ein paar weitere Fragen stellen. Dagegen haben Sie doch sicher nichts?«
Noch immer verwundert, schüttelte Miller den Kopf.
»Nein, Herr Doktor.«
»Gut. Sind Sie beschnitten?«
»Nein, bin ich nicht«, sagte Miller.
»Vorzeigen«, sagte der Anwalt gleichmütig. Miller blieb auf seinem Stuhl sitzen und starrte ihn an.
»Los, zeigen Sie her«, kommandierte der Anwalt.
»Jawohl«, antwortete Miller und sprang auf.
Drei Sekunden lang blieb er mit den Händen an der Hosennaht wie angewurzelt in militärischer Haltung stehen. Dann öffnete er seinen Hosenschlitz. Der Anwalt blickte kurz hin und war zufrieden. Miller richtete wieder seine Kleidung.
»Na, wenigstens sind Sie kein Jude«, polterte er.
Miller, der sich wieder hingesetzt hatte, starrte ihn ungläubig an.
»Natürlich bin ich kein Jude«, protestierte er.
Der Anwalt lächelte.
»Trotzdem sind Fälle vorgekommen, in denen Juden sich als ehemalige Kameraden getarnt hatten. Die bleiben nicht lange unentdeckt. Jetzt beantworten Sie mir erst noch rasch folgende Fragen:
»Wo sind Sie geboren?«
»Bremen, Herr Doktor.«
»Stimmt. Ist als Geburtsort in Ihrer SS-Akte angeführt. Habe das gerade nachgeprüft. Waren Sie in der Hitlerjugend?«
»Jawohl, Herr Doktor. Bin 1935 mit zehn Jahren eingetreten.«
»Ihre Eltern waren gute Nationalsozialisten?«
»Jawohl, Herr Doktor. Beide.«
»Leben sie noch?«
»Nein, Herr Doktor. Beide sind bei den Terrorangriffen auf Bremen umgekommen.«
»Wann wurden Sie in die SS aufgenommen?«
»Im Frühjahr vierundvierzig, Herr Doktor. Im Alter von Achtzehn.«
»Wo sind Sie ausgebildet worden?«
»Im Ausbildungslager Dachau.«
»Sie haben Ihre tätowierte Blutgruppenbezeichnung unter der rechten Achsel?«
»Nein, Herr Doktor. Und wenn, wäre es unter der linken Achsel.«
»Warum wurden Sie nicht tätowiert?«
»Nun, Herr Doktor, wir sollten im August vierundvierzig mit der Grundausbildung fertig sein und zum Einsatz zu einer Waffen-SS-Einheit kom-

men. Dann wurde im Juli eine große Gruppe von Wehrmachtsoffizieren nach Flossenbürg eingeliefert, weil sie an der Verschwörung gegen den Führer beteiligt gewesen war. Flossenbürg forderte zusätzliches Personal beim Ausbildungslager Dachau an. Ich und zwölf andere wurden als besonders geeignete ausgesucht und sofort nach dort in Marsch gesetzt. Wir sind nicht mehr tätowiert worden. Der Kommandant hat gesagt, daß die Blutgruppentätowierung nicht erforderlich ist, weil wir nicht an die Front kämen.«

Der Anwalt nickte. Zweifellos war sich der Kommandant im Juli 1944, als die Alliierten bereits tief nach Frankreich eingedrungen waren, auch bewußt gewesen, daß der Krieg nicht mehr allzu lange dauern konnte.

»Haben Sie Ihren Dolch erhalten?«
»Jawohl, Herr Doktor. Aus der Hand des Kommandanten.«
»Wie lauten die eingravierten Worte?«
»Blut und Ehre, Herr Doktor.«
»Was für eine Ausbildung erhielten Sie in Dachau?«
»Infanteristische Grundausbildung und außerdem die politisch-weltanschauliche Schulung.«
»Haben Sie die alten Lieder gelernt?«
»Jawohl, habe ich.«
»Wie heißt das Marschlieder-Buch, aus dem das Horst-Wessel-Lied stammt?«
»Schicksalszeit der Nation, Herr Doktor.«
»Wo lag das Ausbildungslager Dachau?«
»Fünfzehn Kilometer nordwestlich von München. Drei Kilometer von dem Konzentrationslager entfernt.«
»Wie sah Ihre Uniform aus?«
»Graugrüne Jacke und Hose, Knobelbecher, Kragen mit schwarzen Spiegeln, Rangabzeichen auf dem linken, Siegrunen auf dem rechten Kragenspiegel, schwarzes Lederkoppel mit Koppelschloß aus Metall.«
»Was stand auf dem Koppelschloß?«
»In der Mitte ein Hakenkreuz und rundherum die Worte: ›Meine Ehre heißt Treue‹.«

Der Anwalt stand auf und streckte sich. Er zündete sich eine Zigarre an und trat ans Fenster.

»Jetzt erzählen Sie mir mal vom Konzentrationslager Flossenbürg, Kolb. Wo lag das?«
»Nahe der bayerisch-böhmischen Grenze, Herr Doktor.«
»Wann wurde es eingerichtet?«
»Anno vierunddreißig. Es war eines der ersten Lager, in das die Schweine gesteckt wurden, die gegen den Führer waren.«
»Wie groß war es?«

»Zu meiner Zeit 300 mal 300 Meter. Es hatte 19 Wachtürme mit leichten und schweren Maschinengewehren und einen Appellplatz von 120 zu 140 Meter. Gott, da haben wir die vielleicht gescheucht, die Judenbrut...«
»Bleiben Sie bei der Sache«, ermahnte ihn der Anwalt scharf. »Wie stand es mit der Unterbringung?«
»Vierundzwanzig Baracken, eine Küche für die Häftlinge, eine Waschbaracke, ein Krankenrevier und verschiedene Werkstätten.«
»Und für die Lagerwache?«
»Zwei Baracken, eine Kantine und ein Bordell.«
»Was geschah mit den Leichen der Häftlinge, die im Lager starben?«
»Es gab ein kleines Krematorium, das außerhalb des Lagerzauns lag. Ein unterirdischer Gang führte vom Lager aus dorthin.«
»Welche Art von Arbeit wurde in der Hauptsache verrichtet?«
»Die Häftlinge arbeiteten hauptsächlich im Steinbruch, Herr Doktor. Der Steinbruch lag außerhalb des Lagers, war aber auch von einem Stacheldrahtzaun und eigenen Wachtürmen umgeben.«
»Wie war das Lager Ende 1944 belegt?«
»Nun, etwa 16000 Häftlinge werden es wohl gewesen sein, Herr Doktor.«
»Wo befand sich die Unterkunft des Kommandanten?«
»Außerhalb des Lagers, auf einem Abhang, von dem aus das Lager zu übersehen war.«
»Wie hießen die Kommandanten?«
»Zwei waren vor meiner Zeit dort. Der erste war SS-Sturmbannführer Karl Kunstler. Sein Nachfolger war SS-Hauptsturmführer Karl Fritsch. Der letzte war SS-Obersturmbannführer Max Koegel.«
»Wie lautete die Nummer der politischen Abteilung?«
»Abteilung Zwo, Herr Doktor.«
»Wo lag sie?«
»In der Kommandantur.«
»Welche Aufgabe hatte sie?«
»Sie hatte zu gewährleisten, daß die Anweisungen aus Berlin wegen der Sonderbehandlung bestimmter Häftlinge durchgeführt wurden.«
»Waren Canaris und die anderen Verschwörer für die Sonderbehandlung vorgesehen?«
»Jawohl, Herr Doktor. Sie waren alle dafür vorgesehen.«
»Und wann wurden die Anweisungen ausgeführt?«
»Im April fünfundvierzig. Die Amis rückten von Bayern her vor, und da kam der Befehl, sie zu erledigen. Eine Gruppe von uns wurde bestimmt, das zu übernehmen. Ich war damals gerade zum Unterscharführer befördert worden, obwohl ich als einfacher SS-Schütze nach Flossenbürg gekommen war. Ich habe das Exekutionskommando für Canaris und noch fünf andere kommandiert. Anschließend haben wir ein Kommando aus Juden zusam-

mengestellt, das die Leichen verscharrte. Hartstein war auch dabei. Dann haben wir alle Akten verbrannt. Zwei Tage später kam der Befehl, daß wir uns in Fußmärschen mit den Häftlingen nach Norden absetzen sollten. Unterwegs erfuhren wir, daß der Führer gefallen war. Na ja, Herr Doktor, und dann sind die Offiziere auf einmal weggewesen. Die Häftlinge fingen an zu türmen. Sie haben sich in die Wälder verdrückt. Ein paar von ihnen haben wir noch erwischen können, aber es hatte nicht mehr viel Zweck weiterzumarschieren, wo doch die Amis schon überall waren.«

»Noch eine letzte Frage, die das Lager betrifft. Unterscharführer. Wenn Sie nach oben blickten, was sahen Sie da?«

Miller schien den Sinn der Frage nicht zu begreifen.

»Den Himmel«, sagte er.

»Idiot, ich meine, was beherrschte die Landschaft?«

»Ach, Sie meinen den Berg mit der Burgruine darauf?«

Der Anwalt nickte lächelnd.

»Ganz recht. Vierzehntes Jahrhundert übrigens«, sagte er. »In Ordnung, Kolb. Sie waren in Flossenbürg. Und jetzt erzählen Sie mir, wie Sie sich dann durchgeschlagen haben.«

»Ja, also, das war auf dem Marsch, als wir uns auflösten. Ich traf einen versprengten Landser, dem hab ich eins über den Kopf gegeben und mir dann seine Uniform angezogen. Zwei Tage später haben mich die Amis geschnappt. Ich war zwei Jahre in einem Kriegsgefangenenlager und habe denen einfach gesagt, ich bin Soldat der Wehrmacht. Na ja, Herr Doktor, Sie wissen ja, wie das damals war, mit den Gerüchten, daß die Amis SS-Leute abknallten und so. Ich habe immer wieder gesagt, ich bin Wehrmachtsangehöriger.«

Der Anwalt stieß Zigarrenrauch aus.

»Da waren Sie nicht der einzige, der das getan hat. Haben Sie Ihren Namen gewechselt?«

»Nein, Herr Doktor. Ich habe mein Soldbuch weggeworfen, weil es mich als SS-Angehörigen auswies. Aber ich habe mir gedacht, nach einem Wehrmachtfeldwebel werden sie nicht suchen. Von der Sache mit Canaris war damals kaum die Rede. Die wurde erst viel später hochgespielt, als sie anfingen, aus der Verschwörung eine große Sache zu machen und den Raum da in Berlin, wo die Drahtzieher aufgehängt wurden, zu einer Gedenkstätte herzurichten. Aber da hatte ich schon richtige Papiere auf den Namen Kolb und alles. Und es wäre ja auch nie was nachgekommen, wenn der Krankenpfleger mich nicht erkannt hätte. Und danach wäre es egal gewesen, wie ich mich genannt hätte.«

»Stimmt. Gut, dann lassen Sie jetzt mal hören, ob Sie von dem, was Ihnen einmal beigebracht wurde, noch etwas im Kopf behalten haben. Fangen wir mit dem Treue-Eid auf den Führer an. Wie lautete der?« fragte der Anwalt.

So ging es noch zwei Stunden lang weiter. Miller schwitzte, konnte aber darauf hinweisen, daß er das Krankenhaus vorzeitig verlassen und den ganzen Tag noch nichts gegessen hatte. Die Mittagszeit war vorüber, als der Anwalt sich endlich zufriedengab.

»Und die Hilfe, die Sie sich nun von mir erhoffen – wie hatten Sie sich die vorgestellt?« fragte er Miller.

»Tja, Herr Doktor, die Sache ist die, daß ich jetzt, wo die alle hinter mir her sind, dringend andere Papiere brauche. Ich kann mein Aussehen verändern, ich meine, ich könnte mir zum Beispiel die Haare und den Bart länger wachsen lassen und in Bayern oder woanders Arbeit finden. Ich bin Bäcker, und Brot brauchen die Menschen nun mal, stimmt's?«

Zum erstenmal seit Beginn des Verhörs warf der Anwalt den Kopf zurück und lachte.

»Ja, mein lieber Kolb, da haben Sie allerdings recht. Brot brauchen die Menschen immer. Also nun hören Sie mir mal gut zu. Normalerweise stellen die Leute, die es wert sind, daß eine Menge kostbarer Zeit und Mühe auf sie verwendet wird, im Leben etwas mehr dar als Sie. Da Sie aber offenkundig ohne eigenes Verschulden in Schwierigkeiten geraten und zweifellos ein guter und aufrechter Deutscher sind, werde ich für Sie tun, was ich kann. Es hat keinen Zweck, Ihnen lediglich einen neuen Führerschein zu beschaffen. Damit würden Sie nicht die anderen nötigen Papiere bekommen, wenn Sie nicht auch eine Geburtsurkunde vorlegen, die Sie nicht besitzen. Aber ein neuer Paß kann Ihnen alles das beschaffen. Haben Sie ein bißchen Geld?«

»Nein, Herr Doktor. Ich bin restlos blank. Seit drei Tagen bin ich per Anhalter unterwegs.«

Der Anwalt gab ihm einen Hundertmarkschein.

»Hier können Sie nicht bleiben, und es wird mindestens eine Woche dauern, bis Ihr neuer Paß ausgestellt ist. Ich schicke Sie zu einem Freund von mir, der Ihnen den Paß besorgen wird. Er lebt in Stuttgart. Sie nehmen sich dort am besten ein Hotelzimmer und suchen ihn auf. Ich werde ihn benachrichtigen, daß Sie kommen, damit er sich darauf einrichten kann.«

Der Anwalt schrieb etwas auf einen Zettel.

»Er heißt Franz Bayer, und hier ist seine Adresse. Sie nehmen den Zug nach Stuttgart, suchen sich ein Hotel und gehen gleich zu ihm. Wenn Sie etwas Geld brauchen, wird er Ihnen aushelfen. Aber geben Sie es nicht gleich aus wie verrückt. Verhalten Sie sich unauffällig, bis Bayer Ihnen einen neuen Paß besorgen kann. Dann werden wir eine Stellung für Sie in Süddeutschland finden, und niemand wird Ihnen je auf die Spur kommen.«

Miller nahm den Hundertmarkschein und die Anschrift Franz Bayers unter verlegenen Beteuerungen der Dankbarkeit entgegen.

»Oh, vielen Dank, Herr Doktor. Sie sind wirklich anständig.«

Das Hausmädchen brachte ihn zur Tür, und Miller ging in Richtung Bahnhof, in dessen Nähe er sich ein Hotelzimmer genommen und seinen Wagen geparkt hatte. Eine Stunde später war er bereits unterwegs nach Stuttgart. Zu der Zeit rief der Anwalt Bayer an und unterrichtete ihn von dem flüchtigen Besucher Rolf Günther Kolb, der am frühen Abend ankommen würde.
Bei strahlender Sonne wäre die Burgenstraße, die aus der fruchtbaren Ebene des Frankenlandes zu den baumbestandenen Hügeln und den Tälern Württembergs führte, malerisch zu nennen gewesen. An einem bitter kalten Februarnachmittag, an dem Glatteis die Mulden der Straßenoberfläche bedeckte und Nebel sich in den Tälern bildete, war die kurvenreiche Strecke zwischen Ansbach und Crailsheim mörderisch. Zweimal wäre der schwere Jaguar um ein Haar in den Chausseegraben gerutscht, und zweimal mußte Miller sich zur Ordnung rufen. Es bestand kein Grund zur Eile; Franz Bayer würde ihm nicht weglaufen.
Er traf nach Dunkelwerden in Stuttgart ein und fand in einem Außenbezirk der Stadt ein kleines Hotel. Es hatte sogar eine Garage und einen Nachtportier. Miller kaufte an der Rezeption einen Stadtplan. Die Straße, in der Bayer wohnte, befand sich im Stadtteil Ostheim, einer gepflegten Wohngegend. Ganz in der Nähe stand die Villa Berg, in deren Park sich einst die württembergischen Prinzen in lauen Sommernächten mit ihren Damen vergnügt hatten.
Miller sah gründlich auf der Karte nach und fuhr in den Talkessel, wo der Stadtkern von Stuttgart liegt. Er parkte den Wagen einen halben Kilometer von Bayers Haus entfernt. Von der Dame, die sich auf dem Heimweg von einem Krankenbesuch befand und den Jaguar sowie den gutaussehenden jungen Mann mit einem anerkennenden Blick streifte, nahm Miller, der in diesem Augenblick den Wagen abschloß, keine Notiz.

Kurz vor acht griff der Anwalt in Nürnberg zum Telefon, um von Bayer zu hören, daß der Flüchtling Kolb sicher eingetroffen war. Bayers Frau meldete sich am Apparat.
»Oh, ja, der junge Mann«, sprudelte sie hervor. »Er ist hier, eben angekommen. Ich hatte ihn schon vorher gesehen; bin an ihm vorbeigekommen, als er seinen Wagen parkte. Ich war gerade auf dem Heimweg von einem Besuch im Krankenhaus. Aber er hat ihn kilometerweit vom Haus entfernt abgestellt. Er muß sich verfahren haben. Das kann einem leicht passieren hier in Stuttgart, mit den vielen Einbahnstraßen...«
»Entschuldigen Sie, Frau Bayer«, unterbrach sie der Anwalt. »Der Mann hat seinen Volkswagen in Bremerhaven stehengelassen. Er ist mit der Bahn gekommen.«
»Nein, nein«, widersprach Frau Bayer, glücklich, besser informiert zu sein.

»Er ist mit dem Wagen gekommen. Ein so netter junger Mann und so ein schöner Wagen. Ich bin sicher, daß ihm alle Mädchen nachlaufen, mit so einem fabelhaften...«
»Frau Bayer, das ist wichtig! Was für ein Wagen war das?«
»Nun ja, die Marke kenne ich natürlich nicht. Aber es war ein Sportwagen. Ein langer schwarzer Sportwagen mit einem gelben Streifen an den Seiten...«
Der Anwalt schmetterte den Hörer auf die Gabel, nahm ihn gleich wieder auf und wählte eine Nummer in Nürnberg. Schweißperlen standen ihm auf der Stirn. Als sich das Hotel meldete, verlangte er einen Zimmeranschluß. Der Hörer wurde abgenommen, und eine vertraute Stimme sagte: »Hallo.«
»Mackensen«, bellte der Werwolf, »kommen Sie schnell rüber. Wir haben Miller gefunden.«

12

Franz Bayer war genauso fett und kugelrund und munter wie seine Frau. Er war vom Werwolf auf die Ankunft des Flüchtigen vorbereitet worden und hatte Miller an der Tür begrüßt. Es war kurz vor 8 Uhr gewesen. Miller war Bayers Frau vorgestellt worden, die ihn mit einem erstaunten und wohl auch ein wenig bewundernden Blick ansah, bevor sie sich geschäftig in die Küche zurückzog.
»Wie ist es«, fragte Bayer, »sind Sie schon mal in Württemberg gewesen, mein lieber Kolb?«
»Nein, ehrlich gesagt, noch nie.«
»Ha, nun, wir sind ein sehr gastfreundliches Völkchen. Sicher möchten Sie sich erst mal stärken. Haben Sie heute schon etwas gegessen?«
Miller sagte ihm, daß er weder gefrühstückt noch zu Mittag gegessen und den ganzen Nachmittag im Zug verbracht habe. Bayer war außerordentlich besorgt.
»Sie Ärmster, wie schrecklich. Sie müssen etwas essen. Wissen Sie was, wir fahren rasch in die Stadt und essen erst mal was Gutes. Keine Widerrede, mein Bester!«
Er watschelte in die Küche, um seiner Frau zu sagen, daß er mit dem Gast zum Essen in die Stadt fahre, und zehn Minuten später waren sie in Bayers Wagen auf dem Weg zur Innenstadt.

Auf der E 12 braucht man mindestens zwei Stunden von Nürnberg nach Stuttgart, selbst wenn man den Fuß nicht vom Gaspedal nimmt. Und Makkensen legte an diesem Abend ein halsbrecherisches Tempo vor. Eine halbe

Stunde nachdem ihn der Anruf des Werwolfs erreicht hatte, jagte er, umfassend instruiert und mit Bayers Adresse versehen, seinen Mercedes über die Strecke. Er kam um 22 Uhr 30 in Stuttgart an und fuhr ohne Aufenthalt zu Bayers Haus.

Der zweite Anruf des Werwolfs, der Frau Bayer davon unterrichtet hatte, daß es sich bei dem jungen Mann, der sich Kolb nannte, möglicherweise um einen Polizeispitzel handelte, hatte sie gänzlich verstört. Mackensen traf eine zitternde, verängstigte Frau an. Seine kurzangebundene Art war nicht geeignet, sie zu beruhigen.

»Wann sind sie weggefahren?«

»Ungefähr um Viertel nach acht«, stammelte sie.

»Haben sie gesagt, wohin sie gehen wollten?«

»Nein. Franz sagte nur, daß der junge Mann den ganzen Tag noch nichts gegessen habe. Er wollte mit ihm in die Stadt fahren und in einem Restaurant essen. Ich sagte, daß ich doch hier zu Hause etwas zu essen machen könne, aber Franz geht nun mal gern auswärts essen. Da ist ihm jeder Vorwand willkommen ...«

»Dieser Kolb. Sie sagten, Sie hätten ihn gesehen, als er seinen Wagen parkte. Wo war das?«

Sie beschrieb ihm die Straße, in der der Jaguar stand, und den kürzesten Weg dorthin. Mackensen überlegte einen Augenblick lang.

»Haben Sie eine Idee, in welche Gaststätte Ihr Mann mit ihm gegangen sein könnte?«

Sie dachte eine Weile nach.

»Nun, am liebsten geht er in die ›Drei Mohren‹ in der Friedrichstraße«, sagte sie. »Gewöhnlich probiert er es da immer zuerst.«

Mackensen verließ das Haus und fuhr zum knapp einen Kilometer entfernt geparkten Jaguar. Er betrachtete ihn eingehend und war ganz sicher, ihn wiederzuerkennen, wann immer er ihn sah. Er schwankte, ob er bei dem Wagen bleiben und auf Millers Rückkehr warten sollte. Aber der Befehl des Werwolfs lautete, Miller und Bayer aufzuspüren, den ODESSA-Mann zu warnen und heimzuschicken und Miller dann zu liquidieren. Deswegen hatte er auch nicht im Gasthaus »Drei Mohren« angerufen. Bayer jetzt zu warnen hieße Miller auf die Tatsache aufmerksam machen, daß er entlarvt war. Das gab ihm die Chance, ein zweites Mal zu entkommen.

Mackensen warf einen Blick auf seine Uhr. Es war zehn vor elf. Er stieg wieder in seinen Mercedes und fuhr ins Stadtzentrum.

In einem obskuren kleinen Hotel in einer schmalen Straße in München lag Josef wach und angekleidet auf dem Bett, als er einen Anruf von der Rezeption bekam. Ein Telegramm war für ihn eingetroffen. Er ging hinunter, um

es selbst in Empfang zu nehmen, und kehrte wieder in sein Zimmer zurück. Er setzte sich an den wackeligen Tisch, schnitt den Umschlag auf und studierte den umfangreichen Inhalt. Es lautete:
Nachfolgend die uns annehmbar erscheinenden Preise für Artikel, an denen der Kunde Interesse zeigte:

Sellerie	481 DM 53 Pf.
Melonen	362 DM 17 Pf.
Apfelsinen	627 DM 24 Pf.
Pampelmusen	313 DM 88 Pf.

Die Liste der aufgeführten Früchte und Gemüse war lang, enthielt jedoch ausschließlich Artikel, die von Israel ausgeführt wurden. Das Telegramm las sich wie die Preisauskunft der deutschen Niederlassung einer israelischen Exportfirma. Es war gewiß nicht risikolos, das öffentliche internationale Telegraphennetz zu benutzen, aber an einem einzigen Tag gehen in Westeuropa so viele Telegramme, die das Wirtschaftsleben und die Marktlage betreffen, über den Draht, daß man ein Heer von Hilfskräften brauchte, wenn man sie alle kontrollieren wollte.
Josef kümmerte sich nicht um den Wortlaut und schrieb die Zahlen in einer einzigen langen Zeile nieder. Die fünfstelligen Zahlen, die durch die Mark- und Pfennigbezeichnungen getrennt waren, verschwanden. Als er sie alle in einer Linie aufgereiht hatte, gliederte er sie in sechsstellige Zahlengruppen. Dann zog er das Datum – den 20. Februar 1964 –, das bei ihm als 20264 erschien, von jeder dieser Zahlengruppen ab. In allen Fällen war das Ergebnis eine weitere sechsstellige Zahlengruppe.
Es handelte sich um einen einfachen Buchcode, aufgebaut auf der Taschenbuchausgabe von *Webster's New World Dictionary*, die von der Popular Library in New York veröffentlicht worden war. Die ersten drei Zahlen der Gruppe gaben die betreffende Seite im Wörterbuch an; die vierte Zahl konnte jede beliebige Zahl von eins bis neun bedeuten.
Eine ungerade Zahl hieß Spalte eins, eine gerade Spalte zwei. Die letzten beiden Zahlen gaben an, um das wievielte Stichwort, von oben gezählt, es sich in der betreffenden Spalte handelte.
Josef arbeitete eine halbe Stunde lang intensiv, las dann die Meldung durch und preßte die Hände an die Schläfen.
Eine halbe Stunde später war er bei Leon in dessen Haus. Der Chef der Vergeltungsorganisation las die Meldung und fluchte.
»Tut mir leid«, sagte er schließlich. »Das konnte ich nicht ahnen.«
Ohne daß die beiden Männer etwas davon wußten, hatte die Mossad innerhalb der vergangenen sechs Tage drei winzige Informationspartikel erhalten. Eine dieser Teilinformationen stammte von einem Israeli-Agenten in Buenos Aires und besagte, daß jemand die Auszahlung einer dem Gegen-

wert von einer Million DM entsprechenden Summe an eine Person, die
»Vulkan« genannt wurde, verfügt hatte, um ihm »den Abschluß der nächsten Phase seines Forschungsprojekts zu ermöglichen«.
Das zweite Informationspartikel wurde von einem jüdischen Angestellten
einer schweizerischen Bank beigesteuert, die Gelder aus anderweitigen geheimen Nazifonds zur Bezahlung von ODESSA-Leuten in Europa transferierte. Es lief darauf hinaus, daß der Bank eine Million Mark aus Beirut
überwiesen und von einem Mann abgehoben worden war, der seit zehn
Jahren ein auf den Namen Fritz Wegener lautendes Konto bei der betreffenden Bank unterhielt.

Die dritte Teilinformation stammte von einem ägyptischen Oberst, der eine
höhere Position im Sicherheitsapparat der Fabrik 333 innehatte. Gegen eine
beträchtliche Barzuwendung zur Aufbesserung seines Ruhestandsgehalts
hatte er sich zu einer mehrstündigen Unterhaltung mit einem Mossad-Agenten in einem römischen Hotel bereitgefunden. Der Mann hatte zu berichten gewußt, daß dem Raketenprojekt nur noch ein zuverlässiges Fernsteuerungssystem fehlte, welches gegenwärtig in einer Fabrik in
Westdeutschland entwickelt und konstruiert werde. Das Vorhaben koste
die ODESSA angeblich Millionen.
Die drei fragmentarischen Informationen waren zusammen mit Tausenden
anderen den Computerbänken Professor Yourel Neemans zur Auswertung
eingeführt worden. Er galt als der israelische Genius, der als erster die Wissenschaft in Gestalt des Computers in die Analyse von Geheiminformationen eingeführt hatte. Später wurde er zum Vater der israelischen Atombombe. Wo das menschliche Gedächtnis möglicherweise versagen konnte,
hatten die Mikroschaltkreise präzise gearbeitet. Sie brachten die drei Fakten
in Zusammenhang – und sie erinnerten sich, daß Roschmann bis zu seiner
Entlarvung 1955 durch seine Frau den Namen Fritz Wegener benutzt hatte.
Josef machte Leon in dessen Untergrundhauptquartier schwerste Vorhaltungen.
»Ich bleibe von jetzt ab hier. Ich gehe nicht außer Reichweite dieses Telefons
da. Besorgen Sie mir ein schweres Motorrad und Schutzkleidung. Halten
Sie beides innerhalb einer Stunde bereit. Falls Ihr kostbarer Miller sich meldet, muß ich verdammt schnell bei ihm sein.«
»Wenn er entlarvt wird, werden Sie nicht schnell genug bei ihm sein«, sagte
Leon. »Kein Wunder, daß sie ihn davor gewarnt haben, der Sache weiter
nachzugehen. Wenn er auch nur auf einen Kilometer an den Mann herankommt, bringen sie ihn um.«
Als Leon den Keller verließ, las Josef das Telegramm aus Tel Aviv noch einmal. Es lautete:

HOECHSTE ALARMSTUFE STOP IN IHREM GEBIET TAETIGER
DEUTSCHER INDUSTRIELLER NEUEN INFORMATIONEN ZUFOLGE
SCHLUESSELFIGUR FUER ERFOLG RAKETENPROGRAMM STOP
DECKNAME VULKAN STOP VERMUTLICH IDENTISCH ROSCH-
MANN STOP SOFORT MILLER EINSETZEN STOP AUFSPUEREN
UND AUSSCHALTEN STOP CORMORANT

Josef setzte sich an den Tisch, reinigte sorgfältig seine Walther PPK und legte das Magazin ein. Von Zeit zu Zeit sah er das stumme Telefon an.

Beim Abendessen war Bayer ganz der gutgelaunte Gastgeber gewesen; am liebsten lachte er über seine eigenen Witze – laut und viel. Miller hatte mehrmals vergeblich versucht, das Gespräch auf die Beschaffung eines neuen Passes für ihn zu bringen.
Jedesmal hatte Bayer ihm kräftig auf die Schulter geschlagen und ihm versichert, er brauche sich keine Sorgen zu machen.
»Überlassen Sie das nur mir, alter Junge. Der alte Franz Bayer macht das schon für Sie.«
Er tippte sich mit dem Zeigefinger an den rechten Nasenflügel, lächelte breit und brach wieder in wieherndes Gelächter aus.
In den acht Jahren seiner Tätigkeit als Reporter hatte Miller gelernt, zu trinken und trotzdem einen klaren Kopf zu behalten. Aber er war den Weißwein nicht gewohnt, der in beträchtlichen Mengen zum Essen getrunken wurde. Doch die Sorte, die Bayer bestellt hatte, war vorteilhaft, die Flaschen wurden in Eiskübeln gebracht, damit der Wein kalt blieb, und so konnte Miller dreimal ein volles Glas ausgießen, als Bayer wegschaute. Als sie beim Nachtisch angelangt waren, hatten sie zwei Flaschen geleert, und Bayer in seiner engen Jacke mit den Hirschhornknöpfen schwitzte heftig. Dies wiederum steigerte seinen Durst, und so bestellte er eine dritte Flasche Weißwein.
Miller gab sich sorgenvoll. Vielleicht konnte man ihm doch keinen neuen Paß beschaffen, und dann würde er unweigerlich eingesperrt wegen seiner Rolle bei den Ereignissen 1945 in Flossenbürg.
»Sie brauchen doch bestimmt ein paar Photos von mir, oder?« fragte er ängstlich.
Bayer lachte.
»Ja, ein paar Photos brauchen wir schon. Kein Problem. Die können Sie sich von einem Automaten am Bahnhof machen lassen. Warten Sie damit, bis Ihr Haar ein bißchen länger und der Bart etwas voller geworden ist. Dann wird niemand je erfahren, daß es sich noch immer um denselben Mann handelt.«

»Und wie geht es dann weiter?« fragte Miller neugierig.
Bayer beugte sich zu ihm hinüber und legte ihm einen fetten Arm um die Schultern. Miller spürte, wie ihm der saure Weinatem über das Gesicht strich, als ihm der dicke Mann ins Ohr kicherte.
»Dann schicke ich Sie zu einem Freund von mir, und eine Woche später ist der neue Paß da. Mit dem können Sie dann einen neuen Führerschein – die Fahrprüfung müssen Sie natürlich ablegen – und die sonstigen Papiere ausgestellt bekommen. Für die Behörden sind Sie gerade von einem fünfzehnjährigen Aufenthalt in Übersee zurückgekehrt. Kein Problem, alter Junge. Hören Sie auf, sich deswegen Gedanken zu machen.«
Obwohl Bayer langsam wirklich betrunken wurde, hielt er immer noch seine Zunge im Zaum. Er weigerte sich, mehr zu sagen, und Miller wollte ihn nicht zu sehr drängen. Er sollte keinen Verdacht schöpfen, daß irgend etwas mit seinem Gast nicht stimmte.
Er hätte gern einen Kaffee getrunken, lehnte ihn aber ab, weil der Kaffee Bayer womöglich wieder nüchtern gemacht hätte. Der fette Mann zückte seine gutgefüllte Brieftasche und bezahlte die Rechnung für das Essen. Sie gingen zur Garderobe. Es war halb elf.
»Haben Sie vielen Dank, Herr Bayer. Es war ein fabelhafter Abend.«
»Ich heiße Franz«, keuchte der fette Mann.
»Ich nehme an, das ist alles, was Stuttgart an Nachtleben zu bieten hat«, bemerkte Miller, als er sich seinen Mantel anzog.
»Haha, mein Bester. Das ist alles, was *du* kennst. Stuttgart ist nämlich ein großartiges Städtchen. Wir haben hier ein halbes Dutzend erstklassiger Nachtlokale. Hast du Lust, eines zu besuchen?«
»Soll das heißen, daß es hier Nachtlokale mit Striptease und allem gibt?« fragte Miller mit ungläubig aufgerissenen Augen.
Bayer schnaufte vor Vergnügen.
»Na, und ob! Ich hätte durchaus nichts dagegen, jetzt noch ein paar ansehnlichen Stripperinnen zuzuschauen.«
Bayer bedachte das Garderobenmädchen mit einem großzügigen Trinkgeld und watschelte auf die Straße hinaus.
»Was für Nachtlokale gibt es denn in Stuttgart?« fragte Miller mit Unschuldsmiene.
»Laß mich mal überlegen – da ist das Moulin Rouge, das Balzac, das Imperial und die Sayonara-Bar. Dann gibt es da noch das Madeleine in der Eberhardstraße...«
»Eberhard? Na, so ein Zufall! So hieß mein Chef in Bremen, der mir aus dieser Schweinerei herausgeholfen und mich zu dem Anwalt nach Nürnberg geschickt hat!« rief Miller aus.
»Na bestens, dann also auf ins Madeleine«, meinte Bayer und ging Miller zum Wagen voran.

Mackensen war um Viertel nach elf im Gasthaus »Drei Mohren«. Er fragte den Empfangschef, der Ankunft und Aufbruch der Gäste überwachte.
»Herr Bayer? Ja, der war heute abend hier. Ist ungefähr vor einer halben Stunde weggegangen.«
»War er in Gesellschaft eines Mannes? Eines schlanken Mannes mit kurzem braunen Haar und Bärtchen?«
»Ja, das stimmt. Sie saßen da drüben an dem Ecktisch.«
Mackensen steckte dem Mann einen Zwanzigmarkschein zu, der widerspruchslos angenommen wurde.
»Es ist sehr wichtig, daß ich ihn finde. Es geht um einen dringenden Notfall. Seine Frau hat ganz plötzlich einen Kollaps bekommen, wissen Sie...«
Der Empfangschef legte vor Mitgefühl das Gesicht in tiefe Falten.
»Ach Gott, wie schrecklich.«
»Wissen Sie, wohin die Herren von hier aus gegangen sind?«
»Ich muß gestehen, daß ich keine Ahnung habe.« Er rief einen der jüngeren Kellner herbei. »Hans, Sie haben Herrn Bayer und den Herrn in seiner Begleitung an dem Ecktisch bedient. Haben sie erwähnt, ob sie noch woanders hingehen wollten?«
»Nein«, sagte Hans. »Ich habe kein Wort davon gehört, daß sie noch weiterziehen wollten.«
»Sie könnten beim Garderobenmädchen nachfragen«, schlug der Empfangschef vor. »Möglicherweise hat sie ja gehört, daß sie irgend etwas über ihre Pläne gesagt haben.«
Mackensen fragte das Mädchen. Dann kaufte er ein Heft der Informationsbroschüre für Touristen »Was Stuttgart Ihnen bietet«. In der Rubrik »Nachtlokale« war ein halbes Dutzend Namen aufgeführt, und in der Mitte des Heftes war über zwei Seiten ein Stadtplan abgebildet. Er ging zu seinem Wagen und fuhr zu dem Striptease-Lokal, dessen Name die Liste anführte.

Miller und Bayer saßen im »Madeleine« an einem Tisch für zwei Personen. Bayer, der beim dritten doppelten Whisky angekommen war, glotzte mit gierigem Blick auf das von der Natur üppig bedachte junge Frauenzimmer, das in der Mitte der kleinen Bühne stand und kreisende Hüftbewegungen vollführte, während ihre Finger an den Haken ihres Büstenhalters nestelten. Als das Dessous schließlich fiel, versetzte Bayer seinem Gast einen schmerzhaften Rippenstoß.
»Das ist doch noch was, wie?« schmunzelte er, bebend vor Vergnügen.
Es war lange nach Mitternacht, und er wurde immer betrunkener.
»Hören Sie, Herr Bayer«, flüsterte Miller. »Ich mache mir Sorgen. Ich meine, ich bin es doch, der auf der Flucht ist. Wie rasch können Sie mir den Paß besorgen?«

Bayer legte Miller den Arm um die Schultern.
»Hör zu, Rolf, alter Kumpel. Ich hab's dir doch gesagt, darüber mußt du dir keine Sorgen machen. Verstehst du? Laß den alten Franz nur machen.« Er vollführte eine lässige Handbewegung und fügte hinzu: »Ich fabriziere die Pässe sowieso nicht selber. Ich schicke dem Burschen, der sie macht, nur die Photos zu, und eine Woche später sind sie da. Kein Problem, und jetzt trinken wir noch einen zusammen.«
Er hob eine fleischige Hand und winkte dem Kellner.
»Ober, noch zweimal dasselbe.«
Miller lehnte sich zurück und überlegte. Wenn er erst sein Haar wachsen lassen mußte, bevor sein Paßphoto aufgenommen werden konnte, würde das noch Wochen dauern. Zudem ließ Bayer sich den Namen und die Adresse des Paßfälschers nicht entlocken. Er war zwar betrunken, aber er gab seinen Kontakt zum Fälschergewerbe nicht preis.
Miller konnte den fetten ODESSA-Mann nicht vor dem Ende der ersten Show zum Aufbruch überreden. Als sie schließlich wieder in die kalte Nachtluft hinaustraten, war es nach ein Uhr morgens. Bayer, der torkelte, hatte einen Arm um Millers Schultern gelegt, und die unvermittelte Schockwirkung der kalten Luft drohte ihn jetzt vollends außer Gefecht zu setzen.
»Ich fahre Sie am besten heim«, sagte Miller, als sie sich schwankend auf den Wagen am Bordstein zu bewegten. Er holte die Wagenschlüssel aus Bayers Manteltasche und lud den fetten Mann, der keinerlei Einspruch erhob, auf dem Rücksitz ab. Dann schmetterte er die Tür zu, ging um den Wagen herum und setzte sich ans Steuer. In diesem Augenblick kam hinter ihnen ein grauer Mercedes um die Ecke und bremste zwanzig Meter weiter scharf ab.
Durch die Windschutzscheibe starrte Mackensen, der schon fünf Nachtlokale abgeklappert hatte, auf das Nummernschild des Wagens, der vor ihm in Höhe des »Madeleine« vom Straßenrand auf die Fahrbahn steuerte. Er trug die Nummer, die ihm Frau Bayer genannt hatte. Es war der Wagen ihres Mannes. Mackensen folgte ihm.
Miller, dem der eigene Alkoholspiegel zu schaffen machte, fuhr besonders vorsichtig. Von der Polizei angehalten und einem Alkoholtest unterzogen zu werden war das letzte, was er jetzt brauchen konnte. Er fuhr nicht zu Bayers Haus, sondern zu seinem Hotel. Bayer nickte unterwegs ein; sein Kopf sackte nach vorn und quetschte sein Doppelkinn zu einem Fettpolster zusammen, das sich auf Kragen und Krawattenknoten legte.
Vor dem Hotel rüttelte Miller Bayer wach.
»Los, alter Junge«, sagte er, »los doch, Franz, wir genehmigen uns noch einen vor dem Schlafengehen.«
Der fette Mann glotzte ihn benommen an.
»Muß nach Hause«, murmelte er. »Meine Frau wartet auf mich.«

»Nun komm schon. Nur noch einen kleinen Schluck zum Abschluß. Wir lassen uns einen auf mein Zimmer bringen und quatschen noch ein bißchen von den alten Zeiten.«
Bayer grinste betrunken.
»Da war noch was los, was, Junge? Rolf, Mensch, das waren Zeiten damals!«
Miller stieg aus, ging um den Wagen herum und hievte den Dicken aus dem Wagen.
»Ja, das waren noch Zeiten«, bestätigte er, als er ihn über den Gehsteig und durch den Hoteleingang lotste. »Komm, jetzt schwatzen wir erst mal noch ein bißchen von damals.«
Die Beleuchtung des Mercedes, der ein Stück weiter die Straße hinauf hielt, war abgeblendet worden, und der graue Wagen verschmolz mit den grauen Schatten der Straße.
Miller hatte seinen Zimmerschlüssel in der Tasche behalten. Der Nachtportier, der auf seinem Stuhl hinter dem Tresen saß, war eingenickt. Bayer murmelte irgend etwas Unverständliches.
»Ssschscht«, machte Miller. »Leise sein.«
»Leise«, wiederholte Bayer und schlich, den Finger auf den Lippen, schwankend auf die Treppe zu. Er kicherte über seine eigene pantomimische Darbietung. Zum Glück befand sich Millers Zimmer im ersten Stock; noch eine Treppe hätte Bayer nie geschafft. Miller schloß leise die Tür auf, knipste das Licht an und bugsierte Bayer in den einzigen Lehnstuhl des Zimmers – eine nicht sonderlich bequeme, ziemlich harte Sitzgelegenheit mit Armlehnen aus Holz.

Draußen, auf der anderen Seite der Straße, stand Mackensen und behielt die dunkle Front des Hotels im Auge. Als in Millers Zimmer das Licht anging, sah er, daß es im ersten Stockwerk war, von ihm aus gesehen auf der rechten Seite des Gebäudes.
Er überlegte, ob er geradewegs hinaufgehen und Miller, sobald er an der Tür erschien, niederstechen sollte. Zwei Dinge bewogen ihn, davon Abstand zu nehmen: einmal die Tatsache, daß der Nachtportier von Bayers schwerem Schritt geweckt worden war. Durch die Glastür beobachtete er, wie er sich in der Hotelhalle die Beine vertrat. Ein Fremder, der kein Hotelgast war und um 2 Uhr morgens die Treppe hinaufliff, würde seiner Aufmerksamkeit gewiß nicht entgehen; er dürfte der Polizei eine gute Personenbeschreibung liefern. Und der zweite Umstand, der ihn von einem solchen Vorgehen absehen ließ, war Bayers Zustand. Er hatte gesehen, wie der fette Mann von Miller über das Trottoir zum Hoteleingang geschleppt worden war. Er wußte, daß er Bayer nicht schnell genug aus dem Hotel her-

ausbringen konnte, wenn er Miller umgelegt hatte. Falls die Polizei Bayer festnahm, bekäme er es mit dem Werwolf zu tun. Bayer wirkte zwar ganz harmlos, aber unter seinem richtigen Namen war er ein gesuchter SS-Verbrecher und für die ODESSA ein wichtiger Mann.
Ein letzter Faktor bewog Mackensen, sich für einen Fensterschuß zu entscheiden. Gegenüber dem Hotel stand ein halbfertiger Neubau. Die Wände waren bereits gezogen, die Fußböden gelegt worden, und eine unfertige Betontreppe führte zum ersten und zweiten Stockwerk hinauf. Er konnte sich Zeit nehmen, denn Miller würde das Hotel nicht verlassen. Mackensen ging zu seinem Wagen zurück und holte das Jagdgewehr aus dem verschlossenen Kofferraum.

Bayer wurde von dem Schlag vollkommen überrascht. Der Alkohol hatte seine Reaktionsfähigkeit allzu sehr verlangsamt. Er konnte ihn nicht mehr rechtzeitig abfangen oder ausweichen. Miller hatte vorgegeben, nach seiner Flasche Whisky zu suchen, den Kleiderschrank geöffnet und seine zweite Krawatte herausgeholt – die andere trug er. Er löste den Knoten und nahm sie auch in die Hand.
Bayer saß mit dem Rücken zu ihm im Sessel und murmelte: »Das waren noch Zeiten damals...«
Die gewaltige Masse seines rosa Fettnackens veranlaßte Miller, so hart zuzuschlagen, wie er nur konnte.
Es war nicht einmal ein Knockout-Schlag, denn seine Handkante war weich, er selbst ungeübt und Bayers Genick von Fettschichten geschützt. Aber es reichte. Als der ODESSA-Mann seine Benommenheit überwunden hatte, waren seine beiden Handgelenke an die Lehne des Sessels gefesselt.
»Was, zum Teufel –«, knurrte er undeutlich und schüttelte blöde den Kopf. Miller band ihm die Krawatte ab und zurrte damit Bayers linkes Fußgelenk an einem Stuhlbein fest; für das rechte Fußgelenk nahm er die Telefonschnur.
Mit entsetzt gerundeten Knopfaugen sah Bayer zu ihm auf, als er zu begreifen begann. Wie alle seine Gesinnungsfreunde wurde er von einer Angst verfolgt, die ihn nie ganz verließ.
»Sie dürfen mich nicht verschleppen«, sagte er. »Sie kriegen mich nie nach Tel Aviv. Sie können mir nichts nachweisen. Ich habe auch nie was getan...«
Miller steckte ihm ein zusammengerolltes Paar Socken in den Mund und band ihm einen Wollschal um den Kopf – ein Geschenk der stets besorgten Frau Miller an ihren Sohn. Damit erstickte er Bayers Wortschwall. Der konnte nur noch wütend die Augen rollen.
Miller zog den anderen Stuhl heran, drehte ihn um und setzte sich rittlings

darauf. Sein Gesicht war keinen halben Meter von dem seines Gefangenen entfernt.

»Hör zu, du fettes Schwein. Damit du es gleich weißt, ich bin kein israelischer Agent. Und noch etwas – du kommst nicht weg von hier. Du bleibst hier, und du packst aus, hier und jetzt. Verstanden?«

Franz Bayers Augen starrten ihn über den Rand des gemusterten Wollschals hinweg an. Sie zwinkerten nicht mehr vergnügt; sie waren jetzt blutunterlaufen wie die eines wütenden Ebers.

»Was ich wissen will und was ich von dir zu hören kriege, bevor diese Nacht zu Ende geht, ist der Name und die Adresse des Mannes, der für die ODESSA die Pässe fälscht.«

Er sah sich im Zimmer um, und sein Blick fiel auf die Nachttischlampe. Er riß die Schnur aus dem Stecker, nahm die Lampe in die Hand und kehrte zu seinem Gefangenen zurück.

»Jetzt nehme ich dir den Knebel raus, Bayer, oder wie immer du in Wirklichkeit heißt, und du wirst reden. Falls du schreien solltest, schlage ich dir mit diesem Ding hier auf den Kopf. Mir ist es ziemlich egal, ob ich dir den Schädel zertrümmere oder nicht. Kapiert?«

Miller sagte nicht die Wahrheit. Er hatte nie einen Menschen getötet, und er hatte auch jetzt nicht die geringste Lust dazu.

Langsam löste er den Schal und zog Bayer die zusammengerollten Socken aus dem Mund. Die Lampe hielt er, zum Zuschlagen bereit, in der erhobenen Rechten hoch über dem Kopf des fetten Mannes.

»Du Schwein«, zischte Bayer. »Du Spion. Nichts kriegst du aus mir raus.«

Kaum hatte er das gesagt, wurden ihm die Socken schon wieder in den Rachen gestopft. Auch den Schal band Miller ihm wieder um.

»Nein?« sagte er. »Nun, das werden wir ja sehen. Ich fange mal bei deinen Fingern an und bin gespannt, wie dir das gefallen wird.«

Er bog Bayers rechten Ringfinger und den kleinen Finger zurück, bis sie nahezu senkrecht abgeknickt waren. Bayer bäumte sich so heftig auf, daß nicht viel gefehlt hätte, und er wäre umgekippt mit seinem Sessel. Miller hielt ihn fest und milderte den Druck auf die Finger. Er löste auch den Schal noch mal.

»Ich kann dir jeden Finger an der Hand einzeln brechen, Bayer«, flüsterte er. »Danach werde ich die Birne herausschrauben, den Schalter anknipsen und dir den Schwanz in die Birnenfassung stecken.«

Bayer schloß die Augen, und der Schweiß lief ihm in Strömen über das Gesicht.

»Nein, nein, nicht die Elektroden. Bitte nicht die Elektroden, bitte, bitte nicht da«, bettelte er.

»Du weißt, wie sich das anfühlt, was?« sagte Miller, den Mund ganz nah an Bayers Ohr. »Du kennst das, wie?«

Bayer stöhnte leise auf. Er kannte das. Er war einer der beiden Männer gewesen, die vor zwanzig Jahren das Geschwaderkommando Yeo-Thomas, das »Weiße Kaninchen«, im Keller des Gefängnisses von Fresnes bei Paris zu einem blutigen Brei zusammengeschlagen hatten. Er wußte nur zu genau Bescheid – allerdings nur aus der Perspektive des Täters, nicht des Opfers.
»Pack aus«, zischte Miller. »Den Namen des Fälschers und seine Adresse.«
Bayer schüttelte den Kopf.
»Ich kann nicht«, flüsterte er. »Die bringen mich sonst um.«
Miller steckte ihm wieder den Knebel in den Mund.
Er nahm Bayers kleinen Finger, schloß die Augen und bog ihn ruckartig um. Knirschend sprang das Fingerglied aus dem Knöchelgelenk. Bayer bäumte sich im Sessel auf und erbrach sich in den Knebel.
Miller riß ihn heraus, bevor er erstickte. Der fette Mann streckte den Kopf vor, und das kostspielige Abendessen mitsamt dem Inhalt zweier Flaschen Wein und diverser Gläser Scotch Whisky ergoß sich über seine Jacke und seine Hose.
»Los, rede«, sagte Miller. »Du hast noch ein paar Finger mehr, mit denen wir den Spaß wiederholen können.«
Bayer schluckte mit geschlossenen Augen.
»Winzer«, sagte er.
»Wer?«
»Winzer, Klaus Winzer. Er fälscht die Pässe.«
»Ist er Fälscher von Beruf?«
»Er ist Drucker.«
»Wo? In welcher Stadt?«
»Die bringen mich um.«
»Ich bringe dich um, wenn du es mir nicht sagst. Also los, in welcher Stadt?«
»Osnabrück«, flüsterte Bayer.
Miller steckte ihm wieder den Knebel in den Mund und überlegte.
Klaus Winzer, Drucker in Osnabrück. Miller öffnete den Attachékoffer, in dem Taubers Tagebuch und verschiedene Autokarten lagen. Er suchte eine Straßenkarte von Westdeutschland heraus.
Die Fahrt nach Osnabrück würde je nach Straßenzustand und den Wetterbedingungen vier bis fünf Stunden dauern. Es war schon fast 3 Uhr morgens.
Auf der anderen Seite der Straße fröstelte Mackensen in seiner Nische im ersten Stock des halbfertigen Neubaus. In dem Zimmer gegenüber brannte noch immer Licht. Mackensen ließ seinen Blick ständig zwischen dem erleuchteten Fenster im ersten Stockwerk und dem Hoteleingang hin und her wandern. Wenn nur Bayer herauskam, konnte er Miller allein aufs Korn nehmen. Wenn Miller allein herauskam, konnte er ihn ein Stück weiter die

Straße hinunter erwischen. Oder auch schon, wenn jemand das Fenster öffnete, um frische Luft zu schöpfen. Mackensen fröstelte wieder und umklammerte die schwere Remington-300er-Flinte. Bei einer Entfernung von knapp dreißig Meter konnte mit einem solchen Gewehr überhaupt nichts schiefgehen. Mackensen hatte Zeit, denn er war ein geduldiger Mann.

In seinem Zimmer packte Miller leise seine Sachen zusammen. Entscheidend war, daß Bayer mindestens sechs Stunden lang ruhig blieb. Vielleicht hatte der Mann zu große Angst, um seinen Chefs zu melden, daß er das Geheimnis des Fälschers verraten hatte. Aber darauf konnte sich Miller nicht verlassen.

Er verwandte noch ein paar Minuten darauf, Bayer die Fesseln enger zu binden und den Knebel tiefer in den Rachen zu stoßen, und kantete dann vorsichtig den Sessel mitsamt dem Gefesselten auf die Seite. Jetzt konnte er sich nicht mehr mit dem Sessel umkippen und durch den Krach Aufmerksamkeit auf sich lenken. Die Telefonschnur hatte Miller bereits herausgerissen. Er blickte sich ein letztes Mal prüfend im Zimmer um und schloß dann die Tür hinter sich ab.

Er war schon fast an der Treppe, als ihm plötzlich ein Gedanke kam. Vielleicht hatte sie der Nachtportier zusammen die Treppe hinaufgehen sehen. Was würde er denken, wenn jetzt nur ein Mann hinunterkam, seine Rechnung bezahlte und das Hotel verließ? Miller kehrte um und ging zum hinteren Teil des Gebäudes. Am Ende des Korridors war ein Fenster, unter dem ein Sims entlanglief, der zu einem flach abfallenden Garagendach führte. Miller öffnete leise das Fenster und kletterte hinaus. Wenige Sekunden später stand er im Hinterhof, auf den die Garage mündete. Ein Nebenausgang führte zu einer schmalen Seitenstraße hinter dem Hotel.

Zwei Minuten später machte er sich auf den fünf Kilometer langen Weg zu seinem Jaguar, der einen Kilometer von Bayers Haus entfernt stand. Die Nachwirkung des Alkohols und die Anstrengung, den fetten Mann zur Preisgabe des Fälschers zu bringen, hatten ihn sehr müde gemacht. Verzweifelt kämpfte er gegen die Müdigkeit an. Er brauchte dringend Schlaf. Aber er wußte, daß er Winzer erreichen mußte, bevor die ODESSA Alarm schlug.

Es war fast 4 Uhr morgens, als er in den Jaguar stieg, und es wurde halb fünf, ehe er den Weg zur Autobahn zurückgelegt hatte und in Richtung Heilbronn und Mannheim nach Norden raste.

Miller hatte das Zimmer kaum verlassen, als Bayer, der inzwischen wieder völlig nüchtern geworden war, sich aus seinen Fesseln zu befreien begann. Er versuchte, den Kopf weit genug vorzustrecken, um die Knoten in den Krawatten an seinen Handgelenken durch die Socken und den umgebundenen Schal hindurch aufzubeißen. Aber seine Leibesfülle hinderte ihn daran, den Kopf tief genug zu beugen, und die zusammengerollten Socken in sei-

nem Mund sperrten seine Zähne auseinander. Alle paar Minuten mußte er eine Pause machen, um heftig durch die Nase zu atmen.
Er versuchte mit aller Kraft die Beine zu bewegen, aber die Fesseln an seinen Fußgelenken lockerten sich nicht. Schließlich beschloß er, seine Handgelenke ungeachtet der Schmerzen in seinem gebrochenen kleinen Finger durch ständiges Zerren freizubekommen.
Als sich auch das als erfolglos erwies, fiel sein Blick auf die Nachttischlampe am Boden. Die Birne war noch eingeschraubt, aber wenn er sie zerschlug, gab das genug Glassplitter, um damit eine Krawatte aufzuschneiden.
Er brauchte eine Stunde, bis er den umgekippten Sessel Zentimeter um Zentimeter quer durch das Zimmer geschleift und die Glühbirne zerschlagen hatte.
Handfesseln, die aus Stoff sind, mit einer Glasscherbe durchzuschneiden, ist unendlich mühsam. Bayers Gelenke waren schweißnaß; sie durchfeuchteten den Krawattenstoff. Dadurch zogen sich die Fesseln nur noch enger zusammen. Es war 7 Uhr morgens, und über den Dächern wurde es schon hell, als er die ersten Schnüre an seinem linken Handgelenk mit einer Glasscherbe durchtrennt hatte. Und es war fast acht, als sein linkes Handgelenk endlich frei war.

Um diese Zeit erreichte Millers Jaguar den Kölner Autobahnring östlich der Stadt. Noch 160 Kilometer bis Osnabrück. Ein Graupelregen ging in dichten Vorhängen auf die schlüpfrige Autobahn nieder, und der hypnotisierende Rhythmus der Scheibenwischer ließ Miller fast einschlafen.
Er drosselte das Tempo auf 120 Stundenkilometer; bei dem Wetter und seinem Zustand bestand die Gefahr, daß er von der Straße geriet und in die aufgeweichten Felder rechts und links neben der Fahrbahn raste.

Mit der befreiten linken Hand brauchte Bayer nur noch ein paar Minuten, um sich den Schal abzubinden und den Knebel aus dem Mund zu reißen. Dann lag er mehrere Minuten reglos da und schnappte gierig nach Luft. In dem Zimmer stank es entsetzlich nach Schweiß, Erbrochenem, Whisky und Angst. Er löste die verknoteten Fesseln an seinem rechten Handgelenk und zuckte zusammen, als ihm der Schmerz vom gebrochenen kleinen Finger her den Arm hinauffuhr. Dann befreite er seine Füße.
Sein erster Gedanke war die Tür, aber die war verschlossen. Er versuchte sein Glück mit dem Telefon, wobei er sich kaum auf den Füßen halten konnte, weil sie von der langen Abschnürung noch ganz gefühllos waren. Schließlich taumelte er zum Fenster, zog die Vorhänge zur Seite und riß das Fenster auf.

In seiner Nische auf der anderen Seite der Straße war Mackensen trotz der Kälte nahe daran einzunicken, als er sah, wie gegenüber in Millers Hotelzimmer die Vorhänge zurückgezogen wurden. Mackensen riß die Remington an die Wange, wartete, bis die Gestalt hinter der Netzgardine das Fenster geöffnet hatte. Dann hielt er auf den Kopf und drückte ab.

Das Geschoß durchschlug Bayers Kehlkopf, und der ODESSA-Mann war schon tot, bevor sich sein massiger Körper aufbäumte und rückwärts zu Boden stürzte. Das Krachen des abgefeuerten Gewehrschusses würde der eine oder andere vielleicht für die Fehlzündung eines vorbeifahrenden Wagens halten, aber Mackensen war sich darüber im klaren, daß selbst zu dieser frühen Morgenstunde innerhalb von weniger als einer Minute irgend jemand Verdacht schöpfen und der Sache nachgehen würde.

Ohne noch einen zweiten Blick in das Zimmer gegenüber zu werfen, rannte er die Betontreppe zum Erdgeschoß hinunter. Er verließ den Neubau durch einen Hinterausgang und lief zwischen zwei Betonmischmaschinen und einem Schotterhaufen hindurch über den Hof. Innerhalb von sechzig Sekunden saß er in seinem Wagen, verstaute die Flinte im Kofferraum und fuhr davon.

Daß irgend etwas falsch gelaufen war, ahnte er schon, als er hinter dem Steuer saß und den Zündschlüssel ins Schloß steckte. Er vermutete, daß er einen Fehler begangen hatte. Der Werwolf hatte ihm den Mann, den er töten sollte, als groß und schlank beschrieben. Die Gestalt am Fenster, auf die er abgedrückt hatte, war die eines beleibten Mannes gewesen. Nach dem zu urteilen, was er gestern abend gesehen hatte, konnte es nur Bayer gewesen sein, den er erschossen hatte.

Nicht daß das ein allzu ernstes Problem bedeutet hätte. Angesichts des Toten auf dem Teppich in seinem Hotelzimmer blieb Miller nur noch die sofortige Flucht. Er würde natürlich zu seinem Jaguar rennen, der fünf Kilometer entfernt geparkt war. Mackensen fuhr den Mercedes zu der Stelle zurück, an der er den Jaguar zuletzt gesehen hatte. Ernstlich beunruhigt war er erst, als er feststellte, daß der Platz zwischen dem Opel und dem Mercedes-Benz-Laster leer war, auf dem der Jaguar am Abend zuvor in der ruhigen Villenstraße gestanden hatte.

Mackensen wäre nie der Henker der ODESSA geworden, hätte er nicht eiserne Nerven gehabt. Einige Minuten lang blieb er reglos am Steuer seines Wagens sitzen, ehe er auf die Tatsache, daß Miller bereits Hunderte von Kilometern weit weg sein konnte, zu reagieren begann.

Wenn Miller gegangen war, als Bayer noch lebte, dann entweder, weil er nichts aus ihm herausbekommen hatte – oder gerade weil er etwas herausbekommen hatte. Im ersten Fall war kein Schaden angerichtet worden; er würde Miller schon erwischen. Damit hatte es keine Eile. Wenn aber Miller von Bayer tatsächlich irgend etwas erfahren hatte, dann konnte es sich nur

um eine Information gehandelt haben. Was für eine Information das war, wußte einzig und allein der Werwolf. Deswegen mußte er ihn trotz seiner Angst vor der Wut seines Vorgesetzten anrufen.
Es dauerte zwanzig Minuten, bis er einen öffentlichen Fernsprecher fand. Er hatte immer eine Handvoll Münzen für Ferngespräche bei sich.
Als der Werwolf den Anruf entgegennahm und die Nachricht hörte, bekam er einen Tobsuchtsanfall und überschüttete den bezahlten Killer mit Verwünschungen und Vorwürfen. Er brauchte mehrere Minuten, ehe er sich etwas beruhigte.
»Sie finden ihn, Sie Hornochse, und das gefälligst schnell. Weiß der Teufel, wo der Bursche jetzt stecken mag.«
Mackensen wies seinen Chef darauf hin, daß er doch wissen müsse, welche Informationen Miller von Bayer erhalten haben könnte.
Der Werwolf überlegte einen Augenblick lang.
»Mein Gott«, flüsterte er, »der Fälscher. Er hat den Namen des Fälschers erfahren.«
»Welchen Fälscher meinen Sie, Chef?« fragte Mackensen.
Der Werwolf hatte sich wieder gefangen.
»Ich setze mich jetzt gleich mit dem Mann in Verbindung und warne ihn«, erklärte er. »Schreiben Sie sich mal auf, was ich Ihnen jetzt durchsage.« Er diktierte Mackensen eine Adresse und fügte hinzu: »Sie machen jetzt, daß Sie so schnell wie möglich nach Osnabrück raufkommen. Sie finden Miller unter der Adresse, die ich Ihnen genannt habe, oder irgendwo anders in der Stadt. Wenn er nicht in dem betreffenden Haus ist, suchen Sie die Stadt so lange nach dem Jaguar ab, bis Sie ihn gefunden haben. Und diesmal bleiben Sie bei dem Jaguar. Das ist der Ort, an den er mit Sicherheit zurückkehrt.«
Er warf den Hörer auf die Gabel. Gleich darauf nahm er ihn wieder auf, um sich von der Auskunft eine Osnabrücker Nummer geben zu lassen, und rief sie an.
Aus dem Hörer, den Mackensen in einer Stuttgarter Telefonzelle in der Hand hielt, kam das Amtszeichen. Achselzuckend hängte er ein und ging zu seinem Wagen zurück. Die Aussicht auf die lange, anstrengende Fahrt und den anschließend zu erledigenden »Auftrag« war nicht gerade begeisternd. Er war fast ebenso müde wie Miller, der sich jetzt schon dreißig Kilometer vor Osnabrück befand. Beide Männer hatten seit vierundzwanzig Stunden nicht geschlafen, und Mackensen hatte sogar seit dem Mittagessen am Vortag nichts mehr gegessen.
Mackensen war noch bis auf die Knochen durchgefroren von seiner nächtlichen Wache und wurde von dem Verlangen nach einer heißen Tasse Kaffee und einem Steinhäger gepeinigt. Trotzdem stieg er in seinen Mercedes zu der langen Fahrt nach Norden.

13

An Klaus Winzers äußerer Erscheinung gab es nichts, was auf seine ehemalige SS-Angehörigkeit hingewiesen hätte. Er hatte nicht annähernd die erforderliche Körpergröße von einsachtzig, und außerdem war er kurzsichtig. Er war vierzig Jahre alt, ein blasser, etwas schwammiger kleiner Mann mit blondem Haar und schüchternen Umgangsformen.

Tatsächlich war sein Leben weit ungewöhnlicher verlaufen als das der meisten Männer, die jemals die Uniform der SS getragen hatten. Er war 1924 in Wiesbaden als Sohn eines gewissen Johann Winzer geboren. Sein Vater war ein ungeschlachter, großmäuliger Metzgermeister, der seit den frühen zwanziger Jahren ein ergebener Gefolgsmann Adolf Hitlers und seiner Partei war. Die lärmende Heimkehr seines Vaters von Straßenschlachten mit Kommunisten und Sozialdemokraten gehörte zu den frühesten Kindheitseindrücken von Klaus Winzer.

Zum Verdruß seines Vaters schlug Klaus der Mutter nach und wuchs zu einem schwächlichen, kurzsichtigen und friedlichen Knaben heran. Klein war er außerdem. Er haßte körperliche Gewalt, jeglichen Sport und den Dienst in der Hitlerjugend. Es gab nur eines, was ihn begeisterte: Seit seinem zehnten oder elften Lebensjahr war er ganz besessen von der Kunst des Schönschreibens und der Ausschmückung handschriftlicher Manuskripte – eine Vorliebe, die sein Vater verächtlich als weibisch abtat.

Mit der Machtergreifung der Nazis kam der Metzger zu beträchtlichem Wohlstand; für die treuen Dienste, die er der Partei geleistet hatte, wurde er mit einem Exklusivvertrag belohnt. Dieser Vertrag sicherte ihm die Fleischbelieferung der örtlichen SS-Kasernen. Er bewunderte die schmuck einherstolzierenden SS-Jünglinge grenzenlos und hoffte inständig, den eigenen Sohn eines Tages in der eleganten Uniform der Schutzstaffel sehen zu können.

Klaus zeigte jedoch keinerlei Neigung dazu; er verbrachte seine Zeit über kalligraphischen Manuskripten und experimentierte mit farbigen Tinten und verschiedenen Papierarten.

Der Krieg kam, und im Frühjahr 1942 wurde Klaus achtzehn Jahre alt und damit wehrpflichtig. Im Gegensatz zu seinem grobknochigen, rauhbeinigen Vater war er blaß, klein, schmalbrüstig und scheu. Da er bei der militärärztlichen Untersuchung nicht einmal als tauglich zur Verwendung in der Schreibstube befunden wurde, schickte ihn die Musterungskommission wieder nach Hause.

Sein Vater empfand das als eine unerträgliche Kränkung.

Johann Winzer setzte sich kurzentschlossen in den Zug nach Berlin, um einen alten Freund aus den Tagen der Straßenkämpfe und Saalschlachten aufzusuchen. Dieser alte Freund war inzwischen ein hohes Tier in der SS geworden und konnte sich daher mit einiger Aussicht auf Erfolg für seinen Sohn verwenden. Vielleicht gelang es ihm, Klaus einen Posten zu vermitteln, auf dem er dem Reich auf irgendeine Weise von Nutzen sein konnte. Der Mann war durchaus hilfsbereit, wußte aber auch nicht sogleich eine geeignete Stelle zu nennen, in der Klaus Verwendung finden konnte. Er fragte den Metzger, ob es irgend etwas gäbe, was der Junge besonders gut könne. Beschämt gestand sein Vater, daß er etwas vom Zeichnen verstehe.

Der Mann versprach zu tun, was in seiner Macht stand. Um einen Anfang zu machen, schlug er vor, Klaus solle einen Sinnspruch zu Ehren eines gewissen SS-Sturmbannführers Fritz Suhren auf Pergament schreiben.

Klaus tat wie ihm geheißen. Anläßlich einer Feierstunde eine Woche später in Berlin wurde Suhren das mit komplizierten Ornamenten reich geschmückte Blatt in Schönschrift von seinen Gesinnungsfreunden überreicht. Suhren, bis dahin Kommandant des Konzentrationslagers Sachsenhausen, übernahm dann die Leitung des noch berüchtigteren KZ Ravensbrück.

1945 wurde er von den Franzosen hingerichtet. Unter denen, die bei der feierlichen Überreichung im RSHA in Berlin die Schönheit des überreichten Schmuckblatts besonders bewunderten, befand sich auch ein SS-Obersturmführer Alfred Naujocks. Das war der Mann, der im August 1939 den Scheinangriff auf den Gleiwitzer Rundfunksender an der deutsch-polnischen Grenze geleitet hatte. Dabei waren Leichen von KZ-Häftlingen in polnischen Armeeuniformen zurückgelassen worden; sie sollten als »Beweis« dafür dienen, daß Polen das Reich angegriffen hatte, und Hitler den Vorwand liefern für seinen Überfall auf Polen acht Tage später.

Naujocks erkundigte sich, wer das Schmuckblatt geschaffen hatte, und als man es ihm sagte, bestand er darauf, daß der junge Klaus Winzer nach Berlin geholt wurde. Bevor er noch recht begriffen hatte, wie ihm geschah, war Klaus Winzer bereits in die SS aufgenommen – ohne die Grundausbildung zum Ablegen des Treueschwurs auf den Führer. Er legte trotzdem den Treueschwur ab und noch einen zur Geheimhaltung verpflichtenden Eid. Dann wurde er darüber informiert, daß er auf ein als »geheime Reichssache« geltendes Projekt angesetzt wurde. Der verblüffte Metzgermeister in Wiesbaden wußte sich vor Glück kaum zu fassen.

Das betreffende Projekt wurde dann unter der Schirmherrschaft des Reichssicherheits-Hauptamtes, Amt 6, Abteilung F, in Berlin in einer Werkstatt in der Delbrückstraße ausgeführt. Im Grunde war es ganz simpel. Die SS versuchte Hunderttausende von englischen Fünfpfundnoten und amerikanischen Hundertdollarscheinen zu fälschen. Das Papier wurde in der reichseigenen Banknoten-Papiermühle in Spechthausen bei Berlin hergestellt, und die Werkstatt in der Delbrückstraße mußte das richtige Wasserzeichen für die Geldscheine herstellen. Es war seine eminente Kenntnis von Papieren und Tinten, weshalb die SS auf Klaus Winzers Mitarbeit Wert legte. Der Zweck des Unternehmens bestand darin, Großbritannien und die Vereinigten Staaten mit Falschgeld zu überschwemmen und auf diese Weise die Wirtschaft dieser Länder zu ruinieren. Anfang 1943, als die Herstellung des Wasserzeichens der englischen Fünfpfundnote gelungen war, wurde die Herstellung der Druckplatten dem Block 19 des Konzentrationslagers Sachsenhausen übertragen, wo jüdische und nichtjüdische Graveure und Chemigraphen unter Leitung der SS arbeiteten. Winzers Aufgabe bestand in der Überwachung der Qualität ihrer Arbeit.

Innerhalb von zwei Jahren hatte Winzer von seinen Schützlingen alle ihre Tricks gelernt, und die reichten aus, ihn zu einem ungewöhnlich versierten Fälscher zu machen. Gegen Ende des Jahres 1944 wurden die Spezialisten von Block 19 auch noch mit der Herstellung gefälschter Personalausweise beauftragt. Sie sollten den SS-Führern nach dem Zusammenbruch den Identitätswechsel ermöglichen.

Im Frühjahr 1945 war dann auch für die private kleine Idylle dieser Fälscherwerkstatt mitten im Chaos, das damals über Deutschland hereinbrach, das Ende gekommen.

Das gesamte, von einem gewissen Hauptsturmführer Bernhard Krüger befehligte Kommando erhielt Weisung, von Sachsenhausen in ein entlegenes Nest in den österreichischen Alpen zu übersiedeln. Auf Lastwagen ging es nach Süden, und in der stillgelegten Brauerei von Redl-Zipf in Oberösterreich nahm die Fälscherwerkstatt ihre Tätigkeit wieder auf. Wenige Tage vor Kriegsende stand ein todtrauriger Klaus Winzer am Ufer eines Gebirgssees und sah zu, wie Millionen virtuos gefälschter Pfundnoten und Dollarscheine in den See versenkt wurden.

Er kehrte nach Wiesbaden ins Elternhaus zurück. Bei der SS hatte er immer seine Mahlzeiten bekommen, und jetzt, im Somer 1945, stellte er zu seiner Überraschung fest, daß die deutsche Bevölkerung hungerte. Die Amerikaner, die Wiesbaden besetzt hatten, waren selbst reichlich versorgt, während die Deutschen trockenes Brot kauten. Sein Vater, der neuerdings »schon immer gegen die Nazis gewesen war«, war ein gebrochener Mann. Wo in seiner Metzgerei einst Schinken gehangen hatten, hing jetzt nur eine einzige Kette kümmerlicher Würstchen an den glänzenden Fleischerhaken.

Als Klaus von seiner Mutter erfuhr, daß die wenigen Lebensmittel nur auf Rationskarten von den Amerikanern erhältlich waren, sah er sich die Karten an und stellte fest, daß sie auf billigstem Papier von einer örtlichen Druckerei hergestellt wurden. Er nahm ein paar Lebensmittelkarten und zog sich damit in sein Zimmer zurück. Ein paar Tage später überreichte er seiner Mutter genug Lebensmittelkarten, um sie alle drei ein halbes Jahr lang zu ernähren.

»Aber sie sind doch gefälscht«, entsetzte sich seine Mutter.

Geduldig versuchte Klaus, ihr begreiflich zu machen, was er inzwischen selbst glaubte: daß sie nicht gefälscht, sondern nur auf einer anderen Druckmaschine hergestellt waren. Sein Vater stand Klaus bei.
»Dummes Frauenzimmer, willst du damit sagen, daß die Lebensmittelkarten von den Amis etwa besser sind als die von unserem Sohn?«
Der Einwand war um so weniger zu widerlegen, als sie sich noch am gleichen Abend zu einem reichhaltigen Mahl hinsetzen konnten.
Einen Monat darauf lernte Klaus Winzer Otto Klops kennen. Der gerissene, selbstsichere König des Wiesbadener Schwarzmarkts wurde sein Geschäftspartner. Winzer produzierte Lebensmittelkarten, Benzingutscheine, Interzonenpässe, Führerscheine, US-Militärpapiere und PX-Karten in unbegrenzten Mengen. Klops benutzte sie, um Lebensmittel, Benzin, Lastwagenreifen, Nylonstrümpfe, Seife, Kosmetika und Kleidung zu kaufen, wobei ein Teil der Beute zur Bestreitung eines angenehmen Lebens für ihn und Winzer diente. Der Rest wurde zu Schwarzmarktpreisen abgesetzt. Innerhalb von dreißig Monaten war Klaus Winzer ein reicher Mann geworden. Im Frühjahr 1948 belief sich sein Bankkonto auf fünf Millionen Reichsmark.
Seiner entsetzten Mutter erklärte er seine einfache Philosophie: »Ein Dokument ist nicht entweder echt oder gefälscht, sondern es ist entweder wirksam oder unwirksam. Wenn dir ein Paß über eine Grenze verhelfen soll, und du passierst mit seiner Hilfe diese Grenze, dann ist er ein brauchbares Dokument.«
Im Juni 1948 spielte Klaus Winzer das Leben zum zweitenmal übel mit: Die alte Reichsmark wurde von der DM abgelöst. Aber anstatt einen Umtausch im Verhältnis 1 : 1 vorzunehmen, schafften die Behörden die alte Währung einfach ab und zahlten jedem Bürger ein »Kopfgeld« von 40 DM aus. Klaus Winzer war ruiniert. Sein Vermögen hatte sich in wertloses Papier verwandelt.
Waren aller Art kamen wieder in den Handel, und Schwarzhändler wurden entbehrlich. Prompt wurde Klops von seinen eigenen Kunden denunziert, und Winzer mußte fliehen. Er stellte sich selbst einen Interzonenpaß aus und fuhr damit zum Hauptquartier der Militärregierung der britischen Zone in Hannover. Dort bewarb er sich um eine Anstellung in der Paßabteilung.
Seine Referenzen von den US-Behörden in Wiesbaden, unterzeichnet von einem Obersten der amerikanischen Luftwaffe, waren hervorragend; kein Wunder, denn er hatte sie selbst geschrieben. Der britische Major, der ihn interviewte, setzte die Teetasse ab und erklärte dem Bewerber:
»Ich hoffe, Sie sind sich darüber im klaren, wie wichtig es ist, daß die Leute stets ordnungsgemäße Papiere bei sich führen.«
Mit großem Ernst versicherte Winzer dem Major, daß er sich dessen vollauf

bewußt sei. Zwei Monate später kam seine große Chance. Er saß allein in einer Kneipe und trank sein Bier, als ein Mann mit ihm ins Gespräch kam. Sein Name war Herbert Molders. Er vertraute Winzer an, daß er von den britischen Militärbehörden wegen Kriegsverbrechen gesucht werde und Deutschland unbedingt verlassen müsse. Aber nur die Engländer stellten Pässe für Deutsche aus, und er wagte es nicht, einen Paß zu beantragen. Winzer entgegnete, daß sich das möglicherweise deichseln ließe, aber Geld kosten würde.

Zu seinem Erstaunen zog Molders ein echtes Diamantenhalsband aus der Tasche. Winzer vermutete, woher es kam.

Eine Woche später stellte Winzer, dem Molders ein Photo von sich gegeben hatte, den Paß aus. Er war sogar echt. Winzer brauchte ihn gar nicht zu fälschen.

Das System, nach dem das Paßamt arbeitete, war sehr einfach. In der Abteilung Eins erschienen die Antragsteller, füllten ein Antragsformular aus und hinterließen ihre mitgebrachten Papiere und amtlichen Unterlagen. Abteilung Zwei überprüfte die Geburtsurkunden, Personalausweise, Führerscheine und so weiter auf mögliche Fälschungen und stellte fest, ob Namen von Antragstellern auf der Kriegsverbrecher-Fahndungsliste auftauchten. Wenn keine Bedenken bestanden, reichten sie den Antrag mit einer vom Abteilungsleiter unterzeichneten Befürwortung an die Abteilung Drei weiter. Abteilung Drei entnahm bei Erhalt der Befürwortung durch Abteilung Zwei dem Safe einen Blankopaß, füllte ihn aus und fügte das Photo des Antragstellers ein. Der konnte den Paß dann zumeist schon nach einer Woche abholen.

Es gelang Winzer, sich in Abteilung Drei versetzen zu lassen. Er füllte das Antragsformular für Molders auf einen neuen Namen aus, schrieb eine Befürwortung auf den entsprechenden Vordruck von Abteilung Zwei und fälschte die Unterschrift des betreffenden britischen Offiziers.

Dann ging er in die Abteilung Zwei hinüber, legte Molders' Antrag zusammen mit der Befürwortung zu den neunzehn bereits befürworteten Anträgen, die dort zur Abholung bereitlagen, und trug den Stapel in Major Johnstons Zimmer. Major Johnston prüfte nach, ob zwanzig ausgefüllte und unterschriebene Befürwortungsvordrucke vorlagen, ging an sein Safe, holte zwanzig Blankopässe heraus und überreichte sie Winzer. Winzer füllte sie ordnungsgemäß aus, versah sie mit dem amtlichen Stempel und händigte den neunzehn wartenden Antragstellern neunzehn Pässe aus. Den zwanzigsten Paß steckte er ein. In den dafür vorgesehenen Aktenordner heftete er zwanzig Anträge ab, damit ihre Anzahl mit derjenigen der ausgestellten Pässe übereinstimmte.

An jenem Abend überreichte er Molders den neuen Paß und nahm das Diamantenhalsband entgegen. Er hatte sein neues Metier gefunden.

Im Mai 1949 wurde die Bundesrepublik gegründet und das Paßamt in Hannover der Regierung des Landes Niedersachsen übergeben. Winzer blieb auf seinem Posten. Er hatte keine Kunden mehr. Er brauchte auch keine. Allwöchentlich füllte er sorgfältig ein Paßantragsformular aus, versah es mit dem *en face* aufgenommenen Lichtbild irgendeiner anonymen Person, das er von einem Studiophotographen besorgte, fälschte einen Befürwortungsvordruck mitsamt der Unterschrift des Leiters der Abteilung Zwei (der jetzt ein Deutscher war) und ging dann mit einem Packen bereits bearbeiteter Anträge und Befürwortungen zum Leiter der Abteilung Drei. Solange die Anzahl der Anträge und Befürwortungen übereinstimmte, erhielt er jedesmal anstandslos einen Stapel Blankopässe. Bis auf einen wurden sie auch allesamt den Antragstellern ausgehändigt. Der letzte Blankopaß wanderte in seine Tasche. Alles, was er darüber hinaus benötigte, war der amtliche Stempel. Es wäre nicht unbemerkt geblieben, wenn er ihn gestohlen hätte. Er nahm ihn über Nacht mit nach Hause, und am nächsten Tag besaß er einen Abguß vom Dienststempel des Paßamts der Landesregierung von Niedersachsen.
Innerhalb von sechzig Wochen brachte er auf diese Weise sechzig Blankopässe in seinen Besitz. Er reichte seine Kündigung ein, hörte sich errötend die Lobreden an, die seine Vorgesetzten auf seine gewissenhafte und sorgfältige Arbeit als Angestellter in ihren Diensten hielten, und verließ Hannover. In Antwerpen verkaufte er das Diamantenhalsband und machte zu einer Zeit, in der für Gold und Dollars alles weit unter Marktpreis zu haben war, in Osnabrück eine hübsche kleine Druckerei auf.
Er wäre nie mit der ODESSA in Berührung gekommen, wenn Molders seinen Mund gehalten hätte. Aber in Madrid prahlte Molders Freunden gegenüber mit seinem Kontaktmann in Deutschland, der jedem, der ihn darum bat, einen echten westdeutschen Paß auf einen falschen Namen ausstellte.
Ende 1950 suchte ein »Freund« Winzer in Osnabrück auf, der sich dort gerade als Inhaber seiner Druckerei eingearbeitet hatte. Winzer blieb nichts anderes übrig, als zu kooperieren. Von da ab stellte er jedem ODESSA-Mann, der in Schwierigkeiten war, einen neuen Paß aus.
Das System war absolut sicher. Alles, was Winzer brauchte, war ein Lichtbild des Betreffenden und sein Geburtsdatum. Von den Angaben zur Person, die in den – im Archiv des Paßamts verwahrten – Antragsformularen aufgeführt worden waren, hatte er jeweils eine Kopie behalten. Er nahm einen Blankopaß und trug dort die bereits auf einem der Antragsformulare von 1949 vermerkten Angaben zur Person ein. Der Name war zumeist gebräuchlich und der Geburtsort weit hinter dem Eisernen Vorhang und somit nicht nachprüfbar. Das Geburtsdatum entsprach in den meisten Fällen dem wirklichen Alter des SS-»Antragstellers« ziemlich genau. Winzer drückte den Stempel der Paßbehörde des Landes Niedersachsen in den Paß,

und der Inhaber unterzeichnete in seiner eigenen Handschrift mit seinem neuen Namen, wenn er den Paß erhielt.
Verlängerungen oder Neuausstellungen waren kein Problem. Nach fünf Jahren beantragte der Paßinhaber seinen neuen Paß beim Paßamt jeder beliebigen Landesregierung, außer der von Niedersachsen. Der Beamte, beispielsweise des bayerischen Paßamts, setzte sich dann mit seinem Kollegen in Hannover in Verbindung, um die Bestätigung einzuholen, daß dort einem Walter Schumann, geboren dann und dann in Soundso, ein Paß ausgestellt worden war. Sodann stellte er, durch die Auskunft aus Hannover beruhigt, seinen neuen Paß aus und versah ihn mit dem bayerischen Amtsstempel. Solange das Photo auf dem Antragsformular in Hannover nicht mit dem im Paß verglichen wurde, der in München vorlag – solange konnte nichts schiefgehen. Und ein solcher Vergleich fand auch tatsächlich nie statt. Dem Beamten kam es ausschließlich auf korrekt ausgefüllte und genehmigte Anträge und übereinstimmende Paßnummern an – nicht auf Gesichter.
Erst ab 1955, also mehr als fünf Jahre nach der Ausstellung des Passes in Hannover, mußte ihn der Inhaber erneuern lassen. War der gesuchte SS-Verbrecher erst einmal im Besitz eines Passes, bekam er auch einen neuen Führerschein und jedes andere Dokument, das seine neue Identität bestätigte. Bis zum Frühjahr 1964 hatte Winzer insgesamt zweiundvierzig von seinen ursprünglich sechzig Blankopässen ausgestellt.
Aber der kleine Mann war so klug gewesen, eine Vorsichtsmaßregel zu treffen. Er sagte sich, daß die ODESSA womöglich eines Tages auf seine Dienste würde verzichten wollen – und auf ihn selbst ebenfalls. Deswegen sicherte er sich ab. Die wahren Namen seiner Klienten waren ihm nicht bekannt; um einen Paß auf einen falschen Namen auszustellen, war es nicht erforderlich, daß er sie erfuhr. Aber für seine Absicherung war das belanglos. Von jedem Photo, das ihm zugeschickt wurde, machte er eine Kopie, die er behielt; das Original klebte er in den Paß für den Absender. Die Kopie klebte auf einem Bogen Kanzleipapier, wo er den neuen Namen, den Wohnort (der in westdeutschen Pässen angegeben werden muß) und die neue Paßnummer mit Schreibmaschine vermerkte.
Die Bogen verwahrte er in einem Aktenhefter. Diese Akte war seine Lebensversicherung. Er behielt eine Ausfertigung in seinem Haus, und eine zweite lag bei einem Anwalt in Zürich. Wenn ihm die ODESSA jemals nach dem Leben trachtete, konnte er sie auf die Existenz der Akte hinweisen. Dann mußte die ODESSA begreifen, daß der Züricher Anwalt die Kopie den westdeutschen Behörden zuleiten würde, sobald ihm, Winzer, irgend etwas zustieß.
Die Westdeutschen würden die Photos mit ihrem Naziverbrecher-Album vergleichen. Schon die Paßnummer würde ihnen nach Rückfragen in allen

zehn Landeshauptstädten den Aufenthaltsort des Paßinhabers verraten – die Entlarvung dauerte dann nicht länger als eine Woche. Es war ein garantiert sicheres System. Es ermöglichte Winzer, am Leben und bei guter Gesundheit zu bleiben.

Das also war der Mann, der an jenem Freitagmorgen kurz nach acht beim Frühstück saß, gemächlich seinen Toast mit Marmelade kaute, seinen Kaffee schlürfte und gerade die erste Seite des »Osnabrücker Tageblatts« überflogen hatte, als das Telefon schrillte. Die Stimme des Anrufers klang zuerst herrisch, dann aber merklich sanfter und offenbar bemüht, beruhigend zu wirken.

»Es kann gar keine Rede davon sein, daß wir Ihnen etwa Schwierigkeiten machen wollen«, versicherte der Werwolf. »Es ist nur wegen dieses verdammten Reporters. Wir haben lediglich einen Hinweis erhalten, daß er unterwegs ist, um Sie aufzusuchen. Kein Grund zur Besorgnis. Einer von unseren Männern ist ihm hart auf den Fersen, und die ganze Geschichte wird sich noch heute erledigt haben. Aber Sie müssen innerhalb von zehn Minuten das Haus verlassen. Was Sie machen sollen, ist folgendes...«

Winzer packte aufgeregt eine kleine Reisetasche. Er sah zögernd den Safe mit der Akte an. Er beschloß, daß er sie nicht brauchte, und ließ sie an ihrem sicheren Ort. Dem überraschten Hausmädchen Barbara kündigte er an, er werde an diesem Vormittag nicht in das Druckereikontor gehen. Vielmehr trete er einen kurzen Erholungsurlaub in den österreichischen Alpen an. Frische Bergluft sei das beste Mittel, um sich wieder fit zu machen.

Barbara war immer noch sprachlos vor Staunen und stand mit offenem Mund an der Tür, als Winzers neuer Kadett – das kleine Opel-Modell war gerade erst auf den Markt gekommen – schon rückwärts die Auffahrt hinunterschoß, in die Villenstraße vor seinem Haus einbog und davonfuhr. Kurz nach neun befand er sich auf der Straße, die nach Süden zur Autobahn führte. Als der Kadett auf der stark befahrenen Landstraße einen Laster überholen wollte, scheuchte ihn ein entgegenkommender Sportwagen mit nervösem Aufblinken in die Reihe zurück. Winzer bemerkte nicht, daß es ein Jaguar war.

Am Saarplatz, nahe am Westrand der Stadt, fand Miller eine Tankstelle. Übermüdet kletterte er aus dem Wagen. Seine Muskeln schmerzten, und sein Nacken fühlte sich an, als habe er sich eben erst dem Dauergriff eines Ringkämpfers entwunden. Der Wein vom Abend zuvor hatte einen merkwürdigen Geschmack in seinem Mund hinterlassen. Miller mußte an Papageiendreck denken.

»Super«, sagte er. »Bitte vollmachen. Gibt es hier eine Telefonzelle?«
»Da drüben an der Ecke«, sagte der Tankwart.

Auf dem Weg dorthin kam Miller an einem Kaffee-Automaten vorüber und nahm einen Pappbecher mit heißem Kaffee in die Fernsprechzelle mit. Er blätterte in dem Osnabrücker Telefonbuch. Es gab mehrere Winzers, aber nur einen Klaus Winzer. Der Name war doppelt eingetragen. Der erste Eintrag hatte den Zusatz »*Druckerei*«, der zweite die Abkürzung »*priv.*«. Es war 9 Uhr 40 – reguläre Arbeitszeit. Er rief in der Druckerei an.
Der Mann, der sich am Apparat meldete, war offenbar der Druckermeister.
»Tut mir leid, er ist noch nicht da«, sagte er. »Normalerweise kommt Herr Winzer immer Punkt neun. Ich erwarte ihn jeden Augenblick. Rufen Sie doch in einer halben Stunde noch mal an.«
Miller dankte ihm und überlegte sich, ob er in der Privatwohnung anrufen solle. Lieber nicht. Wenn er zu Hause war, wollte Miller ihn selbst sprechen. Er merkte sich die Adresse und verließ die Telefonzelle.
»Wo ist die Silcherstraße?« fragte er den Tankwart, als er die Benzinrechnung bezahlt und festgestellt hatte, daß von seinen Ersparnissen nur noch 500 DM übrig waren. Der junge Mann deutete mit einem Kopfnicken zur anderen Straßenseite hinüber.
»In der Richtung liegt es«, sagte er. »In Westerberg. Da wohnen die feinen Leute.«
Miller kaufte einen Stadtplan, um die Straße zu suchen. Keine zehn Minuten später hielt er vor Winzers Haus.
Es war das Heim eines begüterten Mannes. Das ganze Viertel machte auf gepflegten Wohlstand. Miller ließ den Jaguar unten an der Auffahrt stehen und ging den Weg zur Haustür hinauf.
Das Mädchen, das ihm öffnete, war noch keine Zwanzig und sehr hübsch. Sie lächelte ihn strahlend an.
»Guten Morgen. Ich hätte gern Herrn Winzer gesprochen«, sagte Miller.
»Ooh, er ist nicht da. Er ist vor etwa einer Stunde weggefahren.«
Miller ließ sich nicht entmutigen. Zweifellos war Winzer auf dem Weg in seine Druckerei. Vielleicht war er unterwegs durch irgendeine Verkehrsstauung aufgehalten worden.
»Wie schade, ich hatte gehofft, ihn noch zu erwischen, bevor er in die Druckerei fährt.«
»Er ist nicht in die Druckerei gefahren. Heute morgen nicht. Er ist in Urlaub gefahren«, berichtete das Mädchen bereitwillig.
Miller zwang sich, ein Gefühl der Panik niederzukämpfen, das ihn zu überkommen drohte.
»Urlaub? Das ist aber ungewöhnlich zu dieser Jahreszeit. Übrigens«, log er, »waren wir für heute verabredet. Er hat mich ausdrücklich gebeten, herzukommen.«
»Ach, wie dumm«, sagte das Mädchen bekümmert. »Und er ist so plötzlich aufgebrochen. Erst kam ein Anruf, und sofort danach ist er rauf, nach oben,

und sagt: ›Barbara, ich fahre in Urlaub nach Österreich. Nur für eine Woche‹, sagt er. Also sonst packt er nie so überstürzt, wenn er wegfährt. Sagt nur gerade noch, ich soll die Druckerei anrufen und Bescheid sagen, daß er eine Woche lang nicht kommt, und weg ist er. Sieht ihm gar nicht ähnlich, so was. So ein stiller, ruhiger Herr.«
Millers Hoffnung schwand.
»Hat er gesagt, wohin er fährt?« fragte er.
»Nein. Nichts. Nur, daß er in die österreichischen Alpen wollte.«
»Keine Adresse, wohin die Post nachgeschickt werden soll? Keine Möglichkeit, sich mit ihm in Verbindung zu setzen?«
»Nein, das ist ja das merkwürdige. Ich meine, was soll die Druckerei machen? Ich habe gerade eben dort angerufen. Die waren ganz verzweifelt, wo doch so viele Dinge erledigt werden müssen.«
Miller überlegte rasch. Winzer hatte einen Vorsprung von einer Stunde, auf der Landstraße hatte er demnach schon etwa 80 Kilometer zurückgelegt. Das bedeutete, daß Miller mehr als zwei Stunden brauchte, bis er Winzer eingeholt hätte – zu lange. In zwei Stunden konnte er schon überall sein. Außerdem war es nicht erwiesen, daß er auch tatsächlich nach Süden in Richtung Österreich fuhr.
»Könnte ich dann vielleicht mit Frau Winzer sprechen?« fragte er.
Barbara kicherte und sah ihn schalkhaft an.
»Es gibt keine Frau Winzer«, sagte sie. »Kennen Sie Herrn Winzer denn nicht?«
»Nein, ich bin ihm nie begegnet.«
»Nun, er ist kein Mann, der heiratet. Ich meine, er ist sehr nett und alles, aber an Frauen ist er nicht wirklich interessiert. Wenn Sie verstehen, was ich meine.«
»Dann lebt er also ganz allein hier?«
»Von mir abgesehen, ja. Ich meine, ich wohne auch hier. Aber was das betrifft, ist es für mich wirklich ganz sicher.« Sie kicherte.
»Ich verstehe. Vielen Dank«, sagte Miller und wandte sich zum Gehen.
»Gern geschehen«, sagte das Mädchen und blickte ihm nach, als er die Auffahrt hinunterging und in den Jaguar kletterte. Der Jaguar hatte schon vorher ihre Aufmerksamkeit erregt. Sie fragte sich, ob sie nicht den netten jungen Mann auffordern konnte, die Nacht bei ihr zu verbringen, jetzt, wo Herr Winzer fort war. Sie sah den Jaguar mit donnerndem Auspuff davonfahren, seufzte und schloß die Tür.
Miller spürte, wie ihn jetzt, nach der jüngsten Enttäuschung, die Müdigkeit doppelt stark überkam. Er vermutete, daß Bayer sich aus seinen Fesseln befreit und vom Hotel aus Winzer telefonisch gewarnt hatte. Miller war seinem Ziel so nahe gewesen – er hatte es bloß um 60 Minuten verfehlt. Jetzt fühlte er nur noch das brennende Verlangen nach Schlaf.

Er fuhr an den mittelalterlichen Wallanlagen entlang, die die Altstadt umschlossen, und folgte dem Weg des Stadtplans zum Theodor-Heuss-Platz. Er parkte den Jaguar vor dem Hotel Hohenzollern, auf der dem Bahnhof gegenüberliegenden Seite des Platzes.
Er hatte Glück, es war noch ein Zimmer frei. Er konnte gleich hochgehen, sich ausziehen und aufs Bett legen. Ein vages Gefühl sagte ihm, daß er irgendein winziges Detail vergessen hatte. Aber bevor er zum Nachdenken kam, hatte ihn schon der Schlaf übermannt. Es war 10 Uhr 30.

Mackensen erreichte das Stadtzentrum von Osnabrück um 13 Uhr 30. Auf dem Weg dorthin hatte er einen Abstecher zu Winzers Haus im Stadtviertel Westerberg gemacht, aber keinen Jaguar vorgefunden. Bevor er Winzers Haus einen Besuch abstattete, wollte er den Werwolf anrufen, um zu hören, ob es Neuigkeiten gab.
Das Postamt liegt an der linken Seite des Theodor-Heuss-Platzes, wenn man vom Bahnhof aus blickt; das Hotel Hohenzollern liegt dem Bahnhof gegenüber. Mackensen parkte vor dem Postamt und verzog sein Gesicht zu einem breiten Grinsen. Der Jaguar stand vor dem ersten Hotel am Ort, und es war der, den er suchte.
Die Laune des Werwolfs hatte sich inzwischen entscheidend verbessert.
»Alles in Ordnung. Die Aufregung hat sich gelegt«, erklärte er dem Killer.
»Ich habe unseren Freund noch rechtzeitig erreicht, und er hat sich aus der Stadt verzogen. Gerade eben habe ich noch mal dort angerufen. Es muß das Hausmädchen gewesen sein, das am Apparat war. Sie erklärte mir, unser Freund sei etwa eine Stunde fortgewesen, als ein junger Mann in einem schwarzen Jaguar angefahren kam und nach ihm fragte.«
»Ich habe auch eine Neuigkeit«, sagte Mackensen. »Der Jaguar ist direkt vor meiner Nase hier auf dem Platz geparkt. Vermutlich schläft er sich im Hotel erst mal aus. Ich kann es gleich hier im Hotelzimmer erledigen. Ich nehme den Schalldämpfer.«
»Warten Sie. Gehen Sie nicht zu eilig vor«, warnte ihn der Werwolf. »Ich habe mir die Sache durch den Kopf gehen lassen. In Osnabrück darf er keinesfalls eine verpaßt kriegen. Das Mädchen hat ihn und seinen Wagen gesehen. Sie würde es wahrscheinlich der Polizei melden. Das wiederum würde die Aufmerksamkeit auf unseren Freund lenken, und er hat nicht gerade die besten Nerven. Er darf unter keinen Umständen in die Sache hineingezogen werden. Aus der Aussage des Hausmädchens würden sich eine Menge Verdachtsmomente gegen ihn ergeben. Erst kommt ein Anruf, dann stürzt er aus dem Haus und verschwindet, dann erscheint ein junger Mann, der ihn sprechen will, dann wird der junge Mann erschossen in einem Hotelzimmer aufgefunden. Das ist zuviel.«

Mackensen legte die Stirn in Falten.
»Sie haben recht«, sagte er schließlich. »Ich muß ihn mir vornehmen, wenn er abfährt.«
»Er wird wahrscheinlich noch ein paar Stunden bleiben und nach Hinweisen auf unseren Freund suchen. Er wird nichts entdecken. Da ist noch etwas. Hat Miller einen Aktenkoffer bei sich?«
»Ja«, sagte Mackensen. »Er hatte ihn jedenfalls bei sich, als er gestern abend das Nachtlokal verließ. Und er hatte ihn auch mit, als er in sein Hotelzimmer zurückging.«
»Und warum läßt er ihn nicht im Kofferraum seines Wagens? Warum nimmt er ihn mit ins Hotelzimmer? Weil er Dinge enthält, die für ihn wichtig sind. Soweit klar?«
»Ja«, sagte Mackensen.
»Der springende Punkt ist«, sagte der Werwolf, »er hat mich jetzt gesehen und kennt meinen Namen und meine Adresse. Er weiß von der Verbindung mit Bayer und dem Fälscher. Und Reporter schreiben sich solche Dinge auf. Dieser Aktenkoffer ist jetzt von entscheidender Wichtigkeit. Selbst wenn Miller stirbt, darf der Koffer nicht der Polizei in die Hände fallen.«
»Ich habe verstanden. Sie legen auch auf den Koffer Wert.«
»Sie nehmen ihn entweder an sich, oder Sie vernichten ihn«, befahl die Stimme aus Nürnberg. Mackensen überlegte einen Augenblick lang.
»Die beste Art und Weise, beides auf einmal zu erledigen, wäre, eine Bombe in den Wagen zu legen. Sie müßte mit der Federung verbunden sein und hochgehen, wenn er in vollem Tempo auf der Autobahn über irgendeine Unebenheit rast.«
»Ausgezeichnet«, sagte der Werwolf. »Wird der Aktenkoffer dabei auch mit Sicherheit vernichtet?«
»Bei der Bombe, an die ich denke, werden Wagen, Miller und Aktenkoffer in Flammen aufgehen und vollständig verbrennen. Und bei dem hohen Tempo wird es zudem aussehen wie ein Unfall. Zeugen werden sagen, der Benzintank sei explodiert.«
»Schaffen Sie das?« fragte der Werwolf.
Mackensen grinste. Die Killer-Ausrüstung im Kofferraum seines Wagens hätte jeden Attentäter neidisch gemacht. Sie enthielt nahezu ein Pfund plastischen Explosivstoff und zwei elektrische Zündvorrichtungen.
»Aber sicher«, knurrte er. »Kein Problem. Aber um an den Wagen heranzukommen, muß ich warten, bis es dunkel wird.«
Er verstummte, starrte aus dem Fenster des Postamts und bellte »Ich rufe gleich zurück« in den Hörer und legte auf.
Fünf Minuten später rief er noch mal an.
»Tut mir leid. Habe Miller gerade mit Aktenkoffer in den Wagen steigen sehen. Er ist weggefahren. Ich habe gleich im Hotel nachgefragt. Er ist ord-

nungsgemäß eingetragen und hat sein Reisegepäck dagelassen. Er kommt also zurück. Heute nacht mache ich die Bombe fertig und lege sie ihm in den Wagen...«

Miller war kurz vor eins erfrischt und in bester Stimmung aufgewacht. Er wußte plötzlich wieder, was ihn beunruhigt hatte, und fuhr zu Winzers Haus zurück. Das Mädchen schien sich zu freuen.
»Hallo, Sie sind's noch mal?« strahlte sie.
»Ich kam auf der Rückfahrt nach Hause hier vorbei, und da habe ich mich gefragt, wie lange Sie wohl hier in dieser Stellung schon sind?«
»Oh, ungefähr zehn Monate. Warum?«
»Nun ja, wo doch Herr Winzer, wie Sie sagen, nicht der Mann ist, der jemals heiraten wird, und Sie noch so jung sind – wer hat ihn denn betreut, bevor Sie die Stelle antraten?«
»Oh, jetzt verstehe ich, was Sie meinen. Seine Haushälterin natürlich, Fräulein Wendel.«
»Wo lebt sie denn jetzt?«
»Sie ist im Krankenhaus, die Ärmste. Sie liegt im Sterben. Brustkrebs, wissen Sie. Schrecklich, schrecklich. Deswegen begreife ich ja auch nicht, daß Herr Winzer einfach weggefahren ist. Er besucht sie nämlich normalerweise jeden Tag. Er ist ihr wirklich ergeben, ja, das ist er. Nicht daß sie jemals etwas miteinander gehabt haben, aber sie hat ihm so viele Jahre hindurch den Haushalt geführt, ich glaube, schon seit 1950, und er hält wahnsinnig viel von ihr. Mir sagt er ständig: ›Also Fräulein Wendel hat das immer so und so gemacht‹, und: ›Als Fräulein Wendel noch hier war, hat sie immer –‹ und so weiter und so weiter.«
»In welchem Krankenhaus liegt sie denn?«
»Ich hab's vergessen. Das heißt, Augenblick mal. Der Name steht auf dem Notizblock neben dem Telefon. Warten Sie, ich hole rasch den Zettel.«
Sie war nach zwei Minuten wieder da und nannte ihm den Namen der Klinik. Es war ein exklusives Sanatorium am Stadtrand von Osnabrück.

Mackensen verbrachte den frühen Nachmittag damit, sich die Ingredienzien für seine Bombe zu besorgen. »Das Geheimnis aller Sabotage«, hatte sein Lehrmeister ihm einst eingeschärft, »liegt in der Einfachheit der Mittel. Man soll nur mit Sachen arbeiten, die in jedem Laden zu haben sind.«
In einem Eisenwarenladen kaufte er einen Lötkolben und ein kurzes Stück Lötmetall; 1 Meter langen, dünnen Lötdraht, eine Metallschere, eine Metallsäge und eine Tube Schnellkleber. In einem Elektroladen kaufte er eine Neun-Volt-Transistorbatterie, eine Glühbirne von 2½ cm Durchmesser

und zwei Rollen feinen, mit Plastik isolierten Fünf-Ampère-Draht von je 3 Meter Länge. Einer war rot, der andere blau. Er war ein Mann, der auf Ordnung Wert legte und darauf sah, daß das positive Kabelende sich vom negativen deutlich unterschied. In einem Schreibwarengeschäft besorgte er sich fünf Radiergummis von 2½ cm Breite, 5 cm Länge und ½ cm Dicke. Beim Drogisten zwei Päckchen Präservative, die je drei Condome enthielten, und in einem guten Lebensmittelgeschäft eine Dose feinsten schwarzen Tee. Es war eine 250-g-Dose mit fest verschließbarem Deckel. Als sorgfältigem Handwerker war ihm die Vorstellung verhaßt, daß seine Explosivstoffe feucht werden konnten, und der Deckel einer Teebüchse ist dazu geschaffen, keine Luft und Feuchtigkeit hereinzulassen.
Als er diese Besorgungen erledigt hatte, nahm er sich im Hotel Hohenzollern ein Zimmer mit Ausblick auf den Platz. Jetzt konnte er den Parkplatz während seiner Arbeit im Auge behalten. Irgendwann mußte Miller ja mal zurückkommen.
Bevor er das Hotel betrat, nahm er ein halbes Pfund Plastik-Explosivstoff – knetbares Zeug, das an das Plastilin für Kinder erinnerte – und eine elektrische Zündkapsel aus dem Kofferraum.
Er setzte sich an den Tisch vor dem Fenster und machte sich an die Arbeit. Er hatte sich eine Kanne starken schwarzen Kaffee machen lassen, um seine Müdigkeit zu vertreiben. Den Platz beobachtete er ständig aus dem Augenwinkel.
Die Bombe, die er zusammenbastelte, war ganz simpel. Zunächst kippte er den Tee ins Klosett und behielt nur den Büchsendeckel. Mit dem Griff der Drahtschere stieß er ein Loch hinein. Er nahm den roten Draht und schnitt 20 Zentimeter davon ab.
Ein Ende dieses kurzen roten Drahts lötete er an die positive Klemme der Batterie. An die negative Endklemme lötete er ein Ende des langen blauen Drahts. Er zog den blauen über die eine und den roten über die andere Seite der Batterie, damit sich die Drähte nicht berührten. Die Batterie und die beiden Drähte umwickelte er mit Isolierband.
Das andere Ende des kurzen roten Drahts war um den Kontaktpunkt der Sprengkapsel gewickelt. An dem gleichen Kontaktpunkt hatte er ein Ende des langen roten Drahts befestigt.
Er placierte die Batterie mitsamt ihren Drähten auf den Boden der viereckigen Teebüchse und drückte die Sprengkapsel tief in die weiche Plastikmasse des Explosivstoffs. Dann füllte er so viel wie möglich Explosivstoff in die Teebüchse, bis sie ganz voll war und nur noch die beiden langen Drähte, der blaue und der rote, aus der Öffnung ragten.
Damit war ein Stromkreis hergestellt, der nur geschlossen zu werden brauchte. Ein Draht verband die Batterie mit der Sprengkapsel. Ein anderer führte von der Sprengkapsel weg, sein freies Ende hing in der Luft. Von

der Batterie führte ein weiterer Draht ebenfalls aus der Dose, auch sein freies Ende hing in der Luft. Aber sobald diese beiden exponierten Enden – das des langen roten Drahts und das des blauen Drahts – einander berührten, war der Stromkreis geschlossen. Die Ladung der Batterie zündete die Sprengkapsel, und die explodierte dann. Der Knall würde in dem Krachen untergehen, mit dem der Sprengstoff detonierte. Seine Menge reichte aus, um zwei oder drei Zimmer des Hotels vollständig zu verwüsten.

Blieb noch der Auslösungsmechanismus. Mackensen umwickelte seine Hände mit Taschentüchern und bog das Blatt der Metallsäge, bis es mittendurch in zwei etwa 15 Zentimeter lange Stücke zerbrach; beide Enden waren mit einem kleinen Loch zur Befestigung des Metallsägeblatts am Rahmen versehen.

Er türmte einen Radiergummi auf den anderen, so daß sie zusammen einen Würfel bildeten; damit hielt er die beiden Hälften des Sägeblatts voneinander getrennt. Er hatte sie – jeweils mit einem Ende – an der oberen und der unteren Fläche des Gummiwürfels befestigt; die beiden 15 Zentimeter langen Stahlblätter ragten mit einem Abstand von 2½ Zentimetern parallel zueinander hervor. Sie sahen jetzt aus wie die Kiefer eines Krokodils; der Gummiwürfel war an einem Ende der Stahlblätter – die restlichen 10 Zentimeter wurden nur noch durch Luft getrennt. Um zu gewährleisten, daß der Widerstand, der ihre Berührung hinderte, nur wenig größer war als Luft, praktizierte Mackensen die kleine Glühbirne zwischen die offenen Kiefer. Er befestigte sie mit einem reichlichen Tropfen Klebemasse an den beiden Blättern. Glas leitet keine Elektrizität.

Seine Arbeit war fast vollendet. Er steckte zwei Drähte – den roten und den blauen –, die aus der Büchse heraushingen, durch das Loch im Deckel und drückte den Deckel fest auf die Dose. Das Ende des einen heraushängenden Drahts lötete er an das obere Metallsägeblatt, das des anderen an das untere. Die Bombe war fertig.

Falls jemand auf den Auslöser trat oder sonstwie Druck auf ihn ausgeübt wurde, zersplitterte die Glühbirne, die beiden zerbrochenen Stahlsägeblätter würden zusammengepreßt, und der elektrische Stromkreis der Batterie schloß sich. Mackensen traf noch eine letzte Vorsichtsmaßregel. Um zu verhindern, daß die exponierten Blatteile der Stahlsäge zur gleichen Zeit das gleiche Stück Metall berührten, was ebenfalls den tödlichen Stromkreis geschlossen hätte, zog er alle sechs Condome über den Auslöser – einen über den anderen, bis er durch sechs Schichten dünnen, aber isolierenden Gummis gegen zufällige Berührungen mit leitendem Material geschützt war.

Die fertige Bombe verstaute er auf dem Boden des Kleiderschranks – zusammen mit dem restlichen Draht, der Metallschere und den Klebestreifen, die er brauchte, um die Sprengladung an Millers Wagen zu befestigen.

Dann bestellte er sich noch mehr Kaffee, um wach zu bleiben, und blieb am Fenster sitzen, wo er Millers Rückkehr auf den Parkplatz abwarten wollte. Er wußte nicht, wohin Miller gefahren war, und es interessierte ihn auch wenig. Der Werwolf hatte ihm versichert, daß Miller keine Hinweise auf den Aufenthaltsort des Fälschers entdecken konnte – das genügte ihm. Als guter Techniker war Mackensen bereit, seinen Auftrag zu erledigen und den Rest seinem Vorgesetzten zu überlassen. Im übrigen hatte er Geduld. Er wußte, daß Miller früher oder später zurückkehren würde.

14

Der Blick, mit dem der Arzt den Besucher musterte, war leicht mißbilligend. Miller, der Kragen und Krawatte haßte, trug einen weißen Nylonsweater mit Rollkragen, darüber einen schwarzen Pullover mit V-Ausschnitt und dazu einen schwarzen Blazer. Der Blick des Arztes verriet deutlich, daß er Schlips und Kragen als angemessener für einen Krankenhausbesuch erachtet hätte.
»Ihr Neffe?« wiederholte er überrascht. »Merkwürdig, ich hatte keine Ahnung, daß Fräulein Wendel einen Neffen hat.«
»Ich glaube, ich bin ihr einziger lebender Verwandter«, sagte Miller. »Selbstverständlich wäre ich schon viel eher gekommen, wenn ich von dem Zustand meiner Tante gewußt hätte. Aber Herr Winzer rief mich erst heute morgen an, um mich zu bitten, sie zu besuchen.«
»Normalerweise ist Herr Winzer um diese Zeit selbst hier«, bemerkte der Arzt.
»Er mußte ganz plötzlich verreisen«, sagte Miller. »Jedenfalls hat er mir das heute morgen am Telefon gesagt. Er sagte, daß er ein paar Tage fortbleiben werde und bat mich, statt seiner ins Krankenhaus zu gehen.«
»Er mußte verreisen? Das ist aber merkwürdig. Sehr merkwürdig.« Der Arzt schwieg einen Augenblick lang unschlüssig und fügte dann hinzu: »Würden Sie mich entschuldigen?«
Miller blieb in der Empfangshalle stehen. Der Arzt ging in ein angrenzendes kleines Büro. Miller hörte ihn durch die offene Tür telefonieren.
»Er ist tatsächlich verreist? Heute morgen? Für ein paar Tage? Nein, nein, vielen Dank, Fräulein. Ich wollte von Ihnen nur bestätigt wissen, daß er heute nachmittag verhindert ist.«
Der Arzt legte den Hörer auf und kehrte in die Halle zurück.
»Seltsam«, murmelte er. »Herr Winzer hat Fräulein Wendel seit ihrer Einlieferung jeden Tag besucht. Ein ungewöhnlich fürsorglicher Mann. Nun, wenn er sie noch einmal sehen will, muß er aber bald zurückkommen. Es kann sehr rasch zu Ende gehen.«

Miller machte ein trauriges Gesicht.
»Das sagte er mir am Telefon«, log er. »Armes Tantchen.«
»Als Verwandter können Sie selbstverständlich zu ihr. Aber ich muß Sie bitten, den Besuch nicht über Gebühr auszudehnen. Sie ist kaum noch in der Lage, zusammenhängend zu sprechen. Also machen Sie es kurz.«
Der Arzt brachte Miller einen langen Korridor hinunter in den hinteren Teil der Klinik, einer ehemaligen Privatvilla. Er bog in einen weiteren Gang ein und blieb am Ende vor einer Zimmertür stehen.
»Hier liegt sie«, sagte er, forderte Miller zum Eintreten auf und schloß die Tür hinter ihm. Miller hörte, wie sich seine Schritte auf dem Gang entfernten.
In dem Raum herrschte Halbdunkel. Erst als sich seine Augen an das trübe Licht des Winternachmittags durch den Spalt zwischen den zugezogenen Vorhängen gewöhnt hatten, erkannte er die geisterhaften Umrisse der Frau auf dem Bett. Man hatte ihr mehrere Kissen unter Kopf und Schultern geschoben, und ihr Gesicht war so blaß wie ihr weißes Nachthemd und das Bettzeug. Sie hielt die Augen geschlossen. Miller hatte wenig Hoffnung, den Schlupfwinkel des Fälschers von ihr zu erfahren.
»Fräulein Wendel«, flüsterte er.
Ihre Lider flatterten, und sie schlug die Augen auf.
Sie starrte ihn mit so ausdruckslosem Blick an, daß er bezweifelte, ob sie ihn überhaupt sah.
Sie schloß die Augen wieder und begann mit kaum hörbarer Stimme irgend etwas zu murmeln. Er beugte sich über sie, um die abgerissenen Sätze zu verstehen. Viel Aufschluß gaben sie nicht. Es war von Rosenheim die Rede – möglicherweise ihrem Geburtsort. Dann sagte sie etwas, das wie »Alle ganz in Weiß, so hübsch, so wunderhübsch« klang und in unverständliches Gemurmel überging.
Miller beugte sich tiefer über sie.
»Fräulein Wendel, können Sie mich hören?«
Die sterbende Frau murmelte noch immer leise vor sich hin. Miller verstand nur die Worte: »Alle mit einem Gebetbuch und einem Blumenstrauß in der Hand, alle in Weiß und so unschuldig damals.«
Miller runzelte die Stirn. Dann begriff er. Im Delirium erinnerte sie sich an ihre Erstkommunion.
»Können Sie mich hören, Fräulein Wendel?« wiederholte er ohne Hoffnung auf eine Reaktion. Sie öffnete die Augen und starrte ihn an. Sie nahm wenig mehr wahr als den weißen Sweaterkragen, den schwarzen Stoff des Pullovers und seine schwarze Jacke. Zu seinem Erstaunen schloß sie wieder die Augen, und ihre flache Brust hob und senkte sich krampfhaft. Miller war beunruhigt und dachte daran, den Arzt zu rufen. Dann trat je eine Träne aus ihren Augen und rollte über ihre eingefallenen Wangen.

Ihre Rechte tastete sich langsam über die Bettdecke zu seinem Handgelenk, mit dem er sich dort aufgestützt hatte, als er sich über sie beugte. Mit überraschender Kraft packte sie sein Handgelenk. Miller wollte sich schon losreißen und gehen, weil er überzeugt war, von ihr nichts über Klaus Winzers Verbleib zu erfahren – da sagte sie ganz deutlich: »Segnen Sie mich, Vater, denn ich habe gesündigt.«
Einige Sekunden lang begriff er nicht. Ein zufälliger Blick auf seinen weißen Pullover und den schwarzen Stoff seines Blazers erklärte ihm ihre Täuschung. Er kämpfte zwei Minuten lang mit sich. Sollte er sie verlassen und nach Hamburg zurückfahren, oder sollte er sein Seelenheil aufs Spiel setzen und einen letzten Versuch unternehmen, Eduard Roschmann mit Hilfe des Fälschers aufzuspüren?
Er beugte sich vor.
»Mein Kind, ich bin bereit, Ihre Beichte zu hören.«
Da begann sie zu reden. Mit matter, monotoner Stimme berichtete sie ihre Lebensgeschichte. Sie war im Jahre 1910 in Bayern geboren und aufgewachsen; sie erinnerte sich noch daran, wie ihr Vater in den Ersten Weltkrieg gezogen und vier Jahre später voller Bitterkeit über die Kapitulation in Berlin heimgekehrt war.
Sie erinnerte sich der politischen Wirren in den frühen zwanziger Jahren und des mißglückten Putschversuchs in München, als eine von einem Straßenredner namens Adolf Hitler angeführte Gruppe von Männern die Regierung hatte stürzen wollen. Später war ihr Vater der Partei dieses Mannes beigetreten, und als sie dreiundzwanzig wurde, hatte der Straßenredner bereits in ganz Deutschland die Macht erobert und war zum bejubelten Führer der fanatisierten Massen geworden. Sie arbeitete als Sekretärin im Amt des Gauleiters von Bayern und besuchte die Tanzabende mit den schmucken, blonden jungen Männern in den schönen Uniformen.
Aber sie war ein häßliches, lang aufgeschossenes, knochiges Mädchen mit eckigen Bewegungen, einem Pferdegesicht und einem leichten Lippenbart. Sie trug das mausfarbene Haar zu einem Knoten im Nacken zusammengebunden und bevorzugte wetterfeste Kleidung und Gesundheitsschuhe. Mit Ende zwanzig war sie sich darüber im klaren gewesen, daß sie keine Aussichten hatte, einen Mann zum Heiraten zu finden, wie die anderen Mädchen im Dorf. 1939 wurde sie als Aufseherin in das Konzentrationslager Ravensbrück dienstverpflichtet.
Sie berichtete von den Menschen, die sie geschlagen hatte, von den Tagen ihrer Macht über andere, von den Exzessen der Grausamkeit im Lager, während ihr die Tränen über die Wangen liefen und sie Millers Hand umklammerte, als wolle sie ihn festhalten, bis sie ihre Beichte beendet hatte.
»Und nach dem Krieg?« fragte er leise.
Sie war jahrelang umhergeirrt. Von der SS verlassen, von den Alliierten

gejagt, hatte sie als Küchenhilfe gearbeitet und bei der Heilsarmee geschlafen. 1950 begegnete sie Winzer. Er wohnte in einem Hotel, wo sie als Kellnerin arbeitete, und suchte in Osnabrück nach einem Haus, das er kaufen wollte. Er kaufte sein Haus, das kleine Neutrum von einem Mann, und schlug ihr vor, zu ihm zu ziehen und ihm den Haushalt zu führen.
»Ist das alles?« fragte Miller, als sie schwieg.
»Ja, Vater«, sagte sie.
»Mein Kind, Sie wissen, daß ich Ihnen die Absolution nicht erteilen kann, wenn Sie nicht alle Ihre Sünden gebeichtet haben.«
»Das ist wirklich alles, Vater.«
Miller holte tief Luft.
»Und was ist mit den gefälschten Pässen? Die Pässe, die er für die flüchtigen SS-Männer ausgestellt hat?«
Sie blieb eine Weile stumm, und er fürchtete schon, daß sie wieder das Bewußtsein verloren hatte.
»Das wissen Sie, Vater?«
»Ja, mein Kind, ich weiß es.«
»Ich habe sie nicht gefälscht«, sagte sie.
»Aber es ist Ihnen bekannt, was Klaus Winzer getan hat.«
»Ja«, flüsterte sie.
»Er ist verschwunden. Er ist abgereist«, sagte Miller.
»Nein. Nicht verschwunden. Nicht Klaus. Das würde er nie tun. Er kommt zurück.«
»Wissen Sie, wohin er gefahren ist?«
»Nein, Vater.«
»Sind Sie sich auch ganz sicher, mein Kind? Man hat ihn dazu gezwungen, wegzufahren. Wohin kann er gefahren sein?«
»Ich weiß es nicht, Vater. Wenn sie ihm drohen, spielt er die Akte gegen sie aus. Er hat mir gesagt, daß er das tun würde.«
Miller fuhr zusammen. Er blickte auf die Frau hinunter. Sie hatte die Augen geschlossen, als schlafe sie.
»Welche Akte, mein Kind?«
Sie sprachen noch fünf Minuten miteinander, dann wurde leise an die Tür geklopft. Miller löste sein Handgelenk aus dem Griff der Frau und stand auf, um zu gehen.
»Vater...«
Die Stimme klang klagend, bittend. Er wandte sich zu ihr um. Sie starrte ihn mit weit aufgerissenen Augen an.
»Segnen Sie mich, Vater.«
Der Tonfall war beschwörend. Miller seufzte. Es war eine Todsünde. Er konnte nur hoffen, daß irgendwer irgendwo alles verstehen würde. Er hob die Rechte und machte das Zeichen des Kreuzes.

»In nomine Patris, et Filii, et Spiritus Sancti. Ego te absolvo a peccatis tuis.«
Die Frau seufzte tief auf, schloß die Augen und verfiel wieder in einen Dämmerzustand.
Draußen auf dem Gang wartete der Arzt.
»Ich glaube wirklich, daß es jetzt an der Zeit ist, den Besuch zu beenden«, sagte er.
Miller nickte.
»Ja, sie schläft«, sagte er, und nach einem raschen Blick auf die Patientin brachte ihn der Arzt zum Ausgang.
»Wie lange, glauben Sie, daß sie noch zu leben hat?« fragte Miller.
»Das ist sehr schwer zu sagen. Zwei Tage, vielleicht drei. Mehr nicht. Es tut mir leid.«
»Nun, haben Sie jedenfalls herzlichen Dank dafür, daß Sie mir erlaubten, sie noch einmal zu sehen«, sagte Miller. Der Arzt hielt ihm die Tür auf.
»Oh, da ist noch etwas, Doktor. Wir sind alle katholisch in unserer Familie. Sie bat mich um einen Priester. Die Letzte Ölung, verstehen Sie?«
»Ja, selbstverständlich.«
»Werden Sie dafür sorgen?«
»Gewiß«, sagte der Arzt. »Ich wußte es nicht. Ich werde noch heute nachmittag alles veranlassen. Ich danke für den Hinweis. Guten Tag.«
Es war später Nachmittag geworden, und die Dämmerung ging bereits in Dunkelheit über, als Miller zum Theodor-Heuss-Platz zurückfuhr und den Jaguar zwanzig Meter vom Hotel entfernt parkte. Er überquerte die Straße, ging durch die Hotelhalle und fuhr mit dem Lift in sein Zimmers hinauf. Zwei Stockwerke höher hatte Mackensen vom Fenster seines Zimmers aus Millers Ankunft beobachtet. Er nahm seine Reisetasche mit der Bombe, fuhr ins Foyer, zahlte seine Rechnung für die kommende Nacht und erklärte, daß er am nächsten Morgen in aller Frühe aufbrechen müsse. Dann ging er zu seinem Wagen. Er manövrierte ihn an eine Stelle, von der aus er den Hotelausgang und Millers Jaguar im Auge behalten konnte. Er richtete sich auf eine längere Wartezeit ein.
Es waren immerhin noch viele Menschen unterwegs. Er konnte sich an dem Jaguar noch nicht zu schaffen machen. Außerdem – vielleicht kam Miller in jedem Augenblick wieder aus dem Hotel heraus. Wenn er losfuhr, bevor die Bombe gelegt war, würde Mackensen ihn ein paar Kilometer hinter Osnabrück auf offener Landstraße erledigen und den Aktenkoffer an sich nehmen. Verbrachte Miller die Nacht im Hotel, legte er die Bombe in den ersten Morgenstunden, wenn kein Mensch mehr unterwegs war.
In seinem Hotelzimmer zermarterte sich Miller das Hirn, um auf einen Namen zu kommen, der ihm nicht einfallen wollte. Er sah das Gesicht des Mannes vor sich, besann sich aber nicht auf den Namen.
Es war kurz vor Weihnachten 1961 gewesen. Miller hatte auf der Presse-

bank beim Landgericht Hamburg auf die Eröffnung eines Prozesses gewartet, der ihn interessierte; er war jedoch so früh gekommen, daß er das Ende der vorangegangenen Verhandlung miterlebte. Auf der Anklagebank saß ein frettchengesichtiges Männchen, und der Verteidiger bat um Milde unter Hinweis auf die bevorstehende Weihnachtszeit und die Tatsache, daß der Angeklagte Frau und Kinder habe.
Miller erinnerte sich, daß ihm das blasse, bekümmerte Gesicht der Frau des Angeklagten aufgefallen war. Sie hatte die Hände verzweifelt vor das Gesicht geschlagen, als der Richter ihren Mann zu achtzehn Monaten Gefängnis verurteilte und erklärte, ohne die von der Verteidigung geäußerte Bitte um Milde wäre die Strafe noch weit härter ausgefallen. Die Anklage hatte den Angeklagten als einen der geschicktesten Safeknacker Hamburgs geschildert.
Vierzehn Tage später war Miller in einer der Nebenstraßen der Reeperbahn in eine Bar eingekehrt, um mit einigen seiner Kontaktleute aus der Unterwelt ein Gläschen zu trinken. Er hatte reichlich Geld, denn er war an diesem Tag für ein großes Photo-Feature honoriert worden. Am anderen Ende des Raums schrubbte eine Frau den Fußboden. Er hatte das bekümmerte Gesicht der Frau des Safeknackers wiedererkannt, der vor zwei Wochen verurteilt worden war. In einem Anfall spontaner Großzügigkeit, den er bald darauf bereute, hatte er ihr einen Hundertmarkschein in die Schürzentasche gesteckt und war gegangen.
Im Januar war ein Brief aus dem Gefängnis gekommen. Die Frau mußte den Barmixer nach seinem Namen gefragt und ihrem Mann von dem fremden Wohltäter erzählt haben. Der Brief war an ein Magazin geschickt worden, für das er gelegentlich arbeitete. Die Leute dort hatten ihn an Miller weitergeleitet.

»Lieber Herr Miller,
meine Frau schrieb mir, was Sie kurz vor Weihnachten für şie getan haben. Ich habe Sie nie gesehen, und ich weiß nicht, warum Sie das getan haben, aber ich möchte Ihnen sehr herzlich dafür danken. Das Geld hat Doris und den Kindern zu einem richtig schönen Weihnachen und Neujahr verholfen. Wenn ich jemals etwas für Sie tun kann, sagen Sie mir nur Bescheid. Ihr sehr ergebener...«

Aber wie lautete der Name, der darunter gestanden hatte? Koppel, richtig. Viktor Koppel. Wenn er nur nicht wieder einsitzt, dachte Miller. Er holte sein Adressenbüchlein mit den Namen und Telefonnummern seiner Kontaktleute heraus, stellte sich den Zimmerapparat auf die Knie und begann, seine Freunde in der Hamburger Unterwelt anzurufen.
Er erreichte Koppel um halb acht. Da es Freitagabend war, feierte er zu-

sammen mit einer Clique von Freunden in einer Bar auf St. Pauli. Im Hintergrund konnte Miller die Musikbox hören. Sie spielte den Beatles-Song »I want to hold your hand«, der in diesem Winter so oft gespielt wurde, daß er ihn schon nicht mehr hören konnte.

Mit ein bißchen Nachhilfe besann sich Koppel auf Miller und das Geldgeschenk, das Doris vor zwei Jahren von ihm erhalten hatte. Koppel war anscheinend nicht mehr völlig nüchtern.

»War schon anständig von Ihnen, Herr Miller. Richtig anständig war das von Ihnen.«

»Hören Sie, aus dem Gefängnis haben Sie mir damals geschrieben, wenn Sie mal was für mich tun könnten, würden Sie es tun. Wissen Sie das noch?«

Koppels Stimme klang argwöhnisch.

»Ja, ich weiß.«

»Tja, ich brauche ein bißchen Hilfe. Nicht viel. Wollen Sie mir helfen?«

»Ich habe nicht viel bei mir, Herr Miller.«

»Ich will Sie nicht anpumpen«, sagte Miller. »Ich habe da eine kleine Sache für Sie, ich will Sie auch dafür bezahlen. Eine ganz leichte Sache.«

Koppels Stimme klang erleichtert.

»Ach so, na klar. Wo sind Sie?«

Miller gab ihm seine Instruktionen.

»Fahren Sie gleich zum Hauptbahnhof, und nehmen Sie den ersten besten Zug nach Osnabrück. Dort erwarte ich Sie auf dem Bahnsteig. Und noch etwas: Bringen Sie Ihr Werkzeug mit.«

»Hören Sie, Herr Miller. Außerhalb meines Revieres arbeite ich nicht gern. Ich kenne mich in Osnabrück nicht aus.«

Miller verfiel in den Jargon von St. Pauli.

»Is ja man bloß 'n Kinnerspiel, Koppel. Steht leer. Hausbesitzer is in Urlaub gefahrn, da is ne Masse Zeugs zu holen. Ich hab alles ausbaldowert, kein Beinbruch. Sie können morgen zum Frühstück wieder in Hamburg sein, mit 'ner Tüte voll Mäusen, nach denen niemand fragt. Der Mann ist 'ne ganze Woche weg, Sie können das Zeug bequem losschlagen, bevor er zurückkommt, und die Bullen hier werden denken, das hätten die hiesigen Jungs gedreht.«

»Was ist mit meinem Bahngeld?«

»Das ersetze ich Ihnen bei Ihrer Ankunft. Um neun geht ein Zug in Hamburg ab. Sie haben eine Stunde. Also beeilen Sie sich.«

Koppel stieß einen Seufzer aus.

»Also gut. Ich nehme den Zug.«

Miller legte auf, bat die Telefonvermittlung des Hotels, ihn um 11 Uhr anzurufen. Er legte sich angezogen aufs Bett, um bis dahin zu schlafen.

Draußen setzte Mackensen seine einsame Wache fort. Er beschloß, die

Bombe um Mitternacht zu legen, wenn Miller nicht inzwischen wieder auf der Bildfläche erschienen war.

Aber um Viertel nach elf kam Miller aus dem Hotel heraus, überquerte den Platz und betrat den Bahnhof. Mackensen war überrascht. Er stieg aus dem Mercedes und ging zum Bahnhof hinüber, um einen Blick in die Halle zu werfen. Miller stand auf dem Bahnsteig und wartete auf einen Zug.

»Wann und wohin geht der nächste Zug von diesem Bahnsteig?« fragte Mackensen einen Gepäckträger.

»11 Uhr 33 nach Münster«, sagte der Gepäckträger.

Mackensen fragte sich, warum Miller wohl den Zug nahm, wenn er einen Wagen hatte. Noch immer verwundert, kehrte er zu seinem Mercedes zurück und nahm seine Wache wieder auf.

Um 11 Uhr 35 war sein Problem gelöst. Miller kam wieder aus dem Bahnhof heraus; in seiner Begleitung befand sich ein schäbig angezogener kleiner Mann, der eine schwarze Ledertasche trug. Sie waren in eine Unterhaltung vertieft. Mackensen fluchte. Das letzte, woran ihm gelegen sein konnte, war, daß Miller in Gesellschaft in dem Jaguar davonfuhr. Das erschwerte seinen Mordauftrag beträchtlich. Zu seiner Erleichterung gingen die beiden auf ein wartendes Taxi zu, stiegen ein und fuhren weg. Mackensen beschloß, noch zwanzig Minuten zu warten und dann mit seiner Bombenlegerarbeit am Jaguar zu beginnen. Der Jaguar stand noch immer zwanzig Meter von ihm entfernt.

Um Mitternacht war der Platz nahezu menschenleer. Mackensen nahm seine Taschenlampe und drei kleine Werkzeuge zur Hand und stieg leise aus dem Mercedes. Er ging zu dem Jaguar hinüber, warf einen Blick in die Runde und kroch unter den Wagen.

Daß sein Anzug vom Schneematsch des aufgeweichten Bodens innerhalb von Sekunden durchnäßt und verschmutzt sein würde, wußte er. Das war seine geringste Sorge. Er knipste die Taschenlampe an und fand den Verschlußriegel der Kühlerhaube unter der Front des Jaguars. Er brauchte zwanzig Minuten, um ihn zu lösen. Die Kühlerhaube sprang zwei Zentimeter hoch, als sich die Sperre öffnete. Mit einem einfachen Druck von oben würde sie sich wieder schließen lassen, wenn er seine Arbeit beendet hatte. Auf diese Weise brauchte er wenigstens nicht den Wagen aufzubrechen, um den Verschlußknopf der Kühlerhaube von innen zu betätigen.

Er ging zum Mercedes zurück und holte die Bombe. Ein Mann, der unter der Kühlerhaube eines Wagens arbeitet, erregt wenig oder keinen Argwohn. Passanten nehmen an, daß er einen Defekt an seinem eigenen Wagen zu beheben versucht.

Die Explosivladung mit Draht befestigte er mit der Drahtzange an der Innenwand der Motorwanne gegenüber dem Fahrersitz. Die Explosion würde keinen Meter von Millers Brust stattfinden. Den verbundenen Auslöseme-

chanismus placierte er auf dem Boden der Wanne unterhalb des Motors. Dann kroch er noch mal unter den Wagen und sah sich im Schein seiner Taschenlampe die vordere Radaufhängung genauer an. Innerhalb von fünf Minuten hatte er den geeigneten Platz gefunden und zurrte das hintere Ende des Auslösers an einer Stützstrebe fest. Sie war wie gemacht für diesen Zweck. Die Kiefer des Auslösers steckten in Gummiüberzügen und wurden von der Glühbirne auseinandergespreizt. Er klemmte sie zwischen zwei Spiralen der starken Federung an der rechten Vorderradaufhängung.
Als der Auslöser so festsaß, daß er durch die normale Erschütterung beim Fahren nicht herausfallen konnte, kroch Mackensen unter dem Wagen hervor. Er schätzte, daß sich die offenen Kiefer des Auslösers durch die Zusammenziehung der Federung des rechten Vorderrads schlossen, sobald der Wagen mit hoher Geschwindigkeit auf eine Unebenheit oder ein Schlagloch traf. Danach wurde die Glühbirne, die beide Kiefer trennte, zersplittert und der Kontakt zwischen den beiden elektrisch geladenen Hälften des Stahlsägeblatts hergestellt. Wenn das geschah, zerriß es Miller mitsamt den belastenden Papieren in tausend Stücke.
Schließlich nahm Mackensen die in der Mitte durchhängenden Drähte, die die Ladung mit dem Auslöser verbanden, legte sie zu einer ordentlichen Schleife und befestigte sie mit Klebestreifen an der Seitenwand der Motorwanne. Jetzt konnten sie nicht mehr auf dem Boden schleifen und durch die Berührung mit der Straßenoberfläche durchgerieben werden. Dann schloß er die Kühlerhaube und ließ sie einrasten. Er kehrte zu seinem Mercedes zurück, machte es sich auf dem Rücksitz bequem und nickte ein in der Gewißheit, gute Arbeit geleistet zu haben.

Auf dem Saarplatz ließ Miller das Taxi halten, bezahlte den Fahrer und stieg mit Koppel aus. Erst als das Taxi weggefahren war, wurde Koppel, der während der Fahrt den Mund gehalten hatte, wieder gesprächig.
»Ich hoffe, Sie wissen, was Sie tun, Herr Miller. Ich meine, es ist ja doch etwas seltsam, daß Sie als Reporter so ein Ding drehen wollen, nicht?«
»Machen Sie sich keine Gedanken, Koppel. Ich bin hinter ein paar Dokumenten her, die in dem Haus im Safe verwahrt werden. Ich lasse sie mitgehen, und Sie suchen sich aus, was Sie von den Sachen, die es da sonst noch gibt, haben wollen. In Ordnung?«
»Na ja, weil Sie es sind, einverstanden. Dann wollen wir mal.«
»Da ist noch etwas. In der Villa wohnt ein Hausmädchen.«
»Sie haben aber gesagt, das Haus steht leer«, protestierte Koppel. »Wenn sie runterkommt, verdrücke ich mich. Mit Körperverletzung und so will ich nichts zu schaffen haben.«
»Wir werden warten bis 2 Uhr morgens. Dann schläft sie bestimmt fest.«

Sie legten die anderthalb Kilometer bis zu Winzers Haus zu Fuß zurück, und nachdem sie verstohlen die Straße hinauf- und hinuntergeblickt hatten, schlüpften sie rasch durch die Gartenpforte. Um nicht auf den knirschenden Kies zu treten, gingen beide Männer auf dem Gras, das die Auffahrt säumte. Sie überquerten den Rasen und versteckten sich hinter den Rhododendronbüschen gegenüber einer Reihe von Fenstern.
Koppel, der sich wie ein verfolgtes kleines Tier im Unterholz bewegte, unternahm einen Erkundungsgang um das Haus herum und überließ es Miller, die Tasche mit dem Werkzeug zu bewachen. Als er zurückkam, flüsterte er:
»Das Mädchen hat noch immer Licht an. Ihr Fenster ist auf der anderen Seite des Hauses unter dem Dach.«
Eine Stunde lang saßen sie fröstelnd unter den fetten immergrünen Blättern der Büsche. Zu rauchen wagten sie nicht. Um ein Uhr morgens unternahm Koppel einen weiteren Rundgang und berichtete, daß im Schlafzimmer des Mädchens kein Licht mehr brannte.
Koppel ließ weitere anderthalb Stunden verstreichen. Dann drückte er Millers Handgelenk, griff seine Tasche und lief über den mondbeschienenen Rasenstreifen auf die Fenster des Arbeitszimmers zu. Irgendwo ein Stück weiter die Straße hinunter bellte ein Hund, und in größerer Entfernung quietschten die Reifen eines Wagens, der mit überhöhter Geschwindigkeit eine Kurve nahm.
Zu Millers und Koppels Glück war der Mond noch nicht hinter der Seitenfront des Hauses hervorgekommen – das Gartengelände unterhalb der Fenster lag im Schatten. Koppel ließ seine Taschenlampe aufleuchten; der Lichtstrahl wanderte um den Fensterrahmen herum über die Querstrebe, die das Fenster in einen unteren und einen oberen Teil gliederte. Eine Fensterverriegelung war vorhanden, aber kein Alarmsystem. Koppel öffnete seine Tasche und nahm eine Rolle Klebestreifen, eine Saugglocke an einem Stock, einen Glasschneider mit Diamantspitze und einen Gummihammer heraus.
Mit bemerkenswerter Geschicklichkeit schnitt er unmittelbar unterhalb des Fensterriegels einen perfekten Kreis in die Fensterscheibe. Zur Sicherheit befestigte er zwei Klebestreifen quer über die kreisrund ausgeschnittene Scheibe und drückte deren Enden auf der unversehrten Glasfläche fest. Zwischen die Klebestreifen preßte er die vorher gut befeuchtete Saugglocke, so daß zu beiden Seiten ein schmaler Streifen Glas sichtbar blieb. Er nahm den Stiel der Saugglocke in die linke Hand und versetzte der ausgeschnittenen Glasfläche einen festen Schlag mit dem Gummihammer.
Beim zweiten Schlag knackte es, und die runde Scheibe wurde nach innen gedrückt. Beide verharrten bewegungslos und warteten auf eine Reaktion, aber offenbar hatte niemand das Geräusch gehört. Koppel, der den Griff der

Saugglocke, an der die Glasscheibe haftete, nicht losgelassen hatte, riß jetzt die beiden Klebestreifen ab. Er blickte durch das Loch im Fenster in das Zimmer, stellte fest, daß der dicke Teppich, der den Fußboden bedeckte, keine zwei Meter entfernt war. Er schleuderte die runde Glasscheibe und die Saugglocke mit einer Drehung seines Handgelenks so geschickt in den Raum, daß beides lautlos auf dem Teppich landete.

Dann langte er durch das Loch in der Scheibe, drehte die Fensterverriegelung auf und öffnete vorsichtig den unteren Fensterflügel. Flink wie ein Wiesel setzte er über die Fensterbank, und Miller folgte ihm vorsichtig. Der Raum war im Vergleich zu der vom Mondlicht erhellten Nacht draußen pechschwarz, aber Koppel schien ausgezeichnet sehen zu können.

Er zischte: »Ruhig jetzt«, und Miller erstarrte, während der Einbrecher leise das Fenster schloß und die Vorhänge zuzog. Er wanderte lautlos im Raum umher, umging instinktiv die Möbel und schloß die Tür zum Korridor. Erst dann knipste er seine Taschenlampe an.

Der Strahl irrte durchs Zimmer, traf hier auf eine Tischplatte, dort auf ein Telefon, ein wandhohes Bücherregal, einen Sessel und verweilte schließlich auf einem geräumigen Kamin, der von einer ausgedehnten Fläche sauber verfugter glasierter Ziegelsteine umgeben war.

Ohne daß Miller auch nur einen Laut wahrgenommen hatte, stand Koppel plötzlich neben ihm.

»Das hier muß das Arbeitszimmer sein, Boß. Zwei solche Räume mit Kaminen wie diesem kann es nicht in einem Haus geben. Wo ist der Hebel, mit dem sich das Mauerwerk öffnen läßt?«

»Weiß ich nicht«, murmelte Miller ebenso leise wie Koppel, den die Erfahrung gelehrt hatte, daß Murmeln nicht so weit trägt wie Flüstern. »Den müssen Sie schon suchen.«

»Bin ich blöd? Da könnte ich ja ewig suchen«, sagte Koppel.

Er bedeutete Miller, sich in den Sessel zu setzen und seine Fahrerhandschuhe unter keinen Umständen auszuziehen. Dann nahm er seine Tasche, ging zum Kamin hinüber und streifte sich ein Stirnband mit einer Haltevorrichtung für die Taschenlampe um den Kopf. Jetzt war der Lichtstrahl nach vorn gerichtet. Zentimeter für Zentimeter tastete er das Mauerwerk nach winzigen Unebenheiten, Einkerbungen oder Hohlräumen ab. Nachdem er auf diese Weise die gesamte Fläche untersucht und nichts gefunden hatte, begann er noch einmal von vorn – diesmal benutzte er ein Palettenmesser. Um halb vier hatte er gefunden, wonach er suchte.

Die Klinge des Messers glitt in einen Spalt zwischen zwei Ziegelsteinen, und es klickte leise. Ein Geviert von Ziegelsteinen, das etwa sechzig mal sechzig Zentimeter maß, sprang ein Stückchen vor. Die Arbeit war so meisterhaft, daß das Viereck mit bloßem Auge nicht von seiner Umgebung zu unterscheiden war.

Vorsichtig öffnete Koppel die Tür. Sie hing auf der linken Seite in Stahlangeln. Das bewegliche Stück Mauerwerk war in eine Stahlplatte eingearbeitet, die eine Tür bildete. Hinter der Tür traf der dünne Lichtstrahl von Koppels Taschenlampe auf die Vorderseite eines kleinen Wandsafes.
Er ließ die Taschenlampe eingeschaltet, hängte sich ein Stethoskop um und steckte die Hörvorrichtung in die Ohren. Nachdem er fünf Minuten lang unverwandt auf das Vier-Scheiben-Kombinationsschloß gestarrt hatte, hielt er das Stethoskop an die Stelle, von der er annahm, daß sich dort die Zuhaltung befand. Er fing an, die Zahlen der ersten Scheibe durchzuprobieren.
Miller saß drei Meter von Koppel entfernt im Sessel und wurde immer nervöser. Koppel dagegen war ganz ruhig und von seiner Arbeit vollständig in Anspruch genommen. Außerdem wußte er, daß aller Wahrscheinlichkeit nach niemand im Zimmer nach dem Rechten sehen würde, solange sie sich nicht vom Fleck rührten. Der Einstieg, die Suche und der Ausstieg – das waren Gefahrenmomente.
Er brauchte vierzig Minuten, bis er die letzte Ziffer gefunden hatte. Vorsichtig öffnete er die Safetür und drehte sich zu Miller um. Der Schein seiner Taschenlampe glitt über einen Tisch mit zwei silbernen Leuchtern und einer massiv silbernen Schnupftabakdose. Stumm stand Miller auf und trat neben Koppel an den Safe. Er nahm die Taschenlampe aus ihrer Halterung an Koppels Stirnband und leuchtete in das Innere des Safes. Da lagen mehrere Banknotenbündel. Er zog sie heraus und gab sie seinem dankbaren Komplicen. Koppel stieß einen leisen Pfiff aus.
Das obere Fach des Safes enthielt nur einen einzigen Gegenstand – einen lederfarbenen Aktenhefter aus Manilahanf. Miller nahm ihn heraus, öffnete ihn und blätterte in den Papieren. Es waren insgesamt etwa vierzig. Jedes Blatt trug ein aufgeklebtes Photo und ein paar mit Maschine geschriebenen Zeilen. Beim achtzehnten Blatt stockte Miller und sagte laut: »Großer Gott.«
»Leise«, murmelte Koppel eindringlich.
Miller schloß den Aktenhefter, gab Koppel die Taschenlampe und sagte: »Sie können ihn jetzt zumachen.«
Koppel ließ die Tür wieder zurückgleiten und drehte so lange an der Skalenscheibe, bis der Safe verschlossen war. Er hatte genau die gleiche Zahlenkombination wiederhergestellt wie am Anfang, als der Safe noch verschlossen war. Dann fügte er das Mauerstück wieder ein und drückte kräftig dagegen. Wieder machte es leise »klick« und rastete ein.
Er hatte sich die Banknoten – den Reinertrag aus Winzers vier letzten Paßfälschungen – in die Jackentasche gestopft. Er brauchte nur einige Sekunden, um die beiden Leuchter und die silberne Schnupftabakdose leise in seine schwarze Reisetasche gleiten zu lassen.

Er knipste die Taschenlampe aus, führte Miller am Arm zum Fenster, zog die Vorhänge zurück und sah wachsam hinaus. Der Rasen lag verlassen da. Der Mond hatte sich hinter eine Wolke verzogen. Koppel öffnete leise das Fenster, sprang katzenhaft gewandt mit der Tasche hinaus und wartete auf Miller. Miller hatte den Aktenhefter unter seinen Rollkragensweater gesteckt und lief hinter Koppel auf die Büsche zu.
Sie gingen dicht an dem Gebüsch entlang, bis sie an die Gartenpforte kamen. Dann traten sie auf die Straße hinaus.
Miller wäre am liebsten losgerannt.
»Gehen Sie nicht so schnell«, sagte Koppel in normaler Lautstärke. »Und unterhalten Sie sich mit mir. Es muß so aussehen, als kämen wir von einer Geselligkeit nach Hause.«
Bis zum Bahnhof waren es fast fünf Kilometer, und es ging schon auf 5 Uhr morgens. An Werktagen wären sie zweifellos bereits gelegentlichen Passanten begegnet, die auf dem Weg zur Arbeit waren. Aber es war Sonnabend, und sie erreichten den Bahnhof, ohne von einem Polizisten angehalten oder auch nur mißtrauisch beäugt worden zu sein.
Vor 7 Uhr fuhr kein Zug in Richtung Hamburg, aber Koppel erklärte, es mache ihm nicht das geringste aus, sich an der Theke im Wartesaal bei einem Kaffee und einem Doppelkorn aufzuwärmen.
»War doch mal 'ne nette kleine Abwechslung, Herr Miller«, sagte er. »Ich hoffe, Sie haben gefunden, wonach Sie suchten.«
»O ja, das habe ich«, sagte Miller.
»Na, dann will ich mal wieder heim zu Muttern. Tschüs, Herr Miller.« Der kleine Einbrecher nickte ihm zu und trollte sich in den Wartesaal. Miller drehte sich um, überquerte den Platz und ging ins Hotel zurück, ohne zu ahnen, daß ihm der Blick des Killers vom Rücksitz der geparkten Mercedes-Limousine aus gefolgt war.
Für die telefonischen Auskünfte, die Miller einholen mußte, war es noch zu früh; er gestand sich daher drei Stunden Schlaf zu und bat, um 9 Uhr 30 geweckt zu werden.
Das Telefon schrillte auf die Minute genau zur gewünschten Zeit, und er bestellte Kaffee und Brötchen, die just in dem Augenblick gebracht wurden, als er den Hahn der heißen Dusche abdrehte und nach dem Handtuch griff.
Er trank Kaffee und vertiefte sich in das Studium der Blätter in dem Aktenordner. Ein halbes Dutzend der Gesichter kannte er – aber keinen einzigen Namen. Die Namen, das mußte er sich erst klarmachen, besagten ja auch gar nichts.
Blatt 18 sah er sich noch einmal ganz genau an, nachdem er alle durchgesehen hatte. Der Mann war älter geworden. Er trug das Haar jetzt länger und hatte sich ein Bärtchen auf der Oberlippe stehenlassen. Aber die Ohren – der Teil eines Gesichts, der viel individueller ausgeprägt ist als alle anderen

Gesichtszüge und dennoch stets übersehen wird – waren die gleichen geblieben. Die schmalen Nasenlöcher, die schiefe Kopfhaltung und die hellen Augen auch.
Der Name war landläufig; was Millers Aufmerksamkeit fesselte, war die Adresse. Der Zahl des Postamts nach zu urteilen, mußte sie sich im Zentrum der Stadt befinden, und das deutete auf einen Apartmentblock hin. Um 10 Uhr rief er die Auskunft der auf dem Blatt genannten Stadt an. Er fragte nach der Telefonnummer des Verwalters jenes Apartmentblocks. Es war ein Glücksspiel, und er hatte Glück. Es handelte sich tatsächlich um einen Apartmentblock, und zwar um einen teuren.
Er rief den Verwalter an und erklärte, daß er verschiedentlich einen Mieter angerufen, aber keine Verbindung mit ihm bekommen habe, was insofern merkwürdig sei, als ihn der Mieter ausdrücklich gebeten habe, zu dieser Zeit anzurufen. Ob der Verwalter wohl helfen könne? Sollte womöglich das Telefon gestört sein?
Der Mann am anderen Ende der Leitung war außerordentlich entgegenkommend. Der Herr Direktor sei wahrscheinlich in der Fabrik oder vielleicht auch über das Wochenende zu seinem Landhaus gefahren. Welche Fabrik das sei? Nun, seine eigene natürlich, die Radiofabrik. Der Verwalter nannte den Firmennamen.
»Oh, ja, selbstverständlich, wie dumm von mir, welche denn wohl sonst!« sagte Miller und legte auf. Die Auskunft nannte ihm die Nummer der Fabrik. Der Pförtner, der sich dort meldete, wies Miller darauf hin, daß Samstag sei, und sagte, der Herr Direktor verbringe das Wochenende in seinem Landhaus und sei am Montagmorgen wieder in der Fabrik zu erreichen. Nein, die Privatnummer des Hauses dürfe von der Fabrik nicht preisgegeben werden. Miller dankte ihm und legte auf.
Der Mann, der ihm schließlich die Privatnummer und Adresse des Radiofabrikanten nannte, war ein alter Kontaktmann von ihm, der Handels- und Wirtschaftskorrespondent einer großen Zeitung in Hamburg. Er hatte die Anschrift des Radiofabrikbesitzers in seinem privaten Adreßbuch stehen.
Miller saß da und starrte auf das Photo von Roschmann. Seine Privatanschrift und seinen neuen Namen hatte er in sein Notizbuch gekritzelt. Jetzt fiel ihm auch ein, daß er den Namen schon gehört hatte – es war der eines bekannten Industriellen. Er hatte auch die Radiogeräte in den Geschäften gesehen. Er holte seine Deutschlandkarte heraus und suchte nach den Ortschaften im Umkreis des Landhauses.
Es war nach zwölf, als er seine Reisetasche gepackt hatte und in die Halle hinunterfuhr, um seine Rechnung zu begleichen. Da er einen Wolfshunger hatte, nahm er seinen Aktenkoffer und ging ins Hotelrestaurant, um sich ein großes Steak zu bestellen.
Beim Essen faßte er den Entschluß, die letzte Etappe der Jagd noch am glei-

chen Nachmittag zurückzulegen. Er wollte den Gesuchten am nächsten Vormittag stellen. Er hatte noch immer den Zettel mit der Telefonnummer des Staatsanwalts der Zentralstelle in Ludwigsburg in der Brieftasche – jetzt hätte er ihn anrufen können. Aber zuerst wollte er Roschmann gegenübertreten. Er wollte den Staatsanwalt um die Entsendung eines Zugs Polizeibeamter innerhalb einer halben Stunde bitten, aber an diesem Abend erreichte er ihn möglicherweise nicht zu Hause. Sonntag vormittag war schon richtig, genau richtig.
Als er schließlich auf den Platz hinaustrat, sein Gepäck im Kofferraum des Jaguar verstaute, den Aktenkoffer auf den Beifahrersitz warf und sich ans Steuer setzte, war es fast 2 Uhr geworden. Der Mercedes, der ihm bis zum Stadtrand von Osnabrück folgte, entging seiner Aufmerksamkeit. Der graue Wagen fuhr hinter ihm bis zum Schild am Ortsende und stoppte sekundenlang, während sich der Jaguar schnell auf der Landstraße nach Süden entfernte. Der graue Wagen wendete und fuhr in die Stadt zurück.
Von einer Telefonzelle aus rief Mackensen den Werwolf in Nürnberg an.
»Er ist losgefahren«, berichtete er seinem Vorgesetzten. »Ich habe mich davon überzeugt, daß er aus der Stadt raus und mit einem Affenzahn in Richtung Süden abgehauen ist.«
»Ist Ihr kleines Geschenk für ihn mit eingepackt worden?«
Mackensen grinste.
»Das will ich meinen! Ich habe es an der rechten Vorderradaufhängung angebracht. Bevor er auch nur achtzig Kilometer weit gekommen ist, zerreißt es ihn in lauter Stücke, die niemand mehr identifizieren kann.«
»Gut so«, schnarrte der Mann in Nürnberg. »Sie müssen müde sein, Kamerad. Fahren Sie in die Stadt zurück und legen Sie sich erst mal ein paar Stunden schlafen.«
Mackensen brauchte keine zweite Aufforderung. Seit Mittwoch hatte er keine Nacht mehr richtig durchgeschlafen.
Miller legte die achtzig Kilometer zurück und noch weitere hundertsechzig. Eines nämlich hatte Mackensen übersehen. Seine Auslösevorrichtung hätte sicher sehr rasch gezündet, wenn sie in das Radaufhängungssystem einer kontinentaleuropäischen Limousine geklemmt worden wäre. Aber der Jaguar war ein englischer Sportwagen mit weit härterer Radaufhängung. Als er über die Autobahn nach Frankfurt hinunterjagte, wurde die starke Federung oberhalb der Vorderräder, sobald der Wagen über ein Schlagloch oder eine andere Bodenunebenheit raste, zwar leicht zusammengedrückt, und die kleine Glühbirne zwischen den Kiefern des Bombenauslösers zerbarst dabei in winzige Glassplitter. Aber die beiden elektrisch geladenen Hälften des Stahlblattes berührten sich nicht. Bei harten Stößen näherten sie sich einander bis auf wenige Millimeter und rückten dann wieder auseinander. Nichts ahnend von der tödlichen Bedrohung, legte Miller die Strecke über

Münster, Dortmund, Köln und Wiesbaden bis kurz vor Frankfurt in knapp vier Stunden zurück. Dann bog er in die Straße nach Königstein und in die verschneiten Wälder des Taunus ein.

15

Es war schon dunkel, als der Jaguar den Kurort in den südlichen Vorläufern des Taunus erreichte. Ein Blick auf seine Karte klärte Miller darüber auf, daß ihn keine dreißig Kilometer mehr von dem Landsitz trennten, auf dem der ehrenwerte Radiofabrikant das Wochenende verbrachte. Miller beschloß, im Hotel zu übernachten und die Fahrt am anderen Morgen fortzusetzen. Im Norden erhoben sich die verschneiten Berge; entlang der Hauptstraße der kleinen Stadt reihten sich die Lichter und erhellten geisterhaft die Burgruine oberhalb des Städtchens auf einem Hügel, wo einst der Sitz der Grafen von Falkenstein gewesen war. Der Himmel war klar, aber ein eisiger Wind kündigte weitere Schneefälle für die Nacht an.
Miller hielt vor dem Park-Hotel an der Ecke Hauptstraße und Frankfurter Straße und fragte, ob ein Zimmer frei sei. Kneipp-Kuren haben im Februar sehr viel weniger Reiz als in den Sommermonaten, und so hätte er um diese Jahreszeit ganze Zimmerfluchten mieten können.
Der Portier riet ihm, den Wagen auf dem von Bäumen und Büschen gesäumten kleinen Parkplatz hinter dem Hotel abzustellen. Miller nahm ein Bad und ging zum Abendessen in den Gasthof Zum Grünen Baum an der Hauptstraße. Das Lokal zählte zu dem runden Dutzend ausgezeichneter Restaurants, die der Kurort zu bieten hatte.
Seine Nervosität setzte unvermittelt beim Essen ein. Als er das Weinglas zum Mund führte, zitterten seine Hände. Das lag teils an der Erschöpfung, dem Mangel an Schlaf in den letzten vier Tagen, in denen er sich jeweils nur für eine oder zwei Stunden hatte hinlegen können – aber es war auch eine verzögerte Reaktion auf die nervliche Anspannung. Schließlich war er kein professioneller Einbrecher wie Koppel und staunte immer noch über das Glück und seinen Instinkt, der ihm geraten hatte, Winzers Haus einen zweiten Besuch abzustatten. Er hatte gefunden, was er suchte, aber das machte ihn nicht ruhiger.
Seine Nervosität rührte vor allem von dem Gedanken an das bevorstehende Ende der Jagd her. Von der Aussicht auf die Konfrontation mit dem Mann, den er haßte und nach so vielen Umwegen, die ihn immer weiter von seinem Ziel abzubringen schienen, nun endlich gefunden hatte. Und von der Befürchtung, daß noch im letzten Augenblick irgend etwas schiefgehen konnte.
Miller fiel jener Dr. Schmidt wieder ein, der ihn im Hotel in Bad Godesberg

aufgesucht und davor gewarnt hatte, seine Nachforschungen nach Roschmann fortzusetzen. Er mußte an Wiesenthal denken, der ihm gesagt hatte: »Seien Sie vorsichtig. Diese Männer können gefährlich werden.« Nach alledem war es verwunderlich, daß sie noch nicht zugeschlagen hatten. Sie wußten, daß er Miller hieß – der Besuch im Hotel Dreesen bewies das; und seit er Bayer in Stuttgart niedergeschlagen hatte, mußte ihnen auch seine Identität als Kolb bekannt sein. Und doch hatte sich niemand blicken lassen. Was sie seiner Meinung nach nicht wissen konnten, war dagegen die Tatsache, daß er jetzt unmittelbar vor seinem Ziel war. Vielleicht hatten sie seine Spur verloren oder beschlossen, ihn sich selbst zu überlassen, weil sie nach dem Untertauchen des Fälschers keine Gefahr mehr in ihm sahen. Dabei hatte er die Akte, Winzers geheimes und explosives Beweismaterial, an sich gebracht und damit die aufsehenerregendste Story des Jahrzehnts »im Kasten«. Er grinste befriedigt, und die Kellnerin, die gerade vorbeikam, war der Meinung, sein Lächeln gelte ihr. Als sie das nächstemal an seinem Tisch vorüberkam, wackelte sie provozierend mit dem Hintern, und Miller mußte an Sigi denken. Seit Wien hatte er sie nicht mehr angerufen. Den letzten Brief hatte er ihr Anfang Januar geschrieben – also vor sechs Wochen. Jetzt fühlte er, daß er sie brauchte wie nie zuvor.

Komisch, dachte er, daß die Männer die Frauen immer dann besonders entbehren, wenn sie es mit der Angst zu tun kriegen. Und er mußte sich eingestehen, *daß* er es mit der Angst bekam – Angst vor dem, was er getan hatte, und Angst vor dem Massenmörder, dem er morgen gegenübertreten würde.

Er schüttelte den Kopf, um die bedrückenden Gedanken zu verscheuchen, und bestellte noch eine halbe Flasche Wein. Das war nicht der Augenblick, sich elegischen Anwandlungen zu überlassen. Er hatte einen journalistischen Coup gelandet, der eine beispiellose Sensation darstellte – und er war dabei, eine alte Rechnung zu begleichen.

Er überdachte noch einmal seinen Plan, während er den zweiten halben Liter Wein trank: Ein Anruf beim Staatsanwalt in Ludwigsburg. Dreißig Minuten später kam die Polizei und schaffte den Mann weg, damit er endlich in Polizeigewahrsam genommen, vor Gericht gestellt und zu lebenslänglicher Haft verurteilt wurde. Wäre Miller ein härterer Mann gewesen, hätte er es sich nicht nehmen lassen wollen, Roschmann mit eigenen Händen umzubringen.

Bei dem Gedanken daran wurde ihm bewußt, daß er unbewaffnet war. Würde er Roschmann wirklich allein antreffen? War der SS-Verbrecher überzeugt, sein neuer Name sichere ihn vor der Entlarvung? Oder hatte er einen privaten, bewaffneten Leibwächter für den Fall der Fälle?

Karl Brandt, der Hamburger Kriminalinspektor, hatte Miller zum 25. Geburtstag, den man feuchtfröhlich im Kreise von einigen Freunden und

Mädchen begangen hatte, ein Paar Handschellen geschenkt. »Trauringe«, hatte er scherzend gesagt, »für den Fall, daß du dich einmal verehelichen solltest.« Seitdem lagen die Handschellen auf dem Boden einer Truhe in Millers Wohnung.

Er besaß auch eine Pistole, eine kleine Sauer Automatic, die er ganz legal gekauft hatte, als er 1960 eine Enthüllungsstory über das organisierte Gangstertum im Hamburger Vergnügungsgewerbe recherchierte und von den Bossen auf St. Pauli bedroht wurde. Die Waffe war ebenfalls in seiner Wohnung in Hamburg – in einer verschlossenen Schreibtischlade.

Leicht benommen vom Wein, vom doppelten Kognak und auch vor Müdigkeit, zahlte er die Rechnung, stand auf und ging ins Hotel zurück. Er wollte von dort aus gleich Sigi in Hamburg anrufen, benutzte dann aber doch lieber eine der beiden öffentlichen Telefonzellen vorm Hoteleingang. Es war sicherer so. Es ging auf 10 Uhr, und er erreichte Sigi in dem Klub, in dem sie arbeitete. Wegen der lärmenden Musik der Band im Hintergrund mußte er schreien, damit sie ihn verstand.

Miller unterbrach ihre Fragen – wo er gewesen sei, weshalb er nichts von sich hatte hören lassen, wo er sich jetzt aufhalte – und sagte ihr, was sie tun sollte. Sie wandte ein, daß sie nicht wegkönne, aber in seiner Stimme schwang etwas mit, was sie stutzig machte.

»Ist mit dir auch alles in Ordnung?« schrie sie ins Telefon.

»Ja. Mir geht es gut. Aber ich brauche deine Hilfe. Bitte, Liebling, laß mich nicht im Stich. Nicht jetzt, nicht heute nacht.«

Sie schwieg einen Augenblick lang und sagte dann: »Ich komme. Ich erzähle denen hier einfach irgendwas von einer dringenden Familiensache. Ein Notfall oder so.«

»Hast du genug Bargeld, um einen Wagen zu mieten?«

»Ich glaube schon. Ich kann mir ja was von einer Kollegin pumpen.«

Er nannte ihr einen Wagenverleih mit durchgehendem Nachtbetrieb und schärfte ihr ein, seinen Namen zu erwähnen, weil er den Inhaber gut kannte.

»Wie weit ist es bis zu dir?« fragte sie.

»Von Hamburg aus sind es fünfhundert Kilometer. Du kannst es in fünf Stunden schaffen. Sagen wir sechs Stunden, von jetzt ab gerechnet. Du wirst gegen 5 Uhr morgens hier sein. Und vergiß nicht, die Sachen mitzubringen.«

»Nein, ich bringe sie dir mit.« Sie schwieg einen Augenblick und sagte dann: »Peter, Liebling...«

»Was ist?«

»Hast du vor irgend etwas Angst?«

Das Leuchtzeichen forderte erneut zum Nachzahlen auf, und Miller hatte kein Markstück mehr.

»Ja«, sagte er nur und hängte ein, als sie getrennt wurden.
Im Hotelfoyer fragte er den Nachtportier, ob er ihm einen großen Umschlag beschaffen könne. Nach einigem Suchen in den Fächern unter dem Tresen überreichte der Portier Miller triumphierend ein mit Pappe verstärktes braunes Kuvert. Es war groß genug für Din-A4-Blätter. Miller, der die umfangreiche Sendung als Briefpost abschicken wollte, kaufte ihm obendrein noch seinen gesamten Vorrat an Briefmarken ab, die normalerweise nur für die Gäste mit Ansichtskarten da waren.
Danach ging er wieder in sein Zimmer. Er legte den Attachékoffer, den er den ganzen Abend mitgenommen hatte, auf das Bett und nahm Salomon Taubers Tagebuch, den Aktenhefter aus Winzers Safe und zwei Photographien heraus. Er las die beiden Seiten in dem Tagebuch noch einmal. Sie hatten ihn dazu gebracht, Jagd auf einen Mann zu machen, von dem er bis dahin noch nie etwas gehört hatte. Er betrachtete lange die beiden Photos. Schließlich nahm er einen Bogen einfaches weißes Papier aus dem Koffer und schrieb eine kurze, für jeden Leser verständliche Erklärung nieder, aus der unmißverständlich hervorging, um was es sich bei dem Aktenhefter handelte. Die Erklärung steckte er zusammen mit der Akte aus Winzers Safe und einem der beiden Lichtbilder in den Umschlag. Er adressierte ihn und beklebte ihn mit sämtlichen Marken, die ihm der Nachtportier verkauft hatte.
Das andere Photo steckte er in die Brusttasche seiner Jacke. Der zugeklebte Umschlag und das Tagebuch wanderten wieder in den Attachékoffer, den er unters Bett schob.
Er hatte noch eine kleine Taschenflasche Kognak in seinem Reisekoffer. Am Waschbecken goß er sich ein Wasserglas voll ein. Er stellte fest, daß seine Hände zitterten, aber die feurige Flüssigkeit entspannte ihn. Er legte sich mit leicht schwindligem Kopf auf das Bett und schlief sofort ein.

Josef ging wütend und ungeduldig in dem Kellerraum in München auf und ab. Leon und Motti saßen am Tisch und starrten auf ihre Hände. Seit dem Eintreffen des Telegramms aus Tel Aviv waren achtundvierzig Stunden vergangen.
Ihre Versuche, Miller ausfindig zu machen, hatten keinen Erfolg gehabt. Auf ihr Drängen war Alfred Oster zu dem Parkplatz in Bayreuth gegangen, um nachzusehen, ob der Jaguar noch dort stand. Später bekamen sie die Nachricht, daß er verschwunden war.
»Wenn die den Jaguar zu Gesicht bekommen, wissen sie, daß Kolb kein Bäckergeselle aus Bremen sein kann«, knurrte Josef. »Selbst wenn sie nicht wissen, daß der Besitzer Peter Miller heißt.«
Später hatte ein Freund in Stuttgart Leon davon unterrichtet, daß die Polizei

im Zusammenhang mit der Ermordung eines Stuttgarter Bürgers namens Bayer, dessen Leiche in einem Hotelzimmer aufgefunden wurde, nach einem jüngeren Mann fahndete. Die Personenbeschreibung paßte zu gut auf den als Kolb getarnten Miller, als daß es sich um einen anderen Mann hätte handeln können, aber zum Glück lautete der Name im Hotelregister weder Kolb noch Miller, und ein schwarzer Sportwagen war nicht erwähnt worden.

»Wenigstens war er so vernünftig, sich mit falschem Namen einzutragen«, sagte Leon.

»Das war er seiner Rolle als Kolb schuldig«, erklärte Motti. »Kolb sollte doch vor der Bremer Polizei auf der Flucht sein, die wegen Kriegsverbrechen nach ihm fahndete.«

Aber das war ein schwacher Trost. Wenn die Stuttgarter Polizei Miller nicht finden konnte – die Gruppe Leon konnte es auch nicht. Sie hatten allen Anlaß zu befürchten, daß die ODESSA Miller inzwischen entschieden dichter auf den Fersen war als sie selbst oder die Polizei.

»Nachdem er Bayer umgebracht hatte, mußte ihm klar gewesen sein, daß seine Tarnung als Kolb hinfällig geworden war. Deswegen wird er auf den Namen Miller umgeschaltet haben«, überlegte Leon. »Er mußte die Suche nach Roschmann also aufgeben – oder er hat von Bayer etwas erfahren, das ihn auf Roschmanns Fährte setzte.«

»Warum, zum Teufel, meldet er sich dann nicht?« brauste Josef auf. »Glaubt dieser Dilettant vielleicht, er könnte es ganz allein mit Roschmann aufnehmen?«

Motti hüstelte leise.

»Er weiß nicht, wie wichtig Roschmann für die ODESSA ist.«

»Wenn er ihm nahe genug kommt, wird er es schon merken«, sagte Leon.

»Falls er bis dahin nicht schon ein toter Mann ist, womit wir glücklich wieder auf dem Nullpunkt angelangt wären«, bemerkte Josef bitter. »Warum ruft der Idiot nicht an?«

Beim Werwolf dagegen blieb das Telefon in jener Nacht nicht stumm. Klaus Winzer rief ihn aus einem Bergschloß in der Regensburger Gegend an. Der Werwolf hatte beruhigende Nachrichten für ihn.

»Ja, ich glaube, Sie können jetzt ohne Bedenken heimfahren«, sagte der Chef der ODESSA. »Der Mann, der Sie sprechen wollte, ist inzwischen mit Sicherheit unschädlich gemacht worden.«

Der Fälscher dankte ihm, beglich seine Hotelrechnung und startete noch in derselben Nacht zur Rückfahrt nach Osnabrück. Er würde rechtzeitig zum Frühstück zu Hause ankommen. Er wollte dann gleich ein Bad nehmen, lange schlafen und am Montagmorgen wie gewohnt in die Druckerei gehen.

Miller erwachte, als an die Tür geklopft wurde. Er blinzelte, stellte fest, daß er das Licht hatte brennen lassen, und schloß auf. Der Hausdiener stand in der Tür und hinter ihm Sigi. Miller beruhigte den Mann mit der Erklärung, daß Sigi seine Frau sei, die ihm wichtige Akten für eine Geschäftsbesprechung am Vormittag mitgebracht habe. Der Hausdiener, ein Bursche vom Lande, der ein für Miller schwer verständliches Hessisch sprach, nahm wortlos sein Trinkgeld und ging.
Sigi warf die Arme um Millers Hals, als er die Zimmertür mit dem Fuß zustieß.
»Wo warst du? Was tust du hier?«
Er unterband ihre Fragen in der einfachsten und wirksamsten Weise, und als sie einander losließen, waren Sigis kalte Wangen gerötet und erhitzt, und Miller atmete rascher.
Er nahm ihr den Mantel ab und hängte ihn auf den Haken an der Tür. Sie begann erneut Fragen zu stellen.
»Vorrangiges verdient vorrangig behandelt zu werden«, sagte er und zog sie auf das Bett hinunter, das dank der dicken Federdecke, unter der er ein paar Stunden geschlafen hatte, noch immer warm war. Sie kicherte.
»Du hast dich nicht verändert.«
Sie trug ihr tief ausgeschnittenes Abendkleid aus dem Klub und darunter ein Nichts von einem Büstenhalter. Er öffnete den Reißverschluß am Rücken ihres Kleides und streifte ihr die schmalen Träger von den Schultern.
»Und du? Hast du dich verändert?« fragte er sie leise.
Sie atmete tief und legte sich zurück, als er sich über sie beugte und sie an sich zog.
»Nein«, flüsterte sie. »Überhaupt nicht. Du weißt, was ich mag.«
»Und du weißt, was ich mag«, murmelte er nahezu unverständlich.
Sie quietschte auf.
»Ich bin zuerst dran. Du hast mir mehr gefehlt als ich dir.«
Eine Antwort blieb aus, aber Sigis Stöhnen und Seufzen war beredt genug. Es dauerte eine Stunde, bis sie, außer Atem und glücklich, voneinander abließen. Miller füllte das Zahnputzglas mit Kognak und Wasser, und Sigi, die nie viel trank, nippte nur daran. Den Rest trank Miller.
»Und jetzt«, sagte Sigi scherzend, »nachdem vorrangig erledigt wurde...«
»Vorläufig«, warf Miller ein. Sie kicherte.
»Jetzt darf ich vielleicht erfahren, was es mit dem mysteriösen Brief auf sich hatte, warum du sechs Wochen wegbleiben mußtest, warum du diesen schrecklichen Haarschnitt hast und warum wir uns unbedingt in einem Hotelzimmer in irgendeiner hessischen Kleinstadt treffen müssen?«
Miller wurde ernst. Kurz entschlossen stand er auf, ging, immer noch nackt, durch das Zimmer und kam mit seinem Attachékoffer zurück. Er setzte sich auf die Bettkante.

»Du würdest ohnehin sehr bald erfahren, was ich vorhabe«, sagte er, »ich kann es dir also ebensogut auch jetzt schon erzählen.«
Er redete nahezu eine Stunde lang. Sein Bericht begann mit der Auffindung des Tagebuchs, das er ihr zeigte, und er endete mit dem Einbruch in das Haus des Fälschers. Sie hatte ihm mit wachsendem Entsetzen zugehört.
»Du bist verrückt«, sagte sie, als er schwieg. »Du bist ja gänzlich übergeschnappt, total irre. Du hättest leicht dabei draufgehen oder wegen hunderterlei Dinge ins Gefängnis kommen können.«
»Ich mußte es tun«, sagte er. Er war außerstande, für das, was auch ihm in diesem Augenblick unsinnig erschien, eine Erklärung vorzubringen.
»Und das alles wegen eines gräßlichen alten Nazis? Du bist ja bescheuert. Das ist doch vorbei, Peter, längst vorbei. Wozu willst du deine Zeit auf diese Leute verschwenden?«
Ratlos und verwirrt starrte er sie an.
»Aber ich habe es doch nun mal getan«, sagte er trotzig.
Sie seufzte tief und schüttelte den Kopf, um ihm zu zeigen, wie unverständlich ihr sein Verhalten war.
»Na gut«, sagte sie. »Und jetzt ist es geschafft. Du weißt, wer er ist und wo er ist. Du mußt nur nach Hamburg zurückfahren und die Polizei anrufen. Die erledigt dann schon alles übrige. Dafür wird sie schließlich bezahlt.«
Miller wußte nicht, was er ihr darauf anworten sollte.
»So einfach liegen die Dinge nicht«, sagte er. »Ich gehe heute vormittag da hinauf.«
»Du gehst wo hinauf?«
Er deutete mit dem Daumen zum Fenster hinaus, zu den dunklen Berghängen.
»Zu seinem Haus.«
»Zu seinem Haus? Wozu?« Ihre Augen weiteten sich vor Schrecken.
»Du gehst doch nicht etwa hin, um ihn zu treffen?«
»Doch. Frag mich nicht warum, denn ich kann es dir nicht sagen..Es ist etwas, was ich ganz einfach tun muß.«
Ihre Reaktion überraschte ihn. Sie setzte sich ruckartig auf, drehte sich zu ihm um und starrte ihn an. Er hatte sich ein Kissen unter den Nacken geschoben und lag rauchend da.
»Dafür wolltest du den Revolver haben.« Sie sagte es ihm auf den Kopf zu.
»Du willst ihn umbringen...«
»Ich will ihn nicht umbringen...«
»Na gut, dann bringt er dich um. Und du gehst da ganz allein hinauf, mit einem Revolver gegen ihn und seine Bande. Du elender, verfluchter, dämlicher Mistkerl du...«
Miller starrte sie verwundert an.

»Weswegen? Worüber regst du dich so auf? Über Roschmann?«
»Ich rege mich nicht wegen des gräßlichen alten Nazis auf. Ich rede von mir. Von mir und dir, du sturer, behämmerter, blöder Kerl. Du riskierst es, von denen da oben kaltgemacht zu werden, bloß um irgend etwas Verrücktes zu beweisen und eine Story für deine dämlichen Illustrierten-Leser an Land zu ziehen. Du hast bei der ganzen Sache auch nicht einen Augenblick lang an mich gedacht...«
Sie hatte angefangen zu weinen, und während sie mit unverminderter Heftigkeit weitersprach, glitten ihr die Tränen über die Wangen und hinterließen dort schwarze Spuren von Wimperntusche.
»Sieh mich an, sieh mich an, und schau aber mal genau hin – für wen hältst du mich eigentlich? Für eine, die sich bloß gut bumsen läßt? Meinst du vielleicht, ich schlafe jede Nacht mit so 'nem ungehobelten Reporter, damit er sich selber großartig findet, wenn er dann loszieht, um irgendeiner idiotischen Story nachzujagen, bei der er draufgehen kann? Hältst du mich wirklich für so blöd? Hör mal zu, du bekloppter Hornochse, ich will heiraten. Ich will Frau Miller werden, ich will Kinder haben. Und du bist drauf und dran, dich umbringen zu lassen... O Gott...«
Sie sprang aus dem Bett und rannte in das Badezimmer, warf die Tür hinter sich zu und schloß sie ab.
Miller lag wie vor den Kopf geschlagen da und vergaß, an seiner Zigarette zu ziehen, die bis an seine Finger herunterbrannte. Er hatte Sigi noch nie so wütend gesehen und war zutiefst beunruhigt. Er dachte über alles nach, was sie gesagt hatte, während er hörte, wie sie Wasser einlaufen ließ.
Er drückte die heruntergebrannte Zigarette im Aschenbecher aus und klopfte an der Badezimmertür.
»Sigi.«
Keine Antwort.
»Sigi.«
Die Wasserhähne wurden zugedreht.
»Geh weg.«
»Sigi, mach bitte auf. Ich möchte mit dir reden.«
Stille. Dann schloß sie die Tür auf. Sie stand nackt da und sah ihn schmollend an. Sie hatte sich die Wimperntusche abgewaschen.
»Was willst du?« fragte sie.
»Komm wieder ins Bett. Ich möchte mit dir reden. Wir werden noch erfrieren, wenn wir noch länger hier herumstehen.«
»Nein, nein. Du willst ja bloß wieder mit mir...«
»Nein, diesmal nicht. Ehrlich. Ich verspreche dir, daß ich es nicht tun werde. Ich will nur reden.«
Er nahm sie bei der Hand und führte sie ins Bett und in die Wärme zurück.
»Worüber willst du mit mir reden?« fragte sie mißtrauisch.

Er legte sich zu ihr ins Bett und fragte ganz nah an ihrem Ohr:
»Willst du meine Frau werden, Sigrid Rahn?«
Sie drehte sich zu ihm um.
»Ist das dein Ernst?« fragte sie.
»Ja. Ich bin vorher irgendwie nie richtig auf die Idee gekommen. Aber du bist vorher ja auch nie richtig wütend geworden.«
»Na so was«, sagte sie, als traue sie ihren Ohren nicht. »Ich muß wohl öfters mal wütend werden.«
»Kriege ich nun eine Antwort?«
»Oh, ja, Peter. Ich will deine Frau werden. Wir beide werden recht gut sein zusammen.«
Er begann sie wieder zu liebkosen und wurde aufs neue erregt.
»Du hast gesagt, daß du damit nicht gleich wieder anfangen willst.«
»Nur dieses eine Mal. Danach laß ich dich auch ganz bestimmt auf immer und ewig in Ruhe.«
Sie streckte ihren Schenkel über ihn und hatte sich im nächsten Augenblick vollends auf ihn gerollt. Sie sah zu ihm hinab und sagte: »Untersteh dich, Peter Miller.«
Miller langte hinauf und zog an der Schnur, um die Nachttischlampe zu löschen.
Im Osten färbte sich der Himmel schwach grau. Es war Sonntagmorgen, der 23. Februar. Millers Armbanduhr auf dem Nachttisch zeigte auf zehn vor sieben. Aber Miller war schon fest eingeschlafen.

Eine halbe Stunde später bog Klaus Winzer in die Auffahrt seines Hauses ein, hielt vor der geschlossenen Garagentür und stieg aus. Er war müde und zerschlagen, aber auch glücklich, wieder zu Hause zu sein.
Barbara, die die Abwesenheit ihres Arbeitgebers ausnutzte, um länger im Bett zu bleiben, war noch nicht aufgestanden. Als sie dann schließlich erschien, nachdem Winzer die Haustür aufgeschlossen und von der Halle aus nach ihr gerufen hatte, war sie mit einem Nachthemdchen bekleidet, das den Puls jedes anderen Mannes beschleunigt hätte. Winzer jedoch verlangte es nach Spiegeleiern, Toast und Marmelade, einer Kanne Kaffee sowie einem heißen Bad. Tatsächlich aber bekam er nichts von alledem.
Statt dessen berichtete sie ihm von einer Entdeckung, die sie am Samstagmorgen hatte machen müssen, als sie das Arbeitszimmer betrat, um Staub zu wischen: daß das Fenster zerbrochen und die silbernen Leuchter sowie die Schnupftabakdose verschwunden waren. Sie hatte sofort die Polizei verständigt. Nach Meinung der Beamten bestand nicht der geringste Zweifel darüber, daß es sich bei dem säuberlich runden Loch in der Fensterscheibe um die Arbeit eines Profis handelte. Sie hatte ihnen gesagt, daß der Haus-

besitzer abwesend sei, und sie hatten wissen wollen, wann er wiederkäme, denn sie wünschten ihm, wie das in solchen Fällen üblich war, ein paar Fragen zu stellen, die sich auf die gestohlenen Gegenstände bezogen.
Stumm hörte sich Winzer den Bericht des Mädchens an. Er war blaß geworden, und an seiner Schläfe hatte eine einzelne Ader zu klopfen begonnen. Er schickte Barbara in die Küche, damit sie ihm Kaffee machte. Er ging in sein Arbeitszimmer und schloß die Tür hinter sich ab. Er brauchte nicht länger als dreißig Sekunden, um festzustellen, daß die Akte über vierzig ODESSA-Verbrecher verschwunden war.
Als er sich von dem Safe wegwandte, klingelte das Telefon. Es war der Arzt aus der Klinik, der ihn darüber unterrichtete, daß Fräulein Wendel in der vergangenen Nacht gestorben war.
Gleichgültig gegen die Kälte, die durch das mit Zeitungspapier verstopfte Loch im Fenster drang, saß Winzer zwei Stunden lang in seinem Sessel vor dem kalten Kamin. Er spürte nur die kalten Finger, die sich in sein Inneres zu krallen schienen, während er sich darüber schlüssig zu werden versuchte, was jetzt zu tun war. Barbara, die wiederholt klopfte und durch die verschlossene Tür rief, daß das Frühstück fertig sei, erhielt keine Antwort. Durch das Schlüsselloch hörte sie, wie er mehrfach vor sich hin murmelte: »Nicht meine Schuld, nicht meine Schuld.«

Miller hatte vergessen, den Weckruf abzubestellen, um den er am Abend zuvor gebeten hatte, bevor er Sigi anrief. Um 9 Uhr schrillte das Telefon neben dem Bett. Verschlafen meldete er sich, dankte mit undeutlichem Gemurmel und stand auf. Er wußte, daß er sofort wieder einschlafen würde, wenn er auch nur eine Minute länger im Bett bliebe. Sigi, erschöpft von der Autofahrt und von der Liebe und überwältigt von dem Glück, endlich verlobt zu sein, schlief noch ganz fest.
Miller duschte erst heiß und dann minutenlang kalt, rieb sich mit dem Handtuch, das er über Nacht auf der Heizung gelassen hatte, kräftig ab und fühlte sich großartig. Die Bedrücktheit und die Angst, die am Abend zuvor auf ihm gelastet hatten, waren verflossen. Er fühlte sich fit und zuversichtlich.
Er zog sich Hose und knöchelhohe Stiefel, einen dicken Rollkragenpullover und darüber eine zweireihige dunkelblaue Joppe an. Sie hatte Außentaschen, in denen Platz genug für den Revolver und die Handschellen war, und eine innere Brusttasche, in die er das Photo steckte. Er holte die Handschellen aus Sigis Reisetasche und untersuchte sie. Einen Schlüssel gab es nicht; die Handfesseln schnappten selbsttätig zu, und wem sie einmal angelegt wurden, der blieb gefesselt, bis ihn die Polizei oder eine Metallsäge befreite.

Die Pistole hatte er noch nie abgefeuert, und das Innere des Laufs war noch immer mit dem Waffenöl der Herstellerfirma eingefettet. Das Magazin war gefüllt, und er ließ es so. Um sich mit der Waffe wieder vertraut zu machen, betätigte er den Verschluß ein paarmal, vergewisserte sich, wie gesichert und entsichert wurde, drückte das Magazin in den Griff, beförderte die erste Kugel in die Kammer und sicherte die Waffe. Den Zettel mit der Telefonnummer des Staatsanwalts in Ludwigsburg steckte er sich in die Hosentasche.

Er holte den Attachékoffer unter dem Bett hervor und nahm einen Bogen weißes Papier heraus, um Sigi eine Nachricht zu hinterlassen. Er schrieb: »Mein Liebling, ich gehe jetzt los, um den Mann zu stellen, den ich gejagt habe. Ich habe meine Gründe, weswegen ich ihm ins Gesicht sehen und dabei sein will, wenn die Polizei kommt, um ihn in Handschellen abzuführen. Es sind gute Gründe, und heute nachmittag werde ich sie Dir erklären können. Auf alle Fälle aber schreibe ich Dir hier auf, was Du tun sollst...«

Die Anweisungen waren präzise und klar. Er schrieb ihr die Münchener Telefonnummer auf, die sie anrufen, und die Nachricht, die sie dem Mann, der sich unter der angegebenen Nummer meldete, übermitteln sollte. Sein Brief schloß: »Fahre mir unter keinen Umständen nach, das würde die Dinge nur verschlimmern, wie immer auch die Situation sein mag. Wenn ich also bis Mittag nicht zurück bin oder Dich nicht im Hotelzimmer angerufen habe, ruf die Münchener Nummer an, gib die Nachricht durch, verlasse das Hotel, steck den Umschlag in Frankfurt in irgendeinen Briefkasten und fahr dann nach Hamburg zurück. Verlob dich inzwischen nicht mit einem anderen. Alles Liebe, Peter.«

Er legte den Brief zusammen mit dem Umschlag mit der ODESSA-Akte und drei Fünfzigmarkscheinen auf den Nachttisch. Dann klemmte er sich Salomon Taubers Tagebuch unter den Arm, verließ leise das Zimmer und ging nach unten. Im Vorübergehen bat er den Portier in der Rezeption, den Weckanruf um 11 Uhr 30 noch einmal zu wiederholen.

Er trat um 9 Uhr 30 aus dem Hotel und war überrascht über die Schneemengen, die über Nacht gefallen waren. Er ging um das Gebäude herum zum Parkplatz, kletterte in den Jaguar und drückte auf den Anlasser. Es dauerte einige Minuten, bis der Motor ansprang. Während er warm lief, holte Miller einen Handbesen aus dem Kofferraum und fegte die dicke Schneedecke von Kühler, Dach und Windschutzscheibe.

Dann setzte er sich ans Steuer, legte den Gang ein und fuhr auf die Hauptstraße hinaus. Der dicke Schneeteppich auf der Fahrbahn knirschte unter den Reifen. Am Abend vorher hatte er sich noch kurz vor Ladenschluß ein Meßtischblatt der Gegend besorgt. Er warf einen Blick darauf und nahm dann die Straße nach Limburg.

Nach einem strahlenden Sonnenaufgang hatte es sich rasch bezogen. Unter den grauen Wolken glitzerte der Schnee auf den Bäumen, und von den Bergen her wehte ein scharfer Wind.
Die Straße führte in Windungen bergaufwärts und verlor sich gleich hinter dem Städtchen im Romberg-Wald. Die Schneedecke auf der Fahrbahn war makellos weiß und nur von einer einzigen Spur gezeichnet. Sie stammte von einem motorisierten Kirchgänger, der vor einer Stunde nach Königstein zum Gottesdienst gefahren war.
Miller bog in die Abzweigung nach Glashütten ein, umrundete die Abhänge des alles überragenden Feldbergs und fuhr die Straße nach der Ortschaft Schmitten hinunter. An den Bergabhängen heulte der Wind durch die Kiefern; er steigerte sich zu einem gellenden Klageton aus dem verschneiten Geäst.
Nach zwanzig Minuten zog Miller noch mal die Karte zu Rate und suchte eine Einfahrt, die von der Straße zu einem Privatanwesen führte. Wie sich dann herausstellte, handelte es sich um ein verriegeltes Gatter, an dem ein Schild mit der Aufschrift »Privatbesitz, Betreten verboten« befestigt war. Miller kletterte bei laufendem Motor aus dem Wagen, schob den Riegel zur Seite, schwang das Gatter zurück und steuerte den Jaguar auf den tiefverschneiten Waldweg. Miller fuhr im ersten Gang, denn unter der Schneedecke war nur gefrorener Sand. Zweihundert Meter weiter den Pfad hinauf war in der vergangenen Nacht unter der Last einer halben Tonne Schnee ein Ast von einer mächtigen Eiche abgebrochen. Er war in das Dickicht neben dem Pfad gestürzt und hatte einen dünnen schwarzen Mast umgerissen, der jetzt quer über dem Fahrweg lag.
Miller fuhr vorsichtig weiter und spürte den zweimaligen Stoß, als die Vorder- und dann die Hinterräder über den Mast hinwegrollten.
Der Weg mündete in eine Lichtung mit dem Landhaus und dem Garten. Miller hielt vor der Haustür an, stieg aus und drückte auf die Klingel.

Nach dem letzten Satz des Werwolfs legte Klaus Winzer in seinem Arbeitszimmer in Osnabrück den Hörer auf und ging an seinen Schreibtisch. Er war ganz ruhig. Zweimal schon hatte ihm das Leben übel mitgespielt, zuerst mit der Vernichtung seiner Falschgeldvorräte bei Kriegsende und dann mit der Entwertung seines Papiergeld-Vermögens im Jahre 1948. Jetzt geschah es zum drittenmal. Er holte seine alte, aber verläßliche Luger aus der untersten Schreibtischlade, steckte sich den Lauf in den Mund und drückte ab. Das Bleigeschoß, das ihm den Kopf zerriß, war keine Fälschung.

Regungslos saß der Werwolf da und starrte auf das summende Telefon. Er dachte an die Männer, denen Klaus Winzer falsche Pässe ausgestellt hatte. Sie standen alle auf der Fahndungsliste und mußten mit Verhaftung und Aburteilung rechnen, wenn sie gefaßt wurden. Die Aufdeckung der geheimen Dossiers Klaus Winzers würde eine Serie neuer Prozesse auslösen. Die Folgen waren gar nicht auszudenken.

Seine vordringlichste Aufgabe war, Roschmann zu warnen, denn Roschmann stand auf der Winzer gestohlenen Liste. Dreimal versuchte er vergeblich das Haus im Taunus telefonisch zu erreichen – die Nummer war jedesmal besetzt. Schließlich wandte er sich an die Störungsstelle, die ihm wenig später mitteilte, daß die Leitung unterbrochen sei.

Daraufhin rief er das Hohenzollern-Hotel in Osnabrück an. Mackensen war schon beim Aufbruch. In wenigen Sätzen unterrichtete er den Killer über die jüngste Katastrophe und beschrieb ihm, wo Roschmann lebte.

»Ihre Bombe scheint nicht funktioniert zu haben«, sagte er. »Fahren Sie so rasch wie möglich dorthin, stellen Sie Ihren Wagen irgendwo ab, wo man ihn nicht sieht, und weichen Sie Roschmann nicht von der Seite. Wir haben ihm bereits einen Leibwächter mitgegeben. Wenn Miller mit dem, was er in der Hand hat, schnurstracks zur Polizei geht, sind wir geliefert. Aber wenn er zu Roschmann kommt, überwältigen Sie ihn und bringen Sie ihn zum Reden. Bevor er stirbt, müssen wir erfahren, was er mit den Papieren gemacht hat.«

Mackensen warf einen Blick auf seine Straßenkarte und schätzte die Entfernung ab.

»Um 1 Uhr bin ich da«, sagte er.

Miller klingelte noch mal, und dann wurde die Tür geöffnet. Eine Welle warmer Luft drang aus der Halle. Der Mann, der vor ihm stand, mußte aus seinem Arbeitszimmer gekommen sein. In der Halle stand eine Türe offen. Lange Jahre bequemen Wohllebens hatten den einstmals schlanken SS-Führer korpulent werden lassen. Sein Gesicht war vom Alkohol oder von der Landluft gerötet und sein Haar an den Schläfen ergraut. Er sah aus wie der Prototyp des wohlhabenden Bürgers in mittleren Jahren, der sich denkbar bester Gesundheit erfreut. Aber sein Gesicht war, obwohl verändert, in mancher Einzelheit, in den Grundzügen doch das gleiche geblieben, das Tauber gekannt und beschrieben hatte. Roschmann musterte Miller kalt.

»Ja?« sagte er.

Miller brauchte einige Sekunden, um ein Wort herauszubringen. Was er geprobt hatte, war vergessen.

»Mein Name ist Miller«, sagte er, »und Ihrer ist Roschmann.«

Bei der Nennung der beiden Namen flackerte in den Augen des Mannes vor ihm etwas auf, aber seine eiserne Selbstbeherrschung ließ ihn keine Miene verziehen.

»Sie irren sich«, sagte er schließlich. »Ich habe den Namen, den Sie da nennen, nie gehört.«

Hinter der Fassade äußerster Ruhe stellte der ehemalige SS-Führer fieberhaft Überlegungen an. Seit 1945 hatte er Krisensituationen in seinem Leben wiederholt durch rasches, präzises Denken gemeistert. Von seiner Unterhaltung mit dem Werwolf her erinnerte er sich nur zu gut an den Namen Miller. Sie war ja erst ein paar Wochen her. Seine erste Regung war, dem Besucher die Tür vor der Nase zuzuschlagen, aber er beherrschte sich.

»Sind Sie allein zu Hause?« fragte Miller.

»Ja«, antwortete Roschmann wahrheitsgemäß.

»Dann gehen wir in Ihr Arbeitszimmer«, bestimmte Miller rundheraus. Roschmann erhob keine Einwände, denn er war sich darüber im klaren, daß er Zeit gewinnen und Miller so lange hinhalten mußte, bis...

Er drehte sich auf dem Absatz um und durchquerte mit langen Schritten die Halle. Miller warf die Tür hinter sich zu und folgte Roschmann ins Arbeitszimmer. Es war ein behaglich eingerichteter Raum mit einer dick gepolsterten Tür und einem flackernden Kaminfeuer. Miller schloß die Tür hinter sich.

Roschmann blieb in der Mitte des Zimmers stehen und wandte sich zu Miller um.

»Ist Ihre Frau hier?« fragte Miller. Roschmann schüttelte den Kopf. »Sie ist über das Wochenende zu Verwandten gefahren«, sagte er. Das entsprach der Wahrheit. Sie war am Abend zuvor überraschend angerufen worden und hatte den Zweitwagen genommen. Der andere Wagen der Roschmanns hatte einen Schaden am Motor und stand in der Garage. Roschmann erwartete seine Frau am Abend zurück.

Was er wohlweislich nicht erwähnt hatte und worum seine fieberhaften Überlegungen kreisten, das war die Tatsache, daß sein massiger kahlrasierter Leibwächter und Fahrer Oskar ins Dorf hinuntergeradelt war, um zu melden, daß der Telefonanschluß gestört war. Roschmann wußte, daß er das Gespräch mit Miller bis zu Oskars Rückkehr nicht abreißen lassen durfte. Als er sich zu seinem Besucher umwandte, hielt der junge Reporter eine Automatic in der Hand, die auf seinen Bauch gerichtet war. Roschmann hatte Angst, verbarg sie aber hinter gespielter Überlegenheit.

»Sie wagen es, mich in meinem eigenen Haus mit einer Pistole zu bedrohen?«

»Rufen Sie doch die Polizei«, sagte Miller und deutete mit einem Kopfnicken auf das Telefon auf dem Schreibtisch. Roschmann machte keine Anstalten, es zu benutzen.

»Ich stelle fest, daß Sie noch immer leicht hinken«, bemerkte Miller. »Der

orthopädische Schuh gleicht zwar recht gut aus, aber ganz läßt es sich doch nicht verleugnen. Im Lager Rimini hat man Ihnen die Zehen amputiert. Sie waren Ihnen auf der Flucht durch Österreich erfroren, stimmt's?«
Roschmann kniff die Augen leicht zusammen, sagte aber nichts.
»Sehen Sie, Herr Direktor, wenn Sie die Polizei rufen, wird die Sie identifizieren. Das Gesicht ist das gleiche geblieben, die Schußwunde in der Brust und die Narbe unter der linken Achselhöhle, wo sie zweifellos versucht haben, die Blutgruppentätowierung der SS zu entfernen – alle diese Dinge erleichtern den Beamten ihre Arbeit. Wollen Sie also wirklich die Polizei rufen?«
»Was wollen Sie, Miller?« fragte er.
»Setzen Sie sich«, sagte der Reporter. »Nicht an den Schreibtisch, sondern in den Sessel, damit ich Sie sehen kann. Und behalten Sie die Hände auf den Armlehnen. Geben Sie mir keinen Anlaß zum Schießen, denn, glauben Sie mir, ich täte es liebend gern.«
Roschmann setzte sich in den Sessel; er nahm seine Augen nicht von der Waffe. Miller setzte sich ihm gegenüber auf die Schreibtischkante.
»Und jetzt unterhalten wir uns«, sagte er.
»Worüber?«
»Über Riga. Über achtzigtausend Menschen – Männer, Frauen und Kinder –, die Sie dort niedergemetzelt haben.«
Roschmann hatte begriffen, daß ihn Miller offenbar nicht sofort erschießen wollte. Langsam gewann er seine Gelassenheit wieder. Die Farbe kehrte in sein Gesicht zurück. Er riß seinen Blick von der Waffe los und sah Miller an.
»Das ist eine Lüge. In Riga sind niemals achtzigtausend Häftlinge umgekommen.«
»Siebzigtausend? Sechzigtausend?« fragte Miller. »Halten Sie es wirklich für so entscheidend, vielleicht ›nur‹ sechzigtausend Menschen umgebracht zu haben und keine achtzigtausend?«
»Das ist ja der springende Punkt«, sagte Roschmann lebhaft. »Es ist heute so unwichtig wie damals. Hören Sie, junger Mann, ich weiß nicht, weshalb Sie es auf mich abgesehen haben. Aber ich kann es mir zusammenreimen. Irgend jemand hat Ihnen eine Menge sentimentalen Unsinn über sogenannte Kriegsverbrechen und dergleichen eingetrichtert. Das ist alles Unsinn, absoluter Unsinn. Wie alt sind Sie?«
»Neunundzwanzig.«
»Haben Sie Ihren Militärdienst geleistet?«
»Nein, ich war nicht mehr wehrpflichtig.«
»Dann haben Sie ja keine Ahnung vom Militär. Befehl ist Befehl. Wer ihn ausführt, ist für das, was er tut, nicht verantwortlich.«
»Sie wollen mir doch nicht einreden, daß Sie Soldat waren? Sie haben zwar

eine Uniform getragen, aber welches Risiko haben Sie denn gehabt? Standen Sie jemals einem bewaffneten Mann gegenüber? Nein, Roschmann, Sie waren nichts anderes als ein Henker in Uniform!«

»Unsinn«, sagte Roschmann, »ihr Jungen seid alle gleich. Man hat eure Köpfe mit Lügen vollgestopft, man hat unsere großen Ideen herabgewürdigt. Alles, was früher war, das verachtet ihr, weil ihr nicht wißt, wie es war.«

»Und wie war es damals? Ich bin Journalist, bitte, ich lasse mich gern belehren. Eure Verbrechen – waren das die großen Ideen? Aber vielleicht ist die ganze Welt im Unrecht und nur ihr, die Mörder, im Recht.«

Roschmann lehnte sich in seinem Sessel zurück. Die unmittelbare Gefahr schien für den Augenblick gebannt.

»Junger Mann, Sie wollen wissen, wie es damals war? Gut, ich will es Ihnen sagen: Wir waren auf dem besten Weg, die Herren der Welt zu werden. Wir hatten alle Armeen geschlagen. Und wir haben gezeigt, was für eine große Nation wir sind. Und das konnten wir nur, weil wir hart waren, frei von jeder Gefühlsduselei. Wir standen geschlossen hinter unserem Ziel und geschlossen hinter dem Mann, der uns dorthin führte. Unser Ziel, das war die Größe, die dem deutschen Volk immer versagt gewesen war. Aber das könnt ihr nicht verstehen, weil ihr aufgehört habt, als Deutsche zu fühlen, weil die Umerzieher euch Stolz und Vaterlandsliebe aus den Köpfen getrommelt haben. Was war denn vorher, bevor wir kamen? Ein verlorener Krieg, weil uns die Verräter im eigenen Land den Dolch in den Rücken gestoßen hatten, das Versailler Diktat – eine Schmach für jedes Volk; dann Millionen Arbeitslose auf der Straße, Elend und Kriminalität, weil der Staat von Weimar mit einer Schwatzbude als Parlament keine Ordnung schaffen konnte. Ordnung und Arbeit – das haben wir gebracht, wir, weil wir hart waren und unbeugsam und an das deutsche Volk glaubten. Es galt, die Besten dieses Volkes zu berufen und die Schwachen, die Schmarotzer und Schädlinge auszumerzen. Wir waren auf einem großen Weg: Brot, Ordnung und Kampf. Ja, Kampf und Siege. Und wir von der SS, wir waren die Besten, die Elite, und sind es auch heute noch.«

Roschmann holte Atem.

»Natürlich haben wir auf gewissen Gebieten Fehler gemacht. Aber haben die andern keine gemacht?«

Miller wollte ihn unterbrechen, aber Roschmann redete weiter. »Nein, nicht die Juden und die Lager – die meine ich nicht. Unser Volk konnte nur überleben, wenn unsere Feinde ausgeräuchert wurden. Und zu diesen Feinden, die für unser Unglück verantwortlich waren, gehörten vor allem die Juden. Und weil wir versucht haben, die Welt von dieser Pest zu befreien, macht ihr jetzt ein Geschrei. Es hat sie doch niemand nehmen wollen! Es gab eine Zeit, wo wir sie verschenkt hätten. Aber keiner wollte sie! Im übri-

gen: Ihr tut immer so, als wären wir die Erfinder der Konzentrationslager gewesen. Haben Sie nie davon gehört, daß die ersten Konzentrationslager die Engländer im Buren-Krieg errichtet haben?
Aber darum geht es nicht. Es geht um etwas anderes. Auch in der Natur gibt es die natürliche Auslese: Der Schwächere muß dem Stärkeren weichen. Auf diese Weise hat die Natur wertvolle Gattungen erhalten. Und schauen Sie sich in der Weltgeschichte um. Wir gehörten zu den Wertvollen. Daher mußten die Schwächlinge weichen. Ja, Sie mögen mich haßerfüllt, mißtrauisch oder sonst noch wie anschauen. Aber uns beide verbindet etwas, was Sie heute für nicht mehr sehr wertvoll betrachten, wir beide sind die Angehörigen des rassisch wertvollsten Volkes der Erde!«
Roschmann war so in Rage geraten, daß er trotz der auf ihn gerichteten Waffe zwischen Fenster und Schreibtisch auf und ab ging.
»Uns verbindet mehr als die Sprache, denn auch die Juden sprechen deutsch. Es ist auch nicht nur die Kultur, denn auch die Kultur war zum Teil jüdisch. Uns verbindet die Zugehörigkeit zu einem Volk. Wir ziehen am selben Strang, Miller, ja, Sie, der Sie jetzt mit der Waffe auf mich zielen – und ich.
Sie fragen nach dem Beweis unserer Größe? Schauen Sie sich das Deutschland von heute an. 1945 auf Gnade oder Ungnade den Barbaren im Osten und den Narren und Plutokraten im Westen ausgeliefert, zerbombt, erniedrigt und gedemütigt, hat es sich aus den Trümmern erhoben. Noch mangelt es Deutschland an der unerläßlichen Disziplin, für die wir seinerzeit haben sorgen können, aber Jahr für Jahr wächst seine wirtschaftliche und industrielle Macht. Und auch seine militärische Macht. Wenn erst einmal die letzten Auswirkungen des Einflusses der Alliierten von 1945 überwunden sind, werden wir wieder so mächtig sein, wie wir es einmal waren. Dazu brauchen wir Zeit und einen neuen Führer, aber die Ideale werden dieselben sein, und auch der Ruhm wird der gleiche sein.
Und wissen Sie, womit wir das schaffen werden, junger Mann? Ich will es Ihnen sagen – mit Disziplin und Organisation. Mit härtester Disziplin – je härter, desto besser – und strafferer Organisation, *unserer* Art, die Dinge zu organisieren, die nach unserer Tapferkeit die größte Gabe ist, über die wir verfügen. Denn wir *können* organisieren, das haben wir bewiesen. Sehen Sie sich doch um, sehen Sie dieses Haus an, dieses Anwesen, das Werk, alle Fabriken, hier, im Ruhrgebiet und anderswo. Tausende von Fabriken, die in Tag- und Nachtschichten Deutschlands Macht und Reichtum mehren. Und wer, glauben Sie wohl, hat alles das geschaffen? Etwa die Leute, die ihre Zeit damit vertun, sich ein paar kümmerlicher Juden wegen in wehleidigen Gemeinplätzen zu ergehen? Nestbeschmutzer und feige Verräter, die anständigen, aufrecht gesinnten deutschen Soldaten am Zeuge flicken wollen? Nein, *wir* waren es, die alles geschaffen haben, dieselben Männer, die

Deutschland vor dreißig Jahren schon einmal wieder hochgebracht haben.«, Er wandte sich vom Fenster ab und sah Miller mit fanatisch leuchtenden Augen an. Zugleich aber schätzte er auch die Entfernung zwischen dem Feuerhaken am Kamingitter und dem Punkt ab, an dem er sich gerade befand – fünf Schritte zwischen Kamin und Sessel.

Miller hatte seinen Blick bemerkt.

»Jetzt kommen Sie, ein Vertreter der jungen Generation, voller Idealismus und Betroffenheit zu mir und richten Ihren Revolver auf mich. Warum lassen Sie Ihren Idealismus nicht Ihrem eigenen Land, Ihrem eigenen Volk zugute kommen? Glauben Sie, daß unser Volk dafür Verständnis hat, daß Sie mich oder vielleicht auch andere jagen?«

»Ich habe niemanden um die Zustimmung gefragt«, sagte Miller.

Natürlich können Sie mich der Polizei übergeben, man wird mir möglicherweise – ich sage ausdrücklich: ›möglicherweise‹ – den Prozeß machen. Denn wo soll man alle diese Zeugen hernehmen, die man für diesen Prozeß braucht? Und am Ende, glauben Sie mir, werden Sie es selber sein, der den Tag verflucht, an dem Sie zu mir gekommen sind. Stecken Sie also die Pistole weg und gehen Sie nach Hause, junger Mann. Gehen Sie nach Hause und studieren Sie die wahre Geschichte jener Zeit.«

Miller hatte während der ganzen Tirade nahezu stumm dagesessen und den Mann, der vor ihm auf und ab schritt und ihn bekehren wollte, mit wachsendem Abscheu beobachtet. Er hatte hundert Dinge sagen wollen über den Wahnsinn, ein Gefühl der Größe und fraglichen geschichtlichen Ruhm, um den Preis des Lebens von Millionen Mitmenschen erwerben zu wollen. Aber er fand keine Worte. Man findet sie nie, wenn man sie braucht. So saß er wie betäubt da und starrte Roschmann an, bis er fertig war. Nach ein paar Sekunden fragte Miller: »Haben Sie jemals von einem Mann namens Tauber gehört?«

»Von wem?«

»Salomon Tauber. Er war ein Deutscher wie Sie und ich. Ein deutscher Jude. Er war in Riga, von der Zernierung bis zur Räumung des Ghettos.«

Roschmann zuckte die Achseln.

»Ich kann mich nicht erinnern. Das ist lange her. Wer soll das gewesen sein?«

»Setzen Sie sich«, sagte Miller. »Und jetzt bleiben Sie, wo Sie sind.«

Roschmann hob ungeduldig die Schultern und ging zu dem Sessel zurück. Er spürte, daß Miller nicht schießen würde, und die Frage, wie er ihm eine Falle stellen konnte, war ihm wichtiger als das Schicksal eines obskuren alten Juden, der lange tot war.

»Tauber starb am 22. November letzten Jahres. Er hat den Gashahn aufgedreht. Hören Sie mir zu?«

»Ja, wenn's sein muß.«

251

»Er hinterließ ein Tagebuch. Einen Bericht über seine Leidensgeschichte, über das, was ihm in Riga und andernorts, hauptsächlich aber in Riga, zugestoßen ist – was Sie und andere ihm angetan haben. Aber er überlebte, er kam zurück nach Hamburg und lebte dort noch achtzehn Jahre lang, bevor er Selbstmord beging. Er beging Selbstmord, weil er überzeugt war, daß Sie lebten und nie vor Gericht gestellt werden würden. Ich habe sein Tagebuch an mich genommen. Er brachte mich auf Ihre Spur – und ich habe Sie gefunden.«

»Das Tagebuch eines Toten hat keine Beweiskraft«, knurrte Roschmann.

»Nicht für Gerichte«, sagte Miller. »Aber mir genügt es.«

»Und Sie sind wirklich nur hergekommen, um mich für das, was vor Jahrzehnten irgendein Jude in sein Tagebuch geschrieben hat, zur Rechenschaft zu ziehen?«

»Nein, keineswegs. In dem Tagebuch gibt es eine bestimmte Seite, die Sie lesen sollten.«

Miller schlug sie auf und hielt Roschmann das Tagebuch hin.

»Lesen Sie«, befahl er, »und zwar laut.«

Roschmann gehorchte. Es handelte sich um die Passage, in der Tauber beschrieb, wie Roschmann auf dem Kai von Riga einen mit dem Eichenlaub zum Ritterkreuz ausgezeichneten namenlosen Offizier der Wehrmacht ermordete.

Roschmann las die Passage laut zu Ende und blickte auf.

»Na und?« sagte er. »Der Mann hatte mich geschlagen. Er widersetzte sich meinen Anordnungen. Ich hatte Vollmacht, das Schiff zu beschlagnahmen, um die Gefangenen zurückzutransportieren.«

Miller hielt ihm ein Photo entgegen.

»Ist das der Mann, den Sie umgebracht haben?«

Roschmann warf einen Blick auf das Photo und zuckte mit den Achseln.

»Wie soll ich das heute noch wissen? Es ist zwanzig Jahre her.«

Miller entsicherte die Pistole und richtete sie auf Roschmanns Kopf.

»War das der Mann?«

Roschmann blickte auf das Photo.

»Also gut. Er war es. Was weiter?«

»Das war mein Vater«, sagte Miller.

Alle Farbe wich aus Roschmanns Gesicht. Sein Unterkiefer sackte herab, und sein Blick irrte zu dem einen halben Meter entfernten Pistolenlauf. Die Hand, die ihn hielt, war ruhig.

»Mein Gott«, flüsterte er, »Sie sind also gar nicht wegen der Juden gekommen?«

»Nein. Das mit den Juden ist entsetzlich – aber daß ich jetzt hier bin, das haben Sie dem Mord an meinem Vater zu verdanken.«

»Aber wie kommen Sie dazu, dem Tagebuch mit Sicherheit entnehmen zu wollen, daß der Mann wirklich Ihr Vater war? Ich habe seinen Namen nie erfahren – woher wollen Sie es also wissen?«

»Mein Vater starb am 11. Oktober 1944 in Kurland«, sagte Miller. »Zwanzig Jahre lang war das alles, was ich wußte. Dann las ich das Tagebuch. Es war der gleiche Tag, das gleiche Gebiet, die beiden Männer hatten den gleichen Rang. Vor allem aber trugen beide das Eichenlaub zum Ritterkreuz. Es gab nicht sehr viele, die damit ausgezeichnet worden waren, und noch weniger darunter waren Hauptleute der Wehrmacht. Die Chance, daß die beiden Offiziere, die am gleichen Tag in der gleichen Gegend starben, nicht identisch waren, ist eins zu einer Million.«

Roschmann wußte nun, daß er es mit einem Mann zu tun hatte, der seinen Überredungskünsten nicht zugänglich war. Wie gelähmt starrte er auf den Pistolenlauf.

»Sie wollen mich umbringen! Das dürfen Sie nicht tun, nicht kaltblütig. Tun Sie das nicht, Miller. Bitte, tun Sie das nicht, ich will nicht sterben.« Endlich hatte Miller Roschmann dort, wo er ihn haben wollte. Er beugte sich vor und begann zu sprechen.

»Jetzt hör mir mal zu, du widerwärtiges Schwein, deine lügenhaften Verdrehungen habe ich mir lange genug angehört. Mir ist speiübel davon. Ich weiß nicht, was mir lieber wäre: daß ich dich gleich abknalle oder daß ich zusehe, wie du den Rest deines Lebens hinter Gittern verbringst. Versuch bloß nicht, dich auf Befehle herauszureden und auf eine Gemeinschaft mit den Millionen Soldaten, die gefallen sind. Diese Gemeinschaft gab es nicht und die konnte es auch nicht geben, denn diese Millionen, die gefallen sind, fielen im Kampf, im Kampf gegen bewaffnete Männer. Ihr aber habt im Rücken der Front einen Krieg ohne Risiko geführt, einen Krieg gegen ausgehungerte, ausgemergelte, zerbrochene Männer, Frauen und Kinder. Jeder von euch ist sich wie ein Herrgott vorgekommen, und ich glaube, dieses Gefühl beseelt euch heute noch. Aber ihr wart unsagbar feige Hunde. Wie wollen Sie das erklären, daß Sie alle am Leben geblieben sind? Millionen Soldaten sind gefallen, aber Tausende von Mördern sind am Leben geblieben. Sie, Roschmann, sind doch nicht der einzige, dem das geglückt ist. Zu Tausenden habt ihr euch vor der Verantwortung gedrückt, indem ihr nach Übersee geflüchtet und unter falschem Namen untergetaucht seid. Ihr wart es doch, die mit Durchhalteparolen das Volk trotz der Aussichtslosigkeit bis zur Selbstaufgabe noch aufgeputscht haben, während ihr euch schon falsche Dokumente und Zivilkleidung besorgt hattet, sichere Verstecke und Geld. Ihr seid Abschaum, Roschmann, übelster Abschaum.

Ausgerechnet Sie haben die Unverfrorenheit, mir vorzuhalten, was ein guter Deutscher ist. Ihr habt uns ins Elend gestoßen, und ihr seid für den Schutt und die Asche, in denen wir als Kinder in Hunger und Entbehrung aufgezogen wurden, verantwortlich. Sie haben von Größe und von Tapfer-

keit gesprochen, und dabei sind Sie doch vor den Russen davongelaufen. Und als ihr flüchtende Soldaten saht, habt ihr vergessen, daß ihr selber auf der Flucht wart, und habt sie an den Bäumen aufgehängt, um die anderen zu zwingen, einen Kampf ohne Aussicht zu führen, nur weil ihr Zeit gewinnen wolltet, euch rechtzeitig in Sicherheit zu bringen.
Im Namen einer verblendeten rassistischen Heilsehre habt ihr Millionen und aber Millionen umgebracht und euch dann davongestohlen. Nicht die Alliierten, sondern wir müssen über euch zu Gericht sitzen, und diese Pflicht und Schuldigkeit kann uns niemand nehmen. Und daher werde ich Sie nicht erschießen. Ich werde Ihnen die Chance geben, Ihre Unverschämtheiten vor der deutschen Öffentlichkeit zu sagen. Und niemandem, Herr Roschmann, wird es leid um Sie tun, wenn Sie zu lebenslänglicher Zuchthausstrafe verurteilt werden, die Sie tausendfach verdient haben. Und lassen Sie sich von mir als einem Vertreter der Generation junger Deutscher, die Sie so offenkundig verabscheuen, noch eines sagen. Dieser Wohlstand, den wir heute haben, hat nicht das geringste mit Ihnen und Ihresgleichen zu tun. Er hat eine Menge mit all den Millionen Menschen zu tun, die im Gegensatz zu Ihnen schwer arbeiten und kein Blut an den Händen haben!«
Miller hielt immer noch die Pistole auf Roschmann gerichtet. Er packte den Griff der Waffe fester. »Sie wollen mich umbringen«, stammelte Roschmann.
»Nein. Ich bringe Sie vor Gericht.«
Miller langte hinter sich und zog das Telefon zu sich heran. Er behielt Roschmann im Auge und hielt die Waffe im Anschlag. Er nahm den Hörer ab, legte ihn auf die Schreibtischplatte und wählte. Dann nahm er den Hörer auf.
»Ich kenne da einen Mann in Ludwigsburg, der sich auf eine Unterhaltung mit Ihnen freut«, sagte er und hob den Hörer ans Ohr. Der Apparat war stumm. Er legte den Hörer auf die Gabel zurück, nahm ihn wieder auf und wartete auf das Amtszeichen. Vergebens.
»Haben Sie das Kabel zerschnitten?« fragte er.
Roschmann schüttelte den Kopf.
»Hören Sie, wenn Sie die Leitung herausgerissen haben, jage ich Ihnen jetzt und hier eine Kugel durch den Kopf.«
»Ich habe nichts dergleichen getan. Ich habe das Telefon heute noch gar nicht benutzt.«
Miller fiel der abgerissene Ast der Eiche und der umgestürzte Telefonmast ein, der quer über dem Weg zum Haus gelegen hatte. Er fluchte leise. Roschmann lächelte dünn.
»Das Kabel muß heruntergerissen sein«, sagte er. »Sie werden ins Dorf gehen müssen. Was wollen Sie jetzt machen?«

»Ihnen eine Kugel in den Kopf schießen, wenn Sie nicht tun, was ich Ihnen sage«, fuhr ihn Miller an. Er zog die Handschellen aus der Tasche seiner Joppe und warf sie Roschmann zu.
»Gehen Sie zum Kamin hinüber«, befahl er ihm und folgte dem Mann quer durch den Raum.»Was haben Sie vor?«
»Ich werde Sie an das Kamingitter fesseln und dann ins Dorf gehen, um zu telefonieren«, sagte Miller.
Sein prüfender Blick suchte das verschnörkelte schmiedeeiserne Kamingitter nach einer geeigneten Stelle ab, als Roschmann die Handschellen zu Boden fallen ließ. Der SS-Führer beugte sich nieder, als wollte er sie aufheben, ergriff statt dessen jedoch einen schweren Feuerhaken und schleuderte ihn Miller in Kniehöhe entgegen. Der Reporter sprang zur Seite, der Feuerhaken verfehlte ihn, und Roschmann verlor das Gleichgewicht. Miller sprang vor, hieb Roschmann mit dem Pistolenlauf auf den gesenkten Kopf und trat zurück.
»Versuchen Sie das noch einmal, und ich lege Sie um«, sagte er.
Stöhnend vor Schmerz richtete sich Roschmann wieder auf.
»Schließen Sie eine der Handschellen um Ihr rechtes Handgelenk«, befahl Miller, und Roschmann gehorchte. »Das Rankenornament vor Ihnen – sehen Sie das? In Kopfhöhe. Gleich daneben zweigt ein Schnörkel ab und vereinigt sich wieder mit dem Rankenornament. Schließen Sie dort die andere Fessel an.«
Roschmann ließ die zweite Fessel zuschnappen, und Miller beförderte die Feuerzange mit einem Tritt außer Reichweite. Mit vorgehaltener Pistole durchsuchte er Roschmanns Taschen und entfernte alle erreichbaren Gegenstände aus dem Umkreis des Gefesselten, mit denen er das Fenster hätte einwerfen können.
Draußen kam Oskar den Fahrweg hinaufgeradelt. Er hatte seinen Auftrag, die Störung des Telefonanschlusses zu melden, ausgeführt. Der Jaguar auf der Auffahrt überraschte ihn. Als er ins Dorf radelte, hatte ihm sein Chef ausdrücklich versichert, er erwarte keinen Besuch.
Er lehnte das Fahrrad an die Mauer und betrat das Haus leise durch die Vordertür. Im Gang vor der gepolsterten Tür blieb er unschlüssig stehen. Kein Laut drang aus dem Arbeitszimmer.
Miller sah sich ein letztes Mal in dem Raum um und war zufrieden.
»Übrigens hätte es Ihnen wenig genützt, wenn es Ihnen gelungen wäre, mich zu treffen. Es ist jetzt kurz nach halb elf, und ich habe meinen Mitwissern ein beweiskräftiges vollständiges Dossier über Sie hinterlassen. Wenn ich nicht bis Mittag zurück bin, leiten sie es den zuständigen Behörden zu. Ich gehe jetzt ins Dorf, um zu telefonieren. In zwanzig Minuten bin ich wieder da. Sie können sich nicht selbst befreien, nicht mal mit einer Metallfeile. Eine halbe Stunde nach mir wird die Polizei eintreffen.«

Was er sagte, ließ Roschmanns Hoffnungen schwinden. Er wußte, daß ihm noch eine Chance blieb – Oskar mußte rechtzeitig zurückkommen, Miller überwältigen und ihn zwingen, seine Anweisung, die belastenden Dokumente den Behörden zuzuleiten, vom Dorf aus telefonisch zu widerrufen. Er sah auf die Uhr auf dem Kaminsims. Es war zwanzig vor elf.

Miller stieß die Tür auf der anderen Seite des Raums auf und trat auf den Gang hinaus. Der Mann vor ihm war einen Kopf größer und trug einen Rollkragenpullover. Roschmann, der Oskar von seinem Kaminplatz aus sehen konnte, rief: »Halten Sie ihn fest!«

Miller wich in das Arbeitszimmer zurück und zog wieder die Pistole aus der Tasche. Er war zu langsam. Mit einem linken Schwinger schlug Oskars Pranke Miller die Automatic aus der Hand. Ein rechter Haken traf Millers Kopf. Der Reporter wog 85 Kilo, aber der Schlag hob ihn vom Boden und schleuderte ihn rückwärts. Seine Füße verfingen sich in einem niedrigen Zeitungsständer, und im Fallen schlug er mit dem Hinterkopf auf der Ecke eines hölzernen Büchergestells auf. Wie leblos glitt sein Körper auf den Teppich und rollte halb zur Seite.

Sekundenlang herrschte Schweigen. Oskar starrte seinen ans Kamingitter gefesselten Chef mit hängenden Armen an. Roschmann blickte auf den reglos daliegenden Müller, von dessen Hinterkopf ein schmaler Blutfaden auf den Boden sickerte.

»Sie Idiot!« brüllte Roschmann Oskar an, als er sah, daß Miller bewußtlos war. Oskar sah ratlos aus.

»Kommen Sie her!«

Der Hüne stapfte quer durch den Raum und blieb vor Roschmann stehen.

»Versuchen Sie, mich aus diesen Handschellen zu befreien«, befahl der ehemalige SS-Führer. »Nehmen Sie den Feuerhaken oder die Zange zur Hilfe.«

Aber der Kamin war zu einer Zeit gebaut worden, als die Handwerker noch ihre Ehre darein setzten, dauerhafte Arbeit zu leisten. Das Ergebnis von Oskars Anstrengungen waren ein verbogener Feuerhaken und eine gekrümmte Feuerzange.

»Schleifen Sie ihn hierher«, befahl Roschmann schließlich. Während Oskar den bewußtlosen Miller hochhielt, sah Roschmann dem Reporter unter das Augenlid und fühlte ihm den Puls.

»Er lebt, aber Sie haben ihn gründlich ausgeknockt«, sagte er. »Ohne Arzt kann es Stunden dauern, bis er wieder zu sich kommt. Bringen Sie mir Papier und Bleistift.«

Mit der freien Hand kritzelte er zwei Telefonnummern auf einen Zettel, während Oskar eine Metallfeile aus der Werkzeugkommode unter der Treppe holte. Als er zurück war, gab ihm Roschmann den Zettel.

»Fahren Sie so rasch Sie können ins Dorf hinunter«, befahl er Oskar. »Ru-

fen Sie diese Nürnberger Nummer an, und sagen Sie dem Mann, der sich dort meldet, was geschehen ist. Rufen Sie anschließend diese Ortsnummer an, und machen Sie dem Arzt klar, daß er sofort herkommen soll. Kapiert? Sagen Sie ihm, daß es ein dringender Notfall ist. Los, los, beeilen Sie sich.«
Als Oskar aus dem Zimmer stürmte, warf Roschmann einen Blick auf die Uhr. Es war 10 Uhr 50. Wenn Oskar es schaffte, um 11 Uhr im Dorf zu sein und um Viertel nach elf mit dem Arzt zurückzukehren, konnten sie Miller, selbst wenn der Arzt nur unter vorgehaltener Pistole mitarbeiten sollte, möglicherweise noch rechtzeitig wieder zu sich bringen. Denn er mußte seine Mitwisser anrufen und damit die Absendung des belastenden Dossiers verhindern.
Oskar war zu seinem Fahrrad gestürzt, hatte den Lenker gepackt und sich auf den Sattel geschwungen, als sein Blick auf den geparkten Jaguar fiel. Er hielt an und sah durch die Scheibe auf der Seite des Fahrersitzes, daß der Zündschlüssel nicht abgezogen war. Sein Chef hatte ihn zur Eile ermahnt, also ließ er das Rad fallen, klemmte sich hinter das Lenkrad des Sportwagens und ließ den Motor an. In weitem Bogen wirbelten die Hinterräder den Kies auf, als Oskar aus der Auffahrt in den Fahrweg steuerte. Er hatte den dritten Gang eingelegt und preschte so rasch er konnte den vereisten Fahrweg zur Straße hinunter, als er auf den schneebedeckten, umgestürzten Telefonmast traf, der quer über dem Weg lag.
Roschmann feilte noch immer an der Kette zwischen den beiden Handschellen, als die dröhnende Explosion im Kiefernwald ihn zusammenzucken ließ. Mit einiger Anstrengung gelang es ihm, sich weit genug nach links zu drehen, um durch die französischen Terrassenfenster hinauszusehen. Der Wagen und der Fahrweg waren außerhalb seines Blickfeldes, aber die Rauchwolke, die über die Kiefernwipfel strich, sagte ihm, daß der Wagen durch eine Explosion zerstört worden war. Ihm fiel die Zusicherung ein, die man ihm gegeben hatte, daß Miller unschädlich gemacht werden würde. Aber Miller lag keinen Meter von ihm entfernt auf dem Boden, Oskar hatte es zweifellos erwischt und seine, Roschmanns, eigene Zeit lief unwiderruflich ab. Er lehnte den Kopf gegen das kalte Metall des schmiedeeisernen Kamingitters und schloß die Augen.
»Es ist aus«, flüsterte er. Nach einigen Minuten feilte er weiter. Es dauerte länger als eine Stunde, bis die spezialgehärtete Stahlkette der Polizei-Handschellen von der inzwischen stumpf gewordenen Feile durchtrennt war. Als Roschmann sich aus der Fesselung löste, schlug die Uhr auf dem Kaminsims zwölfmal.
Wenn er es nicht so eilig gehabt hätte, hätte er dem bewußtlosen Miller einen Tritt versetzt – aber er hatte keine Zeit. Er nahm mehrere Bündel Banknoten und einen Paß aus dem Wandsafe. Zwanzig Minuten später radelte er mit einem Haufen Geld und ein paar Kleidungsstücken in seiner

Reisetasche den Fahrweg zur Straße hinunter. Er kam an den zerbeulten Trümmern des Jaguar und an der Leiche vorbei. Sie lag mit dem Gesicht nach unten im Schnee. Roschmann sah kaum hin. Er radelte so schnell er konnte zum Dorf.

Von dort aus bestellte er ein Taxi und ließ sich zum Rhein-Main-Flughafen fahren. Er trat an den Informationsschalter und fragte: »Geht innerhalb der nächsten Stunde eine Maschine nach Argentinien? Wenn nicht, welche Flugverbindung mit Anschluß nach Buenos Aires können Sie mir nennen?«

17

Es war zehn nach eins, als Mackensen von der Landstraße in den Fahrweg des Privatgrundstücks einbog. Auf halber Strecke zum Haus war der Weg blockiert.

Der Jaguar war von innen heraus zerborsten, aber seine Räder hatten den Boden nicht verlassen. Er stand noch immer quer auf dem Fahrweg. Front und Heck, die durch die starken Stahlträger des Chassis' zusammengehalten wurden, waren nach wie vor erkennbar. Aber der Mittelteil des Wagens einschließlich des Fahrersitzes war nicht mehr vorhanden. Trümmer dieses Teils waren in weitem Umkreis rund um das Wrack verstreut.

Mackensen betrachtete das ausgeglühte Stahlgerippe mit grimmigem Lächeln. Er ging zu der Leiche in den versengten Kleidungsstücken. Sie lag sieben oder acht Meter vom Wrack entfernt im Schnee. Die Körpergröße des Toten ließ ihn stutzen, und er beugte sich über ihn. Dann richtete er sich auf und legte die letzte Strecke des Fahrwegs zum Haus im Dauerlauf zurück.

Er klingelte nicht, sondern drückte auf die Klinke. Sie gab nach. Mackensen öffnete die Tür und betrat die Halle. Sekundenlang blieb er witternd stehen und horchte angespannt. Kein Laut zu hören. Er griff sich unter die linke Achsel und zog eine Luger-Automatic mit langem Lauf hervor, entsicherte sie und öffnete die Türen, die auf die Halle gingen.

Die erste führte in das Eßzimmer, die zweite in das Arbeitszimmer des Hausherrn. Obwohl er die reglose Gestalt neben dem Teppich vor dem Kamin sofort gesehen hatte, blieb er an der halb geöffneten Tür stehen, bis er sicher war, daß nicht noch jemand im Zimmer war. Er hatte zwei Männer gekannt, die auf diesen Trick – den Köder und den verborgenen Hinterhalt – hereingefallen waren. Bevor er das Arbeitszimmer betrat, blickte er durch die Ritze zwischen den Türangeln, um sicherzugehen, daß niemand dahinter lauerte.

Miller lag auf dem Rücken, den Kopf zur Seite gedreht. Mackensen starrte auf das kalkweiße Gesicht hinunter und beugte sich dann hinab. Er hörte

Millers flache Atemzüge. Das getrocknete Blut auf Millers Hinterkopf ließ Mackensen ahnen, was vorgefallen war.

Er verbrachte zehn Minuten damit, das Haus zu inspizieren, bemerkte die aufgerissenen Schubladen im Schlafzimmer des Hausherrn und stellte im Badezimmer fest, daß das Rasierzeug fehlte. Er ging ins Arbeitszimmer zurück, warf einen Blick in den geöffneten leeren Wandsafe, setzte sich an den Schreibtisch und nahm den Telefonhörer ab.

Ein paar Sekunden lang blieb er mit dem Hörer am Ohr sitzen, dann fluchte er leise und legte auf. Die Werkzeugkommode unter der Treppe war leicht zu finden, weil ihre Türen offenstanden. Er nahm heraus, was er brauchte, verließ das Haus durch eines der französischen Fenster im Arbeitszimmer und ging zu dem umgestürzten Telefonmast, der quer auf dem Fahrweg lag. Er brauchte fast eine Stunde, um die Enden des zerrissenen Kabels zu finden, sie aus dem Gestrüpp des Unterholzes zu lösen und wieder zusammenzufügen. Dann ging er zum Haus zurück, setzte sich an den Schreibtisch und nahm wieder den Hörer auf. Das Amtszeichen war da, und er wählte die Nummer seines Chefs in Nürnberg.

Er hatte erwartet, daß der Werwolf begierig sei, eine Nachricht von ihm zu erhalten, aber die Stimme des Mannes klang matt und nur schwach interessiert. Wie ein pflichteifriger Unteroffizier meldete Mackensen, was er vorgefunden hatte – den Wagen, die Leiche des Leibwächters, die halbe Handschelle, die noch immer um das Kamingitter geschlossen war, die stumpfe Metallsäge auf dem Teppich. Und Miller, der bewußtlos auf dem Boden lag. Zum Schluß berichtete er, daß der Hausherr verschwunden sei.

»Er hat nicht viel mitgenommen, Chef«, sagte er, »ein paar Sachen zum Übernachten, wahrscheinlich Bargeld aus dem Safe. Ich kann hier aufräumen, für den Fall, daß er zurückkommen will.«

»Nein, er kommt nicht zurück«, sagte der Werwolf. »Er hat mich gerade vom Flughafen Frankfurt aus angerufen. Er hat einen Flug nach Madrid gebucht und fliegt noch heute abend von dort aus nach Buenos Aires weiter...«

»Aber das ist gar nicht nötig«, wandte Mackensen ein. »Ich werde Miller zum Reden bringen, und wir werden erfahren, wo er seine Papiere verwahrt hat. Im Wagen war kein Aktenkoffer, und er hatte auch keinen bei sich, außer einer Art Tagebuch, das im Arbeitszimmer auf dem Fußboden lag. Aber seine restlichen Unterlagen sind sicher nicht weit von hier.«

»Weit genug«, entgegnete der Werwolf. »In einem Briefkasten.« Müde berichtete ihm der Werwolf, was Miller dem Fälscher gestohlen und was Roschmann ihm soeben vom Frankfurter Flughafen aus telefonisch mitgeteilt hatte. »Diese Papiere werden morgen, spätestens Dienstag, in den Händen der Behörden sein. Von dem Zeitpunkt an lebt jeder, der in der Akte steht, auf Abruf. Das betrifft sowohl Roschmann, den Eigentümer des Hauses, in dem Sie sind, als auch mich. Ich habe den ganzen Morgen damit verbracht, alle Betroffenen zu warnen, und ihnen dringend empfohlen, die Bundesrepublik innerhalb von vierundzwanzig Stunden zu verlassen.«

»Und wie soll es jetzt weitergehen?«

»Sie verkrümeln sich«, antwortete sein Vorgesetzter. »Sie stehen nicht in der Akte. Ich muß mich aus dem Staub machen, denn mein Name ist in der Akte verzeichnet. Sie fahren zu Ihrer Wohnung zurück und warten, bis mein Nachfolger mit Ihnen Verbindung aufnimmt. Was den Rest betrifft, ist alles vorbei. Vulkan ist geflohen und wird nicht mehr zurückkommen. Mit seiner Abreise bricht die gesamte Operation zusammen, sofern nicht ein anderer für ihn einspringen und das Projekt fortführen kann.«

»Welcher Vulkan? Was für ein Projekt?«

»Jetzt, wo ohnehin alles vorbei ist, kann ich es Ihnen ja sagen. Vulkan war Roschmanns Deckname, und Sie sollten Roschmann gegen Miller abschirmen...« In wenigen Sätzen erklärte der Werwolf dem Schergen der ODESSA, weshalb Roschmann so wichtig, warum er unersetzlich und das Projekt an seine Person gebunden gewesen war. Mackensen pfiff leise durch die Zähne und blickte zu dem noch immer bewußtlosen Miller hinüber.

»Das Bürschchen hat uns allen, weiß Gott, genug Ärger gemacht«, sagte er. Der Werwolf schien sich zusammenzureißen, und etwas von seiner alten Autorität schwang in seiner Stimme mit.

»Kamerad, Sie müssen dafür Sorge tragen, daß der Saustall da drüben aufgeräumt wird. Haben Sie noch Verbindung mit dem Aufräumkommando, das Sie beim letzten Mal bestellten?«

»Ja, ich weiß, wie ich es kontaktieren kann. Die Leute sitzen nicht weit weg von hier.«

»Rufen Sie sie an, lassen Sie sie kommen. Geben Sie ihnen Anweisungen, alle Spuren zu beseitigen. Die Frau von Roschmann wird sich fragen, wo er stecken mag, aber sie darf nie erfahren, was vorgefallen ist. Verstanden?«

»Geht klar, Chef.«

»Dann sehen Sie zu, daß Sie die Kurve kratzen. Noch eines – bevor Sie das tun, erledigen Sie den Hund, den Miller. Ein für allemal.«

Mackensen sah zu dem bewußtlosen Reporter hinüber und kniff leicht die Augen zusammen.

»Es wird mir ein Vergnügen sein«, knurrte er.

»Dann viel Glück.«

Mackensen legte den Hörer auf. Er zog ein Notizbuch mit Adressen und Telefonnummern, blätterte darin herum und wählte eine Nummer. Dem Mann, der sich meldete, gab er sich zu erkennen, indem er ihn auf die Dienste ansprach, die er der ODESSA bei ähnlichen Gelegenheiten geleistet hatte. Er beschrieb ihm, wohin er fahren sollte und was er dort vorfinden würde.

»Der Wagen muß mitsamt der Leiche in eine tiefe Bergschlucht gestürzt werden. Reichlich Benzin darüber, und sorgen Sie dafür, daß nichts Identifizierbares an dem Mann verbleibt – durchsuchen Sie seine Taschen und nehmen Sie alles an sich – auch seine Uhr.«

»Geht klar«, versicherte die Stimme am anderen Ende der Leitung. »Ich bringe einen Anhänger und einen Wagenheber mit.«

»Bestens«, sagte Mackensen. »Da wäre noch etwas. Im Arbeitszimmer des Hausherrn werden Sie noch eine Leiche und einen blutbefleckten Teppich vorfinden. Beseitigen Sie beides, aber nicht zusammen mit dem Wagen. Ich denke da vielmehr an irgendeinen sumpfigen See. Mit entsprechender Beschwerung, versteht sich. Und keinerlei Spuren, klar?«

»Geht in Ordnung. Wir sind um 5 Uhr da, und um sieben ist alles erledigt. Fracht dieser Art transportieren wir nicht gern bei Tageslicht.«

»Verstehe«, sagte Mackensen. »Ich bin dann schon weg. Aber Sie werden alles so vorfinden, wie ich es Ihnen beschrieben habe.«

Mackensen legte auf und ging zu Miller hinüber. Er zog seine Luger und überprüfte gewohnheitsmäßig den Verschluß, obwohl er wußte, daß die Waffe durchgeladen war.

»Du dreckiger kleiner Mistköter«, sagte er und zielte mit ausgestrecktem Arm auf Millers Stirn.

Die langen Jahre, in denen er wie ein Raubtier gelebt und überlebt hatte, während andere, Opfer und Kumpane, auf den Seziertischen der Pathologen endeten, hatten Mackensens Sinne geschärft. Er sah den Schatten nicht, der durch das offene Terrassenfenster auf den Teppich fiel – er spürte ihn und fuhr blitzartig und bereit zum Feuern herum. Aber der Mann hatte keine Waffe in der Hand.

»Wer, zum Teufel, sind Sie?« knurrte Mackensen und behielt die Waffe im Anschlag.

Der Mann, der im offenen Terrassenfenster stand, trug die schwarze Lederkleidung eines Motorradfahrers. Mit der Linken hielt er sich den Sturzhelm, den er am schmalen Rand gepackt hatte, vor den Leib. Der Mann warf einen raschen Blick auf die reglose Gestalt zu Mackensens Füßen und die Pistole in dessen Hand.

»Ich bin herbestellt worden«, sagte er.

»Von wem?« fragte Mackensen.

»Von Vulkan«, entgegnete der Mann. »Kamerad Roschmann.«

Mackensen senkte die Pistole.

»Der ist nicht mehr da.«

»Nicht mehr da?«

»Hat sich verdrückt. Nach Südamerika. Das ganze Projekt ist abgeblasen. Und alles nur wegen dieses miesen kleinen Reporters hier.«

Er richtete den Pistolenlauf auf Miller.

»Sie machen ihn unschädlich?« fragte der Mann.
»Darauf können Sie Gift nehmen. Er hat uns das Projekt vermasselt. Er hat Roschmann identifiziert und das Belastungsmaterial zusammen mit einem Haufen anderer Personalpapiere der Polizei zugeleitet. Wenn Ihr Name in dieser Akte aufgeführt ist, sollten Sie zusehen, daß Sie so schnell wie möglich rauskommen aus der Bundesrepublik.«
»In was für einer Akte?«
»In der Akte ODESSA.«
»Da steht nichts über mich drin«, sagte der Mann.
»Über mich auch nicht«, knurrte Mackensen. »Aber über den Werwolf steht was drin, und seine Weisung lautet, dieses Bürschchen hier kaltzumachen, bevor wir abhauen.«
»Über den Werwolf?«
Was Mackensen stutzig werden ließ, war weniger die Frage selbst als vielmehr der Tonfall, in dem sie gestellt wurde. Man hatte ihm zwar soeben erklärt, außer dem Werwolf und ihm selbst wisse in Deutschland niemand etwas von dem Vulkan-Projekt. Die anderen saßen in Südamerika, von woher – das nahm er wenigstens an – der Besucher kam. Aber einem solchen Mann mußte die Existenz des Werwolfs bekannt sein. Er kniff seine Augen leicht zusammen:
»Kommen Sie aus Buenos Aires?« fragte er.
»Nein.«
»Woher denn?«
»Aus Jerusalem.«
Es dauerte eine halbe Sekunde, bevor Mackensen die Bedeutung des Wortes erfaßt hatte. Er riß seine Luger hoch, um zu feuern. Aber eine halbe Sekunde ist eine lange Zeit – lang genug, um zu sterben.
Die Schaumgummieinlage im Sturzhelm wurde versengt, als der Mann die Walther abfeuerte. Das 9-mm-Parabellum-Geschoß durchschlug den Kunststoffhelm glatt und traf Mackensens Brustbein mit der Wucht eines ausschlagenden Maultiers. Der Helm fiel zu Boden, und hinter dem blauen Rauch wurde jetzt die rechte Hand des Agenten sichtbar. Wieder feuerte er die PPK ab.
Mackensen war ein großer, starker Mann. Trotz der Kugel in der Brust hätte er geschossen, aber das zweite Projektil vereitelte das. Es drang ihm zwei Fingerbreit über dem rechten Auge in den Schädel und tötete ihn augenblicklich.

Miller erwachte am Montagmorgen auf einer Privatstation des Frankfurter Städtischen Krankenhauses. Eine halbe Stunde lang blieb er reglos liegen und wurde sich nur langsam darüber klar, daß sein Kopf bandagiert war.

Er entdeckte einen Klingelknopf, aber die Krankenschwester, die kurz darauf erschien, ermahnte ihn, ganz still liegenzubleiben, weil er eine schwere Gehirnerschütterung erlitten habe.
Er gehorchte und versuchte sich die Ereignisse des Vortags ins Gedächtnis zu rufen. Bis zum späten Vormittag konnte er sich lückenlos erinnern. Von dem, was nach diesem Zeitpunkt geschah, wußte er nichts mehr. Er nickte ein, und als er aufwachte, war es draußen dunkel, und ein Mann saß an seinem Bett. Der Mann lächelte. Miller starrte ihn an.
»Ich kenne Sie nicht«, sagte er.
»Aber ich Sie«, entgegnete der Besucher.
Miller überlegte. »Ich habe Sie schon einmal gesehen«, sagte er schließlich.
»Sie waren in Osters Haus. Mit Leon und Motti.«
»Richtig. Woran erinnern Sie sich sonst noch?«
»An so ziemlich alles. Die Erinnerung an die Einzelheiten stellt sich wieder ein.«
»An Roschmann?«
»Ja. Ich habe mit ihm gesprochen. Ich wollte die Polizei holen.«
»Roschmann ist weg. Er ist wieder nach Südamerika geflohen. Die ganze Geschichte ist vorüber. Aus. Erledigt. Verstehen Sie?«
Miller schüttelte den Kopf.
»Nicht ganz. Ich habe eine Mordsstory. Und ich werde sie aufschreiben.
Das Lächeln des Besuchers schwand. Er beugte sich vor.
»Hören Sie, Miller. Sie sind ein blutiger Laie, und Sie können von Glück reden, daß Sie noch leben. Sie werden keine Silbe von all dem schreiben. Zumal Sie nichts zu berichten haben. Das Tagebuch von Salomon Tauber habe ich sichergestellt, und ich nehme es mit nach Israel, wohin es gehört. Ich habe es gestern nacht gelesen. In Ihrer Jackentasche steckt das Photo eines Hauptmanns der Wehrmacht. Ihr Vater?«
Miller nickte.
»Dann haben Sie das alles also um seinetwillen angestellt?«
»Ja.«
»Nun, in gewisser Weise tut es mir leid. Um ihn, meine ich. Ich hätte nie gedacht, daß ich das jemals von einem Deutschen sagen würde. Aber kommen wir zur Sache. Was war das für eine Akte?«
Miller sagte es ihm.
»Aber warum, zum Teufel, haben Sie sie uns dann nicht zukommen lassen? Sie sind ein undankbarer Bursche, Miller. Wir haben eine Menge Schwierigkeiten in Kauf genommen, um Sie da hineinzuschmuggeln. Dann gelingt es Ihnen tatsächlich, das belastende Material in die Hände zu bekommen – und was tun Sie? Sie leiten es Ihren eigenen Leuten zu. Dabei hätten wir mit den Informationen wirklich etwas anfangen können.«
»Irgend jemandem mußte ich die Akte zuschicken. Durch Sigi. Und das hieß

mit der Post. Sie waren ja so überaus klug, mir Leons Adresse nicht zu verraten.«

Josef nickte.

»Schon gut. Aber eine Story haben Sie so oder so nicht zu erzählen. Sie haben keine Beweise. Das Tagebuch ist weg, die Akte ist weg. Wenn Sie trotzdem unbedingt auspacken wollen, wird Ihnen keiner glauben. Mit Ausnahme der ODESSA – die wird sich an Ihnen rächen wollen. Vielleicht tun sie Sigi etwas an oder Ihrer Mutter. Die sind da gar nicht zimperlich, das werden Sie ja wohl gemerkt haben.«

Miller dachte eine Weile nach.

»Was ist mit meinem Wagen?«

»Ach, das wissen Sie ja noch nicht. Ich habe vergessen, es Ihnen zu sagen.« Josef berichtete Miller von der Bombe und wie sie detoniert sein mußte.

»Ich habe Ihnen ja gesagt, daß die nicht zimperlich sind. Der Wagen ist in völlig ausgebranntem Zustand in einem Bachbett unterhalb der Brücke aufgefunden worden. Die Leiche, die man ebenfalls fand, konnte nicht identifiziert werden. Fest steht lediglich, daß es nicht Ihre war. Ihre Geschichte besagt, daß Sie einen Anhalter mitgenommen haben, der Sie mit einem Schraubenschlüssel niedergeschlagen hat und in Ihrem Wagen davongefahren ist.

Das Krankenhaus wird bestätigen, daß Sie auf Veranlassung eines Motorradfahrers eingeliefert wurden, der einen Krankenwagen herbeirief, als er Sie am Straßenrand liegen sah. Das Personal in der Aufnahme wird mich nicht wiedererkennen, denn ich steckte in einer Motorradfahrermontur und trug Sturzhelm und Brille. Das ist die offizielle Version, und bei der bleibt es. Um ganz sicherzugehen, habe ich vor zwei Stunden die Deutsche Presseagentur angerufen, behauptet, Sie sind das Opfer eines Anhalters geworden, der kurz darauf mit Ihrem Wagen in eine Schlucht stürzte und dabei ums Leben kam.«

Josef stand auf. Er sah auf Miller hinunter.

»Sie scheinen sich darüber gar nicht im klaren zu sein, daß Sie Schwein gehabt haben. Die Nachricht, die mir Ihre Freundin, vermutlich auf Ihre Weisung, zukommen ließ, habe ich gestern gegen Mittag erhalten. Ich habe für die Strecke von München bis zu dem Haus im Taunus genau dreieinviertel Stunden gebraucht. Die hatten da einen Burschen, der Sie unbedingt kaltmachen wollte. Ich kam gerade noch zur rechten Zeit, um ihn daran zu hindern.«

In der Tür drehte er sich noch mal zu Miller um. »Lassen Sie sich einen Rat geben. Kassieren Sie die Versicherungssumme für Ihren Wagen, kaufen Sie sich einen VW, fahren Sie nach Hamburg zurück, heiraten Sie Ihre Freundin, schaffen Sie sich Kinder an und bleiben Sie Reporter. Lassen Sie sich nicht wieder mit Profis ein.«

Eine halbe Stunde nachdem er gegangen war, erschien die Krankenschwester.
»Da ist ein Anruf für Sie«, sagte sie.
Es war Sigi, die lachend und weinend zugleich auf ihn einredete. Sie hatte einen anonymen Anruf erhalten und erfahren, daß Peter in Frankfurt im Städtischen Krankenhaus lag.
»Ich komme zu dir. Ich fahre gleich los«, erklärte sie und legte auf. Das Telefon klingelte wieder.
»Miller? Hier Hoffmann. Ich lese da gerade eine Agenturmeldung. Sie haben eins über den Schädel bekommen. Wie geht es Ihnen?«
»Danke, ausgezeichnet, Herr Hoffmann«, sagte Miller.
»Na großartig. Wann werden Sie aus dem Krankenhaus entlassen?«
»In ein paar Tagen. Warum?«
»Ich habe da eine Story für Sie, die ganz auf Ihrer Linie liegt. In Bayern gibt es eine Klinik, wo die wintersportbegeisterten Töchter reicher Eltern, die sich mit ihren Skilehrern eingelassen und das Pech gehabt haben, schwanger zu werden, gegen ein beachtliches Honorar Abtreibungen vornehmen lassen können. Und das alles, ohne daß der Herr Papa davon etwas erfährt. Einige von den Burschen scheinen mit der Klinik zusammenzuarbeiten – auf Provisionsbasis. Eine hübsche kleine Story. Sex im Schnee, Orgien in Oberbayern. Wann können Sie anfangen?«
Miller überlegte.
»Nächste Woche.«
»Na wunderbar. Was ich noch sagen wollte – die Sache, der Sie nachgegangen sind. Die Jagd auf den Nazi. Haben Sie den Kerl ausfindig gemacht? Gibt das überhaupt eine Story her?«
»Nein, Herr Hoffmann«, sagte Miller zögernd. »Ist nicht drin.«
»Dachte ich mir doch gleich. Sehen Sie zu, daß Sie rasch wieder auf die Beine kommen. Und rufen Sie mich an, sobald Sie wieder in Hamburg sind.«

Am Dienstag setzte Josefs Maschine, die über Frankfurt aus London gekommen war, bei sinkender Abenddämmerung auf dem Flughafen Lod auf. Josef wurde von zwei Männern empfangen und zur Berichterstattung zu dem Obersten, der das Telegramm von Cormorant unterzeichnet hatte, in das Hauptquartier gefahren. Sie sprachen bis kurz vor 2 Uhr morgens, während ein Stenograph alles aufnahm. Dann lehnte sich der Oberst zurück, lächelte und bot seinem Agenten eine Zigarette an.
»Gute Arbeit«, sagte er. »Wir haben die Fabrik überprüft und die Behörden benachrichtigt – selbstverständlich anonym. Die Forschungsabteilung wird aufgelöst. Falls die deutschen Behörden nicht dafür sorgen werden, werden

wir uns selbst darum kümmern. Aber sie werden es tun. Offenbar haben die Wissenschaftler gar nicht gewußt, für wen sie arbeiten. Wir wollen inoffiziell an sie herantreten, und sicher werden sich die meisten bereit erklären, ihre Aufzeichnungen zu vernichten. Sie wissen, daß die öffentliche Meinung in Deutschland, falls die Geschichte publik werden sollte, eindeutig für Israel Partei nehmen würde. Sie werden andere Stellungen in der Industrie bekommen und den Mund halten. Das wird auch Bonn tun – und wir ebenfalls. Wie wird sich Miller verhalten?«
»Genauso. Was ist mit den Raketen?«
Der Oberst blies eine Rauchwolke aus und sah durch das Fenster zu den Sternen am Nachthimmel hinauf.
»Ich glaube kaum, daß sie jemals abgeschossen werden. Spätestens bis zum Sommer siebenundsechzig muß Nasser seine Kriegsvorbereitungen abgeschlossen haben. Wenn die Ergebnisse der Forschungsarbeiten in Vulkans Fabrik vernichtet sind, werden es die Ägypter kaum schaffen, die Raketen vor dem Sommer siebenundsechzig mit dem benötigten Fernlenksystem auszurüsten.«
»Dann ist die Gefahr also vorüber«, sagte der Agent. Der Oberst lächelte.
»Die Gefahr ist nie vorüber. Sie nimmt nur andere Formen an. Diese spezifische Gefahr mag gebannt sein. Die generelle besteht weiter. Wir werden noch mal zu kämpfen haben, und möglicherweise danach noch einmal, bevor sie wirklich vorüber ist. Aber wie dem auch sei – Sie müssen müde sein. Sie können jetzt nach Hause gehen.«
Er griff in eine Schublade und holte eine Kunststofftasche hervor, die persönliche Wertgegenstände enthielt, während der Agent seinerseits seinen gefälschten deutschen Paß, Geld, Brieftasche und Schlüssel auf den Tisch legte und sich in einem Nebenraum umzog. Die deutschen Kleidungsstücke ließ er dort zurück.
In seiner eigenen Identität, die er 1947 angenommen hatte, als er nach Israel gekommen und in die Palmach eingetreten war, fühlte sich der Agent bedeutend wohler.
Sein Vorgesetzter musterte ihn kritisch von Kopf bis Fuß und lächelte beifällig.
»Willkommen daheim, Major Uri Ben Shaul.«
Er nahm sich ein Taxi und ließ sich zu seiner Wohnung in einem Vorort der Stadt fahren. Er schloß die Haustür mit dem Schlüssel auf, den ihm der Oberst zusammen mit seinen anderen persönlichen Gegenständen ausgehändigt hatte.
In dem dunklen Schlafzimmer konnte er undeutlich erkennen, wie der gleichmäßige Atem seiner schlafenden Frau Rivka die dünne Bettdecke leise hob und senkte. Er schaute ins Kinderzimmer und trat an die Betten seiner beiden Söhne, des sechsjährigen Shlomo und des zweijährigen Dov.

Er wünschte sich nichts sehnlicher, als sich neben seine Frau zu legen und gründlich auszuschlafen, aber er hatte vorher noch etwas zu erledigen. Er stellte seine Reisetasche ab und zog sich leise aus und um. Rivka schlief ungestört weiter.
Er zog seine Uniformhose an, die wie immer gereinigt und gebügelt im Kleiderschrank hing, und schnürte sich die schwarzen halbhohen Rindslederstiefel zu. Das Khakihemd und die Feldjacke, die nur mit den schimmernden Stahlschwingen des Fallschirmjägerabzeichens geschmückt war, die er sich im Sinai und bei Kommandounternehmen jenseits der Grenze verdient hatte, vervollständigten seine Uniform. Dann setzte er sein rotes Barett auf, suchte eine Reihe von Gegenständen zusammen und steckte sie in eine kleine Reisetasche. Im Osten erschien bereits ein erster schwacher Lichtschein, als er aus dem Haus trat und zu seinem kleinen Wagen ging, der noch immer dort stand, wo er ihn einen Monat zuvor gegenüber dem Wohnblock geparkt hatte.
Es war erst der 26. Februar, aber die Luft war schon mild und versprach einen strahlenden Frühling.
Er verließ Tel Aviv in östlicher Richtung und bog in die Fernstraße nach Jerusalem ein. Er liebte die friedliche Stille in der Stunde der Morgendämmerung. Tausendmal hatte er auf Patrouillengängen in der Wüste den Sonnenaufgang erlebt, bevor die mörderische Hitze des Tages einsetzte, die Kämpfe aufflackerten und der Tod Ernte hielt. Es war die beste Zeit des Tages.
Die Straße führte über das flache, fruchtbare Land der küstennahen Ebene und durch das zu geschäftigem Leben erwachende Dorf Ramleh auf die okkerfarbenen Hügel Judäas zu. Hinter Ramleh begann in jenen Tagen die fünf Meilen lange Umleitung, die um den Grenzvorsprung von Latrun herumführte und die vorgeschobenen Stellungen der jordanischen Streitkräfte umging. Zur Linken konnte er die morgendlichen Lagerfeuer der Arabischen Legion mit ihren zartblauen Rauchsäulen sehen.
In dem Dorf Abu Gosh ließen sich um diese Stunde nur wenige Araber blicken, und als er die letzten Hügel vor Jerusalem erreichte, stand die Sonne über dem östlichen Horizont und spiegelte sich auf dem Kuppeldach des Felsendoms im arabischen Sektor der Stadt gleißend wider.
Er parkte den Wagen einen halben Kilometer von seinem Ziel entfernt und ging den letzten Weg zum Mausoleum von Yad Vashem zu Fuß. Die Allee bestand aus Bäumen, die zum Gedächtnis der Nichtjuden gepflanzt worden waren, die den Juden zu helfen versucht hatten. Sie führte zu den großen Bronzetüren, durch die man die Gedenkhalle für die sechs Millionen ermordeten Juden betritt.
Der alte Torhüter sagte ihm, daß die Gedächtnisstätte zu so früher Stunde noch nicht geöffnet sei; als ihm der Major jedoch erklärte, weshalb er ge-

kommen war, ließ ihn der alte Mann ein. Der Major ging in die Erinnerungshalle und blickte sich um. Er hatte diesen Ort schon wiederholt aufgesucht, um für seine Familie zu beten, aber die massiven grauen Granitquader, aus denen die Halle errichtet war, beeindruckten ihn auch jetzt wieder, als besuche er das Mausoleum zum erstenmal.
Er trat an das Gitter und blickte auf die Namen in schwarzen hebräischen und lateinischen Lettern im grauen Steinboden. Die Ewige Flamme, die über der flachen Schale flackerte, aus der sie gespeist wurde, war das einzige Licht, das den Raum erhellte.
In ihrem Schein las er die in den Granitboden geschnittenen Namen der Mordstätten: Auschwitz, Treblinka, Bergen-Belsen, Ravensbrück, Buchenwald... Es waren zu viele, als daß er sie hätte zählen können. Aber er fand den Namen, den er gesucht hatte: Riga.
Er brauchte keine Yarmulka, um seinen Kopf zu bedecken, denn er trug sein rotes Barett. Aus seiner Reisetasche holte er einen Tallith, einen Seidenschal mit Fransen, wie ihn Peter Miller unter den nachgelassenen Habseligkeiten des alten Mannes in Altona vorgefunden hatte. Er legte sich den Tallith um die Schultern, nahm das Gebetbuch, das er ebenfalls mitgenommen hatte, und schlug die richtige Seite auf. Dann legte er die Linke auf das Messinggitter, das die Halle teilt, und blickte in die Flamme vor ihm. Da er nicht zu den strenggläubigen Juden zählte, mußte er häufig im Gebetbuch nachschauen, als er die fünftausend Jahre alten Gebete rezitierte:

> Yisgaddal,
> Veyiskaddash,
> Shemay rabbah...

Und so geschah es, daß ein Major der israelischen Fallschirmtruppe auf einem Berg im Gelobten Land für Salomon Taubers vor einundzwanzig Jahren in Riga gestorbene Seele ein *khaddish* betete.

Es wäre schön, wenn auf dieser Welt alle Dinge hübsch säuberlich zu Ende geführt und abgeschlossen werden könnten. Aber das ist bekanntlich höchst selten der Fall. Die Menschen leben und sterben weiterhin an vorherbestimmten Orten und zur vorherbestimmten Zeit. Was die Hauptpersonen dieses Berichts anlangt, so bleibt an dieser Stelle nachzutragen, was über ihr weiteres Schicksal in Erfahrung gebracht werden konnte:
Peter Miller ist verheiratet und schreibt nur noch Storys, wie sie die Leute beim Frühstück oder im Frisiersalon lesen wollen. Im Sommer 1970 erwartete Sigi ihr drittes Kind.
Was den merkwürdigen Todesfall eines gewissen Franz Bayer betrifft, so führten die Ermittlungen der Polizei bis heute zu keinem Ergebnis.

Die Männer der ODESSA verstreuten sich. Eduard Roschmanns Frau erhielt wenige Tage nach ihrer Rückkehr von ihrem Mann ein Telegramm aus Argentinien. Sie weigerte sich, ihm nach dorthin zu folgen. Im Sommer 1965 schrieb sie ihm an die alte Adresse, Villa Jerbal, und bat ihn um die Scheidung vor einem argentinischen Gericht.

Der Brief wurde ihm an seine neue Adresse nachgeschickt, und sie erhielt seine schriftliche Einwilligung unter der Bedingung, daß die Scheidung nach deutschem Recht erfolgte. Sie wurde 1966 ausgesprochen. Frau Roschmann hat ihren Mädchennamen wieder angenommen und ist in Deutschland geblieben. Roschmanns erste Frau, Hella, lebt nach wie vor in Österreich.

Nachdem es dem Werwolf endlich gelungen war, seine wütenden Vorgesetzten in Argentinien zu besänftigen, ließ er sich auf einem kleinen Grundbesitz nieder, den er mit dem Erlös aus dem Verkauf seiner beweglichen Habe auf der spanischen Insel Formentera erwarb. Die Radiofabrik wurde liquidiert. Alle Wissenschaftler, die an der Entwicklung des Fernlenksystems für die ägyptischen Raketen gearbeitet hatten, fanden ausnahmslos Anstellungen in der Industrie oder an der Universität. Das Projekt jedoch, an dem sie gearbeitet hatten, brach zusammen.

Die Raketen der Fabrik 333 wurden nie abgeschossen. Die Raketenmäntel wurden fertiggestellt, die Sprengköpfe waren in der Produktion; auch der Raketentreibstoff war in beträchtlichen Mengen vorhanden. Wer die Authentizität der Angaben über die Zusammensetzung der Sprengköpfe bezweifelt, sollte die protokollierten Aussagen nachlesen, die Professor Otto Joklik bei der Verhandlung gegen Yossef Ben Gal vor dem Kantonalgericht in Basel gemacht hat, die dort vom 10. bis zum 26. Juni 1963 stattfand. Weil sie nicht die elektronischen Fernsteuerungssysteme hatten, ohne die sie ihre Ziele in Israel nie erreicht hätten, lagerten die vierzig vor dem Anlaufen der Massenproduktion hergestellten Raketen noch immer in der Fabrik 333. Im Sechs-Tage-Krieg wurden sie von israelischen Bombern zerstört. Die deutschen Wissenschaftler waren schon vor diesem Zeitpunkt enttäuscht in die Bundesrepublik zurückgekehrt.

Die Geheimakte Klaus Winzers, die Miller den Behörden zugeleitet hatte, brachte die ODESSA in größte Schwierigkeiten. Die Bilanz des Jahres 1964, das für sie so gut begonnen hatte, war katastrophal. Erschüttert von den Enthüllungen, appellierte Bundeskanzler Erhard Ende 1964 an alle Menschen im In- und Ausland, die von dem Verbleib der SS-Verbrecher Kenntnis hatten, ihr Wissen den zuständigen Behörden nicht länger vorzuenthalten. Das Echo hierauf war so positiv, daß sich die in der Ludwigsburger Zentralstelle tätigen Männer in ihrer Arbeit bestätigt und gerechtfertigt sahen und sie noch eine Reihe von Jahren mit neuer Energie fortsetzten.

Altkanzler Konrad Adenauer, einer der beiden Politiker, die das Waffenabkommen zwischen Deutschland und Israel aushandelten, starb am 19. April 1967 in seinem Haus in Rhöndorf. Sein Vertragspartner, der ehemalige israelische Premierminister David Ben-Gurion, blieb noch bis 1970 Abgeordneter der Knesset und trat dann endgültig von der politischen Bühne ab. Er lebt an der Straße von Beer Sheba nach Eilat im Herzen der braunen Berge des Negev im Kibbuz von Sede Boker. Er empfängt gern Besuch und unterhält sich temperamentvoll über alles mögliche – nur nicht über die Raketen von Heliopolis und die Vergeltungsaktionen gegen die deutschen Wissenschaftler, die an ihrer Entwicklung beteiligt waren.

General Amit, der Chef des israelischen Geheimdienstes, blieb bis September 1968 im Amt. Er war es, der dafür zu sorgen hatte, daß Israel bei Ausbruch des Sechs-Tage-Kriegs über die für den militärischen Erfolg unerläßlichen Geheiminformationen verfügte. Wie sich zeigen sollte, ist ihm das vollauf gelungen.

Nach seinem Ausscheiden aus der Armee wurde er Aufsichtsratsvorsitzender und Generaldirektor der gewerkschaftseigenen Koor-Industriebetriebe. Er lebt nach wie vor äußerst bescheiden, und seine reizende Frau Yona weigert sich wie eh und je, ein Dienstmädchen zu engagieren, weil sie es vorzieht, ihre gesamte Hausarbeit selbst zu machen.

Sein Nachfolger hat diesen Posten heute noch inne – es ist General Zvi Zamir.

Major Uri Ben Shaul fiel am Mittwoch, dem 7. Juni 1967, als Führer einer Fallschirmjägerkompanie, die kämpfend in die Altstadt von Jerusalem vordrang. Er erhielt einen Kopfschuß, den ein Schütze der Arabischen Legion auf ihn abgab, und stürzte dreihundertfünfzig Meter östlich des Mandelbaumtors tödlich getroffen zu Boden.

Simon Wiesenthal lebt und arbeitet nach wie vor in Wien, sammelt Informationen, geht Hinweisen nach, fahndet weiterhin methodisch und zielstrebig nach dem Verbleib gesuchter SS-Mörder und kann Jahr für Jahr neue Erfolge verbuchen.

Leon starb 1968 in München; nach seinem Tod verlor die führerlos gewordene Gruppe, die unter seiner Leitung private Vergeltungsaktionen unternahm, ihren Zusammenhalt und löste sich auf.

Was schließlich den Stabsfeldwebel Ulrich Frank betrifft, den Kommandanten des Panzers, der Millers Weg auf der Autobahn München–Salzburg gekreuzt hatte, so befand er sich im Irrtum, als er annahm, daß sein Panzer, der »Drachenfels«, verschrottet werden würde. Er wurde auf einem Tieflader abtransportiert, und Frank bekam ihn nie wieder zu Gesicht. Drei Jahre und vier Monate später hätte er ihn ohnehin nicht wiedererkannt.

Seine braungrüne Farbe war mit einem Sandbraun übermalt worden, das mit dem Farbton der Wüstenlandschaft verschmolz. Das Eiserne Kreuz der Bundeswehr am Geschützturm war entfernt und durch eine Reihe von Zif-

fern ersetzt worden. Auch den Namen, den ihm Frank gegeben hatte, trug er nicht mehr; er war umgetauft worden und heißt jetzt »Der Geist von Massada«.
Sein Kommandant war wiederum ein Stabsfeldwebel, ein hakennasiger, bärtiger Mann namens Nathan Levy. Am 5. Juni 1967 begann für den M-48 die Woche, in der er zum erstenmal zum Fronteinsatz kam, seit er zehn Jahre zuvor in Detroit die Montagehalle verlassen hatte. Er zählte zu den Panzern, die General Israel Tal zwei Tage darauf in die Schlacht um den Mitla-Paß warf, und am Sonntag, dem 10. Juni 1967, erreichte der von Kugeleinschlägen übersäte, staubverkrustete und ölverschmierte alte Patton mit klirrenden Ketten, die der steinige Boden der Halbinsel Sinai dünngeschliffen hatte, um 12 Uhr mittags das Ostufer des Suez-Kanals.

Ein Buch wie *Die Akte ODESSA* kann nicht geschrieben werden, ohne daß eine Vielzahl von Menschen dem Autor Informationen liefert oder den Zugang zu wichtigen Informationen vermittelt. Allen, die mir in dieser Weise geholfen haben, möchte ich für ihre Unterstützung meinen herzlichen Dank sagen. Und wenn das entgegen den Gepflogenheiten hier geschieht, ohne daß ich ihre Namen nenne, so hat das drei Gründe.

Manche meiner Gewährsleute sind ehemalige Angehörige der SS, die nicht wußten, mit wem sie sprachen und nicht wußten, daß ihre Mitteilungen in einem Buch Verwendung finden würden. Andere haben mich ausdrücklich gebeten, ihre Namen nicht zu nennen. In einer Reihe von Fällen schließlich war es allein meine Entscheidung, auf eine Namensnennung zu verzichten, und zwar weniger aus Rücksicht auf meine eigene Sicherheit als auf die meiner Informanten.

In anderen Fällen, in denen mir Erfahrungen berichtet wurden, die Hunderttausende machen mußten, kommt es vielleicht ohnehin nicht auf authentische Namen an. Es genügt zu wissen, daß das Berichtete authentisch ist – so wie im Falle jenes Schicksals, das in Salomon Taubers Tagebuch bezeugt wird.

1972   Frederick Forsyth

Der Verlag dankt Herrn Simon Wiesenthal, Wien, für die kritische Durchsicht der deutschen Fassung und dem Institut für Zeitgeschichte in München, das bereitwillig Einblick in seine Unterlagen gewährte.

Das vierte Protokoll
Thriller

*Für Shane Richard, fünf Jahre alt,
ohne dessen liebevolles Zutun dieses Buch in der Hälfte der Zeit
geschrieben worden wäre*

Erster Teil

1. Kapitel

Schlag Mitternacht würde er sich die Glen-Juwelen holen, hatte der Mann in Grau beschlossen. Vorausgesetzt, sie waren dann noch im Safe der Wohnung und die Besitzer verreist. Das mußte er feststellen. Also wartete und wachte er. Um halb acht wurde seine Geduld belohnt.

Die große Limousine schoß mit der geschmeidigen Kraft, die ihr Name versprach, aus der Tiefgarage. Am Ausgang des Tunnels verharrte sie sekundenlang, während der Fahrer nach rechts und links schaute, dann bog sie in die Straße ein und fuhr Richtung Hyde Park Corner.

Jim Rawlings, der gegenüber dem Luxuswohnblock in einer ausgeliehenen Chauffeurlivree am Steuer eines gemieteten Volvo Estate saß, stieß einen Seufzer der Erleichterung aus. Ein rascher Blick über die Belgravia Street hatte ihm gezeigt, was er sehen wollte: Der Mann hatte am Steuer gesessen, seine Frau neben ihm. Der Motor des Volvo lief bereits, und die Heizung war eingeschaltet. Rawlings legte die automatische Gangschaltung ein, manövrierte den Volvo aus der Reihe der parkenden Wagen heraus und fuhr hinter dem Daimler-Jaguar her.

Es war ein frischer, schöner Morgen. Über dem Green Park im Osten lag ein blasser Lichtschimmer, und die Straßenbeleuchtung brannte noch. Rawlings war seit fünf Uhr auf dem Posten, und die wenigen Passanten hatten keine Notiz von ihm genommen. In Belgravia, dem reichsten Viertel des Londoner West End, erregt ein Chauffeur in einem großen Wagen keinerlei Aufmerksamkeit, schon gar nicht mit vier Koffern und einem Picknickkorb im Heckteil, am Morgen des 31. Dezember. Viele reiche Leute verließen die Hauptstadt, um Silvester in ihren Landhäusern zu feiern.

Am Hyde Park Corner war er fünfzig Yards hinter dem Jaguar und ließ einem Lastwagen die Vorfahrt. In der Park Lane befürchtete er einen Augenblick lang, das Paar im Jaguar könne an der dortigen Filiale der Coutts Bank halten und den Diamantschmuck im Nachtsafe deponieren.

Am Marble Arch atmete er ein zweites Mal erleichtert auf. Die Limousine vor ihm war nicht um das Denkmal herum und über die Gegenspur der Park Lane nach Süden, zur Bank, gefahren. Sie brauste geradewegs zum Great Cumberland Place, dann über Gloucester Place weiter nach Norden. Die Besitzer der Luxuswohnung im achten Stock von Fontenoy House hinterlegten also die Dinger nicht bei Coutts; sie hatten sie entweder im Wagen und nahmen sie mit aufs Land oder aber ließen sie über die Feiertage in der Wohnung. Rawlings war überzeugt, daß die zweite Annahme zutraf.

Er folgte dem Jaguar nach Hendon, beobachtete noch, wie der Wagen die letzte Meile bis zur Autobahn M1 flitzte, wendete dann und fuhr zurück in die Stadt. Ganz wie er gehofft hatte, war das Ehepaar eindeutig zum Bruder der Frau, dem Duke of Sheffield, unterwegs, der in Nord Yorkshire, volle sechs Autostunden von der Hauptstadt entfernt, ein Landgut besaß. Das würde Rawlings mindestens vierundzwanzig Stunden Zeit geben, mehr als er brauchte. Er bezweifelte nicht im geringsten, daß er die Wohnung in Fontenoy House würde knacken können; schließlich war er einer der besten Schränker Londons.

Um die Mitte des Vormittags hatte er den Volvo zum Autoverleih, die Livree zum Kostümverleih und die leeren Koffer in den Schrank zurückgebracht. Er war wieder in seiner komfortablen und teuer möblierten Wohnung im obersten Stock eines umgebauten Teelagerhauses in Wandsworth. In dieser Gegend war er aufgewachsen. Wie gut auch immer seine Geschäfte gingen, er war und blieb ein Südlondoner, und wenn Wandsworth auch nicht so schick sein mochte wie Belgravia oder Mayfair, es war sein Revier. Und wie alle seinesgleichen verließ er nur widerwillig die Geborgenheit des eigenen Reviers. Dort fühlte er sich einigermaßen sicher, obgleich er der örtlichen Unterwelt und der Polizei als »Face« bekannt war, das heißt als Verbrecher oder Gauner.

Auch verhielt er sich wie alle erfolgreichen Ganoven in seinem Revier unauffällig. Er fuhr einen bescheidenen Wagen, und die einzige Schwäche, die er sich gestattete, war die elegante Wohnung. Die niederen Chargen der Unterwelt hielt er absichtlich über sein Tun im unklaren, und obgleich die Polizei mit ziemlicher Sicherheit seine Spezialität kannte, war sein Strafregister, abgesehen von einer kurzen Wasser-und-Brot-Strecke in seiner Jugend, ein unbeschriebenes Blatt. Sein offensichtlicher Erfolg und die Unklarheit darüber, wie er ihn erreichte, machten ihn zu einer Kultfigur beim einschlägigen Nachwuchs, der nur zu gern kleine Gänge für ihn erledigte. Sogar die schweren Kaliber, die am hellen Tag, mit Schrotflinten und Schaufelstielen bewaffnet, Lohnbüros ausnahmen, hielten sich respektvoll von ihm fern.

Natürlich brauchte er ein Aushängeschild zur Rechtfertigung seiner Geldmittel. Alle erfolgreichen »Faces« übten irgendeine reguläre Tätigkeit aus. Die beliebtesten Tarngewerbe waren Taxiunternehmen, Obst und Gemüse en gros und Schrotthandel. Alle diese Aushängeschilder bescheren eine Menge nicht nachprüfbarer Gewinne, Bargeschäfte, Freizeit und Verstecke, und man kann ein paar »Schwere« oder Schläger anheuern, harte Burschen mit wenig Verstand und viel Muskelkraft, die zur Tarnung ihres eigentlichen Metiers als Gorillas ebenfalls einer regulären Arbeit nachgehen müssen.

Rawlings betrieb offiziell eine Altmetallhandlung und Autoverschrottung. Damit verfügte er über eine gut ausgerüstete Werkstatt, über Metalle aller Art, elektrische Kabel, Leitungen und Batteriesäure, und die beiden Schlägertypen, die in seinem Hinterhof Altwagen ausschlachteten, leisteten Schützenhilfe und konnten ihm als Leibgarde dienen, falls ihm irgendwelche »Kollegen« Scherereien machen wollten.

Frisch geduscht und frisch rasiert saß Rawlings am Frühstückstisch und verrührte die Zuckerwürfel in seinem zweiten Morgenespresso. Er studierte die Planskizzen, die Billy Rice ihm gebracht hatte.

Billy Rice war sein Eleve, ein smarter Dreiundzwanzigjähriger, der eines Tages Klasse, sogar große Klasse sein würde. Er bewegte sich vorläufig noch an der Randzone der Unterwelt und war erpicht darauf, einer Berühmtheit mit Gefälligkeiten an die Hand zu gehen, ganz abgesehen von der unschätzbaren Erfahrung, die er dabei erwerben konnte. Vor vierundzwanzig Stunden hatte Billy an der Tür der Wohnung im achten Stock von Fontenoy House geklingelt, einen riesigen Blumenstrauß in der Hand und angetan mit der Livree eines teuren Blumengeschäfts. Diese beiden »Requisiten« hatten ihn mühelos am Portier vorbei in die Vorhalle gebracht, wo er sich die genaue Lage der Portiersloge und des Wegs zum Treppenaufgang eingeprägt hatte.

Die Dame des Hauses öffnete ihm höchstpersönlich die Tür, und beim Anblick der Blumen leuchtete ihr Gesicht vor Überraschung und Freude auf. Der Strauß kam angeblich vom Hilfswerk für in Not geratene ehemalige Kriegsteilnehmer, dessen Galaball Lady Fiona in ihrer Eigenschaft als Schirmherrin am Abend dieses Tages, des 30. Dezember 1986, besuchen wollte. Selbst wenn sie auf dem Ball im Gespräch mit einem Vorstandsmitglied die Blumen erwähnen sollte, so würde der- oder diejenige, dachte Rawlings, ganz einfach annehmen, das Bukett sei von einem anderen Mitglied im Namen aller übersandt worden.

An der Tür hatte Lady Fiona einen Blick auf die angeheftete Karte geworfen, in dem kristallklaren Ton ihrer Klasse: »Wie wunder-wunderschön!« gerufen und den Strauß entgegengenommen. Billy hatte ihr sodann seinen Quittungsblock und einen Kugelschreiber gereicht. Da sie die drei Dinge nicht zugleich halten konnte, war sie in den Salon geflattert, um die Blumen irgendwo hinzulegen. Ein paar Sekunden lang stand Billy allein in der kleinen Diele.

Mit seinem knabenhaften Aussehen, dem flaumigen Goldhaar, den blauen Augen und dem schüchternen Lächeln war Billy ein Geschenk des Himmels. Er konnte sicher sein, daß ihm keine Hausfrau mittleren Alters den Weg in ihre Wohnung verwehren würde. Doch seinen Babyaugen entging kaum etwas.

Noch bevor er klingelte, prüfte er eine volle Minute lang die Außenseite des Eingangs, den Rahmen und die Mauer um die Türöffnung. Er hielt Ausschau nach einem kleinen walnußgroßen Summer oder einem schwarzen Knopf oder Schalter zum Abdrehen des Summers. Erst nachdem er sich überzeugt hatte, daß nichts dergleichen vorhanden war, klingelte er.

Als er allein in der Diele stand, wiederholte er das Ganze an der Innenseite und suchte den Türrahmen und die Wände nach einem Summer oder Schalter ab. Auch hier war nichts. Bis die Dame des Hauses wieder erschien, um die Quittung zu unterschreiben, hatte Billy festgestellt, daß die Tür durch ein Chubb-Schloß gesichert war und nicht, wie er befürchtet hatte, durch ein Bramah-Schloß, das als unknackbar gilt.

Lady Fiona nahm Block und Kugelschreiber und versuchte zu quittieren. Ohne Erfolg. Die Mine war aus dem Stift herausgenommen worden, und was eventuell an Schreibflüssigkeit noch an der Spitze verblieben war, hatte Billy sorgfältig auf ein Blatt Papier verschrieben. Er entschuldigte sich ausschweifend. Mit strahlendem Lächeln sagte Lady Fiona, das sei gar nicht schlimm, sie habe einen Füller in ihrer Handtasche, und wieder verschwand sie hinter der Salontür. Billy hatte bereits gefunden, was er suchte. Die Wohnungstür war in der Tat an ein Alarmsystem angeschlossen.

Aus der Kante der geöffneten Tür ragte hoch oben an der Scharnierseite ein winziger Federstift. Gegenüber war in den Türpfosten eine ebenso winzige Steckdose eingelassen. Darin befand sich, wie Billy wußte, ein Pye-Mikroschalter. Wenn die Tür geschlossen wurde, drang der Stift in die Dose ein, und der Kontakt war hergestellt.

Bei scharf geschalteter Einbruchssicherung würde der Mikroschalter den Alarm auslösen, sobald der Kontakt unterbrochen, das heißt die Tür geöffnet wurde. In weniger als drei Sekunden hatte Billy seine Tube Superklebstoff aus der Tasche gezogen, einen deftigen Schuß in die Öffnung mit dem Mikroschalter gespritzt und das Ganze mit einer kleinen Kugel aus Plastilin und Klebstoffgemisch zugestopft. Nach weiteren vier Sekunden war die Masse steinhart und der Mikroschalter vom Federstift isoliert.

Als Lady Fiona mit der unterschriebenen Quittung zurückkam, fand sie den netten jungen Mann mit einer Hand an den Türpfosten gelehnt vor. Er stieß sich mit einem entschuldigenden Lächeln sofort ab, wobei er die Klebstoffreste vom Daumen wischte. Später hatte Billy dann Rawlings eine vollständige Beschreibung der Eingangshalle, der Portiersloge, der Lage der Treppen und Aufzüge geliefert, vom Zugang zur Wohnungstür, der kleinen Diele dahinter und von den Teilen des Salons, die ihm zu Gesicht gekommen waren.

Rawlings war überzeugt, daß der Wohnungsinhaber vor vier Stunden seine Koffer in das Treppenhaus getragen hatte und dann in die Diele zurückgegangen war, um die Alarmanlage einzuschalten. Wie üblich hatte sie keinen Ton von sich gegeben. Er hatte die Tür hinter sich zugemacht, den Schlüssel im Steckschloß ganz umgedreht und befriedigt gedacht, daß nun das Sicherheitssystem scharf geschaltet sei. Normalerweise wäre der Federstift mit dem Pye-Mikroschalter in Kontakt gewesen. Das Umdrehen des Schlüssels würde den Stromkreis geschlossen haben. Da aber der Stift vom Mikroschalter isoliert war, würde zumindest das Türsystem nicht funktionieren. Rawlings war sicher, daß sich das Türschloß in dreißig Minuten schaffen ließe. In der Wohnung selbst würden noch weitere Fallen sein. Mit denen wollte er zu gegebener Zeit fertig werden.

Er trank seinen Kaffee aus und nahm sich eine Mappe mit Zeitungsausschnitten vor. Wie alle Juwelendiebe war Rawlings ein aufmerksamer Leser der Klatschspalten. Die Ausschnitte dieser Mappe befaßten sich ausschließlich mit den gesellschaftlichen Auftritten Lady Fionas und mit dem einzigartigen Diamantschmuck, den sie auch gestern abend auf dem Galaball wieder getragen hatte – zum letzten Mal, wenn es nach Rawlings ging.

Tausend Meilen weiter östlich stand der alte Mann am Fenster seines Wohnzimmers im Block 111 am Mira-Prospekt und dachte ebenfalls an Mitternacht. Sie würde den 1. Januar 1987, seinen 75. Geburtstag, einläuten.

Obwohl es bereits in den Nachmittag ging, war der Mann immer noch im Morgenrock. Es gab, wie die Dinge lagen, keinen Anlaß, früh aufzustehen oder sich in Schale zu werfen, um ins Büro zu gehen. Es gab kein Büro mehr, in das er hätte gehen können. Seine um dreißig Jahre jüngere Frau Erita hatte ihre beiden Jungen in den Gorki Park geführt, wo die Kinder auf den in Eisbahnen verwandelten Wegen Schlittschuh laufen konnten. Der Mann war also allein.

Er warf einen flüchtigen Blick in einen Wandspiegel, und was er darin sah, stimmte ihn nicht fröhlicher als der Gedanke an sein Leben oder an das, was davon noch übrig war. Das seit jeher faltige Gesicht war jetzt tief gefurcht. Das einst dichte schwarze Haar war schlohweiß geworden, schütter und leblos. Unmäßiger Alkohol- und Nikotinkonsum hatten seine Haut gefleckt und gesprenkelt. Die Augen erwiderten elend seinen Blick. Der Mann ging wieder ans Fenster und sah auf die schneeverwehte Straße hinunter. Ein paar bis zur Nasenspitze eingemummte Babuschkas räumten den Schnee weg, bevor über Nacht neuer fiel.

Es war schon so lange her, vierundzwanzig Jahre fast auf den Tag genau, sinnierte der Mann, seit er seinen Un-Job und sein witzloses Exil in Beirut aufgegeben hatte, um hierherzukommen. Es wäre zwecklos gewesen, zu bleiben. Nick Elliot und der Rest der »Firma« hatten damals die ganze Sache spitzgekriegt, er hatte es schließlich ihnen selbst eingestanden. Also war er abgereist, ohne Frau und Kinder, die, wenn sie wollten, später nachkommen konnten.

Zuerst war es ihm erschienen, als sei er zurückgekehrt in seine eigentliche geistige und moralische Heimat. Er hatte sich begeistert in sein neues Leben geworfen und voller Überzeugung an die kommunistische Philosophie und ihren Sieg geglaubt. Warum auch nicht? Er hatte schließlich siebenundzwanzig Jahre damit verbracht, ihr zu dienen. In jenen ersten, frühen Jahren Mitte der Sechziger war er glücklich und in Einklang mit sich selbst gewesen. Natürlich war er intensiv ausgequetscht worden, doch in der KGB-Zentrale verehrte man ihn geradezu. Schließlich war er einer, wenn nicht der größte der fünf Stars, zusammen mit Burgess, Maclean, Blunt und Blake, die sich wie Maulwürfe bis ins innerste Mark des britischen Establishments gewühlt und es in Bausch und Bogen verraten hatten.

Burgess, dem Sex und Suff ein frühes Grab bereiten sollten, war schon dabei gewesen, bevor er, Philby, dazugestoßen war. Als erster hatte Maclean seine Illusionen verloren, aber der war ja schließlich schon seit 1951 in Moskau. Seine wachsende Verbitterung und Wut ließ er an Melinda aus, die ihn 1963 verließ und hierher, in diese Wohnung, kam. Maclean hatte voller Groll und total demoralisiert weitergemacht, bis der Krebs ihn erwischte, und als es soweit war, haßte er seine Gastgeber, und seine Gastgeber haßten ihn. Blunt war drüben in England »hochgenommen« und fallengelassen worden. Es blieben also nur noch er und Blake, dachte der alte Mann. In gewisser Weise beneidete er den völlig assimilierten, hochzufriedenen Blake, der ihn und Erita zur Silvesterfeier zu sich eingeladen hatte. Natürlich verfügte Blake über den für eine Integration nötigen kosmopolitischen Background, Vater Jude, Mutter Holländerin.

Für ihn persönlich konnte es keine Assimilation geben; das war ihm nach den ersten fünf Jahren klar geworden. Er schrieb damals schon perfekt Russisch und sprach es auch fließend, wenn auch mit einem ausgeprägten englischen Akzent. Davon abgesehen, haßte er die Gesellschaft. Es war eine vollständig, unwiderruflich und unabänderlich fremde Gesellschaft.

Das war jedoch nicht das Schlimmste; innerhalb von sieben Jahren nach seiner Ankunft hatte er seine letzten politischen Illusionen verloren. Alles war Lüge, und er war klug genug gewesen, dahinterzukommen. Er hatte seine Jugend und sein Mannesalter damit verbracht, einer Lüge zu dienen, für eine Lüge zu lügen, für eine Lüge zu verraten, er hatte dieses »grüne und angenehme Land« verlassen, alles für eine Lüge.

In all den Jahren, in denen er von Amts wegen alle britischen Magazine und Zeitungen analysierte, hatte er die Kricketresultate verfolgt, während er Ratschläge für die Anzettelung von Streiks gab, in den Zeitschriften nach den altvertrauten Stätten Ausschau gehalten, während er die Desinformation vorbereitete, die dies alles zu Fall bringen sollte, hatte im National unauffällig auf einem Barhocker gekauert, um die Briten lachen und in seiner Sprache Witze reißen zu hören, während er den führenden Leuten des KGB, einschließlich des Leiters selbst, Pläne unterbreitete, wie man diese kleine Insel am besten zerrütten könne. Und die ganze Zeit über hatte er während dieser letzten fünfzehn Jahre tief innen eine Leere der Verzweiflung empfunden, über die ihn nicht einmal der Alkohol und die vielen Frauen hinwegtäuschen konnten. Es war ohnehin zu spät; es führte kein Weg mehr zurück, sagte er sich. Und doch, und doch ...

Die Türklingel ertönte. Philby war überrascht. Mira-Prospekt 111 war ein reiner KGB-Block, der in einer ruhigen Nebenstraße der Stadtmitte lag und in dem vornehmlich höhere KGB-Mitglieder und ein paar Leute vom Außenministerium wohnten. Jeder Besucher mußte sich über den Pförtner anmelden. Erita konnte es nicht sein. Sie hatte ihren eigenen Schlüssel.

Philby öffnete und sah einen jungen, athletisch gebauten Mann vor sich, der einen gut geschnittenen Mantel und eine warme Pelz-Tschapka ohne Abzeichen trug. Sein Gesicht war kalt und starr, woran jedoch nicht der frostige Wind schuld war, der draußen wehte, denn seine Schuhe bezeugten, daß er aus einem warmen Wagen direkt in den warmen Wohnblock gekommen und nicht durch eisigen Schnee gestapft war. Ausdruckslose Augen starrten den alten Mann an, weder freundlich noch feindselig.

»Genosse Oberst Philby?« fragte der Fremde.

Philby war überrascht. Enge persönliche Freunde, die Blakes und ein halbes Dutzend andere, nannten ihn Kim. Für den Rest lebte er seit vielen, vielen Jahren unter einem Pseudonym. Nur für ganz wenige an der Staatsspitze war er Philby, Oberst a. D. des KGB.

»Ich bin Major Pawlow, vom Neunten Direktorat, abgestellt zum persönlichen Stab des Generalsekretärs der KPdSU.«

Philby kannte das Neunte Direktorat des KGB. Es stellte die Leibwächter für alle Spitzenfunktionäre der Partei und besorgte den Schutz der Gebäude, in denen diese Funktionäre arbeiteten und wohnten. Innerhalb der Parteigebäude und bei offiziellen Anlässen trugen die Männer ihre Uniformen mit den typischen elektrischblauen Mützenbändern, Schulterklappen und Kragenspiegeln; in dieser Aufmachung waren sie auch als Kremlgarde bekannt. Als Leibwächter trugen sie elegante Zivilkleidung; sie waren topfit, durchtrainiert, eisig-loyal und bewaffnet.

»Verstehe«, sagte Philby.

»Das ist für Sie, Genosse Oberst.«

Der Major hielt ihm einen länglichen Umschlag aus Büttenpapier hin. Philby nahm ihn.

»Das auch«, fügte der Major hinzu und reichte ihm einen kleinen Zettel mit einer Telefonnummer darauf.

»Danke«, sagte Philby. Ohne ein weiteres Wort neigte der Major kurz den Kopf, machte auf dem Absatz kehrt und ging den Korridor hinunter. Einige Sekunden später beobachtete Philby von seinem Fenster aus, wie die schlanke schwarze

Tschaika-Limousine mit dem Kennzeichen des Zentralkomitees, das mit den Buchstaben MOC beginnt, vom Hauseingang wegglitt.

Jim Rawlings blickte durch eine Lupe auf das Bild in dem Gesellschaftsmagazin. Das vor einem Jahr aufgenommene Foto zeigte die Frau, die er heute früh an der Seite ihres Mannes in nördlicher Richtung aus London hatte fahren sehen. Sie stand in einer Reihe von Leuten und wartete darauf, Prinzessin Alexandra vorgestellt zu werden. Und sie trug die Steine. Rawlings, der in monatelanger Arbeit seine Coups vorbereitete, kannte die Herkunft des Schmuckes besser als sein eigenes Geburtsdatum.

Im Jahre 1905 war der junge Earl of Margate aus Südafrika zurückgekommen und hatte vier herrliche Rohdiamanten mitgebracht. Vor seiner Hochzeit, 1912, übergab er sie Cartier in London zum Schleifen und Fassen als Geschenk für seine junge Frau. Cartier schickte die Steine nach Amsterdam zu Aascher, der aufgrund seiner meisterlichen Bearbeitung des riesigen Cullinan-Steins immer noch als der beste Diamantschleifer der Welt galt. Die vier Diamanten wurden zu zwei zusammenpassenden Paaren von birnenförmigen, achtundfünfzigfacettigen Steinen verarbeitet, wobei das eine Paar zehn Karat pro Stein wog und das andere zwanzig.

In London faßte Cartier diese Steine in Weißgold, umgab sie mit insgesamt vierzig sehr viel kleineren Diamanten und schuf ein Ensemble, bestehend aus einem Diadem mit einem der größeren birnenförmigen Steine als Mittelstück, einem Anhänger mit dem anderen größeren Diamanten als Mittelstück und zwei dazupassenden Ohrgehängen mit den beiden kleineren Steinen. Bevor der Schmuck fertig war, starb der Vater des Earl, der siebente Duke of Sheffield, und der Titel ging auf den Sohn über. Die Steine wurden als die Glen-Diamanten bekannt, nach dem Familiennamen des Hauses Sheffield.

Der achte Duke vererbte sie bei seinem Tod 1936 an seinen Sohn, der seinerseits zwei Kinder hatte, eine Tochter, geboren 1944, und einen Sohn, geboren 1949. Das Bild dieser Tochter, die nun zweiundvierzig Jahre alt war, befand sich jetzt unter Jim Rawlings' Lupe.

»Die hast du zum letzten Mal getragen, Schätzchen«, sagte Rawlings vor sich hin. Dann überprüfte er nochmals seine Ausrüstung für den Abend.

Harold Philby schlitzte den Umschlag mit einem Küchenmesser auf, zog den Brief heraus und legte ihn auf den Tisch im Wohnzimmer. Er war beeindruckt; es war ein persönliches Handschreiben des Generalsekretärs der KPdSU; Philby erkannte die gestochene Schönschrift des Sowjetführers.

Der Briefbogen war wie der Umschlag Luxusqualität und trug keinen Briefkopf. Der Generalsekretär hatte den Brief sicher in seiner Privatwohnung im Kutuzowskij-Prospekt Nummer 26 geschrieben, dem riesigen Block, der seit Stalins Zeiten den Spitzen der Parteihierarchie in Moskau üppige Absteigequartiere bot. In der rechten oberen Ecke des Blattes stand »Mittwoch, den 31. Dezember 1986«. Darunter der Text. Er lautete:

»Lieber Philby,

ich wurde auf eine Bemerkung aufmerksam gemacht, die Sie kürzlich bei einem Abendessen in Moskau getan haben. Nämlich: Die politische Stabilität Großbritanniens werde hier in Moskau dauernd überschätzt, und heute mehr denn je.

Würden Sie mir bitte diese Bemerkung näher und ausführlicher erläutern. Machen Sie einen schriftlichen Bericht, in einem einzigen Exemplar, ohne Durchschlag für Sie und ohne die Hilfe einer Schreibkraft.

Wenn er fertig ist, rufen Sie die Nummer an, die Major Pawlow Ihnen gegeben hat, und verlangen Sie ihn persönlich. Er wird dann den Bericht bei Ihnen abholen.

Meine Glückwünsche zu Ihrem morgigen Geburtstag.
Ihr...«
Der Brief endete mit der Unterschrift.

Philby atmete tief durch. Das Abendessen, das Kryutschow am 26. für höhere KGB-Offiziere gegeben hatte, war also abgehört worden. Er hatte es halbwegs vermutet. Wladimir Alexandrowitsch Kryutschow, erster stellvertretender Leiter des KGB und Chef seines Ersten Hauptdirektorats, war ein ergebener Gefolgsmann des Generalsekretärs. Obwohl er den Titel eines Generaloberst trug, war Kryutschow kein Militär, ja nicht einmal ein berufsmäßiger Nachrichtendienstler; er war ein Parteiapparatschik reinsten Wassers, einer von denen, die der jetzige Sowjetführer hereingebracht hatte, als er den KGB leitete.

Philby las den Brief noch einmal und schob ihn dann weg. Der Stil des alten Herrn war immer noch der gleiche, dachte er. Kurz, sachlich, klar und präzise, ohne Höflichkeitsfloskeln, von einer Bestimmtheit, die jeden Widerspruch ausschloß. Selbst die Anspielung auf Philbys Geburtstag war kurz und sollte nur zeigen, daß der Generalsekretär sich die Personalakte und einiges mehr hatte kommen lassen.

Und doch war Philby beeindruckt. Ein persönliches Handschreiben vom eisigsten und distanziertesten aller Menschen war eine ungewöhnliche Ehre, die eine Menge Leute außer Fassung gebracht hätte. Vor Jahren war das noch ganz anders gewesen. Als der gegenwärtige Sowjetführer die Leitung des KGB übernahm, war Philby bereits Jahre in Moskau und galt als eine Art Star. Er hielt Vorträge über westliche Nachrichtendienste im allgemeinen und über den britischen Secret Intelligence Service im besonderen.

Wie alle Parteimenschen, die Fachleute einer anderen Disziplin zu befehligen haben, berief der neue Leiter seine getreuen Vasallen auf Schlüsselposten. Wenn er auch als einer der fünf Stars respektiert und bewundert wurde, so begriff Philby doch, daß in dieser konspiratorischsten aller Gesellschaften ein hochgestellter Gönner von Nutzen sein konnte. Der KGB-Chef, der ungleich intelligenter und gebildeter war als sein Vorgänger Semitschastnij, hatte für alles, was England betraf, eine Neugierde gezeigt, die über bloßes Interesse hinaus fast bis zur Faszination ging.

Er hatte damals Philby oft um eine Deutung oder Analyse von Ereignissen in England gebeten, von wahrscheinlichen Reaktionen seiner führenden Politiker, und Philby war glücklich gewesen, ihm einen Gefallen tun zu können. Es war, als wolle der KGB-Chef die Berichte, die von seinen hauseigenen England-Experten oder von seiner alten Dienststelle, der Internationalen Abteilung des Zentralkomitees unter Boris Ponomarew, kamen, anhand eines Gegengutachtens überprüfen. Manchmal hatte er sich dann Philbys Ansichten zu eigen gemacht.

Es war schon fünf Jahre her, daß Philby den Zaren aller Reussen von Angesicht zu Angesicht gesehen hatte. Das war im Mai 1982 gewesen bei einem Empfang anläßlich der Rückkehr des KGB-Chefs zum Zentralkomitee, angeblich als Sekretär, in Wahrheit aber zur Sicherung seines eigenen Aufstiegs nach Breschnews bevorstehendem Tod. Und jetzt suchte er wieder Philbys Rat.

Die Rückkehr Eritas und der Jungen, die erhitzt waren vom Schlittschuhlaufen und lärmten wie immer, riß Philby aus seinen Gedanken. 1975, lange nach Melinda Macleans Weggang, als die Oberen beim KGB befanden, daß seine ewige Sauferei und Herumhurerei ihren Reiz verloren habe (zumindest für den Apparat), war Erita beordert worden, zu ihm zu ziehen. Sie war damals ein KGB-Mädchen, Jüdin gegen alle Regel, vierunddreißig Jahre alt, dunkelhaarig und ausgeglichen. Sie heirateten noch im selben Jahr.

Nach der Hochzeit hatte sein beträchtlicher persönlicher Charme alles überspielt. Sie hatte sich wirklich in ihn verliebt und sich geweigert, dem KGB noch irgendwelche Berichte über ihren Mann zu liefern. Ihr Führungsoffizier hatte die Achseln gezuckt, höheren Orts Meldung erstattet und war beschieden worden, die Sache fallen zu lassen. Die Jungen waren zwei und drei Jahre später gekommen.

»Was Wichtiges, Kim?« fragte Erita, als er aufstand und den Brief in die Tasche steckte. Er schüttelte den Kopf. Sie zog den Jungen die dicken, gesteppten Jacken aus.

»Nichts, Liebes«, sagte er. Doch sie sah ihm an, daß ihn etwas beschäftigte. Wohlweislich drang sie nicht weiter in ihn, sondern ging zu ihm und küßte ihn auf die Wange.

»Bitte, trink nicht zu viel heute abend bei den Blakes.«

»Ich werd's versuchen«, sagte er lächelnd.

Er war jedoch fest entschlossen, sich eine letzte Besäufnis zu leisten. Als lebenslanger Alkoholiker, der, wenn er auf einer Party einmal zu trinken anfing, bis zur Bewußtlosigkeit weitermachte, hatte er die Warnungen von gut hundert Ärzten in den Wind geschlagen. Sie hatten ihn gezwungen, das Zigarettenrauchen aufzugeben, und das war schlimm genug gewesen. Aber nicht den Alkohol; er konnte damit aufhören, wenn er ernsthaft wollte, und er wußte, daß er nach dieser Silvesterparty für eine Weile damit Schluß machen mußte.

Er rief sich die Bemerkung, die er bei Kryutschow gemacht hatte, und die Überlegungen, die sie ausgelöst hatten, ins Gedächtnis zurück. Er wußte, was im Innersten der Labour Party vor sich ging und was damit bezweckt wurde. Auch andere hatten die Masse des nachrichtendienstlichen Rohmaterials bekommen, das er so viele Jahre hindurch geprüft hatte und das man ihm immer noch als eine Art Gunstbeweis zuleitete. Doch nur er allein war in der Lage, die einzelnen Teile zusammenzusetzen, sie in Bezug zu der britischen Massenpsychologie zu bringen und daraus ein zutreffendes Bild zu formen. Wenn er der Idee, die er im Kopfe hatte, Gerechtigkeit widerfahren lassen wollte, dann mußte er dieses Bild in die entsprechenden Worte umsetzen; für den Sowjetführer einen der besten Berichte ausarbeiten, die er je niedergeschrieben hatte. Er würde Erita und die Jungen über das Wochenende auf die Datscha schicken. Dann würde er allein in der Wohnung sein und mit der Arbeit anfangen. Doch zuvor noch eine letzte Besäufnis.

Jim Rawlings verbrachte die Stunde zwischen neun und zehn Uhr an diesem Abend in einem anderen, kleineren Mietwagen vor dem Fontenoy House. Er betrachtete prüfend das Lichtmuster hoch oben im Gebäude. Die Wohnung, auf die er es abgesehen hatte, war natürlich stockdunkel, doch er stellte mit Genugtuung fest, daß die Apartments darüber und darunter hell erleuchtet waren. Nach den vielen Leuten zu urteilen, die an den Fenstern auftauchten, war in jedem von ihnen eine Party im Gange.

Nachdem er den Wagen diskret in einer Seitenstraße zwei Blocks weiter geparkt hatte, schlenderte er um zehn Uhr zum Portal von Fontenoy House. Es waren an diesem Abend so viele Leute aus- und eingegangen, daß die Türflügel zwar geschlossen, aber nicht verschlossen waren. In der Eingangshalle war linkerhand die Portiersloge, genau wie Billy Rice gesagt hatte. Darin saß der Nachtportier vor seinem japanischen Fernsehgerät. Er stand auf und kam an die Türöffnung, als wolle er etwas fragen.

Rawlings, der einen Smoking angelegt hatte, trug eine Champagnerflasche mit einer roten Schleife unterm Arm. Er hob die freie Hand zu einem beschwipsten Gruß.

»Abend«, rief er und fügte hinzu, »oh, und ein gutes neues.«

Sollte der alte Portier die Absicht gehabt haben, sich nach dem Wieso und Wohin zu erkundigen, so besann er sich jetzt eines Besseren. Im Block waren mindestens sechs Partys im Gang. Die Hälfte davon schien das Haus der offenen Tür zu praktizieren. Wie sollte er da die Gästeliste überprüfen?

»Oh, äh, danke, Sir. Ein glückliches neues Jahr, Sir«, rief er, aber der smokingbekleidete Rücken war bereits den Korridor hinunter verschwunden. Der Portier ging wieder zu seinem Film zurück.

Rawlings benützte die Treppe bis zum ersten Stock, dann den Lift bis zum achten. Um fünf nach zehn stand er vor der Tür der Wohnung, die er suchte. Wie Billy berichtet hatte, gab es keinen Summer, und das Schloß war ein Chubb-Steckschloß. Darunter befand sich ein Yale-Schloß für den täglichen Gebrauch.

Das Chubb-Steckschloß verfügt über insgesamt 17 000 Kombinationen und Permutationen. Es ist ein Schloß mit fünf Zuhaltungen, für einen guten »Schlüssel-Mann« kein unüberwindliches Problem, da nur die ersten zweieinhalb Zuhaltungen ermittelt werden müssen; die anderen zweieinhalb sind die gleichen, nur in umgekehrter Anordnung, so daß der Schlüssel genauso gut funktioniert, wenn er von der anderen Seite der Tür eingeführt wird.

Nach seinem Schulabgang im Alter von sechzehn hatte Rawlings zehn Jahre in der Eisenwarenhandlung seines Onkels Albert gearbeitet. Das Geschäft war ein gutes Aushängeschild für den alten Knaben, der zu seiner Zeit ein bemerkenswerter Schränker gewesen war. Der eifrige junge Rawlings lernte jedes Schloß kennen, das auf dem Markt war, und die meisten kleineren Geldschränke. Nach diesem gründlichen »Praktikum« unter Onkel Alberts fachmännischer Anleitung konnte Rawlings jedes beliebige Schloß knacken, ganz gleich um welches Fabrikat es sich handelte.

Er zog einen Ring mit zwölf Dietrichen aus der Tasche, die er alle in seiner eigenen Werkstatt hergestellt hatte. Er wählte drei aus, probierte sie nacheinander und entschied sich schließlich für den sechsten am Ring. Er führte ihn in das Chubb-Schloß ein und tastete damit nach den Druckpunkten. Dann holte er einen Satz dünner Stahlfeilen aus der Brusttasche und bearbeitete damit den Weichmetallteil des Dietrichs. Innerhalb von zehn Minuten hatte er das passende Profil für die ersten zweieinhalb Zuhaltungen zurechtgefeilt. Nach weiteren fünfzehn Minuten war das Muster für die zweieinhalb anderen Zuhaltungen fertig. Er steckte den Dietrich ins Schloß und drehte ihn langsam und sorgfältig um.

Der Dietrich griff voll. Rawlings wartete sechzig Sekunden, für den Fall, daß Billys Mischung aus Plastilin und Superklebstoff im Türpfosten nicht gehalten hatte. Keine Alarmklingel. Er atmete auf und wandte sich nun mit einer dünnen Stahlnadel dem Yale-Schloß zu. Nach sechzig Sekunden ging die Tür geräuschlos auf. Es war dunkel in der Wohnung, aber das Licht vom Korridor ließ die Umrisse der leeren Diele erkennen. Sie war ungefähr acht mal acht Fuß groß und mit einem Teppich belegt.

Rawlings vermutete, daß unter diesem Teppich irgendwo ein Druckfühler war, nicht zu nahe an der Tür, damit der Wohnungsinhaber nicht selbst den Alarm auslöste. Er trat in die Diele, wobei er sich dicht an der Wand hielt, schloß die Tür hinter sich und schaltete das Licht ein. Links war eine halboffene Tür, durch die er ein Waschbecken sehen konnte. Rechts eine weitere Tür, wahrscheinlich ein eingebauter Kleiderschrank, in dem sich das Alarmsteuersystem befand, das er in Ruhe lassen würde. Er zog eine Flachzange aus der Brusttasche, bückte sich und hob den Teppich an den Fransen in die Höhe. Er entdeckte den Druckfühler im toten Punkt der Diele. Nur einen. Er ließ den Teppich wieder sacht zurückgleiten, ging um ihn herum und öffnete die größere Tür. Wie Billy gesagt hatte, war das die Tür zum Salon.

Er blieb einige Minuten auf der Schwelle stehen, bevor er den Schalter fand und das Licht anmachte. Es war riskant, aber er befand sich acht Stockwerke über der Straße, die Bewohner waren in Yorkshire, und er hatte nicht die Zeit, um in einem Raum voller Fallen beim Licht einer Miniaturtaschenlampe zu arbeiten.

Das Zimmer war länglich, ungefähr fünfundzwanzig zu achtzehn Fuß, mit einem Teppich ausgelegt und reich möbliert. Die doppelscheibigen Panoramafenster gingen nach Süden zur

Straße hinaus. An der Wand zu seiner Rechten sah Rawlings einen Gaskamin mit Marmorverkleidung und imitierten Scheiten sowie eine Tür, die vermutlich zu den Schlafzimmern führte. In der Wand zur Linken waren zwei Türen, die eine auf einen Flur geöffnet, an dem die Gästezimmer lagen, die andere geschlossen, vielleicht der Zugang zu Eßzimmer und Küche.

Rawlings verharrte weitere zehn Minuten regungslos und suchte die Wände und die Decke ab. Aus einem ganz einfachen Grund: Es konnte ein »Passiv-Infrarot-Bewegungsmelder« vorhanden sein, den Billy Rice nicht gesehen hatte und der auf jegliche durch Bewegung im Raum ausgelöste Änderung der statischen Temperaturverhältnisse reagierte. Sollte der Alarm losgehen, konnte Rawlings in drei Sekunden draußen sein. Nichts geschah; das Sicherungssystem bestand aus Erschütterungskontakten an den Türen – und vielleicht auch an den Fenstern, die er ohnehin nicht berühren wollte – sowie aus mehreren Druckfühlern.

Der Safe war mit größter Sicherheit hier im Salon oder im Schlafzimmer der Wohnungsinhaber in einer Außenmauer, da die Innenwände nicht dick genug waren. Rawlings fand ihn kurz vor elf Uhr. Direkt vor ihm, an der Wand zwischen den zwei Panoramafenstern, war ein goldgerahmter Spiegel, der nicht wie die Bilder leicht schräg von der Wand hing und einen schmalen Schatten an den Kanten warf, sondern flach auflag, als sei er an einem Scharnier befestigt.

Rawlings arbeitete sich an den Wänden entlang vorwärts, wobei er mit seiner Zange die Teppichkante hochhob und die fadendünnen Drähte bloßlegte, die von den Fußleisten zu den Druckfühlern irgendwo in der Zimmermitte führten.

Als er den Spiegel erreichte, bemerkte er, daß ein Druckfühler direkt darunter lag. Er wollte ihn zuerst beseitigen, nahm aber dann einen breiten niedrigen Couchtisch und stellte ihn darüber, wobei er darauf achtete, daß die Tischbeine in gebührender Entfernung von den Fühlerrändern blieben. Er wußte jetzt, daß er in

Sicherheit war, solange er sich eng an die Wände hielt oder auf einem Möbelstück stand (Möbel können nicht auf Druckfühlern stehen).

Der Spiegel wurde von einem verdrahteten Magnetverschluß eng an der Wand gehalten. Das war kein Problem. Rawlings schob ein dünnes magnetisiertes Stahlblatt zwischen die beiden Magneten des Verschlusses, von denen der eine im Spiegelrahmen, der andere in der Wand befestigt war. Er drückte das Stahlblatt fest auf den Wandmagneten und schlug den Spiegel zurück. Der Wandmagnet protestierte nicht; er war immer noch in Kontakt mit einem anderen Magneten und meldete daher keinerlei Kontaktunterbrechung.

Rawlings lächelte. Der Wandsafe war ein netter kleiner Hamber, Modell D. Er wußte, daß die Tür aus halbzölligem, zugfestem, gehärtetem Stahl bestand; die Angel war eine senkrechte Stange aus gehärtetem Stahl, die oben und unten von der Tür direkt in den Rahmen überging. Der Sicherheitsmechanismus bestand aus drei gehärteten Stahlbolzen, die aus der Tür ragten und eineinhalb Zoll tief in den Rahmen eindrangen. Innen an der Stahltür war ein zwei Zoll tiefes Weißblechgehäuse mit den drei Verschlußbolzen, dem senkrechten Bolzen zur Steuerung der drei Verschlußbewegungen und das dreischeibige Kombinationsschloß, dessen Vorderseite ihn nun anstarrte.

Es war nicht Rawlings' Absicht, sich mit all diesen Verschlußraffinessen einzulassen. Es gab einen einfacheren Weg: die Tür von oben bis unten auf der Scharnierseite aufzuschlitzen. Das würde sechzig Prozent der Tür intakt lassen, und zwar den Teil, der das Kombinationsschloß enthielt, sowie die drei Verschlußbolzen, die im Rahmen steckten. Die anderen vierzig Prozent würden so weit aufgehen, daß er die Hand hinein- und den Inhalt herausbrächte.

Er arbeitete sich in die Diele zurück, wo er seine Champagnerflasche gelassen hatte, und ging mit ihr wieder zum Safe. Auf dem Couchtisch kauernd, schraubte er den Boden der falschen

Flasche ab und nahm sein Material heraus. Außer einem elektrischen Sprengzünder, der in einer kleinen Schachtel in Watte gebettet lag, einer Sammlung kleiner Magneten und einer gewöhnlichen Fünf-Ampere-Verbindungsschnur kam eine Länge CLC zum Vorschein.

Rawlings wußte, daß man eine halbzöllige Stahlplatte am besten nach der Monroe-Theorie aufschlitzt, so benannt nach dem Erfinder des Prinzips der »geformten Ladung«. Was er in der Hand hielt, hieß im einschlägigen Handel »Charge-Linear-Cutting« oder kurz CLC; ein V-förmiges Metallstück, steif, aber gerade noch biegbar, eingebettet in Plastiksprengstoff. In England stellen drei Firmen CLC her, eine staatliche und zwei private. Man erhält es nur mit behördlicher Genehmigung, aber als Berufsschränker hatte Rawlings einen Kontakt in der Person eines bestechlichen Angestellten bei einer der Privatfirmen.

Schnell und sachkundig fertigte Rawlings die Länge, die er brauchte, und befestigte sie von oben bis unten an der Safetür. In eines der CLC-Enden steckte er den Sprengzünder, aus dem zwei miteinander verflochtene Kupferdrähte ragten. Er entflocht die beiden Leiter und spreizte sie weit auseinander, um später einen Kurzschluß zu vermeiden. An jedem Draht befestigte er eine Litze seiner Verbindungsschnur, die ihrerseits in einem dreipoligen Stecker endete.

Er spulte die Schnur sorgfältig ab, als er an der Wand entlang in den Korridor ging, der zu den Gästezimmern führte. Der Verbindungsgang würde ihm Schutz gegen die Explosion bieten. In der Küche zog Rawlings einen großen Polyäthylenbeutel aus der Tasche und füllte ihn mit Wasser. Diesen Beutel befestigte er mit Reißnägeln an der Wand über der Sprengladung vor der Safetür. Federkissen, hatte Onkel Albert gesagt, sind für die Katz oder fürs Fernsehen. Es gibt keinen besseren Stoßdämpfer als Wasser.

Es war zwanzig Minuten vor Mitternacht. Die Party über ihm wurde immer lauter. Selbst in diesem Luxushaus, wo vornehme Ruhe oberstes Gesetz war, konnte er deutlich hören, daß alles tanzte und durcheinanderschrie. Bevor er sich in den Korridor zurückzog, drehte er den Fernseher an. Im Korridor suchte er nach einer Steckdose, versicherte sich, daß der Schalter an seiner Schnur auf »Aus« war und führte den Stecker ein. Dann wartete er.

Ungefähr eine Minute vor Mitternacht war der Krach über ihm ohrenbetäubend. Plötzlich verstummte er, als jemand »Ruhe« brüllte. Rawlings konnte jetzt den Fernseher hören, den er im Salon eingeschaltet hatte. Das traditionelle schottische Programm mit seinen Balladen und Highland-Tänzen wich einem Bild von Big Ben auf dem Turm des Londoner Parlaments. Hinter der Uhrenfassade war die riesige Glocke Great Tom, die fälschlicherweise oft Big Ben genannt wird. Der Fernsehsprecher plauderte über die Sekunden bis Mitternacht hinweg, während alle Welt im Königreich die Gläser füllte. Dann erklangen die vier Viertelstundenschläge.

Danach kam eine Pause. Dann BONG, das donnernde Dröhnen des ersten Mitternachtsschlags. Es hallte wider in zwanzig Millionen Heimen im ganzen Land; es schmetterte durch die Wohnung im neunten Stock von Fontenoy House und wurde dann vom Glückwunschgebrüll übertönt. Rawlings stellte den Schalter auf »Ein«.

Niemand außer Rawlings selbst hörte den dumpfen Knall. Er wartete sechzig Sekunden, dann zog er seine Schnur aus der Dose und arbeitete sich wieder bis zum Safe vor, wobei er unterwegs sein Werkzeug aufsammelte. Die Rauchschwaden verzogen sich. Von dem Plastikbeutel und der Gallone Wasser waren nur ein paar feuchte Flecken übriggeblieben. Die Safetür sah aus, als hätte sie ein Riese mit einer stumpfen Axt von oben bis unten gespalten. Rawlings blies einige noch verbliebene Rauchfahnen weg und schlug den kleineren Teil der Tür an den Scharnieren zurück. Das Weißblechgehäuse war durch die Explosion weggeblasen worden, doch alle Bolzen in dem anderen Teil der Tür steckten in ihren Löchern. Die Öffnung war so groß, daß er hineinspähen konnte. Eine Geldkassette und ein Samtbeutel; er zog den Beutel heraus, löste die Verschnürung und leerte den Inhalt auf den Couchtisch.

Sie glitzerten und blitzten im Licht, als enthielten sie ihr eigenes Feuer. Die Glen-Diamanten. Rawlings packte den Rest der Ausrüstung – die Schnur, die leere Zünderschachtel und das übriggebliebene CLC – wieder in die falsche Champagnerflasche, als er sich einem unerwarteten Problem gegenübersah. Den Anhänger und die Ohrringe würde er in den Hosentaschen unterbringen, aber das Diadem war breiter und höher, als er gedacht hatte. Er sah sich nach einem unauffälligen Behälter um. Er lag in einigen Schritten Entfernung auf dem Schreibtisch.

Rawlings leerte den Inhalt des Diplomatenkoffers in die Schale eines Sessels, eine Ansammlung von Brieftaschen, Kreditkarten, Füllern, Adreßbüchern und ein paar Aktenordner.

Der Koffer war genau richtig. Er faßte den ganzen Glen-Schmuck und die Champagnerflasche, die ja seltsam angemutet hätte, wenn man Rawlings damit hätte weggehen sehen. Nach einem letzten Rundblick schaltete Rawlings das Licht im Salon aus, trat auf die Diele und schloß die Tür. Als er im Treppenhaus stand, sperrte er den Wohnungseingang mit dem Chubb-Schloß wieder zu, und sechzig Sekunden später schlenderte er an der Portiersloge vorbei in die Nacht hinaus. Der alte Mann sah nicht einmal auf.

Es war fast Mitternacht an jenem ersten Januartag, als Philby sich in Moskau an seinen Wohnzimmertisch setzte. Er war am vergangenen Abend bei den Blakes zu seiner Besäufnis gekommen, hatte sie aber nicht einmal genossen. Seine Gedanken waren zu sehr mit dem Bericht für den Generalsekretär beschäftigt. Am Vormittag hatte er sich von seinem unvermeidlichen Katzenjammer erholt, und jetzt, nachdem Erita und die Jungen schliefen, konnte er sich in Muße überlegen, was er schreiben würde.

Plötzlich ertönte ein Gurren; Philby stand auf, ging zu dem großen Käfig in der Ecke und blickte durch die Stäbe auf eine Taube, die ein geschientes Bein hatte. Er war immer ein Tiernarr gewesen. In Beirut hatte er eine Füchsin gehabt, und hier in dieser Wohnung hielt er sich eine ganze Reihe von Kanarienvögeln und Papageien. Die fußkranke Taube watschelte über den Boden ihres Käfigs.

»Schon gut«, sagte Philby, »bald bist du sie los, und dann kannst du wieder herumfliegen.«

Er kehrte an seinen Tisch zurück. Der Bericht mußte gut sein, sagte er sich zum hundertsten Mal. Der Generalsekretär konnte sehr unangenehm werden, wenn man ihn täuschte oder enttäuschte. Einige der höheren Luftwaffenleute, die 1983 bei der Verfolgung und dem Abschuß des koreanischen Passagierflugzeugs solchen Pfusch gemacht hatten, waren auf seine persönliche Empfehlung hin in kalten Gräbern unter dem ewigen Frost der Kamtschatka gelandet. Wenn ihm auch seine Gesundheit zu schaffen machte und er einen Teil seiner Zeit im Rollstuhl verbrachte, so arbeitete sein Gehirn doch noch mit der Präzision eines Computers, und seinen blassen Augen entging nichts. Philby nahm Papier und Bleistift und machte sich an die Ausarbeitung seiner Antwort.

Vier Stunden später – in London war immer noch der 1. Januar – kehrte der Inhaber der Wohnung in Fontenoy House kurz vor Mitternacht allein in die Hauptstadt zurück. Der große grauhaarige, distinguiert aussehende Mann fuhr direkt in die Tiefgarage, deren Tor er mit seiner Plastikkarte öffnete, nahm seinen Koffer aus dem Wagen und trug ihn zum Aufzug. Er war miserabel gelaunt.

Nach einem heftigen Streit mit seiner Frau hatte er den hochherrschaftlichen Besitz seines Schwagers drei Tage früher als vorgesehen verlassen. Sein knochiges und pferdegesichtiges

Ehegespons liebte das Landleben ebenso innig, wie er es haßte. Mit Wonne strich sie durch die bleichen winterlichen Yorkshiremoore und lieferte ihn schmählich der Gesellschaft ihres Bruders, des zehnten Herzogs, aus. Das war schlimm, denn der Wohnungsinhaber, dem Männlichkeit über alles ging, hatte den Verdacht, daß der elende Tropf schwul war.

Das Silvesteressen war für ihn eine Qual gewesen. Die Tischgespräche, die von den Busenfreundinnen seiner Frau bestritten wurden, gingen ausschließlich ums Jagen, Schießen und Fischen, und das Ganze wurde untermalt vom hohen, zwitschernden Lachen des Herzogs und seiner etwas zu hübschen Freunde. Am Morgen hatte er seiner Frau gegenüber eine Bemerkung gemacht. Lady Fiona war hochgegangen. Worauf beschlossen wurde, daß er nach dem Tee allein zurückfahren und sie so lange bleiben würde, wie sie Lust hatte, vielleicht den ganzen Januar.

Er betrat die Diele seiner Wohnung und stutzte; das Intrusionsschutzsystem hätte, bevor der Hauptalarm ausgelöst wurde, dreißig Sekunden lang ein kräftiges »Piep, Piep« aussenden müssen. Das war Zeit genug, um die Anlage durch Betätigung des Steuerschalters unscharf zu machen. Verdammtes Ding, dachte er, wahrscheinlich gestört. Er ging zum Kleiderschrank und schaltete das System mit seinem persönlichen Schlüssel ab. Dann betrat er den Salon und knipste das Licht an.

Er stand da und starrte mit vor Schreck offenem Mund auf das Bild, das sich ihm bot. Sein Blick fiel geradewegs auf die versengte Wand und die gespaltene Safetür. Mit ein paar Sprüngen stand er vor dem Geldschrank und lugte hinein. Kein Zweifel, die Diamanten waren weg. Er schaute um sich, sah, daß seine Siebensachen im Sessel am Kamin lagen und der Teppich an den Wänden entlang zurückgeschlagen war. Er sank kreidebleich in den anderen Kaminsessel.

»Oh, mein Gott«, stöhnte er. Er schien fassungslos über das Ausmaß der Katastrophe. Zehn Minuten lang blieb er schwer atmend sitzen und starrte auf das Durcheinander.

Schließlich raffte er sich auf und ging zum Telefon. Mit zitterndem Zeigefinger wählte er eine Nummer. Am anderen Ende läutete und läutete es, doch niemand hob ab.

Am nächsten Morgen ging John Preston kurz vor elf die Curzon Street hinunter zum Sitz der Abteilung, für die er arbeitete. Sie befand sich ganz in der Nähe des Restaurants Mirabelle, in dem nur wenige Leute aus seiner Dienststelle sich ein Essen leisten konnten.

Die meisten Angestellten des öffentlichen Dienstes machten, da der Neujahrstag auf einen Donnerstag gefallen war, ein verlängertes Wochenende und arbeiteten an diesem Freitag nicht. Aber Brian Harcourt-Smith hatte ihn eigens gebeten zu kommen, also kam er. Er glaubte zu wissen, worüber der stellvertretende Generaldirektor von MI5 mit ihm sprechen wollte.

Seit drei Jahren, also über die Hälfte der Zeit seit seinem Eintritt 1981 als Späteinsteiger, arbeitete John Preston im Referat F, das sich mit der Überwachung von rechts- und linksradikalen politischen Organisationen befaßte, mit der Ausspähung dieser Gruppen und der Führung der in sie infiltrierten Agenten. Zwei der drei Jahre war er bei F.1 gewesen als Leiter der Sektion D, die auf die Unterwanderung der Labour Party durch Elemente des äußersten linken Flügels spezialisiert war. Das Ergebnis seiner Nachforschungen während dieser Zeit hatte er vor zwei Wochen, knapp vor Weihnachten, vorgelegt. Preston war überrascht, daß man den Bericht so schnell gelesen und verarbeitet hatte.

Er meldete sich am Empfangspult, zeigte seine Karte, wurde überprüft und erhielt nach einer telefonischen Rückfrage im Büro des stellvertretenden Generaldirektors die Erlaubnis, nach oben in die Führungsetage zu fahren.

Zu seinem Bedauern konnte Preston nicht den Generaldirektor selbst sehen. Er mochte Sir Bernard Hemmings, aber es war in »Fünf« ein offenes Geheimnis, daß der alte Mann krank war und immer weniger Zeit im Büro verbrachte. Während seiner Abwesenheit wurden die laufenden Geschäfte in zunehmendem Maße von seinem ehrgeizigen Stellvertreter wahrgenommen, zum Mißvergnügen einiger Veteranen der Dienststelle.

Sir Bernard hatte sich in »Fünf« hochgedient und früher selbst Außendienst gemacht. Er konnte sich in die Leute einfühlen, die Verdächtige beschatteten, feindlichen Kurieren auf den Fersen waren und subversive Organisationen infiltrierten. Harcourt-Smith war direkt von der Universität gekommen, mit einem erstklassigen akademischen Grad, war immer in der Zentrale gewesen und auf seinem Marsch durch die Abteilungen stetig die Beförderungsleiter hinaufgeklettert.

Er war wie immer tadellos gekleidet und bereitete Preston einen warmen Empfang. Preston mißtraute der Wärme. Andere, so hieß es, waren ebenso warm empfangen worden und eine Woche später aus der Dienststelle verschwunden. Harcourt-Smith bat Preston, vor dem Schreibtisch Platz zu nehmen, und setzte sich selbst dahinter. Auf der Schreibunterlage lag Prestons Bericht.

»Nun, John, zu Ihrem Bericht. Sie werden natürlich verstehen, daß ich ihn wie alles, was von Ihnen kommt, äußerst ernst nehme.«

»Danke«, sagte Preston.

»So sehr, daß ich einen guten Teil der Feiertage hier im Büro verbracht habe, um ihn wieder und wieder zu lesen und um darüber nachzudenken.«

Preston hielt es für besser, nichts zu sagen.

»Er ist – wie soll ich sagen – ganz schön radikal. Geht in die vollen, wie? Die Frage ist nur, und diese Frage muß ich mir selbst stellen, bevor unsere Abteilung irgendeine Strategie aufgrund Ihres Berichts vorschlägt: Ist das alles absolut wahr? Nachprüfbar? Denn genau das wird man *mich* fragen.«

»Hören Sie, Brian, ich habe zwei Jahre auf diese Nachforschungen verwendet. Meine Leute haben tief, sehr tief geschürft. Die Tatsachen sind, wo ich sie als solche ausgewiesen habe, absolut wahr.«

»Mein lieber John, ich würde nie irgendwelche Tatsachen in Frage stellen, die Sie eruiert haben. Aber die Folgerungen, die Sie daraus ziehen –«

»Beruhen auf Logik, denke ich«, sagte Preston.

»Eine großartige Disziplin, war einmal mein Studienfach«, spann Harcourt-Smith den Faden weiter. »Aber nicht immer durch harte Beweise untermauert, meinen Sie nicht auch? Zum Beispiel diese Sache da...« Er fand die Stelle im Bericht, und sein Finger fuhr die Zeile entlang. »Das Manifest der britischen Revolution. Ganz schön extrem, das müssen Sie doch zugeben.«

»Stimmt, Brian, es ist extrem. Diese Leute sind wirklich ganz schön extrem.«

»Das steht außer Zweifel. Aber wäre es nicht hilfreich gewesen, wenn Sie Ihrem Bericht ein Exemplar des Manifestes beigelegt hätten?«

»Soweit ich feststellen konnte, gibt es nichts Schriftliches. Es handelt sich um eine Reihe von Absichten, wenn auch sehr konkreten Absichten, in den Köpfen gewisser Leute.«

Harcourt-Smith saugte bedauernd an einem Zahn.

»Absichten«, sagte er, als mache ihm das Wort zu schaffen, »ja natürlich, Absichten. Aber sehen Sie, John, eine Menge Absichten spuken in den Köpfen einer Menge Leute herum, nicht immer sehr freundliche Absichten diesem Land gegenüber. Aber wir können keine Politik, keine Maßnahmen und Gegenmaßnahmen aufgrund dieser Absichten vorschlagen...«

Preston setzte zum Sprechen an, doch Harcourt-Smith stand auf, zum Zeichen dafür, daß die Audienz zu Ende war.

»Hören Sie, John, ich behalte Ihr Papier noch ein Weilchen. Muß es nochmals überdenken und vielleicht ein paar Sondierungen vornehmen, um rauszukriegen, wohin ich es am besten weiterleiten kann. Übrigens, wie gefällt es Ihnen bei F.1.(D)?«

»Großartig«, sagte Preston und stand ebenfalls auf.

»Ich könnte was für Sie haben, wo es Ihnen vielleicht noch besser gefällt«, sagte Harcourt-Smith.

Als Preston gegangen war, starrte Harcourt-Smith minutenlang auf die Tür, durch die sein Mitarbeiter verschwunden war. Er schien gedankenverloren.

Die Akte war lästig und konnte sogar eines Tages gefährlich werden. Die beste Lösung wäre der Reißwolf. Aber das war unmöglich. Sie war in aller Form von einem Sektionschef vorgelegt worden. Sie hatte eine Aktennummer. Er dachte lange und angestrengt nach. Dann nahm er seinen roten Filzstift und beschrieb sorgfältig den Umschlag des Preston-Reports. Er klingelte nach seiner Sekretärin.

»Mabel«, sagte er, als sie hereinkam, »tragen Sie das persönlich in die Registratur hinunter. Sofort, bitte.«

Das Mädchen warf einen Blick auf den Aktendeckel. Er trug über die ganze Breite die Buchstaben KWV und Brian Harcourt-Smiths Initialen. KWV bedeutet in der Dienststelle »Keine weitere Veranlassung«. Der Bericht sollte begraben werden.

2. Kapitel

Erst am Sonntag darauf, dem 4. Januar, erreichte der Inhaber der Wohnung in Fontenoy House die Nummer, die er drei Tage lang stündlich angerufen hatte. Es war nur ein kurzes Gespräch, aber es hatte zur Folge, daß er sich kurz vor der Mittagsstunde mit einem anderen Mann traf, und zwar in einer verschwiegenen Nische der Galerie eines stillen Hotels im West End.

Der Gesprächspartner war um die Sechzig, hatte eisengraues Haar und wirkte in seinem korrekten Anzug wie ein Staatsbeamter, was er in gewissem Sinn auch war. Er traf als zweiter ein, und während er Platz nahm, entschuldigte er sich.

»Tut mir schrecklich leid, daß ich die letzten drei Tage nicht zu erreichen war«, sagte er. »Ich bin Junggeselle und war über Neujahr bei Freunden auf dem Land eingeladen. Also, wo brennt's?«

Der Wohnungsinhaber berichtete in kurzen, klaren Sätzen. Er hatte Zeit gehabt, sich genau zu überlegen, wie er die Ungeheuerlichkeit des Geschehenen darstellen würde, und tat es in wohlgesetzten Worten. Der andere folgte dem Bericht mit wachsendem Ernst.

»Gewiß, Sie haben völlig recht«, sagte er schließlich. »Es könnte sehr gravierend sein. Haben Sie die Polizei benachrichtigt, als Sie Donnerstag nacht nach Hause kamen? Oder zu irgendeinem späteren Zeitpunkt?«

»Nein, ich wollte zuerst mit Ihnen sprechen.«

»Wäre aber vielleicht besser gewesen. Nun, jetzt ist es ohnehin zu spät. Die Experten würden feststellen, daß der Tresor schon vor drei oder vier Tagen aufgesprengt wurde. Schwierig zu erklären. Es sei denn ...«

»Ja?« fragte der Wohnungsinhaber hoffnungsvoll.

»Es sei denn, Sie könnten glaubhaft machen, der Spiegel sei

an seinem alten Platz gewesen und alles so tipptopp in Ordnung, daß Sie drei Tage lang überhaupt nichts von dem Einbruch gemerkt haben.«

»Kaum«, sagte der Wohnungsinhaber. »Der Teppich war an allen vier Kanten umgeschlagen. Der Kerl muß an den Wänden entlanggegangen sein, um nicht auf die Druckfühler zu treten.«

»Ja«, überlegte der andere. »Die Polizei würde kaum schlukken, daß ein Einbrecher aus lauter Ordnungsliebe den Teppich geglättet und den Spiegel wieder aufgehängt hätte. So geht es demnach nicht. Und vermutlich wird man auch nicht vorgeben können, Sie hätten die letzten drei Tage anderswo verbracht.«

»Wo zum Beispiel? Jemand hätte mich sehen müssen. Aber es hat mich niemand gesehen. Im Club? Im Hotel? Ich hätte mich anmelden müssen.«

»Genau«, sagte sein Gegenüber. »Nein, so geht's auch nicht. Wie auch immer, die Würfel sind gefallen. Jetzt ist es zu spät, um die Polizei einzuschalten.«

»Aber was zum Teufel tu' ich dann?« fragte der Wohnungsinhaber. »Der Schmuck muß ganz einfach wiedergefunden werden.«

»Wie lange wird Ihre Frau noch wegbleiben?« fragte der andere.

»Schwer zu sagen. Es gefällt ihr in Yorkshire. Ein paar Wochen, hoffe ich.«

»Dann müssen wir dafür sorgen, daß der beschädigte Safe durch einen neuen, völlig gleichen ersetzt wird. Und wir brauchen eine Kopie der Glen-Diamanten. Das wird einige Zeit in Anspruch nehmen.«

»Aber was ist mit dem, was gestohlen wurde?« fragte der Wohnungsinhaber verzweifelt. »Die Dinger dürfen nicht einfach irgendwo herumschwirren. Ich muß sie zurückhaben.«

»Stimmt«, nickte der andere. »Nun, wie Sie sich denken können, haben meine Leute ihre Verbindungen zur Diamantenbranche. Ich werde Nachforschungen veranlassen. Die Schmuckstücke werden fast mit Sicherheit an einen der Schwerpunkte der Edelsteinschleiferei zur Umarbeitung geschickt. In ihrer jetzigen Form wären sie nicht abzusetzen. Zu leicht zu identifizieren. Ich will sehen, ob wir den Einbrecher fassen und die Dinger wiederbeschaffen können.«

Der Mann stand auf und schickte sich zum Gehen an. Der Wohnungsinhaber blieb sitzen, offensichtlich zutiefst besorgt. Der korrekt gekleidete Mann war nicht weniger erschüttert, ließ es sich jedoch nicht so anmerken.

»Sprechen Sie nicht darüber, und handeln Sie nicht auf eigene Faust«, riet er. »Sehen Sie zu, daß Ihre Frau so lange wie möglich auf dem Land bleibt. Benehmen Sie sich völlig normal. Seien Sie ganz ruhig, Sie werden von mir hören.«

Am Morgen darauf schloß sich John Preston dem gewaltigen Menschenstrom an, der sich nach den fünf arbeitsfreien Tagen der Neujahrswoche wieder in die Londoner City ergoß. Da Preston in South Kensington wohnte, fuhr er am liebsten mit der U-Bahn zur Arbeit. An der Goodge Street stieg er aus und ging die letzten vierhundert Meter zu Fuß, ein unauffälliger sechsundvierzigjähriger Mann mittlerer Größe und Figur im grauen Regenmantel und trotz der Kälte ohne Hut.

Fast am Ende der Gordon Street bog er in den Zugang zu einem ebenso unauffälligen Gebäude ein, das ein Bürohaus unter vielen anderen hätte sein können, solide, aber nicht modern, und mit dem Firmenschild einer Versicherungsgesellschaft versehen. Erst in der Eingangshalle zeigten sich gewisse Unterschiede zu den benachbarten Verwaltungsgebäuden.

Erstens waren drei Männer in der Halle, einer an der Tür, einer hinter dem Empfangspult und einer neben den Lifttüren; alle drei nach Maß und Gewicht höchst untypisch für Policenaquisiteure. Falls ein argloser Bürger sich hierher verirrte, um ausgerechnet bei dieser und keiner anderen Gesellschaft einen

Abschluß zu tätigen, so würde er barsch dahingehend beschieden werden, daß nur Leute mit einem Spezialausweis, der vor dem Auge des kleinen Computers unter der Empfangstheke Gnade fand, weiter kamen als bis in die Halle.

Der britische Sicherheitsdienst, besser bekannt als MI5, haust nicht nur in einem einzigen Gebäude. Er verteilt sich vielmehr, was ebenso umsichtig wie unpraktisch ist, auf vier Bürohäuser. Das Hauptquartier ist an der Charles Street, nicht mehr im alten Leconfield House, wie die Zeitungen gewöhnlich schreiben.

Die zweitgrößte Abteilung hat ihren Sitz in der Gordon Street und wird schlicht »Gordon« genannt, so wie das Hauptquartier kurz und bündig unter der Bezeichnung »Charles« läuft. Die beiden weiteren Gebäude liegen an der Cork Street (und werden als »Cork« bezeichnet), und eine bescheidene Nebenstelle an der Marlborough Street ist gleichfalls nur unter dem Namen der Straße bekannt.

Die Dienststelle ist in sechs Referate unterteilt, die über sämtliche Gebäude verstreut sind. Und einige Referate haben wiederum Unterabteilungen in den verschiedenen Häusern. Um unnötigen Verschleiß von Schuhwerk zu vermeiden, sind sämtliche Abteilungen durch ein hochgesichertes Telefonnetz miteinander verbunden und verfügen jeweils über ein unfehlbares Kontrollsystem, das jedem Unbefugten den Zutritt verwehrt.

Referat A besteht aus den Unterabteilungen Politik, Logistik, Standortverwaltung, Registratur/Datenverarbeitung, dem Büro des Justitiars und dem Observierungsdienst. Dort nistet jene ganz besondere straßenkundige und gerissene Spezies von Männern (und einigen Frauen) aller Altersstufen und Typen, aus der die besten Überwachungsteams der Welt gebildet werden können. Sogar die »Konkurrenz« gibt zu, daß die »Beschatter« von MI5 auf eigenem Platz schlechthin unschlagbar sind.

Während der für Auslandsaufklärung zuständige Geheime Nachrichtendienst MI6 eine Anzahl von Amerikanismen in seinen Hausjargon aufgenommen hat, bedient sich der mit Schutzfunktion im Inland befaßte Sicherheitsdienst MI5 noch immer weitgehend des guten alten Polizeijargons. Er vermeidet Ausdrücke wie »surveillance operative« und nennt seine Observantenteams immer noch schlicht und einfach »Beschatter«.

Referat B befaßt sich mit Anwerbung, Personal, Sicherheitsüberprüfung, Beförderungen, Pensionen und Finanzen (will heißen Gehälter und Auslagen im Geschäftsinteresse).

Referat C ist verantwortlich für die Sicherheit in Behörden (Personal und Baulichkeiten), in Unternehmen mit Staatsaufträgen (hauptsächlich Privatfirmen, die auf dem Rüstungs- und Kommunikationssektor tätig sind), für die militärische Sicherheit (in enger Zusammenarbeit mit dem Abschirmdienst der Army) und für Sabotageabwehr (Vorsorge und Aufdeckung).

Es gab früher auch ein Referat D, das jedoch, dank der nur den Geheimdienstinsidern zugänglichen Logik, schon vor langer Zeit die Bezeichnung »Referat K« erhalten hat. Es ist eines der größten Referate, und seine größte Abteilung heißt nur »Sowjet«. Sie ist unterteilt in Operative Funktionen, Außendienst und Einsatztaktik. Ferner gehört zu »K« »Sowjetische Satelliten«, gleichfalls in die drei genannten Untergruppen aufgeteilt, dann »Forschung« und schließlich »Agenten«.

Selbstverständlich widmet »K« seine nicht unbeträchtlichen Aktivitäten der Überwachung des Heeres von Agenten der UdSSR und ihrer Satellitenstaaten. Dieses Heer operiert von den verschiedenen Botschaften, Konsulaten, Gesandtschaften, Handelsmissionen, Banken, Nachrichtenagenturen und Firmen aus, denen eine allzu nachsichtige britische Regierung die Niederlassung an allen Ecken und Enden der Hauptstadt und (im Fall der Konsulate) der Provinzen gestattet.

Referat K birgt auch ein bescheidenes Büro, dessen Insasse die Verbindung zwischen MI5 und der Schwesterorganisation MI6 aufrechterhält. Dieser Beamte ist ein Mann aus Gruppe Sechs, der in die Charles Street abkommandiert ist. Die Sektion trägt die Bezeichnung K.7.

Referat E (hier wird die alphabetische Reihenfolge wieder aufgenommen) befaßt sich mit dem internationalen Kommunismus und dessen Anhängern, die nach Großbritannien einreisen wollen, um dem Land Schaden zuzufügen, sowie mit der einheimischen Spielart, die zum gleichen Zweck ins Ausland reisen möchte. Die zu »E« gehörige Gruppe »Fernost« hat Verbindungsstellen in Hongkong, Neu Delhi, Canberra und Wellington, während »Übrige Gebiete« die ihren in Washington, Ottawa, in Westindien und anderen Freundstaaten unterhält.

Und schließlich Referat F, zu dem John Preston – jedenfalls bis zu diesem Vormittag – gehörte und das für politische Parteien (extreme Linke), politische Parteien (extreme Rechte), Forschung und Agenten zuständig ist.

Referat F haust an der Gordon Street in der vierten Etage, und dorthin, zu seinem Büro, begab Preston sich an jenem Januarmorgen. Er wiegte sich zwar nicht in der Annahme, sein vor drei Wochen eingereichter Bericht werde ihn zu Brian Harcourt-Smiths »Herzblatt des Monats« befördern, aber er glaubte noch immer, daß der Bericht den Weg zum Schreibtisch des Generaldirektors finden würde, zu Sir Bernard Hemmings.

Hemmings, davon war Preston überzeugt, würde die darin enthaltene Information und die zugegebenermaßen zum Teil auf Vermutungen gründenden Resultate an den Vorsitzenden des Koordinierungsausschusses weiterleiten oder an den Unterstaatssekretär im Innenministerium, dem MI5 unterstellt ist. Ein guter Unterstaatssekretär würde vermutlich der Ansicht sein, daß sein Minister einen Blick in den Bericht werfen sollte, und der Innenminister könnte die Premierministerin darauf aufmerksam machen.

Die Notiz, die Preston bei seiner Ankunft auf dem Schreibtisch fand, belehrte ihn eines anderen. Nachdem er sie gelesen hatte, lehnte er sich zurück und überlegte. Wäre der Bericht an höhere Stellen weitergeleitet worden, so hätte es eine Menge Fragen gegeben, darauf war er vorbereitet gewesen. Er hätte die

Antworten gewußt und gegeben, denn er war überzeugt, daß er recht hatte. Das heißt, als Leiter von F.1. (D) hätte er sie geben können, aber nicht, nachdem er in eine andere Abteilung versetzt worden war.

Nach einer Umbesetzung würde der neue Leiter von F.1. (D) den Preston-Report aufs Tapet bringen müssen. Preston wußte nur zu gut, daß zu seinem Nachfolger fast mit Sicherheit einer von Harcourt-Smiths getreuesten Schützlingen ausersehen war, der nichts dergleichen tun würde.

Er rief in der Registratur an. Ja, der Bericht war abgelegt worden. Er ließ sich das Aktenzeichen geben, nur für den Fall künftiger Wiedervorlage.

»Was sagen Sie? KWV?« fragte er ungläubig. »Schon gut, tut mir leid, ja, ich weiß, Sie können nichts dafür, Charlie. War nur eine Frage; kommt ein bißchen überraschend, weiter nichts.«

Er legte den Hörer auf und versank wieder in Gedanken. Gedanken, die man nicht über einen Vorgesetzten hegen darf, auch wenn die gegenseitige Sympathie gleich Null ist. Aber die Gedanken ließen sich nicht verdrängen. Zugegeben, wäre der Report weitergeleitet worden, so hätte man sich höheren Orts auch Gedanken über den Fraktionsführer der Labour-Opposition Neil Kinnock gemacht, der darüber nicht gerade entzückt gewesen wäre.

Es war ferner möglich, daß die nächsten, spätestens in siebzehn Monaten fälligen Wahlen die Labour Party gewinnen würde und daß Brian Harcourt-Smith sich in der Hoffnung wiegte, die neue Regierung werde nichts Eiligeres zu tun haben, als ihn zum Generaldirektor von MI5 zu ernennen. Daß man keine amtierenden oder vielleicht bald amtierenden einflußreichen Politiker vor den Kopf stoßen wollte, war alt wie die Welt. Ein Mann von schwachem und schwankendem Charakter oder von hochfliegendem Ehrgeiz mochte, um sich nicht durch Überbringung schlechter Nachrichten unbeliebt zu machen, durchaus die ganze Geschichte unter den Teppich kehren.

Jeder in der Dienststelle erinnerte sich noch an den Fall eines früheren Generaldirektors, Sir Roger Hollis. Das Rätsel war bis auf den heutigen Tag nicht völlig gelöst, obgleich Parteigänger beider Seiten ihre festumrissenen Ansichten hatten.

Damals, in den Jahren 1962 und 1963, hatte Roger Hollis die Affäre Christine Keeler bereits so in allen Einzelheiten gekannt, wie sie später ruchbar wurde. Wochen, wenn nicht Monate vor Ausbruch des Skandals hatte er bereits Berichte über die Partys in Clivenden in Händen, über Stephen Ward, der die Mädchen beschaffte und genau Buch führte, über den sowjetischen Attaché Iwanow, der sich mit Britanniens Verteidigungsminister in die Gunst desselben Mädchens teilte. Dennoch hatte Roger Hollis stillgehalten, während das Beweismaterial sich türmte, und nie, wie es seine Pflicht gewesen wäre, um eine Audienz bei seinem Premier Harold Macmillan nachgesucht.

Macmillan war arglos in das offene Messer, das heißt in den Skandal, marschiert. Während des ganzen Sommers 1963 hatte die Affäre geschwelt und geschwärt und England im In- und Ausland Schaden zugefügt, ganz als hätte Moskau das Drehbuch geschrieben.

Noch nach Jahren wurden hitzige Debatten geführt: War Roger Hollis ein schlafmütziger Versager gewesen? Oder etwas viel, viel Schlimmeres?

»Ach, Scheibe!« knurrte Preston und verscheuchte seine Gedanken. Er las die Notiz noch einmal.

Sie kam vom Leiter von B.4 (Beförderungen) persönlich und eröffnete ihm, daß er mit sofortiger Wirkung versetzt und zum Leiter von C.1. (A) befördert sei. Es war in jenem Ton jovialen Wohlwollens gehalten, der den Schlag abmildern sollte.

»Nach Ansicht des Generaldirektors würde es eine große Hilfe sein, wenn alle freigewordenen Posten mit Jahresbeginn besetzt wären... sehr verbunden, wenn Sie sämtliche noch laufenden Vorgänge baldmöglichst erledigen und dem jungen Maxwell übergeben könnten, tunlichst schon in den nächsten Tagen...

meine aufrichtigen guten Wünsche für viel Erfolg auf Ihrem neuen Posten...«

Bla, bla, bla, dachte Preston. C.1 war, wie er wußte, Personen- und Objektschutz bei den Regierungseinrichtungen, und Abteilung A hieß in London. Er würde für die Sicherheit aller Ministerien Ihrer Majestät in London verantwortlich sein.

»Verdammter Polizistenjob«, fauchte er und fing an, sich telefonisch von den Leuten seines Teams zu verabschieden.

Eine Meile entfernt öffnete Jim Rawlings die Tür eines kleinen, aber exklusiven Londoner Juweliergeschäfts in einer stillen Straße, keine zweihundert Yards vom Verkehrslärm der Bond Street entfernt. Der Laden war dunkel, aber das Licht der wenigen Lampen fiel auf Schaukästen mit georgianischem Silber, und in den erleuchteten Vitrinentheken schimmerten Juwelen aus vergangenen Zeiten. Das Haus spezialisierte sich offensichtlich mehr auf alte Stücke als auf modernen Schmuck.

Rawlings trug einen adretten dunklen Anzug sowie ein Seidenhemd mit dezenter Krawatte und hatte ein mattglänzendes Diplomatenköfferchen bei sich. Die junge Dame hinter dem Ladentisch sah auf und maß ihn mit einem wohlgefälligen Blick. Mit seinen sechsunddreißig Jahren wirkte Rawlings schlank und sportlich und verkörperte jene Mischung aus Gentleman und hartem Burschen, die immer ankommt. Sie streckte die Brust heraus und schenkte ihm ein strahlendes Lächeln.

»Sie wünschen?«

»Ich möchte Mr. Zablonsky sprechen. Persönlich.«

Sein Cockneyakzent verriet, daß er kaum Kunde sein dürfte. Ihr Lächeln erlosch.

»Sind Sie Vertreter?« fragte sie.

»Sagen Sie nur, Mr. James möchte ihn sprechen«, sagte Rawlings.

In diesem Augenblick öffnete sich die Spiegeltür im Hintergrund des Ladens, und Louis Zablonsky erschien. Er war ein kleiner dürrer Mann von sechsundfünfzig Jahren, sah jedoch älter aus.

»Mr. James«, strahlte er, »wie nett, Sie zu sehen. Bitte kommen Sie in mein Büro. Wie geht's immer?« Er komplimentierte Rawlings hinter den Ladentisch und in sein Allerheiligstes. »Alles in Ordnung, meine liebe Sandra.«

Als sie das kleine vollgestopfte Büro betreten hatten, schloß und verriegelte Zablonsky die spiegelbelegte Tür, durch die man in den Laden sehen konnte. Er bot Rawlings den Sessel vor dem altmodischen Schreibtisch an und setzte sich selber auf den Drehstuhl dahinter. Ein einzelner Strahler warf sein Lichtbündel auf die Schreibunterlage. Zablonsky beäugte Rawlings scharf.

»Also, Jim, worum geht's?«

»Ich hab' was für Sie, Louis, und es wird Ihnen gefallen. Reden Sie mir bloß nicht ein, es wär' Tinnef.«

Rawlings ließ den Diplomatenkoffer aufschnappen. Zablonsky breitete die Hände aus.

»Jim, hab' ich je –?« Die Worte blieben ihm im Halse stecken, als er sah, was Rawlings auf die Schreibunterlage dekorierte. Als alle Stücke ausgepackt waren, starrte er sie ungläubig an.

»Die Glen-Diamanten«, flüsterte er. »Sie haben glatt die Glen-Diamanten geklaut. Und noch kein Wort darüber in der Zeitung.«

»Vielleicht sind die Leute immer noch verreist«, sagte Rawlings. »Kein Alarm losgegangen. Ich bin gut, wie Sie wissen.«

»Der Beste, Jim, der Beste. Aber die Glen-Steine. Warum haben Sie mir nichts gesagt?«

Rawlings wußte, daß es für alle Beteiligten leichter wäre, wenn man schon vor dem Diebstahl einen Absatzweg für die Glen-Diamanten ausfindig gemacht hätte. Aber er arbeitete nach seiner eigenen Methode und war äußerst vorsichtig. Er traute keinem, am wenigsten einem Hehler, auch nicht einem As unter den Nobelhehlern wie Louis Zablonsky. Wenn ein Hehler der

Polizei ins Netz geht und lange Jahre im Knast gewärtigen muß, kann er sich durchaus durch einen Tip über einen geplanten Bruch loszukaufen suchen. Der Abteilung »Schwerkriminalität« drüben in Scotland Yard war Zablonsky bekannt, auch wenn er keines der Gefängnisse Ihrer Majestät je von innen gesehen hatte. Deshalb ließ Rawlings nie im vorhinein ein Wort von seinen Raubzügen verlauten und erschien auch stets unangemeldet. Er blieb also die Antwort schuldig.

Zablonsky war ohnehin völlig in die Betrachtung der Juwelen versunken, die auf seiner Schreibunterlage funkelten. Auch er wußte, woher sie stammten, ohne daß es ihm hätte gesagt werden müssen.

Der neunte Herzog von Sheffield, der 1936 den Schmuck geerbt hatte, besaß zwei Kinder, einen Sohn und eine Tochter, Lady Fiona Glen. Als er 1980 starb, gingen die Juwelen nicht an seinen Sohn, den Erben des Titels, sondern an die Tochter.

Der Herzog hatte, als sein Sohn 1974 das fünfundzwanzigste Jahr erreichte, zu seinem Kummer einsehen müssen, daß der exzentrische junge Mann das war, was in den Klatschspalten gern als »geborener Junggeselle« bezeichnet wird. Es würde keine hübschen Komtessen von Margate oder Herzoginnen von Sheffield mehr geben, die die berühmten Glen-Diamanten tragen könnten. Daher hatte er den Schmuck der Tochter vermacht.

Zablonsky wußte, daß Lady Fiona seit dem Tod des Herzogs die Juwelen von Zeit zu Zeit, mit widerwilliger Zustimmung der Versicherungsgesellschaft, zu tragen pflegte, gewöhnlich bei Wohltätigkeitsgalas, die sie recht häufig besuchte. Die übrige Zeit verbrachten sie dort, wo sie so viele Jahre verbracht hatten: in den Tresorräumen von Coutts an der Park Lane. Er lächelte.

»Die Wohltätigkeitsgala in Grosvenor House kurz vor Neujahr?« fragte er. Rawlings zuckte die Achseln. »Oh, Sie sind ein arger Schlingel, Jim. Aber so begabt.«

Zablonsky sprach fließend Polnisch, Jiddisch und Hebräisch, aber das Englische beherrschte er auch nach vierzig Jahren in

London noch immer nicht völlig und sprach es mit deutlich polnischem Akzent. Auch benutzte er veraltete Ausdrücke, die er längst überholten Lehrbüchern entnommen hatte und die leicht als tuntenhaft mißverstanden werden konnten. Rawlings wußte, daß Louis Zablonsky keine »Tunte« war.

Zablonsky bewunderte noch immer die Diamanten, wie ein wahrer Kenner jedes Kunstwerk bewundert. Er erinnerte sich vage, irgendwo gelesen zu haben, daß Lady Fiona Glen Mitte der sechziger Jahre einen vielversprechenden jungen Staatsbeamten geheiratet hatte, der Mitte der Achtziger ein hohes Tier in einem Ministerium wurde, und daß das Paar irgendwo im West End dank Lady Fionas Privatvermögen auf großem Fuß lebte.

»Nun, was meinen Sie, Louis?«

»Ich bin beeindruckt, mein lieber Jim. Sehr beeindruckt. Aber auch ratlos. Das hier sind keine gewöhnlichen Steine. Jeder in der Diamantenbranche würde sie auf den ersten Blick erkennen. Was soll ich mit ihnen anfangen?«

»Das frage ich Sie«, sagte Rawlings.

Louis Zablonsky breitete die Hände weit aus.

»Ich will Sie nicht belügen, Jim. Ich spreche frei heraus. Die Glen-Diamanten haben vermutlich einen Versicherungswert von siebenhundertfünfzigtausend Pfund, und etwa soviel brächten sie auch ein, wenn sie legitim durch Cartier verkauft würden. Aber das geht selbstverständlich nicht. Bleiben zwei Möglichkeiten. Zum einen, daß sich ein reicher Käufer findet, der die Glen-Diamanten haben will, obwohl er weiß, daß er sie nie zeigen kann oder zugeben, daß er sie besitzt – ein reicher Filz, der sich im stillen Kämmerchen an seinem Schatz berauscht. Solche Leute gibt es – aber sie sind rar. Sie würden vielleicht die Hälfte des Preises zahlen, den ich genannt habe.«

»Wann könnten Sie einen solchen Käufer finden?«

Zablonsky zuckte die Achseln.

»Dieses Jahr, nächstes Jahr, irgendwann, nie. Wir können ja keine Annonce in die Zeitung setzen.«

»Zu lang«, sagte Rawlings. »Die andere Möglichkeit?«

»Die Steine aus der Fassung brechen – das allein würde den Wert auf sechshunderttausend Pfund drücken; umschleifen und als vier Einzelstücke verkaufen. Dreihunderttausend Pfund könnte man kriegen. Aber der Schleifer will auch seinen Schnitt machen. Wenn ich selber diese Kosten übernehme, kann ich Ihnen noch um die hunderttausend Pfund geben – aber erst nach Feierabend. Erst wenn die Verkäufe getätigt sind.«

»Und was können Sie mir als Vorschuß geben? Ich kann nicht von der Luft leben, Louis.«

»Wer kann das schon?« sagte der alte Hehler. »Also: Für die Weißgoldfassung kriege ich auf dem Markt für Abfallgold vielleicht zweitausend Pfund. Wenn ich die vierzig kleinen Steine durch den regulären Markt schleuse, bringen sie, sagen wir, zwölftausend. Macht zusammen vierzehntausend, die ich in Kürze beisammen hätte. Ich kann Ihnen die Hälfte als Vorschuß geben, in bar und sofort. Was meinen Sie?«

Sie redeten noch eine halbe Stunde und schlossen den Handel ab. Louis Zablonsky entnahm seinem Safe siebentausend Pfund. Rawlings öffnete den Diplomatenkoffer und verstaute die Bündel gebrauchter Banknoten darin.

»Hübsch«, sagte Zablonsky. »Zur Feier des Tages gekauft?«

Rawlings schüttelte den Kopf.

»War bei der Sore«, sagte er. Zablonsky machte »ts, ts, ts« und drohte Rawlings mit dem Finger.

»Weg damit, Jim. Nie was von einem Bruch zurückbehalten. Lohnt das Risiko nicht.«

Rawlings überlegte, nickte, verabschiedete sich und ging.

John Preston hatte sich zunächst von den Leuten seines Ermittlungsteams verabschiedet. Er freute sich, daß sie ihn ungern gehen sahen. Dann kam die Schreibtischarbeit. Bobby Maxwell war auf einen Sprung bei ihm gewesen.

Preston kannte ihn flüchtig. Maxwell war ein recht netter junger Mann, der es in »Fünf« zu etwas bringen wollte und seine beste Chance darin sah, daß er dem aufgehenden Stern Brian Harcourt-Smiths folgte. Preston konnte es ihm nicht verübeln.

Er selber war erst 1981 mit einundvierzig Jahren direkt vom Army Intelligence Corps übernommen worden. Er wußte, daß er es nie bis an die Spitze bringen konnte. Abteilungsleiter war ungefähr das Höchste für einen Späteinsteiger.

Der Posten des Generaldirektors ging zum Leidwesen der Belegschaft von »Fünf« gelegentlich an einen Außenseiter, wenn sich unter den Insidern kein eindeutig passender Kandidat fand. Der stellvertretende Generaldirektor jedoch, sämtliche Leiter der sechs Referate und der meisten Abteilungen innerhalb der Referate waren traditionsgemäß langjährige Mitarbeiter.

Mit Maxwell hatte Preston vereinbart, daß er am Montag den Papierkram erledigen und den ganzen Dienstag darauf verwenden wolle, seinen Nachfolger über alle laufenden Vorgänge und Überwachungen zu unterrichten. Damit hatten sie sich mit gegenseitigen guten Wünschen bis zum nächsten Morgen getrennt.

Preston blickte auf die Uhr. Es würde eine lange Nacht werden. Er mußte sämtliche vorliegenden Akten aus seinem Bürosafe nehmen, aussortieren, was zur Ablage in die Registratur gehen konnte, und dann die halbe Nacht hindurch jeden noch nicht abgeschlossenen »Wisch« genau durchackern, um Maxwell am nächsten Morgen ins Bild setzen zu können.

Aber zuerst brauchte er einen ordentlichen Drink. Er fuhr mit dem Lift ins Souterrain, wo »Gordon« eine gutbestückte und gemütliche Bar eingerichtet hatte.

Louis Zablonsky arbeitete den ganzen Dienstag hinter der verschlossenen Tür seines Büros. Nur zweimal mußte er aus seinem Bau kommen, um einen Kunden persönlich zu bedienen. Im Geschäft herrschte an diesem Tag Flaute, wofür Zablonsky ausnahmsweise dankbar war.

Nachdem er das Jackett abgelegt und die Hemdärmel über die fast haarlosen Arme hochgerollt hatte, löste er die Glen-Diamanten behutsam aus ihren Weißgoldfassungen. Sowohl die beiden Zehnkaräter der Ohrgehänge als auch die Zwillinge in Diadem und Anhänger ließen sich mühelos und in kurzer Zeit lösen.

Als sie ausgefaßt waren, konnte er sie genauer prüfen. Sie waren wirklich prachtvoll, sie funkelten und sprühten im Licht. Er hatte bereits gewußt, daß sie bläulichweiß waren, vom Ersten Wasser, wie man früher sagte. Heute bezeichnete man sie nach der neuen GIA-Skala als »D-lupenrein«. Die vier Hauptstücke verwahrte er, nachdem er sie hinlänglich bewundert hatte, in einem Samtsäckchen. Daraufhin begann er mit der zeitraubenden Arbeit, die vierzig kleineren Steine aus dem Gold zu lösen. Während er hantierte, fiel das Licht von Zeit zu Zeit auf ein verblaßtes Mal, eine fünfstellige Zahl, an der Innenseite seines linken Unterarms. Für jeden, der die Herkunft solcher Male kannte, konnte die Nummer nur eines bedeuten. Es war die Tätowierung von Auschwitz.

Zablonsky wurde 1930 als dritter Sohn eines polnisch-jüdischen Juweliers in Warschau geboren. Beim Einmarsch der Deutschen war er neun Jahre alt gewesen, und ein Jahr später, 1940, wurde das Warschauer Getto eingeschlossen; fast vierhunderttausend Juden waren darin gefangen und durch minimale Lebensmittelzuteilung dem Hungertod preisgegeben.

Am 19. April 1943 unternahmen die neunzigtausend Überlebenden des Gettos, angeführt von den wenigen noch wehrhaften Männern, einen verzweifelten Aufstandsversuch.

Louis Zablonsky war gerade dreizehn geworden, aber so ausgemergelt und entkräftet, daß man ihn für einen Achtjährigen hätte halten können.

Als das Getto am 16. Mai 1943 von Einheiten der Waffen-SS unter General Jürgen Stroop erobert worden war, gehörte der

Junge zu den wenigen, die den Massenerschießungen entgingen. Die meisten Bewohner, etwa sechzigtausend, waren bereits tot, im Granatbeschuß oder in den Straßenkämpfen gefallen, von einstürzenden Mauern erschlagen oder hingerichtet. Die verbliebenen dreißigtausend waren fast ausschließlich Greise, Frauen und kleine Kinder. Sie wurden zusammengetrieben, unter ihnen war Zablonsky. Die meisten kamen nach Treblinka und starben.

Eine jener Launen des Schicksals, die manchmal über Leben und Tod entscheiden, fügte es, daß der Zug, in dem Zablonsky transportiert wurde, eine Panne hatte. Der Viehwagen wurde an eine andere Lokomotive angehängt und landete in Auschwitz.

Louis Zablonsky war eigentlich für die Gaskammer bestimmt, doch als er seinen Beruf als »Juwelier« angab, wurde er zurückgestellt und mußte die Wertgegenstände, die noch immer bei den neu eingelieferten Juden gefunden wurden, sortieren und registrieren. Dann wurde er eines Tages in das Krankenrevier zitiert und dem lächelnden blonden Mann übergeben, den sie »den Engel« nannten und der seine perversen Experimente an heranwachsenden jungen Juden vornahm. Auf Joseph Mengeles Operationstisch wurde Louis Zablonsky ohne Betäubung kastriert.

Er fischte den letzten der vierzig kleineren Steine aus der Goldfassung und überzeugte sich, daß er keinen übersehen hatte. Er zählte die Steine und fing an, sie zu wiegen. Vierzig insgesamt; im Durchschnitt ein halbes Karat, meist jedoch kleiner. Nur geeignet für Verlobungsringe, aber alles in allem ungefähr zwölftausend Pfund. Er konnte sie über die Hatton Garden Street unauffällig absetzen. Bargeschäfte; er kannte seine Händler. Dann begann er, die Weißgoldfassungen zusammenzuquetschen.

Ende 1944 wurden die Überlebenden von Auschwitz in Gewaltmärschen westwärts getrieben, und Zablonsky landete in Bergen-Belsen, wo er schließlich, mehr tot als lebendig, von der britischen Army befreit wurde.

Nach langem Krankenhausaufenthalt wurde Zablonsky nach England gebracht und in die Obhut eines Nordlondoner Rabbi gegeben. Nach einer weiteren Genesungskur kam er zu einem Juwelier in die Lehre. In den frühen sechziger Jahren verließ er seinen Meister und eröffnete ein eigenes Juweliergeschäft im East End. Zehn Jahre später gründete er die jetzige, weit einträglichere Firma im West End.

Noch im East End, in der Hafengegend, hatte er angefangen, sich mit Edelsteinen zu befassen, die von Matrosen ins Land gebracht wurden – Smaragde aus Ceylon, Diamanten aus Afrika, Rubine aus Indien und Opale aus Australien. Mitte der achtziger Jahre hatten ihn seine beiden Geschäftszweige, der legale und der illegale, zum reichen Mann gemacht; er war einer der Spitzenhehler Londons, Experte für Diamanten, besaß eine ansehnliche Villa mit Garten in Golders Green und galt als Säule der dortigen Gemeinde.

Als die Weißgoldfassungen nur noch eine formlose Masse waren, warf er den Klumpen zu anderen Goldabfällen in sein Säckchen für Bruchgold. Er wartete, bis Sandra gegangen war, verschloß die Ladentür, räumte sein Büro auf, steckte die vier großen Steine ein und verließ das Gebäude. Auf dem Heimweg rief er von einer Telefonzelle aus eine Nummer in einem Ort nahe Antwerpen an, genau gesagt, in dem Dorf Nijlen. Von seiner Wohnung aus buchte er telefonisch bei British Airways einen Flug nach Brüssel für den nächsten Tag.

Entlang der Themse, am südlichen Flußufer, wo einst die verfallenden Ladekais eines sterbenden Hafens lagen, war von Anfang bis Mitte der achtziger Jahre ein gewaltiges Sanierungsprogramm im Gange gewesen. Es hatte zwischen den Neubauten riesige Schutthalden hinterlassen, Mondlandschaften, wo üppiger Grasbewuchs sich mit Bruchziegeln und Staub mischte. Es hieß, eines Tages würden sich hier neue Wohnblocks, Ladenstraßen und vielgeschossige Parkhäuser ausbreiten, aber wann das sein würde, wußte kein Mensch.

Bei warmem Wetter kampierten die Wermutbrüder in diesem Niemandsland, und wenn ein Südlondoner Ganove ein heißes Beweisstück verschwinden lassen wollte, so mußte er es nur zu einem dieser Trümmergrundstücke bringen und zu Asche verbrennen.

Am späten Abend dieses Donnerstags, des 6. Januar, marschierte Jim Rawlings über ein Areal von mehreren Hektar, stolperte im Dunkeln, wenn ihm unsichtbare Brocken Mauerwerk im Weg lagen. Hätte jemand ihn beobachtet, was nicht der Fall war, so hätte er gesehen, daß er in der einen Hand einen Zehn-Liter-Kanister trug (der mit Benzin gefüllt war) und in der anderen ein elegantes handgearbeitetes Diplomatenköfferchen aus Kalbsleder.

Louis Zablonsky passierte am Mittwochvormittag den Flughafen Heathrow ohne Schwierigkeiten. Mit seinem schweren Überzieher und dem weichen Tweedhut, eine Reisetasche in der Hand und eine gewaltige Bruyère-Pfeife zwischen den Zähnen, bewegte er sich in dem Strom der Geschäftsleute, die täglich von London nach Brüssel reisen.

In der Maschine beugte sich eine der Stewardessen zu ihm und flüsterte: »Tut mir leid, Sir, Sie dürfen an Bord nicht rauchen.« Zablonsky entschuldigte sich überschwenglich und steckte die Pfeife in die Tasche. Ohne Bedauern. Er war Nichtraucher, und selbst wenn er die Pfeife angezündet hätte, hätte sie nicht besonders gut gezogen. Nicht, solange vier birnenförmige achtundfünfzigfacettige Diamanten unter dem festgedrückten Tabak im Pfeifenkopf steckten.

In Brüssel-National mietete er einen Wagen und fuhr auf der Autobahn nordwärts über Zaventem Richtung Mechelen, wo er nach rechts abbog und Lier und Nijlen im Nordosten ansteuerte.

Hauptsitz der Diamantenindustrie Belgiens ist Antwerpen, und dort wiederum ist es vor allem die Pelikaanstraat und Umgebung, wo die großen Firmen ihre Ausstellungsräume und Ateliers haben. Aber wie die meisten Industrien ist auch das Diamantengeschäft auf ein Heer kleiner Zulieferer angewiesen, auf freie Mitarbeiter und selbständige Ein-Mann-Betriebe, die auf Vertragsbasis Fassungen liefern und das Reinigen und Umschleifen besorgen.

Einige dieser Heimarbeiter leben auch in Antwerpen, zumeist Juden osteuropäischer Herkunft. Doch östlich von Antwerpen liegt die Gemeinde Kempen, eine Ansammlung schmucker Dörfer, in denen gleichfalls Dutzende dieser kleinen Werkstätten für die Antwerpener Industrie tätig sind. Im Zentrum von Kempen liegt Nijlen, zu beiden Seiten der Hauptstraße und der Bahnlinie Lier–Herenthals.

Dort, in der Mittleren Molenstraat, lebte ein gewisser Raoul Levy, ein polnischer Jude, der sich nach dem Krieg in Belgien angesiedelt hatte und zufällig ein Vetter zweiten Grades von Louis Zablonsky aus London war. Der verwitwete Levy war Diamantenschleifer und wohnte an der Westseite der Molenstraat in einem kleinen schmucken Backsteinhäuschen, an dessen Rückseite seine Werkstatt lag. Dorthin fuhr Zablonsky. Kurz nach dem Mittagessen traf er bei seinem Verwandten ein.

Eine Stunde lang verhandelten sie, dann waren sie einig: Levy würde die Steine umschleifen und darauf achten, daß zwar so wenig wie möglich an Gewicht verlorenging, die Steine aber doch nicht mehr identifizierbar waren. Als Entgelt einigten sie sich auf fünfzigtausend Pfund, eine Hälfte als Anzahlung, die andere nach Verkauf des vierten Steins. Zablonsky verabschiedete sich und kehrte nach London zurück.

Der Haken bei Raoul Levy war nicht etwa, daß er ungeschickt gewesen wäre; aber er war einsam. Die ganze Woche über freute er sich schon auf seine einzige Abwechslung, die Bahnfahrt nach Antwerpen, wo er am Abend das Stammcafé seiner Freunde aus der Branche aufsuchte, und mit ihnen fachsimpelte. Drei Tage nach Zablonskys Besuch ging Levy wieder in das Café und fachsimpelte einmal zu oft.

Während Louis Zablonsky in Belgien war, richtete John Preston sich in seinem neuen Büro in der zweiten Etage ein. Er war froh, daß er nicht aus »Gordon« in ein anderes Gebäude übersiedeln mußte.

Sein Vorgänger war zum Jahresende ausgeschieden, und der stellvertretende Leiter von C.1. (A), der nur ein paar Tage im Amt gewesen war, hatte zweifellos gehofft, selbst nachzurücken. Doch er trug die Enttäuschung mit guter Haltung und wies Preston ausführlich in alle Obliegenheiten ein, die hauptsächlich in nervtötender Routine zu bestehen schienen.

Als Preston am Nachmittag allein war, überflog er die Liste der Regierungsgebäude, die zu seiner Sektion A gehörten. Sie war länger, als er vermutet hatte, aber die meisten Bauten waren nicht sicherheitsempfindlich, es sei denn wegen undichter Stellen, die politisch peinliche Folgen haben könnten. Eine Veröffentlichung von Geheimdokumenten, etwa über geplante Abstriche an den Sozialleistungen, lag immer im Bereich des Möglichen, da die Beamtengewerkschaften viele Mitglieder mit extrem linken politischen Ansichten geworben hatten, aber diese Sorge konnte man im allgemeinen den hauseigenen Sicherheitskräften des Ministeriums überlassen.

Prestons große Brocken waren das Auswärtige Amt, das Cabinet Office und das Verteidigungsministerium, die sämtlich Material astronomischer Geheimhaltungsstufen bergen. Aber sie verfügen auch alle über recht zuverlässige Sicherheitseinrichtungen, für die hauseigene Teams zuständig sind. Preston seufzte. Er griff zum Telefon und traf eine Reihe von Verabredungen mit den Sicherheitschefs aller wichtigen Ministerien, damit man sich kennenlernte.

Zwischendurch warf er immer wieder einen Blick auf den Stapel von Unterlagen, den er aus seinem zwei Stockwerke höher gelegenen alten Büro mit heruntergenommen hatte. Während er auf den Rückruf eines der Sicherheitschefs wartete, der gerade nicht erreichbar gewesen war, stand er auf, öffnete seinen neuen Bürosafe und legte die Akten Stück für Stück hinein. Die letzte enthielt seinen Bericht vom Vormonat, seine persönliche Kopie. Abgesehen von dem Exemplar, das, wie er wußte, im Archiv zur letzten Ruhe gebettet war, existierte keine weitere Kopie. Er zuckte die Achseln und legte den Bericht ganz hinten in den Safe. Vermutlich würde ihn niemand mehr sehen wollen, aber er wollte ihn verwahren, als Erinnerung an alte Zeiten. Schließlich hatte er höllisch lang über der Fertigstellung geschwitzt.

3. Kapitel

Moskau
Mittwoch, den 7. Januar 1987
Von: H. A. R. Philby
An: Generalsekretär der KPdSU

Darf ich, Genosse Generalsekretär, zu Beginn ganz kurz die Geschichte der britischen Labour Party skizzieren sowie ihre stetige Unterwanderung und allmähliche Beherrschung durch die Harte Linke im Lauf der letzten vierzehn Jahre.

Die Partei wurde ursprünglich von der (Labour-)Gewerkschaftsbewegung gegründet, als politischer Arm der erst kurz zuvor organisierten britischen Arbeiterklasse. Von Anfang an verfocht die Partei einen gemäßigten bürgerlichen Sozialismus, der mehr auf Reform ausgerichtet war als auf Revolution. Die Heimat des wahren Marxisten-Leninisten war damals die Kommunistische Partei.

Wenn auch das Fundament des Marxismus-Leninismus in England immer in der Gewerkschaftsbewegung verankert war, so blieben die »Rechtgläubigen« von jeher aus der Partei ausgeschlossen. Einigen unserer Freunde von der prosowjetischen Linken gelang es zwar, ab 1930, durch Täuschung in die Partei aufgenommen zu werden, doch sie mußten, sobald sie Mitglieder waren, sich äußerst unauffällig verhalten. Andere Moskaufreunde wurden aufgrund ihrer Ansichten gar nicht erst aufgenommen oder aber aus der Partei wieder ausgestoßen.

Warum unsere wahren Freunde in England so viele Jahre keinen Zutritt zu Labour, dieser großen Volkspartei, hatten, läßt sich mit zwei Worten sagen: wegen der schwarzen Liste.

Diese Liste führte die geächteten Organisationen auf; sie verbot jeden brüderlichen Kontakt zwischen der Labour Party und den kleineren Gruppen wahrhaft revolutionärer Sozialisten, den Marxisten-Leninisten. Ferner konnte nach den Bestimmungen dieser schwarzen Liste kein Anhänger der Harten Linken der Labour Party beitreten. Diese Bestimmungen wurden von den diversen Führern der Labour Party fünfzig Jahre lang stur aufrechterhalten.

Da die Labour Party die einzige Volkspartei der Linken war, die hoffen konnte, in England an die Macht zu kommen, blieb die Unterwanderung und Beherrschung dieser Partei durch unsere Freunde nach der klassischen Lehre Lenins vom »Hinüberwachsen« in all diesen Jahren ein unerfüllbarer Traum. Trotzdem arbeiteten unsere Freunde, so wenige sie auch waren, unermüdlich und in aller Heimlichkeit an diesem Ziel; 1973 wurden ihre Bemühungen schließlich vom Erfolg gekrönt.

In diesem Jahr – die Partei wurde von dem schwachen und unsicheren Harold Wilson geführt – erreichten unsere Freunde eine hauchdünne Mehrheit im NPV, dem lebenswichtigen Nationalen Parteivorstand, und brachten infolgedessen einen Antrag auf Abschaffung der schwarzen Liste durch. Das Resultat übertraf ihre Erwartungen.

Nachdem die Schleusen einmal geöffnet waren, schwärmten Linksextremisten der Nachkriegsgeneration scharenweise in die Partei und konnten sofort Ämter auf allen Ebenen der Parteiorganisation übernehmen. Die Möglichkeit zum »Hinüberwachsen«, zur Einflußnahme und zur schließlichen Machtergreifung war gegeben, und diese Machtübernahme hat nun stattgefunden.

Seit 1973 war der absolut lebenswichtige NPV nahezu ohne Unterbrechung in den Händen einer linksextremen Majorität. Durch die geschickte Benützung dieses Werkzeugs wurde die Verfassung der Partei und deren Zusammensetzung auf den höheren Ebenen vollkommen verändert.

Lassen Sie mich kurz abschweifen, Genosse Generalsekretär, um zu erklären, was ich genau unter »unseren Freunden« in der britischen Arbeiterpartei und der Gewerkschaftsbewegung verstehe. Sie können in zwei Kategorien eingeteilt werden, die Absichtlichen und die Unabsichtlichen. Wenn ich von der ersten Kategorie spreche, so beziehe ich mich dabei weder auf Leute von der sogenannten Weichen Linken noch auf die trotzkistischen Abweichler. Diese Leute verabscheuen Moskau, wenn auch aus ganz verschiedenen Gründen. Ich meine damit Leute von der Harten Linken und ihren Kern von Ultraharten. Das sind dezidierte, in der Wolle gefärbte Marxisten-Leninisten, die es gar nicht schätzen, wenn man sie Kommunisten nennt, denn das würde sie zu Mitgliedern der völlig nutzlosen Kommunistischen Partei von Großbritannien stempeln. Sie sind unverbrüchliche Freunde Moskaus und agieren in neun von zehn Fällen nach Moskaus Wünschen, selbst wenn diese Wünsche unausgesprochen bleiben und die Betreffenden steif und fest behaupten sollten, aus Gewissensgründen oder im Interesse Englands zu handeln.

Die zweite Gruppe von Freunden, die sich in der britischen Labour Party eingenistet haben und sie beherrschen, könnte man wie folgt beschreiben: Leute mit einer tiefen politischen und emotionalen Bindung an eine Form des Sozialismus, der so weit links ist, daß man ihn als marxistisch-leninistisch bezeichnen kann, Leute, die unter allen Umständen und in jeder Lage ganz spontan in völliger Übereinstimmung mit den Vorstellungen und Wünschen der sowjetischen Außenpolitik gegenüber Großbritannien bzw. der westlichen Allianz handeln, die keine Anweisungen und Instruktionen benötigen und wahrscheinlich beleidigt wären, wenn man sie damit belästigen wollte; die sich wissentlich oder unwissentlich, aus Überzeugung, aus verschrobenem Patriotismus, aus Zerstörungswut, Gewinnsucht, aus Geltungsbedürfnis, aus Furcht vor Einschüchterung, aus Wichtigtuerei oder aus einem Herdentrieb heraus immer zum Besten unserer sowjetischen Interessen verhalten werden. Alle diese Leute stellen Einflußfaktoren zu unseren Gunsten dar.

Natürlich geben sie alle vor, auf der Suche nach der wahren Demokratie zu sein. Glücklicherweise versteht die Mehrheit der Briten unter Demokratie auch heute noch einen pluralistischen (Mehrparteien-)Staat, dessen Regierung in regelmäßigen Abständen durch allgemeine und geheime Wahlen bestimmt wird. Da unsere Freunde von der Harten Linken ganz offensichtlich Leute sind, die beim Essen, Trinken, Atmen, Schlafen, Träumen und Arbeiten keine Sekunde lang ihre Überzeugung vergessen, ist Demokratie für sie eine »engagierte Demokratie«, in der sie selbst und die ihnen Gleichgesinnten die führenden Rollen übernehmen. Die britische Presse tut zu unserem Glück wenig, um dieses Mißverständnis auszuräumen.

Von 1973 an konnten unsere marxistisch-leninistischen Freunde in der Labour Party ihre Energie voll und ganz auf den verdeckten Kampf um die Parteiführung konzentrieren, ein Ziel, dessen Erreichung durch die Abschaffung der schwarzen Liste vor drei Jahren so wesentlich erleichtert wurde.

Die Labour Party hat immer auf drei Beinen gestanden: den Gewerkschaften, den Wahlkreisverbänden (je ein Verband in den Stimmbezirken, aus denen sich das britische Wahlsystem zusammensetzt) und dem parlamentarischen Flügel, das heißt den Labour-Abgeordneten, die aufgrund der letzten Wahlen ins Unterhaus gekommen sind und aus deren Reihen der Parteiführer kommt.

Die Gewerkschaften sind von diesen drei Stützen die mächtigste, und dies aus zwei Gründen. Zum einen sind sie die Zahlmeister der Partei, deren Kassen sie mit Abgaben aus der Lohntüte von Millionen von Arbeitern füllen. Zum zweiten verfügen sie auf dem Parteitag über ein riesiges Paket von »Blockstimmen«, die der Nationale Gewerkschaftsvorstand im Namen von Millionen unbefragter Mitglieder abgibt. Mit diesen Blockstimmen kann jeder Antrag durchgebracht und die Zusammensetzung von maximal einem Drittel des allmächtigen Nationalen Parteivorstands bestimmt werden.

Die stimmberechtigten Gewerkschaftsvorstände sind von grundlegender Wichtigkeit; ihre hauptamtlichen Aktivisten und Funktionäre entscheiden über die Gewerkschaftspolitik. Sie bilden sozusagen die Spitze der Pyramide, gefolgt von den Landesverbandsfunktionären auf der mittleren Ebene und den Ortsverbandsfunktionären auf der unteren Ebene. Die Übernahme einer großen Anzahl von Funktionärsposten durch die Harte Linke war also unerläßlich, und unsere Freunde haben dies inzwischen auch geschafft.

Ihr größter Verbündeter bei dieser Aufgabe war immer schon die Apathie der weitgehend gemäßigten Mehrheit der Gewerkschaftsmitglieder, denen man nicht zumuten kann, dauernd die Versammlungen der Ortsverbände zu besuchen. Die Aktivisten jedoch, die alles besuchten, konnten Tausende von Ortsverbänden, Hunderte von Landesverbänden und die wichtigsten Nationalen Vorstände vereinnahmen. Zur Zeit verfügen die zehn größten der achtzig an die Labour Party angeschlossenen Gewerkschaften über mehr als die Hälfte der Stimmen der Gewerkschaftsbewegung; neun dieser zehn haben an ihrer Spitze Leute der Harten Linken, gegenüber zwei in den frühen Siebzigern. Das alles haben nicht mehr als zehntausend zielbewußte Männer über die Köpfe von Millionen britischer Arbeiter hinweg zustande gebracht.

Die Bedeutung der von der Harten Linken beherrschten Gewerkschaftsstimmen wird klar, wenn man bedenkt, daß der sogenannte Wahlausschuß den neuen Parteiführer bestimmt; die Gewerkschaften verfügen in diesem Ausschuß über vierzig Prozent der Stimmen.

Nun zu den Wahlkreisverbänden. Kern dieser Verbände sind die Allgemeinen Lenkungsausschüsse, die außer der Erledigung der laufenden Parteigeschäfte innerhalb des Wahlkreises noch eine weitere ausschlaggebende Funktion haben: Sie bestimmen den Labour-Kandidaten für das Parlament. In der Zeit von 1973 bis 1983 sind junge Aktivisten der extremen Linken in die Wahlkreisverbände eingezogen, haben durch ihre eifrige Betriebsamkeit bei den langweiligen, spärlich besuchten Versammlungen die altgedienten Funktionäre verdrängt und so allmählich einen Allgemeinen Lenkungsausschuß nach dem anderen erobert.

Bei dieser Lage der Dinge hatten die weitgehend der Parteimitte angehörenden Abgeordneten, welche die nun von der Harten Linken kontrollierten Wahlkreise vertraten, einen immer schwierigeren Stand. Sie konnten jedoch nicht ohne weiteres verdrängt werden. Um sich ein für allemal durchzusetzen, mußte die Harte Linke die Gewissensfreiheit der Unterhausabgeordneten schwächen und nach Möglichkeit völlig aushöhlen; sie von Sachwaltern der Wählerinteressen zu bloßen Vertretern der Allgemeinen Lenkungsausschüsse umfunktionieren.

1979 war es soweit. Die Harte Linke drückte in Brighton die Bestimmung durch, nach der die Parlamentsmitglieder jährlich von ihrem Lenkungsausschuß wiedergewählt oder abgewählt wurden. Das bewirkte eine massive Verlagerung der Macht. Eine ganze Gruppe von Vertretern der Mitte verließ Labour und gründete die Sozialdemokratische Partei; andere wurden abgewählt und kehrten der Politik den Rücken; einige der fähigsten Leute der Mitte waren so zermürbt, daß sie resignierten. Doch bei aller Schwächung und Demütigung verblieb dem parlamentarischen Labour-Flügel noch eine vitale Funktion: Er und nur er allein konnte den Parteiführer wählen. Diese Macht mußte ihm unbedingt genommen werden, um die Herrschaft über die drei Pfeiler komplett zu machen. Das geschah, wiederum auf Betreiben der Harten Linken, im Jahr 1981 durch die Schaffung des Wahlausschusses, in dem dreißig Prozent der Stimmen dem parlamentarischen Flügel, dreißig Prozent den Wahlkreisverbänden und vierzig Prozent den Gewerkschaften zukommen. Der Ausschuß wählt jeden neuen Führer, wenn und wann nötig, und *bestätigt ihn jährlich aufs neue*. Diese Bestätigungsfunktion spielt bei den Plänen, die ich im folgenden darlegen werde, eine Schlüsselrolle.

Der eben geschilderte Kampf um die Macht reichte bis ins Wahljahr 1983. Der Sieg war so gut wie vollständig, doch unsere Freunde hatten den Fehler begangen, von der leninistischen Doktrin der Vorsicht und Verstellung abzuweichen. Sie hatten, um diese titanischen Kämpfe zu gewinnen, sich zu weit aus ihrer Deckung begeben, und die Ausrufung vorgezogener Wahlen überraschte sie gewissermaßen in flagranti. Die Harte Linke hätte noch ein weiteres Jahr zur Konsolidierung, zur Beschwichtigung, zur Einigung gebraucht. Sie bekam es nicht. Die Partei, die sich nun zu früh mit dem radikalsten Manifest ihrer Geschichte belastet hatte, war völlig aus dem Konzept gebracht. Schlimmer, die englische Öffentlichkeit hatte das wahre Gesicht der Harten Linken gesehen.

Wie Sie wissen, waren die Wahlen von 1983 scheinbar eine Katastrophe für die nun von der Harten Linken beherrschte Arbeiterpartei. Ich meine aber, daß der Wahlausgang in Wahrheit ein verkappter Segen war. Denn er führte zu dem mutigen Realismus, den unsere Freunde in der Partei während der letzten vierzig Monate in einem grandiosen Akt der Selbstverleugnung praktizierten.

Kurz, von den 650 Wahlkreisen, die es 1983 in England gab, gewann die Labour Party nur 209. Aber dieses Resultat war nicht so schlecht, wie es aussah. Zum einen waren nun von den zweihundertneun Labour-Parlamentariern einhundert fest in der Linken und vierzig davon in der Harten Linken verankert. Das mögen scheinbar wenige sein, doch der gegenwärtige parlamentarische Labour-Flügel ist der am weitesten links stehende, den das Unterhaus je gekannt hat.

Zum zweiten hat die Wahlschlappe jene Narren wachgerüttelt, die dachten, der Kampf um die totale Herrschaft sei bereits vorbei. Ihnen wurde bald klar, daß es nach den bitteren, aber notwendigen Kämpfen unserer Freunde um die Parteiführung in den Jahren 1979 bis 1983 an der Zeit war, die Einheit wiederherzustellen und die angeschlagene Machtbasis im Land mit Blick auf die nächsten Wahlen zu festigen. Dieses Programm wurde auf dem Parteitag im Oktober 1983 auf Betreiben der Harten Linken in Gang gebracht und bis auf den heutigen Tag unverdrossen verfolgt.

Zum dritten hat jedermann die Notwendigkeit der Rückkehr in den Untergrund eingesehen, eingedenk Lenins Forderung an die wahrhaft Gläubigen, die in bürgerlichen Gesellschaften operieren. Das Streben der Harten Linken war also während dieser letzten vierzig Monate voll und ganz auf die Rückkehr in einen Untergrund ausgerichtet, von dem aus sie Anfang und Mitte der Siebziger so gute Erfolge erzielt hatte. Zugleich legte sie eine überraschende Mäßigung an den Tag. Es bedurfte dazu einer ungeheuren Selbstdisziplin, doch unsere Genossen erwiesen sich einmal mehr dieser Herausforderung völlig gewachsen.

Seit Oktober 1983 zeigt sich die Harte Linke im Gewand der Höflichkeit, Toleranz und Mäßigung; oberstes Gebot ist seither die Einheit der Partei, und zur Erreichung dieses Ziels wurden Konzessionen gemacht, die nach dem Dogma der Harten Linken bis dato als unmöglich galten. Sowohl der entzückte und freundschaftlich gesinnte Flügel der Mitte als auch die Medien scheinen völlig eingenommen zu sein von diesem neuen Gesicht unserer marxistisch-leninistischen Freunde.

Die Herrschaft über die Partei wurde schließlich auf diesem verdeckten Weg erreicht. Alle Machthebel der Ausschüsse und Vorstände sind nun in Händen der Harten Linken oder könnten durch Einberufung einer einzigen Dringlichkeitssitzung übernommen werden. Aber, und das ist ein wichtiges Aber, sie hat sich damit begnügt, die Leitung der Ausschüsse in den Händen von Leuten der Weichen Linken und gelegentlich, bei überwältigender Stimmenüberlegenheit, sogar in den Händen eines Mannes der Mitte zu belassen.

Von einem Dutzend Skeptikern abgesehen, hat sich der Block der Mitte durch die neu gefundene Einheit und die Einstellung der Feindseligkeiten von seiten der Linken weitgehend besänftigen lassen. Doch die eiserne Faust steckt immer noch schlagbereit im Samthandschuh.

Auf der Wahlkreisebene übernahm die Harte Linke in aller Ruhe einen Verband nach dem anderen, ohne daß dies die Aufmerksamkeit der Öffentlichkeit oder der Medien erregt hätte. Desgleichen, wie bereits erwähnt, quer durch die Gewerkschaftsbewegung. Neun der großen zehn und die Hälfte der übrigen siebzig Gewerkschaften gehören nun zur Harten Linken, und auch hier hält man sich bewußt viel mehr zurück als vor 1983.

Kurz und gut, die ganze Labour Party wird nun von der Harten Linken beherrscht, entweder mittels Stellvertretern aus der Weichen Linken und der eingeschüchterten Mitte oder durch kurzfristig einberufene Dringlichkeitssitzungen der entsprechenden Ausschüsse; und weder das Fußvolk der Partei und der Gewerkschaften noch die Medien oder die breiten Massen der alten Labour-Wähler scheinen dies mitbekommen zu haben.

Im übrigen betreibt die Harte Linke seit vierzig Monaten eine gleichsam generalstabsmäßige Vorbereitung für die kommenden Parlamentswahlen. Zur einfachen Mehrheit würde sie dreihundertfünfundzwanzig oder sagen wir dreihundertdreißig Sitze benötigen. Man darf davon ausgehen, daß sie zweihundertzehn davon so gut wie in der Tasche hat. Die anderen einhundertzwanzig, die 1979 oder 1983 oder in beiden Wahljahren verlorengingen, gelten als rückgewinnbar, und die betreffenden Wahlkreise wurden zu Zielgebieten erklärt.

Das politische Leben in Großbritannien weist eine fast gesetzmäßige Eigenheit auf: Nach zwei vollen Legislaturperioden unter ein und derselben Regierung scheinen die Leute zu denken, daß es nun Zeit für einen Wechsel sei, selbst wenn die amtierende Regierung nicht eigentlich unbeliebt ist. Doch die Engländer werden nur dann wechseln, wenn sie dem, was sie dafür eintauschen, vertrauen können. Oberstes Ziel der Labour Party während der letzten vierzig Monate war daher die Rückgewinnung dieses Vertrauens, und sei es unter Verleugnung der eigenen Grundsätze.

Laut den jüngsten Meinungsumfragen war diese Methode äußerst erfolgreich, denn der Abstand zwischen der Labour Party und den regierenden Konservativen ist auf ein paar Prozente zusammengeschmolzen. Wenn man bedenkt, daß nach dem britischen System achtzig »unsichere«, das heißt von knappen Mehrheiten abhängige Sitze, über den Ausgang einer Wahl entscheiden und daß über diese Sitze von den fünfzehn Prozent Wechselwählern in der einen oder anderen Richtung entschieden wird, dann hat die Labour Party eine Chance, nach den nächsten Parlamentswahlen wieder ans Ruder zu kommen.

Der Wahlsieg der Labour Party allein würde jedoch nicht genügen, um England so zu destabilisieren, daß es reif für eine Revolution ist. Der siegreiche Parteiführer müßte vor seiner Vereidigung als Premier gestürzt und durch einen vorher ausgesuchten Mann der Harten Linken ersetzt werden. Dieser Linksextremist wäre dann der erste marxistisch-leninistische Premierminister Großbritanniens. Die Vorbereitungen zu dieser Wende sind bereits weit gediehen.

Darf ich eine weitere Abschweifung machen, um zu erklären, wie der Parteiführer gewählt wird. Seit der Schaffung des Wahlausschusses auf Betreiben unserer Freunde von der Harten Linken ist die Prozedur wie folgt: Nach einer Parlamentswahl müssen die Nominierungen für den Posten des Parteivorsitzenden spätestens dreißig Tage nach der Vereidigung der Unterhausmitglieder getätigt sein. Während der darauffolgenden drei Monate können die rivalisierenden Kandidaten ihren Führungsansprüchen Nachdruck verleihen. Dann tritt der Wahlausschuß zusammen. Bei einer Labour-Niederlage könnte es zu einem Wechsel in der Parteiführung kommen; bei einem Sieg wäre jedoch ein Sturz des Premierministers undenkbar, denn während dieser drei Monate könnten die Massen landesweit zu seinen Gunsten mobilisiert werden.

Letztes Jahr haben daher unsere Freunde auf dem Parteitag im Oktober eine »kleine« Reform durchgebracht. Bei einem Labour-

Sieg würde der Labour-Chef umgehend bestätigt werden: Nominierungen für den Posten des Parteivorsitzenden müssen innerhalb von drei Tagen nach Bekanntgabe des Wahlresultats vorliegen. Innerhalb weiterer vier Tage findet eine außerordentliche Sitzung des Wahlausschusses statt. Nach dieser Sitzung und der »Wahl« des Parteiführers ist zwei Jahre lang kein Einspruch erlaubt, wobei das laufende Jahr nicht zählt.

Den Unschlüssigen, die gezögert hatten, die Reform zu unterstützen, wurde bedeutet, daß diese »Bestätigungsprozedur« eine reine Formalität sei. Niemand werde sich gegen den siegreichen Parteiführer stellen, der darauf warte, in den Buckingham-Palast gerufen zu werden; sondern der Parteiführer werde selbstverständlich durch eine Wiederwahl ohne Gegenkandidaten bestätigt.

Das Gegenteil ist natürlich beabsichtigt. Ein Alternativkandidat wäre zur Stelle. Die Mobilisierung der Massen wäre wegen der Kürze der Zeit nicht möglich. Die Gewerkschaftsvorstände würden im Namen ihrer Mitglieder ihre vierzig Prozent in die Waagschale werfen, und diese Vorstände werden von unseren Freunden beherrscht. Desgleichen die Wahlkreisausschüsse. Zusammen mit der Hälfte des parlamentarischen Flügels würde diese Allianz über fünfzig Prozent des Wahlausschusses ausmachen. Die Königin würde den neuen Parteichef zu sich bitten müssen.

Nun zum Wesentlichen. Den inneren Kern der Harten Linken der Labour Party und der Gewerkschaftsbewegung bildet eine Gruppe von zwanzig Leuten, die man als den ultraharten Flügel bezeichnen kann. Diese Gruppe kann man nicht als Komitee bezeichnen, denn wenn die Beteiligten auch miteinander in Kontakt sind, so kommen sie doch selten an einem Platz zusammen. Jeder hat sich im Laufe seines Lebens langsam im inneren Apparat nach oben gearbeitet; jeder verfügt über ein Maß an Einfluß, das weit über sein eigentliches Amt oder seinen Posten hinausgeht. Jeder ist ein höchst engagierter marxistisch-leninistischer

»Rechtgläubiger«. Es sind, wie gesagt, insgesamt zwanzig Leute, neunzehn Männer und eine Frau. Neun von ihnen sind Gewerkschaftler, sechs (zu ihnen gehört die Frau) sitzen als Labour-Abgeordnete im Unterhaus, dazu kommen zwei Mitglieder der Akademie der Wissenschaften, ein Peer, ein Rechtsanwalt und ein Verleger. Diese zwanzig Personen sitzen an den Schalthebeln und werden die Machtübernahme inszenieren und auslösen.

Der neue Parteiführer und Premierminister würde *carte blanche* haben. Er könnte mit Unterstützung des von der Harten Linken beherrschten Parteivorstands eine Regierungsmannschaft nach seinen ureigensten Vorstellungen bilden und das beabsichtigte Legislaturprogramm in Gang setzen. Kurz und gut, das Volk würde für eine scheinbar traditionalistische oder bestenfalls reformistische Regierung der Weichen Linken gestimmt haben, tatsächlich aber hätte eine Harte Linke reinster Prägung die Macht ergriffen, und zwar *ohne* den lästigen Umweg über ein Wählervotum.

Das Legislaturprogramm besteht bis dato aus einem Katalog von zwanzig Maßnahmen, die aus begreiflichen Gründen noch nicht zu Papier gebracht worden sind. Alle diese Maßnahmen bilden seit langem das Wunschprogramm der Harten Linken, wenn auch nur ein paar Punkte, und auch die nur in verwässerter Form, im Labour-Manifest enthalten sind.

Der Zwanzig-Punkte-Plan ist unter der Bezeichnung »Manifest der britischen Revolution« oder kurz »M. B. R.« bekannt. Die ersten fünfzehn Punkte betreffen die Massenverstaatlichung von Privatunternehmen und Privateigentum; die Abschaffung des privaten Grundbesitzes sowie des privaten Gesundheits- und Erziehungswesens; die staatliche Lenkung der Polizei, der Massenmedien und der Justiz; die Abschaffung des Oberhauses, das ein Vetorecht hat gegen die Mandatsverlängerung einer Regierung im Selbstermächtigungsverfahren. (Die britische Revolution darf schließlich nicht durch eine Laune der Wähler aufgehalten oder in ihr Gegenteil verkehrt werden.)

Was die letzten fünf Punkte betrifft, so berühren sie die Sowjetunion in hohem Maße, und ich gebe sie daher im Wortlaut wieder:

(A) Der sofortige Austritt aus der Europäischen Gemeinschaft ohne Rücksicht auf vertragliche Bindungen.

(B) Die unverzügliche Reduzierung der gesamten britischen Streitkräfte auf ein Fünftel ihrer gegenwärtigen Stärke.

(C) Die sofortige Abschaffung sämtlicher Kernwaffen Großbritanniens sowie die Zerstörung ihrer Herstellungsstätten.

(D) Die umgehende Ausweisung aller amerikanischen Streitkräfte mitsamt ihrer konventionellen und nuklearen Ausrüstung.

(E) Sofortiger Austritt aus der NATO und Ächtung dieser Organisation.

Ich brauche nicht besonders darauf hinzuweisen, Genosse Generalsekretär, daß die Realisierung der letzten fünf Punkte die Verteidigungskraft der Westlichen Allianz so erschüttern würde, daß sie für die Zeit unseres Lebens, wenn nicht für immer, gebrochen wäre. Die kleinen NATO-Länder würden wahrscheinlich dem Beispiel Großbritanniens folgen, die NATO würde aufgelöst werden, und die USA wären völlig isoliert auf der anderen Seite des Atlantiks.

Natürlich hängt die Realisierung der Möglichkeiten, die ich in diesem Memorandum beschrieben habe, von einem Sieg der Labour Party ab, und dafür könnten die nächsten, im Frühjahr 1988 stattfindenden Wahlen die vielleicht letzte Gelegenheit bieten.

Das alles wollte ich ausdrücken mit meiner während des Abendessens bei General Kryutschow gemachten Bemerkung, die politische Stabilität Großbritanniens werde in Moskau dauernd überschätzt, »und heute mehr denn je«.

Hochachtungsvoll!
Harold Adrian Russell Philby

Die Antwort des Generalsekretärs kam überraschend schnell. Einen Tag, nachdem Philby den Bericht an Major Pawlow ausgehändigt hatte, stand der undurchdringlich und kalt blickende junge Offizier vom Neunten Direktorat schon wieder vor seiner Tür. Er hatte einen Umschlag aus Manilapapier in der Hand, den er Philby wortlos reichte. Dann machte er auf dem Absatz kehrt und verschwand.

Es war wieder ein Handschreiben vom Generalsekretär persönlich, kurz und sachlich wie immer.

Der Sowjetführer dankte darin Philby für seine Mühe. Er könne die Richtigkeit von Philbys Ausführungen im großen und ganzen bestätigen. Der Sieg der Labour Party bei den nächsten allgemeinen Wahlen sei daher für die UdSSR eine Sache von vordringlicher Wichtigkeit. Er werde einen kleinen, nur ihm persönlich verantwortlichen Ausschuß ins Leben rufen, der ihn über eventuell zu treffende Maßnahmen beraten solle. Er fordere Harold Philby auf, sich diesem Ausschuß als Berater zur Verfügung zu stellen.

4. Kapitel

Die Männer, die Raoul Levy aufsuchten, waren zu viert; große, schwere Männer, die in zwei Autos vorfuhren. Das erste hielt nach einigem Suchen vor Levys Bungalow an der Molenstraat, während das zweite hundert Meter weiter parkte.

Dem ersten Wagen entstiegen zwei Männer, die rasch, aber lautlos über die kurze Zufahrt zur Haustür gingen. Die beiden Fahrer warteten bei ausgeschalteten Scheinwerfern und laufenden Motoren. Es war ein bitterkalter Abend, kurz nach neunzehn Uhr, stockfinster, und niemand sonst war um diese Zeit am 15. Januar in der Molenstraat unterwegs.

Die Männer, die an die Haustür klopften, traten energisch und bestimmt auf, wie Leute, die keine Zeit zu verlieren, eine Aufgabe zu erfüllen und die Absicht haben, sie so schnell wie möglich hinter sich zu bringen. Sie stellten sich nicht vor, als Levy öffnete. Sie traten einfach ins Haus und drückten die Tür hinter sich zu. Levy hatte noch kaum den Mund aufgemacht, als vier steife Finger, die ihm in den Magen gerammt wurden, seinen Protest im Ansatz erstickten.

Die großen Männer stopften ihn in seinen Mantel, stülpten ihm den Hut auf, schoben ihn aus der Tür, die sie ins Schloß schnappen ließen, und steuerten ihn geschickt zum Wagen, dessen rückwärtige Tür aufging, kaum daß sie bei ihm angelangt waren. Als sie, Levy auf dem Rücksitz zwischen sich geklemmt, abfuhren, waren zwanzig Sekunden vergangen.

Sie brachten ihn zur Kesselse Heide, einem großen öffentlichen Park nordwestlich von Nijlen, der aus fünfzig Hektar Gras- und Heideland besteht, auf dem Eichen und verschiedene Nadelbäume wachsen. Der Park lag völlig verlassen da. Ein gutes Stück abseits der Fahrstraße, inmitten der Heide, hielten die beiden Wagen. Der Fahrer des zweiten Autos, der das Verhör führen sollte, rutschte auf den Beifahrersitz.

Er drehte sich zum Fond des Wagens um und nickte seinen beiden Kumpanen zu. Der rechts von Levy sitzende Mann schlang die Arme um den schmächtigen Diamantenschleifer, so daß der sich nicht mehr bewegen konnte, und eine behandschuhte Hand preßte sich auf Levys Mund. Der andere Mann brachte eine starke Drahtzange zum Vorschein, packte Levys linke Hand und zerquetschte blitzschnell drei Fingerknöchel, einen nach dem anderen.

Daß sie ihm nicht einmal Fragen stellten, setzte Levy noch schlimmer zu als der rasende Schmerz. Sie schienen völlig uninteressiert. Als der vierte Fingerknöchel zu Brei gequetscht wurde, hatte Levy nur noch einen Wunsch: Er wollte gefragt werden.

Der Inquisitor auf dem Vordersitz nickte lässig und sagte: »Wollen wir reden?«

Hinter dem Handschuh nickte Levy frenetisch. Der Handschuh wurde weggenommen. Levy stieß einen langen gurgelnden Schrei aus. Als er verstummte, sagte der Inquisitor:

»Die Diamanten. Aus London. Wo sind sie?«

Er sprach flämisch, aber mit starkem ausländischem Akzent. Levy sagte es ihm sofort. Was half ihm alles Geld, wenn er seine Hände und seine Existenz verlor? Der Inquisitor dachte ruhig über das Gehörte nach.

»Schlüssel«, sagte er.

Sie steckten in Levys Hosentasche. Der Inquisitor nahm sie an sich und stieg aus. Sekunden später knirschte die zweite Limousine über das gefrorene Gras zur Fahrstraße. Sie blieb fünfzig Minuten fort.

Während der ganzen Zeit hielt sich Levy wimmernd die zermalmte Hand. Für die Männer rechts und links von ihm schien er Luft zu sein. Der Fahrer saß da und starrte geradeaus, die behandschuhten Hände lagen auf dem Steuerrad. Als der Inquisitor wieder zustieg, machte er keine Bemerkung über die vier kostbaren Steine, die jetzt in seiner Tasche steckten. Er sagte nur:

»Letzte Frage: Der Mann, der sie gebracht hat.«

Levy schüttelte den Kopf. Der Inquisitor seufzte ob der Zeitverschwendung und nickte dem Mann an Levys rechter Seite zu. Die beiden Schwergewichte tauschten die Rollen. Der rechte packte die Zange und Levys rechte Hand. Als auch an dieser Hand zwei Fingerknöchel zerquetscht waren, sagte Levy, was man von ihm wissen wollte. Der Inquisitor stellte noch ein paar kurze Zusatzfragen, dann schien er zufrieden. Er stieg aus und ging zu seinem eigenen Wagen. Im Geleitzug rumpelten die beiden Limousinen wieder zur Straße. Sie fuhren zurück nach Nijlen.

Als sie an seinem Haus vorüberkamen, sah Levy, daß es drinnen dunkel und die Tür geschlossen war. Er hoffte, die Männer würden ihn hier aussteigen lassen, aber das taten sie nicht. Sie fuhren durch das Städtchen. Die Lichter der Cafés, warm und gemütlich in der eisigen Winternacht, glitten an den Autofenstern vorbei, aber niemand kam auf die Straße gelaufen. Levy konnte sogar die blaue Neonschrift »Politie« über dem Polizeirevier gegenüber der Kirche sehen, aber auch hier kam niemand heraus.

Zwei Meilen östlich von Nijlen kreuzt die Looy Straat die Eisenbahnschienen an einer Stelle, wo die Strecke Lier–Herenthals schnurgerade verläuft und die großen Diesel-E-Loks mit einhundertzwanzig Stundenkilometern durchbrausen. Zu beiden Seiten des schienengleichen Bahnübergangs stehen Bauernhöfe. Die Limousinen hielten knapp vor dem Bahnübergang. Scheinwerfer und Motoren wurden abgeschaltet.

Ohne ein Wort öffnete der Fahrer das Handschuhfach, holte eine Flasche heraus und reichte sie nach hinten zu seinen beiden Kumpanen. Der eine hielt Levy die Nase zu, und der andere goß ihm den weißen Kornschnaps einheimischer Sorte in die nach

Luft ringende Kehle. Als die Flasche bis auf ein Viertel leer war, hörten sie auf und ließen von ihrem Opfer ab. Der Alkohol begann Raoul Levys Hirn zu umnebeln. Sogar die Schmerzen ließen ein wenig nach. Die drei Männer im Wagen und der vierte in der Limousine vor ihnen warteten schweigend.

Um dreiundzwanzig Uhr fünfzehn kam der Inquisitor aus dem vorderen Wagen und murmelte etwas durchs Fenster. Levy war jetzt bewußtlos, nur von Zeit zu Zeit zuckten seine Glieder krampfhaft. Seine Nebenmänner hievten ihn aus dem Wagen und schleiften ihn zwischen sich zu den Schienen. Um dreiundzwanzig Uhr zwanzig schlug einer von ihnen Raoul Levy mit einer schweren Eisenstange über den Kopf, und er starb. Sie legten ihn auf die Gleise, die zerschmetterten Hände auf eine Schiene, und den eingeschlagenen Schädel dicht daneben.

Hans Grobbelaar fuhr mit seinem letzten Güterexpreß in dieser Nacht wie immer um Punkt dreiundzwanzig Uhr in Lier ab. Er kannte den Fahrtverlauf zur Genüge: Um ein Uhr würde er zu Hause in Herenthals in seinem warmen Bett liegen. Der Zug hielt unterwegs nicht, und er passierte Nijlen pünktlich um dreiundzwanzig Uhr neunzehn. Nach den Kreuzungen im Stadtbereich schaltete Hans Grobbelaar auf volle Kraft und brauste die Gerade zum Übergang an der Looy Straat mit fast einhundertzwanzig Stundenkilometern dahin. Die Scheinwerfer der großen 6268-Lok beleuchteten achtzig vor ihm liegende Schienenmeter.

Erst kurz vor der Looy Straat sah er die schlaffe Gestalt auf dem Gleis liegen. Er bremste mit aller Kraft. Ein Funkenregen sprühte unter den Rädern hervor. Der Güterexpreß verlangsamte die Fahrt, aber es war längst zu spät. Hans Grobbelaar beobachtete entsetzt durch die Windschutzscheibe, wie die Scheinwerfer auf das Bündel zuflogen. Zwei seiner Kollegen hatten so etwas schon erlebt; Selbstmörder oder Betrunkene, es war nicht festzustellen gewesen. Nicht mehr. In einer solchen Maschine spürt man nicht einmal einen Anprall, hatten sie gesagt. Er spürte keinen. Die kreischenden Räder sausten über die Stelle hinweg, das Tempo betrug noch immer fünfzig Stundenkilometer.

Als er den Zug endlich zum Halten brachte, konnte er nicht einmal nachsehen. Er rannte zu einem der Gehöfte und gab Alarm. Als die Polizei mit Lampen anrückte, sah die Masse auf den Gleisen aus wie Erdbeermarmelade. Hans Grobbelaar kam erst in der Morgendämmerung nach Hause.

Am selben Tag, nur vier Stunden später, betrat John Preston die Eingangshalle des Verteidigungsministeriums in Whitehall, ging zum Empfang und zeigte seinen Dienstausweis vor. Nach dem unvermeidlichen Kontrollanruf bei dem Mann, den er aufsuchen wollte, wurde er im Lift hinaufgefahren und zum Büro des Sicherheitschefs des Ministeriums geführt, einem Raum hoch oben an der Rückseite des Gebäudes, mit Blick auf die Themse.

Brigadegeneral Bertie Capstick hatte sich kaum verändert, seit Preston ihn vor Jahren in Ulster zum letztenmal gesehen hatte. Der große, blühend aussehende, freundliche Mann mit den Apfelbäckchen, der mehr einem Farmer als einem Militär glich, empfing ihn mit einem donnernden:

»Johnny, mein Junge, das darf ja nicht wahr sein! Kommen Sie, kommen Sie rein.«

Obwohl Bertie Capstick nur zehn Jahre älter war als Preston, nannte er ihn wie fast jeden jüngeren Mann unweigerlich »mein Junge«, und dieser väterliche Ton paßte zu seinem Aussehen. Aber er war ein harter Soldat gewesen, der sich während des Malaysia-Konflikts tief in das Gebiet der Terroristen vorgewagt und später, während der sogenannten indonesischen Konfrontation, eine Gruppe von Infiltrationsexperten im Dschungel von Borneo befehligt hatte.

Capstick bot Preston einen Stuhl an und brachte aus einem Aktenschrank eine Flasche Malzwhisky zum Vorschein.

»Einen zwitschern?«

»Bißchen früh«, meinte Preston. Es war erst kurz nach elf Uhr.

»Unsinn. Auf die alten Zeiten. Der Kaffee, den man hier kriegt, ist ohnehin ungenießbar.«

Capstick setzte sich und schob Preston das Glas über den Schreibtisch hinweg zu.

»So, und was ist mit Ihnen passiert, mein Junge?«

Preston schnitt ein Gesicht.

»Ich hab's Ihnen ja schon am Telefon gesagt, was sie mir verpaßt haben«, sagte er. »Verdammten Polizistenjob. Nichts für ungut, Bertie.«

»Mir ging's genauso, Johnny. Abgehalftert. Natürlich bin ich jetzt Offizier a. D., also nicht schlecht gestellt. Bin mit fünfundfünfzig in Pension gegangen und in das Pöstchen hier reingerutscht. Nicht übel. Jeden Morgen mit der Bahn reinzuckeln, alle Sicherheitsmaßnahmen kontrollieren, achtgeben, daß kein faules Ei in der Mannschaft ist, und dann wieder heim zum Frauchen. Könnte schlimmer sein. Also, auf die alten Tage!«

»Cheers«, sagte Preston. Beide tranken.

Die alten Tage waren allerdings nicht ganz so rosig gewesen, dachte Preston. Als er vor nunmehr sechs Jahren den damaligen Oberst Bertie Capstick zuletzt gesehen hatte, war der scheinbar so joviale Offizier stellvertretender Leiter des Militärischen Abschirmdienstes in Nordirland gewesen, mit Amtssitz in jenem Gebäudekomplex in Lisburn, dessen Datenbanken auf Anfrage sagen konnten, welcher IRA-Mann sich in letzter Zeit am Hintern gekratzt hatte.

Preston war einer von Capsticks »Jungens« gewesen. Er hatte in Zivilkleidung, als »Verdeckter«, gearbeitet, sich in den Gettos extremer Provos bewegt, um mit Spitzeln zu sprechen oder Päckchen aus toten Briefkästen abzuholen. Bertie Capstick hatte loyal zu ihm gestanden gegen die neunmalklugen Beamten von Holyrood House, als Preston bei einem Einsatz für Capstick »verbrannte« und fast ums Leben gekommen wäre.

Das war am 28. Mai 1981 gewesen. Die Zeitungen hatten am Tag darauf ein paar spärliche Einzelheiten gebracht. Preston war in einem Privatauto zum Bogside-Viertel in Londonderry unterwegs gewesen, wo er einen Spitzel treffen wollte. Ob irgendwo weiter oben eine undichte Stelle war, ob er dasselbe Auto einmal zu oft gefahren hatte, oder ob sein Gesicht von Nachrichtenleuten der Provos »ausgemacht« worden war, kam nie heraus. Egal, sie hatten ihm einen Hinterhalt gelegt. Gerade als er in die Hochburg der Republikaner einfuhr, war ein Wagen mit vier bewaffneten Provos aus einer Seitenstraße hinter ihm aufgetaucht und ihm gefolgt.

Er hatte sie natürlich bald im Rückspiegel geortet und den Treff sofort abgeschrieben. Aber die Provisionals wollten mehr als das. Im Zentrum des Gettos waren sie an ihm vorbeigezogen, hatten sich quer auf die Fahrbahn gestellt und waren aus ihrem Wagen gestürzt, zwei mit Maschinenpistolen und einer mit einem Revolver.

Preston, der nur noch zwischen Himmel und Hölle wählen konnte, ergriff die Initiative. Wider jede Vernunft und zur Verblüffung seiner Angreifer ließ er sich blitzschnell aus der Tür seines Wagens rollen, genau in dem Augenblick, als die Maschinenpistolen das Fahrzeug durchsiebten. Er hatte seinen dreizehnschüssigen 9-mm-Browning in der Hand, auf Automatik gestellt. Auf dem Kopfsteinpflaster liegend, gab er es ihnen. Sie hatten erwartet, daß er sich mit Würde abmurksen ließe. Sie standen zu nah beisammen.

Mit einer Serie von Schüssen hatte er zwei auf der Stelle getötet und dem dritten eine Kugel in den Hals gejagt. Der Fahrer der Provos hatte den Gang hineingehauen und war in einer Rauchfahne mit glühenden Reifen verschwunden. Preston schaffte es bis zu einem sicheren Haus, das mit vier Mann der SAS belegt war; sie hatten ihn dort behalten, bis Capstick erschien, um ihn heimzubringen.

Natürlich war der Teufel los gewesen – Nachforschungen,

Verhöre, besorgte Fragen von oben. Daß er weitermachte, kam nicht in Frage. Er war ein für allemal »verbrannt«, um den Fachausdruck zu gebrauchen, will heißen identifiziert. Er war nutzlos geworden. Der überlebende Provo würde sein Gesicht überall wiedererkennen. Er durfte nicht einmal zurück zu seiner alten Einheit, den Fallschirmjägern in Aldershot. Wer konnte wissen, wie viele Provos in Aldershot herumlungerten?

Man ließ ihm die Wahl zwischen Hongkong und dem Rausschmiß. Dann führte Bertie Capstick ein Gespräch mit einem Freund. Es gab eine dritte Möglichkeit. Die Army als einundvierzigjähriger Major verlassen und Späteinsteiger bei MI5 werden. Preston hatte sich für diesen Weg entschieden.

»Irgendwas Besonderes?« fragte Capstick.

Preston schüttelte den Kopf.

»Nur eine kleine Runde zum Kennenlernen«, sagte er.

»Kopf hoch, Johnny. Ich weiß jetzt, wo Sie Ihre Zelte aufgeschlagen haben, und ruf' Sie an, falls hier mehr passiert, als daß einer die Weihnachtskasse mitgehen läßt. Übrigens, was macht Julia?«

»Hat mich sitzenlassen. Schon vor drei Jahren.«

»Oh, das tut mir leid.«

Bertie Capsticks Gesicht verzog sich in echtem Mitgefühl.

»Ein anderer?«

»Nein. Damals nicht. Jetzt schon, glaube ich. Es war der Job ... Sie wissen ja.«

Capstick nickte finster.

»Meine Betty hat sich da immer recht gut gehalten«, sinnierte er. »War mein halbes Leben lang von zu Hause fort. Ist eine treue Seele. Bei der Stange geblieben. Trotzdem, kein Leben für eine Frau. Hab's miterlebt. Oft sogar. Trotzdem, ist immer ein Schlag. Sehen Sie den Jungen?«

»Gelegentlich«, gab Preston zu.

Capstick hätte keine wundere Stelle berühren können. In seiner kleinen, einsamen Wohnung in Kensington hatte Preston zwei Fotos aufgestellt. Das eine zeigte ihn und Julia am Hochzeitstag, er sechsundzwanzig, in seiner schmucken Fallschirmjäger-Uniform, sie zwanzig, eine schöne Braut in Weiß. Das andere Foto zeigte seinen Sohn Tommy.

Sie hatten eine normale Soldatenehe in verschiedenen Garnisonen geführt, und nach acht Jahren war Tommy zur Welt gekommen. Nun war John Preston wunschlos glücklich, aber nicht so seine Frau. Julia hatte bald genug gehabt von den Mutterpflichten, der Langeweile während seiner Abwesenheit, und hatte angefangen, sich über die Geldknappheit zu beklagen. Sie drängte ihn ständig, er solle die Army verlassen, um in einem Zivilberuf mehr zu verdienen. Sie wollte nicht verstehen, daß er seinen Job liebe und daß ihn das Einerlei einer Schreibtischarbeit in Handel oder Industrie verrückt gemacht hätte.

Nach seiner Versetzung zum Nachrichtendienst wurde alles nur noch schlimmer. Er wurde nach Ulster geschickt, wohin Ehefrauen nicht mitdurften. Dann ging er in den Untergrund, und jede Verbindung riß ab. Nach der Geschichte in Bogside machte sie aus ihren Gefühlen kein Hehl. Eine Weile versuchten sie es noch, wohnten in einem Vorort, und Preston arbeitete in »Fünf« und fuhr fast jeden Abend heim. Jetzt waren sie zwar wieder beisammen, aber die Ehe war nicht mehr zu retten. Julia wollte mehr, als man für das Anfangsgehalt eines Späteinsteigers bei »Fünf« bekommen konnte.

Sie hatte eine Stellung als Empfangsdame in einem Modehaus im West End angenommen, und als Tommy acht wurde, kam er auf ihr Betreiben in eine Privatschule in der Nähe ihres bescheidenen Heims. Das Schulgeld hatte die Finanzen noch mehr strapaziert. Ein Jahr später war Julia ausgezogen und hatte Tommy mitgenommen. Preston wußte, daß sie mit ihrem Chef zusammenlebte, der alt genug war, um ihr Vater sein zu können, aber er vermochte ihr einen angemessenen Lebensstandard zu bieten und Tommy in ein Internat in Tonbridge zu schicken. Jetzt sah Preston den mittlerweile Zwölfjährigen nur noch selten.

Er hatte Julia die Scheidung angeboten, aber sie wollte keine. Nach dreijähriger Trennung hätte er die Scheidung auch ohne Julias Zustimmung durchsetzen können, aber sie hatte gedroht, gesetzlichen Anspruch auf Tommy zu erheben, da Preston nicht in der Lage sei, für den Unterhalt des Jungen und die Alimente aufzukommen. Sie erlaubte Preston, Tommy in den Ferien für je eine Woche zu sich zu holen und während des Schulhalbjahres an einem der Sonntage, an denen die Schüler des Internats Ausgang hatten.

»Ja, jetzt muß ich gehen, Bertie. Sie wissen, wo ich zu finden bin, wenn sich was Wichtiges tut.«

»Klar, ganz klar.« Bertie Capstick stapfte zur Tür und verabschiedete Preston. »Passen Sie gut auf sich auf, Johnny. Von der alten Garde sind nicht mehr viele übrig.«

Mit diesen leichthin gesprochenen Worten trennten sie sich, und Preston ging wieder zurück in die Gordon Street.

Louis Zablonsky kannte die Männer, die am späten Samstagabend in einem Lieferwagen vorfuhren und jetzt an seiner Haustür klopften. Er war wie jeden Samstag allein daheim. Beryl war ausgegangen und würde erst in den frühen Morgenstunden zurückkommen. Er vermutete, daß die Männer das wußten.

Er hatte sich den letzten Film im Fernsehen angeschaut, als es klopfte, und er dachte sich nichts dabei. Er öffnete, und sie stürmten in die Diele und schlossen die Tür hinter sich. Sie waren zu dritt. Im Gegensatz zu den vieren, die zwei Tage zuvor Raoul Levy heimgesucht hatten (wovon Zablonsky nichts wußte, da er keine belgischen Zeitungen las), waren sie angeheuerte Muskelmänner aus dem Londoner East End.

Zwei waren Rohlinge mit zerschlagenen Gesichtern, Unmenschen, die blindlings alles taten, wofür sie bezahlt wurden. Der dritte gab die Befehle; er war mickrig, pockennarbig und hatte schmutziges blondes Haar. Zablonsky kannte sie nicht persönlich; er kannte die Typen; er hatte sie in den Konzentrationslagern gesehen, in Uniform. Die Erkenntnis brach seine Widerstandskraft. Er wußte, daß es kein Pardon gab. Männer wie diese machten mit Leuten wie ihm immer, was sie wollten. Es hatte keinen Sinn, Widerstand zu leisten oder sich aufs Bitten zu verlegen.

Sie stießen ihn ins Wohnzimmer und drückten ihn in seinen Sessel. Einer der großen Männer stellte sich hinter den Sessel, beugte sich vor und hielt Zablonsky eisern fest. Der andere stand daneben und rieb seine Faust in der Innenfläche der anderen Hand. Der Blonde zog sich einen Hocker vor den Sessel, setzte sich darauf und starrte den Juwelier an.

»Schlag zu«, sagte er.

Der Schläger, der rechts von Zablonsky stand, versetzte ihm einen Schwinger. Er trug einen Schlagring. Der Mund des Juweliers zerplatzte zu einem Brei aus Zähnen, Lippen, Blut und Zahnfleisch. Blondie lächelte.

»Nicht dort«, schalt er milde. »Er soll doch reden, oder? Weiter unten.«

Der Rowdy landete zwei weitere Schwinger in Zablonskys Oberkörper. Ein paar Rippen krachten. Aus Zablonskys Mund drang ein schriller Klagelaut. Blondie lächelte. Er mochte es, wenn etwas zu hören war.

Zablonsky bäumte sich matt auf, aber er hätte es ebensogut unterlassen können. Die muskulösen Arme hielten ihn von hinten in seinem Sessel fest, genau wie ihn vor so langer Zeit in Südpolen ein anderes Paar Arme auf jenem steinernen Tisch festgehalten hatte, während der blonde Mann auf ihn heruntergelächelt hatte.

»Is die Strafe, Louis«, flüsterte Blondie. »Ein Freund von mir is bös. Er meint, Sie ham was, wo ihm gehört, und das will er wieder.«

Er sagte dem Juwelier, worum es ging. Zablonsky würgte an dem Blut, das ihm den Mund füllte.

»Ich hab's nicht«, krächzte er. Blondie überlegte eine Weile.
»Das Haus filzen«, befahl er seinen Kumpanen. »Er hat nix dagegen. Alles auseinandernehmen.«

Die beiden Schläger machten sich auf die Suche, Blondie blieb mit dem Juwelier im Wohnzimmer zurück. Die Arbeit war gründlich und dauerte eine Stunde. Die beiden durchstöberten jede Kammer und jeden Schrank, alle Schubladen, Winkel und Fugen. Blondie vergnügte sich inzwischen damit, den alten Mann in die gebrochenen Rippen zu boxen. Kurz nach Mitternacht kamen die beiden Schläger vom Dachboden zurück.

»Nix«, sagte einer.

»Wer hat's denn dann, Louis?« fragte Blondie. Zablonsky wollte es nicht sagen, also droschen sie so lange auf ihn ein, bis er es doch tat. Als der Mann hinter dem Sessel ihn losließ, kippte Zablonsky vornüber auf den Teppich und rollte auf die Seite. Er wurde blau um die Lippen, die Augen quollen aus den Höhlen, und sein Atem ging in kurzen mühsamen Stößen. Die drei Männer sahen auf ihn hinunter.

»Der kriegt 'n Herzklaps«, sagte einer neugierig. »Der geht uns ein.«

»Hast 'n wohl zu fest verwamst, was?« sagte Blondie sarkastisch. »Los, raus jetzt. Wir wissen, wer's hat.«

»Du glaubst, er hat's richtig ausgespuckt?« fragte einer der Schläger.

»Yeah, er hat's schon vor einer Stunde ausgespuckt«, sagte Blondie. Die drei verließen das Haus, kletterten in ihren Lieferwagen und fuhren ab. Unterwegs, südlich von Golders Green, fragte einer der Schläger Blondie:

»Also, was machen wir jetzt?«

»Schnauze, ich muß denken«, sagte Blondie.

Der mickrige Sadist sah sich gern als Herrn und Meister von Schwerverbrechern. In Wahrheit war seine Intelligenz beschränkt, und er wußte nicht recht weiter. Der Auftrag hatte gelautet: Geht zu dem Mann und holt gestohlenes Gut zurück.

Aber sie hatten es nicht zurückgeholt. In der Nähe des Regent's Park sah er eine Telefonzelle.

»Da drüben halten«, sagte er. »Ich muß mal wen anrufen.«

Der Mann, der ihn angeheuert hatte, hatte ihm die Nummer einer Telefonzelle gegeben und drei verschiedene Zeiten genannt, zu denen er anrufen könnte. Bis zum ersten Termin fehlten nur noch ein paar Minuten.

Beryl Zablonsky kam kurz vor zwei Uhr morgens von ihrem Samstagabendausflug zurück. Sie parkte ihren Metro auf der gegenüberliegenden Straßenseite und schloß die Haustür auf, hinter der sie zu ihrer Überraschung noch Licht gesehen hatte.

Louis Zablonskys Frau war ein nettes jüdisches Mädchen von einfacher Herkunft gewesen und hatte schon früh gelernt, daß es töricht und egoistisch ist, wenn man vom Leben zuviel erwartet. Vor zehn Jahren hatte Zablonsky die damals Fünfundzwanzigjährige in einem hoffnungslosen Musical in der zweiten Reihe der Revuegirls entdeckt und ihr einen Heiratsantrag gemacht. Er verschwieg ihr seinen Zustand nicht, aber sie nahm seinen Antrag trotzdem an.

Seltsamerweise wurde es eine gute Ehe. Er war unendlich liebevoll und behandelte sie wie ein allzu nachsichtiger Vater. Sie hing zärtlich an ihm, fast wie eine Tochter. Er hatte ihr alles gegeben, was er zu geben hatte; ein schönes Haus, Kleider, Schmuck, Taschengeld, und sie war dankbar.

Natürlich war da etwas, was er ihr nicht geben konnte, aber er war einsichtig und tolerant. Er stellte nur eine Bedingung: Er wollte keine Namen erfahren und keinen der Männer kennenlernen. Mit fünfunddreißig war Beryl eine Spur überreif, ein wenig auffällig, sinnlich und attraktiv in einer Art, die in jüngeren Männern Begehren auslöst, ein Gefühl, das Beryl herzlich erwiderte. Sie hielt sich ein kleines Apartment im West End für ihre Rendezvous und genoß sie ohne Gewissensbisse.

Zwei Minuten, nachdem Beryl das Haus betreten hatte, stürzte sie tränenüberströmt zum Telefon und rief den Notdienst an. Sechs Minuten später war der Wagen zur Stelle, der Sterbende wurde auf einer Bahre abtransportiert, und es wurde alles getan, um ihn auf dem langen Weg zum Krankenhaus Hampstead-Free am Leben zu erhalten. Beryl fuhr im Ambulanzwagen mit.

Auf der Fahrt kam Zablonsky einmal für kurze Zeit zu sich und bedeutete ihr, sie solle sich seinem blutenden Mund nähern. Mit Anstrengung vermochte sie die wenigen Worte zu verstehen, und sie runzelte verwirrt die Stirn. Diese Worte waren seine letzten gewesen. Als sie endlich in Hampstead eintrafen, gehörte Louis Zablonsky zu jenen Fällen, die während der Nacht als »auf dem Transport verstorben« eingeliefert wurden.

Beryl Zablonsky hegte noch immer ein gewisses Faible für Jim Rawlings. Sie hatte einmal, vor sieben Jahren, eine kurze Affäre mit ihm gehabt, als er noch unverheiratet gewesen war. Sie wußte, daß seine Ehe inzwischen in die Brüche gegangen war und daß er allein im obersten Stockwerk eines Hauses in Wandsworth lebte. Seine Telefonnummer hatte sie früher so oft gewählt, daß sie ihr noch geläufig war.

Als Rawlings an den Apparat kam, weinte Beryl noch immer, und in seiner Schlaftrunkenheit wurde ihm erst nach einer Weile klar, wer die Anruferin war. Sie telefonierte aus einer öffentlichen Sprechzelle in der Notaufnahme des Krankenhauses, und es piepte ständig in der Leitung, während Beryl weitere Münzen einwarf. Als Rawlings begriffen hatte, wer sie war, lauschte er der Mitteilung mit wachsender Verwirrung.

»Mehr hat er nicht gesagt? ... Nur die paar Worte? All right, Liebes, tut mir leid, tut mir wirklich leid. Ich komm' vorbei, wenn die Polente abgezogen ist. Sag, wenn ich irgend etwas tun kann. Oh, und Beryl ... vielen Dank.«

Rawlings legte den Hörer auf, überlegte eine Weile und tätigte dann nacheinander zwei Anrufe. Ronnie, der Mann vom

Schrottplatz, kam als erster an, Syd traf zehn Minuten später ein. Beide hatten, wie befohlen, ihr Werkzeug mitgebracht. Es war höchste Zeit gewesen. Eine Viertelstunde später trampelten die ungebetenen Gäste die acht Stockwerke hinauf.

Blondie hatte den zweiten Auftrag eigentlich nicht übernehmen wollen, aber das Sonderhonorar, das die Stimme am Telefon ihm zugesichert hatte, war zu verlockend gewesen. Seine Spießgesellen und er waren im East End zu Hause und überquerten nur widerwillig die Themse in Richtung Süden. Der unversöhnliche Haß zwischen den Banden des East End und dem Mob aus dem Süden der Hauptstadt ist in der Geschichte der Londoner Unterwelt ein Kapitel für sich, und ein South Ender, der sich ungebeten ins East End begibt oder umgekehrt, kann sich allerhand Unannehmlichkeiten zuziehen. Aber Blondie rechnete fest damit, daß um halb vier Uhr morgens alles reibungslos ablaufen und er nach getaner Arbeit wieder in seinem eigenen Revier sein könne, ehe der Gegner ihn entdeckt hatte.

Als Jim Rawlings seine Wohnungstür öffnete, schob eine kräftige Hand ihn zurück in den Korridor in Richtung Wohnzimmer. Die beiden Schläger führten den Zug an, Blondie bildete das Schlußlicht. Rawlings ging rasch rückwärts durch den Korridor, bis alle in der Wohnung waren. Als Blondie die Tür hinter sich ins Schloß geworfen hatte, kam Ronnie aus der Küche zum Vorschein und legte den ersten Schläger mit einem Axtstiel auf die Bretter. Syd stürzte aus dem Garderobenschrank hervor und zog dem zweiten Mann eine Brechstange über den Schädel. Beide Besucher gingen zu Boden wie gefällte Ochsen.

Blondie fummelte fieberhaft am Türschnapper, um hinaus ins sichere Treppenhaus zu gelangen, als Rawlings, der über die am Boden Liegenden hinweggestiegen war, ihn am Nackenfell erwischte und mit dem Gesicht voraus in ein glasgerahmtes Madonnenbild rammte. Es war die engste Berührung mit der Religion, die Blondie je gehabt hatte. Das Glas zerbrach, und Blondies Wangen bekamen mehrere Splitter ab.

Ronnie und Syd fesselten die beiden Muskelmänner, während Rawlings Blondie ins Wohnzimmer schleifte. Minuten später ragte Blondie, von Ronnie an den Füßen und von Syd an der Taille festgehalten, ein gutes Stück weit aus dem Panoramafenster, acht Stockwerke hoch über dem Pflaster.

»Siehst du den Parkplatz da unten?« fragte ihn Rawlings. In der dunklen Winternacht konnte der Mann gerade noch die schwachen Reflexe der Straßenbeleuchtung auf den Karosserien sehen, weit, weit unten. Er nickte.

»In zwanzig Minuten ist da unten alles voller Polente. Stehen rings um eine Plastikplane. Und jetzt rat mal, wer unter der Plane liegt, bloß noch Brei und Lumpen?«

Blondie, dem klar war, daß seine Lebenserwartung nur noch Sekunden betrug, rief in Todesnot:

»All right, ich pack' aus!«

Sie zogen ihn wieder herein und setzten ihn auf einen Stuhl. Er bemühte sich um mildernde Umstände.

»Hören Sie, Chef, wir wissen doch, wie so was läuft. Ich bin bloß für den Job geheuert worden, ja? Was Geklautes wieder beibringen...«

»Der alte Mann in Golders Green«, sagte Rawlings.

»Yeah, also, er sagt, Sie haben's, drum bin ich zu Ihnen gekommen.«

»Er war mein Freund. Er ist tot.«

»Tut mir leid, Chef. Hab' nicht gewußt, daß er's am Herz hat. Die Jungs ham ihm bloß ein paar Klapse versetzt.«

»Du Scheißkerl. Ihr habt ihm sämtliche Zähne eingeschlagen und die Rippen gebrochen. Also, was hast du hier holen wollen?«

Blondie sagte es ihm.

»Den *was?*« fragte Rawlings ungläubig. Blondie sagte es ihm noch einmal.

»Fragen Sie nich mich, Chef. Ich werd' bloß bezahlt, damit ich'n zurückbringe. Oder rauskriege, was damit passiert is.«

»Am liebsten«, sagte Rawlings, »würde ich dich und deine Kumpel in die Themse schmeißen, bevor es hell wird, alle drei in Betonhöschen neuesten Zuschnitts. Bloß, mir liegt nichts an Zoff. Drum lass' ich euch laufen. Sagt euerm Kunden, er war leer. Vollständig leer. Und ich hab' ihn verbrannt ... nur noch ein Haufen Asche übrig. Ihr glaubt doch wohl nicht, daß ich irgendwas aus einem Bruch zurückbehalte? Ich bin doch nicht total verrückt. Und jetzt raus mit euch.«

Sie waren schon an der Tür, als Rawlings zu seinen Leuten sagte:

»Schafft sie rüber aufs andere Ufer. Und, Ronnie, gib dieser Ratte ein Andenken von mir mit, für den alten Mann. O. K.?«

Ronnie nickte. Minuten später wurde der bewußtlose East Ender, noch immer wie ein Paket verschnürt, auf den Rücksitz des Lieferwagens verfrachtet. Dem zweiten, halb Bewußtlosen wurden die Hände losgebunden, er kam hinters Steuer und mußte fahren. Blondie wurde auf den Beifahrersitz gestoßen, wo er sich zusammenkauerte und die gebrochenen Arme im Schoß barg. Ronnie und Syd folgten ihnen bis zur Waterloo-Brücke, dann machten sie kehrt und fuhren heim.

Jim Rawlings schwirrte der Kopf. Er machte sich einen Espresso und dachte nochmals über alles nach.

Er hatte tatsächlich den Diplomatenkoffer auf dem Trümmergelände verbrennen wollen. Aber es war ein so wundervolles handgearbeitetes Stück, das mattglänzende Leder glühte im Licht der Flammen wie Metall. Er hatte den Koffer gründlich auf irgendwelche Erkennungszeichen hin untersucht und keine gefunden. Entgegen seinem besseren Wissen und Zablonskys Warnung hatte er beschlossen, ihn zu behalten.

Er ging zu einem hohen Schrankfach und holte den Koffer herunter. Diesmal inspizierte er ihn mit der Gründlichkeit des professionellen Schränkers. Es dauerte zehn Minuten, bis er neben den Scharnieren das kleine Plättchen entdeckte, das zur Seite glitt, wenn man mit dem Daumen fest daraufdrückte. Im Innern des Koffers klickte etwas. Als er den Koffer wieder öffnete, hatte der Boden sich an einer Seite ein wenig gehoben. Rawlings löste die Bodenplatte vorsichtig mittels eines Papiermessers und sah, was in dem flachen Hohlraum zwischen dem echten und dem falschen Kofferboden steckte. Mit einer Pinzette fischte er die zehn Papierbogen heraus.

Rawlings war kein Experte für Regierungsdokumente, aber er sah den Briefkopf des Verteidigungsministeriums, und was TOP SECRET bedeutet, weiß jeder. Er lehnte sich zurück und pfiff leise vor sich hin.

Rawlings war ein Einbrecher und ein Dieb, aber wie viele Angehörige der Londoner Unterwelt wollte er nicht zulassen, daß jemand sein Land verschaukelte. Es ist Tatsache, daß ein überführter Vaterlandsverräter, genau wie ein Kindsmörder, im Gefängnis in strengstem Einzelgewahrsam zu halten ist, da Berufsganoven einen solchen Zellengenossen womöglich in seine Bestandteile zerlegen würden.

Rawlings wußte, in wessen Wohnung er eingebrochen war. Die Medien hatten nichts über den Raub gemeldet und würden es aus Gründen, die er erst jetzt verstand, vermutlich auch niemals tun. Also machte er am besten kein Aufheben von der Sache. Andererseits waren die Diamanten nun, nach Zablonskys Tod, wahrscheinlich für immer verloren und mit ihnen sein Anteil am Erlös. Rawlings begann den Mann zu hassen, dem die beraubte Wohnung gehörte.

Er hatte die Dokumente mit bloßen Händen angefaßt, und er wußte, daß seine Fingerabdrücke kartiert waren. Folglich mußte er die Papiere mit einem Tuch sauber abreiben und damit auch die Fingerabdrücke des Verräters entfernen.

An diesem Sonntagnachmittag warf er einen neutralen braunen Briefumschlag, wohlversiegelt und überreichlich mit Marken beklebt, in einen Briefkasten am Elephant and Castle. Die nächste Leerung war erst am Montag, und es wurde Dienstag, bis die Sendung beim Empfänger eintraf.

An diesem Dienstag, dem 20. Januar, rief Brigadegeneral Bertie Capstick bei John Preston in Gordon an. Die trügerische Jovialität war aus seiner Stimme verschwunden.

»Johnny, wissen Sie noch, was wir neulich ausgemacht haben? Wenn irgend etwas passiert? ... Jetzt ist es soweit. Und es ist nicht die Weihnachtskasse. Ein dicker Hund, Johnny. Jemand hat mir etwas per Post zugeschickt. Keine Bombe, obwohl, die Wirkung könnte noch schlimmer sein. Sieht aus, als hätten wir ein Leck an Bord, Johnny. Und es muß sehr, sehr weit oben sein. Das heißt also, es fällt in Ihr Ressort. Am besten kommen Sie rüber und sehen sich die Sache an.«

Am selben Vormittag erschienen, in Abwesenheit des Wohnungsinhabers, aber auf Anweisung und mit regulären Schlüsseln versehen, zwei Handwerker in einer Wohnung im achten Stock von Fontenoy House. Sie waren den ganzen Tag damit beschäftigt, den beschädigten Hamber-Safe aus der Mauer zu entfernen und durch ein vollkommen gleiches Modell zu ersetzen. Bis zum Abend sah die Wand wieder genauso aus wie vor dem Einbruch. Die Männer gingen.

5. Kapitel

Preston saß im Büro eines sehr sorgenvollen Bertie Capstick, hatte vor sich auf dem Schreibtisch die zehn fotokopierten Blätter ausgebreitet und las jedes einzelne genau durch.

»Wie viele Personen hatten den Briefumschlag in der Hand?« fragte er.

»Der Briefträger, selbstverständlich. Gott weiß, wie viele Sortierer in der Verteilerstelle. Hier im Haus die Leute am Empfang, der Bote, der die Morgenpost in die Büros bringt, und ich. Ich kann mir nicht vorstellen, daß Sie an dem Umschlag viel Freude haben werden.«

»Und die Papiere, die drinnen waren?«

»Nur ich, Johnny. Natürlich wußte ich nicht, worum's ging, bis ich sie herausgenommen hatte.«

Preston überlegte eine Weile.

»Abgesehen von der Person, die sie zur Post gab, könnten sie vielleicht die Fingerabdrücke desjenigen tragen, der die Papiere entwendet hat. Ich muß Scotland Yard bitten, sie auf Abdrücke zu untersuchen. Obwohl ich mir, ehrlich gesagt, keine großen Hoffnungen mache. Und jetzt zum Inhalt. Sieht nach einer hochrahmigen Sache aus.«

»Hoch, höher, am höchsten«, sagte Capstick düster. »Einiges davon ist äußerst sicherheitsempfindlich, betrifft unsere NATO-Verbündeten: Sofortmaßnahmen der NATO zur Abwehr verschiedener Bedrohungen durch die Sowjets – so in dieser Tonart.«

»All right«, sagte Preston, »gehen wir mal die Möglichkeiten durch. Ein Geduldsspiel. Angenommen, die Papiere wurden von einem verantwortungsbewußten Bürger an uns zurückgeschickt, der aus irgendeinem Grund nicht identifiziert werden möchte.

Das gibt's; die Leute wollen einfach in nichts hineingezogen werden. Wo könnte unser Bürger sie gefunden haben? In einer Aktentasche, die in der Garderobe liegenblieb? In einem Taxi? In einem Club?«

Capstick schüttelte den Kopf.

»Nicht auf legale Weise, Johnny. Das Zeug da hätte unter gar keinen Umständen aus dem Haus gelangen dürfen, außer vielleicht in dem versiegelten Beutel hinüber ins Auswärtige Amt oder ins Cabinet Office. Es liegen keine Meldungen vor, daß sich jemand an einem solchen Beutel zu schaffen gemacht hat. Außerdem tragen die Papiere keinen Empfängervermerk, den sie haben müßten, wenn sie auf legalem Weg außer Haus gebracht worden wären. Selbst jemand, der zum erstenmal Zugang zu solchem Material hat, kennt die Regeln. Niemand, absolut niemand darf solches Material zur Durchsicht mit nach Hause nehmen. Beantwortet das Ihre Frage?«

»Mehr als genügend«, sagte Preston. »Das Zeug ist von außerhalb wieder ins Ministerium gekommen. Also muß es hinausgeschafft worden sein. Illegal. Grobe Nachlässigkeit oder eindeutiger Versuch des Geheimnisverrats?«

»Sehen Sie sich die jeweiligen Abfassungsdaten an«, sagte Capstick. »Diese zehn Blätter decken einen vollen Monat ab. Unmöglich, daß sie alle zusammen an einem bestimmten Tag auf einem bestimmten Schreibtisch gelandet sind. Sie müssen eine ganze Weile gesammelt worden sein.«

Preston steckte unter Zuhilfenahme seines Taschentuchs die zehn Dokumente vorsichtig wieder in den Umschlag, in dem sie gekommen waren.

»Ich muß sie in die Charles Street mitnehmen, Bertie. Darf ich mal telefonieren?«

Er rief in der Charles Street an und verlangte, sofort mit Sir Bernard Hemmings verbunden zu werden. Der Generaldirektor war im Haus, und nach einer Weile und einigem Drängen von seiten Prestons nahm er den Anruf persönlich entgegen. Preston bat nur um die Erlaubnis, sofort vorsprechen zu dürfen, und erhielt sie. Er legte den Hörer auf und wandte sich an Brigadegeneral Capstick.

»Bertie, tun Sie zunächst gar nichts, und sagen Sie kein Wort. Zu niemandem. Machen Sie Ihren Dienst wie an jedem anderen Tag. Ich melde mich wieder.«

Es kam nicht in Frage, daß er das Ministerium mit diesen Dokumenten, aber ohne Begleiter verließ. Brigadegeneral Capstick gab ihm einen seiner Wachmänner vom Eingang mit, einen stämmigen ehemaligen Gardesoldaten.

Preston trug die Dokumente in seiner Aktentasche aus dem Ministerium, nahm ein Taxi bis zu den Clarges Apartments und sah dem Fahrzeug nach, bis es verschwunden war. Dann erst ging er die letzten zweihundert Yards bis zur Zentrale in der Charles Street, wo er seinen Begleiter entlassen konnte. Zehn Minuten später wurde Preston von Sir Bernard empfangen.

Der alte Agentenfänger sah grau aus, als leide er Schmerzen, was häufig der Fall war. Von der Krankheit, die in ihm wütete, war äußerlich nichts zu sehen, doch die Untersuchungsergebnisse ließen keinen Zweifel zu. Ein Jahr, hatten die Ärzte gesagt, und nicht zu operieren. Am 1. September würde er das Pensionierungsalter erreichen, und da ihm noch Urlaub zustand, konnte er Mitte Juli aufhören, sechs Wochen vor seinem sechzigsten Geburtstag.

Vermutlich wäre er schon ausgeschieden, wenn nicht familiäre Verpflichtungen ihn zum Bleiben bestimmt hätten. Seine zweite Frau hatte eine Tochter mit in die Ehe gebracht, die der kinderlose Mann wie eine eigene liebte. Das Mädchen ging noch zur Schule. Eine vorzeitige Pensionierung hätte eine empfindliche Kürzung seiner Bezüge bewirkt, und er hätte seine Witwe und das Mädchen in bedrängten Verhältnissen zurücklassen müssen. Vernünftig oder nicht – er tat alles, um bis zum offiziellen Termin durchzuhalten und so den Seinen die vollen Ruhestandsbezüge hinterlassen zu können. Er hatte sein ganzes Leben im Dienst verbracht und keine anderen Besitztümer zu vererben.

Preston erklärte, was sich am Vormittag im Verteidigungsministerium ereignet hatte, und daß nach Capsticks Meinung die Dokumente unmöglich auf andere als absichtliche Weise aus dem Ministerium hatten herausgeschafft werden können.

»O mein Gott«, murmelte Sir Bernard. »Nicht noch einmal!« Noch nach Jahren quälte ihn die Erinnerung an Vassall und Prime und an die giftige Reaktion der Amerikaner, als sie davon erfuhren.

»Und wo wollen Sie anfangen, John?«

»Ich sagte Bertie Capstick, er solle zunächst Schweigen bewahren«, antwortete Preston. »Falls wir wirklich einen Verräter im Ministerium sitzen haben, dann erhebt sich eine zweite Frage. Wer hat das Zeug an uns zurückgeschickt? Ein ehrlicher Finder, ein Langfinger, eine Ehefrau mit Gewissensbissen? Wir wissen es nicht. Aber wenn wir den Absender finden, dann können wir vielleicht auch herausbringen, wo er oder sie das Zeug her hatte. Was uns eine Menge Arbeit ersparen würde. Von dem Briefumschlag erhoffe ich mir nicht viel – gewöhnliches braunes Papier, kann überall gekauft worden sein, normale Briefmarken, Adresse mit Filzstift in Blockbuchstaben geschrieben und durch viele unbekannte Hände gegangen. Aber auf den Papieren können Fingerabdrücke sein. Ich möchte sie gern alle von Scotland Yard untersuchen lassen – unter Aufsicht natürlich. Danach wissen wir vielleicht, wie wir weitermachen müssen.«

»Gut durchdacht. Sie kümmern sich um diese Seite der Angelegenheit«, sagte Sir Bernard. »Ich werde mit Tony Plumb und wahrscheinlich auch mit Perry Jones sprechen müssen. Vielleicht kann ich mich zum Lunch mit ihnen treffen. Es hängt natürlich davon ab, was Perry Jones davon hält, aber wir müssen hier den Koordinierungsausschuß einschalten. Sie machen mit Ihrem Teil weiter, John, und halten mich auf dem laufenden. Wenn der Yard irgend etwas findet, will ich es wissen.«

Drüben in Scotland Yard war man sehr hilfsbereit und stellte Preston einen der besten Laborleute zur Verfügung. Preston stand neben dem zivilen Experten, der sorgfältig jedes einzelne Blatt einstäubte. Es ließ sich nicht vermeiden, daß der Mann auf jedem Blatt den Vermerk TOP SECRET zu sehen bekam.

»Hat sich drüben in Whitehall jemand danebenbenommen?« scherzte der Labortechniker. Preston schüttelte den Kopf.

»Nein. Nur dumm und nachlässig«, log er. »Das Zeug hätte in den Reißwolf gehört, nicht in den Papierkorb. Das Karnickel wird ganz schön was auf die Pfoten kriegen, wenn wir die Pfoten identifizieren können.«

Der Labortechniker verlor das Interesse. Als er fertig war, schüttelte er den Kopf.

»Nichts«, sagte er, »rein wie frischgefallener Schnee. Aber etwas kann ich Ihnen sagen. Die Papiere sind abgewischt worden. Eine Garnitur Abdrücke ist natürlich drauf, vermutlich Ihre.«

Preston nickte. Es ging den Mann nichts an, daß diese Garnitur Abdrücke von Brigadegeneral Capstick stammte.

»Das ist der springende Punkt«, sagte der Labortechniker. »Dieses Papier nimmt Fingerabdrücke fabelhaft an und hält sie wochenlang, vielleicht Monate. Es müßte mindestens noch eine zweite Garnitur drauf sein, vermutlich sogar mehrere. Zum Beispiel von der Bürokraft, die die Blätter vor Ihnen in der Hand gehabt hat. Aber nichts dergleichen. Sie sind mit einem Tuch abgewischt worden, bevor sie im Papierkorb landeten. Ich kann die Fasern sehen. Aber keine Abdrücke. Tut mir leid.«

Preston hatte ihm den Umschlag gar nicht erst gezeigt. Wer immer die Papiere abgewischt hatte, würde nicht seine Fingerabdrücke auf dem Umschlag hinterlassen. Außerdem würde der Umschlag verraten, daß die Geschichte von der schlampigen Bürokraft ein Schwindel war. Er nahm die zehn Geheimpapiere wieder an sich und ging. Capstick hat recht, dachte er. Es ist ein Leck, und zwar ein ganz übles. Es war drei Uhr nachmittags; er ging zurück in die Charles Street und wartete auf Sir Bernard.

Sir Bernard hatte nach einigem Drängen erreicht, daß Sir Anthony Plumb, der Vorsitzende des Joint Intelligence Committee, des JIC, und Sir Peregrine Jones, beamteter Unterstaatssekretär im Verteidigungsministerium, sich mit ihm zum Lunch verabredeten. Sie trafen sich im Nebenzimmer eines Clubs in St. James. Die dringliche Bitte des Generaldirektors von »Fünf« gab den beiden hohen Beamten sehr zu denken, und zerstreut bestellten sie ihren Lunch. Als der Kellner gegangen war, berichtete Sir Bernard ihnen, was sich ereignet hatte. Es verdarb beiden Herren den Appetit.

»Wenn Capstick mir wenigstens ein Wort gesagt hätte«, murrte Sir Perry Jones leicht verstimmt. »Verdammter Schock, so aus heiterem Himmel.«

»Ich glaube«, sagte Sir Bernard, »daß mein Mitarbeiter Preston ihn gebeten hat, noch eine Weile Stillschweigen zu bewahren, denn wenn wir wirklich einen Agenten in der Spitze des Ministeriums haben, darf der nicht Wind kriegen, daß wir die Dokumente zurückerhalten haben.«

Sir Peregrine brummte ein wenig besänftigt.

»Was meinen Sie, Perry?« fragte Sir Anthony Plumb. »Irgendeine Möglichkeit, daß die Fotokopien ohne böse Absicht oder einfach durch Schlamperei außer Haus gelangt sind?«

Der Beamte des Verteidigungsministeriums schüttelte den Kopf.

»Die undichte Stelle muß nicht unbedingt sehr weit oben sein«, sagte er. »Jeder wichtige Mann hat seinen Kreis von Mitarbeitern. Es müssen Kopien gemacht werden – manchmal müssen drei oder vier Leute von einem Originaldokument Kenntnis erhalten. Aber alle Kopien werden in eine Liste eingetragen und später vernichtet. Drei Kopien angefertigt, drei Kopien nach Gebrauch vernichtet. Der Haken ist: Ein hoher Beamter kann nicht seinen ganzen Kram selber in den Reißwolf stopfen. Er läßt das von einem seiner Mitarbeiter erledigen. Natürlich sind alle sicherheitsüberprüft, aber kein System ist völlig lückenlos. Hier handelt es sich um Kopien, die im Lauf eines ganzen Monats zusammengekommen und aus dem Ministerium herausgeschafft worden sind. Das kann weder von ungefähr noch durch Nachlässigkeit passiert sein. Es muß Absicht dahinterstecken. Verdammt...«

Er legte Messer und Gabel auf seinen fast unberührten Teller.

»Tut mir leid, Tony, aber ich glaube, es ist oberfaul.«

Sir Tony Plumbs Miene war ernst.

»Ich werde wohl einen limitierten Unterausschuß des JIC bilden müssen«, sagte er. »Einen sehr limitierten, in diesem Stadium. Nur Innenministerium, Auswärtiges Amt, Verteidigung, den Cabinet Secretary, die Chefs von Fünf und Sechs und jemand von GCHQ. Noch kleiner geht's nicht.«

Man kam überein, daß Sir Tony den Unterausschuß für den nächsten Vormittag einberufen und daß Hemmings ihn über Prestons etwaige Erfolge bei Scotland Yard informieren würde. Damit trennten sie sich.

Der komplette JIC ist ein ziemlich großer Ausschuß. Nicht nur ein halbes Dutzend Ministerien und mehrere Behörden sind darin vertreten, die drei Teilstreitkräfte und die beiden Nachrichtendienste, sondern auch die in London stationierten Vertreter Kanadas, Australiens, Neuseelands und natürlich die amerikanische CIA.

Plenarsitzungen sind eher selten und verlaufen ziemlich steif. In der Regel werden limitierte Unterausschüsse gebildet. Dort werden ganz bestimmte Probleme behandelt, und die Mitglieder kennen einander meist persönlich und können in kürzerer Zeit mehr Arbeit erledigen.

Der Unterausschuß, den Sir Anthony Plumb in seiner Eigenschaft als Koordinator der Nachrichtendienste am Vormittag des 21. Januar einberufen hatte, erhielt den Codenamen Paragon. Die Sitzung begann um zehn Uhr im Konferenzzimmer des Cabinet

Office, dem Cabinet Office Briefing Room, kurz COBRA genannt. Der Raum liegt im zweiten Stock des Cabinet Office in Whitehall, ist vollklimatisiert und schalldicht und wird täglich nach Abhörvorrichtungen abgesucht.

Theoretisch war der Kabinettsminister, Sir Martin Flannery, der Gastgeber, er überließ den Vorsitz jedoch Sir Anthony. Sir Perry Jones vertrat das Verteidigungsministerium, Sir Patrick Strickland das Außenministerium und Sir Hubert Villiers das Innenministerium, das die politische Verantwortung für MI5 trägt.

GCHQ (Government Communications Headquarters), der »Horchposten« des Landes in Gloucestershire, der in einem hochtechnisierten Zeitalter so wichtig ist, daß er fast einem eigenen Nachrichtendienst gleichkommt, hatte seinen stellvertretenden Generaldirektor geschickt, da der Generaldirektor in Urlaub war.

Sir Bernard Hemmings kam aus der Charles Street und wurde von Brian Harcourt-Smith begleitet.

»Ich hielt es für besser, daß Brian vollständig im Bild ist«, hatte Hemmings Sir Anthony erklärt. Alle verstanden, daß er sagen wollte: »Falls ich an einer weiteren Sitzung nicht mehr teilnehmen kann.«

Schließlich saß noch am Ende des langen Tisches, Sir Anthony Plumb gegenüber, mit unbeteiligter Miene Sir Nigel Irvine, Chef des Geheimen Nachrichtendienstes oder MI6.

MI5 hat einen Generaldirektor, MI6 hat seltsamerweise keinen. MI6 hat einen Chef, der in der Geheimdienstwelt und in Whitehall einfach als »C« bekannt ist, wie immer sein Name lauten mag. Dieses »C« steht auch nicht, was noch seltsamer anmutet, als Abkürzung für »Chef«. Sondern der erste Leiter von MI6 hieß Mansfield-Cummings, und das »C« entspricht dem Anfangsbuchstaben des zweiten Namensteils. Ian Fleming, der Meister der Raffinesse, benutzte den Anfangsbuchstaben »M« des ersten Namensteils zur Benennung des Chefs in seinen James-Bond-Romanen.

Insgesamt saßen neun Männer um den Tisch – sieben davon geadelt –, die zusammen mehr Macht und Einfluß repräsentierten als irgend jemand sonst im Königreich. Alle kannten einander gut und redeten sich mit Vornamen an. Jeder konnte die beiden stellvertretenden Generaldirektoren mit Vornamen anreden, sie hingegen nannten die hohen Herren »Sir«. Das verstand sich von selbst.

Sir Anthony Plumb eröffnete die Sitzung mit einer kurzen Darstellung der Entdeckung vom Vortag, die betroffenes Gemurmel hervorrief. Dann erhielt Bernard Hemmings das Wort. Der Chef von »Fünf« lieferte weitere Details, einschließlich der Fehlanzeige von Scotland Yard. Der letzte Redner, Sir Perry Jones, wies eindrücklich darauf hin, daß die Fotokopien unmöglich von ungefähr oder durch bloße Nachlässigkeit den Weg aus dem Ministerium gefunden haben konnten. Es mußte sich um eine absichtliche und heimliche Entwendung handeln.

Als er geendet hatte, herrschte Schweigen am Konferenztisch. Ein einzelnes Wort hing drohend über der Runde: Schadensfeststellung. Wie lang war das schon so gegangen? Wie viele Dokumente waren beiseite geschafft worden? Und wohin? (Obwohl das ziemlich klar zu sein schien.) Und welche Art von Dokumenten? Wieviel Schaden war England und den NATO-Verbündeten zugefügt worden? Und wie, zum Teufel, sollte man es den Verbündeten beibringen?

»Wen haben Sie an die Sache angesetzt?« wollte Sir Martin Flannery von Hemmings wissen.

»Er heißt John Preston«, sagte Hemmings. »Leitet C. 1. (A). Brigadegeneral Capstick vom Verteidigungsministerium rief ihn an, als die Sendung mit der Post eintraf.«

»Wir könnten ... äh ... einen erfahreneren Mann damit betrauen«, schlug Brian Harcourt-Smith vor.

Sir Bernard Hemmings runzelte die Stirn.

»John Preston ist ein Späteinsteiger«, erklärte er. »Seit sechs Jahren bei uns. Ich habe volles Vertrauen zu ihm.

Es gibt noch einen anderen Grund. Wir müssen davon ausgehen, daß es sich um absichtlichen Verrat handelt.«

Sir Perry Jones nickte düster.

»Wir können ferner davon ausgehen«, fuhr Hemmings fort, »daß der Verantwortliche – ich will ihn oder sie einmal Chummy nennen – weiß, daß ihm diese Dokumente abhanden gekommen sind. Wir können hoffen, daß Chummy *nicht* weiß, daß sie anonym an das Ministerium zurückgeschickt wurden. Aber Chummy dürfte auf jeden Fall beunruhigt und auf der Hut sein. Wenn ich ein ganzes Team von Ermittlern ausschicke, wird Chummy wissen, daß er verspielt hat. Es fehlte gerade noch, daß er sich klammheimlich davonmacht und bei einer internationalen Pressekonferenz in Moskau die Starrolle spielt. Ich schlage vor, daß wir möglichst unauffällig vorgehen und versuchen, eine erste Fährte zu finden.

Da Preston als Leiter von C.1. (A) neu ist, kann er ohne weiteres die Runde durch die Ministerien machen und, scheinbar um sich zu informieren, die Sicherheitsmaßnahmen überprüfen. Eine bessere Tarnung können wir nicht finden. Mit ein bißchen Glück denkt Chummy sich nichts dabei.«

Sir Nigel Irvine am Tischende nickte zustimmend.

»Klingt vernünftig«, meinte er.

»Könnte eine Ihrer Quellen uns vielleicht auf eine Fährte bringen, Nigel?« fragte Sir Anthony Plumb.

»Werde einige Fühler ausstrecken«, erwiderte Irvine unverbindlich. Andrejew, dachte er; er mußte einen Treff mit Andrejew vereinbaren. »Und unsere tapferen Verbündeten?«

»Die Aufgabe, sie oder zumindest einige von ihnen zu informieren, dürfte Ihnen zufallen, Nigel«, erinnerte ihn Plumb. »Also, was meinen Sie?«

Sir Nigel war seit sieben Jahren auf seinem Posten und stand nun im letzten Jahr. Der kluge, erfahrene und nüchterne Mann war bei den alliierten Nachrichtendiensten von Europa und den USA hoch angesehen. Trotzdem – das Überbringen *solcher* Botschaft würde kein reines Vergnügen sein. Keine erfreuliche Abschiedsvorstellung.

Er dachte an Alan Fox, den sarkastischen und manchmal bissigen obersten Verbindungsoffizier der CIA in London. Für Alan würde diese Geschichte ein gefundenes Fressen sein. Er zuckte die Achseln und lächelte.

»Bernard hat recht. Chummy dürfte sich große Sorgen machen. Wir können wohl davon ausgehen, daß er so bald nicht wieder einen Stoß streng geheimer Unterlagen mitgehen läßt. Es wäre schön, wenn man unseren Verbündeten wenigstens einen gewissen Fortschritt melden könnte, Erfolg bei der Schadensfeststellung zum Beispiel. Ich möchte abwarten, was dieser Preston zuwege bringt. Zumindest ein paar Tage.«

»Schadensfeststellung ist das A und O«, nickte Sir Anthony. »Und sie scheint fast unmöglich, ehe wir Chummy finden und überreden können, ein paar Fragen zu beantworten. Also dürften wir im Augenblick von Prestons Ergebnissen abhängen.«

Die Sitzung wurde aufgehoben. Die beamteten Unterstaatssekretäre eilten, um schleunigst ihre Minister im strengsten Vertrauen ins Bild zu setzen, und Sir Martin begab sich, wohl wissend, was ihm bevorstand, zum Tête-à-tête mit der weithin gefürchteten Mrs. Margaret Thatcher.

Am folgenden Tag trat in Moskau ein anderer Ausschuß zu seiner ersten Sitzung zusammen.

Major Pawlow hatte Philby kurz nach dem Mittagessen angerufen und ihm mitgeteilt, er werde den Genossen Oberst um achtzehn Uhr abholen; der Genosse Generalsekretär der KPdSU wünsche ihn zu sprechen. Philby vermutete (zu Recht), daß ihm die fünfstündige Warnfrist eingeräumt wurde, damit er nüchtern und korrekt gekleidet erscheinen könne.

Die Straßen waren um diese Tageszeit und bei dem heftigen Schneetreiben von dahinkriechenden Autos verstopft, aber der

Tschaika mit dem MOC-Nummernschild war auf der Innenspur dahingerast, der für die Wlasti reserviert war, die Elite, die Stützen jener Gesellschaft, die Marx sich als klassenlos erträumt hatte: einer starr strukturierten Gesellschaft, in Schichten und Kasten eingeteilt, wie es nur eine riesige durch und durch bürokratische Hierarchie sein kann.

Als sie am Hotel Ukraina vorbeigekommen waren, hatte Philby geglaubt, sie würden zur Datscha nach Usowo hinausfahren, aber nach ein paar hundert Metern bog der Wagen zum Eisentor des gewaltigen achtstöckigen Baus am Kutuzowskij-Prospekt Nummer 26 ab. Philby staunte; es war eine seltene Ehre, die Privatwohnung eines Mitglieds des Politbüros betreten zu dürfen.

Den ganzen Gehsteig entlang waren Leute vom Neunten Direktorat in Zivil postiert, aber am Einfahrtstor standen sie in Uniform, dicken grauen Mänteln, Pelz-Tschapkas mit Ohrenklappen und den blauen Abzeichen der Kremlgarde. Major Pawlow wies sich aus, und die Eisentore schwangen auf. Der Tschaika glitt in den Innenhof und hielt dort.

Wortlos führte der Major Philby in das Gebäude, durch zwei weitere Ausweiskontrollen, vorbei an einem verborgenen Metall-Detektor und einem Röntgen-Scanner, und in den Lift. In der dritten Etage stiegen sie aus; dieses Stockwerk gehörte allein dem Generalsekretär. Major Pawlow klopfte an eine Tür; sie öffnete sich, und dahinter stand ein weißgekleideter Butler, der Philby einließ. Der schweigende Major blieb zurück, die Tür wurde hinter Philby geschlossen. Diener nahmen ihm Mantel und Hut ab, und er wurde in ein großes Wohnzimmer komplimentiert, das sehr gut geheizt war – alte Leute frieren leicht –, aber erstaunlich einfach möbliert.

Im Gegensatz zu Leonid Breschnew, der viel für Schnörkel, Schwulst und Luxus übrig hatte, galt der Generalsekretär, was seinen privaten Geschmack anging, als Asket. Das Mobiliar aus schwedischer oder finnischer Fichte war spärlich, nüchtern und funktionell. Keine Antiquitäten, wenn man von zwei eindeutig unschätzbaren Bucharas absah. Um einen niedrigen Tisch waren vier Stühle gruppiert, der Platz für einen fünften Stuhl war freigelassen. Im Zimmer standen bereits – niemand würde sich ohne Erlaubnis gesetzt haben – drei Männer. Philby kannte sie alle, und sie nickten ihm grüßend zu.

Der eine war Professor Wladimir Iljitsch Krilow, der an der Moskauer Universität Zeitgeschichte lehrte. Er war – und darin lag sein eigentlicher Wert – ein wandelndes Lexikon auf dem Gebiet der sozialistischen und kommunistischen Parteien Westeuropas, im besonderen Englands. Mehr noch, er gehörte dem Obersten Sowjet an, diesem aus lauter Jasagern bestehenden Einparteienparlament der UdSSR, ferner der Akademie der Wissenschaften, und betätigte sich häufig als Berater der internationalen Abteilung des Zentralkomitees, dessen Leiter der Generalsekretär früher gewesen war.

Der Mann, dem man trotz seiner Zivilkleidung den Militär ansah, war General Pyotr Sergeiwitsch Martschenko. Philby kannte ihn nur flüchtig, wußte aber, daß er ein hoher Offizier in der GRU war, dem Geheimdienst der sowjetischen Streitkräfte. Martschenko war Fachmann in den Techniken zur Aufrechterhaltung der inneren Sicherheit, aber auch Destabilisierungsexperte. Sein Interesse hatte von jeher vor allem den Demokratien Westeuropas gegolten, deren Polizei und Verfassungsschutz er sein halbes Leben lang studiert hatte.

Der dritte war Dr. Josef Viktorowitsch Rogow, gleichfalls Mitglied der Akademie und seines Zeichens Physiker. Seinen Ruhm verdankte er jedoch einem anderen Titel, dem eines Schachgroßmeisters. Man wußte, daß er einer der wenigen persönlichen Freunde des Generalsekretärs war, ein Mann, den der Sowjetführer in der Vergangenheit mehrmals zugezogen hatte, wenn ihm dessen phantastisches Gehirn bei der Planung gewisser Operationen als unerläßliche Hilfe erschienen war.

Die vier Männer hatten zwei Minuten gewartet, als sich die

Doppeltüren am Ende des Zimmers öffneten und der absolute Herrscher über Sowjetrußland, seine Satelliten und Kolonien erschien.

Er saß im Rollstuhl, der von einem Diener in weißer Jacke hereingeschoben wurde. Der Stuhl wurde an den freigebliebenen Platz gerollt.

»Bitte Platz zu nehmen«, sagte der Generalsekretär.

Philby war überrascht, wie sehr der Mann sich verändert hatte. Gesicht und Handrücken des Fünfundsiebzigjährigen waren mit braunen Altersflecken gesprenkelt. Die Operation am offenen Herzen, die 1985 durchgeführt worden war, schien erfolgreich gewesen zu sein, und der Schrittmacher arbeitete offenbar tadellos. Und doch wirkte der Mann gebrechlich. Das dichte, glänzende weiße Haar, das ihm auf den Plakaten zum Maifeiertag das Aussehen eines gütigen Hausarztes verlieh, war fast verschwunden. Um beide Augen zogen sich braune Ringe.

Zwei Kilometer vom Kutuzowskji-Prospekt entfernt, in der Nähe des alten Dorfes Kuntsewo, stand auf einem riesigen Areal inmitten eines Birkenwaldes, umzäunt von einer zwei Meter hohen Palisade, das ausschließlich den Mitgliedern des Zentralkomitees vorbehaltene Krankenhaus. Es war der erweiterte und modernisierte Bau der alten Klinik von Kuntsewo. Auf dem Gelände des Krankenhauses stand Stalins ehemalige Datscha, das überraschend bescheidene Landhaus, in dem der Diktator einen so großen Teil seiner Zeit verbracht hatte und in dem er schließlich gestorben war. Diese Datscha hatte man in die modernste Intensivstation im ganzen Land verwandelt, nur um des Mannes willen, der jetzt in seinem Rollstuhl saß und jeden einzelnen musterte.

In der Datscha von Kuntsewo standen sechs Top-Spezialisten ständig zur Verfügung, und zu ihnen begab sich der Generalsekretär jede Woche zur Behandlung. Sie hielten ihn am Leben, wie man sah – doch nur mit knapper Not.

Aber noch funktionierte das Gehirn hinter den eiskalten

Augen, die durch die goldgefaßte Brille blickten. Der Generalsekretär blinzelte selten, und wenn, dann so langsam wie ein Raubvogel.

Er verschwendete keine Zeit mit Vorreden. Das tat er nie, wie Philby wußte. Er nickte den drei anderen Männern zu und sagte: »Genossen, Sie haben den Bericht unseres Freundes, des Genossen Oberst Philby, gelesen.«

Es war keine Frage, aber die drei Männer nickten bejahend.

»Dann werden Sie nicht überrascht sein, zu erfahren, daß ich den Sieg der britischen Labour Party, und zwar des ultralinken Flügels dieser Partei, als vorrangiges Interesse der Sowjetunion betrachte. Folglich werden Sie einen streng geheimen Viererausschuß bilden und Methoden erarbeiten, mit deren Hilfe wir, ganz unter der Hand natürlich, zu diesem Sieg beitragen könnten.

Sie werden mit niemandem darüber sprechen. Schriftstücke werden, wenn überhaupt, persönlich abgefaßt. Notizen sind zu verbrennen. Besprechungen in Privatwohnungen abzuhalten. Keine Zusammenkünfte in der Öffentlichkeit. Von keinem Außenstehenden irgendeinen Rat einholen. Berichterstattung an mich persönlich, nach telefonischer Voranmeldung über Major Pawlow. Ich werde dann eine Sitzung einberufen, bei der Sie Ihre Vorschläge unterbreiten können.«

Philby war klar, daß der Sowjetführer die Geheimhaltung außerordentlich ernst nahm. Er hätte dieses Treffen in seinen Amtsräumen im Präsidium des Zentralkomitees abhalten können, dem mächtigen grauen Komplex am Nowaya Ploschtsched, wo seit Stalin alle Sowjetführer ihren Amtssitz haben. Aber dann hätten andere Mitglieder des Politbüros sie ankommen oder abfahren sehen oder etwas darüber hören können. Der Generalsekretär wollte ganz offensichtlich einen Ausschuß, der so völlig seine Privatangelegenheit war, daß niemand sonst davon erfahren durfte.

Und noch etwas war seltsam. Niemand vom KGB war anwesend, obgleich das Erste Hauptdirektorat massenhaft Unterlagen über England sowie die entsprechenden Experten zur Verfügung hatte. Aus Gründen, die nur er selber kannte, wollte der gerissene Führer die ganze Sache von den Geheimdiensten fernhalten, deren Vorsitzender er einst gewesen war.

»Irgendwelche Fragen?«

Philby hob zögernd die Hand. Der Generalsekretär nickte.

»Genosse Generalsekretär, früher fuhr ich meinen Privatwagen selber. Das haben mir die Ärzte seit meinem Schlaganfall im vergangenen Jahr verboten. Jetzt fährt mich meine Frau. Aber in diesem besonderen Fall, im Hinblick auf die Geheimhaltung –«

»Ich werde Ihnen für die Dauer Ihres Auftrags einen Fahrer des KGB zuweisen«, sagte der Generalsekretär ruhig. Alle wußten, daß die drei anderen Männer, ihrem Rang entsprechend, bereits über Dienstwagen mit Fahrer verfügten.

Weitere Punkte waren nicht zu erörtern. Auf ein Nicken hin schob der Diener den Rollstuhl mit dessen Insassen wieder durch die Doppeltür hinaus. Die vier Berater standen auf und verließen die Wohnung.

Zwei Tage später nahm der Albion-Ausschuß im Landhaus eines der beiden Akademiemitglieder seine intensive Tätigkeit auf.

Preston erzielte tatsächlich einige Fortschritte. Noch während die erste Sitzung von Paragon andauerte, steckte er in den Räumen der Registratur tief unter dem Verteidigungsministerium.

»Bertie«, hatte er zu Brigadegeneral Capstick gesagt, »für die Leute hier im Haus bin ich einfach ein neuer Besen, der sich überall wichtig macht. Streuen Sie aus, daß ich mich nur bei meinen eigenen Vorgesetzten lieb Kind machen möchte. Routineüberprüfung von Sicherheitsmaßnahmen, kein Grund zu Besorgnis, bloß eine Nervensäge.«

Capstick hatte also überall austrompetet, der neue Chef von

C.1. (A) klappere sämtliche Ministerien ab, um zu zeigen, wie bienenfleißig er sei. Die Archivare warfen wehe Blicke gen Himmel und erfüllten Prestons Wünsche mit kaum verhüllter Erbitterung. Aber auf diese Weise erhielt er Zugang zu den Akten, zu den Listen über Aus- und Wiedereingänge, erfuhr die Namen der Empfänger und, was das Wichtigste war, die Ausleihdaten.

Einen ersten Durchbruch konnte er schon bald verzeichnen. Alle Dokumente bis auf eines hatten im Außenministerium und im Cabinet Office zur Verfügung gestanden, da sie alle mit Englands NATO-Verbündeten und den Fragen einer gemeinsamen NATO-Reaktion auf eine ganze Palette möglicher sowjetischer Initiativen zu tun hatten.

Aber ein Dokument war nicht aus dem Verteidigungsministerium gelangt. Der beamtete Unterstaatssekretär, Sir Peregrine Jones, war kürzlich aus Washington zurückgekehrt, wo er Gespräche mit dem Pentagon geführt hatte; es ging um gemeinsame Patrouillenfahrten englischer und amerikanischer Atom-U-Boote im Mittelmeer, im Zentral- und Südatlantik und im Indischen Ozean. Sir Peregrine hatte eine Zusammenfassung dieser Gespräche angefertigt und einigen »Mandarinen« innerhalb des Ministeriums zugehen lassen. Die Tatsache, daß dieses Papier, in Fotokopie, zu den gestohlenen Dokumenten gehörte, bedeutete zumindest, daß sich das Leck innerhalb des Verteidigungsministeriums befand.

Preston arbeitete die Verteilerliste von streng geheimen Dokumenten für die letzten paar Monate durch. Daraus ging hervor, daß die anonym zurückgeschickten Papiere einen Zeitraum von vier Wochen abdeckten. Ferner ging hervor, daß jeder Mandarin, über dessen Schreibtisch alle diese Dokumente gegangen waren, auch noch weitere erhalten hatte. Der Dieb hatte also eine Auswahl getroffen.

Wie Preston am Ende des darauffolgenden Tages festgestellt hatte, konnten vierundzwanzig Männer Zugang zu *allen* zehn Dokumenten gehabt haben. Er überprüfte die Abwesenheitslisten, Auslandsreisen, Grippefälle und strich alle, die für die Zeit des Diebstahls nicht in Frage kamen.

Zweierlei erschwerte ihm die Arbeit: Er mußte pro forma eine Unzahl anderer Entnahmen überprüfen, um die Aufmerksamkeit nicht auf diese speziellen zehn Dokumente zu lenken. Auch Archivare klatschen, und die undichte Stelle konnte ebensogut weiter unten sein, bei den Sekretärinnen und Schreibkräften, die in der Kaffeepause einen Schwatz mit den Archivaren abhalten mochten. Zweitens konnte er nicht in den oberen Etagen auftauchen und nachprüfen, wie viele Fotokopien von den Originalen angefertigt worden waren. Wie er wußte, war es durchaus üblich, daß jemand ein streng geheimes Dokument offiziell auf seinen Namen »ausleihen« konnte, wenn er den Rat eines Kollegen einholen wollte. Dann wurde eine Fotokopie angefertigt, numeriert und dem Kollegen gegeben. Sobald diese Fotokopie wieder zurückkam, wurde sie vernichtet – oder in diesem Fall auch nicht. Dann ging das Original wieder in die Registratur. Aber mehrere Augenpaare konnten die Fotokopie gesehen haben.

Um das zweite Problem zu lösen, begab Preston sich, zusammen mit Capstick, nach Einbruch der Dunkelheit wiederum ins Ministerium und verbrachte zwei Nächte in den oberen Etagen, die leer waren bis auf die uninteressierten Putzfrauen, und prüfte die Anzahl der gemachten Fotokopien nach. Wieder konnte er einige Namen streichen, denn manches Dokument war auch an einen Mann gegangen, der keine Kopien hatte anfertigen lassen, ehe er es wieder ins Archiv zurückschickte. Am 27. Januar legte Preston in der Charles Street einen Zwischenbericht über seine Nachforschungen vor.

Er wurde von Brian Harcourt-Smith empfangen.

»Gut, daß Sie was für uns haben, John«, sagte Harcourt-Smith. »Anthony Plumb hat schon zweimal angerufen. Die Leute von Paragon setzen ihm zu, wie's scheint. Schießen Sie los.«

»Erstens«, sagte Preston, »die Dokumente. Sie wurden sorgfältig ausgewählt, als habe unser Dieb nur genommen, was bei ihm bestellt wurde. Erfordert große Sachkenntnis. Ich glaube, das schließt alle unteren Ebenen endgültig aus. Die würden es machen wie die Elstern, einfach klauen, was sie erwischen können. Eine Hypothese, aber sie beschränkt die Anzahl. Es muß meiner Meinung nach jemand sein, der Erfahrung hat und den Inhalt beurteilen kann. Was Bürokräfte und Boten ausschließt. Auf keinen Fall ist das Leck im Archiv. Kein verletztes Siegel, keine unerlaubte Entnahme oder eigenmächtige Anfertigung von Fotokopien.«

Harcourt-Smith nickte.

»Also suchen Sie es weiter oben?«

»Ja, Brian. Und ich habe noch einen zweiten Grund dafür. Ich habe zwei Nächte damit zugebracht, jeder einzelnen Fotokopie genau nachzugehen. Es bestehen keine Unstimmigkeiten. Bleibt folglich nur eine Möglichkeit: die Entnahme beim Vernichten. Jemand hat drei Kopien für den Reißwolf gekriegt und nur zwei hineingeworfen, die dritte hat er außer Haus geschmuggelt. Jetzt zu den leitenden Beamten, die das getan haben könnten.

Vierundzwanzig hatten Zugang zu allen zehn Dokumenten. Ich glaube, zwölf davon kann ich streichen, weil sie nur Kopien bekommen, und zwar immer nur eine in dem Fall, daß man ihren Rat einholen will. Die Vorschriften sind eindeutig. Wer immer aus diesem Grund eine Kopie erhält, muß sie demjenigen zurückgeben, von dem er sie bekommen hat. Andernfalls würde er vorschriftswidrig handeln und Verdacht erregen. Zehn Kopien zurückzubehalten wäre unerhört. Bleiben die zwölf Männer, die die Originale aus dem Archiv bekommen haben.

Drei von ihnen waren aus verschiedenen Gründen an den Tagen, die auf den anonym zurückgeschickten Kopien als Entnahmedaten festgehalten sind, nicht anwesend. Sie haben die Dokumente zu anderen Zeiten aus dem Archiv geholt und müssen daher von unserer Liste gestrichen werden. Bleiben noch neun.

Von diesen neun haben vier keinerlei Kopien für eventuelle Berater machen lassen, und es ist unmöglich, eigenmächtig für sich selbst Kopien ohne Eintrag anzufertigen.«

»Dann waren's nur noch fünf«, murmelte Harcourt-Smith.

»Stimmt. Also – es ist nur eine Hypothese, aber mehr kann ich im Moment nicht bieten. Drei von diesen fünf hatten zur in Frage kommenden Zeit weitere Dokumente auf dem Schreibtisch, die von ähnlicher Art waren wie die entwendeten Papiere, und überdies weit interessanter, aber diese Dokumente wurden nicht gestohlen. Von Rechts wegen hätten sie geklaut werden müssen. Hiermit komme ich zu den zwei letzten Männern. Nichts Konkretes, nur erstklassige Verdächtige.«

Preston schob zwei Kladden über den Schreibtisch, die Harcourt-Smith neugierig durchsah.

»Sir Richard Peters und Mr. George Berenson«, las er. »Sir Richard ist als stellvertretender Unterstaatssekretär verantwortlich für Internationale Gemeinschaftsprojekte, und Mr. Berenson ist stellvertretender Leiter des Beschaffungsamts. Beide haben natürlich ihre eigenen Mitarbeiter.«

»Ja.«

»Aber die führen Sie nicht als Verdächtige auf? Darf ich fragen, warum?«

»Sie *sind* verdächtig«, sagte Preston. »Diese beiden Herren würden es wahrscheinlich ihren Untergebenen überlassen, die Kopien anzufertigen und später zu vernichten. Aber das erweitert den Kreis auf ein Dutzend Leute. Wenn man für die beiden Herren an der Spitze einen Sicherheitsbescheid ausstellen und mit ihrer Hilfe den schuldigen Mitarbeiter erwischen könnte, wäre das Ganze ein Kinderspiel. Ich möchte mit den beiden leitenden Herren anfangen.«

»Was verlangen Sie?« fragte Harcourt-Smith.

»Totale verdeckte Überwachung beider Männer über eine begrenzte Zeitspanne, einschließlich Postüberwachung und Abhören des Telefons«, sagte Preston.

»Ich werde den Paragon-Ausschuß darum bitten«, sagte Harcourt-Smith. »Aber die beiden Männer sind Leute an der Spitze. Wäre besser für Sie, wenn Sie recht hätten.«

Die zweite Paragon-Sitzung fand am Spätnachmittag desselben Tages in der COBRA statt. Harcourt-Smith vertrat Sir Bernard Hemmings. Jedem Anwesenden gab er eine Abschrift von Prestons Bericht. Die Männer lasen schweigend. Als alle fertig waren, fragte Sir Anthony Plumb: »Nun?«

»Scheint logisch«, sagte Sir Hubert Villiers.

»Ich finde, Mr. Preston hat in der kurzen Zeit gute Arbeit geleistet«, sagte Sir Nigel Irvine. Harcourt-Smith lächelte säuerlich.

»Natürlich kann es keiner dieser beiden Herren sein«, sagte er. »Eine Bürokraft, die die Papiere hätte vernichten sollen, könnte leicht alle zehn Dokumente entwendet haben.«

Brian Harcourt-Smith war das Produkt einer sehr unbedeutenden Privatschule und litt unter einer beträchtlichen und völlig unnötigen Verbitterung. Hinter der glatten Fassade steckte ein gewaltiges Haßpotential. Von Jugend an haßte er die scheinbare Mühelosigkeit, mit der die Männer um ihn herum mit dem Leben fertig wurden. Er haßte ihr unübersehbares dichtgeflochtenes Netz von Beziehungen und Freundschaften, das oft schon in der Schulzeit, an der Universität oder beim Militär geknüpft worden war und auf das sie jederzeit zurückgreifen konnten. Man nannte es das »Netz der alten Knaben« oder auch den »magischen Zirkel«, und am meisten haßte er, daß er nicht dazugehörte.

Eines Tages, so hatte er sich schon tausendmal geschworen, wenn er den Posten des Generaldirektors und sein Adelsprädikat haben würde, könnte er als ihresgleichen unter ihnen sitzen, und sie würden ihm zuhören, wirklich zuhören.

Sir Nigel Irvine, ein sensibler Mensch, erhaschte von seinem Platz am Tischende aus einen Ausdruck in Harcourt-Smiths

Augen und war betroffen. Dieser Mann steckt voller Ressentiments, überlegte er. Sir Nigel war gleichaltrig mit Sir Bernard Hemmings, und sie hatten einen langen Weg gemeinsam zurückgelegt. Er sann über die Nachfolge im Herbst nach. Er sann über Harcourt-Smiths Ressentiments nach, über den versteckten Ehrgeiz und wohin beides führen mochte oder vielleicht schon geführt hatte.

»Jetzt wissen wir also, was Mr. Preston haben möchte«, sagte Sir Anthony Plumb. »Totale Überwachung. Soll er sie kriegen?«

Alle hoben die Hand.

Jeden Freitag wird bei MI5 die sogenannte »Bittsitzung« abgehalten. Den Vorsitz führt der Chef von »K«, als Leiter der Gemeinschaftsabteilungen. Bei dieser Konferenz bringen die übrigen Dienststellenleiter ihre Ansuchen um Hilfen vor, die sie für notwendig erachten – Geld, technische Dienste und Überwachung ihrer Lieblingsverdächtigen. Am stärksten wird immer der Leiter von »A« bedrängt, dem die Observanten unterstehen. In dieser Woche war die Konferenz, was die Observanten betraf, im voraus ausverkauft. Die Bittsteller fanden am Freitag, dem 30. Januar, die Krippe leer. Zwei Tage zuvor hatte Harcourt-Smith auf Anweisung des Paragon-Ausschusses Preston die gewünschten Observanten zugewiesen.

Bei je sechs Leuten pro Team (vier bilden den »Rahmen«, zwei sitzen in geparkten Autos) und vier Teams in jeweils vierundzwanzig Stunden, die zwei Personen zu überwachen hatten, waren achtundvierzig Leute gebunden. Einige Dienststellen regten sich zwar darüber auf, aber niemand konnte etwas dagegen machen.

»Wir haben zwei Ziele«, erklärten die Einsatzleiter in der Cork Street den Teams, »dies ist das eine, das das andere. Das eine ist verheiratet, aber die Ehefrau ist zur Zeit auf dem Land. Sie wohnen im West End, und er geht morgens meist zu Fuß ins Ministerium, ungefähr eineinhalb Meilen. Das andere ist Junggeselle und wohnt in der Nähe von Edenbridge in Kent. Pendelt täglich mit dem Vorortszug hin und her. Wir fangen morgen an.«

Der technische Dienst kümmerte sich um das Telefon und die Post, und Sir Richard Peters und Mr. George Berenson kamen unters Mikroskop.

Kurz ehe die Observanten anrückten, wurde in Fontenoy House ein Päckchen abgegeben. Als der Adressat von seiner Arbeit nach Hause kam, nahm er es vom Portier in Empfang. Es enthielt eine aus Zirkonen angefertigte Kopie der Glen-Diamanten und wurde am nächsten Tag bei der Coutts-Bank deponiert.

6. Kapitel

Freitag der 13. gilt als Unglückstag, doch für John Preston sollte er sich als das Gegenteil erweisen. Er brachte ihm den ersten Erfolg bei der Beschattung der beiden hohen Beamten.

Die Überwachung dauerte nun schon sechzehn Tage an und hatte keinerlei Resultat gezeitigt. Beide Männer waren Gewohnheitsmenschen, und keiner hatte die leiseste Ahnung, daß man ihn überwachte; das heißt, sie hielten keine Ausschau nach Beschattern, und die Aufgabe der Observanten war daher ein Kinderspiel. Aber langweilig.

Der Londoner verließ seine Wohnung in Belgravia jeden Morgen um dieselbe Zeit, ging zum Hyde Park Corner, die Constitution Hill hinunter und durch den St. James Park. Er überquerte die Horse Guards Parade und ging dann über die Whitehall Street direkt ins Ministerium. Sein Mittagessen nahm er manchmal im Ministerium, manchmal außerhalb ein. Den Abend verbrachte er meist zu Hause oder im Club.

Der Pendler, der allein in einem malerischen Cottage außerhalb von Edenbridge wohnte, nahm jeden Tag den gleichen Vorortszug nach London, schlenderte von der Charing Cross Station zum Ministerium und verschwand darin. Die Observanten hielten jede Nacht vor seinem Haus fröstelnd Wache, bis sie im Morgengrauen vom ersten Tagesteam abgelöst wurden. Keiner der beiden Männer tat etwas Verdächtiges. Die Post- und Telefonüberwachung brachte weiter nichts zutage als die üblichen Rechnungen, persönliche Briefe, banale Anrufe und eine maßvolle und respektable Geselligkeit. Bis zum 13. Februar.

Preston war als Einsatzleiter im Funkraum im Souterrain von Cork Street, als ein Anruf vom B-Team kam, das Sir Richard Peters auf den Fersen war.

»Joe ruft ein Taxi. Wir sind in unseren Wagen hinter ihm.«

Im Observantenjargon heißt das Ziel immer Joe, Chummy oder »unser Freund«. Nach Schichtende des B-Teams hatte Preston eine Besprechung mit dessen Leiter, Harry Burkinshaw. Harry war ein kleiner, rundlicher Mann mittleren Alters, ein Veteran auf seinem heißgeliebten Spezialgebiet, der Stunden unbeweglich irgendwo in einer Londoner Straße stehen konnte, um dann plötzlich mit bemerkenswerter Geschwindigkeit loszuspurten, wenn sein Ziel einen Ausreißversuch machte.

Er trug eine karierte Jacke und einen Lederhut, hatte einen Regenmantel über dem Arm und eine Kamera um den Hals gehängt, wie der typische amerikanische Tourist. Wie bei jedem Observanten waren Hut, Jacke und Regenmantel aus weichem, beidseitig tragbarem Material und konnten sechsfach kombiniert werden. Observanten lieben ihre »Requisiten« und die verschiedenen Rollen, in die sie in Sekundenschnelle schlüpfen können.

»Was ist passiert, Harry?«

»Er ist zur üblichen Zeit aus dem Ministerium gekommen. Wir hinter ihm her. Doch statt die übliche Richtung einzuschlagen, ist er zum Trafalgar Square gegangen und hat dort ein Taxi genommen. Unsere Schicht war zu Ende. Wir haben unseren Kumpeln von der Ablösung gesagt, sie sollen Gewehr bei Fuß bleiben, und sind dem Taxi nachgefahren.

Er ist bei Panzer's Delikatessenladen in der Bayswater Road ausgestiegen und in Richtung Clanricarde Gardens verduftet. Auf halbem Weg ist er in einen Vorgarten geschossen und die Treppe zum Souterrain hinuntergegangen. Einer meiner Leute hat sich herangepirscht und festgestellt, daß am Ende der Treppe weiter nichts war als die Tür der Souterrainwohnung. Da war er hineingeschossen. Dann mußte mein Mann wieder weg – Joe ist aus der Wohnung und die Treppen heraufgekommen. Er ist zur Bayswater Road zurückgegangen, in ein Taxi gestiegen und wieder ins West End gefahren. Danach war alles wieder wie gehabt. Wir haben ihn am Ende der Park Lane der nächsten Schicht übergeben.«

»Wie lange war er verschwunden?«

»Dreißig, vierzig Sekunden«, sagte Burkinshaw. »Entweder hat man ihn verdammt schnell reingelassen, oder er hat seinen eigenen Schlüssel gehabt. Drinnen brannte kein Licht. Vielleicht wollte er Post abholen oder nachsehen, ob welche da ist.«

»Was für eine Art Haus?«

»Schmutzig aussehendes Haus, schmutzig aussehendes Souterrain. Steht morgen alles im Bericht. Was dagegen, wenn ich abhau'? Kann kaum mehr stehen.«

Preston dachte den ganzen Abend über den Vorfall nach. Warum um alles in der Welt besuchte Sir Richard Peters eine schäbige Wohnung in Bayswater? Vierzig Sekunden lang? Doch nicht, um dort jemanden zu treffen. Dazu war die Zeit zu knapp. Um Post abzuholen? Oder um eine Nachricht zu hinterlegen?

Er veranlaßte, daß das Haus unter Überwachung gestellt wurde. Innerhalb einer Stunde stand ein Wagen davor, und in dem Wagen saß ein Mann mit einer Kamera.

Wochenende ist Wochenende. Preston hätte die Zivilbehörden über Samstag und Sonntag auf die Wohnung hetzen können, doch das hätte Wirbel gemacht. Dies war eine absolut geheime Überwachung. Er beschloß, bis Montag zu warten.

Der Albion-Ausschuß hatte sich auf Professor Krilow als Vorsitzenden und Sprecher geeinigt, und Professor Krilow ließ Major Pawlow wissen, daß der Ausschuß bereit sei, seine Überlegungen dem Generalsekretär vorzutragen. Das war am Samstagmorgen. Innerhalb von ein paar Stunden wurde jedem der vier Ausschußmitglieder mitgeteilt, es solle sich in der Wochenenddatscha des Genossen Generalsekretär in Usowo einfinden.

Drei kamen in ihren eigenen Wagen. Philby wurde von Major Pawlow persönlich gefahren, so daß er den Fahrer Gregoriew aus der Fahrbereitschaft des KGB, der ihn während der letzten zwei Wochen herumkutschiert hatte, nicht benötigte.

Im Westen Moskaus, jenseits der Uspenskojebrücke, liegt nahe an den Ufern der Moskwa ein Komplex von künstlich geschaffenen Dörfern, um die die Wochenenddatschas der sowjetischen Nomenklatura gruppiert sind. Selbst hier herrscht eiserne hierarchische Ordnung. In Peredelkino sind die Datschas der Künstler, Akademiemitglieder und Militärs; in Zhukowka die des Zentralkomitees und anderer Organe direkt unter dem Politbüro; die Mitglieder des allmächtigen Politbüros aber haben ihre Datschas rund um Usowo, dem exklusivsten dieser Dörfer.

Eigentlich sind die russischen Datschas Landhäuser, doch die der Oberen sind luxuriöse Herrensitze inmitten von ausgedehnten Föhren- und Birkenwäldern. Sie werden Tag und Nacht von Kohorten von Leibwächtern des Neunten Direktorats bewacht, die für die Sicherheit und Ungestörtheit der Wlasti sorgen.

Philby wußte, daß jedem Mitglied des Politbüros vier Wohnsitze zustanden. Erstens die Wohnung am Kutuzowskij-Prospekt, die, sofern der Hierarch nicht in Ungnade fällt, für immer im Besitz der Familie bleibt. Dann die offizielle, mit reichlichem Komfort und Dienstpersonal ausgestattete Villa in den Leninbergen, die unvermeidlich »verwanzt« ist und deshalb kaum für etwas anderes als den Empfang von ausländischen Würdenträgern benutzt wird. Drittens die Datscha in den Wäldern westlich von Moskau, welche die frisch beförderten hohen Tiere nach ihrem eigenen Geschmack planen und bauen lassen können. Schließlich die Sommerresidenz, oft auf der Krim am Schwarzen Meer. Der Generalsekretär jedoch hatte schon vor langer Zeit seine Sommerresidenz in Kislowodosk errichten lassen, einem Mineralwasserkurort im Kaukasus, der auf die Behandlung von Störungen im Abdominalbereich spezialisiert war.

Philby hatte die Datscha des Generalsekretärs in Usowo noch nie gesehen. Als der Tschaika an diesem frostigen Abend schließlich hielt, sah Philby einen langen, niedrigen Bau aus Quadersteinen mit einem geschindelten Dach, der sich wie die Wohnung am Kutuzowskij-Prospekt durch skandinavische

Schlichtheit auszeichnete. Drinnen war es sehr warm, und der Generalsekretär empfing sie in einem geräumigen Wohnraum, wo ein mächtiges Kaminfeuer die Hitze noch um einige Grade erhöhte. Nach den notwendigsten Formalitäten forderte der Generalsekretär Professor Krilow auf, die Überlegungen des Albion-Ausschusses vorzutragen.

»Wie Sie sehen werden, Genosse Generalsekretär, haben wir darüber nachgedacht, auf welchem Weg mindestens zehn Prozent der britischen Wählerschaft landesweit zu zwei grundsätzlichen Reaktionen veranlaßt werden könnte: erstens zu einer massiven Erschütterung des Vertrauens in die konservative Regierung, und zweitens zu der Überzeugung, daß in der Wahl einer Labour-Regierung die besten Chancen für Zufriedenheit und Sicherheit liegen.

Um die Suche nach diesem Weg zu vereinfachen, haben wir uns gefragt, ob es nicht eine Kernfrage gibt, welche die ganzen Wahlen beherrscht oder mit einiger Nachhilfe unsererseits beherrschen könnte. Nach reiflicher Überlegung sind wir alle zu dem Schluß gekommen, daß kein Wirtschaftsproblem – wie Arbeitsplatzverlust, Fabrikschließungen, zunehmende Automatisierung in der Industrie, Beschneidungen des Öffentlichen Dienstes – diese alles beherrschende Kardinalfrage bilden könnte, nach der wir suchen.

Wir glauben, daß nur ein einziger Kernpunkt für unsere Zwecke geeignet ist: das größte, nicht mit der Wirtschaft zusammenhängende und am stärksten mit Emotionen befrachtete Problem, das es derzeit in Großbritannien und ganz Westeuropa gibt – die nukleare Abrüstung. Dieses Problem bewegt im Westen Millionen von Durchschnittsbürgern. Es ist der Ausfluß einer Massenfurcht, und diese Furcht sollten wir als Rammbock benützen; sie heimlich schüren und ausbeuten.«

»Besondere Vorschläge?« fragte der Generalsekretär mit seidiger Stimme.

»Sie kennen, Genosse Generalsekretär, unsere Bemühungen

auf diesem Gebiet. Nicht Millionen, sondern Milliarden von Rubel sind ausgegeben worden zur Förderung verschiedener Gruppierungen von Atomwaffengegnern, die den Westeuropäern eintrichtern, der beste Weg zum Frieden führe über die einseitige nukleare Abrüstung. Unsere Bemühungen und die erzielten Resultate waren groß, doch sind sie nichts im Vergleich zu dem, was unserer Meinung nach nun versucht und erreicht werden sollte.

Die britische Labour Party ist die einzige der vier für einen Sieg bei den nächsten Wahlen in Frage kommenden Parteien, die sich für einseitige nukleare Abrüstung einsetzt. Wir halten dafür, daß wir alles einsetzen sollten, finanzielle Mittel, Desinformation, Propaganda, um die schwankenden zehn Prozent der britischen Wählerschaft zu einer Änderung ihres Votums zu veranlassen, sie zu der Überzeugung zu bringen, daß eine Stimme für Labour eine Stimme für den Frieden ist.«

Die Stille, in der sie auf die Reaktion des Generalsekretärs warteten, war fast mit Händen zu greifen. Schließlich sprach er:

»Diese Anstrengungen, die wir acht Jahre lang machten und von denen Sie gesprochen haben, waren die denn erfolgreich?«

Professor Krilow sah aus, als hätte ihn eine Luft-Luft-Rakete getroffen. Philby spürte die Stimmung des Sowjetführers und schüttelte den Kopf. Der Generalsekretär bemerkte die Geste und fuhr fort:

»Acht Jahre lang haben wir in dieser Sache riesige Anstrengungen gemacht, um das Vertrauen der westeuropäischen Wählerschaften in ihre Regierungen zu destabilisieren. Heute sind zwar alle Bewegungen für einseitige nukleare Abrüstung so linksorientiert, daß sie auf die eine oder andere Art unter die Kontrolle unserer Freunde gekommen und in unserem Sinne tätig sind. Das hat uns eine Menge Sympathie und Einfluß eingebracht. Aber –«

Der Generalsekretär ließ plötzlich beide Handflächen auf die Armlehnen seines Rollstuhls klatschen. Diese heftige Geste bei einem normalerweise so eiskalten Mann versetzte den vier Zuhörern einen Schock.

»Nichts hat sich geändert«, schrie der Generalsekretär. Dann nahm seine Stimme wieder ihren gleichmütigen Klang an. »Vor fünf Jahren und vor vier Jahren haben alle unsere Experten im Zentralkomitee und an den Universitäten sowie die analytischen Forschungsgruppen des KGB uns im Politbüro erzählt, die Bewegungen für einseitige nukleare Abrüstung seien so mächtig, daß sie die Aufstellung der Cruise Missiles und der Pershing II verhindern könnten. Wir glaubten ihnen. Zu unserem Schaden. In Genf haben wir gemauert, weil wir uns unter dem Einfluß unserer eigenen Propaganda eingeredet hatten, die westeuropäischen Regierungen würden, wenn wir das Spiel nur lange genug hinzögen, unter dem Druck der heimlich von uns unterstützten riesigen ›Friedensdemonstrationen‹ die Aufstellung von Cruise und Pershing verweigern. Aber sie *haben* sie aufgestellt, und wir mußten abziehen.«

Philby nickte, wobei er sich um angemessene Bescheidenheit bemühte. Damals, 1983, hatte er sich mit einem Bericht hervorgewagt, in dem er behauptete, die westliche Friedensbewegung werde trotz lärmender Massendemonstrationen keine wichtige Wahl beeinflussen oder irgendeine Regierung zu einem Meinungswechsel veranlassen. Er hatte recht behalten. Die Dinge, vermutete er, liefen in seinem Sinne.

»Das kränkt mich, Genossen, das kränkt mich immer noch«, sagte der Generalsekretär. »Und nun schlagen Sie mir dasselbe, nur in größerem Rahmen, vor. Genosse Oberst Philby, wie sehen die letzten britischen Meinungsumfragen zu diesem Thema aus?«

»Leider nicht gut«, sagte Philby. »Die letzte zeigt, daß zwanzig Prozent der Briten für einseitige nukleare Abrüstung sind. Aber auch das ist mit Vorsicht zu genießen. Bei den Werktätigen, die traditionell für Labour stimmen, ist der Anteil noch kleiner. Es ist nun mal eine traurige Tatsache, daß die britische Arbeiterklasse mit zu den konservativsten der Welt zählt. Umfragen zeigen auch, daß sie mit zu den patriotischsten gehört, patriotisch auf traditionelle Art. Während der Falkland-Affäre haben hartgesottene Gewerkschaftler Tarifordnung und Arbeitsregelungen über Bord geworfen und rund um die Uhr gearbeitet, um die Kriegsschiffe seetüchtig zu machen.

Wir müssen uns damit abfinden, daß der britische Arbeiter nie erkennen wollte, wo seine Interessen liegen: in einer Zusammenarbeit mit uns oder zumindest in einer Schwächung des britischen Verteidigungspotentials. Und nichts deutet darauf hin, daß er nun plötzlich seine Meinung ändern wird.«

»Der harten Wirklichkeit ins Auge sehen, das habe ich von diesem Ausschuß verlangt«, sagte der Generalsekretär. Er schwieg einige Minuten.

»Gehen Sie jetzt, Genossen. Nehmen Sie Ihre Beratungen wieder auf. Und bringen Sie mir den Plan für eine konkrete Maßnahme, mittels deren die Massenfurcht, von der Sie gesprochen haben, besser als je zuvor ausgebeutet werden kann; etwas, das selbst stockvernünftige Männer und Frauen dazu bringt, für eine Ächtung der Kernwaffen in ihrem Land, das heißt also für Labour, zu stimmen.«

Als sie fort waren, stand der alte Russe auf und ging, auf einen Stock gestützt, langsam zum Fenster. Er schaute auf den tief verschneiten Birkenwald. Bei seinem Machtantritt hatte er sich vorgenommen, in der ihm noch verbleibenden Zeit fünf Ziele zu erreichen.

Er hatte in die Geschichte eingehen wollen als der Mann, der die Nahrungsmittelproduktion steigerte und die Verteilung rationalisierte; der durch eine Generalüberholung der chronisch leistungsschwachen Industrie die Konsumgüterherstellung verdoppelte; der die Parteidisziplin auf allen Ebenen wieder festigte; der die Korruption, die an den lebenswichtigen Organen des Staates nagte, mit Stumpf und Stiel ausrottete; und der schließlich seinem Land die endgültige Überlegenheit in puncto Waffen- und Truppenstärke über die geschlossene Phalanx der Feinde sicherte. Vier Jahre später erkannte er, daß er nichts von alledem erreicht hatte.

Er war alt und krank und wußte, daß seine Tage gezählt waren. Er hatte sich immer viel darauf zugute getan, im Rahmen der streng marxistischen Orthodoxie ein Pragmatiker, ein Realist zu sein. Doch selbst Pragmatiker haben ihre Träume und alte Männer ihre Eitelkeiten. Sein Traum war einfach: Er wollte einen einzigen, gigantischen Triumph, ein einziges Riesendenkmal für sich und nur für sich allein. Wie glühend er sich dies wünschte, das wußte in dieser bitterkalten Winternacht nur er allein.

Am Sonntag schlenderte Preston am Haus in Clanricarde Gardens vorbei, einer Straße nördlich der Bayswater Road. Burkinshaw hatte recht gehabt; es war eines jener fünfstöckigen ehemaligen Herrschaftshäuser im viktorianischen Stil, total verkommen und in Einzimmerabsteigen unterteilt. Der kleine Vorgarten war von Unkraut überwuchert; fünf Stufen führten zu einer vergammelten Haustür. Vom Vorgarten gingen ein paar Stufen zu einem winzigen Vorplatz hinunter, und über dem Schacht war das Oberteil einer Tür zu sehen – die Souterrainwohnung. Preston rätselte wieder, was wohl ein hoher geadelter Beamter in einem so schäbigen Haus suchen mochte.

Irgendwo in Sichtweite war der Observant, wahrscheinlich in einem parkenden Auto, auf dem Schoß eine schußbereite Kamera mit Teleobjektiv. Preston machte keinen Versuch, den Mann zu orten, wußte aber, daß er selbst beobachtet wurde. (Am Montag erschien er im Bericht als »nicht identifizierbares Individuum, das um elf Uhr einundzwanzig am Haus vorbeiging und es interessiert betrachtete«. Danke für die Blumen, dachte er.)

Am Montagmorgen ging er zum Rathaus und warf einen Blick auf die Liste der Kommunalsteuerzahler in dieser Straße. Er fand unter der gesuchten Adresse nur einen einzigen Hauptmieter, Mr. Michael Z. Mifsud. Preston war dankbar für das Z; unwahrscheinlich, daß es noch viele von dieser Art in der Gegend gab. Er setzte sich über Sprechfunk mit dem Observanten in Clanricarde Gardens in Verbindung, und der Mann ging über die Straße und schaute auf die Klingelschilder. M. Mifsud wohnte im Erdgeschoß. Wahrscheinlich der Besitzer, der den Rest des Hauses möbliert vermietete; Mieter nicht möblierter Wohnungen mußten ihre eigenen Kommunalsteuern bezahlen.

Am späten Vormittag ließ Preston Michael Z. Mifsud durch den Immigrationscomputer in Croydon laufen. Mifsud war aus Malta, wie sein Name anzeigte, und seit dreißig Jahren im Land. Keine weiteren Angaben, außer einem Fragezeichen, das fünfzehn Jahre zurücklag. Ohne weitere Erklärungen. Der Vorstrafencomputer von Scotland Yard enträtselte das Fragezeichen; der Mann wäre beinahe abgeschoben worden. Statt dessen hatte er eine zweijährige Haftstrafe wegen gewerbsmäßiger Kuppelei verbüßt. Nach dem Lunch ging Preston zu Armstrong von der Finanzabteilung in der Charles Street.

»Kann ich morgen als Finanzinspektor auftreten?« fragte er. Armstrong seufzte.

»Ich werd's versuchen. Rufen Sie mich vor Büroschluß an.«

Dann ging Preston zum Rechtsberater.

»Könnten Sie Special Branch bitten, mir für diese Adresse einen Hausdurchsuchungsbefehl auszustellen? Außerdem brauche ich noch einen Sergeant von Special Branch, der auf Abruf zu meiner Deckung verfügbar ist.«

MI5 hat in England keine Verhaftungsbefugnis. Nur ein Polizeibeamter kann eine Verhaftung vornehmen, ausgenommen in Notfällen, wenn eine »Festnahme durch Bürger« möglich ist. Wenn MI5 jemanden kassieren will, zeigt sich Special Branch normalerweise gefällig.

»Sie wollen doch keinen Einbruch begehen?« fragte der Rechtsberater argwöhnisch.

»Bestimmt nicht«, sagte Preston. »Ich möchte warten, bis der

Mieter dieser Wohnung auftaucht, dann reingehen und durchsuchen. Eine Verhaftung kann sich, je nach Durchsuchungsergebnis, als notwendig erweisen. Dazu brauche ich den Sergeant.«

»All right«, seufzte der Rechtsberater. »Ich werde mich mit unserem entgegenkommendsten Richter ins Benehmen setzen. Sie kriegen beides morgen früh.«

Kurz vor siebzehn Uhr holte sich Preston seinen Steuerinspektorausweis. Armstrong gab ihm noch eine Karte mit einer Telefonnummer.

»Sollte es Stunk geben, lassen Sie den Verdächtigen diese Nummer anrufen. Es ist das Finanzamt in Willesden Green. Verlangen Sie Mr. Charnley. Er wird für Sie bürgen. Sie heißen übrigens Brent.«

»Hab' ich gesehen«, sagte Preston.

Mr. Michael Z. Mifsud, den Preston am nächsten Morgen aufsuchte, war kein angenehmer Zeitgenosse. Unrasiert, im Netzhemd, selbstsicher und abweisend. Er führte Preston in sein schmuddeliges Wohnzimmer.

»Was erzählen Sie da?« protestierte Mifsud. »Was für 'n Einkommen? Is alles in der Steuererklärung.«

»Mr. Mifsud, es handelt sich um eine Routinestichprobe. Ganz alltägliche Sache. Sie geben alle Ihre Mieteinkommen an, Sie haben nichts zu verbergen.«

»Ich hab' nichts zu verbergen. Erledigen Sie das mit meinem Steuerberater«, sagte Mifsud herausfordernd.

»Kann ich, wenn Sie meinen«, sagte Preston. »Aber glauben Sie mir, wir können dafür sorgen, daß die Gebühren Ihres Steuerberaters ins Astronomische steigen. Ich möchte ganz ehrlich sein: Wenn die Mieten in Ordnung sind, dann zieh' ich weiter und mache anderswo eine Stichprobe. Wenn aber, was Gott verhüte, irgendeine dieser Wohnungen zu unzüchtigen Zwecken vermietet ist, dann ändert das die Lage. Mich interessiert nur die Einkommenssteuer. Ich wäre aber verpflichtet, das Ergebnis meiner Ermittlungen an die Polizei weiterzugeben. Sie wissen doch, was gewerbsmäßige Kuppelei bedeutet?«

»Was soll 'n das?« protestierte Mifsud. »Hier gibt's keine gewerbsmäßige Kuppelei nicht. Lauter anständige Mieter. Sie zahlen Miete, ich zahl' Steuern. Alles.«

Aber er war um eine Schattierung blasser geworden und holte maulend die Mietquittungsbücher. Preston gab vor, sich für alles zu interessieren. Er stellte fest, daß das Souterrain für vierzig Pfund pro Woche an einen gewissen Mr. Dickie vermietet war. Er brauchte eine Stunde, um alle Details zusammenzukriegen. Mifsud hatte den Mieter des Souterrains nie zu Gesicht bekommen. Er bezahlte immer bar, regelmäßig wie ein Uhrwerk. Aber es gab einen maschinengeschriebenen Mietvertrag. Er war von Mr. Dickie unterzeichnet. Preston nahm trotz Mr. Mifsuds Protesten das Schriftstück mit. Um die Mittagszeit übergab er es den Graphologen von Scotland Yard, zusammen mit handgeschriebenen Notizen und der Unterschrift von Sir Richard Peters. Kurz vor Dienstschluß hatte der Yard ihn zurückgerufen. Selbe Handschrift, nur verstellt.

Peters, dachte Preston, hält sich also ein Pied-à-Terre. Für gemütliche Treffs mit seinem Einsatzleiter? Höchstwahrscheinlich. Er gab seine Anweisungen: Wenn Peters sich wieder auf den Weg zur Souterrainwohnung machte, sollte man ihn sofort benachrichtigen, ganz gleich wo. Die Überwachung der Wohnung sollte aufrechterhalten werden, für den Fall, daß jemand anderer auftauchte.

Der Mittwoch verging im Schneckentempo und der Donnerstag ebenso. Dann nahm Sir Richard Peters, nachdem er das Ministerium verlassen hatte, wieder ein Taxi und fuhr damit nach Bayswater. Die Observanten benachrichtigten Preston in der Bar der Gordon Street, von wo aus er Scotland Yard anrief und den vorgesehenen Sergeant von Special Branch aus der Kantine holen ließ. Er gab dem Mann am anderen Ende der Leitung die Adresse durch.

»Wir treffen uns auf dem Bürgersteig gegenüber, so schnell Sie können, aber kein Aufsehen.«

In der frostigen Dunkelheit versammelten sie sich alle auf dem Trottoir gegenüber dem verdächtigen Haus. Der Mann von Special Branch war in einem als Privatwagen getarnten Dienstauto gekommen, das mit seinem Fahrer um die Ecke parkte. Detective Sergeant Lander erwies sich als ein junger und noch ein wenig grüner Mann; es war sein erster Coup mit den Leuten von MI5, und er schien beeindruckt. Harry Burkinshaw tauchte aus dem Schatten auf.

»Seit wann ist er schon drinnen, Harry?«

»Fünfundfünfzig Minuten«, sagte Burkinshaw.

»Irgendwelche Besucher?«

»Nix.«

Preston zog seinen Hausdurchsuchungsbefehl aus der Tasche und zeigte ihn Lander.

»O. K., gehn wir rein.«

»Meinen Sie, daß er gewalttätig wird, Sir?« fragte Lander.

»Oh, ich hoffe nicht«, sagte Preston. »Er ist ein Beamter mittleren Alters. Er könnte Schaden nehmen.«

Sie gingen über die Straße hinein in den Vorgarten. Hinter den Vorhängen der Souterrainwohnung war gedämpftes Licht zu sehen. Sie stiegen schweigend die Treppe hinunter, und Preston drückte auf die Türklingel. Man hörte das Klappern von Absätzen, und die Tür ging auf. Das Licht von drinnen rahmte eine Frau ein.

Als sie die beiden Männer sah, verschwand das Willkommenslächeln von ihren grellrot geschminkten Lippen. Sie versuchte die Tür zu schließen, aber Lander stieß sie auf, drängte die Frau mit dem Ellbogen zur Seite und rannte an ihr vorbei in die Wohnung.

Die Frau war nicht mehr taufrisch, aber sie hatte ihr möglichstes getan. Gewelltes, dunkles, schulterlanges Haar rahmte ein heftig geschminktes Gesicht. Wimperntusche, Lidschatten,

Rouge und Lippenstift, an nichts war gespart worden. Bevor sie ihren Morgenrock zusammenraffen konnte, hatte Preston einen Blick auf schwarze Strümpfe und Strumpfhalter sowie auf ein rotbebändertes, engtailliertes Mieder erhascht.

Er führte sie am Ellbogen ins Wohnzimmer zu einem Stuhl. Sie setzte sich und starrte auf den Teppich. Sie warteten schweigend, während Lander die Wohnung durchsuchte. Lander wußte, daß flüchtige Verbrecher sich manchmal unter Betten und in Schränken verstecken. Er machte es gründlich. Nach zehn Minuten tauchte er leicht gerötet aus dem rückwärtigen Teil der Wohnung auf.

»Keine Spur von ihm, Sir. Er muß nach hinten und über den Gartenzaun zur nächsten Straße getürmt sein.«

In diesem Augenblick klingelte es an der Tür.

»Ihre Leute, Sir?« fragte Lander Preston.

»Nicht, wenn's nur einmal klingelt«, antwortete er.

Lander ging zur Tür und machte auf. Preston hörte einen Fluch, und dann rannte jemand. Es stellte sich heraus, daß es ein Mann gewesen war, der beim Anblick des Sergeant die Flucht ergriffen hatte. Burkinshaws Leute hatten sich oben an der Treppe aufgebaut und den Mann so lange festgehalten, bis Lander ihm die Handschellen angelegt hatte. Der Mann wehrte sich nicht mehr und wurde zum Polizeiwagen geführt.

Preston saß neben der Frau und lauschte auf den abebbenden Tumult.

»Sie sind nicht verhaftet«, sagte er ruhig, »aber ich glaube, wir sollten jetzt zur Zentrale fahren, meinen Sie nicht auch?«

Die Frau nickte kläglich.

»Darf ich mich vorher umziehen?«

»Das wäre keine schlechte Idee, Sir Richard«, sagte Preston.

Eine Stunde später wurde ein bulliger, aber sehr schwuler Brummi-Fahrer aus dem Polizeigewahrsam entlassen, mit der eindringlichen Mahnung, in Zukunft nicht mehr auf anonyme Anzeigen in Kontaktpostillen zu reagieren.

John Preston brachte Sir Richard Peters aufs Land, hörte sich bis Mitternacht an, was er zu sagen hatte, fuhr wieder nach London zurück und verbrachte den Rest der Nacht mit der Abfassung seines Berichts. Dieser Bericht lag allen Mitgliedern des Paragon-Ausschusses vor, als sie sich am Freitagvormittag um elf Uhr trafen.

Auch das noch, dachte Sir Martin Flannery, der Cabinet Secretary, zuerst Hayman, dann Trestrail, dann Dunnett und nun der da. Können diese elenden Wichte ihren Hosenlatz nicht zugeknöpft lassen?

Der Mann, der den Bericht als letzter zu Ende gelesen hatte, blickte auf.

»Entsetzlich«, sagte Sir Hubert Villiers vom Innenministerium.

»Glaube nicht, daß wir den Burschen wieder im Ministerium haben möchten«, sagte Sir Perry Jones von der Verteidigung.

»Wo ist er jetzt?« fragte Sir Anthony Plumb den Generaldirektor von MI5, der neben Brian Harcourt-Smith saß.

»In einem unserer Häuser auf dem Land«, sagte Sir Bernard Hemmings. »Er hat bereits im Ministerium angerufen, angeblich von seinem Cottage in Edenbridge aus, um zu sagen, daß er gestern abend auf einer vereisten Stelle ausgeglitten sei und sich das Fußgelenk gebrochen habe. Hat gesagt, er sei in Gips und für zwei Wochen krank geschrieben. Das gibt uns ein wenig Luft.«

»Übersehen wir dabei nicht eine Frage?« murmelte Sir Nigel Irvine von MI6. »Was immer er auch für ungewöhnliche Neigungen hat, ist er unser Mann? Ist er die undichte Stelle?«

Brian Harcourt-Smith räusperte sich.

»Die Untersuchung, Gentlemen, ist in ihrem Anfangsstadium«, sagte er, »aber es sieht ganz so aus, als sei er es. Ganz sicher ist er im höchsten Maße erpressbar.«

»Die Zeit drängt immer mehr«, schaltete sich Sir Patrick Strickland vom Außenministerium ein. »Das Problem der Schadensfeststellung ist immer noch nicht gelöst, und ich für mein

Teil weiß nach wie vor nicht, wann und wie ich es unseren Alliierten beibringen soll.«

»Wir könnten, äh... das Verhör ein bißchen strammer gestalten«, schlug Harcourt-Smith vor. »Ich glaube, wir könnten unsere Antwort innerhalb von vierundzwanzig Stunden bekommen.«

Ein unbehagliches Schweigen folgte. Der Gedanke, daß einer ihrer Kollegen vom »harten" Team in die Mangel genommen werden könnte, war den Herren nicht sehr angenehm. Sir Martin Flannery spürte, wie sich sein Magen umdrehte. Er hatte eine tiefe persönliche Abneigung gegen Gewaltanwendung.

»Das ist doch sicher in diesem Stadium nicht nötig?« fragte er.

Sir Nigel Irvine hob den Kopf von seinem Bericht.

»Bernard, dieser Preston, der die Untersuchung leitet, scheint ein ganz guter Mann zu sein.«

»Richtig«, bestätigte Sir Bernard Hemmings.

»Ich frage mich«, fuhr Nigel Irvine mit trügerischer Schüchternheit fort, »... er hat doch direkt nach den Ereignissen in Bayswater ein paar Stunden mit Peters verbracht. Es könnte doch für den Ausschuß hilfreich sein, sich diesen Preston einmal anzuhören.«

»Ich habe mir persönlich heute morgen von ihm Bericht erstatten lassen«, warf Harcourt-Smith schnell ein. »Ich kann sicher alle einschlägigen Fragen beantworten.«

Der Chef von »Sechs« erging sich in Entschuldigungen.

»Mein lieber Brian, daran kann überhaupt kein Zweifel bestehen«, sagte er. »Nur... wissen Sie... manchmal gewinnt man beim Verhör eines Verdächtigen einen Eindruck, den man schlecht zu Papier bringen kann. Ich weiß nicht, was der Ausschuß davon hält, aber wir müssen uns jetzt über die nächsten Schritte klarwerden. Ich dachte nur, es könnte hilfreich sein, den Mann zu hören, der mit Peters sprach.«

Allgemeines Kopfnicken rund um den Tisch. Hemmings schickte einen offensichtlich irritierten Harcourt-Smith ans Telefon, damit er Preston herbeizitiere. Während die hohen Herren warteten, wurde Kaffee serviert. Dreißig Minuten später kam Preston. Die Ausschußmitglieder musterten ihn mit einiger Neugier. Man wies ihm einen Stuhl an der Mitte des Tisches zu, gegenüber seinem Generaldirektor und seinem stellvertretenden Generaldirektor. Sir Anthony Plumb erklärte das Dilemma des Ausschusses.

»Was hat sich zwischen Ihnen zugetragen?« fragte Sir Anthony. Preston überlegte einen Augenblick.

»Im Wagen, auf dem Weg aufs Land, ist er zusammengeklappt«, sagte er. »Bis dahin hatte er, wenn auch unter größter Anstrengung, einige Fassung bewahrt. Ich habe ihn selbst gefahren, wir waren also allein. Er ist schließlich in Tränen ausgebrochen und hat geredet.«

»Nun«, drängte Sir Anthony, »was hat er gesagt?«

»Er hat seine Neigung zum Transvestismus zugegeben, schien aber aufs äußerste verblüfft darüber, daß man ihn des Verrats beschuldigte. Er leugnete hitzig und beteuerte immer wieder seine Unschuld, bis ich ihn den Wärtern übergab.«

»Was denn sonst«, sagte Brian Harcourt-Smith. »Er könnte immer noch unser Mann sein.«

»Ja, könnte er«, stimmte Preston zu.

»Aber Ihr Eindruck, Ihr instinktives Gefühl?« murmelte Sir Nigel Irvine.

Preston holte tief Atem.

»Gentlemen, ich glaube nicht, daß er es ist.«

»Darf man fragen, warum?« sagte Sir Anthony.

»Wie Sir Nigel bereits sagte, ist es nur ein instinktives Gefühl«, sagte Preston. »Ich habe zwei Männer gesehen, deren Welt zusammengebrochen war und die geglaubt hatten, daß ihnen kaum noch etwas übriggeblieben sei, für das sich zu leben lohnte. Wenn Männer in dieser Stimmung auspacken, dann legen sie alles auf den Tisch. Nur äußerst charakterstarke Menschen, wie Philby und Blunt, haben das nötige Stehvermögen.

Doch das waren ideologische Verräter, überzeugte Marxisten. Wenn Sir Richard Peters zum Verrat erpresst wurde, dann hätte er dies meiner Meinung nach zugegeben oder zumindest bei der Anschuldigung, ein Verräter zu sein, keine Überraschung gezeigt. Er zeigte aber große Überraschung. Er hat vielleicht geschauspielert, aber ich glaube nicht, daß ihm danach zumute war. Entweder das, oder er verdient einen Oscar.«

Es war eine lange Rede für einen so kleinen Mann vor so hohen Tieren, und alles schwieg eine Weile. Harcourt-Smith durchbohrte Preston mit wütenden Blicken. Sir Nigel musterte Preston interessiert. Kraft seines Amtes hatte er Kenntnis von dem Vorfall in Londonderry, bei dem Preston als Undercoveragent der Army aufgeflogen war. Er hatte auch Harcourt-Smiths Blicke bemerkt und sich gefragt, warum der stellvertretende Generaldirektor von »Fünf« Preston anscheinend nicht mochte. Er selber hatte einen guten Eindruck von ihm.

»Was meinen Sie, Nigel?« fragte Anthony Plumb. Der nickte.

»Auch ich habe erlebt, wie Verräter völlig zusammengebrochen sind, als es ihnen an den Kragen ging. Vassall, Prime, beide Schwächlinge und Versager, die sofort ausgepackt haben, als das Haus über ihnen zusammenstürzte. Wenn es also Peters nicht ist, dann bleibt anscheinend nur George Berenson.«

»Das geht nun schon einen Monat«, klagte Sir Patrick Strickland. »Wir müssen den Schuldigen auf die eine oder andere Art festnageln.«

»Der Schuldige könnte immer noch ein Mitarbeiter oder eine Sekretärin eines dieser beiden Männer sein«, betonte Sir Percy Jones, »nicht wahr, Mr. Preston?«

»Durchaus, Sir«, sagte Preston.

»Dann müssen wir George Berenson entweder eine Sicherheitsbescheinigung geben oder beweisen, daß er unser Mann ist«, sagte Sir Patrick Strickland leicht gereizt. »Selbst wenn er sauber ist, bleibt uns immer noch Peters. Und wenn *der* nicht ausspuckt, sind wir wieder am Ausgangspunkt.«

»Darf ich einen Vorschlag machen?« fragte Preston ruhig. Allgemeine Überraschung. Niemand hatte ihn darum gebeten. Doch Sir Anthony Plumb war ein höflicher Mann.

»Bitte«, sagte er.

»Die zehn von dem anonymen Absender zurückgeschickten Dokumente paßten alle in ein Muster«, sagte Preston. Die Männer rund um den Tisch nickten.

»Sieben davon«, fuhr Preston fort, »enthielten Material über die Flottenaufstellungen Großbritanniens und der NATO im Nord- und Südatlantik. Das scheint ein Gebiet der NATO-Planung zu sein, das für unseren Mann oder seine Auftraggeber von besonderem Interesse ist. Wäre es möglich, über Mr. Berensons Schreibtisch ein Dokument von so unwiderstehlichem Gusto passieren zu lassen, daß er, vorausgesetzt, er ist das Karnikkel, äußerst versucht sein würde, eine Kopie davon zu machen, um sie weiterzugeben?«

»Ihn herauskitzeln, meinen Sie?« sinnierte Sir Bernard Hemmings. »Was meinen Sie dazu, Nigel?«

»Nicht unübel. Könnte klappen. Wäre das machbar, was meinen Sie, Perry?«

Sir Perry Jones schürzte die Lippen.

»Hundertprozentig«, sagte er. »Bei meinem letzten Aufenthalt in Amerika war von einer Sache die Rede, über die ich bis jetzt noch nichts habe verlauten lassen, nämlich von der Notwendigkeit, eines Tages unsere Auftank- und Verproviantierungseinrichtungen auf Ascension so auszubauen, daß auch unsere Atom-U-Boote versorgt werden können. Die Amerikaner haben sich sehr interessiert gezeigt und finanzielle Beteiligung angeboten für das Recht, die Anlagen eventuell mitzubenützen. Das würde unseren U-Booten den Weg nach Faslane und uns die endlosen Demonstrationen dort oben ersparen, und die Yankees müßten nicht immer nach Norfolk in Virginia zurück.

Ich könnte einen sehr vertraulichen Bericht anfertigen, worin diese Sache als nahezu definitiv geschildert wird, und das

Schriftstück über vier oder fünf Schreibtische gehen lassen, einschließlich desjenigen von Berenson.«

»Würde Berenson ein derartiges Papier normalerweise zu sehen bekommen?« fragte Sir Paddy Strickland.

»Zwangsläufig«, sagte Jones. »Als stellvertretender Chef des Beschaffungsamtes. Seine Abteilung ist für die atomare Seite dieser Angelegenheit zuständig. Er würde es ebenso wie drei oder vier andere bekommen. Einige Kopien würden für die allernächsten Mitarbeiter gemacht werden. Dann nach dem Rücklauf in den Reißwolf. Originale persönlich wieder an mich.«

Alle waren sich einig. Das Ascension-Papier sollte am Donnerstag auf George Berensons Schreibtisch landen.

Als sie das Cabinet Office verließen, wandte sich Sir Nigel Irvine an Sir Bernard Hemmings und bat ihn, mit ihm zum Mittagessen zu gehen.

»Ein guter Mann, dieser Preston«, meinte Irvine, »gefällt mir schon rein äußerlich. Ist er loyal Ihnen gegenüber?«

»Ich habe keinen Grund, daran zu zweifeln«, sagte Sir Bernard verwundert.

Ah, darum, dachte »C«.

Diesen Sonntag, den 22. Februar, verbrachte die britische Premierministerin auf ihrem offiziellen Landsitz Chequers in der Grafschaft Buckinghamshire. Unter strengen Geheimhaltungsmaßnahmen bat sie drei ihrer engsten Berater im Kabinett sowie den Parteivorsitzenden, ihr einen Privatbesuch abzustatten.

Was Mrs. Thatcher zu sagen hatte, versetzte alle in tiefe Nachdenklichkeit. Im Juni würden vier Jahre ihres zweiten Regierungsmandats vergangen sein. Sie war entschlossen, noch einen dritten Wahlsieg zu erringen. Die Wirtschaftsprognosen wiesen darauf hin, daß im Herbst eine Talfahrt bevorstehe, begleitet von einer Welle von Lohnforderungen. Es konnte zu Streiks kommen. Die Premierministerin wollte keine Wiederholung jenes

»Winters des Mißvergnügens« von 1978, als eine Welle von Arbeitsniederlegungen die Glaubwürdigkeit der Labour-Regierung erschütterte und zu ihrem Fall im Mai 1979 führte.

Dazu kam noch, daß das sozialdemokratisch-liberale Bündnis bei Meinungsumfragen nicht mehr als zwanzig Prozent erreichte, während die Labour Party mit ihrem neuen Anstrich der Einheit und Mäßigung auf siebenunddreißig Prozent der Wählerschaft kam, nur sechs Punkte hinter den Konservativen. Und der Abstand verringerte sich immer mehr. Kurz und gut, die Premierministerin wollte eine Überraschungswahl im Juni, jedoch ohne die schädigenden Spekulationen, die ihrer Entscheidung 1983 vorangegangen waren und sie beschleunigt hatten. Eine Erklärung wie ein Blitz aus heiterem Himmel und eine dreiwöchige Wahlschlacht, das hatte sie sich in den Kopf gesetzt, und zwar nicht 1988 oder eventuell im Herbst 1987, sondern noch in diesem Sommer.

Sie vergatterte ihre Kollegen zu strengstem Stillschweigen; das Datum, das ihr vorschwebte, war der 18. Juni, der vorletzte Donnerstag in diesem Monat.

Am Montag hatte Sir Nigel Irvine seinen Treff mit Andrejew. Die Begegnung fand unter äußerster Geheimhaltung in der Hampstead Heath statt. Irvines Leute waren über die ganze Heide gestaffelt, um zu kontrollieren, ob Andrejew nicht von den Abwehrknilchen der sowjetischen Botschaft beschattet wurde. Doch der russische Diplomat war »sauber«. Seine englischen Beschatter waren abgezogen worden.

Nigel Irvine betreute Andrejew als »Direktorenfall«. Direktorenfälle sind selten, denn so hochstehende Männer wie die Chefs einer Dienststelle, ganz gleich welcher, »führen« normalerweise keine Agenten. Sie tun es nur dann, wenn der Agent außergewöhnlich wichtig ist. Oder wenn die Anwerbung stattfand, bevor der Agentenführer Direktor seiner Dienststelle wurde, und der Agent sich weigert, von irgend jemand anderem betreut zu werden. Und genau so lagen die Dinge bei Andrejew.

Im Februar 1972 war Sir Nigel Irvine, damals schlicht Mr. Irvine, Resident in Tokio gewesen. Die japanischen Antiterrorleute hatten in jenem Monat beschlossen, das Hauptquartier der fanatischen ultralinken Roten-Armee-Fraktion auszuheben, das sich in einer Villa auf den schneebedeckten Hängen des Orakine befand, in einem Ort namens Asama-so. Verrichtet wurde die Arbeit von der Landespolizei, allerdings unter dem Kommando des gefürchteten Antiterrorchefs Sassa, eines Freundes von Irvine.

Aufgrund der Erfahrungen, die Englands Eliteeinheiten der SAS gesammelt hatten, konnte Irvine Herrn Sassa einige nützliche Ratschläge geben und eine Anzahl japanischer Leben retten. Wegen der strikten Neutralität seines Landes war Herr Sassa nicht in der Lage, Irvine seine Dankbarkeit in handfester Form zu beweisen.

Doch einen Monat später wechselte der brillante und subtile Japaner auf einer Cocktailparty des diplomatischen Corps mit Irvine einen Blick und nickte in Richtung auf einen russischen Diplomaten am anderen Ende des Raums. Dann lächelte er und ging. Irvine schlenderte zu dem Russen hinüber und erfuhr, daß er Andrejew hieß und erst vor kurzem in Tokio angekommen war.

Irvine ließ den Mann beschatten und entdeckte, daß der Russe so töricht gewesen war, sich auf ein heimliches Verhältnis mit einer jungen Japanerin einzulassen, eine Freveltat, die ihm seine Leute nicht verzeihen würden. Natürlich wußten die Japaner bereits davon, denn jeder Sowjetdiplomat in Tokio wird unauffällig beschattet, wann immer er die Botschaft verläßt.

Irvine stellte eine Gimpelfalle auf, verschaffte sich die nötigen Fotos und Bandaufnahmen und brach in Hauruckmanier in das Liebesnest ein. Der Russe fiel beinahe in Ohnmacht, da er glaubte, es handele sich um jemanden von seinen eigenen Leuten. Als er die Hosen anzog, war er bereit, Irvine gegenüber auszupacken. Er war ein kapitaler Fang. Vom KGB-Direktorat der Illegalen, genauer gesagt, ein N-Mann.

Das Erste Hauptdirektorat des KGB, das für alle Überseeaktivitäten zuständig ist, zerfällt in Direktorate, Sonderabteilungen und Normalabteilungen. Gewöhnliche KGB-Agenten mit Diplomatenstatus kommen von einer der »territorialen« Abteilungen – die Siebente Abteilung ist auf Japan spezialisiert. Auf Auslandsposten gelten diese Diplomaten als PR-Leute. Ihre Aufgabe besteht im Sammeln von Feld-Wald-und-Wiesen-Informationen, im Herstellen von nützlichen Kontakten, im Lesen von technischen Fachzeitschriften usw.

Den innersten und geheimsten Kern des Ersten Hauptdirektorats bildet das Direktorat Illegale, auch Direktorat S genannt, das keine territorialen Grenzen kennt. Die Leute von »Illegale« drillen und führen die »illegalen« Agenten, die keinerlei diplomatische Immunität genießen, sondern als Maulwürfe im Untergrund arbeiten mit gefälschten Papieren und in geheimer Mission. Die »Illegalen« operieren außerhalb der Botschaft.

Trotzdem sitzt in jeder KGB-Rezidentura einer jeden Sowjetbotschaft ein Mann vom Direktorat S, auf Überseeposten unter der Bezeichnung N-Mann bekannt. Diese Leute befassen sich nur mit Sonderaufträgen, führen oft einheimische Spione oder leisten technische Hilfestellung für Maulwürfe aus dem Sowjetblock.

Andrejew war vom Direktorat S. Merkwürdigerweise war er kein Japanexperte wie alle seine Kollegen von der Siebenten Abteilung. Er war Fachmann für Englisch und nach Tokio beordert worden, um den Kontakt mit einem Obergefreiten der US Air Force zu pflegen, der von Talentsuchern in San Diego angeheuert und inzwischen zum japanisch-amerikanischen Luftwaffenstützpunkt in Taschikawa versetzt worden war. Da Andrejew nicht hoffen durfte, bei seinen Vorgesetzten in Moskau Verständnis zu finden, erklärte er sich bereit, für Irvine zu arbeiten.

Diese trauliche Vereinbarung kam zu einem jähen Ende, als der amerikanische Obergefreite die Nerven verlor und sich auf höchst unschöne Weise in der Latrine der Verpflegungsstelle mit seinem Dienstrevolver ins Jenseits beförderte. Andrejew wurde eiligst nach Moskau zurückexpediert. Irvine überlegte damals, ob er den Mann nicht auf der Stelle »verbrennen« sollte, unterließ es aber.

Und dann tauchte Andrejew in London auf. Ein Stoß neuer Fotos war sechs Monate zuvor über Sir Nigel Irvines Schreibtisch gewandert, und siehe da, da war er wieder. Der vom Direktorat S zur PR-Arbeit zurückversetzte Andrejew war als Zweiter Sekretär der Sowjet-Botschaft akkreditiert. Sir Nigel nahm ihn wieder an die Leine. Andrejew blieb nichts anderes übrig, als seine Bereitschaft zur Mitarbeit zu erklären. Da er sich jedoch weigerte, von irgend jemand anderem geführt zu werden, mußte Sir Nigel ihn als Direktorenfall übernehmen.

In bezug auf die undichte Stelle im britischen Verteidigungsministerium hatte Andrejew wenig zu bieten. Er wußte nichts davon. Wenn ein derartiges Leck existierte, dann wurde der Ministerialbeamte entweder direkt von irgendeinem illegalen, in England ansässigen sowjetischen Agenten betreut, der einen direkten Draht nach Moskau hatte, oder aber er wurde von einem der drei N-Männer in der Botschaft geführt. Aber diese Leute würden über einen derart wichtigen Fall nicht beim Kaffee in der Kantine diskutieren. Er persönlich habe nichts davon gehört, werde aber Augen und Ohren offenhalten. Dabei ließen es die beiden Männer bewenden und trennten sich.

Das von Sir Peregrine Jones am Montagmorgen verfaßte Ascension-Papier wurde am Dienstag verteilt. Es ging an vier Leute. Bertie Capstick hatte sich bereit erklärt, jede Nacht ins Ministerium zu kommen, um die Anzahl der rechtens gemachten Fotokopien zu überprüfen. Preston hatte seine Observanten beauftragt, ihm auf der Stelle zu melden, wenn George Berenson sich auch nur hinter dem Ohr kratzte. Die Leute von der Postüberwachung instruierte er im gleichen Sinne, und das Telefonabhörteam wurde in höchste Alarmstufe versetzt. Dann hieß es, abwarten und Tee trinken.

7. Kapitel

Am ersten Tag passierte nichts. In der Nacht, während die Belegschaft schlief, gingen Brigadegeneral Capstick und John Preston ins Verteidigungsministerium und stellten die Zahl der angefertigten Fotokopien fest: sieben; drei von George Berenson, je zwei von den zwei anderen hohen Tieren, denen das Papier über die Insel Ascension zugegangen war, und keine vom vierten Mann.

Am Abend des zweiten Tages tat Mr. Berenson etwas Seltsames. Die Observanten berichteten, er habe seine Wohnung in Belgravia verlassen und sich zu einer nahegelegenen Telefonzelle begeben. Welche Nummer er wählte, konnten sie nicht feststellen. Er sagte nur ein paar Worte, hängte auf und ging wieder heim. Warum, fragte Preston sich, sollte Berenson das tun, obwohl er ein tadellos funktionierendes Telefon in seiner Wohnung hatte – wofür Preston sich verbürgen konnte, schließlich hörte er es laufend ab.

Am dritten Tag, dem Donnerstag, verließ George Berenson das Ministerium zur üblichen Zeit, nahm ein Taxi und fuhr nach St. John's Wood. In der dortigen, eher dörflich anmutenden High Street befand sich eine Eisdiele. Berenson ging hinein, setzte sich und bestellte ein Sundae, eine Spezialität des Hauses.

John Preston saß im Funkraum der Cork Street und wartete auf die Meldungen des Leiters des Observantenteams. Len Stewart, der Leiter von Team A, meldete sich.

»Ich habe zwei Leute drinnen«, sagte er, »und zwei hier draußen auf der Straße. Und meine Wagen.«

»Was macht er dort drinnen?« fragte Preston.

»Seh' ich nicht«, sagte Stewart über seinen Autofunk. »Muß warten, bis mir die Leute in der Eisdiele etwas melden können.«

Mr. Berenson hatte es sich inzwischen in einer Nische bequem gemacht, aß sein Eiscreme-Sundae und füllte die letzten Felder des Kreuzworträtsels im *Daily Telegraph* aus, den er seiner Aktenmappe entnommen hatte. Er nahm keine Notiz von dem Pärchen in Jeans, das in der Ecke knutschte.

Nach einer halben Stunde verlangte Berenson die Rechnung, ging damit zur Kasse, zahlte und ging.

»Er ist wieder auf der Straße«, meldete Len Stewart. »Meine beiden Leute sind im Lokal geblieben. Er geht jetzt die High Street entlang. Sucht vermutlich ein Taxi. Ich kann jetzt meine Leute drinnen sehen. Sie bezahlen gerade an der Kasse.«

»Fragen Sie Ihre Leute, was er dort drinnen getan hat«, sagte Preston. Irgend etwas ist faul an der Sache, dachte er. Schön, es mochte eine besonders gute Eisdiele sein, aber die gab es auch in Mayfair und im West End, direkt am Weg vom Ministerium nach Belgravia. Warum sollte jemand bis über den Regent's Park hinaus nach St. John's Wood fahren, nur um ein Eis zu essen?

Stewarts Stimme meldete sich wieder.

»Jetzt kommt ein Taxi. Er winkt ihm. Moment, meine Leute aus der Eisdiele sind da.«

Das Funkgerät schwieg eine Weile. Dann:

»Offenbar hat er sein Eis gegessen und das Kreuzworträtsel im *Daily Telegraph* gelöst. Dann hat er bezahlt und das Lokal verlassen.«

»Und die Zeitung?« fragte Preston.

»Hat er liegenlassen... Moment... Dann ging der Inhaber zum Tisch, wischte ihn ab und nahm den leeren Eisbecher und die Zeitung mit nach hinten in die Küche... Jetzt sitzt er im Taxi und ist losgefahren. Was sollen wir tun... dranbleiben?«

Preston überlegte fieberhaft. Harry Burkinshaw und Team B waren von Sir Richard Peters abgezogen worden und hatten ein paar Tage frei. Sie waren wochenlang in Regen, Kälte und Nebel draußen gewesen. Jetzt war nur ein Team im Einsatz. Wenn er dieses Team aufteilte und Berenson verlor, so daß dessen Treff unbemerkt über die Bühne gehen konnte, würde Harcourt-Smith ihm das Fell über die Ohren ziehen. Er faßte einen Entschluß.

»Len, schicken Sie einen Wagen hinter dem Taxi her. Ich weiß, das reicht nicht, wenn der Kerl sich zu Fuß davonmacht. Aber alle übrigen Leute müssen die Eisdiele im Auge behalten.«

»Wird gemacht«, sagte Len Stewart und ging aus der Leitung.

Preston hatte Glück. Das Taxi fuhr zu Mr. Berensons Club im West End und setzte ihn dort ab. Er ging hinein. Allerdings, dachte Preston, konnte der Treff auch dort stattfinden.

Len Stewart betrat die Eisdiele und blieb bis Ladenschluß bei einem Kaffee und dem *Evening Standard* sitzen. Nichts geschah. Als geschlossen wurde, forderte man ihn auf, zu gehen, und er tat es. Das auf der Straße verteilte Vier-Mann-Team sah, wie die Angestellten herauskamen, der Inhaber die Tür abschloß, die Lichter erloschen.

Von der Cork Street aus versuchte Preston, das Telefon der Eisdiele anzuzapfen und die Identität des Inhabers feststellen zu lassen. Wie sich herausstellte, handelte es sich um einen Signor Benotti, einen legal eingewanderten gebürtigen Neapolitaner, der seit zwanzig Jahren ein untadeliges Leben führte. Um Mitternacht waren die Telefone in der Eisdiele und in Signor Benottis Wohnung in Swiss Cottage angezapft. Ohne Ergebnis.

Preston verbrachte eine schlaflose Nacht in der Cork Street. Um zwanzig Uhr war Stewarts Ablösung eingetroffen, die die Eisdiele und Benottis Haus die ganze Nacht hindurch beobachtete. Am Freitagmorgen um neun Uhr ging Benotti zu Fuß wieder in seine Eisdiele und öffnete sie um zehn Uhr. Um die gleiche Zeit rückten Stewart und die Tagschicht an. Um elf Uhr meldete sich Stewart.

»An der Vordertür hält ein kleiner Lieferwagen«, sagte er zu Preston. »Der Fahrer verlädt offenbar Großpackungen mit Eiscreme. Scheint, daß sie Kunden beliefern.«

Preston rührte in seiner zwanzigsten Tasse mit scheußlichem Kaffee. Die Müdigkeit trübte allmählich sein Denken.

»Weiß ich«, sagte er. »Es war am Telefon davon die Rede. Schicken Sie einen Wagen und zwei Leute hinter dem Lieferauto her. Jeden Empfänger einer Bestellung notieren.«

»Dann bleiben mir nur noch ein Wagen und zwei Mann, mich eingeschlossen«, sagte Stewart. »Verdammt dünn im Stadtverkehr.«

»In der Charles Street wird gerade die Einteilung besprochen. Ich will versuchen, ein Extrateam lockerzumachen«, sagte Preston.

Der Eiscremewagen belieferte an diesem Vormittag zwölf Kunden, alle in der Gegend St. John's Wood – Swiss Cottage, und zwei sehr viel weiter südlich, in Marylebone.

Einige Lieferungen gingen in große Wohnblocks, wo die Observanten Mühe hatten, nicht aufzufallen, aber sie notierten jede Adresse. Dann fuhr der Lieferwagen zur Eisdiele zurück. Am Nachmittag machte er keine Tour.

»Bringen Sie mir doch die Liste auf dem Heimweg in der Cork Street vorbei«, sagte Preston zu Stewart.

An diesem Abend berichteten die Lauscher, Berenson habe in seiner Wohnung vier Telefonanrufe erhalten. In einem Fall habe der Anrufer behauptet, sich verwählt zu haben. Berenson selber habe nirgends angerufen. Alles sei auf Band. Ob Preston das Band abspielen wolle? Es sei nichts auch nur annähernd Verdächtiges darauf. Er hörte es trotzdem ab.

Am Samstagvormittag beschloß Preston, eine minimale Chance wahrzunehmen. Mit Hilfe eines vom Technischen Dienst installierten Bandgeräts und eines Vorrats an Ausreden für seine Gesprächspartner rief er sämtliche Empfänger der Eiscremelieferungen an und fragte, wenn eine Frau das Telefon abnahm, ob er ihren Mann sprechen könne. Da Samstag war, klappte es bei allen, bis auf einen.

Eine der Stimmen kam ihm entfernt bekannt vor. Woran lag

es? An einer Spur von Akzent? Und wo konnte er sie schon gehört haben? Er stellte den Namen des Teilnehmers fest. Der Name sagte ihm nichts.

In einem Lokal in der Nähe nahm er einen freudlosen Lunch zu sich. Beim Kaffee kam ihm die Erleuchtung. Er hastete zurück in die Cork Street und spielte die Bänder nochmals ab. Möglich; nicht sicher, aber möglich.

Scotland Yard besitzt im gewaltigen Instrumentarium seiner kriminalwissenschaftlichen Abteilung auch ein Labor für Stimmenanalyse, das gute Dienste leistet, wenn ein mutmaßlicher Verbrecher, dessen Telefon abgehört wird, die Stimme auf dem Tonband nicht als die seine anerkennen will. Da MI5 nicht über derartige Vorrichtungen verfügt, muß man sich in solchen Fällen an Scotland Yard wenden, was im allgemeinen über Special Branch erledigt wird.

Preston rief Sergeant Lander an, erreichte ihn zu Hause, und Lander erwirkte einen Termin noch an diesem Samstagnachmittag im Labor für Stimmanalyse in Scotland Yard. Es war nur ein Techniker erreichbar, und der riß sich höchst widerwillig von der Fernsehübertragung des Fußballspiels los, aber er tat es und kam ins Labor. Der magere junge Mann mit den dicken Brillengläsern spielte Prestons Bänder ein halbes dutzendmal ab und beobachtete dabei den Bildschirm des Oszilloskops, wo eine auf- und absteigende leuchtende Kurve die geringfügigsten Schwingungen in Klang und Modulation der Stimmen sichtbar machte.

»Dieselbe Stimme«, sagte er schließlich. »Ganz klarer Fall.«

Am Sonntag identifizierte Preston den Sprecher mit dem leichten Akzent anhand der Diplomatenliste. Dann rief er einen befreundeten Mitarbeiter der naturwissenschaftlichen Fakultät der Londoner Universität an und verdarb ihm durch ein recht massives Ansinnen seinen freien Tag. Schließlich klingelte er Sir Bernard Hemmings in dessen Haus in Surrey an.

»Sieht aus, als hätten wir dem Paragon-Ausschuß etwas zu berichten, Sir«, sagte er. »Vielleicht gleich morgen vormittag.«

Der Paragon-Ausschuß trat um elf Uhr zusammen, und Sir Anthony Plumb forderte Preston zur Berichterstattung auf. Etwas wie Erwartung lag in der Luft, Sir Bernard Hemmings' Miene war ernst.

Preston schilderte so knapp wie möglich, was sich in den ersten beiden Tagen nach der Verteilung des Papiers über die Insel Ascension ereignet hatte. Die Erwähnung von Berensons seltsamem, sehr kurzem Anruf aus einer öffentlichen Telefonzelle am Mittwochabend rief Interesse wach.

»Haben Sie diesen Anruf auf Band?« fragte Sir Peregrine Jones.

»Nein, wir konnten nicht nah genug heran«, antwortete Preston.

»Um was, glauben Sie, ging es?«

»Ich glaube, Mr. Berenson avisierte seinem Einsatzleiter eine fällige Sendung, wobei er vermutlich einen Code für Ort und Zeitpunkt benutzte.«

»Haben Sie dafür irgendeinen Beweis?« fragte Sir Hubert Villiers vom Innenministerium.

»Nein, Sir.«

Preston sprach nun vom Besuch der Eisdiele, vom liegengelassenen *Daily Telegraph* und davon, daß die Zeitung vom Inhaber persönlich weggeräumt wurde.

»Konnten Sie die Zeitung sicherstellen?« fragte Sir Paddy Strickland.

»Nein, Sir, eine Polizeiaktion in der Eisdiele zu diesem Zeitpunkt hätte die Festnahme Mr. Benottis und vielleicht Mr. Berensons zur Folge haben können, aber Benotti hätte seine Unkenntnis beschwören können, daß irgend etwas in der Zeitung steckte, und Mr. Berenson hätte behaupten können, es habe sich um eine böse Fahrlässigkeit seinerseits gehandelt.«

»Aber Sie glauben, der Besuch der Eisdiele sei die ›Zustellung‹ gewesen?« fragte Sir Anthony Plumb.

»Ich bin überzeugt davon«, sagte Preston. Er beschrieb sodann die Lieferung von Eiscreme an ein Dutzend Kunden am folgenden Vormittag, wie er von elf dieser Kunden Stimmproben hatte nehmen können, und daß Berenson am selben Abend einen »Falsch-verbunden«-Anruf erhalten habe.

»Die Stimme des Mannes, der ihn an jenem Abend anrief und behauptete, er habe sich verwählt, sich entschuldigte und auflegte, war die Stimme eines der Eiscremekunden.«

Eine Weile herrschte Schweigen.

»Könnte es nicht ein Zufall sein?« fragte Sir Hubert Villiers zweifelnd. »In dieser Stadt kommt es schrecklich oft zu völlig harmlosen falschen Verbindungen. Krieg' selber dauernd welche.«

»Ich habe es gestern mit einem Bekannten durchgerechnet, der Zugang zu einem Computer hat«, sagte Preston unbeirrt. »Die Chancen, daß ein Mann in einer Zwölf-Millionen-Stadt eine Eisdiele aufsucht und ein Sundae ißt; daß diese Eisdiele am darauffolgenden Vormittag zwölf Kunden beliefert; daß einer dieser Kunden um Mitternacht den Eiscremeesser ›versehentlich‹ anruft, diese Chancen stehen eins zu einer Million. Der Anruf Freitagnacht bestätigte den Erhalt der Sendung.«

»Mal sehen, ob ich richtig verstanden habe«, sagte Sir Perry Jones. »Berenson ließ sich von seinen drei Kollegen deren Fotokopien meines fiktiven Papiers geben und gab vor, sie im Reißwolf zu vernichten. In Wahrheit behielt er eine zurück. Er steckte sie in seine Zeitung und ließ die in der Eisdiele liegen. Der Inhaber nahm die Zeitung an sich, steckte das Geheimdokument in eine Plastikhülle und stellte es am nächsten Vormittag dem Einsatzleiter in einer Packung Eiscreme zu. Der Einsatzleiter ließ Berenson dann wissen, daß er es erhalten habe.«

»So hat es sich meiner Meinung nach abgespielt«, sagte Preston.

»Eins zu einer Million, daß es ein Zufall ist«, grübelte Sir Anthony Plumb. »Nigel, wie sehen Sie die Sache?«

Der Chef des SIS schüttelte den Kopf.

»Ich glaube nicht an Zufälle von eins zu einer Million«, sagte er. »Nicht in unserer Branche, was, Bernard? Nein, es war schon eine Zustellung, von der Quelle zum Einsatzleiter über einen Strohmann, Signor Benotti. John Preston sieht das ganz richtig. Gratuliere. Berenson ist unser Mann.«

»Und was haben Sie getan, nachdem Sie diese Entdeckung machten, Mr. Preston?« fragte Sir Anthony.

»Ich lasse seitdem statt Mr. Berenson den Einsatzleiter überwachen«, sagte Preston. »Ich habe ihn identifiziert. Heute vormittag haben die Observanten und ich ihn von seiner Wohnung in Marylebone, wo er als Junggeselle allein lebt, bis zu seinem Büro verfolgt. Er heißt Jan Marais.«

»Jan? Klingt tschechisch«, sagte Sir Perry Jones.

»Nicht ganz«, erwiderte Preston düster. »Jan Marais ist akkreditierter Diplomat und gehört zur Botschaft der Republik Südafrika.«

Betroffenes, ungläubiges Schweigen trat ein. Sir Paddy Strickland knurrte unter völliger Mißachtung des diplomatischen Sprachgebrauchs: »Verdammter Mist!« Aller Augen richteten sich auf Sir Nigel Irvine.

Er saß zutiefst erschüttert am Tischende. Wenn das stimmt, dachte er bei sich, dann mach' ich Hackfleisch aus dem Kerl.

Er dachte an General Henry Pienaar, den Chef des Nachrichtendienstes der Republik Südafrika, der Nachfolgeorganisation des unbeweint dahingeschiedenen BOSS. Wenn die Südafrikaner ein paar Londoner Ganoven für einen Einbruch in die Archive des Afrikanischen Nationalkongresses anheuerten, nun ja! Aber einen Spion in das britische Verteidigungsministerium einschleusen war, unter Geheimdiensten, eine Kriegserklärung.

»Ich wäre Ihnen dankbar, Gentlemen, wenn Sie mir ein paar Tage Zeit ließen, damit ich diese Angelegenheit ein wenig weiterverfolgen kann«, sagte Sir Nigel.

Zwei Tage später, am 4. März, frühstückte einer der wenigen britischen Minister, denen Mrs. Thatcher ihren Wunsch nach vorgezogenen allgemeinen Wahlen anvertraut hatte, mit seiner Frau im schönen Stadthaus des Ehepaars im Holland-Park-Viertel von London. Die Frau blätterte einen Stapel Reiseprospekte durch.

»Korfu ist hübsch«, sagte sie, »oder Kreta.«

Da sie keine Antwort erhielt, wurde sie deutlicher.

»Darling, wir sollten wirklich versuchen, in diesem Sommer vierzehn Tage wegzufahren und völlig auszuspannen. Es sind jetzt schließlich fast zwei Jahre. Wie wär's im Juni? Erst wenige Touristen unterwegs, und das Wetter ideal.«

»Nicht im Juni«, sagte der Minister, ohne aufzublicken.

»Aber der Juni ist wundervoll«, beharrte sie.

»Nicht im Juni«, wiederholte er. »Jederzeit, bloß nicht im Juni.«

Ihre Augen wurden groß.

»Was ist denn im Juni so Wichtiges?«

»Spielt keine Rolle.«

»Du schlauer alter Fuchs«, sagte sie gespannt. »Es geht um Margaret, wie? Das gemütliche Plauderstündchen in Chequers am vorletzten Sonntag. Sie ruft zu den Urnen. Wetten, daß ich recht habe?«

»Psst!«, machte ihr Mann, aber nach fünfundzwanzig Ehejahren wußte sie, wann sie ins Schwarze getroffen hatte. Sie blickte auf und sah ihre Tochter Emma auf der Türschwelle stehen.

»Gehst du weg, Darling?«

»Yeah«, sagte das Mädchen. »Bis dann.«

Emma Lockwood war neunzehn, Kunststudentin und in jugendlichem Überschwang mit Haut und Haaren dem Kult verfallen, der sich »Radical Politics« nannte. Sie verabscheute die politischen Ansichten ihres Vaters und versuchte, durch ihren eigenen Lebensstil dagegen zu protestieren. Zur milden Verzweiflung ihrer Eltern fehlte sie bei keiner Anti-Raketen-Demonstration und bei keiner der lautstarken Protestkundgebungen linker Gruppen. Zu ihren privaten Protestaktionen gehörte, daß sie mit Simon Devine schlief, Dozent an einem Polytechnikum, den sie bei einer Demo kennengelernt hatte.

Er war kein berauschender Liebhaber, aber Emma bewunderte ihn wegen seines fanatischen Trotzkismus' und des pathologischen Hasses auf die »Bourgeoisie«, Sammelbegriff für alle, die nicht seiner Meinung waren. Wer ihm energischer Widerpart hielt als die Bourgeois, wurde als Faschist eingestuft. Diesen Mann beglückte Emma des Abends auf seiner Schlafcouch mit dem Hinweis, den sie aufgeschnappt hatte, als sie in der Tür des elterlichen Frühstückszimmers stand.

Devine war Mitglied mehrerer revolutionärer Studentengruppen und schrieb Artikel für linksextreme Blätter, die sich durch großes Engagement und minimale Auflagen auszeichneten. Welchen Goldschatz Emma Lockwood ihm geliefert hatte, berichtete er zwei Tage später dem Redakteur einer kleinen Flugschrift während der Fertigstellung eines Pamphlets, worin Devine alle freiheitsliebenden Arbeiter der Cowley-Werke aufrief, den Fertigungsbetrieb lahmzulegen, um ihre Solidarität mit einem wegen Diebstahls entlassenen Kollegen zu demonstrieren.

Der Redakteur fand, zur Veröffentlichung in Form eines Artikels sei die Information zu vage, er wolle jedoch mit seinen Kollegen darüber sprechen; Devine solle das Gehörte unbedingt für sich behalten. Nachdem Devine gegangen war, sprach der Redakteur tatsächlich mit einem seiner Kollegen, seinem Verbindungsmann, und der Verbindungsmann gab die Information an seine Leitstelle in der Rezidentura an der sowjetischen Botschaft weiter. Am 10. März traf die Meldung in Moskau ein. Devine wäre entsetzt gewesen. Als glühender Anhänger von Trotzkis Forderung nach permanenter Revolution haßte er Moskau und das ganze Sowjetsystem.

Sir Nigel Irvine war erschüttert über die Enthüllung, daß der Einsatzleiter eines gefährlichen Spions innerhalb des britischen Regierungsapparats ein südafrikanischer Diplomat war, und er beschloß, den einzig möglichen Schritt zu tun: direkt an den südafrikanischen Geheimdienst NIS heranzutreten und eine Erklärung zu fordern.

Die Beziehung zwischen dem britischen SIS und dem südafrikanischen NIS (und dessen Vorgänger, dem BOSS) wäre von Politikern beider Staaten als nichtexistent bezeichnet worden. »Auf Armlänge« hätte eher der Wirklichkeit entsprochen. Die Beziehung existiert, ist jedoch aus politischen Gründen äußerst heikel. Wegen der weitverbreiteten Ablehnung der Apartheid wird sie in Großbritannien seit langem und unter jeder Regierung mißbilligt, unter den Labour-Regierungen stärker als unter den Konservativen. Während der Labour-Jahre zwischen 1954 und 1979 wurde sie seltsamerweise wegen des Rhodesien-Konflikts geduldet. Der Labour-Premier Harold Wilson sah ein, daß er, um seine Sanktionen durchzuführen, alle irgend erhältlichen Informationen über das Rhodesien Ian Smiths benötigte, und diese Informationen hatten vor allem die Südafrikaner.

Als die Rhodesien-Krise schließlich vorbei war, hatten im Mai 1979 die Konservativen wieder die Regierung übernommen, und die Beziehung wurde aufrechterhalten, diesmal wegen der besorgniserregenden Vorgänge in Namibia und Angola, wo die Südafrikaner zugegebenermaßen gute Netze aufgebaut hatten. Es war keineswegs eine einseitige Beziehung. Die Briten gaben einen Tip weiter, den sie aus der Bundesrepublik Deutschland über die DDR-Verbindungen der Frau des südafrikanischen Kommodore Dieter Gerhardt erhalten hatten– er wurde später als Sowjetspion festgenommen. Von den Briten stammte auch die Mitteilung an Südafrika, daß sowjetische »Illegale« in die Republik einreisten, was der SIS seinem umfassenden Aktenmaterial über solche Herrschaften entnahm.

Zu einem unerfreulichen Zwischenfall kam es nur 1967, als

ein Agent des BOSS, ein gewisser Norman Blackburn, der im Zambezi Club als Barkeeper arbeitete, einem »Garden Girl« den Kopf verdrehte. Die »Garden Girls« sind Sekretärinnen in der Downing Street Nr. 10 und werden so genannt, weil ihr Büro an der Gartenseite des Hauses liegt.

Die betörte Helen (der Vorname genügt, sie hat inzwischen geheiratet und ein paar Kinder) übergab Blackburn mehrere Geheimdokumente, ehe die Affäre aufflog. Es gab Stunk, und Harold Wilson war fortan überzeugt, daß der BOSS an allen Übeln schuld sei, von Mißernten bis zum Wein, der nach dem Korken schmeckt.

Danach hielt die Beziehung sich in zivilisierteren Bahnen. Die Briten haben, meist in Johannesburg, einen Residenten, was dem NIS bekannt ist, und führen auf südafrikanischem Territorium keine »operativen Maßnahmen« durch. Die Südafrikaner haben mit Wissen des SIS ein paar Geheimdienstleute in ihrer Londoner Botschaft sitzen und ein paar weitere außerhalb, auf die MI5 ein wachsames Auge hat. Letztere haben die Aufgabe, die Londoner Aktivitäten verschiedener südafrikanischer revolutionärer Organisationen wie ANC, SWAPO und so weiter zu überwachen. Solange die Südafrikaner sich auf diese Tätigkeit beschränken, läßt man sie gewähren.

Nunmehr erbat und erhielt der britische Resident in Johannesburg eine private Unterredung mit General Henry Pienaar und meldete seinem Chef in London, was der Leiter des NIS zu sagen hatte. Sir Nigel berief für den 10. März eine Sitzung des Paragon-Ausschusses ein.

»Der große und gute General Pienaar schwört bei allem, was ihm heilig ist, daß er nichts von Jan Marais wisse. Er behauptet, Marais arbeite nicht für ihn und habe nie für ihn gearbeitet.«

»Sagt er die Wahrheit?« fragte Sir Paddy Strickland.

»Bei diesem Spiel sollte man nie davon ausgehen«, sagte Sir Nigel. »Aber möglich wäre es. Dafür spricht, daß er andernfalls schon vor drei Tagen erfahren hätte, daß wir Marais enttarnt haben. Wenn Marais sein Mann ist, müßte er wissen, daß wir uns bitter rächen werden. Er hat keinen seiner Leute hier abgezogen, was er bestimmt getan hätte, wenn er sich schuldig fühlte.«

»Aber was zum Teufel ist Marais dann?« fragte Sir Perry.

»Pienaar behauptet, er wolle das ebensogern wissen wie wir«, erwiderte »C«. »Er ist sogar damit einverstanden, einen von unseren Leuten zusammen mit seinen eigenen die Jagd aufnehmen zu lassen. Ich möchte einen Mann hinunterschicken.«

»Was läuft zur Zeit in Sachen Berenson und Marais?« wollte Sir Anthony Plumb, der die Abteilung Fünf vertrat, von Harcourt-Smith wissen.

»Beide werden unauffällig beschattet, aber zugepackt wird noch nicht. Keine Wohnungseinbrüche. Nur Post- und Telefonüberwachung und die Observanten, rund um die Uhr«, erwiderte Harcourt-Smith.

»Wieviel Zeit brauchen Sie noch, Nigel?« fragte Plumb.

»Zehn Tage.«

»All right, aber das ist wirklich das äußerste. In zehn Tagen müssen wir Berenson mit allem, was wir haben, auf die Pelle rücken und zur Schadensfeststellung schreiten, mit oder ohne seine gütige Mitwirkung.«

Anderntags rief Sir Nigel Irvine Sir Bernard Hemmings in dessen Haus in der Nähe von Farnham an.

»Bernard, es geht um Ihren Mann, diesen Preston. Ich weiß, es ist ungewöhnlich; könnte einen meiner eigenen Leute schikken und so weiter. Aber ich mag seine Arbeitsweise. Könnte ich ihn für den Trip nach Südafrika ausborgen?«

Sir Bernard war einverstanden. Preston flog in der Nacht vom 12. zum 13. März nach Johannesburg. Die Maschine war bereits unterwegs, als die Nachricht auf dem Schreibtisch von Brian Harcourt-Smith landete. Er war fuchsteufelswild, aber er wußte, daß er machtlos war.

Der Albion-Ausschuß erstattete dem Generalsekretär am Abend des 12. Bericht; die Sitzung fand in der Wohnung am Kutuzowskij-Prospekt statt.

»Und was, bitte, haben Sie mir mitzuteilen?« fragte der Sowjetführer ruhig.

Professor Krilow, Vorsitzender des Ausschusses, wies auf Großmeister Rogow, der die vor ihm liegende Akte aufschlug und vorzulesen begann.

Wie immer in Gegenwart des Generalsekretärs war Philby beeindruckt, ja fasziniert von der kolossalen und unbegrenzten Macht dieses Mannes. Bei der Ermittlungsarbeit der Ausschußmitglieder genügte die bloße Erwähnung seines Namens als der höchsten Autorität, daß ihnen alles in der UdSSR zugänglich gemacht und keine Fragen gestellt wurden. Philby, der das Phänomen der Macht und ihrer Anwendung gründlich studiert hatte, bewunderte die Rücksichtslosigkeit und Schläue, mit der sich der Generalsekretär die absolute Gewalt über jede Lebensfaser in der Sowjetunion gesichert hatte.

Seinen einflußreichen Posten als KGB-Chef hatte er seinerzeit nicht Breschnews Stimme zu verdanken gehabt, sondern der des Königsmachers im Hintergrund, der grauen Eminenz im Politbüro, dem Parteiideologen Mikhail Suslow. Dank dieses Stückes Unabhängigkeit von Breschnew und seiner privaten Mafia hatte er sichergestellt, daß der KGB niemals zu Breschnews gehorsamem Pudel wurde. Im Mai 1982, als Suslow gestorben und Breschnew ein todgeweihter Mann war, hatte er den KGB verlassen und war ins Zentralkomitee zurückgekehrt, ohne dabei in den Fehler Breschnews zu verfallen.

Er hatte im KGB General Fedortschuk als Vorsitzenden zurückgelassen, seinen getreuen Statthalter. Mit Hilfe der Partei hatte der jetzige Generalsekretär seine Stellung im Zentralkomitee unangreifbar gemacht, die kurzen Amtszeiten Andropows und Tschernenkos abgewartet und dann deren Nachfolge angetreten. Innerhalb weniger Monate hatte er alle Machtquellen unter seine Kontrolle gebracht: Partei, Streitkräfte, KGB und Innenministerium, das MWD. Er hatte sämtliche Trümpfe in der Hand, und niemand wagte, sich zu widersetzen oder eine Verschwörung gegen ihn anzuzetteln.

»Wir haben einen Plan ausgearbeitet, Genosse Generalsekretär«, sagte Dr. Rogow – in Gegenwart Dritter bediente er sich stets der formellen Anrede.

»Es handelt sich um einen konkreten Plan, eine aktive Maßnahme, das Vorhaben, bei der britischen Bevölkerung eine Destabilisierung auszulösen, gegen die das Attentat von Sarajewo und der Berliner Reichstagsbrand zu Bagatellen würden. Wir gaben dem Plan den Namen Aurora.«

Eine Stunde verging, bis Dr. Rogow alle Einzelheiten vorgelesen hatte. Von Zeit zu Zeit blickte er auf, um die Wirkung seiner Ausführungen festzustellen, aber der Generalsekretär war Meister in einem weit größeren Schachspiel, und sein Gesicht blieb ausdruckslos. Endlich hatte Dr. Rogow zu Ende gelesen. Eine Weile warteten sie schweigend.

»Nicht ohne Risiken«, sagte der Generalsekretär gelassen. »Was garantiert uns, daß kein Eigentor daraus wird, wie bei gewissen... anderen Operationen?«

Er hatte das Wort nicht ausgesprochen, aber alle wußten, was er meinte. In seinem letzten Jahr beim KGB hatte das betrübliche Mißlingen des Wojtyla-Attentats ihn schwer erschüttert. Es hatte drei Jahre gedauert, bis die Schockwellen und Anschuldigungen verebbt waren, und die UdSSR hatte genau jene Art weltweiter Publizität genossen, an der ihr am wenigsten gelegen war.

Im Vorfrühling 1981 hatte der bulgarische Geheimdienst gemeldet, seinen Leuten in der türkischen Bevölkerung der Bundesrepublik Deutschland sei ein seltsamer Fisch ins Netz gegangen. Aus ethnischen, kulturellen und historischen Gründen war Bulgarien, Rußlands getreuester und gehorsamster Satellit, eng mit der Türkei und den Türken verbunden. Der Mann, den sie aufgefischt hatten, war überzeugter Terrorist, von der extremen

Linken im Libanon ausgebildet, hatte in der Türkei im Auftrag der Grauen Wölfe gemordet, war aus dem Gefängnis ausgebrochen und in die Bundesrepublik Deutschland geflohen.

Das Absonderliche an ihm war, daß er aus persönlichen Gründen unbedingt den Papst töten wollte. Sollten sie Mehmed Ali Agca wieder ins Meer zurückwerfen oder ihn, mit Geld und falschen Papieren sowie einer Waffe versehen, laufen lassen?

Unter normalen Umständen hätte die Antwort des KGB vorsichtshalber gelautet: Umlegen. Aber die Umstände waren nicht normal. Karol Wojtyla, der erste Pole auf dem päpstlichen Stuhl, stellte eine ernste Gefahr dar. Polen war in Aufruhr; das kommunistische Regime konnte jeden Augenblick von den rebellischen Anhängern von Solidarinosč gestürzt werden.

Der Rebell Wojtyla hatte schon einmal Polen besucht, und das Ergebnis war, vom sowjetischen Standpunkt aus, verheerend gewesen. Man mußte ihn entweder bremsen oder seine Glaubwürdigkeit erschüttern. Der KGB antwortete den Bulgaren: Grünes Licht, aber wir wollen von nichts wissen. Im Mai 1981 wurde Agca mit Geld, falschen Papieren und einer Waffe nach Rom eskortiert, wo er nach seinem eigenen Kopf handeln konnte. Die Folge war, daß eine Menge Leute dabei den ihren verloren.

»Wenn ich mir die Bemerkung erlauben darf: Ich glaube nicht, daß man die beiden Dinge miteinander vergleichen kann«, sagte Dr. Rogow, der im wesentlichen den Plan Aurora entworfen hatte und willens war, ihn zu verteidigen. »Das Wojtyla-Attentat war eine Katastrophe aus drei Gründen: Das Ziel wurde nicht tödlich getroffen; der Attentäter wurde lebend gefaßt; und das Entscheidende: es war keine hieb- und stichfeste Desinformation inszeniert worden, wonach man die Sache einer Verschwörung, zum Beispiel der italienischen oder amerikanischen extremen Rechten, hätte in die Schuhe schieben können. Eine Flut glaubhaften Beweismaterials hätte auf Abruf zur Veröffentlichung parat sein und der ganzen Welt klarmachen müssen, daß Agca im Auftrag der Rechten handelte.«

Der Generalsekretär nickte.

»Hier hingegen«, fuhr Rogow fort, »liegen die Dinge völlig anders. Für jedes Stadium sind Rückzugs- und Ausweichmöglichkeiten vorgesehen. Der Ausführende würde ein Spitzenprofi sein, der vor der Festnahme Selbstmord beginge. Das Material ist zumeist äußerlich harmlos und kann in keinem Fall in die UdSSR zurückverfolgt werden. Der Ausführende darf Aurora nicht überleben. Und für die Folgezeit sind weitere Pläne ausgearbeitet, die das Geschehene unwiderleglich und überzeugend den Amerikanern zur Last legen.«

Der Generalsekretär wandte sich an General Martschenko.

»Würde es funktionieren?« fragte er. Die Ausschußmitglieder wurden unruhig. Es wäre leichter gewesen, wenn man die Reaktion des Generalsekretärs erfahren und ihr dann beigepflichtet hätte. Aber er hielt sich bedeckt. Martschenko holte tief Atem.

»Es ist machbar«, bestätigte er. »Meiner Meinung nach würden zehn bis sechzehn Monate nötig sein, um den Plan in die Tat umzusetzen.«

»Genosse Oberst?« wandte der Generalsekretär sich an Philby.

Philbys Stottern verschlimmerte sich. Das war immer so, wenn er unter Streß stand.

»Was die Risiken angeht, so bin ich überfragt. Desgleichen was die technische Durchführbarkeit betrifft. Aber die Wirkung – ohne Zweifel würden mehr als zehn Prozent der britischen Wechselwähler spontan für die Labour Party stimmen.«

»Genosse Professor Krilow?«

»Ich muß abraten, Genosse Generalsekretär. Ich halte den Plan für extrem gefährlich. Er steht in krassem Widerspruch zu den Paragraphen des vierten Protokolls. Sollte dieses Abkommen je gebrochen werden, so könnte es zu unser aller Schaden sein.«

Der Generalsekretär schien in tiefes Nachdenken versunken, worin ihn wohlweislich niemand störte. Fünf Minuten lang blieben die Augen hinter den funkelnden Brillengläsern geschlossen. Dann hob er den Kopf.

»Es existieren keine Aufzeichnungen, keine Tonbänder, keine Spuren des Plans außerhalb dieses Zimmers?«

»Keine«, bekräftigten die vier Männer.

»Geben Sie mir sämtliche Akten und Kladden«, sagte der Generalsekretär. Als die Papiere vor ihm lagen, fuhr er in seiner üblichen monotonen Sprechweise fort:

»Das Ganze ist unglaublich leichtfertig, absurd, abenteuerlich und gefährlich«, leierte er. »Der Ausschuß ist aufgelöst. Ich wünsche, daß Sie zu Ihren beruflichen Pflichten zurückkehren und nie mehr weder den Albion-Ausschuß noch den Plan Aurora erwähnen.«

Er saß noch immer reglos da und starrte auf den Tisch, als die vier mit Schimpf und Schanden Entlassenen abzogen. Schweigend nahmen sie ihre Hüte und Mäntel, wobei sie es vermieden, einander anzusehen. Dann wurden sie zu ihren im Innenhof wartenden Wagen geleitet.

Unten angekommen, stieg jeder in sein Auto. Philby hatte in seinem privaten Wolga Platz genommen und wartete darauf, daß der Fahrer Gregoriew den Motor startete, aber der Mann tat nichts dergleichen. Die Limousinen der drei anderen fegten über das Geviert, durch die Ausfahrt und hinaus auf die Straße. Jemand klopfte an Philbys Fenster. Er kurbelte es herunter und blickte in das Gesicht von Major Pawlow.

»Würden Sie bitte mitkommen, Genosse Oberst.«

Philby befürchtete das Schlimmste. Er begriff jetzt, daß er zu viel wußte; er war der einzige Ausländer der Gruppe. Der Generalsekretär stand in dem Ruf, Risiken ein für allemal zu beseitigen. Philby folgte Major Pawlow wieder ins Haus. Zwei Minuten später stand er aufs neue im Wohnzimmer des Generalsekretärs. Der alte Mann saß noch immer in seinem Rollstuhl am niedrigen Couchtisch. Er bedeutete Philby, Platz zu nehmen. Der britische Verräter setzte sich verstört.

»Wie finden Sie ihn wirklich?« fragte der Generalsekretär leise. Philby schluckte.

»Genial, gewagt, gefährlich. Aber, wenn es funktioniert, höchst wirkungsvoll«, sagte er.

»Er ist brillant«, murmelte der Generalsekretär. »Und er wird ausgeführt. Aber unter meiner persönlichen Leitung. Das soll kein Gemeinschaftsunternehmen werden, sondern ausschließlich mein eigenes. Und Sie werden mir dabei eng zur Seite stehen.«

»Darf ich eine Frage stellen?« sagte Philby beherzt. »Warum ich? Ich bin Ausländer, auch wenn ich der Sowjetunion mein Leben lang gedient und ein Drittel meines Lebens hier verbracht habe. Ich bin dennoch Ausländer.«

»Stimmt«, erwiderte der Generalsekretär, »und Sie genießen niemandes Schutz außer dem meinen. Sie könnten keine Verschwörung gegen mich anzetteln.

Sie werden sich von Ihrer Frau und den Kindern verabschieden und den Fahrer entlassen. Dann beziehen Sie die Gästezimmer meiner Datscha in Usowo. Dort stellen Sie die Gruppe zusammen, die den Plan Aurora in Angriff nehmen soll. Alle nötigen Befugnisse werden Sie erhalten, und zwar durch mein Büro im Zentralkomitee. Sie selber werden nicht in Erscheinung treten.«

Er drückte auf einen Summer unter der Tischplatte.

»Während der ganzen Zeit werden Sie unter den Augen dieses Mannes arbeiten. Ich glaube, Sie kennen ihn bereits.«

Die Tür hatte sich geöffnet, in ihrem Rahmen stand Major Pawlow mit seinem teilnahmslosen kalten Gesicht.

»Er ist hochintelligent und außerordentlich argwöhnisch«, sagte der Generalsekretär anerkennend. »Und ich kann mich ganz auf ihn verlassen. Er ist übrigens mein Neffe.«

Als Philby aufstand, um dem Major zu folgen, reichte ihm der Generalsekretär ein Stück Papier. Es war ein Telex aus dem Ersten Hauptdirektorat, an den Generalsekretär der KPdSU persönlich gerichtet. Philby traute seinen Augen nicht.

»Ja«, sagte der Generalsekretär. »Es kam gestern. General

Martschenko irrt, Sie werden keine zehn bis sechzehn Monate Zeit haben. Es scheint, daß Mrs. Thatcher ihren Schachzug für Juni plant. Wir müssen ihr mit dem unsrigen eine Woche zuvorkommen.«

Philby atmete langsam aus. Im Jahr 1917 entschieden zehn Tage über den Ausgang der russischen Revolution. Englands größtem Verräter aller Zeiten blieben genau neunzig Tage zur Vorbereitung einer ähnlichen Umwälzung, der britischen Revolution.

Zweiter Teil

1. Kapitel

Als John Preston am Vormittag des 13. auf dem Jan-Smuts-Flughafen landete, erwartete ihn bereits der Chef der dortigen Residentur, ein großer schlanker blonder Mann namens Dennis Grey. Von der Aussichtsterrasse aus beobachteten zwei Männer vom südafrikanischen NIS Prestons Ankunft, machten jedoch keine Anstalten, näher zu kommen.

Zoll- und Paßkontrolle waren reine Formalitäten, und schon dreißig Minuten nach der Landung raste der Wagen mit den beiden Männern nordwärts auf der Straße nach Pretoria. Preston betrachtete neugierig die Landschaft des High Veld; sie hatte wenig gemein mit seiner Vorstellung von Afrika – die moderne sechsspurige Asphaltstraße lief durch eine kahle Ebene und vorbei an modernen, europäisch wirkenden Farmen und Fabriken.

»Ich habe für Sie im Burgerspark reserviert«, sagte Grey. »Im Zentrum von Pretoria. Es hieß, Sie wollten lieber im Hotel wohnen als in der Residentur.«

»Ja«, sagte Preston. »Vielen Dank.«

»Wir fahren zuerst in die Van Der Walt Street zum Hotel und melden Sie an. Um elf sind wir beim Biest bestellt.«

Diese nicht allzu liebevolle Bezeichnung war ursprünglich General Van Den Berg verliehen worden, dem Polizeigeneral und Chef des ehemaligen Staatssicherheitsdienstes BOSS (Bureau of State Security). Nach dem sogenannten Muldergate-Skandal von 1979 war die unglückliche Ehe zwischen dem Nachrichtendienst und der Sicherheitspolizei Südafrikas aufgelöst worden, zur großen Erleichterung der professionellen Nachrichtenleute und der Auslandsaufklärung, deren Arbeit durch die Holzhammermethoden von BOSS sehr erschwert worden war.

Der Geheime Nachrichtendienst wurde unter der Bezeichnung

National Intelligence Service neu organisiert, und General Henry Pienaar war von seinem Posten als Chef des Militärischen Abwehrdienstes herübergewechselt. Er war kein Polizeigeneral, sondern Militär, und wenn er auch nicht ein Leben lang dem Geheimdienst angehört hatte, wie Sir Nigel Irvine, so hatte ihn doch sein Dienst bei der Abwehr gelehrt, daß man nicht unbedingt mit einem stumpfen Gegenstand zuschlagen muß, um eine Katze zu töten. General Van Den Berg, der in Pension gegangen war, erzählte noch immer jedem, der es hören wollte, daß »die Hand des Herrn mit ihm war«. Die Briten hatten seinen Spitznamen schnöderweise auf General Pienaar übertragen.

Preston trug sich im Hotel ein, stellte sein Gepäck ab, wusch und rasierte sich und war um halb elf wieder bei Grey in der Halle. Gemeinsam fuhren sie zum Union Building.

Die meisten südafrikanischen Regierungsstellen haben ihren Sitz in den drei Stockwerken dieses mächtigen langgestreckten ockerbraunen Sandsteinblocks, dessen dreihundert Meter lange Fassade durch vier Säulenvorbauten gegliedert ist. Das Gebäude steht im Zentrum von Pretoria auf einem Hügel über der Kerk Street, und von der Esplanade vor dem Gebäude hat man einen weiten Blick über das Tal bis zu den braunen Hügeln des High Veld und der alles überragenden gewaltigen Masse des Voortrekker-Denkmals.

Dennis Grey wies sich am Empfang aus und sagte, daß er und Preston erwartet würden. Nach wenigen Minuten erschien ein junger Mann und führte sie zum Büro General Pienaars. Die Amtsräume des NIS-Chefs liegen in der obersten Etage an der äußersten Westseite des Gebäudes. Grey und Preston folgten dem jungen Mann durch endlos lange Korridore, die im üblichen südafrikanischen Behördenstil in Braun und Creme ausgemalt und bis hoch oben mit dunklem Holz getäfelt sind. Das Büro des Generals befindet sich am Ende des letzten Korridors, zwischen einem Vorzimmer zur Rechten mit zwei Sekretärinnen und einem Büro zur Linken, in dem zwei Offiziere arbeiten.

Der junge Mann klopfte an die hinterste Tür, wartete auf den gebellten Befehl zum Eintreten und ließ die britischen Besucher ein. Es war ein recht düsterer, unpersönlicher Raum: ein großer und offensichtlich abgeräumter Schreibtisch der Tür gegenüber, vier lederne Clubsessel um einen niedrigen Tisch nahe den Fenstern, die auf die Kerk Street hinunter und über das Tal hinweg auf die Hügel blickten; rundum an den Wänden vermutlich Generalstabskarten, abweisend hinter grünen Gardinen verborgen.

General Pienaar, ein großer schwerer Mann, stand auf, als sie eintraten, ging ihnen entgegen und wechselte einen Händedruck. Grey übernahm die Vorstellung, und der General dirigierte die Besucher zu den Clubsesseln. Kaffee wurde serviert, aber das Gespräch beschränkte sich auf den Austausch von Höflichkeiten. Grey erfaßte die Lage, verabschiedete sich und ging. General Pienaar starrte Preston eine Weile schweigend an.

»Und jetzt, Mr. Preston«, sagte er dann in fast akzentfreiem Englisch, »zu unserem Diplomaten Jan Marais. Ich sagte es bereits Sir Nigel, und jetzt sage ich es Ihnen: Er arbeitet weder für mich noch für meine Regierung, jedenfalls nicht als Agentenführer in England. Sie sind hierhergekommen, um herauszufinden, für wen er dann arbeitet?«

»Das ist meine Aufgabe, Herr General.«

General Pienaar nickte mehrmals.

»Ich habe Sir Nigel mein Wort gegeben, daß wir Ihnen in jeder Weise behilflich sein werden. Und mein Wort halte ich.«

»Vielen Dank, Herr General.«

»Ich werde Ihnen einen meiner persönlichen Adjutanten zur Verfügung stellen. Er wird sein möglichstes für Sie tun: Akten beibringen, die Sie eventuell einsehen wollen, wenn nötig, auch dolmetschen. Sprechen Sie Afrikaans?«

»Nein, Herr General, kein Wort.«

»Dann wird es einiges zu übersetzen geben. Vielleicht auch zu dolmetschen.«

Er drückte einen Summer auf dem Tisch; im Handumdrehen

öffnete sich die Tür, und es erschien ein Mann, ebenso groß wie der General, aber viel jünger. Preston schätzte ihn auf Anfang Dreißig. Er hatte rötliches Haar und sandfarbene Brauen.

»Ich möchte Ihnen Captain Andries Viljoen vorstellen. Andy, das ist Mr. John Preston aus London, dem Sie behilflich sein werden.«

Preston stand auf und gab dem Captain die Hand. Er spürte eine kaum verhüllte Feindseligkeit von dem jungen Afrikaander ausgehen, vielleicht das Gegenstück zu den erfolgreicher maskierten Gefühlen seines Vorgesetzten.

»Ich habe einen Arbeitsraum für Sie reservieren lassen, er liegt auf dieser Etage«, sagte General Pienaar. »Und jetzt wollen wir keine Zeit mehr verlieren, Gentlemen. Machen Sie sich ans Werk.«

Als sie allein in dem ihnen zugewiesenen Büro waren, fragte Viljoen:

»Womit möchten Sie beginnen, Mr. Preston?«

Preston seufzte innerlich. Alles war so viel einfacher, wenn man sich, wie in der Charles Street und der Gordon Street mit Vornamen anredete.

»Mit der Personalakte Jan Marais, wenn ich bitten darf, Captain Viljoen.«

Mit unverhülltem Triumph zog der Captain die Akte aus einer Schreibtischlade.

»Wir sind die Akte selbstverständlich bereits durchgegangen«, sagte er. »Ich selbst habe sie vor ein paar Tagen aus dem Personalbüro des Außenministeriums geholt.«

Er legte einen dicken Ordner mit braunem Deckel vor Preston hin.

»Wenn es eine Hilfe für Sie ist, möchte ich zusammenfassen, was wir daraus entnehmen konnten. Marais trat im Frühjahr 1946 in den auswärtigen Dienst der Republik Südafrika in Kapstadt ein. Er gehört ihm mittlerweile seit über vierzig Jahren an und wird im Dezember pensioniert. Er hat einen tadellosen Afrikaander-Background und geriet nie auch nur in den leisesten Verdacht. Deshalb erscheint sein Verhalten in London so rätselhaft.«

Preston nickte. Deutlicher brauchte man nicht zu werden. Man war hier der Ansicht, daß London sich geirrt habe. Preston schlug die Akte auf. Zu den obersten Papieren gehörte ein von Hand in englischer Sprache abgefaßtes Dokument.

»Das«, sagte Viljoen, »ist sein handgeschriebener Lebenslauf, wie ihn alle Bewerber für den auswärtigen Dienst einreichen müssen. Damals, als die United Party unter Jan Smuts am Ruder war, benutzte man sehr viel mehr Englisch als heute. Heute würde ein solches Dokument in Afrikaans abgefaßt werden. Natürlich müssen alle Bewerber beide Sprachen fließend beherrschen.«

»Dann fangen wir am besten mit dem Lebenslauf an«, sagte Preston. »Könnten Sie mir, während ich ihn lese, Marais' berufliche Laufbahn in kurzen Zügen skizzieren? Vor allem seine Versetzungen ins Ausland, wohin, wann und für wie lange.«

»All right«, nickte Viljoen. »Sollte Marais umgefallen oder umgedreht worden sein, dann vermutlich irgendwo im Ausland.«

Das »sollte« drückte gerade deutlich genug Viljoens Zweifel aus, und das Wort »Ausland« verriet, was er vom Einfluß der Fremden auf gute Afrikaander hielt. Preston begann zu lesen.

»Ich wurde im August 1925 geboren als einziger Sohn eines Farmers im Mootseki-Tal, das zu der kleinen landwirtschaftlichen Gemeinde Duiwelskloof in Nord-Transvaal gehört. Mein Vater, Laurens Marais, war gebürtiger Afrikaander, meine Mutter Mary war britischer Abstammung. Eine solche Ehe war damals ungewöhnlich, aber ihr verdanke ich, daß ich beide Sprachen, Englisch und Afrikaans, fließend beherrsche.

Mein Vater war beträchtlich älter als meine Mutter, eine Frau von schwacher Gesundheit. Sie starb, als ich zehn Jahre alt war, während einer jener Typhus-Epidemien, wie sie von Zeit zu Zeit in dieser Gegend wüteten. Bei meiner Geburt war meine Mutter fünfundzwanzig, mein Vater sechsundvierzig Jahre alt. Er baute hauptsächlich Kartoffeln und Tabak an, ein bißchen Weizen und hielt Hühner, Gänse, Truthähne, Rindvieh und Schafe. Sein ganzes Leben lang war er überzeugter Anhänger der United Party, und ich wurde nach Marschall Jan Smuts getauft.«

Preston hielt inne.

»Das alles dürfte seiner Bewerbung kaum geschadet haben«, meinte er.

»Im Gegenteil«, sagte Viljoen, nachdem er die Stelle überflogen hatte, »damals war die United Party noch an der Macht. Die Nationale Front kam erst 1948 ans Ruder.«

Preston las weiter.

»Mit sieben Jahren kam ich in die Gemeindeschule von Duiwelskloof und trat mit zwölf Jahren in die Merensky Highschool über, die fünf Jahre zuvor gegründet worden war. Als 1939 der Krieg ausbrach, verfolgte mein Vater, der mit ganzem Herzen auf der Seite Englands und des Empire stand, alle Meldungen aus Europa an seinem Rundfunkgerät, wenn wir abends nach der Arbeit auf der Veranda saßen. Seit dem Tod meiner Mutter waren wir einander noch nähergekommen, und ich wünschte mir nichts sehnlicher, als am Krieg teilzunehmen.

Zwei Tage nach meinem achtzehnten Geburtstag im August 1943 sagte ich meinem Vater Lebewohl, fuhr mit der Bahn nach Pietersburg und stieg dort um nach Pretoria. Mein Vater begleitete mich bis Pietersburg, und ich sah ihn zum letztenmal, als er dort auf dem Bahnsteig stand und mir nachwinkte.

Am nächsten Tag ging ich ins Generalkommando in Pretoria,

meldete mich in aller Form zum Kriegsdienst und kam ins Lager Roberts Heights, wo ich eingekleidet und ausgerüstet wurde und die Grundausbildung im Nahkampf und an der leichten Waffe erhielt. Dort bewarb ich mich um die roten Tressen.«

»Was bedeuten diese ›roten Tressen‹?« fragte Preston.
Viljoen blickte von seiner Schreibarbeit auf.
»Damals durften nur Freiwillige außerhalb der Grenzen Südafrikas eingesetzt werden«, sagte er. »Niemand durfte dazu gezwungen werden. Diese Freiwilligen bekamen rote Tressen an ihre Uniformen.«

»Von Roberts Heights aus wurde ich zu den Witwatersrand-Schützen/De La Rey Regiment überstellt; diese beiden Einheiten waren nach den Verlusten bei Tobruk zusammengelegt worden. Wir fuhren mit der Bahn zunächst zu einem Transitlager in Hay Paddock bei Petermaritzburg und kamen zum Nachschub für die Südafrikanische Sechste Division, die auf ihren Transport nach Italien wartete. Schließlich wurden wir alle in Durban eingeschifft, fuhren auf der *Duchess of Richmond* durch den Suezkanal und landeten Ende Januar in Tarent.

Während des Frühjahrs rückten wir in Richtung Rom vor, und dann zog unsere Einheit Wits/De La Rey zusammen mit der Sechsten Division, die sich damals aus der 12. Südafrikanischen Motorisierten Brigade und der 11. Südafrikanischen Panzerbrigade zusammensetzte, durch Rom und weiter in Richtung Florenz. Am 13. Juli befand ich mich nördlich von Monte Benichi in den Chiantibergen mit einigen Kameraden der C-Kompanie auf Spähtrupp. Im dichtbewaldeten Gelände wurde ich nach Einbruch der Dunkelheit von den Kameraden getrennt und sah mich wenige Minuten später von deutschen Soldaten der Division Hermann Göring umringt. Ich saß in der Falle.

Ich hatte Glück, daß ich überhaupt am Leben blieb, aber ich wurde, zusammen mit weiteren alliierten Gefangenen, auf einen Lastwagen verladen und in einen ›Käfig‹, das heißt, ein provisorisches Lager in einem Ort namens La Tarina nördlich von Florenz gebracht. Der ranghöchste südafrikanische Unteroffizier war, wie ich mich erinnere, Feldwebelleutnant Snyman. Wir blieben nicht lange dort. Als die Alliierten Florenz erreicht hatten, wurde das Lager mitten in der Nacht evakuiert. Es herrschte Chaos. Einige Gefangene versuchten zu fliehen und wurden niedergeschossen. Sie blieben auf der Straße liegen, und die Lastwagen überrollten sie. Von den Lastwagen wurden wir in Viehwaggons umgeladen. Wir fuhren tagelang nach Norden, über die Alpen, und kamen schließlich in ein Kriegsgefangenenlager in Moosburg, sechzig Kilometer nordöstlich von München.

Auch dort blieben wir nicht lange. Schon nach vierzehn Tagen wurde ungefähr die Hälfte der Lagerinsassen zur Bahnstation geführt und wieder in Viehwaggons verfrachtet. Fast ohne Nahrung und Wasser fuhren wir sechs Tage und Nächte durch Deutschland. Es war Ende August 1944, als wir ausgeladen wurden und zu einem anderen, viel größeren Lager marschieren mußten. Es war, wie wir erfuhren, das Stalag 344 in Lamsdorf bei Breslau im damals noch deutschen Schlesien. Dieses Stalag 344 muß das übelste von allen gewesen sein. Hier vegetierten elftausend alliierte Gefangene, die sich nur durch Rot-Kreuz-Sendungen am Leben erhalten konnten.

Als Gefreiter wurde ich einer Arbeitsbrigade zugeteilt, die jeden Morgen mit dem Lastwagen in eine zwanzig Kilometer entfernte Fabrik gebracht wurde, die synthetischen Treibstoff herstellte. Jener Winter in Oberschlesien war bitterkalt. Eines Tages, kurz vor Weihnachten, hatte unser Lastwagen eine Panne. Zwei Kriegsgefangene versuchten unter Aufsicht der deutschen Wachen, den Schaden zu beheben. Einige von uns durften aussteigen und sich in der Nähe des Rückbretts aufhalten. Ein junger südafrikanischer Soldat neben mir starrte auf den nur zwanzig

Meter entfernten Tannenwald, sah mich an und zog eine Augenbraue hoch. Ich werde nie wissen, warum ich es tat, aber im nächsten Moment rannten wir beide durch den hüfthohen Schnee, während unsere Kameraden die Wachen anstießen, so daß sie nicht richtig zielen konnten. Wir erreichten die Bäume und rannten ins Dickicht des Waldes.«

»Möchten Sie zum Lunch gehen?« fragte Viljoen. »Wir haben im Haus eine Kantine.«

»Könnten wir vielleicht belegte Brote und Kaffee heraufkommen lassen?« erwiderte Preston.

»Sicher. Ich rufe unten an.« Preston wandte sich wieder Jan Marais' Geschichte zu.

»Bald mußten wir feststellen, daß wir vom Regen in die Traufe gekommen waren, nur daß es keine Traufe war, sondern eine Eishölle. Die Temperatur sank nachts bis minus dreißig Grad. Wir hatten unsere Füße in den Stiefeln mit Zeitungspapier umwickelt, aber weder das noch unsere Mäntel halfen gegen die Kälte. Nach zwei Tagen waren wir erschöpft und hätten am liebsten aufgegeben.

In der zweiten Nacht versuchten wir, in einer zerfallenen Scheune ein wenig zu schlafen, wurden aber jäh geweckt. Wir dachten, es müßten die Deutschen sein, aber da ich Afrikaans spreche, verstehe ich auch ein paar deutsche Brocken, und das hier war nicht Deutsch. Es war Polnisch; polnische Partisanen hatten uns aufgestöbert. Um ein Haar hätten sie uns als deutsche Deserteure erschossen, aber ich schrie aus Leibeskräften, daß wir Engländer seien, und einer von ihnen schien mich verstanden zu haben.

Während die meisten Bewohner von Breslau und Lamsdorf deutscher Herkunft waren, stammten die Bauern offenbar größtenteils aus Polen, und als die russischen Truppen näher kamen, versteckten viele von ihnen sich in den Wäldern, um den Rückzug der Deutschen zu behindern. Es gab zwei Gruppen von Partisanen: die Kommunisten und die Katholiken. Wir hatten Glück gehabt, uns hatte eine Gruppe katholischer Widerstandskämpfer erwischt. Sie behielten uns während dieses harten Winters, als man im Osten bereits die russischen Geschütze donnern hörte und der Vormarsch näher kam. Im Januar erkrankte mein Kamerad an Lungenentzündung; ich versuchte, ihn gesund zu pflegen, aber es gab keine Antibiotika. Er starb, und wir begruben ihn im Wald.«

Preston kaute melancholisch an seinen Broten und trank den Kaffee. Er mußte nur noch wenige Seiten lesen.

»Im März 1945 waren die Russen plötzlich da. In unserem Wald konnten wir hören, wie ihre Panzer und Geschütze auf den Landstraßen nach Westen rumpelten. Die Polen entschlossen sich, in den Wäldern zu bleiben, aber ich hielt es nicht mehr aus. Sie zeigten mir den Weg, und eines Morgens stolperte ich mit erhobenen Händen aus dem Wald und ergab mich einer Abteilung russischer Soldaten.

Zuerst hielten sie mich für einen Deutschen und hätten mich beinahe erschossen. Aber die Polen hatten mir beigebracht, ich müsse ›Angleeski‹ rufen, was ich zu wiederholten Malen tat. Die Russen ließen ihre Gewehre sinken und riefen einen Offizier. Er sprach kein Englisch, aber er sah sich meine Hundemarke an und sagte etwas zu den Soldaten, worauf sie übers ganze Gesicht grinsten. Aber wenn ich gehofft hatte, die Heimat bald wiederzusehen, so hatte ich mich getäuscht. Sie übergaben mich dem NKWD.

Fünf Monate lang wurde ich in verschiedenen dumpfen, eiskalten Zellen einer brutalen Behandlung unterworfen. Die ganze Zeit über blieb ich in Einzelhaft. Mehrmals wurde ich unter Anwendung des dritten Grades verhört, denn ich sollte gestehen, daß ich ein Spion sei. Ich weigerte mich und wurde nackt zurück in meine Zelle gebracht. Im späten Frühjahr (in Europa ging der Krieg zu Ende, aber das wußte ich nicht) war ich so sehr geschwächt, daß ich wenigstens eine Pritsche zum Schlafen bekam und besseres Essen, das indes nach südafrikanischen Maßstäben noch immer ungenießbar war.

Dann muß irgendein Befehl von oben eingegangen sein. Im August 1945 wurde ich, mehr tot als lebendig, in einem Lastwagen nach Potsdam gebracht und dort der britischen Army übergeben. Ich erfuhr mehr Freundlichkeit, als ich schildern kann. Nachdem ich einige Zeit in einem Lazarett in der Nähe von Bielefeld gepflegt worden war, kam ich nach England. Im EMS Hospital von Killearn nördlich von Glasgow verbrachte ich weitere drei Monate, und im Dezember 1945 schiffte ich mich endlich in Southampton auf der *Ile de France* nach Kapstadt ein, wo ich Ende Januar 1946 ankam.

In Kapstadt erfuhr ich vom Tod meines Vaters, des einzigen Angehörigen, den ich besaß. Der Schock bewirkte einen Rückfall, und ich mußte wiederum für zwei Monate ins Wynberg-Lazarett in Kapstadt.

Jetzt bin ich als vollständig gesund entlassen und bewerbe mich hiermit um eine Anstellung beim auswärtigen Dienst der Republik Südafrika.«

Preston klappte den Ordner zu, und Viljoen blickte auf.

»Well«, sagte der Südafrikaner, »seine berufliche Karriere verlief stetig und einwandfrei, wenn auch ohne Glanzpunkte. Er brachte es bis zum Ersten Sekretär. Er hatte acht Auslandsposten inne, immer in ausgesprochen prowestlichen Ländern. Acht sind ziemlich viel, aber er ist Junggeselle, und das macht bei den

Diensten vieles leichter, ausgenommen auf der Botschafter- oder Ministerebene, wo eine Ehefrau mehr oder weniger vorausgesetzt wird. Glauben Sie immer noch, daß er irgendwo unterwegs umgefallen ist?«

Preston zuckte die Achseln. Viljoen beugte sich vor und tippte auf die Akte.

»Sie wissen jetzt, was diese russischen Schufte ihm angetan haben. Deshalb glaube ich, daß Sie unrecht haben, Mr. Preston. Er ißt also gern Eiscreme und hat sich beim Telefonieren verwählt. Reiner Zufall.«

»Mag sein«, sagte Preston. »Dieser Lebenslauf. Irgend etwas daran ist seltsam.«

Captain Viljoen schüttelte den Kopf.

»Wir arbeiten an dieser Akte, seit Ihr Sir Nigel Irvine den General anrief. Wir haben sie immer wieder durchgelesen. Alles stimmt genau. Alle Namen, Daten, Orte, Army-Lager, Truppeneinheiten, Feldzüge, jedes winzigste Detail. Sogar die Ernten, die vor dem Krieg im Mootseki-Tal eingebracht wurden. Das hat uns das Landwirtschaftsministerium bestätigt. Jetzt werden dort droben Tomaten und Avocados angebaut, aber damals waren es vorwiegend Kartoffeln und Tabak. Niemand könnte diese Geschichte erfunden haben. Nein, wenn er wirklich auf Abwege geriet, was ich bezweifle, dann irgendwo im Ausland.«

Prestons Miene war mürrisch. Draußen begann es zu dämmern.

»All right«, sagte Viljoen. »Ich bin da, um Ihnen zu helfen. Womit möchten Sie jetzt beginnen?«

»Ich möchte mit dem Anfang beginnen«, sagte Preston. »Dieser Ort namens Duiwelskloof, ist das weit von hier?«

»Ungefähr vier Autostunden. Wollen Sie hinfahren?«

»Ja, bitte. Könnten wir zeitig aufbrechen? Sagen wir, morgen früh um sechs?«

»Ich bestelle einen Dienstwagen und bin um sechs Uhr in Ihrem Hotel«, sagte Viljoen.

Es war eine lange Strecke, aber die Autostraße Pretoria–Zimbabwe ist neu gebaut, und Viljoen hatte einen neutralen Chevair genommen, den Typ, den NIS gewöhnlich benutzt. Er fuhr zügig durch Nylstroom und Potgietersrus bis Pietersburg, wo sie nach drei Stunden anlangten. Die Fahrt gab Preston Gelegenheit, die gewaltigen, grenzenlosen Horizonte Afrikas zu sehen, die einen an kleinere Dimensionen gewöhnten Europäer stets tief beeindrucken.

In Pietersburg bogen sie nach Osten ab und fuhren fünfzig Kilometer durchs flache Middle Veld. Wieder erstreckten sich endlose Horizonte unter einem blaßblauen Himmel, bis die Männer an den steilen Buffelberg gelangten, wo das Middle Veld zum Mootseki-Tal abfällt. Als sie die Serpentinen hinunterfuhren, hielt Preston den Atem an.

Tief unter ihnen lag das Tal, reich und üppig. Auf der offenen Talsohle standen an die tausend bienenkorbförmige afrikanische Hütten, Rondavels genannt, umgeben von Kraals, Viehpferchen und Maisfeldern. Ein paar Rundhütten klebten auch an der Flanke des Buffelberges, aber die meisten standen im Talboden verstreut. Aus den Öffnungen in der Dachmitte stieg Holzrauch auf, und sogar aus der großen Höhe und Entfernung konnte Preston die afrikanischen Jungen sehen, die kleine Herden höckeriger Rinder hüteten, und die Frauen, die sich über ihre Gartenbeete beugten.

Dies hier, dachte er, ist endlich das Afrika der Afrikaner. So ungefähr muß es schon ausgesehen haben, als Moselikatse, der Gründer des Matabele-Reichs, mit seinen Kaffernkriegern nach Norden marschierte, um dem Zorn Tschakas zu entfliehen, den Limpopo überquerte und das Königreich der Langschildleute gründete. Die holprige Straße wand sich den steilen Hang hinunter ins Mootseki-Tal. Jenseits des Tals verlief eine zweite Hügelkette, und dazwischen ein tiefer Einschnitt, durch den die Straße führte. Das war die Schlucht Duiwelskloof, die Teufelskluft.

Nach zehn Minuten waren sie unten und rollten langsam an der neuen Elementarschule vorbei die Botha Avenue entlang, die Hauptstraße des kleinen Gemeinwesens.

»Wohin möchten Sie?« fragte Viljoen.

»Als der alte Marais starb, muß er ein Testament hinterlassen haben«, überlegte Preston. »Und es muß vollstreckt worden sein, durch einen Rechtsanwalt. Läßt sich feststellen, ob es in Duiwelskloof einen Anwalt gibt und ob er an einem Samstagvormittag zu sprechen ist?«

Viljoen fuhr an Kirstens Autowerkstatt vor und wies über die Straße zum Gasthof.

»Trinken Sie da drüben eine Tasse Kaffee und bestellen Sie mir auch einen. Ich werde auftanken und mich umhören.«

Fünf Minuten später saß er mit Preston in der Gaststube.

»Es gibt einen Anwalt«, sagte er, während er seinen Kaffee trank. »Er ist Engländer und heißt Benson. Gleich auf der anderen Straßenseite, zwei Häuser von der Autowerkstatt entfernt. Gehen wir rüber.«

Mr. Benson war anwesend. Viljoen wies der Sekretärin eine Karte im Plastikumschlag vor, die ihre Wirkung nicht verfehlte. Die Frau sagte etwas auf afrikaans in die Wechselsprechanlage, und die beiden Männer wurden unverzüglich in das Büro von Mr. Benson geführt. Mr. Benson, ein freundlicher rosiger Herr im rehbraunen Anzug, begrüßte seine Besucher in Afrikaans. Viljoen antwortete in seinem akzentbehafteten Englisch.

»Darf ich Ihnen Mr. Preston vorstellen; er kommt aus England, aus London. Er möchte Ihnen gern ein paar Fragen stellen.«

Mr. Benson bat die Männer, Platz zu nehmen, und setzte sich wieder hinter seinen Schreibtisch.

»Bitte«, erwiderte er, »ich bin gern behilflich.«

»Darf ich fragen, wie alt Sie sind?« begann Preston. Benson blickte ihn erstaunt an.

»Sind Sie aus London bis hierher gereist, um zu fragen, wie alt ich bin? Also, ich bin dreiundfünfzig.«

»Demnach sind Sie 1946 zwölf Jahre alt gewesen?«

»Stimmt.«

»Können Sie mir bitte sagen, wer zu jener Zeit Anwalt in Duiwelskloof war?«

»Gewiß. Mein Vater, Cedric Benson.«

»Lebt er noch?«

»Ja. Er ist über Achtzig und hat mir die Firma vor fünfzehn Jahren übergeben. Aber er ist noch sehr rührig.«

»Wäre es möglich, mit ihm zu sprechen?«

Statt einer Antwort griff Mr. Benson zum Telefon und wählte eine Nummer. Offenbar sprach er mit seinem Vater, denn der Sohn erklärte, es seien zwei Herren gekommen, einer davon aus London, die ihn sprechen wollten. Dann legte er auf.

»Er wohnt ungefähr zehn Kilometer entfernt, aber er fährt noch immer seinen Wagen, zum Schrecken aller Verkehrsteilnehmer. Er sagte, er werde sofort kommen.«

»Könnten Sie inzwischen in Ihren Akten aus dem Jahr 1946 nachsehen, ob Sie oder vielmehr Ihr Vater Testamentsvollstrecker eines hier ansässigen Farmers namens Laurens Marais gewesen sind, der im Januar 1946 starb?« bat Preston.

»Ich will's versuchen«, sagte Benson junior. »Es kann natürlich sein, daß Mr. Marais einen Anwalt aus Pietersburg hatte. Aber damals hielten die Leute sich lieber an einen ortsansässigen Anwalt. Der Karton 1946 muß noch irgendwo stecken. Einen Augenblick bitte.«

Er verließ das Büro. Die Sekretärin brachte Kaffee. Nach zehn Minuten hörte man Stimmen im Vorzimmer. Die beiden Bensons betraten gemeinsam den Raum, der Sohn trug einen staubigen Karton. Der Senior hatte einen schneeweißen Haarschopf und wirkte so munter wie ein Fisch im Wasser. Nach der Begrüßung brachte Preston sein Anliegen vor.

Wortlos setzte Old Benson sich hinter den Schreibtisch und überließ es seinem Sohn, sich eine andere Sitzgelegenheit zu suchen. Über den Brillenrand hinweg blickte er die Besucher an.

»Ich erinnere mich an Laurens Marais«, sagte er. »Und wir haben nach seinem Tod auch das Testament vollstreckt. Ich selbst.«

Der Sohn reichte ihm ein verstaubtes und verblichenes Dokument, das mit einem rosa Band zusammengebunden war. Der alte Mann blies den Staub weg, knotete das Band auf und öffnete den Schriftsatz. Schweigend begann er zu lesen.

»Ah ja, jetzt weiß ich es wieder. Er war Witwer. Lebte allein. Hatte einen Sohn, Jan. Ein tragischer Fall. Der Junge war gerade aus dem Zweiten Weltkrieg zurückgekommen. Laurens Marais wollte hinunter nach Kapstadt, um ihn zu besuchen, da starb er. Tragisch.«

»Wie lautete sein Letzter Wille?« fragte Preston.

»Der Sohn bekam alles«, sagte Benson. »Farm, Haus, Geräte, Einrichtung. Nur die üblichen kleinen Legate an Bargeld für die eingeborenen Landarbeiter, den Vormann und so weiter.«

»Irgendwelche persönlichen Vermächtnisse, irgend etwas Privateres?« bohrte Preston weiter.

»Hm. Nur eine Sache. ›Und meinem alten, guten Freund Joop Van Rensberg meine Schachfiguren aus Elfenbein, zur Erinnerung an die vielen friedlichen Abende, die wir bei diesem Spiel auf der Farm zubrachten.‹ Sonst nichts.«

»War der Sohn wieder in Südafrika, als der Vater starb?« fragte Preston.

»Muß er gewesen sein. Der alte Laurens wollte ihn doch in Kapstadt besuchen. War damals eine lange Reise. Keine Flugverbindung. Man fuhr mit dem Zug.«

»Haben Sie sich auch mit dem Verkauf der Farm und der übrigen Besitztümer befaßt, Mr. Benson?«

»Die Farm wurde von einem Auktionshaus versteigert, direkt an Ort und Stelle. Sie ging an die Van Zyls. Sie kauften das Ganze. Das Anwesen gehört jetzt Bertie Van Zyl. Aber ich war als Testamentsvollstrecker dabei.«

»Waren keine persönlichen Andenken da, die nicht verkauft wurden?« fragte Preston. Der alte Mann runzelte die Stirn.

»Nicht viel. Alles ging in Bausch und Bogen weg. Oh, ich erinnere mich an ein Fotoalbum. Es hatte keinen Verkaufswert. Ich glaube, ich habe es Mr. Van Rensberg gegeben.«

»Wer war er?«

»Der Lehrer«, fiel der Sohn ein. »Ich ging bei ihm in die Schule, bis ich nach Merensky kam. Er leitete die alte Gemeindeschule, ehe die Elementarschule gebaut wurde. Dann ging er in Pension, hier in Duiwelskloof.«

»Lebt er noch?«

»Nein, er ist vor etwa zehn Jahren gestorben«, sagte der alte Benson. »Ich war bei der Beerdigung.«

»Aber er hatte eine Tochter«, schaltete sein Sohn sich wieder ein. »Cissy. Sie war mit mir in der Merensky-Schule. Muß mein Jahrgang sein.«

»Wissen Sie, was aus ihr geworden ist?«

»Sicher. Sie ist längst verheiratet. Mit einem Sägewerksbesitzer draußen an der Straße nach Tzaneen.«

»Eine letzte Frage«, wandte Preston sich an den Senior. »Warum wurde der ganze Besitz verkauft? Wollte ihn der Sohn nicht haben?«

»Offenbar nicht. Er lag damals im Wynberg-Lazarett. Er hat mir ein Telegramm geschickt. Ich bekam seine Adresse von den Militärbehörden, und sie beglaubigten auch seine Identität. In dem Telegramm bat er mich, den gesamten Besitz zu veräußern und das Geld telegrafisch an ihn zu überweisen.«

»Ist er denn nicht zur Beerdigung gekommen?«

»Dazu war keine Zeit. Im Januar ist in Südafrika Hochsommer. Leichenhäuser gab es damals kaum. Die Toten mußten unverzüglich beerdigt werden. Ich glaube sogar, er ist überhaupt nie wieder hierhergekommen. Verständlich. Zu wem hätte er auch kommen sollen.«

»Wo liegt Laurens Marais begraben?«

»Auf dem Friedhof droben auf dem Hügel«, sagte Benson senior. »Ist das alles? Dann gehe ich jetzt zum Lunch.«

Das Klima ist östlich und westlich der Berge von Duiwelskloof grundverschieden. Westlich des Höhenzugs, in Mootseki, fallen pro Jahr durchschnittlich fünfzig Zentimeter Regen. Auf der Ostseite stauen sich die schweren Wolken, die vom Indischen Ozean herkommen, über Mozambique und den Krüger-Nationalpark ziehen und gegen die Berge prallen, deren Osthänge von der vierfachen Regenmenge getränkt werden. Den Haupterwerbszweig bilden hier die Eukalyptuswälder. Nachdem sie zehn Kilometer auf der Straße nach Tzaneen gefahren waren, fanden Viljoen und Preston die Sägemühle von Mr. du Plessis. Seine Frau, die Lehrerstochter, öffnete ihnen. Sie war eine rundliche Person um die Fünfzig, mit Apfelbäckchen und mit Mehl an Händen und Schürze. Sie war gerade beim Backen.

Sie hörte sich aufmerksam an, worum es ging, dann schüttelte sie den Kopf.

»Ich weiß noch, daß mein Vater zur Farm hinausging und mit Marais Schach spielte, als ich noch ein kleines Mädchen war«, sagte sie. »Es muß um 1944/45 gewesen sein. Ich erinnere mich auch an die Elfenbeinfiguren, aber nicht an das Album.«

»Haben Sie Ihren Vater nicht beerbt, als er starb?« fragte Preston.

»Nein«, sagte Mrs. du Plessis. »Wissen Sie, meine Mutter starb 1955, und Daddy blieb allein zurück. Ich führte ihm bis zu meiner Heirat 1958 den Haushalt. Damals war ich dreiundzwanzig. Danach kam er gar nicht mehr zurecht. Sein Haus war immer in einem schrecklichen Zustand. Ich ging anfangs immer noch zu ihm, um für ihn zu kochen und aufzuräumen. Aber als die Kinder kamen, wurde es zuviel.

Dann starb im Jahr 1960 der Mann meiner Tante, Vaters Schwester, und auch sie blieb allein zurück. Sie hatte in Pietersburg gewohnt. Es lag nahe, daß sie zu meinem Vater zog und für ihn sorgte. Das tat sie auch. Ich bat meinen Vater, alles ihr zu hinterlassen – das Haus, die Möbel und so weiter.«

»Was wurde aus der Tante?« fragte Preston.

»Oh, sie wohnt noch immer dort. Es ist ein bescheidener Bungalow direkt hinter dem Gasthof in Duiwelskloof.«

Mrs. du Plessis fuhr mit ihnen hin. Die Tante, Mrs. Winter, war zu Hause: ein fröhlicher Spatz von einer Frau, mit blaugetöntem Haar. Nachdem sie ihren Besuchern zugehört hatte, ging sie zu einem Schrank und holte eine flache Schachtel heraus.

»Der arme Joop hat immer so gern damit gespielt«, sagte sie. Es war das Schachspiel aus Elfenbein. »Haben Sie danach gesucht?«

»Eigentlich nicht«, sagte Preston, »ich suche das Fotoalbum.« Sie überlegte.

»Auf dem Dachboden ist noch eine Kiste mit altem Zeug«, sagte sie. »Ich hab' sie nach dem Tod meines Bruders hinaufgeschafft. Nur Papiere und Sachen aus seiner Lehrerzeit.«

Andries Viljoen stieg auf den Dachboden und brachte alles herunter. Unter einem Stapel vergilbter Schulberichte lag das Familienalbum der Marais'. Preston blätterte es langsam durch. Es war alles da: die zarte hübsche Braut aus dem Jahr 1920, die schüchtern lächelnde Mutter von 1930, der Junge, der mit konzentrierter Miene auf seinem ersten Pony ritt, der Vater, Pfeife zwischen den Zähnen, der versuchte, sich den Stolz auf seinen Sohn, der neben ihm stand, nicht allzusehr anmerken zu lassen, vor den beiden eine Strecke Kaninchen auf dem Gras. Auf der letzten Seite klebte das Schwarzweißfoto eines Jungen in Krickethosen, eines hübschen Burschen von siebzehn Jahren, der zum Wurf gegen den Dreistab ausholte. Die Unterschrift lautete: »Janni, Kapitän der Kricketmannschaft von Merensky, 1943.«

»Darf ich dieses Bild behalten?« fragte Preston.

»Gern«, sagte Mrs. Winter.

»Hat Ihr verstorbener Bruder jemals mit Ihnen über Mr. Marais gesprochen?«

»Manchmal«, sagte sie. »Die beiden waren viele Jahre lang eng befreundet.«

»Hat Ihr Bruder Ihnen erzählt, woran Mr. Marais starb?«
Sie war erstaunt.

»Hat Ihnen das der Anwalt denn nicht gesagt? Ts, ts, ts. Der alte Cedric muß nicht mehr ganz beisammen sein. Es war ein Unfall mit Fahrerflucht, sagte mir Joop. Der alte Marais war offenbar aus seinem Auto gestiegen, um einen geplatzten Reifen zu reparieren, und wurde von einem Lastwagen erfaßt. Damals nahm man an, daß es betrunkene Kaffern waren – hoppla!« – sie schlug die Hand auf den Mund und blickte Viljoen verlegen an. »Ich sollte das wirklich nicht mehr sagen. Also, wie dem auch sei, es kam niemals heraus, wer den Lastwagen gefahren hat.«

Auf dem Weg hügelabwärts zur Hauptstraße kamen sie am Friedhof vorbei. Preston bat Viljoen, er möge anhalten. Es war ein schönes stilles Fleckchen hoch über der Stadt, von Tannen und Fichten gesäumt, überragt von einem in der Mitte stehenden alten M'wateba-Baum mit gespaltenem Stamm und umzogen von einer Hecke aus Weihnachtssternen. In einer Ecke entdeckten die Männer einen bemoosten Stein. Preston kratzte das Moos ab und fand in den Granit gemeißelt die Inschrift: »Laurens Marais, 1879–1946. Geliebter Gatte von Mary und Vater von Jan Marais. Der Herr sei mit ihm. R. I. P.«

Preston ging hinüber zur Hecke, brach einen flammenden Blütenzweig ab und legte ihn vor den Stein. Viljoen sah ihn erstaunt an.

»Pretoria, bitte«, sagte Preston.

Als sie aus dem Mootseki-Tal zum Buffelberg hinanklommen, drehte Preston sich um und warf einen Blick zurück über das Tal. Dunkelgraue Gewitterwolken hatten sich hinter der Teufelskluft zusammengeballt. Sie kamen rasch näher und verhüllten die kleine Stadt samt dem makabren Geheimnis, das nur einem Engländer mittleren Alters in einem abfahrenden Auto bekannt war. Preston legte den Kopf zurück und schlief ein.

An diesem Abend wurde Harold Philby aus dem Gästetrakt in das Wohnzimmer des Generalsekretärs geleitet, der ihn bereits erwartete. Philby legte dem alten Mann mehrere Dokumente vor. Der Generalsekretär las sie und ließ sie dann sinken.

»Es sind nicht viele Leute beteiligt«, sagte er.

»Erlauben Sie, daß ich auf zwei wichtige Punkte hinweise, Genosse Generalsekretär. Erstens hielt ich es wegen der extremen Vertraulichkeit von Plan Aurora für angezeigt, die Zahl der Teilnehmer auf das absolute Minimum zu beschränken, und selbst von diesen wenigen werden nicht alle über alles informiert sein.

Zweitens müssen, obgleich dies widersprüchlich erscheint, wegen der extrem kurz bemessenen Zeit noch ein paar Ecken gekappt werden. Die wochen- oder sogar monatelangen Besprechungen, die gewöhnlich zur Vorbereitung einer aktiven Maßnahme nötig sind, müssen auf Tage zusammengeschoben werden.«

Der Generalsekretär nickte bedächtig.

»Erklären Sie, warum Sie diese Männer brauchen.«

»Schlüsselfigur der ganzen Operation«, fuhr Philby fort, »ist der Ausführende, der Mann, der nach England geht, dort eine Zeitlang als Brite lebt und schließlich Plan Aurora durchführt.

Zwölf Kuriere oder ›Mulis‹ werden ihn mit allem versorgen, was er braucht. Sie müssen die Objekte ins Land schmuggeln, entweder durch den Zoll oder, wo möglich, an einer unbewachten Stelle. Keiner der Kuriere wird wissen, was er befördert oder warum; jeder hat Zeit und Ort eines Treffs und eines unter Umständen notwendigen Ausweichtreffs auswendig gelernt. Jeder wird sein Päckchen dem Ausführenden übergeben und dann hierher zurückkehren, wo er sofort in totale Quarantäne kommt. Nur einer – abgesehen vom Ausführenden – wird nicht mehr zurückkehren. Aber das darf keiner der beiden Männer wissen.

Die Kuriere unterstehen dem Versandleiter, der auch dafür verantwortlich ist, daß die Sendungen den Ausführenden in England erreichen. Mit dem Versandleiter wird ein Beschaffungs- und Versorgungsoffizier zusammenarbeiten, der den Inhalt der Päckchen beizubringen hat. Dieser Mann wird vier Untergebene haben, von denen jeder ein Spezialist auf seinem Gebiet ist.

Der eine wird die Ausweispapiere und die Beförderung der Kuriere besorgen; der zweite kümmert sich um die Hochtechnologie; der dritte besorgt die ausgearbeiteten Werkstücke, und der vierte ist für die Nachrichtenübermittlung zuständig. Es wird von größter Wichtigkeit sein, daß der Ausführende uns über Fortschritte, Probleme und vor allem über den Zeitpunkt informieren kann, zu dem er einsatzbereit ist; und wir müssen ihn über jede Änderung des Plans informieren können und ihm natürlich den Startbefehl geben.

Zur Nachrichtenübermittlung wäre noch etwas zu sagen. Der Zeitfaktor schließt die üblichen Übermittlungen per Post und bei persönlichen Zusammentreffen aus. Wir können uns mit dem Ausführenden durch chiffrierte Morsesignale in Verbindung setzen, die wir unter Benutzung von Einmalcodes über die Frequenzen des Moskauer Rundfunks ausstrahlen. Aber für den Fall, daß er eine dringende Mitteilung an uns hat, muß ihm irgendwo in England ein Sender zur Verfügung stehen. Es ist altmodisch und riskant, eigentlich nur für Kriegszeiten gedacht. Aber es muß sein. Wie Sie sehen werden, habe ich es erwähnt.«

Der Generalsekretär vertiefte sich wieder in die Papiere und zählte nach, wie viele Personen für die Durchführung des Plans erforderlich sein würden. Schließlich blickte er auf.

»Sie bekommen Ihre Leute«, sagte er. »Ich lasse sie Stück für Stück aussuchen, die besten, die wir haben, und auf ihre besonderen Pflichten vorbereiten.

Und noch etwas. Ich wünsche nicht, daß irgend jemand, der mit Aurora zu tun hat, in irgendeiner Form mit den KGB-Leuten in unserer Rezidentura an der Londoner Botschaft Kontakt aufnimmt. Man weiß nie, wer unter Beobachtung steht, oder –«

Was immer seine zweite Befürchtung sein mochte, er sprach sie nicht aus.

»Das ist alles.«

2. Kapitel

Am Morgen darauf trafen sich Preston und Viljoen auf Anregung des Engländers wieder in ihrem Büro im Union Building. Da es ein Sonntag war, hatten sie das Gebäude fast für sich allein.

»Was machen wir jetzt?« fragte Captain Viljoen.

»Irgend etwas paßt nicht ins Bild«, sagte Preston. »Ich habe die ganze Nacht wachgelegen und nachgedacht.«

»Sie haben auf dem ganzen Rückweg nach Pretoria geschlafen«, sagte Viljoen bissig. »Ich mußte fahren.«

»Aber Sie sind so viel besser in Form«, antwortete Preston. Das gefiel Viljoen, der stolz auf seine Kondition war und regelmäßig Sport trieb. Er taute ein wenig auf.

»Ich möchte mehr über diesen anderen Soldaten wissen«, sagte Preston.

»Welchen anderen Soldaten?«

»Den, der zusammen mit Marais flüchtete. Marais erwähnt nie seinen Namen. Er schreibt nur ›der andere Soldat‹ oder ›mein Kamerad‹. Warum nennt er ihn nicht beim Namen?«

Viljoen zuckte die Achseln.

»Er hielt ihn wohl nicht für wichtig. Er muß im Wynberg-Lazarett den Namen gemeldet haben, damit die Angehörigen benachrichtigt werden konnten.«

»Aber nur mündlich«, überlegte Preston. »Die Leute, die die Meldung entgegennahmen, dürften bald ins zivile Leben zurückgekehrt sein und sich in alle Winde zerstreut haben. Schriftlich haben wir nur den Lebenslauf, und darin erwähnt er keinen Namen. Ich möchte den anderen Soldaten aufspüren.«

»Aber er ist doch tot«, wandte Viljoen ein. »Er liegt seit zweiundvierzig Jahren in einem Wald in Polen begraben.«

»Dann möchte ich herausbekommen, wer er war.«

»Wo zum Kuckuck sollen wir mit der Suche beginnen?«

»Marais schreibt, die Lagerinsassen konnten sich nur durch Sendungen des Roten Kreuzes am Leben erhalten«, sagte Preston, als denke er laut nach. »Und er schreibt, er und sein Kamerad seien kurz vor Weihnachten geflohen. Muß die Deutschen ziemlich in Rage gebracht haben. In solchen Fällen wurde meist der ganze Lagerblock bestraft: keine Vergünstigungen mehr, keine Lebensmittelpakete. Jeder, der in diesem Block war, dürfte sich bis an sein Lebensende an dieses Weihnachten erinnern. Läßt sich feststellen, wer damals in diesem Block war?«

In Südafrika gibt es keinen Verband ehemaliger Kriegsgefangener, aber es gibt einen Veteranenverein, dem nur aktive Feldzugsteilnehmer angehören. Die Vereinslokale werden »Granattrichter« genannt, und Preston und Viljoen fingen an, jeden Granattrichter in Südafrika anzurufen und zu fragen, ob man einen ehemaligen Gefangenen vom Stalag 344 kenne.

Es war eine mühsame Sache. Die meisten der elftausend in diesem Lager gefangenen Soldaten waren Engländer, Kanadier, Australier, Neuseeländer oder Amerikaner gewesen. Die Südafrikaner bildeten eine kleine Minderheit. Zudem waren in der langen Zwischenzeit viele gestorben. Von den noch Lebenden waren die einen gerade auf dem Golfplatz, die anderen verreist. Die Fragesteller ernteten freundliche Absagen und eine Menge gutgemeinter Ratschläge, die sich alle als Nieten erwiesen. Am Spätnachmittag machten sie Schluß und begannen am Montag früh von neuem. Kurz vor Mittag konnte Viljoen einen ersten Erfolg verzeichnen. Er hatte einen ehemaligen Fleischpacker in Kapstadt an der Strippe. Viljoen, der afrikaans gesprochen hatte, legte die Hand über die Sprechmuschel.

»Der Alte sagt, er sei in Stalag 344 gewesen.«

Preston nahm den Hörer.

»Mr. Anderson? Ja, mein Name ist Preston. Ich stelle Nachforschungen über Stalag 344 an... Vielen Dank, sehr liebenswürdig... Ja, ich glaube, daß Sie dort waren. Erinnern Sie sich noch an Weihnachten 1944? Als zwei junge Afrikaander beim Außeneinsatz geflüchtet sind... Ah, Sie wissen es noch. Ja, ich kann mir denken, daß es sehr schlimm war... Erinnern Sie sich noch an die Namen? Ah, Sie waren nicht in derselben Unterkunft? Nein, ganz klar. Wissen Sie vielleicht noch, wie der ranghöchste südafrikanische Gefangene hieß? Aha, Unteroffizier Roberts. Und der Vorname?... Bitte, denken Sie nach. Wie? Wally. Das wissen Sie genau? Danke, Sie haben mir sehr geholfen.«

Preston legte den Hörer auf.

»Unteroffizier Wally Roberts. Vermutlich Walter Roberts. Können wir ins Militärarchiv gehen?«

Das südafrikanische Militärarchiv untersteht, aus welchem Grund auch immer, dem Erziehungsministerium und befindet sich in Pretoria, Visagie Street 20. Es waren mehr als hundert Roberts aufgeführt, bei neunzehn davon stand als Vorname nur W., sieben hießen Walter. Keiner paßte. Die beiden Männer gingen alle W. Roberts durch. Nichts. Preston fing nun systematisch mit A. Roberts an, und nach einer Stunde wurde er fündig. James Walter Roberts war im Zweiten Weltkrieg Offiziersanwärter gewesen, bei Tobruk in Gefangenschaft geraten und in Lagern in Nordafrika, Italien und schließlich in Ostdeutschland gewesen.

Er war auch nach dem Krieg beim Militär geblieben, hatte es bis zum Oberst gebracht und war 1972 pensioniert worden.

»Beten Sie, daß er noch lebt«, sagte Viljoen.

»In diesem Fall bezieht er Pension«, sagte Preston, »und ist bei der Pensionskasse bekannt.«

Was er auch war. Oberst a. D. Wally Roberts verbrachte seinen Lebensabend in Orangeville, einer von Seen und Wäldern umgebenen Kleinstadt, hundertsechzig Kilometer südlich von Johannesburg. Es war schon dunkel, als Preston und Viljoen aus dem Archiv kamen. Sie beschlossen, am nächsten Morgen nach Orangeville zu fahren.

Mrs. Roberts öffnete die Tür des hübschen Bungalows und

geriet beim Anblick von Captain Viljoens Dienstausweis in gelinde Aufregung.

»Er ist unten am See und füttert die Vögel«, sagte sie und wies ihnen den Weg. Sie fanden den alten Krieger, wie er einem dankbaren Schwarm von Wasservögeln Brotbröckchen hinstreute. Als die beiden Männer auf ihn zutraten, richtete er sich auf und prüfte Viljoens Ausweis. Dann nickte er, als wolle er sagen: weitermachen.

Er war in den Siebzigern, hielt sich gerade wie ein Ladestock, trug einen Tweedanzug, blankgeputzte braune Schuhe und einen weißen Bürstenschnurrbart auf der Oberlippe. Er hörte sich Prestons Frage mit ernster Miene an.

»Natürlich erinnere ich mich. Wurde vor den deutschen Kommandanten zitiert, der eine Stinkwut hatte. Hat der ganzen Baracke wegen dieser Geschichte die Rotkreuzpakete gestrichen. Verdammte junge Narren; am 22. Januar 1945 wurden wir weiter nach Westen verlegt und Ende April befreit.«

»Erinnern Sie sich noch an die Namen?« fragte Preston.

»Natürlich. Vergesse nie einen Namen. Beide sehr jung, noch keine zwanzig, würde ich sagen. Einer hieß Marais, der andere Brandt. Beide Afrikaander. An ihre Einheit kann ich mich nicht mehr erinnern. Wir waren richtig vermummt, haben alles übereinander angezogen. Kaum Regimentsabzeichen zu sehen.«

Preston und Viljoen bedankten sich überschwenglich und fuhren zurück nach Pretoria und wieder zur Visagie Street. Unglücklicherweise ist Brandt ein sehr häufiger holländischer Name, und es gibt auch den Namen Brand ohne das »t« am Ende, aber er wird genauso ausgesprochen. Es gab Hunderte davon.

Bis zum Abend hatten sie, unterstützt von den Archivaren, sechs Unteroffiziere Frederik Brandt ermittelt, aber alle waren schon gestorben. Zwei waren in Nordafrika gefallen, zwei in Italien und einer war beim Kentern eines Landungsbootes umgekommen. Sie schlugen die sechste Akte auf.

Captain Viljoen starrte ungläubig auf die offene Akte.

»Das darf nicht wahr sein«, sagte er leise. »Wer könnte das getan haben?«

»Schwer zu sagen«, erwiderte Preston. »Schließlich ist es schon lange her.«

Die Akte war vollständig leer.

»Es tut mir wirklich leid«, sagte Viljoen, als er Preston zum Hotel Burgerspark zurückfuhr. »Aber es sieht aus, als ob die Spur hier endete.«

Am selben Abend rief Preston von seinem Hotelzimmer aus Oberst Roberts an.

»Verzeihen Sie, daß ich nochmals störe, Herr Oberst. Können Sie sich noch entsinnen, ob Unteroffizier Brandt einen besonders guten Freund oder Kameraden in dieser Baracke hatte? Nach meiner eigenen Erfahrung in der Army gibt es gewöhnlich Kameraden, die besonders eng zusammenhalten.«

»Ganz recht, gibt es häufig. Aus dem Stegreif kann ich's Ihnen nicht sagen. Lassen Sie mich's überschlafen. Wenn mir etwas einfällt, rufe ich Sie morgen früh an.«

Der hilfreiche Oberst rief an, als Preston beim Frühstück saß. Die abgehackte Stimme klang, als mache er Rapport ans Hauptquartier.

»Habe nachgedacht«, sagte der Oberst. »Die Baracken waren für ungefähr hundert Mann gebaut. Aber am Ende lagen wir drin wie die Heringe. Über zweihundert pro Baracke. Mußten auf dem Boden schlafen oder immer zwei auf einer Pritsche. Nicht von wegen, Sie verstehen, ging einfach nicht anders.«

»Verstehe«, sagte Preston. »Und Brandt?«

»Hat seine Pritsche mit einem anderen Unteroffizier geteilt. Name war Levinson. R. D. L. I.«

»Wie bitte?«

»Royal Durban Light Infantry. Levinsons Einheit.«

In der Visagie Street ging es diesmal schneller. Levinson war bei weitem kein so häufiger Name, und sie wußten die Einheit.

In einer Viertelstunde lag die Akte vor. Der Mann hieß Max Levinson, geboren in Durban. Nach Kriegsende hatte er abgemustert, daher war nichts über eine Pension oder eine Adresse verzeichnet. Aber sie wußten, daß er fünfundsechzig Jahre alt war.

Preston versuchte sein Glück mit dem Telefonbuch von Durban, während Viljoen die dortige Polizei bat, den Namen in ihrem Computer abzufragen. Viljoen wurde als erster fündig. Es lagen zwei Parkvergehen und eine Adresse vor. Max Levinson besaß ein kleines Hotel an der Küste. Viljoen rief an, und Mrs. Levinson kam an den Apparat. Sie bestätigte, daß ihr Mann im Stalag 344 gewesen sei. Im Moment sei er beim Angeln.

Sie drehten Daumen, bis Mr. Levinson am Abend zurückkam, dann sprach Preston mit ihm. Der fröhliche Hotelier dröhnte übers Telefon:

»Klar erinnere ich mich an Frikki. Der Blödmann ist in die Wälder abgehauen. Nie mehr von ihm gehört. Was ist mit ihm?«

»Woher stammte er?«

»East London«, sagte Levinson ohne Zögern.

»Und seine Familie?«

»Darüber hat er nie viel gesagt«, erwiderte Mr. Levinson. »Afrikaander natürlich. Fließend Afrikaans, schlechtes Englisch. Arbeiterklasse. Ach ja, ich erinnere mich, er hat gesagt, sein Vater sei Rangierer bei der Eisenbahn.«

Preston bedankte sich und wandte sich an Viljoen.

»East London«, sagte er. »Können wir hinfahren?«

Viljoen seufzte.

»Ich würde abraten«, sagte er. »Es sind Hunderte von Kilometern. Wir haben ein sehr großes Land, Mr. Preston. Wenn Sie unbedingt wollen, fliegen wir morgen runter. Ich rufe an, daß uns ein Polizeiauto mit Fahrer dort abholt.«

»Ein neutraler Wagen, bitte«, sagte Preston. »Der Fahrer in Zivilkleidung.«

Obwohl das Hauptquartier des KGB sich in der Moskauer »Zentrale« am Dscherchinskij-Platz Nummer 2 befindet und obwohl das Gebäude nicht gerade klein ist, könnte es nicht einmal einen Teil eines der Direktorate und Dienststellen fassen, aus denen diese riesige Organisation besteht. Daher sind Zweigstellen über die ganze Stadt verteilt.

Das Erste Hauptdirektorat hat seinen Sitz in Jasjenewo am äußeren Umgehungsring im Süden. Der größte Teil der Dienststellen befindet sich in einem modernen siebengeschossigen Bau aus Aluminium und Glas, dessen Grundriß einen dreizackigen Stern bildet, ähnlich dem Markenzeichen von Mercedes.

Das Gebäude wurde von finnischen Vertragsarbeitern errichtet und war für die Internationale Abteilung des Zentralkomitees gedacht. Aber als es fertig war, gefiel es den Leuten von der I. A. nicht; sie wollten näher am Stadtzentrum bleiben, und daher übernahm das Erste Hauptdirektorat die Räume. Für diese Organisation ist die Lage am Rande der Stadt und fern von spähenden Augen geradezu ideal.

Die Mitarbeiter des Ersten Hauptdirektorats arbeiten offiziell sogar im eigenen Land »im Untergrund«. Da viele von ihnen, angeblich als Diplomaten, ins Ausland geschickt werden (oder bereits dort leben), liegt ihnen nicht daran, daß ein vorwitziger Tourist sie aus dem Ersten Hauptdirektorat herauskommen sieht und sie vielleicht heimlich fotografiert.

Ein Direktorat jedoch gibt es, das so geheim ist, daß es nicht wie die übrigen in Jasjenewo stationiert ist. Das Direktorat S, auch das Illegalendirektorat genannt, ist Top Secret. Seine Agenten kommen niemals mit ihren Kollegen vom Ersten Hauptdirektorat, ja nicht einmal unter sich zusammen. Die Ausbildung und Instruktion dieser Männer geht unter vier Augen vor sich, das heißt, ein Ausbilder hat jeweils nur einen einzigen Schüler. Sie kommen auch nicht jeden Morgen in ein bestimmtes Büro, da sie auf diese Weise einander kennenlernen könnten.

Der Grund für diese Vorsichtsmaßnahmen ist in der sowjetischen Psyche zu suchen: Die Russen leiden an Verfolgungswahn, was Geheimhaltung und Verrat angeht – übrigens keine Erfindung des Kommunismus, dieser Wahn stammt noch aus der Zarenzeit. Die Illegalen – Männer und gelegentlich auch Frauen – werden darauf gedrillt, ins Ausland zu gehen und dort unter einer hieb- und stichfesten Legende zu leben.

Dennoch ist es vorgekommen, daß Illegale enttarnt worden sind und mit dem Gegner zusammengearbeitet haben; andere sind übergelaufen und haben alles ausgepackt, was sie wußten. Daher ist es um so besser, je weniger sie wissen. Was man nicht weiß, oder wen man nicht kennt, kann man nicht verraten.

Dies ist auch der Grund, warum die Illegalen in Dutzenden kleiner Wohnungen im Stadtkern von Moskau untergebracht werden und nur zum Training und zur Instruktion in Erscheinung treten. Um seinen »Jungens« nah zu sein, hat der Chef von Direktorat S immer noch sein Büro in der Zentrale am Dscherchinskij-Platz, in der sechsten Etage, drei Stockwerke über dem Vorsitzenden Schebrikow und zwei über dessen ersten Stellvertretern, den Generalen Tsinew und Kryutschow.

Dieses unfromme Allerheiligste betraten am Mittwoch, dem 18. März – während Preston in Durban mit Levinson sprach –, zwei Männer, um mit dem Chef der Illegalen zu reden, einem bärbeißigen alten Militär, der sein ganzes Leben als verdeckter Spion verbracht hatte. Was die Männer ihm zu sagen hatten, hörte er gar nicht gern.

»Es gibt nur einen einzigen Mann, dem dieser Schuh paßt«, gab er brummig zu. »Er ist ein As.«

Einer der Männer vom Zentralkomitee zückte eine kleine Karte.

»Dann, Genosse Generalmajor, werden Sie ihn mit sofortiger Wirkung vom Dienst befreien; er soll sich bei dieser Adresse melden.«

Der Direktor nickte verdrossen. Er kannte die Adresse. Als die Männer gegangen waren, ließ er sich ihren Auftrag noch einmal durch den Kopf gehen. Ja, der Befehl kam vom Zentralkomitee, und wenn davon auch nicht ausdrücklich die Rede gewesen war, so bestand kein Zweifel, wer soviel Gewalt besaß, um einen solchen Auftrag zu erteilen. Der Generalmajor seufzte resigniert. Es war hart, einen der besten Männer, die er jemals ausgebildet hatte, verlieren zu müssen, einen wirklich erstklassigen Agenten. Aber gegen diesen Befehl gab es keine Einwände. Der Direktor war Offizier im Dienst; und Befehl ist Befehl. Er drückte auf den Knopf der Sprechanlage.

»Major Valeri Petrofsky soll sich bei mir melden«, sagte er.

Die erste Maschine aus Johannesburg landete pünktlich in East London auf dem kleinen sauberen, blauweißen Ben-Schoeman-Flugplatz, der Südafrikas viertgrößten Handelshafen mit der Welt verbindet. Der Polizeifahrer wartete in der Halle und führte die beiden Männer zu einer neutralen Ford-Limousine auf dem Parkplatz.

»Wohin, Captain?« fragte er. Viljoen gab die Frage durch einen Blick an Preston weiter.

»Zur Eisenbahndirektion«, sagte Preston. »Genauer, zum Verwaltungsgebäude.«

Der Fahrer nickte und startete den Wagen. Der Bahnhof von East London, eine moderne Anlage, ist an der Fleet Street, und direkt gegenüber steht ein ziemlich schäbiger Komplex eingeschoßiger Gebäude in Grün und Cremefarbe, die Verwaltungsbüros.

Dort verschaffte ihnen Viljoens Sesam-öffne-dich-Karte sogleich Zugang beim Leiter der Finanzabteilung. Er hörte sich Prestons Wünsche an.

»Ja, wir zahlen Pensionen an alle ehemaligen Eisenbahner, die noch hier wohnen«, sagte er. »Wie war der Name?«

»Brandt«, sagte Preston. »Den Vornamen weiß ich leider nicht. Aber er war früher Rangierer.«

Der Direktor ließ einen Mitarbeiter kommen, und alle vier marschierten schmutzige Korridore entlang bis zur Registratur. Der Mitarbeiter suchte eine Weile herum und brachte schließlich einen Pensionszettel zum Vorschein.

»Hier ist er«, sagte er. »Der einzige, den wir haben. Vor drei Jahren pensioniert. Koos Brandt.«

»Wie alt ist er jetzt?« fragte Preston.

»Dreiundsechzig«, sagte der Mitarbeiter nach einem Blick auf die Karte. Preston schüttelte den Kopf. Wenn Frikki Brandt etwa gleichaltrig war mit Jan Marais und sein Vater ungefähr dreißig Jahre älter, dann müßte der Mann jetzt über neunzig sein.

»Der Mann, den ich suche, ist jetzt ungefähr neunzig«, sagte er.

Der Direktor und sein Mitarbeiter waren nicht zu beirren. Es gab keinen weiteren Brandt, der im Ruhestand lebte.

»Könnten Sie mir dann«, bat Preston, »die drei ältesten Pensionisten heraussuchen, die noch am Leben sind und ihre wöchentliche Rente beziehen?«

»Die Pensionisten sind nicht dem Alter nach aufgeführt«, protestierte der Mitarbeiter, »sie sind alphabetisch geordnet.«

Viljoen nahm den Direktor beiseite und redete leise auf afrikaans mit ihm. Was immer der Captain gesagt haben mochte, es tat seine Wirkung. Der Direktor schien beeindruckt.

»Machen Sie sich an die Arbeit«, befahl er dem Angestellten. »Einen nach dem anderen. Jeden, der vor 1910 geboren ist. Wir sind in meinem Büro.«

Es dauerte eine Stunde. Dann kam der Mitarbeiter mit drei Pensionskarten zurück.

»Einer ist neunzig«, erklärte er, »aber er war Gepäckträger im Bahnhof. Einer achtzig, früherer Reinigungsmann. Und der da ist einundachtzig. Ehemaliger Rangierer im Verschiebebahnhof.«

Der Mann hieß Fourie und wohnte irgendwo droben in Quigney.

Zehn Minuten später fuhren Preston und Viljoen durch Quigney, das alte Viertel von East London, das in den frühen dreißiger Jahren entstanden war. Einige der bescheidenen Häuschen waren »überholt« worden; andere waren schäbig und verwahrlost, die Häuser armer weißer Arbeiter. Von der dahinterliegenden Moore Street konnte man den Lärm der Eisenbahn-Reparaturwerkstätten und des Verschiebebahnhofs hören, wo die langen Güterzüge zusammengestellt werden, die Fracht von den Docks über Pietermaritzburg hinauf ins Binnenland Transvaal brachten. Sie fanden das Haus in einer Seitenstraße der Moore Street.

Eine alte Negerin öffnete ihnen die Tür, das Gesicht verschrumpelt wie eine Walnuß, das weiße Haar zu einem Dutt gerafft. Viljoen sprach Afrikaans zu ihr. Die alte Frau deutete in die Ferne und murmelte etwas, bevor sie energisch die Tür wieder schloß. Viljoen ging mit Preston zum Wagen zurück.

»Sie sagt, er ist drüben im Institut«, sagte Viljoen zum Fahrer. »Wissen Sie, was sie meint?«

»Ja, Sir. Hieß früher so. Jetzt heißt es Turnbull Park. In der Peterson Street. Freizeit- und Erholungsclub für Eisenbahner.«

Es war ein großes ebenerdiges Gebäude in einem ummauerten Parkplatz, nebenan lagen drei Bowlingbahnen. Preston und Viljoen betraten das Haus, gingen an einer Reihe von Billardtischen und Fernsehnischen vorbei, bis sie an eine gutbesuchte Theke gelangten. »Papa Fourie?« sagte der Barmann, »klar, der ist draußen und schaut beim Bowling zu.«

Sie fanden den alten Mann an einer der Bahnen, wo er, ein Glas Bier in der Hand, in der warmen Herbstsonne saß. Preston stellte seine Frage. Der alte Mann starrte ihn eine Weile an, ehe er nickte.

»Ja, ich kann mich an Joe Brandt erinnern. Is aber schon lang tot.«

»Er hatte einen Sohn, Frederik oder Frikki.«

»Stimmt. Lieber Himmel, junger Mann, da muß ich aber weit zurückdenken. Netter Junge. Is manchmal nach der Schule in den Rangierbahnhof gekommen. Dann hat Joe ihn auf der Rangierlok mitfahren lassen. War damals für einen Jungen ein Mordsspaß.«

»Das wäre dann Mitte oder Ende der Dreißiger gewesen?« fragte Preston. Der alte Mann nickte.

»So ungefähr. Joe und die Familie waren noch nicht lang hier.«

»Ungefähr 1943 ist Frikki eingerückt«, sagte Preston. Papa Fourie starrte ihn lange aus wäßrigen Augen an, die versuchten, über mehr als fünfzig Jahre eines ereignislosen Lebens zurückzublicken.

»Ja, stimmt«, sagte er. »Der Junge is nie zurückgekommen. Es hat geheißen, er is irgendwo in Deutschland gestorben. Hat Joe das Herz gebrochen. Der Junge war sein ein und alles, hat Großes mit ihm vorgehabt. Er war nie mehr der alte, seit dieses Telegramm gekommen is. 1950 is er gestorben, vor Kummer, glaub' ich immer noch. Seine Frau nich lang nach ihm, paar Jahre vielleicht.«

»Sie sagten vorhin ›Joe und die Familie waren noch nicht lang hier‹«, schaltete Viljoen sich ein. »Aus welchem Teil Südafrikas sind sie gekommen?«

Papa Fourie sah ihn verständnislos an.

»Sie sind überhaupt nich aus Südafrika gekommen«, sagte er.

»Aber sie waren Afrikaander«, beharrte Viljoen.

»Wer hat Ihnen das gesagt?«

»Die Army«, sagte Viljoen. Der alte Mann grinste.

»Kann mir vorstellen, daß unser Frikki bei der Army gesagt hat, er is Afrikaander«, sagte er. »Nein, sie sind aus Deutschland gekommen. Einwanderer. So Mitte der Dreißiger. Joe hat bis zu seinem Tod nie richtig Afrikaans gelernt. Der Junge natürlich schon. In der Schule.«

Als sie wieder im Wagen saßen, wandte Viljoen sich Preston zu und fragte: »Well?«

»Wo werden die Unterlagen über die Einwanderer in Südafrika aufbewahrt?«

»Im Souterrain des Union Building, im Staatsarchiv«, sagte Viljoen.

»Könnten die Archivare für mich nachsehen, während wir hier warten?« fragte Preston.

»Klar. Wir fahren zum Polizeipräsidium. Von dort aus können wir leichter telefonieren.«

Das Polizeipräsidium ist ebenfalls in der Fleet Street, eine dreistöckige Festung aus gelben Ziegeln mit undurchsichtigen Fenstern, direkt neben der Exerzierhalle der Kaffraria-Schützen. Preston und Viljoen brachten ihr Anliegen vor und gingen zum Lunch in die Kantine, während in Pretoria ein Archivar um seine Pause kam, weil er die Akten durchsehen mußte. Glücklicherweise waren sie alle im Jahr 1987 bereits elektronisch gespeichert, und der Computer gab die Aktennummer im Handumdrehen aus. Der Archivar holte die Akte, tippte ein Resümee und gab es über Telex weiter.

Das Telex kam in East London an, als Preston und Viljoen beim Kaffee saßen. Viljoen übersetzte es Wort für Wort.

»Du meine Güte«, sagte er, als er fertig war, »wer hätte je an so was gedacht?«

Preston dachte eine Weile nach. Dann stand er auf, durchquerte die Kantine und sprach mit dem Fahrer, der an einem anderen Tisch saß.

»Gibt es in East London eine Synagoge?«

»Ja, Sir. An der Park Avenue. Zwei Minuten von hier.«

Die weißgetünchte Synagoge mit der schwarzen Kuppel und dem Davidstern obenauf war am Donnerstagnachmittag leer bis auf einen farbigen Hausmeister, der einen alten Soldatenmantel und eine Wollmütze trug. Er gab ihnen die Adresse von Rabbi Blum, im Vorort Salbourne. Kurz nach fünfzehn Uhr klopften sie an seine Tür.

Der Rabbi war ein kräftiger bärtiger Mittfünfziger mit eisgrauem Haar.

Ein Blick genügte; er war zu jung. Preston stellte sich vor.

»Können Sie mir bitte sagen, wer Ihr Vorgänger war?«
»Gewiß, Rabbi Shapiro.«
»Und wissen Sie, ob er noch lebt und wo er wohnt?«
»Kommen Sie doch herein«, sagte Rabbi Blum.

Er führte Preston ins Haus, einen Korridor entlang, und öffnete eine Tür. Der Raum war ein Wohn-Schlafzimmer. Vor einem Gaskamin saß ein alter Mann und nippte an einer Tasse schwarzem Tee.

»Onkel Solomon, dieser Herr möchte Euch sprechen«, sagte er.

Eine Stunde später verließ Preston das Haus und setzte sich zu Viljoen, der im Wagen gewartet hatte.

»Zum Flugplatz«, wies Preston den Fahrer an. Zu Viljoen sagte er: »Könnten Sie dafür sorgen, daß ich morgen vormittag General Pienaar sprechen kann?«

An diesem Nachmittag wurden zwei weitere Männer von ihren Posten in der Sowjetarmee zur besonderen Verwendung abgestellt.

Ungefähr hundertsechzig Kilometer westlich von Moskau, ein wenig abseits der Straße nach Minsk, befindet sich mitten im Wald eine Anzahl Parabolantennen nebst dazugehörigen Gebäuden. Es handelt sich um einen der russischen Horchposten, wo Funksignale von den Streitkräften des Warschauer Pakts und aus dem Ausland aufgefangen werden, aber man kann auch den Nachrichtenverkehr zwischen Teilnehmern weit außerhalb der sowjetischen Grenzen abhören. Ein Teil der Anlage ist dicht abgeschottet und ausschließlich dem KGB vorbehalten.

Einer der Männer war Funker bei dieser Station.

»Er ist mein Paradepferd«, klagte der kommandierende Oberst seinem Stellvertreter, als der Mann vom Zentralkomitee wieder fort war. »Gut? Was heißt hier gut? Mit entsprechendem Gerät hört er genau, wenn in Kalifornien eine Küchenschabe hustet.«

Der zweite Mann, der abgestellt wurde, war Oberst der Sowjetarmee, und die Abzeichen an seiner Uniform – die er allerdings selten trug – hätten ihn als Artilleristen ausgewiesen. In Wahrheit war er mehr Wissenschaftler als Soldat und arbeitete in der Forschungsabteilung des Direktorats für Feldzeugwesen.

»Also«, sagte General Pienaar, als sie in den Clubsesseln um den niedrigen Tisch saßen, »unser Diplomat Jan Marais. Ist er schuldig oder nicht?«

»Schuldig«, sagte Preston, »hundertprozentig.«

»Es wäre mir lieb, wenn Sie das beweisen könnten, Mr. Preston. Wo hat er Verrat geübt? Wo ist er umgedreht worden?«

»Er hat nicht, und er ist nicht«, sagte Preston. »Er ist kein einziges Mal entgleist. Haben Sie seinen handschriftlichen Lebenslauf gelesen?«

»Ja, und wie Ihnen Captain Viljoen vermutlich bereits gesagt hat, haben wir jeden einzelnen Schritt dieses Mannes nachgeprüft, von seiner Geburt bis zum heutigen Tag. Wir finden keine einzige Unstimmigkeit.«

»Es gibt auch keine«, sagte Preston. »Die Geschichte seiner Kindheit und Jugend stimmt bis ins kleinste. Ich glaube, er könnte sie auch heute noch fünf Stunden lang beschreiben, ohne sich ein einziges Mal zu wiederholen und ohne sich in irgendeiner Kleinigkeit zu irren.«

»Dann ist das Ganze auch wahr. Alles, was nachprüfbar ist, ist auch wahr«, sagte der General.

»Alles, was nachprüfbar ist, ja. Alles ist wahr, bis zu der Stelle, wo diese beiden jungen Kriegsgefangenen in Schlesien von dem deutschen Lastwagen sprangen und die Flucht ergriffen. Alles spätere ist Lüge. Ich möchte jetzt mit dem anderen Ende beginnen, mit dem Mann, der zusammen mit Jan Marais flüchtete, mit der Geschichte des Frikki Brandt.

1933 kam Hitler in Deutschland an die Macht. 1935 erschien

ein deutscher Eisenbahnarbeiter namens Josef Brandt bei der Botschaft Südafrikas in Berlin und suchte um ein Einreisevisum nach – aus Gründen der Menschlichkeit; er werde verfolgt, sei in Gefahr, weil er Jude sei. Das Gesuch wurde anerkannt, und man bewilligte ihm und seiner jungen Familie die Einreise nach Südafrika. Das Gesuch und die Ausstellung des Visums sind in Ihren Akten vermerkt.«

»Richtig«, nickte General Pienaar. »Während der Hitlerzeit kamen viele jüdische Einwanderer nach Südafrika. Unser Land kann sich in dieser Hinsicht sehen lassen, besser als manches andere.«

»Im September 1935«, fuhr Preston fort, »gingen Josef Brandt, seine Ehefrau Ilse und der zehnjährige Sohn Friedrich in Bremerhaven an Bord und landeten sechs Wochen später in East London. Damals gab es dort eine große deutsche und eine kleine jüdische Gemeinde. Brandt blieb in East London und bekam Arbeit bei der Eisenbahn. Ein freundlicher Beamter der Einwanderungsbehörde benachrichtigte den Rabbi von der Ankunft der neuen Mitbürger.

Der Rabbi, ein energischer junger Mann namens Solomon Shapiro, besuchte die Brandts und lud sie ein, am Leben der jüdischen Gemeinde teilzunehmen. Sie lehnten ab, und er vermutete, sie wollten versuchen, in der nichtjüdischen Bevölkerung aufzugehen. Er war enttäuscht, aber er schöpfte keinen Verdacht.

1938 wurde der Junge, dessen Name jetzt auf afrikaans Frederik oder Frikki lautete, dreizehn Jahre alt. Zeit für seine *bar-mizwe* oder *bar-mitzwah*, die Einführung in die religiösen Pflichten eines erwachsenen Israeliten. Selbst wenn die Brandts sich ihrer neuen Heimat anpassen wollten, so ist dies doch für einen Mann mit einem einzigen Sohn eine wichtige Sache. Obwohl keiner der Brandts jemals die Talmud-Schule besucht hatte, ging Rabbi Shapiro zu ihnen und fragte sie, ob er seines Amtes walten solle. Sie ließen ihn abblitzen, und jetzt wurde er hellhörig und gelangte zu einer ganz bestimmten Überzeugung.«

»Zu welcher Überzeugung?« fragte der General erstaunt.

»Zu der Überzeugung, daß sie überhaupt keine Juden waren«, sagte Preston, »wie er mir gestern abend erzählte. Bei der *bar-mitzwah* wird der Junge vom Rabbi eingesegnet. Aber erst, wenn der Rabbi sicher sein kann, daß der Junge wirklich Jude ist. Und zwar mütterlicherseits, das schreibt der jüdische Glaube so vor. Die Mutter muß ein Dokument vorlegen, eine sogenannte *ketubah*, die beweist, daß sie Jüdin ist. Ilse Brandt hatte keine *ketubah*. Also konnte keine *bar-mitzwah* stattfinden.«

»Demnach sind sie unter Vorspiegelung falscher Tatsachen nach Südafrika gekommen«, sagte General Pienaar. »Es ist verflixt lange her.«

»Das ist noch nicht alles«, sagte Preston. »Ich kann es nicht beweisen, glaube aber, daß ich recht habe. Josef Brandt sagte die Wahrheit, als er vor vielen Jahren bei Ihrer Botschaft angab, er werde von der Gestapo bedroht. Aber nicht als Jude, sondern als militanter, aktiver deutscher Kommunist. Er wußte natürlich, daß er das nicht sagen durfte, wenn er ein Visum bekommen wollte.«

»Weiter«, sagte der General grimmig.

»Mit achtzehn Jahren war der Sohn völlig von den geheimen Idealen seines Vaters durchtränkt, er war überzeugter Kommunist und wollte für die Komintern, die Kommunistische Internationale, arbeiten.

1943 traten zwei junge Männer in die südafrikanische Army ein und zogen in den Krieg; Jan Marais aus Duiwelskloof, der für Südafrika und das britische Commonwealth kämpfen wollte, und Frikki Brandt, um für seine ideologische Heimat, für die Sowjetunion, zu kämpfen.

Sie begegneten einander weder während der Grundausbildung noch auf dem Truppentransporter, noch in Italien oder in Moosburg. Aber im Stalag 344 kamen sie zusammen. Ich weiß nicht, ob Brandt damals schon seine Fluchtpläne ausgearbeitet hatte, aber er suchte sich als Begleiter einen jungen Mann, der groß und blond war wie er. Ich glaube, daß Brandt, nicht Marais, als erster auf die Idee kam, in die Wälder zu flüchten, als der Lastwagen die Panne hatte.«

»Aber die Sache mit der Lungenentzündung?« fragte Viljoen.

»Es gab keine Lungenentzündung«, sagte Preston, »und die beiden fielen auch nicht in die Hände katholischer polnischer Partisanen. Vielmehr stießen sie auf kommunistische Partisanen, mit denen Brandt sich in fließendem Deutsch verständigen konnte. Auf diesem Weg kam er zur Roten Armee und weiter zum NKWD; der arglose Marais immer hinterher.

Der Austausch fand zwischen März und August 1945 statt. Das ganze Gerede von eiskalten Zellen war kalter Kaffee. Marais dürfte nach jeder kleinsten Einzelheit aus seiner Kindheit und Schulzeit ausgequetscht worden sein, Brandt lernte das Ganze auswendig, bis er, obwohl er nur mangelhaft englisch schrieb, diesen Lebenslauf mit geschlossenen Augen abfassen konnte.

Vermutlich ließen sie Brandt einen Intensivkurs in Englisch machen, veränderten sein Aussehen ein wenig und hängten ihm Marais' Hundemarke um. Die Verwandlung war perfekt. Der echte Jan Marais war jetzt überflüssig und wurde wahrscheinlich liquidiert.

Sie drehten Brandt ein bißchen durch die Mangel, gaben ihm ein paar Medikamente, die ihn wirklich krank machten, und schickten ihn nach Potsdam. Er lag eine Weile in einem Krankenhaus in Bielefeld und dann noch einige Zeit in der Nähe von Glasgow. Im Winter 1945 dürften alle südafrikanischen Soldaten wieder zu Hause gewesen sein; Brandt lief kaum Gefahr, einem Regimentskameraden von Wits/De La Rey zu begegnen. Und im Dezember schiffte er sich nach Kapstadt ein, wo er im Januar 1946 landete.

Es gab nur noch ein Problem. Er konnte nicht nach Duiwelskloof. Er hatte es auch gar nicht vor. Dann schickte jemand vom Kriegsministerium dem alten Farmer Marais ein Telegramm des Inhalts, daß sein Sohn, der als »vermißt, wahrscheinlich gefallen« gegolten hatte, doch zurückgekommen sei. Zu Brandts nicht geringem Schrecken – ich gebe zu, daß ich nur rate, aber so muß es gewesen sein – erhielt er ein Telegramm, das ihn nach Hause rief.

Er machte sich wieder krank und legte sich ins Wynberg-Lazarett.

Der alte Vater ließ sich nicht entmutigen. Er telegrafierte nochmals, daß er selber hinunter nach Kapstadt kommen wolle. In seiner Panik wandte Brandt sich an die Genossen der Komintern, und die nahmen sich der Sache an. Sie überfuhren den alten Mann auf einer verlassenen Landstraße im Mootsekital, täuschten einen halbdurchgeführten Radwechsel an seinem Wagen vor und arrangierten alles so, daß es nach einem Unfall mit Fahrerflucht aussah. Danach ging alles glatt. Der junge Mann konnte nicht zur Beerdigung nach Hause fahren, was die Leute in Duiwelskloof einsahen, und Rechtsanwalt Benson schöpfte keinerlei Verdacht, als er Anweisung erhielt, den Besitz zu verkaufen und den Erlös nach Kapstadt zu überweisen.«

Im Büro des Generals herrschte Totenstille, nur eine Fliege stieß summend gegen die Fensterscheibe. Der General nickte mehrmals vor sich hin.

»Es klingt einleuchtend«, gab er schließlich zu. »Aber es liegen keine Beweise vor. Wir können nicht beweisen, daß die Brandts keine Juden, und schon gar nicht, daß sie Kommunisten waren. Haben Sie irgend etwas, was dies zweifelsfrei belegt?«

Preston griff in die Tasche und zog das Foto heraus, das er vor den General auf den Tisch legte.

»Hier ist ein Foto, das letzte Foto des echten Jan Marais. Wie Sie sehen, war er als Junge ein recht guter Kricketspieler. Er war Werfer. Wenn Sie genau hinschauen, sehen Sie, daß er den Ball so hält, als wolle er einen Flugball werfen. Außerdem sehen Sie, daß er Linkshänder ist.

Ich habe mir in London Jan Marais eine Woche lang gründlich angesehen, aus nächster Nähe, durch einen Feldstecher. Beim

Autofahren, Rauchen, Essen, Trinken – er ist Rechtshänder. Herr General, man kann alles mögliche mit einem Menschen anstellen, um ihn zu verändern; man kann sein Haar ändern, seine Sprache, sein Gesicht, seine Gewohnheiten. Aber aus einem linkshändigen Kricketwerfer wird nie und nimmer ein Rechtshänder.«

General Pienaar, der sein halbes Leben lang Kricket gespielt hatte, starrte das Foto an.

»Was haben wir also dann droben in London, Mr. Preston?«

»Herr General, Sie haben einen überzeugten, in der Wolle gefärbten kommunistischen Agenten, der seit über vierzig Jahren innerhalb des Auswärtigen Dienstes der Republik Südafrika für die Sowjetunion arbeitet.«

General Pienaar hob den Blick von der Tischplatte und richtete ihn über das Tal hinweg auf das Voortrekker-Denkmal.

»Ich zerreiße ihn«, murmelte er, »ich zerreiße ihn in kleine Fetzen und stampf' sie ins Bushveld.«

Preston räusperte sich.

»Dürfte ich Sie, eingedenk der Tatsache, daß dieser Mann auch für uns Probleme aufwirft, noch um Zurückhaltung bitten, bis Sie persönlich mit Sir Nigel Irvine gesprochen haben?«

»Sehr richtig, Mr. Preston«, sagte General Pienaar, »ich werde zuerst mit Sir Nigel sprechen. Und wie sind nun Ihre Pläne?«

»Heute abend geht eine Maschine nach London, Sir. Ich möchte mit ihr fliegen.«

General Pienaar stand auf und reichte Preston die Hand.

»Leben Sie wohl, Mr. Preston. Captain Viljoen wird Sie zum Flugzeug begleiten. Und vielen Dank für Ihre Hilfe.«

Vom Hotel aus, wo er seine Sachen packte, rief Preston bei Dennis Grey an, der von Johannesburg herüberfuhr und eine codierte Nachricht nach London übermittelte. Zwei Stunden später traf die Antwort ein. Sir Bernard Hemmings werde am morgigen Samstag in seinem Büro auf Preston warten.

Preston und Viljoen standen in der Abflughalle, als kurz vor zwanzig Uhr der letzte Aufruf für die Passagiere des SAA-Flugs nach London über den Lautsprecher kam. Preston wies sein Flugticket vor und Viljoen seinen Allzweck-Ausweis. Sie gingen durch die Sperre in die kühlere Dunkelheit des Flugfelds.

»Eines muß ich Ihnen lassen, Engelsmann, Sie sind ein verdammt guter *jagdhond*.«

»Vielen Dank«, sagte Preston.

»Kennen Sie den südafrikanischen *jagdhond*?«

»Soviel ich weiß«, sagte Preston vorsichtig, »ist er langsam, linkisch, aber sehr zielstrebig.«

Zum erstenmal in dieser ganzen Woche warf Captain Viljoen den Kopf zurück und lachte lauthals. Dann wurde er ernst.

»Darf ich Sie etwas fragen?«

»Bitte.«

»Warum haben Sie dem alten Mann eine Blume aufs Grab gelegt?«

Preston blickte hinüber zu der wartenden Maschine, deren Kabinenlichter im Halbdunkel blinkten. Die letzten Passagiere kletterten an Bord.

»Sie haben ihm den Sohn genommen«, sagte er, »und ihn dann selber umgebracht, damit er es nicht herausfinden konnte. Ich mußte es einfach tun.«

Viljoen reichte ihm die Hand.

»Leben Sie wohl, John, und viel Glück.«

»Leben Sie wohl, Andries.«

Zehn Minuten später reckte der fliegende Springbock auf dem Leitwerk der Düsenmaschine die vorwitzige Nase zum Himmel und entschwebte in nördlicher Richtung, mit Kurs auf Europa.

3. Kapitel

Sir Bernard Hemmings, der neben Brian Harcourt-Smith saß, hörte sich schweigend Prestons Bericht an.

»Lieber Gott«, sagte er dumpf, als Preston schwieg, »es war also *doch* Moskau. Da wird bei uns der Teufel los sein. Der Schaden ist zweifellos gewaltig. Brian, stehen beide Männer noch unter Beobachtung?«

»Ja, Sir Bernard.«

»Belassen Sie es übers Wochenende dabei. Nicht zupacken, ehe der Paragon-Ausschuß erfahren hat, was wir wissen. John, ich weiß, Sie müssen müde sein, aber können Sie bis Sonntagabend Ihren Bericht schriftlich niederlegen?«

»Ja, Sir.«

»Dann möchte ich ihn gleich Montag morgens auf meinem Schreibtisch haben. Ich werde die Ausschußmitglieder zu Hause anrufen und für Montagvormittag eine Krisensitzung einberufen.«

Als Major Valeri Petrofski in das Wohnzimmer der eleganten Datscha in Usowo geführt wurde, erfaßte ihn panische Aufregung. Noch nie war er dem Generalsekretär der Kommunistischen Partei der Sowjetunion persönlich begegnet und hatte sich nicht im Traum vorgestellt, daß es je dazu kommen werde.

Er hatte drei verwirrende, ja erschreckende Tage hinter sich. Seit er von seinem Dienststellenleiter zur besonderen Verwendung abkommandiert worden war, hatte man ihn in einer Wohnung im Zentrum von Moskau eingesperrt und von zwei Männern des Neunten Direktorats, der Kremlgarde, Tag und Nacht bewachen lassen. Verständlich, daß er das Schlimmste befürchtete, obgleich er sich nicht vorstellen konnte, was er getan haben sollte.

Dann erhielt er am Sonntagabend plötzlich Befehl, seinen besten Zivilanzug anzuziehen und den Wachen zu einem unten wartenden Tschaika zu folgen; danach die Fahrt nach Usowo, auf der kein Wort gesprochen wurde. Er kannte nicht einmal die Datscha, vor der sie hielten.

Erst als Major Pawlow ihm erklärte: »Der Genosse Generalsekretär möchte Sie sprechen«, hatte er begriffen, wo er war. Seine Kehle war trocken, als er das Wohnzimmer betrat. Er versuchte, sich zu fassen, und nahm sich vor, auf jede Anschuldigung, mit der er konfrontiert werden sollte, respektvoll und wahrheitsgetreu zu antworten.

Er blieb in Habt-Acht-Stellung an der Tür stehen. Der alte Mann im Rollstuhl musterte ihn minutenlang schweigend, hob dann die Hand und bedeutete ihm, näher zu kommen. Petrofski trat vier Schritte vor und stand abermals stramm. Aber als der Sowjetführer sprach, lag kein schneidend anklagender Ton in seiner Stimme. Er sprach sehr ruhig.

»Major Petrofski, Sie sind doch keine Schneiderpuppe. Kommen Sie hierher ins Licht, wo ich Sie sehen kann. Und nehmen Sie Platz.«

Petrofski stockte der Atem. Es war für einen jungen Major unerhört, in Gegenwart des Generalsekretärs zu sitzen. Er tat, wie ihm geheißen wurde, blieb aber auf der äußersten Stuhlkante sitzen, mit steifem Rücken und geschlossenen Knien.

»Haben Sie eine Ahnung, warum ich Sie kommen ließ?«

»Nein, Genosse Generalsekretär.«

»Nein, natürlich nicht. Es durfte niemand davon erfahren. Ich werde es Ihnen jetzt sagen.

Es ist ein bestimmter Auftrag auszuführen. Das Resultat ist von unermeßlicher Bedeutung für die Sowjetunion und den Sieg der Revolution. Im Fall des Gelingens wird der Nutzen für unser Land unschätzbar sein; ein Fehlschlag würde eine Katastrophe bedeuten. Ich habe Sie, Valeri Alexeiwitsch, persönlich dazu auserwählt, diesen Auftrag auszuführen.«

Petrofski schwirrte der Kopf. Seine anfängliche Furcht vor Ungnade und Verbannung schlug in fast unbezähmbare Freude um. Schon seit er, der brillante Student der Moskauer Universität, statt seine beabsichtigte Laufbahn im Außenministerium einzuschlagen, in das Erste Hauptdirektorat zu den vielversprechenden jungen Männern geholt worden war; schon seit er sich zu den Illegalen gemeldet hatte und vom zuständigen Direktorat in diese Elite aufgenommen worden war, hatte er von einem wichtigen Auftrag geträumt. Aber selbst seine kühnsten Träume hatten nicht an diese Wirklichkeit herangereicht. Endlich wagte er, dem Generalsekretär in die Augen zu blicken.

»Danke, Genosse Generalsekretär.«

»Die Einzelheiten werden Sie von anderen erfahren«, fuhr der Generalsekretär fort. »Die Zeit wird knapp sein, aber Sie haben die beste Ausbildung erhalten, die wir bieten können, und für den Auftrag wird Ihnen alles Nötige zur Verfügung stehen.

Ich wollte aus einem bestimmten Grund persönlich mit Ihnen sprechen. Über eines müssen Sie sich klar sein, und ich möchte es Ihnen selber erklären. Wenn der Auftrag gelingt, und ich zweifle nicht daran, dann werden Sie hierher zurückkehren und nie dagewesene Beförderung und Auszeichnung erfahren. Dafür werde ich sorgen.

Sollte jedoch irgend etwas nicht nach Plan gehen, sollte die Polizei oder die Armee des Landes, in das Sie geschickt werden, Ihnen auf die Spur kommen, so müssen Sie ohne Zögern Maßnahmen ergreifen, die garantieren, daß Sie unter keinen Umständen lebend gefaßt werden. Haben Sie mich verstanden, Valeri Alexeiwitsch?«

»Jawohl, Genosse Generalsekretär.«

»Wenn Sie lebend gefaßt würden, rigoros verhört, zu einem Geständnis gezwungen – o ja, das ist heutzutage möglich, kein noch so großer Mut kann diesen Chemikalien widerstehen –, auf einer internationalen Pressekonferenz vorgeführt, das allein würde schon verheerend sein. Aber der Schaden, den ein solches Schauspiel der Sowjetunion zufügen müßte, Ihrem Vaterland, wäre unermeßlich und nie wieder gutzumachen.«

Major Petrofski holte tief Atem.

»Ich werde nicht versagen«, sagte er. »Aber sollte es dazu kommen, so werde ich ihnen nicht lebend in die Hände fallen.«

Der Generalsekretär drückte auf den Summer unter der Tischplatte, und die Tür ging auf. Major Pawlow stand davor.

»Dann gehen Sie jetzt, junger Mann. Jemand, den Sie vielleicht schon einmal gesehen haben, wird Sie hier in diesem Haus informieren, worin Ihr Auftrag besteht. Danach findet anderenorts eine gründliche Instruktion statt. Wir werden uns nicht wiedersehen – bis Sie zurückkehren.«

Als die Tür sich hinter den beiden Majoren des KGB geschlossen hatte, starrte der Generalsekretär lange in die Flammen des Holzfeuers. Wirklich ein prächtiger junger Mann, dachte er. Wirklich schade.

Als Petrofski hinter Major Pawlow den langen Korridor zum Gästeflügel entlangschritt, war sein Herz geschwellt von Tatendrang und Stolz.

Major Valeri Alexeiwitsch Petrofski war mit ganzer Seele Soldat und Patriot. Als profundem Kenner der englischen Sprache war ihm auch die Redewendung geläufig: »Sterben für Gott, König und Vaterland«, und er wußte, was sie bedeutete. Er hatte keinen Gott, aber der höchste Sowjetführer hatte ihm persönlich seine hohe Mission anvertraut, und während Petrofski durch den Korridor in Usowo schritt, schwor er sich, vor keiner Aufgabe zurückzuschrecken.

Major Pawlow machte vor einer der Türen halt, klopfte und öffnete sie. Er trat beiseite, um Petrofski eintreten zu lassen. Dann schloß er hinter ihm die Tür und entfernte sich. Hinter einem mit Papieren und Landkarten bedeckten Tisch erhob sich ein weißhaariger Mann und trat auf Petrofski zu.

»Sie sind also Major Petrofski«, sagte er lächelnd und reichte ihm die Hand.

Petrofski wunderte sich über die stockende Redeweise. Er kannte dieses Gesicht, obwohl er dem Mann nie begegnet war. Für die Nachwuchskräfte des Ersten Hauptdirektorats galt er als einer der fünf »Stars«, als ein Mann, dem Respekt gebührte, als der personifizierte Triumph der Sowjetideologie über den Kapitalismus.

»Jawohl, Genosse Oberst«, sagte Petrofski. Philby hatte seine Akte studiert, bis er sie auswendig konnte. Petrofski war erst sechsunddreißig und seit einem Jahrzehnt dafür ausgebildet, den Engländer zu spielen. Er war zweimal in England gewesen, um sich mit den Verhältnissen vertraut zu machen, hatte beide Male unter einer Legende gelebt, beide Male die Nähe der sowjetischen Botschaft sorgfältig gemieden und bei keinem dieser Aufenthalte irgendeinen Auftrag ausgeführt.

Solche Reisen dienten nur dazu, die Illegalen vor ihrem eigentlichen Einsatz alles zu lehren, was ihnen eines Tages selbstverständlich sein mußte: wie man ein Bankkonto eröffnet, sich bei einem Blechschaden mit dem Fahrer des anderen Wagens einigt, die Londoner U-Bahn benutzt. Ein weiterer Zweck war, daß sie in der Umgangssprache auf dem laufenden blieben.

Philby wußte, daß der junge Mann vor ihm nicht nur perfekt englisch sprach, sondern auch walisisch und irisch, und alle regionalen Abweichungen im Tonfall wie ein Einheimischer beherrschte. Philby selber bediente sich jetzt des Englischen.

»Setzen Sie sich«, sagte er. »Ich will Ihnen jetzt in groben Umrissen Ihren Auftrag beschreiben. Die Einzelheiten bekommen Sie von anderer Seite. Die Zeit ist knapp, verzweifelt knapp, Sie werden sich daher alles noch schneller einprägen müssen als bisher.«

Während sie sprachen, wurde Philby bewußt, daß nach dreißigjähriger Abwesenheit von seinem Geburtsland und obwohl er jede englische Zeitung und Zeitschrift las, deren er habhaft werden konnte, er derjenige war, dem es an Sprachgewandtheit fehlte, dessen Ausdrucksweise gestelzt und altmodisch wirkte. Der junge Russe sprach wie ein moderner Engländer seines Alters.

Zwei Stunden vergingen, ehe Philby den Plan namens Aurora mit allem, was dazugehörte, umrissen hatte. Petrofski sog jedes Wort gierig in sich ein. Die Kühnheit des Plans erregte und erstaunte ihn.

»Die nächsten Tage werden Sie in Gesellschaft von nur vier Leuten verbringen, die Sie über eine Reihe von Namen, Orten, Daten, Sendezeiten, Treffs und Ausweichtreffs instruieren werden. Das alles müssen Sie auswendig lernen. Mit hinübernehmen werden Sie nur ein Heft mit Einmalcodes. So, das wäre alles.«

Petrofski hatte zu allem, was ihm gesagt worden war, immer nur genickt.

»Ich habe dem Genossen Generalsekretär versichert, daß ich nicht versagen werde«, erklärte er jetzt. »Der Auftrag wird weisungsgemäß und pünktlich ausgeführt. Wenn das Zubehör eintrifft, muß es klappen.«

Philby stand auf.

»Gut, dann lasse ich Sie jetzt wieder nach Moskau fahren, dorthin, wo Sie die restliche Zeit bis zu Ihrem Aufbruch zubringen werden.«

Als Philby durchs Zimmer zum Telefon ging, hörte Petrofski zu seinem Erstaunen aus einer Ecke ein lautes »Gruuu«. Als er sich umschaute, sah er einen großen Käfig und darin eine schöne Taube mit geschientem Bein, die neugierig herauslugte. Philby wandte sich mit verlegenem Lächeln um.

»Ich nenne sie Hoppelhopp«, sagte er, während er die Nummer wählte, unter der Major Pawlow zu erreichen war. »Hab' sie im letzten Winter mit gebrochenem Flügel und einem gebrochenen Bein auf der Straße gefunden. Der Flügel ist geheilt, aber das Bein macht ihr noch zu schaffen.«

Petrofski ging hinüber zum Käfig und kratzte mit einem Fingernagel an den Stäben entlang. Aber die Taube wich humpelnd zurück. Die Tür ging auf, und Major Pawlow erschien. Wie üblich sprach er kein Wort, sondern winkte Petrofski nur, ihm zu folgen.

»Auf Wiedersehen. Viel Glück«, sagte Philby.

Die Mitglieder des Paragon-Ausschusses blieben schweigend sitzen, bis alle Prestons Bericht zu Ende gelesen hatten.

»So«, sagte Sir Anthony Plumb und eröffnete damit die Diskussion, »jetzt wissen wir wenigstens, was, wo, wann und wer. Warum, wissen wir noch immer nicht.«

»Und wieviel auch nicht«, ergänzte Sir Patrick Strickland. »Mit der Schadensfeststellung kann noch nicht mal angefangen werden, und wir müssen jetzt einfach unsere Alliierten verständigen, auch wenn nichts Handfestes – außer einem gefälschten Dokument – seit Januar nach Moskau gegangen ist.«

»Einverstanden«, sagte Sir Anthony. »All right, Gentlemen, ich glaube, wir gehen alle davon aus, daß die Zeit für weitere Ermittlungen vorbei ist. Was machen wir mit dem Mann? Irgendwelche Vorschläge? Brian?«

Da Brian Harcourt-Smiths Generaldirektor nicht anwesend war, repräsentierte er allein MI5. Er wählte seine Worte sehr vorsichtig.

»Wir neigen zu der Ansicht, daß der Agentenring ausschließlich aus Berenson, Marais und dem Strohmann Benotti besteht. Der Sicherheitsdienst hält es für unwahrscheinlich, daß dieser Ring noch weitere Agenten führt. Berenson dürfte so wichtig gewesen sein, daß man vermutlich den ganzen Ring nur für ihn aufgezogen hat.«

Mehrere Ausschußmitglieder nickten zum Zeichen der Zustimmung.

»Und was empfehlen Sie?« fragte Sir Anthony.

»Daß wir sie alle hochnehmen, das ganze Netz aufrollen«, sagte Harcourt-Smith.

»In die Sache ist ein ausländischer Diplomat verwickelt«, gab Sir Hubert Villiers vom Innenministerium zu bedenken.

»Ich glaube, Pretoria könnte in diesem Fall bereit sein, die Immunität aufzuheben«, sagte Sir Patrick Strickland. »General Pienaar muß inzwischen Mr. Botha Bericht erstattet haben. Kein Zweifel, daß sie Marais kriegen wollen, nachdem wir uns mit ihm unterhalten haben.«

»Well, das klingt klar genug«, sagte Sir Anthony. »Was meinen Sie, Nigel?«

Sir Nigel hatte die ganze Zeit wie gedankenverloren zur Decke gestarrt. Die Frage schien ihn aufzuwecken.

»Ich habe gerade überlegt«, sagte er ruhig, »wir nehmen sie hoch. Und was dann?«

»Befragung«, sagte Harcourt-Smith. »Wir können mit der Schadensfeststellung beginnen und unseren Alliierten mitteilen, daß wir den ganzen Ring zerschlagen haben. Um die bittere Pille ein bißchen zu versüßen.«

»Ja«, sagte Sir Nigel, »schön und gut. Aber danach?«

Er wandte sich jetzt an die Staatssekretäre der drei Ministerien und des Kabinetts.

»Ich sehe vier verschiedene Möglichkeiten. Wir können Berenson hochnehmen und ihn im Rahmen der Official Secrets Act formell unter Anklage stellen, was wir auch tun müssen, wenn wir ihn verhaften. Aber haben wir wirklich einen Fall, der vor Gericht standhält? Wir wissen, daß wir recht haben, aber können wir es einer erstklassigen Verteidigung beweisen? Abgesehen von allem anderen würde eine formelle Festnahme und Anklage einen Riesenskandal auslösen, der unweigerlich auf die Regierung zurückschlagen müßte.«

Sir Martin Flannery, der Cabinet Secretary, begriff, worum es ging. Er wußte als einziger unter den Anwesenden von dem

Vorhaben, im Frühsommer kurzfristig eine Neuwahl anzuberaumen. Als Beamter der alten Schule diente Sir Martin der jetzigen Regierung mit ganzer Loyalität, wie er bereits drei vorhergegangenen Regierungen, darunter zwei der Labour Party, gedient hatte. Mit gleicher Loyalität würde er auch in Zukunft jeder demokratisch gewählten Regierung dienen.

»Zweitens«, fuhr Sir Nigel fort, »könnten wir Berenson und Marais ungeschoren lassen, aber Berenson gefälschte Dokumente zuspielen, die er nach Moskau weitergeben würde. Lange könnte das allerdings nicht funktionieren. Berenson ist ein so hochrangiger und erfahrener Mann, daß man ihn nicht auf Dauer hinters Licht führen kann.«

Sir Peregrine Jones nickte. Er wußte, daß Sir Nigel in diesem Punkt recht hatte.

»Oder wir könnten Berenson hochnehmen und versuchen, uns seine Mitarbeit zu sichern, indem wir ihm Immunität von Strafverfolgung garantieren. Mir persönlich geht Immunität für Verräter gegen den Strich. Man weiß nie, ob sie die ganze Wahrheit gesagt oder einen ausgetrickst haben, wie Blunt damals. Und es kann möglicherweise zu einem sogar noch übleren Skandal führen.«

Sir Hubert Villiers, dessen Ministerium auch die Kronanwälte unterstanden, machte ein finsteres Gesicht. Auch ihm war ein Kuhhandel mit Immunitäten höchst zuwider, und alle Anwesenden wußten, daß die Premierministerin ebenso dachte.

»Bleibt offenbar nur noch viertens«, sagte der Chef des SIS bedächtig, »will heißen Gewahrsam ohne Gerichtsverfahren, und scharfes Verhör. Mit einem Wort, dritter Grad. Vielleicht bin ich einfach altmodisch, aber ich habe nie viel davon gehalten. Er könnte fünfzig Dokumente zugeben, aber keiner von uns würde bis an sein Lebensende wissen, ob es nicht noch weitere fünfzig waren.«

Eine Weile herrschte Schweigen.

»Alles recht unerfreuliche Lösungen«, meinte Sir Anthony

Plumb dann, »aber es sieht aus, als müßten wir uns für Brians Vorschlag entscheiden, wenn nicht noch ein besserer auftaucht.«

»Eine Möglichkeit gibt es noch«, sagte Sir Nigel milde. »Es könnte sein, ich sage, *könnte*, daß Berenson unter falscher Flagge angelaufen wurde.«

Die meisten Anwesenden wußten, was »Anlaufen unter falscher Flagge« bedeutete, nur Sir Hubert Villiers und Sir Martin Flannery zeigten sich verdutzt. Sir Nigel erklärte.

»Man versteht darunter die Anwerbung einer Quelle durch Leute, die vorgeben, für ein dem Betreffenden sympathisches Land zu arbeiten, während sie in Wahrheit für ein anderes Land tätig sind. Der israelische Geheimdienst Mossad ist in dieser Technik besonders bewandert. Da die Israelis Agenten aus so ziemlich jeder Nation der Welt einsetzen können, haben sie mit solchen falschen Flaggen ein paar bemerkenswerte Coups gelandet.

Zum Beispiel: Ein loyaler Bürger der Bundesrepublik Deutschland, der in Nahost arbeitet, wird während eines Heimaturlaubs von zwei Landsleuten angelaufen, die ihn mittels einwandfreien Beweismaterials überzeugen, daß sie vom BND, dem Bundesnachrichtendienst, seien. Sie tischen ihm eine Geschichte auf, wonach die Franzosen, die im Irak an demselben Projekt arbeiten wie er, streng geheime und von der NATO in aller Form gesperrte Technologien weitergeben, um für Frankreich fette Aufträge hereinzuholen. Ob er, der Deutsche, seinem Land helfen wolle, indem er melde, was dort unten vorgehe? Der Mann erklärt sich als guter Deutscher dazu bereit und arbeitet jahrelang für Jerusalem. Das ist schon häufig passiert.

Und es würde auf unseren Fall passen«, fuhr Sir Nigel fort. »Wir alle haben Berensons Akte durchgeackert bis zum Überdruß. Aber nach dem, was wir wissen, könnte die ›falsche Flagge‹ die Lösung sein.«

Die Ausschußmitglieder riefen sich Berensons Akte wieder ins Gedächtnis, und einige nickten. Er hatte seine Karriere im

Außenministerium unmittelbar nach dem Universitätsabschluß begonnen. Er hatte sich bewährt, drei verschiedene Auslandsposten gehabt und war im Diplomatischen Corps stetig, wenn auch nicht spektakulär, avanciert.

Mitte der sechziger Jahre hatte er Lady Fiona Glen geheiratet und kurz darauf, begleitet von seiner jungen Frau, einen Posten in Pretoria angetreten. Vermutlich hatte er dort, unter dem Eindruck der traditionellen und nahezu grenzenlosen südafrikanischen Gastlichkeit seine tiefe Sympathie und Bewunderung für diese Republik entwickelt. In England war eine Labour-Regierung an der Macht, Rhodesien in Aufruhr, und so wurde Berensons immer offenkundigere Wertschätzung Pretorias in London nicht gut aufgenommen.

Nach seiner Rückkehr nach England 1969 kam ihm vermutlich zu Ohren, sein nächster Posten werde wohl in einem weniger umstrittenen Land sein – etwa in Bolivien.

Die Männer am Tisch konnten nur Mutmaßungen anstellen, aber es war durchaus wahrscheinlich, daß Lady Fiona, die sich Pretoria gerade noch hatte gefallen lassen, das Ansinnen schlankweg zurückwies, auf ihre geliebten Pferde und den gewohnten gesellschaftlichen Umgang zu verzichten, nur um drei Jahre irgendwo hoch in den Anden zu verbringen.

Was immer auch der Grund gewesen sein mochte, George Berenson hatte sich um eine Versetzung ins Verteidigungsministerium beworben, die als Abstieg betrachtet wurde. Aber angesichts des Vermögens seiner Frau mußte er auf sie Rücksicht nehmen. Nachdem er nicht mehr den Zwängen des auswärtigen Dienstes unterlag, wurde er Mitglied mehrerer prosüdafrikanischer Verbände, denen im allgemeinen nur Angehörige der politischen Rechten beitreten.

Zumindest Sir Peregrine Jones wußte, daß Berensons bekannte und demonstrative rechtslastige Sympathien es ihm, Jones, unmöglich gemacht hatten, Berenson für die Erhebung in den Adelsstand vorzuschlagen, ein Umstand, der, wie ihm jetzt klar wurde, Berensons Ressentiments noch mehr angeheizt haben mochte.

Nach der Lektüre des Berichts hatten die Ausschußmitglieder angenommen, Berensons Sympathien für Südafrika seien die Tarnung für seine prosowjetische Einstellung gewesen. Nun hatte Sir Nigel Irvines Hinweis ein neues Licht auf die Sache geworfen.

»Unter falscher Flagge?« sinnierte Sir Paddy Strickland. »Sie meinen, er hat wirklich geglaubt, daß er Geheimdokumente an Südafrika liefert?«

»Eine Frage läßt mich nicht los«, sagte »C«. »Wenn er wirklich mit den Sowjets sympathisiert oder insgeheim Kommunist ist, warum hat die Moskauer Zentrale ihn nicht durch einen Russen führen lassen? Ich kenne fünf Leute an ihrer Botschaft, die diesen Job genauso gut hätten erledigen können.«

»Well, ich muß gestehen, ich weiß nicht...« begann Sir Anthony Plumb. In diesem Moment hob er den Kopf und erhaschte Sir Nigel Irvines Blick vom anderen Tischende. Irvine blinzelte blitzschnell mit einem Auge. Sir Anthony Plumb zwang sich, wieder auf die Berenson-Akte zu starren.

Nigel, du gerissener Hund, dachte er, du stellst keine Mutmaßungen an – du weißt es genau.

Tatsächlich hatte Andrejew zwei Tage zuvor etwas zu berichten gewußt. Es war nicht viel gewesen, nur Kantinenklatsch aus der Sowjetbotschaft. Er hatte mit dem N-Mann ein Glas getrunken und ein bißchen gefachsimpelt. Dabei hatte er auch die gelegentlichen Vorteile eines Anlaufens unter falscher Flagge erwähnt; der Vertreter des Direktorats der Illegalen hatte gelacht, gezwinkert und sich mit dem Zeigefinger an die Nase getippt. Andrejew legte das so aus, daß im Moment in London tatsächlich eine Operation unter falscher Flagge lief, von der der N-Mann etwas wußte. Sir Nigel kam, als er davon hörte, zu demselben Schluß.

Und noch ein Gedanke ging Sir Anthony durch den Kopf.

Wenn du es wirklich weißt, Nigel, dann mußt du eine Quelle direkt in der Rezidentura haben, du alter Fuchs. Eine weitere Überlegung war weniger amüsant. Warum sagte er es nicht rundheraus? Alle Anwesenden waren doch absolut vertrauenswürdig, oder etwa nicht? Fröstelndes Unbehagen regte sich in ihm. Er blickte auf.

»Ich glaube, wir sollten Nigels Hinweis ernstlich in Betracht ziehen. Er klingt vernünftig. Was schlagen Sie vor, Nigel?«

»Der Mann ist ein Verräter, daran ist nicht zu zweifeln«, sagte »C«. »Wenn man ihn mit den Dokumenten konfrontiert, die uns anonym zurückgeschickt wurden, so muß ihm das einen ordentlichen Stoß versetzen. Und wenn man ihm Prestons Südafrika-Bericht zu lesen gibt, und er glaubte *wirklich,* daß er für Pretoria arbeitete, so wird ihm das, glaube ich, den Rest geben, und er wird zusammenklappen. War er die ganze Zeit über heimlicher Kommunist, dann ist ihm auch bekannt, auf welcher Seite Marais steht, es könnte ihn folglich nicht überraschen. Ein geschulter Beobachter müßte das festellen können.«

»Und wenn er wirklich unter falscher Flagge angelaufen wurde?« fragte Sir Perry Jones.

»Dann, glaube ich, können wir bei der Schadensfeststellung mit seiner uneingeschränkten Mitarbeit rechnen. Mehr noch, ich glaube, er könnte zum freiwilligen ›Umdrehen‹ gebracht werden und uns helfen, eine Desinformations-Kampagne gegen Moskau aufzuziehen. Und *das* könnten wir unseren Verbündeten als großes Plus präsentieren.«

Sir Paddy Strickland vom Außenministerium war nun auch gewonnen. Man kam überein, Sir Nigels Taktik zu verfolgen.

»Eine letzte Frage: Wer geht zu ihm?« fragte Sir Anthony. Nigel Irvine hüstelte.

»Well, eigentlich ist es Sache von Fünf«, sagte er. »Aber die Durchführung einer Desinformations-Kampagne gegen die Moskauer Zentrale gehört zu den Aufgaben von Sechs. Außerdem kenne ich den Mann. Wir waren auf derselben Schule.«

»Herrje«, rief Plumb. »Aber er ist doch jünger als Sie, nicht wahr?«

»Fünf Jahre, genau gesagt. Er hat mir die Schuhe geputzt.«

»All right. Sind wir uns einig? Jemand dagegen? Nigel, Sie haben es geschafft. Nehmen Sie ihn, er gehört Ihnen. Sagen Sie uns, wie Sie vorankommen.«

Am Dienstag, dem 24., landete ein südafrikanischer Tourist aus Johannesburg auf dem Londoner Flugplatz Heathrow und erledigte alle Einreiseformalitäten ohne Schwierigkeit.

Als er, die Reisetasche in der Hand, aus der Zollhalle auftauchte, trat ein junger Mann auf ihn zu und stellte leise eine Frage. Der stämmige Südafrikaner nickte bestätigend. Der junge Mann nahm ihm die Reisetasche ab und führte ihn hinaus zu einem wartenden Wagen.

Anstatt die Richtung nach London einzuschlagen, fuhr der Chauffeur über die Ringstraße M25 zur M3, die nach Hampshire führt. Nach einer Stunde hielt er vor der Tür eines hübschen Landhauses in der Nähe von Basingstoke. Der Südafrikaner wurde, nachdem er sich seines Mantels entledigt hatte, in die Bibliothek gebeten. Ein Engländer, etwa gleichaltrig mit ihm, in ländlichen Tweed gekleidet, erhob sich von dem Sessel am Kamin, um den Gast willkommen zu heißen.

»Henry Pienaar, freut mich, Sie wiederzusehen. Es ist lange her. Willkommen in England.«

»Nigel, wie geht's immer?«

Die Chefs der beiden Geheimdienste hatten bis zum Lunch noch eine Stunde Zeit. Nach den üblichen Präliminarien setzten sie sich zusammen und besprachen das Problem, das General Pienaar in dieses Landhaus gebracht hatte, in dem der britische Geheimdienst SIS seine ebenso hochrangigen wie heimlichen Gäste beherbergt.

Bis zum Abend hatte Sir Nigel Irvine sein Ziel erreicht. Die

Südafrikaner würden Jan Marais auf seinem Posten belassen und damit Irvine Gelegenheit geben, auf dem Weg über George Berenson – vorausgesetzt, daß der mitspielte – ein großangelegtes Desinformations-Manöver aufzuziehen.

Die Engländer würden Marais unter totaler Beobachtung halten; sie übernahmen die Verantwortung dafür, daß er keine Gelegenheit zu einer heimlichen Flucht nach Moskau haben würde, denn jetzt mußten auch die Südafrikaner an ihre Schadensfeststellung gehen – über vierzig Jahre zurück.

Ferner kam man überein, daß Irvine nach Beendigung des Desinformations-Manövers Pienaar benachrichtigen würde, daß man Marais nicht mehr brauche. Marais sollte dann zurückberufen werden, die Engländer würden ihn an Bord des südafrikanischen Jet »begleiten« und Pienaars Leute ihn festnehmen, sobald der Jet abgehoben hätte, also auf südafrikanischem Territorium.

Nach dem Dinner verabschiedete sich Sir Nigel, dessen Wagen draußen wartete. Pienaar würde im Landhaus übernachten, anderntags im Londoner West End ein paar Einkäufe machen und mit der Abendmaschine wieder nach Hause fliegen.

»Lassen Sie ihn bloß nicht laufen«, sagte General Pienaar, als er Sir Nigel hinausbegleitete. »Spätestens Ende des Jahres will ich den Scheißkerl zu fassen kriegen.«

»Sie werden ihn kriegen«, versprach Sir Nigel. »Machen Sie ihn nur inzwischen nicht kopfscheu.«

Während der Chef des südafrikanischen Geheimdienstes versuchte, in der Bond Street ein Geschenk für Mrs. Pienaar zu finden, saß John Preston bei Brian Harcourt-Smith in der Charles Street. Der stellvertretende Generaldirektor war in leutseligster Laune.

»Mein lieber John, ich glaube, man darf gratulieren. Der Ausschuß war von Ihren Enthüllungen aus Südafrika höchst beeindruckt.«

»Danke, Brian.«

»Doch, wirklich. Von nun an wird der Ausschuß sich um alles kümmern. Kann nicht genau sagen, was sie vorhaben, aber Tony Plumb läßt Sie ausdrücklich grüßen. Und jetzt...« er breitete die Hände aus und legte sie flach auf die Schreibunterlage, »...zu Ihrer Zukunft.«

»Meiner Zukunft?«

»Wissen Sie, ich hab' da ein kleines Problem. Sie arbeiten jetzt seit acht Wochen an diesem Fall, zum Teil unterwegs mit den Observanten, meist aber im Keller von Cork, und jetzt in Südafrika. Die ganze Zeit über hat der junge March, Ihre Nummer zwei, C.1.(A) geleitet und sich dabei recht gut gehalten.

Jetzt frage ich mich, was soll ich mit ihm machen? Ich meine, es wäre nicht ganz fair, wenn er wieder die zweite Geige spielen müßte - schließlich hat er die Runde durch alle Ministerien gedreht, ein paar höchst brauchbare Vorschläge gemacht und einige durchaus positive Veränderungen vorgenommen.«

Und ob, dachte Preston. March war ein junger Streber, ganz der Typ, den Harcourt-Smith protegierte.

»Egal, ich weiß, daß Sie erst seit zehn Wochen bei C.1.(A) sind, und das ist ziemlich kurz, aber so, wie Sie sich schon mit Ruhm bekleckert haben, könnte es genau der richtige Moment sein, ein Stück weiter zu rücken. Ich habe mit der Personalstelle gesprochen, und wie's der glückliche Zufall will, scheidet Cranley von C.5.(C) Ende der Woche vorzeitig aus. Seiner Frau geht's nämlich schon seit langer Zeit nicht gut, und er möchte mit ihr in den Lake District übersiedeln. Deshalb geht er in Pension. Ich dachte, das würde Ihnen zusagen.«

Preston dachte nach. C.5.(C)?

»See- und Flughäfen?« fragte er.

Wieder ein Gemischtwarenladen. Einwanderung, Zoll, Special Branch, Verbrechensbekämpfung, Drogenbekämpfung - sie alle überwachten die See- und Flughäfen und hielten Ausschau nach unerwünschten Figuren, die sich oder ihre Konterbande ins Land bringen wollten. Preston vermutete, daß C.5.(C) damit befaßt war, das aufzulesen, was nicht in die Kompetenz anderer Stellen fallen würde. Harcourt-Smith hob lehrhaft einen Finger.

»Eine wichtige Sache, John. Die besondere Aufgabe besteht natürlich darin, ein scharfes Auge auf Sowblock-Illegale, Kuriere und so weiter zu halten. Dabei kommt man viel herum, und das mögen Sie doch.«

Und weg vom Stammhaus, solange das Gerangel um die Nachfolge läuft, dachte Preston. Er wußte, daß er Bernard Hemmings' Kandidat war, und wußte auch, daß Harcourt-Smith es wußte. Er überlegte, ob er protestieren, eine Unterredung mit Sir Bernard verlangen solle, um sein Verbleiben auf dem jetzigen Posten durchzusetzen.

»Auf jeden Fall möchte ich Sie's versuchen lassen«, sagte Harcourt-Smith. »Es ist noch immer in der Gordon Street, so daß Sie nicht umziehen müssen.«

Preston wußte, daß er ausmanövriert war. Harcourt-Smith arbeitete schon ein halbes Leben lang mit der Versetzungsmasche. Wenigstens, dachte Preston, könnte er wieder Außendienst machen, auch wenn es wieder ein, wie er es nannte, »Polizisten-Job« war.

Am Freitag reiste Major Valeri Petrofski, ohne aufzufallen, in England ein.

Er war mit schwedischen Papieren von Moskau nach Zürich geflogen, hatte dort die schwedischen Ausweise in einem versiegelten und mit der Adresse eines sicheren Hauses des KGB in der Innenstadt versehenen Umschlag abgeschickt und beim Postamt in der Halle die auf ihn wartenden Papiere eines Schweizer Ingenieurs geholt. Von Zürich flog er weiter nach Dublin.

Mit derselben Maschine flog sein Begleiter, der weder wußte noch wissen wollte, was sein Schutzbefohlener vorhatte. Der Begleiter führte einfach seine Befehle aus. In einem Zimmer des International Airport Hotels trafen sich die beiden Männer. Petrofski zog sich bis auf die Haut aus und gab seine kontinentaleuropäische Kleidung zurück. Er zog an, was der Begleiter in seiner Reisetasche mitgebracht hatte – englische Sachen von Kopf bis Fuß. Dazu bekam er ein Wochenendköfferchen mit dem üblichen Inhalt: Pyjama, Waschbeutel, Reiselektüre und Wäsche zum Wechseln.

Der Begleiter hatte bereits einen Umschlag vom Schwarzen Brett in der Ankunftshalle des Flughafens an sich genommen, den der N-Mann der Dubliner Botschaft vorbereitet und vier Stunden zuvor dort angebracht hatte. Darin steckten eine abgerissene Eintrittskarte des Eblana-Theaters für die Vorstellung vom vergangenen Abend, eine auf den entsprechenden Namen ausgestellte Quittung des Hotels New Jury für eine Übernachtung, ebenfalls gestern, und der Rückflugabschnitt eines Billetts von Aer Lingus für die Reise London–Dublin–London.

Schließlich erhielt Petrofski seinen neuen Paß. Als er wieder zurück zum Flughafen ging und seinen Flug buchte, erregte er keinerlei Aufsehen. Er war ein Engländer, der nach eintägiger Geschäftsreise von Dublin nach London zurückkehrte. Zwischen Dublin und London gibt es keine Paßkontrolle; bei der Ankunft in London zeigen die Passagiere nur ihre Flugtickets oder Rückflugabschnitte als Ausweis vor. Sie werden ferner an zwei apathisch wirkenden Männern vom Special Branch vorbeigeschleust, die scheinbar nichts sehen und denen sehr, sehr wenig entgeht. Keinem von ihnen war Petrofskis Gesicht bekannt, da der Major noch nie über Heathrow nach England eingereist war. Auf Anforderung hätte er einen einwandfreien britischen Paß auf den Namen James Duncan Ross vorzeigen können. Einen Paß, an dem nicht einmal das Paßamt selbst hätte etwas aussetzen können, aus dem einfachen Grund, weil das Paßamt selbst ihn ausgestellt hatte.

Der Russe kam durch den Zoll, ohne kontrolliert zu werden,

und fuhr im Taxi zur King's Road. Dort ging er zu einem Gepäckschließfach. Den Schlüssel dazu hatte er. Es gehörte zu einer Reihe von Schließfächern, die von den N-Leuten der Botschaft ständig überall in der britischen Hauptstadt belegt sind und für die schon vor langer Zeit Zweitschlüssel angefertigt wurden. Dem Fach entnahm der Russe ein Päckchen, das noch genau so versiegelt war, wie es zwei Tage zuvor per Diplomatensendung in der Botschaft eingetroffen war. Der N-Mann hatte den Inhalt nicht gesehen und interessierte sich auch nicht dafür. Er fragte auch nie, warum ein Päckchen im Schließfach eines großen Bahnhofs deponiert werden sollte. Das war nicht seine Sache.

Petrofski steckte das Päckchen ungeöffnet in seine Reisetasche. Er konnte es später in aller Ruhe öffnen. Er wußte, was es enthielt. Von King's Cross fuhr er, wiederum im Taxi, quer durch London zur Liverpool Street Station und stieg dort in den Abendzug nach Ipswich in der Grafschaft Suffolk. Als er sich im Hotel Great White Horse anmeldete, war es gerade Zeit zum Dinner.

Hätte ein neugieriger Polizist darauf bestanden, einen Blick in die Reisetasche des nach Ipswich fahrenden jungen Engländers zu werfen, er wäre erstaunt gewesen. Darin lag erstens einmal eine finnische Sako-Automatik nebst gefülltem Magazin. Die Patronen waren an den Spitzen sorgfältig in X-Form eingekerbt, die Kerben mit einer Mischung aus Gelatine und konzentrierter Kaliumcyanidlösung ausgefüllt. Nicht nur würden die Geschosse im Körper eines Menschen besonders schwere Verletzungen hervorrufen, sondern zudem würde das Gift tödlich wirken.

Ferner lag darin alles, was sonst noch zur Legende von James Duncan Ross gehörte.

Eine Legende, wie man in Fachkreisen sagt, ist die fiktive Lebensgeschichte eines nicht existierenden Menschen, gestützt durch eine Anzahl absolut realer Dokumente jeglicher Art. Im allgemeinen hat der Mensch, auf dem die Legende aufgebaut wird, einmal tatsächlich gelebt, ist jedoch unter Umständen gestorben, die keine Spur hinterließen und keinen Staub aufwirbelten. Seine Identität wird sodann übernommen, der Tote leibhaftig wieder auferweckt und mit lückenlosen Dokumenten für Vergangenheit und Zukunft versehen.

Der echte James Duncan Ross – oder das wenige, was von ihm noch übrig war – faulte seit Jahren im tiefsten Busch des Sambesi. Er wurde 1950 als Sohn des Angus und der Kirstie Ross in Kilbridge, Schottland, geboren. 1951 war Angus Ross, der seine freudlose Austerity-Heimat satt hatte, mit Frau und Söhnchen nach Südrhodesien, wie es damals hieß, ausgewandert. Als Ingenieur hatte er eine Anstellung in der Landmaschinenbranche gefunden, und 1960 konnte er seine eigene Firma gründen.

Das Geschäft florierte, und James durfte eine gute Grundschule besuchen und dann nach Michaelhouse gehen. 1971 hatte der Junge seinen Wehrdienst abgeleistet und trat in die Firma seines Vaters ein. Aber Rhodesien wurde jetzt von Ian Smith geführt, und der Krieg gegen die Guerillas Joshua N'komos, die ZIPRA, und gegen die ZANLA Robert Mugabes nahm immer erbittertere Formen an.

Jeder wehrfähige Mann war Reservist, und die Dienstzeiten in der Armee wurden immer länger. Als James Ross 1976 bei der rhodesischen leichten Infanterie kämpfte, geriet er im tiefen Busch des südlichen Sambesi-Ufers in einen Hinterhalt der ZIPRA und wurde getötet. Die Guerillas raubten dem Toten Waffen und Uniform und zogen sich wieder in ihre Lager in Sambia zurück.

Er hätte eigentlich keinerlei Hinweise auf seine Person bei sich tragen dürfen, aber kurz bevor sein Spähtrupp aufgebrochen war, hatte er einen Brief seiner Freundin erhalten und in die Tasche seines Kampfanzuges gesteckt. Dieser Brief fiel dem KGB in die Hände.

Ein sehr hoher KGB-Offizier namens Wassilij Solodownikow

war damals Botschafter in Lusaka und führte verschiedene Agentennetze in ganz Südafrika. Eines von ihnen schnappte sich den an James Ross gerichteten und mit der Adresse seiner Eltern versehenen Brief. Die ersten Nachforschungen nach der Person des toten jungen Offiziers brachten ein positives Ergebnis: Als gebürtige Briten hatten Angus Ross und sein Sohn James ihre britischen Pässe behalten. Also erweckte der KGB James Duncan Ross zu neuem Leben.

Als Rhodesien unter dem Namen Zimbabwe unabhängig wurde, übersiedelten Angus und Kirstie Ross in die Republik Südafrika, während James scheinbar beschloß, nach England zurückzukehren. Geisterhände fischten eine Kopie seiner Geburtsurkunde aus dem Somerset House in London; andere Hände füllten den Antrag für einen neuen Paß aus und schickten ihn mit der Post an die zuständige Stelle. Der Antrag wurde geprüft und der Paß ausgestellt.

Zum Aufbau einer guten Legende werden Dutzende von Leuten und Tausende von Arbeitsstunden benötigt. Dem KGB hat es noch nie an Personal oder an Geduld gefehlt. Bankkonten werden eröffnet und aufgelöst; Führerscheine umsichtig erneuert; Wagen gekauft und verkauft, so daß der Name im Computer der Zulassungsstelle erscheint. Stellungen werden angetreten und Beförderungen verdient; Zeugnisse werden ausgestellt und Ansprüche auf Firmenpensionen erworben. Einer der zahlreichen unteren Chargen des Geheimdienstes obliegt es, alle diese Unterlagen auf dem laufenden zu halten.

Andere Teams gehen zurück in die Vergangenheit. Wie war der Kosename des Kindes? Wo ging der Junge zur Schule? Wie nannten die Schüler ihren Biolehrer hinter dessen Rücken? Wie hieß der Hund, den die Familie damals hielt?

Wenn die Legende einmal vollständig ist – und das kann Jahre dauern – und wenn ihr neuer Träger sie intus hat, dann würde sie erst nach wochenlangen Ermittlungen zu knacken sein – wenn überhaupt. Das also trug Petrofski in Kopf und Reisetasche. Er war – und konnte es beweisen – James Ross, der vom Westen des Landes herüberkam, um in East Anglia die Vertretung einer Schweizer Firma für Computer-Software zu übernehmen. Er hatte ein nettes Konto bei der Barclay's Bank in Dorchester, Dorset, das er jetzt ins nahe Colchester überschreiben lassen wollte. Die kritzelige Unterschrift von James Ross konnte er vollendet nachahmen.

Britannien ist ein sehr privates Land. Die britischen Bürger sind nahezu die einzigen auf der Welt, die keine Ausweispapiere bei sich tragen müssen. Gegebenenfalls genügt meist das Vorzeigen eines an den Betreffenden adressierten Briefs, als könne das irgend etwas beweisen. Ein Führerschein ist, obwohl britische Führerscheine keine Fotos tragen, absolut beweiskräftig. Man geht davon aus, daß ein Mensch derjenige ist, als den er sich ausgibt.

Valeri Alexeiwitsch Petrofski war, als er nun in Ipswich zu Abend aß, völlig überzeugt, und dies mit Recht, daß niemand seine Identität als James Duncan Ross anzweifeln werde. Nach dem Abendessen ließ er sich am Empfang das gelbe Branchen-Telefonbuch geben und schlug die Sparte Immobilien auf.

4. Kapitel

Während Major Petrofski im Great White Horse in Ipswich sein Abendessen einnahm, läutete in einer Wohnung im achten Stockwerk von Fontenoy House die Türklingel. Der Wohnungsinhaber, Mr. George Berenson, öffnete. Eine Sekunde lang starrte er überrascht auf die Gestalt im Korridor.

»Mein Gott, Sir Nigel...«

Sie kannten einander, nicht weil sie jahrelang dieselbe Schule besucht, sondern weil sich ihre Pfade gelegentlich in Whitehall gekreuzt hatten. Der Chef des SIS nickte höflich, aber förmlich.

»Abend, Berenson, darf ich reinkommen?«

»Natürlich, natürlich, aber selbstverständlich...«

George Berenson war nervös, obwohl er keine Ahnung vom Zweck des Besuches hatte. Die Tatsache, daß Sir Nigel ihn mit seinem Familiennamen anredete, ließ eine höfliche, aber keineswegs gemütliche Unterredung erwarten. Es würde kein formloses »George« und »Nigel« geben.

»Ist Lady Fiona zu Hause?«

»Sie ist zu einer ihrer Ausschußversammlungen gegangen. Wir sind also ganz unter uns.«

Das war Sir Nigel bereits bekannt. Er hatte in seinem Wagen gesessen und gesehen, wie Berensons Frau das Haus verließ. Der Herr des Hauses half Sir Nigel aus dem Mantel und führte ihn dann zu einem Sessel im Salon, keine zehn Schritte von dem neu installierten Safe hinter dem Spiegel entfernt. Berenson setzte sich ihm gegenüber.

»Nun, was kann ich für Sie tun?«

Sir Nigel öffnete seine Aktenmappe, von der er sich nicht getrennt hatte, und legte sorgfältig einen Stoß Fotokopien auf die Glasplatte des Couchtisches.

»Sie sollten einmal einen Blick auf diese Papiere werfen.«

Berenson studierte schweigend das zuoberst liegende Blatt, nahm es auf und ging zum nächsten über, dann zum dritten. Nach der Lektüre des dritten Blattes legte er es, zusammen mit den beiden anderen, wieder zurück auf den Stoß. Er war sehr bleich geworden, hatte sich aber immer noch in der Gewalt. Seine Augen ruhten auf den Fotokopien.

»Ich kann dazu wohl kaum etwas sagen.«

»Nicht viel«, sagte Sir Nigel ruhig. »Die Dokumente wurden vor einiger Zeit an uns zurückgeschickt. Wir wissen, wie sie Ihnen abhanden gekommen sind – ziemliches Pech, von Ihrem Standpunkt aus gesehen. Nach der Rücksendung der Papiere haben wir Sie einige Wochen überwachen lassen, wir haben das Verschwinden des Ascension-Papiers, seinen Weg zu Benotti und von dort aus zu Marais verfolgt. Völlig lückenlose Geschichte.«

Von dem, was er sagte, war einiges Tatsache, das meiste jedoch reiner Bluff; er hatte keine Lust, Berenson wissen zu lassen, wie schwach die rechtlichen Handhaben gegen ihn waren. Der stellvertretende Leiter des Beschaffungsamtes straffte die Schultern und hob die Augen. Jetzt kommt die Trotzphase, dachte Irvine, der Versuch der Selbstrechtfertigung. Komisch, wie sie alle nach demselben Muster gestrickt sind. Berenson sah ihm in die Augen. Der Trotzreflex war da.

»Nun, wenn Sie schon alles wissen, was wollen Sie dann noch?«

»Ein paar Fragen stellen«, sagte Sir Nigel. »Zum Beispiel, wie lange geht das schon, und warum haben Sie es getan?«

Trotz all seiner Bemühungen um Selbstbeherrschung war Berenson doch so verwirrt, daß ihm ein ganz simpler Punkt entging: Es war nicht Aufgabe des Chefs des SIS, diese Art von Auseinandersetzung zu führen. Spione von Fremdmächten werden von der Abwehr verarztet. Doch der Wunsch, sich zu rechtfertigen, trübte sein Urteilsvermögen.

»Zur ersten Frage: Etwa zwei Jahre.«

Könnte schlimmer sein, dachte Sir Nigel. Er wußte, daß Marais seit fast drei Jahren in England war, doch Berenson hätte ja schon vorher von einem südafrikanischen, prosowjetischen Maulwurf geführt werden können. Anscheinend nicht.

»Zur zweiten Frage möchte ich meinen, daß sie sich von selbst beantwortet.«

»Ich bin vielleicht ein bißchen langsam von Begriff«, meinte Sir Nigel. »Klären Sie mich also auf. Warum?«

Berenson holte tief Atem. Vielleicht hatte er wie so viele vor ihm seine Verteidigung wieder und wieder im Kopf vorbereitet, hatte vor dem Gericht seines eigenen Gewissens oder dessen, was dafür stand, seine Argumente vorgebracht.

»Ich bin der Meinung, und das schon seit einer Reihe von Jahren, daß der einzige Kampf auf dieser Erde, der die Mühe wert ist, der Kampf gegen den Kommunismus und den Sowjetimperialismus ist«, begann er.

»In diesem Kampf bildet Südafrika eine der Bastionen. Wahrscheinlich die wichtigste, wenn nicht die einzige südlich der Sahara. Seit langem verüble ich es den Westmächten, daß sie aus dubiosen moralischen Gründen Südafrika wie einen Aussätzigen behandeln und es nicht an unserer gemeinsamen Planung teilnehmen lassen, die darauf abzielt, der sowjetischen Drohung weltweit entgegenzutreten.

Seit Jahren glaube ich, daß Südafrika von den Westmächten schäbig behandelt wird und daß es falsch und dumm ist, ihm den Zugang zu den NATO-Plänen für den Ernstfall zu verwehren.«

Sir Nigel nickte, als sei ihm dieser Gedanke noch nie gekommen.

»Und Sie hielten es für richtig und angebracht, diesem Übel abzuhelfen?«

»Ganz recht. Und ich bin trotz der Official Secrets Act immer noch dieser Meinung.«

Die Eitelkeit, dachte Sir Nigel, immer die Eitelkeit, die monumentale Selbstüberschätzung von unzulänglichen Menschen. Nunn May, Pontecorvo, Fuchs, Prime; typisch für sie alle war das selbstangemaßte Recht, Gott zu spielen, die Überzeugung, daß der Verräter allein recht hat und alle seine Kollegen Narren sind; ein rauschhafter Wille zur Macht, die aus dem erwächst, was der Verräter für eine Manipulation der Politik durch die Weitergabe von Geheimnissen hält, Zielen zuliebe, an die er glaubt, und zur Beschämung seiner angeblichen Gegner in der eigenen Regierung, all derer, die ihm bei Beförderungen und Verleihung von Ehrungen den Rang abgelaufen haben.

»Hm. Sagen Sie, haben Sie aus eigenem Antrieb angefangen, oder hat Marais Sie dazu gebracht?«

Berenson überlegte eine Weile.

»Jan Marais ist Diplomat und steht daher außerhalb Ihres Machtbereichs«, sagte er. »Ich kann ihm also nicht schaden. Er hat mich dazu gebracht. Solange ich in Pretoria stationiert war, sind wir uns nie begegnet. Erst hier, kurz nach seiner Ankunft. Wir fanden, daß wir über vieles die gleichen Ansichten hatten. Er überzeugte mich, daß bei einem eventuellen Konflikt mit der UdSSR Südafrika in der südlichen Hemisphäre allein stehen würde und die lebenswichtigen Routen vom Indischen Ozean bis zum Südatlantik abdecken müsse, angesichts sowjetischer Stützpunkte quer durch ganz Schwarzafrika. Wir waren beide der Meinung, daß unser zuverlässigster Alliierter in diesen Breitengraden ohne einen Hinweis auf eventuelle NATO-Operationen in beiden Hemisphären völlig handlungsunfähig sein würde.«

»Schlagendes Argument«, sagte Sir Nigel kummervoll. »Wissen Sie, nachdem wir Marais als Ihren Einsatzleiter ausgemacht hatten, habe ich das Risiko auf mich genommen und General Pienaar direkt auf diesen Namen angesprochen. Er leugnete, daß Marais je für ihn gearbeitet habe.«

»Nun, was sonst.«

»Natürlich, was sonst. Aber ich habe einen Mann hingeschickt, der General Pienaars Behauptung nachprüfen sollte. Vielleicht werfen Sie einen Blick auf seinen Bericht.«

Er zog aus seiner Aktenmappe den Bericht, den Preston aus Pretoria mitgebracht hatte, mit dem an die erste Seite geklammerten Foto des jungen Marais. Berenson machte sich achselzuckend an die Lektüre der sieben Kanzleibogen. An einer Stelle zog er scharf die Luft ein, preßte die Faust an den Mund und fing an, an einem Fingerknöchel zu nagen. Als er die letzte Seite umgedreht hatte, bedeckte er sein Gesicht mit beiden Händen und wiegte den Oberkörper langsam hin und her.

»Mein Gott«, stöhnte er, »was hab' ich getan!«

»Eine ganze Menge Schaden angerichtet«, sagte Sir Nigel. Er ließ Berenson Zeit, sich über das ganze Ausmaß seiner Tat klar zu werden. Ohne jedes Mitleid blickte er auf den völlig vernichteten Mann. Für Sir Nigel war er nur einer von diesen schäbigen kleinen Verrätern, die einen feierlichen Eid auf Königin und Land schworen und dann aus Besserwisserei beide verrieten. Ein Mann vom gleichen Schlag, wenn auch nicht vom gleichen Kaliber, wie Donald MacLean.

Berenson war jetzt nicht mehr bleich, sondern aschgrau. Als er die Hände vom Gesicht nahm, schien er um Jahre gealtert.

»Gibt es etwas, irgend etwas, was ich tun kann?«

Sir Nigel zuckte die Achseln, als wolle er sagen, daß hier so gut wie niemand noch etwas tun könne. Er beschloß, das Messer noch ein paarmal in der Wunde umzudrehen.

»Es gibt natürlich eine Gruppe von Leuten, die für eine umgehende Verhaftung sind. Von Ihnen und Marais. Pretoria hat seine Immunität aufgehoben. Sie kämen vor eine Jury handverlesener Geschworener mittleren Alters mit mittelständischen Ansichten, dafür würde der Kronrat sorgen. Anständige und geradlinige Leute. Die würden wahrscheinlich nie an eine Anwerbung unter falscher Flagge glauben. Und das bedeutet in Ihrem Alter Parkhurst oder Dartmoor für den Rest des Lebens.«

Er ließ diese Aussicht einige Minuten lang einsickern. Dann fuhr er fort:

»Ich hab' die Vertreter der harten Linie für eine Weile ausmanövrieren können. Es gibt noch einen anderen Weg...«

»Sir Nigel, ich werde alles tun. Wirklich alles...«

Wie wahr, dachte der Chef. Du ahnst gar nicht, wie wahr.

»Drei Dinge, genau gesagt«, sagte er laut. »Erstens, Sie gehen wie immer ins Ministerium, verhalten sich, als sei nichts geschehen, die übliche Routine, die Wasserfläche muß spiegelglatt bleiben.

Zweitens, Sie helfen uns hier in dieser Wohnung, nach Einbruch der Dunkelheit und wenn nötig auch die ganze Nacht, bei der Schadensfeststellung. Wenn wir den angerichteten Schaden auch nur einigermaßen eindämmen wollen, dann müssen wir bis ins kleinste wissen, was nach Moskau gegangen ist. Sollten Sie auch nur ein Pünktchen oder ein Komma für sich behalten, werden Sie Tüten kleben, bis Sie schwarz sind.«

»Ja, ja, natürlich, das kann ich machen. Ich erinnere mich an jedes einzelne Dokument, das hinübergegangen ist. Alles... Äh, Sie sprachen von drei Dingen.«

»Ja«, sagte Sir Nigel und musterte seine Fingernägel. »Die dritte Sache ist kitzlig. Sie bleiben in Verbindung mit Marais...«

»Ich... was?«

»Sie müssen nicht mit ihm zusammenkommen. Mir wär's lieber, wenn sich das vermeiden ließe. Sie scheinen mir nicht Schauspieler genug, um sich in seiner Gegenwart nicht zu verraten. Nur der übliche Kontakt über codierte Telefonanrufe, wenn Sie eine Sendung anbringen wollen.«

Berenson war ehrlich verwirrt.

»Was für eine Sendung?«

»Material, das meine Leute, zusammen mit anderen, für Sie anfertigen werden. Desinformation, wenn Ihnen das lieber ist. Abgesehen davon, daß Sie die Leute vom Verteidigungsministerium bei der Schadensfeststellung unterstützen, arbeiten Sie auch noch mit mir zusammen. Um den Sowjets ordentlich eins reinzuwürgen.«

Berenson griff danach, wie ein Ertrinkender nach einem Strohhalm. Fünf Minuten später erhob sich Sir Nigel. Die Leute, die mit der Schadensfeststellung beauftragt waren, würden nach dem Wochenende erscheinen. Er verließ die Wohnung. Als er den Korridor entlang zum Lift ging, war er mit sich recht zufrieden. Er dachte an den gebrochenen und tödlich erschreckten Mann, den er zurückgelassen hatte.

Von jetzt an wirst du für mich arbeiten, du Scheißkerl, dachte er.

Das Mädchen im Vorzimmer der Agentur Oxborrow blickte auf, als der Fremde eintrat. Sie war von seiner Erscheinung angetan: mittelgroß, kräftig und gut in Schuß, mit einnehmendem Lächeln, nußbraunem Haar und bernsteinfarbenen Augen. Sie liebte bernsteinfarbene Augen.

»Kann ich etwas für Sie tun?«

»Hoffentlich. Ich bin neu in der Gegend, und man hat mir gesagt, Sie vermieten möblierte Häuser.«

»Stimmt. Am besten sprechen Sie mit Mr. Knights. Er befaßt sich mit der Vermietung von Häusern. Wen darf ich melden?«

Er lächelte wieder.

»Ross«, sagte er, »James Ross.«

Sie drückte auf eine Taste und säuselte in die Sprechanlage.

»Mr. Knights, hier ist ein Mr. Ross. Wegen eines möblierten Hauses. Kann er kommen?«

Zwei Minuten später saß Mr. Ross im Büro von Mr. Knights.

»Bin gerade von Dorset zugezogen, um East Anglia für meine Firma zu beackern«, sagte er locker. »Mir wär's lieb, wenn meine Frau und die Kinder möglichst bald nachkommen könnten.«

»Möchten Sie ein Haus kaufen?«

»Nicht sofort. Zum einen möchte ich mich zuerst ein bißchen

umsehen, um das Richtige zu finden. Das dürfte etwas dauern. Zweitens bleibe ich vielleicht nur begrenzte Zeit. Hängt vom Stammhaus ab. Sie verstehen.«

»Natürlich, natürlich.« Mr. Knights verstand vollkommen. »Sie mieten für kurze Zeit ein Haus, damit Sie in aller Ruhe warten können, bis Ihre Firma sich entschieden hat.«

»Haargenau«, sagte Ross. »Sie haben's erfaßt.«

»Möbliert oder unmöbliert?«

»Möbliert, wenn Sie so was haben.«

»Sicher«, sagte Mr. Knights und griff nach einer Sammlung von Faltprospekten. »Leer gibt es so gut wie gar nichts. Man kriegt die Leute nach Ablauf des Mietvertrags manchmal nur schwer wieder raus. Nun, im Augenblick hätten wir da vier im Angebot.«

Er schob Mr. Ross die Prospekte zu. Zwei der Häuser waren ganz offensichtlich zu groß für einen Handelsvertreter und brauchten zudem eine Menge Pflege. Die beiden anderen kamen in Frage. Mr. Knights hatte gerade eine Stunde Zeit und fuhr ihn zu beiden. Das eine war geradezu ideal. Ein kleines, sauberes Backsteinhaus, an einer kleinen, sauberen Backsteinstraße, in einer kleinen, sauberen Backsteinsiedlung unweit der Belstead Road.

»Es gehört einem Mr. Johnson, glaube ich«, sagte Mr. Knights, als sie die Treppe hinuntergingen, »einem Ingenieur, der sich für ein Jahr nach Saudi-Arabien verpflichtet hat. Aber sechs Monate sind schon um.«

»Das dürfte reichen«, sagte Mr. Ross.

Es war das Haus Nummer 12 in Cherryhayes Close. Auch die Namen aller umliegenden Straßen endeten auf »hayes«, so daß die ganze Siedlung unter dem Namen »The Hayes« lief. Da gab es ringsum Brackenhayes, Gorsehayes, Almondhayes und Heatherhayes. Cherryhayes Nummer 12 war von der Straße durch einen sechs Fuß breiten Rasenstreifen getrennt, und es gab keinen Zaun. Eine verschließbare Einzelgarage war an der einen Seite des Hauses angebaut – Petrofski wußte, daß er eine Garage brauchen würde. Der Hintergarten war klein und eingezäunt und von der winzigen Küche aus zugänglich. Die Vordertür war verglast und führte in eine schmale Diele. Dem Eingang direkt gegenüber war die Treppe nach oben. Darunter befand sich eine Besenkammer.

Das Wohnzimmer im Erdgeschoß ging auf die Straße hinaus, die Küche lag am Ende des Gangs zwischen Wohnzimmer und Treppe. Oben waren zwei Schlafzimmer, eines nach vorne und eines nach hinten, sowie das Badezimmer mit Toilette. Das Haus war unauffällig und unterschied sich in nichts von all den anderen Backsteinkästen straßauf, straßab, in denen meist junge Paare wohnten, er im Handel oder in der Industrie, sie Heimchen am Herd mit ein oder zwei Sprößlingen. Genau das Haus, das ein Mann wählen würde, um seine Familie am Ende des Schuljahres von Dorset aus nachkommen zu lassen, ohne dadurch im geringsten Aufmerksamkeit zu erregen.

»Ich nehm' es«, sagte er.

»Wenn Sie auf einen Sprung mit mir ins Büro zurückkommen würden, damit wir die Einzelheiten regeln können...« sagte Mr. Knights.

Da es sich um ein möbliertes Objekt handelte, waren die Einzelheiten schnell geregelt. Ein zweiseitiger Vordruck zu unterschreiben und zu bezeugen, eine Monatsmiete als Kaution und eine Monatsmiete im voraus zu entrichten. Mr. Ross zeigte eine Referenz von seiner Firma in Genf vor und bat Mr. Knights, am Montagmorgen bei der Bank in Dorchester anzurufen wegen der Deckung des Schecks, den er sofort ausschrieb. Mr. Knights würde den Papierkram zur allseitigen Zufriedenheit bis Montagabend erledigen, wenn der Scheck und die Referenzen in Ordnung waren. Ross lächelte. Sie waren in Ordnung.

Auch Alan Fox war an diesem Samstagmorgen in seinem Büro, und zwar auf besonderen Wunsch seines Freundes Nigel Irvine, der ihn telefonisch um ein Treffen ersucht hatte. Der Engländer wurde kurz nach zehn Uhr in der amerikanischen Botschaft nach oben geführt.

Alan Fox war der Residenturchef der CIA und zudem ein alter Hase. Er kannte Sir Nigel Irvine seit zwanzig Jahren.

»Tut mir leid, aber wir scheinen da ein kleines Problem zu haben«, sagte Sir Nigel. »Einer unserer Beamten im Verteidigungsministerium hat sich als faules Ei erwiesen.«

»Um Himmels willen, Nigel, nicht noch ein Leck«, protestierte Fox. Irvine sah reumütig aus.

»Leider läuft es genau darauf hinaus«, gab er zu. »So etwas wie eure Harper-Affäre.«

Alan Fox fuhr zurück. Der Schlag hatte gesessen. Damals, 1983, waren die Amerikaner aus allen Wolken gefallen, als sie entdeckten, daß ein Ingenieur aus dem Silicon Valley den Polen (und damit den Russen) einen ganzen Schwung Geheiminformationen über die amerikanischen Minuteman-Raketensysteme zugespielt hatte.

Zusammen mit dem ein wenig weiter zurückliegenden Fall Boyce hatte die Harper-Affäre die Rechnung etwas ausgeglichen. Die Engländer hatten von den Amerikanern lang genug Sticheleien hinnehmen müssen, Anspielungen auf Philby, Burgess und Maclean, ganz zu schweigen von Blake, Vassall, Blunt und Prime, und selbst nach all diesen Jahren haftete das Schandmal immer noch. Den Briten war geradezu ein bißchen wohler zumute, als die Amerikaner mit Boyce und Harper zwei üble Schläge einstecken mußten. Wenigstens gab es in anderen Ländern auch Verräter.

»Autsch«, sagte Fox. »Genau das habe ich immer so an Ihnen geschätzt. Sie können keinen Gürtel sehen, ohne einen Tiefschlag zu landen.«

Fox war in London für seinen sarkastischen Witz bekannt. Er

hatte ihn bei einem früheren Treffen des Joint Intelligence Committee bewiesen, als Sir Anthony Plumb sich darüber beklagte, daß man nicht auch für die Beschreibung seiner Funktion ein hübsches kleines Kurzwort gefunden habe. Er sei eben nur der Vorsitzende des JIC oder der Nachrichtendienstkoordinator.

»Wie wär's«, hatte Fox schleppend vom anderen Tischende verlauten lassen, »mit ›Supreme Head of Intelligence Targetting‹?«

Sir Anthony wollte aber nicht als der S.H.I.T. von Whitehall bekannt werden und ließ die Sache mit dem Kurzwort fallen.

»O. K., wie schlimm ist es?«

»Nicht so schlimm, wie es sein könnte«, sagte Sir Nigel und erzählte Fox die Geschichte von A bis Z. Der Amerikaner beugte sich interessiert vor.

»Glauben Sie, daß Sie ihn wirklich umgedreht haben? Daß er alles weitergibt, was ihm gesagt wird?«

»Entweder das oder Wasser und Brot bis ans Ende seiner Tage. Wir lassen ihn keine Sekunde aus den Augen. Er kann Marais vielleicht im Verlauf eines Telefongesprächs eine codierte Warnung zukommen lassen, aber ich glaube nicht, daß er das tut. Er steht wirklich sehr weit rechts, und er wurde eindeutig unter falscher Flagge angeworben.«

Fox überlegte eine Weile.

»Wie hoch, glauben Sie, Nigel, steht dieser Berenson bei der Zentrale im Kurs?«

»Wir fangen am Montag mit der Schadensfeststellung an«, sagte Irvine, »doch ich denke, daß er aufgrund seiner Spitzenposition im Ministerium einen außerordentlich hohen Kurswert in Moskau hat. Vielleicht ist er sogar ein Direktorenfall.«

»Könnten auch wir ein bißchen Desinformation über diesen Kanal leiten?« fragte Fox. Er sah im Geiste bereits ein paar dicke Bären, die Langley Moskau gerne aufbinden würde.

»Ich möchte die Leitung nicht überlasten«, sagte Nigel. »Das Tempo, in dem das Material bisher rüberging, muß beibehalten werden, und die Art des Materials muß ebenfalls dieselbe bleiben. Aber natürlich könnten wir Sie bei diesem Coup einschalten.«

»Und ich soll meinen Leuten gut zureden, damit sie London möglichst ungerupft lassen?«

Sir Nigel zuckte die Achseln.

»Der Schaden ist nun einmal angerichtet. Für das Selbstgefühl ist es natürlich gut, wenn man die Sache kräftig hochspielt. Aber völlig unproduktiv. Es wäre besser, wir beheben den Schaden bei uns und richten bei den anderen möglichst viel an.«

»O. K., Nigel, Sie haben gewonnen. Ich werde meinen Leuten sagen, sie sollen sich zurückhalten. Wir kriegen doch die Schadensfeststellung frisch aus der Presse? Und wir fabrizieren ein paar Dokumente über unsere Atom-U-Boote im Atlantik und im Indischen Ozean, welche die Zentrale veranlassen werden, in die falsche Richtung zu blicken. Ich melde mich.«

Am Montagmorgen mietete Pretrofski bei einem Autoverleih in Colchester eine kleine und bescheidene Familienlimousine. Er gab an, er sei aus Dorchester und auf Haussuche in Essex und Suffolk. Seinen eigenen Wagen habe er bei seiner Frau und der Familie in Dorset gelassen, und für eine so kurze Zeit wolle er natürlich kein neues Auto kaufen. Sein Führerschein war vollkommen in Ordnung, mit einer Adresse in Dorchester. Die Versicherung war in der Leihgebühr inbegriffen. Er wollte einen langfristigen Vertrag, möglichst für drei Monate, und entschied sich für Ratenzahlung.

Er beglich eine Wochenmiete in bar und hinterließ einen Scheck für den darauffolgenden Monat. Das nächste Problem war schwieriger und nur mit Hilfe eines Versicherungsmaklers zu lösen. Petrofski suchte einen Makler in der gleichen Stadt auf und erklärte seine Lage.

Er habe einige Jahre im Ausland gearbeitet und vorher immer

einen Firmenwagen gefahren. Daher sei er persönlich in England nie versichert gewesen. Nun sei er wieder zurückgekommen und wolle sich selbständig machen. Dazu müsse er ein Fahrzeug kaufen und benötige dementsprechend eine Kfz-Versicherung. Ob der Makler ihm dabei behilflich sein könne?

Der Makler wollte dies mit Freuden tun. Der neue Kunde besaß einen einwandfreien internationalen Führerschein, eine vertraueneinflößende Erscheinung und ein Bankkonto, das an diesem Morgen von Dorchester nach Colchester verlegt worden war.

An welche Art Fahrzeug habe der Herr gedacht? An ein Motorrad. Jawohl. Soviel bequemer im dichten Berufsverkehr. Bei Halbwüchsigen seien diese Dinger natürlich schwer zu versichern. Aber bei einem gestandenen Geschäftsmann – kein Problem. Vollkasko würde vielleicht ein bißchen schwierig sein... Wenn der Herr mit Haftpflicht vorlieb nehmen wolle? Und die Adresse? Im Augenblick auf Haussuche. Sehr verständlich. Aber gegenwärtig im Great White Horse in Ipswich abgestiegen? Völlig in Ordnung. Wenn Mr. Ross ihm nach Kauf des Motorrads die Zulassungsnummer sowie eine allfällige Adressenänderung mitteilen wolle, dann könne die Haftpflichtversicherung ohne weiteres in ein bis zwei Tagen abgeschlossen werden.

Petrofski fuhr in seinem Leihwagen nach Ipswich zurück. Es war ein arbeitsreicher Tag gewesen, und er war sicher, daß er keinerlei Verdacht erregt und keine verfolgbare Spur hinterlassen hatte. Dem Autoverleih und dem Hotel hatte er eine Adresse in Dorchester gegeben, die nicht existierte. Die Immobilienvermittlung Oxborrow und der Versicherungsmakler hatten das Hotel als vorläufige Adresse, und für Oxborrow galt Cherryhayes Nummer 12. Die Barclay's Bank in Dorchester hatte ebenfalls das Hotel als vorläufige Adresse.

Er würde das Hotelzimmer behalten, bis er seine Versicherungskarte bekam, und dann ausziehen. Die Möglichkeit, daß die Beteiligten miteinander in Berührung kommen könnten, war

509

gleich Null. Für alle, außer Oxborrows, endete die Spur im Hotel oder bei einer nicht existierenden Adresse in Dorchester. Solange die Zahlungen für Haus und Wagen weiterliefen, solange der Versicherungsmakler einen gedeckten Scheck für die Jahresprämie bekam, würde keiner sich Gedanken machen. Die Bank in Colchester war angewiesen worden, vierteljährlich die Kontoauszüge zu schicken, doch Ende Juni würde er längst über alle Berge sein.

Er fuhr zur Immobilienagentur, um den Mietvertrag zu unterschreiben und die Formalitäten zu erledigen.

Am Montagabend traf die Speerspitze des Schadensfeststellungsteams bei George Berenson in Belgravia ein.

Es war eine kleine Gruppe von Experten des MI5 und von Analytikern des Verteidigungsministeriums. Zunächst galt es, jedes einzelne Dokument zu identifizieren, das nach Moskau gegangen war. Sie hatten Kopien der Registraturakten mitgebracht, Entnahmen und Rückgaben, für den Fall, daß Berenson Anfälle von Gedächtnisschwund hatte.

Später würden andere Analytiker, nach Prüfung der weitergegebenen Dokumente, versuchen, den angerichteten Schaden festzustellen, und vorschlagen, was noch geändert werden könnte, welche Pläne aufgegeben werden müßten, welche taktischen und strategischen Maßnahmen zu annullieren wären, um den Schaden in Grenzen zu halten. Das Team arbeitete die ganze Nacht hindurch und konnte berichten, daß Berenson die Hilfsbereitschaft in Person gewesen sei. Was die Experten privat von ihm hielten, erschien nicht in ihrem Bericht, da es nicht druckfähig war.

Ein anderes Team machte sich in den tiefsten Tiefen des Ministeriums daran, ein Bündel von Geheimdokumenten zu erstellen, das Berenson an Jan Marais und an dessen Einsatzleiter im Ersten Hauptdirektorat in Jasjenewo weiterleiten würde.

Am Mittwoch packte John Preston seine persönlichen Akten und bezog sein neues Büro als Leiter von C.5. (C). Glücklicherweise mußte er nur ein Stockwerk höher ziehen, in das dritte in Gordon. Er setzte sich an den Schreibtisch, und sein Blick fiel auf den Wandkalender. Es war der 1. April.

Wie sinnig, dachte er bitter.

Der einzige Lichtblick war die Gewißheit, daß in einer Woche sein Sohn Tommy über die Osterferien nach Hause kommen würde. Sie würden eine ganze Woche zusammen sein, bevor Julia, nach ihrer Rückkehr aus einem Skiurlaub mit ihrem Freund in Verbier, den Jungen für den Rest der Ferien zu sich holen würde.

Eine ganze Woche würde seine kleine Wohnung in Kensington widerhallen von den Begeisterungsausbrüchen des Zwölfjährigen, von den Berichten seiner Heldentaten auf dem Rugbyfeld, der Streiche, die er dem Französischlehrer gespielt hatte, und von den Bitten um Marmelade- und Kuchennachschub zum widerrechtlichen Verzehr nach dem Löschen der Lichter im Schlafsaal. Preston lächelte bei dieser Vorstellung und beschloß, mindestens vier Tage Urlaub zu nehmen. Er hatte ein paar gute Vater-und-Sohn-Expeditionen geplant und hoffte, sie würden Tommys Billigung finden. Die Ankunft Jeff Brights, seines Stellvertreters, riß ihn aus diesen angenehmen Träumen.

Bright hätte, wie Preston wußte, seinen Job hier bekommen, wenn er nicht viel zu jung dafür gewesen wäre. Er war einer von Harcourt-Smiths Schützlingen und genoß die schmeichelhafte Ehre, regelmäßig von dem stellvertretenden Generaldirektor zu einem Drink eingeladen zu werden, wobei er dann alles erzählen durfte, was in der Abteilung so vor sich ging. Er würde es unter einem künftigen Generaldirektor Harcourt-Smith weit bringen.

»Ich dachte, Sie möchten sich vielleicht die Listen der See- und Flughäfen ansehen, die wir im Auge behalten sollen, John«, sagte Bright.

Preston studierte die Listen, die sein Adlatus vor ihm ausgebreitet hatte. Gab es wirklich so viele Flugplätze in England mit internationalem Flugverkehr? Und die Liste der Häfen, in denen Frachtschiffe aus dem Ausland abgefertigt wurden, erstreckte sich über Seiten und Seiten. Seufzend machte er sich an die Lektüre.

Am darauffolgenden Tag fand Petrofski, was er suchte. Getreu seinem Plan, die verschiedenen Einkäufe in verschiedenen Städten von Suffolk und Essex zu tätigen, war er nach Stowmarket gefahren. Das Motorrad war eine BMW K 100 mit Kardanantrieb, nicht neu, aber in ausgezeichnetem Zustand, eine große, schnelle Maschine, die drei Jahre alt war, aber erst 22 000 Meilen auf dem Tacho hatte. Der Motorradhändler führte auch das übliche Zubehör – schwarze Ledermonturen, Schaftstiefel mit seitlichem Reißverschluß und Sturzhelme mit getöntem, herabklappbaren Visier. Petrofski staffierte sich von Kopf bis Fuß aus.

Er zahlte zwanzig Prozent des Preises an, damit man ihm die Maschine reservierte, und bat, zwei Satteltaschen an beiden Seiten des Hinterrades zu montieren sowie einen abschließbaren Plexiglasbehälter obenauf. Er erhielt den Bescheid, daß er die Maschine mit den anmontierten Satteltaschen in zwei Tagen abholen könne.

Von einer Telefonkabine aus rief er den Versicherungsmakler in Colchester an und gab ihm die Zulassungsnummer der BMW durch. Der Makler versprach ihm die auf einen Monat befristete Versicherung für die nächsten Tage. Er würde sie an das Hotel Great White Horse in Ipswich schicken.

Von Stowmarket fuhr Petrofski in nördlicher Richtung nach Thetford, knapp jenseits der Grafschaftsgrenze in Norfolk. Es war nichts Besonderes an Thetford; es lag nur ungefähr auf der Linie, die ihn interessierte. Kurz nach dem Mittagessen fand er, was er suchte. In der Magdalen Street, zwischen der Nummer 13 A und dem Gebäude der Heilsarmee, liegt ein zurückgesetzter, rechteckiger Hof mit einunddreißig abschließbaren Garagen. An einer hing ein Schild mit der Aufschrift »Zu vermieten«.

Er ging zum Besitzer, der im Ort wohnte, mietete die Garage gegen Barzahlung für drei Monate und erhielt den Schlüssel. Die Garage war klein und verstaubt, eignete sich jedoch hervorragend für seine Zwecke. Der Eigentümer war froh über den steuerfreien Verdienst gewesen und hatte keinerlei Ausweispapiere verlangt. Petrofski hatte daher einen fiktiven Namen und eine ebenso fiktive Adresse angegeben.

Er hing die Ledermontur, den Helm und die Stiefel in der Garage auf. Den Rest des Nachmittags verbrachte er damit, in zwei verschiedenen Geschäften zwei Zehn-Gallonen-Plastikkanister zu kaufen, die er an zwei verschiedenen Tankstellen mit Benzin füllen ließ und dann in seinem Versteck abstellte. Bei Sonnenuntergang fuhr er nach Ipswich zurück und sagte dem Portier, daß er am nächsten Morgen ausziehen werde.

Preston langweilte sich allmählich unbeschreiblich. Er hatte die beiden ersten Tage in seiner neuen Stellung ausschließlich mit der Lektüre von Akten verbracht.

Beim Mittagessen in der Kantine überlegte er ernstlich, ob er nicht um seinen Abschied einkommen solle. Das warf aber zwei Probleme auf. Es würde für einen Mann Mitte Vierzig nicht leicht sein, einen guten Job zu finden, zumal seine verborgenen Qualitäten kaum von der Art waren, die große Firmen übermäßig interessieren dürften.

Der zweite Grund lag in seiner Treue zu Sir Bernard Hemmings. Preston machte erst seit sechs Jahren unter ihm Dienst, aber der Alte war immer sehr gut zu ihm gewesen. Er mochte Sir Bernard, und er wußte, daß die Messer für den kranken Generaldirektor schon gewetzt waren.

Die endgültige Entscheidung bei der Wahl des Leiters von MI5 oder des Chefs von MI6 liegt in Großbritannien beim Gremium der sogenannten Weisen. Bei MI5 waren dies normalerweise der beamtete Unterstaatssekretär des Innenministeriums, dem MI5 unterstand; ferner der beamtete Unterstaatssekretär des Verteidigungsministeriums sowie der Cabinet Secretary und der Vorsitzende des Joint Intelligence Committee.

Diese Männer würden dem Innen- und dem Premierminister als den beiden zuständigen Politikern einen favorisierten Kandidaten empfehlen. Die Politiker wären kaum in der Lage, die Empfehlung der Weisen abzulehnen.

Bevor sie jedoch eine Entscheidung träfen, würden die hohen Herren auf ihre unnachahmliche Art Sondierungen vornehmen. Diskrete Mittagessen in Clubs, Drinks an der Bar, gemurmelte Diskussionen beim Kaffee. Im Falle des vorgeschlagenen Generaldirektors von MI5 würde der Chef des SIS konsultiert werden, doch Sir Nigel Irvine stand selbst kurz vor der Pensionierung und würde schon einen sehr guten Grund gegen den führenden Anwärter auf einen anderen Geheimdienst vorbringen müssen. Schließlich mußte *er* ja nicht mehr mit dem Mann zusammenarbeiten.

Zu den einflußreichsten, von den Weisen sondierten Quellen würde der scheidende Generaldirektor von MI5 selbst gehören. Preston wußte, daß ein ehrlicher Mann wie Bernard Hemmings sich verpflichtet fühlen würde, bei den Abteilungsleitern seiner Dienststelle eine Umfrage zu veranstalten. Das Resultat dieser Umfrage würde schwer bei ihm wiegen, ganz unabhängig von seinen persönlichen Gefühlen. Nicht umsonst hatte Brian Harcourt-Smith seine zunehmend stärkere Position bei der Führung der Tagesgeschäfte dazu benutzt, die eigenen Gefolgsleute an die Spitze der zahlreichen Abteilungen zu stellen.

Preston war sicher, daß Harcourt-Smith ihn noch vor dem Herbst ausbooten wollte, wie er dies bereits mit zwei oder drei anderen getan hatte.

»Der soll mich doch«, bemerkte er zu niemand bestimmtem in der weitgehend leeren Kantine. »Ich bleibe.«

Während Preston beim Mittagessen war, verließ Petrofski das Hotel mit einem zusätzlichen großen Koffer voller Kleidung, die er am Ort gekauft hatte. Er sagte zum Portier, er werde nach Norfolk ziehen, und bat darum, eventuell ankommende Post abholbereit aufzubewahren.

Er rief den Versicherungsmakler in Colchester an und erfuhr, daß die zeitlich befristete Versicherungskarte ausgestellt sei. Der Russe bat den Makler, die Karte nicht mit der Post zu schicken; er werde sie bei ihm abholen.

Was er auch sofort tat, um dann am Spätnachmittag in das Haus Cherryhayes Close Nummer 12 einzuziehen. Einen Teil der Nacht verbrachte er damit, mit Hilfe der Einmalcodes eine chiffrierte Nachricht anzufertigen, die kein Computer würde knacken können. Wie hoch entwickelt der zum Entschlüsseln von Codes verwendete Computer auch sein mochte, er war unweigerlich auf Zeichenmuster und Wiederholungen angewiesen. Die Benutzung eines Einmalcodes für jedes Wort einer kurzen Nachricht schloß Zeichenmuster und Wiederholungen völlig aus.

Am Samstagmorgen fuhr er nach Thetford, stellte seinen Wagen in die Garage und nahm ein Taxi nach Stowmarket. Hier bezahlte er mit einem von der Bank bestätigten Scheck den Restbetrag für die BMW, ging in die Toilette, um seine Ledermontur, die Stiefel und den Sturzhelm anzulegen – das alles hatte er in einer Segeltuchtasche mitgebracht –, stopfte die ausgezogene Kleidung, Jacke, Hose und Schuhe, in die Satteltaschen und brauste ab.

Es war eine lange Fahrt, die mehrere Stunden dauerte. Erst spät am Abend kam er wieder nach Thetford zurück, zog sich um, stellte das Motorrad in die Garage und fuhr gemächlich in seiner Familienlimousine nach Ipswich, wo er um Mitternacht in Cherryhayes Close ankam. Niemand beobachtete ihn, und selbst wenn dies der Fall gewesen wäre, dann hätte man nur den netten jungen Mr. Ross gesehen, der am Freitag sein Haus bezogen hatte.

Am Samstagabend hätte der Obergefreite Averell Cook von der US Army liebend gern seine Freundin im nahe gelegenen Bedford getroffen. Oder auch nur mit seinen Kumpeln in der Kantine Karten gespielt. Statt dessen machte er Nachtschicht im britisch-amerikanischen Lauschposten in Chicksands.

Der »Hauptsitz« des elektronischen Überwachungs- und Dechiffrierkomplexes befindet sich im Staatlichen Kommunikationshauptquartier, kurz GCHQ genannt, in Cheltenham, Gloucestershire, Südengland. Doch das GCHQ hat Außenstellen in verschiedenen Teilen des Landes, und eine von ihnen, Chicksands in Bedfordshire, wird gemeinsam vom GCHQ und der NSA, der amerikanischen National Security Agency, betrieben.

Die Zeiten, da aufmerksame Männer mit Kopfhörern im Funkraum kauerten und versuchten, die von irgendeinem deutschen Agenten in England handgetasteten Morsezeichen aufzufangen und zu registrieren, sind längst vorbei. Beim Belauschen und Analysieren der Nachrichten, beim Ausfiltern des Harmlosen aus dem Nicht-so-Harmlosen, beim Aufzeichnen und Decodieren des letzteren haben die Computer das Kommando übernommen.

Der Obergefreite Cook konnte sich hundertprozentig darauf verlassen, daß jedes von dem Antennenwald über ihm aufgefangene elektronische Wispern an die Computeranlagen unter ihm weitergeleitet würde. Das Abtasten der Wellenbänder geschah automatisch, ebenso wie die Aufzeichnung eines jeden Wisperns im Äther, das normalerweise dort nichts zu schaffen hatte.

Bei Auftreten eines derartigen Wisperns würde der ewig wachsame Zentralcomputer die tief in seinen vielfarbigen Eingeweiden verborgene Starttaste auslösen, die Sendung aufzeichnen, unverzüglich die Quelle anpeilen und seine Rechnerbrüder im ganzen Land anweisen, eine Kreuzpeilung vorzunehmen und ihn auf dem laufenden zu halten.

Um dreiundzwanzig Uhr dreiundvierzig wurde der Zentralcomputer veranlaßt, seine Starttaste auszulösen. Irgend etwas oder irgend jemand hatte Zeichen übertragen, die außerhalb des wirbelnden Kaleidoskops elektronischer Signale lagen, welche die Atmosphäre unseres Planeten vierundzwanzig Stunden am Tag erfüllen. Der Computer hatte dies bemerkt und die Spur aufgenommen. Der Obergefreite Cook hörte das Warnsignal und streckte die Hand nach dem Telefon aus.

Was der Computer da aufgeschnappt hatte, war ein »Spritzer«, ein kurzer Pfeifton von nur wenigen Sekunden, der dem menschlichen Ohr nichts besagt.

Ein »Spritzer« ist das Endprodukt einer aufwendigen Prozedur beim Senden von Geheimnachrichten. Zuerst wird die Botschaft im »Klartext« abgefaßt, und zwar so kurz wie möglich. Dann wird sie verschlüsselt, aber auch danach besteht sie immer noch aus einer Folge von Buchstaben und Zahlen. Die verschlüsselte Botschaft wird auf einem Morseapparat getastet, jedoch nicht in die Ohren einer lauschenden Welt, sondern auf ein Magnetband. Das Band wird dann auf Höchstgeschwindigkeit gebracht, so daß die Punkte und Striche, aus denen die Botschaft sich zusammensetzt, eng ineinandergeschoben werden und zu einem einzigen, nur einige Sekunden dauernden Pfeifton verschmelzen.

Sobald der Sender einsatzbereit ist, schickt der Bediener diesen Pfeifton ab, packt sein Gerät zusammen und verdrückt sich schleunigst.

Innerhalb von zehn Minuten hatten die Triangulationsgeräte Samstagnacht geortet, woher der Ton gekommen war. Die Computer von Menwith Hill in Yorkshire und Brawdy in Wales hatten ebenfalls den »Spritzer« aufgefangen und eine Peilung vorgenommen.

Als die Ortspolizei an der georteten Stelle eintraf, erwies sich diese als ein Parkstreifen auf einer einsamen Straße, hoch oben in der Gegend des Derbyshire Peak. Weit und breit war niemand zu sehen.

Die codierte Botschaft kam auf dem Dienstweg nach Cheltenham, wo man sie so langsam ablaufen ließ, daß die Punkte und Striche wieder in Buchstaben umgesetzt werden konnten. Nach einer vierundzwanzigstündigen Bearbeitung durch elektronische Codeknacker war die Antwort immer noch eine große Null.

»Ein schlafender Sender, wahrscheinlich irgendwo in den Midlands, der ›aktiv‹ geworden ist«, berichtete der Chefanalytiker dem Generaldirektor des GCHQ. »Aber unser Mann scheint für jedes Wort einen neuen Einmalcode zu benutzen. Wenn wir nicht eine Menge mehr davon kriegen, können wir die Botschaften nicht dechiffrieren.«

Man beschloß, den Kanal, den der Geheimsender benutzt hatte, unter scharfer Beobachtung zu halten, obwohl der Mann mit höchster Wahrscheinlichkeit für jede Sendung auf einen anderen Kanal gehen würde.

Ein kurzes Fernschreiben über diesen Vorfall flatterte unter anderen auf die Schreibtische von Sir Bernard Hemmings und Sir Nigel Irvine.

Die Botschaft war andernorts, vornehmlich in Moskau, empfangen worden. Der gleiche Satz von Einmalcodes, der im gottverlassenen Ipswich verwendet worden war, ermöglichte die Entschlüsselung der Botschaft, worin allen Betroffenen mitgeteilt wurde, daß der »Mann vor Ort« seine Vorbereitungen vorzeitig abgeschlossen habe und bereit sei, den ersten Kurier zu empfangen.

5. Kapitel

Das Tauwetter würde nicht mehr lange auf sich warten lassen, aber noch lag verkrusteter Schnee auf den Zweigen der Birken und Föhren dort unten. Vom Panoramadoppelfenster im siebenten und obersten Stockwerk des EHD-Gebäudes in Jasjenewo aus konnte man jenseits des winterlichen Waldes die Westspitze des Sees ausmachen, an dem die ausländischen Diplomaten mit Vorliebe im Sommer Erholung suchten.

Diesen Sonntagmorgen hätte Generalleutnant Jewgenij Sergeiwitsch Karpow lieber mit seiner Frau und den Kindern auf ihrer Datscha in Peredelkino verbracht, doch selbst wenn man es so weit gebracht hatte wie Karpow, blieben immer noch einige Dinge, um die man sich persönlich kümmern mußte. So zum Beispiel um die Ankunft des Kuriers aus Kopenhagen.

Er sah auf die Uhr. Es war beinahe Mittag, und der Mann hatte Verspätung. Seufzend ging er vom Fenster weg und warf sich in den Drehstuhl hinter dem Schreibtisch.

Mit siebenundfünfzig hatte Karpow die oberste Sprosse der Beförderung und der Macht erreicht, die einem berufsmäßigen Nachrichtendienstler im KGB oder zumindest im EHD, im Ersten Hauptdirektorat, zugänglich war. Fedortschuk war noch höher geklettert, bis zum Posten des Vorsitzenden und dann weiter zum MWD, aber nur, weil er sich an die Rockschöße des Generalsekretärs geheftet hatte. Fedortschuk war nie beim EHD gewesen und nur selten aus der Sowjetunion herausgekommen; er hatte Punkte gesammelt mit der Niederschlagung von Dissidenten- oder Nationalistenbewegungen.

Für einen Mann jedoch, der seinem Land viele Jahre im Ausland gedient hatte – in Rußland immer ein Nachteil bei der Berufung in die höchsten Ämter –, war Karpow nicht schlecht gefahren. Schließlich hatte es der schlanke Mann in dem erstklassigen Schneideranzug – gute Kleidung war eines der Vorrechte der EHD-Leute – bis zum Generalleutnant und ersten stellvertretenden Leiter des Ersten Hauptdirektorats gebracht. Er war damit der höchstrangige Berufsnachrichtenoffizier im Auslandsnachrichtendienst, das Pendant zum stellvertretenden Direktor der CIA oder zu Sir Nigel Irvine vom SIS.

Als der Generalsekretär bei seinem Machtantritt vor etlichen Jahren Fedortschuk vom Vorsitzenden des KGB zum Chef des Innenministeriums befördert hatte und General Schebrikow auf Fedortschuks Posten nachrückte, war dessen Stelle frei geworden; Schebrikow war einer der beiden ersten stellvertretenden Vorsitzenden gewesen.

Der vakante Posten war Generaloberst Kryutschow angeboten worden, der sofort zupackte. Doch Kryutschow war damals Leiter des EHD, und diese Machtstellung wollte er nicht aufgeben. Er wollte beide Posten behalten. Aber selbst Kryutschow, den Karpow insgeheim für komplett vernagelt hielt, mußte einsehen, daß er nicht an zwei Orten zugleich sein konnte, in der Zentrale am Dserschinkij-Platz als erster stellvertretender Vorsitzender und in Jasjenewo als Chef des EHD.

Der Posten des ersten stellvertretenden Leiters des EHD hatte im Laufe der Jahre immer mehr an Bedeutung gewonnen. Er erforderte eine umfangreiche operative Erfahrung und stellte im EHD die höchste Stufe dar, die ein Berufsoffizier erklimmen konnte. Und er war noch wichtiger geworden, nachdem Kryutschow das »Dorf«, wie Jasjenewo im KGB-Jargon genannt wurde, verlassen hatte.

Als der amtierende Chef, General B. S. Iwanow, in Pension ging, gab es zwei mögliche Anwärter auf den Posten: Karpow, damals ein bißchen jung, doch bereits Leiter der wichtigen Dritten Abteilung, Raum 6013, die für England, Australien, Neuseeland und Skandinavien zuständig war; und Wadim Wassiljewitsch Kirpitschenko, sehr viel älter, etwas höher im Rang, Leiter des Direktorats S für Illegale. Kirpitschenko bekam den Posten.

Karpow erhielt als Trostpreis die Leitung des mächtigen Illegalen-Direktorats, einen Posten, den er zwei faszinierende Jahre lang innehatte.

Dann, im Frühjahr 1985, hatte Kirpitschenko das einzig Richtige getan; als er die Sadawaja-Spasskaja-Ringstraße mit fast hundert entlangspurtete, war sein Wagen auf einem von einem lecken Laster stammenden Ölfleck ins Schleudern gekommen. Eine Woche darauf hatte die Beerdigung in aller Stille auf dem Friedhof Nowodewitschij stattgefunden, und eine weitere Woche später hatte Karpow, bei gleichzeitiger Beförderung vom Generalmajor zum Generalleutnant, den Posten bekommen.

Zu seiner großen Befriedigung konnte er das Illegalen-Direktorat dem alten Borisow übergeben, der so lange die Nummer zwei gewesen war und die Stelle ohnehin verdient hatte.

Das Telefon auf Karpows Schreibtisch klingelte, und er hob den Hörer ab.

»Genosse Generalmajor Borisow möchte Sie sprechen.«

Wenn man vom Teufel spricht, dachte er. Dann runzelte er die Stirn. Er hatte eine Hausleitung, die nicht über die Vermittlung ging, und sein alter Kollege hatte sie nicht benützt. Rief wohl von außerhalb über Amt an. Er befahl seiner Sekretärin, den Kopenhagener Kurier nach seiner Ankunft sofort zu ihm zu bringen, drückte auf die Amtsleitungstaste und nahm Borisows Anruf entgegen.

»Pawel Petrowitsch, wie geht's Ihnen an diesem schönen Tag?«

»Ich hab's bei Ihnen zu Hause versucht, dann in der Datscha. Ludmilla hat mir gesagt, Sie würden arbeiten.«

»Genauso ist es. Ein paar Leute müssen ja was tun.«

Karpow nahm den alten Mann sanft auf den Arm. Borisow war Witwer, lebte allein und arbeitete an Wochenenden wahrscheinlich öfter als sonst jemand.

»Jewgenij Sergeiwitsch, ich muß Sie unbedingt sehen.«

»Natürlich. Jederzeit. Wollen Sie morgen hierher kommen, oder soll ich in die Stadt fahren?«

»Könnten Sie's heute ermöglichen?«

Immer merkwürdiger, dachte Karpow. Irgend etwas muß in den alten Knaben gefahren sein. Klingt, als habe er getrunken.

»Haben Sie einen gezwitschert, Pawel Petrowitsch?«

»Könnte schon sein«, sagte die dröhnende Stimme am anderen Ende der Leitung. »Ein Mann braucht hie und da ein paar Tropfen. Besonders wenn er Probleme hat.«

Karpow wurde klar, daß die Sache ernst war. Er ließ den scherzenden Ton fallen.

»Schon gut, Starez«, sagte er begütigend, »wo sind Sie?«

»Kennen Sie meine Hütte?«

»Natürlich. Soll ich rauskommen?«

»Ja, ich wär' Ihnen dankbar. Wann können Sie hier sein?« fragte Borisow.

»Sagen wir gegen achtzehn Uhr«, schlug Karpow vor.

»Eine Flasche Pfefferwodka wartet schon auf Sie«, sagte die Stimme, und Borisow legte auf.

»Nicht auf mich«, brummte Karpow. Im Gegensatz zu den meisten Russen trank Karpow kaum, und wenn, dann höchstens einen anständigen armenischen Kognak oder einen schottischen Malzwhisky aus London, im Kuriergepäck, für ihn persönlich. Wodka betrachtete er als das Scheußlichste vom Scheußlichen, und Pfefferwodka sogar als etwas noch Schlimmeres.

Mein Sonntagnachmittag in Peredelkino ist futsch, dachte er und rief Ludmilla an, um ihr zu sagen, daß er's nicht schaffen würde. Von Borisow kein Wort; nur daß er nicht wegkönne und gegen Mitternacht in ihrer Moskauer Wohnung sein werde.

Borisows Aufgeregtheit machte ihm immer noch zu schaffen; sie kannten sich zu lange, als daß er sie ihm übel genommen hätte, aber sie war merkwürdig bei einem Mann, der sonst die Ruhe selbst war.

An diesem Sonntagnachmittag kam die reguläre Aeroflot-Maschine aus Moskau kurz nach siebzehn Uhr im Londoner Flughafen Heathrow an.

Wie bei allen Aeroflot-Crews arbeitete ein Besatzungsmitglied für zwei Herren: für die staatliche russische Fluglinie und den KGB. Der erste Offizier Romanow gehörte nicht fest zum KGB, er war nur ein »agyent«, das heißt, jemand der die Kollegen bespitzelte und gelegentlich Botschaften überbrachte und Gänge besorgte.

Die ganze Mannschaft verließ das Flugzeug und übergab es für die Nacht dem Bodenpersonal. Sie würden am nächsten Tag wieder nach Moskau zurückfliegen. Wie immer unterwarfen sie sich den Einreiseprozeduren für Flugzeugbesatzungen, und der Zoll prüfte oberflächlich ihre Umhänge- und Tragtaschen. Ein paar hatten Transistorradios, und niemand beachtete das Sonygerät, das Romanow am Schulterriemen trug. Der Besitz westlicher Luxusgüter war, wie jedermann wußte, ein Vorrecht der ins Ausland reisenden Sowjetbürger, und obwohl ihnen Devisen nur knapp zugemessen wurden, gehörten Kassetten und Recorder zusammen mit Radios und Parfums für die in Moskau gebliebenen Frauen zu den vordringlichsten Anschaffungen.

Nach Erledigung der Paß- und Zollformalitäten stieg die ganze Besatzung in einen Minibus und fuhr zum Hotel Green Park, wo die Aeroflot-Crews oft absteigen. Wer immer Romanow das Transistorradio in Moskau drei Stunden vor Abflug gegeben hatte, wußte genau, daß das Aeroflot-Flugpersonal in Heathrow kaum jemals beschattet wird. Die Leute von der britischen Abwehr scheinen das Risiko, das diese Crews zweifellos darstellen, für akzeptabel zu halten im Vergleich zu den ausgedehnten Überwachungsmaßnahmen, die zur Ausschaltung dieser Gefahr ergriffen werden müßten.

Als Romanow in seinem Zimmer war, warf er unwillkürlich einen neugierig prüfenden Blick auf das Gerät. Dann zuckte er die Achseln, sperrte es in sein Köfferchen und ging in die Bar hinunter, um mit seinen Kollegen ein Glas zu trinken. Er wußte genau, was er nach dem Frühstück am nächsten Tag zu tun hatte. Er würde die Anweisung befolgen und dann alles vergessen. Er wußte zu diesem Zeitpunkt nicht, daß er sofort nach seiner Rückkehr in Quarantäne gehen würde.

Karpows Wagen fuhr kurz vor achtzehn Uhr knirschend über den tief verschneiten Pfad, und Karpow verfluchte wieder einmal die Schnapsidee des alten Mannes, sich in einer derart gottverlassenen Gegend ein Wochenendhaus zu halten.

Jeder im Dienst wußte, daß Borisow ein Unikum war. In einer Gesellschaft, die jede Art von Individualismus oder Abweichung von der Norm, ganz zu schweigen von Exzentrizität, für äußerst suspekt hält, genoß Borisow Narrenfreiheit, weil er in seinem Beruf ein As war. Er hatte seit frühester Jugend im Geheimdienst gearbeitet, und einige seiner Coups gegen die Westmächte waren in die Legende eingegangen und machten die Runde in den Ausbildungsschulen und den Kantinen, wo der Nachwuchs zu Mittag aß.

Nach einem Kilometer Fahrt auf dem Pfad konnte Karpow die Lichter der Isba, der Holzhütte, ausmachen, in der Borisow seine freien Wochenenden verbrachte. Alle anderen waren bemüht, ihre Wochenendhäuser gemäß ihres Platzes in der Hackordnung in der Prominentengegend unterzubringen, das heißt westlich von Moskau entlang der Flußbiegung jenseits der Uspenskojebrücke. Nicht so Borisow. Er zog sich an den Wochenenden, an denen er von seinem Schreibtisch loskam, tief in die Wälder östlich der Hauptstadt zurück und spielte dort den Muschik in einer traditionellen Isba. Der Tschaika hielt vor der Bohlentür.

»Warten Sie hier«, sagte Karpow zu seinem Fahrer.

»Ist wohl besser, ich wende und lege einige Holzprügel unter die Räder, damit wir nicht völlig versacken«, murrte Mischa.

Karpow nickte zustimmend und kletterte aus dem Wagen. Er

trug keine Überschuhe, weil er nicht vorgehabt hatte, durch knietiefen Schnee zu waten. Er stolperte zur Tür und hämmerte auf sie ein. Sie ging auf, und ein gelblicher Lichtstreifen, der offensichtlich von einer Paraffinlampe stammte, fiel ins Freie. Im Türrahmen stand Generalmajor Pawel Petrowitsch Borisow, angetan mit einem sibirischen Kittel, Kordhosen und Filzpantinen.

»Ah, Original Tolstoi«, bemerkte Karpow, während er ins Wohnzimmer geführt wurde, wo ein Kachelofen voller Holzscheite behagliche Wärme verbreitete.

»Besser als Original Bond Street«, brummte Borisow, während er Karpows Mantel nahm und ihn an einen Holzhaken hängte. Er entkorkte eine Flasche Wodka, der so stark war, daß er wie Sirup in die beiden Gläser floß. Die Männer setzten sich einander gegenüber an den Tisch.

»Ex«, Karpow hob sein Glas, wobei er es auf russische Art zwischen Zeigefinger und Daumen hielt und den kleinen Finger abspreizte.

»Auf Ihrs«, antwortete Borisow, und sie kippten das erste Glas.

Eine alte Bäuerin mit ausdruckslosem Gesicht und grauem, zu einem straffen Knoten geflochtenen Haar tauchte, wie Mütterchen Rußland persönlich, aus dem Hintergrund auf, knallte einen Imbiß aus Schwarzbrot, Zwiebeln, Gewürzgurken und Käsewürfeln auf den Tisch und entfernte sich wortlos.

»Nun, wo drückt der Schuh, Starez?« fragte Karpow.

Borisow war fünf Jahre älter als er, und nicht zum ersten Mal war er von dessen Ähnlichkeit mit Dwight Eisenhower frappiert. Karpow wußte, daß Borisow, im Gegensatz zu vielen anderen, bei seinen Kollegen beliebt war und von seinen jungen Agenten vergöttert wurde. Sie hatten ihm schon vor langer Zeit den Kosenamen »Starez« gegeben, ein Wort, das einst die russischen Dorfschulzen bezeichnete, heute aber soviel wie »der Alte« oder »le patron« heißt. Borisow starrte ihn düster über den Tisch hinweg an.

»Jewgenij Sergeiwitsch, wie lange kennen wir uns schon?«
»Eine Ewigkeit und drei Tage«, sagte Karpow.
»Und habe ich Sie während dieser ganzen Zeit jemals belogen?«
»Nicht, daß ich wüßte.« Karpow war ernst geworden.
»Und wollen Sie mich jetzt anlügen?«
»Nicht, wenn ich es vermeiden kann«, sagte Karpow bedächtig. Was war nur in den alten Knaben gefahren?
»Was zum Teufel treiben Sie dann mit meiner Abteilung?« Borisow schrie es fast hinaus.
Karpow dachte über die Frage nach.
»Warum erzählen Sie mir nicht, was mit Ihrer Abteilung passiert?« konterte er.
»Was passiert? Ausgenommen wird sie«, knurrte Borisow. »Und Sie stecken dahinter. Oder wissen davon. Wie zum Teufel soll ich die Illegalen leiten, wenn mir meine besten Leute, meine besten Dokumente und meine besten Geräte weggenommen werden? Viele Jahre harter Arbeit... alles futsch und dahin in ein paar Tagen.«
Die Sache, die er mit sich herumgetragen hatte, war förmlich aus ihm herausexplodiert. Karpow lehnte sich zurück und überlegte, während Borisow die Gläser nachfüllte. Er hätte es im labyrinthischen Getriebe des KGB nicht so weit gebracht, wenn er nicht einen sechsten Sinn für Gefahr entwickelt hätte. Borisow war kein Panikmacher. An dem, was er sagte, mußte etwas daran sein, doch Karpow wußte wirklich nicht, was. Er neigte sich vor.
»Pal Petrowitsch«, sagte er, indem er die sehr familiäre Verkleinerungsform von Pawel verwendete, »wir ziehen doch nun schon seit vielen Jahren am selben Strang. Glauben Sie mir, ich hab' keine Ahnung, wovon Sie sprechen. Also hören Sie auf rumzubrüllen, und erzählen Sie.«
Borisow war besänftigt, wenn auch verwundert über Karpows Beteuerung, nichts zu wissen.
»Na schön«, sagte er, als erkläre er einem Kind etwas Sonnen-

klares. »Zuerst kommen zwei Knilche vom ZK und wollen meinen besten Illegalen, einen Mann, den ich jahrelang persönlich ausgebildet und in den ich alle meine Hoffnungen gesetzt habe. Soll ›Zur besonderen Verwendung‹ abgestellt werden – was immer das heißt.

Gut, ich geb' ihnen meinen besten Mann. Zwei Tage später sind sie schon wieder da. Diesmal wollen sie meine beste Legende, eine Legende, die ich in jahrelanger Kleinarbeit aufgebaut habe. Seit der Iran-Affäre ist man nicht mehr so mit mir umgesprungen. Erinnern Sie sich an die Iran-Geschichte? Hab' mich bis heute nicht davon erholt.«

Karpow nickte. Er war damals nicht beim Direktorat S gewesen, aber Borisow hatte ihm alles darüber erzählt, als er, Karpow, dann später zwei Jahre lang Direktor der Illegalen gewesen war. Während der letzten Tage des Schahs von Persien war die Internationale Abteilung des ZK auf die grandiose Idee verfallen, das ganze Politbüro der Iranischen Kommunistischen Partei, der Tudeh, heimlich aus dem Iran herauszuschaffen.

Die I.A. hatte Borisows mühsam gehortete Dossiers geplündert und zweiundzwanzig perfekte iranische Legenden konfisziert, Tarnungen, die Borisow aufgespart hatte, um Leute *in* den Iran einzuschleusen, nicht um sie aus dem Land herauszubringen.

»Bis aufs Hemd ausgenommen«, hatte er damals gekreischt, »nur um ein paar verlauste Hinterasiaten in Sicherheit zu bringen.«

Später hatte er sich bei Karpow beklagt. »Es hat ihnen nichts eingebracht. Jetzt sind zwar die Ajatollahs an der Macht, aber die Tudeh ist geächtet wie eh und je, und wir können nicht einmal mehr eine Operation da drüben aufziehen.«

Karpow wußte, daß diese Geschichte bei Borisow immer noch nachwirkte, doch die neue Sache war noch seltsamer. Eigentlich hätte das Ganze über ihn gehen müssen.

»Wen haben Sie ihnen gegeben?«

»Petrofski«, sagte Borisow resigniert. »Blieb mir nichts anderes übrig. Sie wollten den Besten, und er stand haushoch über den anderen. Erinnern Sie sich an Petrofski?«

Karpow nickte. Er hatte die Illegalen nur zwei Jahre geleitet, aber er erinnerte sich noch an alle guten Leute und an alle Operationen, die im Busch waren. Auf seinem gegenwärtigen Posten hatte er sowieso unbeschränkten Zugang zu den Akten.

»Wer zeichnete für die Requisitionen verantwortlich?«

»Nun, technisch das ZK. Aber der Letztverantwortliche –«

Borisow zeigte mit ausgestrecktem Finger zur Decke und darüber hinaus in den Himmel.

»Gott?« fragte Karpow.

»Fast. Unser geliebter Generalsekretär. Vermute ich wenigstens.«

»Sonst noch was?«

»Ja. Gleich nach der Sache mit der Legende brechen dieselben Hanswurste wieder bei mir ein. Diesmal wollen sie die Empfangs-Diode zu einem der Geheimsender, die Sie vor vier Jahren in England installiert haben. Drum hab' ich angenommen, daß Sie hinter all dem stecken.«

Karpow kniff die Augen zusammen. Als er der Direktor der Illegalen gewesen war, hatten die NATO-Länder Pershing-II-Raketen und Marschflugkörper stationiert. Washington hatte sich auf der ganzen Welt wie ein wild gewordener John Wayne aufgeführt, und dem Politbüro war das kalte Grausen gekommen. Er war angewiesen worden, die Planung für massive Sabotageakte in Westeuropa auszubauen, damit die Illegalen bei Ausbruch von Feindseligkeiten sofort tätig werden konnten.

In Erfüllung dieses Auftrags hatte er eine Anzahl von Geheimsendern in Westeuropa installieren lassen, drei davon in Großbritannien. Die Männer, denen die Wartung und Bedienung der Geräte oblag, waren alle »Schläfer«, die stillhalten sollten, bis ein Agent sie mit dem entsprechenden Kenncode »aktivieren« würde. Die Geräte waren ultramodern; sie verwürfelten ihre Botschaften beim Aussenden, und zur Entwürfelung der Nachricht benötigte der Empfänger eine programmierte Diode. Diese Kristalldetektoren lagerten in einem Safe des Illegalen-Direktorats.

»Was für ein Sender?« fragte er.

»Der Sender, den Sie immer Poplar nannten.«

Karpow nickte. Er wußte, daß alle Operationen, Agenten und Geräte offizielle Codenamen trugen. Aber er war schon seit so langer Zeit Englandspezialist und kannte London so gut, daß er seine eigenen Operationen mit privaten Codenamen belegte, die auf zweisilbigen Londoner Vororten beruhten. Die drei Sender, die er in England hatte installieren lassen, hießen für ihn Hackney, Soreditch und Poplar.

»Noch was, Pal Petrowitsch?«

»Klar. Diese Brüder sind unersättlich. Zuletzt haben sie mir auch noch Igor Wolkow weggenommen.«

Major Wolkow war bei der Abteilung Sondereinsätze gewesen, bis das Politbüro befunden hatte, daß gezielte Handstreiche zuviel Staub aufwirbelten und man die schmutzige Arbeit besser von den Bulgaren und den Ostdeutschen erledigen lassen sollte. Die Abteilung Sondereinsätze hatte sich dann mehr auf Sabotage verlegt.

»Was ist seine Spezialität?«

»Geheimtransport von Paketen über die Staatsgrenzen, vor allem in Westeuropa.«

»Schmuggel.«

»Sozusagen. Er ist gut. Er weiß besser als irgend sonst wer über die Grenzen in diesem Teil der Welt Bescheid, über Zoll- und Einreiseformalitäten und die Möglichkeiten, sie zu umgehen. Er wußte, sollte ich sagen. Denn jetzt ist auch er weg.«

Karpow stand auf, beugte sich vor und legte beide Hände auf die Schultern des alten Mannes.

»Starez, ich geb' Ihnen mein Wort, daß ich mit dieser Operation nichts zu tun habe. Ich habe nicht einmal davon gewußt.

Aber uns beiden ist klar, daß es sich um eine ganz große Sache handelt und daß es gefährlich ist, darin herumzustochern. Bleiben Sie also auf dem Teppich, schlucken Sie die Kröten, und verdauen Sie die Verluste. Ich versuche unter der Hand herauszubringen, worum's geht und wann Sie Ihr Material wieder zurückbekommen können. Bis dahin bleiben Sie zugeknöpft, zugeknöpfter als eine georgische Börse, verstanden?«

Borisow hob abwehrend die Hände, wie um seine Unschuld zu beteuern.

»Sie kennen mich, Jewgenij Sergeiwitsch, ich werde einmal als der älteste Mann Rußlands sterben.«

Karpow lachte. Er zog seinen Mantel an und ging zur Tür. Borisow begleitete ihn hinaus.

»Sie sind dazu imstande«, sagte Karpow.

Als die Tür sich hinter ihm geschlossen hatte, klopfte Karpow an die Scheibe des Fahrersitzes.

»Folgen Sie mir mit dem Wagen, ich möchte noch ein bißchen Luft schnappen.« Er ging den verschneiten Pfad hinunter, ohne auf das Eis zu achten, das sich an seine Stadtschuhe und die Kammgarnhose klebte. Die frostige Nachtluft kühlte sein Gesicht und vertrieb die Wodkadünste. Er brauchte jetzt einen klaren Kopf, um nachzudenken. Was er da erfahren hatte, war wirklich sehr ärgerlich. Irgend jemand, und er zweifelte kaum, wer das sein mochte, zog eine private Operation in England auf. Das bedeutete eine massive Mißachtung des ersten stellvertretenden Leiters des Ersten Hauptdirektorats. Zudem hatte Karpow so viele Jahre in England verbracht oder dort Agenten geführt, daß er dieses Land als sein ureigenes Reservat betrachtete.

Während General Karpow in Gedanken versunken den Pfad entlangschritt, klingelte in einer kleinen Wohnung in Highgate, London, keine fünfhundert Yards vom Grabe Karl Marx' entfernt, das Telefon.

»Bist du da, Barry?« rief eine Frauenstimme aus der Küche. Aus dem Wohnzimmer antwortete eine Männerstimme:

»Ja, ich geh' hin.«

Der Mann ging in die Diele und hob den Hörer ab, während seine Frau das Sonntagsdinner zubereitete.

»Barry?«

»Am Apparat.«

»Verzeihen Sie, daß ich Sie an einem Sonntagabend störe. Hier spricht C.«

»Oh, guten Abend, Sir.«

Barry Banks war überrascht. Daß der Meister einen seiner Leute zu Hause anrief, war zwar kein unerhörtes, aber auch kein allzu häufiges Ereignis.

»Barry, um wieviel Uhr kommen Sie normalerweise morgens in die Charles Street?«

»Gegen zehn, Sir.«

»Könnten Sie morgen eine Stunde früher weggehen und auf einen Sprung zu mir ins Sentinel kommen?«

»Ja, natürlich. Gewiß, Sir.«

»Gut, wir sehen uns dann bei mir gegen neun Uhr.«

Barry Banks gehörte zur Abteilung K7 im Hauptquartier von MI5, aber er arbeitete zur Zeit bei MI6 als Sir Nigel Irvines Verbindungsmann zum Sicherheitsdienst. Beim Essen überlegte er vergeblich, was Sir Nigel Irvine wohl von ihm wollte und warum er ihn »außerdienstlich« angerufen hatte.

Jewgenij Karpow bezweifelte nicht im leisesten, daß eine Geheimoperation im Gang war und daß sie England betraf. Petrofski war ein Experte, wenn es darum ging, sich mitten in England für einen Briten auszugeben; die Legende, die man Borisow abgeknöpft hatte, paßte haargenau auf Petrofski; der Sender Poplar war in den North Midlands verborgen. Wenn Wolkow wegen seiner Spezialität, dem Einschmuggeln von Paketen nach England, versetzt worden war, dann mußten auch noch andere Versetzungen vorgenommen worden sein, aus verschiedenen Direktoraten, die außerhalb von Borisows Machtbereich lagen.

Das alles deutete unweigerlich auf die Wahrscheinlichkeit, daß Petrofski tief getarnt nach England gehen würde oder bereits gegangen war. Daran war nichts Ungewöhnliches, denn dafür war er ja ausgebildet worden. Ungewöhnlich war nur, daß das Erste Hauptdirektorat, und damit auch er selbst, strikt aus dieser Operation herausgehalten worden waren. Das ergab keinen Sinn, wenn man seine eigene Englanderfahrung bedachte.

Seine Beziehung zu Großbritannien hatte vor zwanzig Jahren ihren Anfang genommen, an einem Septemberabend im Jahr 1967, als er in den Westberliner Bars herumzog, die vom dienstfreien britischen Militärpersonal frequentiert wurden. Der eifrige und aufstrebende Illegale war weisungsgemäß auf der Pirsch.

Sein Auge war auf einen mürrischen, mißmutig dreinschauenden jungen Mann am anderen Ende der Bar gefallen, dessen Zivilkleidung und Haarschnitt auf die British Armed Forces verwiesen. Er machte sich an den einsamen Trinker heran, der sich als neunundzwanzigjähriger Funker bei einer Abhöreinheit der RAF entpuppte, die in Gatow stationiert war. Der junge Mann haderte zutiefst mit seinem Schicksal.

Von diesem September an bis Januar 1968 bearbeitete Karpow den RAF-Mann, indem er sich zunächst, seiner Legende gemäß, als Deutscher ausgab, sich dann aber als Russe zu erkennen gab. Es war ein leichter »Fang«, so leicht, daß es fast schon verdächtig war. Aber nein, die Sache war in Ordnung; der Engländer fühlte sich durch die Bemühungen des KGB um seine Person geschmeichelt, haßte wie jeder Versager seinen Dienst und sein Land und erklärte sich bereit, für Moskau zu arbeiten. Im Sommer 1968 unterwies Karpow ihn persönlich in Ost-Berlin, wobei er ihn kennen und verachten lernte. Der Berlinaufenthalt und die Militärzeit des RAF-Mannes gingen ihrem Ende zu; er sollte im September nach England zurückkehren und demobilisiert werden. Man schlug ihm vor, er solle sich nach seinem Ausscheiden aus der Luftwaffe um eine Stellung im GCHQ in Cheltenham bewerben. Er war einverstanden und erhielt den Posten im September 1968. Sein Name war Geoffrey Prime.

Damit er Prime weiterhin »führen« konnte, wurde Karpow, als Diplomat getarnt, an die Sowjetbotschaft in London versetzt, und er war drei Jahre lang Primes Leitoffizier, bis er 1971 wieder nach Moskau zurückging und seinen Agenten einem Nachfolger übergab. Doch der Fall hatte seiner Karriere mächtigen Aufwind gegeben, und er wurde zum Major befördert, unter gleichzeitiger Rückversetzung in die Dritte Abteilung. Dort verarbeitete er Primes Quellenmaterial bis Mitte der Siebziger. Es ist bei jedem Nachrichtendienst Usus, daß eine Operation, die hervorragendes Material erbracht hat, gebührend registriert und gepriesen wird. Und selbstverständlich wird der zuständige Führungsoffizier entsprechend mitgepriesen.

1977 kündigte Prime beim GCHQ; die Engländer wußten, daß irgendwo eine undichte Stelle war, und die Spürhunde schnüffelten herum. 1978 kam Karpow wieder nach London zurück, diesmal als Leiter der Rezidentura im Range eines Oberst. Prime war zwar nicht mehr im GCHQ, arbeitete aber immer noch als Agent, und Karpow ermahnte ihn, sich so unauffällig wie möglich zu verhalten. Es gebe, wie Karpow sagte, nicht den Schatten eines Beweises für das, was der ehemalige RAF-Mann vor 1977 getan habe, und Prime könne sich nur selbst um Kopf und Kragen bringen.

Er wäre heute noch ein freier Mann, wenn er seine schmutzigen Pfoten von den kleinen Mädchen hätte lassen können, dachte Karpow grimmig. Denn Primes Schwäche war ihm seit langem bekannt gewesen, und es war schließlich eine Anzeige wegen »unzüchtiger Handlungen«, die zu Primes Verhaftung und zu seinem Geständnis führte. Er bekam fünfunddreißig Jahre wegen Spionage in sieben Fällen.

Doch London bescherte Karpow auch zwei Gelegenheiten

zum Ausgleich der Affäre Prime. 1980 wurde er auf einer Cocktailparty einem Beamten des britischen Verteidigungsministeriums vorgestellt. Der Mann hatte Karpows Namen zunächst nicht richtig verstanden und sich einige Minuten lang höflich mit ihm unterhalten, bis er begriff, daß sein Gesprächspartner Russe war. Dann allerdings änderte sich seine Haltung schlagartig. Er wurde eisig und distanziert, was Karpow dahingehend auslegte, daß der Mann ihn entweder als Russen oder als Kommunisten zutiefst verabscheute.

Er war nicht empört, nur verwundert. Er erfuhr, daß sein Gesprächspartner George Berenson hieß, und weitere Nachforschungen während der darauffolgenden Wochen ergaben, daß der Mann ein überzeugter Antikommunist und leidenschaftlicher Bewunderer Südafrikas war. Er merkte sich Berenson insgeheim als jemanden vor, den man unter falscher Flagge anlaufen konnte.

Im Mai 1981 war er als Leiter der Dritten Abteilung nach Moskau zurückgekehrt und hatte sich nach einem südafrikanischen Maulwurf umgehört, der prosowjetisch eingestellt war. Das Illegalen-Direktorat ließ ihn wissen, daß es über zwei derartige Leute verfüge, einen Offizier namens Gerhardt in der Südafrikanischen Marine und einen Diplomaten namens Marais. Doch Marais war soeben nach drei Jahren in Bonn wieder nach Pretoria zurückgegangen.

Im Frühjahr 1983 avancierte Karpow zum Generalmajor und Leiter des Illegalen-Direktorats, von dem Marais geführt wurde. Er befahl dem Südafrikaner, um einen Posten in London als krönenden Abschluß seiner langen Laufbahn im Dienste des Staates nachzusuchen, und 1984 wurde dieser Bitte stattgegeben. Karpow flog streng getarnt nach Paris und instruierte Marais persönlich: Marais sollte sich an George Berenson heranmachen und versuchen, ihn für Südafrika anzuwerben.

Im Februar 1985, nach dem Tod Kirpitschenkos, wurde Karpow auf seinen jetzigen Posten berufen, und einen Monat später, im März, meldete Marais, daß Berenson angebissen habe. Noch im selben Monat traf die erste Sendung des Berenson-Materials ein; es war pures, vierundzwanzigkarätiges Gold aus der Hauptader. Seitdem hatte Karpow persönlich das Paar Berenson/ Marais als Direktorenfall geführt und Marais zweimal innerhalb von zwei Jahren in europäischen Städten getroffen, um ihn zu beglückwünschen und sich von ihm Bericht erstatten zu lassen. Der Kurier hatte soeben zur Mittagessenszeit das neueste Bündel Berenson-Material gebracht, das von Marais an eine KGB-Adresse in Kopenhagen geschickt worden war.

Der Londonaufenthalt von 1978 bis 1981 hatte noch einen zweiten Erfolg gezeitigt. Zu Knightsbridge und Hampstead, wie er Prime und Berenson nach seinem Privatcode nannte, war noch Chelsea gekommen.

Er achtete Chelsea ebensosehr, wie er Prime und Berenson verachtete. Chelsea war kein Agent, sondern ein Kontakt, ein Mann, der in seinem Land eine hohe gesellschaftliche Stellung einnahm, ein Pragmatiker wie Karpow und ein Realist, was seine Arbeit, sein Land und die Welt betraf, in der er lebte. Karpow konnte sich nicht genug über die journalistischen Auslassungen des Westens wundern, denen zufolge die Nachrichtendienstler in einer Phantasiewelt leben; seiner Meinung nach lebten die Politiker in einer Traumwelt, als Opfer ihrer eigenen Propaganda.

Nachrichtendienstler – das war sein Credo – mochten vielleicht durch dunkle Straßen schleichen, lügen und betrügen, um ihren Auftrag zu erfüllen, doch sollten sie sich je ins Reich der Phantasie begeben, wie dies die Undercover-Leute der CIA so oft getan hatten, dann kamen sie unweigerlich in die Klemme.

Chelsea hatte ihm bereits bei zwei Gelegenheiten zu verstehen gegeben, daß alle Beteiligten in ein fürchterliches Schlamassel geraten würden, sollte die UdSSR auf einem bestimmten Kurs beharren; beide Male hatte er recht gehabt. Karpow hatte seine Leute vor der drohenden Gefahr warnen können und sich so beträchtlich mit Ruhm bekleckert.

Er ließ seine Gedanken wieder zum vorliegenden Problem zurückschweifen. Borisow hatte recht; der Generalsekretär war dabei, höchstpersönlich und direkt vor seiner, Karpows, Nase, eine Operation in England aufzuziehen, unter Ausschluß des KGB. Er witterte Gefahr; der alte Mann war kein Profi im Nachrichtendienstgeschäft, trotz seiner Jahre an der Spitze des KGB. Karpows eigene Karriere stand vielleicht auf dem Spiel; er mußte unbedingt herausbekommen, was da im Busch war. Aber behutsam, sehr behutsam.

Er sah auf die Uhr. Halb zwölf. Er ließ seinen Wagen kommen, stieg ein und fuhr nach Moskau zu seiner Wohnung.

Barry Banks kam an jenem Montagmorgen um zehn vor neun im Hauptquartier des SIS an. Sentinel House ist ein großes, klobiges und überraschend mies aussehendes Gebäude auf dem Südufer, das der Greater London Council an eine gewisse Regierungsstelle vermietet hat. Die Aufzüge sind unberechenbar, und ein Wandmosaik im Erdgeschoß wirft unentwegt seine Plättchen ab wie Keramikschuppen.

Banks wies sich am Empfang aus und fuhr hinauf zu Sir Nigels Büro. Der Meister ließ ihn keine Sekunde warten – seine übliche Methode, das aufstrebende Fußvolk zu beeindrucken.

»Kennen Sie zufällig John Preston von Fünf?« fragte »C«.

»Yes, Sir. Nicht gut, aber ich bin ihm ein paarmal begegnet. Gewöhnlich in der Bar, wenn ich drüben in der Gordon Street war.«

»Er leitet C. 1. (A), stimmt's, Barry?«

»Nicht mehr. Er ist zu C. 5. (C) versetzt worden. Letzte Woche.«

»Tatsächlich? Das war aber ziemlich plötzlich. Er hat sich doch bei C. 1. (A) ganz gut bewährt, wie ich gehört habe.«

Sir Nigel befand es nicht für nötig, Banks mitzuteilen, daß er Preston bei den Sitzungen des JIC kennengelernt und ihn als

Spürhund in Südafrika persönlich verwendet hatte. Banks wußte nichts von der Affäre Berenson und brauchte auch nichts davon zu wissen. Banks seinerseits fragte sich, worauf der Meister wohl hinauswollte. Seines Wissens hatte Preston nichts mit »Sechs« zu tun.

»Sehr plötzlich. Genau gesagt, war er nur ein paar Wochen bei C. 1.(A). Bis zum Jahreswechsel ist er Chef von F. 1.(D) gewesen. Dann muß er wohl irgend etwas getan haben, was Sir Bernard oder vielmehr Brian Harcourt-Smith verärgert hat. Man hat ihn hinauskatapultiert und in C. 1.(A) verfrachtet. Dann, im April, kam der nächste Rausschmiß.«

Ah, dachte Sir Nigel, hat Harcourt-Smith verärgert, wie? Hab' ich mir fast gedacht. Möchte nur wissen, womit. Laut sagte er:

»Irgendeine Vermutung, womit er Harcourt-Smith verärgert haben könnte?«

»Hab' was gehört, was Preston gesagt hat, Sir. Nicht zu mir. Aber ich war nah genug dran, daß ich's hören konnte. Das war vor ungefähr zwei Wochen in der Bar drüben in der Gordon Street. Schien selbst ziemlich verärgert. Hatte anscheinend Jahre mit der Ausarbeitung eines Berichts verbracht und ihn vergangene Weihnachten vorgelegt. Er war der Meinung, daß dieser Bericht Beachtung verdiene, aber Harcourt-Smith hat ihn mit dem KWV-Vermerk versehen.«

»Hmmmmm. F. 1.(D) ... das ist doch die Abteilung, die für linksradikale Umtriebe zuständig ist, stimmt's? Hören Sie, Barry, ich möchte, daß Sie für mich etwas erledigen. Ohne es an die große Glocke zu hängen. Ganz unter der Hand. Stellen Sie fest, unter welcher Aktennummer der Bericht abgelegt worden ist, und holen Sie ihn aus der Registratur. Dann stecken Sie ihn in den Sack für Verschlußsachen und schicken ihn mir zu, mit der Aufschrift ›Persönlich‹.«

Kurz vor zehn war Banks wieder auf der Straße und fuhr nach Norden in Richtung Charles Street.

Die Aeroflot-Crew saß gemütlich beim Frühstück. Um neun Uhr neunundzwanzig sah der Erste Offizier Romanow auf die Uhr und ging in die Herrentoilette. Er hatte sich vorher schon einmal darin nach der Kabine umgesehen, die er benützen sollte. Es war die vorletzte. Die letzte war bereits besetzt. Er ging in die Nachbarkabine und verriegelte die Tür.

Um neun Uhr dreißig legte er einen kleinen Zettel mit den sechs vorgeschriebenen Zahlen auf den Boden dicht an der Trennwand. Eine Hand kam unter der Trennwand durch, nahm den Zettel, schrieb etwas darauf und legte ihn wieder zurück auf den Boden. Romanow hob das Papier auf. Auf der Rückseite standen die sechs erwarteten Zahlen.

Nach vollzogener Identifizierung stellte Romanow das Transistorgerät auf den Boden, und dieselbe Hand zog es lautlos in die Nachbarkabine. Draußen benützte jemand das Pissoir. Romanow zog die Spülung, entriegelte die Tür, wusch sich die Hände, bis der Pissoirbenützer weggegangen war, und verließ dann die Toilette. Der Minibus nach Heathrow stand vor der Tür. Keines der Mannschaftsmitglieder bemerkte das Fehlen des Sony; sie nahmen an, er sei in der Tragtasche. Kurier Nummer eins hatte geliefert.

Barry Banks rief Sir Nigel kurz vor Mittag über eine abhörsichere Hausleitung an.

»Ziemlich merkwürdige Sache, Sir Nigel«, sagte er. »Ich habe mir die Aktennummer des von Ihnen gewünschten Berichts verschafft und bin damit in die Registratur gegangen. Ich kenne den Registrator ganz gut. Er hat mir bestätigt, daß der Bericht im KWV-Teil abgelegt worden ist. Aber er ist weg.«

»Weg?«

»Weg. Entnommen.«

»Von wem?«

»Von einem gewissen Swanton. Ich kenne ihn. Komisch ist

nur, daß er bei ›Finanzen‹ ist. Ich hab' ihn also gefragt, ob er mir den Bericht leihen könne. Er hat mit der Bemerkung abgelehnt, er sei noch nicht damit fertig. Laut Registratur hat er ihn schon seit drei Wochen. Vorher hat ihn jemand anderer gehabt.«

»Die Klofrau?« fragte Sir Nigel.

»Fast. Ein Verwaltungsmensch.«

Sir Nigel überlegte eine Weile. Wenn man eine Akte dauerhaft aus dem Verkehr ziehen will, dann organisiert man eine Dauerentnahme, auf eigenen Namen oder auf den von Schützlingen. Swanton und der andere Mann gehörten zweifellos zu Harcourt-Smiths Gefolgsleuten.

»Barry, verschaffen Sie sich Prestons Privatadresse. Und dann kommen Sie um siebzehn Uhr zu mir.«

General Karpow saß an diesem Nachmittag in Jasjenewo an seinem Schreibtisch und rieb sich den steifen Nacken. Die Nacht war nicht sehr erholsam gewesen. Er hatte neben der schlafenden Ludmilla kaum ein Auge zugetan. Gegen Morgen war er zu einem Schluß gekommen, den auch weitere, tagsüber in den seltenen Arbeitspausen angestellte Überlegungen nicht mehr ändern konnten.

Ganz zweifellos steckte der Generalsekretär hinter der geheimnisvollen Operation in England. Der Sowjetchef bildete sich zwar ein, Englisch in Wort und Schrift zu beherrschen, hatte aber keine Ahnung von dem Land. Sicher verließ er sich bei der ganzen Geschichte auf den Rat eines Englandkenners. Davon gab es die Menge – im Außenministerium, in der Internationalen Abteilung des Zentralkomitees, im GRU und im KGB. Wenn er aber schon den KGB heraushielt, warum nicht auch die anderen?

Also ein persönlicher Berater. Und je mehr Karpow nachdachte, desto mehr drängte sich ihm der Name seiner ganz speziellen *bête noire* auf. Vor Jahren, als er als junger Mann seinen

Weg in der Dienststelle machte, hatte er Philby bewundert. Alle bewunderten ihn. Doch im Lauf der Zeit war Karpow aufgestiegen, während Philby abgefallen war. Er hatte beobachtet, wie aus dem englischen Renegaten ein versoffenes Wrack wurde. Seit 1951 war Philby nicht mehr an englische Geheimdokumente herangekommen, abgesehen von denen, die der KGB ihm zustellte. Er hatte Großbritannien 1955 verlassen, um nach Beirut zu gehen, und war seit seinem endgültigen Absprung 1963 nie wieder im Westen gewesen. Vierundzwanzig Jahre. Karpow schätzte, daß *er* jetzt der bessere Englandkenner war.

Das war aber nicht alles. Er wußte, daß der Generalsekretär sich damals, als er noch beim KGB war, von Philby hatte beeindrucken lassen, von dessen altväterlichen Manieren und Neigungen, seiner Affektiertheit, die für einen englischen Gentleman typisch war, seinem Abscheu vor der modernen Welt voller Popmusik, Motorrädern und Bluejeans – alles Neigungen und Ansichten, die genau diejenigen des Generalsekretärs widerspiegelten. Des öfteren hatte der Generalsekretär, wie Karpow genau wußte, Philbys Rat eingeholt als eine Art Rückversicherung gegen den Rat, den ihm das Erste Hauptdirektorat gegeben hatte.

Karpows Katalog verzeichnete außerdem noch eine äußerst interessante Bemerkung, die Philby einmal, nur ein einziges Mal, entschlüpft war. Er wolle wieder nach England zurück. Und schon allein darum hatte Karpow kein Vertrauen zu ihm. Nicht das geringste. Er erinnerte sich an das gefurchte lächelnde Gesicht ihm gegenüber bei dem Abendessen im Hause Kryutschows. Was hatte Philby da nur über England gesagt? Irgend etwas in der Richtung, daß dessen politische Stabilität von seiner, Karpows, Abteilung überschätzt werde?

Die Teile begannen sich zusammenzufügen. Er beschloß, Mr. Harold Adrian Russell Philby unter die Lupe zu nehmen. Doch er wußte, daß selbst auf seiner Ebene nichts unbemerkt geschehen konnte; Entnahmen aus der Registratur, offizielle Gesuche um Auskünfte, Telefongespräche, Memoranden. Alles mußte inoffiziell, persönlich und vor allem mündlich vor sich gehen. Es war äußerst gefährlich, dem Generalsekretär in die Quere zu kommen.

John Preston war auf dem Weg nach Hause, als er, nur noch hundert Yards von seiner Wohnung entfernt, seinen Namen rufen hörte. Er drehte sich um und sah, wie Barry Banks die Straße überquerte und auf ihn zukam.

»Hallo, Barry. Die Welt ist klein. Was machen Sie denn hier?«

Es war ihm bekannt, daß der Mann von K.7 im Norden in der Highgate-Gegend wohnte. Vielleicht ging er in ein Konzert in der nahe gelegenen Albert Hall.

»Hab' auf Sie gewartet, ehrlich gesagt«, antwortete Banks mit einem freundlichen Lächeln. »Ein Kollege von mir hätte Sie gerne gesprochen. Kommen Sie mit?«

Preston war überrascht, aber nicht argwöhnisch. Er wußte, daß Banks von »Sechs« war, hatte aber keine Ahnung, wer ihn sprechen wollte. Er ging mit Banks über die Straße und noch hundert Yards weiter. Banks blieb vor einem parkenden Ford Granada stehen, öffnete die hintere Türe und bedeutete Preston, hineinzuschauen. Was der tat.

»Guten Abend, John. Könnten wir uns kurz unterhalten?«

Überrascht stieg Preston in den Wagen und setzte sich neben die Gestalt im Paletot. Banks schloß die Tür und schlenderte davon.

»Ich weiß, eine ziemlich merkwürdige Art, sich zu treffen. Aber so ist es nun einmal. Wollen doch keine Wellen schlagen, oder? Hatte einfach das Bedürfnis, Ihnen zu danken für das, was Sie unten in Südafrika getan haben. Erstklassige Arbeit. Henry Pienaar war äußerst beeindruckt. Ich auch.«

»Danke, Sir Nigel.« Was um alles in der Welt wollte der alte Fuchs nur? Er war sicher nicht gekommen, um sich bei ihm zu bedanken. Doch »C« schien tief in Gedanken versunken.

»Da ist noch was«, sagte er schließlich, als denke er laut nach. »Barry sagte mir, er habe erfahren, daß Sie letzte Weihnachten einen höchst interessanten Bericht über die extreme Linke hierzulande vorgelegt haben. Vielleicht täusche ich mich, aber es könnte ja sein, daß eine fremde Dimension bei der Finanzierung mit hereinspielt, wenn Sie wissen, was ich meine. Nur, Ihr Bericht ist uns in der Firma nicht zugegangen. Schade.«

»Er ist mit dem KWV-Vermerk zu den Akten gelegt worden«, sagte Preston schnell.

»Ja, ja, das hat mir Barry auch erzählt. Wirklich schade. Hätte gerne einen Blick hineingeworfen. Keine Aussicht, daß man ein Exemplar bekommt?«

»Er ist in der Registratur«, sagte Preston verwundert. »Wenn er auch den KWV-Vermerk trägt, so ist er doch abgelegt worden. Barry braucht ihn nur zu entnehmen und im Postsack zu Ihnen rüberzuschicken.«

»Zur Zeit nicht möglich«, sagte Sir Nigel. »Er ist schon entnommen worden. Von Swanton. Und der ist damit noch nicht fertig. Will ihn nicht herausrücken.«

»Aber Swanton ist doch bei Finanzen«, protestierte Preston.

»Richtig«, murmelte Sir Nigel kummervoll, »und davor hat ihn sich irgendein Verwaltungsmensch ausgeliehen. Sieht fast so aus, als wolle man ihn außer Reichweite halten.«

Preston war perplex. Durch die Windschutzscheibe konnte er Banks heranschlendern sehen.

»Es gibt noch ein weiteres Exemplar«, sagte er. »Mein eigenes. Es liegt in meinem Privatsafe.«

Banks fuhr sie. Im abendlichen Berufsverkehr war der Weg von Kensington zur Gordon Street eine wahre Kriechstrecke. Eine Stunde später war Preston wieder da und reichte Sir Nigel sein Exemplar durch das geöffnete Wagenfenster.

6. Kapitel

General Jewgenij Karpow stieg die letzten Stufen zum dritten Stock des Wohnblocks am Mira-Prospekt hinauf und klingelte. Nach ein paar Minuten wurde geöffnet. Philbys Frau stand in der Tür. Von drinnen konnte Karpow die kleinen Jungen hören, die beim Tee saßen. Er war absichtlich erst um achtzehn Uhr gekommen, da er annahm, daß die Kinder dann von der Schule zurück sein würden.

»Hallo, Erita.«

Sie warf mit einer kleinen Abwehrbewegung den Kopf zurück. Die Dame war also auf der Hut. Vielleicht wußte sie, daß Karpow nicht zu den Bewunderern ihres Mannes zählte.

»Genosse General.«

»Ist Kim zu Hause?«

»Nein. Er ist fort.«

Nicht »er ist ausgegangen«, sondern »er ist fort«, dachte Karpow. Er heuchelte Überraschung.

»Oh, ich hatte gehofft, ihn zu erwischen. Wissen Sie, wann er zurückkommt?«

»Nein.«

»Könnte ich ihn irgendwo erreichen?«

»Keine Ahnung.«

Karpow überlegte. Was hatte Philby doch damals bei diesem Kryutschow-Essen gesagt?... Irgend etwas der Art, daß er seit seinem Schlaganfall nicht mehr selber chauffieren dürfe. Karpow hatte in der Tiefgarage nachgesehen. Philbys Wolga stand unten.

»Ich dachte, Sie würden ihn jetzt immer fahren, Erita.«

Sie lächelte ein wenig. Nicht wie eine Frau, die von ihrem Mann verlassen wurde. Eher das Lächeln einer Frau, deren Mann eine Beförderung erfahren hat.

»Nicht mehr. Er hat einen Fahrer.«

»Donnerwetter. Nun, tut mir leid, daß ich ihn verpaßt habe. Ich versuch's ein andermal, wenn er zurück ist.«

In tiefen Gedanken stieg er die Treppen hinunter. Einem Oberst a. D. stand kein eigener Fahrer zu. Von seiner Wohnung, zwei Straßen hinter dem Hotel Ukraina, aus rief er die Fahrbereitschaft des KGB an und verlangte den Dienstleiter. Der Name Karpow verfehlte seine Wirkung nicht. Der General trug ziemlich dick auf.

»Ich bin im allgemeinen sparsam mit Belobigungen. Aber Ehre, wem Ehre gebührt.«

»Danke, Genosse General.«

»Dieser Mann, der meinen Freund, den Genossen Oberst Philby fährt. Der Oberst hält viel von ihm. Nennt ihn einen erstklassigen Fahrer. Möchte ihn unbedingt haben, falls mein eigener Fahrer einmal krank sein sollte.«

»Nochmals vielen Dank, Genosse General. Ich werde es dem Fahrer Gregoriew bestellen.«

Karpow legte auf. Fahrer Gregoriew. Nie gehört. Aber ein kleiner Schwatz mit dem Mann könnte nicht schaden.

Am nächsten Morgen, dem 8. April, glitt die *Akademik Komarow* in den Clyde, da ihr Bestimmungshafen Glasgow war. In Greenock nahm sie den Lotsen und zwei Zollbeamte an Bord. Der Kapitän lud zum üblichen Glas in seiner Kajüte ein und legte die Papiere vor, wonach das Schiff aus Leningrad kam und nur tote Last führte, da es Zubehörteile für Hochleistungspumpen der Firma Cathcart abholen sollte. Die Zöllner überprüften die Mannschaftsliste, merkten sich jedoch keine einzelnen Namen. Später würde man feststellen, daß der Leichtmatrose Konstantin Semjonow auf dieser Liste aufgeführt war.

Wenn ein sowjetischer Illegaler auf dem Seeweg in ein Land kommt, steht sein Name im allgemeinen *nicht* auf der Liste der

Schiffsbesatzung. Er kauert in einem winzigen Verschlag, einem Raum, der so geschickt in den Schiffskörper eingefügt und so gut versteckt ist, daß ihn auch die gründlichste Suchmannschaft nicht finden würde. Wenn dieser Mann dann zufällig oder aus operativen Gründen nicht wieder mit demselben Schiff zurückfahren kann, entsteht keine Unstimmigkeit in der Besatzungsliste. Aber dies hier war ein Schnellschuß gewesen. Für Umdispositionen war keine Zeit geblieben.

Der neue Matrose war mit den Männern aus Moskau erst in Leningrad eingetroffen, als die *Komarow* kurz vor dem Auslaufen zu ihrer termingebundenen Frachtfahrt nach Glasgow stand; dem Kapitän und dem zuständigen Polit-Offizier blieb nichts anderes übrig, als ihn auf die Mannschaftsliste zu setzen. Sein Seefahrtbuch war in Ordnung, und es hieß, er werde auch die Rückreise mitmachen.

Trotz alledem hatte der Mann eine eigene Kajüte bezogen und die ganze Überfahrt darin zugebracht, während die beiden echten Matrosen, die diese Kajüte hatten räumen müssen, zu ihrer Erbitterung in Schlafsäcken auf dem Boden der Offiziersmesse nächtigen mußten. Als der schottische Lotse an Bord kam, waren diese Schlafsäcke weggeräumt. Drunten in seiner Kajüte wartete Kurier Nummer zwei aus verständlichen Gründen ungeduldig auf die Mitternacht.

Als der Clyde-Lotse auf der Brücke der *Komarow* sein Frühstücksbrot kaute, während die Felder von Strathclyde vorüberglitten, war in Moskau schon Mittag. Karpow rief wieder die Fahrbereitschaft des KGB an. Wie er wußte, hatte jetzt ein anderer Dienstleiter Schicht.

»Sieht aus, als kriegte mein Fahrer die Grippe«, sagte er. »Heute will er noch durchhalten, aber morgen gebe ich ihm frei.«

»Ich werde dafür sorgen, daß Sie Ersatz bekommen, General.«

»Ich möchte am liebsten den Fahrer Gregoriew. Ist er frei?«

Man hörte Papier rascheln, als der Dienstleiter seine Listen durchsah.

»Ja, Genosse General. Er war abkommandiert, ist aber wieder verfügbar.«

»Gut. Er soll sich morgen früh um acht Uhr in meiner Moskauer Wohnung melden. Ich habe die Wagenschlüssel, und der Tschaika steht in der Tiefgarage.«

Wird immer rätselhafter, dachte er, als er den Hörer auflegte. Gregoriew hatte also Philby eine Zeitlang herumfahren müssen. Warum? Weil es so viele und weite Fahrten waren, zuviel für Erita? Oder weil Erita nicht wissen durfte, wohin er fuhr? Und jetzt war der Fahrer wieder zurück. Was sollte das heißen? Vermutlich, daß Philby sich jetzt irgendwo aufhielt und keinen Fahrer mehr benötigte, zumindest nicht, bis die Operation, mit der er zu tun hatte, abgeschlossen sein würde.

Am Abend teilte Karpow seinem dankbaren ständigen Fahrer mit, er könne den nächsten Tag freinehmen und seine Familie aufs Land kutschieren.

Am selben Mittwochabend war Sir Nigel Irvine in Oxford mit einem Freund zum Dinner verabredet.

Einer der Reize des Saint Anthony College in Oxford liegt darin, daß es, wie so viele einflußreiche englische Institutionen, für die Allgemeinheit gar nicht existiert.

Natürlich existiert es sehr wohl, aber es ist so klein und unauffällig, daß jeder, der den Blick über die Haine Academias auf den Britischen Inseln schweifen ließe, es vermutlich übersehen würde. Das Studienhaus ist klein, elegant und versteckt; es bietet keine Lehrgänge an, bildet keine Studenten aus, hat keine Examenskandidaten und daher auch keine Examen, und verleiht keinen akademischen Grad. Es hat ein paar ständige Professoren und Fellows, die manchmal gemeinsam im Haupthaus dinieren, aber in verschiedenen Vierteln der Stadt »Räume« bewohnen, und andere, die auswärts ansässig sind und nur zu Besuch kommen. Zuweilen werden Außenseiter geladen, die vor den Fellows sprechen – eine seltene Ehre –, und zuweilen arbeiten Professoren und Fellows für die höheren Etagen des britischen Establishments »Papiere« aus, die sehr ernst genommen werden. Die Finanzierung des College ist ebenso undurchsichtig wie alles übrige.

In Wahrheit ist Saint Anthony's eine Denkfabrik wo Superhirne, häufig mit breiter nichtakademischer Erfahrung, sich dem Studium einer einzigen Disziplin widmen: den politischen Tagesproblemen.

An diesem Abend also speiste Sir Nigel mit seinem Gastgeber, Professor Jeremy Sweeting, im Haupthaus, und nach einem ausgezeichneten Mahl nahm der Professor Sir Nigel mit in seine »Räume«, ein komfortables Haus am Stadtrand von Oxford, zu Portwein und Kaffee.

»Also, Nigel«, sagte Professor Sweeting, als sie eine Flasche Vintage Port aus dem Hause Taylor geöffnet und es sich am Kaminfeuer im Arbeitszimmer gemütlich gemacht hatten, »was kann ich für Sie tun?«

»Haben Sie zufällig von einer Sache gehört, Jeremy, die sich M. B. R. nennt?«

Professor Sweetings Portweinglas blieb auf halber Höhe schweben. Er starrte es eine ganze Weile an.

»Wirklich, Nigel, Sie verstehen es, einem den Abend zu verderben, wenn Sie's darauf angelegt haben. Woher haben Sie diese Buchstaben?«

Anstatt einer Antwort reichte Sir Nigel Irvine seinem Gastgeber den Preston-Bericht. Professor Sweeting las ihn sehr genau, was eine Stunde dauerte. Irvine wußte, daß der Professor, im Gegensatz zu John Preston, nicht gern reiste. Er begab sich nicht vor Ort. Aber er besaß ein enzyklopädisches Wissen über die marxistische Theorie und Praxis, den dialektischen Materialismus und die Lehren Lenins von der Anwendbarkeit der Theorie auf die Praxis der Machterringung. Sweetings widmete sich mit ganzer Hingabe der Lektüre und Analyse, dem Studium und dem kritischen Vergleich.

»Interessant«, sagte er, als er den Bericht zurückgab. »Verschiedener Ausgangspunkt, natürlich auch eine andere Einstellung und eine völlig verschiedene Methode. Aber wir sind zu den gleichen Antworten gelangt.«

»Und könnten Sie mir freundlichst sagen, zu welchen Antworten Sie gelangt sind?« fragte Sir Nigel höflich.

»Es ist natürlich nur Theorie«, gab Professor Sweeting zu bedenken. »Tausend Halme im Wind, die zusammen einen Heuballen ergeben können oder auch nicht. Also, folgendes habe *ich* seit Juni 1983 eruiert.«

Er redete zwei Stunden lang, und als Sir Nigel sich weit nach Mitternacht verabschiedete und sich nach London zurückfahren ließ, war er sehr nachdenklich.

Die *Akademik Komarow* lag am Finniestonkai im Herzen von Glasgow vor Anker, so daß der riesige Kran, der dort aufgestellt war, am folgenden Morgen die Pumpen an Bord hieven könnte. Zoll- oder Paßkontrollen finden hier nicht statt; ausländische Seeleute können ohne weiteres von Bord gehen, den Kai entlang und in die Straßen der Stadt.

Um Mitternacht, während Professor Sweeting noch immer dozierte, schritt der Leichtmatrose Semjonow die Gangway hinunter, folgte etwa hundert Yards weit dem Kai, machte einen Bogen um Betty's Bar, vor deren Tür ein paar betrunkene Seeleute noch immer ihr Recht auf einen einzigen weiteren Drink forderten, und schwenkte dann in die Finnieston Street ein.

Der Mann mit den Stulpenstiefeln, Kordhosen, dem Rollkragenpullover und Anorak fiel hier nicht auf. Unter dem Arm trug er einen Jutesack mit Zugband. Nach der Unterführung des Clydeside Expressway gelangte er zur Argyle Street, in die er links einbog, bis er Partick Cross erreichte. Er benützte keinen Stadtplan, sondern marschierte stracks weiter zur Hyndland Road. Nach einer Meile erreichte er eine weitere große Durchfahrtsstraße, die Great Western Road. Er hatte sich seinen Weg schon Tage zuvor genau eingeprägt.

Jetzt zog er seine Uhr zu Rate: sie sagte ihm, daß er noch eine halbe Stunde Zeit hatte; und bis zum Treffpunkt waren es kaum zehn Minuten zu gehen. Er wandte sich nach links und marschierte in Richtung des Hotel Pond, nahe am Bootsteich kurz hinter der BP-Tankstelle, deren Lichter bereits in der Ferne blinkten. Er hatte fast schon die Bushaltestelle an der Kreuzung Great Western und Hughenden Road erreicht, als er die jungen Leute sah. Sie lungerten im Wartehäuschen der Haltestelle herum. Es war halb zwei Uhr morgens, und sie waren zu fünft.

In manchen Gegenden Englands werden sie Skinheads oder Punks genannt, aber in Glasgow heißen sie Neds. Semjonow überlegte, ob er auf die andere Straßenseite gehen sollte, aber es war schon zu spät. Einer der Neds rief ihn an, und alle quollen aus dem Wartehäuschen. Semjonow konnte ein bißchen Englisch, aber dieses breite, breiige Säuferschottisch war zuviel für ihn. Sie blockierten den Gehsteig, und er trat auf die Fahrbahn. Einer packte ihn am Arm und schrie auf ihn ein. Die Frage des Rowdys lautete:

»Wa hasn da innem Sack da?«

Semjonow verstand ihn nicht, deshalb schüttelte er den Kopf und wollte weitergehen. Schon waren sie über ihm, und er stürzte unter einem Hagel von Schlägen zu Boden. Als er im Rinnstein lag, begannen sie, ihn zu treten. Undeutlich fühlte er Finger, die an seinem Jutesack zerrten, und er preßte ihn mit beiden Händen an sich und rollte sich auf den Bauch, so daß ihn die Tritte an Hinterkopf und Nieren trafen.

Devonshire Terrace, eine Reihe solider vierstöckiger Mittelklassehäuser aus braunen und grauen Sandsteinquadern, liegt an dieser Kreuzung. Im obersten Stockwerk eines dieser Häuser lag

Mrs. Sylvester, alt, verwitwet, allein und von Arthritis verkrümmt, schlaflos im Bett. Sie hörte das Geschrei, das von der Straße heraufdrang, und humpelte ans Fenster. Nach einem kurzen Blick schleppte sie sich wieder durchs Zimmer zum Telefon, wählte 999 und verlangte die Polizei. Sie gab der Vermittlung an, zu welcher Kreuzung der Streifenwagen fahren solle, legte jedoch auf, als sie nach ihrem Namen und der Adresse gefragt wurde. Anständige Bürger, und die Bürger von Devonshire Terrace sind sehr anständig, wollen mit dergleichen nichts zu tun haben.

Die Constables Alistair Craig und Hugh McBain saßen in ihrem Streifenwagen am Ende der Great Western, am Hillhead, als der Funkspruch durchkam. Es war so gut wie kein Verkehr, und sie erreichten die Bushaltestelle in neunzig Sekunden. Die Neds hörten die Sirene und sahen das Blaulicht, ließen ab von dem Jutesack und rannten davon, über den Rasenstreifen, der die Hughenden Road von der Great Western trennt, so daß der Wagen ihnen nicht folgen konnte. Bis Police Constable Craig aus dem Streifenwagen sprang, waren sie nur noch entschwindende Schatten, jede Verfolgung wäre sinnlos gewesen. Ohnehin mußten die Polizisten sich zuerst um das Opfer kümmern.

Craig beugte sich über den Mann. Er lag zusammengekrümmt wie ein Fötus und war bewußtlos.

»Ambulanz, Hughie«, rief er zu Police Constable McBain hinüber, und der Fahrer gab die Meldung durch. Nach sechs Minuten war der Krankenwagen von der Western Infirmary zur Stelle. Die beiden Beamten hatten vorschriftsgemäß in der Zwischenzeit den Verletzten nicht berührt, sondern nur eine Decke über ihn gebreitet.

Die Sanitäter hoben den schlaffen Körper behutsam auf eine Rollbahre und schoben sie ins Fahrzeug. Als sie die Decke um den Mann schlugen, hob Craig den Jutesack auf und legte ihn in den Krankenwagen.

»Du fährst mit ihm, ich komm' nach«, rief McBain, und Craig

stieg gleichfalls in den Ambulanzwagen. Es dauerte keine fünf Minuten, bis sie alle bei der Notaufnahmestation ankamen. Die Sanitäter rollten den Verletzten rasch durch die Schwingtüren, den Korridor entlang, um zwei Ecken und in den rückwärtigen Teil der Unfallstation. Da es sich um eine Notaufnahme handelte, mußten sie nicht durch den allgemeinen Wartesaal, wo die übliche frühmorgendliche Ansammlung von Süffeln ihre Platzwunden und Quetschungen versorgen lassen wollten, die sie sich bei Zusammenstößen mit unnachgiebigen Objekten zugezogen hatten.

Craig wartete am Eingang auf McBain, der den Streifenwagen parkte.

»Du kümmerst dich um die Aufnahmeformulare, Hughie, und ich mach' mich auf die Socken und seh' zu, ob ich Name und Adresse erfahren kann.«

McBain seufzte. Immer diese endlosen Aufnahmeformulare. Craig hob den Jutesack vom Boden auf und folgte der Bahre den Korridor entlang zur Unfallstation. Diese Abteilung der Western Infirmary besteht aus einem Durchgang mit Schwingtüren an beiden Enden und zwölf durch Vorhänge abgeteilten Kabinen, sechs auf jeder Seite des Mittelgangs. Elf Kabinen werden zu Untersuchungen benutzt; die zwölfte ist das Schwesternzimmer, gleich neben dem rückwärtigen Eingang, durch den die Bahren hereingefahren werden. Die Türen am anderen Ende haben in den Füllungen Spiegelglas und führen ins Wartezimmer, wo die gehfähigen Patienten sitzen und warten, bis sie an der Reihe sind.

Craig ließ McBain mit den Aufnahmeformularen in der Eingangshalle zurück und ging durch die Spiegeltüren zu den Untersuchungsräumen. Am anderen Ende des Ganges sah er die Bahre mit dem bewußtlosen Mann stehen. Die Stationsschwester warf den üblichen ersten Blick auf den Patienten – auf jeden Fall lebte er – und wies die Krankenträger an, ihn in einer der Untersuchungskabinen auf den Behandlungstisch zu legen, damit die Bahre wieder in den Notdienstwagen gebracht werden konnte. Die Männer wählten die Kabine, die dem Schwesternzimmer gegenüberlag.

Der Assistenzarzt, ein Inder namens Mehta, wurde geholt. Er ließ von den Krankenträgern den Oberkörper des Patienten freimachen – an der Hose waren keine Blutspuren – und führte eine längere Untersuchung durch, ehe er eine Röntgenaufnahme anordnete. Dann wandte er sich dem nächsten Notfall zu, einem Verkehrsopfer.

Die Stationsschwester rief in der Röntgenabteilung an, aber die war im Moment belegt. Man würde Bescheid geben, sobald sie frei war. Sie setzte Wasser auf, um sich eine Tasse Tee zu machen. Police Constable Craig, der sich überzeugt hatte, daß sein namenloser Schützling noch immer bewußtlos in der Kabine lag, nahm den Anorak des Mannes an sich, ging über den Gang ins Schwesternzimmer und legte Jacke und Jutesack auf den Tisch.

»Hätten Sie vielleicht eine Tasse von dem Gebräu für mich übrig?« fragte er die Schwester in dem kameradschaftlichen Ton der Nachtarbeiter, die mit vereinten Kräften im Chaos einer Großstadt wieder Ordnung schaffen.

»Hätt' ich schon«, sagte sie, »seh' bloß nicht ein, warum ich für euresgleichen was übrig haben sollte.«

Craig grinste. Er tastete die Taschen des Anoraks ab und brachte ein Seefahrtbuch zum Vorschein. Es trug das Foto des Mannes, der drüben in der Kabine lag, und war in zwei Sprachen ausgestellt, in Russisch und in Französisch. Er beherrschte keine von beiden. Die kyrillische Schrift konnte er nicht lesen, aber der Name war im französischen Teil in lateinischen Buchstaben geschrieben.

»Wer ist denn unser Jimmy?« fragte die Stationsschwester, während sie zwei Tassen Tee eingoß.

»Sieht aus wie ein Matrose, und ein russischer noch dazu«, sagte Craig verwirrt. Ein Bürger Glasgows, den eine Bande von

Neds zusammenschlug, war kein Problem; ein Ausländer und zudem ein Russe, das konnte durchaus eines sein. In der Hoffnung, herauszufinden, von welchem Schiff der Mann war, leerte Craig den Jutesack.

Er enthielt weiter nichts als einen dicken Wollpullover, der um eine runde Tabaksdose mit Schraubdeckel gewickelt war. In der Dose war kein Tabak, sondern Watte, und darin steckten drei kleine Scheiben, zwei aus Aluminium, zwischen ihnen eine dritte aus stumpfgrauem Metall, etwa fünf Zentimeter im Durchmesser. Craig betrachtete die Scheiben ohne Interesse, legte sie in ihr Wattebett zurück, schraubte den Deckel wieder zu und legte die Dose neben das Seefahrtbuch auf den Tisch. Er wußte nicht, daß das Opfer des Überfalls zu sich gekommen war und durch den Vorhang der Kabine zu ihm herüberspähte. Er wußte hingegen, daß er beim Revier anrufen und melden mußte, er habe da einen schwerverletzten Russen aufgegabelt.

»Darf ich mal das Telefon benutzen, Schatz?« fragte er die Schwester und streckte die Hand nach dem Hörer aus.

»Mit Schatz geht hier gar nichts«, gab die Schwester zurück, die um einiges älter war als der vierundzwanzigjährige Craig. »Mein Gott, die werden jeden Tag jünger.«

Police Constable Craig begann zu wählen. Was Konstantin Semjonow in diesem Augenblick durch den Kopf ging, wird man nie erfahren. Vermutlich hatte er durch die Tritte an den Hinterkopf eine Gehirnerschütterung erlitten, er war benommen und verwirrt und sah auf der anderen Seite des Korridors die unverwechselbare schwarze Uniform eines britischen Polizisten, der ihm den Rücken zuwandte. Und auf dem Tisch, neben der Hand des Polizisten, sah er sein Seefahrtbuch und den Gegenstand, den er hatte nach England bringen und dem Agenten am Bootsteich übergeben sollen. Er hatte beobachtet, wie der Beamte den Gegenstand prüfte – er selber hatte nie gewagt, die Dose zu öffnen –, und jetzt telefonierte der Mann. Vielleicht sah Semjonow sich im Geist bereits endlosen Verhören dritten Grads in einem modrigen Keller unter dem Polizeipräsidium von Strathclyde unterworfen.

Ehe Police Constable Craig wußte, wie ihm geschah, stieß ihn ein Ellbogen brutal beiseite. Ein nackter Arm schoß vor, griff nach der Blechdose und packte sie. Craig reagierte prompt, er ließ den Hörer fallen und umklammerte den ausgestreckten Arm.

»Was zum Teufel, Jimmy –« schrie er; dann fiel ihm ein, daß der arme Kerl vermutlich phantasierte, also packte er ihn und versuchte, ihn festzuhalten. Die Dose, die der Russe in der Hand gehalten hatte, fiel zu Boden. Eine Sekunde lang starrte Semjonow den schottischen Polizisten an, dann riß er sich los und rannte davon. »He Jimmy, bleib doch stehen!« schrie Craig, während er hinter dem Flüchtigen den Korridor entlangpolterte.

Shortie Patterson war ein notorischer Trunkenbold. Dank lebenslangen fleißigen Konsums von Alkohol in jeder Form war er nicht nur arbeitslos, sondern arbeitsunfähig. Er war kein gewöhnlicher Trinker; er hatte den Alkoholismus zur Kunstform entwickelt. Am Vortag hatte er seine Unterstützung bezogen und stracks in die nächste Kneipe getragen, und um Mitternacht war er volltrunken gewesen. Auf dem Heimweg hatte ihn die Impertinenz eines Laternenpfahls verstimmt, der seine dringenden Bitten um das Geld für ein kleines Schnäpschen hartnäckig ignorierte, also hatte er dem Burschen eins verpaßt.

Jetzt kam er mit seiner gebrochenen Hand aus der Röntgenabteilung und tappte den Korridor entlang zu seiner Kabine, als ein Mann mit nacktem, übel zugerichtetem Oberkörper und blutig geschlagenem Gesicht aus dem hintersten Raum herausgerannt kam, ein Polizist ihm auf den Fersen. Shortie wußte, was er einem Leidensgefährten schuldig war. Für Polizisten hatte er ohnehin nichts übrig, sie taugten offenbar nur dazu, ihn aus völlig bequemen Straßengräben zu zerren und Leuten auszuliefern, die ihn zum Baden zwangen. Er ließ den Flüchtenden vorbeirennen, dann streckte er das Bein aus.

»Du verdammter Blödmann«, brüllte Craig, als er zu Boden krachte. Bis er sich wieder aufgerappelt hatte, war der Russe schon zehn Yards weiter.

Semjonow sauste durch die Spiegeltüren in den Warteraum, übersah die schmale Tür ins Freie zu seiner Linken und rannte rechts durch die breiten Doppeltüren. So kam er wieder in die Rollbahreneinfahrt, durch die er eine halbe Stunde zuvor gekarrt worden war. Er wandte sich erneut nach rechts, doch dort kam ihm eine Bahre entgegen, geleitet von einem Arzt und zwei Pflegerinnen mit Plasmaflaschen: Dr. Mehtas Verkehrsopfer. Die Bahre blockierte den ganzen Korridor; hinter sich hörte er galoppierende Stiefel.

Linker Hand war ein quadratischer Vorraum mit zwei Lifttüren. Die eine schloß sich gerade vor einem leeren Lift. Er warf sich in den Spalt, kurz bevor die Tür ganz zuging. Als der Lift nach oben schwebte, hörte er den Polizisten wütend dagegen donnern. Er lehnte sich an die Wand und schloß erschöpft die Augen.

Police Constable Craig raste zur Treppe und lief hinauf. An jedem Absatz warf er einen Blick auf die Lämpchen über den Lifttüren. Der Aufzug fuhr noch immer nach oben. Craig langte erhitzt, zornig und außer Atem im zehnten und obersten Stockwerk an.

Semjonow war im zehnten Stock ausgestiegen. Er öffnete die nächstgelegene Tür, aber es war ein Saal voll schlafender Patienten. Eine zweite Tür war offen und führte zu einer Treppe. Er rannte sie hinauf und befand sich in einem Korridor, an dem nur Duschräume, eine Anrichte und Abstellräume lagen. Ganz hinten stand eine Tür offen, durch die warme, feuchte Nachtluft hereinkam. Sie führte auf das flache Dach des Gebäudes.

Police Constable Craig lag zwar um einiges zurück, schaffte aber schließlich doch die letzte Treppe und trat in die Nacht hinaus. Nachdem seine Augen sich an die Dunkelheit gewöhnt hatten, konnte er am nördlichen Dachrand die Gestalt eines Mannes ausmachen. Sein Zorn verrauchte. Ich würde vermutlich auch durchdrehen, dachte er, wenn ich zum Beispiel in einem Moskauer Krankenhaus aufwachen würde. Er bewegte sich langsam auf die Gestalt zu und hielt beide Hände hoch, um zu zeigen, daß sie leer waren.

»Na, komm schon, Jimmy oder Iwan oder wie du sonst heißt. Alles O. K. Du hast eins auf die Birne gekriegt, kein Beinbruch. Komm, wir gehen wieder runter.«

Im Widerschein der Stadt unter ihnen konnte er das Gesicht des Russen ganz deutlich erkennen. Der Mann beobachtete jeden seiner Schritte, bis Craig nur noch zwanzig Fuß von ihm entfernt war. Dann blickte er hinunter, holte tief Atem, schloß die Augen und sprang.

Ein paar Sekunden lang konnte Police Constable Craig es nicht glauben, auch nicht, nachdem er das dumpfe Klatschen gehört hatte, mit dem der Körper hundert Fuß weiter unten auf dem Angestelltenparkplatz aufgeschlagen war.

»Herrje«, keuchte er. »Jetzt sitz' ich in der Tinte.«

Mit zitternden Fingern griff er nach seinem Funkgerät und rief das Revier.

Hundert Yards hinter der BP-Tankstelle, eine halbe Meile von der Busstation entfernt, liegt der Bootsteich mit dem Hotel Pond. Von der Straße führen ein paar Steinstufen hinunter zum Spazierweg rings um den Teich, und am Fuß der Stufen stehen zwei Holzbänke.

Die stumme Gestalt im schwarzledernen Motorradanzug blickte auf die Uhr. Drei Uhr. Der Treff hätte um zwei sein sollen. Die höchste zulässige Verspätung betrug eine Stunde. Ein Ausweichtreff war vereinbart; an einer anderen Stelle, vierundzwanzig Stunden später. Er würde dort sein. Sollte der Kontaktmann nicht auftauchen, so würde er nochmals das Funkgerät benützen müssen. Er stand auf und entfernte sich.

Police Constable Hugh McBain hatte, als die wilde Jagd durch das Wartezimmer der Unfallstation raste, seine Schreibarbeit gerade unterbrochen, um im Streifenwagen die genauen Zeiten des Überfalls und der notierten Notrufe zu überprüfen. Er sah seinen Partner Craig erst wieder, als dieser bleich und verstört ins Wartezimmer herunterkam.

»Alistair, hast du jetzt den Namen und die Adresse?« fragte McBain.

»Er ist... er war... ein russischer Matrose«, sagte Craig.

»O Mist, hat uns grade noch gefehlt. Wie heißt er?«

»Hughie, er ist vor ein paar Minuten... vom Dach gesprungen.«

McBain ließ den Stift sinken und starrte seinen Partner ungläubig an. Dann entsann er sich seiner Ausbildung. Jeder Polizist weiß, wenn es brenzlig wird, gibt es nur eines: Man hält sich bedeckt und befolgt die Vorschriften bis zum letzten I-Punkt – keine Husarenstreiche, keine superschlauen Alleingänge.

»Hast du das Präsidium verständigt?«

»Aye, kommt schon einer rüber.«

»Holen wir den Doktor«, sagte McBain.

Sie fanden Dr. Mehta, den die Neuzugänge in dieser Nacht bereits an den Rand der Erschöpfung gebracht hatten. Er ging mit ihnen zum Parkplatz, beugte sich keine zwei Minuten lang über den unförmigen zerschmetterten Körper, erklärte ihn für tot und sich daher für nicht mehr zuständig und kehrte zu seinen Pflichten zurück. Zwei Wärter brachten eine Decke, und eine halbe Stunde später fuhr ein Ambulanzwagen das Ding zum städtischen Leichenhaus am Jocelyn Square nahe dem Salt Market. Dort würden andere Hände den Rest der Kleidung entfernen – Schuhe, Socken, Hose, Unterhose, Gürtel und Armbanduhr –, alles mit Anhängern versehen und zur Aufbewahrung geben.

Im Krankenhaus waren noch weitere Formulare auszufüllen – auch die Einlieferungsformulare wurden zu den Akten genommen, obwohl sie jetzt keinem praktischen Zweck mehr dienen konnten –, und die beiden Polizisten registrierten und konfiszierten die übrigen Besitztümer des Toten. Die Liste lautete: 1 Anorak, 1 Rollkragenpullover, 1 Jutesack, 1 dicker Wollpullover (zusammengerollt), 1 runde Tabaksdose.

Noch ehe sie fertig waren, etwa eine Viertelstunde nach Craigs erster Meldung, erschienen ein Inspector und ein Sergeant vom Revier, beide in Uniform, und ersuchten um einen Arbeitsraum. Man stellte ihnen ein leeres Verwaltungsbüro zur Verfügung, wo sie die Berichte der beiden Constables entgegennahmen. Nach zehn Minuten schickte der Inspector den Sergeant zum Wagen, damit er den diensthabenden Chief Superintendent anfordere. Es war Donnerstag, der 9. April, vier Uhr morgens. In Moskau war es bereits acht.

General Jewgenij Karpow wartete, bis sie den Hauptverkehr von Südmoskau hinter sich hatten und zügig auf der Straße nach Jasjenewo dahinrollten, ehe er anfing, mit Gregoriew zu plaudern. Der dreißig Jahre alte Fahrer wußte offenbar, daß der General ihn ausdrücklich angefordert hatte, und zeigte sich beflissen.

»Na, fahren Sie gern für uns?«

»Sehr gern, Genosse General.«

»Ja, da kommen Sie viel in der Gegend herum, wie? Besser, als in einem muffigen Büro zu sitzen.«

»Jawohl, Genosse General.«

»Unlängst meinen Freund Oberst Philby gefahren, wie ich höre.«

Kurzes Zögern. Verdammt, er hat Befehl, nicht darüber zu sprechen, dachte Karpow.

»Äh – jawohl, Genosse General.«

»Ist früher selbst gefahren, vor dem Schlaganfall.«

»Hat er mir gesagt, Genosse General.«

Am besten weitermachen.

»Wo haben Sie ihn denn hingefahren?«

Längere Pause. Karpow konnte das Gesicht des Fahrers im Rückspiegel sehen. Er war unsicher, in der Klemme.

»Ach, bloß in die Nähe von Moskau, Genosse General.«

»An einen bestimmten Ort in der Nähe von Moskau?«

»Nein, Genosse General. Bloß in die Nähe.«

»Anhalten, Gregoriew.«

Der Tschaika scherte aus der reservierten Innenspur aus, suchte sich seinen Weg durch den nach Süden rollenden Verkehr und hielt schließlich in einer Parkbucht. Karpow beugte sich vor.

»Sie wissen, wer ich bin, Fahrer?«

»Jawohl, Genosse General.«

»Und Sie kennen meinen Rang im KGB?«

»Jawohl, Genosse General. Generalleutnant.«

»Dann lassen Sie gefälligst die Mätzchen, junger Mann. Wohin genau haben Sie ihn gefahren?«

Gregoriew schluckte. Karpow konnte sehen, daß er mit sich kämpfte. Die Frage war: Wer hatte ihm befohlen, über Philbys Fahrtziel Stillschweigen zu bewahren? Philby selber? Dann war er, Karpow, der Ranghöhere. Wenn jedoch der Befehl von weiter oben kam? In Wahrheit hatte Major Pawlow den Befehl erteilt und Gregoriew zu Tode erschreckt. Pawlow war nur Major, aber für einen Russen sind die Leute vom Ersten Hauptdirektorat unbekannte Größen, während ein Major der Kremlgarde ... Trotzdem, General war General.

»Hauptsächlich zu irgendwelchen Besprechungen, Genosse General. Ein paar in Moskauer Wohnungen, aber ich bin nie hineingekommen und habe daher nicht gesehen, zu wem Oberst Philby gegangen ist.«

»Ein paar in Moskau ... Und die anderen?«

»Meistens, nein, ich glaube immer in einer Datscha draußen in Zhukowka.«

Gehege des Zentralkomitees, dachte Karpow.

»Wissen Sie, wessen Datscha das war?«
»Nein, Genosse General. Ehrlich nicht. Er hat nur gesagt, wohin ich fahren soll. Dann habe ich immer im Wagen gewartet.«
»Wer ist sonst noch zu diesen Besprechungen erschienen?«
»Einmal, Genosse General, sind zwei Wagen gleichzeitig angekommen. Ich habe gesehen, wie der Mann aus dem anderen Wagen ausgestiegen und in die Datscha gegangen ist...«
»Und haben Sie ihn erkannt?«
»Jawohl, Genosse General. Bevor ich zur Fahrbereitschaft des KGB gekommen bin, war ich Fahrer bei der Armee. 1985 habe ich häufig einen Oberst vom GRU gefahren. Wir waren in Kandahar in Afghanistan stationiert. Dieser Offizier saß einmal bei meinem Oberst auf dem Rücksitz. Es war General Martschenko.«
Na, sieh mal an, dachte Karpow, mein alter Freund Pyotr Martschenko, Fachmann für Destabilisierung.
»Noch jemand bei diesen Besprechungen?«
»Nur noch ein Wagen, Genosse General. Wir Fahrer haben uns ein bißchen unterhalten – das stundenlange Warten und so. Aber der Kerl war zugeknöpft. Habe nur erfahren, daß er ein Mitglied der Akademie der Wissenschaften herumkutschiert. Ehrlich, Genosse General, das ist alles, was ich weiß.«
»Weiterfahren, Gregoriew.«
Karpow lehnte sich zurück und sah zu, wie die Bäume vorüberflogen. Es waren also vier, und sie trafen sich, um irgend etwas für den Generalsekretär zu planen. Gastgeber war das Zentralkomitee, und die drei anderen waren Philby, Martschenko und ein nicht genanntes Mitglied der Akademie.
Morgen war Freitag, und die Wlasti würden so früh wie möglich Schluß machen und zu ihren Datschas fahren. Er wußte, daß Martschenko ein Landhaus in der Nähe von Peredelkino hatte, nicht weit von seinem eigenen entfernt. Er kannte auch Martschenkos schwache Seite und seufzte. Er würde eine größere Ladung Schnaps mitnehmen müssen. Und sich auf eine schwere Sitzung gefaßt machen.

Chief Superintendent Charlie Forbes hörte sich gelassen und genau an, was die Police Constables Craig und McBain ihm berichteten, nur dann und wann stellte er mit leiser Stimme eine Zwischenfrage. Er war überzeugt, daß die beiden die Wahrheit sagten, aber er war lang genug beim Bau, um zu wissen, daß auch die Wahrheit folgenschwer sein konnte.

Es war eine üble Geschichte. Technisch gesehen hatte der Russe sich in polizeilichem Gewahrsam befunden, auch wenn er im Krankenhaus lag. Police Constable Craig war mit ihm allein auf dem Dach gewesen. Es gab keinen einleuchtenden Grund, warum der Mann in die Tiefe gesprungen sein sollte. Forbes nahm wie alle übrigen an, daß der Mann infolge einer schweren Gehirnerschütterung zeitweilig geistesverwirrt und in Panik geraten war. Die ganze Sorge des Chief Superintendent galt den möglichen Konsequenzen für die Polizei von Strathclyde.

Man würde das Schiff suchen müssen, den Kapitän vernehmen, die Leiche formell identifizieren lassen, den sowjetischen Konsul informieren und natürlich die Presse, die verdammte Presse, und ein paar ihrer Vertreter würden nicht versäumen, zwischen den Zeilen ihr Lieblingsthema abzuhandeln, die Brutalität der Polizei. Verflixt, wenn die ihre gezielten Fragen stellten, könnte er ihnen nicht antworten. Warum sollte der Einfaltspinsel vom Dach gesprungen sein?

Um halb fünf war im Krankenhaus alles erledigt. Bei Tagesanbruch würde der ganze Zirkus losgehen. Forbes schickte seine Männer zurück ins Präsidium.

Um sechs hatten die beiden Polizisten ihre ausführlichen Rapporte fertig. Charlie Forbes saß in seinem Büro und schlug sich mit den vorschriftsmäßigen Erledigungen herum. Man versuchte, wahrscheinlich vergebens, die Dame ausfindig zu machen, die 999 gewählt hatte. Die Aussagen der beiden Sanitäter, die McBain über das Präsidium angefordert hatte, wurden zu Protokoll genommen. Wenigstens stand zweifelsfrei fest, daß die Neds den Mann mißhandelt hatten.

Die Stationsschwester hatte angegeben, was sie wußte, der vielgeplagte Dr. Mehta hatte seine Aussage gemacht, der Portier an der Notaufnahme hatte bestätigt, daß er gesehen hatte, wie der Mann mit dem nackten Oberkörper durch das Wartezimmer gerannt war und Craig hinterher. Danach, bei ihrem Wettlauf zum Dach, hatte niemand mehr die beiden Männer gesehen.

Forbes hatte das einzige sowjetische Schiff im Hafen als die *Akademik Komarow* identifiziert und einen Polizeiwagen hinausgeschickt, der den Kapitän zur Identifizierung des Toten abholen sollte; er hatte den sowjetischen Konsul aufgeweckt, der mit Sicherheit um neun Uhr im Präsidium anrücken würde, um offiziellen Protest einzulegen. Er hatte seinen eigenen Chief Constable alarmiert, desgleichen den Procurator Fiscal, der nach schottischem Recht auch das Amt des Staatsanwalts bekleidet.

Die persönlichen Besitztümer des Toten, die »Artikel«, waren allesamt verpackt und zum Revier Partick gebracht worden (der Überfall hatte in Partick stattgefunden), um dort unter Aufsicht des Staatsanwalts, der die Autopsie für zehn Uhr vormittags genehmigt hatte, in Verwahrung genommen zu werden. Charlie Forbes streckte sich und bestellte aus der Kantine Kaffee und Brötchen.

Während Chief Superintendent Forbes im Präsidium von Strathclyde an der Pitt Street die Schreibarbeit erledigte, unterzeichneten drüben im Revier die Police Constables Craig und McBain ihre Aussagen und begaben sich in die Kantine zum Frühstück. Beide Männer hatten Sorgen, und sie teilten diese Sorgen einem grauhaarigen Detective Sergeant von der zivilen Abteilung mit, der an ihrem Tisch saß. Nach dem Frühstück erbaten und erhielten sie die Erlaubnis, heimzugehen und zu schlafen.

Irgend etwas, was sie gesagt hatten, veranlaßte den Detective Sergeant, an das Münztelefon in der Halle vor der Kantine zu gehen und einen Anruf zu tätigen. Der Mann, den er beim Rasieren aufscheuchte, war Detective Inspector Carmichael, der aufmerksam zuhörte und seine Rasur höchst nachdenklich beendete. D. I. Carmichael gehörte Special Branch an.

Um halb acht stöberte Carmichael den Chief Inspector der uniformierten Abteilung auf, der der Autopsie beiwohnen würde, und fragte, ob er mitkommen könne. »Sie sind herzlich eingeladen«, sagte der Chief Inspector. »Städtisches Leichenhaus, um zehn Uhr.«

Im selben Leichenhaus, um acht Uhr morgens, starrte der Kapitän der *Akademik Kamarow*, begleitet von seinem unvermeidlichen Polit-Offizier, auf einen Bildschirm, auf dem sich alsbald das zerschlagene Gesicht des Leichtmatrosen Semjonow zeigte. Er nickte langsam und murmelte etwas auf russisch.

»Ja, das ist er«, sagte der Polit-Offizier. »Wir möchten mit unserem Konsul sprechen.«

»Er wird um neun Uhr in die Pitt Street kommen«, sagte der uniformierte Sergeant, der sie begleitete. Beide Russen wirkten erschüttert und zahm. Muß schlimm sein, wenn man einen Schiffskameraden verliert, dachte der Sergeant.

Um neun Uhr wurde der sowjetische Konsul in das Büro von Chief Superintendent Forbes gebeten. Er sprach fließend englisch. Forbes bat ihn, Platz zu nehmen, und stürzte sich in die Schilderung der nächtlichen Ereignisse. Ehe er damit fertig war, brauste der Konsul auf.

»Ein schwerer Verstoß«, begann er. »Ich muß mich sofort mit der Sowjetbotschaft in London in Verbindung setzen...«

Es klopfte, und der Kapitän mit seinem Polit-Offizier wurden hereingeführt. Außer dem uniformierten Sergeant kam noch ein Mann in Zivil mit. Er nickte Forbes zu.

»Morgen, Sir. Kann ich hierbleiben?«

»Bitte, Carmichael. Sieht aus, als könnte es stürmisch werden.«

Aber nein. Der Polit-Offizier von der *Akademik Komarow* war kaum zehn Sekunden im Raum, als er den Konsul beiseite zog und hastig auf ihn einflüsterte. Der Konsul entschuldigte sich, und die beiden Männer gingen hinaus auf den Korridor. Nach drei Minuten kamen sie wieder herein. Der Konsul war förmlich und korrekt. Selbstverständlich werde er mit seiner Botschaft sprechen müssen. Er sei überzeugt, daß die Polizei von Strathclyde alles in ihrer Macht Stehende tun werde, um die Täter dingfest zu machen. Ob es möglich sei, den toten Seemann und seine Habseligkeiten an Bord der *Akademik Komarow* zu schaffen, die noch heute wieder nach Leningrad auslaufen werde?

Forbes war höflich, aber unerbittlich. Die Polizei werde alles unternehmen, um die Bande zu fassen. Inzwischen müsse die Leiche in der städtischen Leichenhalle verbleiben, und alle Effekten des Mannes würden im Polizeirevier von Partick unter Verschluß gehalten. Der Konsul nickte. Auch er wußte, was Vorschriften bedeuten. Und die beiden Männer gingen.

Um zehn Uhr betrat Carmichael den Autopsiesaal, wo Professor Harland sich die Hände wusch. Sie plauderten wie üblich über das Wetter, das bevorstehende Golfspiel und andere belanglose Dinge. Neben ihnen lag auf einer Steinplatte über dem Abfluß die zerschmetterte Leiche Semjonows.

»Darf ich ihn mal ansehen?« fragte Carmichael. Der Polizeipathologe nickte.

Zehn Minuten lang betrachtete Carmichael, was von Semjonow übriggeblieben war. Als der Professor zu schneiden begann, ging er, begab sich in sein Büro an der Pitt Street und rief eine Nummer in Edinburgh an, genau gesagt das schottische Gesundheitsministerium im Saint Andrew's House.

Dort sprach er mit einem pensionierten Assistant Commissioner, der aus einem ganz bestimmten Grund in diesem Ministerium saß: als Verbindungsmann zu MI5 in London.

Gegen Mittag klingelte das Telefon im Büro von C.4. (C) an der Gordon Street. Bright nahm das Gespräch entgegen, reichte dann aber Preston den Hörer.

»Für Sie. Er will mit niemand anderem sprechen.«

»Wer ist dort?«

»Gesundheitsministerium Edinburgh.«

Preston nahm den Hörer.

»Hier Preston ... Ja, guten Morgen.«

Er lauschte einige Minuten lang, seine Miene wurde ernst. Er kritzelte den Namen Carmichael auf einen Notizblock.

»Ja, ich komme wohl am besten rauf. Würden Sie Inspector Carmichael sagen, daß ich mit dem Drei-Uhr-Flug komme und ob er mich am Flughafen Glasgow abholen könnte? Vielen Dank.«

»Glasgow?« fragte Bright. »Was gibt's denn bei denen?«

»Einen russischen Matrosen, der vom Dach gefallen ist und womöglich nicht genau das war, wofür er sich ausgab. Ich bin morgen wieder da. Wahrscheinlich hat es nichts zu bedeuten. Egal, Hauptsache, ich komme raus aus diesem Laden.«

7. Kapitel

Der Flughafen von Glasgow liegt acht Meilen südwestlich der Stadt, und ist mit ihr durch die Schnellstraße M8 verbunden. Prestons Maschine landete kurz nach sechzehn Uhr dreißig, und da er nur eine Tasche bei sich hatte, stand er zehn Minuten später in der Ankunftshalle. Er ging zum Informationsschalter und ließ Mr. Carmichael ausrufen.

Der Detective Inspector von Special Branch kam zum Schalter, und sie machten sich miteinander bekannt. Fünf Minuten später saßen sie im Wagen des Inspectors und fuhren in der einfallenden Dämmerung über die Schnellstraße der Stadt entgegen.

»Fangen wir doch gleich an«, schlug Preston vor. »Erzählen Sie mir der Reihe nach, was passiert ist.«

Carmichael drückte sich knapp und präzise aus. Es blieben noch eine Menge Lücken, die er nicht ausfüllen konnte, aber er hatte Zeit gehabt, die Aussagen der beiden Police Constables zu lesen, besonders die von Craig, so daß sein Bericht recht ausführlich war. Preston hörte ihm schweigend zu.

»Und warum riefen Sie das schottische Gesundheitsministerium an und sagten, es solle jemand aus London herkommen?« fragte er, als Carmichael geendet hatte.

»Vielleicht irre ich mich, aber ich habe den Verdacht, daß der Mann womöglich gar kein Handelsmatrose war«, sagte Carmichael.

»Weiter.«

»Craig hat heute morgen in der Revierkantine etwas gesagt«, erklärte Carmichael. »Ich war selber nicht dort, aber ein CID-Mann hat die Bemerkung gehört und mich angerufen. McBain stimmte Craigs Äußerung zu. Aber keiner von ihnen hat die Sache in seiner offiziellen Aussage erwähnt. Wie Sie wissen, werden in den Aussagen die Fakten festgehalten; und die Polizisten hielten sich daran. Trotzdem scheint es die Mühe wert, der Sache nachzugehen.«

»Ich höre.«

»Sie sagten, als sie den Matrosen fanden, habe er, zusammengekrümmt wie ein Embryo, auf der Straße gelegen und den Jutesack mit beiden Händen an den Leib gepreßt. Craig sagte wörtlich, ›wie ein Baby, das er beschützen wollte‹.«

Preston begriff, was daran so auffallend war. Wenn ein Mensch fast zu Tode getreten wird, rollt er sich instinktiv zu einer Kugel zusammen, aber er benutzt die Hände, um seinen Kopf zu schützen. Warum sollte jemand seinen ungeschützten Kopf den Tritten aussetzen, nur damit ein wertloser Sack nichts abbekommt?

»Dann«, fuhr Carmichael fort, »fielen mir Zeit und Ort des Überfalls auf. Im Hafen von Glasgow gehen die Seeleute zu Betty's oder in die Stable Bar. Dieser Mann war vier Meilen von den Docks entfernt und marschierte, lang nach der Sperrstunde, einen zweibahnigen Fahrdamm entlang, offenbar nirgendwohin, jedenfalls gibt es weit und breit keine Kneipe. Was zum Teufel hatte er dort um diese Nachtzeit zu suchen?«

»Gute Frage«, sagte Preston. »Was weiter?«

»Heute vormittag um zehn ging ich zur städtischen Leichenhalle. Der Körper des Toten war durch den Sturz übel zugerichtet, aber das Gesicht hatte, bis auf ein paar blaue Flecken, kaum gelitten. Die Neds hatten hauptsächlich den Hinterkopf und den Körper bearbeitet. Ich habe schon viele Gesichter von Matrosen gesehen. Sie waren von Wind und Wetter gegerbt, braun und ledrig. Dieser Mann hatte ein glattes blasses Gesicht, nicht das Gesicht eines Mannes, der sein Leben auf Deck verbringt.

Und dann die Hände. Die Handrücken hätten gebräunt sein müssen, die Innenflächen schwielig. Aber sie waren weich und weiß, Bürohände. Und schließlich die Zähne. Ich würde meinen, bei einem Matrosen aus Leningrad wären bestenfalls die einfachsten Reparaturen zu finden: Amalgamfüllungen, und wenn Zahnersatz, dann aus Stahl, wie in Rußland üblich. Dieser Mann hatte Goldfüllungen und zwei Goldkronen.«

Preston nickte zustimmend. Carmichael war tüchtig. Sie fuhren jetzt auf den Parkplatz des Hotels, wo Carmichael für Preston ein Zimmer hatte reservieren lassen.

»Noch ein Letztes. Eine Kleinigkeit, aber sie könnte etwas zu bedeuten haben«, sagte Carmichael. »Vor der Autopsie suchte der sowjetische Konsul unseren Chief Superintendent in der Pitt Street auf. Ich war dabei. Der Konsul schien drauf und dran zu sein, Protest einzulegen; dann erschienen der Kapitän des Schiffes und sein Polit-Offizier. Der Offizier führte den Konsul hinaus auf den Korridor, und sie redeten leise miteinander. Als der Konsul wieder ins Büro kam, war er ganz Höflichkeit und Verständnis. Als habe ihm der Polit-Offizier irgend etwas über den Toten mitgeteilt. Ich hatte den Eindruck, sie wollten jeden Ärger vermeiden, bis sie mit ihrer Botschaft gesprochen hätten.«

»Haben Sie irgendwem in der uniformierten Abteilung gesagt, daß ich hier bin?« fragte Preston.

»Noch nicht«, erwiderte Carmichael. »Soll ich?«

Preston schüttelte den Kopf.

»Warten Sie bis morgen früh. Dann werden wir entscheiden. Vielleicht hat das Ganze gar nichts zu bedeuten.«

»Brauchen Sie noch irgend etwas?«

»Kopien der verschiedenen Aussagen, möglichst von allen. Und die Liste der Gegenstände, die der Mann bei sich hatte. Wo sind sie übrigens?«

»In Revier von Partick unter Verschluß. Ich besorge die Kopien und bringe sie später vorbei.«

General Karpow rief einen Freund beim GRU an und band ihm eine Geschichte auf, wonach ihm einer seiner Diplomatenkuriere mehrere Flaschen französischen Cognac aus Paris mitgebracht habe. Er selber rühre das Zeug nicht an, aber er schulde Pyotr Martschenko eine Gefälligkeit. Er wolle den Cognac am Wochenende in Martschenkos Datscha abliefern. Nur wisse er nicht, ob dort jemand im Haus sei. Ob der Genosse Martschenkos Telefonnummer in Peredelkino habe? Der GRU-Mann hatte sie. Er gab sie Karpow und vergaß das Ganze.

In den meisten Datschas der Sowjetelite bleibt den ganzen Winter über eine Haushälterin oder ein Diener im Haus, um die Heizung zu versorgen, damit der Besitzer am Wochenende nicht in eine Eishöhle kommt. Martschenkos Haushälterin war am Apparat. Ja, der General werde morgen, Freitag, hier erwartet; meist treffe er gegen achtzehn Uhr ein. Karpow dankte und legte auf. Er beschloß, seinem Chauffeur freizugeben, selber zu fahren und den GRU-General um neunzehn Uhr zu überraschen.

Preston lag wach in seinem Bett und dachte nach. Carmichael hatte ihm sämtliche Aussagen gebracht, die in der Western Infirmary und im Revier zu Protokoll genommen worden waren. Wie alle von der Polizei aufgenommenen Aussagen waren sie gestelzt und förmlich, nicht so, wie die Leute tatsächlich erzählen, was sie gesehen und gehört haben. Die Fakten waren selbstverständlich da, nicht jedoch die Eindrücke.

Eines konnte Preston nicht wissen, da Craig es nicht erwähnt und die Stationsschwester es nicht gesehen hatte: Ehe Semjonow durch den Gang zwischen den Untersuchungskabinen geflüchtet war, hatte er versucht, die runde Tabaksdose an sich zu reißen. Craig hatte nur gesagt, der Verletzte habe ihn beiseite gestoßen und sei weggerannt.

Auch die Liste der persönlichen Effekten, der »Artikel«, half Preston nicht viel weiter. Auf ihr war eine runde Tabaksdose »mit Inhalt« aufgeführt, der aus zwei Unzen Pfeifentabak bestehen konnte.

Preston ging im Geist die Möglichkeiten durch. Nummer eins: Semjonow war ein »Illegaler«, der in Großbritannien landete. Schlußfolgerung: Höchst unwahrscheinlich. Er stand auf der Besatzungsliste des Schiffs, und sein Fehlen müßte auffallen, wenn die *Akademik Komarow* wieder nach Leningrad auslaufen würde.

Also zu Nummer zwei: Er sollte mit dem Schiff nach Glasgow kommen und auch mit ihm am Donnerstag abend wieder zurückfahren. Was hatte er weit nach Mitternacht auf halber Höhe der Great Western Road zu tun gehabt? Eine »Lieferung« deponieren oder einen Treff einhalten? Gut. Oder vielleicht sogar etwas *abholen* und nach Leningrad schaffen. Noch besser. Weitere Möglichkeiten fielen ihm nicht ein.

Wenn Semjonow seine Sendung bereits abgeliefert hatte, warum hätte er dann seinen Jutesack schützen sollen, als hänge sein Leben davon ab? Der Sack wäre dann ja leer gewesen.

Dieselbe Logik galt für den Fall, daß er etwas abholen sollte, es aber noch nicht getan hatte. Und wenn er es bereits abgeholt hatte, wieso fand sich dann nichts Interessantes, wie zum Beispiel ein Bündel Papiere, unter seinen Habseligkeiten?

Wenn der Gegenstand, den er hatte abliefern oder holen sollen, am Körper verborgen werden konnte, wozu dann überhaupt der Sack? Wenn irgend etwas in seinen Anorak oder die Hose eingenäht oder in einem Schuhabsatz versteckt war, hätte er doch den Neds diesen Sack überlassen können, hinter dem sie her waren. Er hätte sich die Prügel ersparen und zu seinem Treff oder wieder zurück aufs Schiff gehen können (je nachdem, in welche Richtung er wollte) und nur ein paar blaue Flecken abbekommen.

Preston gab seinem Heimcomputer noch ein paar »Wenns« ein. Semjonow war als Kurier gekommen und wollte einen bereits in Britannien sitzenden sowjetischen Illegalen persönlich treffen. Um eine mündliche Botschaft zu überbringen? Unwahrscheinlich, es gab ein Dutzend einfacherer Möglichkeiten, codierte Informationen durchzugeben. Um eine mündliche Meldung entgegenzunehmen? Gleiche Schlußfolgerung. Um mit einem ansässigen Illegalen den Platz zu tauschen, den Mann zu ersetzen? Nein, das Foto in seinem Seefahrtbuch zeigte eindeutig Semjonow. Wäre er als Ersatzmann für einen Illegalen gekommen, so hätte Moskau ihm ein Duplikat des Seefahrtbuchs mit dem entsprechenden Foto mitgegeben, damit der Mann, den er ablösen sollte, als Leichtmatrose Semjonow mit der *Akademik Komarow* hätte auslaufen können. Dieses Seefahrtbuch hätte er bei sich getragen. Oder im Futter eingenäht. In welchem Futter?

Zum Beispiel im Futter des Anoraks. Warum sich dann wegen des Sacks halbtot schlagen lassen? Im Juteboden des Sacks? Schon wahrscheinlicher.

Alles schien auf diesen verdammten Sack hinzuweisen. Kurz vor Mitternacht rief er Carmichael in dessen Wohnung an.

»Können Sie mich um acht abholen?« fragte er. »Ich möchte ins Revier von Partick und einen Blick auf die Artikel werfen. Können Sie mir Deckung geben?«

Beim Frühstück am Freitagmorgen sagte Jewgenij Karpow zu seiner Frau Ludmilla:

»Kannst du die Kinder heute nachmittag im Wolga hinaus zur Datscha fahren?«

»Natürlich. Kommst du dann direkt vom Büro aus nach?«

Er nickte zerstreut.

»Es wird spät werden. Ich muß noch jemanden vom GRU aufsuchen.«

Ludmilla Karpowa unterdrückte einen Seufzer. Sie wußte, daß ihr Mann sich in einer kleinen Wohnung im Arbat-Bezirk eine feiste kleine Sekretärin hielt. Sie wußte es, weil Ehefrauen miteinander schwatzen, und in dieser so streng geschichteten Gesellschaft verkehrte Ludmilla nur mit Frauen, deren Ehemänner etwa den gleichen Dienstrang hatten wie der ihre. Sie wußte auch, daß er nicht wußte, daß sie es wußte.

Sie war fünfzig und seit achtundzwanzig Jahren verheiratet. Es war eine gute Ehe, wenn man den Job des Mannes bedachte, und sie war eine gute Ehefrau. Wie die anderen Frauen, die EHD-Offiziere geheiratet hatten, konnte sie längst nicht mehr sagen, wie oft sie bis in die Nacht hinein aufgeblieben war und auf ihn gewartet hatte, während er im Chiffrierraum einer Botschaft im Ausland steckte. Sie hatte die grenzenlose Langeweile unzähliger diplomatischer Cocktailparties durchgestanden, ohne eine Fremdsprache zu beherrschen, während ihr Mann die Runde machte, elegant, liebenswürdig, perfekt im Englischen, Französischen und Deutschen, und im Schutz der Botschaftslegende seine Arbeit tat.

Sie konnte nicht mehr sagen, wie viele Wochen sie allein zugebracht hatte, als die Kinder klein waren und er noch einen niedrigen Rang bekleidete, als sie, ohne Haushaltshilfe, in einer winzigen vollgestopften Wohnung lebte und er sich auf Dienstreisen befand, ZBV unterwegs war oder im Dunkeln nahe der Berliner Mauer auf einen Kurier wartete, der zurück in den Osten kommen sollte.

Sie hatte die Panik und namenlose Furcht kennengelernt, die auch den Unschuldigsten erfaßt, als während einer Stationierung im Ausland einer der Genossen ins westliche Lager übergelaufen war und die Leute von KR, der Spionageabwehr, sie stundenlang ausgequetscht hatten über alles, was sie über den Mann oder seine Frau vielleicht hatte sagen hören. Sie hatte voll Mitleid beobachtet, wie die Ehefrau des Verräters, eine Frau, die sie gut gekannt hatte, jetzt aber nicht mehr gewagt hätte, auch nur mit der Feuerzange anzufassen, zu der wartenden Aeroflot-Maschine hinausgeführt wurde. Das gehöre zum Beruf, hatte ihr Mann gesagt, um sie zu trösten.

Das lag Jahre zurück. Jetzt war ihr Zhenia General, die Wohnung in Moskau war luftig und groß, sie hatte die Datscha reizend eingerichtet, ganz nach seinem Geschmack, mit Fichtenholz und Teppichen, behaglich, aber rustikal. Die beiden Söhne machten ihnen Ehre, der eine studierte Medizin, der andere Physik. Es würde keine gräßlichen Botschaftswohnungen mehr geben, und in drei Jahren konnte Zhenia sich mit allen Ehren und einer guten Pension ins Privatleben zurückziehen. Und wenn er an einem Abend in der Woche dringend eines Unterrocks bedurfte, so unterschied er sich damit nicht von der Mehrzahl seiner Altersgenossen. Vielleicht war es so immer noch besser, als wenn er ein roher Trunkenbold gewesen wäre oder als ewiger Major seine Laufbahn bestenfalls in einer gottverlassenen asiatischen Republik hätte beenden müssen. Trotzdem seufzte sie innerlich.

Das Polizeirevier von Partick ist nicht gerade ein Schmuckstück der schönen Stadt Glasgow. Die nach dem Überfall beziehungsweise Selbstmord in der vergangenen Nacht zurückgebliebenen Artikel hatten den üblichen Weg genommen. Der diensthabende Sergeant im Vorzimmer überließ seinen Platz einem Constable und führte Carmichael und Preston in den rückwärtigen Teil des Reviers, wo er einen kahlen, nur mit Ablageschränken versehenen Raum aufschloß. Ohne mit der Wimper zu zucken akzeptierte er Carmichaels Ausweis und die Erklärung, der Chief Superintendent und sein Kollege müßten die Artikel besichtigen, um ihre Berichte vervollständigen zu können, da der Tote ein ausländischer Matrose gewesen sei und so weiter. Der Sergeant wußte alles über Berichte; er hatte sein halbes Leben mit der Abfassung von Berichten verbracht. Aber er verließ den Raum nicht, während die beiden Männer die Beutel öffneten und deren Inhalt prüften.

Preston begann mit den Stiefeln, suchte nach falschen Absätzen, abnehmbaren Sohlen oder hohlen Kappen. Nichts. Socken und Unterzeug waren schnell durchgesehen. Er nahm den hinteren Deckel der Armbanduhr ab, aber es war wirklich nur eine Armbanduhr. Die Hose dauerte länger; er befühlte alle Nähte und Säume, suchte nach frischen Fäden oder dickeren Stellen, die nicht durch eine doppelte Stofflage bedingt waren. Nichts.

Der Rollkragenpullover, den der Mann getragen hatte, war kein Problem; keine Nähte, keine versteckten Papiere oder Stellen, die sich hart anfühlten. Mit dem Anorak hatte er wieder länger zu tun, aber auch aus ihm kam nichts zum Vorschein. Als er sich schließlich den Jutesack vornahm, war er mehr denn je davon überzeugt, daß ein Gegenstand, den der geheimnisvolle Semjonow möglicherweise bei sich gehabt hatte, hier stecken müsse.

Er fing mit dem zusammengerollten Sweater an, der in dem Sack gewesen war. Eigentlich nur, um ihn abhaken zu können. Ohne Befund. Dann machte er sich an die Inspektion des Jutesacks. Er arbeitete eine halbe Stunde lang, ehe er sicher sein konnte, daß der Boden nur aus einer doppelten Lage Jute bestand, die Seiten aus einfachem Stoff waren und daß die Ösen am oberen Rand keine Miniatursender waren und die Schnur keine Antenne verbarg.

Blieb nur noch die Tabaksdose. Sie war russisches Fabrikat, eine gewöhnliche Blechdose mit Schraubdeckel, und roch noch immer schwach nach herbem Tabak. Die Watte war Watte, und somit blieben nur noch die drei Metallscheiben: zwei glänzend wie Aluminium und sehr leicht, die dritte stumpf wie Blei und viel schwerer. Preston saß eine ganze Weile da und starrte die auf dem Tisch liegenden Scheiben an; Carmichael sah Preston an, und der Sergeant blickte zu Boden.

Nicht, was sie waren, gab Preston zu denken, sondern was sie *nicht* waren. Sie waren überhaupt nichts. Die Aluminiumscheiben lagen über und unter der schweren Scheibe; die schwere Scheibe hatte einen Durchmesser von fünf Zentimetern, die leichten Scheiben von siebeneinhalb. Er versuchte sich vorzustellen, wozu sie dienen könnten, zum Beispiel beim Funken, Codieren und Decodieren, beim Fotografieren. Und die Antwort lautete: zu nichts. Es waren einfach Metallscheiben. Dennoch war er ganz sicher, daß der Matrose gestorben war, weil er sie nicht in die Hände der Neds hatte fallen lassen wollen, die sie ohnehin bloß weggeworfen hätten, oder weil er sich über ihren Zweck nicht verhören lassen wollte.

Er stand auf und schlug vor, man solle zum Lunch gehen. Der Sergeant, für den das Ganze nur ein vertaner Vormittag gewesen war, steckte die Artikel wieder in die Beutel und verschloß alles in einem Schrank. Dann führte er die beiden Männer hinaus.

Während des Lunch im Hotel Pond – Preston hatte vorgeschlagen, sie sollten am Ort des Überfalls vorbeifahren – entschuldigte er sich, weil er ein Telefongespräch führen müsse.

»Es kann eine Weile dauern«, sagte er zu Carmichael. »Genehmigen Sie sich einen Brandy auf Kosten Albions.«

Carmichael grinste.

»Wird gemacht, hoch Bannockburn!«

Als man ihn vom Speisesaal aus nicht mehr sehen konnte, verließ Preston das Hotel und ging hinüber zur BP-Tankstelle, wo er im dazugehörigen Laden ein paar kleinere Ersatzteile kaufte. Dann ging er ins Hotel zurück und telefonierte nach London. Er gab seinem Assistenten Bright die Nummer des Polizeireviers von Partick und schärfte ihm ein, wann genau der Rückruf kommen solle.

Eine halbe Stunde später waren die beiden Männer wieder im Polizeirevier, wo ein deutlich mißgestimmter Sergeant sie abermals in den Raum mit den verwahrten Artikeln führte. Preston setzte sich hinter den Tisch, genau gegenüber dem Wandtelefon. Vor sich auf dem Tisch hatte er die Kleidungsstücke aus den verschiedenen Beuteln zu einem Wall aufgeschichtet. Um fünfzehn Uhr klingelte das Telefon; die Vermittlung hatte den Anruf aus London zu der Nebenstelle durchgestellt. Der Sergeant nahm den Hörer ab.

»Für Sie, Sir. London am Apparat«, sagte er zu Preston.

»Würden Sie bitte das Gespräch entgegennehmen?« bat Preston Carmichael. »Stellen Sie fest, ob es dringend ist.«

Carmichael stand auf und ging hinüber, wo der Sergeant noch am Telefon stand. Eine Sekunde lang hatten die beiden Schotten die Gesichter der Wand zugekehrt.

Zehn Minuten später war Preston endgültig fertig. Carmichael fuhr ihn wieder zum Flughafen.

»Ich werde natürlich einen Bericht machen«, sagte Preston. »Aber ich begreife noch immer nicht, was die Russen so aus dem Häuschen gebracht hat. Wie lang bleiben diese Artikel im Revier von Partick verwahrt?«

»Ach, noch wochenlang. Dem sowjetischen Konsul wurde das mitgeteilt. Die Fahndung nach den Neds läuft, aber sie ist Glückssache. Vielleicht erwischen wir einen von ihnen bei einer anderen Straftat und können ihn zum Singen bringen. Würde mich aber wundern.«

Preston ging zum Flugschalter. Die Passagiere nach London wurden bereits aufgerufen.

»Das Groteske an der Sache ist«, sagte Carmichael, als sie sich verabschiedeten, »hätte dieser Russe nicht durchgedreht, so wäre er mit dem Ausdruck unseres tiefsten Bedauerns zu seinem Schiff zurückgefahren worden, er und sein verflixtes Spielzeug.«

Als das Flugzeug abgehoben hatte, zog Preston sich in die Toilette zurück und betrachtete prüfend die drei Scheiben, die er in sein Taschentuch gewickelt hatte. Aber sie sagten ihm noch immer nichts.

Die drei Dichtungsscheiben, die er im Tankstellenladen erworben und gegen das »verflixte Spielzeug« des Russen ausgetauscht hatte, würden eine Weile ihren Dienst tun. Preston kannte einen Mann, der sich in der Zwischenzeit die russischen Scheiben genau ansehen sollte. Der Mann arbeitete außerhalb von London, und Bright hatte Auftrag, ihn zu bitten, daß er am heutigen Freitagabend auf Prestons Eintreffen warten solle.

Als Karpow kurz nach neunzehn Uhr bei General Martschenkos Datscha ankam, war es schon dunkel. Der Offiziersbursche des Generals öffnete ihm und führte ihn ins Wohnzimmer. Martschenko war bereits aufgesprungen und schien ebenso überrascht wie erfreut, seinen Freund vom anderen und größeren Geheimdienst zu sehen.

»Jewgenij Sergeiwitsch«, rief er strahlend, »was führt Sie in meine bescheidene Hütte?«

Karpow trug eine Kuriertasche in der Hand. Er hob sie hoch und grub darin herum.

»Einer meiner Jungens ist gerade aus der Türkei zurückgekommen, über Armenien«, sagte er. »Ein heller Bursche, kommt nie mit leeren Händen an. In Anatolien geht nichts mehr, also hat er in Eriwan Station gemacht und das da eingesteckt.«

Er holte eine der vier Flaschen aus der Kuriertasche, den besten armenischen Kognak, der zu haben war. Martschenkos Augen leuchteten auf.

»Akhtamar!« rief er. »Nur das Beste für das EHD.«

»Ja«, fuhr Karpow leichthin fort, »ich war unterwegs zu meiner eigenen Klitsche und dachte mir: Wer könnte mir wohl helfen, der Flasche den Garaus zu machen? Und schon kam die Antwort: Der alte Pyotr Martschenko. Also hab' ich einen kleinen Umweg gemacht. Wollen wir mal probieren, wie er schmeckt?«

Martschenko brüllte vor Lachen. »Sascha, Gläser!« schrie er.

Preston landete kurz vor siebzehn Uhr, fuhr seinen Wagen aus dem Parkplatz und schlug die Richtung zur Schnellstraße M 4 ein. Anstatt ostwärts nach London einzubiegen, fuhr er nach Westen, Richtung Berkshire. Nach einer halben Stunde erreichte er sein Ziel, eine Anlage außerhalb des Dorfes Aldermaston.

Das schlicht als »Aldermaston« bekannte Atomwaffen-Forschungszentrum, ein Lieblingsziel von Friedensmarschierern, ist in Wahrheit eine interdisziplinäre Einrichtung. Man entwickelt und baut dort zwar nukleares Gerät, betreibt aber auch Forschung auf den Gebieten Chemie, Physik, konventionelle Sprengstoffe, Maschinenbau, theoretische und angewandte Mathematik, Röntgenbiologie, Medizin, Gesundheits- und Sicherheitswesen und Elektronik. Und, nebenbei gesagt, befindet sich dort auch ein erstklassiges Metallurgisches Institut.

Vor Jahren hatte ein Wissenschaftler aus Aldermaston vor Geheimdienstoffizieren in Ulster eine Vorlesung über die Metallarten gehalten, die von den Bombenherstellern der IRA besonders häufig verwendet werden. Preston war damals unter den Zuhörern gewesen und hatte sich jetzt an den walisischen Namen des Vortragenden erinnert.

Dr. Dafydd Wynne-Evans erwartete ihn in der Eingangshalle. Preston stellte sich vor und erwähnte den Vortrag, den Dr. Dafydd Wynne-Evans seinerzeit gehalten hatte.

»Donnerwetter, das nenne ich ein Gedächtnis«, sagte Wynne-Evans leicht lispelnd mit walisischem Akzent. »Also, Mr. Preston, was kann ich für Sie tun?«

Preston griff in die Tasche, holte das Taschentuch hervor und zeigte die drei Scheiben, die darin eingewickelt waren.

»Die Dinger wurden jemandem in Glasgow abgenommen«, sagte er. »Mir sind sie rätselhaft. Ich möchte wissen, was sie sind und wofür man sie verwenden könnte.«

Der Wissenschaftler sah die Scheiben genau an.

»Sie denken an verbrecherische Zwecke?«

»Könnte sein.«

»Ohne Tests läßt sich das schwer sagen«, sagte der Metallurgist. »Heute abend habe ich ein Dinner, und morgen heiratet meine Tochter. Ist es Ihnen recht, wenn ich am Montag ein paar Tests durchführe und Sie dann anrufe?«

»Montag paßt ausgezeichnet«, sagte Preston. »Ich nehme nämlich ein paar Tage frei und werde zu Hause sein. Darf ich Ihnen meine Nummer in Kensington geben?«

Dr. Wynne-Evans eilte nach oben, schloß die Scheiben in seinem Safe ein, verabschiedete sich von Preston und machte sich auf den Weg zu seinem Dinner. Preston fuhr nach London zurück.

Während Preston auf der Heimfahrt war, hatte die Lauschstation in Menwith Hill in Yorkshire einen einzelnen »Spritzer« aus einem Geheimsender aufgefangen. Nach Menwith registrierten ihn auch Brawdy in Wales und Chicksands in Bedfordshire und ließen per Computer Kreuzpeilungen anstellen. Der Schnittpunkt war irgendwo in den Hügeln nördlich von Sheffield.

Als die Sheffielder Polizei dort ankam, erwies die Stelle sich als eine Parkbucht an einer einsamen Straße zwischen Barnsley und Pontefract. Niemand war zu sehen.

Noch am selben Abend suchte einer der diensthabenden Offiziere vom GC-Hauptquartier Cheltenham den Dienststellenleiter in dessen Büro auf.

»Es ist derselbe Strolch«, sagte er. »Ist motorisiert und hat ein gutes Gerät. War nur fünf Sekunden auf Sendung, dürfte kaum zu entschlüsseln sein. Zuerst der Distrikt Derbyshire Peak, jetzt die Hügel von Yorkshire. Sieht aus, als sei er irgendwo in den nördlichen Midlands.«

»Bleiben Sie ihm auf den Fersen«, sagte der Dienststellenleiter. »Wir haben seit einer Ewigkeit keinen schlafenden Sender mehr gehabt, der plötzlich aktiv wurde. Was er wohl mitzuteilen hat?«

Was Major Valeri Petrofski auf dem Weg über seinen Funker mitzuteilen hatte, war folgendes: Kurier zwei nicht erschienen. Meldet unverzüglich Ankunft Ersatzmann.

Die erste Flasche Akhtamar stand leer auf dem Tisch, und auch in der zweiten war bereits Ebbe. Martschenkos Gesicht hatte sich gerötet, aber er verkraftete seine zwei Flaschen am Tag, wenn es darauf ankam, und er hatte sich noch völlig unter Kontrolle.

Karpow, der selten trank um des Trinkens willen, hatte seinen Magen Jahre hindurch bei Diplomatenempfängen gestählt. Wenn er einen klaren Kopf brauchte, hatte er ihn. Überdies hatte er, ehe er von Jasjenewo abfuhr, ein halbes Pfund weiße Butter hinuntergewürgt, und obwohl ihm beinahe alles wieder hochgekommen wäre, polsterte das Fett jetzt doch seinen Magen aus und verzögerte die Wirkung des Alkohols.

»Wo sind Sie denn zur Zeit dran, Peter?« fragte er, wobei er die unter guten Freunden gebräuchliche Form des Vornamens verwendete.

Martschenko kniff die Augen zusammen.

»Warum fragen Sie?«

»Na, Peter, wir sind doch alte Kameraden. Wissen Sie nicht mehr, wie ich Sie aus dem Schlamassel geholt habe, vor drei Jahren in Afghanistan? Sie schulden mir eine Gefälligkeit. Was ist im Busch?«

Martschenko wußte es noch sehr gut. Er nickte feierlich. Im Jahr 1984 hatte er eine große GRU-Aktion gegen die Moslemrebellen droben in der Nähe des Kyberpasses geführt. Der GRU hatte es besonders auf einen berüchtigten Guerillaführer abgesehen, der von den Flüchtlingslagern in Pakistan aus immer wieder in Afghanistan einfiel. Martschenko hatte vorschnell ein Fangkommando über die Grenze geschickt, um den Mann zu schnappen. Es wurde ein voller Mißerfolg. Die moskaufreundlichen Afghanen wurden von den Pattans entlarvt und starben einen furchtbaren Tod. Der einzige Russe unter ihnen hatte Glück, er überlebte; die Pattans übergaben ihn den pakistanischen Behörden im Nordwesten des Landes, da sie hofften, mit Waffenlieferungen dafür belohnt zu werden.

Martschenko war in Schwulitäten. Er wandte sich an Karpow, den damaligen Chef des für die Illegalen zuständigen Direktorats, und Karpow setzte das Leben eines seiner besten Agenten, eines pakistanischen Offiziers in Islamabad, aufs Spiel, der den Russen »entspringen« und über die Grenze schaffen ließ. Damals hätte ein großer internationaler Zwischenfall Martschenko den Hals brechen können, und sein Name wäre einer auf der langen Liste sowjetischer Offiziere geworden, deren Karriere in diesem elenden Land ein jähes Ende fand.

»Ja, Sie haben recht, ich weiß, wie sehr ich Ihnen verpflichtet bin, aber fragen Sie mich trotzdem nicht, woran ich in den letzten Wochen gearbeitet habe. Sonderauftrag, streng geheim. Sie wissen schon, keine Namen, keinen Wirbel.«

Er tippte mit seinem wurstartigen Zeigefinger an seinen Nasenflügel und nickte feierlich. Karpow beugte sich vor, nahm die dritte Flasche und goß das Glas des GRU-Generals randvoll.

»Klar, ich weiß, tut mir leid, daß ich gefragt habe«, sagte er begütigend. »Werde nicht darauf zurückkommen. Werde nicht auf die Operation zurückkommen.«

Martschenko drohte ihm mit dem Finger. Seine Augen waren blutunterlaufen. Er erinnerte Karpow an einen angeschossenen Eber im Dickicht, nur daß sein Hirn vom Alkohol umnebelt war und nicht von Schmerz und durch Blutverlust, aber er war genauso gefährlich.

»Nicht Operation, keine Operation, ganze Schose abgeblasen. Geheimhaltung geschworen ... wir alle. Sehr hoch oben ... höher, als Sie sich vorstellen können. Nicht mehr darauf zurückkommen, ja?«

»Nicht im Traum«, sagte Karpow und goß erneut die Gläser voll. Er machte sich Martschenkos Betrunkenheit zunutze, um dessen Glas höher zu füllen als sein eigenes, aber er hatte Mühe, genau zu zielen.

Zwei Stunden später war die letzte Flasche Akhtamar zu einem Drittel geleert. Martschenko war zusammengesunken, sein Kinn lag auf der Brust. Karpow hob sein Glas zu einem weiteren der zahllosen Toasts.

»Auf das Vergessen.«

»Vergessen?«

Martschenko schüttelte verständnislos den Kopf.

»Ich bin in Ordnung. Sauf' euch EHD-Scheißer jederzeit unter den Tisch. Bin nicht vergeßlich...«

»Nein«, korrigierte Karpow. »Vergessen. Den Plan vergessen. Schwamm drüber, ja?«

»Aurora? Richtig, Schwamm drüber. Prima Idee war's aber doch.«

Sie tranken. Karpow goß nach.

»Nieder mit der ganzen Bande«, lautete sein nächster Trinkspruch. »Philby verrecke... und der Eierkopf dazu.«

Martschenko nickte zustimmend. Das Glas hatte seinen Mund verfehlt, und der Kognak lief ihm übers Kinn.

»Krilow? Arschloch.«

Es war Mitternacht, als Karpow zu seinem Wagen taumelte. Er lehnte sich an einen Baum, steckte zwei Finger in den Hals und erbrach, soviel er hervorwürgen konnte. Dann sog er tief die eisige Nachtluft ein. Es half, aber die Fahrt zu seiner Datscha war mörderisch. Er schaffte sie, mit einer verbogenen Stoßstange und zwei tiefen Kratzern. Ludmilla hatte im Morgenrock auf ihn gewartet und brachte ihn zu Bett. Sie war entsetzt bei dem Gedanken, daß er in diesem Zustand die ganze Strecke von Moskau bis zur Datscha gefahren war.

Am Samstagmorgen fuhr John Preston nach Tonbridge, um seinen Sohn Tommy abzuholen. Wie immer, wenn sein Dad ihn mit nach Hause nahm, war der Redefluß des Jungen kaum zu bremsen: Geschichten aus dem abgelaufenen Schulsemester, Ausblicke auf das nächste, Pläne für die kommenden Ferientage, Lobreden auf seine besten Freunde und deren Vorzüge, Schmähreden auf alle, die er nicht leiden konnte.

Koffer und Tasche waren im Kofferraum verstaut, und auf der Rückfahrt nach London war Preston überglücklich. Er zählte auf, was er sich alles für diese eine gemeinsame Woche ausgedacht hatte und freute sich, daß seine Pläne Anklang fanden. Nur einmal wurde das Gesicht des Jungen lang, als die Rede darauf kam, daß er nach Ablauf einer Woche in das schicke, empfindliche und ungeheuer kostspielige Apartment in Mayfair übersiedeln müsse, das Julia mit ihrem Lebensgefährten, dem Kleiderfabrikanten, bewohnte. Der Mann war alt genug, um Tommys Großvater sein zu können, und Preston argwöhnte, daß schon die kleinste Beschädigung dieses trauten Heims die Stimmung auf den Nullpunkt würde sinken lassen.

»Dad«, sagte Tommy, als sie über die Vauxhall Bridge fuhren, »warum kann ich denn nicht die ganzen Ferien über bei dir bleiben?«

Preston seufzte. Es war nicht leicht, einem Zwölfjährigen das Scheitern einer Ehe und dessen finanzielle Konsequenzen zu erklären.

»Weil«, sagte er vorsichtig, »deine Mammi und Archie nicht wirklich verheiratet sind. Wenn ich sie zwingen wollte, sich von mir scheiden zu lassen, könnte sie Geld von mir verlangen, Unterhaltszahlung nennt man das, und das könnte ich nicht zahlen, ich verdiene nicht so viel. Auf keinen Fall genug, daß es für mich reicht, für deine Schule und für Mammi. Und wenn ich diesen Unterhalt nicht zahlen kann, dann findet der Scheidungsrichter womöglich, daß du am besten ganz bei deiner Mutter lebst. Und wir würden einander nicht einmal mehr so oft sehen wie jetzt.«

»Ich hab' nicht gewußt, daß es am Geld liegt«, sagte der Junge traurig.

»Fast alles liegt letzten Endes am Geld. Traurig, aber wahr. Wenn ich uns dreien vor Jahren ein besseres Leben hätte bieten können, hätten Mammi und ich uns wahrscheinlich nicht getrennt. Ich war nur Offizier bei der Army, und als ich von der Army weg und ins Innenministerium ging, war das Gehalt auch nicht viel höher.«

»Und was *machst* du eigentlich im Innenministerium?« fragte der Junge. Er ließ das Thema der elterlichen Entfremdung einfach fallen, wie jeder junge Mensch versucht, vor schmerzlichen Tatsachen die Augen zu verschließen.
»Ach, ich bin so eine Art kleiner Beamter«, sagte Preston.
»Gosh, das muß schön langweilig sein.«
»Ja«, sagte Preston, »da kannst du recht haben.«

Jewgenij Karpow erwachte gegen Mittag mit einem monumentalen Kater, den ein halbes Dutzend Aspirintabletten gerade einigermaßen im Zaum halten konnten. Nach dem Mittagessen fühlte er sich ein bißchen besser und beschloß, einen Spaziergang zu machen.

Irgend etwas ging ihm im Kopf um; eine Erinnerung, eine Ahnung, daß er den Namen Krilow irgendwann in nicht allzu ferner Vergangenheit schon gehört hatte. Es ließ ihm keine Ruhe. In einem der nur beschränkt zugänglichen Nachschlagwerke, das er in der Datscha hatte, standen Angaben über Professor Krilow, Wladimir Iljitsch: Historiker, Professor an der Universität Moskau, langjähriges Mitglied der Partei, Mitglied der Akademie der Wissenschaften, Mitglied des Obersten Sowjet usw. usw. Das alles wußte Karpow: aber da war noch irgend etwas anderes.

Mit nachdenklich gesenktem Kopf stapfte er durch den Schnee. Die Söhne waren Ski fahren gegangen, um den letzten guten Pulverschnee auszunützen, ehe das bevorstehende Tauwetter ihn verderben würde. Ludmilla Karpowa trottete hinter ihrem Mann her. Sie kannte seine Stimmungen und hütete sich, ihn zu stören.

Sein Zustand am Abend zuvor hatte sie erstaunt, aber auch erfreut. Sie wußte, daß er kaum jemals trank, und so unmäßig überhaupt nie, ein Besuch bei seiner Freundin durfte also ausgeschlossen werden. Vielleicht war er wirklich mit einem Kollegen vom GRU, einem der sogenannten »Nachbarn«, zusammengewesen. Mit Sicherheit machte irgend etwas ihm schwer zu schaffen, und mit Sicherheit war es keine Schnepfe aus dem Arbat-Distrikt.

Es war kurz nach fünfzehn Uhr, als ihm mit einem Schlag aufging, worüber er sich die ganze Zeit den Kopf zerbrochen hatte. Ein paar Meter vor Ludmilla blieb er plötzlich stehen, sagte: »Verdammt. Natürlich«, und war sofort wieder ganz obenauf. Strahlend lächelnd nahm er ihren Arm, und sie wanderten zu ihrer Datscha zurück.

General Karpow wußte, daß er am nächsten Morgen in aller Stille in seinem Büro ein paar Nachforschungen würde anstellen müssen und daß er am Montagabend den Herrn Professor Krilow in dessen Moskauer Privatwohnung aufsuchen würde.

8. Kapitel

Das Telefon klingelte am Montagmorgen, als Preston mit seinem Sohn dabei war, die Wohnung zu verlassen.
»Mr. Preston? Hier Dafydd Wynne-Evans.«
Einen Augenblick lang konnte er mit dem Namen nichts anfangen; dann erinnerte er sich wieder an seine Nachfrage vom Freitagabend.
»Ich hab' mir Ihr kleines Metallstück angesehen. Sehr interessant. Könnten Sie herkommen, damit wir uns ein bißchen darüber unterhalten?«
»Eigentlich mach' ich gerade ein paar Tage Urlaub«, sagte Preston. »Wir wär's Ende der Woche?«
In Aldermaston trat eine Pause ein.
»Besser vorher, wenn's Ihre Zeit erlaubt.«
»Äh, sagen Sie, könnten Sie mir nicht telefonisch einen kleinen Hinweis geben?«
»Besser, wir sprechen in meinem Büro darüber«, sagte Doktor Wynne-Evans.
Preston überlegte einen Augenblick. Er wollte mit Tommy einen Tagesausflug in den Safaripark von Windsor machen. Aber der war auch in Berkshire.
»Könnte ich heute nachmittag gegen siebzehn Uhr kommen?« fragte er.
»Abgemacht«, sagte der Wissenschaftler. »Fragen Sie nach mir am Empfang. Ich lasse Sie heraufbringen.«

Professor Krilow wohnte im obersten Stock eines Blocks am Komsomolski-Prospekt, mit einem weiten Blick über die Moskwa und nur einen Katzensprung von der Universität am

Südufer entfernt. General Karpow drückte kurz nach achtzehn Uhr auf die Türklingel, und das Akademiemitglied machte selbst auf. Der Professor musterte seinen Besucher ohne ein Zeichen des Wiedererkennens.

»Genosse Professor Krilow?«

»Ja.«

»Ich bin General Karpow. Könnte ich Sie kurz sprechen?«

Er hielt ihm seinen Personalausweis hin. Professor Krilow betrachtete den Ausweis aufmerksam und nahm den Rang seines Besuchers zur Kenntnis sowie die Tatsache, daß er vom Ersten Hauptdirektorat war. Dann gab er den Ausweis zurück und bat Karpow, einzutreten. Er ging voraus in ein gut möbliertes Wohnzimmer, nahm seinem Gast den Mantel ab und bat ihn, sich zu setzen.

»Welchem Umstand verdanke ich die Ehre?« fragte er, nachdem er sich Karpow gegenüber gesetzt hatte. Er war ein Mann von Rang und Format, dem ein General des KGB nicht übermäßig imponieren konnte.

Karpow wurde klar, daß der Professor aus anderem Holz geschnitzt war. Aus Erita Philby hatte er die Sache mit dem Chauffeur heraustricksen können; den Fahrer Gregoriew hatte er mit seinem Rang eingeschüchtert; Martschenko war ein alter Kollege und schaute gerne tief in die Flasche. Krilow dagegen war ein eminentes Mitglied der Partei, des Obersten Sowjets, der Akademie und gehörte zur Elite der Nation. Karpow beschloß, keine Zeit zu verlieren und seine Trümpfe schnell und gnadenlos auszuspielen. Das war die einzige Möglichkeit.

»Professor Krilow, ich möchte, daß Sie mir im Interesse des Staates etwas sagen. Ich möchte, daß Sie mir sagen, was Sie über den Plan Aurora wissen.«

Professor Krilow saß wie vom Donner gerührt. Dann wurde er rot vor Ärger.

»General Karpow, Sie überschreiten Ihre Kompetenzen«, schnappte er. »Im übrigen weiß ich nicht, wovon Sie reden.«

»Ich glaube schon«, sagte Karpow ruhig, »und ich glaube, Sie sollten mir erzählen, was es mit diesem Plan auf sich hat.«

Als Antwort streckte Krilow gebieterisch die Hand aus.

»Ihre Befugnis, bitte.«

»Meine Befugnis ist mein Rang und mein Amt«, sagte Karpow.

»Wenn Sie nicht eine vom Genossen Generalsekretär persönlich ausgestellte Befugnis haben, dann haben Sie überhaupt keine«, sagte Krilow eisig. »Ich glaube, es ist höchste Zeit, daß ich Ihre Fragen jemandem zu Gehör bringe, der ungleich befugter ist als Sie.«

Er nahm den Telefonhörer ab und fing zu wählen an.

»Das ist vielleicht keine sehr gute Idee«, sagte Karpow. »Wußten Sie, daß einer Ihrer Mitberater, der KGB-Oberst a. D. Philby, bereits vermißt wird?«

Krilow hörte zu wählen auf.

»Was soll das heißen: vermißt wird?« fragte er. Die erste Spur eines Zögerns machte sich in seiner bis jetzt so selbstsicheren Haltung bemerkbar.

»Bitte setzen Sie sich wieder und hören Sie mich bis zum Ende an«, sagte Karpow. Krilow setzte sich. Irgendwo in der Wohnung wurde eine Tür geöffnet. Eine Sekunde lang waren die grellen Töne westlicher Jazzmusik zu hören. Dann wurde die Tür wieder geschlossen.

»Ich meine vermißt«, sagte Karpow. »Weg von zu Hause, Fahrer fortgeschickt, Frau keine Ahnung, wo er ist und wann er, wenn überhaupt, wieder zurückkommt.«

Es war ein Glücksspiel, und der Einsatz war verdammt hoch. Der Professor sah besorgt aus. Dann faßte er sich wieder.

»Es kommt nicht in Frage, daß ich über Staatsangelegenheiten mit Ihnen spreche, Genosse General. Ich muß Sie jetzt bitten zu gehen.«

»So einfach ist das nicht«, sagte Karpow. »Sie haben doch einen Sohn, Leonid, nicht wahr?«

Der plötzliche Themawechsel verblüffte den Professor.

»Ja«, sagte er, »stimmt. Warum?«

»Vielleicht darf ich Ihnen das erklären«, meinte Karpow.

Auf der anderen Seite Europas fuhren Preston und sein Sohn am Spätnachmittag eines warmen Frühlingstages aus dem Safaripark.

»Ich muß nur noch jemanden besuchen, bevor wir nach Hause fahren«, sagte der Vater. »Es ist hier ganz in der Nähe. Hast du schon mal von Aldermaston gehört?«

Der Junge riß die Augen auf.

»Die Bombenfabrik?« fragte er.

»Bombenfabrik stimmt nicht ganz«, korrigierte Preston, »es ist ein Forschungszentrum.«

»Ach nein! Da fahren wir hin? Lassen die uns rein?«

»Mich schon. Du mußt im Wagen auf dem Parkplatz bleiben. Aber es dauert nicht lange.«

Er bog nach Norden ab zur M4.

»Ihr Sohn ist vor neun Wochen von einer Reise nach Kanada zurückgekommen, auf der er als Dolmetscher bei einer Handelsdelegation fungiert hat«, sagte General Karpow ruhig. Krilow nickte.

»Und?«

»Während er dort drüben war, haben meine KR-Leute bemerkt, daß eine attraktive junge Person viel Zeit – viel zuviel Zeit, hieß es – darauf verwendete, mit den Mitgliedern unserer Delegation ins Gespräch zu kommen, vor allem mit den jüngeren, den Sekretärinnen, Dolmetschern und so weiter. Die betreffende Person wurde fotografiert und als Lockvogel identifiziert, amerikanischer, nicht kanadischer Herkunft und so gut wie sicher von der CIA.

Dieser Lockvogel wurde also überwacht, und es stellte sich heraus, daß er sich mit Ihrem Sohn Leonid in einem Hotelzimmer verabredet hatte. Um es nicht zu spannend zu machen, das Paar hatte eine kurze, aber heftige Affäre.«

Professor Krilows Gesicht war rotgefleckt vor Wut.

»Wie können Sie es wagen! Wie können Sie die Unverschämtheit haben, hierherzukommen und zu versuchen, mich, ein Mitglied der Akademie der Wissenschaften und des Obersten Sowjets, mit derart üblen Methoden zu erpressen. Das wird die Partei erfahren. Sie kennen ja die Regel: Nur die Partei kann die Partei disziplinieren. Wenn Sie auch General des KGB sind, so haben Sie doch Ihre Befugnisse meilenweit überschritten, General Karpow.«

Jewgenij Karpow saß scheinbar gedemütigt da und starrte auf den Tisch, während der Professor fortfuhr.

»Mein Sohn hat also in Kanada ein Mädchen vernascht. Dann hat sich herausgestellt, daß das Mädchen Amerikanerin war, wovon er sicher keine Ahnung hatte. Leichtsinnig vielleicht, aber mehr nicht. Ist er von diesem CIA-Mädchen angeworben worden?«

»Nein«, gab Karpow zu.

»Hat er Staatsgeheimnisse verraten?«

»Nein.«

»Dann steckt nichts dahinter als jugendlicher Leichtsinn. Er wird seinen Rüffel bekommen. Doch der Rüffel für Ihre Abwehrleute wird schärfer ausfallen. Sie hätten ihn warnen sollen. Was die Bettgeschichte anbelangt, so sind wir in der Sowjetunion nicht so prüde, wie Sie anzunehmen belieben. Kräftige junge Männer haben seit Anbeginn aller Zeiten Mädchen vernascht...«

Karpow hatte seinen Diplomatenkoffer geöffnet und ein großes Foto herausgezogen, eines aus einem ganzen Stoß, und es auf den Tisch gelegt. Professor Krilow starrte darauf, und die Stimme versagte ihm. Die Farbe wich aus seinen Wangen, und sein ältliches Gesicht sah grau aus im Lampenlicht. Mehrmals schüttelte er den Kopf.

»Tut mir leid«, sagte Karpow sehr sanft, »wirklich sehr leid. Die Überwachung galt dem Amerikaner, nicht Ihrem Sohn. Es war nicht beabsichtigt, daß es *dazu* kommen sollte.«

»Ich glaube es einfach nicht«, krächzte der Professor.

»Ich habe auch Söhne«, murmelte Karpow. »Ich glaube, ich kann verstehen oder versuchen zu verstehen, wie Ihnen zumute ist.«

Der Professor holte tief Luft, stand auf, murmelte »entschuldigen Sie bitte« und schoß aus dem Zimmer. Karpow seufzte und steckte das Foto wieder in seinen Diplomatenkoffer. Er hörte Fetzen von Jazz, als sich am Ende des Korridors eine Tür öffnete, dann plötzlich Stille, als die Musik verstummte, und Stimmen, zwei Stimmen, die wütend aufeinander einschrieen. Der Baß des Vaters und der Diskant des Sohnes. Die Auseinandersetzung endete mit einem Klatschen wie von einem Schlag. Einige Sekunden später kam Professor Krilow ins Wohnzimmer zurück. Er nahm Platz und saß da mit stumpfem Blick und hängenden Schultern.

»Was werden Sie tun?« preßte er hervor. Karpow seufzte bekümmert.

»Meine Pflicht ist völlig eindeutig. Wie Sie sagten, nur die Partei kann die Partei disziplinieren. Ich müßte von Rechts wegen den Bericht und die Fotos an das Zentralkomitee weiterleiten.

Sie kennen das Gesetz. Sie wissen, was sie mit den ›Bubis‹ anfangen. Fünf Jahre verschärftes Arbeitslager, ohne Straferlaß. Und wenn er erst einmal im Lager ist, dann wird sich sein ›Vergehen‹ schnell herumsprechen, fürchte ich. Die Folge dürfte sein, daß er dann, wie soll ich sagen, jedermanns ›Bubi‹ wird. Ein junger Mann aus behüteten Verhältnissen hat da kaum eine Chance zu überleben.«

»Aber —«, drängte der Professor.

»Aber... ich kann befinden, daß die CIA die Sache möglicherweise weiterverfolgen will. Dazu habe ich das Recht. Ich kann befinden, daß die Amerikaner in ihrer Ungeduld möglicherweise den Agenten in die Sowjetunion schicken werden, damit er den Kontakt mit Leonid wieder aufnimmt. Ich habe das Recht zu befinden, daß die Falle für Ihren Sohn in eine Falle für den CIA-Agenten verwandelt werden könnte. Während diese Operation läuft, könnte ich die Akte in meinem Privatsafe auf Eis legen, und diese Operation könnte sehr lange laufen. Dazu bin ich befugt; in operativen Angelegenheiten bin ich durchaus dazu befugt.«

»Und der Preis?«

»Das wissen Sie doch.«

»Was wollen Sie über den Plan Aurora erfahren?«

»Fangen Sie ganz einfach mit dem Anfang an.«

Preston bog in die Haupteinfahrt von Aldermaston ein, fand eine Lücke auf dem Besucherparkplatz und stieg aus.

»Endstation, Tommy. Du wartest hier auf mich. Es wird hoffentlich nicht lange dauern.«

Er ging in der Dämmerung zu der Drehtür, schleuste sich in das Gebäude und wandte sich an die beiden Männer am Empfang. Sie prüften seinen Ausweis und riefen Dr. Wynne-Evans an, der bestätigte, daß er den Besucher erwarte. Preston fuhr hinauf in den dritten Stock, wurde ins Büro geführt und gebeten, auf einem Sessel vor dem Schreibtisch Platz zu nehmen.

Der Wissenschaftler sah ihn über den Rand seiner Brille an.

»Darf ich fragen, wo Sie dieses kleine Ausstellungstück herhaben?« fragte er und deutete dabei auf die bleiähnliche Metallscheibe, die nun unter einem Glassturz ruhte.

»Wurde bei jemandem am Donnerstagmorgen in Glasgow gefunden. Was ist mit den beiden anderen Scheiben?«

»Oh, die sind nur aus ganz gewöhnlichem Alu, mein Junge.

Nur als Schutz für diese da gedacht. Mich interessiert nur die eine.«

»Wissen Sie, was das ist?« fragte Preston. Die Naivität der Frage schien Dr. Wynne-Evans zu verblüffen.

»Natürlich weiß ich, was das ist«, sagte er. »Gehört zu meinem Beruf, zu wissen, was das ist. Es ist eine Scheibe aus reinem Polonium.«

Preston runzelte die Stirn. Er hatte noch nie von einem derartigen Metall gehört.

»Nun, begonnen hat alles Anfang Januar mit einem Bericht, den Philby dem Generalsekretär vorgelegt hat. Darin behauptete Philby, daß innerhalb der britischen Labour Party ein Flügel der Harten Linken existiere, der aufgrund seiner Stärke in der Lage sei, mehr oder weniger nach Belieben die völlige Kontrolle über den Parteiapparat zu übernehmen. Das entspricht auch meiner eigenen Ansicht.«

»Und meiner«, murmelte Karpow.

»Philby ging noch weiter. Er behauptete ferner, daß es innerhalb dieses Flügels der Harten Linken eine Gruppe von dezidierten Marxisten-Leninisten gebe, die nichts weniger als dies im Sinn hätten; doch nicht in der Zeit vor den nächsten Unterhauswahlen. Unmittelbar darauf, im Gefolge eines Labour-Wahlsieges. Kurz und gut, diese Leute wollten den Sieg von Neil Kinnock abwarten und ihn dann als Parteiführer stürzen. An seine Stelle würde Englands erster marxistisch-leninistischer Premier treten und eine Reihe von Maßnahmen einleiten, die völlig in Einklang stünden mit der sowjetischen Außen- und Verteidigungspolitik, vor allem was die einseitige nukleare Abrüstung und die Ausweisung der amerikanischen Streitkräfte anbelangt.«

»Machbar«, nickte General Karpow. »Es wurde also ein Viererausschuß gebildet, der herausfinden sollte, wie dieser Wahlsieg am besten zu erringen sei?«

Professor Krilow sah überrascht auf.

»Ja. Philby, General Martschenko, ich selbst und Dr. Rogow.«

»Der Schachgroßmeister?«

»Und Physiker«, fügte Krilow hinzu. »Herausgekommen ist dabei der Plan Aurora, der eine massive Destabilisierung der englischen Wählerschaft bewirkt und Millionen von Menschen zu entschiedenen Verfechtern der einseitigen nuklearen Abrüstung gemacht hätte.«

»Sie sagen ... *hätte*?«

»Ja. Der Plan war hauptsächlich Rogows Idee. Er setzte sich energisch dafür ein. Martschenko zog mit, aber unter Vorbehalt. Philby, nun der nickte und lächelte nur immer und wartete ab, um zu sehen, aus welcher Ecke der Wind wehte.«

»Ganz Philby«, pflichtete Karpow bei. »Und dann hat der Ausschuß den Plan vorgelegt?«

»Ja. Am 12. März. Ich war dagegen. Der Generalsekretär ebenfalls. Er lehnte ihn rundweg ab, befahl, daß alle Notizen und Akten vernichtet werden sollten, und vergatterte uns alle vier zu absolutem Stillschweigen. Die Sache dürfe unter keinen Umständen je wieder zur Sprache gebracht werden.«

»Warum waren Sie eigentlich dagegen?«

»Der Plan schien mir fahrlässig und gefährlich. Und vor allem verstieß er völlig gegen das vierte Protokoll. Ein Bruch dieses Protokolls könnte für die Welt unabsehbare Folgen haben.«

»Das vierte Protokoll?«

»Ja. Zum Internationalen Atomwaffensperrvertrag. Sie erinnern sich natürlich?«

»Man muß sich an so vieles erinnern«, sagte Karpow sanft, »bitte helfen Sie meinem Gedächtnis auf die Sprünge.«

»Polonium, nie davon gehört«, sagte Preston.

»Kann ich mir vorstellen«, sagte Dr. Wynne-Evans. »Gehört nicht zu Ihrer Bastlerausrüstung. Ein sehr seltenes Metall.«

»Und wozu wird es verwendet?«

»Nun, gelegentlich – nur ganz gelegentlich, wohlgemerkt – in der Medizin, bei Heilverfahren. War Ihr Mann in Glasgow auf dem Weg zu einem Ärztekongreß oder zu einer Ausstellung von medizinischen Geräten?«

»Nein«, sagte Preston fest, »er war bestimmt nicht auf dem Weg zu einem Ärztekongreß.«

»Nun, die Medizin deckt nur zehn Prozent von dem ab, was der Mann mit der Scheibe hätte anfangen können – bevor Sie ihn darum erleichtert haben. Wenn er also nicht zu einem Ärztekongreß ging, dann bleiben nur die restlichen neunzig Prozent. Außer diesen beiden Funktionen hat Polonium keine auf diesem Planeten bekannte Verwendung.«

»Und die andere Verwendung?«

»Nun, eine Poloniumscheibe von dieser Größe kann von sich aus gar nichts tun. Wenn man sie aber mit einer anderen Scheibe aus Lithium kombiniert, dann bilden die beiden zusammen einen Initiator.«

»Einen was?«

»Einen Initiator.«

»Und, bitte, was zum Teufel ist das?«

»Am 1. Juli 1968«, sagte Professor Krilow, »wurde zwischen den damaligen Nuklearmächten, den USA, Großbritannien und der UdSSR, der Atomwaffensperrvertrag geschlossen.

In diesem Vertrag verpflichteten sich die drei Signatarstaaten, weder die Technologie noch das Material zum Bau von Nuklearwaffen an irgendein Land weiterzugeben, das damals noch nicht im Besitz einer derartigen Technologie oder des entsprechenden Materials war. Erinnern Sie sich?«

»Ja«, sagte Karpow, »daran kann ich mich erinnern.«

»Die Unterzeichnungszeremonien in Washington, London und Moskau genossen damals weltweit eine riesige Publizität.

Die später folgende Unterzeichnung von vier geheimen Zusatzprotokollen war jedoch von keinerlei Publizität begleitet.

Jedes dieser Protokolle sah eine gefahrbringende Entwicklung voraus, die damals technisch noch nicht möglich war, aber eines Tages technisch möglich werden konnte.

Im Laufe der Jahre wurden die ersten drei Protokolle gegenstandslos, entweder weil die vorausgesehene Entwicklung als unmöglich erkannt wurde, oder weil man in dem Maße, wie die Bedrohung Realität wurde, auch Gegenmittel zu ihrer Abwehr fand. Doch Anfang der achtziger Jahre wurde das vierte und geheimste der Protokolle zu einem regelrechten Alptraum.«

»Was sah das vierte Protokoll voraus?« fragte Karpow.

Professor Krilow schwieg eine Weile.

»Wir ließen uns diese Sache von Dr. Rogow erklären«, sagte er schließlich. »Wie Sie wissen, ist er Kernphysiker; er ist Spezialist auf diesem Gebiet. Das vierte Protokoll sah technologische Fortschritte im Bau von Wasserstoffbomben voraus, hauptsächlich in Richtung Miniaturisierung und Vereinfachung. Und genau das ist offensichtlich eingetreten. Einerseits sind die Waffen unendlich viel mächtiger geworden, aber auch komplizierter in der Herstellung und größer im Volumen. Es gibt aber auch die umgekehrte Entwicklung. Die Atombombe, die damals, 1945, für ihren Transport eine riesige fliegende Festung brauchte, ist heute in so kleinen Abmessungen herstellbar, daß sie in einer Aktenmappe Platz hätte, und so einfach nach dem Baukastenprinzip zu konstruieren, daß man sie aus einem Dutzend vorfabrizierter Bestandteile zusammensetzen kann.«

»Und das wird in dem vierten Protokoll geächtet?«

Professor Krilow schüttelte den Kopf.

»Mehr als das. Es verbot allen Signatarmächten die heimliche Einfuhr einer solchen Vorrichtung, zusammengebaut oder in Einzelteilen, in irgendein Land zum Zwecke der Zündung in, sagen wir, einer gemieteten Wohnung oder einem gemieteten Haus im Herzen einer Stadt.«

»Keine Vier-Minuten-Vorauswarnung«, überlegte Karpow, »keine Erfassung einer anfliegenden Rakete über Radar, kein Gegenschlag, keine Identifizierung des Täters. Nur eine Megatonnenexplosion von einer Souterrainwohnung aus.«

»Richtig«, nickte der Professor. »Darum habe ich von einem regelrechten Alptraum gesprochen. Die offenen Gesellschaften des Westens sind verwundbarer; aber auch wir sind keineswegs gefeit gegen eingeschmuggelte Vorrichtungen. Sollte das vierte Protokoll je gebrochen werden, so sind die ganzen Raketen und elektronischen Gegenmaßnahmen, ja sogar der größte Teil des militärisch-industriellen Komplexes zur Bedeutungslosigkeit verurteilt.«

»Und das wollte der Plan Aurora bewirken?«

Krilow nickte. Er schien aufzutauen.

»Aber das Ganze wurde abgeblasen«, fuhr Kapow fort, »der Plan ist, wie wir das bei uns nennen, gestorben.«

Krilow schien sich förmlich an das Wort zu klammern.

»Ganz richtig. Gestorben.«

»Aber sagen Sie mir, was passiert wäre, *wenn*«, drängte Karpow.

»Es war beabsichtigt, nach England einen sowjetischen Spitzenagenten einzuschleusen, der irgendwo in der Provinz ein Haus gemietet und den Plan Aurora ausgeführt hätte.

Sorgfältig ausgewählte Kuriere hätten ihm die rund zehn Bestandteile einer kleinen Eineinhalb-Kilotonnen-Atombombe gebracht.«

»So klein? In Hiroshima waren es zehn Kilotonnen.«

»Es war nicht beabsichtigt, großen Schaden anzurichten. Das hätte zu einer Annullierung der Unterhauswahlen geführt. Es war beabsichtigt, einen angeblichen nuklearen Unfall zu inszenieren, der die zehn Prozent Wechselwähler der einzigen Partei in die Arme treiben würde, die sich für einseitige nukleare Abrüstung ausspricht, der Labour Party.«

»Verzeihung«, sagte Karpow, »fahren Sie bitte fort.«

»Die Bombe wäre sechs Tage vor der Wahl gezündet worden«, sagte der Professor. »Die Frage des Platzes war von ausschlaggebender Bedeutung. Es handelte sich um die Basis der amerikanischen Luftstreitkräfte in Bentwaters, Suffolk. Dort sind anscheinend F-5-Bomber stationiert, die mit kleinen taktischen Atomwaffen ausgerüstet sind zur Bekämpfung unserer massierten Panzerdivisionen im Falle einer Invasion Westeuropas.«

Karpow nickte. Er kannte Bentwaters, und die Information stimmte.

»Der ausführende Offizier«, fuhr Professor Krilow fort, »wäre angewiesen worden, die zusammengebaute Vorrichtung in den frühen Morgenstunden mit dem Wagen bis an die Stacheldrahtabsperrung der Basis heranzufahren. Die ganze Basis scheint mitten im Rendlesham Forest zu liegen. Kurz vor Sonnenaufgang hätte er das Gerät zur Explosion gebracht.

Wegen der relativ geringen Sprengkraft hätte sich der Schaden auf die Luftwaffenbasis beschränkt, die weggeblasen worden wäre, den Rendlesham Forest, drei Weiler, ein Dorf, den Strand und auf ein Vogelschutzgebiet. Da die Basis ganz nahe an der Küste von Suffolk liegt, wäre die Wolke des in die Höhe geschleuderten radioaktiven Staubs bei dem vorherrschenden Westwind auf die Nordsee hinausgetrieben worden. Auf ihrem Weg zur holländischen Küste wären fünfundneunzig Prozent dieser Staubwolke unwirksam geworden oder ins Meer gefallen. Die Absicht war nicht, eine ökologische Katastrophe hervorzurufen, sondern Furcht und eine heftige Welle des Hasses auf Amerika.«

»Die Leute hätten es vielleicht nicht geglaubt«, sagte Karpow. »Eine Menge Dinge hätten schiefgehen können. Der Ausführende hätte lebend gefangengenommen werden können.«

Professor Krilow schüttelte den Kopf.

»Rogow hatte das alles bedacht. Das Ganze war ausgearbeitet wie eine Schachpartie. Dem Ausführenden wäre gesagt worden, er habe nach dem Knopfdruck auf den Zeitzünder noch zwei

Stunden, damit er möglichst weit wegfahren könne. In Wirklichkeit wäre der Zeitzünder – eine hermetisch verkapselte Einheit – auf sofortige Detonation eingestellt gewesen.«

Armer Petrofski, dachte Karpow.

»Und wie steht's mit der Glaubwürdigkeit?« fragte er.

»Am Abend des Tages, an dem die Explosion stattgefunden hätte«, sagte Krilow, »wäre ein Mann, der offensichtlich ein sowjetischer Geheimagent ist, nach Prag geflogen, um dort eine internationale Pressekonferenz abzuhalten. Dr. Nahum Wisser, ein israelischer Kernphysiker, der anscheinend für uns arbeitet.«

General Karpow verzog keine Miene.

»Sie erstaunen mich«, sagte er. Er kannte die Akte Wisser. Dr. Wisser hatte einen Sohn gehabt, den er sehr liebte. Der junge Mann war als Soldat der israelischen Armee 1982 in Beirut stationiert gewesen. Als die Phalangisten die palästinensischen Flüchtlingslager Sabra und Chatila verwüsteten, hatte Leutnant Wisser versucht zu intervenieren. Er war von einer Kugel tödlich getroffen worden.

Dem schmerzgebeugten Vater, der damals schon ein engagierter Gegner der Likudpartei war, wurde sorgfältig konstruiertes Beweismaterial vorgelegt, wonach eine israelische Kugel seinen Sohn getötet hatte. In seiner Verbitterung und Wut rückte Dr. Wisser noch ein wenig mehr nach links und erklärte sich bereit, für Rußland zu arbeiten.

»Wie dem auch sei, Dr. Wisser hätte der Weltöffentlichkeit dargelegt, daß er mit den Amerikanern jahrelang auf Austauschbesuchen an der Entwicklung von ultra-miniaturisierten nuklearen Sprengköpfen gearbeitet habe. Was anscheinend zutrifft. Er hätte ferner ausgeführt, daß er die Amerikaner zu wiederholten Malen gewarnt habe, diese Kleinstsprengköpfe seien wegen ihrer mangelnden Stabilität noch nicht einsatzfähig. Doch die Amerikaner hätten die neuen Sprengköpfe so schnell wie möglich einsetzen wollen, weil sie dann mehr Treibstoff an Bord nehmen und die Reichweite ihrer F-5-Bomber erhöhen könnten.

Man rechnete damit, daß diese Behauptungen einen Tag nach der Explosion und fünf Tage vor der Wahl die Welle von Antiamerikanismus in England in eine Sturmflut verwandeln würden, die nicht einmal die Konservativen hätten eindämmen können.«

Karpow nickte.

»Ja, das wäre wohl der Fall gewesen. Sonst noch was aus dem fruchtbaren Hirn des Dr. Rogow?«

»Noch viel mehr«, sagte Krilow verdrießlich. »Er meinte, die Amerikaner würden mit einem heftigen und theatralischen Dementi reagieren. Am vierten Tag vor der Wahl sollte dann der Generalsekretär der Welt verkünden, daß es Sache der Amerikaner sei, wenn sie unbedingt Amok laufen wollten. Ihm seinerseits bleibe keine andere Wahl, als sämtliche Streitkräfte zum Schutz des Sowjetvolks in höchste Alarmbereitschaft zu versetzen.

Am selben Abend würde einer unserer Herrn Kinnock sehr nahestehenden Freunde den Labour-Führer bedrängen, nach Moskau zu fliegen, um beim Generalsekretär persönlich für die Erhaltung des Friedens zu intervenieren. Beim geringsten Zögern hätte ihn unser Botschafter zu einem freundschaftlichen Gespräch über die Krise in seinen Amtssitz eingeladen. Angesichts des Kameraaufgebots würde er wohl schwerlich abgelehnt haben.

Nun, man hätte ihm im Handumdrehen ein Visum ausgestellt und ihn am nächsten Morgen in aller Frühe mit einer Aeroflot-Maschine nach Moskau geflogen. Der Generalsekretär hätte ihn vor den Kameras der Weltpresse empfangen, und ein paar Stunden später wären sie mit ungewöhnlich ernsten Mienen auseinandergegangen.«

»Sicher hätte man dem Labour-Führer allen Anlaß gegeben, sorgenvoll dreinzuschauen«, meinte Karpow.

»Ganz recht. Doch noch während Kinnock sich auf seinem abendlichen Rückflug nach London befunden hätte, hätte der

Generalsekretär sich mit folgender Verlautbarung an die Weltöffentlichkeit gewendet: Einzig und allein auf Ersuchen des britischen Labour-Führers werde er die höchste Alarmstufe für die Gesamtstreitkräfte wieder rückgängig machen. Kinnock wäre in London mit dem Glorienschein eines Staatsmannes von Weltformat gelandet.

Einen Tag vor der Wahl hätte er in einer aufsehenerregenden Rede an die englische Nation gefordert, ein für allemal mit dem nuklearen Wahnsinn Schluß zu machen. Laut Plan Aurora hätten die vorangegangenen sechs Tage die traditionelle Allianz mit Amerika erschüttert, die USA von den Europäern isoliert und die zehn Prozent, die entscheidenden zehn Prozent der britischen Wählerschaft veranlaßt, für die Labour Party zu stimmen und sie ans Ruder zu bringen. Danach hätte die Harte Linke die Macht übernommen. Das, General, war der Plan Aurora.«

Karpow stand auf.

»Sie sind sehr freundlich gewesen, Professor Krilow, und sehr klug. Bewahren Sie Stillschweigen, und ich werde das gleiche tun. Wie gesagt, der Plan ist gestorben. Und die Akte Ihres Sohns wird für sehr lange Zeit in meinem Safe ruhen. Ich darf mich verabschieden. Ich glaube nicht, daß ich Sie nochmals belästigen muß.«

Er lehnte sich in die Polster zurück, als der Tschaika ihn den Komsomolski-Prospekt hinunterfuhr. O ja, dachte er, der Plan ist brillant. Aber ist die Zeit nicht zu knapp?

Ebenso wie der Generalsekretär wußte er, daß die nächsten Wahlen in Großbritannien vorverlegt worden waren und in sechzig Tagen, im kommenden Juni, stattfinden sollten. Die Information an den Generalsekretär war ja schließlich durch seine Rezidentura in der Londoner Botschaft gegangen.

Karpow ging den Plan nochmals im Geist durch und suchte nach Schwachstellen. Er ist gut, dachte er schließlich, verdammt gut. Das heißt, solange er klappt. Wenn nicht, dann gibt es eine Katastrophe.

»Ein Initiator, mein guter Mann, ist eine Art Zünder für eine Bombe«, sagte Dr. Wynne-Evans.

»Oh«, sagte Preston. Er war ein bißchen enttäuscht. Bomben waren etwas Alltägliches in England. Unschön, aber örtlich begrenzt. In Irland hatte er nicht wenig damit zu tun gehabt. Er hatte von Zündern, Detonatoren und Auslösern gehört, aber noch nie von Initiatoren. Sah so aus, als habe der Russe Semjonow ein Bauteil bei sich gehabt, das für eine Terroristengruppe irgendwo in Schottland bestimmt war. Was für eine Gruppe? Tartanarmee, Anarchisten oder eine IRA-Einheit? Die Verbindung nach Rußland war merkwürdig; und sehr wohl die Fahrt nach Glasgow wert gewesen.

»Dieser, äh, Initiator aus Polonium und Lithium, könnte der in einer Hochbrisanzbombe verwendet werden?«

»Kann man wohl sagen, Boyo«, antwortete der Waliser, »einen Initiator braucht man zur Zündung einer A-Bo.«

Dritter Teil

1. Kapitel

Brian Harcourt-Smith hörte aufmerksam zu. Er hatte sich zurückgelehnt, die Augen zur Zimmerdecke gerichtet, die Finger spielten mit einem schlanken goldenen Drehstift.

»War's das?« fragte er, als Preston seinen Bericht beendet hatte.

»Ja«, sagte Preston.

»Dieser Dr. Wynne-Evans, ist er bereit, seine Schlußfolgerungen schriftlich niederzulegen?«

»Keine Schlußfolgerungen, Brian. Er gibt eine wissenschaftliche Analyse des Metalls und nennt die beiden einzigen bekannten Anwendungsgebiete. Und, ja, er hat sich einverstanden erklärt, einen schriftlichen Bericht zu verfassen. Als Ergänzung zu meinem eigenen.«

»Und Ihre eigenen Schlußfolgerungen? Oder müßte ich wissenschaftliche Analyse sagen?«

Preston ignorierte den Spott.

»Ich halte es für offenkundig, daß der Matrose Semjonow nach Glasgow kam, um diese Dose und ihren Inhalt in einem toten Briefkasten zu deponieren oder persönlich jemandem zu übergeben, den er treffen sollte«, sagte er. »In jedem Fall bedeutet das, daß irgendwo hier vor Ort ein Illegaler steckt. Wir könnten doch versuchen, ihn zu finden.«

»Eine bestechende Idee. Leider haben wir keinen Hinweis, wo wir anfangen sollen. Lassen Sie mich ganz offen sein, John. Sie bringen mich hier – wieder einmal – in eine äußerst schwierige Lage. Ich sehe wirklich nicht, wie ich diese Geschichte nach oben weiterleiten soll, solange Sie mir nicht ein bißchen mehr Beweise liefern als nur eine Scheibe aus Edelmetall, die bei einem bedauernswerten toten russischen Seemann gefunden wurde.«

»Die Scheibe wurde als die eine Hälfte des Initiators für nukleares Gerät identifiziert«, erwiderte Preston. »Als ›nur ein Stück Metall‹ kann man das kaum bezeichnen.«

»Na schön. Also: die Hälfte von etwas, das vielleicht als Auslöser dienen könnte für etwas, das vielleicht eine Bombe sein könnte; vielleicht für einen sowjetischen Illegalen bestimmt, der sich vielleicht in England aufhält. Glauben Sie mir, John, wenn Sie mir Ihren kompletten Bericht vorlegen, so werde ich mich wie immer sehr ernsthaft damit beschäftigen.«

»Und ihn dann als KWV ablegen?« fragte Preston.

Harcourt-Smiths Lächeln war ausdauernd und gefährlich.

»Nicht unbedingt. Jeder Bericht, ob von Ihnen oder von anderen, wird seinem Wert entsprechend behandelt. Und jetzt würde ich vorschlagen, daß Sie versuchen, mir irgendeinen handfesten Beweis zu bringen, der die Ihnen offenbar so teure Verschwörungstheorie untermauert. Machen Sie sich gleich ans Werk.«

»All right«, sagte Preston und stand auf. »Ich werde mich ins Zeug legen.«

»Tun Sie das«, sagte Harcourt-Smith.

Als Preston gegangen war, nahm der stellvertretende Generaldirektor sich die Liste der Hausanschlüsse vor und rief den Chef des Personalbüros an.

Am folgenden Tag, Mittwoch, dem 15., landete gegen Mittag eine Maschine der British Midland Airways aus Paris auf dem West-Midlands-Flugplatz von Birmingham. Unter den Passagieren befand sich ein junger Mann mit einem dänischen Paß.

Der Name auf dem Paß war ebenfalls dänisch, und hätte irgendein Neugieriger den jungen Mann auf dänisch angesprochen, so wäre ihm eine fließende Antwort zuteil geworden. Der Mann hatte die Anfangsgründe dieser Sprache von seiner dänischen Mutter gelernt und seine Kenntnisse in verschiedenen Sprachenschulen und bei Dänemarkreisen vervollkommnet.

Sein Vater jedoch war Deutscher gewesen, und der junge Mann war, eine ganze Weile nach dem Zweiten Weltkrieg, in Erfurt zur Welt gekommen und aufgewachsen, somit Bürger der Deutschen Demokratischen Republik. Überdies war er Offizier beim Staatssicherheitsdienst der DDR.

Er wußte nicht, worum es bei seiner Reise nach England ging, und er wollte es auch nicht wissen. Seine Instruktionen waren einfach, und er befolgte sie bis ins kleinste. Nachdem er Zoll- und Paßkontrolle ohne Schwierigkeiten durchlaufen hatte, nahm er ein Taxi und ließ sich zum Hotel Midland an der New Street bringen. Während der Fahrt und der Anmeldung im Hotel schonte er sorglich den linken Arm, der in einem Gipsverband steckte. Man hatte ihm eingeschärft, er dürfe unter gar keinen Umständen versuchen, seine Reisetasche mit dem »gebrochenen« Arm anzuheben.

Nachdem er auf sein Zimmer gegangen war und die Tür abgeschlossen hatte, begann er, den Gipsverband mit der kräftigen Stahlschere zu bearbeiten, die ganz unten in seinem Waschbeutel gesteckt hatte; vorsichtig schnitt er die perforierte Linie an der Innenseite des Unterarms entlang.

Als die Gipshülle ganz durchtrennt war, zog er sie so weit auseinander, daß er Arm, Gelenk und Hand freibekam. Den leeren Gipsverband legte er in eine mitgebrachte Tragtüte aus Plastik.

Er blieb den ganzen Nachmittag in seinem Zimmer, so daß die Tagschicht am Empfang ihn nicht ohne den Gips zu sehen bekam, und verließ das Hotel erst spätabends, nach dem Personalwechsel.

Der Zeitungskiosk an der New Street Station war ihm als Treffpunkt genannt worden, und zur angegebenen Zeit näherte sich ihm eine Gestalt im schwarzledernen Motorraddreß. Der geflüsterte Austausch der Parole dauerte nur Sekunden, die Tüte wechselte den Träger, und die Gestalt im Lederanzug war verschwunden. Keiner der beiden Männer hatte die Blicke eines Passanten auf sich gezogen.

Bei Tagesanbruch, als die Nachtschicht noch im Dienst war, meldete der Däne sich im Hotel ab, nahm den Frühzug nach Manchester und flog vom dortigen Flughafen ab, wo niemand ihn bisher gesehen hatte, mit oder ohne Gipsverband. Er flog via Hamburg, war bei Sonnenuntergang wieder in Berlin und wechselte am Checkpoint Charlie als dänischer Staatsbürger auf die andere Seite der Mauer über. Drüben erwarteten ihn seine Leute, hörten sich seinen Bericht an und brachten ihn weg. Kurier Nummer drei hatte geliefert.

John Preston war ärgerlich. Die Urlaubswoche, die er mit Tommy hatte verbringen wollen, fiel ins Wasser. Der Dienstag war großenteils mit der Berichterstattung bei Harcourt-Smith vergangen, und Tommy hatte sich die Zeit mit Lesen und Fernsehen vertreiben müssen.

Am heutigen Mittwochvormittag hatte Preston sich nicht von dem geplanten gemeinsamen Besuch von Madame Tussauds Wachsfigurenkabinett abbringen lassen, aber am Nachmittag ging er ins Büro, um seinen schriftlichen Bericht zu beenden. Auf seinem Schreibtisch fand er einen Brief von Crichton, dem Personalchef, vor. Er las ihn und wollte seinen Augen nicht trauen.

Das Schreiben war, wie üblich, im liebenswürdigsten Ton gehalten. Ein Blick in die Akten habe gezeigt, daß Preston noch vier Wochen Urlaub zustünden; er kenne natürlich die Dienstvorschrift; das Fortschreiben von Urlaubsansprüchen werde aus naheliegenden Gründen nicht gern gesehen; unbedingt nötig, mit dem Urlaub auf dem laufenden zu sein; bla, bla, bla. Kurz, er habe seinen Resturlaub unverzüglich anzutreten, das heißt am nächsten Morgen.

»Verdammte Idioten!« beschimpfte er die Bürokraten im allgemeinen. »Brauchen einen Blindenhund, damit sie aufs Klo finden.«

Er rief die Personalabteilung an und verlangte energisch, Crichton persönlich zu sprechen.

»Tim, ich bin's, John Preston. Sagen Sie, was soll der Brief auf meinem Schreibtisch? Ich kann jetzt nicht Urlaub nehmen; ich arbeite an einem Fall, bin mittendrin ... ja, ich weiß, es ist wichtig, daß man den Urlaub nicht übers Jahr hinaus verschiebt, aber dieser Fall ist auch wichtig, sogar noch verdammt viel wichtiger, also –«

Er hörte sich die Erklärung des Personalchefs an, wonach das ganze System zusammenbrechen müsse, wenn die Leute zuviel Urlaub zusammenkommen ließen, dann unterbrach er ihn.

»Tim, machen wir's kurz. Rufen Sie doch einfach Brian Harcourt-Smith an. Er wird bestätigen, daß ich an einem wichtigen Fall arbeite. Ich kann den Urlaub im Sommer nehmen.«

»John«, sagte Tim Crichton sanft, »dieser Brief wurde auf ausdrücklichen Befehl Brians geschrieben.«

Preston starrte eine ganze Weile das Telefon an.

»Ach so«, sagte er schließlich und legte auf.

»Wo gehen Sie hin?« fragte Bright, als Preston zur Tür stürzte.

»Ich brauche einen ordentlichen Drink«, sagte Preston.

Es war schon weit über die Lunchzeit, und die Bar war fast leer. Die letzten Hungrigen waren noch nicht von den ersten Durstigen abgelöst worden. In einer Ecke saß ein Paar aus der Charles Street beim Tête-à-tête, also schwang Preston sich auf einen Hocker an der Theke. Er wollte allein sein.

»Whisky«, sagte er, »einen doppelten.«

»Für mich das gleiche«, sagte eine Stimme neben ihm. »Und diese Runde geht an mich.«

Preston wandte sich um und sah Barry Banks von K.7.

»Hallo, John«, sagte Banks. »Kam gerade durch die Halle und sah Sie hier runterflitzen. Möchte Ihnen nur sagen, daß ich etwas für Sie habe. Der Meister läßt schön danken.«

»Ach ja, das. Keine Ursache.«

»Ich bring' es Ihnen morgen ins Büro«, sagte Banks.

»Nicht die Mühe wert«, sagte Preston bitter. »Wir feiern hier nämlich meine vier Wochen Urlaub. Ab morgen. Obligatorisch. Cheers.«

»Kein Grund zum Jammern«, sagte Banks beschwichtigend. »Die meisten Leute können's gar nicht erwarten, von hier rauszukommen.«

Er hatte schon bemerkt, daß Preston eine Laus über die Leber gelaufen sein mußte, und wollte seinem Kollegen von MI5 näheres darüber entlocken. Allerdings konnte er Preston nicht sagen, daß er von Sir Nigel Irvine den Auftrag hatte, Mr. Harcourt-Smiths schwarze Schafe zu hüten und zu berichten, was er dabei in Erfahrung brachte.

Nach einer Stunde und drei weiteren Whiskys war Preston noch immer in Trübsinn versunken.

»Vielleicht sollte ich meinen Abschied einreichen«, sagte er plötzlich. Banks, der ein guter Zuhörer war und nur dann und wann ein Wort dazwischenwarf, um weitere Informationen zu ergattern, war beunruhigt.

»Ziemlich drastisch«, sagte er. »Steht es so schlimm?«

»Hören Sie, Barry, es macht mir nichts aus, aus zwanzigtausend Fuß Höhe abzuspringen. Es macht mir nicht einmal etwas aus, einen Schuß abzukriegen, wenn der Fallschirm sich öffnet. Aber wenn der Schuß von der eigenen Flak stammt, krieg' ich eine Stinkwut. Ist das so absurd?«

»Finde ich absolut verständlich«, sagte Banks. »Und wer schießt auf Sie?«

»Der Schlaumeier ganz oben«, grollte Preston. »Habe wieder einmal einen Bericht geschrieben, der ihm offenbar nicht gefällt.«

»Wieder als KWV gelandet?«

Preston zuckte die Achseln.

»Wird er bestimmt.«

Die Tür ging auf, und ein Schwarm Leute drängte herein. In ihrer Mitte Brian Harcourt-Smith, umgeben von einigen seiner Abteilungsleiter. Preston leerte sein Glas.

»So, jetzt heißt's scheiden und meiden. Will mit meinem Jungen heute abend ins Kino gehen.«

Als Preston gegangen war, leerte auch Barry Banks sein Glas, überhörte eine Aufforderung, sich der Gruppe an der Theke anzuschließen, und ging in sein Büro. Von dort führte er ein langes Telefongespräch mit »C« in dessen Büro in Sentinel House.

Major Petrofski kam erst in den frühen Morgenstunden des Donnerstag wieder in Cherryhayes Close an. Den schwarzen Lederanzug und den Visierhelm hatte er zusammen mit der BMW in der Garage in Thetford gelassen. Als er den kleinen Ford leise auf den betonierten Platz vor seiner Garage fuhr, trug er einen unauffälligen Anzug und einen leichten Regenmantel. Niemand sah ihn oder die Tragtüte aus Plastik in seiner Hand, als er ins Haus ging.

Er verschloß die Tür hinter sich, ging nach oben und zog die Sockelschublade des Kleiderschranks auf. Sie enthielt ein Transistorradio. Er legte den leeren Gipsverband dazu.

Er beschäftigte sich mit keinem der beiden Gegenstände. Er wußte nicht, was sie enthielten, und er war auch nicht neugierig. Das war Sache des Monteurs, der erst eintreffen und sich ans Werk machen würde, wenn alle notwendigen Einzelteile an Ort und Stelle waren.

Ehe er zu Bett ging, machte er sich eine Tasse Tee. Insgesamt sollten neun Kuriere kommen. Das bedeutete neun Treffs und neun Ausweichtreffs, falls die ersten nicht zustande kämen. Er hatte sie alle im Kopf und dazu noch weitere sechs für die drei zusätzlichen Kuriere, die notfalls als Ersatzleute benutzt werden müßten.

Einen von ihnen würde man jetzt in Marsch setzen müssen, da Kurier Nummer zwei nicht erschienen war. Petrofski hatte keine Ahnung warum. Major Wolkow im fernen Moskau kannte den Grund. Moskau hatte einen ausführlichen Bericht des Konsuls aus Glasgow erhalten, der seiner Regierung versichert hatte, sämtliche Effekten des toten Matrosen lägen wohlverschlossen im Polizeirevier Partick und würden auch bis auf weiteres dort bleiben.

Petrofski ging im Geist seine Liste durch. Kurier Nummer vier war in vier Tagen fällig, der Treff sollte im Londoner West End stattfinden. Der Morgen des 16. dämmerte bereits, als er einschlief. Als letztes hörte er noch das Gewimmer des Milchwagens und das Klappern der morgendlichen Zustellungen.

Diesmal trat Banks offener auf. Er wartete auf Preston am Eingang zu dessen Wohnblock, als der Mann von MI5 am Freitagnachmittag mit Tommy auf dem Beifahrersitz angefahren kam.

Die beiden waren im Luftfahrt-Museum von Hendon gewesen, wo der Junge, begeistert von den Kampfflugzeugen vergangener Zeiten, verkündet hatte, er wollte Pilot werden, wenn er erwachsen sei. Sein Vater wußte, daß er sich schon für mindestens sechs Berufe entschieden hatte und daß noch vor Jahresende weitere hinzukommen würden. Es war ein schöner Nachmittag gewesen.

Banks schien überrascht, als er den Jungen sah; er war offensichtlich nicht auf dessen Anwesenheit gefaßt gewesen. Er nickte und lächelte, und Preston stellte ihn als »jemand aus dem Büro« vor.

»Was ist jetzt wieder los?« fragte Preston.

»Einer meiner Kollegen möchte Sie nochmals sprechen«, sagte Banks vorsichtig.

»Vielleicht am Montag?« fragte Preston. Am Sonntag würde seine Woche mit Tommy enden. Dann mußte er den Jungen nach Mayfair zu Julia bringen.

»Eigentlich erwartet er Sie schon jetzt.«

»Wieder auf dem Rücksitz eines Autos?« fragte Preston.

»Äh, nein. Kleine Wohnung, die wir in Chelsea haben.«

Preston seufzte.

»Sagen Sie mir, wo es ist. Ich fahre hin, und Sie gehen inzwischen mit Tommy in der Nähe ein Eis essen.«

»Muß erst nachfragen«, sagte Banks.

Er betrat die nahe gelegene Telefonzelle. Preston und sein Sohn warteten beim Auto. Banks kam zurück und nickte.

»Geht in Ordnung«, sagte er und gab Preston einen Zettel. Preston fuhr los, während Tommy Banks den Weg zu seiner Lieblings-Eisdiele zeigte.

Die Wohnung war klein und diskret, in einem modernen Häuserblock nicht weit von der Chelsea Manor Street. Sir Nigel öffnete selber. Wie üblich war er ganz altväterliche Höflichkeit.

»Mein lieber John, wie nett, daß Sie gekommen sind.«

Wäre ihm von vier Muskelmännern ein Mensch, verschnürt wie ein Brathuhn, angeschleppt worden, er hätte gleichfalls gesagt: »Wie nett, daß Sie gekommen sind.«

Als sie in dem kleinen Wohnzimmer saßen, brachte der Meister Prestons ersten Bericht zum Vorschein.

»Aufrichtigen Dank. Außerordentlich interessant.«

»Aber offenbar nicht glaubwürdig.«

Sir Nigel warf dem Jüngeren einen scharfen Blick zu, wählte jedoch seine Worte mit Bedacht.

»Das möchte ich nicht unbedingt sagen.«

Dann lächelte er flüchtig und wechselte das Thema.

»Bitte nehmen Sie es Barry nicht übel, ich habe ihn gebeten, ein Auge auf Sie zu haben. Es scheint, daß Sie bei Ihrer Arbeit zur Zeit nicht allzu glücklich sind.«

»Ich arbeite zur Zeit nicht, Sir. Ich habe Zwangsurlaub.«

»Wie ich vermutete. Hängt mit irgendwas in Glasgow zusammen.«

»Haben Sie noch keinen Bericht über die Sache erhalten, die vergangene Woche dort passiert ist? Es ging um einen russischen Matrosen, den ich für einen Kurier halte. Das geht doch zweifellos Sechs an?«

»Der Bericht wird bestimmt bald kommen«, sagte Sir Nigel. »Würden Sie so freundlich sein und mich ins Bild setzen?«

Preston fing mit dem Anfang an und erzählte die ganze Geschichte, soweit er sie kannte. Sir Nigel wirkte sehr nachdenklich, und war es auch: Mit einem Teil seiner Aufmerksamkeit nahm er jedes Wort in sich auf, und mit dem anderen Teil stellte er Berechnungen an.

Sie würden es nicht wirklich versuchen, oder doch? dachte er. Das vierte Protokoll würden sie nicht brechen? Oder doch? Verzweifelte Menschen greifen manchmal zu verzweifelten Maßnahmen, und er wußte aus verschiedenen Gründen, daß die UdSSR auf so manchem Gebiet, in der Nahrungsmittelproduktion, der Wirtschaft und in Afghanistan, in einer verzweifelten Lage war. Plötzlich wurde er gewahr, daß Preston aufgehört hatte zu sprechen.

»Bitte verzeihen Sie«, sagte er. »Was schließen Sie aus alledem?«

»Ich glaube, daß Semjonow kein Handelsmatrose war, sondern ein Geheimkurier. Es scheint mir unabweisbar. Er hat alles getan, um das, was er bei sich trug, zu schützen, und sich das Leben genommen, um dem zu entgehen, was er sich unter einem Verhör durch uns vorgestellt haben muß. Warum? Weil man ihm eingeschärft hatte, daß sein Auftrag von entscheidender Wichtigkeit sei.«

»Leuchtet ein«, gab Sir Nigel zu. »Folglich?«

»Folglich glaube ich, daß diese Poloniumscheibe für einen Empfänger bestimmt war, der sie entweder bei einem Treff oder aus einem toten Briefkasten bekommen sollte. Das bedeutet, daß dieser Mann sich hier aufhält, in England. Ich meine, wir sollten versuchen, ihn zu finden.«

Sir Nigel verzog das Gesicht.

»Wenn er ein Spitzenmann ist, dann könnten wir ebensogut eine Nadel im Heuhaufen suchen«, murmelte er.

»Ja, das weiß ich.«

»Um welche Befugnisse hätten Sie nachgesucht, wenn Sie nicht in Zwangsurlaub geschickt worden wären?«

»Ich glaube, Sir Nigel, daß mit einer einzigen Poloniumscheibe niemand etwas anfangen kann. Was immer der Illegale vorhaben mag, er braucht noch weiteres Zubehör. Nun scheint es, daß derjenige – wer immer das sein mag –, der Semjonow herübergeschickt hat, aus ganz bestimmten Gründen entschlossen ist, nicht die Diplomatenpost der Sowjetbotschaft zu benutzen. Ich weiß nicht, warum, denn es wäre soviel einfacher gewesen, ein kleines bleigefüttertes Päckchen per Diplomatenpost nach England zu schicken und es von einem der N-Leute in einem toten Briefkasten deponieren zu lassen, wo der Mann vor Ort es hätte abholen können. Also frage ich mich, warum das nicht gemacht wurde. Und die Antwort lautet schlicht: Ich weiß es nicht.«

»Richtig«, räumte Sir Nigel ein. »Folglich?«

»Folglich kann es, wenn diese Lieferung für sich allein nutzlos ist, nicht dabei bleiben. Nach dem Gesetz der Wahrscheinlichkeit müssen noch weitere Lieferungen kommen. Und sie werden offenbar entweder ahnungslosen Reisenden mitgegeben oder Kurieren, die als harmlose Seeleute oder Gott weiß was sonst auftreten.«

»Und was möchten Sie am liebsten unternehmen?« fragte Sir Nigel.

Preston holte tief Atem.

»Wenn es nach mir ginge«, sagte er betont, »würde ich alle Einreisen aus der Sowjetunion in den vergangenen vierzig, fünfzig, ja sogar hundert Tagen nachträglich überprüfen. Auf einen weiteren Straßenüberfall würde ich wohl kaum stoßen, aber es könnte sich ein anderer Zwischenfall ereignet haben. Wenn nicht, so würde ich die Kontrollen bei allen Einreisenden aus der UdSSR verschärfen, ja sogar aus dem gesamten Ostblock. Möglicherweise könnten wir auf diese Weise eine weitere Lieferung abfangen. Als Chef von C.5. (C) hätte ich das tun können.«

»Und jetzt, glauben Sie, haben Sie diese Möglichkeit nicht mehr?«

Preston schüttelte den Kopf.

»Selbst wenn ich morgen meine Arbeit wieder aufnehmen dürfte, würde man mir mit ziemlicher Sicherheit diesen Fall wegnehmen. Offenbar bin ich ein Panikmacher und Unruhestifter.«

Sir Nigel nickte nachdenklich.

»Grenzüberschreitungen zwischen Dienststellen gelten nicht gerade als feine Lebensart«, sagte er wie zu sich selbst. »Als ich Sie bat, für mich nach Südafrika zu fliegen, hat Sir Bernard seinen Segen dazu gegeben. Später erfuhr ich, diese Abstellung habe, obwohl sie nur kurzfristig war, bei gewissen Stellen in Charles zu – wie soll ich es ausdrücken – Mißhelligkeiten geführt.

Mir liegt wirklich nicht an einem offenen Zerwürfnis mit meinem Schwesterdienst. Andererseits bin ich, gleich Ihnen, der Ansicht, daß an diesem Eisberg mehr dran sein könnte als nur die Spitze. Also, Sie haben noch drei Wochen Urlaub. Wären Sie willens, während dieser Zeit an dem Fall zu arbeiten?«

»Für wen?« fragte Preston verblüfft.

»Für mich«, sagte Sir Nigel. »Ins Sentinel House könnten Sie nicht kommen. Man würde Sie sehen, es würde sich herumsprechen.«

»Wo sollte ich dann arbeiten?«

»Hier«, sagte »C«. »Es ist klein, aber behaglich. Ich bin befugt, genau die gleichen Informationen einzuholen wie Sie, wenn Sie an Ihrem Schreibtisch säßen. Jeder Zwischenfall, in den ein Bürger der Sowjetunion oder eines Ostblockstaats verwickelt ist, wird registriert, entweder schriftlich oder in einem Computer. Da Sie nicht zu den Akten oder zu dem Computer kommen können, sorge ich dafür, daß die Akten und die Computerausdrucke zu Ihnen kommen. Was sagen Sie dazu?«

»Wenn Charles Street dahinterkommt, bin ich in Fünf erledigt«, sagte Preston. Er dachte an sein Gehalt, seine Pension, an die Aussichten, in seinem Alter einen neuen Job zu bekommen; er dachte an Tommy.

»Wie lange, glauben Sie, wird unter der augenblicklichen Leitung noch Ihres Bleibens in Charles sein?« fragte Sir Nigel.

Preston lachte kurz auf.

»Nicht lange«, sagte er. »All right, Sir, ich mach's. Ich möchte an diesem Fall dranbleiben. Da steckt irgend etwas dahinter.«

Sir Nigel nickte anerkennend.

»Sie sind ein hartnäckiger Mensch, John. Ich habe viel für Hartnäckigkeit übrig. Sie macht sich fast immer bezahlt. Kommen Sie Montag um neun hierher. Zwei von meinen eigenen Jungens werden Sie erwarten. Sagen Sie ihnen nur, was Sie haben wollen, und sie werden es Ihnen bringen.«

Am selben Montagvormittag, an dem Preston in Chelsea mit seiner Arbeit anfing, landete der international berühmte tschechische Konzertpianist aus Prag auf dem Flugplatz Heathrow, da er am nächsten Abend ein Konzert in Wigmore Hall geben sollte.

Die Flughafenbehörden waren verständigt worden, und mit Rücksicht auf den hohen Gast wurden die Zoll- und Einreiseformalitäten so schonend wie möglich abgewickelt. Der greise Musiker wurde in der Ankunftshalle von einem Mitarbeiter der Konzertagentur Victor Hochhauser begrüßt und zusammen mit seinem kleinen Gefolge unverzüglich zu seiner Suite im Hotel Cumberland gebracht.

Das Gefolge bestand aus drei Personen: dem Garderobier, der sich hingebungsvoll um die Kleidung und sonstigen persönlichen Reiseutensilien des Maestro kümmerte; einer Sekretärin, die seine Fan-Post und Korrespondenz erledigte; und seinem Impresario, einem großen Mann mit Leichenbittermiene namens Lichka, der für Verhandlungen mit Konzertagenten und für die Finanzen zuständig war und ausschließlich von Natrontabletten zu leben schien.

An diesem Montag konsumierte Mr. Lichka ein ungewöhnlich großes Pillenquantum. Was er jetzt tun mußte, tat er sehr ungern, aber die Leute vom StB besaßen große Überredungskraft. Niemand, der seine fünf Sinne beisammen hatte, widersetzte sich offen den Männern des StB, der tschechoslowakischen Geheimpolizei und Geheimdienstorganisation, oder ließ es darauf ankommen, zwecks weiterer Gespräche in ihr Hauptquartier vorgeladen zu werden, das gefürchtete Kloster. Die Leute hatten Lichka klargemacht, daß die Aufnahme seiner Enkelin in die Universität bedeutend leichter zu erreichen sei, wenn er ihnen helfen wolle, womit sie ihm auf höfliche Weise beigebracht hatten, daß das Mädchen andernfalls nicht die geringste Chance habe, zum Studium zugelassen zu werden.

Als sie ihm seine Schuhe zurückgaben, konnte er keine Spur einer Manipulation entdecken; er hatte sie, wie befohlen, auf dem Flug getragen und war mit ihnen durch den Flughafen Heathrow marschiert.

Am Abend trat ein Mann an die Hotelrezeption und fragte höflich nach Mr. Lichkas Zimmernummer. Sie wurde ihm ebenso höflich genannt. Fünf Minuten später, genau zu der Zeit, die ihm angegeben worden war, klopfte jemand leise an Lichkas Tür. Ein Zettel wurde unter der Tür durchgeschoben. Er las den verabredeten Code, öffnete die Tür einen Spalt weit und reichte eine Plastiktüte hinaus, in der das Paar Schuhe steckte. Eine unsichtbare Hand nahm die Tüte, und er schloß die Tür. Als er den Zettel in die Toilette gespült hatte, atmete er auf. Es war leichter gewesen, als er angenommen hatte. Jetzt, dachte er, wollen wir uns wieder unserer Musik zuwenden.

Noch vor Mitternacht lagen die Schuhe zusammen mit dem Gipsverband und dem Transistorradio in einer Schublade in einem stillen Winkel von Ipswich. Kurier Nummer vier hatte geliefert.

Sir Nigel Irvine suchte Preston am Freitagnachmittag in der Wohnung in Chelsea auf. Der Mann von MI5 sah erschöpft aus, und in der ganzen Wohnung stapelten sich Akten und Computerausdrucke.

Seit fünf Tagen arbeitete er, bisher ohne Erfolg. Er hatte mit den Leuten begonnen, die während der vergangenen vierzig Tage aus der UdSSR nach England eingereist waren. Es waren Hunderte gewesen. Delegationsmitglieder, Geschäftsleute, Journalisten, Gewerkschaftler, eine Chorgemeinschaft aus Georgien, eine Kosakentanztruppe; zehn Sportler und ihr ganzer Hofstaat und eine Gruppe von Ärzten, die zu einem Kongreß in Manchester reiste. Und das waren erst die Russen.

Ferner waren alle möglichen heimkehrenden Touristen aus der Sowjetunion gekommen; von den Kulturkonsumenten, die zur Eremitage von Leningrad gepilgert waren, über die Schulklasse, die in Kiew gesungen hatte, bis hin zu der Friedensdelegation, die der sowjetischen Propagandamaschinerie reichlich Nahrung geliefert hatte, indem sie bei Pressekonferenzen in Moskau und Charkow ihr eigenes Land schmähten.

Diese Liste enthielt noch nicht die Aeroflot-Crews, die im Rahmen des normalen Flugverkehrs ein- und ausreisten, so daß der Erste Offizier Romanow nicht erwähnt wurde.

Natürlich fand sich auch kein Hinweis auf einen Dänen, der aus Paris nach Birmingham gekommen und von Manchester aus wieder abgeflogen war.

Am Mittwoch hatte Preston begriffen, daß es zwei Möglichkeiten gab: bei den Einreisen aus der UdSSR bleiben, aber sechzig Tage zurückblättern; oder das Netz weiter auslegen und *alle* Einreisenden aus *allen* Ostblockländern erfassen. Das bedeutete Tausende und Abertausende von Überprüfungen. Er hatte beschlossen, bei der Vierzig-Tage-Frist zu bleiben, aber die Suche auf alle kommunistischen Staaten auszuweiten. Die Papierflut stieg ihm bald bis zum Gürtel.

Die Zollbehörden waren ihm behilflich. Es hatte ein paar Beschlagnahmungen gegeben, aber immer nur wegen Überschreitung der Menge bei zollfreien Waren. Unter den beschlagnahmten Artikeln hatte sich nichts Rätselhaftes befunden. Bei der Einwanderungsstelle waren keine »aufgetakelten« Pässe vorgelegt worden, aber das war zu erwarten gewesen. Die ausgefallenen und phantastischen Schriftstücke, die manchmal von Reisenden aus der dritten Welt bei der Paßkontrolle vorgezeigt werden, kommen bei Leuten aus dem Ostblock niemals vor. Nicht einmal abgelaufene Pässe, die den häufigsten Grund für eine Zurückweisung durch die Einreisebehörde bilden. In den kommunistischen Ländern werden die Pässe der Ausreisenden so gründlich überprüft, daß eine Panne bei der Einreise in England kaum möglich ist.

»Und somit«, sagte Preston finster, »bleiben nur noch die Nichtüberprüfbaren. Die Handelsmatrosen, die, ohne kontrolliert zu werden, in über zwanzig Handelshäfen an Land gehen; die Besatzungen der schwimmenden Fischfabriken, die jetzt vor Schottland schippern; die Crews der Luftfahrtgesellschaften, die kaum jemals überprüft werden; und die Einreisenden mit Diplomatenstatus.«

»Ganz wie ich dachte«, sagte Sir Nigel. »Nicht leicht. Haben Sie denn eine Ahnung, wonach Sie suchen?«

»Ja, Sir. Am Montag habe ich einen Ihrer Jungens nach Aldermaston zu den Atomphysikern geschickt. Nach deren Ansicht dürfte die Poloniumscheibe sich zur Zündung einer Bombe eignen, die zugleich klein, unkompliziert in der Bauart und von relativ geringer Brisanz ist; wenn man bei einem atomaren Sprengkörper überhaupt von ›relativ geringer Brisanz‹ sprechen kann.«

Er reichte Sir Nigel eine Liste.

»Das dürften in etwa die Dinge sein, die wir suchen.«

»C« studierte die Liste der Zubehörteile.

»Ist das alles, was man dazu braucht?« fragte er schließlich.

»Für das Baukastenmodell, ja. Ich hatte keine Ahnung, wie einfach die Dinger hergestellt werden können. Abgesehen vom spaltbaren Uran und dem Stahlpanzer könnte das Zeug fast überall versteckt werden, ohne aufzufallen.«

»Und wie soll es jetzt weitergehen, John?«

»Ich suche nach einem Bewegungsmuster, Sir Nigel. Die einzige Möglichkeit. Ein Muster aus Ein- und Ausreisen derselben Paßnummer. Wenn ein oder zwei Kuriere verwendet werden, so müssen die häufig ein- und ausreisen und dabei verschiedene Ein- und Ausreiseorte benutzen, wahrscheinlich auch verschiedene Abreiseorte im Ausland; sollte sich dabei ein Muster zeigen, so könnten wir eine landesweite Fahndung nach einer beschränkten Anzahl von Paßnummern auslösen. Es ist nicht viel, aber mehr habe ich nicht.«

Sir Nigel stand auf.

»Bleiben Sie dran, John. Ich verschaffe Ihnen Zugang zu allem, was Sie wollen. Inzwischen wollen wir beten, daß, wer immer unser Gegner sein mag, er nur einen einzigen Fehler macht, indem er denselben Kurier mehrmals einsetzt.«

Aber dazu war Major Wolkow zu gut. Er machte keinen Fehler. Er hatte keine Ahnung, was die Zubehörteile waren, noch wozu sie dienen sollten. Er wußte nur, daß er Befehl hatte, sie sicher nach England zu schaffen und rechtzeitig für eine Reihe von Treffs auf der Insel zu sorgen; er wußte, daß jeder Kurier Zeit und Ort seines ersten Treffs und des Ausweichtreffs im Kopf haben mußte und daß nichts über die KGB-Rezidentura an der Londoner Botschaft gehen durfte.

Er mußte neun Sendungen und zwölf wohlvorbereitete Geheimkuriere ins Land schmuggeln. Einige der Männer waren keine Profis, das wußte er, aber wenn ihre Tarnung hieb- und stichfest und ihre Reise Wochen und Monate im voraus arrangiert war, wie bei dem Tschechen Lichka, hatte er nichts dagegen.

Um Generalmajor Borisow nicht durch die Entnahme weiterer

zwölf Illegaler und deren Legenden argwöhnisch zu machen, hatte er seine Netze über das Gebiet der UdSSR hinaus ausgeworfen und drei der »Schwester«-Dienste eingespannt: den tschechoslowakischen Geheimdienst StB, den polnischen SB und den alleruntertänigsten und blindlings gehorchenden Geheimdienst der DDR, die Hauptverwaltung Aufklärung, kurz HVA.

Die Ostdeutschen hatten gegenüber den Polen und Tschechen in der Bundesrepublik Deutschland, in Frankreich und England einen großen Vorzug. Wegen der ethnischen Identität von Ost- und Westdeutschen und der Tatsache, daß bereits Millionen früherer Ostdeutscher nach Westdeutschland geflohen sind, führt die HVA von ihrer Ostberliner Basis aus weit mehr Illegale im Westen als irgendein anderer Geheimdienst des Ostblocks.

Wolkow hatte nur zwei Russen einsetzen wollen, und zwar sollten sie als erste hinübergehen. Er konnte nicht wissen, daß einer von ihnen von Rowdys überfallen werden würde, und er hatte keine Ahnung, daß die Lieferung des falschen Matrosen nicht mehr in dem Glasgower Polizeirevier unter Verschluß lag. Er wandte stets dreifache Vorsichtsmaßnahmen an, weil das seiner Natur und seiner Ausbildung entsprach.

Für die restlichen sieben Sendungen benutzte er einen polnischen Kurier, zwei tschechische (einschließlich Lichka) und vier ostdeutsche. Auch den zehnten Kurier, den Ersatzmann für den toten Kurier Nummer zwei, stellten die Polen. Für die technischen Änderungen, die an zwei Motorfahrzeugen vorgenommen werden mußten, benutzte er sogar eine HVA-eigene Werkstätte in der Bundesrepublik, genau gesagt, in Braunschweig.

Nur die beiden Russen und der Tscheche Lichka reisten von Städten im Ostblock ab; und nun auch noch der zehnte Mann, der von der polnischen Luftfahrtgesellschaft LOT sein müßte.

Wolkow sorgte mit allen Mitteln dafür, daß keines der Muster, die Preston in der inzwischen zu einem Meer angewachsenen Papierflut suchte, zum Vorschein kam.

Sir Nigel Irvine versuchte, wie so viele Menschen, die in London arbeiten müssen, an den Wochenenden zum Luftschnappen aufs Land zu fahren. Die Woche über blieben er und Lady Irvine in London, aber sie besaßen ein kleines rustikales Cottage in Südwest-Dorset, auf der Insel Purbeck, in einem Dorf namens Langton Matravers.

An diesem Sonntag hatte »C« sich mit Tweedjacke und Hut ausgerüstet, einen kräftigen Eschenstock mitgenommen und war die Straßen und Wege entlangmarschiert, bis zu den Klippen über Chapman's Pool am St. Alban's Head. Die Sonne schien, aber der Wind war kühl. Die silbernen Haarbüschel, die über Sir Nigels Ohren unter dem Hut hervorlugten, flatterten wie kleine Flügel. Er schlug den Klippenpfad ein und wanderte in tiefen Gedanken dahin. Dann und wann blieb er stehen und blickte hinaus auf die schäumenden Wellenkämme des Ärmelkanals.

Er dachte über die Schlüsse nach, die sich aus Prestons erstem Bericht ziehen ließen, und darüber, wie auffallend sie mit dem übereinstimmten, was Sweeting in seiner Klause in Oxford ausgeknobelt hatte. Zufall? Leeres Stroh? Solide Anhaltspunkte? Oder nur ein Haufen Unsinn, den ein allzu phantasievoller Beamter und ein erfinderischer Gelehrter zusammengetragen hatten?

Und wenn es kein Unsinn wäre, wo könnte die Verbindung zu einer kleinen Poloniumscheibe zu suchen sein, die sich aus Leningrad in ein Glasgower Polizeirevier verirrt hatte?

Wenn die Metallscheibe das war, wofür Wynne-Evans sie hielt, was bedeutete dies dann? Konnte es bedeuten, daß irgend jemand, weit jenseits dieser anbrandenden Wogen, wirklich versuchte, das vierte Protokoll zu brechen?

Und wenn ja, wer könnte dieser Jemand sein? Schebrikow und Kryutschow, im Auftrag des KGB? Nein, sie würden nie wagen, etwas Derartiges zu tun, es sei denn auf Befehl des Generalsekretärs. Und wenn es der Generalsekretär war, warum?

Und warum benutzte man nicht die Diplomatenpost? So viel

einfacher, leichter, sicherer. Hier glaubte er, einen Grund erblikken zu können. Alles, was über die Botschaft ging, ging auch über die KGB-Rezidentura. Sir Nigel wußte besser als Schebrikow, Kryutschow oder der Generalsekretär, daß die Rezidentura infiltriert war. Er selber hatte seine Quelle Andrejew dort sitzen.

Das ergab einen Sinn. Der Generalsekretär hatte seit einiger Zeit allen Grund, wegen der Flut von Überläufern aus dem KGB bestürzt zu sein. Nach allem, was man erfuhr, hatte die Enttäuschung in Rußland auf allen Ebenen so weit um sich gegriffen, daß sogar die Elite der Elite davon erfaßt worden war. Zu den Desertionen, die Ende der siebziger Jahre eingesetzt hatten und während der achtziger Legion geworden waren, kamen noch die Massenausweisungen sowjetischer Diplomaten rund um die Welt, die mit den verzweifeltsten Mitteln versucht hatten, Agenten anzuwerben und nur erreichten, daß die Lage noch verzweifelter wurde, nachdem die als Diplomaten getarnten Agentenführer ausgewiesen wurden, und die Netze in größter Verwirrung zurückblieben. Sogar die Länder der dritten Welt, die noch vor einem Jahrzehnt nach der sowjetischen Pfeife tanzten, fanden zur Eigenständigkeit und wiesen Sowjetagenten wegen groben Verstoßes gegen die diplomatischen Spielregeln aus.

Ja, eine größere Operation unter Umgehung des KGB würde ins Bild passen. Sir Nigel hatte aus sicherer Quelle gehört, daß der Generalsekretär eine Art Verfolgungswahn entwickle, was eine westliche Infiltration des KGB anging. Wetten, so hieß es in Geheimdienstkreisen, daß auf jeden Verräter, der überläuft, einer kommt, der noch immer vor Ort arbeitet.

Dort drüben also gab es einen Mann, der Kuriere und ihre Lieferungen nach England schickte; gefährliche Lieferungen, die Anarchie und Chaos bringen sollten, in einem Ausmaß, das Sir Nigel noch nicht absehen konnte, aber immer weniger bezweifelte, je weiter er in seinen Überlegungen fortschritt. Und dieser Mann arbeitete für einen weiteren Mann, einen sehr hochgestellten, der diese kleine Insel gar nicht liebte.

»Aber du wirst sie nicht finden, John«, murmelte er in den gleichgültigen Wind. »Du bist gut, aber sie sind besser. Und sie halten die Trümpfe in der Hand.«

Sir Nigel war einer der letzten Grandseigneurs, Angehöriger einer aussterbenden Rasse, die auf allen Ebenen der Gesellschaft von neuen Männern eines anderen Typus ersetzt wurde, auch in den höchsten Regionen des Geheimdiensts, wo Kontinuität in Stil und Typus sozusagen zum Mobiliar gehörten.

Also blickte er hinaus über den Kanal, wie schon so viele Engländer vor ihm, und traf seine Entscheidung. Noch stand nicht fest, daß das Land seiner Väter ernstlich bedroht war; fest stand hingegen, daß die Möglichkeit einer solchen Bedrohung existierte. Aber das genügte.

An derselben Küste, ein Stück weiter östlich, stand auf den Dünen über der kleinen Hafenstadt Newhaven in Sussex gleichfalls ein Mann und blickte auf die anbrandenden Wogen des Ärmelkanals.

Er trug einen schwarzledernen Motorradanzug, den Helm hatte er auf den Sitz seiner geparkten BMW gelegt. Ein paar Sonntagsausflügler mit ihren Kindern spazierten über die Dünen, aber sie schenkten ihm keine Beachtung.

Er beobachtete das Näherkommen eines Fährschiffs, das schon vor einiger Zeit am Horizont aufgetaucht war und sich auf die schützende Hafenmole zupflügte. In einer halben Stunde würde die aus Dieppe kommende *Cornouailles* anlegen. Kurier Nummer fünf müßte an Bord sein.

Kurier Nummer fünf stand tatsächlich auf dem Vorderdeck und sah die englische Küste herankommen. Er gehörte zu den Nichtmotorisierten und hatte eine Fahrkarte für das Fährschiff plus Anschlußzug nach London.

Sein Paß lautete auf den Namen Anton Zelewski, und so lautete auch sein wirklicher Name. Ein Paß der Bundesrepublik

Deutschland, wie der Kontrollbeamte feststellte, aber das war nichts Besonderes. Hunderttausende Westdeutsche haben polnisch klingende Namen. Zelewski wurde durchgewinkt.

Der Zoll untersuchte seinen Koffer und die Tragtasche mit den zollfreien Waren, die er auf dem Schiff gekauft hatte. Die Flasche Gin und die fünfundzwanzig Zigarren in einem ungeöffneten Kistchen standen ihm zu. Der Zollbeamte ließ ihn weitergehen und wandte sich einem anderen Reisenden zu.

Zelewski hatte wirklich im Duty-free-Shop der *Cornouailles* ein Kistchen mit fünfundzwanzig guten Zigarren gekauft. Dann hatte er sich in einen Waschraum zurückgezogen, die Tür verriegelt, die Duty-free-Etiketten von dem soeben gekauften Kistchen abgelöst und auf ein zweites, genau gleich aussehendes Kistchen geklebt, das er mitgebracht hatte. Der zollfreie Einkauf flog über Bord und verschwand im Meer.

Im Zug nach London suchte er das der Lokomotive am nächsten gelegene Erste-Klasse-Abteil auf, setzte sich auf den für ihn reservierten Fensterplatz und wartete. Kurz vor Lewes ging die Abteiltür auf und ein in schwarzes Leder gekleideter Mann erschien. Mit einem Blick überzeugte er sich, daß der Deutsche allein im Abteil war.

»Fährt dieser Zug direkt nach London?« fragte er in tadellosem Englisch.

»Ich glaube, er hält auch in Lewes«, erwiderte Zelewski.

Der Mann streckte die Hand aus. Zelewski reichte ihm das Zigarrenkistchen. Der Mann steckte es ins Oberteil seiner Lederjacke, zog den Reißverschluß hoch, nickte und entfernte sich. Als der Zug nach dem Halt in Lewes anfuhr, sah Zelewski den Mann noch einmal: Er stand auf dem Bahnsteig, von dem die Züge in Richtung Newhaven abfahren.

Noch vor Mitternacht lagen die Zigarren bei dem Radio, dem Gipsverband und den Schuhen in Ipswich. Kurier Nummer fünf hatte geliefert.

2. Kapitel

Sir Nigel hatte recht behalten. Auch am Donnerstag, dem letzten Apriltag, ergab sich aus den Unmengen von Computerausdrucken über Ostblockbürger, die in den letzten vierzig Tagen von irgendeinem Ausgangspunkt zu wiederholten Malen nach England einreisten, noch immer kein Muster.

Auch kein Muster aus den Informationen über Personen anderer Nationalitäten, die während dieser Zeitspanne aus Ostblockländern eingereist waren.

Lediglich ein paar Reisepässe waren aus verschiedenen Gründen beanstandet worden, aber auch das änderte die Lage nicht. Jeder dieser Pässe war überprüft, der jeweilige Inhaber bis auf die Haut durchsucht worden, und das Resultat blieb gleich Null. Drei Pässe waren aufgetaucht, die auf der Fahndungsliste standen; zwei der Paßinhaber waren Ausgewiesene, die wieder ins Land wollten, der dritte war eine amerikanische Unterweltfigur aus der Glücksspiel- und Drogenszene. Auch diese drei wurden gründlich durchsucht, ehe man sie ins nächste Flugzeug Richtung Heimat setzte, aber es fand sich nicht die Spur eines Hinweises, daß sie Kuriere im Dienste Moskaus gewesen sein könnten.

Wenn sie Leute aus westlichen Staaten benutzen oder bereits hier ansässige Illegale mit einwandfreien Papieren von Bürgern westlicher Staaten, dann werde ich nie fündig, dachte Preston.

Sir Nigel hatte wiederum auf seine langjährige Freundschaft mit Sir Bernard Hemmings gesetzt, um sich der Mitarbeit von »Fünf« zu versichern.

»Ich habe Gründe zu der Annahme, daß die Moskauer Zentrale versuchen wird, in den nächsten paar Wochen einen wichtigen Illegalen bei uns einzuschleusen«, hatte er gesagt. »Nur, Bernard, weiß ich weder, wer er ist, noch wie er aussieht und wo er einreisen wird. Jeden Hinweis, den Ihre Kontakte an den Einreiseorten uns geben könnten, wüßten wir sehr zu schätzen.«

Sir Bernard hatte das Ansuchen als einen Auftrag für »Fünf« akzeptiert, und die übrigen Behörden – Zoll, Einwanderung, Special Branch und Hafenpolizei – erklärten sich bereit, beide Augen offenzuhalten, für den Fall, daß ein Ausländer versuchen sollte, die Kontrollen zu umgehen oder daß in einem Gepäckstück irgendein mysteriöser Gegenstand auftauchte.

Die Erklärung war durchaus plausibel, und nicht einmal Brian Harcourt-Smith brachte sie mit John Prestons Bericht über die Poloniumscheibe in Verbindung, der noch immer in seinem »Unerledigt«-Korb lag, während er überlegte, was er damit anfangen solle.

Am 1. Mai kam der Wohnwagen in Dover an. Er hatte Nummernschilder der Bundesrepublik Deutschland und war mit der Fähre aus Calais gelandet. Besitzer und Fahrer, dessen Papiere tadellos in Ordnung waren, war Helmut Dorn, und mit ihm reisten seine Frau Lisa und zwei Kinder, der fünfjährige flachsblonde Uwe und die siebenjährige Brigitte.

Nach der Paßkontrolle fuhr der Wohnwagen auf die grüne Spur für Reisende, die nichts zu verzollen hatten, aber einer der wartenden Beamten hielt ihn an. Nach nochmaliger Prüfung aller Papiere wollte der Beamte einen Blick ins Wageninnere werfen. Herr Dorn machte keine Schwierigkeiten.

Die beiden Kinder spielten im Wohnteil und hörten auf, als der uniformierte Zollbeamte eintrat. Er nickte und lächelte ihnen zu; sie kicherten. Er sah sich in dem sauberen und ordentlichen Raum um, dann fing er an, die Schränke zu öffnen. Falls Herr Dorn nervös war, verbarg er es gut.

Die meisten Schränke enthielten die übliche Ausrüstung einer Familie auf Campingurlaub: Kleider, Kochgeschirr und so weiter.

Der Zollbeamte klappte die Banksitze hoch, unter denen sich Truhen als zusätzlicher Aufbewahrungsraum befanden. Eine davon war offensichtlich die Spieltruhe der Kinder. Sie enthielt zwei Puppen, einen Teddybären und eine Sammlung leuchtend bunter weicher Gummibälle mit großen grellen Bildern.

Das kleine Mädchen hatte alle Schüchternheit abgelegt und holte eine der Puppen heraus. Das Kind plapperte aufgeregt auf deutsch auf den Zollbeamten ein. Er verstand sie nicht, aber er nickte und lächelte.

»Very nice, love«, sagte er. Dann trat er aus der Hintertür und wandte sich an Herrn Dorn.

»In Ordnung, Sir. Schönen Urlaub.«

Der Wohnwagen rollte aus dem Schuppen zur Straße in Richtung Dover und der Autobahnen nach Kent und London.

»Gott sei Dank«, flüsterte Dorn seiner Frau zu. »Wir sind durch.«

Sie beugte sich über die Landkarte, die nicht schwierig zu lesen war. Die M20 nach London war so deutlich eingezeichnet, daß man sie unmöglich verfehlen konnte. Dorn sah mehrmals auf die Uhr. Er hatte ein bißchen Verspätung, aber die Anweisung hatte gelautet, er dürfe unter keinen Umständen die Geschwindigkeitsbegrenzung überschreiten.

Sie fanden ohne Schwierigkeit das Dorf Charing links der Hauptstraße und ein Stück weiter nördlich das Rasthaus Happy Eater. Dorn bog auf den Parkplatz ein und hielt an. Lisa Dorn holte die Kinder aus dem Wagen und führte sie zu einem Imbiß ins Café. Dorn öffnete weisungsgemäß die Motorhaube und steckte den Kopf darunter. Ein paar Sekunden später fühlte er, daß jemand neben ihm stand, und blickte auf. Er sah einen jungen Engländer im schwarzledernen Motorraddreß.

»Stimmt etwas nicht?« fragte der junge Mann.

»Muß wohl der Vergaser sein«, sagte Dorn.

»Nein«, sagte der Motorradfahrer ernst, »ich glaube, es ist der Verteiler. Außerdem kommen Sie zu spät.«

»Tut mir leid, die Fähre ist schuld. Und der Zoll. Ich habe das Ding drinnen.«

Im Wohnwagen zog der Motorradfahrer einen Segeltuchsack aus der Jacke, während Dorn ächzend und mit Mühe einen der Kinderbälle aus der Spielzeugtruhe hievte.

Der Ball hatte nur etwa zwölf Zentimeter Durchmesser, aber er wog über zwanzig Kilo. Reines Uran 235 ist schließlich doppelt so schwer wie Blei.

Als Valeri Petrofski den Beutel über den Parkplatz zu seinem Motorrad trug, mußte er seine ganze nicht unbeträchtliche Kraft aufbieten, um den Beutel lässig in einer Hand zu halten, als sei nichts Besonderes darin. Aber ihn beobachtete sowieso niemand. Dorn stellte den Motor ab und ging zu seiner Familie in das Café.

Das Motorrad mit seiner Fracht hinter dem Sattel donnerte in Richtung London, den Dartford Tunnel und Suffolk davon. Kurier Nummer sechs hatte geliefert.

Am 4. Mai begriff Preston, daß er auf dem Holzweg war. Die Suche dauerte nun schon fast drei Wochen und hatte noch immer nichts zutage gefördert als eine einzelne Poloniumscheibe, die ihm durch einen puren Glückstreffer in die Hände gefallen war. Wie er sehr wohl wußte, konnte er unmöglich darum nachsuchen, daß jeder Besucher bei der Einreise nach England bis auf die Haut gefilzt werde. Er konnte allenfalls eine verstärkte Überprüfung aller einreisenden Ostblockbürger fordern und sofortige Meldung an ihn persönlich, sobald ein verdächtiger Paß vorgelegt würde. Und es gab noch eine weitere und letzte Chance.

Nach dem Gutachten der Kernphysiker von Aldermaston mußten drei der Zubehörteile, die selbst für eine sehr primitive Atombombe unerläßlich sind, sehr schwer sein. Erstens ein Block puren Urans 235; zweitens ein zylindrischer oder kugelförmiger, einen Zoll dicker Schutzmantel aus gehärtetem dehnungsfestem Stahl, drittens eine gleichfalls einzöllige und ungefähr fünfundzwanzig Zentimeter lange Röhre aus dem gleichen Material, dreizehn Kilo schwer.

Preston vermutete, daß zumindest diese drei Dinge in Fahrzeugen ins Land gebracht werden müßten, und bat daher um verstärkte Überprüfung ausländischer Fahrzeuge, wobei besonders auf Gegenstände zu achten sei, die einem Ball, einer Kugel und einer Röhre glichen und extrem schwer seien.

Er *wußte*, wie ausgedehnt das Suchgebiet war. Ein Strom von Motorrädern, Pkws, Kombis, Lastwagen und Sattelschleppern floß Tag für Tag das ganze Jahr hindurch in beiden Richtungen über die Grenzen. Allein der Warenverkehr würde, wenn man jeden Lastwagen anhalten und durchsuchen wollte, das ganze Land nahezu lahmlegen. Er suchte die sprichwörtliche Nadel im Heuschober, und er hatte nicht einmal einen Magnet.

Bei George Berenson machte sich der Streß allmählich bemerkbar. Seine Frau war wieder auf den stolzen Landsitz ihres Bruders in Yorkshire zurückgekehrt, Berenson hatte zwölf Sitzungen mit den Leuten vom Ministerium hinter sich und für sie jedes einzelne Dokument identifizieren müssen, das er jemals an Jan Marais weitergegeben hatte. Er wußte, daß er unter Beobachtung stand, und seine Nerven wurden davon nicht besser.

Auch nicht von dem täglichen Gang ins Ministerium und von dem Gedanken, daß sein beamteter Unterstaatssekretär, Sir Peregrine Jones, von seinem Verrat wußte. Den Rest aber gab ihm die Tatsache, daß er nach wie vor gelegentlich Sendungen mit angeblich aus dem Ministerium entwendeten Dokumenten an Jan Marais zur Weiterleitung nach Moskau schicken mußte. Seit er *wußte*, daß der Südafrikaner Sowjetagent war, hatte er eine persönliche Begegnung vermieden. Aber er mußte alles lesen, was er via Marais nach Moskau gehen ließ, für den Fall, daß

Marais ihn zwecks Klärung irgendeiner Einzelheit in bereits abgeschicktem Material anrufen sollte.

Immer wenn er die Papiere las, die er weitergeben mußte, beeindruckte ihn die Geschicklichkeit der Fälscher. Jedes Schriftstück basierte auf einem echten Dokument, das wirklich über seinen Schreibtisch gegangen war, enthielt aber eine Reihe von Veränderungen, die so raffiniert eingearbeitet waren, daß sie im einzelnen nicht auffielen, im ganzen jedoch einen völlig falschen Eindruck von der Stärke und Einsatzbereitschaft Englands und der NATO vermittelten.

Am Mittwoch, dem 6. Mai, erhielt und las er ein Bündel von sieben Schriftstücken über die neuesten Beschlüsse, Vorschläge, Konferenzen und Anfragen, die ihm angeblich im Lauf der letzten vierzehn Tage zugegangen waren. Alle trugen die Vermerke *Top Secret* oder *Cosmic*. Bei der Lektüre eines dieser Papiere stutzte er. Er brachte sie noch am selben Abend in Benottis Eisdiele, und vierundzwanzig Stunden später erhielt er den Anruf, der ihr Eintreffen bestätigte.

Am folgenden Sonntag, dem 10. Mai, kauerte Valeri Petrofski in der Abgeschlossenheit seines Schlafzimmers in Cherryhayes Close an seinem starken Transistorgerät und lauschte auf den Strom von Morsesignalen auf der Welle Moskau, die er weisungsgemäß eingestellt hatte.

Von sich aus konnte er nicht senden; Moskau würde niemals zulassen, daß ein wertvoller Illegaler sich durch eigene Funkbotschaften in Gefahr brächte, denn die Qualität der britischen und amerikanischen Funküberwachung war bekannt. Petrofski hatte ein sehr großes handelsübliches Braun-Radio, das fast jeden Kanal der Welt hereinholen konnte.

Er saß in gespannter Erwartung da. Es war einen Monat her, daß er über Poplar den Verlust eines Kuriers und dessen Lieferung gemeldet und um Ersatz gebeten hatte. An jedem zweiten

Abend und den darauffolgenden Vormittagen hatte er, wenn er nicht mit dem Motorrad unterwegs war, um etwas abzuholen, auf die Antwort gewartet. Bisher war sie nicht gekommen.

An diesem Abend um zweiundzwanzig Uhr zehn kam endlich sein Signal über den Äther. Block und Stift lagen bereit. Nach einer Pause begann die Botschaft. Er warf die Morsezeichen gleich in Englisch aufs Papier, ein Gewirr unentzifferbarer Buchstaben. Zumindest die Deutschen, Briten und Amerikaner würden auf ihren jeweiligen Lauschposten die gleichen Buchstaben aufzeichnen.

Als die Botschaft beendet war, schaltete er das Gerät ab, setzte sich an seinen Toilettentisch, suchte den passenden Einmalcode heraus und fing an zu dechiffrieren. In einer Viertelstunde hatte er den Text: Feuervogel zehn ersetzt Zwei TZ. Es wurde dreimal wiederholt.

Er kannte Treff zehn. Er war einer der Reservetreffs, nur für den Notfall, der jetzt eingetreten war. Und der Ort war ein Flughafenhotel. Ihm waren Rasthäuser oder Bahnhöfe lieber, aber er wußte, daß manche Kuriere aus beruflichen Gründen nur in London verfügbar waren und nur wenig Zeit hatten.

Und er hatte noch ein Problem. Der Treff mit Kurier zehn lag zwischen zwei anderen Verabredungen und gefährlich nah an der Begegnung mit Kurier sieben.

Zehn mußte er zur Frühstückszeit im Hotel Post House von Heathrow treffen; Sieben würde am selben Vormittag um elf Uhr auf einem Hotelparkplatz außerhalb Colchester warten. Das bedeutete eine Parforce-Fahrt, aber es war zu schaffen.

Am Donnerstag, dem 12. Mai, brannten noch spät abends in Downing Street Nummer 10, Amts- und Wohnsitz der britischen Premierminister, alle Lichter. Mrs. Margaret Thatcher hatte für eine Strategiesitzung ihre engsten Ratgeber und das innere Kabinett einberufen. Einziger Punkt der Tagesordnung waren die kommenden Wahlen; eine förmliche Beschlußfassung und Festlegung des Wahltermins.

Wie üblich machte sie ihren eigenen Standpunkt von Anfang an klar. Sie hielt es für richtig, eine dritte Amtsperiode anzustreben, obwohl sie nach der Verfassung noch bis Juni 1988 Regierungschefin bleiben könnte. Einige der Anwesenden bezweifelten sogleich, daß es klug wäre, schon so früh Neuwahlen auszuschreiben, aber aus langjähriger Erfahrung bezweifelten sie auch, daß sie mit ihren Bedenken sehr weit kommen würden. Wenn die britische Premierministerin etwas »im Gefühl« hatte, dann bedurfte es schon sehr starker Argumente, um sie davon abzubringen. In der vorliegenden Frage schien die Statistik ihr recht zu geben.

Der Vorsitzende der Konservativen Partei lieferte prompt alle Resultate der demoskopischen Umfragen. Die Allianz von Liberalen und Sozialisten, so erklärte er, schien noch immer bei zwanzig Prozent der Wählerschaft in Gunst zu stehen.

Da England weder den Zweiten Wahlgang kennt, wie ihn die Franzosen haben, noch das Proportionalsystem der Iren, sondern jeder Wahlkreis an den Kandidaten mit der höchsten Stimmenzahl fällt, würde die Allianz voraussichtlich zwischen fünfzehn und zwanzig Sitze erhalten. Von den siebzehn nordirischen würden vermutlich zwölf an verschiedene unionistische Gruppierungen fallen, die im Parlament die Konservativen unterstützen, und fünf an die Nationalisten, die London boykottieren oder mit der Harten Linken stimmen. Blieben 613 Wahlkreise, in denen sich der traditionelle Kampf zwischen Konservativen und Labour abspielen würde. Für eine klare Mehrheit müßte Mrs. Thatcher 325 dieser Wahlkreise bekommen.

Ferner hätten die Umfragen gezeigt, dozierte der Parteivorsitzende weiter, daß Labour nur vier Prozentpunkte hinter den Konservativen liege. Seit dem Juni 1983, als sie zu ihrem neuen Image von Einigkeit, Mäßigung und Toleranz fand, habe die Labour Party um volle zehn Prozentpunkte aufgeholt. Die Harte

Linke sei fast verstummt, die verrückte Linke verpönt, die programmatische Linie moderat, und die Fernsehauftritte von Mitgliedern des Schattenkabinetts seien seit einem Jahr fast ausschließlich von Vertretern der Mitte bestritten worden. Die Engländer hätten beinahe wieder volles Vertrauen zur Labour Party als der Alternative zur Regierungspartei.

Der Vorsitzende wies seine feierlich lauschenden Kollegen darauf hin, daß der Vorsprung der Konservativen um zwei Prozentpunkte niedriger sei als vor einem halben Jahr und einen Punkt niedriger als vor drei Monaten. Der Trend sei klar. Es sei der gleiche Trend, wie ihn die Parteiorganisation aus den Wahlkreisen melde.

Die Wirtschaftsindikatoren zeigten, daß zwar zur Zeit eine wirtschaftliche Schönwetterlage herrsche und die Arbeitslosenzahl saisonbedingt zurückgehe, daß indes für den Herbst auf dem öffentlichen Sektor mit Streiks zur Durchsetzung von Lohnforderungen gerechnet werden müsse. In der Folge könnte die Popularitätskurve der Konservativen jäh abfallen und den ganzen Winter über nicht wieder ansteigen.

Um Mitternacht war man sich einig, daß es der Sommer 1987 sein mußte oder erst wieder der Juni 1988. Keine Wahlen im Herbst oder Vorfrühling. In den frühen Morgenstunden hatte dann die Premierministerin ihr Kabinett überzeugt. Nur über einen Punkt wurde noch hitzig debattiert – die Dauer des Wahlkampfes.

In England finden die Parlamentswahlen traditionsgemäß nach vierwöchentlichem Wahlkampf an einem Donnerstag statt. Es kommt selten vor, widerspricht jedoch nicht der Verfassung, daß ein Wahlkampf auf drei Wochen abgekürzt wird. Die Premierministerin war instinktiv für einen dreiwöchentlichen Wahlkampf, für eine Überraschungswahl, so daß die Opposition überrumpelt und unvorbereitet sein würde.

Endlich kam man überein: Mrs. Thatcher würde für Donnerstag, den 28. Mai, um eine Audienz bei der Königin nachsuchen und die Auflösung des Parlaments fordern. Der Tradition folgend, würde sie anschließend in die Downing Street zurückkehren, um von dort eine öffentliche Verlautbarung ergehen zu lassen. Mit diesem Moment würde der Wahlkampf beginnen. Wahltag: Donnerstag, der 18. Juni.

Am Spätnachmittag, während die Minister noch schliefen, brauste die große BMW aus Nordosten auf London zu. Petrofski fuhr zum Hotel Post House in Heathrow, stellte seine Maschine auf den Parkplatz, schloß sie ab und verwahrte den Sturzhelm im Koffer hinter dem Sitz.

Er schlüpfte aus der schwarzen Lederjacke und der Hose mit den seitlichen Reißverschlüssen. Darunter trug er eine gewöhnliche graue Flanellhose, zerknittert, aber unauffällig. Die Stiefel warf er in eine der Satteltaschen, der er ein Paar Straßenschuhe entnommen hatte. Den Lederanzug stopfte er in die andere Satteltasche, aus der ein neutrales Tweedjackett und ein beiger Regenmantel zum Vorschein gekommen waren. Als er die Empfangshalle des Hotels betrat, war er ein ganz gewöhnlicher Mann in einem ganz gewöhnlichen Regenmantel.

Karel Wosniak hatte nicht gut geschlafen. Erstens hatte ihm der vergangene Abend den Schock seines Lebens beschert. Normalerweise wurden die Crews der polnischen Fluglinie LOT, bei der er als Obersteward arbeitete, unbehelligt durch den Zoll und die Paßkontrolle geschleust. Diesmal waren sie durchsucht worden, wirklich durchsucht. Als der britische Zollbeamte, der ihn abfertigte, in seinem Waschbeutel zu graben anfing, wurde ihm beinah schlecht vor Angst. Als der Mann den Elektrorasierer hervorzog, den die SB-Leute ihm vor dem Abflug in Warschau gegeben hatten, wäre er fast in Ohnmacht gefallen. Glücklicherweise war es kein batteriebetriebener oder aufladbarer Apparat.

Eine Steckdose war nicht vorhanden, so daß man ihn nicht in Betrieb setzen konnte. Der Beamte hatte ihn wieder in den Beutel gelegt und die Suche ohne Ergebnis beendet. Wosniak vermutete, daß der Apparat nicht reagiert hätte, wenn jemand ihn wirklich angeschaltet hätte. Schließlich mußte außer dem üblichen Motor noch *irgend etwas* darin stecken. Warum hätte er ihn sonst nach London bringen müssen?

Punkt acht Uhr betrat er den Waschraum im Souterrain der Empfangshalle. Ein unauffälliger Mann im beigen Regenmantel wusch sich gerade die Hände. Mist, dachte Wosniak, wenn der Kontaktmann auftaucht, müssen wir warten, bis dieser Engländer verschwindet. Dann sprach der Mann ihn auf englisch an.

»Guten Morgen. Ist das die Uniform der jugoslawischen Luftfahrtgesellschaft?«

Wosniak seufzte vor Erleichterung.

»Nein, ich bin von der staatlichen polnischen Luftfahrtgesellschaft.«

»Polen ist ein schönes Land«, sagte der Fremde und trocknete sich die Hände ab. Er wirkte völlig unbefangen. Wosniak war das alles neu; einmal und nie wieder, das hatte er sich geschworen. Er stand auf dem Fliesenboden und hielt seinen Rasierapparat in der Hand. »Ich habe manche glückliche Zeit in Ihrem Land verbracht.«

»Das ist es«, dachte Wosniak. »Manche glückliche Zeit ... das Losungswort.«

Er streckte die Hand mit dem Rasierapparat aus. Der Engländer runzelte die Stirn und blickte zu einer der Kabinentüren. Entsetzt merkte Wosniak, daß die Tür geschlossen war; es mußte jemand drinnen sein. Der Fremde wies mit einer Kopfbewegung auf die Ablage über dem Waschbecken. Wosniak legte den Apparat darauf. Dann nickte der Engländer in Richtung der Stehbecken. Hastig zog Wosniak den Reißverschluß seiner Hose auf und stellte sich vor ein Becken.

»Vielen Dank«, murmelte er, »ich finde es auch schön.«

Der Mann im beigen Mantel steckte den Rasierapparat ein, hielt fünf Finger hoch, um anzudeuten, daß Wosniak noch fünf Minuten hier bleiben solle, und ging.

Eine Stunde später verließen Petrofski und sein Motorrad die Vororte, dort, wo Nordost-London an die Grafschaft Essex grenzt. Vor ihm lag die Schnellstraße M12. Es war neun Uhr.

Zur gleichen Stunde schob sich das Fährschiff *Tor Britannia* der DFDS-Linie aus Göteborg den Parkstone Quai in Harwich entlang, achtzig Meilen entfernt, an der Küste von Essex. Die Passagiere, die an Land strömten, bildeten die übliche Mischung aus Touristen, Studenten und Geschäftsleuten. Zur letzteren Gruppe gehörte Herr Stig Lundqvist in seiner großen Saab-Limousine.

Seine Papiere wiesen ihn als schwedischen Geschäftsmann aus, und das stimmte. Er war in der Tat von jeher schwedischer Staatsbürger. In den Papieren stand allerdings nicht, daß er auch seit vielen Jahren kommunistischer Agent war und wie Helmut Dorn für den gefürchteten General Marcus Wolf arbeitete, den jüdischen Chef der Abteilung »Ausland« im HVA, dem Geheimdienst der Deutschen Demokratischen Republik.

Stig Lundqvist wurde diesmal gebeten, auszusteigen und sein Gepäck zum Zolltresen zu bringen. Was er höflich lächelnd auch tat.

Ein zweiter Zollbeamter öffnete die Motorhaube und blickte hinein. Er suchte nach einem kugelförmigen Gegenstand von der Größe eines kleinen Fußballs oder einer stangenförmigen Röhre, die im Motorraum verborgen sein könnte. Er fand nichts dergleichen. Er sah unter der Karosserie nach und schließlich im leeren Kofferraum. Er stöhnte. Diese Anweisungen aus London waren wirklich das letzte. Der leere Kofferraum enthielt nur das übliche Werkzeug, an der Seitenwand war ein Wagenheber befestigt, an der anderen ein Feuerlöscher. Der Schwede stand neben dem Beamten, seine Koffer in der Hand.

»Bitte«, sagte der Schwede, »iss in Ordnung?«

»Ja, vielen Dank, Sir. Einen schönen Aufenthalt.«

Eine Stunde später, kurz vor elf Uhr, fuhr der Saab auf den Parkplatz des Hotels Kings Ford Park im Dorf Layer de la Haye, südlich von Colchester. Lundqvist stieg aus und reckte sich. Es war die Zeit der vormittäglichen Kaffeepause, und auf dem Parkplatz standen mehrere Wagen, alle unbewacht. Er blickte auf die Uhr; fünf Minuten bis zur festgesetzten Zeit. Gerade noch geschafft. Er wußte, daß er im Fall einer Verspätung noch die Stunde bis zwölf hätte abwarten müssen, und dann einen Ausweichtreff irgendwo anders wahrnehmen. Er fragte sich, ob und wann der Kontaktmann auftauchen werde. Weit und breit war niemand zu sehen, nur ein junger Mann, der am Motor einer BMW-Maschine herumbastelte. Er hatte keine Ahnung, wie sein Kontaktmann aussah. Er zündete sich eine Zigarette an, stieg wieder in seinen Wagen und wartete.

Um elf Uhr klopfte jemand ans Fenster. Der Motorradfahrer. Lundqvist drückte auf den Knopf, und die Scheibe senkte sich zischend.

»Ja?«

»Bedeutet das S auf Ihrem Kennzeichen Schweden oder Schweiz?« fragte der Engländer. Lundqvist lächelte erleichtert. Er hatte unterwegs haltgemacht, den Feuerlöscher aus dem Kofferraum entfernt und in einen Rupfenbeutel gesteckt, der jetzt auf dem Beifahrersitz lag.

»Es bedeutet Schweden«, sagte er. »Ich bin soeben aus Göteborg angekommen.«

»War nie dort«, sagte der Mann. Dann fuhr er, ohne die Stimme zu heben, fort: »Haben Sie was für mich?«

»Ja«, sagte der Schwede. »In dem Beutel neben mir.«

»Mehrere Fenster gehen auf den Parkplatz hinaus«, sagte der Motorradfahrer. »Fahren Sie rund um den Parkplatz ohne anzuhalten an dem Motorrad vorbei und werfen Sie mir den Beutel durch Ihr Fenster zu. Ihr Wagen muß sich zwischen mir und den Fenstern befinden. In genau fünf Minuten.«

Er schlenderte wieder zu seinem Motorrad und bastelte weiter. Nach fünf Minuten rollte der Saab an ihm vorbei, der Beutel glitt zu Boden; noch ehe der Saab an den Hotelfenstern vorüber war, hatte Petrofski den Beutel aufgehoben und in seiner geöffneten Satteltasche verschwinden lassen. Den Saab sah er nie wieder, und wollte es auch gar nicht.

Eine Stunde später war er in einer verschlossenen Garage in Thetford, vertauschte das Motorrad gegen das Familienauto und verstaute beide Lieferungen im Kofferraum. Er hatte keine Ahnung, was sie enthielten. Das war nicht seine Sache.

Am frühen Nachmittag war er zu Hause in Ipswich; die beiden Sendungen lagen im Schrank seines Schlafzimmers. Die Kuriere Nummer zehn und sieben hatten geliefert.

John Preston hätte seinen Dienst in der Gordon Street am 13. Mai wieder aufnehmen müssen.

»Ich weiß, es ist frustrierend, aber ich möchte, daß Sie weitermachen«, sagte Sir Nigel Irvine bei einem seiner Besuche. »Sie müssen anrufen und sagen, Sie hätten eine böse Grippe. Wenn Sie ein Attest brauchen, lassen Sie es mich wissen.«

Am 16. war Preston endgültig klar, daß er so nicht weiterkommen würde. Zoll und Einreisebehörden hatten, obwohl kein landesweiter Großalarm gegeben wurde, das Menschenmögliche getan. Doch das gewaltige Verkehrsaufkommen an der Grenze machte eine intensive Durchsuchung jedes einzelnen Reisenden unmöglich. Es war nun fünf Wochen her, seit der russische Matrose in Glasgow überfallen worden war, und Preston war überzeugt, daß die übrigen Kuriere ihm durch die Lappen gegangen waren. Vielleicht waren sie alle schon vor Semjonow im Land gewesen, und der Matrose war der letzte. Vielleicht ...

Mit wachsender Verzweiflung vergegenwärtigte er sich, daß er nicht einmal wußte, ob es überhaupt einen Stichtag gab, und wenn ja, wann würde er sein?

Am Donnerstag, dem 21. Mai, legte das Fährschiff aus Ostende in Folkestone an und entließ seine übliche Ladung von Touristen zu Fuß und mit Wagen sowie den donnernden Strom von TIR-Brummis, die das Frachtgut der Europäischen Gemeinschaft von einem Ende Europas zum anderen transportieren.

Sieben der riesigen Laster hatten deutsche Nummernschilder, denn Firmen aus dem norddeutschen Raum bevorzugen den Hafen Ostende für ihre Lieferungen nach England. Der große Hanomag-Sattelschlepper mit seiner Containerfracht unterschied sich in nichts von allen anderen. Das dicke Bündel Papiere, dessen Durchsicht eine Stunde dauerte, war tadellos in Ordnung, und nichts wies darauf hin, daß der Fahrer etwa für jemand anderen arbeitete als für die Speditionsfirma, deren Name an der Tür des Fahrerhauses aufgemalt war. Auch bestand kein Anlaß zu der Vermutung, der Laderaum könnte etwas anderes enthalten als die im Frachtbrief angegebenen deutschen Kaffeemaschinen für englische Frühstückstische.

Hinter dem Fahrerhaus ragten zwei dicke senkrechte Auspuffrohre zum Himmel, die die Abgase des Dieselmotors von den übrigen Straßenbenutzern fernhielten. Es war schon Abend, die ermüdete Tagschicht schleppte sich nur noch dahin, und der Laster wurde zur Straße nach Ashford und London durchgewinkt.

Niemand in Folkestone hatte wissen können, daß in einem dieser senkrechten Auspuffrohre, die beim Verlassen des Zollschuppens dunkle Rauchwolken ausspuckten, ein zweites Rohr steckte, durch das die Gase abzogen, und in dem Getöse der startenden Motore fiel es auch niemandem auf, daß die Auspufftöpfe entfernt worden waren, um für etwas anderes Platz zu schaffen.

Es war längst dunkel, als auf dem Parkplatz eines Fernfahrerlokals bei Lenham in Kent der Fahrer auf das Dach des Fahrerhauses kletterte, ein Auspuffrohr entfernte und daraus eine fünfundzwanzig Zentimeter lange Rolle in einer hitzebeständigen Umhüllung zog. Er öffnete die Rolle nicht; er gab sie einfach einem in schwarzes Leder gekleideten Motorradfahrer, der mit Vollgas in die Dunkelheit davonbrauste. Kurier Nummer acht hatte geliefert.

»Es hat keinen Sinn, Sir Nigel«, sagte John Preston am Freitagabend zum Chef des SIS. »Ich weiß nicht, was zum Teufel vorgeht. Ich fürchte das Schlimmste, aber ich kann es nicht beweisen. Ich habe versucht, noch einen, wenigstens einen der Kuriere aufzustöbern, die meiner Überzeugung nach ins Land gekommen sind, aber ohne Erfolg. Ich glaube, ich sollte am Montag wieder zurück in die Gordon Street.«

»Ich weiß, wie Ihnen zumute ist, John«, sagte Sir Nigel. »Mir geht es genauso. Bitte opfern Sie mir nur noch eine Woche.«

»Welchen Sinn sollte das haben?« fragte Preston. »Was könnten wir denn noch tun?«

»Wahrscheinlich nur beten«, sagte »C« leise.

»Einen Durchbruch«, sagte Preston erbittert. »Ich brauche weiter nichts als einen einzigen kleinen Durchbruch.«

3. Kapitel

John Preston erzielte seinen Durchbruch am folgenden Montag nachmittag.

Kurz nach vier Uhr traf eine Maschine der Austrian Airlines, aus Wien kommend, in Heathrow ein. Einer der Passagiere legte am Schalter für Reisende, die weder Staatsbürger des Vereinigten Königreichs noch der Mitgliedstaaten der Europäischen Gemeinschaft waren, einen österreichischen Paß vor, der auf den Namen Franz Winkler lautete.

Der Kontrollbeamte prüfte den wohlbekannten grüngebundenen Reisepaß mit dem goldenen Wappenadler, ohne mehr als die berufsmäßige Aufmerksamkeit zu zeigen. Der Paß war noch nie verlängert worden, trug ein halbes Dutzend europäischer Ein- und Ausreisestempel und hatte ein gültiges Visum für das Vereinigte Königreich.

Unter dem Schalter tippte die linke Hand des Beamten die Paßnummer ein, die auf jede Seite des Heftchens durchgestanzt war. Er warf einen Blick auf das Sichtgerät, klappte den Paß zu und gab ihn mit einem kurzen Lächeln seinem Eigentümer zurück.

»Vielen Dank, Sir. Und bitte der nächste.«

Als Herr Winkler seine Reisetasche aufnahm und durch die Sperre ging, hob der Beamte den Blick zu einem kleinen Fenster, das sechs Meter vor ihm lag. Zugleich drückte sein rechter Fuß einen Alarmknopf am Boden. Hinter dem Fenster hatte einer der Leute von Special Branch seinen Blick aufgefangen. Der Mann von der Paßkontrolle sah in Richtung von Herrn Winklers Rücken und nickte. Das Gesicht des Detektivs von Special Branch verschwand vom Fenster, und Sekunden später nahmen er und ein Kollege unauffällig die Beschattung des Österreichers auf.

Ein weiterer Mann machte einen Wagen vor der Ankunftshalle startbereit.

Winkler hatte kein schweres Gepäck, daher ließ er das Kofferkarussell links liegen und marschierte stracks durch den grünen Zollkorridor. In der Halle verbrachte er einige Zeit am Schalter der Midland Bank, wo er Reiseschecks gegen Sterling-Währung tauschte. Inzwischen konnte einer der SB-Leute von einer Galerie aus ein gutes Foto von ihm aufnehmen.

Als der Österreicher eines der vor Halle Zwei wartenden Taxis nahm, kletterten die SB-Beamten in ihre neutrale Limousine und folgten ihm. Der Fahrer konzentrierte sich darauf, das Taxi nicht aus den Augen zu verlieren; der ranghöhere SB-Mann informierte über Funk Scotland Yard, von wo aus die Information vorschriftsmäßig an die Charles Street weitergegeben wurde. Da »Sechs« grundsätzlich ebenfalls an jedem Einreisenden mit einem »präparierten« Paß interessiert war, machte Charles Street Meldung an Sentinel House.

Winkler fuhr mit dem Taxi bis Bayswater. An der Kreuzung Edgware Road und Sussex Gardens zahlte er und stieg aus. Dann ging er mit seiner Reisetasche Sussex Gardens entlang, dessen eine Seite fast ganz aus bescheidenen Frühstückspensionen besteht, von der Art, wie sie besonders Handlungsreisende und weniger begüterte späte Ankömmlinge vom nahe gelegenen Bahnhof Paddington bevorzugen.

Den Special-Branch-Männern, die auf der anderen Straßenseite in ihrem Wagen saßen, schien es, daß er kein Zimmer vorbestellt habe, denn er wanderte an den Häusern entlang, bis er ein Schild »Zimmer frei« sah. Dort trat er ein. Er mußte ein Zimmer bekommen haben, denn er kam nicht wieder heraus.

Eine Stunde nachdem Winklers Taxi von Heathrow abgefahren war, klingelte das Telefon in der Wohnung in Chelsea, wo Preston sich aufhielt. Sein Verbindungsmann in Sentinel House, der von Sir Nigel Anweisung hatte, mit Preston in Kontakt zu bleiben, meldete sich.

»Vor kurzem ist ein Joe in Heathrow gelandet«, sagte der Mann von MI6. »Kann eine Niete sein, aber seine Paßnummer hat kleine rote Lämpchen am Computer aktiviert. Name Franz Winkler, Österreicher, aus Wien eingeflogen.«

»Er ist doch hoffentlich nicht festgehalten worden?« sagte Preston. Er überlegte; Österreich ist angenehm nahe an der Tschechoslowakei und Ungarn. Als neutrales Land ist es außerdem eine gute Absprungstelle für Illegale aus dem Ostblock.

»Nein«, sagte der Mann in Sentinel House. »Laut unserer noch immer gültigen Anweisung sind sie ihm nachgefahren ... Moment mal ...« Ein paar Sekunden später war er wieder am Apparat. »Soeben haben sie ihn in einer kleinen Frühstückspension in Paddington abgeliefert.«

»Können Sie mich mit C verbinden?« fragte Preston.

Sir Nigel war in einer Besprechung, eilte jedoch sofort zurück in sein Büro.

»Ja, John?«

Preston setzte den Chef des SIS kurz über die wichtigsten Fakten ins Bild – sie hatten ihn bisher noch nicht erreicht.

»Glauben Sie, daß er der Mann ist, auf den Sie die ganze Zeit gewartet haben?«

»Er könnte ein Kurier sein«, sagte Preston. »Jedenfalls das Beste, was wir in den letzten sechs Wochen hereinbekommen haben.«

»Und was möchten Sie jetzt, John?«

»Ich möchte, daß Sechs die Observanten anfordert, damit sie die SB-Leute ablösen. Alle Berichte, die beim Observantenführer in Cork eingehen, sollen von einem Ihrer Leute sofort kontrolliert werden, ferner unverzüglich an Sentinel weitergegeben werden und von dort an mich. Wenn er sich mit jemandem trifft, sollen beide Männer observiert werden.«

»All right«, sagte Sir Nigel. »Ich veranlasse, daß die Observanten ihn übernehmen. Barry Banks wird im Funkraum von Cork sitzen und jede Entwicklung weitergeben.«

Der Chef rief persönlich den Direktor von Abteilung K an und gab seine Anweisung. Der Chef von »K« setzte sich mit seinem Kollegen von »A« in Verbindung, und ein Ablöseteam von Observanten machte sich auf den Weg nach Sussex Gardens in Paddington. Angeführt wurden sie auch diesmal wieder von Harry Burkinshaw.

Preston wanderte wie ein Tier im Käfig in der kleinen Wohnung auf und ab. Er wollte draußen sein auf den Straßen oder wenigstens im Mittelpunkt der Operation, nicht versteckt wie ein Geheimagent in seinem eigenen Land, Bauer in einem Machtspiel, das auf einer Ebene weit über ihm ausgetragen wurde.

Um sieben Uhr abends waren Harry Burkinshaws Leute an Ort und Stelle und hatten die SB-Männer abgelöst, die freudig nach Hause gingen. Es war ein schöner warmer Abend; die vier Observanten, die den »Rahmen« bildeten, postierten sich unauffällig rings um die Pension, einer ein Stück links vom Eingang, einer ein Stück weiter rechts, einer auf der anderen Straßenseite, der vierte an der Rückfront des Hauses. Die beiden Wagen stellten sich zwischen Dutzende anderer Autos, die entlang Sussex Gardens parkten, startbereit, falls Chummy ausrücken sollte. Alle sechs Observanten standen mittels Walkie-talkies untereinander in Verbindung, Burkinshaw mit der Einsatzzentrale, dem Funkraum im Souterrain der Cork Street.

In der Cork Street saß Barry Banks, da dieser Einsatz von »Sechs« angefordert worden war, und alle warteten darauf, daß Winkler Kontakt aufnehme.

Nur leider tat er das nicht. Er tat überhaupt nichts. Er saß einfach in seinem Pensionszimmer hinter den Netzgardinen und rührte sich nicht. Um halb neun Uhr trat er aus der Tür, ging zu Fuß zu einem Restaurant an der Edgware Road, aß bescheiden zu Abend und kehrte in seine Pension zurück. Er hinterlegte nichts, holte keine Instruktionen ab, ließ nichts auf seinem Tisch liegen, sprach mit niemandem auf der Straße.

Aber zwei interessante Dinge hatte er doch getan. Auf dem Weg zum Restaurant war er jäh stehengeblieben, hatte sekundenlang in eine Spiegelglasscheibe gestarrt und kehrtgemacht. Es ist einer der ältesten Tricks, um einen »Schatten« aufzuspüren, aber kein sehr guter Trick.

Als er das Restaurant verlassen hatte, blieb er am Bordstein stehen, wartete auf eine Lücke im Verkehrsstrom und sprintete über die Fahrbahn. Drüben blieb er wiederum stehen und spähte zurück, ob jemand hinter ihm hergesprintet war. Niemand. Winkler war nur Burkinshaws viertem Observanten recht nahe gekommen, der die ganze Zeit über auf der anderen Seite der Edgware Road gestanden hatte. Während Winkler in den Verkehrsstrom gespäht hatte, um zu sehen, wer Leben und Gesundheit riskieren würde, um ihn zu verfolgen, war der Observant direkt neben ihm gestanden und hatte scheinbar versucht, ein Taxi anzuhalten.

»Der ist garantiert ein falscher Fuffziger«, meldete Burkinshaw an Cork. »Sucht nach einem Schatten, aber nicht sehr geschickt.«

Burkinshaws Meldung erreichte Preston in seinem Versteck in Chelsea. Er atmete auf. Der Nebel lichtete sich.

Nach seinem Zickzacklauf in der Edgware Road kehrte Winkler in die Pension zurück und verbrachte dort den Rest der Nacht.

Inzwischen nahm im Souterrain von Sentinel House eine andere kleine Operation ihren wohldurchdachten Verlauf. Die Fotos, die auf dem Flughafen Heathrow von den SB-Leuten von Winkler gemacht worden waren, und weitere Aufnahmen auf der Straße in Bayswater waren jetzt entwickelt und ehrfürchtig der legendären Miß Blodwyn vorgelegt worden.

Die Identifizierung ausländischer Agenten oder solcher Ausländer, die möglicherweise Agenten sein könnten, bildet einen wichtigen Teil jeder Geheimdienstarbeit. Alle Dienststellen tragen dazu bei, indem sie Hunderte, ja Tausende von Fotos der Leute schießen, die für ihre Gegner arbeiten könnten. Sogar Verbündete landen in diesen Schnappschuß-Alben. Ausländische Diplomaten, Mitglieder von Wirtschafts-, Wissenschafts- und Kulturdelegationen – alle werden routinemäßig fotografiert, besonders, aber nicht ausschließlich, wenn sie aus kommunistischen oder kommunistenfreundlichen Ländern kommen.

Die Archive wachsen und wachsen. Manchmal werden von derselben Person zwanzig Schnappschüsse zu verschiedenen Zeitpunkten und an verschiedenen Orten gemacht. Keiner wird je weggeworfen. Man braucht sie für eine spätere Identifizierung.

Wenn ein Russe namens Iwanow als Begleiter einer sowjetischen Handelsdelegation in Kanada auftaucht, so wird sein Foto fast immer von der Royal Canadian Mounted Police an die Kollegen in Washington, London und in den übrigen NATO-Staaten weitergegeben. Es ist gut möglich, daß dieses selbe Gesicht fünf Jahre früher als das eines Journalisten namens Kozlow fotografiert wurde, der zu den Unabhängigkeitsfeierlichkeiten einer afrikanischen Republik gereist war. Sollten über den wahren Beruf jenes Herrn Iwanow, der die Schönheiten Ottawas in vollen Zügen genießt, Unklarheiten bestehen, so wird Herrn Kozlows Porträt alle Zweifel zerstreuen. Dieser Mann ist hauptamtlicher KGB-Spion.

Der Austausch solcher Fotos zwischen den Geheimdiensten der Alliierten, einschließlich der brillanten israelischen Mossad, ist permanent und umfassend. Nur sehr wenige Ostblockbürger, die in den Westen oder in die dritte Welt reisen, tauchen nicht in diesen Fotoalben in mindestens zwanzig demokratischen Hauptstädten auf. Und niemand, der in die Sowjetunion reist, endet nicht in der Schönheitsgalerie der Zentrale.

Es klingt wie ein Witz, entspricht jedoch den Tatsachen: Während die »Vettern« von der CIA Datenbänke haben, in denen sie Abermillionen einzelner Gesichtszüge speichern, um den täglich eintreffenden Strom von Fotos zu meistern, hat England seine Blodwyn.

Blodwyn, eine ältere und arg ausgenützte Dame, die ständig von ihren jüngeren männlichen Kollegen um eine rasche Auskunft bedrängt wird, ist seit vierzig Jahren auf ihrem Posten und arbeitet in den unterirdischen Gewölben von Sentinel House, wo sie das umfangreiche Bildarchiv leitet, das »Familienalbum« von MI6. Es ist alles andere als ein Album, vielmehr eine riesige Höhle mit endlosen Regalen voller Fotobänden, über die sie allein ein wahrhaft enzyklopädisches Wissen besitzt.

Blodwyns Gehirn ist der Datenbank der CIA ebenbürtig, manchmal sogar überlegen. Es speichert nicht etwa alle Einzelheiten über den Dreißigjährigen Krieg oder die Aktienindizes von Wall Street, sondern Gesichter. Nasenformen, Kinnlinien, Augenpartien; eine hängende Wange, der Schwung eines Lippenpaars, die Art, wie ein Glas oder eine Zigarette gehalten wird, das Aufblitzen eines Goldzahns, dessen lächelnder Besitzer in einer australischen Kneipe und Jahre später in einem Londoner Supermarkt geknipst wurde – das alles ist Wasser auf die Mühle dieses phänomenalen Gedächtnisses.

In jener Nacht, während Bayswater schlief und Burkinshaws Leute im Dunkeln wachten, saß Blodwyn an ihrem Tisch und starrte auf das Gesicht von Franz Winkler. Zwei junge Männer von »Sechs« warteten schweigend. Nach einer Stunde sagte sie lakonisch: »Fernost« und entschwand zwischen den Regalen. In den frühen Morgenstunden des Dienstag, 26. Mai, hatte sie ihn identifiziert.

Es war kein gutes Foto, und es war fünf Jahre alt. Das Haar war damals dunkler gewesen, die Taille schlanker. Er stand höflich lächelnd neben dem Gesandten seines Landes bei einem Empfang in der indischen Botschaft.

Einer der jungen Männer blickte zweifelnd auf die beiden Fotos.

»Sind Sie sicher, Blodwyn?«

Wenn Blicke lähmen könnten, wäre er von Stund an im Rollstuhl gefahren. Er trat schleunigst den Rückzug an und ging ans Telefon.

»Sie hat ihn«, sagte er. »Er ist Tscheche. War vor fünf Jahren irgendein Underling in der tschechischen Botschaft in Tokio. Name: Jiři Hayek.«

Der Anruf hatte Preston um drei Uhr morgens aufgeweckt. Er hörte zu, dankte dem Anrufer und legte den Hörer wieder auf. Er lächelte glücklich.

»Geschafft«, sagte er.

Um zehn Uhr vormittags war Winkler immer noch in seiner Pension. In der Cork Street hatte Simon Margery von K.2. (B), Sowjetische Satellitenstaaten/Tschechoslowakei, die Einsatzleitung übernommen. Schließlich gehörte der Fall jetzt in sein Ressort. Barry Banks, der im Büro übernachtet hatte, war bei ihm und gab alle Entwicklungen auf dem üblichen Weg an Sentinel House weiter.

Zur gleichen Zeit rief John Preston den Justitiar an der US-Botschaft an, einen persönlichen Bekannten. Dieser »Legal Counsellor« an der Botschaft am Grosvenor Square ist stets der Londoner Vertreter des FBI. Preston brachte sein Anliegen vor und erhielt den Bescheid, er werde zurückgerufen, sobald die Antwort aus Amerika eintreffe, etwa in fünf bis sechs Stunden, da man den Zeitunterschied in Rechnung stellen müsse.

Um elf trat Winkler aus der Tür der Pension. Er ging wieder bis zur Edgware Road, stieg in ein Taxi und fuhr in Richtung Park Lane. An Hyde Park Corner bog das Taxi, gefolgt von zwei Wagen mit dem Observantenteam, in Piccadilly ein. Dort stieg Winkler in der Nähe des Piccadilly Circus aus und unternahm ein paar weitere primitive Versuche, einen Schatten abzuschütteln, den er noch nicht einmal geortet hatte.

»Jetzt geht's wieder los«, murmelte Len Stewart vor sich hin.

Er hatte Burkinshaws Bericht gelesen und etwas Ähnliches erwartet. Winkler schoß plötzlich fast im Laufschritt in eine Passage, tauchte am anderen Ende wieder auf, schusselte den Gehsteig entlang und drehte sich nach dem Durchgang um, aus dem er soeben aufgetaucht war. Niemand kam heraus. Es war auch nicht nötig. Am südlichen Ende des Durchgangs hatte sich längst ein Observant postiert.

Die Observanten kennen London besser als jeder Polizist oder Taxifahrer. Sie wissen, wie viele Ausgänge jedes größere Gebäude hat, wo Durchgänge und Unterführungen verlaufen, wo sich enge Passagen befinden und wohin sie führen. Wohin immer ein Joe sich verdrücken will, ist ihm ein Observant bereits vorausgeeilt, einer kommt langsam nach, und zwei bilden die Flanke. Der »Rahmen« ist nicht zu sprengen, und nur ein sehr gewitzter Joe kann ihn überhaupt entdecken.

Überzeugt, daß ihm kein Schatten folge, betrat Winkler das Reisebüro der britischen Eisenbahnen in der Lower Regent Street. Dort erfragte er die Abfahrtszeiten der Züge nach Sheffield. Der Fußballfan mit dem Schottenhalstuch, der dicht neben ihm stand und heim nach Motherwell wollte, war einer der Observanten. Winkler kaufte eine Rückfahrkarte zweiter Klasse nach Sheffield, zahlte bar, notierte sich, daß der letzte Zug um neun Uhr fünfundzwanzig abends vom St.-Pancras-Bahnhof abging, dankte dem Schalterbeamten und ging.

Er aß in der Nähe zu Mittag, kehrte nach Sussex Gardens zurück und blieb den ganzen Nachmittag dort.

Preston bekam die Meldung über die Fahrkarte nach Sheffield kurz nach ein Uhr. Er erwischte Sir Nigel Irvine gerade noch, als »C« sich auf den Weg zum Lunch in seinem Club machen wollte.

»Es kann blinder Alarm sein, aber es sieht aus, als wolle er die Stadt verlassen«, sagte Preston. »Vielleicht fährt er zu seinem Treff. Der könnte im Zug stattfinden oder in Sheffield. Vielleicht hat er so lang gezögert, weil es noch zu früh war. Es geht darum, Sir, wenn er London verläßt, dann brauchen wir einen Einsatzleiter, der mit den Observanten reist. Ich möchte dieser Einsatzleiter sein.«

»Ja, ich verstehe. Nicht einfach. Aber ich will sehen, was sich machen läßt.«

Sir Nigel seufzte. Essig mit dem Lunch, dachte er. Er ließ seinen Adjutanten kommen.

»Bestellen Sie meinen Lunch im White's ab. Meinen Wagen vorfahren lassen. Und ein Telegramm aufnehmen. In dieser Reihenfolge.«

Während der Adjutant sich an die beiden ersten Aufgaben machte, rief Sir Nigel Sir Bernard Hemmings in seinem Haus bei Farnham in Surrey an.

»Entschuldigen Sie die Störung, Bernard. Es tut sich etwas, und ich möchte Ihren Rat. Nein ... lieber unter vier Augen. Könnte ich zu Ihnen hinauskommen? Prachtwetter ohnehin. Ja, gut, also dann gegen drei.«

»Das Telegramm?« sagte sein Adjutant.

»Ja.«

»An wen?«

»An mich.«

»Gewiß. Von wem?«

»Chef der Residentur in Wien.«

»Soll ich ihn benachrichtigen, Sir?«

»Nicht nötig. Sorgen Sie dafür, daß ich vom Chiffrierraum sein Telegramm in drei Minuten erhalte.«

»Selbstverständlich. Und der Text?«

Sir Nigel diktierte den Text. Daß er eine dringende Botschaft an sich selbst schickte, um zu rechtfertigen, was er ohnehin tun wollte, war ein alter Trick, den er von seinem einstigen Mentor, Sir Maurice Oldfield, gelernt hatte. Als der Chiffrierraum das Telegramm in der Form heraufschickte, in der es aus Wien eingegangen wäre, steckte der alte Fuchs es ein und ging hinunter zu seinem Wagen.

Er fand Sir Bernard in seinem Garten in Tilford, wo er, eine Decke auf den Knien, die warme Maisonne genoß.

»Wollte eigentlich heute reinkommen«, sagte der Generaldirektor von »Fünf« mit gutgespielter Munterkeit. »Aber morgen ganz bestimmt.«

»Gewiß, gewiß.«

»Also, wie kann ich helfen?«

»Kitzlig«, sagte Sir Nigel. »Jemand ist soeben aus Wien in London gelandet. Als österreichischer Geschäftsmann ausgewiesen. Aber das ist Schwindel. Wir konnten ihn gestern nacht identifizieren. Tschechischer Geheimagent, einer der Jungens vom StB. Kleiner Fisch, vermutlich ein Kurier.«

Sir Bernard nickte.

»Ja, ich bin im Bilde. Auch hier draußen. Habe alles darüber erfahren. Meine Leute haben die Sache im Griff, nicht wahr?«

»Absolut. Nur, es sieht aus, als wolle er heute abend London verlassen. Richtung Norden. Fünf braucht einen Einsatzleiter, der mit den Observanten reist.«

»Selbstverständlich. Es wird sich jemand finden. Brian kann das erledigen.«

»Ja. Es ist natürlich Ihre Operation. Andererseits ... Sie erinnern sich an die Affäre Berenson? Zwei Dinge konnten wir nie herausfinden. Hält Marais Verbindung über die Rezidentura hier in London oder benutzt er Kuriere, die von draußen geschickt werden? Und war Berenson der einzige Mann, den Marais führte, oder ist es ein ganzes Netz?«

»Ich weiß. Wir wollten diese Fragen auf Eis legen, bis wir von Marais ein paar Antworten kriegen würden.«

»Das stimmt. Aber heute bekam ich dieses Telegramm von meinem Residenten in Wien.«

Er holte das Telegramm hervor. Sir Bernard las es und hob die Brauen.

»Eine Verbindung zwischen den beiden? Wäre das möglich?«

»Es wäre möglich. Winkler, alias Hayek, scheint eine Art Kurier zu sein. Wien bestätigt, daß er nominell zum StB gehört, tatsächlich jedoch für den KGB arbeitet. Wir wissen, daß Marais in den letzten zwei Jahren, während er Berenson führte, zweimal in Wien gewesen ist. Jedesmal Kulturreisen, aber –«

»Das fehlende Glied?«

Sir Nigel zuckte die Achseln. Niemals übertreiben.

»Und wozu fährt er jetzt nach Sheffield?«

»Wenn wir das wüßten, Bernard. Gibt es in Yorkshire ein zweites Netz? Könnte Winkler Zulieferer für mehrere Netze sein?«

»Und was möchten Sie jetzt von Fünf? Noch mehr Observanten?«

»Nein, ich möchte John Preston. Wie Sie sich erinnern werden, ist er zuerst Berenson auf die Spur gekommen und dann Marais. Ich mag seinen Stil. Er war eine Weile in Urlaub. Anschließend hatte er eine kleine Grippe, wie ich hörte. Aber morgen soll er wieder anfangen. Nachdem er so lange weg war, hat er vermutlich ohnehin keine laufenden Fälle. Technisch gehört er zu See- und Flughäfen, C.5. (C). Aber Sie wissen, daß die Leute von K mehr als ausgelastet sind. Wenn er nur vorübergehend zu K abgestellt würde, könnten Sie ihn für dieses eine Mal zum Einsatzleiter bestimmen...«

»Well, ich weiß nicht recht, Nigel. Das ist wirklich Brians Sache...«

»Ich wäre schrecklich dankbar, Bernard. Schließlich hat Preston die Jagd nach Berenson vom Start an mitgemacht. Wenn Winkler auch dazugehört, dann könnte Preston vielleicht sogar ein Gesicht sehen, das ihm nicht neu ist.«

»All right«, sagte Sir Bernard. »Sie haben gewonnen. Ich werde die Anweisung von hier aus erteilen.«

»Ich könnte sie gleich mitnehmen, wenn Sie möchten«, sagte »C«. »Spart Ihnen die Mühe. Schicke meinen Fahrer mit dem Wisch hinüber in die Charles Street...«

Er verließ Tilford mit dem »Wisch« in der Tasche, einer

schriftlichen Anweisung von Sir Bernard Hemmings, wonach John Preston vorübergehend an Referat K überstellt und zum Einsatzleiter der Operation Winkler ernannt wurde, sobald der Genannte die Hauptstadt verlassen würde.

Sir Nigel ließ zwei Kopien anfertigen, eine für sich und eine für John Preston. Das Original ging an die Charles Street. Brian Harcourt-Smith war nicht im Büro, daher blieb der Befehl auf seinem Schreibtisch liegen.

An diesem Abend um sieben Uhr verließ Preston die Wohnung in Chelsea zum letztenmal. Endlich war er wieder draußen in der frischen Luft und fühlte sich wohl.

In Sussex Gardens trat er leise hinter Harry Burkinshaw.

»Hallo, Harry.«

»Du lieber Gott, John Preston! Was machen Sie denn hier?«

»Bloß ein bißchen Luft schnappen.«

»Lassen Sie sich lieber nicht blicken. Wir haben einen Joe im Haus drüben auf der anderen Straßenseite.«

»Weiß ich. Und er will mit dem Zug um einundzwanzig Uhr fünfundzwanzig nach Sheffield fahren.«

»Woher wissen Sie das?«

Preston zog seine Kopie von Sir Bernards Anweisung aus der Tasche. Burkinshaw las sie durch.

»Wow! Vom Herrn Generaldirektor persönlich. Willkommen beim Verein. Aber bleiben Sie bloß außer Sicht.«

»Kann ich ein Walkie haben?«

Burkinshaw wies mit einer Kopfbewegung die Straße entlang.

»Um die Ecke am Radnor Place. Brauner Cortina. Im Handschuhfach liegt noch eins.«

»Ich warte im Wagen«, sagte Preston.

Burkinshaw wunderte sich. Niemand hatte ihm gesagt, daß Preston als Einsatzleiter mitkommen werde. Er hatte nicht einmal gewußt, daß Preston zur Tschechen-Abteilung gehörte. Aber die

Unterschrift des GD war entscheidend. Er für seine Person würde einfach seinen Job weitermachen. Er zuckte die Achseln, schob wieder einmal ein Pfefferminzbonbon in den Mund und wartete weiter.

Um halb neun verließ Winkler die Pension. Er trug seine Reisetasche. Er hielt ein vorbeifahrendes Taxi an und nannte dem Fahrer das Ziel.

Als er aus der Tür getreten war, hatte Burkinshaw sein Team und seine beiden Wagen gerufen. Dann sprang er in den vorderen Wagen, und sie fuhren hundert Yards hinter dem Taxi durch die Edgware Road. Preston saß im zweiten Wagen. Nach zehn Minuten wußten sie, daß die Fahrt ostwärts zum Bahnhof ging. Burkinshaw gab die Meldung durch. Aus Cork kam Simon Margerys Stimme zurück:

»O. K., Harry, unser Einsatzleiter ist unterwegs.«

»Wir haben schon einen«, sagte Burkinshaw. »Er ist hier bei uns.«

Das war Margery neu. Er fragte nach dem Namen. Als er ihm genannt wurde, glaubte er, sich verhört zu haben.

»Er gehört ja nicht einmal zu K (B)«, wandte er ein.

»Jetzt schon«, sagte Burkinshaw ungerührt. »Ich hab' den Befehl gesehen. Unterschrieben vom Generaldirektor.«

Margery von Cork Street rief Charles an. Während der Konvoi in der Dämmerung nach Osten fuhr, brach in Charles Street das große Getue aus. Sir Bernards Anweisung wurde gesucht, gefunden und bestätigt. Margery warf erbittert die Arme hoch.

»Warum können diese Armleuchter von Charles sich nie beizeiten entschließen?« fragte er sich und die Welt. Er rief den Kollegen, den er zum St.-Pancras-Bahnhof geschickt hatte, wieder ab. Dann versuchte er, Brian Harcourt-Smith aufzustöbern, um ihm sein Leid zu klagen.

Auf dem Bahnhofsvorplatz bezahlte Winkler sein Taxi, durchschritt den Torbogen der Ziegelfassade, betrat die viktorianische Schalterhalle mit der hohen Kuppeldecke und studierte die Abfahrtstafel. Die vier Observanten und Preston mischten sich in den Strom der Reisenden und geleiteten ihren Joe in die Bahnhofshalle, eine Konstruktion aus Ziegeln und Eisen.

Der Zug nach Sheffield, mit Halt in Leicester, Derby und Chesterfield, stand auf Gleis zwei. Winkler ging den Bahnsteig entlang, vorbei an den drei Wagen erster Klasse und dem Büffetwagen bis zu den drei blaugepolsterten Waggons zweiter Klasse an der Spitze des Zuges. Er stieg in den mittleren Wagen, hievte seine Reisetasche ins Gepäcknetz, setzte sich und wartete in aller Ruhe auf die Abfahrt.

Es war ein Großraumwagen, und nach ein paar Minuten kam ein junger Farbiger herein, Kopfhörer aufgestülpt, einen Walkman an den Gürtel gehakt, und ließ sich drei Reihen von Winkler entfernt nieder. Sobald er saß, fing er an, im Takt der heißen Rhythmen, die ihm in die Ohren gellen mußten, mit dem Kopf zu nicken, schloß die Augen und gab sich dem Kunstgenuß hin. Einer von Burkinshaws Leuten war zur Stelle; aus seinen Kopfhörern kamen keine Reggaeklänge, sondern Harrys Instruktionen in Lautstärke fünf.

Einer von Burkinshaws Observanten übernahm den vordersten Wagen, Harry und John Preston setzten sich in den dritten, so daß Winkler eingerahmt war, und der vierte Mann nahm in der ersten Klasse am Zugende Platz, für den Fall, daß Winkler die Fliege machte, um einen etwaigen Schatten abzuschütteln.

Punkt neun Uhr fünfundzwanzig zischte der Intercity 125 aus dem Bahnhof St. Pancras und brauste nordwärts. Um neun Uhr dreißig hatte Simon Margery die Spur Harcourt-Smiths bis zum Speisesaal seines Clubs verfolgt und ließ ihn ans Telefon holen. Was der stellvertretende Generaldirektor von »Fünf« hörte, veranlaßte ihn, aus dem Club zu stürzen, in ein Taxi zu springen und quer durch West End bis zur Charles Street zu rasen.

Auf seinem Schreibtisch fand er die Anweisung, die Sir Bernard Hemmings am Nachmittag geschrieben hatte. Harcourt-Smith wurde weiß vor Wut.

Er war jedoch ein äußerst beherrschter Mensch, und nachdem er die Sache ein paar Minuten lang überdacht hatte, griff er zum Telefon und bat die Vermittlung höflich wie stets, ihn mit der Privatwohnung des Justitiars seiner Dienststelle zu verbinden.

Der Justitiar amtiert häufig als Verbindungsmann zwischen dem Geheimdienst und Special Branch. Während Harcourt-Smith wartete, sah er die Abfahrtszeiten der Züge nach Sheffield nach. Der Justitiar wurde von seinem Sessel vor dem Fernsehgerät in Camberley aufgestört und meldete sich.

»Special Branch muß für mich eine Festnahme durchführen«, sagte Harcourt-Smith. »Ich habe Grund, anzunehmen, daß ein illegal eingereister Mann, vermutlich ein Sowjetagent, sich der Überwachung entziehen könnte. Name Franz Winkler, angeblich österreichischer Staatsbürger. Grund der Festnahme: Verdacht auf Besitz eines gefälschten Passes. Er wird mit dem Zug aus London um dreiundzwanzig Uhr neunundfünfzig in Sheffield eintreffen. Ja, ich weiß, die Zeit ist knapp. Deshalb ist es so dringend. Ja, bitte wenden Sie sich an den Commander Special Branch beim Yard, er soll seine Leute in Sheffield losschicken, damit sie bei Ankunft des Zuges die Verhaftung vornehmen können.«

In grimmiger Entschlossenheit legte er auf. Man konnte ihm John Preston als Außenführer der Observanten aufdrängen, aber die Festnahme eines Verdächtigen war Sache der Polizei und somit die seine.

Der Zug war fast leer. Die insgesamt sechzig Reisenden hätten in zwei der sechs Waggons reichlich Platz gehabt. Barney, der Observant im vordersten Wagen, hatte nur zehn völlig unschuldige Mitpassagiere. Er saß mit dem Rücken zur Fahrtrichtung, so daß er durch das Türglas zwischen den beiden Wagen den obersten Teil von Winklers Kopf sehen konnte.

Im zweiten Waggon waren außer Ginger, dem jungen Farbigen mit den Kopfhörern, und seinem Schützling Winkler noch fünf Leute. Ein Dutzend Fahrgäste, dazu Preston und Burkinshaw teilten sich im dritten Wagen in sechzig Plätze. Eineinviertel Stunden lang tat Winkler gar nichts; er hatte nichts zu lesen bei sich; er starrte nur aus dem Fenster auf die dunkle Landschaft.

Um zweiundzwanzig Uhr fünfundvierzig, kurz vor Leicester, verlangsamte der Zug seine Fahrt, und in Winkler kam Bewegung. Er nahm seine Reisetasche herunter, ging durch den Wagen zum Vorplatz und ließ das Fenster der Tür herunter, die zum Bahnsteig führte. Ginger alarmierte die anderen, die sich bereit machten, wenn nötig sofort aufzubrechen.

Als der Zug hielt, drückte sich ein Mitreisender an Winkler vorbei.

»Entschuldigung, ist das schon Sheffield?« fragte Winkler.

»Nein, Leicester«, sagte der Mann und stieg aus.

»Aha, danke«, sagte Winkler. Er stellte die Reisetasche ab, blieb aber am offenen Fenster stehen und blickte während des kurzen Aufenthalts ständig den Bahnsteig auf und ab. Als der Zug wieder anfuhr, kehrte er auf seinen Platz zurück und stellte auch die Reisetasche wieder ins Netz.

Um dreiundzwanzig Uhr zwölf, in Derby, wiederholte sich das Manöver. Diesmal fragte er einen Schaffner auf dem Bahnsteig des hallenden Betongewölbes, das den Bahnhof von Derby bildet.

»Derby«, rief der Schaffner. »Sheffield ist die übernächste.«

Wieder nutzte Winkler den Aufenthalt, um durch das offene Fenster zu spähen, und wieder kehrte er auf seinen Platz zurück und warf die Reisetasche ins Netz. Preston beobachtete ihn durch die Zwischentür.

Um dreiundzwanzig Uhr dreiundvierzig fuhren sie in Chesterfield ein, einem Bahnhof aus der Zeit der Queen Victoria, der jedoch sehr gepflegt wirkt mit seiner hellen Bemalung und den Blumenampeln. Diesmal ließ Winkler die Reisetasche liegen, ging aber wieder hinaus und lehnte sich aus dem Fenster, als einige Reisende ausstiegen und durch die Sperre eilten. Der Bahnsteig war schon wieder leer, ehe der Zug sich in Bewegung setzte. Als er anfuhr, riß Winkler die Tür auf, sprang auf den wegrollenden Beton und warf die Tür hinter sich zu.

Es kam selten vor, daß Burkinshaw von einem Joe überlistet wurde, aber später gestand er, Winkler habe ihn glatt aufs Kreuz gelegt. Alle vier Observanten hätten leicht noch aus dem Zug springen können, aber der Bahnsteig bot nicht die Spur einer Deckung, und sie wären so wenig aufgefallen wie eine Herde roter Elefanten. Winkler hätte sie unweigerlich gesehen und seinen Treff ausfallen lassen, wo immer der auch stattfinden sollte.

Preston und Burkinshaw rannten vor zur Plattform, Ginger kam aus dem vorderen Wagen herbei. Das Fenster war noch offen. Preston streckte den Kopf hinaus und blickte zurück. Winkler, der endlich sicher war, daß ihm niemand folgte, marschierte den Bahnsteig entlang, er wandte ihnen den Rücken zu.

»Harry, fahren Sie mit dem Team im Wagen hierher zurück«, schrie Preston. »Rufen Sie mich über Funk, wenn Sie nah genug sind. Ginger, machen Sie die Tür hinter mir zu.«

Er zog die Tür auf, stellte sich aufs Trittbrett, kauerte in der »Landeposition« der Fallschirmjäger nieder und sprang.

Fallschirmspringer schlagen mit einer Geschwindigkeit von etwa acht Meilen pro Stunde am Boden auf; die Seitengeschwindigkeit hängt vom Wind ab. Der Zug fuhr dreißig, als Preston auf die Böschung zusauste; er betete, daß er nicht gegen einen Betonpfosten oder auf einen großen Stein prallen möge. Er hatte Glück; das dichte Gras dämpfte den Aufprall ein wenig ab, dann rollte er sich ab, Knie zusammengepreßt, Ellbogen angelegt, Kopf eingezogen. Harry sagte später, er habe nicht hinsehen können. Ginger sagte, Preston sei gehopst wie ein Gummiball, die Böschung entlang und abwärts, auf die rollenden Räder zu. Als er endlich zum Halten kam, lag er im Graben zwischen dem Gras und dem Bahnkörper. Er rappelte sich auf, machte kehrt und hielt im Laufschritt auf die Lichter des Bahnhofs zu.

Als er die Sperre erreichte, schloß der Bahnbeamte gerade zu. Er blickte die lädierte Erscheinung in der zerrissenen Jacke erstaunt an.

»Der letzte Mann, der durch die Sperre ging«, sagte Preston, »klein, stämmig, grauer Regenmantel. Wohin ist er gegangen?«

Der Mann wies zum Bahnhofsvorplatz, und Preston rannte los. Zu spät fiel dem Beamten ein, daß er ihm die Fahrkarte nicht abgenommen hatte. Auf dem Vorplatz sah Preston die Schlußlichter eines Taxis aus dem Parkplatz in Richtung Stadt fahren. Es war das letzte Taxi. Er hätte über die Polizeistation den Taxifahrer ausfindig machen und fragen können, wohin er den Fahrgast gebracht habe, aber er wußte, daß Winkler das Taxi vor seinem eigentlichen Ziel verlassen und den Rest zu Fuß gehen würde. Neben ihm trat ein Schaffner den Kickstarter seines Mopeds.

»Ich muß mir Ihr Rad ausleihen«, sagte Preston.

»Hau bloß ab«, sagte der Schaffner. Preston hatte keine Zeit, sich auszuweisen oder herumzustreiten; die Schlußlichter des Taxis tauchten unter die neue Ringstraße und außer Sicht. Also versetzte Preston dem Mann einen Kinnhaken. Der Schaffner krachte zu Boden. Preston fing das umfallende Moped ab, zog es zwischen den Beinen des Mannes hervor, schwang sich hinauf und fuhr los.

Eine Verkehrsampel war sein Glück. Das Taxi war in die Corporation Street eingebogen, und Preston hätte es auf seinem Spirituskocher nie mehr erwischt, wenn die Ampel vor der Stadtbücherei nicht auf Rot gestanden hätte. Als das Taxi die Holywell Street entlang und in die Saltergate Street fuhr, war er hundert Yards hinter ihm; dann vergrößerte sich der Abstand, als der stärkere Motor die gerade halbe Meile der Autostraße entlangfuhr. Hätte Winkler sich in die ländliche Umgebung westlich von Chesterfield fahren lassen, so wäre er Preston mit Sicherheit entwischt.

Glücklicherweise leuchteten die Bremslichter des Taxis auf,

als es nur noch ein Fleck in der Ferne war. Winkler stieg aus, wo die Saltergate in die Ashgate Road übergeht. Als Preston näher kam, konnte er Winkler sehen, der neben dem Taxi stand und die Straße auf und ab spähte. Weit und breit kein Verkehr; es blieb Preston nichts anderes übrig als weiterzufahren. Er ratterte an dem haltenden Taxi vorbei wie ein Mann, der spät von der Arbeit heimkehrt, schwenkte in die Foljambe Road ein und hielt an.

Winkler überquerte das Ende der Straße; Preston folgte ihm. Winkler sah sich kein einziges Mal mehr um. Er marschierte rund um die Begrenzung des Fußballplatzes von Chesterfield und in die Compton Street. Dort trat er an eine Haustür und klopfte. Preston hatte sich von einer dunklen Stelle zur nächsten geschoben, die Straßenecke erreicht und sich hinter einem Busch im Garten des Eckhauses versteckt.

Ein Stück straßauf sah er in einem dunklen Haus Lichter angehen, und die Tür wurde geöffnet. Nach einem kurzen Wortwechsel auf der Schwelle ging Winkler hinein. Preston seufzte und ließ sich hinter seinem Busch zu einer langen Nachtwache nieder. Er konnte die Nummer des Hauses, in das Winkler gegangen war, nicht lesen, auch hatte er die Rückfront nicht im Blickfeld, aber er sah die hohe Mauer des Fußballplatzes direkt hinter dem Haus, also gab es dort vielleicht keinen Ausgang.

Um zwei Uhr morgens hörte er das schwache Geräusch in seinem Sprechgerät, als Burkinshaw in Reichweite gekommen war. Preston meldete sich und gab seinen Standort durch. Um halb drei hörte er leise Schritte und pfiff. Burkinshaw kam zu ihm ins Gebüsch.

»Alles in Ordnung, John?«

»Ja. Er ist dort drüben im Haus, zweites nach dem Baum, mit dem Licht hinter der Gardine.«

»Hab's. John, in Sheffield hat uns ein Empfangskomitee erwartet. Zwei von Special Branch und drei in Uniform. Von London hinbestellt. Haben Sie eine Festnahme verlangt?«

»Nie im Leben. Winkler ist ein Kurier. Ich will den großen Fisch. Vielleicht ist er dort im Haus. Was war mit dem Empfangskomitee?«

Burkinshaw lachte.

»Gott segne die britische Polizei. Sheffield liegt in Yorkshire, das hier ist Derbyshire. Sie müssen es am Morgen mit ihren Chief Constables ausschnapsen. Gibt Ihnen Zeit.«

»Mhm. Wo sind die anderen?«

»Hinten auf der Straße. Wir sind in einem Taxi zurückgekommen und haben es wieder weggeschickt. John, wir sind ohne Wagen. Sobald es hell wird, haben wir auf dieser Straße keine Deckung.«

»Stellen Sie zwei ans obere Ende und zwei hier ans untere«, sagte Preston. »Ich gehe zurück in die Stadt und bitte auf dem Polizeirevier um eine kleine Unterstützung. Wenn Chummy abschwirrt, sagen Sie es mir. Aber bleiben Sie ihm mit zwei Leuten auf den Fersen, zwei bleiben beim Haus.«

Er verließ den Garten und ging zu Fuß ins Zentrum von Chesterfield, wo er nach einiger Suche das Polizeirevier in der Beetwell Street fand. Im Gehen ging ihm ein Satz ständig im Kopf um. Irgend etwas an der Schau, die Winkler abgezogen hatte, ergab keinen Sinn.

4. Kapitel

Superintendent Robin King war nicht gerade erfreut, als man ihn um drei Uhr morgens weckte, doch als er hörte, daß ein Mann von MI5 aus London auf seinem Polizeirevier sei und um Beistand ersuche, versprach er, sofort zu kommen, und zwanzig Minuten später war er unrasiert und ungekämmt zur Stelle.

Er hörte aufmerksam zu, während Preston erklärte, worum es ging: Ein Ausländer, wahrscheinlich ein sowjetischer Agent, sei von London aus beschattet worden, und, nachdem er in Chesterfield aus dem fahrenden Zug gesprungen war, bis zu einem Haus in der Compton Street, dessen Nummer man noch nicht kenne, verfolgt worden.

»Ich weiß noch nicht, wer in diesem Haus wohnt und was der Verdächtige darin zu schaffen hat. Ich möchte das gerne herausfinden, aber ohne im Augenblick eine Verhaftung vorzunehmen. Ich möchte das Haus beobachten. Später am Vormittag können wir uns vom Chief Constable für Derbyshire weitergehendere Vollmachten besorgen; doch im Augenblick ist das Problem selbst dringender. Ich hab' vier Observanten auf der Straße, aber sobald es tagt, werden sie so unauffällig aus der Gegend ragen wie Maibäume. Also brauche ich Hilfe.«

»Was kann ich genau für Sie tun, Mr. Preston?« fragte der Polizeibeamte.

»Haben Sie einen neutralen Kombiwagen?«

»Nein. Ein paar neutrale Polizeiwagen und einige Kombis, die aber das Polizeikennzeichen an der Seite tragen.«

»Können wir einen neutralen Kombi auftreiben und ihn, mit meinen Männern darin, vor dem Haus parken?«

Der Superintendent rief den Sergeant vom Dienst an, stellte die gleiche Frage und lauschte eine Weile.

»Wecken Sie ihn telefonisch und bitten sie ihn, mich sofort anzurufen«, sagte er. Zu Preston: »Einer unserer Leute hat einen Kombi. Das Auto ist ziemlich verbeult, und sein Besitzer wird deswegen dauernd gehänselt.«

Dreißig Minuten später traf sich der noch nicht ganz wache Police Constable mit dem Observantenteam vor dem Haupteingang des Fußballstadions. Burkinshaw und seine Leute kletterten in den Kombi, der in die Compton Street fuhr und gegenüber dem verdächtigen Haus parkte. Wie abgemacht stieg der Polizist aus, dehnte und reckte sich und ging die Straße entlang, als komme er von der Nachtschicht heim.

Burkinshaw spähte durch das Rückfenster und rief Preston über Funk.

»Schon besser«, sagte er. »Wir haben einen großartigen Blick auf das Haus gegenüber. Es ist übrigens Nummer 59.«

»Halten Sie eine Weile durch«, sagte Preston, »ich versuche etwas noch Besseres zu organisieren. Sollte Winkler das Haus verlassen und zu Fuß weggehen, folgen Sie ihm mit zwei Männern. Die beiden anderen sollen bleiben. Wenn er mit dem Auto wegfährt, fahren Sie mit dem Kombi hinterher.«

»Superintendent, wir müssen das Haus vielleicht längere Zeit beobachten. Das heißt, wir müssen uns gegenüber, in einem Vorderzimmer im oberen Stock, einnisten. Können wir in der Compton Street jemanden finden, der uns aufnimmt?«

Der Polizeichef dachte nach.

»Ich kenne jemanden, der in der Compton Street wohnt«, sagte er. »Wir sind beide Freimaurer, Mitglieder derselben Loge. Ein ehemaliger Obermaat der Navy, jetzt im Ruhestand. Er wohnt Nummer 68. Ich weiß nicht, wo das Haus genau liegt.«

Burkinshaw bestätigte, daß Achtundsechzig zwei Häuser weiter auf der gegenüberliegenden Straßenseite war. Durch das Fenster im oberen Stock, das wahrscheinlich zum Schlafzimmer gehörte, würde man das Ziel vorzüglich beobachten können. Superintendent King rief seinen Freund vom Revier aus an.

Auf Prestons Anregung hin erzählte er dem verschlafenen Hauseigentümer, Mr. Sam Royston, daß es sich um eine Polizeiaktion handle; man wolle einen Verdächtigen beobachten, der in dem Haus gegenüber Zuflucht gesucht habe. Nachdem Mr. Royston seinen Verstand einigermaßen beisammen hatte, zeigte er sich ganz auf der Höhe der Situation. Als gesetzesfürchtiger Bürger würde er der Polizei selbstverständlich erlauben, sein Vorderzimmer zu benutzen.

Der Kombi fuhr gemächlich um den Block in die West Street; Burkinshaw und sein Team stiegen über Gartenzäune und schlüpften zwischen Villen hindurch, bis sie zu Mr. Roystons Haus kamen, das sie durch den Hintergarten betraten. Kurz bevor die Sommersonne die Straße überflutete, ließ das Observantenteam sich in Mr. Roystons ungemachtem Schlafzimmer hinter den Spitzenvorhängen nieder, durch die man die Nummer 59 gegenüber sehen konnte.

Mr. Royston, der stocksteif in einem Kamelhaarmorgenrock steckte und die Wichtigtuerei eines Patrioten an den Tag legte, der gebeten worden war, den Beamten der Königin beizustehen, lugte durch die Vorhänge auf das Haus gegenüber.

»Bankräuber, wie? Rauschgifthändler, was?«

»So was ähnliches«, bestätigte Burkinshaw.

»Ausländer«, schnaubte Royston. »Nie gemocht. Hätten keinen von den Brüdern ins Land lassen sollen.«

Ginger, dessen Eltern aus Jamaika stammten, starrte stoisch durch die Vorhänge. Mungo, der Schotte, holte ein paar Stühle von unten. Mrs. Royston tauchte wie eine Maus aus ihrem Versteck auf, nachdem sie Lockenwickler und Haarnadeln entfernt hatte.

»Hätte jemand«, fragte sie, »gerne eine gute Tasse Tee?«

Barney, der jung und hübsch war, setzte sein gewinnendstes Lächeln auf.

»Das wäre reizend, Mammi.«

Es wurde Mrs. Roystons großer Tag. Sie begann die erste

einer, wie sich dann herausstellte, endlosen Abfolge von Tassen Tee zuzubereiten, einem Gebräu, von dem sie ohne sichtliche Zufuhr von fester Nahrung zu leben schien.

Auf dem Polizeirevier hatte der diensthabende Sergeant inzwischen die Identität der Bewohner von Compton Street Nummer 59 festgestellt.

»Zwei griechische Zyprioten, Sir«, berichtete er Superintendent King. »Brüder und beide Junggesellen. Andreas und Spiridon Stephanides. Nach Aussage des für dieses Revier zuständigen Constable wohnen sie seit ungefähr vier Jahren dort. Scheinen in Holywell Cross ein griechisches Spezialitätenrestaurant mit Straßenverkauf zu betreiben.«

Preston telefonierte seit einer halben Stunde mit London. Zuerst hatte er den diensthabenden Offizier in Sentinel House angerufen, der ihn dann mit Barry Banks verbunden hatte.

»Barry, setzen Sie sich doch mit C in Verbindung, ganz gleich, wo er ist, und bitten Sie ihn, mich zurückzurufen.«

Fünf Minuten später war Sir Nigel am Apparat, ruhig und hellwach, als wäre er nicht aus dem Schlaf gerissen worden. Preston informierte ihn über die Ereignisse der vergangenen Nacht.

»Sir, gestern war ein Empfangskomitee in Sheffield. Zwei Leute von Special Branch und drei Uniformierte mit Haftbefehlen.«

»So war es aber nicht abgemacht, John.«

»Nicht, soweit ich im Spiel bin.«

»All right, John, ich werde mich um diese Seite der Angelegenheit kümmern. Sie haben das Haus ausgemacht. Schlagen Sie jetzt los?«

»Ich habe *ein* Haus ausgemacht«, korrigierte Preston. »Ich möchte nicht losschlagen, weil ich nicht glaube, daß dies das Ende der Spur ist. Noch etwas, Sir. Sollte Winkler nach Hause zurückkreisen, dann möchte ich, daß man ihn in Ruhe ziehen läßt. Wenn er ein Kurier ist oder ein Bote oder einfach jemand, der sich über den Gang bestimmter Dinge informieren soll, dann werden seine Leute in Wien auf ihn warten. Kommt er nicht zurück, werden sie unweigerlich den ganzen Laden von A bis Z dichtmachen.«

»Ja«, sagte Sir Nigel langsam. »Ich werde mit Sir Bernard darüber reden. Wollen Sie an Ort und Stelle bleiben oder nach London zurückkommen?«

»Ich möchte, wenn möglich, am Ball bleiben.«

»All right. Ich sorge im Namen von Sechs dafür, daß Sie alles bekommen, was Sie brauchen. Jetzt nehmen Sie Rückendeckung und machen Sie Ihren Bericht für Charles Street.«

Preston legte auf, und Sir Nigel rief Sir Bernard zu Hause an. Der Generaldirektor von »Fünf« erklärte sich bereit, mit ihm um acht Uhr im Guards Club zu frühstücken.

»Sie sehen also, Bernard, die Zentrale ist vielleicht wirklich gerade dabei, eine Großaktion bei uns durchzuführen«, sagte »C«, während er seinen zweiten Toast mit Butter bestrich.

Sir Bernard Hemmings schien zutiefst beunruhigt. Er saß vor seinem Frühstück, ohne es anzurühren.

»Brian hätte mich über den Vorfall in Glasgow informieren müssen«, sagte er. »Warum zum Teufel liegt dieser Bericht immer noch auf seinem Schreibtisch?«

»Wir machen alle dann und wann Fehler. Errare humanum est und so«, murmelte Sir Nigel. »Schließlich haben meine Leute in Wien angenommen, Winkler sei ein Postkurier für einen seit langem bestehenden Agentenring, und ich folgerte daraus, daß Jan Marais zu diesem Ring gehören könne. Jetzt sieht es so aus, als handle es sich um zwei getrennte Operationen.«

Er verschwieg, daß er selbst das Wiener Telegramm vom vergangenen Tag verfaßt hatte, um von seinem Kollegen zu bekommen, was er wollte – die Einbeziehung Prestons in die Operation Winkler als Einsatzleiter. Für »C« gab es eine Zeit der Offenheit und eine Zeit für diskrete Verschwiegenheit.

»Und die zweite Operation, die mit den Dingen zusammenhängt, die man in Glasgow abgefangen hat?«

Sir Nigel zuckte die Achseln.

»Keine Ahnung, Bernard. Wir tappen alle im dunkeln. Brian glaubt offensichtlich nicht daran. Vielleicht hat er recht. In diesem Fall bin ich dann der Blamierte. Und doch, die Affäre Glasgow, der geheimnisvolle Sender in den Midlands, die Ankunft Winklers. Winkler war ein Glücksfall, vielleicht der letzte in dieser Sache.«

»Und welche Schlußfolgerungen ziehen Sie aus dem Ganzen, Nigel?«

Sir Nigel lächelte entwaffnend. Auf diese Frage hatte er gewartet.

»Keine Schlußfolgerungen, Bernard. Nur ein paar Vermutungen. Sollte Winkler ein Kurier sein, dann müßte er sich meiner Meinung nach mit seinem Kontaktmann in Verbindung setzen und sein Paket abliefern oder das Paket, weswegen er gekommen ist, abholen, und zwar irgendwo im Freien. Auf einem Parkplatz, an einem Flußufer, auf einer Gartenbank, an einem Teich. Wenn hier eine Großaktion im Gange ist, dann muß irgendwo ein Illegaler der ersten Garnitur vor Ort sein. Der Mann, der die Fäden zieht. Würden Sie an seiner Stelle die Kuriere bei sich zu Hause empfangen? Natürlich nicht. Sie würden eine Zwischenstation oder vielleicht sogar zwei einschalten. Noch ein bißchen Kaffee?«

»Schön. Ich bin Ihrer Meinung.«

Sir Bernard wartete, bis sein Kollege ihm die Tasse vollgeschenkt hatte.

»Ich folgere also, Bernard, daß Winkler nicht der Obermacher sein kann. Er ist nur ein kleiner Fisch, ein Bote, ein Kurier oder etwas Ähnliches. Das gleiche gilt für die beiden Zyprioten in dem Haus in Chesterfield. Schläfer, meinen Sie nicht?«

»Richtig«, sagte Sir Bernard, »untergeordnete Schläfer.«

»Sieht daher allmählich so aus, als sei das Haus in Chesterfield ein Zwischenlager für ankommende Pakete, ein Briefkasten, ein sicheres Haus oder der Standort des Senders. Es liegt schließlich in der richtigen Gegend; die beiden vom GCHQ aufgefangenen ›Spritzer‹ sind aus dem Peak District von Derbyshire und von den Hügeln nördlich von Sheffield gekommen, beides Orte, die von Chesterfield aus leicht zu erreichen sind.«

»Und Winkler?«

»Was meinen Sie, Bernard? Ein Techniker, der den Sender reparieren soll, falls er Zicken macht? Jemand, der den Gang der Dinge überprüfen soll? Wie dem auch sei, ich glaube, wir sollten ihn drüben berichten lassen, daß alles in Ordnung ist.«

»Und der Obermacher, meinen Sie, daß er persönlich auftaucht?«

Sir Nigel zuckte wieder die Achseln. Er befürchtete, daß Brian Harcourt-Smith als Ersatz für die entgangene Verhaftung in Sheffield nun zum Sturm auf das Haus in Chesterfield blasen würde. Voreilig, dachte Sir Nigel.

»Ich möchte annehmen, daß irgendwo ein Kontakt stattfindet. Entweder geht er zu den Griechen, oder sie kommen zu ihm«, sagte er.

»Wissen Sie was, Nigel, ich glaube, wir sollten das Haus in Chesterfield observieren lassen, zumindest eine Zeitlang.«

Der Chef des SIS nickte ernst.

»Bernard, alter Freund, Sie sprechen mir aus der Seele. Aber Brian scheint ganz geil darauf zu sein, einige Verhaftungen vorzunehmen. Gestern abend hat er es in Sheffield versucht. Natürlich, mit Verhaftungen kann man eine Zeitlang Staat machen, aber –«

»Überlassen Sie Brian Harcourt-Smith ruhig mir, Nigel«, sagte Sir Bernard grimmig. »Ich pfeife vielleicht aus dem letzten Loch, aber ich bin immer noch gut für ein letztes Gefecht. Ich werde die Leitung dieser Operation persönlich übernehmen.«

Sir Nigel legte die Hand auf Sir Bernards Arm.

»Ich wäre wirklich froh, wenn Sie das täten, Bernard.«

Winkler verließ das Haus in der Compton Street um neun Uhr dreißig, zu Fuß. Mungo und Barney glitten durch den Hinterausgang, durchquerten die Gärten und waren an der Ecke der Ashgate Road hinter dem Tschechen. Der ging zum Bahnhof, stieg in den Zug nach London und wurde in St. Pancras von einem neuen Team übernommen. Mungo und Barney fuhren nach Derbyshire zurück.

Winkler ging nicht mehr zu seiner Pension, um dort seine Sachen zu holen, sondern fuhr direkt nach Heathrow. Er nahm das Nachmittagsflugzeug nach Wien. Irvines Residenturchef in Wien berichtete später, Winkler sei von zwei Leuten der Sowjetbotschaft abgeholt worden.

Preston verbrachte den Rest des Tages auf dem Polizeirevier und erledigte den ganzen Verwaltungskrempel, den eine Observierung in der Provinz mit sich bringt.

Die bürokratische Maschine war angelaufen; Charles Street hatte das Innenministerium aufgescheucht, das den Chief Constable von Derbyshire ermächtigte, Superintendent King dahingehend zu instruieren, daß er Preston und seinen Leuten jede nur mögliche Unterstützung gewähren solle. Mr. King war sowieso liebend gern dazu bereit, doch der Papierkram mußte in Ordnung sein.

Len Stewart kam per Auto mit einer zweiten Mannschaft und wurde in einem Junggesellenheim für Polizisten einquartiert. Die beiden griechischen Brüder wurden mit Teleobjektiven fotografiert, als sie kurz vor Mittag die Compton Street verließen, um zu ihrer Taverne nach Holywell Cross zu fahren, und die Aufnahmen wurden per Motorrad nach London gebracht. Weitere Experten kamen von Manchester. Sie zapften im zuständigen Fernsprechamt die Telefonanschlüsse der Griechen an, zu Hause und in der Taverne, und brachten in ihrem Wagen einen Ortungssignalgeber an.

Am Spätnachmittag wurde London bei den Griechen fündig. Sie waren zwar echte Brüder, aber keine echten Zyprioten. Als Altkommunisten waren sie in der ELLAS-Bewegung tätig gewesen und vor zwanzig Jahren von Griechenland nach Zypern gegangen. Athen hatte damals London freundlicherweise informiert. Ihre wirklicher Name war Costapopoulos. Aus Zypern waren sie, laut Nikosia, vor acht Jahren verschwunden.

Das Immigrationsregister in Croydon berichtete, daß die Gebrüder Stephanides vor fünf Jahren in Großbritannien angekommen waren und als rechtmäßige Staatsbürger von Zypern eine Aufenthaltsgenehmigung bekommen hatten.

Die amtlichen Unterlagen in Chesterfield zeigten, daß sie vor dreieinhalb Jahren aus London zugezogen waren, einen langfristigen Pachtvertrag für die Taverne abgeschlossen und das kleine Flachdachhaus in der Compton Street gekauft hatten. Seitdem führten sie das Leben von friedlichen und gesetzesfürchtigen Bürgern. An sechs Tagen der Woche öffneten sie ihre Taverne gegen Mittag, wo nur wenige Leute zum Essen kamen, und blieben bis spät in die Nacht, um die zahlreiche Laufkundschaft zu bedienen, die sich ihr Abendessen mit nach Hause nahm.

Außer Superintendent King erfuhr niemand im Polizeirevier den wahren Grund für die Observierung, den im ganzen nur sechs Leute kannten. Für alle übrigen handelte es sich um die Zerschlagung eines landesweiten Rauschgiftrings. Die Londoner habe man zugezogen, weil sie die Ganoven kannten.

Nach Sonnenuntergang verließ Preston das Polizeirevier und ging zu Burkinshaw und seinem Team.

Zuvor bedankte er sich noch überschwenglich bei Superintendent King für die freundliche Unterstützung.

»Wollen Sie bei der Observierung mitmachen?« fragte der Polizeichef.

»Ja«, sagte Preston. »Warum?«

Superintendent King lächelte traurig.

»Die halbe Nacht hatten wir einen äußerst ramponierten Schaffner vom Bahnhof bei uns im Revier. Anscheinend hat ihn jemand auf dem Bahnhofsplatz vom Moped gestoßen und sich damit davongemacht. Wir haben das Moped unversehrt in der Foljambe Road gefunden. Er hat uns eine genaue Beschreibung seines Angreifers gegeben. Sie gehen doch nicht viel aus dem Haus, oder?«

»Nein, ich glaube nicht.«

»Sehr vernünftig«, meinte Superintendent King.

In seinem Haus in der Compton Street hatte man Mr. Royston eingeschärft, er solle sich so verhalten wie immer, morgens zum Einkaufen gehen und nachmittags zum Bowling. Zusätzliche Nahrung und Getränke sollten nach Einbruch der Dunkelheit gebracht werden, damit die Nachbarn sich nicht über den plötzlichen Wolfshunger der Roystons wunderten. Ein kleiner Fernseher wurde für »die Burschen da oben«, wie Mr. Royston sich ausdrückte, aufgestellt, und dann begann das große Warten.

Die Roystons waren in das rückwärtige Gästezimmer umgezogen, und das Einzelbett aus diesem Zimmer war nach vorne gebracht worden. Die Observanten würden sich abwechselnd darin ausruhen. Weiter hatte man ein scharfes Fernglas auf einem Stativ installiert, desgleichen eine Kamera mit Teleobjektiv für Tageslichtaufnahmen und einer Infrarotlinse für Nachtaufnahmen. Zwei vollgetankte Wagen parkten ganz in der Nähe, und Len Stewarts Leute hielten sich im Fernmelderaum des Polizeireviers auf, um die Verbindung zwischen den Handfunkgeräten im Haus und London herzustellen.

Als Preston ankam, schienen die vier Observanten es sich gemütlich gemacht zu haben. Barney und Mungo, die gerade aus London zurückgekommen waren, dösten, der eine auf dem Bett, der andere auf dem Boden. Ginger saß in einem Lehnstuhl und schlürfte eine Tasse frisch gebrauten Tee; Harry Burkinshaw kauerte in einem Armsessel und spähte durch die Spitzenvorhänge auf das Haus gegenüber.

Er hatte sein halbes Leben bei jedem Wetter im Freien verbracht und war daher ganz zufrieden mit seiner jetzigen Lage. Er war im Warmen, im Trockenen, mit einem reichlichen Nachschub an Pfefferminzbonbons und hatte die Schuhe ausgezogen. Es gab Schlimmeres. Das Zielhaus lag zu alledem vor der fünfzehn Fuß hohen Betonmauer eines Fußballplatzes, was bedeutete, daß niemand die Nacht über im Gebüsch kauern mußte. Preston setzte sich auf den Stuhl neben Burkinshaw, hinter der aufgestellten Kamera, und ließ sich von Ginger eine Tasse Tee geben.

»Lassen Sie die Klempner kommen?« fragte Harry. Er meinte damit die ausgebildeten Einbrecher, die der Technische Dienst für heimliche Besuche bereithielt.

»Nein«, sagte Preston, »denn wir wissen ja nicht einmal, ob nicht doch irgend jemand in der Wohnung ist. Und außerdem könnten Warngeräte vorhanden sein, die jeden heimlichen Besuch signalisieren und die wir nicht alle ausmachen können. Und schließlich warte ich darauf, daß ein Chummy auftaucht. Wenn das passiert, folgen wir ihm im Wagen. Len kann das Haus übernehmen.«

Sie verfielen wieder in Schweigen. Barney wachte auf.

»Irgendwas in der Glotze?« fragte er.

»Nicht viel«, sagte Ginger. »Die Abendnachrichten. Der übliche Quatsch.«

Vierundzwanzig Stunden später, am Donnerstag abend zur gleichen Zeit, waren die Nachrichten interessanter. Auf ihrem kleinen Bildschirm sahen sie die Premierministerin, die auf der Treppe von Downing Street Nummer 10 in einem adretten blauen Kostüm vor einer Horde von Presse- und Fernsehjournalisten stand.

Sie verkündete, daß sie soeben vom Buckingham-Palast komme, wo sie die Königin gebeten habe, das Parlament aufzulösen. Das Land würde sich also auf die Unterhauswahlen vorbereiten, die auf den 18. Juni festgesetzt seien.

Der Rest des Abends war dieser Sensation gewidmet, wobei die Führer und Koryphäen aller Parteien ihrer Siegeszuversicht Ausdruck gaben.

Gedankenverloren sah Preston auf den Bildschirm. Schließlich sagte er: »Ich glaub', ich hab' ihn.«

»Sie haben wen, John?« fragte Harry.

»Meinen Stichtag«, sagte Preston, wollte sich aber nicht weiter darüber auslassen.

Im Jahre 1987 wiesen nur noch wenige in Europa hergestellte Autos die altmodischen runden Scheinwerfer von früher auf, und eines dieser wenigen war der unverwüstliche Austin Mini. Ein Fahrzeug dieses Typs befand sich unter den vielen Wagen, die am Abend des 2. Juni mit dem Fährschiff von Cherbourg in Southampton ankamen.

Der Wagen war vor vier Wochen in Österreich gekauft, in eine geheime Garage in Deutschland gebracht, dort geändert und wieder nach Salzburg zurückgefahren worden. Er war mit einwandfreien österreichischen Papieren versehen, ebenso wie der Tourist, der ihn fuhr, obgleich er Tscheche war, der zweite und letzte Beitrag des StB zum Transport der von Valeri Petrofski benötigten Teile.

Der Mini wurde vom Zoll durchsucht, der nichts Ungewöhnliches entdeckte. Nachdem der Fahrer die Docks von Southampton hinter sich hatte, folgte er den Richtungsschildern nach London, bis er in den nördlichen Vororten der Hafenstadt die Straße verließ und in einen großen Parkplatz einbog. Es war schon dunkel, und im hinteren Teil des Parkplatzes konnte er von den Fahrern der vorbeiflitzenden Wagen nicht mehr gesehen werden. Er stieg aus und machte sich mit einem Schraubenzieher an den Scheinwerfern zu schaffen.

Zuerst nahm er den Chromring ab, der den Spalt zwischen dem Scheinwerfergehäuse und dem Kotflügel verdeckte. Dann entfernte er mit einem größeren Schraubenzieher die Schrauben, die das Scheinwerfergehäuse fest mit dem Kotflügel verbanden, zog den Scheinwerfer heraus, machte die Anschlußschnüre ab, die von der Lichtmaschine des Wagens zur Rückseite der Lampenschale führten, und steckte das Gehäuse, das ungewöhnlich schwer zu sein schien, in eine neben ihm stehende Segeltuchtasche.

Der Ausbau der beiden Scheinwerfer dauerte fast eine Stunde. Als er fertig war, starrte der kleine Wagen aus seinen leeren Scheinwerferhöhlen blicklos vor sich hin. Am nächsten Morgen würde der Fahrer mit neuen Scheinwerfern aus Southampton zurückkommen, die Gehäuse einsetzen und wegfahren.

Er hob die schwere Segeltuchtasche auf, ging zur Straße zurück und hundert Yards weiter in Richtung Hafen. Die Bushaltestelle war genau da, wo man ihm gesagt hatte, daß sie sein werde. Er sah auf seine Armbanduhr; noch zehn Minuten bis zum Treff.

Genau zehn Minuten später kam ein Mann in Ledermontur zur Bushaltestelle. Außer ihnen beiden war niemand da. Der Neuankömmling sah die Straße hinunter und bemerkte:

»Der letzte Nachtbus läßt immer lange auf sich warten.«

Der Tscheche stieß einen Seufzer der Erleichterung aus.

»Ja«, antwortete er, »aber ich werde Gott sei Dank um Mitternacht zu Hause sein.«

Sie warteten schweigend, bis der Bus nach Southampton kam. Der Tscheche ließ die abgestellte Tasche stehen und stieg ein. Als die Schlußlichter in Richtung Stadt verschwanden, hob der Motorradfahrer die Tasche auf und ging die Straße entlang zur Wohnsiedlung, wo er sein Fahrzeug abgestellt hatte.

Gegen Morgen kam er, nach einem Umweg über Thetford, wo er sich umgezogen und das Fahrzeug gewechselt hatte, in Cherryhayes Close, Ipswich, an, mit dem letzten der laut Liste vorgesehenen Teile, auf die er in diesen langen Wochen gewartet hatte. Kurier Nummer neun hatte geliefert.

Zwei Tage später war die Observierung des Hauses in der Compton Street eine Woche alt und hatte absolut nichts Berichtenswertes zutage gefördert.

Die beiden griechischen Brüder führten ein Leben von untadeliger Ereignislosigkeit. Sie standen um neun auf, beschäftigten sich im Haus – sie schienen alles selbst zu erledigen, vom Aufräumen bis zum Abstauben – und fuhren dann in ihrer fünf Jahre alten Limousine kurz vor Mittag zu ihrem Restaurant. Dort blieben sie bis zur Schließung um Mitternacht und fuhren dann wieder nach Hause zum Schlafen. Es gab keine Besucher und nur wenig Telefongespräche. Wenn sie telefonierten, dann handelte es sich um Bestellungen von Fleisch und Gemüse oder anderen harmlosen Dingen.

Über die Taverne in Holywell Cross berichteten Len Stewart und seine Leute so ziemlich das gleiche. Das Telefon wurde häufiger benutzt, doch es ging nur um Bestellungen von Nahrungsmitteln, Tischreservierungen und Weinlieferungen. Es war nicht möglich, jeden Abend einen Observanten zum Essen hinzuschicken; die Griechen waren Profis, die seit Jahren ein Doppelleben führten und die einen Gast, der zu häufig kam und zu lange blieb, sofort ausmachen würden. Doch Stewart und sein Team taten ihr Bestes.

Für das Team im Hause der Roystons war das Hauptproblem die Langeweile. Selbst Mr. und Mrs. Royston wurde, nachdem der Reiz der Neuheit verpufft war, ihre Gegenwart allmählich lästig. Mr. Royston hatte sich der konservativen Partei als freiwilliger Wahlhelfer zur Verfügung gestellt, und die Vorderfenster des Hauses waren nun mit dem Konterfei des örtlichen Tory-Kandidaten geschmückt.

Das ermöglichte einen regen Parteienverkehr, denn die Nachbarn achteten nicht auf das Kommen und Gehen der Leute, welche die Rosette der Konservativen im Knopfloch trugen. Burkinshaw und sein Team konnten so, mit der Rosette im Knopfloch, gelegentlich zu einem Spaziergang aus dem Haus gehen, solange die Griechen in ihrem Restaurant waren. Das verschaffte ein bißchen Abwechslung. Der einzige, der gegen Langeweile gefeit zu sein schien, war Burkinshaw.

Im übrigen hingen sie, um sich zu zerstreuen, am Fernseher, der, besonders wenn die Roystons außer Haus waren, auf leise gestellt war. Hauptthema waren die Wahlen. Eine Woche nach Beginn der Kampagne wurden drei Dinge immer klarer.

Die liberal-sozialdemokratische Allianz hatte laut Meinungsumfragen den Durchbruch nicht geschafft, und es lief anscheinend wieder auf das traditionelle Rennen zwischen den Konservativen und der Labour Party hinaus. Zum zweiten ließen alle Umfragen erkennen, daß die beiden Hauptparteien näher aneinander lagen, als dies vor vier Jahren, nach dem Erdrutschsieg der Konservativen, vorhersehbar gewesen war; ferner erwiesen die Wahlkreisumfragen, daß die Entscheidung über die Farbe der nächsten Regierung höchstwahrscheinlich in den achtzig unsicheren Wahlkreisen fallen würde. Bei jeder Umfrage gaben die Wechselwähler mit ihrem zwischen zehn und zwanzig Prozent variierenden Stimmanteil den Ausschlag.

Zum dritten zeigte es sich, daß trotz aller ideologischen und wirtschaftlichen Schwerpunkte und der Bemühungen aller Parteien, diese Themen auszuschlachten, sich die Wahlkampagne immer mehr auf die ungleich gefühlsbeladenere Streitfrage der einseitigen nuklearen Abrüstung zuspitzte. In einer zunehmenden Anzahl von Meinungsumfragen stellte sich das nukleare Wettrüsten als Problem Nummer eins oder Nummer zwei heraus.

Die weitgehend linkslastigen und ausnahmsweise weitgehend unter sich einigen Friedensbewegungen führten eine eigenständige Parallelkampagne. Fast täglich fanden Massendemonstrationen statt, über die Presse und Fernsehen ausgiebig berichteten. Obgleich die Bewegungen über keine Finanzierungsquellen zu verfügen schienen, brachten sie doch gemeinsam soviel Geld auf, daß sie Hunderte von Bussen mieten konnten, um damit ihre Demonstranten im fliegenden Einsatz hierhin und dorthin zu fahren, quer durchs ganze Land.

Die Koryphäen der Harten Linken, durch die Bank Agnostiker und Atheisten, traten gemeinsam mit dem schickeren Flügel der Anglikanischen Kirche in jeder Fernsehsendung, bei jeder Massenkundgebung auf, wobei die Mitglieder der einen Gruppe jeweils gedankenschwer zustimmend zu den Ausführungen der anderen Gruppe nickten.

Obgleich auch die Allianz keineswegs für einseitige Abrüstung war, blieb doch die konservative Partei das Hauptangriffsziel der Abrüstungsbefürworter, deren Hauptverbündeter wiederum ganz natürlicherweise die Labour Party wurde.

Als der Parteivorsitzende sah, aus welcher Ecke der Wind blies, ging er mit Unterstützung des Nationalen Parteivorstands auf alle von den Abrüstungsbefürwortern gestellten Forderungen ein.

Ein anderes Schwerpunktthema der Linken war der Anti-Amerikanismus. Bei Podiumsgesprächen konnte weder der Diskussionsleiter noch der eingeladene Parteistar der Konservativen dem Sprecher der Abrüstungsbefürworter das geringste tadelnde Wort an die Adresse Sowjetrußlands entlocken; ewig wiederholtes Leitmotiv war der Haß auf Amerika, das als Kriegstreiber, Imperialist und Bedrohung für den Frieden hingestellt wurde.

Am Donnerstag, dem 4. Juni, wurde die Wahlschlacht noch verschärft durch ein plötzliches Angebot Rußlands an ganz Westeuropa, neutrale wie auch NATO-Länder, wonach die Sowjets sich bereit erklärten, für immer und ewig eine atomwaffenfreie Zone zu garantieren, falls Amerika desgleichen tun würde.

Als der britische Verteidigungsminister zu erklären versuchte, daß (a) die Beseitigung der europäisch-amerikanischen Atomwaffen nachprüfbar sei, während man das von dem Abzug der sowjetischen Sprengköpfe nicht behaupten könne, und daß (b) die konventionellen Streitkräfte des Warschauer Pakts viermal so stark seien wie die der NATO, wurde er niedergeschrien und mußte von seinen Leibwächtern aus den Händen wütender Pazifisten befreit werden.

»Als ob diese Wahl«, brummte Burkinshaw und ließ ein Pfefferminzbonbon in den Mund springen, »eine Volksabstimmung über nukleare Abrüstung wäre.«

»Ist sie auch«, sagte Preston.

Am Freitag ging Major Petrofski im Stadtzentrum von Ipswich einkaufen. In einer Eisenwarenhandlung erstand er einen leichten zweirädrigen Karren mit kurzen Handgriffen, wie man ihn zum Transport von Säcken, Mülltonnen und schweren Koffern verwendet. In einem Geschäft für Baumaterial zwei zehn Fuß lange Bretter.

In einem Laden für Büroartikel kaufte er einen kleinen stählernen Aktenschrank, dreißig Zoll hoch, achtzehn breit und zwölf tief, mit gut verschließbarer Tür.

Ein Holzgeschäft lieferte eine Auswahl an Leisten, Stäben und kurzen Balken, während ihm ein Bastlerladen einen kompletten Werkzeugkasten verkaufte, mit Hochleistungsbohrer einschließlich dazugehöriger Bohrer für Stahl und Holz, sowie Nägel, Bolzen, Schrauben, Muttern und ein Paar strapazierfähige Industriehandschuhe.

In einem Lagerhaus für Verpackungsmaterial erstand er Schaumstoff für Isolierzwecke und in einem Elektromarkt eine Auswahl vielfarbiger Drähte. Er mußte zweimal fahren, um das alles in seinem Wagen nach Cherryhayes Close zu schaffen. Er stapelte die beiden Fuhren in der Garage und brachte den größten Teil des Materials nach Einbruch der Dunkelheit ins Haus.

In dieser Nacht erhielt er per Morsefunk nähere Angaben über die Ankunft des »Monteurs«, das einzige Ereignis, das er sich nicht hatte einprägen müssen. Es würde der Treff X sein, am Montag, dem 8. Knapp, dachte er, verdammt knapp, aber er würde den Zeitplan einhalten.

Während Petrofski über seinem Einmalcode kauerte und die Botschaft entzifferte, während die Griechen Moussaka und Kebab an die Nachtschwärmer verkauften, sprach Preston im Polizeirevier telefonisch mit Sir Bernard Hemmings.

»Die Frage ist, wie lange wir uns in Chesterfield halten können, wenn nichts dabei herauskommt«, sagte Sir Bernard.

»Das Ganze geht erst eine Woche, Sir«, sagte Preston. »Manche Observierungen haben viel länger gedauert.«

»Das weiß ich sehr wohl. Nur haben wir meistens mehr Anhaltspunkte. Hier sind immer mehr Leute dafür, bei den Griechen einzubrechen und nachzusehen, was sie im Haus versteckt haben. Warum sind Sie gegen einen heimlichen Besuch, während die Brüder weg sind?«

»Weil wir es wahrscheinlich mit Spitzenprofis zu tun haben, die den Braten sofort riechen würden. Wenn das passiert, haben sie wahrscheinlich eine todsichere Methode, um ihren Einsatzleiter vor jedem weiteren Kommen zu warnen.«

»Sicher haben Sie recht. Doch Sie sitzen nur herum und warten, bis der Tiger zur angebundenen Ziege ins Haus kommt. Aber angenommen, der Tiger kommt nicht?«

»Früher oder später wird er kommen, Sir Bernard«, sagte Preston. »Bitte, geben Sie mir noch ein bißchen Zeit.«

»All right«, sagte Sir Bernard nach einer Pause, während der er eine Rückfrage getätigt hatte. »Eine Woche, John. Nächsten Freitag muß ich aber die Leute von Special Branch auf das Haus loslassen, damit sie dort alles auseinandernehmen. Schließlich könnte ja der Mann, den wir suchen, die ganze Zeit über in der Wohnung gesteckt haben.«

»Das glaube ich nicht. Winkler hätte nie die Höhle des Tigers besucht. Ich glaube, daß der Tiger irgendwo herumstreicht und daß er kommen wird.«

»Also gut. Eine Woche, John. Freitag, letzter Termin.«

Sir Bernard legte auf. Preston starrte den Hörer an. Die Wahl war in dreizehn Tagen. Allmählich verließ ihn der Mut; vielleicht hatte er sich von Anfang an getäuscht. Niemand, ausgenommen Sir Nigel, glaubte an seinen Riecher. Eine kleine Poloniumscheibe und ein tschechischer Kurier für untergeordnete Aufgaben waren keine besonderen Anhaltspunkte, noch dazu, wenn sie vielleicht gar nichts miteinander zu tun hatten.

»All right, Sir Bernard«, sagte er zu dem summenden Handapparat, »eine Woche. Danach hau' ich die Brüder sowieso in die Pfanne.«

Der Finnair-Jet aus Helsinki kam am nächsten Montag nachmittag wie immer planmäßig an, und seine Passagiere brachten die Zoll- und Paßkontrolle in Heathrow ohne besondere Probleme hinter sich. Einer davon war ein großer, bärtiger Mann mittleren Alters, dessen finnischer Paß ihn als Urho Nuutila auswies und dessen fließende Beherrschung der Sprache sich aus seiner karelischen Abkunft erklärte. In Wirklichkeit war er ein Russe namens Wassiliew, von Beruf Kernphysiker, abgestellt zur Artillerie, Feldzeugforschungsdirektorat. Wie auch die meisten Finnen sprach er ein passables Englisch.

Er fuhr mit dem Flughafenbus zum Penta Hotel, ging hinein und am Empfang vorbei zur Hintertür, von der aus man zum Parkplatz kam. Er wartete in der Spätnachmittagssonne unbeachtet an der Tür, bis eine kleine Limousine vor ihm hielt. Der Fahrer hatte sein Fenster heruntergekurbelt.

»Setzen die Flughafenbusse hier ihre Fahrgäste ab?« fragte er.

»Nein«, sagte der Reisende, »ich nehme an, um die Ecke, am Vordereingang.«

»Wo kommen Sie her«, fragte der junge Mann.

»Aus Finnland, wenn Sie es genau wissen wollen«, sagte der Bärtige.

»Muß kalt sein in Finnland.«

»Nein, um diese Jahreszeit ist es sehr heiß. Das Hauptproblem ist die Mückenplage.«

Der junge Mann nickte. Wassiliew ging um den Wagen herum und stieg ein. Sie fuhren davon.

»Name?« fragte Petrofski.

»Wassiliew.«

»Das genügt. Bleiben wir dabei. Ich bin Ross.«

»Noch weit?« fragte Wassiliew.

»Ungefähr zwei Stunden.«

Den Rest des Weges legten sie schweigend zurück. Petrofski machte drei verschiedene Manöver, um eventuelle Verfolger zu entdecken. Da waren keine. Mit dem letzten Tageslicht kamen sie in Cherryhayes Close an. Mr. Armitage, Petrofskis Nachbar, mähte in seinem Vorgarten das Gras.

»Besuch?« fragte er, als Wassiliew ausstieg und zur Haustür ging. Petrofski nahm den kleinen Koffer vom Rücksitz und zwinkerte Armitage zu.

»Stammhaus«, flüsterte er. »Muß mich anständig benehmen. Gibt vielleicht eine Beförderung.«

»Oh, das möchte ich annehmen«, grinste Armitage. Er nickte ermutigend und machte sich wieder an seinen Rasen.

Drinnen im Wohnzimmer zog Petrofski die Vorhänge zu, wie immer, bevor er Licht machte. Wassiliew stand bewegungslos im Halbdunkel.

»Gut«, sagte er, als das Licht anging, »zur Sache. Haben Sie alle neun Sendungen erhalten?«

»Ja. Alle neun.«

»Prüfen wir nach. Ein Spielball, circa zwanzig Kilo schwer.«

»Abgehakt.«

»Ein Paar Schuhe, eine Schachtel Zigarren, ein Gipsverband.«

»Abgehakt.«

»Ein Transistorradio, ein Elektrorasierer, ein Stahlrohr, ungewöhnlich schwer.«

»Das muß das da sein.«

Petrofski ging zum Schrank und hielt ein kurzes Stück schweren Metalls in einer hitzebeständigen Umhüllung hoch.

»Ist es auch«, sagte Wassiliew. »Schließlich ein Handfeuerlöscher, ungewöhnlich schwer, ein Paar Autoscheinwerfer, ebenfalls sehr schwer.«

»Abgehakt.«

»Gut, das war's. Wenn Sie den Rest des harmlosen Materials gekauft haben, fange ich morgen früh mit dem Zusammenbauen an.«

»Warum nicht gleich?«

»Erstens, junger Mann, weil das Sägen und Bohren um diese Zeit von Ihren Nachbarn vielleicht als störend empfunden würde. Und zweitens, weil ich müde bin. Bei dieser Art Spielzeug darf man keinen Fehler machen. Ich fange ausgeruht morgen früh an und bin bis Sonnenuntergang fertig.«

Petrofski nickte.

»Nehmen Sie das rückwärtige Schlafzimmer. Am Mittwoch fahre ich Sie rechtzeitig für die erste Maschine nach Heathrow.«

5. Kapitel

Wassiliew wählte als Arbeitsraum das Wohnzimmer, wo die Vorhänge zugezogen waren und Licht brannte. Als erstes ließ er sich die neun Bestandteile bringen, die er zusammenbauen würde.

»Wir brauchen einen Müllbeutel«, sagte er. Petrofski holte ihm einen aus der Küche.

»Reichen Sie mir die Teile in der Reihenfolge, die ich Ihnen angebe«, sagte Wassiliew. »Zuerst die Zigarrenkiste.«

Er brach die Banderolen auf und öffnete den Deckel. In der Kiste waren zwei Lagen Zigarren, dreizehn oben und zwölf unten; jede Zigarre steckte in einer Aluminiumröhre.

»Es müßte die dritte von links in der unteren Reihe sein.«

Sie war es. Er zog die Zigarre aus ihrer Röhre und schlitzte sie mit einem Rasiermesser auf. Zum Vorschein kam eine dünne Glasphiole, aus deren einem gewulsteten Ende zwei miteinander verflochtene Drähte ragten. Ein elektrischer Zünder. Wassiliew legte ihn beiseite. Der Rest ging in den Müllbeutel.

»Gipsverband.«

Der Verband bestand aus zwei Schichten, die zu verschiedenen Zeiten verhärtet waren. Zwischen den beiden Schichten war eine graue, flachgewalzte, kittähnliche Substanz, die haftsicher in einer Polyäthylenumkleidung steckte und rund um den Arm lief. Wassiliew brach die beiden Gipsschichten auseinander, schälte die graue Knetmasse aus ihrer Höhlung, zog die Schutzhaut ab und rollte die Masse zu einer Kugel. Ein halbes Pfund Plastiksprengstoff.

Von Lichkas Schuhen schnitt er beide Absätze ab. Aus einem kam eine Stahlscheibe zum Vorschein, zwei Zoll im Durchmesser, einen Zoll dick. Der Rand war mit einem Gewindegang versehen, und eine Seite trug eine tiefe Kerbe zum Aufsetzen eines kräftigen Schraubenziehers. Aus dem anderen Absatz kam eine flachere, zwei Zoll breite Scheibe aus grauem Metall; sie war aus Lithium, einem inaktiven Metall, das in Verbindung mit dem Polonium den Initiator bilden und die Kettenreaktion zu ihrer vollen Entfaltung bringen würde.

Die dazugehörige Poloniumscheibe kam aus dem Elektrorasierer, der Karel Wosniak soviel Kummer gemacht hatte, und war der Ersatz für das in Glasgow verlorengegangene Exemplar. Es blieben noch fünf von den eingeschmuggelten Sendungen übrig.

Das Auspuffrohr des Hanomag-Lasters enthielt ein zwanzig Kilo schweres Stahlrohr mit einem Innendurchmesser von zwei Zoll, einem Außendurchmesser von vier Zoll und einer Dicke von einem Zoll. Ein Ende war geflanscht und innen mit einem Gewindegang versehen, das andere mit einer Stahlkappe verschlossen. Die Kappe hatte in der Mitte ein kleines Loch, durch das der elektrische Zünder eingeführt werden konnte.

Aus dem Transistorradio des Ersten Offiziers Romanow zog Wassiliew den Laufzeitmechanismus, einen verkapselten Stahlbehälter, der die Länge von zwei aneinandergelegten Zigarettenschachteln hatte. Er wies auf einer Seite zwei große runde Knöpfe auf, einen roten und einen gelben; aus der anderen Seite ragten zwei farbige Drähte, plus und minus. An jeder Ecke befand sich ein ohrenförmiger Ansatz mit Loch zum Verbolzen an der Außenseite des Stahlschranks, der die Bombe enthalten würde.

Nun nahm Wassiliew sich den Feuerlöscher aus Herrn Lundquists Saab vor. Er schraubte den Boden ab, den das Vorbereitungsteam abgesägt, wieder aufgeschweißt und überstrichen hatte, um die Schweißnaht zu verbergen. Aus seinem Inneren kam kein Löschschaum, sondern Füllmaterial und schließlich ein schwerer Stab aus bleiähnlichem Metall, fünf Zoll lang und zwei Zoll im Durchmesser. Obwohl er so klein war, wog er viereinhalb Kilo. Wassiliew zog die Arbeitshandschuhe an, um mit ihm zu hantieren. Es war reines Uran 235.

»Ist das Zeug nicht radioaktiv?« fragte Petrofski, der fasziniert zugesehen hatte.

»Ja, aber nicht gefährlich. Die Leute glauben, daß alle radioaktiven Stoffe gleich gefährlich sind. Stimmt nicht. Armbanduhren mit Leuchtzifferblättern sind radioaktiv, und trotzdem tragen wir sie. Uran gibt Alphastrahlen von geringer Stärke ab. Plutonium ist dagegen wirklich tödlich. Dieses Zeug auch, wenn es kritisch wird. Und das passiert direkt vor der Detonation, aber nicht jetzt.«

Die Scheinwerfer aus dem Mini waren schwieriger zu zerlegen. Wassiliew nahm die Lampen heraus und entfernte aus ihnen die Glühfäden und die inneren Reflektorschalen. Was übrigblieb war ein Paar äußerst schwerer halbkugelförmiger Schalen aus einzölligem gehärtetem Stahl. Jede Schale besaß einen gewulsteten Rand, in den sechzehn Löcher gebohrt waren zur Aufnahme von Schrauben und Bolzen. Wenn man sie aneinanderfügte, würden sie eine vollkommene Kugel bilden.

Eine der Schalen wies in der Mitte ein zwei Zoll breites Loch auf mit Schraubgewinde für den stählernen Stecker aus Lichkas linkem Schuh. Beim anderen ragte aus der Mitte ein kurzer Rohrstumpf, der einen Innendurchmesser von zwei Zoll besaß und außen geflanscht und mit einem Gewindegang versehen war zum Einschrauben in das stählerne Geschützrohr aus dem Auspuff des Hanomags.

Zuletzt kam der Spielball, der in dem Wohnwagen ins Land gebracht worden war. Wassiliew schnitt die bunte Gummihülle auf. Eine Metallkugel glänzte im Licht.

»Das ist der Bleimantel«, sagte er, »die Urankugel, der spaltbare Kern der Atombombe steckt dahinter. Ich hol' sie später heraus. Sie ist auch radioaktiv, wie das andere Stück da.«

Nachdem er sich nochmals vergewissert hatte, daß alle neun Teile vorhanden waren, machte er sich an den Stahlschrank. Er legte ihn auf den Rücken, schlug die Tür zurück und fertigte aus den Leisten und Stäben einen niedrigen wiegenförmigen Rahmen, den er auf den Boden des Schranks stellte. Dann hüllte er das Ganze in eine dicke Lage stoßdämpfenden Schaumgummis.

»Ich packe an den Seiten und oben noch mehr rein, wenn die Bombe drinnen ist«, erklärte er.

Er nahm die Batterien, verdrahtete sie Klemme mit Klemme und wickelte sie mit Kreppband zu einem Block zusammen. Schließlich bohrte er vier kleine Löcher in die Schranktür und befestigte den Block auf der Innenseite. Es war Mittag.

»Schön«, sagte er, »jetzt setzen wir das Ding zusammen. Übrigens, haben Sie schon einmal eine Atombombe gesehen?«

»Nein«, sagte Petrofski heiser. Er war Spezialist für unbewaffnete Auseinandersetzungen. Vor Fäusten, Messern oder Schießeisen hatte er keine Angst, aber die kaltblütige Jovialität, mit der Wassiliew mit einer Zerstörungskraft umging, die ohne weiteres eine Stadt auslöschen konnte, beunruhigte ihn. Wie die meisten Leute betrachtete er die Kernphysik als eine Art Geheimwissenschaft.

»Früher waren sie sehr kompliziert«, sagte Wassiliew. »Sehr groß, auch die mit geringer Sprengkraft, und nur unter äußerst komplexen Laborbedingungen herstellbar. Das gilt heute noch für die wirklichen Superdinger, die Multimegatonnen-Wasserstoffbomben. Aber die elementare Atombombe ist so vereinfacht worden, daß man sie auf jeder Werkbank zusammenbasteln kann. Vorausgesetzt, man verfügt über die richtigen Teile sowie über ein bißchen Vorsicht und technisches Wissen.«

»Toll«, sagte Petrofski. Wassiliew schnitt den dünnen Bleimantel von der Urankugel. Das Blei war kalt herumgewickelt worden, wie Packpapier, und die Nähte hatte man zusammengelötet. Es ließ sich leicht abnehmen. Die Kugel, die zum Vorschein kam, hatte einen Durchmesser von fünf Zoll und ein zweizölliges, durchgebohrtes Loch in der Mitte.

»Möchten Sie wissen, wie's funktioniert?« fragte Wassiliew.

»Klar.«

»Diese Kugel ist reines Uran. Gewicht fünfzehneinhalb Kilo. Nicht genug Masse, um kritisch zu sein. Uran wird kritisch, sobald seine Masse den kritischen Punkt überschreitet.«

»Was heißt ›kritisch‹?«

»Es fängt an zu sprudeln. Nicht im wörtlichen Sinn natürlich, nicht wie Limonade. Ich meine sprudeln im kernphysikalischen Sinn. Es gelangt an die Detonationsschwelle. Diese Kugel ist noch nicht in diesem Stadium. Sehen Sie den kurzen Stab da?«

»Ja.«

Es war der Uranstab aus dem Feuerlöscher.

»Dieser Stab paßt genau in das zweizöllige Loch in der Kugelmitte. Wenn er darin ist, wird die ganze Masse kritisch. Das Stahlrohr wirkt wie ein Kanonenrohr mit dem Uranstab als Kugel. Bei der Detonation schießt der Plastiksprengstoff den Stab durch das Rohr in die Kugel hinein.«

»Und dann knallt's.«

»Nicht ganz. Dazu braucht man den Initiator. Das Uran allein würde einfach versprudeln und dabei zwar eine Unmenge Radioaktivität entwickeln, aber keine Explosion herbeiführen. Damit es zum Knall kommt, muß man das kritische Uran mit einem Neutronenhagel bombardieren. Diese beiden Scheiben, das Lithium und das Polonium, bilden den Initiator. Getrennt sind sie harmlos; das Polonium ist ein milder Alphastrahlenemitter, das Lithium ist inaktiv. Wenn sie aber aufeinanderprallen, passiert Merkwürdiges. Sie bewerkstelligen eine Reaktion; sie emittieren den Neutronenhagel, den wir brauchen. Unter diesem Hagel zerspringt das Uran und setzt gigantische Energien frei; die Zerstörung der Materie. In einer hundertmillionstel Sekunde. Der Stahlmantel hält das alles während dieser winzigen Zeitdauer zusammen.«

»Wer steckt den Initiator rein?« fragte Petrofski in einem Anfall von Galgenhumor. Wassiliew grinste.

»Niemand. Die beiden Scheiben sind schon drinnen, aber

voneinander getrennt. Das Polonium ist an einem Ende des Lochs in der Urankugel und das Lithium auf der Spitze des Urangeschosses. Der Stab wird durch das Rohr in die Kugel geschossen und das Lithium an seiner Spitze in das Polonium geschmettert, das am anderen Ende des Tunnels wartet. Das ist alles.«

Wassiliew ließ einen Tropfen Superklebstoff auf die Poloniumscheibe fallen und preßte sie dann auf den flachen Stecker aus Lichkas Schuhabsatz. Dann schraubte er den Stecker in das Gewindeloch einer der beiden Schutzschalen. Er nahm die Urankugel und senkte sie in die Schale, in deren Inneren vier Höcker waren, die genau in die auf der Kugel angebrachten Kerben paßten. Wenn die Höcker in die Kerben einrasteten, war die Kugel fest an ihrem Platz verankert. Wassiliew nahm eine Stablampe und spähte hinunter durch das Loch in der Urankugel.

»Da«, sagte er, »wartet am andern Ende des Lochs.«

Dann legte er die zweite Schale darauf, so daß eine vollkommene Kugel entstand, und verbrachte die nächste Stunde mit der Befestigung der sechzehn Schraubbolzen im Wulst rund um die Schalen. Die beiden Hälften waren fest miteinander verbunden.

»Jetzt zum Kanonenrohr«, bemerkte er. Er stopfte den Plastiksprengstoff in das achtzehn Zoll lange Stahlrohr, half stetig, aber behutsam mit einem Besenstiel aus der Küche nach, bis der Sprengstoff eine kompakte Masse bildete. Petrofski konnte den Sprengstoff sehen, der durch das Loch in der Stahlkappe quoll. Mit dem Superklebstoff befestigte Wassiliew die Lithiumscheibe am flachen Ende des Uranstabes, umwickelte das Ganze mit dünnem Stoff, so daß es nicht mehr aufgrund irgendwelcher Erschütterungen im Stahlrohr zurückrutschen konnte, und rammte den Stab in das Rohr bis zum Sprengstoff am unteren Ende. Dann schraubte er das Rohr in die Kugel. Sie sah aus wie eine graue Melone mit Handgriff; eine Art übergroße Handgranate.

»So gut wie fertig«, sagte Wassiliew. »Der Rest ist konventionelle Bombenmacherei.«

Er nahm den Zünder, trennte die beiden Drähte und umwikkelte sie mit Isolierband. Sollten sie einander berühren, würde es dennoch nicht zu einer vorzeitigen Detonation kommen. Er verdrallte jeden der beiden Drähte mit einer Fünf-Ampere-Schnur und preßte dann den Zünder durch das Loch im Rohrende, bis er fest in den Sprengstoff eingebettet war.

Er legte die Bombe wie ein Baby in ihre Schaumstoffwiege, packte rechts und links von ihr noch weiteren Schaumstoff hinein und eine noch größere Menge obenauf. Nur die beiden Drähte ragten heraus. Einer davon wurde an den Pluspol des Batterieblocks angeschlossen. Ein dritter Draht ging vom Minuspol aus, so daß Wassiliew noch zwei Drähte übrigblieben. Er isolierte die beiden Enden.

»Nur für den Fall, daß sie einander berühren«, grinste er. »Das wollen wir doch lieber vermeiden.«

Der einzige noch nicht eingesetzte Bestandteil war der Behälter mit dem Laufzeitmechanismus. Wassiliew bohrte fünf Löcher oben in einer Seite des Stahlschranks. Das mittlere Loch diente zur Durchführung der Drähte, die aus der Rückseite des Behälters ragten. Die vier anderen waren für dünne Bolzen bestimmt, mit denen er den Laufzeitmechanismus am Stahlschrank befestigte. Dann verband er die Batterie- und Zünderdrähte entsprechend ihrem Farbencode mit den Drähten des Laufzeitmechanismus. Petrofski hielt den Atem an.

»Keine Bange«, sagte Wassiliew, der ihn beobachtet hatte. »Dieser Laufzeitmechanismus ist x-mal getestet worden. Die eingebaute Sicherung funktioniert tadellos.«

Er versorgte den letzten der Drähte, isolierte sorgfältig die Verbindungsstellen, machte den Schrank zu, verschloß ihn und schob den Schlüssel zu Petrofski hinüber.

»So, Genosse Ross, das wär's. Sie können den Schrank auf Ihrer Karre zum Wagen bringen, ohne daß etwas passiert. Sie können ihn hinfahren, wo Sie wollen – die Erschütterung stört ihn nicht. Noch etwas. Ein fester Druck auf diesen gelben Knopf hier setzt den Laufzeitmechanismus in Bewegung, schließt aber nicht den Stromkreis. Das besorgt die Uhr zwei Stunden später. Sie drücken auf den gelben Knopf und haben dann noch zwei Stunden, um möglichst weit wegzukommen. Der rote umgeht die Zeitzündung. Wenn Sie auf den drücken, geht die Bombe sofort hoch.«

Er wußte nicht, daß er die Unwahrheit sagte. Er glaubte wirklich an das, was man ihm erklärt hatte. Nur vier Leute in Moskau wußten, daß beide Knöpfe auf sofortige Detonation eingestellt waren. Es war Abend geworden.

»Nun, Freund Ross, möchte ich essen, etwas trinken, gut schlafen und morgen früh nach Hause fliegen.«

»Klar«, sagte Petrofski. »Stellen wir den Schrank hier in die Ecke, zwischen das Büfett und den Getränkewagen. Schenken Sie sich einen Whisky ein. Ich kümmere mich ums Abendessen.«

Sie starteten um zehn Uhr in Petrofkis kleinem Wagen nach Heathrow. An einer Parkbucht südwestlich von Colchester, wo die dichten Wälder fast bis zur Straße reichen, stieg Petrofski zum Pinkeln aus. Sekunden später hörte Wassiliew ihn laut schreien, und er lief hin, um nachzusehen, was los war. Er starb an einem fachmännisch verabreichten Genickschlag hinter einer dichten Baumzeile. Der Leichnam landete, nachdem alle Identifizierungsmöglichkeiten entfernt worden waren, in einem flachen Graben und wurde mit frischen Zweigen bedeckt. Er würde wahrscheinlich in einem Tag oder etwas später entdeckt werden. Die Polizei würde ein Foto in einer lokalen Zeitung veröffentlichen lassen, das der Nachbar Armitage vielleicht sehen und erkennen würde, oder auch nicht. Es spielte ohnehin keine Rolle mehr. Petrofski fuhr nach Ipswich zurück.

Er hatte keine Gewissensbisse. Seine Instruktionen waren, was den »Monteur« anbelangte, klar gewesen. Es war ihm ein Rätsel, wie Wassiliew sich hatte einbilden können, wieder nach

Hause zu kommen. Er selber hatte auf alle Fälle jetzt andere Probleme. Alles war bereit, doch die Zeit wurde knapp. Er war in den Rendelsham Forest gefahren und hatte sich seine Stelle ausgesucht; in guter Deckung, aber kaum hundert Yards von der Stacheldrahtumzäunung der USAF-Basis von Bentwaters entfernt. Niemand würde um vier Uhr früh in der Nähe sein, wenn er auf den gelben Knopf drückte, um die Detonation für sechs Uhr auszulösen. Frische Zweige würden den Schrank bedecken, während der Zeitzünder tickte und er wie der Teufel in Richtung London fuhr.

Das einzige, was er noch nicht wußte, war das Datum. Das Einsatzsignal sollte am Vorabend während der Zweiundzwanzig-Uhr-Nachrichten des englischsprachigen Dienstes von Radio Moskau kommen: Ein absichtlicher Versprecher in der ersten Meldung. Da aber Wassiliew nichts mehr berichten konnte, mußte Moskau informiert werden, daß alles bereit war. Das bedeutete eine letzte Funkbotschaft. Danach würden die Griechen nicht mehr benötigt werden. Petrofski verließ Cherryhayes in der Abenddämmerung eines warmen Junitags und fuhr gemächlich nach Thetford zu seinem Motorrad. Um neun Uhr setzte er seine Fahrt fort nach Nordwesten in die Midlands.

Die Langeweile eines gewöhnlichen Abends im Schlafzimmer der Roystons wurde kurz nach zehn unterbrochen, als Len Stewart sich vom Polizeirevier aus über Funk meldete.

»John, einer meiner Leute hat gerade in der Taverne gegessen. Das Telefon hat zweimal geklingelt, dann hat der Anrufer aufgelegt. Dann wieder zweimal, und wieder eingehängt. Und noch ein drittes Mal. Die Lauscher bestätigen es.«

»Haben die Griechen versucht, abzuheben?«

»Sie sind beim ersten Mal nicht rechtzeitig ans Telefon gekommen. Danach haben sie's gar nicht mehr probiert. Einfach weiter serviert... Moment, John... John, sind Sie noch da?«

»Ja, natürlich.«

»Meine Leute draußen melden, daß einer der Griechen das Lokal verläßt. Durch die Hintertür. Er geht zum Wagen.«

»Zwei Wagen und vier Leute hinter ihm her«, sagte Preston. »Bleiben noch zwei für die Taverne. Vielleicht verläßt er die Stadt.«

Er verließ sie nicht. Andreas Stephanides fuhr zurück zur Compton Street, parkte den Wagen und betrat das Haus. Hinter den Vorhängen ging das Licht an. Weiter tat sich nichts. Um dreiundzwanzig Uhr zwanzig, also früher als sonst, schloß Spiridon die Taverne und ging nach Hause, wo er um dreiundzwanzig Uhr fünfundvierzig eintraf.

Prestons Tiger kam kurz vor Mitternacht. Die Straße war sehr ruhig. Fast alle Lichter waren aus. Obwohl Prestons vier Wagen und deren Insassen weit gestreut verteilt waren, hatte niemand ihn kommen sehen. Die erste Meldung kam von einem von Stewarts Leuten über das Funkgerät.

»Da ist ein Mann am unteren Ende der Compton Street, bei der Cross Street.«

»Was macht er?« fragte Preston.

»Nichts. Steht bewegungslos im Schatten.«

»Warten.«

Es war pechschwarz im Schlafzimmer der Roystons. Die Vorhänge waren aufgezogen, die Männer hatten sich vom Fenster entfernt. Mungo kauerte hinter der Kamera, die ihre Infrarotlinse trug. Preston hielt sein kleines Funkgerät dicht ans Ohr. Stewarts Sechserteam und seine beiden eigenen Fahrer waren mit ihren Wagen irgendwo draußen, alle durch Funk miteinander verbunden. Eine Tür ging auf, als jemand eine Katze hinausließ. Dann ging sie wieder zu.

»Er bewegt sich«, flüsterte das Funkgerät. »Auf euch zu. Langsam.«

»Hab' ihn«, zischte Ginger, der an einem Seitenfenster des Erkers stand. »Mittelgroß, dunkler langer Regenmantel.«

»Mungo, kannst du ihn unter der Straßenbeleuchtung erwischen, kurz vor dem Haus der Griechen?« fragte Burkinshaw. Mungo drehte die Linse um einen Bruchteil.

»Ich hab' den Lichtkegel anvisiert«, sagte er.

»Er ist zehn Yards davor«, sagte Ginger.

Lautlos glitt die Gestalt im Regenmantel in den Schein der Straßenlaterne. Mungos Kamera machte fünf Aufnahmen schnell hintereinander. Der Mann trat aus dem Licht und kam an der Gartenpforte des Griechenhauses an. Er ging den kurzen Weg bis zum Haus und klopfte, statt zu läuten, leise an die Tür. Sie ging sofort auf. In der Diele brannte kein Licht. Der dunkle Regenmantel verschwand im Hausinneren. Die Tür ging zu.

Jenseits der Straße ließ die Spannung nach.

»Mungo, bringen Sie den Film ins Polizeilabor. Sie sollen ihn sofort entwickeln und an Scotland Yard weiterleiten. Kopien an Charles und Sentinel. Ich ruf' an, damit sie sich bereithalten, eine Identifizierung zu versuchen.«

Irgend etwas störte Preston. Irgend etwas am Habitus des Mannes. Die Nacht war warm, warum also ein Regenmantel? Um nicht naß zu werden? Die Sonne hatte den ganzen Tag geschienen. Um irgend etwas zu verdecken? Einen hellen, auffälligen Anzug?

»Mungo, was hat er getragen? Sie haben ihn in Großaufnahme gesehen.«

Mungo war schon halb aus der Tür.

»Einen Regenmantel«, sagte er. »Dunkel. Lang.«

»Darunter.«

Ginger pfiff leise durch die Zähne.

»Stiefel. Klar. Zehn Inch hohe Schaftstiefel.«

»Scheiße, er fährt ein Motorrad«, sagte Preston. Er sprach in sein Funkgerät. »Alle raus auf die Straßen. Nur zu Fuß. Keine Wagengeräusche. Alles absuchen, mit Ausnahme der Compton Street. Ausschau halten nach einem Motorrad, dessen Motorblock noch warm ist.«

Die Sache ist nur, dachte er, daß ich nicht weiß, wie lange er da drinnen bleibt. Fünf Minuten, zehn, sechzig? Er rief Len Stewart.

»Len, hier John. Wenn wir das Motorrad finden, dann möchte ich, daß irgendwo darauf ein Ortungssignalgeber angebracht wird. Inzwischen rufen Sie Superintendent King an. Er muß die Operation aufziehen. Wenn Chummy das Haus verläßt, folgen wir ihm. Harrys Team und ich. Sie bleiben mit Ihren Jungs bei den Griechen. Eine Stunde nach unserem Abzug kann die Polizei das Haus und die Griechen kassieren.«

Stewart bestätigte und rief Superintendent King zu Hause an.

Erst zwanzig Minuten später fand einer aus dem ausgeschwärmten Team das Motorrad. Er berichtete Preston, der noch immer im Haus der Roystons war.

»Da ist eine große BMW, am oberen Ende der Queen Street. Tragkiste hinter dem Soziussitz, verschlossen. Zwei Satteltaschen, unverschlossen. Motor und Auspuff noch warm.«

»Polizeiliches Kennzeichen?«

Die Nummer wurde ihm durchgegeben. Er gab sie an Len Stewart auf dem Polizeirevier weiter. Stewart bat um sofortige Identifizierung. Es handelte sich um eine Nummer von Suffolk, eingetragen auf einen gewissen Mr. Duncan James Ross, wohnhaft in Dorchester.

»Es ist entweder ein gestohlenes Fahrzeug, ein falsches Nummernschild oder eine blinde Adresse«, murmelte Preston.

Einige Stunden später stellte die Polizei von Dorchester fest, daß die letzte Annahme zutraf.

Der Mann, der das Motorrad gefunden hatte, wurde beauftragt, in einer der Satteltaschen einen Ortungssignalgeber unterzubringen, ihn anzuschalten und sich vom Fahrzeug zu entfernen. Der Mann, Joe, war einer der beiden Fahrer Burkinshaws. Er ging zu seinem Wagen zurück, nahm hinter dem Steuer Deckung und bestätigte, daß das Ortungsgerät angebracht sei und funktioniere.

»O.K.«, sagte Preston. »Wir machen einen Wechsel. Alle Fahrer zurück zu ihren Wagen. Die drei Leute von Len Stewart sollen in die West Street zum Hintereingang unseres Beobachtungspostens kommen und uns ablösen. Einzeln, unauffällig und sofort.«

Zu den Männern im Zimmer sagte er:

»Harry, packen Sie zusammen. Sie gehen als erster. Nehmen Sie den Führungswagen, ich fahre mit Ihnen. Barney, Ginger, ihr nehmt den zweiten. Wenn Mungo mitkommen kann, soll er mit mir fahren.«

Die Leute von Stewarts Team kamen einzeln durch den Hintereingang, um Burkinshaw und seine Mannen abzulösen. Preston betete, daß der Agent von gegenüber nicht während des Mannschaftsaustausches das Haus verlassen möge. Preston ging als letzter weg. Im Vorbeigehen steckte er den Kopf in das Schlafzimmer der Roystons, dankte für ihre Hilfe und versicherte ihnen, daß bis zum Morgengrauen alles vorbei sein werde. Das Flüstern, das zurückkam, verriet mehr als nur ein bißchen Beunruhigung.

Preston glitt durch die Gärten zur West Street und war fünf Minuten später bei Burkinshaw und Joe, dem Fahrer, im Führungswagen, der in der Foljambe Road geparkt war. Ginger und Barney meldeten sich aus dem zweiten Wagen, der am oberen Ende der Marsden Street stand, einer Seitenstraße von Saltergate.

»Natürlich«, sagte Burkinshaw düster, »wenn's nicht das Motorrad ist, dann sind wir beschissen bis Ultimo.«

Preston saß auf dem Rücksitz. Neben dem Fahrer beobachtete Burkinshaw das Sichtgerät am Armaturenbrett. Es sah aus wie ein kleiner Radarschirm und zeigte in rhythmischen Intervallen einen blinkenden Lichtimpuls in einem Quadranten, der die Richtung des Impulses zur Längsachse des Wagens angab, in dem sie saßen, sowie die ungefähre Entfernung – eine halbe Meile. Der zweite Wagen war mit dem gleichen Apparat ausgerüstet, so daß die beiden Bediener, wenn sie wollten, Kreuzpeilungen vornehmen konnten.

»Es muß einfach das Motorrad sein«, sagte Preston verzweifelt. »Wir könnten ihn auf diesen Straßen sowieso nicht beschatten. Sie sind zu leer, und er ist zu clever.«

»Er geht weg.«

Das plötzliche Bellen aus dem Funkgerät brachte sie zum Verstummen. Stewarts Leute berichteten, daß der Mann im Regenmantel soeben das Haus gegenüber verlassen habe. Sie bestätigten, daß er die Compton Street hinunterging zur Cross Street und weiter in Richtung auf die BMW. Dann kam er außer Sicht. Zwei Minuten später berichtete einer von Stewarts Fahrern aus seinem Wagen in St. Margaret's Drive, daß der Agent die Straße überquert habe und immer noch in Richtung Queen Street weitergehe. Dann nichts mehr. Fünf Minuten vergingen. Preston betete.

»Er fährt los.«

Burkinshaw hopste vor Erregung auf dem Vordersitz auf und nieder, sein sonst sprichwörtliches Phlegma hatte ihn völlig verlassen. Das Blinksignal wanderte langsam über den Bildschirm, als das Motorrad seine Winkelstellung zum Wagen veränderte.

»Ziel in Bewegung«, bestätigte der zweite Wagen.

»Eine Meile Vorsprung lassen, dann hinterher«, sagte Preston, »Motor jetzt anlassen.«

Das Signal bewegte sich nach Südosten durch das Zentrum von Chesterfield. Als es am Kreisel von Lordsmill war, nahmen die Wagen die Verfolgung auf. Sie fuhren zum Kreisel, und nun war kein Zweifel mehr möglich. Das von dem Motorrad kommende Signal war stetig und stark und bewegte sich auf der A617 nach Mansfield und Newark. Entfernung: knapp über eine Meile. Der Motorradfahrer vor ihnen konnte nicht einmal ihre Scheinwerfer sehen. Joe grinste.

»Jetzt versuch mal, uns abzuschütteln, du Scheißkerl«, sagte er.

Preston wäre glücklicher gewesen, wenn der Mann vor ihnen einen Wagen benützt hätte. Motorräder sind schwer zu verfolgen. Sie sind schnell und beweglich, können sich durch den dichten Straßenverkehr schlängeln, in dem Autos steckenbleiben, schmale Straßen hinunterflitzen und zwischen den Betonklötzen von Absperrungen durchfahren. Selbst auf dem flachen Land können sie von der Straße abweichen und über Wiesen fahren, wo ihnen Wagen kaum folgen können. Der Mann vor ihnen durfte also nicht merken, daß er verfolgt wurde.

Der Agent war ein vorzüglicher Fahrer. Er ging selten unter die erlaubte Höchstgeschwindigkeit, nahm die Kurven, ohne runterzuschalten. Er blieb auf der A617 unter der Auffahrt zur Autobahn M1, fuhr in den frühen Morgenstunden durch das schlafende Mansfield weiter in Richtung Newark. Derbyshire ging in das schwere, reiche Ackerland von Nottinghamshire über, und er fuhr stetig die gleiche Geschwindigkeit.

Kurz vor Newark stoppte er.

»Abstand verringert sich schnell«, sagte Joe plötzlich.

»Scheinwerfer abblenden, rechts ranfahren«, schnappte Preston.

Petrofski war in einen Seitenweg eingebogen, hatte Motor und Scheinwerfer abgestellt, saß an der Einmündung und starrte auf die Straße, in die Richtung, aus der er gekommen war. Ein Laster donnerte vorbei und verschwand in Richtung Newark. Sonst nichts. Eine Meile weiter unten hielten die Wagen der Observanten am Straßenrand. Petrofski blieb noch fünf Minuten, startete die Maschine und fuhr weiter nach Südosten. Als das Blinksignal auf dem Bildschirm sich wieder in Bewegung setzte, folgten die Observanten, wobei sie immer mindestens eine Meile Abstand hielten.

Die Jagd ging weiter über den Trent, vorbei an den Lichtern einer Zuckerraffinerie zu ihrer Rechten, dann direkt in die Stadt Newark hinein. Es war kurz vor drei Uhr. In der Stadt schwirrte das Signal wild auf dem Bildschirm herum, als der Wagen der

Verfolger durch die Straßen kurvte. Der Blinker schien sich auf der A46 nach Lincoln festzusetzen, und die Wagen waren schon eine halbe Meile diese Straße entlanggefahren, als Joe plötzlich auf die Bremse trat.

»Ziel ist nach rechts abgebogen«, sagte er. »Entfernung nimmt zu.«

»Umkehren«, sagte Preston. Sie fanden die Abzweigung in Newark; das Ziel war die A17 in südöstlicher Richtung nach Sleaford gefahren.

In Chesterfield startete um zwei Uhr fünfundfünfzig die Polizeiaktion gegen das Haus der Brüder Stephanides. Zehn Uniformierte unter der Leitung von zwei Special-Branch-Leuten in Zivil. Zehn Minuten früher, und sie hätten die beiden ahnungslosen Sowjetagenten ohne Schwierigkeiten geschnappt. Es war einfach Pech. Genau in dem Augenblick, als die beiden Leute von Special Branch sich dem Haus näherten, ging die Tür auf.

Die Griechen wollten offensichtlich mit ihrem Funkgerät wegfahren, um die verschlüsselte und auf Band aufgenommene Nachricht auszusenden. Andreas war vorausgegangen, um den Wagen anzulassen. Spiridon war mit dem Sender noch im Haus. Andreas stieß einen lauten Warnschrei aus, stürzte zurück und schlug die Tür zu. Die Polizisten warfen sich mit den Schultern dagegen.

Als die Tür aus den Angeln brach, begrub sie Andreas unter sich. Er strampelte sich wieder hoch und schlug in der kleinen Diele wild um sich, bis schließlich zwei Polizisten seiner Herr wurden.

Die Leute von Special Branch sprangen über das Knäuel Kämpfer, warfen einen schnellen Blick in die Zimmer des Erdgeschosses, erkundigten sich bei den Männern im Hintergarten, ob sie niemand gesehen hatten, und liefen die Treppe hinauf. Die Schlafzimmer waren leer. Sie fanden Spiridon in dem kleinen

Speicher unterm Gebälk. Der Sender stand auf dem Boden; ein Anschlußkabel war in einen Wandstecker eingeführt, und auf der Skala glühte ein roter Lichtpunkt.

Spiridon ergab sich widerstandslos.

In Menwith Hill fing der Lauschposten des GCHQ einen »Spritzer« aus dem Geheimsender auf und registrierte ihn am Donnerstag, dem 11. Juni, um zwei Uhr achtundfünfzig morgens. Die sofort durchgeführte Triangulation wies auf eine Stelle am westlichen Ende der Stadt Chesterfield. Das Polizeirevier wurde sofort alarmiert und die Meldung an den Wagen weitergegeben, in dem Superintendent Robin King saß. Er nahm den Anruf entgegen und informierte Menwith Hill:

»Ich weiß, wir haben sie geschnappt.«

In Moskau nahm der Funkoffizier den Kopfhörer ab und nickte dem Fernschreiber zu.

»Schwach, aber klar«, sagte er.

Der Fernschreiber fing zu hämmern an und spie eine Papierbahn aus, die mit unzusammenhängenden Buchstaben bedeckt war. Als er schwieg, stand der Funker auf, riß die Bahn ab und fütterte sie in den Decodierer ein, der bereits auf den abgemachten Einmalcode eingestellt war. Der Decodierer sog das Papier ein, sein Computer ließ die Permutationen durchlaufen, und die Botschaft kam im Klartext wieder zum Vorschein. Der Funker las den Text und lächelte. Er rief eine Nummer an, gab das Codewort durch, prüfte das Codewort des Mannes am anderen Ende der Leitung und sagte:

»Aurora startbereit.«

Hinter Newark wurde das Land flacher und der Wind stärker. Die Verfolgungsjagd ging durch das sanft gewellte Heideland von Lincolnshire und über die schnurgeraden Straßen, die in die Gegend der Flachmoore führen. Das Blinksignal war stetig und stark und führte Prestons beide Wagen auf der A17 an Sleaford vorbei in Richtung Wash und Grafschaft Norfolk.

Südöstlich von Sleaford stoppte Petrofski erneut und suchte den dunklen Horizont hinter sich nach Scheinwerfern ab. Nichts zu sehen. Die Verfolger waren eine Meile entfernt in der Dunkelheit. Als der Blinker sich auf dem Bildschirm wieder in Bewegung setzte, fuhren sie an.

Im Dorf Sutterton ergab sich ein weiterer Augenblick der Verwirrung. Zwei Straßen führten am anderen Ende aus dem schlafenden Ort; die A16 in südlicher Richtung nach Spalding und die A17 in südöstlicher Richtung nach Long Sutton und King's Lynn über die Grafschaftsgrenze. Es dauerte zwei Minuten, bis sie unterscheiden konnten, daß der Blinker sich wirklich auf der A17 nach Norfolk bewegte. Der Abstand hatte sich auf drei Meilen erhöht.

»Aufschließen«, befahl Preston, und Joe hielt die Tachometernadel auf neunzig, bis sie auf eineinhalb Meilen heran waren.

Südlich von King's Lynn überquerten sie die Flußarme der Ouse, und Sekunden später schwenkte das Blinksignal nach Süden in die Straße nach Downham Market und Thetford ein.

»Wo zum Teufel fährt der hin?« brummte Joe.

»Er muß irgendwo da unten eine Basis haben«, sagte Preston von hinten. »Nur immer auf der Spur bleiben.«

Zu ihrer Linken färbte ein rosa Streifen den Horizont, und die Umrisse der vorbeifliegenden Bäume gewannen an Schärfe. Joe schaltete von Fernlicht auf Standlicht.

Fern im Süden wurden ebenfalls die Scheinwerfer der Busse abgeblendet, die in Kolonnen durch die verstopften Straßen des

Marktfleckens Bury St. Edmunds in Suffolk fuhren. Es waren zweihundert an der Zahl, die vollgepackt mit Friedensmarschierern aus allen Richtungen hier zusammenströmten. Weitere Demonstranten kamen per Auto, Motorrad, Fahrrad und per pedes. Die Kavalkade bewegte sich mit ihren Wimpeln und Plakaten langsam durch die Stadt, hinaus auf die A143 und weiter nach Ixworth Junction. Dort kamen sie in den schmalen Gäßchen nicht mehr weiter, hielten am Rande der Hauptstraße und entluden ihre gähnende Fracht in die Morgendämmerung, die über der lieblichen Landschaft von Suffolk aufzog. Der Ordnungsdienst versuchte, die Menge durch Drängen und gutes Zureden zu Ansätzen einer Marschkolonne zu formieren, während die Polizisten von Suffolk auf ihren Motorrädern saßen und zusahen.

In London brannten immer noch die Straßenlampen. Sir Bernard Hemmings war, wie gewünscht, von zu Hause abgeholt worden, als das Observantenteam in Chesterfield die Verfolgung des Agenten aufnahm. Er saß jetzt im unterirdischen Funkraum der Cork Street, zusammen mit Brian Harcourt-Smith.

Auf der anderen Seite der City war Sir Nigel Irvine in seinem Büro in Sentinel House ebenfalls auf eigenen Wunsch geweckt und hergebracht worden. Unten im Souterrain hatte Blodwyn die halbe Nacht auf das Gesicht eines Mannes unter einer Straßenlaterne einer kleinen Stadt von Derbyshire gestarrt. Man hatte sie von ihrer Wohnung in Camden Town in aller Herrgottsfrühe hierhergefahren, und sie war nur mitgekommen, weil Sir Nigel sie persönlich darum gebeten hatte. Er hatte sie mit Blumen empfangen; für ihn würde sie durchs Feuer gehen, und für niemand sonst.

»Er ist nie zuvor hier gewesen«, hatte sie gesagt, als sie das Foto sah, »und doch –«

Nach einer Stunde war sie bei ihren Nachforschungen zum

Nahen Osten vorgestoßen, und um vier Uhr hatte sie ihn. Es war ein Beitrag der israelischen Mossad, vier Jahre alt, ein bißchen verschwommen und nur ein einziges Bild. Selbst die Mossad war sich ihrer Sache nicht sicher gewesen; aus dem Begleittext ging hervor, daß es sich nur um einen Verdacht handelte.

Einer ihrer Männer hatte ihn auf den Straßen von Damaskus geknipst. Er hieß damals Timothy Donnelly und war Reisevertreter für Waterford Crystal. Die Mossad hatte ihn auf gut Glück aufnehmen lassen und eine Überprüfung durch ihre Leute in Dublin veranlaßt. Timothy Donnelly existierte wirklich, aber er war nicht in Damaskus. Als das bekannt wurde, war der Mann auf dem Bild verschwunden. Er war nie wieder aufgetaucht.

»Das ist er«, sagte sie. »Die Ohren beweisen es. Er hätte einen Hut tragen sollen.«

Sir Nigel rief das Souterrain in der Cork Street an.

»Ich glaube, wir sind fündig geworden, Bernard«, sagte er. »Wir können einen Abzug machen und ihn rüberschicken.«

Sechs Meilen südlich von King's Lynn hätten sie ihn beinahe verloren. Sie waren in südlicher Richtung nach Downham Market gefahren, als der Blinker zuerst unmerklich und dann immer deutlicher nach Osten abdriftete. Preston blickte auf die Straßenkarte.

»Er ist dort hinten auf die A134 geschwenkt«, sagte er. »Richtung Thetford. Fahren Sie hier links rein.«

In Stradsett nahmen sie seine Spur wieder auf, und dann ging es geradewegs durch die dichter werdenden Birken-, Eichen- und Tannenwälder nach Thetford. Sie erreichten die Kuppe von Gallows Hill und konnten bereits den alten Marktflecken im Dämmerlicht sehen, als Joe bremste.

»Er hat wieder gestoppt.«

Wollte er nochmals nach Verfolgern Ausschau halten? Das hatte er doch bereits auf dem flachen Land getan.

»Wo ist er?«

Joe sah auf den Entfernungsanzeiger und deutete nach vorne.

»Mitten in der Stadt, John.«

Preston zog die Landkarte zu Rate. Außer der Straße, auf der sie waren, gab es noch fünf andere, die aus Thetford herausführten. Es war eine Art Sternnetz. Das Tageslicht nahm zu. Es war fünf Uhr. Preston gähnte.

»Wir geben ihm zehn Minuten.«

Das Signal bewegte sich weder während dieser zehn Minuten noch während der folgenden fünf. Von vier Punkten aus machte der zweite Wagen eine Kreuzpeilung mit dem ersten; der Blinker war direkt im Zentrum von Thetford. Preston nahm das Handmikrofon auf.

»O.K., ich glaube, wir haben seine Basis. Wir rücken ihm auf die Pelle.«

Die beiden Wagen bewegten sich auf das Stadtzentrum zu. Sie trafen sich in der Magdalen Street und fanden um fünf Uhr fünfundzwanzig den Platz mit den verschließbaren Garagen. Joe manövrierte mit dem Wagen, bis seine Kühlerspitze klar und deutlich auf eine Garagentür zeigte. Die Spannung begann zu steigen.

»Er ist da drinnen«, sagte Joe. Preston stieg aus. Barney und Ginger kletterten aus dem anderen Wagen und gesellten sich zu ihm.

»Ginger, können Sie den Türgriff lockern?«

Ginger holte wortlos einen Zündkerzenschlüssel aus dem Werkzeugkasten einer der beiden Wagen, setzte ihn auf den Griff und ruckte hin und her. Im Inneren des Schlosses krachte etwas. Er sah zu Preston hinüber, der nickte. Ginger schwang die Garagentür nach oben auf und sprang hastig zur Seite.

Die Männer im Hof standen und starrten. Das Motorrad war in der Mitte der Garage aufgeständert. An einem Haken hingen eine schwarze Ledermontur und ein Sturzhelm. Ein Paar Motorradstiefel stand an der Wand. Der staubige und ölverschmierte Boden wies die Reifenspuren eines kleinen Wagens auf.

»Scheibe«, sagte Harry Burkinshaw, »eine Umsteige«.

Joe lehnte aus dem Fenster seines Wagens.

»Cork ist gerade übers Polizeinetz gekommen. Sie haben ein En-face-Bild. Wo soll es hingeschickt werden?«

»Polizeirevier Thetford«, sagte Preston. Er sah zum klaren blauen Himmel auf.

»Aber es ist zu spät«, murmelte er.

6. Kapitel

Kurz nach fünf hatten sich die Friedensmarschierer endlich in Siebenerreihen zu einer Kolonne formiert, die über eine Meile lang war. Die Spitze des Zugs schob sich auf die A1088, eine schmale Straße, die von Ixworth Junction zum Dorf Little Fakenham führte, von wo aus ein noch schmälerer Pfad zur Royal-Air-Force-Basis in Honington, ihrem Ziel, ging.

Es war ein strahlender, sonniger Morgen, und sie waren alle guter Laune trotz der frühen Stunde, die von den Organisatoren festgesetzt worden war, damit sie die Ankunft der ersten amerikanischen Galaxy-Transportflugzeuge mit den Marschflugkörpern abpassen könnten. Als die Spitze der Kolonne zwischen die Absperrungen strömte, die den Pfad säumten, brach die Menge in ihren rituellen Gesang aus: »Nein zu Cruise – Yankees raus«.

Vor einigen Jahren war Honington eine Basis für Tornado-Kampfbomber gewesen, und niemand hatte den Militärflugplatz der RAF einer landesweiten Aufmerksamkeit für würdig erachtet. Sollten die Dorfbewohner von Little Fakenham, Honington und Sapiston zusehen, wie sie mit dem Geheul der Tornados über ihren Köpfen fertig wurden. Die Entscheidung, in Honington Englands dritte Basis für Cruise Missiles einzurichten, hatte das alles geändert.

Die Tornados wurden nach Schottland abgezogen, doch Ruhe und Frieden dieser ländlichen Gegend wurden nun von Protestlern erschüttert, die hauptsächlich weiblichen Geschlechts waren und die sonderbarsten Sitten an den Tag legten. Dieses bunte Völkchen hatte sich in Feld und Flur eingenistet und Barackenlager auf Gemeindeland errichtet. Und da saßen sie nun seit zwei Jahren.

Es hatten bereits andere Demonstrationen von Friedensmarschierern stattgefunden, aber diese sollte die größte werden. Presse, Rundfunk und Fernsehen waren vollzählig vertreten, die Kameraleute fuhren rückwärts die Straße hinab, um die Würdenträger in der vordersten Reihe zu filmen: drei Mitglieder des Schattenkabinetts, zwei Bischöfe, ein Monsignore, verschiedene Leuchten der Reformierten Kirche, fünf Gewerkschaftsführer und zwei bekannte Akademiemitglieder.

Hinter den Prominenten kam das Gros der Pazifisten: Wehrdienstverweigerer, Kleriker, Quäker, Studenten, prosowjetische Marxisten-Leninisten, antisowjetische Trotzkisten, Hochschullehrer und Labouraktivisten, mit einer Beimischung von Arbeitslosen, Punks, Schwulen und bärtigen Naturschützern. Dazu noch Hunderte von gleicherweise betroffenen Hausfrauen, Arbeitern, Lehrern und Schulkindern.

An beiden Straßenseiten bildeten die ortsansässigen Protestlerinnen ein Ehrenspalier. Die meisten von ihnen hielten Plakate, Transparente und Wimpel hoch. Einige kurz geschorene und Anorak tragende Damen hielten Händchen mit ihren jüngeren Freundinnen oder beklatschten die Marschierer. Die Kolonne wurde angeführt von zwei Polizisten auf Motorrädern.

Um fünf Uhr fünfzehn hatte Valeri Petrofski Thetford verlassen und fuhr wie immer gemächlich südwärts zur Hauptstraße nach Ipswich und nach Hause. Er war die ganze Nacht unterwegs gewesen und daher müde. Doch seine Botschaft mußte spätestens um drei Uhr dreißig gesendet worden sein, und Moskau wußte nun, daß alle Vorarbeiten erledigt waren.

Er fuhr bei Euston Hall über die Grafschaftsgrenze nach Suffolk und bemerkte einen Streifenpolizisten am Straßenrand auf seiner Maschine. Was hatte der hier um diese Zeit zu suchen? Petrofski war in den vergangenen Monaten diese Straße oft gefahren, und nie hatte er einen Streifenpolizisten gesehen.

Eine Meile weiter in Little Fakenham schalteten alle seine animalischen Sinne auf höchste Alarmstufe. Zwei weiße Rover-Polizeiwagen parkten am Nordende des Dorfes. Neben ihnen stand eine Gruppe von höheren Polizeibeamten, die sich mit zwei weiteren Streifenpolizisten berieten. Sie sahen auf, als er vorbeifuhr, machten aber keine Anstalten, ihn anzuhalten.

Die Anstalten kamen später in Ixworth Thorpe. Er hatte gerade das Dorf hinter sich und näherte sich der Kirche, als er das Motorrad am Zaun lehnen sah und den Streifenpolizisten mitten auf der Straße, mit erhobenem Arm, um ihn anzuhalten. Er verlangsamte, und seine Hand fuhr in die Kartentasche, in der unter dem zusammengerollten Pullover die finnische Automatic steckte.

Wenn es eine Falle war, dann war er geliefert. Doch der Polizist schien allein zu sein. Niemand stand in der Nähe mit dem Funkgerät am Mund. Er hielt. Die hohe Gestalt in Schwarz schlenderte zum Fahrerfenster und beugte sich herab. Petrofski sah sich einem pausbäckigen Gesicht gegenüber, auf dem er keine Spur von Arglist entdecken konnte.

»Dürfte ich Sie bitten, an den Straßenrand zu fahren, Sir? Hier direkt vor der Kirche. Dann kann Ihnen nichts passieren.«

Es war also eine Falle. Die Drohung war kaum verschleiert. Doch warum war niemand anderer in der Nähe?

»Was ist denn los, Officer?«

»Die Straße dürfte ein bißchen weiter draußen blockiert sein, Sir. Wir werden sie gleich freikriegen.«

Wahrheit oder Trick? Da lag vielleicht wirklich ein umgestürzter Traktor irgendwo. Er gab den Gedanken, den Polizisten zu erschießen und dann abzuhauen, wieder auf. Er nickte, legte den Gang ein und fuhr den Wagen zum Parkstreifen vor der Kirche. Dann wartete er. Im Rückspiegel konnte er beobachten, daß der Polizist nicht mehr von ihm Notiz nahm, sondern eine andere Limousine in denselben Parkstreifen einwies. Das könnte es sein, dachte er. Spionageabwehr. Doch in dem anderen Wagen saß nur ein einziger Mann. Er stoppte hinter ihm und stieg aus.

»Was ist denn los?« rief der Mann zum Polizisten hinüber. Petrofski konnte sie durch das offene Fenster hören.

»Ham Sie's nicht mitgekriegt, Sir? Die Demonstration. Is in allen Zeitungen gewesen. Und im Fernsehen.«

»Verdammt«, sagte der andere Fahrer, »war mir nicht klar, daß es diese Straße war. Und um diese Zeit.«

»Sie wern bald vorbeisein«, sagte der Polizist tröstend. »Knappe Stunde.«

In diesem Augenblick kam die Spitze der Kolonne an der Biegung in Sicht. Petrofski betrachtete die Wimpel in der Ferne und hörte voll Ekel und Verachtung die schwachen Schreie. Er stieg aus, um sich die Sache anzusehen.

Der geteerte Platz mit seinen dreißig abschließbaren Garagen begann sich allmählich zu bevölkern. Einige Minuten nach der Entdeckung der leeren Garage hatte Preston den zweiten Wagen mit Barney zum Polizeirevier geschickt und um Unterstützung ersucht. Das Revier war um diese Zeit mit einem diensthabenden Constable besetzt, der im Vorderzimmer saß, und mit einem Sergeant, der im Hinterzimmer seinen Tee trank.

Gleichzeitig hatte Preston über Polizeifunk London gerufen, und obgleich er eigentlich den Tarnjargon eines Wagenverleihs hätte benützen müssen, schlug er jede Vorsicht in den Wind und sprach im Klartext mit Sir Bernard.

»Ich brauche die Unterstützung der Polizei von Norfolk und Suffolk«, sagte er. »Und einen Hubschrauber. Umgehend. Sonst ist es zu spät.« Er hatte die zwanzig Minuten Wartezeit mit dem Studium einer über die Kühlerhaube von Joes Wagen gebreiteten Generalstabskarte von East Anglia verbracht.

Fünf Minuten später kam aus Thetford ein Streifenpolizist, den der Sergeant vom Polizeirevier aus dem Bett geholt hatte. Er fuhr in den Hof, stellte den Motor ab und parkte die Maschine. Er ging zu Preston hinüber, wobei er seinen Helm abnahm.

»Sind Sie die Herren aus London?« fragte er. »Kann ich Ihnen irgendwie helfen?«

»Nur, wenn Sie ein Zauberer sind«, seufzte Preston.

Barney kam vom Polizeirevier zurück.

»Hier ist das Foto, John. Ist eingetroffen, während ich mit dem Sergeant sprach.«

Preston betrachtete das hübsche junge Gesicht, das in einer Straße von Damaskus aufgenommen worden war.

»Du Scheißkerl«, stieß er zwischen den Zähnen hervor. Niemand hörte ihn, denn in diesem Augenblick rasten zwei amerikanische F-111-Kampfbomber im Tiefflug dicht formiert über die Stadt nach Osten. Das Geheul ihrer Triebwerke durchbrach die Stille der erwachenden Ortschaft. Der Polizist sah nicht einmal auf. Barney, der neben Preston stand, blickte ihnen nach, bis sie außer Sicht waren.

»Radaubrüder«, sagte er.

»Die kommen immer über Thetford«, sagte der Ortspolizist. »Nach einer Weile hört man sie kaum mehr. Sind in Lakenheath stationiert.«

»Der Londoner Flughafen ist schon schlimm genug«, sagte Barney, der in Hounslow wohnte, »aber die Linienmaschinen fliegen wenigstens nicht so tief. Ich glaube nicht, daß ich das lange aushalten würde.«

»Hab' nichts gegen sie, solange sie in der Luft bleiben«, sagte der Polizist und wickelte eine Tafel Schokolade aus. »Wär' nur schlimm, wenn einer herunterfiele. Sie haben nämlich Atombomben bei sich. Kleine, aber immerhin.«

Preston drehte sich langsam um.

»Was haben Sie da gesagt?« fragte er.

MI5 in der Cork Street hatte schnell gearbeitet. Sir Bernard Hemmings hatte unter Umgehung seines Justitiars die beiden Assistant Commissioners (AC) der Grafschaften Norfolk und Suffolk persönlich angerufen. Der Beamte in Norwich lag noch im Bett, aber sein Kollege in Ipswich war bereits im Büro, wegen der Demonstration, für die die Hälfte der Polizeikräfte von Suffolk aufgeboten worden war.

Den AC von Norfolk erreichte er genau in dem Augenblick, als dieser auch vom Polizeirevier in Thetford informiert wurde. Er versprach volle Unterstützung. Der Papierkram könne später erledigt werden.

Brian Harcourt-Smith war auf der Jagd nach einem Hubschrauber. Die beiden britischen Nachrichtendienste verfügen über eine Sonderstaffel von Einsatzhubschraubern, die in Northolt außerhalb London stationiert sind. Ein schneller Abruf ist möglich, doch normalerweise wird einige Zeit vorher disponiert. Dem stellvertretenden Generaldirektor wurde auf seine dringende Anfrage hin mitgeteilt, daß ein Chopper in vierzig Minuten abfliegen und nach weiteren vierzig Minuten in Thetford sein könne. Harcourt-Smith bat Northolt, am Apparat zu bleiben.

»Achtzig Minuten«, sagte er zu Sir Bernard. Der Generaldirektor sprach gerade mit dem Assistant Commissioner von Suffolk.

»Hätten Sie einen Polizeihubschrauber verfügbar? Sofort?« fragte er den Beamten.

Es folgte eine Pause, während der AC über einen Hausanschluß bei seinem Kollegen von der Verkehrsüberwachung rückfragte.

»Wir haben einen in der Luft über Bury St. Edmunds«, sagte er.

»Bitte schicken Sie ihn nach Thetford und nehmen Sie einen unserer Leute an Bord«, sagte Sir Bernard. »Es geht um die nationale Sicherheit, wirklich, glauben Sie mir.«

»Ich werde es sofort veranlassen«, sagte der AC von Suffolk.

Preston winkte den Polizisten aus Thetford zu seinem Wagen herüber.

»Zeigen Sie mir die amerikanischen Flugstützpunkte hier in der Gegend«, sagte er.

Der Streifenpolizist legte einen dicken Finger auf die Landkarte.

»Sie sind so ziemlich überall, Sir. Sculthorpe, oben in North Norfolk, Lakenheath und Mildenhall im Westen, Chicksands in Bedfordshire; allerdings glaube ich, daß dieser Flugplatz nicht mehr in Betrieb ist. Und dann noch Bentwaters, hier an der Küste von Suffolk bei Woodbridge.«

Es war sechs Uhr. Die Marschierer schwirrten um die beiden Wagen herum, die auf dem Parkstreifen vor der Kirche standen, einem kleinen, aber schönen Bau, ebenso alt wie das Dorf, mit einem Rieddach und ohne elektrisches Licht, so daß die Abendandacht immer noch bei Kerzenschein abgehalten wird.

Petrofski stand mit verschränkten Armen an seinem Wagen und blickte mit ausdruckslosem Gesicht auf die vorbeiziehende Menge. Seine Gedanken waren nicht sehr freundlich. Über den Feldern hinter ihm knatterte ein Verkehrshubschrauber nach Norden, aber der Gesang der Demonstranten war so laut, daß er den Hubschrauber nicht hören konnte.

Der Fahrer des anderen Wagens – ein Keksvertreter, der von einem Seminar über den Verkaufsappeal von Buttergebäck kam – schlenderte zu ihm herüber. Er wies mit dem Kinn auf die Marschierer hin.

»Arschlöcher«, brummte er, als der Singsang »Nein zu Cruise – Yankees raus« aufs neue einsetzte. Der Russe lächelte und nickte. Als keine weitere Reaktion kam, ging der Vertreter wieder zu seinem Wagen zurück, stieg ein und vertiefte sich in einen Stapel Unterlagen über Verkaufsförderung.

Wäre Valeri Petrofskis Sinn für Humor etwas stärker entwikkelt gewesen, hätte er über seine Lage gelächelt. Er stand vor der Kirche eines Gottes, an den er nicht glaubte, in einem Land, das er zu vernichten suchte, und ließ Leute an sich vorbeiziehen, die er verachtete. Und doch, sollte sein Auftrag gelingen, so würden alle Wünsche der Marschierer in Erfüllung gehen.

Er seufzte bei dem Gedanken, wie kurzen Prozeß die Leute vom MWD mit dieser Kundgebung gemacht und wie schnell sie die Rädelsführer den Burschen vom Fünften Hauptdirektorat zu einer ausgiebigen Frage-und-Antwort-Sitzung in Lefortowo übergeben hätten.

Preston starrte auf die Landkarte, wo er um die fünf amerikanischen Flugbasen einen Kreis gezogen hatte. Wenn ich ein Illegaler wäre und in einem fremden Land tief getarnt einen Auftrag auszuführen hätte, dachte er, dann würde ich in einer großen Stadt untertauchen.

In Norfolk kamen da King's Lynn, Norwich und Yarmouth in Frage. In Suffolk, Lowestoft, Bury St. Edmunds, Colchester und Ipswich. Um nach King's Lynn in der Nähe der USAF-Basis Sculthorpe zurückzukehren, hätte der Mann, den er jagte, auf dem Gallows Hill an ihm vorbeifahren müssen. Niemand war vorbeigefahren. Es blieben also noch vier Basen, drei im Westen und eine im Süden.

Er prüfte die Strecke, auf der sein Wild von Chesterfield nach Thetford gekommen war. Sie verlief immer in südöstlicher Richtung. Es wäre logisch, die Umsteige von Motorrad auf Wagen irgendwo entlang der Fahrtrichtung unterzubringen. Von Lakenheath und Mildenhall aus zum Senderhaus nach Chesterfield wäre es logischer gewesen, eine verschließbare Garage in Ely oder Peterborough zu mieten, die auf dem Weg in die Midlands liegen.

Er zog eine Linie von den Midlands nach Thetford und geradeaus weiter nach Südosten. Sie ging direkt durch Ipswich.

Zwölf Meilen von Ipswich lag in einem dichten Wald und nahe am Strand Bentwaters. Er erinnerte sich dunkel, daß dort F-5 stationiert waren, moderne Kampfbomber mit taktischen Atomwaffen, die dafür vorgesehen waren, einen massiven Angriff von 29 000 Panzern zum Stehen zu bringen.

Hinter ihm quäkte das Funkgerät des Polizisten. Der Mann ging hin und nahm das Gespräch entgegen.

»Ein Hubschrauber kommt von Süden her«, sagte er.

»Er ist für mich«, sagte Preston.

»Wo soll er denn landen?«

»Gibt es hier in der Nähe eine flache, freie Stelle?« fragte Preston.

»The Meadows«, sagte der Streifenpolizist. »Die Castle Street hinunter bis zum Kreisel. Dürfte trocken genug sein.«

»Sagen Sie ihm, er soll dort niedergehen«, sagte Preston, »ich fahre hin.«

Er rief seine Leute zusammen, von denen einige in den Wagen dösten.

»Alles rein. Wir fahren zu den Meadows runter.«

Während sie in die beiden Wagen stiegen, ging er mit der Landkarte zu dem Streifenpolizisten.

»Sagen Sie, wenn Sie von Thetford nach Ipswich wollten, wie würden Sie fahren?«

Ohne zu zögern deutete der Polizist auf einen Fleck auf der Karte.

»Ich würde die A1088 nehmen, direkt nach Ixworth, über die Kreuzung und weiter bei Elmswell Village zur A45, die nach Ipswich geht.«

Preston nickte.

»Das würde ich auch tun. Hoffentlich denkt Chummy genauso. Ich möchte Sie bitten, hierzubleiben und zu versuchen, andere Garagenbenützer ausfindig zu machen, die vielleicht den Wagen unseres Mannes gesehen haben. Ich brauche die Nummer.«

Der leichte Bell-Hubschrauber wartete auf der Wiese am Kreisel. Preston stieg aus dem Wagen und nahm sein Funkgerät mit.

»Bleiben Sie hier«, sagte er zu Harry Burkinshaw. »Er hat einen Vorsprung von mindestens fünfzig Minuten und ist wahrscheinlich meilenweit weg. Ich fliege bis Ipswich und sehe zu, ob ich etwas herausbekommen kann. Wenn nicht, dann bleibt nur die Wagennummer. Vielleicht hat sie jemand gesehen. Sollte die Polizei von Thetford diesen Jemand auftreiben, komme ich.«

Er duckte sich unter den kreisenden Tragschrauben und kletterte in die enge Kabine, zeigte dem Piloten seinen Ausweis und nickte dem Verkehrsüberwacher zu, der sich hinter die Sitze gequetscht hatte.

»Schnell gegangen«, schrie er dem Piloten zu.

»Ich war schon in der Luft«, schrie der Pilot zurück.

Der Helikopter hob ab und flog über Thetford weg.

»Wo wollen Sie hin?«

»Die A1088 entlang.«

»Die Demo beobachten, wie?«

»Was für eine Demo?«

Der Pilot sah ihn an, als sei er gerade vom Mars gekommen. Der Chopper flog mit abwärts gerichteter Nase nach Südosten. Er hielt sich rechts von der A1088, so daß Preston die Straße im Blick hatte.

»Die Demo gegen den RAF-Flugplatz Honington«, sagte der Pilot. »Ist in allen Zeitungen gewesen. Und im Fernsehen.«

Natürlich hatte Preston die Berichterstattung über die geplante Demonstration verfolgt. Er hatte schließlich in Chesterfield zwei Wochen vor dem Fernseher verbracht. Es war ihm nur entgangen, daß der Flugplatz an der A1088 zwischen Thetford und Ixworth lag. In dreißig Sekunden würde er die Sache in natura sehen.

Zu seiner Rechten glitzerte die Morgensonne auf den Rollbahnen des Flugstützpunktes. Ein riesiges amerikanisches Galaxy-Transportflugzeug rollte gerade nach der Landung aus. Vor den Zugängen zum Flugplatz waren Polizisten massiert, Hunderte, mit dem Rücken zur Stacheldrahtumzäunung, das Gesicht den Demonstranten zugewandt.

Die Menge vor dem Polizeikordon schwoll unaufhörlich an, und die schwarze Kolonne der fahnenschwingenden Marschierer erstreckte sich bis zur Einmündung des Zufahrtsweges in die A1088 und weiter auf der Straße nach Südosten auf Ixworth Junction zu.

Direkt unter sich konnte er das Dorf Little Fakenham sehen und die Silhouette von Honington, das aus einem Dunstschleier auftauchte. Er konnte die Scheunen von Honington Hall und die roten Ziegelgebäude von Malting Row jenseits der Straße ausmachen. Hier, wo die Marschierer in den schmalen Weg einbogen, der zum Flugplatz führte, war die Menge am dichtesten. Sein Herz schlug rascher.

Von der Dorfmitte an standen die Autos Stoßstange an Stoßstange eine halbe Meile die Straße entlang – alles Fahrer, die nicht mitbekommen hatten, daß die Straße am frühen Morgen gesperrt sein würde, oder die gehofft hatten, rechtzeitig durchzukommen. Es war eine Schlange von über hundert Fahrzeugen.

Weiter unten, mitten in der Marschkolonne, glitzerten zwei oder drei Dächer von Wagen, deren Fahrer man vor der Sperrung hatte passieren lassen, die aber nicht schnell genug nach Ixworth Junction gekommen waren und die nun in der Falle saßen. Einige Autos standen im Zentrum von Ixworth Thorpe, und ein paar parkten an einer kleinen Kirche.

»Ich frage mich –«, sagte er halblaut.

Valeri Petrofski sah den Polizisten, der ihn angehalten hatte, auf sich zukommen. Die Kolonne war ein wenig dünner geworden; das Ende des Zuges marschierte vorbei.

»Tut mir leid, daß es so lange gedauert hat, Sir. Scheinen mehr gekommen zu sein als vorausgesehen.«

Petrofski zuckte liebenswürdig die Achseln.

»Kann man nichts machen, Officer. Es war dumm von mir, daß ich es versucht habe. Hab' geglaubt, ich würde rechtzeitig durchkommen.«

»Hat nicht wenig Autofahrer erwischt. Aber jetzt dauert's nicht mehr lang. In zehn Minuten sind die Marschierer vorbei, dann kommen noch ein paar Übertragungswagen hinterher. Sobald die durch sind, geben wir die Straße wieder frei.«

Vor ihnen zog ein Polizeihubschrauber über den Feldern eine weite Kurve. In seiner offenen Tür konnte Petrofski den Verkehrsüberwacher sehen, der in den Handapparat seines Funktelefons sprach.

»Harry, können Sie mich hören? Harry, bitte kommen, hier ist John.«

Preston saß in der Tür des Choppers über Ixworth Thorpe und versuchte Burkinshaw zu erreichen. Die Stimme des Observanten kam kratzend und blechern aus Thetford.

»Harry hier. Hör' Sie, John.«

»Harry, hier unten findet eine Anti-Cruise-Demo statt. Es besteht die Möglichkeit, eine winzige Möglichkeit, daß Chummy darin stecken geblieben ist. Bleiben Sie dran.«

Er drehte sich zum Piloten um.

»Wie lange geht das schon?«

»Seit 'ner Stunde.«

»Wann ist die Straße da unten in Ixworth gesperrt worden?«

Der Mann von der Verkehrsüberwachung beugte sich nach vorne.

»Um fünf Uhr zwanzig«, sagte er. Preston sah auf seine Armbanduhr. Sechs Uhr fünfundzwanzig.

»Harry, fahren Sie wie der Teufel die A134 runter nach Bury St. Edmunds, dort abbiegen auf die A45 und weiter bis zur Kreuzung mit der A1088 in Elmswell. Dort treffen wir uns. Der Cop, der sich bei den Garagen aufhält, soll mit angestellter Sirene vorausfahren. Und Harry, sagen Sie Joe, er soll fahren, was das Zeug hält.«

Er tippte dem Piloten auf die Schulter.

»Fliegen Sie nach Elmswell und setzen Sie mich auf einem Feld an der Straßenkreuzung ab.«

In der Luft waren es nur fünf Minuten. Als sie bei Ixworth Junction über die A143 flogen, konnte Preston die lange Schlange der am Straßenrand parkenden Busse sehen, mit denen das Gros der Maschierer in diese malerische Gegend gekommen war. Zwei Minuten später bemerkte er die breite zweibahnige A45, die von Bury St. Edmunds nach Ipswich führt.

Der Pilot zog eine Schleife und sah sich nach einem Landeplatz um. Nahe an der Stelle, wo die schmale A1088 in die Einfahrt zur A45 mündete, waren Wiesen.

»Könnten Feuchtwiesen sein«, schrie der Pilot. »Ich geh' in Schwebestellung. Sie können aus ein paar Fuß Höhe abspringen.«

Preston nickte. Er drehte sich zu dem Verkehrsüberwacher um, der in Uniform war.

»Nehmen Sie Ihre Mütze. Sie kommen mit.«

»Das ist nicht mein Job«, protestierte der Sergeant. »Ich bin von der Verkehrsüberwachung.«

»Genau dazu brauche ich Sie. Los, kommen Sie schon.«

Er sprang vom Trittbrett der Bell aus zwei Fuß Höhe in das dichte hohe Gras. Der Polizeisergeant folgte ihm, wobei er die flache Mütze mit einer Hand auf den Kopf preßte, um sie vor dem Sog der Rotoren zu schützen. Der Pilot zog die Maschine hoch und flog nach Ipswich und zu seinem Standort zurück.

Die beiden stapften über die Wiese, überstiegen den Zaun und gelangten auf die A1088. Einhundert Yards weiter kamen sie zur A45. Jenseits der Kreuzung konnten sie den endlosen Verkehrsstrom sehen, der sich in Richtung Ipswich bewegte.

»Was nun?« fragte der Polizeisergeant.

»Nun stellen Sie sich auf die Straße und halten die Wagen an, die nach Süden fahren. Fragen Sie die Fahrer, ob sie die Straße von Honington an benützt haben. Wenn sie erst südlich von Ixworth Junction auf die Straße gestoßen sind, lassen Sie sie passieren. Sobald Sie den ersten haben, der durch die Demo gekommen ist, rufen Sie mich.«

Er ging zur A45 hinüber und spähte nach rechts.

»Komm schon, Harry. Komm schon.«

Die aus Süden kommenden Wagen stoppten vor dem Polizisten, doch alle versicherten, sie seien erst südlich der Anti-Kernwaffen-Demonstration auf die Straße gestoßen. Zwanzig Minuten später sah Preston den Streifenpolizisten aus Thetford, der mit heulender Sirene heranbrauste, dicht gefolgt von den beiden Observantenwagen. Sie bremsten kreischend an der Einfahrt in die A1088. Der Polizist schob sein Visier in die Höhe.

»Ich hoffe, Sie wissen, was Sie tun, Sir. Ich glaube nicht, daß diese Strecke schon einmal schneller zurückgelegt worden ist. Das wird Ärger geben.«

Preston dankte ihm und beorderte beide Wagen ein paar Yards in die schmale Nebenstraße hinein.

Er deutete auf eine Grasbank.

»Rammen, Joe.«

»Wie bitte?«

»Rammen. Nicht zu stark, damit der Wagen nicht kaputtgeht. Es soll nur echt aussehen.«

Die beiden Polizisten aus Suffolk sahen Joe verblüfft zu, als er mit dem Wagen die Grasbank am Wegrand rammte. Das Heck ragte auf die Straße und blockierte sie zur Hälfte. Preston ließ den anderen Wagen fünfzehn Yards weiterfahren.

»Aussteigen«, befahl er dem Chauffeur. »Los, Jungs. Jetzt alle zugleich. Umkippen.«

Erst nach sieben Anläufen legte der MI5-Wagen sich auf die Seite. Preston hob einen Stein am Straßenrand auf, zerschmetterte damit ein Seitenfenster von Joes Wagen und verstreute die Scherben über die Straße.

»Ginger, legen Sie sich auf die Straße, hier neben Joes Wagen. Barney, holen Sie ein Plaid aus dem Kofferraum und decken Sie ihn damit zu. Ganz und gar. Gesicht und alles«, sagte Preston. »O. K., alle anderen hinter die Hecke, und daß sich keiner sehen läßt.«

Preston winkte die beiden Polizisten heran.

»Sergeant, da hat's bösen Bruch gegeben. Bitte stellen Sie sich neben die Leiche und dirigieren Sie den Verkehr daran vorbei. Officer, parken Sie Ihr Motorrad, gehen Sie die Straße hoch und winken Sie die ankommenden Wagen langsam durch.«

Die beiden Polizisten hatten von Ipswich beziehungsweise von Norwich ihre Befehle bekommen. Mit den Männern aus London zusammenarbeiten. Selbst wenn sie verrückt waren.

Preston setzte sich vor der Grasbank auf den Boden und preßte ein Taschentuch vors Gesicht, als wolle er das Blut aus einer gebrochenen Nase stillen.

Nichts kann einen Autofahrer besser dazu bewegen, langsam zu fahren und durch das Seitenfenster zu schauen, als eine Leiche am Straßenrand. Preston hatte dafür gesorgt, daß Gingers »Leiche« auf der Fahrerseite zu liegen kam, für die Wagen, die sich nach Süden bewegten.

Major Valeri Petrofski saß im siebten Wagen. Wie alle anderen vor ihr verlangsamte die bescheidene Familienlimousine auf das Handzeichen des Polizisten hin das Tempo und kroch am »Unfallort« vorbei. Mit halb geschlossenen Augen sah Preston zu dem zwölf Fuß entfernten Russen hinüber und verglich im Geist sein Gesicht mit dem Foto in seiner Tasche, während die Limousine sich langsam zwischen den beiden Wagen hindurchschlängelte, die fast die ganze Straße blockierten.

Aus den Augenwinkeln sah er, wie die kleine Limousine nach

links zur A45 abbog, auf eine Verkehrslücke wartete und sich dann in den Strom nach Ipswich einreihte. Er sprang auf.

Die beiden Fahrer und die zwei Observanten kamen auf seinen Befehl über die Hecke zurück. Ein verdutzter Autofahrer, der gerade sein Tempo verlangsamte, sah die Leiche aufspringen und zusammen mit anderen einen umgestürzten Wagen wieder auf seine vier Räder stellen. Joe kletterte hinter das Steuer seines Wagens und fuhr rückwärts von der Bank weg. Barney wischte das Gras und den Schlamm von den Scheinwerfern, bevor er einstieg. Harry Burkinshaw nahm nicht eins, sondern drei starke Pfefferminzbonbons und ließ alle auf einmal in den Mund springen. Preston ging zu dem Streifenpolizisten hinüber.

»Sie fahren am besten jetzt wieder nach Thetford zurück, und vielen, vielen Dank für Ihre Hilfe.«

Zum Sergeant aus dem Hubschrauber sagte er:

»Wir können Sie leider nicht mitnehmen. Ihre Uniform ist zu auffällig. Aber vielen Dank für Ihre Hilfe.«

Die zwei Wagen von MI5 fuhren zur A45 und bogen links ab nach Ipswich. Der unbeteiligte Autofahrer, der das alles aufmerksam verfolgt hatte, wandte sich an den stehengelassenen Sergeant:

»Dreh'n die einen Fernsehfilm?«

»Würde mich verdammt noch mal nicht wundern«, sagte der Sergeant. »Übrigens, Sir, könnten Sie mich bis Ipswich mitnehmen?«

Der Berufsverkehr wurde immer dichter, als sie sich der Stadt näherten. Er bot den beiden Observantenwagen gute Deckung. Zudem wechselten sie dauernd die Stellung, so daß bald der eine, bald der andere die Limousine im Auge hatte.

Sie kamen hinter Witton in die Stadt, doch kurz vor dem Stadtzentrum bog der kleine Wagen vor ihnen in die Chevallier Street und fuhr rund um den Ring zur Handford Bridge und überquerte den Orwell. Südlich des Flusses fuhr der Ford die Ranelagh Road hinunter und bog dann wieder nach rechts ab.

»Er fährt wieder aus der Stadt heraus«, sagte Joe, der sich fünf Wagen hinter dem Verfolgten hielt. Sie kamen zur Belstead Road, die Ipswich in südlicher Richtung verläßt.

Plötzlich bog der Ford nach links in eine kleine Wohnsiedlung ein.

»Vorsicht«, warnte Preston Joe, »er darf uns nicht sehen.«

Er befahl dem zweiten Wagen, an der Ecke zu bleiben, wo die Zufahrtstraße von der Belstead Road abbog, für den Fall, daß das Wild einen Bogen schlagen und wieder zurückkommen sollte. Joe glitt langsam in den Komplex der sieben Sackgassen hinein, aus denen The Hayes besteht. Als sie an Cherryhayes Close vorbeifuhren, sahen sie gerade noch, daß der Mann, den sie verfolgten, vor einem kleinen Haus auf halber Höhe der Straße hielt. Er stieg aus. Preston befahl Joe, weiterzufahren, bis sie außer Sicht waren, und dann zu halten.

»Harry, geben Sie mir Ihren Hut und sehen Sie im Handschuhfach nach, ob noch eine Konservativen-Rosette drin ist.«

Es war noch eine drinnen; sie war eine der vielen, die das Team zwei Wochen lang benutzt hatte, um das Haus der Roystons durch den Vordereingang zu betreten oder zu verlassen, ohne Verdacht zu erregen. Preston steckte sie ans Jackett, zog den Regenmantel aus, den er als Unfallverletzter am Straßenrand getragen hatte, von wo aus er Petrofski zum ersten Mal von Angesicht zu Angesicht gesehen hatte, setzte Harrys flachen Hut auf und stieg aus.

Er bog in Cherryhayes Close ein und schlenderte zu dem Anwesen gegenüber dem Haus des Sowjetagenten, das die Nummer 12 trug. Er ging zur Tür der Nummer 9, wo an einem Fenster ein Plakat der sozialdemokratischen Partei prangte, und läutete.

Eine hübsche junge Frau machte auf. Von drinnen konnte Preston die Stimme eines Mannes, dann die eines Kindes hören. Es war acht Uhr. Die Familie saß beim Frühstück. Preston lüftete den Hut.

»Guten Morgen, Madam.«

Als sie seine Rosette sah, sagte die Frau:

»Oh, tut mir leid, Sie verschwenden Ihre Zeit. Wir wählen SDP.«

»Das dachte ich mir schon, Madam. Ich habe aber eine Werbeschrift, die ich Sie bitten möchte, Ihrem Mann zu zeigen.«

Er reichte ihr seine Plastikkarte, die ihn als MI5-Mann auswies. Sie würdigte die Karte keines Blickes und seufzte nur.

»Wenn Sie unbedingt meinen. Aber das wird ganz bestimmt nichts ändern.«

Sie ließ ihn vor der Tür stehen, ging ins Haus, und Sekunden später hörte Preston eine geflüsterte Unterhaltung, die von hinten aus der Küche kam. Ein Mann erschien in der Diele, ein Jungmanager in schwarzen Hosen und weißem Hemd, mit Klubkrawatte. Er hielt Prestons Karte in der Hand und runzelte die Stirn.

»Was soll das heißen?« fragte er.

»Genau das, was es besagt, Sir. Es ist der Ausweis eines Angehörigen von MI5.«

»Kein Witz?«

»Nein, er ist völlig echt.«

»Na schön. Und was wünschen Sie?«

»Würden Sie mich bitte ins Haus lassen und die Tür schließen?«

Der junge Mann zögerte einen Augenblick, dann nickte er. Preston nahm seinen Hut ab und trat ein. Er machte die Tür hinter sich zu.

Gegenüber auf der anderen Straßenseite saß Valeri Petrofski im Wohnzimmer hinter den dichten Netzvorhängen. Er war müde, seine Muskeln schmerzten vom Fahren, und er genehmigte sich einen Whisky.

Als er durch die Vorhänge spähte, konnte er einen dieser offenbar zahllosen Wahlhelfer sehen, der mit den Leuten von Nummer 9 sprach. Bei ihm waren in den letzten zehn Tagen ebenfalls drei vorbeigekommen, und bei seiner Rückkehr heute morgen hatte er einen Haufen Parteiprospekte auf dem Türvorleger gefunden. Er beobachtete, wie der Hausherr den Mann in die Diele ließ. Noch ein Bekehrter, dachte er. Was soll's.

Preston atmete auf. Der junge Mann sah ihn mißtrauisch an. Die Frau stand an der Küchentür und ließ ihn nicht aus den Augen. Das Gesicht eines etwa dreijährigen Mädchens erschien zwischen dem Türpfosten und dem Knie der Mutter.

»Sind Sie wirklich von MI5?« fragte der Mann.

»Ja, wirklich. Wir haben weder zwei Köpfe noch grüne Ohren, wissen Sie.«

Der junge Mann lächelte zum ersten Mal.

»Nein, natürlich nicht. Es kommt nur so überraschend. Aber was liegt gegen uns vor?«

»Nichts natürlich«, lächelte Preston. »Ich kenne Sie nicht einmal. Meine Kollegen und ich haben einen Mann verfolgt, von dem wir glauben, daß er ein ausländischer Agent ist. Er wohnt im Haus gegenüber. Ich möchte gerne Ihr Telefon benutzen und Sie fragen, ob ich ein paar Männer bei Ihnen einquartieren darf, damit sie das Haus beobachten können.«

»Nummer 12?« fragte der Mann. »Jim Ross? Das ist kein Ausländer.«

»Wir glauben schon. Darf ich telefonieren?«

»Ja, sicher, warum nicht.« Er wandte sich seiner Familie zu. »Los, alle zurück in die Küche.«

Preston rief Charles Street an und wurde mit Sir Bernard Hemmings verbunden, der noch immer in der Cork Street war. Burkinshaw hatte Cork Street bereits über Funk in Tarnsprache informiert, daß der »Kunde« zu Hause in Ipswich sei und die »Taxis« in der Nachbarschaft auf Abruf bereit stünden.

»Preston?« sagte der Generaldirektor am anderen Ende der Leitung. »John? Wo sind Sie genau?«

»In einer kleinen Sackgasse namens Cherryhayes Close in Ipswich. Wir haben Chummy geortet. Diesmal bin ich sicher, daß wir seine Basis gefunden haben.«

»Meinen Sie, daß es Zeit ist, loszuschlagen?«

»Yes, Sir, ich glaube schon. Ich befürchte nur, daß er bewaffnet ist. Sie wissen, was ich sagen will. Ich denke nicht, daß dies eine Sache für Special Branch ist oder für die Ortspolizei.«

Er sagte seinem Generaldirektor, was er wollte, legte auf und rief Sir Nigel in Sentinel House an.

»Ja, John, einverstanden«, sagte »C«, als Preston ihm die gleiche Information durchgegeben hatte. »Wenn er das, was wir glauben, bei sich hat, dann müssen Sie wirklich bekommen, was Sie angefordert haben. Den SAS.«

7. Kapitel

Die Mithilfe des Special Air Service zu erwirken, der britischen Elite-Eingreiftruppe aus Experten für grenzüberschreitende Einsätze, Observierung und (gelegentlich) Kommandounternehmen im Stadtbereich, ist nicht so leicht, wie man aus gewissen Abenteuerfilmen im Fernsehen schließen könnte.

Der SAS wird nie aus eigener Initiative tätig. Im Rahmen der Verfassung kann er, wie jeder Verband der Streitkräfte, nur innerhalb des Vereinigten Königreichs und zur Unterstützung der Zivilbehörde, also der Polizei, operieren. Auf diese Weise bleibt der Oberbefehl bei jedem Einsatz nach außen hin in den Händen der zuständigen Polizei. In Wahrheit wird die zuständige Polizei, sobald die SAS-Leute einmal in Marsch gesetzt sind, gut daran tun, den Rückwärtsgang einzulegen.

Nach dem Gesetz muß der Chief Constable einer Grafschaft, in der ein von der örtlichen Polizei nicht ohne Hilfe zu bewältigender Notstand aufgetreten ist, in einem förmlichen Gesuch an das Innenministerium um Hinzuziehung des SAS bitten. Es kommt vor, daß dem Chief Constable »geraten« wird, ein solches Gesuch zu machen, und er müßte geradezu tollkühn sein, wollte er diesen Rat, wenn er von entsprechend hoher Stelle kommt, nicht befolgen.

Sobald der Chief Constable sein förmliches Gesuch dem beamteten Unterstaatssekretär im Innenministerium vorgelegt hat, wird letzterer das Gesuch an seinen Amtskollegen im Verteidigungsministerium weitergeben, der seinerseits den Leiter der militärischen Einsatzstelle ins Bild setzt, welcher daraufhin den SAS in seinem Standort in Hereford alarmiert.

Daß diese Prozedur innerhalb von Minuten erledigt sein kann, ist zum Teil dem Umstand zu verdanken, daß sie immer wieder geprobt und zu einer hohen Kunst entwickelt wurde; zum Teil auch der Tatsache, daß das britische Establishment über genügend Raum für die Entfaltung persönlicher Beziehungen zwischen seinen leitenden Männern verfügt und das Verfahren weitgehend mündlich abgewickelt werden kann, während man die unvermeidlichen Schreibereien später nachholt. Die britische Bürokratie mag den Briten langsam und schwerfällig vorkommen, aber im Vergleich mit der europäischen und amerikanischen ist sie ein geölter Blitz.

Ohnehin waren die meisten britischen Chief Constables schon einmal in Hereford, um die schlicht als »das Regiment« bezeichnete Einheit kennenzulernen und genau zu erfahren, welche Art von Beistand ihnen im Bedarfsfall zur Verfügung gestellt werden könnte. Die meisten kamen aus dem Staunen so bald nicht wieder heraus.

An jenem Vormittag informierte London den Chief Constable von Suffolk über die Krise, die in Gestalt eines mutmaßlichen ausländischen Agenten über ihn hereingebrochen war, eines Mannes, der vermutlich bewaffnet war, vielleicht mit einer Bombe, und der sich in Cherryhayes Close in Ipswich verborgen hielt. Der Chief Constable setzte sich mit Sir Hubert Villiers in Whitehall in Verbindung, wo sein Anruf erwartet worden war. Sir Hubert informierte seinen Minister und seinen Kollegen, den Cabinet Secretary, der die Premierministerin benachrichtigte. Sobald die Zustimmung aus Downing Street vorlag, gab Sir Hubert das nunmehr politisch abgesegnete Ansuchen an Sir Peregrine Jones im Verteidigungsministerium weiter, der ohnehin bereits davon wußte, weil er mit Sir Martin Flannery einen Schwatz gehalten hatte. Sechzig Minuten nach dem ersten Anruf des Innenministeriums beim Chief Constable von Suffolk sprach der Leiter von Military Operations über ein Telefon mit Sprachverwürfler mit dem Kommandeur des SAS in Hereford.

Die Kampftruppe des SAS ist nach dem Viererprinzip gegliedert. Vier Mann bilden eine Patrouille, vier Patrouillen eine

Rotte und vier Rotten einen Trupp. Die vier Sturmtrupps sind A, B, D und G. Sie nehmen den Dienst im SAS nach dem Rotationsprinzip wahr: Nordirland, Nahost, Dschungeltraining und Sondereinsätze, dazu die ständigen NATO-Aufgaben; ein Reservetrupp ist in ständiger Bereitschaft in Hereford.

Die Zeitdauer der einzelnen Verpflichtungen beträgt im allgemeinen zwischen sechs und neun Monaten, und in diesem Monat war der Trupp B in Hereford stationiert. Wie üblich war eine Rotte in einer halben Stunde einsatzbereit, eine zweite in zwei Stunden. Jeder Trupp besteht aus vier Rotten: einer Luft-Rotte (Fallschirmspringer), einer Boots-Rotte (Marineinfanteristen, ausgebildet für Über- und Unterwassereinsatz), einer Gebirgs-Rotte (Kletterer) und einer mobilen Rotte (bewaffnete Landrovers).

Als Brigadegeneral Jeremy Cripps sein Telefongespräch aus London beendet hatte, erhielten die Fallschirmspringer von Rotte B den Befehl, nach Ipswich aufzubrechen.

»Was tun Sie normalerweise um diese Zeit?« fragte Preston den Hausherrn, Mr. Adrian. Der Jungmanager hatte soeben den Assistant Commissioner in dessen Büro im Polizeipräsidium von Ipswich an der Ecke Civic Drive und Elm Street angerufen. Falls Mr. Adrian einige Zweifel an der Glaubwürdigkeit des Gastes gehegt hatte, der ihm vor einer halben Stunde ins Haus geschneit war, so waren sie nunmehr zerstreut. Preston hatte vorgeschlagen, daß Adrian selber anrufen solle, denn er war zu Recht überzeugt gewesen, daß die Polizei den Mann von MI5 in Mr. Adrians Wohnzimmer nicht im Stich lassen werde.

Außerdem war Mr. Adrian mitgeteilt worden, daß der Mann im Haus gegenüber bewaffnet und gefährlich sein könne und daß man später am Tage eine Verhaftung werde vornehmen müssen.

»Ich fahre gegen Viertel vor neun zur Arbeit, also in zehn Minuten. Um zehn Uhr bringt Lucinda, meine Frau, Samantha in den Kindergarten. Dann macht sie ihre Einkäufe, holt Samantha gegen Mittag wieder ab, und sie gehen zusammen nach Hause. Ich komme ungefähr um halb sieben heim, mit dem Wagen, versteht sich.«

»Bitte, nehmen Sie sich heute frei«, sagte Preston. »Rufen Sie jetzt gleich in Ihrem Büro an und sagen Sie, daß Sie sich nicht wohl fühlen. Verlassen Sie aber das Haus zur gleichen Zeit wie sonst auch. Am Ende der Straße, wo die Abzweigung nach The Hayes in die Belstead Road mündet, erwartet Sie ein Polizeiwagen.«

»Und was wird aus meiner Frau und der Kleinen?«

»Ich möchte, daß Mrs. Adrian wie immer bis zehn Uhr im Haus bleibt, dann mit Samantha und Einkaufskorb weggeht und Sie am Polizeiwagen trifft. Können Sie sich irgendwo den Tag über aufhalten?«

»Bei meiner Mutter in Felixstowe«, sagte Mrs. Andrian nervös.

»Und könnten Sie vielleicht sogar dort übernachten?«

»Was ist mit unserem Haus?«

»Ich verspreche Ihnen, Mr. Adrian, daß dem Haus nichts geschehen wird«, sagte Preston optimistisch. Er hätte hinzufügen können, es bleibe entweder unversehrt oder fliege in die Luft, wenn die Sache schiefgehe. »Ich muß Sie bitten, daß meine Kollegen und ich es zur Beobachtung des Mannes von gegenüber benutzen dürfen. Wir kommen und gehen durch die Hintertür. Wir werden bestimmt keinen Schaden anrichten.«

»Was meinst du, Darling?« fragte Mr. Adrian seine Frau. Sie nickte.

»Wenn ich nur Samantha von hier wegbringen kann, ist mir alles recht«, sagte sie.

»In einer Stunde, das verspreche ich«, sagte Preston. »Mr. Ross von gegenüber war die ganze Nacht auf, wir wissen es, weil wir ihn beschattet haben. Vermutlich schläft er jetzt, und ohnehin wird vor dem Nachmittag keine Polizeiaktion gegen das Haus unternommen, vielleicht erst am frühen Abend.«

»All right«, sagte Adrian, »wir machen mit.«

Er rief im Büro an und ließ sich für einen Tag entschuldigen, dann fuhr er, wie immer, um Viertel vor neun Uhr ab. Von seinem Schlafzimmerfenster im Obergeschoß aus sah Valeri Petrofski ihn wegfahren. Der Russe hatte vor, sich ein paar Stunden Schlaf zu gönnen. Auf der Straße ging nichts Ungewöhnliches vor. Adrian fuhr täglich um diese Zeit zur Arbeit.

Preston stellte fest, daß sich hinter Nummer 9 ein unbebautes Gelände befand. Er zitierte Harry Burkinshaw und Barney herbei, die durch die Hintertür hereinkamen, einer verlegenen Mrs. Adrian zunickten und zu dem nach vorn liegenden Schlafzimmer hinaufstiegen, um ihre Tätigkeit aufzunehmen – das Beobachten. Ginger hatte in ein paar hundert Metern Entfernung eine etwas höher gelegene Stelle gefunden, von der aus er sowohl die Orwellmündung mit ihren Hafenanlagen wie auch die kleine Wohnsiedlung im Blick hatte. Mit einem Feldstecher konnte er die Rückseite von Cherryhayes Close Nummer 12 ganz genau sehen.

»Es grenzt mit der Rückseite an den Garten eines Hauses in Brackenhayes«, berichtete er Preston über Funk. »Keinerlei Bewegung im Haus oder im Garten. Alle Fenster geschlossen; komisch bei diesem Wetter.«

»Beobachten Sie weiter«, sagte Preston. »Ich bleibe hier. Falls ich weg muß, übernimmt Harry.«

Eine Stunde später spazierten Mrs. Adrian und ihre Kleine in aller Ruhe aus dem Haus und verschwanden.

In der Stadt lief zur gleichen Zeit eine zweite Unternehmung an. Der Chief Constable, dessen Karriere bei der uniformierten Polizei begonnen hatte, überließ die Einzelheiten der anhängigen Operation dem Chief Superintendent Peter Low.

Low hatte zwei Kriminalbeamte ins Rathaus geschickt, die beim Stadtsteueramt erfuhren, daß das Zielhaus einem gewissen Mr. Johnson gehörte, die Steuerbescheide jedoch an die Maklerfirma Oxborrow geschickt wurden. Ein Anruf bei der Maklerfirma ergab, daß Mr. Johnson sich in Saudi-Arabien aufhalte und das Haus an einen Mr. James Duncan Ross vermietet sei. Ein zweites Foto von Ross, alias Timothy Donnelly, aufgenommen in Damaskus, wurde per Telex nach Ipswich übermittelt und dem Makler gezeigt, der den Mieter identifizierte.

Die Baubehörde im Rathaus lieferte die Namen der Architekten, die für die Siedlung The Hayes die Pläne angefertigt hatten, und auf diesem Weg konnten detaillierte Geschoßpläne des Anwesens Nummer 12 beschafft werden. Eine große Hilfe. Weitere, bis ins kleinste identische Häuser waren auch anderswo in Ipswich gebaut worden, und es fand sich eines, das noch immer leer stand. Es würde für den Sturmtrupp des SAS nützlich sein; die Männer würden sich im Zielhaus genau auskennen, wenn sie hineinkämen.

Es gehörte zu Peter Lows Pflichten, für die angeforderten SAS-Leute einen »Warteplatz« zu finden. Ein solcher Warteplatz muß abgeschlossen sein, getarnt und schnell erreichbar, eine Zufahrt und Telefonanschluß haben. Es fand sich ein leeres Lagerhaus, drunten am Eagle Wharf, und der Besitzer erklärte sich einverstanden, es der Polizei für »Übungszwecke« zur Verfügung zu stellen.

Es hatte große Schiebetore, die breit genug waren, um dem Fahrzeugkonvoi Einlaß zu gewähren, und abschließbar, so daß kein Unbefugter hineinspähen konnte. Es war so weitläufig, daß sich darin aus Latten und Sackleinwand eine Nachbildung des Hauses in The Hayes aufstellen ließ, und ein kleines verglastes Kontor konnte als Einsatzleitstelle dienen.

Kurz vor Mittag landete ein Army-Hubschrauber Marke Scout am Rand des städtischen Flugplatzes von Ipswich. Drei Männer stiegen aus. Einer war der Kommandeur des SAS-Regiments, Brigadegeneral Cripps, der zweite der Einsatzoffizier, ein Stabsmajor des Regiments, und der dritte war der Teamführer, Captain Julian Lyndhurst. Alle waren in Zivil und trugen Handtaschen, in denen ihre Uniformen steckten. Sie wurden von einem neutralen Polizeiauto abgeholt, das sie direkt zum Warteplatz brachte, wo die Polizei ihre Kommandozentrale einrichtete.

Chief Superintendent Low unterrichtete die drei Offiziere, soweit er selber unterrichtet war, also soweit London ihn ins Bild gesetzt hatte. Mit John Preston hatte er am Telefon gesprochen, ihn aber noch nicht persönlich kennengelernt.

»Der Einsatzleiter von MI5 ist, soviel ich weiß, ein gewisser John Preston«, sagte Brigadegeneral Cripps. »Ist er auch hier?«

»Ich glaube, er ist noch drüben im Beobachtungsposten«, sagte Low. »In dem Haus gegenüber der Zielwohnung. Ich kann ihn anrufen und bitten, er solle durch den Hinterausgang zu uns herüberkommen.«

»Vielleicht, Sir«, sagte Captain Lyndhurst zu seinem Kommandeur, »sollte ich direkt rübergehen. Könnte dann einen ersten Blick auf die ›Festung‹ werfen und zusammen mit diesem Preston hierher zurückkommen.«

»All right, es muß ohnehin ein Wagen hinüber«, sagte der Kommandeur.

Eine Viertelstunde später zeigte ein Polizist dem Captain vom Hügel über der Flußmündung aus die Hintertür des Hauses Nummer 9. Der neunundzwanzigjährige Captain, der noch immer Zivilkleidung trug, überquerte das unbebaute Gelände, sprang über den Gartenzaun und ging durch die Hintertür ins Haus. In der Küche stieß er auf Barney, der auf Mrs. Adrians Herd Teewasser kochte.

»Lyndhurst«, stellte der Offizier sich vor, »vom Regiment. Ist Mr. Preston hier?«

»John!« rief Barney nach oben in heiserem Flüsterton, denn das Haus war ja angeblich leer, »ein Brauner ist da und möchte Sie sprechen.«

Lyndhurst stieg die Treppe hinauf zum vorderen Schlafzimmer, wo er Preston fand und sich vorstellte. Harry Burkinshaw brummte etwas von einer Tasse Tee und ging hinaus. Der Captain blickte über die Straße auf das Haus Nummer 12.

»Unsere Information scheint noch immer Lücken zu enthalten«, sagte er in schleppendem Tonfall. »Wer genau, glauben Sie, ist dort drinnen?«

»Ich glaube, ein Sowjetagent«, sagte Preston. »Ein Illegaler, der hier unter dem Namen James Duncan Ross lebt. Mitte dreißig, mittelgroß, mittlere Statur, vermutlich sehr durchtrainiert, ein Spitzenprofi.«

Er reichte Lyndhurst das Foto, das auf der Straße in Damaskus aufgenommen war. Der Captain betrachtete es interessiert.

»Noch jemand außer ihm drüben?«

»Möglich. Wir wissen es nicht. Ross mit Sicherheit. Er könnte einen Helfer haben. Mit den Nachbarn können wir nicht sprechen. In einer solchen Siedlung verbreitet sich jedes Wort wie ein Lauffeuer. Die Leute, denen dieses Haus gehört, sagten, sie seien überzeugt, daß er allein drüben wohne. Aber beweisen können wir es nicht.«

»Und nach unseren Instruktionen glauben Sie, er sei bewaffnet, vielleicht gefährlich. Zu gefährlich für die hiesigen Polizisten, auch wenn sie Handfeuerwaffen haben, wie?«

»Ja, wir glauben, daß er eine Bombe dort drinnen hat. Er müßte unschädlich gemacht werden, ehe er an sie ran kann.«

»Bombe, aha«, sagte Lyndhurst sichtlich uninteressiert. Er hatte bereits zwei Dienstzeiten in Nordirland hinter sich. »Groß genug, um das Haus wegzublasen oder die ganze Straße?«

»Noch ein bißchen größer«, sagte Preston. »Wenn unsere Annahme stimmt, ist es eine kleine Atombombe.«

Der hochgewachsene Offizier wandte den Blick vom Haus auf der gegenüberliegenden Straßenseite ab, und seine blaßblauen Augen starrten direkt in die Prestons.

»Donnerwetter«, sagte er, »ich bin beeindruckt.«

»Immerhin etwas«, sagte Preston. »Übrigens, ich will ihn haben, und zwar lebend.«

»Fahren wir zurück zu den Docks«, sagte Lyndhurst. »Dann können Sie mit dem Kommandeur sprechen.«

Während dieses Gesprächs in Cherryhayes Close waren zwei weitere Hubschrauber aus Hereford auf dem Flugplatz gelandet, ein Puma und ein Chinook. Im ersten waren die Männer des Sturmtrupps, im zweiten die zahlreichen und geheimnisvollen Bestandteile ihrer Ausrüstung.

Dieses Team stand unter dem Befehl des Deputy Team Commander, eines altgedienten Stabsunteroffiziers namens Steve Bilbow. Er war klein, dunkel und drahtig, hatte glänzend schwarze Knopfaugen und lächelte gern. Wie alle ranghöheren Unteroffiziere im Regiment war er schon lang dabei, genau gesagt seit fünfzehn Jahren.

Auch in dieser Hinsicht ist der SAS eine Ausnahme. Die Offiziere sind fast sämtlich von ihren Stammregimentern auf Zeit abgestellt, sie bleiben im allgemeinen zwei bis drei Jahre und kehren dann wieder zu ihren Stammeinheiten zurück. Nur die Mannschaftsgrade können beim SAS bleiben, und auch nicht alle, nur die besten. Selbst der Kommandeur, der meist schon früher eine Dienstzeit beim Regiment abgeleistet hat, ist nur Kommandeur auf Zeit. Die sehr wenigen langgedienten Offiziere gehören alle der Abteilung Logistik – Versorgung – Technik im Hauptquartier an.

Steve Bilbow war als einfacher Soldat von den Fallschirmjägern zum Regiment gekommen, hatte seine Dienstzeit abgeleistet, wurde wegen besonderer Verdienste für eine Verlängerung ausgesucht und hatte es bis zum Stabsunteroffizier gebracht. Er hatte die Kämpfe in Dhofar mitgemacht, in der Hitze des Dschungels von Belize geschwitzt, in zahllosen Nächten in Süd-Armagh gefroren, während sie dort im Hinterhalt lagen, und sich im Hochland von Malaya wieder erholt. Er hatte bei der Ausbildung der GSG 9 der Bundesrepublik Deutschland mitgeholfen und in Charlie Beckwiths Delta Group in Amerika gedient.

Er hatte den endlosen nervtötenden Drill während der Ausbildungszeit kennengelernt, der den Männern des SAS den höchsten Grad von Fitneß und Kampfbereitschaft gibt, und die Einsätze mit hoher Adrenalin-Ausschüttung: in den Hügeln Omans unter Rebellenbeschuß in den Schutz eines Unterstands spurten, einen getarnten Anti-Terror-Trupp gegen republikanische Scharfschützen in East Belfast führen und fünfhundert Fallschirmabsprünge absolvieren, zumeist HALOs – High Altitude, Low Opening, wobei aus großer Höhe abgesprungen und der Fallschirm erst kurz vor dem Boden geöffnet wird.

Zu seinem Kummer hatte er nur zum Reserveteam gehört, als seine Kameraden 1981 in London die iranische Botschaft stürmten, und war nicht zum Einsatz gelangt.

Der Rest des Teams bestand aus einem Fotografen, drei Aufklärern, acht Scharfschützen und neun Sturmsoldaten. Steve hoffte und betete, daß er das Sturmteam führen dürfe. Am Flugplatz waren sie von mehreren neutralen Polizeikombis abgeholt und zum Warteplatz gebracht worden. Als Lyndhurst mit Preston wieder zum Lagerhaus kam, war das Team eingetroffen und breitete vor den staunenden Blicken mehrerer Ipswicher Polizisten sein Waffenarsenal auf dem Fußboden aus.

»Hallo, Steve«, sagte Captain Lyndhurst, »alles O. K.?«

»Hallo, Boß. Ja, bestens. Machen gerade Ordnung.«

»Ich habe mir die Festung angesehen. Ein kleines Privathaus. Ein Insasse bekannt, vielleicht sind's auch zwei. Und eine Bombe. Es wird ein kleiner Sturmangriff sein, für mehr ist kein Platz. Ich möchte, daß Sie als erster reingehen.«

»Versuchen Sie mal, mich aufzuhalten, Boß«, grinste Bilbow.

Beim SAS wird mehr Wert auf Selbstdisziplin gelegt als auf Disziplin von außen. Wer diese für die Aufgaben des SAS unerläßliche Selbstdisziplin nicht aufbringt, wird bei der Truppe nicht alt. Wer sie aufbringt, hat die steife Förmlichkeit im persönlichen Umgang nicht nötig, wie sie in »Linienregimentern« Usus ist.

Offiziere sprechen daher ihre Untergebenen meist mit Vornamen an. Die Mannschaftsgrade nennen ihre zum SAS abgestellten Offiziere »Boß«, nur der Kommandeur bekommt ein »Sir«. Unter sich bezeichnen die SAS-Soldaten ihre Offiziere als »Ruperts«.

Stabsunteroffizier Bilbow erblickte Preston, und sein Gesicht leuchtete in begeistertem Grinsen auf.

»Major Preston ... Himmel, lange nicht gesehen.«

Preston streckte die Hand aus und erwiderte das Lächeln.

Er hatte Steve Bilbow zuletzt gesehen, als er nach der Schießerei in Bogside in einem sicheren Haus Zuflucht gesucht hatte, wo sich auch vier SAS-Leute unter Führung Bilbows vor einem Blitzeinsatz aufgehalten hatten. Außerdem waren sie beide ehemalige Fallschirmjäger, ein Band, das nie zerreißt.

»Ich bin jetzt bei Fünf«, sagte Preston. »Einsatzleiter für diese Operation, jedenfalls soweit sie Fünf betrifft.«

»Was haben Sie Schönes für uns?« fragte Steve.

»Einen Russen. KGB-Agent, Spitzenprofi. Hat vermutlich den Spetsnaz-Kurs absolviert, also ist er gut, schnell und wahrscheinlich bewaffnet.«

»Reizend. Spetsnaz, aha! Mal sehen, wie gut sie wirklich sind.«

Alle drei Anwesenden kannten Spetsnaz, die russische Elitetruppe von Saboteuren. Das sowjetische Gegenstück zum SAS.

»Muß leider die Wiedersehensfeier stören«, sagte Lyndhurst, »aber es wird Zeit, daß wir mit der Instruktion anfangen.«

Er und Preston stiegen hinauf zum Oberstock, wo sie Brigadegeneral Cripps, Chief Superintendent Low und die Aufklärer des SAS vorfanden. Eine Stunde lang informierte Preston die Männer über alles, was er wußte, und die Gesichter wurden immer ernster.

»Haben Sie irgendeinen Beweis dafür, daß dort drüben ein nuklearer Sprengkörper steckt?« fragte Low schließlich.

»Nein, Sir. Wir konnten in Glasgow ein Zubehörteil abfangen, das für jemanden bestimmt war, der getarnt hier arbeitet. Die Jungs vom Fach sagen, es gibt überhaupt keinen anderen Verwendungszweck. Wir wissen, daß der Mann in dem Haus ein sowjetischer Illegaler ist – die Mossad hat ihn auf der Straße in Damaskus geknipst. Es paßt mit dem Geheimsender in Chesterfield zusammen. Ich bin auf Schlußfolgerungen angewiesen. Wenn das Zubehörteil aus Glasgow nicht für den Bau einer kleinen Bombe innerhalb Englands gedacht war, wozu, zum Teufel, soll es dann dienen? Ich komme zu keiner anderen sinnvollen Erklärung. Und wenn nicht zur Zeit *zwei* bedeutende Geheimoperationen des KGB in England laufen, dann war dieses Zubehörteil für Ross bestimmt. Q.e.d.«

»Ja«, sagte Brigadegeneral Cripps, »ich glaube, davon müssen wir ausgehen. Wir müssen annehmen, daß das Ding dort drinnen ist. Wenn nicht, dann müssen wir ein ernstes Wort mit Ross sprechen.«

Chief Superintendent Low erlebte am hellen Tag einen Alptraum. Er sah ein, daß das Haus gestürmt werden müsse; und er versuchte sich vorzustellen, was mit Ipswich passierte, wenn die Bombe hochgehen würde.

»Könnten wir nicht evakuieren?« fragte er ohne viel Hoffnung.

»Würde ihm auffallen«, sagte Preston kurz. »Wenn er merkt, daß er am Ende ist, nimmt er uns alle mit.«

Die Soldaten nickten. Sie wußten, wenn sie in der gleichen Situation im tiefsten Rußland stecken würden, müßten sie das auch tun.

Mittag war vorüber, und niemand hatte an Lunch gedacht. Essen war überflüssig. Der Nachmittag verging mit Erkundungen und Vorbereitungen.

Steve Bilbow fuhr mit dem Fotografen und einem Polizisten

zurück zum Flugplatz. Die drei flogen mit dem Hubschrauber den Orwellsund entlang, ein gutes Stück von The Hayes entfernt, aber eine Strecke, von der aus sie die Siedlung im Blick behalten konnten. Der Polizist wies auf das Haus; der Fotograf machte fünfzig Einzelaufnahmen, während Steve die Totale auf Video aufnahm, zwecks späterer Vorführung im Warteplatz.

Das gesamte Sturmteam besichtigte, noch immer in Zivil, zusammen mit der Polizei das leerstehende Haus, das genau dem Zielhaus entsprach. Als sie wieder im Warteplatz eintrafen, konnten sie die Festung auf dem Videogerät sehen und dazu die Nahaufnahmen des Fotografen.

Den restlichen Nachmittag verbrachten die Männer mit Übungen an der Nachbildung der Festung, die von den Polizisten unter Aufsicht des SAS im Lagerhaus erstellt worden war. Sie bestand nur aus Latten und Sackleinwand, aber die Maße stimmten mit dem Original genau überein und machten eine wichtige Tatsache deutlich: Der Platz innerhalb des Hauses war sehr beschränkt. Eine schmale Vordertür, eine schmale Diele, eine enge Treppe und kleine Zimmer.

Captain Lyndhurst beschloß, nur sechs Männer für die Erstürmung einzusetzen, ferner drei Scharfschützen, zwei im Schlafzimmer der Adrians und einen auf dem Hügel über dem Garten.

Zwei von Lyndhursts sechs Sturmsoldaten würden an der Hinterfront von Cherryhayes Close Nummer 12 postiert. Sie würden in voller Montur sein, aber normale Regenmäntel über ihren Kampfanzügen tragen. Ein neutraler Polizeiwagen sollte sie bis Brackenhayes Close bringen. Dort würden sie aussteigen und ohne die Erlaubnis des Besitzers zu erbitten durch den Vorgarten des Hauses gehen, dessen Rückfront an die Festung grenzte, den Seitenpfad zwischen Haus und Garage entlang und in den dahinter gelegenen Garten.

Sie würden die Regenmäntel ausziehen, über den Zaun springen und im Garten der Festung Posten beziehen.

»Im Garten könnte ein Stolperdraht aus Angelschnur ausgespannt sein«, warnte Lyndhurst. »Aber vermutlich dicht an der Hinterfront des Hauses. Also Abstand halten. Sobald ihr das Signal hört, eine Blendgranate durch das Fenster des rückwärtigen Schlafzimmers und eine durchs Küchenfenster. Dann die HKs in Anschlag und weitere Befehle abwarten. Nicht in das Haus schießen; Steve und die Jungens kommen durch die Vordertür hinein.«

Die »Hintermänner« nickten. Captain Lyndhurst wußte, daß er nicht am Sturmangriff teilnehmen würde. Er war Leutnant bei den King's Dragoon Guards gewesen und mit seiner ersten Dienstzeit beim SAS zum Captain befördert worden, weil der SAS keine Offiziere unterhalb dieses Dienstranges hat. Wenn er in einem Jahr zu seiner Stammeinheit zurückkehren müßte, würde er wieder nur Leutnant sein. Aber er hoffte, später als Kommandeur zum SAS zu kommen.

Er kannte sich mit der Tradition des SAS aus, die von den Regeln der übrigen Army abweicht: Offiziere nehmen an Wüsten- oder Dschungelkämpfen teil, aber niemals an Einsätzen im Stadtbereich. Die Sturmtrupps bestehen nur aus Unteroffizieren und Schützen.

Der Hauptangriff sollte, wie Lyndhurst mit seinem Kommandeur und dem Einsatzoffizier abgesprochen hatte, an der Vorderfront erfolgen. Ein Kombi würde lautlos halten, und vier Sturmsoldaten würden aussteigen. Zwei sollten die Vordertür aufbrechen; einer mit einem Wingmaster, der andere mit einem siebenpfündigen Vorschlaghammer und wenn nötig mit einer Stahlzange.

Sobald die Tür aufgebrochen war, würde die erste Welle, bestehend aus Steve Bilbow und einem Corporal, hineinstürmen. Die »Türöffner« würden Wingmaster und Schmiedehammer fallen lassen, die HKs in Anschlag bringen und hinter dem ersten Paar in die Diele laufen.

Steve würde in der Diele an der Treppe vorbei direkt zur Tür des Wohnzimmers linker Hand laufen. Der Corporal würde die

Treppe hinaufjagen und das vordere Schlafzimmer »erstürmen«. Einer der beiden Ex-Türöffner würde dem Corporal nach oben folgen, für den Fall, daß Chummy im Badezimmer wäre, der zweite sollte hinter Steve ins Wohnzimmer eindringen.

Das Signal für die beiden Männer im Hintergarten, auf das hin sie ihre Blendgranaten in die beiden rückwärtigen Räume werfen sollten, würde der Knall des Wingmaster an der Vordertür sein. Wer immer zum Zeitpunkt der Erstürmung sich in der Küche oder im rückwärtigen Schlafzimmer aufhielte, würde nicht mehr unterscheiden können, von welcher Seite der Angriff kam.

Preston, der sich bereit erklärt hatte, auf den Beobachtungsposten zurückzukehren, durfte die detaillierte Besprechung des Sturmangriffs mithören.

Er wußte bereits, daß der SAS als einzige Einheit der britischen Army seine Waffen aus einem internationalen Angebot selbst wählen durfte. Zum Nahkampf hatten sie die deutsche Heckler und Koch gewählt, eine kurzläufige Neun-Millimeter-Maschinenpistole, leicht, einfach zu handhaben und sehr zuverlässig, mit einklappbarer Schulterstütze.

Im allgemeinen trugen sie die HK, geladen und gespannt, quer über der Brust, wo sie von zwei Karabinerhaken festgehalten wurde. Dadurch hatten sie die Arme frei, um Türen aufzubrechen, durch Fenster zu klettern oder Blendgranaten zu werfen. Danach genügte ein einziger Ruck, und in weniger als einer halben Sekunde war die HK in Anschlag gebracht.

Die Praxis hatte gezeigt, daß man Türen schneller öffnen konnte, indem man beide Angeln wegschoß, als durch Aufbrechen des Schlosses. Zu diesem Zweck benutzten sie vorwiegend das Repetiergewehr Remington Wingmaster, allerdings nicht mit Schrot, sondern mit Vollpatronen geladen.

Außer diesem Spielzeug braucht einer der »Türöffner« einen Schmiedehammer und eine Stahlzange, für den Fall, daß die Tür zwar aus den Angeln geschossen ist, aber auf der anderen Seite von Riegeln und einer Kette gehalten wird. Dazu kommen Blendgranaten, die bei der Explosion vorübergehend blenden und durch den Krach taub machen, aber nicht töten. Schließlich hat jeder Mann immer seine dreizehnschüssige Neun-Millimeter-Browning-Automatic an der Hüfte.

Lyndhurst betonte besonders, wie wichtig bei einem Sturmangriff das Timing sei. Er hatte als Zeitpunkt einundzwanzig Uhr fünfundvierzig angesetzt, da dann die Dämmerung bereits weit fortgeschritten, die tiefe Nacht jedoch noch nicht hereingebrochen wäre.

Er selber würde im Haus der Adrians auf der anderen Straßenseite das Zielhaus beobachten und mit dem herannahenden Kombi, der das Team transportierte, über Funk Verbindung halten. Sollte um einundzwanzig Uhr vierundvierzig ein Fußgänger die Straße entlangkommen, so könnte Lyndhurst den Fahrer des Kombi anweisen, zu »verhalten«, bis die Tür der Festung wieder sturmfrei wäre. Auf diese Weise könnte er das Eintreffen des Teams steuern. Das Polizeiauto, das die beiden »Hintermänner« zu ihren Posten im Garten bringen sollte, würde die gleiche Wellenlänge haben und die beiden Männer neunzig Sekunden vor dem Aufbrechen der Vordertür absetzen.

Und noch eine letzte Raffinesse war ihm eingefallen. Während der Kombi sich der Festung näherte, würde er Ross vom Telefon der Adrians aus anrufen. Er wußte bereits, daß in allen diesen Häusern die Telefone auf kleinen Tischchen in der Diele standen. Der Zweck war, den Sowjetagenten von seiner Bombe wegzulocken, wo immer sie sein mochte, und den Erstürmern Gelegenheit zu einem Schnellschuß zu geben.

Wie üblich sollte jeder zweimal nacheinander je zwei Schüsse abfeuern. Zwar kann die HK ihr Magazin mit dreißig Schuß in ein paar Sekunden leeren, doch die Leute des SAS sind auch unter den verwirrenden Umständen einer Geiselnahme durch Terroristen so zielsicher, daß sie sich auf zwei Feuerstöße zu je zwei Schuß beschränken können. Wer diesen vier Schüssen in die

Quere kommt, hat nicht mehr viel zu melden. Und diese Sparsamkeit sorgt auch dafür, daß die Geiseln am Leben bleiben.

Unmittelbar nach der Operation sollte die Polizei mit großem Aufgebot anrücken und die aufgeregte Menge beruhigen, die unweigerlich aus der ganzen Nachbarschaft herbeiströmen würde. Ein Polizeikordon würde rings um die Hausfront gezogen, während der Sturmtrupp durch die Hintertür hinausgehen, die beiden Gärten durchqueren und wieder in den Kombi steigen würde, der in Brackenhayes Close wartete. Auch im Inneren der Festung würde die Zivilbehörde das Kommando übernehmen. Sechs Leute aus Aldermaston sollten am Abend um die Teezeit in Ipswich eintreffen.

Um sechs Uhr verließ Preston die Lagerhalle und betrat ungesehen durch die Hintertür das Haus der Adrians, den Beobachtungsposten.

»Licht ist gerade angegangen«, sagte Harry Burkinshaw, als Preston zu ihm ins vordere Schlafzimmer kam. Preston sah, daß die Vorhänge des Wohnzimmers im Haus gegenüber zugezogen waren, aber man konnte dahinter einen hellen Schimmer erkennen und reflektierte Helligkeit durch das Glas der Vordertür.

»Ich glaube, hinter den Netzgardinen im oberen Schlafzimmer hat sich etwas bewegt, kurz nachdem Sie weggingen«, sagte Barney. »Aber er hat kein Licht gemacht; natürlich nicht. Es war erst kurz nach dem Lunch. Herausgekommen ist er nicht.«

Preston rief Ginger auf seinem Hügel, aber dessen Bericht lautete genauso. Auch keine Bewegung an der Rückseite des Hauses.

»In ein paar Stunden setzt die Dämmerung ein«, sagte Ginger über Funk. »Dann wird es schwierig mit der Sicht.«

Valeri Petrofski hatte mit Unterbrechungen und nicht sehr gut geschlafen. Kurz vor ein Uhr erwachte er vollends, richtete sich im Bett auf und blickte quer durch sein Schlafzimmer und die

Netzgardine auf das Haus jenseits der Straße. Nach zehn Minuten raffte er sich auf, ging ins Badezimmer und duschte.

Um zwei Uhr bereitete er sich einen frugalen Imbiß und verzehrte ihn am Küchentisch. Von Zeit zu Zeit warf er dabei einen Blick in den Hintergarten, wo eine dünne und unsichtbare Angelschnur von einer Seite zur anderen gespannt war, die über eine kleine Rolle am Gartenzaun lief und nachts durch die Hintertür ins Haus führte. Dort schlang sie sich um einen Stapel leerer Konservendosen. Wenn er außer Haus ging, lockerte er die Schnur und spannte sie wieder, sobald er heimkam. Noch hatte niemand die Blechsäule zum scheppernden Einsturz gebracht.

Der Nachmittag schritt fort. Er war nervös – nur natürlich, wenn man bedachte, was gefechtsbereit in seinem Wohnzimmer wartete –, alle seine Sinne waren angespannt. Er versuchte zu lesen, konnte sich jedoch nicht konzentrieren. Moskau mußte seit nunmehr zwölf Stunden seine Botschaft haben. Er hörte eine Weile Musik aus dem Radio, dann ließ er sich um sechs Uhr im Wohnzimmer nieder. Er konnte den hellen Schein des Sommerabends auf den Fassaden der gegenüberliegenden Häuser sehen, sein Haus jedoch lag nach Osten und somit im Schatten. Von nun an würde es im Wohnzimmer immer dunkler werden. Wie immer zog er die Vorhänge zu, ehe er die Leselampen anschaltete, dann setzte er sich mangels besseren Zeitvertreibs vor den Fernsehschirm. Wie üblich wurde das Programm vom Wahlkampf beherrscht.

Im Lagerhaus, dem Warteplatz, stieg die Spannung. An dem Kombi, der den Sturmtrupp fahren sollte, einem grauen VW mit Schiebetüren, wurden letzte Vorbereitungen getroffen. Zwei Mann in Zivilkleidung würden vorne sitzen, der eine als Fahrer, der andere zur Bedienung der Funkverbindung mit Captain Lyndhurst. Die beiden überprüften die Funkgeräte zu wiederholten Malen, desgleichen jeden weiteren Ausrüstungsgegenstand.

Der Kombi würde von einem neutralen Polizeiauto zur Einfahrt nach The Hayes geleitet werden; der Fahrer des Kombi hatte sich die Anlage von The Hayes genau eingeprägt und wußte, wo es nach Cherryhayes Close ging. An der Zufahrt zu The Hayes würden sie in Reichweite des Funkgeräts kommen, das der Captain neben sich auf seinem Fensterplatz hatte. Die Rückwand des Kombi war mit Schaumstoff gepolstert worden, damit man das Klirren von Metall gegen Metall nicht hören könnte.

Das Sturmteam war dabei, sich »auszurüsten«. Jeder der Männer zog den einteiligen schwarzen Rennfahreranzug aus feuerfestem Material über. Im letzten Moment würde noch ein Kopf- und Gesichtsschutz aus beschichtetem schwarzen Stoff hinzukommen. Danach legten sie ihre Rüstung an, ein superleichtes Gewirk aus Kevlar, hergestellt von British Armour, das die Auftreffwucht von Geschossen abfängt und seitwärts von der Einschlagstelle verteilt. Unter das Kevlar stopften die Männer die »Trauma-Kissen« aus Keramik, die den Anprall noch wirksamer dämpfen sollten.

Über das ganze kamen die Riemen, an denen die HK, die Blendgranaten und die Faustfeuerwaffe befestigt wurden. An den Füßen trugen die Männer die traditionellen Wüstenstiefel, knöchelhoch und mit dicken Gummisohlen, bekannt als »Wüstlinge«, und von einer Farbe, die man nur als »dreckig« bezeichnen kann.

Captain Lyndhurst sprach noch einmal mit jedem einzelnen Mann, am längsten mit seiner Nummer zwei, Steve Bilbow. Selbstverständlich wünschte er ihnen nicht etwa »viel Glück«; alles andere, nur das nicht. Dann begab sich der Kommandeur zum Beobachtungsposten.

Er betrat das Haus der Adrians kurz nach zwanzig Uhr. Preston konnte die Spannung fühlen, die von dem Mann ausging. Um zwanzig Uhr dreißig klingelte das Telefon. Barney war gerade in der Halle und ging hin. Im Lauf des Tages waren bereits mehrere Anrufe gekommen. Preston hatte entschieden, daß es keinen Sinn habe, sich nicht zu melden; jemand hätte dann persönlich vorbeikommen können. Die Anrufer erhielten den Bescheid, die Adrians seien für einen Tag zu Mrs. Adrians Mutter gezogen, und am Apparat sei einer der Maler, die das Wohnzimmer renovierten. Alle Anrufer hatten sich damit zufrieden gegeben. Als Barney abhob, kam Captain Lyndhurst gerade mit einer Tasse Tee aus der Küche.

»Für Sie«, sagte Barney und ging wieder nach oben.

Von einundzwanzig Uhr an wuchs die Spannung ständig. Lyndhurst verbrachte die meiste Zeit am Funkgerät, das ihn mit der Lagerhalle verband; von dort fuhr um einundzwanzig Uhr fünfzehn der graue Kombi hinter seinem Polizeilotsen nach The Hayes ab. Um einundzwanzig Uhr dreißig hatten beide Fahrzeuge die Zufahrt zur Belstead Road erreicht, zweihundert Yards vom Ziel entfernt. Dort mußten sie anhalten und warten. Um einundzwanzig Uhr einundvierzig trat Mr. Armitage vor seine Tür, um vier leere Milchflaschen hinauszustellen. Lästigerweise schritt er über den Rasen, um die in der Mitte aufgestellte Blumenschale in der immer tiefer werdenden Dunkelheit eingehend zu inspizieren. Dann grüßte er einen Nachbarn über der Straße.

»Geh schon wieder rein, alter Narr«, flüsterte Lyndhurst, der im Wohnzimmer stand und über die Straße auf das Licht hinter den Vorhängen der Festung spähte. Um einundzwanzig Uhr zweiundvierzig stand das Polizeiauto mit den beiden »Hintermännern« wartend an der bezeichneten Stelle in Brackenhayes. Zehn Sekunden später rief Mr. Armitage seinem Nachbarn »Gute Nacht« zu und verschwand in seinem Haus.

Um einundzwanzig Uhr dreiundvierzig fuhr der graue Kombi in Gorsehayes Close ein, der Zufahrt zu der ganzen Siedlung. Preston, der in der Diele neben dem Telefon stand, konnte die Gespräche zwischen dem Kombifahrer und Lyndhurst hören. Der Kombi rollte langsam und leise auf die Einmündung von Cherryhayes zu.

Noch immer war kein Fußgänger auf den Weg. Lyndhurst befahl den beiden »Hintermännern«, aus ihrem Polizeiwagen auszusteigen und sich in Bewegung zu setzen.

»Ankunft Cherryhayes fünfzehn Sekunden«, murmelte der Beifahrer im Kombi.

»Langsamer, noch dreißig Sekunden Zeit«, erwiderte Lyndhurst. Zwanzig Sekunden später sagte er: »Jetzt einfahren.«

Sehr langsam glitt der Kombi um die Ecke, nur die Begrenzungslichter brannten. »Acht Sekunden«, sagte Lyndhurst leise ins Funkgerät, dann flüsterte er Preston hastig zu: »Jetzt wählen.«

Der Kombi fuhr Cherryhayes Close entlang, vorbei an der Tür von Nummer 12 und hielt vor Mr. Armitages Blumenschale. Es war wohlüberlegt. Die Angreifer wollten sich der Festung von der Seite her nähern. Die geölte Gartentür öffnete sich, und im Dunkeln bewegten sich völlig lautlos vier Männer. Kein Gerenne, kein Stiefeltrampeln, keine heiseren Rufe. In langgeübter Ordnung marschierten sie ruhig über Mr. Armitages Rasen, um Mr. Ross' geparkten Wagen herum und zur Vordertür von Nummer 12. Der Mann mit dem Wingmaster wußte, auf welcher Seite die Türangeln waren. Noch ehe er stehenblieb, hatte er das Gewehr im Anschlag. Er machte die genaue Lage der Angeln aus und zielte sorgfältig. Neben ihm wartete eine zweite Gestalt, die bereits mit dem Schmiedehammer ausholte. Hinter den beiden standen Steve und der Corporal, die HKs schußbereit.

Major Valeri Petrofski saß unruhig in seinem Wohnzimmer. Er konnte sich nicht auf das Fernsehen konzentrieren; seine Sinne fingen zu vieles auf – das Klirren von Milchflaschen, die vor eine Tür gestellt wurden, das Miauen einer Katze, das weit entfernte Knattern eines Motorrads, das Tuten eines Frachters, der jenseits des Tals in den Orwellsund einfuhr.

Um einundzwanzig Uhr dreißig war wiederum eine aktuelle

Sendung auf dem Programm gewesen, weitere Interviews mit Ministern und solchen, die es zu werden hofften. Ärgerlich schaltete er auf BBC 2 um, nur um von dort alles über Vögel zu erfahren. Er seufzte. Immer noch besser als Politik.

Die Sendung war kaum zehn Minuten gelaufen, als er hörte, wie Armitage nebenan seine leeren Milchflaschen hinausstellte. Immer die gleiche Anzahl und immer um die gleiche Zeit, dachte er. Dann rief der alte Narr jemandem über der Straße etwas zu. In diesem Moment erweckte etwas auf dem Bildschirm Petrofskis Aufmerksamkeit, und er blickte gebannt auf die Szene. Die Reporterin sprach mit einem schlanken Mann, der eine flache Mütze trug, über seine große Leidenschaft, offensichtlich Tauben. Er hielt eine Taube vor der Kamera hoch, ein schönes Tier mit glänzendem Gefieder und eigenartig gefärbtem Kopf und Schnabel.

Mit einem Ruck richtete Petrofski sich kerzengerade auf und konzentrierte sich fast nur noch auf den Vogel, während er mit halbem Ohr dem Interview lauschte. Er war überzeugt, daß er einen solchen Vogel früher schon einmal irgendwo gesehen hatte.

»Soll dieser hübsche Vogel auf einer Ausstellung gezeigt werden?« fragte die Reporterin. Sie war neu, ein bißchen zu clever, und versuchte, mehr aus dem Interview herauszuholen, als es hergab.

»Du lieber Gott, nein«, sagte der Mann mit der Mütze, »das ist keine Liebhaberzüchtung. Das ist eine Westcott.«

Ein Blitz der Erinnerung durchzuckte Petrofski. Vor sich sah er das Zimmer in der Gästesuite der Datscha des Generalsekretärs in Usowo. »Hab' sie letzten Winter auf der Straße gefunden...« hatte der vertrocknete alte Engländer gesagt, und der Vogel hatte mit glänzenden klugen Augen aus seinem Käfig gelinst.

»Also nicht die Art, wie man sie in der Stadt zu sehen kriegt...« meinte die junge Frau auf dem Fernsehschirm. Sie war hoffnungslos ins Schwimmen gekommen. In diesem Augenblick klingelte das Telefon in Petrofskis Diele ...

Normalerweise hätte er sich gemeldet, falls es ein Nachbar gewesen wäre. Im Haus brannte Licht, also würde es Verdacht erwecken, wenn niemand abnahm. Aber er blieb sitzen und starrte auf das Bild. Das Telefon klingelte hartnäckig weiter. Zusammen mit dem Fernsehen übertönte es das leise Tappen von Gummisohlen auf dem Pflaster.

»Das will ich meinen«, erwiderte der Mann mit der Mütze fröhlich. »Eine Westcott ist keine Streunerin. Sie gehört zu den besten Fliegern der Welt. Diese kleine Schönheit wird immer in den Schlag zurückflitzen, von dem sie aufgelassen wurde. Deshalb benützt man sie als Brieftaube.«

Petrofski sprang mit einem Wutschrei von seinem Sessel hoch. Zugleich mit ihm fuhr die große Sako-Präzisionspistole, die er seit seiner Ankunft in England immer bei sich hatte, aus ihrem Platz zwischen Sitzkissen und Seitenlehne. Er stieß ein einziges kurzes Wort auf russisch hervor. Niemand hörte es, aber es bedeutete »Verräter«.

In diesem Augenblick ertönte ein Krachen, dann ein zweites, so schnell nacheinander, daß es wie ein einziges klang. Zugleich hörte er das Splittern des Glases an seiner Vordertür, von der Rückseite des Hauses zwei gewaltige Donnerschläge und Getrampel in der Diele. Petrofski fuhr zur Tür des Wohnzimmers herum und schoß dreimal: Seine Sako Triace, auf die drei auswechselbare Läufe aufgesetzt werden konnten, war mit dem großkalibrigsten Lauf bestückt. Sie hatte fünf Patronen im Magazin. Er beließ es bei drei Schüssen; vielleicht würde er die beiden letzten für sich selber brauchen. Aber die drei, die er abfeuerte, schlugen durch die dünne Holzfüllung der geschlossenen Tür hinaus in die Diele ...

Die Bewohner von Cherryhayes Close werden ihr ganzes Leben lang immer wieder erzählen, was in jener Nacht geschah, aber keiner wird es völlig richtig wiedergeben.

Das Donnern des Wingmaster, der beide Angeln aus der Tür brach, riß sie alle von den Stühlen. Sofort nach dem Feuern trat der Schütze beiseite und zurück, um seinen Kameraden Platz zu machen. Ein Hieb mit dem Schmiedehammer, und Schloß, Riegel und Kette auf der anderen Türseite flogen in alle Richtungen. Dann trat auch der zweite Mann zurück und zur Seite. Beide ließen ihr Gerät fallen und zückten die HKs.

Steve und der Corporal waren bereits durch die Öffnung ins Haus gelaufen. Der Corporal war mit drei Sprüngen die Treppe hinauf, hinter ihm der Mann, der den Hammer geschwungen hatte. Steve rannte an dem noch immer klingelnden Telefon vorbei bis zum Wohnzimmer, wandte sich zur Tür und wurde glatt umgeblasen. Die drei Kugeln, die die Tür durchschlagen hatten, trafen ihn mit einem hörbaren »Plopp« und schleuderten ihn gegen das Treppengeländer. Der Mann mit dem Wingmaster stellte sich neben die noch immer geschlossene Tür und gab zwei Feuerstöße ab. Dann stieß er die Tür mit dem Fuß auf, schlug eine Rolle und landete in Kauerstellung ein gutes Stück innerhalb des Zimmers.

Beim Knall der Gewehrschüsse öffnete Captain Lyndhurst die Vordertür auf der anderen Straßenseite und spähte hinaus. Preston stand hinter ihm. In der erleuchteten Diele gegenüber sah der Captain seinen stellvertretenden Teamführer zur Wohnzimmertür laufen und wie eine Stoffpuppe durch die Luft segeln. Lyndhurst setzte zum Spurt an. Preston folgte ihm.

Gerade als der Soldat, der die beiden Feuerstöße abgegeben hatte, aufsprang und sich über die reglose Gestalt auf dem Teppich beugte, erschien Captain Lyndhurst unter der Tür. Trotz der Schwaden von Korditrauch erfaßte er die Szene mit einem einzigen Blick.

»Gehen Sie raus und helfen Sie Steve«, befahl er in scharfem Ton. Der Soldat widersprach nicht. Der Mann auf dem Teppich begann sich zu regen. Lyndhurst zog seine Browning-Automatic unter dem Jackett hervor.

Der Soldat hatte gut gezielt. Petrofski hatte einen Schuß ins linke Knie abgekriegt, einen in die untere Magenpartie und einen in die rechte Schulter. Seine Pistole war quer durchs Zimmer geflogen. Trotz der Ablenkung durch das Holz in der Tür hatte der Soldat mit dreien von vier Schüssen getroffen. Petrofski litt grauenvoll, aber er lebte. Er fing an zu kriechen. Ein paar Meter entfernt konnte er den grauen Stahlschrank sehen, daneben den flachen Kasten, die beiden Knöpfe, einer gelb, einer rot. Captain Lyndhurst zielte sorgfältig und gab einen Schuß ab.

John Preston rannte so schnell an dem Offizier vorbei, daß er an dessen Hüfte stieß. Er kniete neben dem Mann auf dem Teppich nieder. Petrofski lag auf der Seite, der halbe Hinterkopf war weggeschossen, der Mund bewegte sich wie bei einem Fisch auf dem Trockenen. Preston beugte sich tief über den Sterbenden. Lyndhurst hatte die Waffe noch immer auf das »Ziel« gerichtet, aber der Mann von MI5 war zwischen ihm und dem Russen. Lyndhurst trat ein Stück zur Seite, um sicherer zu treffen, dann ließ er die Waffe sinken.

Preston stand auf. Ein zweiter Schuß war nicht mehr nötig.

»Wir sollten die Burschen von Aldermaston holen, damit sie sich *das* da mal ansehen«, sagte Lyndhurst und wies auf den Stahlbehälter in der Ecke.

»Ich wollte ihn lebend haben«, sagte Preston.

»Tut mir leid, alter Junge. War nicht zu machen«, sagte der Captain.

In diesem Moment fuhren beide Männer beim Geräusch eines lauten Klickens hoch, und eine Stimme sprach von der Anrichte her zu ihnen. Sie sahen ein großes Radiogerät mit Zeiteinstellung, das sich automatisch eingeschaltet hatte. Die Stimme sagte:

»Guten Abend. Hier Radio Moskau. Wir bringen die Nachrichten in englischer Sprache. Die Zeit: zweiundzwanzig Uhr. In Terry ... Verzeihung, ich beginne nochmals. In Teheran erklärte die Regierung heute ...«

Captain Lyndhurst trat zur Anrichte und schaltete das Radio ab. Der Mann auf dem Teppich starrte mit blicklosen Augen auf das Muster. Die codierte Botschaft, die für ihn allein bestimmt war, erreichte ihn nicht mehr.

8. Kapitel

Die Einladung zum Lunch lautete auf ein Uhr am Freitag, dem 19. Juni, im Brook's Club in St. James. Preston stellte sich pünktlich ein, doch noch ehe er sich beim Club-Portier anmelden konnte, kam Sir Nigel ihm durch die Marmorhalle entgegen.

»Mein lieber John, wie nett, daß Sie gekommen sind.«

Sie begaben sich zum Aperitif an die Bar, wo man unverbindlich plauderte. Preston konnte dem Chef berichten, daß er soeben aus Hereford zurückgekommen sei, wo er Steve Bilbow im Krankenhaus besucht hatte. Der Stabsunteroffizier hatte Glück gehabt. Erst als die abgeflachten Russenpatronen aus seiner kugelsicheren Montur entfernt wurden, hatte einer der Ärzte einen Schmierfleck bemerkt und ihn analysieren lassen. Die Zyankalimischung war nicht in den Blutstrom gelangt; die Schockhemmer hatten dem SAS-Mann das Leben gerettet. Er hatte zwar schwere Quetschungen und ein paar Beulen abbekommen, war aber in guter Verfassung.

»Ausgezeichnet«, sagte Sir Nigel mit echter Freude, »man verliert so ungern einen guten Mann.«

Die übrigen Barbesucher sprachen über den Wahlausgang, und viele waren die halbe Nacht aufgeblieben und hatten gewartet, bis die Endergebnisse des Kopf-an-Kopf-Rennens aus den Provinzen gemeldet wurden.

Um halb zwei gingen sie hinüber zum Lunch. Sir Nigel hatte einen Ecktisch, wo sie ungestört sprechen konnten. Auf dem Weg in den Speisesaal begegneten sie Sir Martin Flannery, der gerade herauskam. Die drei Männer kannten einander, aber Sir Martin sah auf den ersten Blick, daß sein Kollege eine »Besprechung« hatte. Für zwei ehemalige Oxford-Studenten genügte es, daß man sich gegenseitig durch ein fast unmerkliches Nicken zur Kenntnis nahm. Schulterklopfen überläßt man den Ausländern.

»Ich habe Sie hierhergebeten, John«, sagte »C« und breitete die Leinenserviette über seine Knie, »um Ihnen meinen Dank und meine Glückwünsche zu entbieten. Eine bemerkenswerte Operation und ein ausgezeichnetes Ergebnis. Ich schlage die Lammkeule vor, köstlich um diese Jahreszeit.«

»Was die Glückwünsche betrifft, Sir, so besteht dazu leider kein Grund«, sagte Preston ruhig.

Sir Nigel studierte über seine Halbbrille hinweg die Speisekarte.

»Wirklich? Sind Sie so musterhaft bescheiden oder, weniger musterhaft, unhöflich? Ah, Bohnen, Karotten und vielleicht eine gebackene Kartoffel, mein Lieber.«

»Ich halte mich nur für realistisch«, sagte Preston, nachdem die Bedienung weg war. »Könnten wir über den Mann sprechen, den wir als Franz Winkler kennen?«

»Den Sie so brillant bis nach Chesterfield beschatteten?«

»Gestatten Sie mir, aufrichtig zu sein, Sir Nigel, Winkler hätte keine Schnecke abhängen können. Er war unfähig und töricht.«

»Ich glaube, er hätte Sie alle beinah auf dem Bahnhof Chesterfield verloren.«

»Reiner Dusel«, sagte Preston. »Wir hatten zu wenig Observanten, sonst wären an jeder Haltestelle auf der ganzen Strecke Leute postiert gewesen. Aber worum es geht, sind seine plumpen Manöver; sie zeigten uns, daß er ein Profi war, aber so schlecht, daß er uns nicht abschütteln konnte.«

»Aha. Und was war weiter mit ihm? Ah, das Lamm, und vorzüglich gebraten.«

Sie warteten, bis die Kellnerin sie bedient hatte und wieder gegangen war. Preston stocherte verwirrt in seinem Teller. Sir Nigel aß mit Genuß.

»Franz Winkler traf in Heathrow mit einem echten österreichischen Paß und einem gültigen Visum ein.«

»Sicher tat er das.«

»Und wir wissen beide, genau wie der Beamte an der Paßkontrolle, daß österreichische Staatsbürger zur Einreise nach England kein Visum brauchen. Auch in unserem Konsulat in Wien hätte man Winkler das gesagt. Eben dieses Visum veranlaßte den Beamten in Heathrow, die Paßnummer in den Computer einzugeben. Und es stellte sich heraus, daß sie falsch war.«

»Wir alle machen Fehler«, murmelte Sir Nigel.

»Der KGB macht diese Art Fehler nicht, Sir. Seine Urkunden stimmen bis auf den letzten I-Punkt.«

»Man sollte ihn auch nicht überschätzen, John. Jede große Organisation baut zuweilen Mist. Noch Karotten? Nein? Dann werde ich vielleicht –«

»Dieser Paß, Sir, enthielt zwei Schwachstellen. Die roten Lämpchen sind deshalb aufgeflackert, weil vor drei Jahren ebenfalls ein angeblicher Österreicher mit der gleichen Paßnummer in Kalifornien vom FBI festgenommen wurde und jetzt seine Strafe in Soledad absitzt.«

»Tatsächlich? Du lieber Himmel, das war aber nicht sehr schlau von den Sowjets.«

»Ich habe den FBI-Mann hier in London angerufen und gefragt, wie die Anklage damals lautete. Wie es scheint, versuchte dieser andere Agent einen Angestellten der Intel Corporation im Silicon Valley durch Erpressung dazu zu bringen, daß er ihm technologische Geheimnisse verkaufte.«

»Sehr ungehörig.«

»Es handelte sich um Nukleartechnologie ...«

»Woraus Sie schlossen ...?«

»Daß Franz Winkler auffallen sollte wie ein Neonschild. Und dieses Schild war eine Botschaft; eine Botschaft auf zwei Beinen.«

Sir Nigels Gesicht trug immer noch seine Lachfältchen, aber aus den Augen war die gute Laune verschwunden.

»Und was hat diese wunderbare Botschaft besagt, John?«

»Ich glaube, sie besagte: Den ausführenden Illegalen kann ich dir nicht geben, weil ich nicht weiß, wo er ist. Aber folge diesem Mann; er wird dich zu dem Sender führen. Und das tat er auch. Also habe ich den Sender aufgestöbert, und der Agent stellte sich schließlich dort ein.«

»Was genau wollen Sie eigentlich sagen?«

Sir Nigel legte Messer und Gabel auf den leeren Teller und betupfte sich den Mund mit der Serviette.

»Ich glaube, Sir, daß die Operation abgeblasen wurde. Mir scheint die Schlußfolgerung unvermeidlich, daß jemand auf der anderen Seite sie absichtlich platzen ließ.«

»Eine ganz außerordentliche Idee. Ich würde die Erdbeertorte vorschlagen. Hab' sie vorige Woche gegessen. Natürlich eine andere. Ja? Zwei Stück bitte, meine Liebe. Ja, ein bißchen Sahne.«

»Darf ich Sie etwas fragen?« sagte Preston, als der Tisch abgeräumt war.

»Das werden Sie doch so oder so tun«, lächelte Sir Nigel.

»Warum mußte der Russe sterben?«

»Soviel ich weiß, kroch er auf eine Atombombe zu, in der offenbaren Absicht, sie zur Detonation zu bringen.«

»Ich war dabei«, sagte Preston, als die Erdbeertorte serviert wurde. Sie warteten, bis die Sahne ausgeteilt war.

»Der Mann war in Oberschenkel, Magen und Schulter getroffen worden. Captain Lyndhurst hätte ihn mit einem Fußtritt von seinem Vorhaben abhalten können. Es war nicht nötig, ihm den Schädel wegzublasen.«

»Bestimmt wollte der gute Captain hundertprozentig sichergehen«, meinte der Meister.

»Wäre der Russe am Leben geblieben, so hätten wir die Sowjetunion überführt, in flagranti erwischt. Ohne ihn haben wir nichts, was sie nicht überzeugend leugnen könnten. Mit anderen Worten, die ganze Geschichte ist jetzt tot und begraben.«

»Wie wahr«, nickte der Meister, während er nachdenklich an einem Stück Mürbteig mit Erdbeeren kaute.

»Captain Lyndhurst ist übrigens der Sohn von Lord Frinton«, bemerkte Preston.

»Tatsächlich? Frinton? Sollte ich ihn kennen?«

»Eigentlich schon. Er ging mit Ihnen zur Schule.«

»Wirklich. Wir waren so viele. Schwer zu behalten.«

»Und ich glaube, Julian Lyndhurst ist Ihr Patensohn.«

»Mein lieber John, Sie machen's wirklich gründlich, wie?«

Sir Nigel war mit dem Dessert fertig. Er stützte das Kinn auf die gefalteten Hände und blickte den Fragesteller von MI5 unverwandt an. Die Höflichkeit war geblieben; von guter Laune nicht mehr die Spur.

»Sonst noch etwas?«

Preston nickte.

»Eine Stunde, ehe der Sturmtrupp angriff, nahm Captain Lyndhurst in der Diele des Hauses gegenüber einen Telefonanruf entgegen. Ich fragte den Mann, der abgehoben hatte. Der Anrufer telefonierte von einer öffentlichen Sprechzelle aus.«

»Zweifellos ein Kollege Lyndhursts.«

»Nein, Sir. Sie benutzten nur Funk. Und niemand, der nicht mit der Operation zu tun hatte, wußte, daß wir in diesem Haus waren. Niemand, nur ein paar Leute in London.«

»Darf ich fragen, worauf Sie hinauswollen?«

»Nur noch eine Kleinigkeit, Sir Nigel. Ehe der Russe starb, flüsterte er ein Wort. Er schien seine letzte Kraft aufzubieten, um dieses Wort noch herauszubringen. Ich hatte mein Ohr dicht an seinem Mund. Er sagte: Philby.«

»Philby? Du lieber Himmel. Was mag er damit gemeint haben?«

»Ich glaube, ich weiß es. Ich glaube, er dachte, Harold Philby habe ihn verraten, und ich glaube, es stimmt.«

»Aha. Und dürfte ich darum bitten, Ihre Schlußfolgerungen zu hören?«

Die Stimme des Chefs war sanft, aber aus seinem Tonfall war die frühere Jovialität verschwunden. Preston holte tief Atem.

»Ich ziehe den Schluß, daß der Verräter Philby an dieser Operation beteiligt war, vielleicht von Anfang an. Und er hatte sich nach beiden Seiten abgesichert. Ich habe – wie andere Leute auch – etwas läuten hören, daß er nach Hause möchte, um seinen Lebensabend hier in England zu verbringen. Wäre der Plan gelungen, so hätte er sich vermutlich damit von seinen sowjetischen Herrn und Meistern die Freilassung und von einer neuen Regierung der Harten Linken in London die Einreisegenehmigung verdient. Vielleicht in Jahresfrist. Oder er konnte London den Plan in großen Umrissen berichten und ihn damit vereiteln.«

»Und welche dieser beiden bemerkenswerten Möglichkeiten hat er Ihrer Meinung nach gewählt?«

»Die zweite, Sir Nigel.«

»Mit welchem Ziel?«

»Daß er seine Rückfahrkarte bekommt. Von hier. Ein Geschäft.«

»Und Sie glauben, ich sei an diesem Geschäft beteiligt?«

»Ich weiß nicht, was ich glauben soll, Sir Nigel. Ich weiß nicht, was ich *sonst* glauben soll. Es wurde geredet ... über seine ehemaligen Kollegen, den magischen Zirkel, die Solidarität des Establishments, dem er einst angehört hat ... so in dieser Richtung.«

Preston starrte auf seinen Teller mit der halb aufgegessenen Erdbeertorte. Sir Nigel blickte lange Zeit zur Decke, ehe er einen tiefen Seufzer ausstieß.

»Sie sind ein bemerkenswerter Mensch, John. Sagen Sie, was haben Sie für heute in einer Woche vor?«

»Vermutlich nichts.«

»Dann erwarten Sie mich doch bitte um acht Uhr früh am Eingang von Sentinel House. Bringen Sie Ihren Paß mit. Und jetzt, wenn es Ihnen recht ist, möchte ich vorschlagen, daß wir den Kaffee in der Bibliothek trinken ...«

Der Mann stand am Fenster des sicheren Hauses in einer Genfer Nebenstraße und beobachtete den Weggang seines Besuchers. Drunten tauchten Kopf und Schultern des Gastes auf, dann ging er den kurzen Weg bis zum Eingangstor und trat hinaus auf die Straße, wo sein Wagen wartete.

Der Fahrer stieg aus, lief um den Wagen herum und öffnete seinem Vorgesetzten den Schlag. Dann ging er zurück zur Fahrertür.

Ehe er wieder einstieg, blickte Preston hinauf zu der Gestalt hinter der Scheibe des oberen Fensters. Als er sich ans Steuer gesetzt hatte, fragte er:

»Ist er das? Ist er das wirklich? Der Mann aus Moskau?«

»Ja, das ist er. Und jetzt bitte zum Flugplatz«, kam Sir Nigels Antwort aus dem Fond. Sie fuhren ab.

»So, John«, sagte Sir Nigel nach einer Weile, »ich habe Ihnen eine Erklärung versprochen. Stellen Sie Ihre Fragen.«

Preston sah das Gesicht seines Chefs im Rückspiegel. Der ältere Mann blickte hinaus auf die vorbeifliegende Landschaft.

»Die Operation?«

»Sie hatten recht, John. Der Generalsekretär persönlich hat sie aufgezogen, mit Philbys Rat und Beistand. Soviel ich weiß, hieß sie Plan Aurora. Und sie wurde wirklich verraten, aber nicht von Philby.«

»Warum hat man sie platzen lassen?«

Sir Nigel dachte längere Zeit nach.

»Schon in einem sehr frühen Stadium glaubte ich, daß Sie recht haben könnten. Sowohl mit Ihren ersten Schlußfolgerungen im, wie er jetzt heißt, Preston-Report vom vergangenen Dezember wie auch mit den Schlüssen, die Sie aus dem Fang in Glasgow zogen. Auch wenn Harcourt-Smith beides entschieden ablehnte. Ich war nicht sicher, ob zwischen beiden eine Verbindung bestand, aber ich wollte nichts außer Betracht lassen. Je mehr ich mir die Sache ansah, um so mehr wuchs meine Überzeugung, daß hinter dem Plan Aurora nicht der KGB steckte. Es fehlte das Gütezeichen, die Sorgfalt bis ins Detail. Es sah nach einer überstürzten Operation aus, aufgezogen von einem Mann oder einer Gruppe, die dem KGB mißtrauten. Dennoch bestand wenig Hoffnung, daß Sie den Agenten rechtzeitig finden würden.«

»Ich tappte völlig im dunkeln, Sir Nigel, und ich wußte es. An keiner unserer Grenzkontrollen zeigten sich Bewegungsmuster von Sowjetkurieren. Ohne Winkler wäre ich niemals rechtzeitig nach Ipswich gekommen.«

Ein paar Minuten lang fuhren sie schweigend dahin. Preston überließ es dem Meister, das Gespräch wiederaufzunehmen.

»Deshalb habe ich eine Botschaft nach Moskau geschickt«, sagte Sir Nigel schließlich.

»Eine Botschaft von Ihnen persönlich?«

»Lieber Gott, nein. Hätte nie funktioniert. Viel zu durchsichtig. Über eine andere Quelle, der man, wie ich hoffte, glauben würde. Die Botschaft entsprach nicht ganz der Wahrheit, wie ich gestehen muß. In unserem Metier muß man manchmal die Unwahrheit sagen. Aber es lief durch einen Kanal, dem man es abnehmen würde. So hoffte ich wenigstens.«

»Und mit Recht?«

»Glücklicherweise, ja. Als Winkler auftauchte, wußte ich, daß der Adressat die Botschaft erhalten, verstanden und vor allem geglaubt hatte.«

»Winkler war die Antwort?« fragte Preston.

»Ja. Armer Kerl. Er glaubte, er sei routinemäßig herübergeschickt worden, um die Griechen und ihren Sender zu überprüfen. Er ist übrigens vor zwei Wochen in Prag ertrunken. Wußte vermutlich zuviel.«

»Und der Russe in Ipswich?«

»Er hieß, wie ich soeben erfuhr, Petrofski. Ein erstklassiger Fachmann und ein Patriot dazu.«

»Aber auch er mußte sterben?«

»John, es war ein furchtbarer Entschluß. Aber unumgänglich.

Winklers Kommen war ein Angebot, der Vorschlag zu einem Pakt. Natürlich kein förmlicher Vertrag. Nur ein stillschweigendes Übereinkommen. Dieser Petrofski durfte nicht lebend in unsere Hände fallen und verhört werden. So lautete der ungeschriebene und unausgesprochene Pakt mit dem Mann dort am Fenster des sicheren Hauses.«

»Mit einem lebenden Petrofski hätten wir den Sowjets die Daumenschrauben ansetzen können.«

»Ja, John, das hätten wir. Wir hätten sie vor aller Welt unsterblich blamieren können. Und was wäre dabei herausgekommen? Die UdSSR hätte es nicht widerstandslos hinnehmen können. Sie hätte sich rächen müssen, irgendwo anders auf der Welt. Was hätten Sie sich gewünscht? Einen Rückfall in die schlimmsten Zeiten des kalten Krieges?«

»Mir tut's nur leid um eine so schöne Gelegenheit, sie durch die Mangel zu drehen, Sir.«

»John, sie sind groß und gerüstet und gefährlich. Die UdSSR wird es auch morgen noch geben und nächste Woche und nächstes Jahr. Irgendwie müssen wir mit ihnen auf diesem Planeten leben. Immer noch besser, sie werden von Pragmatikern und Realisten regiert als von Hitzköpfen und Fanatikern.«

»Und deshalb paktiert man mit Männern wie dem dort droben am Fenster, Sir Nigel?«

»Manchmal geht es nicht anders. Ich bin vom Fach, und er ist es auch. Manche Journalisten und Autoren stellen es so dar, als lebten Leute wie wir in einer Traumwelt. Das Gegenteil ist wahr. Die Politiker träumen ihre Träume, und die sind manchmal gefährlich, wie der Traum des Generalsekretärs, der das Gesicht Europas zu seinem eigenen Denkmal umfunktionieren wollte. Ein hoher Beamter des Geheimdienstes muß nüchterner sein als der härteste Geschäftsmann. Man muß sich der Realität anpassen, John. Wenn die Träume das Kommando übernehmen, endet die Sache mit der Schweinebucht. Der erste Durchbruch in der Kubakrise war dem Residenten des KGB in New York zu verdanken. Nicht die Fachleute hatten damals das Sagen gehabt, sondern Chruschtschow.«

»Und wie soll es jetzt weitergehen, Sir?«

»Das überlassen wir den anderen. Es wird ein paar Veränderungen geben. Sie werden sie auf ihre eigene unnachahmliche Weise vornehmen. Der Mann, von dem wir kommen, wird sie in Gang bringen. Es wird seine Karriere fördern und manche andere beenden.«

»Und Philby?« fragte Preston.

»Was soll mit ihm sein?«

»Versucht er zurückzukommen?«

Sir Nigel zuckte unwillig die Achseln.

»Das tut er schon seit Jahren«, sagte er. »Und, ja, von Zeit zu Zeit steht er mit meinen Leuten in unserer Moskauer Botschaft in Verbindung, geheim natürlich. Wir züchten Tauben...«

»Tauben...?«

»Sehr altmodisch, ich weiß. Und einfach. Aber noch immer überraschend wirksam. Auf diese Weise schickt er seine Mitteilungen. Aber *nicht* über Plan Aurora. Und selbst wenn er es getan hätte... also, was mich betrifft...«

»Was Sie betrifft...?«

»Kann er in der Hölle verschimmeln«, sagte Sir Nigel sanft.

Wieder fuhren sie eine Weile schweigend dahin.

»Und was ist mit Ihnen, John? Werden Sie bei Fünf bleiben?«

»Ich glaube nicht, Sir. Nicht nach diesem Platzwechsel. Der GD scheidet mit dem 1. September aus, aber vorher nimmt er noch seinen Resturlaub. Unter seinem Nachfolger rechne ich mir keine Chancen aus.«

»Kann Sie nicht nach Sechs hinübernehmen. Das wissen Sie. Wir nehmen keine Späteinsteiger. Schon mal dran gedacht, wieder in einen Zivilberuf zurückzugehen?«

»Nicht leicht für einen Mann von sechsundvierzig und ohne nachweisliche Fähigkeiten, heutzutage einen Job zu finden«, sagte Preston.

»Ich habe da Bekannte«, sagte der Meister wie zu sich selber. »In zivilen Schutzdiensten. Könnte mal mit ihnen sprechen.«

»Zivile Schutzdienste?«

»Ölquellen, Minen, Depots, Rennpferde. Vermögenswerte, die die Leute vor Diebstahl oder Zerstörung schützen lassen wollen. Auch sich selber. Es wird gut bezahlt. Dann könnten Sie Ihren Sohn ganz zu sich nehmen.«

»Mir scheint, ich bin nicht der einzige, der's gründlich macht, Sir«, grinste Preston.

Der ältere Mann blickte aus dem Fenster, wie auf etwas weit Entferntes und längst Vergangenes.

»Hatte auch einmal einen Sohn«, sagte er ruhig. »Nur einen. Feiner Junge. Fiel im Falkland-Krieg. Weiß, wie Ihnen zumute ist.«

Preston warf einen erstaunten Blick in den Rückspiegel. Nie wäre ihm in den Sinn gekommen, daß dieser formgewandte und gewitzte alte Geheimdienstler einmal mit einem kleinen Jungen auf dem Teppich Hoppereiter gespielt hatte.

»Das tut mir leid. Kann sein, daß ich Sie in dieser Sache beim Wort nehme.«

Sie kamen am Flughafen an, gaben den gemieteten Wagen zurück und flogen wieder nach London, so anonym, wie sie gekommen waren.

Der Mann am Fenster des sicheren Hauses sah den abfahrenden Briten nach. Sein eigener Wagen würde erst in einer Stunde kommen. Dann wandte er sich um, setzte sich an den Schreibtisch und studierte aufs neue die Akte, die er in Empfang genommen hatte und noch immer in der Hand hielt. Sie gefiel ihm; es war ein gutes Gespräch gewesen, und die Dokumente in seinem Besitz würden seine Zukunft sichern.

Als Fachmann bedauerte Generalleutnant Karpow das Scheitern von Plan Aurora. Es war ein guter Plan gewesen; fein ausgetüftelt, unauffällig und wirksam. Aber als Fachmann war ihm auch klar, daß man eine »verbrannte« Operation nur noch abblasen konnte und die ganze Sache aufgeben mußte, ehe es zu spät war. Jedes Zögern hätte katastrophale Folgen gehabt.

Er entsann sich deutlich der Dokumente, die mit seiner Diplomatenpost von Jan Marais aus London gekommen waren, des Produkts seines Agenten Hampstead. Sechs davon waren wie immer erstklassiges Geheimmaterial, wie es nur einem Mann in der Stellung George Berensons zugänglich sein konnte. Beim siebenten Dokument hatte er gestutzt.

Es war ein persönliches Schreiben von Berenson an Marais zur Weitergabe nach Pretoria gewesen. Darin hatte der Beamte des Verteidigungsministeriums berichtet, wie er in seiner Eigenschaft als stellvertretender Chef des Beschaffungsamts mit besonderer Verantwortung für Nuklearwaffen einem Lagevortrag beigewohnt hatte, den der Generaldirektor von MI5, Sir Bernard Hemmings, im kleinsten Kreise abhielt.

Der Abwehrchef hatte der kleinen Gruppe mitgeteilt, daß seine Dienststelle die Existenz und fast alle Einzelheiten eines sowjetischen Plans entdeckt habe, wonach eine kleine Atombombe in einzelnen Bestandteilen nach England geschafft, dort zusammengebaut und zur Detonation gebracht werden sollte. Und das dicke Ende: MI5 war dem russischen Illegalen, der die Operation in England durchführen sollte, auf den Fersen und hoffte, ihn zusammen mit allem nötigen Beweismaterial zu erwischen.

Da General Karpow die Quelle als zuverlässig kannte, hatte er den Bericht von A bis Z geglaubt. Die Versuchung war groß, den Engländern freie Hand zu lassen; aber er wußte, daß es katastrophale Folgen hätte. Wenn die Briten allein und ohne fremde Hilfe zurechtkämen, bestünde für sie keine Verpflichtung, den haarsträubenden Skandal zu unterdrücken. Um diese Verpflichtung zu schaffen, mußte er eine Botschaft schicken, und zwar an einen Mann, der wissen würde, was zu tun sei, an jemanden, mit dem er über die große Kluft hinweg verhandeln könnte.

Dann war da noch die Frage, was für ihn dabei herauskäme ... Nach einer langen einsamen Wanderung in den frühlingsgrünen Wäldern von Peredelkino hatte er beschlossen, das gefährlichste Spiel seines Lebens zu wagen. Er hatte beschlossen, dem Privatbüro von Nubar Geworkowitsch Wartanjan einen diskreten Besuch abzustatten.

Er hatte seinen Mann mit großer Umsicht gewählt. Der Vertreter Armeniens im Politbüro galt als der Kopf der Gruppe innerhalb des Politbüros, die insgeheim fand, daß ein Wechsel an der Spitze fällig sei.

Wartanjan hatte ihn ausreden lassen, da er sicher war, daß man im Büro eines Mannes von seinem Rang keine Wanzen angebracht hatte. Er starrte den KGB-General nur aus seinen schwarzen Augen an und hörte zu. Als Karpow fertig war, hatte er gefragt:

»Sind Sie sicher, daß Ihre Information stimmt, Genosse General?«

»Ich habe alles, was Professor Krilow mir erzählte, auf Band«, sagte Karpow. »Das Gerät steckt in meiner Aktenmappe.«

»Und die Information aus London?«

»Die Quelle ist einwandfrei. Ich habe den Mann fast drei Jahre lang persönlich geführt.«

Der armenische Makler an der Machtbörse sah ihn lange Zeit an, als müsse er sich vieles überlegen, nicht zuletzt, wie diese Information nutzbringend zu verwenden sei.

»Wenn es stimmt, was Sie sagen, so herrschen bei der Führung unseres Landes Unbesonnenheit und Abenteurertum. Wenn man Beweise hätte – aber Beweise müßten erbracht werden –, könnte es an der Spitze einige Veränderungen geben. Leben Sie wohl.«,

Karpow hatte begriffen. Wenn der Erste Mann Sowjetrußlands stürzen würde, so müßte seine gesamte Mannschaft mit ihm stürzen. Veränderungen an der Spitze würden bedeuten, daß die Stelle eines Vorsitzenden des KGB frei würde, eine Stelle, die Karpow seiner Ansicht nach trefflich ausfüllen könnte. Aber um seine Anhänger in der Partei zu einer gemeinsamen Aktion zu bewegen, brauchte Wartanjan Beweise, noch mehr Beweise, solide, stichhaltige, greifbare Beweise dafür, daß diese Unbesonnenheit Rußland an den Rand der Katastrophe gebracht hatte. Niemand hatte je vergessen, wie Mikhail Suslow im Jahr 1964 Chruschtschow stürzte, indem er ihn des Abenteurertums in der Kubakrise von 1962 bezichtigte.

Kurz nach dieser Unterredung hatte Karpow Winkler nach England geschickt, die größte Flasche unter seinen Agenten, die er auftreiben konnte. Seine Botschaft war empfangen und verstanden worden. Jetzt hielt er den Beweis in Händen, den sein armenischer Gönner brauchte. Wieder blätterte er die Dokumente durch.

Der Bericht über das angebliche Verhör und Geständnis Major Valeri Petrofskis mußte noch ein wenig zurechtgerückt werden, aber er hatte Leute draußen in Jasjenewo, die das erledigen könnten. Die englischen Protokollformulare über das Verhör waren absolut echt, und darauf kam es an. Sogar Mr. Prestons Erfolgsberichte – aus denen zweckdienlich jede Erwähnung Winklers getilgt worden war – waren Fotokopien der Originale.

Der Generalsekretär persönlich würde weder in der Lage noch willens sein, den Verräter Philby zu retten, und später würde er nicht einmal mehr in der Lage sein, sich selber zu retten. Dafür würde Wartanjan sorgen, und er würde sich nicht undankbar erweisen.

Karpows Wagen kam, um ihn nach Zürich und zur Maschine nach Moskau zu bringen. Er stand auf. Es war wirklich eine gute Begegnung gewesen. Und wie immer hatten sie sich gelohnt, seine Verhandlungen mit »Chelsea«.

Epilog

Sir Bernard Hemmings nahm offiziell am 1. September 1987 seinen Abschied, obwohl er bereits seit Mitte Juli beurlaubt war. Er starb im November desselben Jahres, und seine Pensionsrechte gingen auf seine Frau und auf seine Stieftochter über.

Brian Harcourt-Smith folgte ihm nicht als Generaldirektor nach. Die Weisen nahmen ihre Sondierungen vor, und wenn man auch Harcourt-Smiths Versuchen, den Preston-Bericht nicht weiterzuleiten oder die Bedeutung der Affäre Glasgow herunterzuspielen, keine böse Absicht unterstellte, so war doch nicht zu leugnen, daß diese beiden Fälle zwei schwerwiegende Fehleinschätzungen darstellten. Da innerhalb von »Fünf« kein anderer Nachfolger auszumachen war, nahm man einen Dienstfremden als Generaldirektor herein. Mr. Harcourt-Smith kündigte einige Monate später und trat in den Vorstand einer Handelsbank in der City ein.

Preston schied Anfang September aus und ging zu einem zivilen Schutzdienst. Er verdiente dort mehr als zweimal soviel wie vorher im Staatsdienst und konnte nun die Scheidung einreichen und das Sorgerecht für seinen Sohn beanspruchen, denn er war jetzt in der Lage, den Unterhalt und die Erziehung Tommys zu bestreiten. Julia zog ihren Einspruch sofort zurück, und das Sorgerecht für den Sohn wurde Preston zugesprochen.

Sir Nigel ging wie geplant am Silvestertag in Pension und räumte sein Büro rechtzeitig zu Weihnachten. Er zog sich in sein Cottage in Langton Matravers zurück, wo er vollen Anteil am Dorfleben nahm und jedem, der ihn danach fragte, erzählte, er habe vor seiner Pensionierung »etwas Langweiliges« in Whitehall getan«.

Jan Marais wurde Anfang Dezember zu Konsultationszwek-

767

ken nach Pretoria zurückbeordert. Als die Boeing 747 der South African Airlines in Heathrow abhob, tauchten zwei stämmige SIS-Agenten aus dem Mannschaftsabteil auf und legten ihm Handschellen an. Er kam nicht in den Genuß eines beschaulichen Pensionistenlebens, da er nun seine ganze Zeit in einem Souterrainraum verbrachte und einem Team von breitschultrigen Gentlemen bei ihren Nachforschungen half.

Da die Verhaftung Marais' in der Öffentlichkeit stattgefunden hatte, sickerten Informationen darüber bald durch, und General Karpow wußte nun, daß sein Schläfer verbrannt war. Er konnte sicher sein, daß Marais, alias Frikki Brandt, den Verhören nicht lange standhalten würde, und wartete daher auf die Verhaftung George Berensons und die darauf folgende entsetzte Reaktion der westlichen Allianz.

Mitte Dezember schied Berenson aus dem Ministerium aus, doch es erfolgte keine Verhaftung. Auf die persönliche Intervention Sir Nigel Irvines hin durfte Berenson, von seiner Frau mit einer kleinen, aber auskömmlichen Pension ausgestattet, sich auf die britischen Jungferninseln zurückziehen und dort seinen Lebensabend verbringen.

General Karpow erfuhr, daß sein Spitzenagent nicht nur verbrannt, sondern auch umgedreht worden war. Er wußte nur nicht, *wann* Berenson in den Dienst des britischen Geheimdienstes getreten war. Schließlich meldete der KGB-Agent Andrejew aus der Rezidentura in London, er habe ein Gerücht gehört, wonach Berenson vom ersten Tag seit seiner Anwerbung durch Marais für MI5 tätig gewesen sei.

Die Analytiker in Jasjenewo kamen nach einwöchiger Prüfung zu der Einsicht, daß das in Wahrheit einwandfreie nachrichtendienstliche Material, das in den letzten drei Jahren aus dieser Quelle gesprudelt war, als von allem Anfang an fragwürdig in den Papierkorb gehöre.

Das war des Meisters letzter Streich.